한·중·일 악장의 비교 연구

이 저서는 2015년 대한민국 교육부와 한국연구재단의 지원을 받아 수행된 연구임[NRF-2015S1A5B1012832]

(사)한국문학과예술연구소 학술총서 69

한·중·일 악장의 비교 연구

조규익

王澤竭而詩不作者謂幽屬之後周室大壞不能賞善
罰惡諷刺無益故也詩樂相通可以觀政矣古之王者
發言舉事左右書之猶慮臣有曲從史無直筆於是省
方巡狩大明黜陟諸侯之國各使陳詩以觀風又置采

欽定四庫全書

毛詩指説

詩之官而主納之申命瞽史習其箴誦廣聞教諫之義
也人心之哀樂王政之得失備於此矣然詩者樂章也
不起鴻荒之代始自女媧笙簧神農造瑟未有音曲亦
無文詞然嬰兒有善則鳳自舞其來尚矣夫大樂與天
地同和後代聖人從而明之耳上皇道質人無所感雖
形謳歌未寄文字俗薄政煩歌謳理切六代之樂同功
異用前者超忽莫得而傳虞舜之書始陳詩詠五絃之
琴以歌南風其文詳也自殷周洎於魯僖六詩該備而

역락

머리말

아직도 힘 있는 사람들에게 아부하는 사람을 '용비어천가 읊는다'고 비아냥대는 유명 인사들이 적지 않다. 오래 전 어느 학자가 무심코 내뱉었을 한 마디가 빛나는 <용비어천가>에 지울 수 없는 낙인을 찍은 셈이다. <용비어천가>를 읽어보지 않았거나, 건성건성 읽어본 사람일수록 '<용비어천가>는 아부문학'이라고 자신 있게 말한다고 비판한다면, 망발일까. 『시경』에 등장하는 주나라 왕계의 조상들을 찬양하는 노래들이나 천황을 찬양하는 일본의 노래들을 아부문학이라고 규정한 후대의 글을 읽어본 적이 없는데, 왜 우리는 악장을 그렇게 폄하해왔을까. 다른 나라들에 비해 지배자들에 대한 반발의 강도가 상대적으로 높았기 때문이리라. <용비어천가> 졸장(卒章)을 보자. 한수 북에 나라를 세운 것은 이미 '천세 위에' 천명으로 정해진 일이었다. 그 천명이 개국으로 현실화된 직접적 요인은 '누인[累仁/인덕을 쌓음]'이었다. '복년이 ㅈ 업다[끝없다]'는 말은 왕조가 영속되어야 하는 당위성의 단적인 표현으로서 '누인'을 전제로 한다. 그 누인은 그 다음 행의 '경천근민(敬天勤民)'으로 이어진다. 즉 '하늘을 공경하고 백성들을 위해 부지런히 일하라'는 것이 <용비어천가>의 핵심 주제다. 후대 임금들에 대한 경계(警戒)나 교훈의 정치적 멘트일 뿐, 이게 어찌 아부란 말인가.

우리가 '고려속요'로 배워온 노래들은 고려와 조선의 궁중 무대에서 음악 및 춤과 융합형태로 공연되어 온 악장이었다. 고려와 조선의 문헌에 기록되어 있는 당악의 악사(樂詞)들 모두 궁중 무대예술의 악장이었다. 그리고 그런 당악의 악사들은 중국에서 도입했거나 중국의 곡에 맞추어 지은 노래들이었다. 애당초 그것들은 민간의 노래들이었다. 『시경』의 15국풍도 그렇고, 고려의 속가들도 그러하며 궁중에서나 귀족들이 즐기던 일본의 풍속가요들도 마찬가지다. 궁중에서 불렸고 귀족들이 애호하였으니, 관찬의 문서들에 기록되었을 것이고, 그 덕에 오늘날까지 잔존할 수 있었다. 그런 점에서 고전시가의 상당부분을 '악장'으로 보는 관점이 맞다. 사실 우리나라 왕조들이 중국의 음악과 악장의 상당부분을 수용해온 시대는 결코 짧지 않았다. 일본은 두 나라와 큰 차이를 보이지만, 정치에서 노래를 중시한 풍조는 마찬가지였다. 세 나라가 공유해온 유교 이데올로기가 그 바탕에 있었고, '군-신-민'의 계서적(階序的) 구조 안에서 군주의 선정으로 이룩되는 태평시대야말로 중세 보편주의가 지향하던 이상이었다. 그 이상을 언어로 구현한 텍스트가 바로 악장이었다.

악장의 개념과 한·중·일 사이의 같고 다른 점, 한·중·일 악장에 미친 주나라 악장집 『시경』의 영향 등을 찾는 것이 본 연구의 목적이다. 그런데, '바늘구멍으로 하늘을 바라보는' 어리석음과, '장마철 장강(長江)에 작은 징검다리 하나 놓는' 막막함이 이럴까.

*   *   *

현실적인 형편이 학구에 대한 욕망을 따라가지 못할 때, 마침 한국연구재단에서 '우수학자지원' 명목의 큰 연구비를 지원해 주셨다. 요긴한 연구비를 적시에 지원해 주심으로써 가난한 학자의 용기를 북돋워 주신 한국연구재단에 깊은 감사를 드린다. 출판계가 몹시 어려운 지금, 거친 원고를 책으로 엮겠다고 나선 역락의 이대현 사장님과 수고해주신 권분옥 팀장님께도 크나큰 감사를 드린다. 그동안 사랑과 믿음으로 단결해준 내 가족들과, 35.5년 동안 든든한 울타리가 되어 준 숭실대학교에 뜨거운 고마움을 표한다.

2022. 8. 31.

무성산 백규서옥 주인 조규익

차례

제1부

서론

欽定四庫全書

毛詩指說

王澤竭而詩不作者謂幽屬之後周室大壞不能賞善
罰惡諷刺無益故也詩樂相通可以觀政矣古之王者
發言舉事左右書之猶慮臣有曲從史無直筆於是省
方巡狩大明黜陟諸侯之國各使陳詩以觀風又置采
詩之官而主納之申命瞽史習其箴誦廣聞教諫之義
也人心之哀樂王政之得失備於此矣然詩者樂章也
不起鴻荒之代始自女媧笙簧神農造瑟未有音曲亦
無文詞然嬰兒有善則鳳自舞其來尚矣夫大樂與天
地同和後代聖人從而明之耳上皇道質人無所感雖
形謳歌未寄文字俗薄政煩歌謳理切六代之樂同功
異用前者超忽莫得而傳虞舜之書始陳詩詠五絃之
琴以歌南風其文詳也自殷周洎於魯僖六詩該備而

I. '악장·동아시아·비교'의 한계와 의미

'한·중·일 악장의 비교'는 가능한가. 근대 이전까지 장구한 삼국의 역사를 감안할 때, '비교'의 공시적·통시적 含意를 가시적으로 구현할 수 있는 논리 체계가 과연 존재하는가. 삼국 악장 사이의 영향관계나 같고 다름을 측정할만 한 잣대는 마련되어 있는가. 실제로 제기될 만한 문제들은 무수하고, 모두 간단히 해결할 수 없는 것들이 대부분이다. 그럼에도 불구하고 삼국 악장들의 비교에 선뜻 나서는 것은 삼국이 '동아시아'라는 지정학적 특성을 공유할 뿐 아니라 그로 인해 형성된 모종의 역사적 연대로 근대 이전까지 묶여 있었다는 점을 인정하기 때문이다. 그러나 '삼국[각국 내의 왕조들 간에, 혹은 삼국의 왕조들 간에] 이 어느 시기에 악장을 공유했다'는 언급은 상당 부분 가설에 불과할 수 있고, 세부적으로 들어갈 경우 공통점들보다 차이점들이 더 클 수 있다는 것 또한 사실이다.

본서의 분석 대상은 악장이고, 악장의 원천은 주나라 악장집인 『시경』이다. 물론 『시경』 텍스트[1])의 원천은 백성들의 노래나 조정과 사당의 각종 의례들

---

1) 현재까지 전해지고 있는 『시경』 시 305편은 이미 완성되어있는 작품들이다. 한나라에 들어오면서 '經'으로 격상되었고, 주로 동아시아 지역에서 오랫동안 존숭되어 왔다. 그러나 이것들은 악장을 제작하기 위해 여러 측면에서 재해석되거나 '述而不作'이란 명분 아래 각 왕조들에 의해 전체 혹은 일부분이 수용된 것들이었다.[물론 개인들도 자신들의 시에 『시경』 텍스트들을 차용하는 일은 비일 비재했다.] 악장을 제작할 때 『시경』의 작품을 송두리째 갖다 쓰는 경우도 없지 않았으나, 대개는 자신들의 생각을 더 강하게 드러낼 목적으로 특정 부분을 가져 오는 것이 일반적이었다. 그럴 경우에 는 『시경』 시의 어구들에 대한 재해석이 필수적이었다. 그것들을 '작품'아닌 '텍스트'로 보는 것도

에서 불리던 공적 공간의 노래들이었다. 말하자면 각 왕조 악장들의 원천을
캐 들어갈 경우 만나는 최종 텍스트가 바로 『시경』이라는 것이다. 여기서 제기
되는 또 하나의 문제가 바로 『시경』을 만들어 사용하던 주나라[B.C.1100-B.C.256]
의 존재에 관한 것이다. 분명 주나라는 중국 고대 왕조들 가운데 하나였다.
그렇다면 주나라의 『시경』도 '중국 왕조 악장'의 하나로 취급해야 옳지 않은
가. 주나라의 『시경』은 중국 왕조들의 다양한 악장집 가운데 하나일 뿐 한국이
나 일본을 포함한 '동아시아 왕조 악장의 원천'으로 삼아야 할 당위성은 인정
될 수 없는 것 아닌가.

　　그러나 『시경』이 비록 중국 왕조 주나라의 악장집이지만, 공자가 편찬했고
경으로 승격되었다는 점, 후대 왕조들이 모두 『시경』의 텍스트뿐 아니라 경우
에 따라 『시경』 텍스트를 둘러싸고 있는 樂·舞 등 콘텍스트까지 수용했다는
점, 한국의 고려나 조선왕조는 그런 중국 왕조들의 악장을 수용하거나 그 악장
들의 원천인 『시경』을 직접 수용하기도 했다는 점, 일본의 경우 악장의 존재가
불분명하여 현재 확인할 수는 없지만, 천황을 侍宴하던 상당수의 신하들이
『시경』 텍스트에서 시상이나 구절들을 차용하여 시를 지었고 석전의 獻詩와
詩序 등을 지을 때도 『시경』에 의지했다는 점 등을 고려할 때 '주나라 악장집'
『시경』은 중국을 포함한 동아시아 왕조들의 악장 및 그와 유사한 시가 장르의
원천 역할을 수행한 것으로 보아야 한다. 따라서 '주나라 악장집 『시경』'은
국가적 범주를 초월하는 존재로 확고히 서게 되었고, 중국의 역대 왕조들뿐
아니라 한국과 일본의 왕조들도 『시경』을 존숭하고 적극적으로 수용했던 것
이다. 따라서 『시경』과 중국 역대 왕조 악장들의 비교, 『시경』과 한국 악장들
의 비교, 『시경』과 일본 악장[혹은 시]의 비교 등을 통해 원천으로서의 『시경』이
동아시아 왕조들의 악장[혹은 시]에 어떻게 수용되었는지 규명하고자 하는 것이

　　그 때문이다.

본서 집필 목적의 한 축일 수 있고, 『시경』을 벗어난 악장들의 개념이나 텍스트들을 비교하는 것이 또 다른 축일 수 있다.

이 경우에 동원되는 비교의 방법은 과연 무엇일까. 아악악장이든 향·당악악장이든 악장들을 관통하는 주제의식은 왕에 대한 송축이나 頌禱를 통한 '왕조영속의 당위성 선양'이었다. 宮中 呈才[혹은 樂舞] 공연 장소의 좌상객은 왕이었고, 그 정재들에서 불리던 송도 모티프의 노래들은 왕을 정점으로 하던 階序的 통치체제의 강화에 크게 기여한 정치적·문화적 산물로서 궁극적으로 '三代之治의 재현'을 표방하고 있었다. 지배계층은 명분상으로나마 이상적인 왕조체제의 영속을 위해 '임금에 대한 송축'을 강조했고, 그런 송축행위를 예술 형태로 승화시킨 것이 궁중정재이자 악장이었던 것이다.[2] 따라서 개인적인 창작시와 달리 매우 단순하고 평이한 형상화의 수준을 벗어나지 않는 것들이 대부분이었으므로, 여기에 적용될 만한 비교의 방법 또한 아주 소박하여 '텍스트[혹은 타 왕조의 악장]의 차용이나 표절을 밝히는 과정에서 원천으로서의 발신자를 찾아내는 작업만으로 충분하다. 물론 여기서 한 발 더 나아가 찾아낸 원천을 작품 전체와 연결시켜 파악하는 일, 즉 수용자가 원전을 어느 정도 소화하였으며 그것을 변형하여 창작성을 발휘했는지 여부를 규명하는 일은 무엇보다 중요하다.[3]

사실 '어떠한 텍스트라도 서로 다른 다양한 인용의 모자이크로 이루어지기 때문에 텍스트는 모름지기 한 텍스트의 다른 한 텍스트로의 흡수와 변형에 지나지 않는다는 것'이 상호텍스트의 본질이다.[4] 예컨대 고려 공민왕 16년 정월의 「휘의공주혼전대향악장」 <五獻樂章>을 살펴보기로 한다.[5] <5헌악장>

2) 조규익 외, 『한국문학개론』, 새문사, 2015, 126-126쪽.
3) 李昌龍, 『비교문학의 이론』, 일지사, 1990, 47쪽 참조.
4) 줄리아 크리스테바, 서민원 옮김, 『세미오티케』, 동문선, 2005, 17쪽.
5) 고려사 > 卷七十 > 志 卷第二十四 > 樂 一 > 아악 > 태묘의 악장 > 오헌. [한국사데이터베이스] https://db.history.go.kr/ 참조.

은 1구[奏鼓簡簡: 『시경』「商頌」<那>의 제3구], 2구[衎我承懿: 『시경』「상송」<나>의 4구 '衎
我烈祖'에서 '열조'를 '승의'로 교체], 3구[或歌或哭: 『시경』「대아」<行葦> 제2장 제8구], 4구[磬
管以間: 『시경』「주송」<執競> 제9구의 '磬筦將將'을 변용], 5구[昭格不遲: 『시경』「상송」<長發>
제3장 제5구 '昭假遲遲'/「魯頌」<泮水> 제4장 제6구 '昭假烈祖'/「周頌」<噫嘻>의 제2구 '旣昭假
爾'/「大雅」<烝民>의 제1장 제6구 '昭假于下'/「대아」<雲漢>의 제8장 제4구 '昭假無贏' 등을 변
용], 6구[懷我好音: 『시경』「노송」<반수> 제8장 제4구], 7구[介爾景福: 『시경』「小雅」<小明>
제5장 제6구 및 「대아」<旣醉> 제1장 제4구], 8구[禮儀卒度: 『시경』「소아」<楚茨> 제3장 제8구],
9구[鮮不爲則: 『시경』「대아」<抑> 제8장] 등 전체가 『시경』 텍스트들의 集句로 구성
되어 있다. 「대아」에서 5회, 「상송」에서 3회, 「소아」·「주송」·「노송」에서 각각
2회씩 가져왔으며, 개별 작품 기준으로 볼 때는 <那>·<泮水> 등에서 각 2회,
<行葦>·<執競>·<長發>·<噫嘻>·<烝民>·<雲漢>·<小明>·<楚茨>·<抑> 등 9편
에서 각 1회씩 가져왔다.

이처럼 후대 왕조 악장 텍스트의 압도적 원천은 『시경』인데, 그 『시경』의
수용방법은 네 가지 정도로 꼽을 수 있다. 『시경』 시의 개별 작품을 송두리째
갖다 쓰는 경우, 각 작품에서 구 단위로 차용하여 조립하는 경우, 주제를 차용하
는 경우, 이미지 혹은 단어 차원으로 수용하는 경우 등이 그것들이다. 『시경』
텍스트들을 그대로 수용한다 해도 『시경』의 詩境을 재현하는 것은 아니고,
오히려 원래 『시경』 텍스트와는 전혀 다른 모습의 텍스트로 태어나는 경우가
대부분이다. 더욱이 국가의 제례 악장 혹은 궁중연향의 악장으로 쓰기 위한
것들이었다면, '述而不作'[6]을 모토들 가운데 하나로 삼고 있던 당대 지식사회
의 기준으로 볼 경우 표절로 몰아갈 이유는 전혀 없었다. 『시경』 텍스트와
특정 왕조의 악장들을 비교하는 과정에서 불거지는 문제가 바로 '술이부작'이
다. 당시의 지식사회에서 경전은 변조하거나 자의로 바로잡을 수 없는 불가침

---

6) 『文淵閣四庫全書: 經部/四書類/論語注疏』 卷七의 "子曰 述而不作 信而好古 竊比於我老彭" 및 이재준
의 논문 「술이부작과 온고지신의 교육학적 해석」, 『인격교육』 2, 한국인격교육학회, 2011] 참조.

의 대상이었다. 성현의 가르침과 말씀에 바탕을 둔 글귀들을 변조 없이 갖다 쓰는 행위야 말로 진리를 墨守하는 일인 동시에, 그 자체로 떳떳한 텍스트 생산 작업이기 때문이었다. 박여성은 상호텍스트의 원리 가운데 '질료적 반복' 을 들었다. 곧 '과학성, 정확성 또는 법적·종교적·윤리적 책임이 따르는 자연과학, 법전 또는 종교적 텍스트들에서 빈번하며, 원문의 구절을 손대지 않고 그대로 인용한다'[7]는 것이 '질료적 반복'의 본질이며, '정확성 및 법적·도덕적 의무에 대한 근거를 확보함과 동시에 문제가 생기더라도, 텍스트 산출자는 질료적 반복에 대한 책임만을 질 뿐 질료 자체에 대해서는 책임을 지지 않는 다'[8]는 것이다. 심지어 '술이부작'을 표절로 보기는커녕 '옛것으로서의 예악이 갖고 있는 본래적 의미를 온전히 읽어내려는 작업, 즉 옛것을 향한 해석학적 겸손'으로 보는 견해도 있다.[9] 따라서 악장에 구현된 비교문학적 관점의 영향이나 수용은 예악 전수의 지극히 자연스러운 현상으로서, 특히 성인의 저작물인 『시경』 텍스트를 가져와 예악정신을 살리는 일이야말로 어느 시대에나 지식인들에게 주어진 의무라고 생각한 것이다.

　이런 이유로 각 왕조들이 수용한 『시경』 텍스트는 주나라에 이르러 완성된 三代문화 콘텍스트 내의 이상형과는 약간씩 다른 모습을 띨 수밖에 없었다. 말하자면 수용자들이 접한 『시경』은 작가라는 기원을 염두에 둔 작품[혹은 작품집] 아닌 '재해석된 텍스트'라는 것이 보다 정확한 관점이다. 후대 왕조들은 『시경』의 여러 부분들에서 따온 구절들을 하나의 악장 작품 안에 모자이크 식으로 배치하거나, 『시경』의 구절들을 여러 부분에서 따다가 하나의 완성된 작품으로 만드는 경우도 있었으며, 『시경』의 형태·주제·취지 등을 차용하여

---

7) 박여성, 「간텍스트성의 문제: 현대 독일어의 실용 텍스트를 중심으로-텍스트 언어학, 기호학 및 문예학의 공동연구를 위한 제안-」, 『텍스트언어학』 3, 한국텍스트언어학회, 1995, 101쪽.
8) 박여성, 같은 논문, 101쪽.
9) 이재준, 앞의 논문, 76-77쪽.

외견상 창작품처럼 만들어 내는 경우도 있었다.

　그러나 이렇게 '다시 만들어낸' 것들도 표면적으로는 '주나라에서 구현된 기존의 전통적 관념에 의지했고, 중국 문화가 권위를 발휘하던 시대에 분명히 보여준 행동 규범들을 준수하는 것'[10]이었음은 물론이다. 그러나 주나라의 전통적 관념이나 문화적 권위가 다른 시대의 왕조들에 액면 그대로 재현될 수는 없었다. 그래서 하나의 왕조가 일부이든 전부이든 『시경』을 수용한다는 것은 작품으로서가 아니라 텍스트로서 가능한 일이었다. 따라서 '텍스트는 거의 다 해석의 대상이며, 텍스트의 해석이나 오해를 놓고 논쟁이 벌어지는 경우가 허다하다'[11]는 지적이 오늘날에만 가능한 말은 아니다. 오히려 주나라의 악장집인 『시』가 經으로 격상된 『시경』에 대하여 후대의 학자들이 분분한 해석을 내놓고 있는 것도 그런 점을 입증하는 사실이다. 무엇보다 '『시경』이 철학·문학·문화·음악예술 등의 분야들과 적극적으로 결합된 경전'일 뿐 아니라 '텍스트 자체에 국한되어 읽히지 않고, 『주역』 등 다른 유가경전의 의미맥락과 연계되거나 문학 감상, 음악, 의학 등의 맥락과 복합적으로 연계된다'는 차원에서 '다중 콘텍스트'로 인식될 수 있다면,[12] 수용의 과정에서 『시경』이 원래 작품집 아닌 텍스트의 모음이라는 관점으로 다루어져야 함은 이론의 여지가 없다. 말하자면 『시경』이 주나라의 악장집이라는 점과, 원본 편찬자나 주해자들의 권위를 전제로 하고 있다 해도 그간 여타 유교 경전들과의 상호텍스트적 관점에서 논의되거나 재해석되어 온 '『시경』 해석사'를 감안한다면, 『시경』의 부분적인 구절·내용·주제 등을 가져다 후대 왕조들의 악장으로 조립한 수용방법도 넓게 보아 또 다른 해석행위로 볼 수 있다는 것이다.

---

10) 캐서린 벨, 류성민 옮김, 『의례의 이해』, 한신대 출판부, 2013, 291쪽 참조.
11) 남경태, 『개념어사전』, Humanist, 2018, 502쪽.
12) 김수경, 「다중(多重) 콘텍스트로 읽는 『시경』」, 『한국사상사학』 65, 한국사상사학회, 2020, 41쪽 참조.

그러나 현재 우리의 눈앞에 있는 『시경』에서 원저자 혹은 편찬자의 고정된 의도나 의미 등을 쉽게 찾아낼 수는 없다. 그렇다면 본서에서의 비교 작업은 어떻게 수행되어야 하는가. 우선 중국과 한국, 일본 악장의 텍스트를 단순 대비하는 것은 각국의 왕조들이 악장을 영위해온 총 시간의 길이로 보아도, 세 나라에 명멸했던 왕조들의 수나 다양성으로 보아도, 불가능하거나 불필요한 일이다. 3국 악장의 비교는 3국이 공유하거나 밀접한 관계를 맺는 콘텍스트로서의 정치·문화·역사를 바탕으로 한다는 점에서 문학작품을 비교하는 경우와 같을 수 없다. 다카하시 오사무는 텍스트와 상호텍스트의 관점에서 비교문학의 목적을 설명한 바 있다. 선행하는 텍스트가 독서라는 행위에서 어떻게 의미 생성의 틀로 기능하는가 하는 '의미 산출의 장에 대한 분석'이 중심 명제가 되고, 지금까지의 영향 연구는 상호텍스트의 문제로 옮겨가게 된다는 것이다. 이처럼 새로운 관점을 편입시킴으로써 지금까지 논리화되지 않았던 독자론의 문제, 또 쉽게 건너뛰었던 '작품' 사이에 깊게 가로놓여 있는 언어적·문화적 시스템의 단층이 연구의 시야에 들어올 수 있으리라는 것이 그의 견해다.[13]

한시문학의 형태로 만들어진 3국의 악장이 본서의 분석 대상이다.[14] 한시문

---

13) 이시하라 지아키 외 5명, 송태욱 옮김, 『매혹의 인문학 사진』, 도서출판 엘피, 2009, 371쪽.
14) 물론 일본의 경우는 중·한과 분명 다르다. 张永平은 나라·헤이안 시대 일본의 특이함을 다음과 같이 설명했다. "국가 大典에서부터 귀족들의 사적인 모임까지 여기저기 다 『시경』의 그림자를 찾아볼 수 있다. 나라·헤이안 시대의 학인들은 당나라·송나라에서 들어온 대륙문화를 열심히 공부했고, 꾸준히 노력했다. 그들은 모방도 하지만, 그대로 베끼지는 않고, 일본의 실제 상황을 고려해 訓点을 달아주거나, 사본을 傳抄하거나, 심지어 木簡에서 연습하는 여러 방식으로 『시경』의 일본에서의 傳播史를 펼쳤다. 이처럼 꾸준히 노력했기 때문에 나라·헤이안 시대 『시경』 전파의 황금시대가 만들어졌다. 이 시대에 많은 漢詩人, 歌人들이 나와 일본사상 최초의 漢詩集과 漢文集, 和歌集들이 편집되었다. 당나라의 문화가 모든 방면으로 일본에서 꽃 피웠고, 和風 문화가 점차 강대해졌다. (…)헤이안 시대 중후기에 당나라가 멸망해 중국은 五代, 북송의 시기가 시작되었다. 같은 시기 일본 한시는 200여년의 발전을 거쳐 정상에 오르게 되었다.(…)和風의식[일본 본토의 민족의식]이 점점 강해지자 『시경』의 전파 接受 배경에도 새로운 변화가 나타났다. 寬平 6년[894], 菅原道真의 건의로 견당사 제도는 폐지되었다. 견당사를 보내는 것은 당나라의 선진문화를 배워서 일본 율령제 국가의 발전을 촉진시키기 위함이었다. 그러나 9세기 말 晩唐의 세력이 점점 쇠약해져 견당사의 존재의의가 없어졌다. 중국과 관계를 끊는 것이 오히려 일본 야마토 민족 자신만의 특색 있는

학의 형태로 만들어진 악장이 동아시아 공통의 정치적·문화적 산물인 이유는
3국이 표기수단으로서의 한자를 공유하고 있었고, 악장이 유교 예악의 중요한
부분이었으며, 유교 이데올로기를 바탕으로 형성된 동아시아 보편주의의 범
주 안에 3국이 공존하고 있었기 때문이다. 이론은 있겠지만, 중국사에서 중세
로 분류되는 왕조들은 '魏·晉·南北朝·隋·唐' 등이다. 무엇보다 唐 王朝의 律令
은 이후 중국 왕조의 통치에 중요한 영향을 미쳤고, 나아가 한국과 일본·베트
남 등에까지 전파되었다는 점에서 중요하며, 당나라 전기에는 율령의 완비와
함께 유학의 禮制, 특히 국가 禮典이 완성되었다.[15] 한나라 때 형성되기 시작한
동아시아 문화권은 당나라의 출현으로 완성되었는데, 그 발판이 바로 한자·불
교·유교·율령이었다. 당나라는 문화의 힘으로 주변소국들과 정치·외교·군사
적인 측면에서 폭넓은 교류를 갖게 되었다. 당 이후 송·원·명·청을 거치며
時宜에 맞게 수정해 나온 우리나라와 달리 일본의 경우 당으로부터 받은 문화
의 세례와 반작용은 매우 컸다. 즉 '율령체계라는 당시로서는 최고도로 세련된
중앙집권의 통치형태를 비롯하여 유교적 규범, 불교적 정신세계, 문자와 唐習
등이 물밀 듯 일본열도를 휩쓸었고, 헌법과 冠位에서부터 수도의 기본 도시계
획이나 고유문자의 作制에 이르기까지 대륙문물은 6세기에서 9세기에 걸쳐

정치·문화·문학의 발전을 촉진시켰다.(…)일본 율령제 국가가 더 발전해지자 일본인들은 중국의
발달된 문화에 대한 경외와 숭배로부터 깨어나, 일본문화가 중국문화와 똑 같은 가치가 있다는
생각이 일어나게 되었다. 당나라의 쇠락으로 당나라의 영향도 점점 약해져 일본 본국의 문화는
더욱 성숙해졌다. 그리고 일본의 한시도 전성기에 올랐으며, 와카가 점점 흥행·발전해,『시경』의
전파는 점점 화풍의 흥행으로 이어졌고,'和漢융합'의 새로운 환경에 처해졌다."[张永平, 「日本
≪诗经≫ 传播史」, 山东大学 博士学位论文, 2014, 43-45쪽.]고 했다. 말하자면 중국과 다른 일본의
특징을 주로 언급했는데, 문화에서 和風를 매우 중시했다는 것이다. 악장에 대한 언급이 없는
점으로 미루어, 일본에 전통적 의미의 한시형태 악장이 없다는 사실을 인식했음이 분명하다. 물론
'화풍'이란 언급 속에 악장을 대신할만한 어떤 양식 개념이 포괄되었을 수도 있지만, 그것도 아직은
불분명하다.
15) 김정식, 「중국 중세사 사료학습 방안 연구-唐 太宗朝『貞觀禮』를 중심으로-」,『역사교육연구』37,
한국역사교육학회, 2020, 117쪽 참조.

만사의 규범으로 받아들여졌으나, 3세기에 걸친 일본의 대륙·반도문화 흡수의 노력은 일본문화의 중국화를 齎來하지는 않았다'16)고 하는데, 이 점은 음악을 열심히 배워오면서도 중국이나 한국의 그것에 동화되지 않고, 자신들만의 문화를 지켜나간 사실을 설명하는 내용이기도 하다. 말하자면 '봉건제도의 성립'과 '일본적인 것으로의 회귀'는 서로 극히 다른 言語나 이것들이 실은 보편성과 특수성의 遭遇가 아닌가 한다17)는 견해가 합당하리라 생각한다. 일본 문화의 그러한 이중적 실상은 다음과 같이 중국이나 한국과 다른 일본 아악의 특수성을 보여주는 바탕으로도 이해할 수 있으며, 그 내용은 다음의 글에서 확인된다.

> 가가쿠료(雅樂寮)에서 가가쿠(雅樂)의 의미는 오늘날 일본의 가가쿠처럼 '雅正한 음악'이라는 뜻이지만, 중국의 아악과는 내용이 전혀 다르다. 중국의 한·당에서는 유교의 예악사상에 기하여 천·지·인을 모시는 의식악이 있었다. 鐘·磬·琴·瑟·笙·簫·籥·柷·敔·鼓 등을 사용하여 堂上의 登歌와 堂下의 樂懸이 합주를 하고, 八佾舞(천자)·六佾舞(제후)·四佾舞(大夫)·二佾舞(士)의 문무와 무무를 추었다. 이러한 아악 외에, 궁중이나 국가의 행사에 사용되는 음악으로 중국 고유의 음악[俗樂]과 서역 등에서 들어온 외래악[胡樂]이 대규모로 제정되었다. 일본에 전해진 당의 악무는 이러한 속아이나 호악이지 아악이 아니다. 일본에는 하늘과 땅에 제사를 지내는 음악으로 와가쿠(和樂)가 이미 존재하고 있었기 때문에 중국 유교의 아악을 수용할 필요가 없었던 것이다.(…)중국의 아악은 훨씬 후세이기는 하지만, 明朝나 淸朝에서 한국으로 전해져 현재까지도 古制를 간직하고 있다.18)

유교의 예악사상에 바탕을 두고 이루어진 雅正한 제사음악으로서 등가와

---

16) 박영재, 「≪大勢三轉考≫와 日本史의 時代區分」, 『동방학지』 Vol.46-48, 연세대학교 국학연구원, 1985, 335-336쪽 참조.

17) 박영재, 같은 논문, 341쪽.

18) 岸邊成雄·橫道萬里雄·吉川英史·星旭·小泉文夫 공저, 이지선 역주, 『일본음악의 역사와 이론』, 민속원, 2003, 34-35쪽.

헌가의 합주로 '천자-제후-대부-사'의 명분에 따라 8·6·4·2의 佾舞를 곁들이는 것이 중국과 한국에서의 아악이었으나, 일본의 경우 제사음악으로서의 와가쿠가 이미 존재하고 있었으므로 액면 그대로의 원래 아악을 수용할 필요가 없었다는 것이 중·한과 일본의 아악이 양상을 달리하는 근본 원인이라는 설명이다. 중·한의 아악에 수반되던 악장을 일본에서 발견할 수 없는 것도 당연히 그런 이유 때문이다. 중국의 아악에 중국식 악장이 수반된 것처럼, 노래나 노랫말이 필요한 경우라면 일본식 노래와 노랫말이 수반되는 것은 상식이었다고 할 수 있다. 아악과 악장의 근본적 성격에서 중·한과 일본의 근본적인 차이는 바로 이 점에 있었다.

원래 문자 텍스트로서의 악장은 음악에 올려 가창되었으며, 음악과 함께 무용이 어우러져 그 콘텍스트를 형성했다. 따라서 분리하여 생각할 수 없는 것이 악장과 음악이다. 근대 이전 동아시아 왕조들을 하나로 묶던 음악은 아악이었고, 그것은 원래 중국과 한국에서 釋奠樂을 비롯한 각 왕조들의 제례악으로 쓰이던 음악이었다. 그런데, 인용문에서와 같이 일본의 아악은 의미나 존재 양상의 측면에서 중국·한국의 그것과 현격하게 달랐다. 남성호에 의하면, 역사적으로 701년 大寶律令에 의해 설치된 음악기관 ががくりょう(雅樂寮)에서는 주로 대륙 전래음악만을 취급하였고, 대륙에서 속악으로 분류된 음악도 일본에 유입된 후에는 아악이라 불렸으며, 아무리 '기품이 있고 바른[雅正]' 음악이라 하더라도 일본에서 창작된 것은 속악 혹은 雜藝로 분류되었다. 일본의 아악은 그 이전에 유입된 伎樂의 요소를 수용하기도 했고 일본 고유의 음악까지 포함시켜 아악의 외연을 확장해 왔으며, 결과적으로 독특한 일본 아악을 형성하였다는 것이다.[19]

---

19) 남성호, 「근세일본의 아악부흥과 아라이 하쿠세키(新井白石)」, 『東아시아古代學』 31, 東아시아古代學會, 2013, 136-137쪽.

Ⅱ. 동아시아 악장과
그 토양으로서의 중세적 보편주의

중국 특히 당나라에서 완성된 문화적 표준은 한자·불교·유교·율령 등의 조화로 이루어졌고, 이후 중국 왕조들과 한국·일본·베트남 등으로 번져나가 동아시아를 하나로 묶는 효과를 발휘했다. 일본은 본래의 자신으로 돌아가 특수성을 보여주었으나 사실 그것은 동아시아적 보편성과 병행하는 것이었다. 동아시아적 보편성과 일본적 특이성의 병행이라는 이 성향이 1183년 성립된 가마쿠라(鎌倉) 막부로부터 나타나게 되었다. 그 시기가 일본사에서 중세의 기점이라는 나가하라 케이지(永原慶二)의 견해[20]를 들어, 박영재는 이 시기를 일본이 동아시아 세계의 역사로부터 가장 뚜렷하게 일탈하기 시작하는 부분으로 보았다.[21] 헤이시[平氏]를 멸망시키고 일본 최초의 武臣정권으로 등장한 가마쿠라(鎌倉) 시대는 150여년을 지속했으며, 연이어 등장한 무로마치(室町)·센고쿠(戰國) 등과 함께 일본사의 중세로 지칭되는 시대였다. 학자에 따라 약간씩 차이를 보이고 있으나, 우리나라 사학계의 경우는 대체로 고려와 조선을 중세로 보고 있으며,[22] 중세의 특징을 보편주의에서 찾고 있다. 보편주의에 대한 설명은 다음과 같다.

---

20) 「近代以前の時代區分」, 『岩波講座日本歷史 22-別卷 1』, 岩波, 1968, 185-209쪽.
21) 박영재, 앞의 논문, 336-337쪽.
22) 정구복, 『韓國中世史學史(Ⅱ)-朝鮮前期篇-』, 경인문화사, 2002, 1쪽.

고대의 지역적 고유성이 잔존하던 상황에서 문화와 사상의 교류로 인하여 세계적인 문화의식과 사상을 귀중하게 인식하던 성향이 있었다. 이를 보편주의라고 칭한다. 중세의 보편주의는 종족적 특성이나 국가의 독자성, 전통적 사상과 선진 문화를 수용하여 그 척도를 통해서 판단하는 것을 특성으로 한다. 이러한 중세의 보편주의는 오랫동안 사대주의라는 용어로 폄하되어 왔다. 그러나 사대정책은 작은 나라와 큰 나라가 공존하는 평화관계를 정착시켰다. 중세의 보편주의적 특성이 쇠퇴하는 것은 제국주의의 출현으로 민족국가가 태동하면서부터이다. 이후 민족의 특수성과 고유성이 재 강조된 시기는 근대에 이르러서였다.(…)동양에서의 보편주의를 중세의 특성이라 했지만, 보편주의가 반드시 중세에서 시작되었다는 의미는 아니다. 이미 고대에 불교가 동양의 여러 나라에 전파되었고, 유교·도교의 중국 문화가 전파되면서 보편주의가 나타나기 시작했다. 그런데 불교는 전파된 지역의 사상과 문화를 수용하여 그 나라 문화와 습합함으로써 보편적인 성향이 유교에 비하여 크지 않았다.(…)유교는 전통문화를 비판하고 고유 풍속을 유교화함에 보다 철저하였다. 또한 유교는 정치, 경제, 사회, 문화를 운영하는 이념, 윤리, 철학으로서 깊고 폭넓은 영향을 미쳤다. (…)중세의 사대정책은 외국문화를 적극적으로 수용해 민족문화를 발전시키는 데에 기여하였을 뿐 아니라 큰 나라와 작은 나라가 공존하는 평화관계를 정립시켜 중세의 국가체제를 유지하는 데에도 기여하였다.[23]

사실 유럽의 중세와 동아시아의 중세는 역사적·문화적으로 분명 다르지만, 유사한 점들도 없지는 않다. 중세 보편주의는 원래 '로마제국이 곧 세계제국이라는 생각, 로마 황제는 여타 왕들보다 우월한 특권을 지닌 존재라거나 신의 특별한 가호를 받는 존재이므로 신성하다는 생각, 로마 교회는 세계교회로서 보편성을 대표하고 그 보편교회를 지도하는 교황은 탁월하다는 교황의 首位性 이론의 결합' 즉 로마적인 보편성과 기독교적인 보편성이 서양 중세의 보편주의를 성립시켰는데,[24] 이 점은 천자를 정점으로 하던 중화와 왕들이 다스리던

---

23) 정구복, 『韓國中世史學史(Ⅰ)-고려시대편-』, 경인문화사, 2014, 14-18쪽.

주변의 제후국들이 '조공과 책봉'의 관계로 엮이어 정치·외교적 질서가 유지되고, 불교나 유교가 역내 구성원들의 세계관을 장악하던 동아시아의 그것과 유사하다고 보는 것이다. 그런 논의에서 늘 사대주의가 걸림돌로 등장하지만, 원래 동아시아에서도 그것은 중세의 보편주의에 대한 경도일 뿐 이른바 '사대주의'는 아니었다. 사실 사대주의 아닌 사대정책은 대국과 소국이 평화롭게 공존하기 위한 외교 정책이나 포용을 지향하는 이데올로기의 소산으로 보는 것이 타당하기 때문이다. 유럽의 국가와 민족들이 그들 밖의 세계로 팽창해 나가면서 그 팽창이 문명화, 경제 성장과 발전, 그리고[혹은] 진보 등으로 다양하게 불리는 어떤 것을 확산시켰다고 주장했고, 그것들은 이른바 자연법이라는 것의 외피를 쓴 채 보편적 가치의 표현으로 해석되었는데,[25] 그와 달리 동아시아의 보편적 가치는 수용자 측의 필요에 의해 적극 도입되었다는 점이 유럽의 그것과 다르다.

지배계층이 통치나 자기표현 수단으로 한자와 한문을 도입하고 사용함으로써 자국의 고유성을 뛰어넘는 중국의 선진 시스템에 맞추고자 했다는 점, 유교나 불교 혹은 도교를 수용하여 자국의 전통적인 신앙체계를 넘어서는 정신문화를 공유하고자 한 점 등에서 우리 역사상 보편문화가 성립·지속된 것은 꽤 오래 된 일이고, 그것이 중세적 성격의 중요한 부분을 차지하는 것 또한 사실이다. 특히 정치·외교적 측면에서는 '조공-책봉'의 관계를 바탕으로 형성된 '조-중'의 불평등 관계 역시 중세의 본질을 결정하는 중요한 측면인데, 그 와중에서도 '민족 관념'은 개입되지 않았다는 것이 동아시아적 특징이다.[26] 공동문어문자로서의 한자와 구어문자의 이중 글쓰기 체제를 영위하던 주변국

---

24) 이경구, 「중세 제국이념의 성격」, 『西洋史論』 Vol.45 No.1, 한국서양사학회, 1995, 262-262쪽.
25) 이매뉴얼 월러스틴 지음, 김재오 옮김, 『유럽적 보편주의: 권력의 레토릭』, 창비, 2008, 15-16쪽.
26) 조규익, 「조선 지식인의 중국체험과 중세보편주의의 위기」, 『溫知論叢』 40, 사단법인 溫知學會, 2014, 41쪽.

들은 일단 보편문화의 自己化를 이룩하는 근대까지 보편주의의 지배 하에서
집단적 학습의 기회를 갖는 것이 필수적이었다. 민족도 다르고 말도 다르며
생활양식도 다른데, 어떻게 음악이나 악장을 공유할 수 있는가. 이런 물음들에
내포된 선악 결정의 도덕률, 미추 결정의 미학 등이 오래도록 공유해온 개개
민족이나 국가들의 집단심성에 따르는 문제들이긴 하지만, 다양한 왕조나 민
족 집단을 하나로 아우르는 정신적 기준이나 좌표가 강할 경우에는 사고체계
들을 하나의 범주로 수렴할 수 있는 힘을 갖게 되기 마련이다. 인류 역사의
진행에 힘을 발휘해온 보편주의가 바로 그것이다.

　동아시아 왕조들의 악장을 비교의 차원에서 언급할 경우 '같고 다른 점들'
을 분석하는 것이 필요한데, 같은 점들은 보편주의의 소산이고 다른 점들은
민족적 특성의 발현이라고 보면 될 것이다. 각 왕조는 자신들이 소유해온
전통적 범주의 제도·신앙·예술 등을 보편주의를 통해 표준화하려 한 것이
사실이다.

　그렇다면 과연 악장에 적용되는 보편주의란 무엇일까.『시경』에 초점을 맞
출 경우, 동아시아적 보편주의의 진수를 발견하게 된다. 왜 '경'이라 했을까.
성인의 저작으로서, 고금을 통해 불변하는 천지의 떳떳한 도리와 불후의 대훈
(大訓)을 '경'이라 한다. 역사상『시경』텍스트를 대부분 '시문학의 典範'으로
받아들여 왔지만, '혹 복상기간이 아닌 경우에는 시 삼백을 외우고, 시 삼백을
연주하고, 시 삼백을 노래하며, 시 삼백에 맞추어 춤을 추기도 한다.[27]는 墨子
의 설명으로 미루어 원래 그것은 상당기간 정서·의례·실용 등 다면적 성격을
지닌 텍스트였을 것이다. 誦詩는 문학 텍스트로서의 시를, 弦詩는 음악 텍스트
로서의 시를, 歌詩는 노래 텍스트로서의 시를, 舞詩는 춤 텍스트로서의 시를

---

27)『文淵閣四庫全書: 子部/雜家類/雜學之屬/墨子』卷十二의 "或以不喪之間 誦詩三百 弦詩三百 歌詩三
　　百 舞詩三百" 참조.

지칭하므로, 모두 같은『시경』텍스트이되 구현되는 양상은 가·무·악·송으로 다면적이었음을 밝힌 언급이다. 따라서 역사상『시경』은 융합적 텍스트의 모범적 선례로서 동아시아의 모든 왕조들에게 수용되어 각자의 악장을 산출하게 한 것이다. 중세적 보편성을 발판으로 만들어진 동아시아 지역 왕조들에 의해 통시적으로 수용된『시경』이야말로 이 지역 공통의 자산이었을 뿐 중국 專有의 독점물은 아니었다. 마찬가지로『시경』을 수용하여 만든 각 왕조들의 악장은 공시적으로 주변 왕조들에 의해 왕성하게 수용되었다. 모든 왕조들은 통시적으로『시경』을 수용하고, 공시적으로는『시경』을 수용하여 제작한 동시대 타 왕조들의 악장을 받아들임으로써 관습적이고 보편적인 악장의 형태를 갖추게 된 것이다.

동아시아의 악장은『시경』텍스트 자체,『시경』텍스트를 수용한 부류,『시경』텍스트를 벗어난 부류 등으로 크게 삼분된다. 구체적으로『시경』텍스트 자체가 갖는 악장으로서의 본질,『시경』텍스트로 만들어진 악장의 '텍스트 차용' 양상,『시경』텍스트와 무관하게 만들어진 창작악장들의 특성 모색 등을 바탕으로 한·중·일 왕조들 사이의 같고 다른 점들을 찾는 것이 본서 논의의 핵심이다. 주로 악장 일반에 관한 것을 제2부에서 살펴 본 다음 제3부에서는『시경』텍스트 및 그 수용으로 이루어진 악장들을 살펴보기로 한다. 동아시아의 여러 왕조 악장들이『시경』텍스트를 수용한 양상과 의미를 살펴보되, 중국의 왕조들·고려와 조선·일본 등의 순으로 살펴보는 과정에서 같고 다름은 밝혀질 것이고, 그것을 비교문학의 내용으로 간주하고자 한다. 중국과 한국 왕조들의 악장은 유사한 모습을 공유하는 데 반하여, 일본의 경우는 음악이나 가무가 두 나라와 판이하고, 무엇보다 '악장'이란 명칭을 사용해오지 않았을 뿐만 아니라 개념의 공통성을 유추할만한 명칭조차 찾기 어렵다는 점에서 '일본의 악장'은 가상적이거나 매우 추상적인 범주의 장르일 수 있으므로, 한·중 두 나라와 분명히 구분되는 양상을 보여주는 것이 사실이다. 따라서 엄밀하게 '한·중·일의 악장' 아닌 '한·중의 악장과 악장 성향의 일본 노랫말'로 구분해야 할 정도로 그 차이는 분명하게 드러난다.

동아시아 악장의 출발은 『시경』이었고, 『시경』은 통시적 선상의 각 왕조들에 의해 수용됨으로써 악장의 관습을 형성해왔다. 따라서 『시경』 텍스트에 대한 해석을 바탕으로 각 왕조의 악장은 구체적인 모습을 드러냈고, 한·중·일 각각의 왕조들은 공시적으로 영향을 주고받음으로써 보편성 혹은 균질성을 확보하게 되었다. 제2부[한·중·일 악장의 존재양상과 존립기반]와 제3부[『시경』과 한·중·일 악장 및 예악문화]를 통하여 각 왕조 악장들의 상호 영향관계를 살펴보는 것이 본서의 주된 내용이 될 것이다. 그러나 『시경』은 한순간도 논의의 흐름을 떠나지 않는다는 사실을 미리 밝히고자 한다.

제2부

한·중·일 악장의 존재양상과 존립기반

琴以歌南風其文詳也自殷周洎於魯僖六詩該備而
異用前者超忽莫得而傳虞舜之書始陳詩詠五絃之
形謳歌未寄文字俗薄政煩歌謳理切六代之樂同功
地同和後代聖人從而明之耳上皇道質人無所感雖
無文詞然兒有善則鳳自舞其來尚矣夫大樂與天
不起鴻荒之代始自女媧笙簧神農造瑟未有音曲亦
也人心之哀樂王政之得失備於此矣然詩者**樂章**也
詩之官而主納之申命瞽史習其箴誦廣聞教諫之義

欽定四庫全書　　毛詩指說

方巡狩大明黜陟諸侯之國各使陳詩以觀風又置采
發言舉事左右書之猶慮臣有曲從史無直筆於是省
罰惡諷刺無益故也詩樂相通可以觀政矣古之王者
王澤竭而詩不作者謂幽厲之後周室大壞不能賞善

I. 용어의 의미범주 및 역사·문화적 의미

악장이란 용어는 중국과 한국에서 쓰여 왔고, 일본에서는 쓰인 문헌을 찾기 어렵다. 물론 악장의 代用語로 쓰이거나 그 하위 범주에서 병용해온 歌詞·歌辭·歌詩·樂歌 등의 명칭들은 있다. 그러나 악장이란 말이 가장 널리 쓰여 온 것은 사실이다. 중국 왕조들이 자신들의 악장을 제작해 쓰던 시기 이전의 기록들에 나타나는 악장의 명칭은 주로 『시경』 시[1]들과 관련지어 언급되는 것들이 대부분이다. 『시경』 시대보다 훨씬 이전의 노래들이 후대의 문헌들에 기록으로 남아 있긴 하지만, 그 대부분은 문자 없던 시기의 노래들이기 때문에 기록되기까지의 과정이나 연유를 밝히기 어려워 신뢰할 수 없다. 이와 관련하여 蔣伯潛·蔣祖怡는 <斷竹歌>·<擊壤歌>·<康衢謠>·<卿雲歌>·<南風歌>·<五子之歌> 등은 후인이 가탁한 것들이고, <麥秀歌>[箕子]·<采薇歌>[伯夷] 등은 옛날 유명했던 시가의 한 조각에 불과하다고 단언했다.[2] 따라서 문자로 이루어진 텍스트 자체는 물론 편찬 주체나 목적, 정비 과정, 문화적 바탕 등 콘텍스트의

---

1) 『『시경』 시』는 『시경』이라는 구체적 문헌에 실린 텍스트로서의 시작품임을 강조하려는 의도에서 나온 호칭이다. 언급하는 작품들의 텍스트적 의미를 강조하기 위해 본서에서 『『시경』 시』라는 명칭을 사용하고자 하는 것도 그 때문이다. 이와 함께 '시', '시삼백', '시경' 등의 말들이 같은 뜻으로 혼용되는 옛 전적들의 텍스트적 관습도 미리 밝혀 둘 필요가 있을 것이다. 춘추시대에 『시경』은 '시' 혹은 '시삼백'으로 칭해지고 있었으나, 『시』와 『경』을 하나로 묶어 『시경』을 하나의 고유명사로 사용한 예는 『사기』 「유림전」에 "申公獨以詩爲經 訓故以教"란 기록이 최초인 듯하다는 정상홍의 견해[『시경』, 을유문화사 2014, 53쪽 참조.]를 수용하고자 한다. 본서에서는 『시경』과 함께 '시'라는 용어를 혼용하되, 문학 장르 명으로서의 '시'와 구분할 필요가 있는 경우에는 『『시』』로 표기한다.
2) 蔣伯潛·蔣祖怡, 崔錫起·姜貞和 역주, 『儒教經典과 經學』, 경인문화사, 2002, 44-46쪽 참조.

측면에서도 거의 완벽한 요건을 갖춘 『시경』이 가장 오래 된 문헌이고, 그것이 중국을 포함한 근대 이전 동아시아 왕조들의 악장 제작에 모범적 선례로 광범위하게 수용되어 온 것이 사실이다. 이런 점에서 악장이란 용어의 개념 및 의미범주를 규정해온 대전제는 '음악과 詩·詞의 결합'이었으며, 악장을 말하면서 『시경』을 언급하거나 후대 왕조들의 악장에서 『시경』의 강한 영향을 찾아내는 것은 『시경』이 단순한 詩集 아닌 '음악을 수반한 歌集'이었음을 분명히 해주는 사실이라 할 수 있다.3)

원래 백성들의 말을 채집하여 음악에 붙인 것이 민간의 노래라면, 그것을 전파시킨 것이 악장이었다.4) 민간의 노래는 정사의 잘 되고 못 됨이 드러나는 텍스트였고, 좋은 정사를 찬양한 노래들은 그것들대로 잘못된 정사를 비판한 노래들은 그것들대로 통치자의 입장에서는 필요한 것들이었다. 정치의 잘잘못을 표현한 노래들 못지않게 미풍양속을 드러낸 노래들도 백성들의 교화에 절실한 것들이기 때문이었다. 이렇게 옛날의 제왕들은 백성들의 말과 노래를 채집하여 다듬거나 혹은 음악에 올려 政敎의 자료로 쓰고자 했다. 다음과 같은 글에 그런 사정을 뒷받침하는 악장의 본질과 효능이 반영되어 있다.

> 聲音의 본질은 정치와 통하니, 내가 六律을 들어 五聲을 바로잡고 八音에 올리는 것은 그 정사의 다스려짐과 다스려지지 않음을 살피고자 하기 때문이다. 소리의 조화로움은 정사의 잘 다스려짐에서 말미암고 소리의 어그러짐은 정사의 태홀함에서 말미암는다. 그 살피는 법칙은 조정에서 나오는 제왕의 조서와 민간에서 받아들이는 가요의 모든 말들이 5성에 맞추어지고 악장으로 퍼뜨려지는 것을 군덕과 민풍의 징험으로 삼는 것이다. 나 스스로 능히 모두 들을 수 없어 너희 신하들

---

3) 원래 六經[『易經』·『書經』·『詩經』·『禮經』·『樂經』·『春秋』]에서 『樂經』의 존재에 대한 고문경학가들과 금문경학가들의 견해가 다르지만, 그것을 『시경』 305편의 악보로 보고 시를 그 가사로 보는 것이 타당하다고 생각한다.[蔣伯潛·蔣祖怡의 책, 75쪽 참조.]

4) 『文淵閣四庫全書: 經部/書類/絜齋』家塾書鈔』卷二의 "古者 採民言而寓於樂 卽民間之歌謠 而播之樂章" 참조.

에게 의뢰하노니, 그 어그러짐과 조화, 득실의 나누어짐을 살피고 들어 樂이 행하
게 하며 人道를 맑고 밝게 하도록 하라.[5)]

순임금의 당부[『서경』「虞書」'益稷' No.4의 "予欲聞六律五聲八音 在治忽 以出納五言 汝
聽"]를 부연하면서, 육률·오성·팔음의 조화로 구현되는 악장을 임금의 덕과
백성들의 풍속에 대한 징험의 자료로 삼아 정치의 잘되고 못됨을 확인했다는
뜻을 설명한 글이다. 말하자면 좋은 정치를 하기 위해서는 백성들의 노래가
매우 긴요한데, 그 백성들의 말을 오성에 맞추어 만드는 노랫말이 바로 악장이
라는 것이다. 말하자면 악장이란 '치세 음악의 가사'라는 뜻이다. 紀昀
[1724-1805] 등은 『毛詩講義』에서 「大序」 중 『시경』 305편의 功用이 언급된 부분
을 설명하면서, 周公이 성왕 때를 맞아 악장을 제정한 뒤 樂經이라 이르고
태사에게 주어 郊廟 朝廷과 왕의 起居 燕寢에 쓰도록 했으며, 邦國의 鄕人들에
게까지 통용될만한 것들도 있었다고 했다. 이것들 모두가 인의예지를 말한
것이고, 祖宗 공덕의 성대함과 천명·인심이 國俗과 王化의 기초라는 점에서
治世의 시라고 규정했으며, 제사·빈객·연거·출입에 악기의 연주에 맞추어 읊
조리고 노래 부름으로써 군신과 民物의 득실을 바르게 했다고도 하였다.[6)] 앞
에서 인용한 蔣伯潛·蔣祖怡의 견해에서 본 바 있듯이 '악경'의 경우 이견들이
있으므로 더 이상 거론할 수 없지만, 『시경』은 음악이 수반되는 텍스트임을
강조하는 뜻으로 받아들일 필요는 있을 것이다. 그 때의 '악장'은 '음악+詩章'

---

5) 『文淵閣四庫全書: 經部/書類/日講書經解義』 卷二의 "聲音之道 與政通 我欲聞六律以正五聲 而被之八
   音者 察其治不治于政事 音和由政事之修治 音乖由政事之怠忽 其察之之法則 以朝廷所出之絲綸 民間所
   納之歌謠 凡言之叶于五聲 播之樂章者 爲君德民風之驗 而我不盡能自聽也 賴汝臣 審聽其乖和得失之分
   使樂行而倫淸焉" 참조.
6) 『文淵閣四庫全書: 經部/詩類/毛詩講義』 卷十一의 "周公當成王之時 制爲樂章 謂之樂經 以授之太師
   施之郊廟朝廷 與夫王之起居燕寢 而又有達於邦國鄕人 可通用者(…)此皆仁義禮智之言 祖宗功德之盛
   天命人心之所係國俗王化之所基 由此觀之 治世之詩 祭祀賓客燕居出入 弦誦而歌吹之 可以正君臣民物
   之得失" 참조.

의 융합적 개념을 바탕으로 하는 텍스트 명칭이고, 첫 단계 악장의 실체는
『시경』이었으며, 악장 담론의 출발 역시 『시경』에 있었음을 보여주는 논의라
할 수 있다.

따라서 악장의 출발은 『시경』이고, 『시경』의 범주 안에 음악이 들어 있다고
보는 것이 전통적인 관점이다. 『시경』이 악장의 남상이므로 일부 특정 지역
중심7)의 연향악장들을 제외한 후대 왕조들의 악장은 형태·내용·주제의 측면
에서 『시경』의 직·간접적인 영향권을 벗어나지 않는다. 이때의 악장 역시 궁
극적으로 『시경』의 본질과 결부되는 것이다.

<1> 옛 사람의 시로서 금석에 올리지 못할 것은 없으니, 『시경』 삼백 편은
모두 옛 악장이다. 그러므로 순임금이 기에게 명하여 말하기를 악은 시에서 비롯
되었다 했고, 또 말하기를 금슬을 어루만지며 노래한다고 했으니 노래하는 것이
곧 시였다. 악공은 임금에게 바친 말을 때로 전파했는데, 바치는 것과 전파하는
것이 곧 시였다.8)

<2> 시와 악은 상통하여 가히 정사를 관찰할 수 있었다. 옛 王者의 발언과 행하
는 일을 좌우에서 기록했으나, 오히려 신하들이 자기의 뜻을 굽히고 순종할까
사관이 직필하지 않을까 염려했다. 이에 천자가 사방을 순수하고 제후국의 정치와
민정을 시찰하여 출척을 크게 밝힐 때 제후국으로 하여금 민간의 시를 채집하게
하여 풍속을 살피고 또한 채시관을 두어 납언하라는 천자의 명과 고사가 잠송하는
것을 익히는 것과 가르치고 간하는 뜻을 널리 듣는 일을 주관하게 하니 인심의
애락과 왕정의 득실이 이에 갖추어졌다. 그러나 시는 악장이다. 태고 적 혼돈의

---

7) 어느 왕조를 막론하고 민간의 노래들을 채집하여 俗樂 혹은 연향악으로 쓴 경우가 일반적이다.
『시경』의 國風도 그러한 경우이고, 고려·조선의 俗樂 혹은 鄕樂이나 일본의 국풍도 그런 경우들이다.
고려·조선의 경우는 약간 다르지만, 일본에서는 이른바 唐風에 대하여 9세기말부터 10세기 이후
전개된 일본풍의 문화를 총칭하는 개념인데, 『고킨와카슈(古今和歌集)』 같은 이 시기의 시가집에서
도 그런 토속적인 면을 발견할 수 있다.
8) 『文淵閣四庫全書: 經部/書類/書經衷論』卷一의 "古人之詩 無不可被之金石 詩經三百篇 皆古樂章也
故命夔言 樂始於詩 又曰 搏拊琴瑟以詠 所詠者即詩也 工以納言 時而颺之 所納所颺者即詩也" 참조.

시대에는 생겨나지 않았고, 비로소 여와씨가 생황을 만들고 신농씨가 비파를 만들었으나 아직 음곡은 있지 않았으며 문사도 없었다. 그러나 영아에게 착함이 있은 즉 봉새가 스스로 춤추며 날아온 것은 오래된 일이다. 대저 대악과 천지는 서로 조화되어 화합하나니, 후대의 성인이 따라서 밝힌 것이다.[9]

<1>은 청나라 정치가 張英[1637~1708]의 말로서, 옛 사람의 시들을 금석 즉 편종이나 편경 등 악기에 올린 것이 『시경』 시 300편으로, 모두 악장이라 했다. 즉 문학으로서의 시에 곡을 붙여 연주하고 노래했으므로, 『시경』은 樂章集, 『시경』 시들은 모두 악장이었던 것이다. 그래서 『시경』에 『악경』이 붙어 있었듯이, '악은 시에서 비롯되었다'는 것이고, 악기 연주에 맞추어 노래했으니 노래하는 것이 곧 『시경』 시들이라고 했다. 임금에게 바친 말을 악공은 노래로 만들어 전파시켰으니, 그것이 바로 『시경』 시들이었다는 것이다. 악장의 제작방법이나 존재양상을 적절히 제시한 말이다.

　정사의 잘되고 못됨을 관찰할 수 있게 한다는 시와 악의 효용성을 통해 '악장으로서의 시'가 지닌 본질을 분석한 것이 唐代 成伯璵가 말한 <2>이다. 천자가 사방을 순시하거나 제후국의 정치와 민정을 시찰하면서 민간에서 채집한 시를 통해 풍속을 살피고 채시관을 통해 納言을 접하여 백성들의 소리를 널리 들음으로써 사람들 마음의 슬픔과 즐거움, 정치의 득실이 시에 표출된 내용을 이해할 수 있게 되었다고 한다. 大樂 즉 제왕의 제사나 朝賀, 연향 등의 典禮에 쓰이는 장중하고 典雅한 음악이 천지와 서로 조화되고 화합한다는 것은 천지의 기운을 따르고 그 천명과 더불어 조화를 이루기 때문에 온갖 물건들

---

9) 『文淵閣四庫全書: 經部/詩類/毛詩指說』의 "詩樂相通 可以觀政矣 古之王者 發言擧事 左右書之 猶慮臣有曲從 史無直筆 於是 省方巡狩 大明黜陟 諸侯之國 各使陳詩以觀風 又置采詩之官 而主納之申明 瞽史習其箴誦 廣聞教諫之義也 人心之哀樂 王政之得失 備於此矣 然詩者樂章也 不起鴻荒之代 始自女媧笙簧 神農造瑟 未有音曲 亦無文詞 然嬰兒有善 則鳳自舞其來尙矣 夫大樂與天地同和 後代聖人從而明之耳" 참조.

이 그 본성의 節奏를 잃어버리지 않는다는 뜻이다.10) 그런데 군왕의 은택이 사라지면서 시가 지어지지 않았는데, 그 까닭은 유왕과 여왕 이후에 주나라 왕실이 붕괴되어 착함을 상주고 악함을 벌할 수 없었고, 풍자도 무익해졌기 때문이었다.11)

주나라가 융성할 때에는 『시』에 실린 개별적 시편들이 바로 악장이었으나, 주나라 이후 왕조들에게 『시』는 經으로서 자신들의 악장을 제작하면서 祖述 해야할 모범적 선례일 뿐이었다. 즉 주나라에서 '『시』의 시편들과 악장은 하나'였으나, 후대 왕조들에게 『시』는 周代의 악장집일 뿐이어서 그들은 『시』에 실린 시편들을 依倣하여 자신들의 악장을 만들어 갈 수밖에 없었다. 그런 이유로 '王澤竭而詩不作[각주 11)]'에서 왕은 屬王과 幽王을 말하고 『시』에 실린 시편들은 '악장으로서의 그것들'을 말하는 것이다. 『시경』에 실린 시들의 하한선이 춘추시대 초기에 그치는 것을 드러내는 언급이다.

誦詩·歌詩·弦詩·舞詩 등 문자 이외의 구현방식에 의해 『시경』 시들의 본질이 설명되면서 시와 음악의 융합적 패러다임인 악장의 의미범주는 크게 확장될 수밖에 없었다.

자묵자가 공맹자에게 일러 말하기를, "상례는 임금과 부모·처·맏아들의 경우 3년 상을 하고, 백부·숙부·형제는 1년 상, 족인은 5월상, 시어미·맏누이·시아비·생질은 두어 달 상을 치른다. 혹 상기가 아닐 때는 시 삼백을 외우거나, 시 삼백을 연주하거나, 시 삼백을 노래하거나, 시 삼백을 춤춘다. 만약 그대의 말을 받아들인다면, 임금은 어느 날에 정사를 펴고, 서인은 어느 날에 일에 종사하겠는가?"라고 했다.12)

---

10) 『文淵閣四庫全書: 經部/禮類/禮記之屬』 卷三十七의 "大樂與天地同和 大禮與天地同節 注言順天地之 氣與其數和 故百物不失" 참조.
11) 주 9)와 같은 곳의 "王澤竭而詩不作者 謂幽厲之後 周室大壞 不能賞善罰惡 諷刺無益故也" 참조.
12) 『文淵閣四庫全書: 子部/雜家類/墨子』 卷十二의 "子墨子謂公孟子曰 喪禮 君與父母妻後子死 三年喪服 伯父叔父兄弟期 族人五月 姑姊舅甥有數月之喪 或以不喪之間 誦詩三百 弦詩三百 歌詩三百 舞詩三百

전징지가 말하기를 예기의 송시삼백 <u>간시</u>삼백 현시삼백 무시삼백은 시경이니, 노래 부를 수 있을 뿐만 아니라 악기연주와 춤의 음악절주를 구비하고 있기도 하다고 했다. 고염무가 말하기를, 노래는 시이고, 치고 어루만지며 부는 것은 악기라고 했으니, 합하여 말하면 악이고, 시에 대응하여 말하면 이른바 악이라는 것은 팔음이다. 시에서 흥기하여 악으로 완성된다는 것이 이것이니, 시와 악을 나누어 말한 것이다. 오로지 악만을 거론한다면 시는 그 속에 들어 있으니, 공자께서 '내가 위나라로부터 노나라에 돌아온 연후에 악이 바로잡혔고 아와 송이 각각 그 자리를 잡았다'고 말씀하신 것이 이것이니 시아 악을 합하여 말한 것이다. 시 삼백편은 모두 음에 올려야 악이 될 수 있다. 한나라 이후로 지은 바 5언의 부류는 徒詩이고, 그것을 음에 맞춘 것을 악이라 한다. 송나라 이후에 그 이른바 악부라는 것 또한 그 가사를 모방한 것일 뿐이니 徒詩와 다를 것이 없다. 그래서 시와 악은 분명히 둘이다. 악만 망한 게 아니고 시 또한 망했다.[13]

인용문 전자의 핵심은 자신들의 이익만을 추구하던 기존의 지배계층을 비판하며 尙賢·非攻·兼愛를 내세우던 실용주의자 墨子[B.C. 479년경-B.C. 381년경]와 공자 사상을 추종하던 公孟子 간의 논쟁적 대화에서 언급된 『시』의 본질에 있다. 묵자는 언급한 삼백 편[『시경』]을 그 표출 방법에 따라 '誦·弦·歌·舞' 등 네 가지로 나누었음을 알 수 있다. 즉 낭송·악기의 연주·노래·춤 등인데, '악조가 들어가지 않은' 낭송과 樂 혹은 樂舞 범주의 나머지 세 가지[弦·歌·舞]로 양분된다. 이처럼 묵자는 『시경』 시들을 악보에 들어가지 않는 徒詩이거나 악곡과 배합되어 실현되는 樂詩로 나누었음을 알 수 있는데, 宋의 程大昌

若用子之言 則君子何日以聽治 庶人何日以從事" 참조.

13)『文淵閣四庫全書: 經部/禮類/讀詩質疑』卷二의 "錢澄之 曰 禮記 誦詩三百 歌詩三百 弦詩三百 舞詩三百 是三百篇 不獨可歌 亦備乎弦舞之音節矣 顧炎武 曰 歌者爲詩 擊者柎者吹者爲器 合而言之 謂之樂 對詩而言 所謂樂者八音也 興於詩 成於樂 是也 分詩與樂 言之也 專擧樂則 詩在其中 吾自衛反魯 然後樂正 雅頌各得其所 是也 合詩與樂言之也 詩三百篇 皆可以被之音而爲樂 自漢而下 乃以其所賦五言之屬爲徒詩 而其協於音者 則謂之樂 自宋以下 則其所謂樂府者 亦但擬其辭 而與徒詩無別 於是乎詩與樂判然爲二 不特樂亡 而詩亦亡" 참조.

[1123-1195]은 二南·雅·頌의 시들을 악시로, 국풍을 도시로 나누어 보기도 했다.[14]

인용문 후자에서 보는 바와 같이 청나라 嚴虞惇[1650-1713]은 「讀詩質疑」에서 묵자가 말한 표출방법[誦·弦·歌·舞]을 단서로 『시경』 시들 모두가 '음악에 올려 악이 될 수 있다'고 본 명말 청초 경학자 전징지[1612-1693]의 말을 인용했다. 『시경』 시들 모두가 악장이라는 것이 그 요점이다. 노래로 부를 수 있는 동시에 악기로도 연주할 수 있는 음악절주를 구비하고 있기 때문이라는 것이다. 그러한 자신의 견해를 시와 악의 융합적 성격에 관한 고염무[1613-1682]와 공자의 견해를 바탕으로 비교적 치밀하게 피력했다. 그 판단을 바탕으로, '악으로서의 『시경』 시'와 분명히 구분되는 한나라 이후의 5언시 부류와 송나라 이후의 악부에 이르러 '시와 악은 분명히 둘로 갈라졌고' 시와 악 모두가 망했다고 단언했다. 말하자면 『시경』 시들은 악시였으므로 악과 시가 둘이면서 하나일 수 있었지만, 한나라 이후 5언의 부류는 徒詩들로서 음에 맞추는 악부라 했고, 송나라 이후의 시 장르로 정착된 악부라는 것도 가사를 모방한 것일 뿐이어서 도시에 불과하다고 본 것이다. 이들의 견해로부터 두 가지 개념을 추출할 수 있다. 첫째는 '弦詩·歌詩·舞詩'라는 용어들을 융합하여 樂詩로 부를 수 있고, 악시는 악장과 같은 개념이거나 그 하위 범주를 지칭하는 용어로 쓰일 수 있음을 암시했다는 점이다. 그러나 실제로 악시보다는 가사라는 말이 많이 쓰인 것이 사실이다. 노래를 부르려면 악곡에 맞추어야 하고, 노래는 춤을 수반하는 것이 일반적이었으므로 '가사'라는 말 속에 음악과 춤이 포괄된다고 볼 수도 있기 때문이다. 둘째는 가·무가 융합된 악시로서의 악장은 『시경』으

---

14) 『文淵閣四庫全書: 子部/雜家類/雜考之屬/考古編』 卷一의 "(…)然後 知南雅頌之爲樂詩 而諸國之爲 徒詩也" 참조. 『시경』 시들 전체를 악장이나 악시로 보는 관점들도 있으나, 어느 것이 맞는지는 단언할 수 없다. 도시·악시 구분에 관한 논의는 본서의 핵심 내용이 아니나, 필자는 『시경』 시들 전체를 악장으로 보는 견해를 갖고 있다. 이 점은 다른 자리에서 상론하고자 한다.

로 막을 내렸고, 후대의 악장들은 자신들이 지은 노랫말들에 자신들이 지은
악곡을 춤과 함께 맞춘 것들로서 『시경』 시들이 갖고 있던 자연스러운 융합적
특성을 상실했다고 본 점이다. 『시경』 시들을 악시로 본 반면 후대의 악장들을
도시로 보아야 한다는 주장이 나름대로 타당성을 지닌다고 보는 것도 그 때문
이다.

　여기서 악장의 하위개념으로 혹은 악장과 병행되어온 개념으로 '歌詩' 혹은
'歌辭[歌詞]'란 용어들이 빈번하게 사용되어 온 점에 주목하게 된다. 이들 용어
는 '시를 노래함'이란 원래의 뜻에서 '노래하는 시와 사'의 뜻을 갖는 명사로
변환되면서 기존의 악장과 병행되거나 그 하위 범주의 명칭으로 고정되었다.
'원자 이하 경대부 자제들을 歌詩로써 뛰고 춤추게 한다',[15] '황제 조정 군신들
의 歌詩를 실었다',[16] '古琴曲에 歌詩 5편·操 2편·引 9편이 있는데, 歌詩는 鹿
鳴·伐檀·騶虞·鵲巢·白駒 등이다',[17] '선왕의 악은 항상 공이 이루어진 후에 만
드는데, 공이 비록 이루어지지 않아 악이 아직 지어질 수 없다 해도 교묘 제사
의 歌詩류에 이르러서는 또한 천하에 하루도 없을 수 없다',[18] '송나라 문제
元嘉 중 남교에 등가를 처음으로 만들고 안연지로 하여금 교천제 夕牲의 영신
과 송신에 올리는 가시 3편을 만들게 한 일',[19] '후한 시대에 遠夷들이 황제의
덕을 즐기고 사모하여 불렀다는 두 노래 <遠夷樂德歌詩>와 <遠夷慕德歌詩>',[20]
'「宋明堂歌」의 <迎神歌詩>',[21] '송나라의 <鐸舞歌詩> 二篇',[22] '당나라의 「樂府

---

15) 『文淵閣四庫全書: 經部/書類/尙書註疏』 卷二의 "元子以下 至卿大夫子弟 以歌詩蹈之舞之" 참조.
16) 『文淵閣四庫全書: 經部/書類/書纂言』 卷一의 "此章 載帝朝君臣之歌詩" 참조.
17) 『文淵閣四庫全書: 經部/樂類/樂書』 卷一의 "古琴歌曲 有歌詩五篇 操二篇 引九篇 其歌詩 一曰鹿鳴
　　(…)二曰伐檀(…)三曰騶虞(…)四曰鵲巢(…)五曰白駒(…)" 참조.
18) 『文淵閣四庫全書: 經部/樂類/樂書』 卷一百五十六의 "先王之樂 常作於功成之後 功雖未成而樂未可作
　　至於郊廟之祭 歌詩之類 亦不可一日廢於天下" 참조.
19) 『文淵閣四庫全書: 經部/樂類/樂書』 卷一百六十三의 "文帝元嘉中 南郊始設登歌 詔安延之 夕牲迎送
　　神饗 歌詩三篇" 참조.
20) 『文淵閣四庫全書: 史部/正史類/後漢書』 卷一百十六 참조.
21) 『文淵閣四庫全書: 史部/正史類/宋書』 卷二十 참조.

歌詩」十卷과「太樂歌」二卷 등',23) "신이 당시의 문단에서 남을 넘어서는 점이 없었지만, 폐하의 공덕을 논술하는데 이르러 시서와 서로 표리를 이루도록 가시를 만들어 교묘에 올렸다'는 韓愈[768-824]의 술회',24) '班固[32-92]가 『前漢書』에 28家의 歌詩 314편을 실어놓은 사실25) 등 歌詩는 통칭 악장의 하위범주에 속하거나 악장과 병행되면서 『시경』시들을 지칭하다가 후대로 내려오면서 창작악장들을 통칭하던 용어였다. 특히 반고는 옛날 제후와 경대부들이 이웃나라들과 교제하고 접촉하면서 微言 즉 완곡한 표현과 비유로 권유하거나 간하던 말로써 서로 느껴 읍양할 때가 되면 반드시 시를 끌어다 그 뜻을 비유하여 대개 어짐과 불초함을 분별하고 성쇠를 관찰했는데, 공자가 '시를 배우지 않으면 말을 할 수 없다'고 한 것도 그 때문이었다고 설명했다.26)

蔣伯潛·蔣祖怡에 의하면, 반고가 시는 노래할 수 있으나 賦는 읊조리기만 하고 노래할 수 없는 뜻을 후세 사람들이 이해하지 못할까 염려되어 기록한 시들에 특별한 이름을 붙여 '가시'라 했다 하고, 또 이것들을 분류한 기준 또한 『시경』시들을 풍·아·송으로 나눈 것과 합치한다고 했다.27) 이렇게 본다면 『시경』시들이 악장으로 널리 일컬어져 오는 과정에서 보다 구체적인 '가시'

---

22) 『文淵閣四庫全書: 史部/正史類/宋書』卷二十二 참조.

23) 『文淵閣四庫全書: 史部/正史類/舊唐書』卷四十七 참조.

24) 『文淵閣四庫全書: 史部/正史類/新唐書』卷一百七十六의 "臣於當時之文 亦未有過人者 至於論述陛下 功德 與詩書相表裏 作爲歌詩 薦之郊廟" 참조.

25) 『文淵閣四庫全書: 史部/正史類/前漢書』卷三十의 "<高祖歌詩> 2편·<泰一雜甘泉壽宮歌詩> 14편· <宗廟歌詩> 5편·<漢興以來兵所誅滅歌詩> 14편·<出行巡狩及游歌詩> 10편·<臨江王及愁思節士歌 詩> 4편·<李夫人及幸貴人歌詩> 3편·<詔賜中山靖王子噲及孺子妾冰未央材人歌詩> 4편·<吳楚汝南 歌詩> 15편·<燕代謳雁門雲中隴西歌詩> 9편·<邯鄲河間歌詩> 4편·<齊鄭歌詩> 4편·<淮南歌詩> 4 편·<左馮翊秦歌詩> 3편·<京兆尹秦歌詩> 5편·<河東蒲反歌詩> 1편·<黃門倡車忠等歌詩> 15편·<雜 各有主名歌詩> 10편·<雜歌詩> 9편·<雒陽歌詩> 4편·<河南周歌詩> 7편·<周謠歌詩> 75편·<周謠歌 詩聲曲折> 15편·<諸神歌詩> 3편·<送迎靈頌歌詩> 3편·<周歌詩> 2편·<南郡歌詩> 5편" 참조.

26) 주 25)와 같은 곳의 '古者 諸侯卿大夫 交接隣國 以微言相感 當揖讓之時 必稱詩以論其志 蓋以別賢不 肖 而觀盛衰焉 故孔子曰 不學詩 無以言也" 참조.

27) 蔣伯潛·蔣祖怡, 앞의 책, 86-87쪽 참조.

라는 말이 생겨났고, 반고를 비롯한 후대 지식인들에 의해 '가시'의 의미와
범주 또한 확고하게 정립될 수 있었던 것이다.

歌辭[歌詞]나 樂歌 역시 상위 범주인 악장과 병행되거나 악장의 대안으로
각 왕조들에서 활발하게 사용되어오던 명칭들이다. 『樂書』[권 163] 樂圖論 俗部
의 歌에 실려 있는 왕조악장들[晉樂章·宋樂章·齊樂章·梁樂章·陳樂章·北齊樂章·後周樂
章] 가운데, 晉樂章에 관한 설명의 첫 부분은 다음과 같다.

> 서진의 무제가 천명을 받은 초기에는 모든 제도와 법도를 처음으로 세우게
> 되어 한나라와 위나라가 남긴 법을 채택했고, 동진 元帝의 수칙을 받아들였다.
> 泰始[진 무제의 연호(265-274)] 2년 명령을 내려 교사·명당의 예악에 선대의 옛
> 의례를 권용하라 했다. 다만 부휴혁에게 명하여 교묘가곡 46장을 다시 만들도록
> 했을 뿐이다. 이로써 교묘가사 46곡이 있게 되었으니, 선왕이 공을 이루면 악을
> 만들고 교화가 크게 행해져 나라가 화평해야 곡을 짓던 뜻은 아니다.[28]

서진의 개국 황제 사마염[236-290]이 모든 예악제도를 선왕조였던 한나라와
찬탈 왕조인 위나라의 것들을 채택하여 썼고, 교사·명당의 예악에 사마염의
조카이자 동진의 개국 황제였던 元帝 司馬睿[276-322] 때의 옛 의례를 임시로
쓰게 했으나, 교묘가곡 46장과 교묘가사 46곡은 다시 만들게 했다는 것이다.
창업자를 자칭한 사마염의 입장에서 선왕이 있을 수 없었으니, 선왕의 功業에
따라 악곡을 만들 수 없었으므로, 그런 전례를 따르지 않고 옛 의례를 권용하
게 되었음을 밝힌 것이다. 이 글에서 주목할 것은 '악장'이란 題下에 歌辭·歌曲
이란 명칭을 혼용하고 있다는 점이다. 의례는 옛것을 받아쓰되 악장이나 악장
을 올려 부르던 곡은 새롭게 만들도록 했으니, 이미 이 시대에 '악장'은 『시경』

---

28) 『文淵閣四庫全書: 經部/樂類/樂書』 卷一百六十三의 "晉武帝 受命之初 百度草創 採漢魏之遺範 覽景
　　文之垂則 泰始二年 詔郊祀明堂禮樂 權用先代舊儀 但命傅休奕 更造郊廟歌曲 四十六章而已 是以郊廟
　　歌辭 有四十六曲存焉 非先王功成作樂 化平裁曲之意也" 참조.

전유의 이름이 아니었고, 형편에 따라 가곡·가사 등과 혼용해 쓰던 일반적
장르명으로 보편화 되었음을 알 수 있게 한다. 심지어 송나라의 경우는 '歌·歌
詩·歌詞·詞·歌辭·樂詞' 등을 혼용하는 경우도 있었다.29) 뿐만 아니라 궁중의
연회에 쓰인 舞曲의 노랫말도 악장이나 가사란 명칭이 혼용되었다. 예컨대
『唐書/禮樂志』의 당나라 때 七德舞[혹은 秦王破陣樂] 관련 기사를 보면, 그 점이
분명해진다.

> 당나라에서 자기들이 지은 악은 무릇 세 가지 대무이니 하나는 칠덕무, 둘은
> 구공무, 셋은 상원무이다. 칠덕무의 본명은 진왕파진악으로 태종이 진왕일 때 유
> 무주를 격파하니 군사들이 함께 진왕파진악곡을 만들었다. 즉위와 연회에는 반드
> 시 이것을 연주하(고 춤추)니, 왕이 시신에게 일러 말하기를 "비록 힘차게 떨쳐
> 일어나 발 구름이 씩씩함은 문덕의 모습과 다르다. 그러나 공업이 이로부터 연유
> 되니, 악장에 올려 근본을 잊지 않음을 보여야 한다"고 했다.(…)가사를 고쳐 짓고,
> 이름을 칠덕무라 불렀다.30)

舞樂의 대표라 할 수 있는 <진왕파진악>의 유래와 위상을 설명한 글이다.
사실 중국 고대의 '악'이란 말에는 시가·음악·무용은 물론 歌舞戲까지도 포함
되어 있었으므로,31) 歌樂이나 詩樂이라 부르는 게 가능하다면, 무악도 가능한

---

29) 『文淵閣四庫全書: 史部/正史類/宋書』 卷二十 참조. 「宋明堂歌」에 속하는 악장들을 나열하면서 '迎
　神歌詩/登歌詞/歌太祖文皇帝詞/歌青帝詞/歌赤帝詞/歌皇帝辭/送神歌辭' 등으로 제시했는데, 영신
　의 경우 '歌詩'라 했으면서 송신의 경우 '歌辭'라 했고, '歌~詞'로 된 것도 있고 '歌~辭'로 된 것도
　있으며, 歌太祖文皇帝詞에 대하여 '『시경』 주송의 체에 의존했다[依周頌體]'는 주석을 달기도 했다.
　말하자면, '歌·歌詩·歌詞·詞·歌辭' 등 어떤 용어를 사용하든 제사에 사용되는 樂詞인 이상 악장의
　구체적인 하위 혹은 동일한 범주의 장르적 속성을 갖고 있으며, 이런 것들이 형식적·주제적 측면에
　서 모두 『시경』으로부터 연원되었음을 알 수 있다.
30) 『文淵閣四庫全書: 史部/正史類/新唐書』 卷二十一 의 "唐之自製樂 凡三大舞 一曰七德舞 二曰九功舞
　三曰上元舞 七德舞者 本名秦王破陣樂 太宗爲秦王 破劉武周 軍中相與作秦王破陣樂曲 及卽位宴會
　必奏之 謂侍臣曰 雖發揚蹈厲異乎文容 然功業由之 被於樂章 示不忘本也(…)更製歌辭 名曰 七德舞"
　참조.
31) 김학주, 『중국 고대의 가무희』, 민음사, 1994, 41쪽.

명명이다. 이 설명 속에는 음악을 바탕으로 가사와 춤이 융합된 궁중예술의 본질이 제대로 드러나 있다. 무엇보다 태종이 '雖發揚蹈厲異乎文容 然功業由之 被於樂章 示不忘本也'라는 말로 궁중 악장의 본령을 밝힌 점은 악장의 의미범주 확립에 결정적인 의미를 갖는다. 이 말의 뜻은 조선조 악장의 대표 격인 <龍飛御天歌> 발문에도 들어있다. 즉 "후왕들이 이 음악을 보시면 오늘날 흥하게 된 바의 근본을 거슬러 올라가 더욱 선조의 공업을 계승하려는 마음이 생겨 보호하고 지키는 법을 스스로 감히 바꾸지 않을 것입니다. 백성들이 이를 보면, 오늘날 편안하게 된 바의 근원을 미루어 더욱 죽을 때까지 애모의 정성을 스스로 그만 두지 못할 것입니다."[32]라고 했는데, 당나라 태종의 말과 상통함을 발견할 수 있다. 이 말에 피력된 악과 악장의 효용성이 중국과 조선이 공유하던 보편적인 관점이었음은 물론이다.

　이상에서 살펴 본 것처럼 중국에서 일찍이 성행되었던 '詩樂合一'의 역사는 『시경』과 『楚辭』로 이어졌으며, 한나라 초기에 악부가 설립되면서 그 지속적 성향은 좀 더 체계화 되었다. 특히 한나라는 진나라의 太樂署를 이어받아 奉常寺의 산하기관으로 두었으며 후한 때는 태악을 大予樂令으로 고쳐 伎樂人을 관장하게 하고 나라의 모든 祭饗에서 奏樂을 관장하게 했다.[33] 武帝 때부터 樂府를 이어받아 각지 민간의 음악이나 노래들을 수집·정리·가공하여 궁중의 제사나 宴飮用으로 제공되면서 악장은 좀 더 새롭고 풍부한 양상을 보여주었다.[34] 예컨대 무제 때의 「安世房中歌」[17장]는 『시경』의 雅에 해당하고 「郊祀歌」

---

32) 『龍飛御天歌』[영인], 아세아문화사, 1972, 1053쪽의 "後嗣而觀此 則推本今日之所由興 益有以起其繼序不忘之念 而保守之規 自由所不敢易 國人而觀此 則推原今日之所由安 益有以作其沒世難忘之心 而愛慕之誠 自有所不能已者." 참조.

33) 『文淵閣四庫全書: 史部/政書類/通典』卷二十五의 "太樂署 周官有大司樂 掌成均之法 亦謂之樂尹 以樂舞教國子 秦漢奉常屬官 有太樂令及丞 又少府屬官幷有樂府令丞 後漢永平三年 改太樂爲大予樂令 掌伎樂人 凡國祭饗掌諸奏樂" 참조.

34) 『文淵閣四庫全書: 史部/正史類/前漢書』卷二十二의 "至武帝 定郊祀之禮 祠太一於甘泉 就乾位也 祭后土於汾陰 澤中方丘也 乃立樂府 采詩夜誦 有趙代秦楚之謳 以李延年爲協律都尉 多擧司馬相如等

[19장]는 頌에 해당한다[35]고 할 만큼 후대의 악장들은 『시경』을 연원으로 하되 훨씬 다양하고 새로운 스타일로 확장되고 있었던 것이다.

원래 '『시』'였던 것이 한나라 치세에서 '『시경』'으로 바뀜에 따라 시[혹은 시악]는 經學의 범주 안에서 숭배되고 발전되었다. 즉 무제가 董仲舒[B.C. 179-B.C. 104]의 견해를 수용하여 百家를 축출하고 유가사상을 국가의 통치이념으로 삼은 이후 20세기 초 청나라 말기까지 『시』혹은 『시삼백』은 이천년 동안 문학작품으로서의 시나 시집 아닌 유가 경전으로서의 '『시경』'으로 존숭되었던 것이다.[36] 무엇보다 『시』의 정치적 효용성과 교육적 효능에 대한 공자의 인식이나 주장 등은 『시』를 문학으로서의 시가 아닌 경전으로서의 『시경』으로 定位시키는 데 결정적 바탕이 되었다고 보는 견해가 일반적이다.[37] 한나라 때 악부에서 민간의 음악을 수집하고 개작하여 궁중의 수요에 충당했는데, 이런 점은 사실상 『시경』 텍스트의 상당부분이 民歌들의 수집·채록을 통해 이루어진 것과 일치한다.

특히 漢魏六朝의 악부 民歌는 兩漢 악부시에서 중요한 의의를 갖는다. 한나라 때는 徒詩보다 歌詩를 중시하여 어느 시대보다 노래나 음악과의 관련이 깊었다. 즉 그 시대에는 삶의 중요한 순간들을 노래로 표현하고자 하는 의식이 강했으며, 그런 순간에 표출되는 것들을 시가 혹은 가시로 부르며 문인들이 짓는 시와 구분했던 것이다.[38] 그 후 당나라 사람들의 악부시들 가운데 일부는

數十人 造爲詩賦略論律呂 以合八音之調 作十九章之歌 以正月上辛 用事甘泉圜丘 使童男女七十人俱歌 昏祠至明夜 常有神光 如流星止集于祠壇 天子自竹宮而望拜 百官侍祠者 數百人 皆肅然動心焉 安世房中歌十七章 其詩曰(…)郊祀歌十九章 其詩曰(…)" 참조.

35) 沈德潛, 양회석·김희경 역주, 『古詩源: 한시의 근원을 찾아서 Ⅰ』, 전남대 출판부, 2015, 25쪽.

36) 이영환, 「『논어』에 수용된 『시경』 시의 교육적 해석」, 『한국교육사학』 제35권 제4호, 한국교육사학회, 2013, 157쪽 참조.

37) 조원일, 「漢代初期 儒學에 대한 硏究-詩經을 중심으로-」, 『溫知論叢』 24, 사단법인 溫知學會, 2010, 338-339쪽 참조.

38) 서성 역주, 『양한시집』, 보고사, 2007, 376-377쪽 참조.

악부의 옛 제목을 連用하여 時事를 서술하기도 하였고, 일부는 스스로 새로운 제목 아래 자신들의 현실생활을 묘사하기도 했다.[39] 송나라의 王灼은 보다 본질적인 면에서 시·가·무·악부를 거론하여, 이것들에 대한 당시의 일반적인 인식을 보여주었다.

누군가가 가곡이 생겨난 바에 대해서 묻자 "천지가 맨 처음 만들어지고 사람이 생겨났다. 사람으로서 마음 없는 이가 없으니, 이것이 가곡이 생겨난 까닭이다."라고 했다.(…)악기에 말하기를 "시는 뜻을 말한 것이고 노래는 소리를 읊은 것이며 춤은 몸을 움직이는 것이니, 세 가지는 마음에 근본을 두고, 그런 연후에야 樂器가 따른다"고 했다. 그러므로 마음이 있으면 시가 있고, 시가 있으면 노래가 있고, 노래가 있으면 성률이 있고, 성률이 있으면 악가가 있으며, 말을 읊으면 곧 시이니, 시 밖에서 노래를 구할 것은 아니다. 이제 먼저 음절을 정하고 노랫말을 지어 뒤따르게 하는 것은 거꾸로 된 일인데, 사대부는 또 시와 악부를 나누어 두 부류로 만들었다. 고시는 혹 악부라 이름 하는데, 시 가운데 노래 부를 수 있는 것을 말한다. 그러므로 악부 중에는 歌도 있고, 謠도 있고, 吟도 있고, 引도 있고, 行도 있고, 曲도 있는 것이다. 지금 사람들은 고악부를 지목하여 시의 한 갈래로 삼았으니, 사로써 음을 따르게 하여 악부라 부른 것은 오래지 않다. 순임금이 기에게 명하되 "冑子들에게 시가와 성률을 가르칠 때에는 모두 차제 있게 하라 했고, 또 우임금에게 말하기를 내가 6률 5성 8음을 듣고서 다스려짐과 다스려지지 아니함을 살펴 5언으로 출납하고자 하거든 군신이 구공가, 남풍가, 경운가를 번갈아 부르되 반드시 성률에 따르도록 하라" 하였다. 옛날에는 시를 채집하고 태사에게 명하여 악장으로 만들어 제사, 宴射, 향음주례에 모두 쓰라고 했다. 그러므로 말하기를 득실을 바르게 하고 천지귀신을 감동시키는 것이 시보다 더 적합한 것이 없다고 한 것이다. 선왕은 이로써 부부를 떳떳하게 하고, 효경을 이루게 하고, 인륜을 두텁게 하고, 교화를 아름답게 하고 풍속을 전환시켰으니, 시가 천지귀신을 감동시키고 풍속을 전환시키는 데 지극한 것은 무엇 때문인가. 바로 악가로 퍼뜨림에 이런 효과가 있을 따름이었다. 그러나 은 왕조의 중세에도 관현·금석에 맞춰 노래를

---

39) 孫銘晨,「唐代宮廷祭祀詩硏究-以≪全唐詩≫"郊廟歌辭"」, 華僑大學碩士學位論文, 2014. 3. 30, 5쪽.

만들어 입힌 적이 있었고, 한나라의 문제는 신부인을 시켜 비파를 타게 하고 자신은 비파소리에 의지하여 노래하였으며, 한나라와 위나라에서 삼조가사를 지었으나, 결국 옛 법은 아니었다.[40]

인용문은 중국 元末 明初 陶宗儀[1316-1369]의 『說郛』에 실린 왕작의 「碧雞漫志」 첫머리 부분으로, 시·가·무·악부 등의 상관성과 가시·악시·악무 등 악장의 발생 및 구체적 의미범주를 논한 글이다. 왕작은 시·가·무·악의 본질에 관한 「舜典」·「詩序」·『樂記』 등의 전통적인 언급들을 논거로 들고 있는데, '마음이 있으면 시가 있고, 시가 있으면 노래가 있고, 노래가 있으면 성률이 있고, 성률이 있으면 악기가 있으며, 말을 읊은 것이 시이니 시 밖에서 노래를 구할 것은 아니다'라는 부분이 핵심이다. 말하자면 음악의 절주를 미리 정하고 노랫말[시]을 지어 붙이는 것은 본말 전도의 일이고, 시와 악부를 나누는 사대부들의 관행에는 더더욱 문제가 있다는 것이다. 고시 가운데 노래 부를 수 있는 것들을 악부라 하고, 악부 가운데는 가·요·음·인·행·곡 등이 있다고 했다. 고악부를 시의 한 갈래로 삼은 것은 잘못인데, 그것은 사와 음이 하나로 합일된 것이 아니라 '사를 음에 종속시켰기 때문'이라는 것이었다. 순임금이 기에게 시가와 성률을 가르칠 때 차례를 지키라고 시킨 말이나, 순임금 자신이 6률 5성 8음을 듣고 정치의 잘 되고 못됨을 살피기 위해 5언으로 출납하려

---

40) 『文淵閣四庫全書: 史部/雜家類/雜家之屬/說郛』 卷十九 上의 "或問 歌曲所起 曰 天地始著 人生焉 人莫不有心 此歌曲所以起也 舜典曰 詩言志 歌永言 聲依永 律和聲(…)樂記曰 詩言其志 歌咏其聲 舞動其容 三者本于心 然後樂器從之 故有心則有詩 有詩則有歌 有歌則有聲律 有聲律則有樂歌 咏言卽詩也 非于詩外求歌也 今先定音節 乃製詞從之 倒置矣 而士大夫 又分詩與樂府 作兩科 古詩或名曰樂府 謂詩之可歌也 故樂府中有歌 有謠 有吟 有引 有行 有曲 今人于古樂府 特旨爲詩之流 而以詞就音 始名樂府 非古也 舜命夔敎胄子 詩歌聲律 率有次第 又語禹曰 予欲聞六律五聲八音 在治忽 以出納五言 其君臣賡歌九功南風卿雲之歌 必以聲律隨之 古者 采詩命太師爲樂章 祭祀宴射鄕飮 皆用之 故曰 正得失 動天地 感鬼神 莫近于詩 先王以是經夫婦 成孝敬 厚人倫 美敎化 移風俗 詩至于動天地 感鬼神 移風俗 何也 正謂播諸樂歌 有此效耳 然中世亦有因筦絃金石 造歌以被之 若漢文帝使愼夫人鼓瑟 自倚瑟而歌 漢魏作三調歌辭 終非古法" 참조.

하니 군신이 九功歌, 南風歌, 卿雲歌를 번갈아 부르되 반드시 성률에 따르도록 하라고 우임금에게 시킨 말 등은 초기 순임금 궁정에서 군신 간에 공유하던 악장으로서의 시가 지닌 본질을 분명히 보여준다. 6률은 음악의 표준으로, 12율에서 陽聲에 속하는 여섯 음[黃鐘·太簇·姑洗·蕤賓·夷則·無射]을 말하고, 5성은 宮·商·角·徵·羽 등 다섯 음을 말하며, 8음은 쇠[金: 鐘]·돌[石: 磬]·실[絲: 絃]·대[竹: 管]·박[匏: 笙]·흙[土: 壎]·나무[木: 柷敔] 등을 말한다. 말하자면 본격 음악의 모든 체계가 이 3종에 들어 있는데, 순임금은 백성들의 삶이나 생각을 노래[음악+시]로 들어 정치의 잘되고 못됨을 판단하겠다는 것이다. 그리고 그에 대한 자신의 메시지를 5언으로 표현할 테니 군신들은 <구공가>·<남풍가>·<경운가>를 번갈아 부르되 반드시 성률 중 음악의 절주에 맞추라고 지시할 만큼 음악을 중시했음을 알 수 있다.

우임금은 순임금에게 '덕은 정치를 선하게 하고 정치는 백성을 기름에 있으니 수·화·목·금·토·곡식이 잘 닦여지고 正德·利用·厚生이 조화를 이루어 九功이 펴지며, 그 아홉 가지 펴진 것을 노래하거든 경계하여 아름답게 여기고 감독하여 두렵게 하며 권면하기를 <九歌>로써 하시어 무너지지 않게 하소서'[41]라고 上言했다. <九歌>는 우 임금의 九功之德을 찬양한 노래로서[42] 轉意되어 황제의 업적을 찬양하는 樂歌이다. 『左傳』에서는 구공의 덕을 모두 노래할 만한 것들이라 했고,[43] 『楚詞』<離騷>에서는 '<구가>를 연주하고 九韶를 춤추도다/한가한 날에 음악을 즐기도다'[44]라 했다. 九功은 六府[水·火·金·木·土·穀]와 三事[正德·利用·厚生]를 합하여 부른 말이다. 즉 임금이 나라와 백성들을

---

41) 『文淵閣四庫全書: 經部/書類/書經大全』卷二의 "禹曰 於 帝念哉 德惟善政 政在養民 水火金木土穀惟脩 正德利用厚生惟和 九功惟敍 九敍惟歌 戒之用休 董之用威 勸之以九歌 俾勿壞" 참조.

42) 『文淵閣四庫全書: 集部/楚辭類/楚詞補注』卷一 "奏九歌而舞韶"의 주[九歌九德之歌 禹樂也] 참조.

43) 『文淵閣四庫全書: 經部/春秋類/春秋左傳注疏』卷十八의 "有罪則督之以威刑 勸之以九歌 勿使壞 九功之德 皆可歌也" 참조.

44) 『文淵閣四庫全書: 集部/楚辭類/楚詞補注』卷一의 "奏九歌而舞韶/假日以嬪樂" 참조.

위해 반드시 다스리고 행해야 할 덕목들을 아홉 가지로 구분한 것이 구공이고, 그것을 달성한 임금의 업적을 찬양하는 것이 <九歌>이니, 노랫말은 알 수 없지만, <九歌>야말로 가장 오랜 시기의 악가·歌詩 혹은 악장인 셈이다.

순임금이 오현금을 만들고 남풍의 시를 지어 부른 일[45]은 <구가>보다 앞선다. "남풍의 훈훈함이여/내 백성의 원망을 풀어줄 수 있겠도다/남풍이 때맞추어 불어옴이여/내 백성의 재물을 풍성하게 하겠도다"[46]라는 것이 그 시의 내용으로, 임금이 선정에 대한 자신의 의지를 노래에 실어 부름으로써 군·신·민의 합일을 도모했다 하니, 순임금이 부르고 신하들이 答唱을 했다는 <賡載>와 더불어 대표적인 초창기 궁정의 악가로 볼 수 있다. 『서경』「虞書」'益稷'에 기록된 <賡載歌> 관련 기록은 다음과 같다.

帝舜이 노래를 지어 말씀하시기를 "하늘의 명을 부지런히 수행할진댄 때마다 기미마다 삼가고 삼가야 한다" 하고 이에 노래하기를 "고굉이 기꺼이 일하면 원수의 치적이 흥기하여 백공이 기뻐할 것이로다" 하시니, 고요가 손을 모아 절하고 머리를 조아리며 소리 높여 말하기를 "유념하시어 신하들을 거느리고 일을 일으키시되 삼가시고 법도에 맞게 하시어 공경하시며 자주 살펴 이루시고 공경하소서" 하고 (제순의 노래를) 이어받아 노래하기를 "원수가 밝으시면 고굉이 어질어 모든 일들이 편안해질 것이옵니다" 하였다. 또 노래하기를 "원수가 번잡하고 細碎하시면 고굉이 게을러져서 만사가 기울어지고 폐기될 것이옵니다" 하니, 제순이 절하고 말하기를 "그렇도다! 그대들은 가서 공경히 할 일들을 하라"고 하셨다.[47]

---

45) 『文淵閣四庫全書: 經部/禮類/禮之屬/禮記註疏』卷三十八의 "昔者 舜作五弦之琴 以歌南風 夔始制樂 以賞諸侯" 참조.

46) 『文淵閣四庫全書: 子部/儒家類/孔子家語』卷八의 "昔者 舜作五弦之琴 造南風之詩 其詩曰 南風之薰兮 可以解吾民之慍兮 南風之時兮 可以阜吾民之財兮" 참조.

47) 『文淵閣四庫全書: 經部/書類/書經集傳』卷一의 "帝庸作歌曰 勅天之命 惟時惟幾 乃歌曰 股肱喜哉 元首起哉 百工熙哉 皋陶拜手稽首 颺言曰 念哉 率作興事 愼乃憲 欽哉 屢省乃成 欽哉 乃賡載歌曰 元首明哉 股肱良哉 庶事康哉 又歌曰 元首叢脞哉 股肱惰哉 萬事墮哉 帝拜曰 俞往欽哉" 참조.

'임금과 신하들이 서로 천명을 수행하는 데 게으르지 말아야 功業을 완수하고 이상적인 정치가 이루어질 수 있다'는 것이 <갱재가>를 중심으로 한 인용문의 핵심적 내용이다. <갱재가>의 '갱재'는 가창의 형식을 지칭하는 말인 동시에 '서로 주고받는 형식'이 임금과 신하들 간의 공감을 불러일으키고 합일시킨다는 점에서 초기 궁정악가의 드물지 않았던 형식이었음을 짐작케 한다. 말하자면 초기 고악부의 실제 작품으로서 후대 악부나 악장의 보편적 내용이나 형식의 단서를 포함하고 있다는 점에서 악장사의 첫머리를 장식하기에 충분한 의미를 지닌 노래라 할 수 있는데, 이 점은 특히 앞에서 언급한 <南風歌>·<卿雲歌>·<帝乃載歌> 및 <八伯歌> 등에서 다시 확인된다. 순임금이 우임금에게 선양할 때 八風이 和順하고 通敵하여 大化·大訓·六府·九原을 노래하니 夏后氏의 정치가 흥했다고 했다.[48] 이에 대하여 鄭玄[127-200]은 이 네 가지 모두가 우임금의 공을 노래한 것이니 이른바 구서유가와 구덕지가를 이에서 가히 상고할 수 있다고 했다.[49] '구서유가'는 구공[六府(수·화·금·목·토·곡)와 三事(正德·利用·厚生)를 합한 개념]과 '敍' 즉 구공의 아홉 가지가 각각 그 이치를 따라 어지럽게 늘어놓아 그 떳떳함을 흐트러뜨리지 않음을 합한 개념이고, '歌'는 구공이 펼쳐진 것을 노래한 것이니, 아홉 가지가 이미 닦여지고 조화되어 각각 그 이치로부터 나왔으면 백성들이 그 이익을 누려 노래되고 읊어져 그 삶을 즐거워하지 않는 이가 없음을 말한다.[50] 그 가운데 세 편만 들어 보기로 한다.

<卿雲歌>

卿雲爛兮   상서로운 구름이 현란하게

---

48) 『文淵閣四庫全書: 經部/書類/尚書大傳』卷一의 "舜將禪禹 八風脩通 歌大化大訓六府九原 而夏道興" 참조.
49) 주 48)과 같은 곳의 "鄭玄曰 四章皆歌禹之功 所謂九叙惟歌 九德之歌 于此猶可攷" 참조.
50) 『文淵閣四庫全書: 經部/書類/書經大傳』卷二의 "九功 合六與三也 敍者 言九者各順其理 而不汩陳以亂 其常也 歌者 以九功之敍而詠之歌也 言九者旣已脩和 各由其理 民享其利 莫不歌詠而樂其生也" 참조.

糾縵縵兮　　얽혀 느릿느릿 선회하도다
日月光華　　해와 달이 빛을 내듯
旦復旦兮[51]　환하게 빛나고 또 빛나도다

<八伯歌>

明明上天　　밝고 밝은 하늘에
爛然星陳　　찬란한 별들이 늘어섰네
日月光華　　해와 달이 빛을 내듯
弘于一人[52]　한 분으로부터 넓어지네

<帝乃載歌>

日月有常　　해와 달에는 변함없는 궤도가 있고
星辰有行　　별에도 움직임이 있네
四時順經　　사계절은 상도를 따르고
萬姓允誠　　백성은 진실하고 성실하네
於予論樂　　아, 나는 음악을 따져
配天之靈　　하늘에 계신 영혼들을 배향했네
遷于賢善　　어질고 착한 이에게 왕위를 옮기나니
莫不咸聽　　그가 모든 것들을 듣지 않음 없으리라
鼗乎鼓之　　둥둥 북을 울리고
軒乎舞之　　훨훨 춤을 출지어다
菁華已竭　　내 정화는 이미 고갈되었으니
褰裳去之[53]　임금 자리 물려주고 떠나가리라

당시 俊乂들과 백공이 서로 주고받으며 부른 <경운가>를 순임금이 부르자

51) 『文淵閣四庫全書: 集部/總集類/古詩紀』 卷一.
52) 『文淵閣四庫全書: 集部/總集類/古詩紀』 卷一.
53) 『文淵閣四庫全書: 集部/總集類/古詩紀』 卷一.

八伯이 모두 나아와 머리를 조아리며 <팔백가>를 불렀고, 순임금이 이어 불렀다는 노래가 『노래가 <帝乃載歌>이다.54) <경운가>의 제1·2구는 경운을 등장시켜 신비롭고 상서로운 분위기를 묘사한 부분이고, 제3·4구는 해와 달을 등장시켜 임금과 신하들의 빛나는 모습을 그려내고 찬양한 부분이다. 임금과 신하들이 서로를 찬양하고 추켜세움으로써 후대 악부나 악장들에서 보는 것 같은 '임금에 대한 일방적 찬양이나 송축'과는 성격이 달랐음을 알 수 있다. <팔백가>는 京畿 밖의 8주에 두었던 최고의 장관들로서 사방의 제후를 관장하던 여덟 명의 신하가 순임금의 <경운가>에 응하여 부른 노래다. 전반의 두 구는 순임금 치세에 참여한 群臣들을 지칭하고 후반의 두 구에서는 순임금의 정치를 찬양했는데, '一人'이란 바로 순임금을 지칭한 말이다. 이 노래에 응하여 답한 것이 <제내재가>로서 帝位를 禹에게 양보하는 뜻을 밝혔다. 1구에서 4구까지 '日月 → 星辰 → 四時 → 萬姓'으로 내려온 것은 우주 자연의 질서에 순종하는 백성들의 진실함과 성실함을 부각시키기 위한 의도에서였다. 5구부터 순임금 자신의 功業을 말했고 왕위를 물려주려는 우임금의 미덕을 찬양했으며 왕위를 물려줄 수밖에 없는 이유와 단안으로 끝을 맺은 것이다. 즉 음악을 제정하여 교묘제사를 지냈다는 것은 지배자의 공업 중 가장 중요한 업적을 말한 것이고, 왕위를 물려받게 될 우임금이 성실하게 聽政할 것이라는 믿음을 표현한 것이 그 다음 부분이다. '둥둥 북을 울리며 휠휠 춤을 추라'는 것은 순임금 자신의 뜻을 백성들이 기꺼이 받아들여 달라는 주문이다. 마지막 두 구에서 순임금은 '내 菁華가 고갈되어 임금 자리를 물려주고 떠나간다'고 했다. 菁華란 '정수가 될 만한 뛰어난 부분'을 뜻하는데, 순임금 자신의 聰氣와 지혜가 고갈되었음을 실토하는 말이다. 말하자면 순임금의 덕망과 겸손이 태평성대를 이루는 발판

---

54) 『文淵閣四庫全書: 經部/書類/尙書大傳』卷一의 "時俊乂百工 相和而歌卿雲 帝唱之曰(…)八伯咸進稽首曰(…)帝乃載歌曰(…)於時 八風循涌卿雲 叢薆蟠龍 僨身於其藏 蛟魚躍踊於其淵 魚鱉咸出於其穴 遷虞而事夏也" 참조.

이 되었음을 보여준, 빛나는 표현이 바로 이 부분으로서 초기 단계 악부 혹은 악장의 가장 핵심적인 특징이라 할 수 있다.

후대인들이 인식한 첫 단계 악장으로서의 <구덕지가> 혹은 <구가>에 대하여 蔡沉[1167-1230]의 集傳을 바탕으로 좀 더 부연 설명할 필요가 있을 것이다. 채침은 남송의 뛰어난 학자였던 만큼 그가 완성한 『서집전』의 해당 부분에는 그가 살던 시기의 악장에 관한 관점이 반영되어 있다고 보기 때문이다. 그는 주 41)에서 강조한 치공에 대하여 "이것을 부지런히 하는 자는 경계하고 깨우쳐 아름답게 여기고, 게을리 하는 자는 몹시 책망하여 징계한다. 그러나 또 일이 억지로 힘쓰는 데서 나오는 것은 오래 갈 수 없으므로 다시 전날에 가영했던 말을 율려에 맞추고 성음으로 전파하여 향인들에게 사용하고 방국에 사용하여 권면하고 돕는다. 그 즐거워하고 기뻐하며 고무되어 일의 성취에 달려가도록 하고 스스로 그만 둘 수 없게 함으로써 전날의 성공이 오래도록 남아 무너지지 않게 하는 것이다. 이것이 『주례』의 '九德之歌와 九韶之舞'이고, 태사공이 언급한 '佚能思初 安能惟始 沐浴膏澤 而歌詠勤苦 非大德誰能如斯'이라"55)고 했다. 말하자면 군주가 해야 할 일과 신민이 해야 할 일을 노래로 만들어 널리 전파하고자 하는 것, 이룩한 功業을 바탕으로 찬양의 뜻을 가영하는 것 역시 악장 혹은 악가·악무의 본령이고, 그것을 잘 구현한 실례가 바로 『주례』에 언급된 <구덕지가>·<구소지무>라는 것이다. 특히 『주례』의 설명[무릇 음악에서 황종을 궁으로 삼고 대려를 각으로 삼고 태주를 치로 삼고 응종을 우로 삼아 路鼓와 路鼗와 陰竹의 관과 용문의 금슬과 구덕의 가와 구소의 무를 종묘 가운데서 연주하는데, 만약 음악이 아홉 번 변하면 인귀들의 흡족함을 얻어 예가 이루어지는 것]56)과 태사공의 언급[안일할

---

55) 『文淵閣四庫全書: 經部/書類/尙書大傳』 卷一의 "其勤於是者 則戒喩而休美之 其怠於是者 則督責而懲戒之 然又以事之出於勉强者 不能久 故 復卽其前日歌詠之言 協之律呂 播之聲音 用之鄕人 用之邦國 以勸相之 使其歡欣鼓舞 趨事赴功 不能自已 而前日之成功 得以久存而不壞 此周禮所謂九德之歌 九韶之舞 而太史公所謂佚能思初 安能惟始 沐浴膏澤 而歌詠勤苦者也" 참조.

56) 『文淵閣四庫全書: 經部/禮類/周禮之屬/周禮註疏』 卷二十二의 "凡樂 黃鍾爲宮 大呂爲角 大簇爲徵 應鍾爲羽 路鼓路鼗 陰竹之管 龍門之琴瑟 九德之歌 九韶之舞 於宗廟之中奏之 若樂九變 則人鬼可得而

제2부 한·중·일 악장의 존재양상과 존립기반 **53**

때 어렵던 처음을 능히 생각하고 평안할 때 위험하던 처음을 능히 생각하며 기름 연못에 목욕하면서
도 근고함을 가영하는 것은 대덕이 아니라면 누가 능히 이와 같겠는가?]은 악장이나 악가의
형태적·내용적·효용적 본질을 언명한 것이니, 『서경집전』에서 이 둘을 인용
함으로써 악장의 본질과 쓰임은 더욱 확실해진 것이고, 왕작이 언급한 <九功
歌>[즉 <九德歌>]·<南風歌>·<卿雲歌> 등은 순임금 궁정에서 군신 간에 공유하
던 가사로서의 초기 악장들이었으며, 그것들이 바로 고악부이었음을 인정할
수 있는 것이다.

그런 악장으로서의 고악부들이 漢代 이후 악부와 크게 다르지 않음을 후대
의 이론가들은 지적했고, 현대에 이르러서도 예컨대 조선 초기의 악장이 악부
의 교묘가사와 일치한다고 보아 악부라는 장르로 처리해야 한다는 주장이
나온 것이다.[57] 이종찬은 이 말을 좀 더 부연하여 다음과 같이 구체화 했다.

> 악장의 모든 가사를 악부로 다루고자 하는 것이 필자의 의도이니, 그 까닭은
> 入樂之詩를 악부라 했고, 심지어는 후대에 악부의 格調를 模擬해서 지은 시까지도
> 악부라 했으니, 祭享宴會에서 읊기 위한 樂語까지 제정하고, 마침내 4언8구의 定型
> 으로 이루어진 가사야말로 한 '安世房中歌'의 4언체의 祖述은 말할 것 없고, 중국
> 역대 郊廟歌詞가 거의 4언으로 이루어지고 있음을 보더라도, 선초 악장은 악부임
> 에 틀림없음을 알겠다.[58]

'入樂之詩가 악부'라는 생각에서 출발하여 후대에 악부를 모방하여 지은 시
까지 악부로 취급해온 점, 한나라 <안세방중가>의 조술로 볼 수 있는 후대
왕조들의 제향·연향악장 등 중국의 역대 교묘가사들이 거의 4언으로 이루어
져 있다는 점 등을 전제로 선초의 악장들도 악부라고 단정한 것이 이종찬의

禮矣" 참조.
57) 이종찬, 「韓國 樂章과 中國 樂府와의 對比」, 『國語國文學論文集』 7·8, 동국대학교 국어국문학부,
1969, 241쪽 참조.
58) 이종찬, 같은 논문, 241-242쪽.

견해다. 그러나 고려·조선의 조회·제의·연향악장들은 악부라는 명칭을 붙이기 전에 거의『시경』시 텍스트를 조술했다는 것이 필자의 주장이고, 또 그것을 이 책에서 밝히게 될 것이다. 사실 중국의 악부가 대부분 악장으로 쓰였거나 쓰일 수 있을 만큼 음악으로 조율된 시편들임은 부인할 수 없고, 조선의 악장이 그런 점에서 중국의 악부와 상통한다고 본 이종찬의 견해는 중국 악부가 악장의 성격을 지니고 있음을 역으로 입증한 경우라 할 수 있다. 이 점은 중국의 악장과 한국의 악장이 하나로 연결된다고 할 만큼 동질적인 바탕을 공유하고 있음을 인정할 수밖에 없는 것이다.

앞에 인용한 글에서 왕작은 <구공가>·<남풍가>·<경운가> 등 가장 초기에 등장한 순임금의 악장들이 고악부임을 논증했는데, 그만큼 악곡과 시는 불가분리의 두 요소였다. 그러나 그런 전통이『시경』시대까지는 지속되었으나, 그 후에 양자는 분리되었다는 것, 즉 악곡과 문학으로서의 시로 나누어졌고, 악곡이 존재하고 노랫말을 그 악곡에 채우는 방향으로 자리를 잡았다고 보는 것이다.

후대의 악부에 대해서 좀 더 살펴보아야 '악장으로서의 악부'는 그 의미범주와 쓰임새 등이 분명해질 것으로 보인다. 당나라의 元稹[779-831]은「樂府古題序」에서 '시가 주나라에서 끝나고 이소가 초나라에서 끝나고 이후에 시가 흘러 이루어진 24개의 갈래 이름들[賦·頌·銘·贊·文·誄·箴·詩·行·詠·吟·題·怨·歎·章·篇·操·引·謠·謳·歌·曲·詞·調]을 제시했는데,[59] 왕작은 이 가운데 歌·謠·吟·引·行·曲 등을 뽑아 악부라 했다. 명나라 문신 吳訥은「文章辨體序題」의 '歌行'에서 "옛사람이 가사를 논함에 '성곡을 가진 것도 사를 가진 것도 있는데', 교묘악장 및 鐃歌등의 곡들이 이것이다. 노랫말은 있으되 성곡이 없는 것은 뒷사람이

---

59)『文淵閣四庫全書: 集部/別集類/漢至五代, 元氏長慶集』卷二十二의 '樂府 有序' "詩訖於周 離騷訖於楚 是後 賦頌銘贊文誄箴詩行詠吟題怨歎章篇操引謠謳歌曲詞調 皆詩人六義之餘 而作者之旨" 참조.

저술한 것들로 반드시 다 악기에 올린 것은 아니다. 주나라가 쇠함으로부터 채시의 관직이 폐지되었다. 한나라와 위나라 치세에서 순간순간 일어나는 갖가지 감흥들을 노래하고 읊은 까닭에 그 시를 짓는 뜻에 근본을 두어 '편'이라 했고, 그 사를 짓는 뜻에 바탕을 두어 '사'라 했고, 체재가 행서와 같아 '행'이라 했고, 일의 본말을 기술하여 '인'이라 했고, 슬프기가 귀뚜라미와 같아 '음'이라 했고, 정성스럽고 세심하게 마음을 다하여 '곡'이라 했고, 정을 제멋대로 놓아 긴 소리로 읊어 '가'라 했고, 말이 俚俗과 통하는 것을 '요'라 했고, 느껴 말로 펴서 '탄'이라 했으며, 분해도 노여워하지 않아 '원'이라 했으니, 비록 그 이름붙임이 같지 않으나, 이 모두는 육의의 여파"[60]라는 것이다. 즉 채시의 관직이 폐지됨으로써 『시경』의 전통은 사라졌으나, 그 후대에 나타난 篇·辭·行·引·吟·曲·歌·謠·歎·怨 등의 장르들은 『시경』의 전통이 후대에 남아 미친 영향의 소산이라는 것이다. 말하자면 악부 등 후대 왕조들 나름의 창안으로 궁정의 공식적인 음악이나 악장을 만들어 썼지만, 『시경』의 강한 引力이나 磁場으로부터 완전히 자유로워질 수는 없었다. 음악과 사의 결합이란 원천적으로 자연스런 현상이었는데, 음악과 사를 분리하여 각각 만든 뒤 결합시킬 경우 원래의 자연스런 상태를 구현할 수 없는 것이었기 때문이다. 후대에 음악의 전문가, 작사의 전문가들이 따로 등장하면서 각 분야의 작품들은 최고수준을 유지했다 해도, 이것들을 결합시켰을 때 원천적으로 미분화 상태의 것들이 갖고 있던 미학적 수준을 능가할 수 없다는 것이 이들의 생각이었다. 어쨌든 고악부들이나 『시경』으로부터 초창기 악장의 관습은 확립되어 있었고, 그 관습 중의 상당 부분은 후대 악부 혹은 악장들에 지속되어 내린 것은 자명한

---

60) 『文淵閣四庫全書: 集部/總集類/明文衡』 卷五十六의 "昔人論歌辭 有有聲有辭者 若郊廟樂章及鐃歌等曲 是也 有有辭無聲者 若後人之所述作 未必盡被於金石也 夫自周衰 采詩之官廢 漢魏之世 歌詠雜興 故本其命篇之義曰篇 因其立辭之意曰辭 體如行書曰行 述事本末曰引 悲如蛩螿曰吟 委曲盡情曰曲 放情長言曰歌 言通俚俗曰謠 感而發言曰歎 慎而不怒曰怨 雖其立名不同 然皆六義之餘也" 참조.

사실이다.

송나라 郭茂倩의 『樂府詩集』에 이르면서 多岐하던 기존의 악부 혹은 악장들이 일목요연하게 정리되는 계기를 맞았다. 이 책은 대부분 악장으로 쓰인 송나라 이전 즉 先秦부터 唐·五代의 악부들을 망라·집대성한 결과로서 이 분야 정리 작업에서 독보적인 위상을 갖는다. 총 5,290편의 방대한 작품들이 용도에 따라 12종 100권으로 분류되어 있는데, 그 중 유명씨의 작품은 3,793편, 무명씨의 작품은 1,497편이다. '출판설명'을 통해 정리된 12종의 분류 내용과 쓰임새는 다음과 같다.61)

<1> 郊廟歌辭: 제사[天地·太廟·明堂·籍田·社稷 등]에 사용한 악장.

<2> 燕射歌辭: 제왕이 연회[종족과 飮食의 禮로 親和, 故舊들과 賓射의 예로 친화, 사방의 빈객들과 饗宴의 예로 친화, 辟雍의 饗射 등 宴射]에 사용한 악장.

<3> 鼓吹曲辭: 한나라 초에 들어온 北狄樂으로, 鼓·鉦·簫·笳 등으로 합주하며 부르는 軍樂의 악장. 현재 古辭로서 <鐃歌> 18수가 남아 있음.

<4> 橫吹曲辭: 馬上橫吹하여 군대의 행진에 사용하던 악장. 한 무제 때 西域에서 수입했으며, 현존 가사들의 대부분은 魏晉 이래 문인들의 작품임.

<5> 相和歌辭: 현악기와 관악기를 함께 연주하던, 한나라 때 市井의 노래들로서 악부가 설립되면서 樂으로 수집·편입됨. <陌上桑>·<東門行>·<孤兒行> 등은 그 가운데 많은 사랑을 받은 대표적인 노래들임.

<6> 淸商曲辭: 상화3조[平調·淸調·瑟調]에서 나온 곡에 올려 부르던 악장으로, 모두 古調와 위나라 曹操·曹丕·曹叡가 지은 노래들임.

<7> 舞曲歌辭: 郊廟·朝饗에 쓰이던 雅舞 및 연회에 쓰이던 雜舞의 악장.

<8> 琴曲歌辭: 五曲·九引·十二操에 올려 부르던 악장.

<9> 雜曲歌辭: 잡곡의 노랫말로서, 心志를 그린 것도, 情思를 편 것도, 잔치와 놀이를 서술한 것도, 원망과 분노를 표출한 것도, 정복전쟁의

---

61) 郭茂倩, 『樂府詩集一』, 臺北: 里仁書局, 1984, 1-2쪽.

참전을 말한 것도 있고, 혹은 불교와 노장에 관한 것도, 혹은
오랑캐에서 나온 것도 있는데, 이런 것들을 함께 실어 놓았으므
로 잡곡이라 칭했음.

<10> 近代曲辭: 잡곡의 노랫말로서, 수나라와 당나라의 것들이 압도적이고, 곽
무천이 활동한 宋朝와 가까운 시대의 작품들이므로 '근대곡사'
라 칭했으며, 燕樂계통임.

<11> 雜歌謠辭: 陶唐之世이래 수나라·당나라 시대에 이르기까지의 반주 없이
부르는 歌[徒歌]·謠·讖·諺語 등속임.

<12> 新樂府辭: 당나라 때 등장한 새로운 노래의 노랫말. 노랫말은 악부를 본떴
으되 음악으로 반주하지 않았음. 옛글을 寓意하기도 하고, 사람
의 일을 풍자하거나 찬미하기도 하며, 대상이나 일에 즉하여 제
목을 짓는, 일종의 신제 악부라 할 수 있음.

이 분류에서 보는 바와 같이『악부시집』은 왕실의 교묘악장 및 조회·연향
악장, 군악의 악장, 민간의 俗歌 및 俗謠 등 음악 반주 혹은 음악 반주 없이
노래로만 불리던 모든 것들을 망라한 것으로 보인다. 또한 옛 가사를 앞에
수록하고 문인들의 模擬作들을 뒤에 실음으로써 옛 가사들이 후대에 수용된
양상을 일목요연하게 보여준 점도 특이하다. 무엇보다 궁중이나 민간의 노랫
말들을 함께 수록하고, 그것들을 '악부'라는 명칭으로 수렴한 점은 악장의 역
사적 변천과 확장 양상은 물론 악장의 의미범주를 모색하는 데 시사하는 바가
크다. 악부는 동양 일원에 보편적이던 음악·무용·문학의 융합장르였다. 그러
나 굳이 악부의 범주를 크게 벗어나지만 않는다면, 악부의 존재양상은 역사적
장르로서의 악장이 지닌 본질 모색의 길잡이로 삼을 수 있다. 참고로 각 분류
앞부분의 總序들 가운데 교묘가사의 그것을 선택하여 악장에 대하여 곽무천이
갖고 있던 관점을 바탕으로 당대의 일반적인 생각을 살펴보고자 한다.

악기에 말하기를 "왕 된 자는 공이 이루어지면 악을 만들고, 다스림이 안정되면 예를 제정한다. 오제는 시대가 달랐으므로 악을 서로 이어받지 않았고, 삼왕은 세대가 달라 예를 답습하지 않았다."라고 하여 그 덜고 더함이 있음을 밝혔다. 그러나 황제 이후 삼대에 이르기까지 천여 년 동안 그 예악의 갖추어짐을 상고하여 알 수 있는 것은 오직 주나라 뿐이다. 주송의 <昊天有成命>은 천지에 교사하는 악가이고, <淸廟>는 태묘에 제사하는 악가이고, <我將>은 명당에 제사하는 악가이며, <載芟>과 <良耜>는 적전제사와 사직제사의 악가이다. 그런즉 제사음악에 노래가 있는 것은 그 유래가 오래되었다. 양한 이후 대대로 제작이 있었다. 그 까닭은 교묘조정에 써서 人神의 기쁨을 접하고자 한 것이니, 그 금석의 울림과 가무의 모습 또한 각각 그 공업과 치란의 생겨남에 기인하고, 그 풍속의 말미암은 바에 근본을 두는 것이다. 무제 때 사마상여 등에게 교사가에 쓸 시 19장을 짓도록 하여 오교[東郊·南郊·中郊·西郊·北郊 등 제왕이 五行의 신에게 제사지내던 곳]에서 번갈아 연주했다. 또 <安世歌> 시 17장을 지어 종묘에 올렸다. 명제에 이르러 악을 나누어 4품으로 만들었는데, 하나는 '大予樂'으로 교묘제사에서 선왕의 능에 오를 때 쓰는 악으로 삼았다. 郊樂이란『易』의 이른바 '선왕이 본받아서 음악을 지어 덕을 높여 성대히 상제께 천신함'을 말한다. 종묘악이란『虞書』의 이른바 '거문고와 비파를 어루만지며 노래를 읊으니 祖考가 와서 이르심'을 말하고,『시』의 <有瞽>에 이르기를 '엄숙하고 조화롭게 울리니 선조들께서 들으심'을 말한다. 두 번째는 아송악으로, 육종[제사를 지내며 높이 받들던 여섯 신]과 사직의 제례에 쓰는 악으로 삼았다. 사직악이란『시』<甫田>의 이른바 '거문고와 비파를 타고 북을 쳐서 신농씨를 맞이했다'고 한 것과,『예기』의 이른바 '악을 금석의 악기로 연주하고 성음으로 노래하여 종묘사직에 쓰고 산천의 귀신에게 바친다'고 한 것이 이것이다. 영평 3년 동평왕 창이 광무 사당의 등가 1장을 만들어 공덕을 칭술하고 교사에도 똑같이 漢歌를 썼다. 위나라의 가사는 보이지 않으니, 의심컨대 그 또한 漢辭를 썼을 것이다. 무제는 처음에 杜夔에게 명하여 아악을 정하게 했다. 그 때 鄧靜과 尹商이 있어서 雅歌를 잘 가르쳤고, 歌師 尹胡는 종묘교사의 곡을 능히 익힐 수 있었고, 舞師 馮肅과 服養은 선대의 각종 무용을 잘 알았으며, 두기는 그것들을 총괄하여 관리했다. 위나라가 선대의 고악을 회복한 것은 두기로부터 시작되었다. 晉 무제가 천명을 받아 많은 제도들을 처음으로 만들었다. 泰始 2년에 명을 내려 교묘와 명당의 예악을 위나라 의례를 권용하도록 하고, 주나라 왕실이 처음에 성대한 예의를 거행한 것을 준용하여 다만 傅玄으로 하여금 그 악장만을 고치도록 하였으나, 永嘉[307~312]의 난으로 옛 문헌은 남아 있지 않았다. 賀循이 太常이 되어 비로소 등가의 악이 있게 되었으며 明帝 太寧 말에 또 명을 내려 阮孚로 하여금 그것을 增益하게 했다. 孝武·太元의 치세에 교사는 이루어졌으나 악은 배설하지 않았다. 송나라 文帝 元嘉 중에 南郊에서 처음으로 등가를 배설했으나, 廟舞는 아직 없었다. 이에 顔延之에게 명하여 天地郊의 등가 3편을 짓게 했는데, 대저 晉나라 악곡을 의방했으니, 송초에도 晉나라를 그대로 따랐던 것이다. 南齊·梁·陳은 처음에 모두 전례를 좇았으나, 뒤에 다시 창제하고 한 시대의 典範이라고 여겼다. 元魏와 宇文이 이어 북방의 사막지대에 자리를 잡으니, 宣武 이후에는 胡曲을 본래부터 좋아하여 교묘지악은 한갓 이름만 남게 되었다. 수나라 문제가 陳을 평정하고 비로소 江左의 舊樂을 얻어 五音을 조화시켜 五夏, 二舞, 登歌, 房中 등 14조로 만들어 賓祭에 사용했다. 당 고조가 선양을 받고, 개조할 겨를이 없어 악부는 오히려 앞 시대의 舊文을 썼다. 무덕 9년에 조효손에게 명하여 아악을 고쳐 정하게 했고, 梁나라와 陳나라는 오나라, 초나라 음의 극치에 이르렀고, 주나라와 제나라는 몽골의 伎樂을 섞었다. 이에 남북을 헤아리고 古音을 상고하여 唐樂을 만들어 貞觀 2년에 연주했다. 살피건대 교사와 명당은 한나라 이래 夕牲, 迎神, 登歌 등의 곡이 있어왔다. 송나라와 제나라 이후에 또한 祼地, 迎牲, 飮福酒를 추가했다. 당나라 때는 夕牲과 祼地에 음악을 쓰지 않았고, 公卿의 攝事에서 또한 음복의 음악을 없앴다. 安史가 난을 일으킴에 咸鎬는 폐허가 되었다. 오대가 서로 이었으나 나라를 유지한 것이 길지 않아 제작의 일은 대개 할 겨를이 없었다. 조정의 종묘와 典章文物은 다만 옛날의 관례를 살펴 法式으로 삼게 되었다고 한다.[62]

---

62) 郭茂倩, 『樂府詩集一』, 1-2쪽의 "樂記曰 王者功成作樂 治定制禮 是以五帝殊時 不相沿樂 三王異世 不相襲禮 明其有損益也 然自黃帝已後 至於三代 千有餘年 而其禮樂之備 可以考而知者 唯周而已 周頌 昊天有成命 郊祀天地之樂歌也 淸廟祀太廟之樂歌也 我將祀明堂之樂歌也 載芟良耜藉田社稷之樂歌也 然則祭樂之有歌 其來尙矣 兩漢已後 世有制作 其所以用於郊廟朝廷 以接人神之歡者 其金石之響 歌舞 之容 亦各因其功業治亂之所起 而本其風俗之所由 武帝時 詔司馬相如等造郊祀歌詩十九章 五郊互奏 之 又作安世歌詩十七章 薦之宗廟 至明帝 乃分樂爲四品 一曰 大予樂 典郊廟上陵之樂 郊樂者 易所謂 先王以作樂崇德 殷薦上帝 宗廟樂者 虞書所謂 琴瑟以詠 祖考來格 詩云 肅雍和鳴 先祖是聽也 二曰 雅頌樂 典六宗社稷之樂 社稷樂者 詩所謂 琴瑟擊鼓 以御田祖 禮記曰 樂施於金石 越於音聲 用乎宗廟 社稷 事乎山川鬼神 是也 永平三年 東平王蒼 造光武廟登歌一章 稱述功德 而郊祀同用漢歌 魏歌辭不見

삼황오제 시대의 예악이 이어지지 않다가 삼대의 마지막 왕조 주나라에
와서야 완비된 예악을 상고하여 알 수 있는 이유를 설명한 것이 인용문의
첫 부분이다. 그 교사음악과 악장의 유래가 매우 오래인 점을 보여주기 위해
『시경』의 <호천유성명>·<청묘>·<아장>·<재삼>·<양사> 등을 예로 들었다.
양한 시대의 제작을 거론한 것이 그 다음 부분이다. 五郊에서 번갈아 연주한
무제 때 司馬相如[B.C.179-B.C.117]의 <교사가> 19장과 종묘에 올린 <안세가> 17장
등의 제작이 제왕의 功業과 治亂에 기인하고 풍속에 말미암은 결과라 했다.
한나라 명제에 이르러 악을 4품으로 나누었는데. 그 하나가 '大予樂'으로 교묘
제사에서 선왕의 능에 오를 때 쓰는 악이었다. 이처럼 교사악을 고쳐 태여악으
로 불렀으며 大予樂官을 설립하여 예악의 제작과 교육을 맡겼다. 태여악관은
郊祀樂의 제작과 사용을 담당하던 기관이었는데, 그 기관이 지향하는 바는
"마땅히 전례[왕실이나 나라의 경사에서 행하는 의식]를 擧揚하고, 도참[제왕이 천명을 받
은 징험에 관계되는 일을 方士나 유생들이 엮은 글]을 널리 구하며, 아송을 강술하고 친근
히 하여 중화[정치의 화평함]를 가까이함을 일삼는 것"[63]이었다. 이처럼 당시에
도 앞 시대까지 살아있던 『시경』을 수용하여 바탕으로 일삼았음을 알 수 있다.
즉 한나라와 위나라 시기에는 『시경』 전통의 계승을 중시했고, 동한 이후에는

疑亦用漢辭也 武帝始命命杜夔創定雅樂 時有鄧靜尹商 善訓雅歌 歌師尹胡 能習宗廟郊祀之曲 舞師馮肅
服養 曉知先代諸舞 夔總領之 魏復先代古樂 自夔始也 晉武受命 百度草創 泰始二年 詔郊廟明堂禮樂權
用魏儀 遵周室肇稱殷禮之義 但使傳玄改其樂章而已 永嘉之亂 舊典不存 賀循爲太常 始有登歌之樂
明帝太寧末 又詔阮孚增益之 至孝武太元之世 郊祀遂不設樂 宋文帝元嘉中 南郊始設登歌 廟舞猶闕
乃詔顔延之造天地郊登歌三篇 大抵依傚晉曲 是則宋初又仍晉也 南齊梁陳 初皆沿襲 後更創制 以爲一
代之典 元魏宇文纖有朔漢 宣武已後 雅好胡曲 郊廟之樂 徒有其名 隋文平陳 始獲江左舊樂 乃調五音爲
五夏 二舞 登歌 房中等十四調 實祭用之 唐高祖受禪 未遑改造 樂府尙用前世舊文 武德九年 乃命祖孝
孫修定雅樂 而梁陳盡吳楚之音 周齊雜胡戎之伎 於是斟酌南北 考以古音 作爲唐樂 貞觀二年奏之 按郊
祀明堂 自漢以來 有夕牲迎神登歌等曲 宋齊以後 又加祼地迎牲飮福酒 唐則夕牲祼地不用樂 公卿攝事
又去飮福之樂 安史亂 咸鎬爲墟 五代相乘 享國不永 制作之事 蓋所未暇 朝廷宗廟典章文物 但按故常
以爲程式云" 참조.

63) 『文淵閣四庫全書: 史部/正史類/晉書』卷二十二의 "永平三年 官之司樂 改名大予 式揚典禮 旁求圖讖
道隣雅頌 事邇中和" 참조.

그 도가 심했다고 할 수 있다. 위나라의 曹魏는 그런 동한의 교사악장을 이어받았고, 명제 때에 이르러서야 위나라 나름의 제사악장을 만들게 했던 것이다.

곽무천은 이런 역사와 전통을 전제로 음악과 악장에 대한 나름의 관점을 분명히 갖출 수 있었다고 본다. 琴瑟을 어루만지며 노래를 읊으니 祖考가 來格하여 들으셨음을 말한 것이 종묘악이고, 六宗[한나라의 文帝·武帝·宣帝·元帝·明帝·章帝]과 사직의 제례에 사용한 것이 아송악이며, 거문고와 비파를 타고 북을 쳐서 신농씨를 맞이하거나 음악을 금석의 악기로 연주하고 성음으로 노래하여 종묘사직과 산천의 귀신에 바친 것이 사직악임을 밝힌 것을 보아도 이 점을 알 수 있다.

이러한 양한 시기의 제작을 거쳐 北魏와 五代[東晉 멸망 이후부터 唐나라 이전까지 198년 동안 번갈아 가며 등장한 南朝의 宋·齊·梁·陳·隋 등 다섯 왕조]와 당의 악장을 거론한 것이 마지막 부분이다. 위나라가 선대의 고악을 회복한 것은 杜夔로부터였는데, 진의 무제는 그런 위나라의 의례를 權用하도록 했으되 악장만은 傅玄[217-278]으로 하여금 다시 만들게 했다는 점, 송나라는 진나라의 악곡을 의방했고, 南齊·梁·陳은 前例를 따르다가 뒤에 다시 창제하여 한 시대의 典範으로 여겼다는 점 등을 들었다.

또한 송나라 문제 때 등가를 배설했으나 廟舞는 없었으므로 顔延之[384-456]로 하여금 등가 3편을 짓게 하였는데, 송 초에도 진나라의 악곡을 그대로 답습했음을 알 수 있다고 했다. 사실 남제·양·陳 등은 모두 전대의 악을 모방했으나, 그 뒤 자신들만의 악곡을 제작하고 그것을 한 시대의 전범[一代之典]으로 생각한 것이다. 특히 선비족인 拓跋珪[371-409]가 강북에 세운 元魏의 경우 宣武帝 이후 胡曲을 좋아하여 교묘지악은 한갓 이름만 남게 된 점은 교묘지악마저 지배권력의 기호에 좌우될 수밖에 없었음을 알 수 있게 하는 사실이다. 진나라를 평정하고 처음으로 장강 하류의 동북지역에 잔존하던 舊樂을 얻은 수나라 문제 때에 五音의 조화를 바탕으로 교묘악곡인 五夏[昭夏·黃夏·誠夏·需夏·肆夏], 二舞[文武·武舞], 登歌, 房中 등 14조를 만들어 賓祭에 사용한 사실은 예악의 제작에 舊文을 사용한 것은 드물지 않았으며, 그런 모방과 답습을 통해 예악의 전통이 이어져 왔다는 점을 보여주는 일이다.

이처럼 앞 시대의 악부를 사용한 것은 당나라에 들어와서도 마찬가지였으니, 貞觀 2년에 많은 선례들을 바탕으로 당악을 만들어 연주한 사실에서도 확인할 수 있다. 교사나 명당의 경우 한나라 이래 夕牲·迎神·登歌 등의 악곡이 있어왔고, 송나라와 제나라에 이르러 祼地·迎牲·飮福酒가 추가되었던 것이 당나라에 이르러서는 석생과 관지에 음악을 쓰지 않았고, 왕을 대신하여 공경이 주재하던 제사에서는 음복의 음악 또한 없애게 되었다. 나라가 어지러워지면서 예악을 제작할 겨를은 없었으나, 조정의 종묘 혹은 전장문물은 옛날부터 전해지는 관례를 채용하게 되었던 것이고, 자연스럽게 악장 또한 옛날 것들을 답습하거나 수용하여 약간씩 어구를 바꿈으로써 전통이 유지될 수 있었다. 곽무천은 이 책에서 이런 점들을 정확히 반영한 것이다.

논의의 편의상 이 책에 실린 것들 중 郊廟歌辭·燕射歌辭·鼓吹曲辭에 속한 작품들만 나열하면 다음과 같다.

> **제1권:** 郊廟歌辭一[漢郊祀歌 20수/漢郊祀歌 4수/晉郊祀歌 5수(傅玄)/晉天地郊明堂歌 5수(傅玄)/宋南郊登歌 3수(顔延之)]: **歌·登歌**
>
> **제2권:** 郊廟歌辭二[宋明堂歌 9수(謝莊)/齊南郊樂歌 13수/齊北郊樂歌 6수(謝超宗)/齊明堂樂歌 15수]: **樂歌**
>
> **제3권:** 郊廟歌辭三[齊雩祭樂歌 8수(謝朓)/齊藉田樂歌 2구(江淹)/梁雅樂歌 11수(沈約)/梁南郊登歌 2수(沈約)/梁北郊登歌 2수(沈約)/梁明堂登歌 5수(沈約)/北齊南郊樂歌 13수/北齊北郊樂歌 8수/北齊五郊樂歌 5수/北齊明堂樂歌 11수]: **樂歌·登歌**
>
> **제4권:** 郊廟歌辭四[周祀圓丘歌 12수(庾信)/周祀方澤歌 4수(庾信)/周祀五帝歌 12

首(庾信)/隋圜丘歌 8首/隋五郊歌 5首/隋感帝歌 1首(諴夏)/隋雩祭歌 1首 (諴夏)/隋蜡祭歌 1首(諴夏)/隋朝日夕月歌 2首/隋方丘歌 4首/隋神州歌 1首 /隋社稷歌 4首/隋先農歌 1首(諴夏)/隋先聖先師歌 1首(諴夏)/唐祀圜丘樂章 8首/唐郊天樂章 1首(豫和)]: **歌·樂章**

제5권: 郊廟歌辭五[唐享昊天樂 12首(武后)/唐祀昊天樂章 10首/唐祀圜丘樂章 11首 /唐封泰山樂章 14首(張說)/唐祈穀樂章 3首(褚亮)/唐明堂樂章 3首/唐明堂 樂章 11首(武后)/唐虞祀樂章 3首/唐虞祀樂章 2首]: **樂章**

제6권: 郊廟歌辭六[唐五郊樂章 20首/唐五郊樂章 10首/唐朝日樂章 3首/唐朝日樂 章 2首/唐夕月樂章 3首/唐蜡百神樂章 3首/唐蜡百神樂章 2首/唐祀九宮貴 神樂章 15首/唐祀風師樂章 5首(包佶)/唐祀雨師樂章5首(包佶)/唐祭方丘樂 章 5首/唐大享拜洛樂章 14首(武后)/唐祭方丘樂章 3首]: **樂章**

제7권: 郊廟歌辭七[唐祭汾陰樂章 11首/唐禪社首樂章 8首/唐祭神州樂章 3首/唐祭 神州樂章 2首/唐祭太社樂章 3首/唐祭太社樂章 2首/唐享先農樂章 4首/唐 享先農樂章 1首/唐享先蠶樂章 5首/唐釋奠文宣王樂章 5首/唐享孔子廟樂章 2首/唐釋奠武成王樂章 5首(于邵)/唐享龍池樂章 10首/梁郊祀樂章 14首/周 郊祀樂章 10首]: **樂章**

제8권: 郊廟歌辭八[漢安世房中歌 17首/晉宗廟歌 11首(傅玄)/晉江左宗廟歌 13首/ 宋宗廟登歌 8首(王韶之)/宋世祖廟歌 2首(謝莊)/宋章廟樂舞歌 15首]: **歌·登 歌·樂舞歌**

제9권: 郊廟歌辭九[齊太廟樂歌 21首/梁宗廟登歌 7首(沈約)/梁小廟樂歌 2首/陳太 廟舞辭 7首/北齊享廟樂辭 18首/周宗廟歌 12首(庾信)/周大祫歌 2首(庾信)]: **歌·樂歌·登歌·舞辭·樂辭**

제10권: 郊廟歌辭十[隋太廟歌 9首/唐享太廟樂章 11首/唐享太廟樂章 5首/唐享太 廟樂章 3首/唐武后享清廟樂章 10首/唐享太廟樂章 14首/唐享太廟樂章 25 首(張說)]: **歌·樂章**

제11권: 郊廟歌辭十一[唐享太廟樂章 11首/唐太淸宮樂章 11首/唐德明興聖廟樂章 7 首(李舒)/唐儀坤廟樂章 12首/唐儀坤廟樂章 2首/唐昭德皇后廟樂章 9首/唐 讓皇帝廟樂章 6首(李舒)/唐享隱太子廟樂章 5首/唐享隱太子廟樂章 2首]: **樂章**

제12권: 郊廟歌辭十二[唐享章懷太子廟樂章 5수/唐享懿德太子廟樂章 5수/唐享節
　　　　愍太子廟樂章 5수/唐享文敬太子廟樂章 6수/唐享惠昭太子廟樂章 6수/唐
　　　　武氏享先廟樂章 1수(武后)/唐韋氏褒德廟樂章 5수/梁太廟樂舞辭 11수/後唐
　　　　宗廟樂舞辭 6수/漢宗廟樂舞辭 6수/周宗廟樂舞辭 14수]: **樂章·樂舞辭**

제13권: 燕射歌辭一[晉四廂樂歌 3수(傅玄)/晉四廂樂歌 17수(荀勖)/晉四廂樂歌 16
　　　　수(張華)/晉四廂樂歌 16수(成公綏)/晉冬至初歲小會歌 1수/晉宴會歌 1수/
　　　　晉中宮所歌 1수(張華)/晉中宮所歌 1수(張華)]: **樂歌·歌**

제14권: 燕射歌辭二[宋四廂樂歌 5수(王韶之)/齊四廂樂歌 5수(宋辭)/梁三朝雅樂歌
　　　　38수/北齊元會大饗歌 10수]: **樂歌·歌**

제15권: 燕射歌辭三[周五聲調曲 24수(庾信)/隋元會大饗歌 11수/隋宴羣臣登歌 1수
　　　　/隋皇后房內歌 1수/晉朝饗樂章 7수/周朝饗樂章 7수/隋大射登歌 1수]: **調
　　　　曲·歌·登歌·樂章**

제16권: 鼓吹曲辭一[漢鐃歌 18수(古辭)/漢鐃歌上:艾如張 2수/上之回 7수;戰城南 7
　　　　수]: **歌**

제17권: 鼓吹曲辭二[漢鐃歌中: 巫山高 21수;將進酒 4수;君馬黃 4수;芳樹 16수;有所
　　　　思 26수]

제18권: 鼓吹曲辭三[漢鐃歌下: 稚子斑 6수;臨高臺 11수;遠期 2수;釣竿 3수;釣竿篇
　　　　4수/鼓吹曲辭 12수/魏鼓吹曲 12수(繆襲)/吳鼓吹曲 12수(韋昭)]: **歌·曲**

제19권: 鼓吹曲辭四[晉鼓吹曲 22수(傅玄)/晉凱歌 2수(張華)/宋鼓吹鐃歌 3수/宋鼓
　　　　吹鐃歌 15수(何承天)]: **歌·鐃歌**

제20권: 鼓吹曲辭五[齊隨王鼓吹曲辭 10수(謝朓)/齊鼓吹曲辭 3수/梁鼓吹曲辭 12
　　　　수(沈約)/隋凱樂歌辭 3수/唐凱樂歌辭 4수/唐凱歌 6수(岑參)/唐鼓吹鐃歌
　　　　12수(柳宗元)][64]: **曲辭·歌·鐃歌**

　　樂府詩를 최상위 명칭으로, 歌辭를 중간 명칭으로 하고 있으나, 구체적인

---

64) 제1권-제20권에 실린 작품들만으로도 '악부'와 그에 속한 작품들의 위상을 확인하기에 어렵지
　　않으리라 보기 때문에 이하[제21권: 橫吹曲辭一~제100권: 新樂府辭十一]는 생략한다. 사실 악부
　　및 악장의 이칭들을 나열할 경우 위상 혹은 의미범주의 문제가 제기될 수 있으나, 일정한 틀에
　　매이지 않고 비교적 자유롭게 명명해온 관습이 지속되었음을 알 수 있다.

작품으로 들어가면 가장 많이 사용된 명칭인 樂章과 함께 樂·歌·樂歌·樂辭·舞辭·樂舞辭·曲辭·登歌·鐃歌·調曲 등 다양한 장르적 성향을 암시하는 명칭들이 붙어 있다. 이 모든 것들이 '악부'로 묶인다는 점을 곽무천은 보여준 것이다. 그렇다면 이러한 명칭들 사이의 차이는 있는 것일까. 제사 혹은 제사 대상의 성격이나 절차에 따라 노래내용에 차이가 생길 수 있고, 제목에 붙는 장르적 표지 등도 달라질 수 있으나, 이런 노래들이 제사 대상에 대한 산자들의 찬양이나 기원 등을 담고 있는 악장이라는 점은 모든 차이를 일소하는 요인일 수 있다. 역대의 악장들 몇 작품을 들어보기로 한다.

<朱明>

朱明盛長	태양의 기운 왕성해져
敷與萬物	만물에 퍼지도다
桐生茂豫	초목이 두루 태어나 무성하게 자라니
靡有所詘	구불구불한 것 하나 없도다
敷華就實	꽃이 만발하여 열매를 맺으니
旣阜旣昌	풍성하고 또한 번창하도다
登成甫田	큰 밭에 곡식이 익어가니
百鬼迪嘗	온갖 귀신들 나아와 흠향하시도다
廣大建祀	넓고 크게 제사를 차리니
肅雍不忘	엄숙하고 조용하여 잊을 수 없도다
神若宥之	신이 이렇게 도와주시니
傳世無疆65)	자손 대대로 계승하여 끝이 없으리라

<豫和>

蘋蘩禮著	제수로 예를 드러내니
黍稷誠微	서직은 실로 미미하나

---

65) 郭茂倩, 『樂府詩集一』, 3쪽.

音盈鳳管　음악소리는 관악기에 가득 차고

彩駐龍旆　광채는 쌍용기에 머무르도다

洪歆式就　크게 흠향하시고 돌아가시어

介福攸歸　큰 복 돌려주시도다

送樂有闋　보내드리는 음악이 끝나니

靈馭遄飛[66]　신령의 수레 재빨리 날아 오르시도다

<武原府院君歌>

鐘鼓喤喤　종과 북이 조화롭게 울리니

威儀將將　위의가 엄정하시도다

溫恭禮樂　온공한 예악으로

致享曾皇　제사를 올리니 아름다우시도다

邁德垂仁　덕행에 힘써 어짊을 드리우시고

係軌重光　법도를 지켜 대대로 덕이 높아 공업이 이어지도다

天命純嘏　하늘이 큰 복을 내리시어

惠我無疆[67]　우리에게 끝없이 은혜를 베풀어 주시도다

<大合舞>

於穆皇祖　아, 빛나시는 황조께서

濬哲雍熙　총명하고 지혜로우시며 화락하고 태평하시도다

美溢中夏　아름다움은 중원에 흘러넘치고

化被南陲　교화가 남쪽 변경까지 이르렀도다

后稷累德　후직이 덕을 쌓으시어

公劉創基　공류는 창업의 기틀을 만드셨도다

肇興九廟　구묘를 처음으로 일으키시고

樂合來儀[68]　음악은 簫韶와 합하도다

---

66) 郭茂倩, 『樂府詩集一』, 60쪽.

67) 郭茂倩, 『樂府詩集一』, 117쪽.

<三舉酒>

朝野無事	조야가 무사하니
寰瀛大康	천하가 크게 태평하도다
聖人有作	성인이 제작을 하시니
盛禮重光	성대한 예는 거듭 빛을 발하도다
萬國執玉	만국이 조심조심 신에게 제사하고
千官奉觴	천관은 술잔을 받들어 권하도다
南山永固	남산같이 길이 굳고[69]
地久天長[70]	하늘과 땅처럼 장구하리로다

<주명>은 「漢郊祀歌」 19장[<練時日>·<帝臨>·<青陽>·<朱明>·<西顥>·<惟泰元>·<天地>·<日出入>·<天馬>·<天門>·<景星>·<齊房>·<后皇>·<華爗爗>·<五神>·<朝隴首>·<象載瑜>·<赤蛟>] 가운데 네 번째 악장으로 여름의 신에게 제사를 올리는 노래다. 「漢郊祀歌」 19장의 첫 장 <연시일>은 迎神악장, 마지막 장 <적교>는 송신악장인 셈이다. 顧炎武[1613-1682]는 「안세방중가」 17장과 「한교사가」 19장은 모두 교묘의 正樂으로서 삼백편 즉『시경』의 頌과 같고, 기타 모든 시들은 이른바 趙·代·秦·楚의 노래로서 列國의 풍요와 같다고 했으며,[71] 沈德潛[1673-1769]은 「안세방중가」는『시경』의 雅에, 한 무제 때「교사가」는『시경』의 頌에, <廬江小吏妻>[72]·<羽林郎>·<陌上桑> 등의 노래는『시경』의 國風에 각각 해당한다

68) 郭茂倩,『樂府詩集一』, 174쪽.
69)『詩』小雅 <天保>의 "如南山之壽 不騫不崩"[남산의 장수함과 같아/이지러지지 않고 무너지지 않으며].
70) 郭茂倩,『樂府詩集一』, 220쪽.
71)『文淵閣四庫全書: 子部/雜家類/雜故之屬/日知錄』卷九의 "安世房中歌十七章 郊祀歌十九章 皆郊廟之正樂 如三百篇之頌 其他諸詩 所謂趙代秦楚之謳 如列國之風" 참조.
72) 이 노래가 梁나라 徐陵[507-583]의『玉臺新詠』[卷一]에는 <古詩無名人爲焦仲卿妻作>으로 실려 있고『文淵閣四庫全書: 集部/總集類/玉臺新詠』卷一 참조], 곽무천의『樂府詩集 二』[1034-1038쪽]에는 <焦仲卿妻>라는 제목으로 실려 있으며, 심덕잠의『고시원 I』에는 <古詩爲焦仲卿妻作>이라는 제목으로 실려 있다.[양회석·김희경 역주,『古詩源 I』, 전남대학교출판부, 2015, 456-485쪽 참조]

고 했으며, 악부 중에도 세 가지 체가 갖추어져 있으니, 마땅히 분별하여 보아야 한다고 하였다.[73] 말하자면 '악부'의 갈래에 속한 작품들도 국풍·아·송 등 『시경』의 세 가지 체가 구비되어 있다는 것은 작자들이나 수용자들이 그 노래의 내용과 쓰임새의 바탕 혹은 기준을 『시경』에 두고 있었음을 암시한다. 그 시기에도 『시경』은 여전히 악장이나 악부의 전범으로 작자들의 생각을 지배하고 있었던 것이다. 즉 그들이 '一代之制作'을 표방하고 있었지만, 『시경』 작품의 완성도를 가늠하는 표준으로 생각하고 있었음을 짐작할 수 있다.

이처럼 <주명>은 『시경』의 頌에 해당하는데, 필자가 본서의 이 부분에서 언급하는 악부 작품들의 대부분이 교사가인 만큼 여기서 인용한 노래들 중 마지막의 <三擧酒>를 제외한 네 작품 모두 제사악장으로서의 '송'에 부합함은 물론이다.

'여름을 맞아 왕성해진 태양의 기운이 만물에 퍼짐'을 노래한 것이 제1구와 제2구로서 起에 해당하고, 초목이 무성하게 자라나고 꽃이 만발하여 열매를 맺어 곡식이 익어가는 등 풍성하고 번창한 모습을 노래한 제3구~제8구는 承에 해당하며, 성대한 제사가 엄숙하고 조용하여 잊을 수 없음을 노래한 제9구와 제10구는 轉에 해당한다. 이처럼 신이 도와주시니 자손 대대로 계승하여 끝이 없을 것임을 찬양한 제11구와 제12구는 제사의 결과를 노래하는 結句 부분이다. 특히 결구[神若宥之/傳世無疆]'는 일종의 套語로서 제사악장의 마무리에 흔히 등장하는 표현이다. 예컨대 『시경』「주송」<烈文>의 제3·4구[惠我無疆/子孫保之], 「周頌」<豊年>의 제7·8구[以洽百禮/降福孔皆], 「주송」<潛>의 제5·6구[以享以祀/以介景福], 「주송」<雝>의 제11·12구[燕及皇天/克昌厥後], 「魯頌」<閟宮> 제3장

그러나 심덕잠의 경우 『古詩源』「例言」에서는 같은 작품을 <廬江小吏妻>로 언급했다. 이처럼 이 노래는 근대 이전의 문헌들에서 다양한 제목으로 통용되었던 것 같다.

73) 清 沈德潛 編著, 양회석·김희경 역주, 『古詩源 Ⅰ』, 29쪽의 "安世房中歌 詩中之雅也 漢武郊祀等歌 詩中之頌也 廬江小吏妻 羽林郎 陌上桑等篇 詩中之國風也 樂府中亦具三體 當分別觀之" 참조.

의 제14·15·16·17구[是饗是宜/降福旣多/周公皇祖/亦其福女],「商頌」<烈祖>의 제15·
16·17·18·19·20구[以假以享/我受命溥將/自天降康/豊年穰穰/來格來饗/降福無疆] 등 구
절들의 경우 '신이 이렇게 도와주시어 자손 대대로 계승하여 끝이 없다'는
<주명>의 마무리와 큰 범주 안에서 의미적으로 부합한다는 점을 감안하면,
이런 부류의 표현은『시경』이래 제사악장의 마무리 투어로 정착되었다고
할 수 있다.

　<豫和>는 당나라「郊天樂章」중의 한 작품으로, 천신에게 제사할 때 사용하
던 악곡의 이름이기도 하다. 이것은 악곡의 이름을 악장의 제목으로 삼은 경우
라 할 수 있다.『唐書樂志』에 이르기를 太樂에 <郊天送神辭> 1장이 있는데,
언제 만들어졌는지를 알 수 없다고 했다.[74] 그 <送神樂章>이 바로 <豫和>인데,
이 또한 보편적인 악장의 구조적 범주에 들어 있는 악장이다. <예화>도 네
부분[제1·2구/제3·4구/제5·6구/제7·8구]으로 이루어졌는데, '송신'이 제사를 마친
뒤 신을 보내드리는 단계인 만큼 제사 전체에 대한 평가와 신에 대한 감사
혹은 강복에 대한 기원으로 이루어져 있다. 1단[제수의 미미함에 대한 자평], 2단[관악
기로 연주하는 음악소리의 웅장함과 쌍용기에 머무른 광채], 3단[제수를 흠향하고 돌아간 신이
큰 복 돌려주실 것에 대한 믿음], 4단[송신의 음악이 끝나자 재빨리 돌아가시는 신령에 대한 찬미]
등으로 이루어져 있는데, 제례나 악장에 따라 1단과 2단은 생략될 수도 있으나,
제3단과 제4단은 필수적인 내용이다. 이 점은 조선조의 악장에서도 확인할
수 있는 특징이다. 예컨대,「郊祀樂歌」'后稷氏位' <送神樂章>[神無不在/於昭于天/
日迎日送/於享之筵/歆玆維馨/雲馭言旋/遙瞻天衢/寥廓無邊/神之所歸/降福綿綿/烝民率土/太
平萬年][75]의 밑줄 부분[향기로운 제수를 흠향하시고/구름수레를 타고 돌아가시매/멀리 하늘을
바라보니/넓고 넓어 가이 없도다/신령이 돌아가시니/복 내려주심 면면히 이어지고/뭇 백성과 온
천하가/만년토록 태평하도다]은 <예화>의 제3단 및 제4단 내용의 반복이라 할 수 있

---

74) 郭茂倩,『樂府詩集一』, 60쪽의 "唐書樂志曰 太樂舊有郊天送神辭一章 不詳所起" 참조.
75)『漢文樂章資料集』, 계명문화사, 1988, 327-328쪽 참조.

다. 말하자면 나라와 시대는 달라도 악장은 크게 달라질 이유가 없었던 것이다.

<武原府院君歌>는 송나라 「종묘등가」의 네 번째 악장이다. 『宋書樂志』에 따르면 武帝 永初 중에 王韶가 만든 <七廟登歌辭>를 묘악으로 쓰도록 명을 내렸으며, 또 <七廟享神登歌> 1수를 함께 章太后廟에 노래하게 했으니, 그 가사 또한 王韶[1030-1081]가 지은 것이라 했다.[76]

종과 북이 울리는 엄정한 위의를 말한 것이 제1·2구이고, 그것을 받아 제사의 아름다움을 말한 것이 제3·4구이다. 무원부원군의 덕행과 공덕을 찬양한 제5·6구에서 의미의 전환을 이룬 다음, 하늘이 큰 복을 내리시어 후손들에게 은혜를 베풀어 주신다는 제7·8구에서 이 악장은 종결된다. 이 노래는 '제사절차의 엄정함/제사대상의 공덕/하늘에서[혹은 신령이] 복을 내려줌'이라는 세 의미들의 조합으로 이루어져 있는데, 각 부분의 부연 여부에 따라 내용이 늘어날 수는 있으나, 전체 악장의 내용은 이 세 범주에 포함된다. 특히 제1구[鍾鼓喤喤]는 『시경』 「주송」 <執競> 제8구[鍾鼓喤喤]를 그대로 갖다 쓴 경우이며, 제2구[威儀將將]는 <집경>의 제9구[磬筦將將]와 제12구[威儀反反]에서 반구씩 갖다 集句한 경우이다. 그리고 제8구[惠我無疆]는 『시경』 「주송」 <烈文> 제3구[惠我無疆]를 그대로 갖다 쓴 것이다. 즉 노래의 시작과 끝을 『시경』 텍스트에서 따옴으로써, 『시경』이 노래 전체의 내용적 핵심을 이루고 있음이 드러나는 것이다. 결국 <武原府院君歌>도 악장의 시초인 『시경』으로부터 자유로울 수 없었으며, 이 점은 형태적으로 동일한 여타 인용 악장들과 부합하는 점이기도 하다.

<大合舞>는 양나라 태묘제사의 절차에 따라 사용하던 「太廟樂舞辭」 11수[開平舞·皇帝行·帝盥·登歌·大合舞·象功舞·來儀舞·昭德舞·飲福·撤豆·送神] 중 肅祖에게 헌작할 때 大合之舞를 연주하면서 부른 다섯 번째 악장이다. 이 경우는 제사절차의

---

76) 郭茂倩, 『樂府詩集一』, 116쪽의 "宋書樂志曰 武帝永初中 詔廟樂用王韶之所造 七廟登歌辭七首 又有七廟享神登歌一首 幷以歌章太后 其歌辭亦韶之造" 참조.

완미함에 대한 찬양이 생략되었고, 먼저 제사 대상에 대한 찬양으로 시작된다. 제1·2구에서는 王者로서의 숙조가 지닌 인간적 장점을 찬양했고, 제3·4구는 숙조의 교화가 중원을 넘어 남쪽 변경까지 미쳤음을 노래했으며, 제5·6구는 주나라 后稷과 公劉가 창업의 기틀을 마련한 공을 말했다. 마무리인 제7·8구에서는 九廟를 처음으로 만들고 簫韶와 부합하는 음악을 만든 예악제작의 공을 찬양했다. 따라서 이 경우도 악장의 일반적인 내용구조를 지키고 있음을 확인할 수 있다.

<三擧酒>는 晉나라 <朝饗樂章>인데, 다음과 같은 『五代會要』의 기록에서 이 악장의 제작 목적과 절차를 추정할 수 있다.

> 진나라 천복 4년 12월 태상예원이 正至王公上壽[인용자 주: 정월 초하루와 동지에 천자에게 축수하는 행사]의 절차를 아뢰기를 "황제가 술을 마시면 元同之樂을 연주하고 마시기를 마치고 전중의 태감이 빈 잔을 받으면 뭇 신하들은 나아가 앉아 재배하고 술을 받사옵니다. 황제가 세 번째 마심에 모두 文同樂을 연주합니다. 밥을 올려 바치면 文舞가 昭德之舞를 연주하고 武舞가 成功之舞를 연주합니다. 삼음이 끝나고 빈 잔을 反坫에 되돌리면 시중이 예가 끝났음을 아뢰고 뭇 신하들은 재배합니다. 大同蕤賓之鐘을 연주하면 황제께서는 자리에서 내려오고 백료들은 돌아서 물러갑니다."라고 했다.[77]

至正王公上壽는 진나라에서 제정한 朝會宴饗의 대표적인 행사였고, 그 행사 절차는 '初擧酒·再擧酒·三擧酒·四擧酒·羣臣酒行' 등으로 이루어져 있다. 황제와 군신들이 술을 마시며 잔치를 벌이는데, 번갈아 술을 마시면서 황제에게 축수하는 절차에 음악과 악장을 사용한 것이다. 황제가 술을 마시는 절차에서

---

77) 『文淵閣四庫全書: 史部/政書類/通制之屬/五代會要』卷七의 "晉天福四年十二月 太常禮院奏正至王公上壽 皇帝擧酒 奏元同之樂 飮訖 殿中監受虛爵 羣臣就坐 再拜受酒 皇帝三飮 皆奏文同樂 上擧食 文舞奏昭德之舞 武舞奏成功之舞 三飮訖 虛爵復於坫 侍中奏禮畢 羣臣再拜 奏大同蕤賓之鐘 皇帝降坐 百僚旋退" 참조.

원동지악과 문동악을 연주하고 악장을 노래하며 밥을 올리는 순서에서는 文舞의 昭德之舞를 武舞의 成功之舞를 추며 악장을 노래한다고 했다. 또한 이런 순서들이 모두 끝날 때 大同蕤賓之鐘을 연주한다고 했다. 악장은 두 구씩 하나의 의미단락을 이루고, 모두 4개의 의미단락이 '기-승-전-결'의 전체 맥락을 형성한다. 제1·2구는 조야에 특별한 어려움이 없고 천하가 태평함을, 제3·4구는 황제가 제작을 하여 예악이 융성해졌음을, 제5·6구는 만국이 명분에 맞게 신에게 제사하고 천관은 술잔을 받들어 축수함을, 제7·8구는 남산처럼 하늘과 땅처럼 장수할 것을 각각 노래했다. 즉 황제가 세 번째 술잔을 들면서 문동악을 연주하고 이 악장을 노래한 것이다. 새로 제작한 악장이긴 하나, 모티브나 표현 및 구성 등에서 『시경』을 바탕으로 했음은 물론이다. 제7구[남산영고]를 『시경』「소아」<天保> 제6장 제3·4구[如南山之壽/不騫不崩]에서 따온 것만 보아도 그런 점은 확인된다.

<삼거주>를 비롯한 중국 역대 왕조 악장들의 관습은 고려 및 조선에도 수용되었다. 예컨대 조선조 태종 2년 예조와 의례상정소가 올린 樂調에는 연향악 13건[國王宴使臣樂·國王宴宗親兄弟樂·國王宴群臣樂·國王遣本國使臣樂·國王勞本國使臣樂·國王遣將臣樂·國王勞將臣樂·議政府宴朝廷使臣樂·議政府宴本國使臣樂·議政府餞本國將臣樂·議政府勞將臣樂·一品以下大夫士公私宴樂·庶人宴父母兄弟樂]의 절차와 음악·악장들이 소개되어 있는데, 왕의 등장에 이어 술잔을 올리고 탕을 올리는 등의 순서와 각각의 순서에 연주하는 음악과 악장들이 소개되어 있다. 예조와 儀禮詳定所가 함께 올린 서문은 다음과 같다.

　　신 등이 삼가 고전을 상고하건대, '音을 살펴서 樂을 알고, 악을 살펴서 政事를 안다.' 하고, 또 말하기를, '악을 합하여 神祇를 이르게 하며 나라를 和하게 한다.' 하고, 또 말하기를, '正聲은 사람을 감동시키되 기운이 응함을 順하게 하고, 姦聲은 사람을 감동시키되 기운이 응함을 거슬리게 한다.'고 하였습니다. 그러므로 周官 大司樂이 淫聲·過聲·凶聲·慢聲을 금하였습니다. 신 등이 가만히 보건대, 前朝에서

삼국 말년의 악을 이어받아 그대로 썼고, 또 宋朝의 악을 따라 교방의 악을 사용토
록 청하였으니 그 말년에 이르러 또한 음란한 소리[哇淫之聲]가 많았사온데 조회
와 연향에 일체 그대로 썼으니 볼 만한 것이 없습니다. 지금 國初를 당하여 그대로
인습하는 것은 불가하옵니다. 신 등이 삼가 兩部의 악에서 그 聲音이 약간 바른[稍
正] 것을 取하고 풍아의 시를 참고로 하여 조회와 연향의 악을 정하고 신민이
통용하는 악에 이르기까지 하였습니다. 아래에 갖추 열거하였사오니, 성상께서
밝히 보시고 시행하시어 聲音을 바루고 和氣를 부르소서.[78]

음과 악의 기능, 음악과 정사의 관련성, 음악의 정치적 효용성 등에 관한
관점은 삼대 이래 중국의 관점을 바탕으로 한 것이고, 특히 조선왕조가 이어받
은 고려 궁중 음악의 원천이 송나라 교방악에 있었음을 밝혔다. 무엇보다 중요
한 것은 고려 말년의 음란한 소리를 조선이 이미 조회 연향악으로 이어받아
써온 사실을 비판적으로 지적한 사실이다. 그것을 바로잡는 차원에서 兩部의
악에서 성음이 약간이라도 바른 것을 취했고 풍아의 시를 참고로 조회·연향의
시를 정했으며, 백성들 사이에서 통용되는 악까지 정했다고 했다. 여기서 '양
부의 악과 '풍아의 시'란 무엇일까. 전자는 고려조 이래 존속해온 雅部와 俗部
의 음악을 지칭하고 후자는 『儀禮經傳通解』「風雅十二詩譜」의 시들[<鹿鳴>·<四
牡>·<皇皇者華>·<魚麗>·<南有嘉魚>·<南山有臺>·<關雎>·<葛覃>·<卷耳>·<鵲巢>·<采蘩>·
<采蘋>]에 <臣工>·<行葦>·<采薇>·<杕杜>·<七月> 등 5편을 추가한『시경』시
들을 말한다.[79]

사실 고려조로부터 이어받은 '음란한 소리'를 버리고 '兩部의 악에서 그 聲
音이 약간 바른[稍正] 것을 取했다'고 하는데, 보기에 따라 그것은 단순히 '고려

78) 태종실록 권3, 태종 2년 6월 5일 정사 첫 번째 기사 "예조에서 의례상정소 제조와 의논하여 악조
   10곡을 올리다"[http://sillok.history.go.kr/main/main.do] 참조. *이하『조선왕조실록』기사는
   이 사이트에서 가져오고, 편의상 출처는 해당기록의 권수와 왕명, 연·월·일만 명시한다.
79) 조규익,「태종 조 樂調에 반영된 唐·俗樂 악장의 양상과 중세적 의미」,『우리文學研究』55, 우리문학
   회, 2017, 167-169쪽 참조.

이래의 雅部와 俗部'라기 보다는 당나라의 坐部舞와 立部舞[80]를 지칭할 수도
있을 것이다. 특히 『고려사악지』에 載錄된 당악의 경우 대체로 송대 教坊의
각종 坐立部伎가 一種 내지 數種씩 보존되었다는 사실을 감안하면,[81] 조선 태
종 조 악조에서 그런 당송 대 坐立部伎의 음악 가운데서 골라 썼을 가능성도
농후하다고 할 수 있다.[82] 어쨌든 진나라에서 제정한 朝會宴饗의 대표적인
행사인 至正王公上壽는 '初舉酒·再舉酒·三舉酒·四舉酒·羣臣酒行' 등의 순서로
이루어져 있으며, 그 중 '초·재·삼·사'에 이르는 왕의 舉酒 절차에서 음악이
연주되고 악장이 노래되는 양상은 조선조 태종 2년의 宴饗樂調와 흡사하다는
점을 무시할 수 없다. 말하자면 여기서 인용한 <三舉酒>를 비롯하여 『악부시
집』에 실린 대부분의 악장들은 텍스트 및 콘텍스트 혹은 주제적 측면에서
고려나 조선조에서도 유사한 양상을 보이며 재현되었음을 인정할 수밖에 없
고, 그 바탕에서 『시경』의 전통을 읽어낼 수 있다고 보는 것이다. 좀 더 구체적
으로 말한다면, 송대 곽무천의 단계에 이르러 樂府詩를 최상위 명칭으로, 歌辭
를 중간 명칭으로 하여 묶이는 개별 작품들이 樂章·樂·歌·樂歌·樂辭·舞辭·樂
舞辭·曲辭·登歌·鐃歌·調曲 등 다양한 하위 명칭들을 부대하고 있었던 것도
사실이다. 제사 혹은 제사 대상의 성격이나 절차에 따라 노래내용에 차이가
생길 수 있고, 제목에 붙는 장르적 표지 등의 차이는 그 다양한 명칭들로부터
연원된다고 보나, 이런 노래들이 제사 대상에 대한 산자들의 찬양이나 기원
등을 담고 있는 악장의 범주를 벗어날 수 없다는 점은 모든 차이를 일소하는
요인이기도 하다. 중국이나 고려·조선 등 모든 왕조들이 갖고 있던 중세적
성격의 획일화에 각종 의례들이 절대적인 역할을 했고, 그 핵심에 음악과 악장

---

80) 『文淵閣四庫全書: 經部/樂類/樂書』 卷一百八十一 및 양 인리우 지음·이창숙 옮김, 『중국고대음악
　　사·상고시대부터 송대까지』, 솔출판사, 1999, 345-346쪽 참조.
81) 차주환, 『唐樂研究』, 범학, 1979, 30쪽 참조.
82) 이 점은 본서의 주된 논의가 아니므로, 다른 기회에 재론하기로 한다.

이 공통적으로 존재하고 있기 때문이다.

『악부시집』은 중국 역사 초기의 가요를 필두로 당대의 新樂府詩에 이르기까지 악곡에 올려 부른 5천 3백수 가까운 시가들을 망라하여 실어 놓은 전적이다. 漢代~五代에 이르기까지의 악부시가 다수를 차지하는 것은 이 시기에 기존의 『시경』이나 楚辭 중심의 詩壇이 민간의 문인들에게 개방되면서 중국의 시가 혹은 가요가 크게 발전할 기틀을 마련했기 때문이다. 교묘가사나 연사가사 등 궁정의 아악가사들을 중심으로 하는 한편 相和歌辭·淸商曲辭 등을 비롯한 민간 노래들, 橫吹曲辭·新樂府辭 등을 비롯한 문인들의 작품에 이르기까지 광범하게 수록한 것은 분명 시대적 변화가 반영된 현상일 수도 있다.

Ⅱ. 중국악장의 수용과 고려악장의 확립

1. 악장 수용의 바탕과 중국-고려 음악의 교섭양상

앞에서 누차 밝힌 것처럼『시경』에서 발원된 중국 역대 악장은 송대에 이르러 집대성[정리·개편·신제]되었고, 악곡·악장·악기 등 음악의 제반 요소들과 관련 의례 등 콘텍스트 전반이 고려에 수용되었다. 고려에 사신으로 왔다가 돌아간 徐兢[1091-1153]은 '고려의 음악이 원래 말갈에서 나왔으나, 기자가 봉해진 뒤 말갈의 누추함을 개혁했고, 천여 년 뒤에 송나라로부터 대성아악과 연악·악공 등을 받았으며, 그 때문에 악무가 더욱 융성하여 듣고 볼만했다'고 하였다.[1] 그가 사신으로 다녀 간 짧은 기간의 관찰이 정확했다고 볼 수는 없겠으나, 북송과 남송으로부터 음악 특히 대성악을 받아들인 것은 사실이고, 그와 함께 당악과 송악 등을 함께 받았을 가능성은 매우 크다. 송나라로부터 음악을 수용한『고려사악지』의 기록들과 함께 곽무천의『악부시집』등 관련 문헌들과

---

1)『文淵閣四庫全書: 史部/地理類/外紀之屬/宣和奉使高麗圖經』卷四十의 "若麗人則東夷之國 樂其本於靺鞨乎 且三代之制 商曰大濩 周曰大武 箕子以商之裔 而受周封於朝鮮 則革其靺鞨之陋者 當有湯武之遺音 廣襲制作 經今千載 調聲應律 雖有可采者 熙寧中 王徽嘗奏請樂工 詔往其國 數年乃還 後人使來 必齎貨奉工技爲師 每遣就館 敎之 比年入貢 又請賜大晟雅樂 及請賜燕樂 詔皆從之 故樂舞益盛 可以觀聽" 참조.

당송의 사문학이나 악장들도 도입되었으리라 추측된다.[2]

국가 의례에 사용된 것들로 동아시아적 보편성의 범주에 속하는 악장의 존재를 문헌적으로 확인할 수 있는 시대가 고려조와 조선조이다. 고려 악장 혹은 악장론의 溯源이 명시되어 있음은 물론 그것들이 구체적인 작품으로 구현·집성된 문헌이『고려사악지』다. 무엇보다『고려사악지』의 수찬자인 조선조 鄭麟趾[1396-1478]가 국가 기틀의 확립과 문화의 발전을 위해 핵심적 역할을 수행한 인물이라는 점[3]은『고려사악지』의 바탕을 이루고 있는 예악 인식의 틀이 조선조의 그것과 같거나 유사함을 담보할 수 있는 요인임을 암시한다. 고려조의 극복을 표방하고 등장한 것이 조선조이지만, 고려 이래의 문화적 바탕을 청산하기란 가능치도 않았고, 타당치도 않았다. 그 가운데 가장 두드러진 것이 음악, 특히 궁중악 분야였다. 건국 후 1세기나 지난 시기인 성종 조의 인사들도 자인했듯이 '음악에서 누적된 관습이란 갑자기 개혁할 수 있는 것이 아니기'[4] 때문이었다. 조선조 지배계층이 고려조로부터 이어진 음악적 관습의 극복이 불가능함을 깨닫기까지 1세기의 시간이 필요했던 것이다.[5] 고려조의 음악이나 악장의 상당부분이 중국 송나라로부터 수용한 것이라는 점은 『고려사악지』의 여러 곳에 명시되어 있다. 몇 사례들을 들어보기로 한다.

---

2) 곽무천의 생몰년은 알려져 있지 않다. 다만 元豊 7년[1084]에 河南府法曹參軍으로 있었다면 11세기 후반의 인물이었을 가능성이 크고, 따라서 시기적으로 보아 당시 고려에『악부시집』이 충분히 도입되었으리라 짐작된다. 이 점은 앞으로 밝혀야 과제들 중 하나이다.

3) '세종 12년 35세 때「아악보 서」저술/세종 14년 37세 때「회례문무악장」저작/세종 20년 43세 때 事大文書 제작 참여/세종 23년 46세 때「용비어천가」찬술 착수 및『치평요람』편찬 受命/세종 27년 50세 때『치평요람』찬술,「용비어천가」편찬 및 전문·서문 작성/세종 28년 51세 때『훈민정음』해례본 편찬/세종 31년 54세 때『고려사』개찬 감정 수명/세종 32년 55세 때 명 사신을 접대하면서 예겸과 교유/문종 1년 56세 때『고려사』개찬 완성 등'의 업적을 남겼다.[장윤희,「정인지의 생애와 훈민정음」,『나라사랑』127, 외솔회, 2018, 195-197쪽 참조]

4)『성종실록』권 219, 성종 19년 8월 13일.

5) 조규익,『조선조 악장 연구』, 새문사, 2014, 18쪽.

<1> 음악이라는 것은 그것으로 순미한 풍속과 교화를 수립하고 조종의 공훈과 은덕을 형상하는 것이다. 고려는 태조가 대업을 初創하였고 성종이 郊社를 세우고 禘祫를 직접 거행하였다. 그 후부터 문물제도가 비로소 갖추어졌으나 당시의 상황을 기록한 典籍이 보존되어 있지 않아서 알아볼 길이 없다. 예종 조에 송나라에서 新樂을 내렸고 또 大晟樂을 내렸다. 공민왕 때 명나라의 태조황제가 특별히 아악을 내려 마침내 조정과 종묘의 행사에 사용하였고, 또 삼국과 당시의 속악을 섞어 썼다. 그러나 병란으로 말미암아 鐘·磬 등 악기가 흩어져 없어졌다. 속악은 그 말이 대부분 비속해서, 그 중 심한 것은 다만 그 노래의 이름과 노래를 지은 뜻을 기록하기로 한다. 아악·당악·속악으로 분류해서 악지를 만든다.[6]

<2> 예종 9년 갑진 삭에 安稷崇이 송나라에서 돌아왔다. 송 徽宗의 조서에 이르기를 "음악은 천지와 함께 흐르는 것으로, 백년 이후에 일어나고 공이 이룩된 이후에 생겨나는도다. 선왕의 은택이 고갈하여 예가 폐기되고 악이 파괴되면서부터는 주대에서 오늘날에 이르기까지 선왕의 악을 祖述하지 못했도다. 짐이 역대 聖王의 基業을 계승하여 오래오래 성덕의 훌륭한 공훈을 생각하여 그 뜻을 계승하고, 그 사업을 조술하고 그 이룩한 공을 고하고자 有司에게 詔命을 내려 몸을 표준으로 삼고 그 표준에 따라 鼎을 주조하고 음악을 제작하여 그것을 천지와 종묘에 薦하게 하였던 바 羽物이 제때에 맞게 나왔도다. 대저 지금의 음악은 옛날의 음악과 같으므로 짐이 없애지 않고 雅正한 樂聲을 지금의 음악에 퍼 넣어 처음으로 천하에 반포하여서 백성의 心志를 부드럽게 해주었노라. 卿은 바깥 땅을 보유하고 있으면서 義를 사모하여 同化해왔다. 使臣이 와서 새 음악의 소리를 듣기를 원하니 그 성심을 가상하게 여겨서 하사품을 내리기로 하였노라. 지금 信使 안직숭의 귀국 편에 경에게 다음과 같이 新樂을 내리노라.[7]

<3> 예종 11년 6월 을축에 王字之가 송으로부터 돌아왔다. 그 때에 보낸 송 휘종의 조서에 말하기를 "삼대 이후에 예법이 폐기되고 음악이 파괴됨에 짐은 古制를 고구하여 그것을 조술해 밝혀 老境에 이르러 부흥하게 되어서 대성악을

---

6) 차주환 역, 『高麗史樂志』, 을유문화사, 1986, 62-63쪽.
7) 차주환, 같은 책, 118-119쪽.

제작하였노라.(…)대저 풍속을 바꾸는 데는 이 음악만한 게 없으니 가서 이 命을 공경되이 받들어 나라를 다스리면 비록 나라 땅이 동떨어져 있다 하더라도 위대한 조화를 같이하게 될 것이니 아름답지 아니한가. 지금 대성아악을 내리노라.8)

  <4> 10월 무진에 乾德殿에서 대성악을 親閱하고, 癸酉에는 태묘에 親祫을 드리고 대성악을 천했다.9)

  <5> 명종 18년 3월 을유에 평장사 최세보를 보내서 일을 대행시켜 夏禘를 행했는데, 대성악을 썼고, 酌獻에는 籥翟을 쓰는 文舞를 썼으며, 아·종헌에는 모두 干戚을 쓰는 武舞를 썼고, 거기다 鄕音과 鄕舞를 추가했다.10)

  <6> 공민왕 21년 9월 병자에 毬庭에서 태묘악을 연습했다.11)

  <7> 공양왕 원년 3월 을유에 예조에서 조회 때 음악 쓰기를 청했다.12)

<1>은 『고려사악지』 樂一[雅樂]의 서문으로, 태조의 고려 창업 이후 예종에 이르기까지 의례에 사용된 예악문물의 전적이 사라져 알 수 없는 사정과 송나라의 신악과 대성악을 도입한 예종 대의 史實 및 명나라에서 아악을 들여온 공민왕대의 史實을 설명했다. 성종 대에 교사를 세우고 제례악 등이 갖추어졌으나, 그 이후 전적이 보존되어 있지 않은 관계로 음악에 관한 자세한 사실을 알 수 없다고 했다. 예종 대에 비로소 송나라에서 신악과 대성악을 도입하여 쓰다가 공민왕대에 이르러 명나라로부터 아악을 받아들여 조정과 종묘의 제례에 사용했고, 삼국과 고려 당대의 속악 및 당악을 섞어 사용함으로써 고려의

---

8) 차주환, 같은 책, 121-122쪽.
9) 차주환, 같은 책, 122쪽.
10) 차주환, 같은 책, 124쪽.
11) 차주환, 같은 책, 125쪽.
12) 차주환, 같은 책, 126쪽.

음악은 아악·당악·속악의 체제로 정착되었다는 점을 밝혔다. 중요한 것은 송나라와 명나라의 음악을 받아들였다는 것이고, 속악은 우리의 음악이라는 것인데, '속악의 경우 말이 대부분 비속해서 심한 경우 노래의 이름과 지은 뜻만을 기록한다'는 설명으로 미루어 송이나 명으로부터 음악과 함께 악장 그 자체나 악장의 제작관습까지 받아들였음이 암시된다. 즉 아악에 올려 부르던 郊祀악장이나 당악에 올려 부르던 연향악장으로서의 宋詞, 속악에 올려 부르던 연향악장으로서의 歌詞 등 세 갈래의 악장체제가 고려조에 이룩되었음을 말한다. 악장[노래]·춤·악곡 즉 '歌·舞·樂 융합체'는 이미 중국에서도 확립되어 있던 구조이므로, 고려나 조선에서 아악이나 당악을 도입했다면, 그런 演行방식 자체도 받아들였음을 의미한다. 이 점은 민간의 음악을 채집하여 궁중악으로 개편한 속악의 경우 또한 마찬가지였다. 속악정재인 동동의 경우를 예로 들어 설명할 필요가 있다. 『고려사악지』 편찬자들은 동동정재의 노랫말을 다음과 같이 설명했다.

　　動動之戱 其歌詞多有頌禱之詞 盖效仙語而爲之 然詞俚不載[동동놀이는 그 노랫말에 송도의 말이 많으니, 대개 신선의 말을 본떠 지은 것이다. 그러나 가사가 비속한 일상어로 되어 있어 싣지 않는다][13]

인용문에서 頌禱는 동동정재 창사 起句의 내용 혹은 주제를 지칭한 것이며, 그런 표현법이나 주제의식은 당대 궁중에서 성대하게 공연되던 헌선도·오양선·연화대·포구락 등 당악정재 창사들의 표현관습을 본뜬 것들이다. 仙語는 바로 이들 정재에서 서왕모 등 신선으로 분장하여 송도의 노래를 가창하던 女妓들의 창법에서 비롯된 것임이 분명하다. 따라서 속악인 동동정재의 텍스트에 대하여 헌선도·오양선·연화대·포구락 등 당악정재들은 상호텍스트적

---

13) 『高麗史』 七十 志 卷第二十四 樂二·俗樂.

연관을 맺고 있으며, 특히 그러한 당악정재들의 주제의식과 등장인물들의 臺詞는 동동의 텍스트적 근간을 형성하고 있었음을 확인하게 된다. 그리고 당악·속악 등의 정재들이 형성하는 당대 공연예술이나 분위기 등은 노랫말 <동동>의 텍스트에 대한 콘텍스트로 존재하고 있었다. 속악정재들의 콘텍스트는 물론 여타 텍스트들과의 상호텍스트적 연관을 바탕으로 살필 때 비로소 동동정재의 본질은 제대로 파악될 수 있기 때문이다.[14]

이처럼 중국으로부터 아악과 당악을 도입했고, 민간에서 채집한 노래들을 궁중악무로 세련시키는 데 당악정재들을 표본으로 삼은 것은 부정할 수 없는 사실이다. 음악이나 춤뿐 아니라 당악악장들은 그대로 도입했고, 아악악장의 경우 중국 악장들의 창작관습이나 제작방법 등까지도 수용한 것이다. 인용문 <1>에 그런 사실이 암시되어 있다.

<2>는 송나라 휘종이 안직숭을 통해 고려에 신악과 함께 보낸 조서의 내용이다. 휘종 자신이 끊어진 음악을 복구하고 예악의 전통을 복구했다는 점, 옛날 음악의 아정한 소리를 지금의 음악에 이입하여 새로운 음악을 만들었다는 점, 고려의 왕이 바깥에 있으면서 義를 사모하여 同化해왔고, 그 신악을 원하므로 안직숭 편에 신악을 내린다는 점 등을 밝혔다. 즉 휘종이 중국의 전통적인 음악에 바탕을 두고 지금의 음악을 응용하여 신악을 만들었는데, 고려가 '동화의 뜻'을 갖고 있으므로 그 신악을 내린다고 한 것이다. 여기서 '동화'란 무엇인가. '함께 교화되는 것' 즉 '개인이 다른 사람의 관점이나 이데올로기를 받아들이거나 이러한 것들을 자신의 의식으로 변화시키는 것'[15]을 말한다. 중국의 음악이나 악장을 고려가 받아들여 그것들에 내재되어 있는

---

14) 조규익·문숙희·손선숙·성영애, 『동동動動: 궁중 융합무대예술, 그 본질과 아름다움』, 민속원, 2019, 40-41쪽.
15) 제레미 M, 호손 지음, 정정호 외 옮김, 『현대 문학이론 용어사전』, 도서출판 동인, 2003, 107쪽 참조.

정신이나 이데올로기에 맞춰 자신을 변화시키는 것을 뜻한다. 중국의 음악이나 악장 혹은 그것들이 사용되는 의례들의 중세적 성향을 보편정신으로 신봉하며, 자신의 내면 정신이나 외면의 제도적인 면을 그 표준에 맞추는 것이 바로 동화의 원리라 할 수 있다. 말하자면 송나라의 신악을 도입하여 자신들의 의례에 사용함으로써 일종의 국제적 표준을 획득했다고 본 것이다.

<3>은 예종 11년 6월 송으로부터 돌아온 왕자지 편에 휘종은 조서를 보내왔는데, 삼대 이후 예법이 폐기되고 음악이 파괴된 상태에서 古制를 조술하여 대성악을 만들었다고 했다. 풍속을 바꾸는 데 대성악만한 것이 없으니, '비록 나라 땅이 동떨어져 있어도 위대한 조화를 같이하게 될 것'이라 했다. 이 점은 바로 앞에서 언급한 바 있지만, '동화를 통한 예악의 국제적 표준이나 중세적 보편성의 획득'을 말한 것이다. 대성악이 바로 그런 효용성을 갖고 있다는 말이다. 그런 과정을 거쳐 <4>에서는 건덕전에서 대성악을 친열하고, 태묘에 친협을 드릴 때 대성악을 천하게 된 것이다. 또한 <5>에서와 같이 명종 18년 3월에는 攝行으로 夏禘를 드릴 때 대성악을 썼고, 酌獻에는 文舞를, 아·종헌에는 武舞를 각각 썼으며, 鄕音과 鄕舞를 추가했다고 했다. 말하자면 음악의 국제적 보편성을 추구하는 한편 자신들만의 고유한 樂舞도 곁들였음을 밝힌 것이다. 태묘의 禘祫享·時享·臘享 등에 송나라 음악들이 사용된 점을 보면 당시의 상황을 뚜렷이 알 수 있다. 盥洗位에 나아가고 계단에 올라갔다 내려와 大次로 돌아올 때 헌가에서 연주하던 正安之曲, 進俎의 豐安之曲, 문무가 물러나고 무무가 나아올 때의 崇安之曲, 아헌과 종헌의 武安之曲, 迎神의 興安之曲, 送神의 寧安之曲, 祼鬯의 順安之曲, 철변두의 恭安之曲, 음복의 禧安之曲 등은 모두 송나라 아악곡들이다.

이러한 송나라의 아악들 가운데 중요한 것들을 들면 다음과 같다. 王公의 出入을 위해 만든[16] 정안지곡은 寧宗郊祀二十九首의 '文舞退武舞進·亞獻·終

獻',17) 乾隆郊祀八曲의 '亞獻終獻', 咸平親郊八首의 '아헌·종헌',18) 元符親郊五首의 '退文舞迎武舞',19) 政和親郊三首의 '皇帝盥洗·升壇·皇帝還位·文舞退武舞進·望燎',20) 紹興十三年初郊祀의 '文舞退武舞進/望燎'21) 등에 쓰인 곡이고, 郊廟제례에서 俎豆를 들일 때 쓰기 위해 만든22) 豐安之曲은 紹興十三年郊祀樂章의 捧俎23)에 쓰였으며, 제향에서 酌獻·飲福·受胙 절차를 위해 만든24) 禧安之曲은 乾隆郊祀八曲의 酌獻·飲福, 紹興十三年郊祀樂章의 昊天上帝位酌獻·飲福, 寧宗郊祀二十九首의 飲福 등25)과 夏祭方澤太祖位 飲福26)에도 쓰였다. 恭安之曲은 夏祭方澤太祖位 奠幣27)에 쓰였고, 郊祀28)와 태묘제례29)를 위해 興安之曲이 제작되었으며, 正冬의 조회를 위해 永安之曲이 만들어졌다. 祭天에 高安之曲을 祭地에 靜安을 각각 사용했고, 종묘에 理安을 천지종묘의 등가에 嘉安을 사용했으며, 황제가 臨軒할 때 隆安을 왕공이 출입할 때 정안을 사용했다. 황제가 먹고 마실 때 和安을 황제가 受朝하거나 황후가 입궁할 때 順安을 사용하고, 황태자의 軒縣 출입에 良安을 썼다. 문선왕과 무성왕을 제사할 때 마찬가지로 永安을 썼고, 藉田과 先農에 靜安을 각각 썼다.30) 그렇다면, 이처럼 '安'자가 들어간

16) 『文淵閣四庫全書: 史部/正史類/宋史』 卷一百二十六.
17) 『文淵閣四庫全書: 史部/正史類/宋史』 卷一百三十二.
18) 『文淵閣四庫全書: 史部/正史類/宋史』 卷一百三十二.
19) 『文淵閣四庫全書: 史部/正史類/宋史』 卷一百三十二.
20) 『文淵閣四庫全書: 史部/正史類/宋史』 卷一百三十二.
21) 『文淵閣四庫全書: 史部/正史類/宋史』 卷一百三十二.
22) 『文淵閣四庫全書: 史部/正史類/宋史』 卷一百二十六.
23) 『文淵閣四庫全書: 史部/正史類/宋史』 卷一百三十二.
24) 『文淵閣四庫全書: 史部/正史類/宋史』 卷一百二十六.
25) 『文淵閣四庫全書: 史部/正史類/宋史』 卷一百三十二.
26) 『文淵閣四庫全書: 集部/別集類/北宋乾隆至靖康/竹隱畸士集』 卷十五.
27) 『文淵閣四庫全書: 集部/別集類/北宋乾隆至靖康/竹隱畸士集』 卷十五.
28) 『文淵閣四庫全書: 史部/正史類/宋史』 卷十.
29) 『文淵閣四庫全書: 史部/正史類/宋史』 卷一百二十七.
30) 이상은 『文淵閣四庫全書: 史部/正史類/宋史』 卷一百二十六 참조.

송나라의 12 음악은 어떻게 생겨난 것일까. 다음과 같은 설명을 주목할 필요가 있다.

건륭 원년 2월 竇儼이 황제에게 의견을 올려 말하기를 '삼황오제가 흥기하였으나 예악은 서로 전례를 좇지 않았습니다. 송나라가 처음으로 황극을 세우시니 한 시대의 음악은 마땅히 이름을 지어 붙여야 합니다. 악장은 진실로 마땅히 새로운 가사로 바꾸시되 마땅히 옛 법에 맞게 따르소서.' 하니, 이 말을 따르고, 조서를 내려 엄으로 하여금 그 일을 전담케 하였다. 엄이 이에 주나라 음악 문무숭덕지무를 고쳐 문덕지무로 만들고 무무인 상성지무를 고쳐 무공지무로 만들었다. 악장 12편을 고치고 차례로 늘어놓아 '十二安'을 만들었으니, 대개 '治世之音 安以樂[치세의 음악은 편안하고 즐거움]'의 뜻을 취한 것이다.[31]

송나라의 개국조인 건륭황제 태조는 두엄을 시켜 예악을 정비하게 하였다. 그런데 3대 이전의 예악은 서로 계승·발전시키지 못했기 때문에 지리멸렬해졌다고 본 것이 두엄의 관점이었다. 그가 새로 이름을 붙여 앞 시대의 음악을 계승하되 악장은 새롭게 바꿔야 한다고 본 것도 그 때문이었다. 문무숭덕지무를 문덕지무로, 상성지무를 무공지무로 바꾸어 음악에 가한 계승과 변화의 결과를 분명히 제시했고, 악장 열두 편을 '12安[高安·靜安·理安·嘉安·隆安·正安·和安·順安·良安·永安·豐安·禧安]'으로 개편하여 제례 대상들의 功業에 대한 찬양이 명분을 갖출 수 있도록 하였다. 특이한 것은 12安의 '安'이 '治世之音 安以樂'에서 따온 개념임을 밝힌 점이다. 이 말은 「毛詩大序」의 핵심 개념으로서 '治世之音 安以樂 其政和 亂世之音 怨以怒 其政乖 亡國之音 哀以思 其民困 故正得失 動天地 感鬼神 莫近於詩[32)[잘 다스려진 시대의 노래는 편안하고 즐거우니 그 정치가 조화롭고,

31) 『文淵閣四庫全書: 史部/正史類/宋史』卷一百二十六의 "乾隆元年二月 儼上言曰 三五之興 禮樂不相沿襲 洪惟聖宋肇建皇極 一代之樂宜乎立名 樂章固當易以新詞 式遵舊典 從之 因詔儼專其事 儼乃改周樂 文舞崇德之舞爲文德之舞 武舞象成之舞爲武功之舞 改樂章十二 順爲十二安 盖取治世之音安以樂之義" 참조.

어지러운 시대의 소리는 원망하고 노여워하니 그 정치가 어그러지며 망한 나라의 소리는 슬프고 처량하니 그 백성이 괴롭다. 그러므로 득실을 바르게 하고 천지를 움직이고 귀신을 감동시킴은 시보다 더 가까운 것이 없다'에서 따온 개념이므로 이미 송나라 초기의 문덕지무·무공지무 등 음악과 12安의 악장들은 『시경』의 정신을 바탕으로 하고 있었음이 분명하다.

고려의 圓丘親祀·社稷·太廟 등에서도 이 곡들 가운데 상당수를 받아들인 것으로 보인다. 『고려사악지』 원구친사의 경우 '①王入門·詣罍洗·升降壇·詣望燎位·還大次 軒架 <u>正安之曲</u>/②王飲福 登歌 <u>禧安之曲</u> 및 黃鍾宮/③迎神 軒架 夾鍾宮 景安之曲 三成 黃鍾角 大簇徵 姑洗羽 各一成 文舞作六成/④送神 夾鍾宮 <u>永安之曲</u> 武舞一成/⑤奠玉幣 酌獻上帝 登歌 <u>嘉安之曲</u> /⑥配位及五帝 仁安之曲/⑦徹籩豆 肅安之曲 並大呂宮/⑧進俎 軒架 <u>豐安之曲</u>/⑨文舞退 武舞進 崇安之曲/⑩亞終獻 武安之曲 並黃鍾宮' 등에서 밑줄 그은 것들이 그것들이고, 太廟禘祫享·時享·臘享의 경우는 '①王入門·詣盥洗位·升降階·還大次 軒架 <u>正安之曲</u> /②進俎 <u>豐安之曲</u>/③文舞退 武舞進 崇安之曲/④酌獻 諸室之曲/⑤亞終獻 武安之曲 並無射宮 諸室之曲[太祖 太定, 惠宗 紹聖, 顯宗 興慶, 文宗 大明, 順宗 翼善, 宣宗 淸寧, 肅宗 重光, 睿宗 美成, 仁宗 理安, 迎神 黃鍾宮 興安之曲 三成 大呂 太簇 應鍾 各二成 文德之舞 九成]/⑥送神 黃鍾宮 永安之曲 武舞 一成/⑦祼鬯 登歌 <u>順安之曲</u>/⑧徹籩豆 恭安之曲 並夾鍾宮/⑨飲福 <u>禧安之曲</u> 등에서 밑줄 그은 것들이 그것들이다.[33]

비록 중국으로부터 받아들인 음악에 殘缺과 혼란이 심하며 儒臣과 狂瞽가 제멋대로 고쳐 질서와 절도가 없을 뿐 아니라 각 절차별로 음악 또한 맞지 않는다는 지적이 있었지만,[34] 고려 태묘제사의 절차들에 쓰인 대부분의 악곡들이 앞에 제시한 12安에 속해 있거나 이름만 다른 악곡들임을 감안하면, 송나

---

32) 『文淵閣四庫全書: 經部/詩類/詩序』 卷上.

33) 원문은 동아대학교 고전연구실, 『譯註 高麗史 第六 志二』, 태학사, 1987, 246-247쪽 참조.

34) 차주환 역, 『고려사악지』, 123-124쪽 참조.

라에서 받아들인 음악이 고려 예악의 핵심을 이루고 있었고, 뒤에 언급하겠지만, 송 이전의 당나라나 송과 같은 시기의 금나라, 송 이후의 원나라 음악 등도 약간씩 골고루 수용했음은 분명하다.[35] 악장의 제작 방식이나 내용 또한 그런 나라들로부터 받아들였을 것임은 물론이다. 史臣의 평에 '歌師는 단지 악보의 고저만을 외우고 그 말은 전혀 이해하지 못하니 神人을 속이는 것이라고 말할 수 있겠다'고 했으니, 받아들인 악장의 뜻도 모른 채 노래한 것이나 아닐까 추측된다. 그러나 그런 악장도 수용·정착·개정의 과정을 거쳐 고려의 악장으로 확립된 것은 사실이다. 특히 『시경』을 바탕으로 한 송나라 악장을 받아들인 것이 고려의 악장이었던 만큼 송악장과 고려악장은 제작관습을 공유하게 되었을 것이다.

사실 이 시기에 북송·거란[요]·여진[금]이 패권을 다투고 있었고, 고려는 이들 간의 쟁패를 관찰하며 매우 현실적인 외교를 펼치고 있었다.[36] 특히 '遼가 女眞의 침략을 받아 매우 위태로운 형편이니, 요에서 받은 正朔을 시행할 수 없다'고 하며 '지금부터는 公私의 문서에서 天慶이라는 연호를 삭제하고 간지[甲子]만을 사용하는 것이 마땅하다'는 중서문하성의 요청에 왕이 허락하였다는 점[37]을 감안하면, 고려는 금나라에 의해 거란이 조만간 멸망하리라는 것을 예견하고 있었음을 알 수 있다. 이 사건이 일어난 시기는 예종 11년[1116년] 4월의 일로, 이보다 6개월 뒤에는 「九室登歌樂章」을 新作하게 된다.

1125년 결국 거란의 요나라는 여진의 금나라에 의해 멸망되었고, 북송은 연운 16주를 회복하고자 금나라와 해상맹약을 맺었으나, 1127년 4월 '靖康의 變'[태상황 휘종·황제 흠종, 황족 및 관리 2-3천 명의 포로와 엄청난 재물을 약탈한 변란]으로

---

35) 이 문제에 대한 상세한 논의는 별도의 자리로 미룬다.
36) 이진한, 『한국의 대외관계와 외교사-고려편-』, 동북아역사재단, 2018, 187쪽 참조.
37) http://db.history.go.kr "『고려사』 권14 > 세가 권제14 > 예종(睿宗) 11년 > 4월 > 모든 문서에서 요 연호를 삭제하게 하다."

결국 멸망함으로써 상당 기간 금나라의 예속을 받게 되었다.

몽골 1차 침입 후 1232년 강화도로 천도했고, 그로부터 약 40년 뒤 개경으로 환도한 1270년부터 병신정변[1356년] 전까지 원나라가 간섭하거나 실질적으로 지배했던 기간이 무려 86년이었음을 감안하면, 고려의 궁중음악 또한 원나라의 것을 도외시할 수 없는 상황이었으리라 짐작되기도 한다. 그런데 특이하게도 원나라의 세조는 고려에 대하여 '土風을 고치지 말라'[38] 했고, '鄕樂은 土風'[39]이라 했음을 감안하면, 음악이나 의례도 원나라가 크게 간섭한 것은 아니었다. 따라서 송나라의 대성아악이 고려 아악의 근간을 이루고 있지만, 원나라 음악의 수용 또한 간혹 이뤄졌을 가능성이 있다. 그 점을 확인하기 위해 원나라 아악의 형성을 서술한 '制樂始末'가운데 한 부분을 살펴보기로 한다.

> 엎드려 살피건대, 황상께서는 즉위하신 이래 지치·성명[예교]·문물에 마음을 쏟으시며 태평한 옛날을 회복하고자 하시고, 먼저 유사에게 등가·궁현·팔일악무를 고쳐 완벽하게 하시어 교묘의 사용에 대비하셨습니다. 고전을 상고하신 것 같은 일은 마땅히 포양·찬미의 칭호가 있어야 합니다. 삼가 역대 음악의 이름을 살피건대, 黃帝의 음악은 咸池·龍門·大卷, 少昊의 음악은 大淵, 顓頊의 음악은 六莖·高辛·五英, 요임금의 음악은 大咸·大章, 순임금의 음악은 大韶, 우임금의 음악은 大夏, 낭임금의 음악은 大濩, 주무왕의 음악은 大武이니, 근내에 이르기까지

---

38) 『고려시대 史料 Database[http://db.history.go.kr]/고려사 권 35/세가 권제 35』 충숙왕 6년 5월 18일 무오 "정동행성이 백관들이 말을 탈 수 있게 해달라고 건의하다" 참조.

39) 『고려시대 史料 Database[http://db.history.go.kr]/고려사 권 70/지 권제 24/악/아악/헌가의 음악을 독주하는 절도 "대성악이 원래대로 시전되지 않음을 지적하다" 참조. 특히 '고려사 권 36/세가 권제 36/충혜왕 즉위년 윤 7월/왕이 원 우승상에게 행성 설치를 반대하는 글을 보내다'의 기록["더욱이 지역은 멀고 백성은 어리석으며 말과 의례, 혼인의 풍속이 중국과 같지 않습니다. 만약 入省한다는 소식이 들리게 되면 반드시 모두 당황하고 두려워할 것입니다. 엎드려 바라건대 대승상 각하께서는 교활한 말을 받아들이지 말고, 황제의 뜻을 잘 이끄시어 土風을 고치지 않도록 하셔서 우리가 선조의 업을 그대로 이어 평안하게 해주시기 바랍니다."]을 보아도 음악제도는 기존 고려의 것이 유지될 수 있었을 것이다. 이 점은 직전에 수입해 쓰고 있던 송나라 아악이나 악장에도 적용되는데, 원나라에서도 송나라의 遺制를 계승했거나, 약간 바꾸어 쓰고 있었다는 점에서 충분히 양해될 수 있는 문제였다.

그 이름이 남아 있고, 송조는 이름을 총괄하여 大晟이라 했으며, 금조는 大和라 했습니다. 이제 많은 사람들의 논의를 모아 권도로써 이름을 나열한 것입니다. 간절히 바라옵건대 심사하고 결정하여 大成이라 부르소서. 살피옵건대 상서에서 는 '簫韶九成 鳳凰來儀[소소를 아홉 번 연주하니 봉황이 날아와 춤을 추었음]'라 했고, 악기에서는 王者가 공이 있으면 음악을 만든다 했으며, 시에 이르기를 '展也 大成'40)은 大明[크게 밝음/크게 밝힘]이니, 살피건대, 백호통에서 요임금의 덕이 天人의 도를 능히 크게 밝힐 수 있어 大順이라 했다는 것과 같은 말입니다. 역에 말하기를 하늘이 돕는 바의 것은 順이라 하고, 또 하늘에 따르고 사람에 응하는 것을 대동이라 하니, 악기에 악이란 같게 하는 것이요 예란 다르게 하는 것이라 말했습니다. 예운에 말하기를 대도가 행하여졌으므로 사람들은 각자의 부모만을 부모로 여기지 않았고, 각자 자기의 자식만을 자식으로 여기지 않았으니, 이것이 대동입니다. 대예란 역에 말하기를 豫는 순하고 동하므로 천지도 이와 같이 한다 했고, 象에 말하기를 우레가 땅에서 나와 분발함이 예이니, 선왕이 이를 보고 악을 만들고 덕을 높여 성대하게 상제에게 올려 祖考로 배향하였다고 하였습니다. 중서 성에서 드디어 이름을 정하여 대성지악이라 하고 이에 표문을 올려 稱賀하였습니 다.41)

원나라의 아악이 大成之樂으로 명명되기까지의 연유와 전말을 통시적 관점 에서 서술한 것이 인용문의 뼈대라 할 수 있다. 인용문은 원나라 세조[1215-1294] 5년 奉常寺에서 上言한 내용인데, 송나라 이래의 大晟樂과 다른 원나라의 大成 樂이 공식화되는 결정적 계기라 할 수 있다. 음악의 역사를 언급하면서 송나라

---

40) 『文淵閣四庫全書: 經部/詩類/詩經集傳』 卷五의 "允矣君子/展也大成" 참조.
41) 『文淵閣四庫全書: 史部/正史類/元史』 卷六十八의 "伏覩 皇上踐阼以來 留心至治聲名文物 思復承平 之舊 首敕有司 修完登歌宮縣八佾樂舞 以備郊廟之用 若稽古典 宜有徽稱 謹案歷代樂名 黃帝曰 咸池龍 門大卷少昊大淵 顓頊六莖高辛五英 唐堯大咸大章 虞舜大韶 夏禹大夏 商湯大濩 周武大武 降及近代 咸有厥名 宋總名曰大晟 金總名曰大和 今采輿議 權以數名 伏乞詳定曰大成 按尙書簫韶九成 鳳凰來儀 樂曰 王者功成作樂 詩云 展也大成 曰大明 按白虎通 言如唐堯之德 能大明天人之道 曰大順 易曰 天之所助者順 又曰 順乎天而應乎人 曰大同 樂記曰 樂者爲同 禮者爲異 禮運曰 大道之行也 故人不獨 親其親 不獨子其子 是之爲大同 曰大豫 易曰 豫順以動 故天地如之 象曰 雷出地奮豫 先王以作樂崇德 殷薦之上帝 以配祖考 中書省遂定名曰大成之樂 乃上表稱賀" 참조.

의 음악은 大晟, 금나라의 음악은 大和임을 명시했다. 그러면서 원나라의 음악
을 大成이라 해달라고 건의하고 있다. 왜 '大成'이라 했을까. 우선 '成'은『상서』
의 '簫韶九成 鳳凰來儀'에서 왔음을 밝혔다. 즉 소소를 아홉 번 연주하자 봉황
이 와서 춤을 추었다는 것이다. 九成과 九變은 음악의 아홉 곡이 끝나는 것을
이르는데, 九成은 樂曲의 관점에서, 九變은 舞의 관점에서 각각 말하는 개념이
다. 특히『周禮』의 설명 가운데 두 가지에서 '이룸[成]'과 '변화[變]'가 언급된다.
다음의 것들이다.

> <1> 만약 음악이 여덟 번 변화하면 地祇가 모두 출현하고 만족하여 예를 이룰
> 수 있게 되는 것이다.[42]
> <2> 무릇 음악에서 黃鍾을 宮으로 삼고 大呂를 角으로 삼고 大簇를 徵로 삼고
> 應鍾을 羽로 삼아, 路鼓·路鼗·陰竹의 管, 龍門의 琴瑟과 九德의 노래 및 九韶의 춤을
> 종묘 가운데서 연주한다. 만약 음악이 아홉 번 변화를 가져오면 人鬼들이 만족하
> 여 예를 이룰 수 있게 되는 것이다.[43]

음악이 여덟 번 변화하면 지기를 만족시키고 아홉 번 변화시키면 인귀들이
만족하여 결국 예를 이루게 된다는 것이 인용문들의 핵심이다. 여기서 9변은
9성이니 춤이나 음악의 곡이 완성되는 것을 말한다. '악이란 이룸을 형상한
것'[44]이라는 공자의 말도 9성의 의미를 말하는 것이다. 대성의 성은 바로 여기
서 나온 것이고, 결정적으로는『시경』「소아」<車攻> 제8장 제3·4구[允矣君子:
진실로 군자여!/展也大成: 참으로 큰 일 이뤘도다]에서 '大成'을 차용했음을 언급한 점이
다. 더구나 앞쪽 인용문의 아래쪽에서 그 '大成'의 의미를 구체적으로 설명하

---

42) 『文淵閣四庫全書: 禮部/周禮之屬/周禮注疏』卷二十二의 "若樂八變 則地示皆出 可得而禮矣" 참조.
43) 주 42)와 같은 곳의 "凡樂黃鍾爲宮 大呂爲角 大簇爲徵 應鍾爲羽 路鼓路鼗 陰竹之管 龍門之琴瑟
    九德之歌 九韶之舞 於宗廟之中 奏之 若樂九變 則人鬼可得而禮矣" 참조.
44) 『文淵閣四庫全書: 經部/樂類/樂書』卷二十六의 "樂者象成者也" 참조.

고 있다. 대성은 大明[크게 밝힘]인데, 요임금의 덕이 천인의 도를 '크게 밝힐 수 있어' 大順이라 했다는 白虎通의 기록을 들기도 했다. 大同, 大豫 등 『예기』 와 『역』에서 나온 개념을 참고로 하여 드디어 '대성지악'이란 이름으로 정했다는 것이다. 물론 과문한 필자로서는 음악적 측면에서 송나라 大晟과 원나라 大成 사이의 구체적인 차이들이 무엇인지 규명된 연구를 접한 바는 없으나, 그들이 스스로 송나라 大晟樂을 옛 음악의 하나로 치부하고 자신들의 음악을 철학적인 바탕 위에서 大成樂으로 명명한 것을 보면, 양자는 분명 다른 명칭임이 분명하다.

원나라의 大成樂에서는 대부분 '成'자가 들어가는 곡들을 사용하고, 그 중 몇몇의 경우에는 '寧'자가 들어가기도 했다.[45] 예컨대 원나라 성종 대덕 9년 8월에 廟祀와 宣聖에 쓰기 위해 악장을 짓고 악공들에게 익히게 했는데, 降神·送神의 凝安之曲, 初獻·盥洗·升殿降殿·望瘞의 同安之曲, 전폐의 明安之曲, 奉俎의 豐安之曲, 酌獻의 成安之曲, 亞終獻의 文安之曲, 徹豆의 娛安之曲은 대개 舊曲이어서 새 악장에는 쓰지 않기로 했다.[46] 武宗 至大 2년 親享太廟에서는 皇帝入門에 順成之曲을, 出入小次에 昌寧之曲을, 迎神에 思成[世祖 至元(1264-1295) 중의 來成之曲을 개명]을, 初獻攝太尉·盥洗·陛殿에 肅成之曲을, 酌獻에 開成[太祖室에 사용하던 舊曲을 개명하여 답습]·武成[睿宗室에 사용하던 옛 곡을 개명하여 답습]을, 황제음복에 釐成之曲을, 文舞退武舞進에 肅寧[옛 곡을 개명하여 사용]을, 亞終獻酌獻에 肅寧[옛 곡을 개명하여 사용]을, 徹豆에 豊寧之曲을, 送神에 保成之曲을, 皇帝出廟廷에 昌寧之曲을 각각 사용했다.[47] 이런 점으로 미루어 보건대 원나라 역시 '一代之樂'의 원칙[48]을 지킨 결과 자신들의 음악인 大成樂을 갖게 된 것이라 볼 수 있고,

---

45) '寧'자가 들어간 곡들은 대부분 금나라의 음악이다. 이처럼 선대의 음악을 이어받아 쓰는 경우도
    적지 않았다.
46) 『文淵閣四庫全書: 史部/正史類/元史』卷六十八 참조.
47) 『文淵閣四庫全書: 史部/正史類/元史』卷六十八.
48) 앞 시대의 음악을 배워 쓴 다음에야 한 시대의 음악이 있게 된다는 것. 『文淵閣四庫全書: 經部/樂類/

당연한 귀결로 악장 또한 『시경』을 비롯한 옛 것들을 답습하지 않을 수 없었으며, 고려 또한 송나라와 원나라의 음악이나 악장으로부터 자유로울 수 없었을 것이다.

원에 앞서 송을 침탈하며 중원을 지배한 女眞의 金나라도 자신들의 음악을 갖기 위해 많은 노력을 기울였다. 대성악 등 음악의 주 수입원이 송나라였지만, 같은 시기 송나라와 패권을 다투며 고려에 크나큰 정치·외교적 압박을 가하던 금나라의 음악 또한 고려로서는 무시할 수 없었으리라 짐작된다. 금나라 태종은 1125년 요나라를 멸망시킨 데 이어 결국 송나라의 수도 汴京을 함락시키고 徽宗을 퇴위시키는 등 북송까지 멸망시킨 것이다.[49] 고려에 대하여 사대의 예를 취하도록 강요한 금나라는 인종 4년 李資謙이 중신들의 반대를 무릅쓰고 금에 대하여 上表 稱臣할 것을 결정한 점, 송이 고려와의 친선을 도모하려는 목적이 거란·여진의 침입에 고려의 군사력을 끌어들이려는 데 있었다는 점 등으로 친송 정책을 취하면서도 국제적인 관계를 감안하여 군사적 개입을 꺼린 등거리 외교로[50] 간신히 나라를 지탱했고, 문화적인 면에서도 자주성을 확립하는 일이 쉽지 않았을 것은 당연하다. 금나라 악곡의 이름이나 그 작명의 연유 등은 다음과 같은 글에 나타나 있다.

> 악곡의 이름을 당나라는 和 송나라는 安으로 했고, 본조는 악곡을 정하고 寧으로 이름을 지었다. 지금은 다만 太廟裕享의 곡만 있고, 교사악곡은 갖추어지지 않았다. 황통 9년 拜天에서 乾寧之曲을 썼고, 지금의 圜丘 降神에 당연히 따라 쓴다. 지금 태묘협향에서 황제가 전에 오르고 내리며 가고 멈춤에 昌寧之曲을 연주하고, 迎俎에 豊寧之曲을 연주하고, 酌獻에 舞隊가 드나들 때 肅寧之曲을 연주하고, 음복에 福寧之曲을 연주하는데, 송나라 開寶[송 태조의 연호(968-976)]의 禮制에 따라

樂書』 卷四十의 "蓋五帝之樂 莫著於黃帝 至堯修而用之 然後 一代之樂備" 참조.
49) 박한남, 「고려 인종대 對金政策의 성격」, 『한국중세사연구』 3, 한국중세사학회, 1996, 46쪽 참조.
50) 변태섭, 『한국사통론』, 삼영사, 2013, 204-205쪽 참조.

쓸 수 있었다. 나머지 교사곡명으로 皇帝入中壝·奠玉幣·迎俎·酌獻·舞出入의 악곡
을 마땅히 모두 寧자로 이름 짓는 것이 마땅하다 하고 드디어 학사원에 명하여
편찬하게 하였다. 皇帝入中壝에 昌寧之曲을 연주하고, 降神과 送神에 乾寧之曲을
연주하고, 호천상제에 洪寧之曲을 연주하고, 皇地祇에 坤寧之曲을 연주하고, 配位
에 永寧之曲을 연주하고, 음복에 福寧之曲을 연주하고, 乘降·望燎·出入大小次에는
入中壝와 함께 같은 곡을 연주한다.[51]

인용문은『金史』「예지」의 한 부분으로, 금나라 악곡 제정의 경위와 제례행
사 단계에 따라 사용되던 악곡들을 나열한 글이다. 앞의 인용문들을 함께 놓고
볼 때, 당나라 악곡들의 이름은 '和'자가 들어간 것들[예컨대, 太和之樂·肅和之樂·雍
和之樂·福和之樂·舒和之樂·元和之樂·順和之樂·永和之樂·豫和之樂·壽和之樂 등]이, 송나라
는 '12安'이, 금나라는 '寧'자가 들어간 것들이, 원나라는 '成'자가 들어간 것들
이 각각 주축을 이룬다. 금나라의 경우 인용문에 등장하는 창녕지곡·풍녕지
곡·숙녕지곡·복녕지곡·창녕지곡·건녕지곡·홍녕지곡·곤녕지곡·영녕지곡 등
외에 和寧之曲·安寧之曲·輯寧之曲·太寧之曲·咸寧之曲·來寧之曲·靜寧之曲
등[52]이 주로 사용되었음을 알 수 있다. 중국 역대 왕조들은 대부분 초기에는
전조로부터의 음악을 이어받아 썼지만, 대부분 그로부터 얼마 되지 않아 '一代
之樂'의 체제를 갖추게 되는데, 그것은 동북아의 모든 왕조들도 마찬가지였다.
고려나 조선의 경우 중국왕조의 음악을 도입해 쓰는 것을 외교의 일환으로
생각했던 것으로 추정된다. 중국의 정치적 상황에 따라 크고 작은 영향을 받기

---

51)『文淵閣四庫全書: 史部/正史類/金史』卷三十九의 "樂曲之名 唐以和 宋以安 本朝定樂曲 以寧爲名
今止有太廟祫享樂曲 而郊祀樂曲未備 皇統九年 拜天用乾寧之曲 今圜丘降神 固可就用 今太廟祫享
皇帝升降行止 奏昌寧之曲 迎俎 奏豊寧之曲 酌獻舞出入 奏肅寧之曲 飲福 奏福寧之曲 宋開寶禮 亦可
就用 餘有郊祀曲名 皇帝入中壝 奠玉幣 迎俎 酌獻舞 出入樂曲 宜改以寧字製名 遂命學士院撰焉 皇帝
入中壝 奏昌寧之曲 降神送神 奏乾寧之曲 昊天上帝 奏洪寧之曲 皇地祇 奏坤寧之曲 配位 奏永寧之曲
飲福 奏福寧之曲 升降望燎出入大小次 並與入中壝同" 참조.
52)『文淵閣四庫全書: 史部/正史類/金史』卷二十九, 三十五 등 참조.

때문이었다. 중국으로부터 도입한 것이 음악만은 아니었고, 악장 제작의 관습[내용 및 형식] 또한 물려받은 것이 사실이다. 적어도 제례음악에서 고려는 중국으로부터 큰 영향을 받았고, 고려 음악체계를 이어받은 조선 또한 마찬가지였다.

고려 음악에 당·송·금·원의 음악이 간간이 섞여 있는 모습을 보게 되는 것도 앞에 거론한 중국 왕조들의 갈등 속에 이들과 等距離를 유지하며 생존을 도모해야 했던 고려의 현실적 외교가 불러온 결과였을 가능성이 컸다고 보는 것이다. 앞에서 거론한 '圜丘親祀·社稷·太廟'에 쓰인 악곡들은 주나라의 六合 제도나 선왕이 聖朝에 제향을 올리던 전통적 원칙에 상부한 것들로서53) 송나라에서 수입한 것들임에는 이론의 여지가 없다. 그런데, 예종 11년[1116년] 10월 「新製九室登歌樂章」 중 <태조 제1실 악장>[正聲 太定之曲]·<정종 제5실 악장>[정성 元和之曲]·<문종 제6실 악장>[정성 대명지곡] 등과 악곡이 부기되지 않은 공민왕 12년[1363] 5월 「還安九室神主太廟樂章」, 공민왕 20년[1371] 「新撰太廟樂章」 중 악곡을 누락시킨 악장들[王入門/王盥洗/王升殿降殿/王出入小次/迎神/奠幣/司徒奉俎/第一室~第七室]과 <王飮福 악장>[奏釐成之曲]·<文舞退武舞進 악장>[奏肅寧之曲] 등은 특이한 경우들이다. <태조 제1실 악장>을 올려 연주한 태정지곡은 금나라 禘祫親饗의 <太祖樂章>에 연주한 금나라 악곡이다.54) 당 玄宗 12년[開元 12/724년] 太山에 東封하던 날 아악을 정했는데, <정종 제5실 악장>의 원화지곡은 그 降神[六變]과 送神[夾鍾宮]에 쓰던 악곡이다.55) 「新撰太廟樂章」 중 <王飮福 악장>의 釐成之曲은 원나라 武宗 2년[至大 2년, 1309년] 親享太廟의 皇帝飮福에서 登歌로 연주된 것으로, 이 때 새로 만들어진 악곡이고,56) <문무퇴무무진 악장>

---

53) 정화순, 「『高麗史·樂志』 所載 雅樂에 대한 검토」, 『淸藝論叢』 17, 청주대학교 예술문화연구소, 2000, 425쪽.

54) 『文淵閣四庫全書: 史部/正史類/金史』 卷四十 참조.

55) 『文淵閣四庫全書: 史部/正史類/舊唐書』 卷二十八의 "(開元)十二年 東封太山日 所定雅樂 其樂曰 元和六變以降天神 順和八變以降地祇(…)送神 用夾鍾宮 元和之樂 禪社首也" 참조.

의 숙녕지곡도 원나라 武宗 2년[至大 2년, 1309년] 親享太廟의 초헌에서 섭행하던 太尉가 盥洗하고 升殿할 때 쓰던 악곡으로, 문무가 물러가고 무무가 나아올 때나 아·종헌의 작헌에 쓰던 옛 악곡을 숙녕으로 개명하는 등57) 많은 절차들에 두루 쓰였다. 명 태조 홍무4년에 제작된 「新撰太廟樂章」의 경우 악곡이 누락되어 있는데, 추정컨대 명나라의 악제가 아직 완성되지 않은 상태에서 악곡을 받아들일 수도 없었고 송·금·원의 악곡들을 섞어 쓰던 기존의 체계를 드러낼 수도 없는 상황에서 불가피한 선택이었다고 할 수 있다.58)

2. 고려악장에 미친 중국 악장의 영향

우선 태정지곡으로 연주된 금나라 체협친향의 <태조악장>과 고려의 <태조 제1실 악장>, 이성지곡으로 연주된 원나라 '武宗至大以後親祀攝事樂章'의 <황제 음복악장>과 고려 「신찬태묘악장」 중 <왕음복악장>, 숙녕지곡으로 연주된 금나라 체협친향의 <문무퇴무무진악장>과 고려 「신찬태묘악장」 중 등가에서 숙녕으로 연주된 <문무퇴무무진악장>을 각각 비교하기로 한다.

> <太祖大定之曲>
>
> 功超殷周   공은 은과 주를 뛰어넘고
> 德配唐虞   덕은 당우와 짝하시니
> 天人協應   하늘과 사람이 협응하여

---

56) 『文淵閣四庫全書: 史部/正史類/元史』 卷六十八의 "至大二年 親享太廟(…)皇帝飲福 登歌奏釐成之曲 新製曲" 참조.

57) 『文淵閣四庫全書: 史部/正史類/元史』 卷六十八 참조.

58) 현재로서는 이 문제에 대한 근거를 찾을 수 없고 본서의 주된 논점도 아니기 때문에 별도의 자리에서 상론하기로 한다.

平統寰區   온 천하를 평정하고 통일하셨도다
開祥垂裕   상서로움 여시어 후세에 전하시고
肇基永圖   나라의 기초를 만들어 길이 도모하시니
明明天子   밝고 밝으신 천자께서
敬承典謨59)   공경스레 법도를 받드실 것이로다

<太祖 第一室: 正聲 太定之曲>

受天靈符   하늘로부터 영험스런 부험을 받으시고
寵綏多方   천하를 사랑으로 보살펴 편안케 하시니
德合三無   덕은 삼무에 부합하고
功超百王   공은 백왕을 뛰어 넘으셨네
燕及後昆   편안함이 후손에게 미쳐
承玆積累   이에 쌓인 공적을 이으시니
於萬斯年   아, 만년토록
恪修祀事60)   삼가 제사를 모시리라

<太祖大定之曲>에서 大定은 금나라 大定[世宗의 연회] 11년[1171] 朝享 즉 종묘제
사의 迎神과 太祖室에 연주된 곡이다. 물론 大定之曲은 송나라 「乾隆以來祀享太
廟一十六首」의 <太祖室 大定>과 「攝事十三首」의 <太祖室大定> 등에 이미 쓰였
으므로,61) 다음의 인용문에 나타난 것처럼 금나라가 송나라의 것을 수용했을
가능성이 크다. 고려가 먼저 송나라의 것을 수용했다 해도 송나라 멸망 이후
금나라가 고려에 대한 지배권을 독점하게 된 이상 이것을 금나라의 것으로
돌렸을 가능성이 크다. 따라서 이 곡을 고려에서 태묘의 가장 앞부분인 태조실
음악으로 수용한 것은 매우 흥미로운 일이다.62) 음악을 공유했으므로 악장

---

59)『文淵閣四庫全書: 史部/正史類/金史』卷四十 참조.
60) 원문은 차주환의『고려사악지』, 267쪽, 번역은 인용자.
61)『文淵閣四庫全書: 史部/正史類/宋史』卷一百三十四 참조.

또한 비슷한 내용과 주제의식으로 이루어졌을 가능성이 높고, 그런 유사성이
검증된다면 적어도 고려나 조선의 아악악장들은 중국 왕조들의 악장으로부터
영향 받았음을 입증하게 된다고 할 수 있다. 이처럼 고려가 수용한 大定之曲은
금나라의 종묘 음악에 속한 그것일 가능성이 큰데, 이 곡이 금나라 종묘악으로
쓰인 것은 다음의 인용문에서 확인할 수 있다.

> 大定[세종의 연호/1161-1189] 11년[1171] 朝享에서 開元禮[唐 玄宗 때 蕭嵩 등이
> 칙명을 받아 편찬한 五禮의 禮制에 관한 책]와 開寶禮[開寶는 송나라 태조의 연호
> 로 968-976년. 개보례는 이 시기에 제정된 오례의 예제]에 의거하여 황제가 位版
> 에 이르면 즉시 황종궁 3성, 대려각 2성, 태주치 2성, 응종우 2성을 연주하는데,
> 曲詞는 모두 같다. 進俎에 豊寧之曲을 연주하고 작헌에 궁현에서 무역궁의 大元之
> 曲을 연주한다. 제실의 곡은 다음과 같다. 德帝실에는 大熙를, 安帝실에는 大安을,
> 獻帝실에는 大昭를, 昭祖실에는 大成을, 景祖실에는 大昌을, 世祖실에는 大武를, 肅
> 宗실에는 大明을, 穆宗실에는 大章을, 康宗실에는 大康을 太祖실에는 大定을, 太宗
> 실에는 大惠를, 熙宗실에는 大同을, 睿宗실에는 大和를, 昭德皇后廟에는 儀坤을, 世
> 宗실에는 大鈞을, 顯宗실에는 大寧을, 章宗실에는 大隆을, 宣宗실에는 大慶을 각각
> 연주한다. 황제가 관위로 돌아올 때와 亞終獻에 모두 無射宮으로 肅寧之曲을 연주
> 하고, 음복에는 등가에서 협종궁으로 福寧之曲을 연주하며, 徹豆에는 豊寧之曲을
> 연주하는데, 모두 무역궁을 사용한다.[63]

비록 당·송의 영향을 받긴 했으나, 인용문은 금나라 종묘악의 완비된 양상

---

62) 이 점에 관한 정치·외교적 차원의 바탕을 논하는 일은 본서 논의의 방향에서 벗어나므로, 별도의
자리에서 상론하기로 한다.

63) 『文淵閣四庫全書: 史部/正史類/金史』卷三十九의 "大定十一年 朝享 奏依開元開寶禮 至位版卽奏黃
鐘宮三 大呂角二 太簇徵二 應鐘羽二 曲詞皆同 進俎奏豊寧之曲 酌獻宮縣 奏無射大元之曲 諸室之曲
德帝曰大熙 安帝曰大安 獻帝曰大昭 昭祖曰大成 景祖曰大昌 世祖曰大武 肅宗曰大明 穆宗曰大章 康宗
曰大康 太祖曰大定 太宗曰大惠 熙宗曰大同 睿宗曰大和 昭德皇后廟曰儀坤 世宗曰大鈞 顯宗曰大寧
章宗曰大隆 宣宗曰大慶 皇帝還版位及亞終獻 皆奏無射宮 肅寧之曲 飲福登歌奏夾鍾宮 福寧之曲 徹豆
奏豊寧之曲 皆用無射宮" 참조.

을 보여준다. 이러한 금나라의 첫 왕인 태조실에서 연주했던 음악[大定之樂]을 고려의 첫 왕 태조실에도 사용한 것은 고려가 송 이외에도 중국 왕조들의 음악을 두루 수용했음을 단적으로 보여주는 사례라 할 수 있다. 물론 이런 점을 바탕으로 금나라 종묘 태조실의 악장과 고려 태묘 태조실의 악장은 어떤 관계를 갖고 있는지 비교할 필요가 있을 것이다. 사실 제실악장 가운데 태조실 악장만을 비교의 대상으로 삼은 것은 고려 태조실의 음악과 금나라 태조실의 음악이 동일한 것으로 나와 있기 때문이다. 의미상으로나 표현상으로 양자는 매우 흡사하다. 우선 비교의 편의를 위해 전자[금나라 태조실 악장]의 각 구에 번호 [(a)功超殷周/(b)德配唐虞/(c)天人協應/(d)平統寰區/(e)開祥垂裕/(f)肇基永圖/(g)明明天子/(h) 敬承典謨]를 붙인 다음 후자[고려 태조실의 악장/(ㄱ)受天靈符/(ㄴ)寵綏多方/(ㄷ)德合三無/ (ㄹ)功超百王/(ㅁ)燕及後昆/(ㅂ)承玆積累/(ㅅ)於萬斯年/(ㅇ)恪修祀事]와 비교하는 방법을 사용하기로 한다. (a)를 갖다 쓴 것이 (ㄹ)임은 분명하다. 즉 금나라에서는 태조의 공을 찬양하면서 은나라와 주나라 왕들을 초월한다고 했다. 고려의 태조악장에서는 그것을 끌어다가 '공이 백왕을 뛰어 넘는다'고 살짝 바꿨다. 중국 왕조사의 정통 아닌 금나라로서는 부담 없이 三代의 왕들보다 자신들의 태조가 뛰어나다는 점을 강조했을 것이다. 그에 비해 고려로서는 은·주를 거론할 수 없어서 '백왕'으로 바꿔치기한 것으로 보인다. (b)는 고려 태조악장에서 (ㄷ)으로 바뀌어 제3구에 배치되었다. 즉 금나라의 경우 태조의 덕을 요순과 짝하는 것으로 찬양했으나, 고려 태조악장에서는 그 비교의 대상을 三無라 했다. 공자는 三無[無聲之樂/無體之禮/無服之喪]를 말했으나, 거기서 더 나아가 三無私[天無私覆 地無私載 日月無私照/하늘은 사사로이 덮어줌이 없고, 땅은 사사로이 실어줌이 없고 해와 달은 사사로이 비춤이 없다.]를 말하고 그것을 '탕임금의 덕'이라 했다.[64]

---

64) 『文淵閣四庫全書: 子部/儒家類/孔子家語』 卷六의 "子夏曰 敢問何謂三無 孔子曰 無聲之樂 無體之禮 無服之喪 此之謂三無 子夏曰 敢問三無 何詩近之(…)孔子曰 無聲之樂 氣至不違 無體之禮 威儀遲遲 無服之喪 內恕孔哀 無聲之樂 所願必從 無體之禮 上下和同 無服之喪 施及萬邦(…)孔子曰 天無私覆 地無私載 日月無私照(…)是湯之德也" 참조.

그러니 태조의 덕이 삼무에 부합한다고 한 것은 태조의 덕이 하늘과 땅, 일월처럼 백성들을 대하면서 하늘과 땅, 일월처럼 사사로움이 없다는 점을 강조하기 위해서였다.

(c)는 (ㄱ)과 부합한다. 명말청초의 학자 朱鶴齡[1606년-1683년]은『시경』「대아」<大明>의 제7·8장에서 무왕의 상나라 정벌을 '天人協應'의 아름다움으로 설명하여 首章의 뜻을 맺었다고 했다.[65] 또한 무왕이 상나라의 주왕을 칠 때 중과부적을 의심하여 사람들이 두려워하자 "상제가 그대[무왕]에게 임하셨으니, 그대 마음에 의심하지 말라"하므로써 천명의 필연을 알아 그 결단을 도왔다고 했다[66]는 것이다. 따라서 (ㄱ)의 受天靈符와 의미가 부합한다고 할 수 있다. '천하를 평정하고 통일했다'는 (d)는 '천하를 사랑으로 보살펴 편안케 했다'는 (ㄴ)과 부합하고, '상서로움을 열어 후세에 전했다'는 (e)는 '편안함이 후손에게 미쳤다'는 (ㅁ)과 부합하며, '나라의 기초를 만들이 길이 도모했다'는 (f)는 '공적을 쌓아 이었다'는 (ㅂ)과 부합한다. (ㅅ)에서는 '밝고 밝은 천자께서'라고 말하고, (ㄱ)에서는 '아, 만년토록'이라고 말하여 표면상으로는 다른 듯이 보이지만, 전자는 태조 이후 후왕들을 말한 것이고, 후자는 '무궁한 후대'를 말한 것이므로, 의미상 서로 부합한다. (h)의 '공경스레 법도를 받들 것'이라는 말이나 (ㅇ)의 '삼가 제사를 모시리라'는 말은 선왕의 법도를 계승하고 추앙하는 일이 제사라는 점을 감안하면, (h)와 (ㅇ)은 표현만 바꾼 것일 뿐 내포는 같다고 할 수 있다. 이처럼 금나라의 <태조실 악장>과 고려의 <태조실 악장>은 태정지곡이라는 악곡을 공유할 뿐 아니라, 악장의 내용이나 짜임 역시 유사하다는 점을 확인할 수 있다.

---

65)『文淵閣四庫全書: 經部/詩類/詩經通義』卷九의 "七章八章 述武王伐商 天人協應之休 以終首章之意" 참조.

66)『文淵閣四庫全書: 經部/詩類/詩傳大全』卷十六의 "衆心猶恐武王 以衆寡之不敵 而有所疑也 故勉之 曰 上帝臨女 無貳爾心 盖知天命之必然 而贊其決也" 참조.

다음에는 원나라의 <皇帝飮福 登歌樂 奏釐成之曲 夾鍾宮>, 고려「신찬태묘
악장」의 <王飮福樂章 奏釐成之曲>을 살펴보고 이들 두 악장이 서로 어떤 관계
에 있는지 추정해 보기로 한다.

<皇帝飮福 登歌樂 奏釐成之曲 夾鍾宮>

穆穆天子	마음이 깊고 뜻이 원대하신 천자께서
禋祀太宮	태묘에 제사하시니
禮成樂備	예가 이루어지고 악이 갖추어져
敬徹誠通	공경이 빛나고 정성이 통하였도다
神胥樂止	신이 즐거워하시고 음악이 그치며
錫之醇醲	진하고 좋은 술을 내려주시니
天子萬世	천자 만세에
福祿無窮[67]	복록이 무궁하시리로다

<王飮福 奏釐成之曲>

閟宮有侐	姜嫄의 사당 고요한데
祀事孔明	제사 일이 잘 갖춰져
神嗜飮食	신이 음식을 즐기셨으니
賚我思成	내게 복을 내려주시도다
酌彼康爵	저 큰 잔에 술을 따르니
孝孫有慶	효손에게 큰 경사 있고
於萬斯年	아, 만년토록
受福無疆[68]	복 받음 끝이 없으리로다

전자는 원나라「武宗至大以後親祀攝事樂章」[皇帝入門 奏順成之曲/皇帝盥洗 奏順成

---

67) 『文淵閣四庫全書: 史部/正史類/元史』 卷六十九 참조.
68) 원문은 차주환의 『고려사악지』, 273쪽, 번역은 인용자.

之曲/皇帝升殿 登歌 奏順成之曲/皇帝出入小次 奏昌寧之曲 無射宮/迎神 奏思成之曲 黃鐘宮 三成 大呂角 二成 太蔟徵 二成 應鐘羽 二成 詞並同上/初獻 盥洗 奏肅成之曲/初獻 陞殿 登歌樂 奏肅寧之曲/司徒捧俎 奏嘉成之曲/太祖 第一室 奏開成之曲/睿宗 第二室 奏武成之曲/世祖 第三室 奏混成之曲 無射宮/裕宗 第四室 奏昭成之曲/順宗 第六室 奏慶成之曲 無射宮/成宗 第七室 奏守成之曲 無射宮/武宗 第八室 奏威成之曲 無射宮/仁宗 第九室 奏歆成之曲 無射宮/英宗 第十室 奏獻成之曲/皇帝飲福登歌樂 奏釐成之曲 夾鐘宮/文舞退武舞進 奏肅成之曲/徹籩豆 登歌樂 奏豊寧之曲/送神 奏保成之曲/皇帝出廟廷 奏昌寧之曲 無射宮] 가운데 <皇帝飲福登歌樂 奏釐成之曲 夾鐘宮>으로, 「武宗至大以後親祀攝事樂章」이 제 10실 英宗[재위 1320-1323]의 악장까지 편성된 점으로 미루어 원나라 후기 종묘악장이나 의례의 결정판으로 보아도 좋을 것이다. 공민왕 20년의 「신찬태묘악장」은 「武宗至大以後親祀攝事樂章」의 편제를 따른 것으로 보인다. 「武宗至大以後親祀攝事樂章」의 10실과 달리 「신찬태묘악장」의 7실은 당시 정치·외교상 사대의 명분 때문이었겠지만, 전체 편제는 부합한다. 문제는 「신찬태묘악장」의 마지막 두 절차[王飲福/文舞退武舞進]에만 악곡에 밝혀져 있고, 나머지 경우들에는 빼 놓았다는 점이다. 이 점에 대한 이유를 밝힌 연구를 찾지 못했으나, 필자가 보기에는 저물어 가는 원나라와 신흥 명나라 사이에서 눈치를 보고 있던 공민왕 치세의 당대 외교적 상황을 반영한 점인 듯하다. 즉 예종 11년[1116] 「신제구실등가악장」의 경우 <태조제1실악장>에 태정지곡을 연주했고, 악장의 내용이나 의미구조를 유사하게 하는 등 금나라의 편제를 많이 수용했으며, 공민왕 12년[1363] 「환안구실신주태묘악장」의 경우에는 천자의 묘제인 九室을 썼으면서도 악곡을 모두 생략한 것은 기존의 금나라 체제로부터 벗어나려는 의도를 표출한 것으로 볼 수 있다. 그 다음 원나라 체제의 완전 수용 단계로 들어섰으나, 그로부터 머지 않아 원나라의 쇠퇴와 명나라의 발흥이 겹치는 시대적 변화에 직면하게 된 것이다.

그 변화를 공민왕 20년[1371]의 「신찬태묘악장」에서 읽어낼 수 있다고 본다. 즉 왕이 입문하여 諸室의 제사를 마치기까지의 절차들 각각에 분명 해당 악곡들이 있었으나 모두 '闕'로 표시된 채 빠져 있고,[69] 마무리 두 절차에만 악곡을 명시했으되 그것들 중 하나는 원나라 악곡, 다른 하나는 금나라의 악곡들인 점은 원나라에 대한 사대의 명분을 표시할 수 있는 최소한의 단서를 남겨둠으로써 문제의 소지를 없애는 동시에 명나라에 대한 명분 또한 해명코자 하는 의도를 드러낸 것으로 보인다. 「신찬태묘악장」의 제작 자체를 대외적으로 원·명을, 대내적으로 權臣세력들을 의식한 결과로 볼 수 있다는 점[70]에 동의하며, 보다 미세한 단서는 악곡의 표시에도 드러난다는 것이 필자의 생각이다. 그 외의 보조적인 자료들도 있을 수 있다. 「신찬태묘악장」이 제작되기 2년 전인 공민왕 18년[1369] 4월 임진일에 명나라는 황제의 친서를 보내 洪武 연호의 출발을 알리고, '옛날 우리 중국은 고려와 국경을 접하고 있었으며 그 국왕은 신하가 되거나 빈객이 되었으니, 이는 중국의 덕화를 사모해 백성들을 편안케 하려는 뜻이었다. 하늘이 이미 그 국왕의 덕을 살펴 왕으로 삼았으니, 우린들 어찌 길이 그를 고려의 국왕으로 삼지 않겠는가?'라고 말했는데, 이는 고려에게 자신들의 연호를 사용하라고 강요한 일이었다.[71] 과연 그 메시지를 받은 고려는 한 달 뒤인 5월 신축일에 원나라 연호인 至正의 사용을 중지했고, 그 며칠 뒤 표문을 올려 변함없는 충성의 뜻을 표시했다.[72] 그럼에도 정작 고려가 명나라의 홍무 연호를 쓰기 시작한 것은 그로부터 1년여가 지난 7월 을미일이었다. 따라서 공민왕과 원-명의 삼각관계를 '등거리 외교'라 부를 수 있고, 그 등거리 외교는 자국의 이익을 도모하기 위한 현실적 선택일 뿐이었다.[73] 그런

---

69) 실제 제사에서 무슨 악곡을 연주했는지 알 수 있는 단서는 현재 남아 있지 않다. 그것들이 밝혀진다면, 의도적으로 '缺'로 표시한 이유도 분명히 드러나리라 본다. 앞으로의 과제로 남겨둔다.

70) 김명준, 「고려 恭愍王대 太廟樂章의 개찬 양상과 그 의미」, 『한국시가문화연구』 33, 한국시가문화학회, 2014, 52·59쪽 등 참조.

71) 동아대학교 석당학술원, 『국역 고려사 4[세가 4/공민왕 4]』, 159-160쪽 참조.

72) 동아대학교 석당학술원, 『국역 고려사 4[세가 4/공민왕 4]』, 160-161쪽 참조.

73) 조규익, 「고려말 「신찬태묘악장(新撰太廟樂章)」 연구」, 『한국문학과 예술』 35, 숭실대학교 한국문학과예술연구소, 2020, 554쪽.

상황에서 원나라「武宗至大以後親祀攝事樂章」체제에 바탕을 두고 있었던 것으로 추정되는「신찬태묘악장」체제를 단숨에 없앨 수는 없었을 것이다. 이런 상황에서 고육책으로 각 절차에 연주되던 원나라 악곡을 기록에서 지우고, 마지막 두 절차의 음악 중 하나로 원나라의 곡을, 나머지 하나로 금나라의 곡을 각각 남겨 둠으로써 원나라와 명나라 모두에 자신들의 입장을 해명할 근거로 삼고자 한 것이나 아닐까 짐작된다. 특히 원나라『禮樂志』의「制樂始末」에 釐成之曲이 '新製樂'임을 밝힌 점74)으로도 이 음악과 악장에 대한 원나라의 자부심은 강했을 것으로 보인다.

그뿐 아니라「신찬태묘악장」이 제진되기 1년 전인 1370년 명나라와 고려 사이에 다음과 같은 두 건의 조서들이 오고 갔다.

> <1> 대체로 옛날 사람들은 순박하여 쉽게 교화되었으므로 왕도만으로도 다스릴 수 있었다.(…)사신이 도착하였고 또한 왕이 예법에 맞는 복식을 갖추어 종묘제사를 지내려고 한다는 것을 알게 되어, 짐이 매우 기쁘게 생각하였다. 이제 왕의 冠과 의복, 악기, 陪臣들의 관과 의복 및 홍무 3년의 대통력을 하사하니, 도착하거든 수령하도록 하라고 하였다. 또한 왕에게 六經·四書·通鑑·漢書를 하사하였으며, 황후는 왕비에게 관과 의복을 하사하였다.75)

> <2> 이곳에까지 와서 제사를 지내는 것은 실로 고금의 역사상 드문 일이므로, 황제폐하께서는 하늘에 제사를 지내신 순 임금과 같으시며, 천하 사람들을 구휼하신 탕 임금만큼 밝으십니다.(…)홍범구주의 오복을 거두시길 바라며 만수무강을 기원하며 제후로서의 절을 올립니다.76)

<1>은 명나라 황제가 직접 종묘제사에 관한 언급을 하는 등 제후국의 명분

---

74)『文淵閣四庫全書: 史部/正史類/元史』卷六十八 참조.
75)『고려사』[http://history.go.kr] 1370년 5월 26일 갑인.
76)『고려사』[http://history.go.kr] 1370년 6월 18일 을해.

을 강조한 내용이며, <2>는 중국에서 고려로 와서 산천 제사를 지낸 사실을
언급했고, 제후로서의 예를 다할 것을 맹세한 내용이다. 악장은 새로 만들되
악곡은 기존의 것들을 사용했을 가능성이 큰 당시의 정황으로 미루어,「신찬
태묘악장」시행 1년 전에 주고받은 이러한 두 건의 외교문서가 당시 고려
조정에 큰 부담이 되었을 것은 자명한 사실이다. 대부분의 악곡을 적지 않고,
마지막 절차의 두 악곡만 명기한 것은 고려 조정의 입장에서 부득이한 일이었
음을 인정할 수밖에 없는 것이다. 앞에 인용한 두 악장을 살펴보기로 한다.
<皇帝飮福 登歌樂 奏釐成之曲 夾鍾宮>은 의미구조 상 두 부분으로 나뉜다. '공
경하고 온화한 천자가 태묘에 제사하니 예악이 이루어지고 악이 갖추어져
공경이 빛나고 정성이 통했다'는 것이 앞부분이고, '신이 즐거워하고 음악이
그치며 진하고 좋은 술을 내려주시니 천자께서 만세토록 복록을 끝없이 받을
것'이라는 것이 뒷부분이다. 앞부분은 전제라 할 수 있고, 뒷부분은 결말이라
할 수 있다. '잘 치러진 제사-천자의 복록'으로 연결되는 것이 이 악장의 의미
구조이다. '穆穆天子'는『시경』「대아」<문왕> 제4장의 '穆穆文王'에서 문왕을
천자로 바꿔 넣은 것이다. 穆穆은 '深遠'의 뜻이니,[77] 당시 천자가 깊고도 원대
한 뜻을 지니고 있음을 말한 표현이다. 뜻을 정성스럽게 하여 제사하는 것을
禋이라하고 郊禖[제왕이 득남을 기원하며 제사를 올리는 신, 그 사당이 교외에 있다하여 그렇게
이름]에 제사하는 것을 祀라 한다.[78] 이 악장은 금나라 황제가 태묘에 친사한
뒤 갖는 음복 절차에서 가창되던 악장이다. 비록 이민족이 세운 왕조였지만,
첫머리부터 유교의 예악정신에 입각, 전통적인 제의 절차를 준수하고 있음을
강조한 점이 두드러진다. 그 점은 다음 구인 '禮成樂備'에서도 분명히 드러난
다. 이 말은『시경』「소아」<賓之初筵> 제2장의 제1·2단[籥舞笙鼓/樂旣和奏/烝衎

---

77)『文淵閣四庫全書: 經部/詩類/詩經集傳』卷六의 "穆穆 深遠之意" 참조.
78)『文淵閣四庫全書: 經部/詩類/詩傳大全』卷十七의 "精意以享 謂之禋 祀祀郊禖也" 참조.

烈祖/以洽百禮/百禮旣至/有壬有林을 압축해놓은 구절이다. 즉 '피리소리에 춤을 추고 생황을 두들겨/음악을 이미 조화롭게 연주하니/나아가 열조를 즐겁게 하고/백례에 합하도다/백례가 이미 지극하니/크게 성하도다'라는 말은 '예가 이루어지고 악이 갖추어졌다'는 말로 요약되고, '왕이 술을 마심에 빈주가 숙연하여 예가 닦여지고 음악이 갖추어져야 물건에 따라 제각각 모습이 드러나고 읍양주선이 모두 그 절도에 들어맞는다'[79]는 말 속의 '禮修樂備'가 바로 '예성악비'를 가리킨다. 예가 이루어지고 악이 갖추어져야 '敬徹誠通' 즉 신에 대한 공경이 빛나고 정성이 통한다고 본 것이다. 신에 대한 정성이 통한 후에 신이 즐거워하고 음악이 그치며 순농[진하고 좋은 술]을 내려 주신다고 했다. 天子萬世에서 '천자'는 현재 祭主로서의 천자를 뜻하므로 천자만세는 천자의 만수무강을 말하는 동시에 만대의 후손들까지 지칭한다. 마지막 구 福祿無窮은 『시경』「대아」<假樂> 제3장 제5구의 '受福無疆'을 수용하여 현재의 천자가 끝없이 복 받기를 기원한 표현이다.

　<皇帝飮福 登歌樂 奏釐成之曲 夾鍾宮>은 송나라「紹興以後時享二十五首」중「徹豆恭安」[禮備樂成/物稱誠竭/相維辟公/神人以說/歌離一章/諸宰斯徹/天子萬世/無競維烈][80]을 수용한 것으로 보인다. 특히 '禮備樂成, 天子萬世' 두 구절을 그대로 차용한 것은 물론, 神人以說을 神胥樂止로, 物稱誠竭을 敬徹誠通으로, 각각 변용했음을 확인할 수 있기 때문이다. 원나라의 악장에 『시경』이나 앞 시대의 악장들이 적지 않게 수용되었음을 알 수 있는 경우들이다. 이 악장과 악곡을 수용한 것이 공민왕 20년 「신찬태묘악장」의 <王飮福 奏釐成之曲>이다.

　우선 이 악장의 내용이나 텍스트 원천을 살펴보기로 한다. 제사를 지내고 난 뒤 제사에 사용한 음식을 나누어 먹는 행위가 음복이고, 제사를 마치고

---

79) 『文淵閣四庫全書: 經部/詩類/詩本義』卷九의 "王之飮酒 賓主肅然 禮修樂備 物有其容 揖讓周旋 皆中其節" 참조.
80) 『文淵閣四庫全書: 史部/正史類/宋史』卷一百三十四.

난 뒤에 베풀던 연회가 음복연이다. <음복악장>의 텍스트는 『시경』 텍스트를
그대로 가져온 것들이 대부분이다. <음복악장>에서까지 『시경』 텍스트의 부
분들을 가져다 사용했다는 사실은 고려 「신찬태묘악장」의 『시경』 의존도가
상상을 초월할 정도로 높았다는 점과, 그럴 수밖에 없었던 이유 혹은 정치적
의미가 복합적으로 존재했으리라는 점을 추정할 수 있게 한다.

　<음복악장>의 텍스트 원천은 「소아」[4회]·「대아」[2회]·「노송」[1회]·「상송」[1
회] 등이고, 「소아」 <초자>[3회]·「노송」 <비궁>[2회]·「대아」 <하무>[1회] 및 <가
락>[1회]·「노송」 <비궁>[1회] 등의 순으로 사용되었다. 제1구[閟宮有侐]는 「노송」
<비궁> 제1장 제1구를 가져 온 것으로, '그 때 사당을 중수했는데 시인이 그
일을 歌詠하여 頌禱의 말로 삼고 후직 탄생의 근원을 캐서 아래로 僖公에게
미쳤음'[81]을 노래한 것이 <비궁> 제1장이다. 비궁은 姜嫄의 사당이다. 帝嚳의
아내 강원은 주왕조의 시조이자 農耕神인 后稷의 생모로서, 거인의 발자국을
밟고 잉태하여 낳은 아들이 후직이었다. 그는 원래 세 차례나 내다버림을 당했
고 그 때마다 구조되어 棄라는 이름을 얻었으나, 요임금의 農官으로서 邰에
책봉, 후직이 되었다. 희공은 춘추시대 노나라의 임금으로서 형인 閔公이 시해
당한 뒤 왕위에 올라 33년간 노나라를 통치했고, 이 때 비궁을 중수한 것이다.

　<비궁>은 희공이 주공의 옛터를 복구할 수 있었음을 칭송한 노래였다.[82]
즉 강원으로부터 태어난 후직이 大王으로서 기산의 남쪽에서 일어난 뒤, 그
아들 문왕과 무왕이 牧野에서 공업을 이루었고, 성왕을 도와 주나라를 반석에
올린 무왕의 동생 주공이 노나라의 제후가 되었으며, 주공의 손자 희공이 오랑
캐를 무찌르고 주공의 집을 복구했다는 것이 <비궁>의 줄거리다.

　그렇다면 <비궁>의 '비궁유혁'을 <음복악장>의 첫 구로 삼은 이유는 무엇

---

81) 『文淵閣四庫全書: 經部/詩類/詩傳大全』 卷 二十의 "時蓋修之 故詩人歌詠其事 以爲頌禱之詞 而推本
　　后稷之生 而下及于僖公耳" 참조.
82) 『文淵閣四庫全書: 經部/詩類/詩傳大全/詩序』의 "閟宮 頌僖公能復周公之宇也" 참조.

일까. 공민왕 20년[1371] 10월 을미일, 왕은 태묘에 몸소 제향을 올리고 악장을
새로 지었다. 그 악장들 가운데 <음복악장>이 있고, 그 첫 구가 바로 '비궁유
혁'인 것이다. 앞에서 설명한 바와 같이 희공이 주공의 옛터 복구를 칭송하는
내용의 노래가 <비궁>으로서 강원이 낳은 주나라의 전설적 시조 후직으로부
터 주공까지 주나라 왕통체계가 그 줄기를 형성하고 있음을 보여준다. 말하자
면 주공 이후 오랑캐들의 침입으로 지리멸렬하게 된 주나라 왕실을 복구한
희공의 공업을 찬양하는 <비궁>의 첫 구를 고려 태묘의 <음복악장> 첫 구로
전용한 것은 상당 기간 원나라의 지배를 받으며 피폐해졌던 태묘에서 친히
제향을 올리며 새로 악장까지 제작하는 마당에 희공이 주공의 옛터를 복구한
공업을 찬양한 <비궁>의 정신을 차용하고자 한 것으로 볼 수 있다.

　제2구[祀事孔明]는 「소아」<초자> 제2장 제7구를 그대로 가져온 것으로, '제
사 일이 매우 잘 갖춰져 있음'을 찬양한 내용이며, 제3구[神嗜飮食]는 <초자>
제4장 제6구를 그대로 가져온 것으로 '신이 祭需 즐기심'을 알린 내용이다.
따라서 제2구와 제3구는 제4구[賚我思成/「상송」<열조> 제6구]의 '내게 복을 내려주
심'의 결과를 이끌어낸 전제조건들이다. 제사 일이 잘 갖추어지고 차린 음식들
을 신이 좋아하셨기 때문에 '내게 복을 내려 주셨다'는 것이다.

　후단의 시작인 제5구[酌彼康爵]는 「소아」<빈지초연> 제2장 제13구를 가져온
것인데, '賓載手仇/室人入又/酌彼康爵'을 이어 붙여 '손님이 몸소 술을 떠올리
거든 室人이 들어와 다시 술을 떠서 첨작하는 것'[83]으로 해석하면, '음복'의
의미가 좀 더 명확해진다. 제6구[孝孫有慶]는 「소아」<초자> 제2장 제10구와
「노송」<비궁> 제4장 제8구를 그대로 가져온 것이다. 두 경우 모두 효손은
主祭者를 말하며, <음복악장>에서는 공민왕을 지칭한다. 제7구[於萬斯年]는 「대
아」<하무> 제5장 제3구, 제6장 제3구를 그대로 가져온 것이다. <하무> 제5장

---

83) 『文淵閣四庫全書: 經部/詩類/詩傳大全』卷 十四의 "賓手抱酒 室人復酌 爲加爵也" 참조.

은 '於萬斯年/受天之祜'이고 제6장은 '於萬斯年/不遐有佐'이니, 제5장은 <음복악장>의 해당부분[제7구: 於萬斯年/제8구: 受福無疆]과 거의 일치하고, 제6장도 큰 차이 없다. <음복악장> 제8구[受福無疆]는 「대아」 <가락> 제3장 제5구를 그대로 갖다 쓴 부분으로서 '위의와 영예로운 소문의 아름다움이 있고 또한 능히 원망과 미움을 사사로이 하지 않을 수 있어 많은 현자들을 임용할 수 있었으니, 이로써 끝없는 복을 받아 사방의 기강이 될 수 있었다'[84]는 것이 <가락>에 나오는 이 부분의 뜻이다. 이런 『시경』 텍스트의 구절들을 수용하여 공민왕의 권위를 돋보이게 하고 왕실의 권위를 드높이고자 하는 속뜻을 찾아 볼 수 있다. 이처럼 제사 절차의 면에서 잘 갖춰진 제사를 통해 주제자인 효손 즉 공민왕이 무한한 복을 받을 것이라 단언한 것이 <음복악장>인 것이다.

그렇다면 원나라 <皇帝飮福 登歌樂 奏釐成之曲 夾鍾宮>과 고려 <王飮福 奏釐成之曲> 텍스트 사이의 거리는 어떨까. 전자[(a)穆穆天子/(b)禋祀太宮/(c)禮成樂備/(d)敬徹誠通/(e)神胥樂止/(f)錫之醇醴/(g)天子萬世/(h)受福無疆]와 후자[(ㄱ)閟宮有侐/(ㄴ)祀事孔明/(ㄷ)神嗜飮食/(ㄹ)賚我思成/(ㅁ)酌彼康爵/(ㅂ)孝孫有慶/(ㅅ)於萬斯年/(ㅇ)受福無疆]는 악곡을 공유하면서 내용과 의미구조 또한 유사하다. (ㄱ)-(b), (ㄴ)-(c), (ㄷ)-(e), (ㅁ)-(d), (ㅅ)-(g), (ㅇ)-(h) 등으로 내용적 상관성을 맺는다는 점이 우선 두드러진다. '비궁유혁'과 '인사태궁'은 제사 행위 혹은 제사가 이루어지는 공간을 표현했다는 점에서, '사사공명'과 '예성악비'는 제사 일의 주된 부분인 예도와 음악이 잘 갖추어졌다는 점에서, '신기음식'과 '신서악지'는 신령이 음식을 즐긴 것과 신이 즐거워한 점이 같은 사실을 지칭한다는 점에서, '작피강작'과 '석지순농'은 큰 잔에 술을 따르는 것과 진하고 좋은 술을 내려 준 것이 같다는 점에서, '오만사년'과 '천자만세'는 祭主인 천자가 만년토록 수와 복을 누리라

---

84) 『文淵閣四庫全書: 經部/詩類/詩傳大全』 卷 十七의 "言有威儀聲譽之美 又能無私怨惡 以任衆賢 是以能受無疆之福 爲四方之綱" 참조.

는 점에서, '복록무궁'과 '수복무강'은 수와 복을 끝없이 누리길 기원한다는
점에서 각각 상통하는 내용의 유사한 표현들이라 할 수 있다. 고려의 <王飲福
奏釐成之曲> 텍스트는 모두『시경』의 텍스트에서 그대로 가져온 것들이고,
<皇帝飲福 登歌樂 奏釐成之曲 夾鍾宮> 텍스트는『시경』과 앞선 왕조들의 악장
들을 변용한 것들이 대부분이므로, 자구 상으로 부합하지는 않으나, 기본적
주제의식은 양자가 유사함을 보여주는 것이 사실이다.

그렇다면 같은 음복절차의 악장으로서 원나라 이전인 송나라의 것은 어떠
했을까. 송나라의 <飲福禧安>을 살펴보기로 한다.

<飲福禧安>

八音克諧	팔음이 잘 어울려
降神出祇	하늘의 신이 내리시고 땅의 신령이 드러나시도다
風馬雲車	신령스런 거마를 타시고
陟降在茲	이곳에 오르내리시도다
錫我純嘏	내게 큰 복을 내려주시니
我應受之	내가 응하여 이를 받았도다
一人有慶	한 사람에게 경사가 있어
燕及羣黎[85]	편안함이 만백성에게 미치도다

禧安之曲이 제례악으로 쓰이기 시작한 것은 仁宗 天聖 5년[1027] 10월 한림학
사 승지 劉筠[971-1031] 등이 논의하면서부터라 할 수 있다. 廟室들의 경우 각각
공덕을 칭송하는 까닭에 文舞로 迎神한 뒤 각 실에 따른 춤을 연주하고 교사의
경우는 강신에 高安之曲을 연주하고 문무를 연주한 뒤 황제가 酌獻할 때 등가
에서 禧安之樂을 연주한다고 했다.[86]「乾隆郊祀八曲」의 헌작과 음복,「咸平親

---

85)『文淵閣四庫全書: 史部/正史類/宋史』卷一百三十二.
86)『文淵閣四庫全書: 史部/正史類/宋史』卷一百二十六의 "盖廟室各頌功德 故文舞迎神後 各奏逐室之舞

郊八首」의 작헌과 음복,「송나라 紹興 13년 圜丘樂章」의 昊天上帝位작헌과 음
복,「寧宗郊祀二十九首」의 음복 등에 희안지곡을 연주함으로써 꽤 오랜 기간
송나라 교사악장에 희안지곡이 쓰여 왔고, 大中祥符[1008-1016] 연간에 호천상
제에 쓰인 희안지악을 封安之樂으로, 皇地祇의 희안지악을 禪安之樂으로, 음복
의 희안지악을 禋安之樂으로 바꾸자고 한 것 외에는 큰 변화 없이 음복에 희안
지악이 쓰여 온 것으로 보인다.[87]

　　노래의 의미는 '기-승-전-결'로 짜여져 있다. 8음은 金[鐘]·石[磬]·絲[絃]·竹[
管]·匏[笙]·土[壎]·革[鼓]·木[柷敔] 등 8종의 재료로 만든 악기들을 말한다. 제사를
지내면서 쓰인 악기들의 조화로운 소리에 천지 신령들이 강림하셨다고 한
것이 기에 해당하는 1·2구이다. 좀 더 구체적으로 그 신령들이 風雲의 車馬를
타고 제단에 왕래하심을 말한 것이 승에 해당하는 3·4구이다. 제수를 흠향하
신 신령들이 큰 복을 내려 주시고, 왕인 내가 응하여 이를 받았다고 하는 것이
전인 5·6구이고, 한 사람[즉 왕인 자신]에게 경사가 있어 편안함이 만백성에게
미쳤다고 한 것이 결인 7·8구이다.

　　그렇다면 어떤 방식으로 이 노래는 제작되었을까. 우선 이 노래 텍스트를
당시 詞臣들의 순수 창작이라고 할 수 있는지에 대하여 생각할 필요가 있다.
그런 사실을 통해 고려 악장의 장작 관습이나 제도가 송나라에서 도입되었고,
송나라를 비롯한 중국과 적어도 아악악장에 있어서는 보편적 질서를 공유하
고 있었다는 점을 확인하게 될 것이기 때문이다. 우선 제1구[八音克諧]는 『虞書』
「舜典」 No.24에서 그대로 가져온 문구이다.[88] 그런데 이전의 『시경』 「소아」
<鼓鐘>은 그것을 풀어서 반영한 경우였다. 전체 4장에 걸쳐 모두 악기 소리를

　　郊祀則降神奏高安之曲 文舞已作 及黃帝酌獻 惟登歌奏禧安之曲" 참조.
87) 주 86)과 같은 곳 참조.
88) 『文淵閣四庫全書: 經部/書類/書傳』 卷二의 "詩言志 歌永言 聲依永 律和聲 八音克諧 無相奪倫 神人以
　　和 夔曰 於予擊石拊石 百獸率舞" 참조.

전제로 歌意를 전개한 것이 <고종>이다. '鼓鐘將將/淮水湯湯'[제1장 제1·2구], '鼓鐘喈喈/淮水湝湝'[제2장 제1·2구], '鼓鐘伐鼛/淮有三洲'[제3장 제1·2구], '鼓鐘欽欽/鼓瑟鼓琴'[제4장 제1·2구] 등에서 보는 바와 같이 '鼓鐘'을 공통의 소재로 하여 다양한 감정을 興起시키는, 『시경』 고유의 기법을 보여주고 있다. 이처럼 『시경』 <고종>에서 장마다 다르게 표현한 마음속의 흥들을 하나로 묶은 것이 <음복희안> 冒頭의 '八音克諧'라 할 수 있고, 악장 제작자들은 이 구절을 제시함으로써 <음복희안>이 『시경』 <고종>에 바탕을 두었다는 사실을 드러낼 수 있었다. 제2구[降神出祇]의 '降神'은 『시경』 「대아」 <崧高> 제1장 제3구[維嶽降神]로부터 수용해온 것이다. <숭고>는 윤길보가 주나라 11대 宣王을 찬미한 노래로서, 천하가 다시 평정되니 제후국을 세우고 제후들과 친해질 수 있어서 신백[西周 申나라의 임금이자 선왕의 외숙이며 주 왕실의 卿士로서 선왕을 도와 주나라를 중흥시켰음]을 칭찬하고 알아준 노래이다.[89] <숭고>의 강신[維嶽降神/큰 산에 신이 내려오심]을 <음복희안>에서는 降神出祇[하늘의 신이 내리시고 땅의 신령이 드러나시도다]로 부연했다. 제4구[風馬雲車·陟降在玆/신령스런 거마를 타시고 이곳에 오르내리시도다]는 『시경』 「대아」 <文王> 제1장 제7·8구[文王陟降·在帝左右/문왕이 하늘과 땅을 오르내리시며 상제의 좌우에 계시도다]로 변용되었는데, 핵심은 앞 구의 '강신'과 결부되는 '척강'에 있음은 물론이다. 제5구[錫我純嘏/내게 큰 복을 내려주시니]는 『시경』 「소아」 <賓之初筵> 제2장 제7구[錫爾純嘏/네게 큰 복을 내려주시니]의 爾를 我로 바꿔 갖다 쓴 경우다. <빈지초연>의 '너[爾]'는 제사를 주관하는 자 즉 자손들을 말하고, <음복희안>의 '나[我]'는 찬미의 대상인 宣王을 제사하는 현왕을 말한다.

제5구를 잇는 제6구[我應受之/내가 응하여 이를 받았도다]는 『시경』 「주송」 <賚> 제2구를 그대로 갖다 쓴 것이다. <뢰>의 제1구[文王旣勤止]와 제2구는 '문왕이

---

89) 『文淵閣四庫全書: 經部/詩類/毛詩注疏』卷 二十五의 "崧高 尹吉甫美宣王也 天下復平 能建國親諸侯 褒賞申伯焉" 참조.

이미 힘쓰셨거늘/나 무왕은 응하여 이를 받았도다'로 연결된다. 말하자면 문왕-무왕의 계승관계를 <음복희안>에서는 徽宗[북송 제8대 황제/재위 1100-1125]-高宗[남송 초대황제/재위 1127-1162]의 계승관계로 치환하여 선왕의 降福과 현왕의 受福을 찬미했음을 알 수 있다. 제7구[一人有慶/한 사람에게 경사가 있어]는 『시경』「소아」<楚茨> 제2장 제10구[孝孫有慶/효손에게 경사가 있어]와 『시경』「소아」<裳裳者華> 제2장 제6구[是以有慶矣] 등으로부터 수용한 구절이다. <음복희안>의 '一人有慶'에서 一人은 현왕인 고종을 말하는데. <초자>의 '효손'은 효성스런 자손들을 두루 일컫는다. 그 결과로 제시된 것이 제8구[燕及羣黎/편안함이 만백성에게 미치도다]인데, 이 구절은 『시경』「대아」<假樂> 제4장 제2구[燕及朋友/편안함이 붕우에게 미치도다]와 『시경』「주송」<雝> 제11구[燕及皇天/편안함이 황천에 미치도다] 등을 수용한 경우다. 전자 즉 <가락>은 성왕을 아름답게 여긴 노래이고,[90] 이 노래의 4장은 '사방의 綱紀가 되어/편안함이 붕우에 미치면/조정의 모든 신하들이/천자를 사랑하고/지위에 태만하지 아니하여/백성들이 편안히 쉬는 바가 되리라'고 한 것처럼 이 부분이 결구를 導引하는 전제로 기능하였음을 알 수 있다. 후자 즉 '태조에게 체제를 지낼 때 쓰던 노래'[91]인 <옹>의 제11구는 문무겸전한 주나라 태조의 공덕으로 인해 '편안함이 황천에 미쳐' '그 후손들을 번창하게 했다[克昌厥後]'는 결말을 이끌어낸다. 이런 점으로 미루어 보면 송나라 紹興 13년 圜丘樂章 음복절차에서 부른 악장 <음복희안>은 『시경』의 텍스트를 끌어오거나 자신들의 체제에 맞게 적절히 변용한 것이라 할 수 있다.

사실 이 악장의 내용구조와 텍스트 조직 관습과도 흡사한 것이 앞에서 언급한 고려 「신찬태묘악장」의 15번째 악장인 <飮福奏釐成之曲>이다. 제사를 지내고 난 뒤 제사에 사용한 음식을 나누어 먹는 행위가 음복이고, 제사를 마치고

---

90) 『文淵閣四庫全書: 經部/詩類/詩序』 卷下의 "假樂嘉成王也" 참조.
91) 『文淵閣四庫全書: 經部/詩類/詩序』 卷下의 "雝禘大祖也" 참조.

난 뒤에 베풀던 연회가 음복연이다. <음복주이성지곡>은 송나라 <음복희안>
처럼 전체 가사를 『시경』의 텍스트로부터 수용했는데, 그 양상을 보면 원나라
악곡이나 악장을 수용한 것처럼 송나라 악장의 관습이나 내용 또한 이미 수용
했을 가능성이 크고, 송나라 악장을 학습하는 단계를 넘어 직접 『시경』까지
활용하게 된 것으로 보인다. 이처럼 악장 텍스트의 대부분을 송·원의 악장이
나 『시경』의 그것으로부터 가져왔으며, 특히 고려 「신찬태묘악장」의 『시경』
의존도가 상식을 초월할 정도로 높았다는 점은 그럴 수밖에 없었던 시대상황
혹은 정치적 의미의 복합성을 추정할 수 있다고 본다.

특이한 것은 중국의 왕조들이 『시경』 텍스트를 변용하거나 창작에 가까운
악장들을 많이 지은 반면, 고려조 「신찬태묘악장」의 경우는 『시경』 텍스트를
그대로 갖다 쓴 경우들이 많음을 볼 수 있다. 이 점은 조선조 초기인 태종조의
악조에 『시경』 작품들을 공식적인 절차의 악장으로 송두리째 갖다 썼거나
개개 악장들에서 상당수의 비중으로 『시경』 텍스트들을 수용했고, 두드러진
예로 「釋奠樂章」의 경우 중국 왕조들의 그것을 고스란히 수용하여 최근까지
사용하고 있음을 감안하면, 한·중 악장이 하나의 패러다임 안에서 형성되고
존립되어 왔음을 알 수 있다.

고려 「신찬태묘악장」16 악장[王入門/王盥洗/王升殿降殿/王出入小次/迎神/奠幣/司
徒奉俎/第一室/第二室/第三室/第四室/第五室/第六室/第七室/王飮福奏釐成之曲/文舞退 武舞
進 奏肅寧之曲]가운데 마지막 두 악장[王飮福/文舞退 武舞進]에만 악곡명이 붙어있
고, 나머지는 악곡명을 빼놓은 데 어떤 이유가 있었으리라는 점은 앞에서 언급
한 바 있다. 지금부터는 금나라 禘祫親饗의 <文舞退武舞進 宮縣無射宮肅寧之
曲>, 원나라 종묘악장인 「世祖中統四年至至元三年七室樂章」의 <文舞退武舞進
奏和成之曲 無射宮>, 고려 <文舞退武舞進 奏肅寧之曲> 등을 살펴보기로 한다.

<文舞退武舞進 宮縣無射宮肅寧之曲>

明明先聖	밝고 밝으신 선성께서
神武維揚	신묘한 무공을 드러내시고
開基垂統	나라의 기틀을 여시어 자손에게 전하시니
萬世無彊	만세토록 끝이 없으시리라
干戚象功	간과와 척양은 공을 형상하고
威儀有光	위엄 있는 거동은 광채 있으시어
神保是饗	신보가 이에 흠향하시니
昭哉降康92)	분명하시도다, 평안함을 내려주시리라

<文舞退武舞進 奏和成之曲 無射宮>

天生五材	하늘이 五材를 내셨으니
孰能去兵	누가 능히 병기를 버릴 수 있는가
恢張宏業	큰 공업을 늘이고 펼치시니
我祖天聲	우리 선조의 성대한 명성과 위엄이시로다
干戈屈盤	간과와 척양에 구불구불 서려
濯濯厥靈	밝고 빛나는 그 신령
於赫七德	아, 성대한 칠덕93)을
展也大成94)	진실로 크게 이루시리라

<文舞退武舞進 奏肅寧之曲>

嗟嗟烈祖	아아, 열조께서
赫赫厥聲	빛나고 빛나는 그 명성에
允文允武	진실로 문과 무를 갖추시어
保我後生	우리 후생들을 보호하시도다

---

92) 『文淵閣四庫全書: 史部/正史類/金史』卷四十.
93) 일곱 가지 덕[武의 禁暴·戢兵·保大·定功·安民·和衆·豊財]을 말함.
94) 『文淵閣四庫全書: 史部/正史類/元史』卷六十九 참조.

植其鷺羽　　백로의 깃을 꽂고

干戈戚揚　　간과와 척양으로

萬舞有奕　　온갖 춤들이 질서정연하니

展也大成95)　진실로 크게 이루시리라

　　<文舞退武舞進 宮縣無射宮肅寧之曲>은 금나라「禘祫親饗」의 25번째 절차의
악장이나, 원나라 至大二年親享太廟 文舞退武舞進의 경우도 舊曲[和成之曲]을 쓰
되 肅寧으로 개명했다고 했으며,96) 실제 원나라「大德九年以後定擬親祀樂章」
14번째 <文舞退武舞進奏和成之曲>에서 보는 바와 같이 和成之曲으로 연주되었
음을 확인할 수 있다. 두 번째 <文舞退武舞進 奏和成之曲 無射宮>은 원나라
종묘악장인「至元四年至十七年八室樂章」의 제 13 <文舞退武舞進 奏和成之曲 無
射宮>이 문무퇴무무진 절차에 쓰인 것으로, 화성지곡이 나중에 肅寧之曲으로
개명되었음을 감안하면, 사실상 금-원-고려의 그것들은 악장의 내용이나 주제
의식이 한 틀에 속할 가능성이 크다고 할 수 있다.

　　우선 <文舞退武舞進 宮縣無射宮肅寧之曲>부터 살펴보자. 전반부 4구와 후반
부 4구는 對를 이루고 있다. 先聖이 神武로 나라의 기틀을 마련하여 자손에게
전하시니 만세토록 끝이 없을 것이라고 한 것이 전자의 의미이고, 간척으로
공이 형상화되고 위의에 광채가 있으며 신보가 제물을 흠향하시니 분명히
평안함을 내려주실 것이라고 한 것이 후자의 의미이다. 제1구의 '明明'은『시
경』「소아」<小明>[明明上天],「대아」<大明>[明明在下]·<江漢>[明明天子],「周頌」
<常武>[赫赫明明] 등에 수용되어 선성들을 미화한다. 그 선성들이 신묘한 무공
을 드러내어 나라의 기틀을 열고, 자손에게 전했다는 것이 제2·3구의 내용이
다. 특히 제3구는「宋乾隆以來祀享太廟一十六首」의 <太祖室大定>의 한 구절과

---

95) 원문은 차주환의『고려사악지』, 273쪽, 번역은 인용자.

96)『文淵閣四庫全書: 史部/正史類/元史』卷六十八의 "文舞退武舞進 仍用舊曲 改名肅寧" 참조.

똑같다는 점에서 동시대 혹은 비슷한 시대의 왕조 악장들은 같은 구절을 공유
하는 경우도 적지 않았음을 확인하게 된다. '공을 새긴 간척과 빛나는 제사에
절로 신보가 기꺼이 흠향하셨으니 평안함을 내려주시리라'는 것이 후반부의
내용이다. 제례에서 춤[간척무]을 출 때 손에 잡는 舞具로서의 방패와 도끼가
간척이다. 간척무를 통해 제사 대상의 공을 형상하는 것인데, 그 점을 말하는
것이 제5구의 내용이다. 제6구의 威儀는 제사에 임하는 祭主의 위엄 있는 거동
을 말한다. 제7구는 제사 대상의 공과 제주의 위엄 있는 거동에 신보가 흠향했
다는 내용이다. 제7구는『시경』「소아」<楚茨> 제2장 제9구를 그대로 가져온
것이다. <초자>의 그 부분[神保是饗/孝孫有慶/報以介福/萬壽無疆]은 신보의 흠향이
가져 올 경사스러운 일들에 대한 설명으로 마무리하는 내용이다. 신보가 흠향
하셨으니 나라와 후손들에게 평안함이 내릴 것이라는 제8구는 <초자>의 '孝孫
有慶~萬壽無疆'을 요약·수용한 것으로 볼 수 있을 것이다.

<文舞退武舞進 奏和成之曲 無射宮>은 원나라 종묘악장인「至元四年至十七年
八室樂章」의 제 13번째 악장이다. 무역궁으로 화성지곡을 연주한다고 되어 있
지만, 뒤에 화성지곡이 숙녕지곡으로 바뀌었음을 감안하면, 인용한 세 악장들
이 '금-원-고려'로 각각 다른 왕조가 만든 것들이나, 이것들이 가창된 祭次와
함께 악곡은 공통된다고 할 수 있다. 제1·2구는『春秋左傳』[襄公 二十七年/天生五
材 民竝用之 廢一不可 誰能去兵][97]에서 수용한 내용이다. 즉 '하늘이 오재를 냈고
백성들이 두루 쓰고 있어 하나라도 버려서는 안 되는데, 누가 무기를 없앨
수 있는가?'란 난제를 제시하고, '우리 선조'가 해냈다고 답한 것이 이 부분의
내용이다. 즉 군대의 행군소리만 들리고 정벌한다는 소문도 없이 승리하여
태평한 세월을 이룩했으며, 그로 인해 선조들은 성대한 명성을 얻고, 위엄을
갖추게 되었다는 것이다. 전단이『春秋左傳』의 텍스트를 중심으로 이루어졌다

---

97)『文淵閣四庫全書: 經部/春秋類/春秋左傳注疏』卷三十八 참조.

면, 후단은 『시경』 텍스트가 그 중심에 있다. 즉 「商頌」 <殷武> 제5장 제4구[濯
濯厥靈], 「소아」 <車攻> 제8장 제4구[展也大成] 등이 그것들이니, 밝고 빛나는
신령이 진실로 크게 이룰 수 있도록 도와줄 것이라는 뜻이다. 이처럼 전단의
내용을 바탕으로 후손들이 큰 공 이루시리라는 믿음을 말한 후단에서는 공을
형상하는 그림이 간척에 구불구불 서려 있으니, 밝고 빛나는 신령이 성대한
칠덕[일곱 가지의 덕 즉 武의 禁暴·戢兵·保大·定功·安民·和衆·豐財 등]을 크게 이루도록
도와주시리라고 한 것이다.

  고려 「신찬태묘악장」의 <文舞退武舞進 奏肅寧之曲>도 앞의 것들과 악곡은
동일하고, 내용 또한 크게 다를 것은 없다. 다만, 텍스트의 측면에서 <文舞退武
舞進 奏肅寧之曲>이 완벽하게 『시경』 텍스트들의 조합으로 이루어진 점은 앞
의 것들과 완벽하게 다른 점이다.

  고려의 <문무퇴무무진악장>에 수용된 『시경』 텍스트들은 「상송」 4회[<烈
祖>·<殷武>(2회)·<那>], 「魯頌」 1회[<泮水>], 「대아」 1회[<公劉>], 「소아」 1회[<車攻>],
「陳風」 1회[<宛丘>] 등이다. 가장 많이 수용한 「상송」 외에 「노송」·「대아」·「소
아」·「진풍」 등 풍·아·송 각각의 한 작품들에서 한 구씩 수용하여 전체 작품을
만든 의도는 어디에 있을까. 제사 대상에 대한 찬양과 후손들에 대한 강복을
중심으로 하고 악장 즉 의례문학인 『시경』 텍스트의 각 부분에서 떼어낸 구절
들을 조합하여 제사 현장에서 文舞·武舞로 이루어지는 악무의 아름다움을 그
려냄으로써 동아시아적 예악문화의 보편성을 구현하고자 한 데 그 의도가
있었을 것이다. 무엇보다 그런 악장 제작의 관습이나 그에 사용한 악곡이 중국
의 왕조들이 답습하던 전통이었고, 그런 전통이나 관습의 수용이 선진문명의
보편성을 확보하는 지름길이라 생각했을 것이다.

  <문무퇴무무진악장>에 언급된 문무와 무무는 국가 제향에서 연행되던 佾舞
이며, 고려시대부터 조선왕조를 거쳐 지속되다가 현재는 국립국악원에 전승

되고 있는 악무로서 처음에 중국으로부터 수용한 것임은 물론이다. 조선 초기 종묘제례에서 연행되던 문무가 보태평지무로서 영신·전폐·초헌 때 추었으며, 무무가 정대업지무로서 아헌과 종헌의 절차 등에서 정대업의 반주에 맞추어 추었음을 감안한다면, 고려의 제례에서도 '영신-전폐-초헌-아헌-종헌' 등의 절차들 혹은 이것들에 준하는 절차들이 진행될 때 문무와 무무가 번갈아 연행되었을 것임은 분명하다. 그처럼 춤이 교체될 때 부르던 악장이 바로 이것이었다.

제1구[嗟嗟烈祖]는 「주송」 <열조> 제1구를 그대로 가져온 것인데, '嗟嗟'라는 歎辭를 冠置한 사례는 「주송」 <臣工>[제1구: 嗟嗟臣工/제2구: 嗟嗟保介]에도 있다.98) <열조>와 달리 <신공>의 '차차'는 '거듭 탄식하여 깊이 채찍질하는 의미'99)를 갖는 말이라고 했다. '嗟嗟臣工'을 '아, 신공들아!'로 번역하는 반면 '嗟嗟烈祖'를 '아, 열조들이시여'로 새기는 것이 타당하다고 보는 것도 그 때문이다.

제2구[赫赫厥聲]는 「상송」 <은무> 제5장 제3구를 갖다 쓴 것으로, '은나라 고종이 이룩한 중흥의 성대함이 빛나고 빛남'을 말한 것이다.100) 상나라의 20대 왕으로 59년간 재위한 武丁[시호: 고종]은 기울어가는 國勢를 부흥시키고자 애쓴 명군이었다. 아버지 帝小乙에 이어 왕위에 오른 무정은 쇠퇴하고 있던 은나라를 부흥시킬 생각으로 도와줄 사람을 찾고 있었다. 꿈에 만난 성인을 찾아 헤매던 중 傳險이란 곳에서 說을 얻었고, 그를 재상으로 삼자 은나라는 크게 다스려졌다. 成湯에게 제사한 다음날 솥귀[鼎耳]에서 우는 꿩을 보고 두려워하자 祖己가 '왕께서 인민을 위해 일하는 것이야말로 하늘의 뜻을 이어받는 것이니, 제사는 예의나 도에 어긋나서는 안 된다'고 훈계했고, 이를 계기로

---

98) '嗟嗟'는 <烈祖>와 <臣工>에 모두 나오는 감탄사이나, 대상에 따라 달리 번역될 필요가 있다. 전자는 '아, 열조시여!'로, 후자는 '아, 신공들아!'로 대상의 지체나 발화자의 위치에 따라 尊卑의 차등을 두어야 한다고 본다.

99) 『文淵閣四庫全書: 經部/詩類/詩傳大全』 卷 十九의 "嗟嗟 重歎以深敕之也" 참조.

100) 『文淵閣四庫全書: 經部/詩類/詩傳大全』 卷 二十의 "赫赫顯盛也(…)言高宗中興之盛 如此" 참조.

무정이 정치를 바로잡고 덕을 행하니 천하가 모두 기뻐하고 은나라가 부흥했다고 한다.101) 설명과 같이 명재상 傳說을 등용하고 현신 조기의 충간을 들어 정치를 쇄신하고 덕을 행하여 백성들로부터 크게 신망을 얻은 것이 은나라 고종이었다. <문무퇴무무진악장>의 제2구에 이어 제4구[保我後生]도 「상송」 <은무> 제5장 제6구[以保我後生]를 수용한 경우다. 즉 제2구에서는 고종의 '빛나고 빛나는 명성'을 찬양했고, 제4구에서는 '우리 후생들을 보호한 덕'을 기린 것이다. 이처럼 고종을 제사하면서 부른 악장이 <은무>다. 따라서 <문무퇴무무진악장>에 <은무>의 핵심 구절 둘을 갖다 쓴 것은 예사로운 일이 아니다. 문무와 무무가 교차할 때마다 이 악장을 부름으로써 고려왕들의 공적을 찬양했다는 것인데, 그 핵심내용을 은나라 고종의 악장인 <은무>에서 가져왔다는 것은 고려왕들을 은나라 고종에 比擬하려는 의도가 저변에 깔려 있다고 할 수 있다.

　제3구[允文允武]는 「노송」 <반수> 제4장 제5구를 갖다 쓴 것인데, <반수>는 희공이 반궁을 잘 수리한 사실을 칭송한 노래다.102) '允文允武'는 희공이 지닌 문무겸전의 장점과 미덕을 찬양한 문구로서, <문무퇴무무진악장>에서는 태묘에 모신 고려의 선왕들을 찬양하는 뜻으로 전용된 것이다. 빛나는 명성과 문무겸전의 바탕 위에 백성들을 보호하는 열조들을 찬양하기 위해 『시경』의 텍스트들을 이곳저곳에서 따다가 배열해 놓은 것이 <문무퇴무무진악장>의 전단인 1구~4구이다.

　제5구[植其露羽]는 「진풍」 <宛丘> 제2장 제4구[値其鷺羽103)]를 수용한 것인데,

---

101) 『文淵閣四庫全書: 史部/正史類/史記』卷三의 "帝小乙崩 子帝武丁立 帝武丁卽位 思復興殷 而未得其佐(…)武丁夜夢得聖人(…)是時說爲胥靡 築於傳險 見於武丁 武丁曰是也 得而與之語 果聖人 擧以爲相 殷國大治(…)帝武丁祭成湯 明日 有飛雉登鼎而呴 武丁懼 祖己曰(…)嗚呼 王嗣敬民 罔非天繼 常祀 毋禮于棄道 武丁修政行德 天下咸驩 殷道復興" 참조.
102) 『文淵閣四庫全書: 經部/詩類/詩傳大全/詩序』의 "泮水 頌僖公能修泮宮也" 참조.
103) <완구> 제2장 제4구는 '値其鷺羽'[<宛丘> 제2장: 『文淵閣四庫全書: 經部/詩類/詩傳大全』卷七의

<완구>는 황음·혼란하고 유탕·무도하다는 이유로 폐위된 成漢의 왕 李期[幽公] 를 풍자한 노래로서 陳風에 속해있다. <완구>의 제2장은 완구 아래서 북을 치며 겨울 여름 가리지 않고 백로의 깃을 꽂고 춤추는 놀이를 묘사한 부분이 다. <문무퇴무무진악장>에 이 구절을 수용한 것은 鷺羽 즉 백로의 깃털이 문무 를 상징하기 때문이다. <완구>의 역사적 배경으로 볼 경우 그 중 일부를 「태묘 악장」의 한 부분으로 수용하는 것이 부적절하지만, 문무와 무무가 번갈아 진 퇴하는 제례의 악무를 묘사하면서 부득이 그 현장 묘사 부분을 수용할 수밖에 없었을 것이다.

제6구[干戈戚揚]는 「대아」 <公劉> 제1장 제9구를 그대로 가져온 것이다. 干戈 는 방패와 창 즉 전쟁에 쓰는 병기를 통칭하고, 戚揚은 斧鉞을 뜻하므로, 제6구 는 무무를 상징했을 것이다. 즉 백로 깃을 꽂고 추는 문무와 간과·척양을 들고 추는 무무가 서로 교차하면서 정연한 아름다움을 자아낸다고 노래한 것이다.

문·무무의 아름다움을 노래한 제6구에 이어 제7구[萬舞有奕]에서도 두 춤의 아름다움을 노래하고 있다. '萬舞有奕'은 「상송」 <那> 제14구를 그대로 갖다 쓴 구절이고, 萬無란 문무와 무무를 총칭하는 말인데, 籥과 翟을 잡고 추는 것이 문무이고 朱干과 玉戚을 잡고 추는 것이 무무이다.[104] 이처럼 <공류>와 설명 방법이 약간 다르기는 하지만 본질은 마찬가지다. 제7구는 원래 <나>처 럼 제사 절차에서 공연되던 문·무무가 질서정연함을 표현한 내용이다. 이런 문·무무의 절차와 모습을 제시하여 고려 태묘제례의 화려한 진행 양상을 찬양 하고자 한 것이 <문무퇴무무진악장>이었다.

이상에서 살펴본 것처럼 '금-원-고려' 간 악장 제작의 의도나 관습, 혹은

"坎其擊鼓 宛丘之下 無冬無夏 値其鷺羽" 참조]인데, <문무퇴무무진악장>에서는 '値'를 '植'으로 수용했다. 원래 植[세우다]은 値로 통용하기도 했다.

104) 『文淵閣四庫全書: 經部/詩類/詩傳大全』 卷 二十의 "周人之樂 執籥秉翟 文舞也 朱干玉戚者 武舞也 萬舞二舞之總也" 참조.

주제의식 상의 차이는 거의 없다. 금-원, 금-고려, 원-고려 등 양자의 비교에서
도 제목을 떼놓고 본다면, 전혀 구분할 수 없을 정도로 흡사하다. 그리고 무엇
보다도 이들을 올려 부르던 절차와 악곡이 동일하다는 점은 후속 왕조들이
선행 왕조들의 음악이나 악장을 표본으로 삼았음을 보여주는 점이다. 이 부분
에서 비교해본 세 왕조의 악장들이 공유하는 유사성도 시대와 지역의 차이를
뛰어넘어 인정할 수밖에 없는, 일종의 보편성으로 보아야 할 것이다. 정치·
외교적 긴밀도와 예악의 유사성은 밀접한 연관성을 갖는다. 이런 점을 확실히
파악하기 위해 두 부류의 악장들을 더 비교해보기로 한다.

송나라「高宗建炎初祀昊天上帝樂章」의 제 9 <捧俎豐安>과 고려「태묘신찬
악장」의 제 7 <司徒奉俎>, 송나라「高宗建炎初祀昊天上帝樂章」의 제 6 <升壇
正安>과 고려「태묘신찬악장」의 제 3 <王升殿降殿樂章>을 각각 살펴보기로
한다.

<捧俎豐安>

祀事孔明	제사 일이 아주 잘 갖추어져
禮文惟秩	나라의 예악과 문물제도가 아름다우니
爰潔犧牲	이에 희생을 정결히 하여
載登俎豆	조와 두에 올리도다
或肆或將	혹은 진설하고 혹은 받들어 올리되
無聲無臭	소리도 없고 냄새도 없으니
精禋潛通	정기가 몰래 통하여
永綏我后[105]	길이 우리 임금님 평안하시리

---

105)『文淵閣四庫全書: 史部/正史類/宋史』卷一百三十二 참조.

<司徒奉俎>

於薦廣牡	아, 큰 희생 올림에
籩豆大房	변두와 대방을 쓰니
或肆或將	혹은 진설하고 혹은 받들어 올리며
以孝以享	효성스레 제향하도다
誰其尸之	누가 이것을 주관하는가
曾孫之將	후손이 관장하고
旣右享之	이미 제사를 흠향하셨으니
惠我無疆106)	우리에게 은혜를 끝없이 주시리라

捧俎[혹은 奉俎]는 제사 때 산적을 담는 炙臺를 받들어 올리는 절차인데, 여기서 豊安之曲을 연주했다. 예컨대 五帝를 제사할 때 大司徒가 소를 희생으로 받들고 그 뼈와 몸체를 진상한다거나,107) 작은 제사에 소사도가 소를 희생으로 내보내고 도마에 진열된 것들을 진상하는 일108)을 맡았던 것은 송나라를 비롯한 중국 왕조들의 제도가 『주례』를 근간으로 삼고 있었음을 보여주는 일이다. 따라서 '捧俎'는 '司徒捧俎'를 의미하며, 이 점은 고려 역시 『周禮』 혹은 『주례』를 근간으로 하던 중국 왕조 예악의 영향이 미쳤음을 보여준다.

<捧俎豊安>에서 세사 일의 절차가 잘 갖춰졌고 조두에 올린 희생이 징결함을 말한 것은 전단이고, 그렇게 올린 제수가 소리도 냄새도 없이 신령과 통했으니 祭主인 지금의 왕이 길이 평안하리라는 믿음을 말한 것이 후단이다. <司徒奉俎>도 표현상의 미세한 차이에도 불구하고 내용은 전자와 마찬가지다. 변두와 대방에 소와 같이 큰 희생을 진설하고 받들어 올리며 효성스레 제향한다는 것이 전단이고, 이렇게 성대한 제사를 후손이 관장하고 신령이 이미 흠향

---

106) 원문은 동아대학교 고전연구실, 『譯註 高麗史 第六[志 二]』, 태학사, 1987, 256쪽. 번역은 인용자.
107) 『文淵閣四庫全書: 經部/禮類/周禮之屬』 卷十 참조.
108) 『文淵閣四庫全書: 經部/禮類/周禮之屬』 卷三 참조.

했으니 우리에게 은혜를 끝없이 주실 것이라는 믿음을 말한 것이 후단이다.

특히 양자 모두 조두에 희생을 올림으로써 신령이 흠향할 준비를 마치는 것이 주가 되지만, 주제자에 대한 평안과 행복의 간구로 끝맺음 하는 것 또한 일치되는 점이다. 그 구조는 '祀事孔明~載登俎豆'[전단]와 '或肆或將~永綏我后'[후단]로 나뉘는 전자와 '於薦廣牡~以孝以享'[전단]과 '誰其尸之~惠我無疆'[후단]으로 나뉘는 후자가 순서 상 약간의 어긋남은 있으나, 구조적으로 일치하는 것은 분명하다.

특히 전자에서는 '祀事孔明'[『시경』「소아」<楚茨> 제2장 제7구·<信南山> 제6장 제3구], '或肆或將'[「소아」<楚茨> 제2장 제5구], '無聲無臭'[「대아」<文王> 제7장 제6구] 등의 구절들을 『시경』으로부터 수용했고, 후자의 경우는 제6구[曾孫之將]를 제외한 모든 구들이 『시경』에서 온 것들이다. 특히 전자의 제5구와 후자의 제3구로 수용된 '或肆或將'은 희생을 진설하거나 받들어 올리는 행위를 그려냈다는 점에서 '捧俎' 절차의 중심 내용이라 할 수 있다. 또한 전자는 풍안지곡으로 연주되었으나, 후자에는 악곡이 밝혀져 있지 않다. 그러나 악장만큼은 분명한 유사성을 갖고 있다. 그런 점에서도 고려의 <司徒奉俎>가 송나라의 <捧俎豐安>으로부터 영향을 받아 같은 구조로 이루어졌을 가능성이 큰 것이다.

<升壇正安>

皇矣上帝	위대하신 상제께서는
神格無方	신격 미치지 않는 곳이 없도다
一陽肇復	동지가 돌아와 양기가 새로 회복되니
典祀有常	정상적으로 행하는 제사에 떳떳함이 있도다
豆登豐潔	두와 등은 풍성하고 깨끗하며
薦德馨香	바치는 제물은 향기롭도다
棐忱居歆	성실하고 신의 있는 사람을 도와주시고 편안히 흠향하시어
降福穰穰[109]	복을 내려주심 많고도 많도다

<王升殿降殿>

於穆淸廟	아, 아름답고 심원한 청묘에서
載見辟王	군왕을 뵈었도다
明明黼黻	밝고 밝은 보불의 예복을 입은
肅肅班行	엄숙한 조관들의 행렬이로다
苾芬是潔	향기가 깨끗하고
登降偕臧	오르내림 다 좋도다
何以賜我	무엇을 우리에게 내려주실까?
萬壽無疆110)	만수무강이로다

　전자는 송나라 「高宗建炎初祀昊天上帝樂章」의 제6 <升壇正安>이고 후자는
고려 「신찬태묘악장」 제3 <王升殿降殿>인데, 전자에는 악곡명이 붙어있는 반
면 후자에는 빠져 있으나, 송·원 악장에 쓰인 것과 같은 악곡이 연주되었을
가능성도 있다. 양자 모두 내용상 두 부분으로 이루어져 있음은 앞에 언급한
다른 악장들과 마찬가지다. 전자의 핵심은 '典祀有常'과 '降福穰穰'에 있고, 후
자는 '肅肅班行'과 '萬壽無疆'에 있다. 이 악장들은 주제자인 천자나 임금이
단에 오르거나 사당을 오르내릴 때 가창되는 노래들인데, 제사가 진행되는
전반적인 상황을 그려내고 친양하며 降福을 축원하는 것으로 끝을 맺는다.
전자의 제1구는 『시경』 「대아」 <皇矣> 제1장 첫 구를 가져 온 것이다. <황의>
는 주나라를 찬미한 시로서, 하늘이 은나라를 대신할 나라를 살펴보니 주나라
만한 나라가 없었고, 대대로 덕을 닦은 분으로서 문왕만한 이가 없었다고 했으
며,111) <황의>의 제1·2장은 하늘이 태왕에게 명하였음112)을 말한 부분이다.

---

109) 『文淵閣四庫全書: 史部/正史類/宋史』 卷一百三十二 참조.
110) 원문은 동아대학교 고전연구실, 『譯註 高麗史 第六[志 二]』, 256쪽 참조. 번역은 인용자.
111) 『文淵閣四庫全書: 經部/詩類/詩序』 卷下의 "皇矣美周也 天監代殷 莫若周 周世世修德 莫若文王"
　　참조.
112) 『文淵閣四庫全書: 經部/禮類/周禮之屬』 卷三 참조.

전자는 남송 建炎初 昊天上帝에 대한 제사에서 쓰였다고 했으니, 북송이 멸망하고 남송이 개창된 고종1·2년[1127-1130] 사이에 제작되었으리라 본다. 따라서 '제3구-제6구'는 당시 남송의 형편을 역으로 암시한다. 즉 '一陽肇復'은 금나라에 의해 멸망한 북송에 이어 새로 만들어진 남송을 암시한 것으로 볼 수 있고, '典祀有常'은 모든 것이 파괴된 상황이었으니 '정상적으로 행하는 제사에 떳떳함이 있다'고 할 수 없기 때문이다. '豆登豐潔/薦德馨香'은 더구나 쉽지 않은 일이었을 것이다. 따라서 멸망한 북송에 이어 새로 일으켜 세운 남송의 부흥을 위해 복을 내려달라고 호천상제에게 기원하는 마음을 토로한 것으로 보아야 한다.

후자의 경우도 사실은 유사한 암시를 내포하고 있다. 이 악장이 지어진 것은 공민왕 20년[1371]인데, 이 시기는 이미 원나라의 지배를 벗어난 명 태조 홍무 4년이었다. 악곡명을 누락시킨 관계로 정확한 것을 확인할 수는 없지만, 실제로 송·원의 악곡을 사용했으리라 짐작된다. 금나라와 원나라의 압제를 벗어난 시점임에도 명나라의 악제를 따르지 않은 것은 오래 된 관습을 쉽게 고칠 수 없었으리라는 것, 악제에 있어서는 명나라의 경우도 금나라나 원나라의 범주에서 크게 벗어나지 않는다고 보았기 때문이라는 것 등을 그 이유로 들 수 있다. 원래 금·원과 달리 송나라는 고려가 진심으로 배우고자 한 왕조였으며, 출범 초기인 명나라는 아직 그 성향이 파악되지 못했기 때문에 송나라의 악제를 지속적으로 사용했고, 그 사실을 명나라에게 노출시킬 수 없었던 관계로 기록에서 고의로 누락시켰을 가능성도 없지 않다.

후자의 제1구는 『시경』「주송」<淸廟> 제1구를, 제2구는 「주송」<載見> 제1구를, 제3구는 「대아」<江漢> 제6장 제5구를, 제4구는 「주송」<雝> 제2구를, 제5구는 「소아」<초자> 제4장 제5구를, 제6구는 「鄭風」<溱洧> 제2장 제6구를, 제7구는 「주송」<臣工> 제3구[113]를, 제8구는 「豳風」<七月> 제8장 제11구·「소아」<載見>「天保」 제4장 제6구·「소아」<南山有臺> 제2장 제6구 등을 각각 수용했다. 상당수는 『시경』 텍스트의 자구를 약간 바꾸어 수용하긴 했으나, 핵심 의미는 그대로 수용한 것으로 보인다.

전자의 전단에서는 제사의 명분과 절차의 완정함을 노래하고, 후단에서는 풍성한 제물을 흠향하시고 큰 복 내려주실 것을 기원했다. 후자의 전단에서는 태묘에 제사하면서 엄숙하고 밝은 제사 참가자들의 모습을 찬양하고, 후단에서는 향기롭고 깨끗한 제물을 흠향하시고 主祭者인 왕에게 만수무강 내려주실 것을 기원했다. 세부적인 표현이나 어구의 차이는 많지만, 제사준비가 완벽히 끝난 점을 말하고 신령이 제수를 흠향하시고 그에 합당한 복을 내려주실 것을 간구하는 것으로 끝을 맺는 것이 의미구조라는 점에서는 송나라와 고려의 악장이 마찬가지 양상을 보여주었음을 확인할 수 있다.

---

113) 『文淵閣四庫全書: 經部/詩類/詩集傳』 卷十八 참조. '王釐爾成'[왕이 내게 이루어진 법을 내려주시니]에서 '釐賜也', 즉 釐를 賜로 풀었다.

Ⅲ. 중국 및 고려왕조들의 묻才와 정재악장들

1. 당악·당악악장과 속악·속악악장의 관계

『고려사악지』에 의하면, 고려왕조의 궁중악은 아악, 당악, 속악 등 세 체제로 이루어져 있었는데, 『고려사악지』의 편제는 다음과 같다.

「**樂一**」[雅樂: 親祠登歌軒架/有司攝事登歌軒架/登歌樂器/軒架樂器/登歌軒架樂迭奏
節度/軒架樂獨奏節度/太廟樂章]

「**樂二**」[唐樂: 樂器/獻仙桃·壽延長·五羊仙·抛毬樂·蓮花臺·<惜奴嬌曲破>·<萬年
歡慢>·<憶吹簫慢>·<洛陽春>·<月華淸慢>·<轉花枝令>·<感皇恩令>·<醉
太平>·<夏雲峰慢>·<醉蓬萊慢>·<黃河淸慢>·<還宮樂>·<淸平樂>·<荔子
丹>·<水龍吟慢>·<傾杯樂>·<太平年慢>·<金殿樂慢>·<安平樂>·<愛月夜
眠遲慢>·<惜花春早起慢>·<帝臺春慢>·<千秋歲令>·<風中柳令>·<漢宮春
慢>·<花心動慢>·<雨淋鈴慢>·<行香子慢>·<雨中花慢>·<迎春樂令>·<浪
淘沙令>·<御街行令>·<西江月慢>·<遊月宮令>·<少年遊>·<桂枝香慢>·
<慶金枝令>·<百寶粧>·<滿朝歡令>·<天下樂令>·<感恩多令>·<臨江仙
慢>·<解佩令>]

「**樂三**」[樂器/<舞鼓>·<動動>·<無㝵>·<西京>·<大同江>·<五冠山>·<楊州>·<月
精花>·<長湍>·<定山>·<伐谷鳥>·<元興>·<金剛城>·<長生浦>·<居士

戀>·<安東紫靑>·<松山>·<禮成江>·<冬栢木>·<寒松亭>·<鄭瓜亭>·<風
入松>·<夜深詞>·<翰林別曲>·<三藏>·<蛇龍>·<紫霞洞>/三國俗樂　　新羅
<東京卽雞林府>·<東京>·<木州今淸州屬縣>·<余那山>·<長漢城>·<利見臺>/
百濟 <禪雲山>·<無等山>·<方等山>·<u>井邑</u>·<智異山>/高句麗 <來遠城>·<延
陽延山府>·<溟州>/ 用俗樂節度]

　「樂一」은 아악, 「樂二」는 당악, 「樂三」은 속악 관련 악제와 절차들을 각각
설명해놓은 것들이다. 아악은 제례, 賓禮, 책봉례 및 그 연향, 성수절의 망궐례,
元正·冬至 등 節日의 하례 등 다양한 국가의 공식 의례들에 쓰였고, 예종 11년
10월의 「新製九室登歌樂章」[태조 제1실~숙종 제9실, 각 실 정성 및 중성] 18작품, 공민왕
12년 5월에 신찬한 「還安九室神主太廟樂章」[태조 제1실/혜종 제2실/헌종 제3실/원종
제4실/충렬왕 제5실/충선왕 제6실/충숙왕 제7실/충혜왕 제8실/충목왕 제9실] 9작품, 공민왕
16년 정월에 신찬한 「徽懿公主魂殿大享樂章」 6작품[初獻/亞獻/三獻/四獻/五獻/終
獻], 공민왕 20년 10월 親享 때 사용한 「太廟新撰樂章」[태조 제1실/혜종 제2실/현종
제3실/원종 제4실/충렬왕 제5실/충선왕 제6실/충숙왕 제7실] 16작품 등은 그 악장들이다.
　태묘의 제향에서 악기의 반주에 맞추어 악장을 불렀고, 고려의 제례에서는
아악뿐 아니라 향·당악까지 섞어 썼다[1] 하나, 아악이 확고하게 자리 잡기 전
의 일이다. "내가 위나라로부터 노나라에 돌아온 뒤에 음악이 바로잡혔고, 아
송이 각각 그 자리를 잡게 되었다"는 공자의 말[2]이나, "사람은 즐기지 않을
수 없고 즐기면 겉으로 드러나지 않을 수 없고 드러나되 도에 맞지 않으면
어지럽지 않을 수 없다. 선왕이 그 어지러움을 싫어하시어 아송의 소리를 제정
하여 이끌어 주셨다"[3]는 순자의 말에 언급된 '아송'으로부터 雅가 나왔으니,

---

1) 차주환, 「고려사악지 해설」, 『고려사악지』, 을유문화사, 1986, 26쪽.
2) 『文淵閣四庫全書: 經部/四書類/論語集解義疏』卷五의 "子曰 吾自衛反於魯 然後樂正 雅頌各得其所"
　참조.
3) 『文淵閣四庫全書: 子部/儒家類/荀子』卷十四의 "故人不能不樂 樂則不能無形 形而不爲道 則不能無亂
　先王惡其亂也 故制雅頌之聲以道之" 참조.

『시경』이 바로 그 근거로서의 原典인 셈이다. 사실『시경』의 아송은 주나라 이후 다수의 통일왕조들을 지나고 송대에 이르러 처음으로 고려에 전래되었다. 사실 아송은 천자의 조정에서 쓰이던 중심부의 노래문학이고, 풍은 제후국들에서 쓰이던 지역의 노래들이다. 따라서『고려사악지』의 음악과 악장은『시경』의 아송에 대응할만한 하므로, 그 음악과 악장은 중국의 역대 왕조들과 마찬가지로 아악과 아악악장[아악가사]이고,『시경』의 국풍에 대응할만한 것이 바로 속악가사 혹은 속악악장이라 할 수 있는 것이다. 고려의 속악과 삼국의 속악을 함께 실어 놓은 것이『고려사악지』의 속악이고, 당악은 아악과 속악의 사이에 끼어 있다. 적어도 중세왕조들에서는 중국에서 도입된 아악과 당악이 지배층의 각종 제례 및 조회·연향에 쓰이던 중심부의 음악이었다면, 속악은 고유의 향악 즉 각 지역 혹은 삼국을 대표하던 주변부의 음악이었다. 특기할만한 것은「舞鼓」·「動動」·「無㝵」등 가·무·악 융합무대예술로서의 속악정재들이 지니고 있던 구조나 체계를 당시로서는 고려 속악[삼국의 속악 포함]보다 선진이었던 당악정재들로부터 본받았을 가능성이 크다는 사실이다.

당악과 관련한 절차나 악곡 및 악장으로서『고려사악지』에 실려 있는 것들은 大曲 5곡[獻仙桃·壽延長·五羊仙·抛毬樂·蓮花臺]과 散詞 43곡[惜奴嬌曲破·萬年歡慢·憶吹簫慢·洛陽春·月華淸慢·轉花枝令·感皇恩令·醉太平·夏雲峯慢·醉蓬萊慢·黃河淸慢·還宮樂·淸平樂·荔子丹·水龍吟慢·傾杯樂·太平年慢·金殿樂慢·安平樂·愛月夜眠遲慢·惜花春早起慢·帝臺春慢·千秋歲令·風中柳令·漢宮春慢·花心動慢·雨淋鈴慢·行香子慢·雨中花慢·迎春樂令·浪淘沙令·御街行令·西江月慢·遊月宮令·少年遊·桂枝香慢·慶金枝令·百寶粧·滿朝歡令·天下樂令·感恩多令·臨江仙慢·解佩令] 등이다.『고려사악지』의 당악들은 모두 송나라 때 들어왔고, 그 음악에 올려 부른 노랫말들[즉 악장]은 모두 詞文學에 속하는 것들이다. 말하자면 당·송의 燕樂들이 아악과 함께 고려에 수입되어 고려 궁중의 연향악으로 사용되었고, 그에 올려 부르던 노래인 연향악장들의 상당수는 조선으로 계승되기도 하였다.

차주환은『고려사악지』 '당악'에만 보존되어 있는 詞調가 同名異調의 것까지 합하면 20여조[愛月夜眠遲·折花令·千秋歲引·金盞子·金盞子令·金殿樂·慶金枝·西江月漫·惜花早春起慢·惜奴嬌·獻天壽·獻天壽令·百寶粧·行香子慢·破字令·步虛子令·壽延長破字令·水龍吟慢·太平年·萬年歡慢(第一首 除外)·雨中花慢]가 남아 있는데, 고려 때 중국 교방에서 창곡으로 실제 쓰이던 상태에서 수입된 것들로서, 중국에서 그러한 詞調에 대한 塡詞가 드물어짐에 따라 자취를 감추었으며,『고려사악지』에만 남아 있게 되었다고 했다.4)

그렇다면 고려조에서 사용되었던 당악 악장들은 대부분 송대에 수입된 詞文學 작품들이었고, 그것들의 영향을 받아 고려에서 새롭게 창작된 것들도 있었을 것이나, 어떤 것들인지 현재로서는 알 수 없다. 宋詞 수입의 흔적을 찾아보면, 문종 27년 2월 교방에서 女弟子 眞卿 등 13인이 전수받은 <踏沙行> 가무를 연등회에 쓰도록 해달라는 건의가 받아들여졌고,5) 문종 27년 11월 왕이 신봉루에 행차하여 팔관회를 관람했는데, 교방의 여제자 楚英등 13인이 새로 전래된 <抛毬樂>을, 10인이 <九張機別伎>를 각각 연주했으며,6) 문종 31년 2월 연등회에서 교방의 여제자 초영이 <王母隊歌舞>를 연주했는데, 55인으로 구성된 一隊가 '君王萬歲' 혹은 '天下太平' 등의 네 글자를 만들었다고 한다.7) 이와 함께『고려사악지』의 散詞들 가운데 직자가 밝혀진 깃들로시 <낙양춘>[歐陽修/1000-1072]·<轉花枝令>[柳永/1045 전후 在世]·<感皇恩令>제1수[趙企/약1063-1120]·<夏雲峯慢>[柳永]·<醉蓬萊慢>[柳永]·<黃河淸慢>[晁端禮/1122 전후 在世]·<傾杯樂>[柳永]·<金殿樂慢>[蘇軾/1036-1101]·<帝臺春慢>[李甲/1098 전후 在世]·<花心

---

4) 차주환,『唐樂硏究』, 법학사, 1979, 31쪽 참조.

5) '고려사>권 71>지 권제 25>악 2>속악을 쓰는 절도>진경이 답사행을 연등회에 쓰도록 건의하다'[한국사데이터베이스: http://db.history.go.kr] 참조.

6) '고려사>권 71>지 권제 25>악 2>속악을 쓰는 절도>초영이 포구락을 연주하다'[한국사데이터베이스: http://db.history.go.kr] 참조.

7) '고려사>권 71>지 권제 25>악 2>속악을 쓰는 절도>초영이 왕모대가무를 연주하다'[한국사데이터베이스: http://db.history.go.kr] 참조.

動慢 제2수>[阮逸(1052 전후 在世)의 딸]·<雨淋鈴慢>[柳永]·<浪淘沙令>[柳永]·<御街行令 >[柳永]·<少年遊>[晏殊/991-1055]·<臨江仙慢>[柳永] 등8)이 있는데, 유영의 작품들을 중심으로 하는 송나라 사문학 형태의 산사들이 악장으로 도입되어 고려 궁중의 연향에 사용되고 있었다. 이들 산사는 대곡들과 함께 고려 연향의 례악이나 악장의 큰 축이 되었고, 이들 당악과 당악대곡들의 스타일은 속악의 례나 악장에도 영향을 미쳤다고 보아야 한다.

조선왕조까지 지속된 헌선도를 비롯한 신선모티프의 대곡들과 개별 음악으로서의 步虛子와 그 악장으로서의 <보허사>9)[<碧烟籠曉詞>라는 제명의 악장으로 고려조에서 사용되다가 조선조에 계승되었고, 조선조에서 그 악장을 대체하기 위해 악장들을 새롭게 만들기도 했음] 및 <동동>을 중심으로 하는 속악의 악장들을 살펴보기로 한다.

우리나라가 송나라로부터 공식적으로 음악을 수입한 것은 고려 예종 때였다. 예종 9년[1114] 6월 송나라는 안직숭을 통해 악기를 내려주었고,10) 신악과 함께 대성악도 내려주었으며, 태묘에서 왕이 친히 祫祭를 지내면서 대성악도 사용했다는 것,11) 예종 11년[1116] 6월 왕이 회경전에 가서 宰樞와 侍臣을 불러 大晟新樂을 관람했다는 것,12) 인종 12년[1134] 정월 籍田에 제사를 올리면서 처음으로 대성악을 썼다는 것13) 등이 기록으로 남아 있다. '신악·대성악·대성신악' 등의 명칭들이 약간 번잡하게 쓰였으나, 신악은 '송대에 들어와 당 이래의 구악을 조정해서 만든 새로운 음악'14)이고, 대성악은 '徽宗 崇寧 4년[1106] 대성부에서 여섯 번째로 제정된 송나라의 아악'15)이며, 고려의 입장에서 대성악이

8) 차주환, 앞의 책, 34-35쪽 참조.
9) <보허사>의 경우 이 부분에서는 고려조의 것만을 거론하고, 조선조에 계승된 <보허사>는 뒤쪽에서 거론하기로 한다.
10)『국역 고려사 4/세가 13/예종 2/예종 9년 6월』, 동아대학교 석당학술원, 2008, 237쪽.
11)『국역 고려사 4/세가 13/예종 2/예종 9년 겨울 10월』, 242쪽.
12)『국역 고려사 4/세가 4/예종 3/예종 11년 6월』, 2008, 281쪽.
13)『국역 고려사 5/세가 5/인종 2/인종 12년 봄 정월』, 172쪽.
14) 차주환 역,『고려사악지』, 63쪽.

새로운 음악임을 강조하여 부른 말이 대성신악이었다. 따라서 예종 9년 송나라로부터 도입된 것은 당악과 대성악이고, 대성신악으로도 불리던 대성악의 연주를 관람한 것은 예종 11년이며, 적전의 제사에 처음으로 대성악을 사용한 것은 인종 12년[1134]이었다. 따라서 아악인 대성악 외에 연향악으로서의 당악 또한 송나라에서 도입하였음이 분명해진다. 대성악을 적전제사에 사용했고, 추후 아악으로서 고려에 새롭게 도입된 대성악과 달리 당악과 향악은 이미 존재하고 있었던 것이다.

'향악·아악과 함께 연주된 당악은 당나라의 음악만을 뜻하는 용어가 아니고 송나라의 음악을 포함한 중국음악을 의미하는 말'16)이라는 견해도 있고, 송나라의 교방은 개국 초부터 宣徽院에 예속되어 있었고, 음율 또한 당의 것을 습용하는 등 모두가 당의 구제에 따랐다는 점, 송나라의 교방악을 수입한 고려의 경우 그것이 아악과 달랐으므로 당악이라는 명칭으로 구별할 수밖에 없었다는 점 등을 들어 당악이란 '당'자는 중국을 대표한 것으로 보고 '당악은 곧 중국악의 총칭'으로 보는 것은 정확하지 않다는 견해도 있다.17) 그러나 나름대로 근거들이 분명한 두 견해들 가운데 굳이 어느 하나만을 채택할 필요는 없다. 당나라의 교방악을 답습한 송나라의 교방악을 고려가 수입하면서 '당악'이란 명칭까지 들여왔다는 점, 당나라의 교방악이 '당나라 武德이래 궁중에 설치되었고, 개원 후 그에 종사하는 사람들이 더욱 많아져 모든 제사 및 조회에 太常雅樂을 쓴 반면, 세시연향에는 교방의 모든 악부를 썼고 앞 시대의 宴樂·淸樂·散樂은 본래 太常에 속했으나 뒤에 교방으로 돌아가 坐部·立部 등 두 부분이 되었다'18)는 사실 등을 감안한다면, 고려조의 당악은 송나라로부터

15) 차주환 역, 『고려사악지』, 64쪽.
16) 송방송, 『한겨레음악대사전(상)』, 보고사, 2012, 496쪽.
17) 차주환, 『唐樂研究』, 14쪽 참조.
18) 『文淵閣四庫全書: 史部/正史類/宋史』 卷一百四十二의 "敎坊自唐武德以來 置署在禁門內 開元後 其人寢多 凡祭祀大朝會則用太常雅樂 歲時宴饗則用敎坊諸部樂 前代有宴樂淸樂散樂 本隷太常 後稍歸敎

도입한 당나라 이래의 교방악임이 분명해지기 때문이다. 송나라의 대곡에 관해서는 다음의 설명을 참고할 필요가 있다.

> 대곡은 송나라의 궁중 악무 가운데 돋보이는 것이다. 『송사』 「악지」와 『동경몽화록』 등에는 모두 송나라 때에 궁중 연향에서 사용한 대곡의 모습이 기록되었다. 대곡은 한나라 때에 나왔는데 相和大曲이 그런 부류이다. 한나라에서 위나라로 접어들던 무렵에 이르면 상화대곡은 여러 단락으로 이루어진 가무곡으로 노래가 있고 춤이 있었다. (…)송나라 대곡은 당나라 대곡을 계승해 가지런한 상투적 격식과 노래와 춤을 모두 중시하는 특징을 그대로 유지했다. 대곡은 한 가지 單曲을 여러 번 반복하고 또 노래와 춤이 고루 갖추어진 예술 형식인데, 구조는 복잡하지만 절차는 명확하다.(…)송나라의 궁중 대곡은 당나라 때보다 탄력적으로 운용되었다. 전체 대곡을 사용하기도 하고, 대곡의 일부분만 사용하기도 했으며, 대곡을 연주하면서 가사를 채워 넣어 노래를 부르기도 하고, 가사는 없이 악공들이 악곡을 합창하기도 하고, 합주만 하고 노래는 부르지 않아 소리[聲]는 있지만 가사[詩]는 없기도 했다. 예컨대 『송사』 「악지」를 보면 봄과 가을 그리고 聖節 등 3대 연회에서의 성대한 경축의식과 공연은 모두 열아홉 부분으로 나뉘었는데, 그 일곱 번째가 대곡 합주이고 그 다음에 비로소 궁중 대무가 등장했다.[19]

한 쪽에서 부른 노래를 다른 쪽이 이어받아 부르던 방식이 相和로서 한나라의 옛 노래가 바로 상화가였다.[20] 북송 때 40종에 이르는 教坊大曲에는 모두 가사가 있었으나, 남송 시기에는 수백 종의 대곡들이 있었다고 하니,[21] 송나라전 시대를 통해 궁중 연향에 쓰인 대곡들의 규모나 화려함을 짐작할 수 있다.

坊 有立坐二部 宋初循舊制置教坊 凡四部" 참조.

19) 펑촹바이·왕닝닝·류사오전 지음, 강영순·김은자·남종진·이채문 옮김, 『중국무용 변천사』, 민속원, 2016, 281-282쪽.

20) 『文淵閣四庫全書: 史部/正史類/宋書』 卷二十一의 "但歌四曲 出自漢世 無弦節 作伎最先 一人倡三人 和 魏武帝尤好之 時有宋容華者 淸澈好聲 善唱此曲 當時特妙 自晉以來不復傳 遂絶 相和漢舊歌也" 참조.

21) 펑촹바이·왕닝닝·류사오전, 앞의 책, 282-283쪽 참조.

특히 열아홉 절차로 이루어진 송나라 때 춘·추·성절 3대연의 절차는 고려 및 조선의 연향에 미친 영향을 추정하게 한다. 제1[황제가 자리로 오르고 재상이 술을 올리면 뜰 가운데서는 필률을 불고 衆樂으로 이에 화답한다. 군신에게 술을 내리면 모두 자리로 나아가고 재상이 마시면 경배악을 연주하고 백관이 마시면 三臺를 연주한다]-제2[황제가 다시 술잔을 들고 군신이 자리에서 일어선 뒤 악대는 노래를 부르고 일어난다]-제3[황제가 제2의 격식처럼 술을 들면 차례로 밥을 올린다]-제4[백희를 모두 공연한다]-제5[황제가 제2의 격식처럼 술을 든다]-제6[악공이 致辭하고 이어 시 1장을 부르니 이를 구호라 이르는데 모두 덕의 아름다움과 조정 안팎에서 춤추고 음송하는 정을 서술한 것이다. 첫 치사에 군신이 모두 일어나 치사를 듣고, 끝나면 재배한다]-제7[대곡을 합주한다]-제8[황제가 술잔을 들면 전상에서는 비파를 독탄한다]-제9[小兒隊가 춤추고 또 치사하여 덕의 아름다움을 서술한다]-제10[잡극이 끝나면 황제는 일어나서 옷을 갈아입는다]-제11[황제가 다시 앉아 술잔을 들면 전상에서는 생황을 독취한다]-제12[축국한다]-제13[황제가 술잔을 들면 전상에서는 아쟁을 독탄한다-제14[여제자대가 춤을 추고 소아대처럼 치사를 한다]-제15[잡극을 공연한다]-제16[황제가 제2의 격식처럼 술잔을 든다]-제17[고취곡을 연주하되 혹 法曲을 쓰기도 하고 혹 구자곡을 쓰기도 한다]-제18[황제가 제2의 격식처럼 술잔을 들면 음식 먹는 일을 끝낸다]-제19[각저희를 하고 잔치가 끝난다] 등으로 이루어지는 절차들[22]에 주목할 만한 내용들이 포함되어 있다. 악장 및 구호와 치사를 통해 황제에게 송축하는 절차가 가장 중시되었고, 경배악이나 삼대·고취곡 등의 악곡, 악대의 연주 외에 필률·비파·생황·아쟁 등의 독주, 소아대·여제자대의 춤과 백희·잡극·각저희 등의 공연 등이 각 단계마다 수반되었음을 감안하면,

---

22) 『文淵閣四庫全書: 史部/正史類/宋史』卷一百四十二의 "每春秋聖節三大宴 其第一 皇帝升坐 宰相進酒 庭中吹觱栗 以衆樂和之 賜羣臣酒 皆就坐 宰相飲 作傾盃樂 百官飲 作三臺 第二 皇帝再擧酒 羣臣立於席後 樂以歌起 第三 皇帝擧酒如第二之制 以次進食 第四 百戲皆作 第五 皇帝擧酒如第二之制 第六 樂工致辭 繼以詩一章 謂之口號 皆述德美 及中外蹈詠之情 初致辭 君臣皆起 聽辭畢 再拜 第七 合奏大曲 第八 皇帝擧酒 殿上獨彈琵琶 第九 小兒隊舞 亦致辭以述德美 第十 雜劇罷 皇帝起更衣 第十一 皇帝再坐擧酒 殿上獨吹笙 第十二 蹴踘 第十三 皇帝擧酒 殿上獨彈箏 第十四 女弟子隊舞 亦致辭如小兒隊 第十五 雜劇 第十六 皇帝擧酒如第二之制 第十七 奏鼓吹曲 或用法曲 或用龜茲 第十八 皇帝擧酒如第二之制 食罷 第十九 用角觝 宴畢" 참조.

고려의 대곡들에서도 이것들을 부분적으로 끌어다 썼을 가능성은 충분하다.

평솽바이 등은 무엇보다 송나라의 궁중 대곡은 대곡 전체를 사용하기도 하고, 일부분만 사용하기도 했으며, 대곡을 연주하면서 가사를 채워 넣어 노래를 부르기도 하고, 가사는 없이 악공들이 악곡을 합창하기도 하고, 합주만 하고 노래는 부르지 않아 소리[聲]는 있지만 가사[詩]는 없기도 했다고 한다. 그들의 설명에 주목할 경우, 예컨대 고려의 헌선도는 송나라 대곡들 가운데 임금에 대한 송축의 필요에 부응할만한 부분들만 따다가 조립한 것일 가능성이 크다. 당시 고려와 송나라의 빈번한 교류 속에 음악과 악기 등 많은 것들이 수입되었음은 부인할 수 없다. 『고려사악지』에 수록된 당악들이 송나라 春秋聖節三大宴의 절차에 사용되던 교방악이 중심이었을 뿐 아니라 散詞들 가운데 송나라 신종 때 晁端禮의 작품과 인종 때 阮逸의 딸이 지은 작품들도 들어 있는 사실 등으로 미루어 의례·음악·가사 등이 모두 송나라로부터 수입된 것들이라는 차주환의 설명[23]이나 송나라 교방악이 고려 조정에 유입된 것은 기정사실이라는 송방송의 주장,[24] 국가 교류를 통해 유입된 당악이 고려시대에 유입된 전체 당악들 가운데 절대적인 비중을 차지했다는 박은옥의 주장[25] 등도 있지만, 고려의 당악들 대부분이 고려와 송의 국가 간 교류를 통해 도입되었다는 점은 공통된다. 그 당악 48곡 가운데 18곡이 도교적 성향을 짙게 띤 것들이며, 48곡 중 '헌선도·수연장·오양선·포구락·연화대' 등 다섯 정재들에 포함된 다수의 악장들을 개별적으로 헤아리면 그 수는 더 늘어난다.[26] 그 가운데 하나를 <벽연롱효사>를 들 수 있는데, 오양선의 음악이 보허자이며 보허자령에 올려 부른 악장이 바로 <벽연롱효사>이다.

---

23) 차주환, 『唐樂硏究』, 18쪽 참조.
24) 송방송, 『증보 한국음악통사』, 민속원, 2007, 168쪽.
25) 박은옥, 『고려당악』, 도서출판 문사철, 2010, 43쪽.
26) 한흥섭, 『고려시대 음악사상』, 소명출판, 2009, 34-37쪽 참조.

<벽연롱효사>에서 보듯이 당악의 절차나 당악 악장의 표현법이 당시의 속악에도 모종의 영향을 주었음은 분명하다. 이미 언급한 것처럼, 잘 짜인 당악들의 구조를 본받아 정비된 것이 당시의 속악들로서, 예컨대 <동동>에 관하여 "동동놀이는 그 노랫말에 송도의 말이 많으니, 대개 선어를 본떠 지은 것이다. 그러나 가사가 비속한 일상어로 되어 있어 싣지 않는다[動動之戱 其歌詞多有頌禱之詞 蓋效仙語而爲之 然詞俚不載]"[27]라고 단정적으로 정의한 말은 동동 정재 창사의 표현법이나 주제의식이 당대 궁중 당악정재들의 창사를 본뜬 것들임을 보여준다. 당악정재들에서 서왕모 등 신선으로 분장하고 頌禱의 노래를 가창하던 女妓들의 창법에서 비롯된 개념이 바로 선어인 것이다. 따라서 속악정재 '동동'의 텍스트와 당악정재들은 상호텍스트적 연관을 맺고 있으며, 특히 그런 당악정재들의 주제의식과 등장인물들의 대사는 '동동'의 텍스트적 근간을 형성하고 있다는 것이다.

이처럼 당시 도교적 성향을 띤 당악정재, 속악정재 등이 궁중의 무대예술로 정착됨으로써 신선의 불로장생 이미지는 중세왕조의 제왕에게 옮겨질 수 있었고, 그 노래들은 쉽게 제왕의 장수를 기원하는 頌禱之詞로 전환될 수 있었다. 그런 음악의 핵심에 보허성 혹은 보허자가 있었고, 그 악장으로 보허사를 들 수 있는 것이다. 그리고 이런 보허의 궁중무대예술은 고려에서 조선으로 시대를 넘어 수용·轉變되어 나아감으로써 중세왕조 음악이나 악장의 의미 양상을 명백히 드러내게 되었던 것이다.

김학주는 『고려사악지』의 당악정재들이 갖고 있는 공통적 특질들로서 모두 악곡의 연주와 曲詞의 唱이 있고 致語와 口號의 念誦과 問答은 물론 舞隊가 있는데, 이쯤 되면 초보적일망정 중국 古劇의 3요소인 唱·科·白을 다 갖추었다고 보았다. 즉 이들의 춤이 '舞隊'라는 것은 故事까지는 몰라도 최소한 어느

---

27) 『한국음악학자료총서 27: 三國史記·高麗史樂志·增補文獻備考樂志』, 은하출판사, 1989, 70쪽.

정도의 情節을 갖추고 있음을 말해준다고 했으며, 헌선도의 경우 西王母가 선계로부터 蟠桃를 갖고 내려와 임금에게 바치는 祝壽의 뜻을 지닌 것으로 상당한 情節을 지녔으며, 壽延長 이하 다른 묻才들도 춤추는 모습 하나하나가 모두 무엇을 뜻하는지는 모르지만 구체적인 어떤 情節을 나타낸다고 하였다.[28] 김학주는 '정절'의 구체적인 의미를 언급하지 않았으나, 여기서 언급된 정절은 분위기와 주제의식 정도의 개념으로 파악할 수 있다. 이처럼 분명 당악 정재들의 溯源이 중국임은 분명하나, 절차나 악곡 혹은 악장 등에서 1:1로 대응될만한 원천을 중국에서 찾기는 어렵다. 그래서 김학주는 양자 간의 공통적 성격을 포괄하기 위해 '정절'이란 말을 썼으리라 본다. 그렇다면 헌선도의 중국 측 정절을 어디서 확인할 수 있을까. 다음의 설화는 그 단서라고 할 수 있다.

(…)7월 7일에 이르러 궁액을 깨끗이 청소하고 대전에 자리를 마련하였으며, 자줏빛 비단을 땅에 깔고 백화향을 태웠다. 운금의 휘장을 둘러치고 형형색색의 빛을 발하는 등불을 밝혔으며 옥문에서 나는 대추를 늘어놓고 포도주를 잔에 따라 놓았다. 궁중의 향기로운 과일로 천궁의 음식을 차리고, 의복을 갖춰 입은 황제는 섬돌 아래 서 있었다. 칙령으로 단문의 안을 망녕되이 훔쳐보는 자가 없게 하여 안팎을 적밀하게 하고 구름수레를 기다렸다. 밤 2경의 시각이 되자 홀연 서남방에서 백운 같은 것이 일어나더니 울연히 곧바로 궁정으로 달려왔다. 잠깐 사이에 다가오는데, 구름 속에서 소고 소리가 들리고 인마 소리가 울리다가 반식경이나 지나서야 왕모가 도착했다. 궁전 앞에 내걸린 것은 새들이 모이는 것 같았으니, 어떤 이는 용과 호랑이를 타기도 했고 어떤 이는 하얀 색 기린을 타기도 했으며 어떤 이는 백학을 타기도 했다. 또한 어떤 이는 덮개 있는 수레를 타기도 했고 어떤 이는 천마를 타기도 했으니, 신선 무리 수천으로 궁정이 번쩍번쩍 빛나는 것이었다. 모두 도착한 뒤에 따르던 관리들은 어디에 있는지 알 수 없었고, 다만

---

28) 김학주, 『한·중 두 나라의 가무와 잡희』, 서울대학교 출판부, 1994, 260-261쪽 참조.

왕모만 자줏빛 구름의 수레를 타고 아홉 가지 색깔의 반룡을 모는 모습만 보일
뿐이었다. 따로 오십 명의 天仙들이 있어 난여를 곁에서 모시고 있었는데, 모두
키가 10척 남짓이었다. 함께 채색 비단으로 만든 깃발을 잡고 금강으로 만든 영험
한 옥새를 차고 있었으며 천진관을 머리에 쓴 채 모두 궁전 아래에 멈추었다.
왕모는 오직 두 시녀의 부축을 받으며 전에 올랐는데, 시녀의 나이는 16-7세쯤이었
고 푸른 비단 두루마기를 입고 있었다. 그윽한 눈동자로 흘겨보매 신비스런 자태
가 맑고 뛰어난 것이 실로 미인이었다. 왕모가 전에 올라 동쪽으로 향하여 앉았는
데, 황색의 긴 저고리를 입고 있었다. 문채가 선명하고 빛나는 거동이 맑고 온화했
다. 영비대수를 두르고 허리에는 분경지검을 찼으며 머리에는 태화계를 틀어 올렸
고 태진신영관을 썼으며 현경봉문의 신발을 신고 있었다. 나이는 30 세쯤으로
보였는데, 신장은 적당하고 타고난 자태는 뛰어나게 아름다웠으며, 얼굴은 빼어나
진실로 신령스런 인간이었다. 수레에서 내려 평상에 오르자 무제는 무릎을 꿇고
절을 올리며 문안을 물은 뒤 서 있었다. 이어 왕모가 무제를 불러 함께 앉게 하자
무제는 남쪽을 바라보았다. 왕모는 몸소 하늘나라의 주방을 설치하고 음식을 준비
하니 진묘하여 일상적인 것이 아니었다. 풍성하고 진귀한 과일들은 향기롭고 아름
다우며 온갖 풍미를 갖추었고, 자줏빛 둥굴레는 향기를 풍겨 식기에 가득했다.
맑은 향내 풍기는 술은 땅 위에 있는 바가 아니었으며, 향기는 아주 뛰어나 무제는
말로 표현할 수 없을 정도였다. 왕모는 또 시녀에게 명하여 복숭아 열매를 가져오
게 하자, 잠시 후 옥반에 선도 일곱 알을 담아오니 크기가 오리 알만 했으며 모습은
둥글고 파란색이었다. 시녀가 왕모에게 드리자 왕모는 네 알을 무제에게 주고
세 알은 자신이 먹었다. 선도의 맛은 달고 좋아 입에 풍미가 가득했다. 무제가
먹으면서 번번이 그 씨앗을 거두자 왕모가 그 이유를 무제에게 물었다. 무제가
말하기를 "이것을 심고자 합니다" 하자 왕모가 말하기를 "이 선도는 삼천년에
한 번 열매를 맺는데, 중원은 땅이 척박하여 심어도 살지 못합니다"라고 하자
무제는 곧 그만 두었다. 연회 자리에서 술잔이 여러 번 오가자 왕모는 시녀 왕자
등에게 명하여 팔랑지오를 연주하게 하고 또 시녀 동쌍성에게 명하여 운화지생을
불게 하고 석공자에게 곤정지금을 치게 하고 허비경에게 진령지황을 두드리게 하
고 완릉화에게 오령지석을 두드리게 하고 범성군에게 상음지경을 치게 하고 단안
향에게 구천지운을 짓게 하였다. 이에 뭇 소리들이 낭랑하게 울렸고 신령스런

소리가 허공을 소란스럽게 했다. 또 법영에게 명하여 현령지곡을 노래하게 했다. (…)29)

班固[32-92]의 「漢武帝內傳」 가운데 무제가 서왕모를 만나 仙桃를 받아먹고, 왕모가 데려온 악사들의 음악을 들었다는 고사의 한 부분이다. 고려 당악대곡 헌선도의 주제적 근원을 바로 이 설화에서 찾을 수 있다고 보는데, 중국에서 언제 이 설화를 바탕으로 가무희를 만들어 무대에 올렸는지 현재로서는 알 수 없다. 고려의 헌선도는 중국의 것을 수정 없이 받아들인 것인지, 혹은 중심 모티프나 음악만 받아들이고 악장 등 나머지는 고려에서 새로 만들었는지 분명치 않다.

그러나 이 설화의 핵심은 한 무제가 서왕모를 만났다는 점, 한 무제가 서왕모로부터 선도를 받아먹었다는 점, 그와 함께 서왕모는 수행원들에게 악기 연주와 노래를 부르게 했다는 점 등이다. 물론 이 설화는 도가 혹은 도교 융성의 시대적 분위기와 한 무제의 천하 통일을 결부시켜 절대 왕권과 신선사상의 결합을 통한 제왕의 불로장수와 왕조의 영속을 추구할 목적으로 만든 스토리

---

29) 『文淵閣四庫全書: 子部/小說家類/異聞之屬/漢武帝內傳』의 "(前略)到七月七日 乃修除宮掖 設坐大殿 以紫羅薦地 燔百和之香 張雲錦之幃 然九光之燈 列玉門之棗 酌葡萄之醴 宮監香果 爲天宮之饌 帝乃盛 服 立於墀下 勅端門之內 不得有妄窺者 內外寂謐 以候雲駕 到夜二更之候 忽見西南 如白雲起 鬱然直 來 逕趣宮庭 須臾轉近 聞雲中簫鼓之聲 人馬之響 半食頃 王母至也 縣投殿前 有似鳥集 或駕龍虎 或乘 白麟 或乘白鶴 或乘軒車 或乘天馬 羣僊數千 光耀庭宇 旣至 從官不復知所在 唯見王母乘紫雲之輦 駕九色斑龍 別有五十天僊 側近鸞輿 皆長丈餘 同執綵旄之節 佩金剛靈璽 戴天眞之冠 咸住殿下 王母唯 扶二侍女上殿 侍女年可十六七 服靑綾之袿 容眸流盼 神姿淸發 眞美人也 王母上殿 東向坐 著黃褡襡 文采鮮明 光儀淑穆 帶靈飛大綬 腰佩分景之劍 頭上太華髻 戴太眞辰嬰之冠 履玄璚鳳文之舄 視之可年 三十許 修短得中 天姿掩藹 容顏絶世 眞靈人也 下車登牀 帝跪拜 問寒暄畢立 因呼帝共坐 帝面南 王母 自設天廚 珍妙非常 豊珍上果 芳華百味 紫芝萎蕤 芬芳填樏 淸香之酒 非地上所有 香氣殊絶 帝不能名 也 又命侍女 更索桃果 須臾 以玉盤盛僊桃七顆 大如鴨卵 形圓靑色 以呈王母 以四顆與帝 三顆自食 桃味甘美 口有盈味 帝食 輒收其核 王母問帝 帝曰 欲種之 母曰 此桃 三千年一生實 中夏地薄 種之不生 帝乃止 於坐上 酒觴數遍 王母乃命諸侍女王子登彈八琅之璈 又命侍女董雙成 吹雲和之笙 石公子擊昆 庭之金 許飛瓊鼓震靈之簧 婉淩華拊五靈之石 范成君擊湘陰之磬 段安香作九天之鈞 於是衆聲澈朗 靈 音駭空 又命法嬰歌玄靈之曲(後略)" 참조.

텔링의 결과물일 것이다. 현실에 환상성을 부여함으로써 제왕의 권력이 신선
사상에 의해 보호받고 있었음을 보여준 사례라고 할 수 있다.

이런 설화를 재료로 만든 것이 가무희였을 것이고, 그 가운데 하나가 '헌선
도'류의 대곡이었을 것이다. 설화 속에서 서왕모의 명령으로 가창되거나 연주
된 각종 음악들은 현실 속의 가무희에서 가창되거나 연주된 음악과 같은 부류
들이었을 것임은 물론이다. 그런 가무희의 대곡들이 고려에 수입되어 당악의
대곡으로 자리 잡았고, 그런 대곡들의 환상성은 조선조 당악으로 지속되면서
이 땅에서 유교를 발판으로 하는 아악악장의 합리성과 병행되는 악장의 또
다른 축으로 공존하게 된 것이다.

『송사』[권 142] 「악지」[제 95] '교방'에 언급되는 曲破 29종[30] 가운데 仙呂宮王
母桃가 들어 있는데,[31] 이 경우의 '왕모도'는 앞서 언급한 한 무제에게 서왕모
가 선도를 바친 고사로부터 나온 것이다.[32] 송나라 악부 7종[正宮/南呂宮/中呂宮/
仙呂宮/黃鍾宮/金英商宮 /道調宮] 중 네 번째로 9곡[折紅蕖/鵲塡河/紫蘭香/喜堯時/猗蘭殿
/步瑤階/千秋樂/百花香/佩珊瑚]이 선려궁 악조로 연주되었다.[33] 고려의 당악이 이
것들을 송두리째 받아들였는지 알 수는 없으나, 송대의 王母桃가 고려 당악
헌선도의 핵심 모티프로 수용되었음은 분명하다. 이 점은 조선조 憲宗 戊申의
『進饌儀軌』에 그 단서가 밝혀져 있다. 다음과 같은 설명이 그것이다.

　　헌선도는 송나라 때의 사곡으로 선려궁 왕모도의 이름을 갖고 있었다. 고려에

---

30) 正宮宴鈞臺·南呂宮七盤樂·仙呂宮王母桃·高宮靜三邊黃鐘宮·採蓮回中呂宮·杏園春獻玉杯道調宮·折
　　枝花林鐘商·宴朝簪歇指調·九穗禾高大石調·轉春鶯小石調·舞霓裳越調·九霞觴雙調·朝八蠻大石調·
　　淸夜遊林鐘角·慶運見越角·露如珠小石角·龍池柳高角·陽臺雲歇指角·賀新春南呂調·鳳城春仙呂調·
　　夢鈞天中呂調·採明珠平調·萬年枝黃鐘羽·賀回鸞般涉調·鬱金香高般涉調·會天仙琵琶獨彈

31)『文淵閣四庫全書: 史部/正史類/宋史』卷一百四十二 참조.

32)『文淵閣四庫全書: 子部/類書類/韻府群玉』卷十九의 '王母桃核'/『文淵閣四庫全書: 子部/類書類/御
　　定淵鑑類函』卷四百二十五/『文淵閣四庫全書: 子部/類書類/御定分類字錦』卷四十六의 '王母桃'/『
　　文淵閣四庫全書: 子部/類書類/御定佩文韻府』卷十九之一의 '王母桃' 등 참조.

33)『文淵閣四庫全書: 經部/樂類/樂書』卷一百五十七 참조.

서 헌선도곡을 모방하여 짓고 송축의 음악으로 삼았으며, 조선에서도 이를 썼다. 복숭아는 모두 세 알인데, 나무를 갈아 가지를 만들었고, 이파리는 동철로 만들었으며, 은반에 담았다.[34]

조선조 후대의 기록이긴 하지만, 고려의 헌선도가 송나라 교방의 曲破 29종 가운데 선려궁왕모도를 의방하여 만든 것임을 분명히 밝힌 점이 두드러진다. 앞서 인용한 「한무제내전」의 내용과도 모티프 상 일치된다는 점에서 헌선도는 중국, 특히 송나라의 선려궁왕모도를 의방한 대곡임이 분명하며, 다른 대곡들 또한 그런 식으로 송나라의 교방악곡들을 수용했을 가능성은 크다.

원래 우리나라가 송나라에서 공식적으로 음악을 수입한 것은 고려 예종 때였다. 당연히 아악인 대성악 외에 당시에 연향악으로 쓰이던 당악 또한 송나라에서 도입하였을 것은 분명하다. 즉 당나라의 교방악을 송나라가 받아들여 발전시킨 것이 당악임을 고려하면, 고려조의 당악이 송나라로부터 도입한 당나라 이래의 교방악임은 부정할 수 없다. 앞에서 언급한 바와 같이,[35] 당악 48곡 가운데 18곡이 도교적 성향의 악곡들이고, 잘 짜인 당악들의 구조를 본받아 정비된 것이 당시의 속악들이었다. 속악인 동동정재 창사의 표현법이나 주제의식이 당악정재들의 창사를 본떠 만들어졌다는 것, 창사에 들어 있다는 선어는 당악정재들에서 서왕모 등 신선으로 분장하고 頌禱의 노래를 가창하던 女妓들의 창법에서 비롯되었다는 것, 따라서 속악정재 '동동'의 텍스트와 당악정재들은 상호텍스트적 연관을 맺고 있으며, 특히 그런 당악정재들의 주제의식과 등장인물들의 臺詞는 '동동'의 텍스트적 근간을 형성하고 있다는 점을 명백히 밝혀주는 단서가 바로 이 말 속에 들어 있다는 것이다. 당시 도교적

---

34) 국립국악원 전통예술진흥회, 『韓國音樂學資料叢書 六: 進饌儀軌 戊申』, 은하출판사, 1989, 56쪽의 "獻仙桃 宋時詞曲 有仙呂宮王母桃之名 麗朝倣作獻仙桃曲 以爲頌祝之樂 我朝亦用之 桃凡三顆 以木磨成枝 葉以銅鐵爲之 盛之銀盤" 참조.

35) 주 26) 참조.

성향을 띤 당악정재, 속악정재 등이 궁중의 무대예술로 정착됨으로써 신선의 불로장생 이미지는 중세왕조의 제왕에게 투사될 수 있었고, 그 노래들은 제왕의 장수를 기원하는 頌禱之詞로 쉽게 전환될 수 있었다.

당악정재 헌선도와 속악정재 동동의 절차를 요약해 들어보면 다음과 같다.

1) 당악정재 헌선도

① 舞隊가 악관 및 妓를 거느리고 남쪽에 선다.

② 악관 및 기는 두 줄을 짓고 앉는다.

③ 기 한 사람이 王母가 되고 그 좌우에 각각 한 사람씩이 두 挾이 되어 한 줄로 가로 늘어서고 奉蓋 세 사람이 그 뒤에 서고, 引人丈 2인, 鳳扇 2인, 雀扇 2인, 尾扇 2인이 좌우로 갈라서고 奉旌節 8인이 1隊마다의 사이에 선다.

④ 악관이 會八仙引子를 연주하면 奉竹竿子 2인이 먼저 舞蹈하면서 들어와 좌우로 갈라섰다가 음악이 멎으면 (口號)致語를 한다.[구호 치어 생략]

⑤ 끝나면 좌우로 마주보고 선다.

⑥ 악관이 또 회팔선인자를 연주하면 奉威儀 3인이 앞서와 같이 舞蹈하면서 들어와 사리 잡고 선다.

⑦ 음악이 멎으면 악관이 仙桃盤을 받들어 기 한 사람에게 주고 기는 그것을 받들어 王母에게 준다. 왕모는 그 盤을 받들고 獻仙桃調에 의한 元宵嘉會詞를 창한다.[원소가회사 생략]/ 끝나면 악관이 獻天壽慢을 연주하고 왕모와 挾 3인은 日暖風和詞를 창한다.[일난풍화사 생략]/끝나면 악관은 그대로 獻天壽令을 연주한다./끝나면 악관은 그대로 獻天壽令(囉子)을 연주한다./끝나면 악관은 또 金盞子(慢)를 연주하고 왕모는 대열에서 벗어나지 않고 빙빙 돌며 춤을 춘다/끝나면 음악이 멎고, 왕모가 좀 앞으로 나가서 옷소매를 치켜 들고 麗日舒長詞를 창한다.[여일서장사 생략]/끝나면 악관이 金盞子令(최자)을 연주하고 두 挾이 춤을

추는데, 춤추며 앞으로 나아갔다 춤추며 뒤로 물러났다 하고 자리로 돌아온다
/음악이 멎으면 두 협이 춤을 추면서 東風報暖詞를 창한다[동풍보난사 생략]/끝나
면 악관이 瑞鷓鴣(慢)를 세 차례 연주한다./끝나면 왕모가 좀 앞으로 나가서
海東今日詞를 창하고[해동금일사 생략], 끝나면 자기 위치에 돌아온다/악관이 서
자고(만·최자)를 연주하고, 두 협이 춤추며 나란히 앞으로 나아갔다가 춤추며
뒤로 물러나와 자기 위치로 돌아오고 두 협이 춤추며 北暴東頑詞를 창한다.[북
포동완사 생략]/악관이 千年萬歲引子를 연주하면 奉威儀 18인이 빙글빙글 돌면서
세 바퀴를 춤추고 물러나 자기 자리로 돌아간다,

⑧ 음악이 멎으면 奉竹竿子가 약간 앞으로 나아가 致語를 한다.[치어 생략]

⑨ 끝나면 악관이 회팔선인자를 연주하고 봉개와 왕모와 그 두 협 각 3인도
뒤따라와 舞蹈하면서 물러나고, 봉위의 18인 역시 그렇게 한다.[36)

2) 속악정재 牙拍[動動]

① 악사는 東楹을 거쳐 들어와 殿中의 좌우에 아박을 놓는다

② 舞妓 두 사람은 좌우로 갈라 나아가 꿇어앉아서 아박을 집어들었다가
도로 놓고 일어서서 斂手足蹈하고 꿇어 엎드린다.

③ 악관이 動動 慢機를 연주하고, 두 女妓는 머리를 조금 들고 起句를 창한
다.[起句 생략]

④ 끝나면 꿇어앉아 아박을 집어 허리띠 사이에 꽂고 염수하고 일어서서
족도한다.

⑤ 제기는 가사[正月詞]를 노래한다.[정월사 생략]

⑥ 두 여기는 舞踏 춤을 춘다.

---

36) 이 절차는 차주환 역, 『고려사악지』, 128-139쪽을 간추린 것이다.

⑦ 두 악관이 등동 中機를 연주하고 제기는 앞에서와 같이 가사[2월-12월]를 노래한다.

⑧ 박을 치면 두 여기는 꿇어앉아 아박을 손에 쥐고 염수하며 일어선다.

⑨ 박을 치는 소리에 따라 북쪽을 향하여 춤추고 對舞한다./또 북쪽을 향하여 춤추고 背舞한다./다시 북쪽을 향하여 춤춘다./매월의 가사에 따라 춤을 다르게 하며 나아갔다 물러갔다 하면서 춤춘다.

⑩ 악사가 절차의 느리고 빠름에 따라 1腔을 걸러 박을 치면, 두 여기가 염수하고 꿇어앉아 원래 있던 자리에 아박을 놓고 염수하고 일어서서 족도하고, 꿇어앉아 부복하고, 일어나서 족도하다가 물러가면 음악이 그친다.

⑪ 악사는 東楹을 거쳐 들어와 아박을 가지고 나간다.[37]

두 절차에 차이는 있지만, 2)가 1)을 표본으로 하여 만들어진 것임은 분명하다. 특히 1)의 ⑦과 2)의 ⑤-⑦은 악장을 노래하는 부분인데, 2)에 명시적으로 왕모가 등장하지 않는다는 점과 규모의 차이를 제외하고 양자의 격식은 상통한다. 특히 헌선도에서는 독립적인 노래 6편을 가창한 반면, 동동에서는 기구와 12장[정월사-12월사]으로 이루어진 큰 규모의 단일한 노래를 불렀다는 점에서 분명한 차이를 보이지만, 헌선도의 <元宵嘉會詞>와 동동의 창사 起句는 분명한 송도지사라는 점에서 일치한다.

이처럼 헌선도의 '신선 모티프'는 <동동> 등 민간의 음악을 채집하여 만든 속악정재들의 송도 목적에 수용됨으로써 당대 궁중무대예술 제작이나 개작의 모범적 선례로 작용했다. 말하자면 도가의 신선사상이 갖고 있던 불로장수의 개념은 임금에 대한 祝壽에 활용되었고, 당악과 속악은 그런 목적의 궁중 연향

---

37) 『고려사악지』 223-224쪽의 '동동'에 누락된 부분들[특히 악장 <동동>의 가창 관련 부분]이 적지 않다고 보아, 『樂學軌範』 卷五 '牙拍' [『原本影印 韓國古典叢書(復元版) Ⅱ. 詩歌類 ■樂學軌範』, 대제각, 1973, 214-216쪽]의 내용과 절차를 요약·제시한다.

에서 주요 레퍼토리로 공연되었다는 공통점을 갖고 있었다. 말하자면 당악정재는 민간음악을 궁중악으로 세련시키는 데 큰 역할을 하게 되었다는 것이다. 당연히 이 점은 악장에도 그대로 적용되었으니, 소리로 표현되는 음악이나 동작으로 표현되는 무용보다 글자와 말로 전달된다는 점에서 악장은 그 주제나 모티프를 훨씬 분명하게 드러낼 수 있었다.

　앞에 인용한 동동정재 관련 설명에서 언급된 '仙語'에 대한 해석적 견해들이 다양하지만,[38] 아직 만족스런 답은 나오지 않고 있다. 다만 선어에 대한 선학들의 견해에서 공통되는 점은 그 溯源을 모두 우리 자체에서 찾았다는 것이다. 그러나 당악 혹은 당악악장의 가장 근본적인 모티프가 임금의 불로장수를 축원하는 데서 나왔고 그 바탕이 신선사상이었다면, 선어와 仙樂의 예술적 구현은 당대의 사문학이고, 그 가운데 고려로 도입된 것들의 표현이나 주제를 수용했을 가능성이 크다. 이처럼 선어는 송도지사와 불가분의 관계를 갖고 있는 관념이며, 두 개념의 정체를 파악하기 위해서 노랫말 텍스트인 <동동>과 콘텍스트인 정재로서의 동동은 물론 속악정재들의 모범적 선례로 작용했을 동시대의 당악정재들까지 함께 고려해야 한다. 같은 시기의 노래인 <風入松>에 '송도의 뜻이 있다'[39]거나 그 노래 마지막 수의 후반에 '송도'의 모티프와 함께 '신선·환궁악' 등이 언급되고 있는데,[40] 이런 점들은 '동동'과 관련하여

---

38) 수많은 견해들이 등장했지만, '佛仙的인 말'[우리어문학회, 『국문학개론』, 일성당, 1949, 173쪽], '仙郎 혹은 花郎의 말'[이혜구, 『숙대신문』, 1959.9.2, 2면; 김명호, 「고려가요의 전반적 성격」, 『백영 정병욱선생 환갑기념논총』, 신구문화사, 1982, 77쪽], '산천제의 祭儀歌'[최진원, 「동동고(Ⅲ)」, 『대동문화연구』 10, 성균관대 대동문화연구원, 1975, 122쪽], '무속과 연관된 종교적 색채가 강한 서정요'[박혜숙, 「동동의 님에 대한 일고찰」, 『국문학연구』 10, 효성여대 국문과, 1987, 87쪽], '輕妄한 연정의 노래'[임기중, 『고전시가의 실증적 연구』, 동국대학교 출판부, 1992, 268쪽], '오구굿 등 무가에서 불린 노래'[최미정, 「죽은 님을 위한 노래」, 『신편 고전시가론』, 새문사, 2003, 194-196쪽], '仙風을 담고 있는 말'[이성주, 『고려시가의 연구』, 웅비사, 1991, 169쪽], '선풍의 말을 의미하며 선풍은 신라 이래 고려에 지속된 팔관제의'[허남춘, 「동동의 송도성과 서정성 연구(1)」, 『도남학보』 14, 도남학회, 1993, 163쪽] 등이 대표적이다.

39) 『고려사악지』 제 71권, 지 제 25, 악 2, 속악·풍입송[한국사데이터베이스/www.krpia.co.kr]의 "風入松有頌禱之意" 참조.

주목할 만하다. 이 표현들은 모두 <환궁악사>를 인용한 것들로서 환궁악이 상당수 당악들과 같은 시기에 수입되었음을 감안할 때, <풍입송>은 연회 절차에 사용되던 당악이 수입된 이후에 속악으로 편성되었으리라 보는 견해41)가 타당하다.

<동동>의 起句와 『고려사악지』 소재 散詞들 중 <환궁악>을 들어보자.

<동동> 起句

德으란 곰븨예 받좁고	덕은 앞 잔으로 바치옵고
福으란 림븨예 받좁고	복은 뒤 잔으로 바치옵고
德이여 福이라호늘	덕이여 복이라 하는 것을
나ᅀ라 오소이다	드리러 왔사옵니다
아으 動動다리42)	아아, 동동다리

喜賀我皇	기쁘도다 우리 임금님 축하드리노니
有感蓬萊	봉래선계 감동시켜
盡降神仙到	신선 모두 강림하여 도착하셨도다
乘鸞駕鶴御樓前	난새 타고 학을 몰고 누각 앞에 와서
來獻長壽仙丹	장수 비는 선단을 바치도다
玉殿階前排筵	아름다운 궁전 층계 앞에 잔치를 벌여놓자

---

40) 주 39)와 같은 곳의 "笙歌寥亮盡神仙 爭唱還宮樂詞 爲報聖壽萬歲" 참조.

41) 차주환, 『唐樂研究』, 범학, 1979, 28-29쪽.

42) 『原本影印 韓國古典叢書(復元版) Ⅱ. [詩歌類] 樂學軌範』, 215쪽. 이 노래를 <장생포>와 관련지어 '곰븨'를 '앞의 배[船]', '림븨'를 '뒤의 배[船]'로 보아 "덕은 뒤의 배에 실어 받들고, 복은 앞의 백에 실어 받들고, 덕이어 복이어 하는 것을 진상하러 오사이다"로 해석한 김준옥의 견해는 주목할 만하다. 즉 柳濯의 군사들이 전승의 기쁨에 겨워 태평성대한 시절을 상기하면서 해안 지방에 유행했던 민요를 차용하여 이 노래를 제창했던 것이 아닌가 한다고 주장했다.[김준옥, 「장생포와 동동」, 『한국언어문학』 35, 한국언어문학회, 1995, 297-298쪽 참조.] 이 견해는 기존의 견해를 뛰어넘을만 한 참신함을 갖고 있으나, 이 문제에 대한 본격 논의는 다른 기회로 넘기고, 본 연구에서는 일단 기존의 견해를 바탕으로 논의를 전개하기로 한다. 기존의 견해를 채택하든 김준옥의 견해를 채택하든 이 부분이 임금에 대한 송도의 주제의식을 내포하고 있다는 점은 변함이 없기 때문이다.

會今宵秋日　　때마침 오늘 가을밤에

到神仙　　　　신선들 오셨도다

笙歌蓼亮呈玉庭　생가를 맑고 아름답게 궁궐 뜰에 연주해 바침은

爲報聖壽萬年43)　임금님의 만년수를 보답받기 위해서라네

현재 중국에서의 <환궁악장>은 成平之章[龍之馭兮~亶休徵]44)만 확인될 뿐 위와 같은 가사는 발견되지 않음으로 미루어, 중국 혹은 고려에서 塡詞된 것이나 아닐까 짐작된다. 분위기나 작풍으로 미루어 당·송대의 사문학에 속해 있었을 가능성이 크다. 특히 <풍입송>의 설명 가운데 '笙歌蓼亮·還宮樂·聖壽萬歲[年]' 등이 <환궁악>의 노랫말 가운데 들어 있는 말들임을 감안하면, <환궁악>은 고려 당대 궁 밖의 연회에 참여했던 임금이 환궁할 때의 歡樂的 분위기에서 부르던 노래였으리라 본다. 즉 그 나름대로 의식절차의 하나로 인식되고 있었을 '환궁행차'에서 임금의 장수를 축원하며 부르던, 일종의 연향악장이라고 할 수 있다. 이 노래의 중심에 '신선 모티프'가 차용되고 있는 점이 두드러진다. '궁전 앞 잔치에 봉래산의 신선들이 도래함/임금의 장수를 비는 선단을 바침/궁전 앞 잔치에 신선들이 도래함/맑은 음악을 연주하는 것은 만년수를 보답받기 위해서임' 등 노래의 전체 내용에 등장하는 '신선·선단·헌수' 등은 앞서 말한 왕모도 설화가 반영된 중국의 당악이 고려로 도입되어 각종 연향악(장)에 반영되었음을 보여주는 증거라 할 수 있다. 심지어 속악 동동정재의 송도 모티프도 당악이나 당악정재의 그것으로부터 영향 받았을 가능성이 매우 컸다고 본다.

<동동> 기귀는 간단히 '덕과 복을 바친다'고 했다. 그 간략한 말 속에는 임금에 대한 간절한 송도의 정성이 내포되어 있다. 그러나 신선의 존재를 개입시킬 경우 자연스럽게 <환궁악>의 표현으로 늘어질 가능성도 있다. <환궁악>

---

43) 『고려사』 권 71, 지 권 제23 악 2 <환궁악>[한국사데이터베이스/www.krpia.co.kr] 참조.

44) 『文淵閣四庫全書: 史部/政書類/通制之屬/皇朝文獻通考』 卷一百六十九 참조.

의 내용도 골자만 추리면 '(봉래의 신선들이)임금에게 장수를 바친다'는 것이다. 그러니 <환궁악>의 내용을 바탕으로 <동동>의 기귀가 만들어졌을 가능성도 있고, 이 점을 강조하여 기록자는 <동동>의 노랫말에 송도지사가 많고, 그것은 대개 仙語를 본뜬 것이라고 단언했을 것이다.

이미 언급한 바와 같이 獻仙桃·壽延長·五羊仙·抛毬樂·蓮花臺 등 5종의 당악정재들이 『고려사악지』에 비교적 완벽하게 남아 있으며,45) 이것들은 약간씩의 變改를 보이며 『악학궤범』을 거쳐 조선조 후기의 각종 笏記들에도 실리게 된다.46) 이런 당악정재들의 바탕을 형성하고 있는 것이 '선어'와 '송도'의 모티프이며, 『고려사악지』의 동동정재나 그 노랫말 텍스트 <동동> 관련 언급 중 '선어'와 '송도지사' 또한 당악정재로부터 연원된 것들일 가능성이 크다. 즉 앞에 인용한 『고려사악지』 '동동'에 관한 언급 중 '多有頌禱之詞 盖效仙語而爲之'에서 '송도지사'는 주제 혹은 내용적 측면을, '선어'는 표출방법의 측면을 각각 지칭하는데, 모두 동시대의 당악정재에 그 근원을 두고 있다는 것이다.

헌선도의 내용적 근원은 元宵嘉會 즉 정월 대보름의 夜宴에서 선계로부터 내려온 왕모가 千歲靈桃를 바쳐 군왕에게 헌수하는, '西王母 獻桃故事'에 있음을 앞에서 언급한 바 있다. 왕모는 도교 전설 속 '半人半獸의 존재'47)이거나 앞에 인용한 한 무제 관련 설화에 나타나듯이 절세미인의 형상을 갖고 있던 女仙을 가리키는데, 예로부터 중국에서 서왕모는 장수의 주재자로도 일컬어져 왔다. 따라서 헌선도는 서왕모로 분장한 舞妓가 군왕에게 선도를 올림으로써

---

45) 『고려사악지』에 '헌선도·수연장·오양선·포구락·연화대' 등 5편의 대곡이 실려 있고, 진행절차까지 제시된 것들도 이 다섯 곡이다. 조선조 『악학궤범』의 '고려사악지당악정재'에 이 다섯 곡만 반영된 것도 그 때문일 것이다.

46) 주 34) 참조.

47) 『文淵閣四庫全書: 子部/小說家類/異聞之屬/山海經』 卷二의 "西王母 其狀如人 豹尾虎齒 而善嘯蓬髮 戴勝" 참조.

장수를 축원한 가무희[정재]를 말한다. 선도를 바칠 때 부르는 왕모의 노래들은 이 가무희의 핵심내용을 보여준다. 즉 헌선도에서 선도반을 받든 왕모가 가창하는 <元宵嘉會詞>와 <日暖風和詞>에 송도나 축수의 핵심은 극명하게 나타난다. 두 노래 모두 화자는 왕모이며, 왕모는 오직 임금만을 위해 송도를 행한다. 전자에는 자신들의 임금이 요임금과 순임금으로 미화되어 있으며, 후자에는 궁궐[丹墀]과 임금[君]이 직접 언급되어 있다. 전자의 결사[반도 한 떨기로 천 가지 상서를 바침]에는 신선과 송도의 이미지가 결합되어 등장하며, 후자의 결사[한없는 수명의 신선이 임금께 천만년의 수를 드림]에는 신선과 송도의 시적 의미가 직설되어 있다.

먼저 <동동>의 起句와 헌선도의 <원소가회사>를 들어보기로 한다.

<원소가회사>

元宵嘉會賞春光	원소의 가회에 봄 경치 즐기니
盛事當年憶上陽	성대한 행사 있던 당년의 상양궁 생각나누나
堯顙喜瞻天北極	요임금 머리 들어 기쁘게 하늘의 북극 바라보시고
舜衣深拱殿中央	순임금 옷 입으시고 깊이 궁전 중앙에 팔짱 끼고 계시네
懽聲浩蕩連韶曲	환성은 호탕하게 순임금의 악곡 따라 일어나고
和氣氤氳帶御香	화기는 자욱하게 궁중의 향기 둘렀도다
壯觀太平何以報	장관 이룬 태평, 무엇으로 보답할꼬
蟠桃一朶獻天祥	<u>반도 한 떨기로 천 가지 상서 바치려오</u>[48]

'덕과 복을 (임금에게) 드리러 왔다'는 것이 <동동> 기귀의 핵심이다. 두 명의 여기가 악사의 연주에 맞추어 부르는 것이 이 내용인데, '임금에게 덕과 복을 드리겠다'는 것은 <원소가회사>의 끝구에서 '반도 한 떨기로 천 가지 상서를

---

48) 주 46)과 같은 책, 136쪽.

바치겠다'는 것과 같은 뜻과 분위기의 말이다. 그렇다면 동동에 등장하는 화자
의 정체나 표현 혹은 모티프는 과연 어디서 유래한 것일까. 그 화자는 바로
<원소가회사>의 화자인 서왕모를 떠올리게 하는 존재 즉 '임금에게 덕과 복을
바치기 위해 선계에서 내려온 신선'이고, 표현이나 모티프는 헌선도를 비롯한
당악정재들로부터 나온 것이다. 말하자면 헌선도에 등장하는 화자인 서왕모
의 표현법과 모티프가 차용되었고, 헌선도의 그것은 당시 당악정재 전반을
지배하고 있던 '신선 모티프' 그 자체였다.

그런데 <원소가회사>의 8구까지는 잔치가 벌어지는 궁궐의 저녁 풍경이나
분위기, 임금의 威儀 등에 대한 묘사로 일관할 뿐, 그다지 중요한 내용은 아니
다. 마지막 구에 이르러서야 頌禱의 핵심 의도는 비로소 노출된다. 이처럼 <원
소가회사>에서 서왕모가 임금에게 바친 송도 및 주제의식이나 모티프 등은
그대로 '동동'에 수용된 것이고, '개효선어'는 바로 그 점을 지적한 말이다.
다음의 <일난풍화사>도 마찬가지다.

日暖風和春更遲	날씨 따뜻하고 바람 부드러운데 봄날은 더욱 느리니
是太平時	이는 태평시절일세
我從蓬島整容姿	우리는 봉래섬에서 용모 가다듬고
來降下丹墀	단지에 내려왔네
幸逢燈夕眞佳會	다행히 원소절 저녁의 참으로 좋은 연회를 만나
喜近天威	임금님 곁에 가까이 하게 됨을 기뻐하네
<u>神仙壽算遠無期</u>	<u>신선의 수명은 영원하여</u>
<u>獻君壽</u>	<u>임금님께 헌수하오니</u>
<u>萬千斯</u>	<u>천만년 수명을 누리소서[49]</u>

1-6구는 태평시절, 원소의 저녁잔치, 봉래섬에서 내려와 임금과 만난 일 등

---

49) 주 46)과 같은 책, 같은 곳.

을 말한 부분이다. 그러나 이 노래의 主旨는 7구-9구의 '임금에 대한 송도'이다. 앞부분이 아무리 길어도 그런 내용은 마지막 부분의 주제를 도출하기 위한 장치에 불과하다. 따라서 이 노래의 경우도 <동동>의 작자가 본뜬 신선의 말 즉 '선어'임을 알 수 있다.

다음은 五羊仙의 <碧烟籠曉詞>50)다.

<尾前詞>

碧烟51)籠曉海波閑52)	푸른 연무 휘감은 새벽녘, 바다 물결 조용한데
江上數峯寒	강가의 두어 봉우리 차갑도다
珮環聲裏	패환 소리 울리면서
異香飄落人間	기이한 향내 인간 세상에 날려 떨어지는데
弭絳節	仙君은 儀仗을 멈추시고
五雲端	오색구름 끝에 계시도다

<尾後詞>

宛然共指嘉禾瑞	뚜렷하게 가화의 상서로움 함께 가리키시고
微53)一笑	한 번 웃음 지으시다가
破朱顏	활짝 크게 웃으시네
九重嶢闕	구중의 궐문에서

---

50) <벽연롱효사>는 보허자령에 전사되어 불리고 연주된 악장이다. 뒤에서 다시 구체적으로 설명될 것이다.

51) 『어정사보』[『文淵閣四庫全書: 集部/詞曲類/詞譜詞韻之屬/御定詞譜』 卷十二]에는 '雲'으로 되어 있다.

52) 『어정사보』에는 '間'으로 되어 있다. 그 경우 '푸른 구름 새벽 바다 물결 사이에 휘감겨 있고'로 번역해야 맞다. 즉 '푸른 연무' 아닌 '푸른 구름'으로 번역되어 천상의 공간이 지상의 공간으로 내려 온 듯한 환상성을 강조함으로써 『고려사악지』와는 약간 느낌이 다르다.

53) 『고려사악지』[『高麗史』七十一/志 卷 第二十五 樂二 /唐樂·五羊仙에는 '開'로 되어 있으나, 『악학궤범』[卷四 「時用鄕樂呈才圖儀」][『原本影印 韓國古典叢書(復原版)』 Ⅱ 詩歌類·樂學軌範 全』, 대제각, 1973]과 『대악후보』[卷之六 「時用鄕樂譜」]에는 '微'로 되어 있다.

望中三祝堯54)天　　　임금님 우러르고 그리며 성대 위해 삼축 하노니

萬萬載　　　　　　　만만년 장수하시어

對南山55)　　　　　　남산과 마주 하소서

　이 노래의 대부분은 주변 경관, 궁궐, 임금의 모습 등에 대한 묘사이나, 핵심은 제2단[尾後詞] 5-7구의 송축에 있다. 이 작품은 오색의 양을 타고 나타난 五仙의 고사56)로부터 유래된 오양선 정재에서 불린 노래다. 악관이 五雲開瑞朝引子를 연주한 다음 죽간자가 치어를 드리는데, 거기에 등장하는 '양의 수레를 탄 진선[羊駕之眞仙]', '난새 수레를 탄 상려[鸞驂之上侶]' 등은 선계 혹은 신선의 이미지를 차용한 표현들이다. 곧 이어 등장하는 왕모의 치어57)에는 송도의 作意가 직설되어 있다. 즉 노래와 춤을 사용하여 임금에게 송도의 뜻을 바친다는 것이다. 그 다음에 등장하는 악장이 <벽연롱효사>이다. 이 악장에는 신선의 이미지[佩環聲裡異香飄落人間/弭絳節五雲端]와 함께 송도의 주제의식[萬萬載對南山]이 주지로 나타나 있고, <縹緲三山詞>에도 선계의 이미지[縹緲三山島]와 송도의 뜻[祝高齡後天難老]이 표출되고 있다. 오양선 정재에서 불리는 각종 노래들 역시 헌선도와 마찬가지로 송축 혹은 송도의 뜻이 화자인 신선의 입을 빌거나 선계의 이미지에 실려 표현되고 있으므로 역시 '신선의 말'이라고 보아야 할 것이다.58)

---

54) 『악학궤범』[권4 「시용향악정재도의」]과 『대악후보』[권지6 「시용향악보」]에는 '堯'로 되어 있다. 이 경우 '堯天'[요임금이 天道를 본받아 교화를 편 일]'은 '제왕의 덕과 盛代'를 일컫는 말로 일반화되어 왔다. 그래서 이 구절을 '임금님 우러르고 그리며 성대 위해 삼축하노니'로 번역한다.
55) 『原本影印 韓國古典叢書(復原版) Ⅱ 詩歌類·樂學軌範 全』, 164쪽.
56) 『文淵閣四庫全書: 史部/地理類/總志之屬/太平寰宇記』卷一百五十七의 "舊說 有五仙人騎五色羊 執六穗秬而至" 참조.
57) 『고려사악지』 '오양선', 사이트(https://terms.naver.com)의 "式歌且舞/聊申頌禱之情/俾熾而昌/用贊延洪之祚/妾等無任/激切屛營之至" 참조.
58) 조규익, 「頌禱 모티프의 연원과 전개양상」, 『고전문학연구』 32, 한국고전문학회, 2007, 41-44쪽 참조.

이처럼 당악정재들의 모티프나 주제의식은 대부분 '임금에 대한 송도나 송축'이었고, 악장은 음악이나 동작을 통한 상징적 메시지인 가무에 비해 의미적으로 가장 직접적이고 분명한 언어 메시지였다. 말하자면 '화자인 신선이 임금에게 바친 송도지사'가 바로 '선어'였던 것이다. 사실 당악과 속악을 막론하고 고려의 정재들은 모두 임금에 대한 송도나 축수로 귀결된다. 그리고 樂舞의 춤사위나 절차 등은 線的·循環的·反復的 진행으로 연결되어 리듬감을 조성하는데, 그 리듬감이야말로 선계를 형상하는 가장 핵심적 요인이다. 이처럼 고려와 조선을 잇는 정재의 흐름에서 당악의 존재는 사실상 선계 지향의 의식을 주된 바탕으로 한다. 물론 조선에 접어들면서 고려로부터 이어진 당악의 비중이 상대적으로 낮아지고, 그마저 말기로 가면 새로운 음악이나 악장으로 바뀌지만, 기본적으로 지향하는 공간은 선계를 벗어나지 않는다. 말하자면 전반적으로 절제된 춤 동작들을 통하여 羽化登仙하는 신선의 이미지가 표상될 수 있었기 때문이다.[59] 따라서 '신선의 말'이란 송축 혹은 송도의 主旨를 바탕으로 한 노래 텍스트 <동동>의 내용을 지칭하는 것으로 보아야 타당하다.

이상의 설명을 전제로 한다면, "多有頌禱之詞 盖效仙語而爲之"에서 송도는 '동동' 정재 창사 기구의 내용이나 주제를 지칭한 것이며, 그런 표현법이나 주제의식은 당대 궁중에서 성대하게 공연되던 헌선도·오양선·포구락 등 궁중 당악정재들의 창사 즉 악장을 본뜬 것들임을 알 수 있다. 선어는 바로 이들 정재에서 서왕모 등 신선으로 분장하여 송도의 노래를 가창하던 여기들의 창법에서 비롯되었다는 것이다.[60]

따라서 속악정재 '동동'의 텍스트에 대하여 헌선도·오양선·포구락 등 당악정재들은 상호텍스트적 연관을 맺고 있으며, 특히 그런 당악정재들의 주제의

---

59) 조규익, 「악장과 정재의 미학적 상관성」, 『민족무용』 4, 세계민족무용연구소, 2004, 109쪽.
60) 조규익, 「頌禱 모티프의 연원과 전개양상」, 46쪽.

식과 등장인물들의 臺詞는 '동동' 텍스트의 바탕을 형성하고 있었음을 확인하
게 된다. 그리고 당악·속악 등의 정재들이 형성하는 당대 공연예술이나 분위
기 등은 노랫말 <동동>의 텍스트에 대한 콘텍스트로 존재하고 있었던 것이다.
콘텍스트는 물론 여타 텍스트와의 상호텍스트적 연관 아래 '동동'의 본질을
제대로 파악할 수 있다고 보는 것도 그 때문이다.

  그렇다면, 기귀를 제외한 <동동>의 나머지 구들에서 송도 모티프는 어떻게
구현된다고 할 수 있을까. 지금까지 제기해온 핵심적 논지들 가운데 하나는
"動動之戲 其歌詞多有頌禱之詞 盖效仙語而爲之"에서 '송도지사'와 '선어'가 무
엇을 의미하며 양자는 어떻게 연결되는지를 확인하는 것이었다. 당악과 속악
을 막론하고 당대 궁중악은 주로 '임금을 위한 壽와 福의 頌禱'를 목적으로
연행되던 예술장르들이었고, 그 범주에서 공연되던 정재들은 대부분 송도 모
티프를 구현하던 공연예술의 형태들이었다는 것이다. 그러나 당시에는 당악
정재들이 속악보다 선행했거나 선진적이었으므로, 속악정재들이 당악정재로
부터 송도 모티프를 차용하는 일은 자연스러웠다. 이 경우 당악정재들에서
송도 모티프를 이야기하는 화자의 정체는 매우 중요했다. 당시 상당수의 정재
들은 임금을 道家的 공간의 上帝로, 송도의 주체를 신선으로 각각 치환하여
만든 공연예술의 텍스트들이었다. 예컨대 당악정재 헌선도는 신선인 서왕모
가 仙桃를 가져다 임금에게 바침으로써 인간이 상상할 수 있는 최고의 貢獻을
미학적으로 구현하고자 한 예술형태였다. 따라서 '서왕모가 임금에게 송도의
뜻을 올리는 말'이 바로 '선어'였고, 그 선어를 본뜬 것이 '동동'을 연행하던
여악이나 여기들의 노래였다.

  정재 동동의 악장인 <동동>의 텍스트 전체는 직접·간접으로 임금에 대한
송도의 뜻을 담고 있다. 序詞격인 기구에서 '임금에 대한 송도'의 주제를 제기
했고, 정월~11월사에서는 '시간이 흘러도 변함없는 사랑의 염원'을 노래했으
나, 結詞인 12월사에서는 이룰 수 없는 사랑의 비극성을 강조함으로써 임에

대한 사모의 정을 극대화시키는 데 성공했다. 그런데 화자가 시종일관 임을
사모하면서도 그 사랑을 이루지 못하는 비극으로 결말을 맺은 이유는 무엇일
까. 노래 속의 대상이 임금이기 때문이다. 임금에 대한 '이루어질 수 없는 사랑'
은 '무한대의 충성'을 의미한다. 일반인들의 사랑은 대부분 '이루어지고 나면'
끝이다. 그러나 임금에 대한 사모는 끝날 수 없고 끝나서도 안 되는 무한대의
그것이어야 했다. '임금에 대한 송도'는 기귀에 단정적으로 제시한 주제다.
그것을 정월~12월사에서는 임에 대한 일방적 사랑의 호소를 통해 '시간이 흘
러도 변함없는 사랑의 염원'으로 풀어나갔다. '임금에 대한 송도'를 '시간이
흘러도 변함없는 사랑의 염원'으로 바꾸어 표출한 것은 노래를 만든 자의 세련
된 미학적 기법이었다. 이처럼 '임금에 대한 송도'와 '변함없는 사랑의 호소'는
매개와 취의로 이어지는 은유구조의 두 축이면서 주제 구현의 두 축이기도
하다.

　『禮記』[「檀弓」下 '晉나라 獻文子의 일화']에 나오는 善頌과 善禱에 대한 孔穎達의
설명[頌者 美盛德之形容 禱者 求福以自輔也/송은 융성한 덕을 찬미하여 형용하는 말이고, 도는
복을 기원하며 제 스스로 비는 것이다][61]에서 <동동>의 취지에 맞는 송도의 典據를
발견하게 된다. '위대한 존재를 찬미하고 그의 복을 빌어주는 것'이 송도의
뜻이라고 했다. 대상에 대한 존경과 숭배, 가까이 하고자 하는 염원 등은 송도
의 의미범주에 속하는 내용들이다. 전통시대 '신에 대한 인간의 헌신'과 맞먹
는 것이 '임금에 대한 신민의 송도'였음을 감안하면, 송도는 인간이 인간에게
바칠 수 있는 최고의 정성이었다. 그렇다면 <동동>의 작자나 화자는 그런 송
도를 어떻게 구체화 시켰을까. 그것은 노래를 만들거나 부르는 자들의 상상력
과 미학적 설계로 해결해야 하는 일이었다. 기귀에서 '송도'를 제기하고, 후속
의 정월-12월사에서 그 송도를 은유하는 것이 전략이었다. '12개월로 나누어

---

61) 陳澔 編, 정병섭 역, 『譯註 禮記集說大全』「檀弓 下」- 2, 학고방, 2013, 301쪽.

송도를 패러프레이즈(paraphrase)한 것'이 <동동>에 구사된 은유의 방식이었던 것이다.

여인으로서 사랑하는 사람에게 바칠 수 있는 최고의 사랑이 성공적으로 전환될 때 임금에 대한 송도로 승화될 수 있으며, 그 때의 전환은 성공적인 은유와 번역을 모두 포함하는 패러프레이즈[62]의 좋은 결과일 수 있다는 것이다.[63] 그리고 그 패러프레이즈의 가장 전형적인 사례를 고려에 도입된 당악대곡의 악장들이나 악장으로 사용된 散詞들에서 찾을 수 있다. <동동>의 기귀는 임금에 대한 송도를 直說한 것이고, 정월-12월사는 기귀에 직설된 송도의 본의를 패러프레이즈한 '宋詞 식 표현들'이다. 예컨대, '4월사'를 보자. 임과 떨어져 홀로 살아가는 외로움을 노래한 부분이다.

> 4월 아니 잊어
> 아아, 오시는구나 꾀꼬리새여
> 어찌하여 녹사님은

---

62) <동동>의 '화자 의미'는 임금에 대한 송도의 패러프레이즈로 해석되는 고려속가들의 애정표현 혹은 (조선조 사대부 계층이 고려속가들을 비판하던 비평적 용어로서의) 男女相悅之詞에 속하는 것들이다. 그런 '화자 의미'가 조선조에 들어와 크게 비판된 점은 고려와 조선이 이념적 차이에서 빚어진 결과일 것이다. 조선조 성종 22년 대사헌 金礪石 등은 연향에 여악 쓰는 일을 강력하게 반대했다. '성색을 옥좌에 가깝게 함으로써 褻慢함이 심하다는 것, 成湯이나 공자도 여악을 멀리했는데 어찌 여악을 사용한 후에야 군신상열의 즐거움을 누릴 수 있겠는가 하는 점, 우리 조정의 모든 것은 중국의 제도에 준하고 있는데 여악 한 가지로 거룩한 치적에 누됨을 면치 못하고 있다는 점' 등이 그 주된 이유였다. 이에 대하여 尹弼商 등은 연향에 여악을 쓰는 것은 이미 오래 된 일이며 중국의 문사들이 우리나라를 예의의 나라라고 칭찬하기는 해도 여악 쓰는 것을 잘못되었다고 하는 말을 들어보지 못했다고 함으로써 여악 옹호론을 폈다[『증보문헌비고』 권 94 「악고」 '역대악제', 동국문화사 영인, 1957, 157쪽 참조]. 조선조에 들어와 활발해진 음악의 음란성 논란은 주로 속악가사의 음란성에 대한 논척이었으며, 가무악이 같은 차원에 놓인 채 취급되던 風敎的 재단비평의 기준이기도 했다[조규익, 「조선조 시가 수용의 한 측면 - 남녀상열지사論」, 『국어국문학』 98, 국어국문학회, 1987, 85쪽 참조]. 따라서 고려 당대에는 '화자 의미' 차원에서 언급되던 남녀의 사랑 담론이 임금을 대상으로 하던 궁중의 연향악에 쓰여도 이념적으로나 문화적으로 전혀 문제되지 않았다고 할 수 있다.

63) 필립 휠라이트, 김태옥 역, 『은유와 상징』 문학과지성사, 68-69쪽.

옛날의 나를 잊고 계시는가
아으, 동동다리

4월사에서만 유일하게 임은 '錄事'라는 구체적인 직함을 가진 존재로 등장한다. '어찌하여~잊고 계시는가'는 해석하기에 따라 대상에 대한 화자의 강한 원망이나 비판일 수 있다. 대상에 대한 강한 원망이나 비판이 내용의 핵심으로 제시된 4월조에 유독 그 대상이 구체적으로 명시된 이유는 무엇일까. 녹사는 고려와 조선 초기 중앙의 여러 관서에 설치되었던 하위관직인데, 고려시대의 경우 중앙의 여러 관부에는 문하녹사 등의 정7품에서부터 丙科權務에 이르기까지 각급의 녹사 직이 있었다. 여기서 임금을 대상으로 부르던 <동동>의 한 부분에 7품-8품의 하위직인 녹사를 명시적으로 노출시킨 이유가 밝혀진다. 이 부분은 '사랑하는 상대방의 무심함에 대한 怨望의 발화'다. 임금이 대상으로 암시되고 있는 다른 부분들의 어조나 내용은 자신의 외로움이나 대상에 대한 찬미 혹은 그리움의 범주를 벗어나지 않는다. 아무리 화자가 송도의 본의를 자유롭게 패러프레이즈한 것이 <동동>이라 해도 4월조처럼 '대상에 대한 원망'의 내용을 임금에게 직설하기는 어려웠을 것이다. 부득이 화자의 원망스런 심정을 표출할 대상으로 '(나이로도 직함으로도 부담 없는) 녹사님'을 택하여 이 부분에만 끼워 넣은 것도 그 때문이었다. 노래 내용의 일관성에 흠이 가는 한이 있어도, '연향에서의 송도'라는 궁중의례의 정신과 절차를 중시하지 않을 수 없었을 것이다. 그런 점에서 임금을 송도하는 노래에 대하여 갖고 있던 당시의 기대지평을 흔들어 놓은 예외적 존재가 '녹사님'이다.

<동동>의 기구에서 언급한 송도를 패러프레이즈한 것이 정월-12월사의 내용인 만큼 시종일관 임금을 대상으로 해야 한다는 것은 일종의 상식이었다. 그러나 그런 상식의 파괴가 노래의 단조로움을 극복할 수 있게 한, 효과적 장치로 작용한 점은 의외의 수확이었다. 정리하자면, '기구[임금에 대한 송도] →

정월-12월사[임에 대한 변함없는 사랑]'으로 패러프레이즈 된 것이 <동동>이다. 따라서 그것이 비록 사랑으로 패러프레이즈되었다 해도 매개가 송도라면, <동동> 전체를 송도지사로 보는 것이 맞다. 그리고 이런 점은 중국 당악 악장들의 표현문법과 상통한다. 그 점을 다음 절에서 살펴보기로 한다.

2. 고려 속악악장의 관습과 표현의 溯源: <동동>과 당악의 散詞들

그렇다면 이런 속악 악장의 주제·표현·상상력의 관습적 표본은 어디에 있었을까. 앞에서 누차 언급한 것처럼 선어 즉 당악악장들에서 임금을 頌禱하던 말이 <동동> 노랫말의 표본이었다. 그리고 그 당악악장들의 근원은 당·송의 사문학이었고, 고려에 도입된 柳永[987-1053] 등의 사문학들이 갖고 있던 분위기나 주제의식·분위기·어투 등은 임금에 대한 송도의 뜻을 담아 노랫말을 만들던 당대 악장 제작자들에게 일종의 교과서 역할을 했으리라 짐작된다. 유영은 황제와 그 주변을 송축·찬미하는 악무에 사용되는 악곡의 가사를 적지 않게 제작했고, 『고려사악지』 당악에 들어있는 유영의 사가 상당수에 달할 것으로 추측되는 것도 사실이다.[64]

『고려사악지』에 기록되어 있는 산사들 가운데 몇 편을 들어보기로 한다.

<西江月慢>

(前段 省略)

幸到此, 芳菲時漸好.

恨閒阻, 佳期尙杳.

聽幾聲, 雲裏悲鴻, 動感怨愁多少.

---

64) 차주환, 『唐樂硏究』, 225쪽 참조.

謾送目, 層閣天涯遠, 甚無人, 音書來到.
又只恐, 別有深情, 盟言忘了.65)

(전단 생략)
다행히 꽃향기 점점 아름다워지는 때가 되었으나
한스럽게도 님과의 사이 막혀 만날 기약 아직 묘연하고
몇 마디 구름 속 슬픈 기러기 소리 들으니, 원망과 시름 아주 많이 느끼네
부질없이 눈길을 보내나, 층각 위 하늘 끝은 멀고, 어찌 소식 가져오는 이 아무
도 없는가.
또 다만 따로 깊은 정 둔 사람 있어 맹세의 말씀 잊으셨는지 두렵구나.<필자대의>

<花心動慢>
(前三段 省略)
此恨無人共說
還立盡黃昏, 寸心空切.
强整繡衾, 獨掩朱扉, 簞枕爲誰鋪設.
夜長宮漏傳聲遠, 紗窗暎, 銀缸明滅.
夢回處梅梢半籠淡月.

(전3단 생략)
이 한스러움 함께 이야기할 사람 없어
도로 일어선 채 황혼이 다하니, 마음은 헛되이 애절해지네.
억지로 수 이불을 다독이고 홀로 붉은 문짝 닫았으나, 대자리와 베개는 눌 위해
펴놓으리.
긴긴 밤 궁궐의 누각(漏刻) 소리 멀리까지 들리고, 사창에 비치는 은 등잔은
깜빡깜빡.

---

65) 차주환, 『高麗史樂志』, 288쪽. 『文淵閣四庫全書: 集部/詞曲類/詞譜詞韻之屬/御定詞譜』卷三十二에
    실린 텍스트에는 '動感'이 '感動'으로, '謾'이 '漫'으로, '送目'이 '目送'으로 각각 달리 표기되어
    있다. 그러나 의미상으로는 큰 차이 없다.

꿈 깨어보니 매화나무 끝에 걸린 맑은 달.

<臨江仙慢>

夢覺小庭院, 冷風漸漸, 疎雨蕭蕭

綺窓外, 秋聲敗葉狂飄.

心搖.

奈寒漏永, 孤幃悄, 燭淚空曉.

無端處是綉衾鴛枕, 閑過淸宵, 蕭條

(後段 省略)

꿈에서 깨어나니 작은 뜰에, 찬바람은 조금씩 불고, 성긴 비는 부슬부슬 내리네.
비단 창밖엔 가을소리 내는 낙엽이 광풍에 휘날리니
내 마음 흔들리누나.
어찌하여 차가운 누각(漏刻)의 소리는 길기만 하고, 외로운 장막 안은 처량하며,
촛불은 새벽에도 부질없이 눈물을 흘리는가.
까닭 없이 이곳에서 수 이불과 원앙침 펴놓고 하릴없이 맑은 밤을 보내노라니
쓸쓸하기만 하구나.
(후단 생략)

    <西江月慢>은 청나라 王奕淸 등이 황제의 명으로 편찬한『御定詞譜』에 呂渭老의 작품과『고려사악지』所載 無名氏의 작품이 함께 실려 있는데,[66] 후자의 주에는 고려의 것 아닌 宋詞로 명시되어 있다.[67] '좋은 계절을 만났으나 임과의 사이가 막혀 외롭고 원망스럽다'는 것이 이 노래의 핵심 내용이다. 그러니 <동동>의 정월사·4월사·6월사·9월사·10월사·11월사·12월사 등에 나타나는 외로움이나 임에 대한 원망 혹은 탄식은 바로 이런 노래를 표본으로 풀어

---

66)『文淵閣四庫全書: 集部/詞曲類/詞譜詞韻之屬/御定詞譜』卷三十二 참조.
67) 주 66)과 같은 곳의 "此見高麗史樂志 亦宋詞也" 참조.

읊은 것들이라 할 수 있다.

<花心動慢>의 경우 同題의 노래들이 『어정사보』에 실려 있는데, 史達祖·周邦彦·劉熹·趙長卿·謝逸·曹勛 등의 것들과는 무관하고, 文詞의 재주가 있던 阮逸의 딸이 지은 <花心動>의 春詞를 가져왔음을 확인할 수 있다.[68] 그러나 그 춘사를 가져와 『고려사악지』의 3·4단으로 삼았으나, 1·2단은 어디서 가져왔는지 알 수 없다.[69] 『고려사악지』에 실린 <화심동 만>의 핵심 내용은 '임을 만날 수 없어 긴 밤 홀로 지새우며 슬퍼함'이니, 정월사·4월사·6월사·9월사·10월사·11월사·12월사 등의 시상은 이것을 표본 삼아 풀어 노래한 것으로 보인다.

<臨江仙慢>은 유영의 사에서 일부 글자들을 바꾼 채 가져온 것이다.[70] 전단의 내용적 핵심은 '찬바람 불고 가랑비 내리며 낙엽 날리는 긴 밤을 임 그리워하며 지새움'이다. 따라서 이 경우도 앞의 경우들과 마찬가지로 정월사·4월사·6월사·9월사·10월사·11월사·12월사 등에 나타나는 시상의 근원으로 볼 수 있다.

그 외 2월사·5월사·7월사·8월사 등은 산사들 가운데 임금을 송도하거나 임금의 훌륭한 점에 대한 찬양의 노래들을 변용한 것들로 볼 수 있다. 말하자면 2월사의 '훌륭하신 임', 5월사의 '연모하여 정성을 바치는 임', 7월사의 '버림을 받았지만 함께 살아가기를 소원하는 임', 8월사의 '가윗날에 함께 살아갈 수 있기를 바라는 임' 등은 화자가 모두 지극히 사모하거나 우러러 보는 임이다. 따라서 그 때의 임들은 송도의 정을 바치는 대상인 임금을 연정의 대상으

---

68) 『文淵閣四庫全書: 集部/詞曲類/詞譜詞韻之屬/御定詞譜』卷十의 "阮逸之女 工於文詞 惟此曲傳於世" 참조.

69) 악곡에 전사하기 위해 고려에서 창작했을 가능성도 있다.

70) 『文淵閣四庫全書: 集部/詞曲類/詞譜詞韻之屬/御定詞譜』卷二十三. 『고려사악지』에 실린 <임강선 만>은 유영의 것을 가져왔으되, '淅淅→漸漸, 淚燭→燭淚, 燒→曉, 繡→綉, 繫→惹, 饒→饒, 禁→奈, 聊→慘' 등으로 바꾸었다.

로 치환하여 표현한 대상들이다. 고려에 도입된 산사들 가운데 임금에 대한
송도의 노래를 제외하면 대부분 연정의 대상에 대한 노래들이다. 따라서 얼마
든지 사모하는 연정의 대상을 표면화시키고, 임금을 그 이면적 대상으로 암시
하는 것이 당시 속악으로서는 충분히 가능할 일이었다고 할 수 있다.

아악은 송나라에서 받아들인 대성악을 주축으로 만들어진 의례의 음악으로
서 중세왕조인 고려조의 정치나 문화에 보편정신을 부여해준 결정적 요인이
었다. 임금에 대한 충성이 좋은 정치와 왕조 영속의 대전제라는 점, 좋은 정치
가 백성들의 행복을 담보해 준다는 점 등은 중세정신의 가장 큰 덕목이었다.
무엇보다 중국에서 이상적으로 여겨오던 '三代之治'의 보편정신을 이식하기
위한 발판이 예악의 제도적 확립이었고, 그러기 위해 중국 왕조들의 궁중음악
을 그 모범적 선례로 삼았다.

주로 연향에 사용하던 당악도 마찬가지였다. 통치 체제의 정점에 있던 제왕
의 만수무강은 왕조의 안정에 가장 중요한 조건이었으므로, 음악과 악장을
통해 임금의 수와 복을 빌어주는 것은 臣民의 공통된 의무였다. 중국으로부터
각종 연향악과 악장들을 도입한 것도 예술적 세련성과 함께 효과적인 송도의
표출 방식에 대한 관심 때문이었다. 당악으로 대표되는 중국 음악과 『시경』
혹은 송사로 대표되는 악장들의 도입으로 고려, 조선의 음악은 세련될 수 있었
다. 이처럼 순수한 '우리 것'으로 알고 있던 속악마저 당악과 상호텍스트적
관계를 맺음으로써 예술의 보편 문법에 편승할 수 있었다.

고려조에서 중국으로부터 도입하여 궁중음악의 한 부분으로 쓰고 있던 당
악의 기본 정신이자 주제가 송도였고, 그 필요성을 절감하고 있던 우리나라
중세왕조들에서 그런 표현 관습을 본받아 속악에 도입하게 된 것은 일견 당연
한 귀결이었다. 서왕모 등 신선의 퍼스나를 갖춘 여악들이 당악정재의 무대
위에서 임금에게 장수와 행복을 빌어주던 행위가 그것이었는데, 당악정재들
과 상호텍스트의 관계를 맺고 있던 속악정재들이 송도의 표현과 관습을 본뜨

는 것은 당연했다. 속악정재의 하나인 '동동'이 본뜬 것은 헌선도 등 당악정재
들이나 보허자 등 개별 음악의 표현 관습이었고, <동동>은 당악정재의 악장들
로부터 본뜬 송도를 '임금에 대한 변함없는 사랑'으로 패러프레이즈함으로써
속악정재 나름의 독자성을 구현할 수 있었다. 도가사상에서 연원한 신선의
퍼스나를 도입함으로써 단순한 상태의 속악이 국제 규범으로 상승되었으며,
이처럼 새롭게 만들어진 궁중악의 규범은 조선조로 이어져 궁중악을 훨씬
풍성하게 했음은 물론, 악장 또한 시대와 음악의 변화에 부응하여 전례 없이
깊고 넓어지게 되었다. 이처럼 당악의 수용에 따라 당악악장의 관습이 <동동>
을 비롯한 속악악장들에까지 미쳤다고 할 수 있다.

3. <보허사>와 고려 당악악장에 등장하는 관습적 표현의 소원

송나라에서 들어와 고려 궁중악의 주요 레퍼터리들 중 하나로 정착되었다
고 추정되는 보허자 음악과 그 악장으로서의 <보허사>도 중국의 음악과 악장
이 우리나라 중세왕조에 어떻게 수용되었으며, 어떻게 응용 혹은 변용되었는
지를 보여주는 표본이라 할 수 있다. 연향악장으로서의 <보허사> 수용 및 변
용이 고려조에 어떻게 이루어졌는지 살펴보기로 한다.[71]

<보허사>는 음악으로서의 步虛聲[72] 혹은 악곡 보허자에 올려 부르던 道敎
歌詞다.[73] 즉 '도교에서 전유하여 齋醮儀式에 사용된 韻語詩詞'[74]가 보허사인

---

71) 고려조로부터 계승한 것이긴 하나, 보허자 음악이나 <보허사>는 조선조 궁중에서도 각광을 받았다.
   조선조에 이루어진 보허자 혹은 <보허사>의 수용과 의미적 轉變에 관해서는 '조선조 연향악장'
   편에서 약간 더 언급될 것이다.

72) 박은옥이 발굴하여 분석·공개한 『新定九宮大成南北詞宮譜』 卷 十七 「大石調引」에 가사와 工尺譜
   가 병기된 상태의 '步虛聲'이 실려 있다.[『高麗史樂志의 唐樂研究』, 민속원, 2006, 65-67쪽 참조.]
   이 기록과 이전의 기록들에서 산견되는 '보허성'이란 명칭은 보허 음악을 가리키는 경우가 일반적
   이다.

데, 지금까지 산출된 보허사는 종교 내부의 儀式이나 수양을 위해 만든 것들과 문인들에게 수용되어 만들어진 시문학 작품으로서의 그것들로 크게 나뉜다. 孟庆阳에 의하면, 중국 남조 梁나라 때의 『동현영보옥경산보허경洞玄靈寶玉京山步虛經』에 도교 의식으로는 가장 먼저 사용된 보허사 「洞玄步虛吟」[10수]이 실려 있고, 魏晉南北朝의 道經으로 『上淸無上金元玉淸金眞飛元步虛玉章』·『洞眞太上神虎隱文』·『太上大道玉淸經』 등에 대량의 보허사가 실려 있다고 하며,75) 보허사 양식 성립 이후의 경우 道敎徒는 물론 「步虛詞十首」를 지은 庾信 [513-581] 등 일반 문인들이 창작에 참여한 것도 주지의 사실이다.

원래 '보허'는 도교의 科儀齋法으로서 대략 魏晉 시대에 출현했고,76) 도교의 민간화 추세와 문인들의 도교에 대한 특별한 관심에 따라 보허사의 농후한 종교적 색채는 점차 퇴색되어 악부와 詞 등 시가문학 양식으로 변화되었다.77) 한 무제가 음악을 관장하기 위해 설치한 기관이 악부였는데, 그곳에서 민가를 채집·연주하면서 악부는 民歌의 대명사로 전환되었다. 이처럼 중국에서 詩·樂·舞가 융합된 樂舞문학으로서의 악부가 유행하면서 시인들은 다투어 그 틀 안에서 보허사를 창작했고, 급기야 궁중에까지 수용되어 '궁중의 음악에 올려 부르는 가사'인 악장으로까지 변용·확장된 것이다.

---

73) 문인들의 본격적인 보허사 창작에 단초를 제공한 중국 남북조 시대 北周의 庾信「步虛詞十首」의 작자는 『樂府解題』를 인용하여 '보허사는 도가의 악곡이다. 신선의 무리가 아득히 펄럭이며 날아가는 아름다움을 갖추어 말했다'[『文淵閣四庫全書: 集部/總集類/樂府詩集』卷七十八의 "樂府解題曰 步虛詞道家曲也 備言衆仙縹緲輕擧之美" 참조]고 밝혔고, 권오성은 '도교음악 중에서 보허(사)가 시대적으로 가장 빨리 나왔으며, 현재까지도 불리고 있는 점과 중국의 여러 지방에 가장 많이 보급된 점에서 보허는 중국 도교음악에서 빼놓을 수 없다'[「보허자와 도교」, 『동양예술』 7, 한국동양예술학회, 2003, 13-14쪽]고 했다.

74) 董慧芳, 「唐代步虛詞研究」, 辽宁大学硕士论文, 2014. 4, 2쪽.

75) 孟庆阳, 「魏晉南北朝步虛词初探」, 『山东行政学院山东省经济管理干部学院学报』 No.70, 徐州师范大学, 2005. 10, 127-128쪽 참조.

76) 李程, 「唐代文人的步虛词创作」, 『武汉大学学报(人文科学版)』 Vol.66 No.6, 2013, 114쪽.

77) 董慧芳, 앞의 논문, 같은 곳.

당·송 시대에 위로는 궁정부터 아래로는 민간에 이르기까지 步虛韻의 연주가 일세를 풍미했고,『唐會要』나『唐詩紀事』등의 기록에 따르면, 이 시기 문사가 궁정에서 보허사를 吟唱하여 황제의 찬탄을 자아냈다 하는데,[78] 이로 미루어 보허성은 이미 당시 궁정의 燕樂체계에 편입되어 있었을 뿐 아니라 문사들의 주된 활동범위인 민간에까지 보급될 만큼 유행악곡이 되고 있었음을 알 수 있다.

보허자 혹은 보허성의 근원과 보허자에 올려 부르던 보허사가 궁중의 악장과 통할 수 있다고 보는 문헌적 근거는 다음과 같은 중국의 문헌들에 잘 드러난다.

<1> 보허경은 태극진인이 좌선공[葛玄, 164-244]에게 전했으니, 그 문장 모두는 천상의 신선과 천신이 상선이 거처하는 현도옥경을 조알할 때 허공을 날아다니고 순회하며 읊조리고 노래하던 것들인 까닭에 보허라 부른다.[79]

<2> 진사왕 조식의 자는 자건이다. 일찍이 어산에 올라 東阿에 도달하니 홀연 동굴 속에서 경을 외우는 소리가 들려오는데, 맑고 또렷하게 먼 골짜기까지 울려 퍼졌다. 숙연하게 신령스런 기운이 있어 깨닫지 못하는 사이에 옷깃을 여미고 공경하게 되었다. 문득 그칠 기미가 보이자 즉시 흉내 내어 본떴으니, 지금의 범창은 모두 조식이 본떠 만든 것들이다. 일설에 이르기를 진사왕이 유산할 때 문득 허공에서 경을 외우는 소리가 들리는데, 맑고 심원하며 굳세고 밝으니 음을 아는 자가 본뜨고 그려내어 신선의 소리로 삼았으며, 도사가 이를 모방하여 보허성을 만들었다고 한다.[80]

---

78) 陶然周密,「唐宋步虛韻的词学观照」,『浙江大学学报(人文社会科学版)』Vol.7 No.2, 2017. 3, 24쪽.

79)『文淵閣四庫全書: 史部/目錄類/經籍之屬/郡齋讀書志/後志』卷二의 "步虛經 一卷: 右太極眞人傳左仙公 其章皆高仙上聖朝玄都玉京 飛巡虛空之所諷詠 故曰步虛" 참조.

80)『文淵閣四庫全書: 子部/小說家類/異聞之屬/異苑』卷五의 "陳思王曹植字子建 嘗登魚山 臨東阿 忽聞巖岫裏有誦經聲 清通深亮 遠谷流響 肅然有靈氣 不覺斂衿祇敬 便有終焉之志 卽效而則之 今之梵唱皆植依擬所造 一云 陳思王遊山 忽聞空裏誦經聲 清遠遒亮 解音者則而寫之 爲神仙聲 道士效之 作步虛聲" 참조.

<3> 보허: 옛날 제사에 악장을 노래하거나 혹 毛詩를 노래했다. 오늘날의 法事
에서 길게 읊는 것은 본래 여기서 연유된 것이다. 『서』에 이르기를 "소리는 길게
읊음에 의지하는 것이요 율은 읊는 소리를 조화시키는 것"이라 했다.[81]

『동현영보옥경산보허경』에 대한 晁公武의 설명인 <1>은 보허성의 신비로
운 아름다움을 '허공에서 경을 외우는, 맑고 심원하며 굳세고 밝은 소리'에서
찾은 내용이고, '천상의 신선과 천신의 노래'를 통해 보허성의 신비로움을 강
조했다는 점에서 <2>도 <1>과 같은 범주의 설명이다. <3>은 吾衍의 <道書援神
契>에 나오는 '보허'인데, 음악으로서의 보허와 가사로서의 보허가 유교식 제
사의 음악과 악장, 혹은 음악과 시가 조화를 이룬 『시경』으로부터 연유되었음
을 말하고 있다. 즉 道士가 醮祭를 올려 亡靈의 명복을 비는 打醮, 道徒가 모여
음식을 나누며 수행하던 법사 등에서 보허의 음악에 맞추어 보허의 가사를
부르던 의식의 구조를 암시한 말인데, 그 경우의 음악이나 가사의 미적 성향
혹은 내용이 궁중의 음악 및 악장이 지향하는 정신과 들어맞았을 가능성이
컸으리라 본다.[82] 중국의 <보허사> 두 편만 들기로 한다.

<1> 靑谿道士人不識   청계의 도사를 사람들은 알지 못하나
     上天下天鶴一隻   하늘을 오르내릴 때 학을 타고 다닌다네
     洞房深鎖碧窓寒   동굴 문 깊이 닫혀 푸른 창 차가운데
     滴露妍朱點周易[83]   이슬로 붉은 먹 갈아 주역에 방점을 찍네

---

81) http://www.daotext.org//toc4.php?docid=5993의 "步虛: 古者 祭祀歌樂章 或歌毛詩 今法事長吟
    本諸此也 書曰 聲依永律和聲" 참조.
82) 『御定詞譜』의 서문에 "詞에 악보가 있는 것은 詩에 體格이 있는 것과 같다. 시는 옛 가요에 근본을
    두고 있고, 사는 주나라의 시삼백에 근본을 두어 모두 노래할 수 있었다."[『文淵閣四庫全書: 集部/詞
    曲類/詞譜詞韻之屬/御定詞譜/序』의 "詞之有圖譜 猶詩之有體格也 詩本於古歌謠 詞本於周詩三百篇
    皆可歌]" 는 말이 나오는데, 옛 가요나 시삼백 모두 노래라는 점에서 동일하고, 『시경』이 주나라의
    악장집이었다는 점에서 보허자에 올려 부르던 노래도 그런 성격을 지니고 있었으리라 본다.
83) 『文淵閣四庫全書: 集部/總集類/唐音』 卷十四.

   <2>　閬苑仙人白錦袍　　낭원의 선인이 흰 비단 도포를 입고
        海山宮闕醉蟠桃　　해산 궁궐에서 반도에 취했네
        三更月底鸞聲急　　삼경의 달빛 아래 난새 소리 급하고
        萬里風頭鶴背高[84]　만리 부는 바람에 학의 등이 높아지네

<1>은 당나라 高騈[?-887]의 <보허사>, <2>는 금나라 元好問[1190-1257]의 <보허사>이다. 문인들의 손에 넘어온 <보허사>들은 선계의 이미지를 중점적으로 사용한 낭만적 기풍의 시문학에 속하는 것들이다. 고변의 작품에는 '청계의 도사'가 원호문의 작품에는 '낭원의 신선'이 각각 등장하고 이미지들 모두 선계의 것들이거나 선풍을 띤 경물들이다. '학을 타고 다닌다', '학의 등이 높아진다', '반도' 등은 전통적인 보허사들에 많이 등장하던 표현이나 이미지들이다. 말하자면 보허자와 <보허사>가 바탕으로 삼고 있던 공간으로서의 선계, 그곳을 주재하던 신선 등은 중국의 왕조들이나 우리나라 왕조들이 공유하던 이상향 혹은 이상적 존재들이었을 것이다. '천상의 신선이나 천신들이 현도 옥경의 상선을 배알하며 부르는 노래'가 궁중에서 만조백관들이 임금을 조알하며 바치는 최고의 음악 및 악장과 쉽게 상통할 수 있었기 때문에 보허자나 보허사가 도교의 음악과 가사이면서 궁중의 음악과 악장으로 쉽게 변용될 수 있었고, 그 점은 결국 중국과 고려 및 조선을 하나의 공간으로 만들어주던 '중세적 보편성'의 좋은 단서일 수 있었던 것이다.

앞에 인용한 <도서원신계>가 암시하는 것은 法事에서 보허성에 맞춰 보허사를 가창하는 형태가 흡사 궁중의 무대에서 음악연주에 맞추어 춤을 추며 악장을 부르는 모습과 흡사해 보일 수 있었던 점이다. 그런 상황에서는 단순한 도교의 환상공간으로부터 유교의 이념이 지배하는 현실 속의 궁중으로, 신선세계의 상선에 대한 동경이나 찬양으로부터 현실세계를 지배하는 임금에 대

---

84) 『文淵閣四庫全書: 集部/總集類/元藝圃集』 卷一.

한 송축이나 송도로 악장의 내용은 바뀔 필요가 있었다. 왕조의 궁중 문화와
전혀 어울리지 않는 보허사 혹은 '보허자 음악에 올려 부른 노래'가 궁중악사
의 한 부분으로 정착되어 온 이유를 그 점에서 찾을 수 있는 것이다.

우리나라의 문헌들 가운데 『고려사악지』[『고려사』 71/지 권 제 25/악 2·당악]에
처음으로 등장하는 보허자는 고려 당악의 하나인 오양선 정재에 들어 있다.
오양선의 절차에서 무용의 복잡한 내용들을 생략하고 致語와 歌詞 등 詩詞를
올리는 절차들만 추려 제시하면 다음과 같다.

　⑴ 출연자들이 자리 잡은 후 악관이 五雲開瑞朝引子를 연주하면 봉죽간자 2인
이 먼저 들어와 좌우로 갈라서고, 음악이 멎은 후 **첫 번째 치어**를 한다.
　⑵ 봉위의 18인이 앞으로 나아가 좌우로 갈라선 뒤 왕모와 협 5인이 앞으로
나아가 자리 잡고 서면 왕모가 약간 앞으로 나아가 **두 번째 치어**를 한다.
　⑶ 악관이 中腔令을 연주하면 왕모 5인이 대열에서 나가지 않고 빙글빙글 돌면
서 춤을 춘 뒤 **보허자령의 <벽연롱효사>**를 노래한다.
　⑷ 악관이 破字令을 연주하면 왕모 등 5인이 춤을 춘 뒤 옷소매를 치켜들고
파자령의 <縹緲三山詞>를 노래한다.
　⑸ 악관이 중강령을 연주하고 竹竿子는 약간 앞으로 나아가 서서 **세 번째 치어**
를 한다.
　⑹ 왕모 등 5인이 가지런히 가로 늘어서면 왕모가 약간 앞으로 나아가 **마무리
치어**를 한다.

보허자령의 음곡에 맞추어 노래하는 ⑶의 <벽연롱효사>가 현재까지 확인
된 우리나라 역대 기록들 중 가장 먼저 출현하는 보허 음악의 악장이다. 『고려
사악지』 당악의 散詞들 가운데 송나라 인종 때 교방악곡의 작사를 전담하다시
피 한 유영의 작품이 8수나 되는 점으로 미루어,[85] 상당수 고려 당악의 악장들

───────────────

85) 차주환, 『唐樂研究』, 17쪽.

이 당나라와 송나라에서 창작·도입된 것으로 추정되지만, 수용 경로는 아직 정확하게 밝혀지지 않았다. 각종 詞牌의 격식이나 詞의 格律 형식들을 모으고 분류하여 塡詞의 근거로 사용하기 위한 서적들이 있었는데, 중국 측의 문헌으로 '詞譜'類가 바로 그것들이다. <벽연롱효사>[『고려사악지』, 「당악」 '오양선']를 들어 설명하기로 한다. <벽연롱효사>의 미전사인 전단은 신선의 공간인 천상이고, 미후사인 후단은 제왕의 공간인 지상이다. 천상과 지상, 신선과 제왕이 각각 대응 아닌 병렬의 관계로 이어지다가 결국은 합일되는 효과를 발휘하는 구조로 되어 있다. 신선의 이미지를 차용하여 제왕에게 송도하는 노래가 <벽연롱효사>인데, 이 노래가 고려 때는 물론 조선조에 들어와서까지 궁중 연향악에서 빠지지 않고 연주·가창된 이유도 바로 신선의 이미지를 제왕에게 덮어씌워 송도 혹은 송축의 효과를 극대화시키는 핵심 요인이라고 보았기 때문일 것이다. 즉 보허자령에 의해 연주된 고려조 당악의 <벽연롱효사>가 조선으로까지 이월되어 많은 각광을 받은 것은 '신선예술에 기대어 제왕을 송축하는' 모범적인 노래로 정착된 결과일 것이다.

한홍섭에 의하면, 고려 당악 48곡 중 18곡을 도교 취향의 노래들로 볼 수 있는데, 그 가운데 헌선도·수연장·오양선·포구락·연화대 등 다섯 정재들이 모두 포함되어 있다고 한다.[86] 사실 원소가회[정월 대보름]의 야연에서 선계로부터 내려온 왕모가 千歲靈桃를 바쳐 군왕에게 헌수하는, 西王母獻桃고사로부터 유래된 것이 헌선도의 내용인데,[87] 그 정재의 창사들 가운데 4편[<元宵嘉會詞>·<日暖風和詞>·<閬苑人間詞>·<麗日舒長詞>]이 선계 이미지와 송도의 뜻을, 수연장의 창사들 가운데 <靑春玉殿詞> 1편이 송도의 뜻을, 오양선의 창사들 가운데 2편[<벽연롱효사>·<표묘삼산사>]이 선계 이미지와 송도의 뜻을, 연화대의 창사 <微臣

---

86) 한홍섭, 『고려시대 음악사상』, 소명출판, 2009, 36쪽.
87) 조규익, 「頌禱 모티프의 연원과 전개양상」, 『古典文學硏究』 32, 한국고전문학회, 2007, 8쪽.

詞>가 선계 이미지를 각각 담고 있다.

『御定詞譜』의 보허자령 가사를 통해 저간의 사정을 짐작할 수 있다. 이 책에서 편자는 악조가 '악조가 고려사악지에 보인다'[88]고 했고, 가사의 경우 '쌍조 57자로 전단은 6구 4평운이고 후단은 7구 3평운'[89]으로 되어있다고 했으며, '송나라에서 고려에 내려 준 음악 중 舞隊曲 오양선에서 채록하여 詞體를 갖추어 놓는다'[90]고 했다. 雙調란 전후 두 단락이 중첩되게 짓는 詞의 격식인데, 이 노래가 '碧烟籠曉海波閑~五雲端/宛然共指嘉禾瑞~對南山'처럼 2단 57자로 이루어져 있음을 말한 것이고, '전단[尾前詞] 6구 4평운/후단[尾後詞] 7구 3평운'은 6구 4평운[閑·寒·間·端]의 전단과 7구 3평운[顏·天·山]의 후단을 말한 것이다.

신태영은 『어정사보』에 실린 <벽연롱효사>가 사람 아닌 음악을 기준으로 채록되었고, 당악정재 5곡은 물론 여타 산악들도 중국문헌에서 실상을 찾기 어려운 독자적 형태를 지니고 있다는 점에서 송 아닌 고려에서 창작되었거나 재창작된 것일 가능성이 크다고 보았다.[91] 물론 그것이 고려조의 문인들에 의해 창작되었을 가능성도 없지 않으나, 음악이나 악장의 도입 혹은 제작의 관행을 참작할 때 우리나라 보허자령의 최초 악장 <벽연롱효사>가 중국의 보허사를 도입한 것이거나 중국의 보허사들로부터 상당수의 어구들을 수용했을 가능성을 현재로서 완전히 부인할 수는 없다. <벽연롱효사>의 원 텍스트가 실려 있는 『고려사악지』 이후 『어정사보』·『악학궤범』·『대악후보』 등 대표적인 문헌들에 실린 그것들 사이에 약간씩 달라진 자구들이 보이며, 특히 성종 23년[1492] 8월 21일조에 실린 「新撰登歌樂章」 중 第二爵 <宣化曲>이 보허자조에 올려 불렸고 형식면에서 <벽연롱효사>와 일치한다는 점은 우리나라에서도

---

88) 『文淵閣四庫全書: 集部/詞曲類/詞譜詞韻之屬/御定詞譜』 卷十二의 "調見高麗史樂志" 참조.

89) 주 88)과 같은 곳의 "雙調五十七字 前段六句四平韻 後段七句三平韻" 참조.

90) 주 88)과 같은 곳의 "此宋賜高麗樂中 五羊仙舞隊曲也 採以備體" 참조.

91) 신태영, 「고려 당악정재의 전래와 수용」, 『국악원논문집』 31, 국립국악원, 2015, 78-79쪽 참조.

보허자 곡에 塡詞가 제법 이루어졌을 가능성을 추정케 한다고 말할 수 있다. 중국에서 수입하지 않았어도 우리나라 왕조들의 필요에 의해 언제든 쉽게 만들어 전사할 수 있었던 것이 당악의 악장들이었고, <벽연롱효사>는 그 사례들 중의 하나로 볼 수도 있다는 것이다.

<벽연롱효사>에서 미전사인 전단은 신선의 공간인 천상이고, 미후사인 후단은 제왕의 공간인 지상이다. 천상과 지상, 신선과 제왕이 각각 대응 아닌 병렬의 관계로 이어지다가 결국 합일되는 효과를 발휘하는 구조로 되어 있다. 신선의 이미지를 차용하여 제왕에게 송도하는 노래가 바로 <벽연롱효사>인데, 이 노래가 고려 때는 물론 조선조에 들어와서까지 궁중 연향악에서 빠지지 않고 연주·가창된 이유도 바로 신선의 이미지를 제왕에게 덮어씌워 송도 혹은 송축의 효과를 극대화시키는 핵심 요인으로 보았기 때문이다. 즉 보허자령에 의해 연주된 고려조 당악의 <벽연롱효사>가 조선조로까지 이월되어 많은 각광을 받은 것은 '신선예술에 기대어 제왕을 송축하는' 모범적인 노래로 정착된 결과일 것이다.

그러나 이 시기의 당악정재들에 담겨 있는 선계 이미지들은 임금에 대한 송도나 송축의 주제의식을 구현하기 위한 보조 장치들이다. 말하자면 주된 목적은 임금에게 송도하는 데 있었을 뿐, 신선사상이나 도교의 宗旨를 고취하기 위한 것이 아니었다는 것이다. 노래는 아니지만, 당악정재들의 치어나 구호들에도 선계 이미지를 차용하여 임금에게 송도하고자 한 목적의식은 분명히 표방되고 있다.

그렇다면, 이런 성향은 당악정재나 그 사패들만의 현상이었을까. 당악정재와 공존하며 궁중악의 한 부분을 형성하고 있던 악무들 가운데 속악정재들 역시 송도는 핵심적 주제였다. 당악정재 창사 및 다수의 散詞들을 통해 고려에 도입된 송도악장들은 상호텍스트의 입장에서 속악정재 및 창사들에도 큰 영향을 미쳤고, 그런 바탕 위에 정착된 '송도악장의 전통'은 조선조 개국 이후에도 지속되었던 것이다.

그 표본으로 정착된 것이 오양선 정재에서 보허자령에 올려 불린 <벽연롱효사>였다. 하나의 노래 구조 안에서 기존의 보허사로부터 유래된 선계이미지와, 임금에 대한 송도 및 그로 인한 유토피아 구현의 염원을 절묘하게 합병시킨 사례로서 <벽연롱효사> 만한 것이 없다는 인식이 당시에 보편화되어 있었던 것으로 보인다. 보허성이나 보허자는 전래의 도교 음악이었고, 보허사는 그 음악에 올려 부르던 노래였다. 따라서 그 음악은 仙樂이고 그 노래는 仙歌였으며, 그 노랫말은 仙語였다. 당악정재 오양선에서 보허자령에 올려 부르던 <벽연롱효사>는 선가였고 그 말은 선어였다. 자연스럽게 그것과 상호텍스트의 관계를 맺고 있던 동동정재의 노랫말이 '선어를 본떴다면' 그 모범적 선례들의 핵심에 왕모가 부르던 <벽연롱효사>가 있었다. 선계이미지를 바탕으로 임금에 대한 송축과 유토피아의 구현에 대한 염원이 간명하면서도 강하게 들어 있는 노래이기 때문이다. 조선조에 이르러서도 음악으로서의 보허자령이 지속적으로 선호되었고, 그 음악에 <벽연롱효사>가 악장으로 꾸준히 올려 불린 이유 또한 그 점에 있었던 것이다.

IV. 중국 악장의 수용과 조선조 악장의 확립

1. 고려 악장체계의 계승을 통한 중국 연향악의 수용

조선 초기 고려 당악정재로부터의 수용양상을 가늠할 만한 자료로 태종 때 예조에서 올린 '樂調'를 들 수 있다.[1] 여기에 속한 의례들의 음악은 모두 연향악으로 國王宴使臣樂·國王宴宗親兄弟樂·國王宴群臣樂·國王遣本國使臣樂· 國王勞本國使臣樂·國王遣將臣樂·國王勞將臣樂·議政府宴朝廷使臣樂·議政府宴 本國使臣樂·議政府餞本國使臣樂·議政府勞將臣樂·一品以下大夫士公私宴樂·庶 人宴父母兄弟樂 등이다. 각 악조에 포함된 정재를 들면 국왕연사신악의 '오양 선·연화대·포구락·아박·무고', 국왕연종친형제악의 '수보록·몽금척·오양선· 포구락·무고', 의정부연조정사신악의 '연화대·아박·무고' 등을 들 수 있다. 이 가운데 오양선·연화대·포구락 등은 고려의 당악이고, 수보록과 몽금척은 조 선에 들어와 창작된 당악정재들이며, 아박과 무고는 향악정재들이다.

『악학궤범』권4「時用唐樂呈才圖儀」에는 獻仙桃·壽延長·五羊仙·抛毬樂·金 尺·受寶籙·覲天庭·受明命·荷皇恩·賀聖明·聖澤·六花隊·曲破 등 13 건의 당악정 재들이 실려 있다.[2] 헌선도·수연장·오양선·포구락은 고려의 당악정재들 가

---

1)『태종실록』권3, 태종 2년 6월 5일. 첫 번째 기사.

운데 임금에 대한 송도의 主旨를 담기 위해 성종조의 당악정재로 다시 채택된 것들이고, 금척과 수보록은 태조에게 내려진 상서로운 징조들을 노래하여 조선조 창업이 천명에 기초하였음을 밝힘으로써 조선왕조 영속의 당위성을 고창한 것들이며, 근천정·수명명·하황은은 명나라에 朝覲하여 조선 개국의 정당성을 인정받아온 태종의 공적과 명나라 황제의 은덕을 찬양한 것들이다. 하성명은 중국 황제의 덕화를 찬양하고 만수무강을 축원하는 내용이고, 성택은 중국사신의 노고를 위로하고 사대의 정성을 표현하는 내용이며, 육화대는 임금의 태평성세를 찬양하고 축수하는 내용이다. 마지막의 곡파는 원소에 상하가 즐긴 성대한 모임을 찬양하면서 악무 전체를 마무리하는 내용이다.

고려조의 악장은 아악·당악·속악 등 3분된 체계의 악곡에 올려 부르던 노랫말들이다. 고려조 아악이 본격적으로 정비된 시기는 송나라로부터 대성악이 전래된 예종 대였다. 이 시기에 登歌·軒架樂의 주악 절차, 각종 악기, 각종 의식 등과 함께 <태묘악장>이 제정되었다. 예종 11년 10월에 새로 제작된 9실의 「등가악장」이 그것인데, 그것은 조선의 「종묘악장」과 대비된다. 예종 16년 정월 병오 徽懿公主의 魂殿에 행차하여 대향을 드렸고, 이 때 새로 지은 「徽懿公主魂殿大享樂章」을 교방에서 연주하도록 했다. 이처럼 공민왕 대에 이르러 고려조 제례악장은 규범을 확립하게 되었으며, 특히 「휘의공주혼전대향악장」의 경우『시경』의 다양한 구절들을 모아 하나의 일관된 구조로 완결시키는 '集句法'이 쓰였고, 이런 방법은 조선조의 아악악장에서도 바뀌지 않았다.

연향에 사용되던 악곡은 기존의 당악이나 속악이었는데, 전자는 중국에서 수입한 음악이고 후자는 민간의 음악을 수집하여 궁중악으로 개편한 것들이다. 헌선도·수연장·오양선·포구락·연화대·석노교 곡파·만년환 만 등 대곡들과 憶吹簫 慢·洛陽春·月華淸 慢 등을 비롯한 40여 곡의 산사들이『고려사악지』

---

2)『원본영인 한국고전총서(복원판) Ⅱ[시가류] ■악학궤범 전』, 155-199쪽.

에 기록된 고려의 당악들로서, 거의 그대로 조선조에 수용되어, 『악학궤범』이나 조선조 후기의 각종 홀기들에 수록되었다. 속악의 경우 『악학궤범』[권 3]의 『고려사악지』 「속악정재」에 '무고·동동·무애' 등의 정재들이 실려 있고, 同書권 5의 「성종 조 향악정재 도의」에는 '아박·향발·무고·학무·학 연화대 처용무 합설' 등과 함께 조선조에 들어와서 제작된 것으로 보이는 '보태평·정대업·봉래의·문덕곡·교방가요' 등이 실려 있다.

『악장가사』·『시용향악보』·『악학궤범』·『고려사』·『증보문헌비고』·『악학편고』·『대악후보』 등 조선조에서 편찬한 문헌들 속의 고려노래들이 지닌, 악장으로서의 정체성을 인정하는 데 큰 문제는 없다. 지금 '고려속요·고려가요·고려시가' 등으로 통칭되고 있는 것이 그런 고려속악의 악장들인데, 조선조에 만들어진 공식적 음악 혹은 악장 텍스트 내의 고려속악가사 혹은 속악악장들을 '원천적인 고려시가 장르 일반'으로 잘못 알고 있는 현실이 문제다. 그것은 악장의 존재론적 근거나 본질에 대한 견해들이 일치되지 않는 학계의 현실을 보여주는 점이기도 하다. 그러나 현실적으로 어떻게 이해되든 그것들의 본질이 악장임에는 변함이 없다. 고려조에서 속악의 악장으로 쓰이던 <정석가>·<서경별곡>·<청산별곡>·<사모곡>·<쌍화점>·<이상곡>·<가시리>·<처용가>·<만전춘>·<동동>·<정읍사>·<정과정> 등은 조선조에 그대로 계승되었다. 따라서 조선 초기가 속악이나 향악 혹은 당악의 범주 안에서 고려악장과 조선조의 창작악장이 병행되던 시기였거나, 적어도 전자에서 후자로 교체되어가던 과도기였음은 부인할 수 없다. 조선조의 문헌들에 국문[혹은 국한문]으로 기록된 노래들이 고려악장의 한 부분이라면, 『고려사악지』에 실려 있는 각종 제향이나 당악정재들의 창사는 그 다른 부분인데, 조선 악장의 단계에서도 큰 변화 없이 지속된 것이 후자였다.

정인지가 수찬한 『고려사악지』 「악 1」의 서문을 보면 현재까지 남아 전해지는 고려악장이 한산한 이유와 함께 고려속악가사들에 대한 당시 지배층의 생각이 드러나 있다. 그 가운데 '공민왕 때 명나라 태조가 아악을 내려 조정과 태묘에 썼고, 당악과 삼국시대의 음악 및 속악도 섞어 썼다는 것, 속악은 노랫말이 비속한 것이 많으므로 그 중 심한 것은 다만 노래 이름과 노랫말의 대의만 기록하고 이것들을 아악·당악·속악으로 분류하여 악지를 만들었다는 것' 등을 근거로 할 때, 비록 내용이 삭제된 채 노래들의 이름과 대강의 뜻만 기록되었다 해도 『고려사악지』에 실린 그것들이 고려조의 악장이었음은 분명하다. 『고려사악지』와 조선조의 각종 악서들에 등장하는 고려노래들이 민중가요로서의 '속요'가 아니라 궁중악의 한 부분이었던 속악가사였음은 당연하고, 그에 따라 그 노래들의 1차적 분류범주가 악장임은 두 말 할 필요도 없다는 것이다. 이런 이유로 국문학계에서 거론되는 고려가요가 1차적으로 악장론을 거쳐야 의미를 갖게 되는, 2차 혹은 3차 범주의 장르일 수밖에 없는 것도 그런 이유 때문이다.

특히 고려 말의 「휘의공주혼전대향악장」이나 「태묘악장」에서 『시경』의 集句라 할 만한 구절들이 많이 발견되는 것도 중국 악장들의 체제를 충실히 수용한 증거라고 할 수 있다. 송나라를 통해 고려에 도입된 중국 악장들의 전통은 조선으로 이어졌다. 원래 『시경』을 바탕으로 제작된 것이 중국 역대 왕조들의 악장인데, 음악과 그에 올려 불리던 가사가 새롭게 창작되면서 악부의 폭과 깊이가 대폭 확장·심화되었다고 할 수 있다. 宋代에 집대성된 악부문학의 전통이 『시경』과 함께 고려에 전승되었고, 그것이 조선에 계승되면서 고려·조선의 악장은 새로운 발전 양상을 보였고, 그런 악장을 통해 그 왕조들이 바탕을 두고 있던 중세적 보편성은 더욱 굳건히 유지될 수 있었던 것이다.

이처럼 고려악장은 중국 악장의 직·간접적인 영향을 받아 이루어졌고 조선조의 악장은 고려의 그것을 계승했으므로, 조선조의 악장 역시 고스란히 중국 악장의 영향을 받은 것은 분명하다. 사실 조선조는 고려의 악장을 계승했으므로 고려보다 수월하게 중국의 음악이나 악장을 수용한 셈이다. 중국의 악장을 수용하여 자기화하는 데 성공한 고려의 악장을 승계했고, 그 중 핵심 부분을 자신의 것으로 대체하는 한 편, 비판적 관점에서 상당 부분을 수용한 점은 중국 악장의 영향을 바탕으로 우리 악장이 확보한 중세적 보편성을 지속가능하게 했다는 점에서 큰 의미를 갖는다. 조선의 초창기 이데올로그들 가운데 국가 의례나 문예를 담당했던 사람들은 고려 악장의 유산에 대하여 비판적 견해를 두드러지게 표면화시켰다. 그러나 그것은 고려적인 색채를 조선의 독자적인 것으로 바꿔야 한다는 당위성이나 명분의 강조에 불과한 일이었다. 오히려 자신들의 지향성을 최대한 내세움으로써 불가피하게 계승한 악장의 고려적 성향을 희석시키는 데 만족하는 수준이었다. 이처럼 악장에서 절충적 태도를 취했던 것은 '음악에서 누적된 관습이란 갑자기 바꿀 수 없다'[3]는 한계를 인정할 수밖에 없기 때문이었다.

정인지가 수찬한 『고려사악지』 '악 1' 서문의 한 부분에는 현재까지 남아 전해지는 고려악장이 한산한 이유와 함께 고려속악가사들에 대한 당시 지배층의 생각[공민왕 때 명나라 태조가 아악을 내려 조정과 태묘에 썼고, 당악과 삼국시대의 음악 및 속악도 섞어 썼다는 것, 속악은 노랫말이 비속한 것이 많으므로 그 중 심한 것은 다만 노래 이름과 노랫말의 대의만 기록하고 이것들을 아악·당악·속악으로 분류하여 악지를 만들었다는 것]이 들어 있는데, 비록 내용이 삭제된 채 노래들의 이름과 대강의 뜻만 기록되었다 해도 『고려사악지』에 실린 그것들이 고려조의 악장들임은 분명하다. 『고

---

3) 『성종실록』 권219, 성종 19년 8월 13일 두 번째 기사[특진관 이세좌가 아뢰기를 "요즘 음악에는 거의 남녀상열의 가사를 쓰고 있는데, 곡연·관사·행행 때는 써도 무방하나 정전에 거둥하시어 뭍 신하들을 대하실 때 이런 속된 가사를 쓰는 것이 사체에 어떠하겠습니까? 신은 장악제조로서 본래 음률을 알지 못하나 들은 것으로 말씀드리면, 진작은 비록 이어이나 충신연주지사이니 써도 무방합니다. 다만 간간이 비리한 가사를 노래하되 후정화, 만전춘 같은 부류도 많습니다. 치화평, 보태평, 정대업 같은 것들은 곧 조종의 공덕을 칭송하는 노랫말로써 진실로 노래하여 성덕과 신공을 포양해야 할 것입니다. 이제 기녀와 악공들은 누적된 관습에 익숙해져 있어 정악을 버리고 淫樂을 좋아하니, 심히 편안치 못합니다. 모든 이어들을 청컨대 연습하지 말게 하소서." 하자, 임금이 좌우를 돌아보며 물으니, 영사 이극배가 대답하여 이르기를 "이 말이 옳습니다. 다만 누적된 관습이 이미 오래 되어 갑자기 개혁할 수는 없습니다. 해당 조로 하여금 상의하여 아뢰도록 하소서." 하니, 임금이 "그렇게 하라."고 하였다.] 참조.

려사악지』와 조선조의 각종 악서들에 등장하는 고려노래들이 민중가요로서
의 '속요'가 아니라 궁중악의 한 부분이었던 '속악가사'였음은 당연하고, 그에
따라 그 노래들의 1차적 분류범주가 '악장'임은 두 말 할 필요도 없다는 것이
다. 이런 이유로 국문학계에서 통용되는 명칭 '고려가요'는 1차적으로 악장론
을 거쳐야 의미를 갖게 되는 2차 혹은 3차 범주의 장르일 수밖에 없는 것도
그런 이유 때문이다.

이처럼 고려조로부터 물려받은 당악과 속악, 아악은 조선조 음악의 기반을
형성했다. 당연히 출발시기의 악장 역시 일부 개작이나 신작을 제외한 상당수
가 고려조의 것들이었다. 이 점에 대한 전거들은 대단히 많으나, 그 가운데
특히 태종 2년 예조와 의례상정제조가 함께 올린 樂調의 서문[4]과 성종 19년에
올린 이세좌의 계문[5]은 개국 이래 이때까지 조선의 궁중 혹은 조정에서 써온
음악이나 악장들 대부분이 고려의 그것들이었음을 보여준다. 또한 <靑山別曲>
의 제8·9행강을 제외한 전체 선율과 <納氏歌>는 동일하고, <大國>은 <청산별
곡>의 전 곡과 동일하며, <敬勤曲> 또한 <청산별곡>과 동일하다는 점, 조선
초기 음악의 하나인 維皇曲과 保太平 가운데 <隆化>는 <風入松>의 한 부분을
발췌한 것이라는 점, 조선 초기의 <橫殺門>은 고려 속악 <紫霞洞>으로부터
발췌한 것이라는 점, 고려속악 <處容歌>의 경우 노랫말은 조선조에 들어와
尹淮[1380-1436]의 <鳳凰吟>으로 대체되었다는 점, 고려속악 <滿殿春> 악곡의
일부가 정대업 중 <赫整>과 동일하다는 점, <靖東方曲>의 전체 8행강 중 제1행
강에서 제5행강까지의 선율은 『時用鄕樂譜』 소재 <西京別曲>의 그것과 동일
하며, 定大業 중 <永觀>은 평조이던 <서경별곡>의 곡조를 계면조로 선법만
바꾼 것이라는 점 등이 음악의 면에서 지적할 수 있는 대표적인 내용들이다.[6]

---

4) 태종 003 02/06/05.
5) 주 3) 참조.
6) 장사훈, 『國樂論攷』, 서울대 출판부, 1966, 49-75쪽 참조.

앞에서 언급한 태종조의 樂調[주 1)의 각종 의례들과 악곡 참조]는 당대 朝野의 연향 13종을 상세히 설명한, 일종의 국가적 禮典이었다. 『고려사악지』나 『악학궤범』 등에 개별 정재들의 절차는 상세히 소개되어 있지만, 태종 조의 악조야말로 조선 건국 이후 그러한 정재들을 포함한 본격적인 연향 절차의 첫 사례였다.

태종 조의 악조 10곡은 조선조에 들어와 처음으로 정비된 조회·연향악의 절차였다.[7] '중국과 우리나라를 막론하고 앞 시대 음악들을 두루 받아들인 고려조 음악으로부터의 비판적·선별적 수용', '『시경』의 전폭적 수용' 등이 啓文에 담긴 주 내용인데, 중세 예악문화를 수립하는 데 필수불가결한 두 갈래의 방향이기도 했다. 다시 말하면 고려조에서 넘어온 음악의 비중을 최소로 하는 반면, 『시경』의 수용은 대폭 확대하고자 한 데서 그런 방향성을 읽어낼 수 있다.[8] 삼국 말년의 음악을 답습했고 송나라의 예를 따라 교방의 악을 사용함으로써 음란한 소리가 많아진 고려의 음악을 그대로 인습할 수 없다고 본 것이 전자의 이유였고, 자신들의 음악문화를 좀 더 국제적 표준에 근접하도록 바꾸려 한 것이 후자의 이유였다.

사실 이보다 훨씬 뒤인 성종 조 중반까지도 고려조의 음악유산을 청산하지 못한 것이 조선조의 상황이었다. 성종 19년 8월 13일 이세좌의 上奏에 따르면[9] 당시까지도 曲宴·觀射·行幸은 물론 정전에서 군신을 대할 때에도 고려조로부터 물려받은 남녀상열지사를 사용하고 있었음을 알 수 있다. 충신이 임금을 그리는 <眞勺> 등 소수의 고려 노래들은 무방하고, <致和平>·<保太平>·<定大業> 등 祖宗의 공덕을 칭송하는 가사들은 마땅히 부르도록 함으로써 聖德과

---

7) 주 1) 참조.
8) 조규익, 「태종 조 '國王宴使臣樂'에 수용된 『시경』의 양상과 의미」, 『국어국문학』 179, 국어국문학회, 2017 참조.
9) 주 3) 참조.

神功을 드러내어야 하지만, <後庭花>·<滿殿春> 같은 노래들은 안 된다는 것이 그들의 생각이었다. 이런 문제제기에 대하여 '옳은 말이나, 누적된 관습이 이미 오래 되어 갑자기 개혁하지는 못할 것'이라는 한계를 수긍한 임금의 의견을 통해 음악이나 악장과 관련한 이념적 정체성의 혼란은 그 때까지 해결하지 못한 문제였음을 확인하게 된다. 조선 초기 음악이나 악장이 고려조의 강한 영향 아래 사로잡혀 있었기 때문이다.

사실 음악적 측면에서도 조선조 속악의 상당 부분은 고려조 속악을 답습했거나 발췌한 것들이다.[10] 조선조에서 수용한 고려조 음악은 삼국 말년의 음악과 송조에서 들여온 교방악 등인데, 음악이든 악장이든 완벽하게 조선의 독자적인 것으로 대체하기는 불가능했고, 그렇게 하는 것이 최선이라고 생각한 것도 아니었다. 얼마간 중세 예악의 보편정신을 확보하기 위해서라도, 중국으로부터 음악과 악장을 그대로 들여와 사용하거나 그것들 가운데 일부라도 기존의 것들에 섞어 쓰는 것이 태종 시대로서는 그나마 가능한 방안이었다. '삼가 兩部의 악에서 그 성음이 약간이라도 바른 것을 취하고 풍아의 시를 참고로 조회와 연향의 악을 정했다'는 예조의 악조 서문 가운데 '양부의 악'이란 고려조 이래 존속해온 雅部와 俗部의 음악을 지칭하고, '풍아의 시'란『儀禮經傳通解』「風雅十二詩譜」[11]의 시들을 말한다. 따라서 악조에 포함된 악장들은 이러한『시경』시들과 고려조 이래 당·속악[12]으로 불린 개별 노래들 및 당·속악정재들에 포함된 노래들이다. 크게 보아 左右 2부악 중 좌부악인 고려의 당악은 중국의 음악으로서[13] 통일신라 문무왕 때 당나라로부터 도입한

---

10) 주 6) 참조.

11) 『文淵閣四庫全書: 經部/禮類/通禮之屬/儀禮經傳通解』 卷十四 참조.

12) 『고려사악지』의 음악 체제는 예종 때 들여 온 (대성)아악, 당악, 속악 등 세 부분으로 이루어져 있었다. 당악과 속악이 빈객의 접대 등 각종 향연에 함께 쓰여 온 사례를 감안하면, 조선의 태종조까지는 고려의 선례들이 온전히 답습되고 있었음을 짐작할 수 있다.

13) 徐兢, 『宣和奉使高麗圖經』 卷第四十. 『文淵閣四庫全書: 史部/正史類/宋史』 卷 四百八十七의 "左右二

당악에 10세기 이래로 송나라에서 들여온 교방악과 詞樂이 포함된 음악을 포괄적으로 지칭하는 개념이다.[14] 표현문법과 주제의식을 중심으로 태종 조 악조에 쓰인 당악과 속악정재의 악장들을 분석하면 중국으로부터 받은 영향이나 중국과 조선을 포함한 동아시아의 중세적 보편성을 살필 수 있을 것이다.

위로는 왕에서 아래로는 서인에 이르기까지 천민이나 노비를 제외한 전 계층의 禮宴 절차와 음악을 제도화 시킨 것이 태종 조의 악조다.[15] 왕의 입장에서 대외적으로는 중국의 사신들을 접대하기도 하고, 대내적으로는 종친형제·群臣·외국으로 보내는 본국 사신 및 將臣 등 다양한 대상들을 접대해야 한다는 점에서 매우 번다한 절차와 음악 및 악장들이 필요했다. 의정부에서

部 左曰唐樂 中國之音也 右曰鄕樂 其故習也"
14) 송방송, 『한겨레음악대사전 상』, 보고사, 2013, 928쪽.
15) 태종 조의 악조에 포함된 악장들을 정리하여 제시하면 다음의 표와 같다.

악조　　　분류	『시경』 시	당·속악정재 가사	당·속악 가사
國王宴使臣樂	<鹿鳴>·<皇皇者華>·<四牡>·<魚麗>·<臣工>·<南有嘉魚>·<南山有臺>[이상 7편]	五羊仙[<碧烟籠曉詞>·<縹緲三山詞>]/蓮花臺[<微臣詞>·<日暖風和詞>·<閬苑人間詞>]/抛毬樂[<三臺詞>·<洞天景色詞>·<兩行花竅詞>·<滿庭羅綺詞>]/牙拍[<動動>]/舞鼓[<井邑詞>]	<水龍吟 慢>·<金盞子>·<憶吹簫>
國王宴宗親兄弟樂	<行葦>·<關雎>·<麟趾>·<葛覃>·<臣工>·<南山有臺>	受寶籙<受寶籙>]/金尺[<金尺詞>]/오양선[上同]/포구락[상동]/무고[상동]	<文德曲>
國王宴群臣樂	<녹명>·<抑>		
國王遣本國使臣樂	<황황자화>·<사모>		
國王勞本國使臣樂	<사모>·<황황자화>		
國王遣將臣樂	<采薇>		
國王勞將臣樂	<杕杜>·<채미>		
議政府宴朝廷使臣樂	<녹명>·<황황자화><사모>·<남유가어>·<어리>·<남산유대>	연화대[상동]/아박[상동]/무고[상동]	<문덕곡>의 '大肉'/<松山操>
議政府宴本國使臣樂	상동	상동	상동
議政府餞本國將臣樂	<채미>		
議政府勞將臣樂	<체두>		
一品以下大夫士公私宴樂	<녹명>·<관저>·<七月>		<五冠山>·<方等山>
庶人宴父母兄弟樂			<오관산>·<방등산>·<勸農歌>

중국의 사신들을 맞이하고 중국으로 떠나는 본국의 사신들을 전송하거나 장
신들을 위로하는 잔치를 주관할 때도, 1품 이하 대부와 사가 공사의 잔치를
주관할 때도 음악과 악장이 필요했으며, 서인들이 부모와 형제를 위해 잔치를
베풀 때에도 그에 맞는 음악과 노래가 필요했다. 말하자면 국가의 '상하/내외'
를 망라하는 행사 혹은 잔치에 필요한 절차와 음악 및 악장을 조선조에 들어와
처음으로 제도화하고 규정한 것이 태종 대 악조였던 것이다. 따라서 이 악조의
음악이나 악장을 보면 당시 이들이 지향하던 예악의 보편적 표준이나 이상을
확인할 수 있다.

2. <용비어천가>의 출현과 중국왕조 창업정신의 수용

『고려사악지』 당악에는 5건의 정재들[헌선도·수연장·오양선·포구락·연화대]과
<惜奴嬌 曲破>를 비롯한 43건의 가사가 실려 있고, 속악에는 3건의 정재[무고·
동동·무애]와 <서경(西京)>을 비롯한 29건의 노래들 및 14건의 삼국 속악들이
실려 있는데, [16) 그 가운데 태종 조의 악조에 수용된 당악정재는 오양선·연화
대·포구락 등 고려당악 3건 및 수보록·금적 등 조선조 당악 2건, 속악정재는
아박·무고 등 2건이다.

국왕연사신악에서 공연된 당악정재는 오양선·연화대·포구락 등이다. 오양
선은 국왕연사신악과 국왕연종친형제악에, 연화대는 국왕연사신악과 의정부
연조정사신악에, 포구락은 국왕연사신악과 국왕연종친형제악에 각각 사용되
었다. 당악정재들이 공연되었다는 것은 정재들에 속한 악장들도 함께 가창되
었음을 의미하는데, 그 정재들에 속한 가사들은 앞에서 언급한 바 있다.

---

16) 이하 당악정재와 속악정재의 절차, 악장들의 원문 및 부대 기록 등은 『국역고려사』(http://naver.
com)를 참조하고, 번역은 인용자의 판단에 따라 적절히 수정한다.

　말하자면 임금이 사신과 종친형제들에게 베푸는 잔치나, 의정부에서 조정 사신들에게 베푸는 잔치에서 공연된 무대예술이 이러한 당악과 속악의 정재들이었다. 내외 사신들과 종친형제들을 빈객으로 한 만큼, 정서적 보편성에 바탕을 두고 빈객을 환영하거나 임금에 대한 축수가 병행되는 방향으로 내용이나 주제가 짜일 수밖에 없을 것이다.

　이처럼 조선조 음악문화 속에 수용된 고려의 당악은 조선의 당악과 그 악장을 釀成한 바탕이 되었다. 말하자면 한국과 중국의 악장에 공존하는 중세적 보편성이나 왕조 교체와 확립이라는 역사적 유사성 이외에 유교 이데올로기적 동질성이 '중국의 당악-고려의 당악-조선의 당악'으로 연결되는 바탕을 형성하고 있다는 것이다. 예컨대 정도전이 <夢金尺>·<受寶籙>·<納氏曲>·<窮獸奔曲>·<靖東方曲> 등의 악장을 지어 바치며 올린 箋文에 그 점은 분명히 나타나고, 그 점은 중국 왕조들의 악장과 우리나라 왕조들의 악장이 공유하는 철학적 바탕이었다.

　　신이 보건대 역대 이래의 천명을 받은 임금에게 공덕이 있으면 반드시 악가로 형상하여 당시에 빛나게 하고 뒷시대에 내려주어 보이게 하므로 '한 시대의 일어남에 반드시 한 시대의 제작이 있다'고 하였사옵니다. 삼가 생각건대 주상전하께오서 신묘하신 武勇은 그 책략을 돕고 용기와 지혜는 하늘에서 주셨으니, 깊은 어지심과 도타운 덕이 민심과 결합된 지가 이미 오래 되었사옵니다. 천명을 받는 것은 반드시 백성들의 여망에서 나왔을 것이니, 그러므로 하루아침이 끝나기 전에 대의를 바르게 해야 할 것입니다. 그러나 상서로운 봉새는 뭇 새들보다, 영지는 평범한 풀들보다 그 남이 반드시 다릅니다. 성인의 일어남을 당하여 영이한 상서가 먼저 감응하게 되는 것은 또한 이치의 필연입니다. 무왕이 은나라의 주왕을 정벌할 때 '짐의 꿈이 짐의 점과 합하여 아름다움 상서가 거듭되었다[서경 태서 중 朕夢協朕卜襲于休祥]'고 한 말과 광무제의 赤伏符[王莽의 新 말년에 讖緯家에서 만들어낸 符籙. 劉秀가 천명을 받아 황제가 된다는 내용이다. 뒤에 제왕이 천명을 받는 상서로운 징조를 두루 이르는 말로 썼다.] 같은 부류가 전책에 기재된 것은 속일 수 없는 것입니다. 우리 주상전하께서 잠저에 계실 때 꿈에 신인이 금척을 주면서 말하기를 '이것으로써 나라를 다스리십시오.'라고 한 것과 또 어떤 이가 이상한 글을 얻어 주면서 말하기를 '이것을 숨기고 함부로 사람들에게 보이지 마십시오.'라고 한 것이 십 수 년 뒤에 그 말이 과연 징험되었으니, 이 모두가 하늘이 오늘날의 일을 미리 알려준 것입니다. 전하께오서 넓고 큰 도량으로 뭇사람들의 말을 받아들여 무릇 여항 사이의 미세한 백성들로서 그 안정된 처소를 얻지 못한 자가 하나라도 있으면 반드시 이를 알게 되고, 이를 알면 반드시 후하게 구휼하시어 오히려 사람들이 말하지 않음을 두려워하셨으니, 언로를 여심이 넓었으며 공신을 지성으로 대우하여 信書를 내려주시고 금석에 새기셨으니, 공신을 보호하심이 지극하셨습니다. 전조[고려]의 말에 정치가 퇴폐하고 법도가 무너져 경계[토지제도]가 바르지 못하여 백성이 그 해를 입었고, 예악이 흥하지 못하여 관원이 그 직책을 잃었는데, 전하께서 일체를 모두 바로잡아 정하였습니다. 천도로써 한 것은 저와 같았고, 인도로써 한 것은 이와 같았으니, 공을 비교하고 덕을 헤아려 보매 비할 데가 없습니다. 이것을 마땅히 聲詩로써 전파하고 絃歌에 올려 끝없이 전하여 듣는 자로 하여금 성덕의 만분의 일이라도 알게 해야 할 것입니다. 신이 비록 불민하오나 성대를 우연히 만나 개국공신의 말석에 참여하고 다행히 문필로써 태사의 직책을 겸하였으니, 감격하여 뛰고 싶은 마음을 이길 수 없습니다. 삼가 천명을 받은 상서와 정사를 보살피신 아름다움을 기록하여 악사 세 편을 짓고 이를 잘 써서 箋文과 함께 바치옵니다.[17]

이 글은 정도전이 태조에게 악장을 지어 바치면서 함께 올린 전문으로서 조선조 악장의 바탕으로 중국의 역사적 사실과 정신을 수용했음을 밝힌, 일종의 선언문이다. 자신이 지은 악장들을 향후 악장들의 모범적 선례로 제시했을 뿐 아니라 악장의 내용적·주제적 범주를 밝혀 임금으로부터 승인을 받았다는 점에서 선언적 의미를 갖는다는 것이다. 이 글은 세 부분[천명을 받은 임금에게 공덕이 있으면 반드시 악가로 형상해야 하는데, 태조의 신묘한 무용과 지혜는 하늘이 내려주었으니

---

17) 『태조실록』 권 4, 태조 2년 7월 26일.

악가를 지어 대의를 바르게 해야 함/중국의 한 무제와 후한 광무제는 왕의 꿈과 卜筮가 부합하거나 천명을 받게 된다는 符籙 등으로 아름다운 상서와 징조가 거듭함으로써 천하를 평정하는 황제가 되었다는 것/조선의 태조는 꿈에 신인으로부터 금척을 받고 異人으로부터 이서를 받았는데, 십수 년 뒤 그 말에 따라 왕이 되었고 선정을 베풀었기 때문에 그 공덕을 聲詩로 전파하고 絃歌로 끝없이 전하여 듣는 자들로 하여금 성덕의 만분지일이라도 알게 해야 함]으로 이루어져 있는데, 창업주에게 符籙과 異書를 통해 내리는 천명이 뒤에 모두 현실로 징험된다는 것과 그것을 찬양함으로써 당대는 물론 후대에까지 알릴 필요가 있어서 그 점을 악장으로 만든다는 것이 핵심이다.

즉 한 무제와 후한 광무제가 신이한 사례들[꿈과 卜筮가 부합함/천명을 받게 된다는 부록 등으로 아름다운 상서와 징조가 거듭하여 천하를 평정함]을 겪고 제왕이 되었다는 점과 태조가 꿈에 신인으로부터 금척을 받고 이인으로부터 異書를 받고 왕이 된 사실을 나란히 제시했고, 태종의 경우는 그런 상서와 징조에 덧붙여 선정을 베풀어 공덕을 성시로 전파하고 현가로 무궁하게 전하여 당대인들과 후세인들에게 알릴 필요가 있어 악장을 만들었다는 것이다. 말하자면 악장 속의 신이한 사례들은 무제나 광무제의 것과 공통되지만, 거기에 그치지 않고 선정을 베풂으로써 백성들로부터 찬양까지 받았음을 강조한 것이다. 즉 하늘의 명으로 군왕이 된 데서 그치지 않고, 그가 베푼 선정까지 제시함으로써 후세의 제왕들이 모범으로 삼아 실천해야 할 의무까지 덧붙인 셈이다. 조선조의 악장이 중국이나 고려의 그것과 다른 것은 대상에 대한 단순한 찬양으로 끝내지 않고, 후세 왕들이 본받아야 할 선정의 의무까지 제시했다는 점이다.

이런 관점이 결국 <용비어천가>의 제작으로 귀결되었다고 할 수 있다. 정도전은 조선조 악장의 開祖이며, 국문학의 장르적 변이현상을 구체적으로 악장에 반영한 첫 인물이다. 그는 중국으로부터 도입한 4언체의 정통악장을 창작하면서도 당대에 불리던 시가 장르를 과감히 변형시켜 악장으로 도입했고, 결과적으로 그것은 새로운 장르의 안출로 이어졌던 것이다. 사실 고려시대의 음악문화에 젖어 있었던 그가 창업주의 공덕을 칭송한다거나 새 왕조의 문물 제도를 찬양하는 악장을 제작하는 데서 기존 지식의 틀을 탈피하기는 쉽지 않았을 것으로 짐작된다. 외래 장르인 중국 송나라 사문학의 형태를 본떴다거나 기존 악곡들에 塡詞하는 데 불과한 방법적 한계는 이런 사정을 설명해준다.18) 정도전은 이 태조를 중심으로 '천명의 교체와 영웅의 탄생'이라는 구조를 만들어 보여주었지만,19) <용비어천가>에서 집대성되는 조선조 악장의 기초 또한 그가 다졌다고 보는 것이 타당하다. 천명에 의해 조선이 건국되었다는 것은 당시 건국 주체세력이나 집권층의 믿음이었고, <용비어천가>에 표출된 역사관의 핵심이기도 했다. 즉 서두에 제시된 주제 '천명에 비추어 본 조선 건국의 당위성'과 '왕조 영속의 당위성'이 6조의 사적을 통해 변화 있게 반복·확인되고 또 다시 勿忘章들을 거쳐 卒章에서 반복·제시된 점을 <용비어천가> 짜임의 대강이라고 할 수 있는데,20) 거기서 '조선 건국 및 영속의 필연성'과, 그 대전제로서의 천명이 도출된다는 것이다.

개국조가 천명을 받았다는 것과 왕조의 역사가 深遠·長久하다는 것 등을 노래하였고, 국가 기관에서 왕명으로 다수의 학자들이 참여하여 지었으며, 방대한 규모임에도 대부분 악곡에 올려 공사 연향에 사용했음은 물론 현왕을 제외한 선대 조종만을 대상으로 했고 작품의 자료들을 각 지방으로부터 광범위하게 수집했다는 등의 측면에서 <용비어천가>는 선초악장의 결정판이다.21)

과연 <용비어천가>는 어떤 구도 위에서 기획되었고, 모범적 선례로 삼은 중국의 악장은 무엇이었을까. '모두 실제 사적을 근거로 사를 지었고, 옛 일들을 주워 모아 지금에 비의하였으며, 반복하고 부연 진술하여 규계지의로 끝맺었

18) 조규익, 『조선조 악장의 문예미학』, 민속원, 2005, 403쪽.
19) 김영수, 『조선시가연구』, 새문사, 2004, 299쪽.
20) 조규익, 『조선조 악장의 문예미학』, 227쪽.
21) 조규익, 같은 책, 229쪽.

다.'[22])는 崔恒[1409-1474]의 말에 이런 점들이 분명히 드러난다. 실제 사적을 근거로 가사를 지었다는 것은 역사서술 차원의 창작 태도와 방법을 지적한 말로서, 예컨대 『시경』의 <大明>·<緜>·<皇矣>·<生民>·<公劉> 등은 주나라 창업 관련 인물들의 출현과 행적을 노래한 악장들로서, 이들 노래에는 『史記』권 4 「周本紀」의 내용이 반영되어 있다. 이들 중 <생민> 각 장의 핵심내용은 다음과 같다.

> 1장: 姜嫄이 上帝의 발자국에서 엄지발가락을 밟고 임신한 뒤 后稷을 낳았음.
> 2장: 人道[남녀 간의 교접] 없이 편안하게 후직을 순산했음.
> 3장: 人道 없이 아들을 낳은 불길함에 아이를 버렸으나, 소·양·새·나뭇군 등의 비호로 살아났음.
> 4장: 棄가 어렸을 적부터 곡식을 심고 가꾸기를 좋아했으며, 자란 뒤에는 농사 짓는 것을 좋아하여 요임금이 農師로 삼았음.
> 5장: 요임금이 후직을 邰나라에 봉하고 모친인 강원의 제사를 주관하게 하여 주나라 사람들이 대대로 강원을 제사하게 되었음.
> 6장: 검은 기장, 붉고 흰 차조 등 아름다운 종자를 심어 가꾸고 수확하여 첫 제사 즉 肇祀를 지냈음.
> 7장: 수확한 곡식으로 음식을 만들고, 쑥을 취해 降神祭를 지내고, 숫양으로 路祭를 지내며, 불고기를 구어 해[歲]를 일으키는 등 엄정한 제사절차를 통해 오는 해[새해]를 일으키고 가는 해를 이었음.
> 8장: 제물을 제기에 담아 올리니 상제가 흠향하는 절차가 후직의 첫 제사로부터 차질 없이 현재까지 이르렀음.

원래 『尙書』 「周書」 '武成'에는 무왕이 群神에게 제사한 뒤 제후들에게 고한 내용이 실려 있다. 이 편에서 무왕은 자신이 등장하기까지의 世系만을 간략히 읊었으나[23] <생민>에서 좀 더 구체적으로 보충되었다. '탄생의 신이함과 시련

[1장-3장]', 후직이 보여준 이적과 공적[4장'] 등이 노래의 전반부이고, '모친 사후 肇祀에 관한 사실[5장], 그 제사를 주나라 사람들이 대로 지낸 사실과 제사절 차[6장-8장]' 등은 후반부이다. 주나라 건국 후 무왕 때까지 그 제사가 지속되어 왔다는 것은 후직 당시 이미 주나라의 왕통이 시작되었음을 의미한다. 즉 시조 탄생이라는 신화적 질서가 국가제도라는 현실적 차원으로 전환되는 과정이 악장 <생민>에 압축되어 있는 것이다. 이것이 『사기』의 「주본기」에 이르면 『상서』「무성」에서 생략된 신화적 요소와 후직~무왕까지의 왕통 및 천하 통 일에 이르는 무왕의 업적들이 상세하게 기술된다. 중국 역대 지식인들은 『상 서』를 '사료적 가치와 도덕적 의의'의 측면에서 史書로 받아들이는데,24) 사마 천 역시 『상서』에서 생략된 사건의 본질이나 간단히 처리된 사료들을 부연하 거나 구체화하여 상세히 기술함과 동시에 후대를 위한 교육 자료로서의 의미 까지 부여했다. 즉 사마천은 『상서』와 『시경』의 내용이 함축적이면서도 간략 하다고 했는데, 지은이들의 마음 속 뜻을 이루고자 한 것이 그 이유의 하나였 고, 특히 『시경』 시들의 경우 마음속에 맺힌 것들이 있어도 그것을 통하여 밝힐 수 없었기 때문에 지난 일을 서술하여 오는 일을 생각하려 한 점을 구체 적으로 부연하여 설명한 것이 그 이유의 둘이었다.25)

'창업-융성-쇠퇴-멸망'으로 압축되는 주나라 역사를 『사기』에 반영할 때 앞 에 말한 사료들을 바탕으로 했음을 이면에 밝힌 바 있었고,26) 무왕이 죽음에

---

23) 『文淵閣四庫全書: 經部/書類/書傳』卷九의 "王若曰 嗚呼群后 惟先王建邦啓土 公劉克篤前烈 至于大 王 肇基王迹 王季其勤王家 我文考文王 克成厥勳 誕膺天命 以撫方夏 大邦畏其力 小邦懷其德 惟九年 大統未集 予小子其承厥志" 참조.

24) 황원구, 「書經의 史料的 意義」, 金冠植 譯, 『書經』, 현암사, 1968, 516-517쪽.

25) 『文淵閣四庫全書: 史部/正史類/史記』卷一百三十의 "堯舜之盛 尙書載之 禮樂作焉 湯武之隆 詩人歌 之 春秋采善貶惡 推三代之德 襃周室 非獨刺譏而已也(…)夫詩書隱約者 欲遂其志之思也(…)詩三百篇 大抵賢發憤之所爲作也 此人皆意有所鬱結 不得通其道也 故述往事 思來者" 참조.

26) 『文淵閣四庫全書: 史部/正史類/史記』卷一百三十의 "維棄作稷 德盛西伯 武王牧野 實撫天下 幽厲昏 亂 旣喪豐鎬 陵遲至赧 洛邑不祀 作周本紀第四" 참조.

임하여 大王·王季·文王에게 告由하여 金縢을 만든 전말, 주공 단의 행적을 기록한 『상서』 「주서」 '금등'을 만든 전말, 『상서』 「주서」 '금등'을 『사기』에서 구체적으로 다룬 일 등을 언급한 바도 있었다.[27] 성왕을 도와 주나라를 안정시키는 과정에서 성왕을 비롯한 후왕들에게 王道를 깨우칠 목적의 노래들을 상당수 남겼을 뿐 아니라 예악문화를 확립시킨 주공 단을 공자와 사마천 모두 중시했다. 그 때문에 『상서』와 『시경』 및 『사기』의 주나라 관련 부분들에서 주공 단은 핵심적 존재였고, 管蔡의 난을 평정함으로써 주나라의 태평을 회복한 점에서도 중심역할을 수행했다.[28] 특히 관채의 난을 평정한 뒤 백성들을 위해 임금이 해야 할 일들을 월령체로 노래한 『시경』 「빈풍」의 <七月>을 지었다는 점은 그런 사실들과 밀접하게 관련을 맺는데, 이 사실은 악장으로서의 『시경』 시들이야말로 정치적·역사적 맥락에서 생겨났음을 보여준다.

대부분 『상서』에 기록되어 있긴 하지만, 『사기』에 보다 구체적으로 기록됨으로써 주나라 창업주 및 그 선조들의 사적을 노래한 『시경』의 일부 시들 또한 史詩로서의 권위를 더 무겁게 인정받은 셈이고, 이런 점은 조선조 창업주와 선조들의 사적을 찬양한 <용비어천가>의 '역사적 사실성'이 官撰의 역사서인 『고려사』나 『태조실록』 「총서」에 의해 뒷받침됨으로써 그 권위를 인정받을 수 있다고 보는 점과 상통한다. <용비어천가>가 『시경』의 사시들을 모범적 선례로 삼았다고 보는 것도 그 때문이다.

『고려사』가 편찬되기 전에 <용비어천가>를 제작했고, <용비어천가> 제작을 위해 왕명으로 각지에 산재하던 선대의 사적들을 광범위하게 수집했다. <용비어천가>에 선대의 사적들을 반영함으로써 창업의 艱難함이 古聖들의 사

---

27) 『文淵閣四庫全書: 史部/正史類/史記』卷一百三十의 "周公綏之 愼發文德 天下和之 輔翼成王 諸侯宗周 隱桓之際 是獨何哉 三桓爭彊 魯乃不昌 嘉旦金縢 作周公世家第三" 참조.

28) 『文淵閣四庫全書: 史部/正史類/史記』卷一百三十의 "管蔡相武庚 將寧舊商 及旦攝政 二叔不饗 殺鮮放度 周公爲盟 太姙十子 周以宗彊 嘉仲悔過 作管蔡世家第五" 참조.

례와 들어맞음을 보여주게 되었으며, 결국 <용비어천가>에 반영된 선대의 사
적들은『고려사』에 반영될 수밖에 없었다.[29] 따라서 <용비어천가>는 의례문
학으로서의 악장이면서 역사를 겸하는 기록, 즉 史詩로 정위되는 것이다. <용
비어천가>는 조선왕조 창업의 역사적 사실성과 권위를 갖춤으로써, 나라에서
제작한 최고의 문건이 되었다.『시경』의 <생민>에 나타난 역사적 사실들이
기존의 史書에서 갖다 쓴 것들이 아니라 오히려 후대 사서『사기』에 사료로
제공된 것처럼, <용비어천가>의 역사적 사실들도 기존의 사서들로부터 따온
것들이 아니라『고려사』의 사료로 원용되었을 만큼 충분히 '역사를 노래한
시문학 작품' 즉 사시로 대접을 받았던 것이다. 몇 작품을 들어보자.

    <1> 周國。大王이○豳谷애사ᄅ샤。帝業을○여르시니
        우리 始祖ㅣ。慶興에사ᄅ샤。王業을○여르시니 <용비어천가/3장>

    <2> 漆沮ᄀ샛움흘○後聖이니ᄅ시니。帝業憂勤이○뎌러ᄒ시니
        赤道안햇움흘○至今에보ᇇᄂ니。王業艱難이○이러ᄒ시니 <용비어천가/5장>

  <1>의 앞부분에서는 주나라 제업의 기틀을 마련한 后稷의 사적을 노래했다.
姜嫄이 거인의 발자국을 밟고 수태한 뒤에 낳은 棄[후직의 초명]는 농사 짓는
것을 좋아하여 요임금에게 農師로 발탁되었고, 순임금은 그를 邰 지방에 봉했
고, 후직이라 불렀다. 후직의 아들은 不窋이고, 불줄의 아들은 鞠陶였다. 국도
의 아들인 公劉가 나오면서 豳 땅에 나라를 세웠고, 공류의 9세손 古公亶父가
다시 후직과 공류의 업을 닦고 덕을 쌓으며 의를 행하였으므로, 인민들이 모두
그를 추대하였다. 이 부분은 후직으로부터 태왕 고공단보까지의 사적을 함축
하고 있다.『시경』「대아」<생민>은 후직의 탄생부터 순임금에 의해 태 지방

---

29) 심재석,「龍飛御天歌에 보이는 高麗末 李成桂家」,『역사문화연구』4, 한국외국어대학교 역사문화연
    구소, 1992, 124-125쪽 참조.

에 봉해진 사실, 후직의 증손자 공류가 빈 땅의 계곡에 나라를 세운 사실,
공류의 9세손 고공단보가 인민들로부터 추대를 받아 주나라 제업을 열게 된
사실 등을 압축하여 담고 있다. 후직은 강원에게서 태어났고, 문왕과 무왕의
功業은 후직에게서 일어났다는 역사적 사실[30]을 노래한 것이 <생민>이다.
이러한 주나라 창업의 역사적 사실에 대응시킨 것이 조선조 세종의 6대 선조
인 穆祖가 왕업의 기틀을 마련한 역사적 사실이다. 원래 전주에 살던 목조는
官妓의 일로 知州로부터 모해를 당하자 강원도 삼척으로 이주했다. 목조를
미워하던 안렴사가 부임한다는 소식을 듣고 함길도 덕원부로 다시 옮겨갔고,
원나라가 중원을 지배하게 되면서 斡東으로 옮겨갔으며, 원나라는 목조를 5천
호의 다로가치(達魯花赤)로 삼았는데, 동북지방의 민심이 모두 목조에게 쏠림으
로써 조선조의 왕업은 이로부터 시작되었다.

　<용비어천가> 제작자들은 조선조 창업의 기틀을 세운 목조의 사적을 노래
하기 위해 『시경』「대아」<생민>을 요약하여 전단으로 삼았으니, 중국의 詠史
악장을 끌어와 과감히 변이·수용함으로써 동아시아에서 전혀 새로운 악장을
창출하게 된 것이다.

　<2>의 앞부분은 고공단보 태왕이 처음에 岐周로 천도하여 왕업을 열었고
결국 문왕이 천명 받은 역사적 사실을 노래한 『시경』「대아」<緜>을 압축한
내용이다. <緜>은 문왕의 창업이 본래 태왕으로부터 말미암았음을 말한 노래
로서,[31] 제1장에서는 빈 땅에 있을 때를, 제2장에서는 岐 땅에 이르렀음을,
제3장에서는 집터를 정한 사실을, 제4장에서는 땅을 나눠주어 백성들을 거주
하게 했음을, 제5장에서는 종묘 지은 사실을, 제6장에서는 궁실 마련한 일을,
제7장에서는 문사 지은 사실을, 제8장에서는 문왕시대 混夷 복종의 일을, 제9

---

30)『文淵閣四庫全書: 經部/詩類/詩傳大全/詩序』의 "生民尊祖也 后稷生於姜嫄 文武之功 起於后稷 故推
　　以配天焉" 참조.
31)『文淵閣四庫全書: 經部/詩類/詩傳大全/詩序』의 "緜文王之興 本有大王也" 참조.

장에서는 마침내 문왕이 천명 받은 일을 각각 말했다.[32]

<면>은 고공단보가 주나라의 왕업을 열기 위해 이주를 거듭하면서 거주지와 제도를 마련하고 백성을 위해 노력하는 과정에서 겪은 많은 고초, 즉 帝業憂勤을 표현한 노래다. 『시경』 「대아」 <緜>을 한 줄로 압축하여 제시한 앞부분에 대응하여 제시한 뒷부분은 세종의 5대조인 익조가 赤島에 움집을 짓고 살면서 왕업의 기초를 닦은 사실을 노래한 내용이다. 목조가 알동에 거주하면서 여진의 여러 千戶들이 사는 곳에 갈 때마다 그들은 목조에게 소와 말을 잡아 환대했고, 반대로 여러 천호들이 알동에 올 때면 목조도 그렇게 그들을 환대했다. 익조 또한 목조의 그런 모습을 이어받으니, 여러 천호의 아래 사람들이 익조에게 마음으로 歸依했다. 이를 시기한 여러 천호들이 익조를 해하려 음모를 꾸몄다. 자신들이 북쪽으로 사냥을 간다면서 20일 동안 잔치를 하지 말자는 여러 천호들의 청을 익조는 믿었다. 그러나 그것이 군대를 부르러 간 여러 천호들의 속임수임을 한 노파가 알려주므로 익조는 급히 가족들을 적도로 대피시키고 하늘의 도움으로 따르는 사람들을 데리고 가까스로 물을 건너 목숨을 건지게 되었다. 거기서 익조는 움집을 만들어 살았다는 것이다. 익조가 적도에 있다는 말을 듣고 알동 사람들이 따라왔고, 뒤에 익조가 덕원부에 들어와 살 때 따라온 경흥 사람들이 저자와 같았다. 고공단보가 이주를 거듭하면서 제업을 이루기 위해 고생한 것처럼, 목조 또한 적도 안에 움집을 짓고 살면서 왕업의 기초를 닦은 고초를 겪었음을 노래하고 있는 것이다.

말하자면 조선조 창업의 기초를 마련한 익조의 공덕을 가송하기 위한 악장을 짓기 위해 단순히 주나라 악장인 『시경』 「대아」 <면>의 체제를 단순히 모방한 것이 아니고, 그 노래 자체의 내용을 단 한 줄로 압축한 뒤에 익조의

---

32) 『文淵閣四庫全書: 經部/詩類/詩傳大全』 卷十六의 "一章言在豳 二章言至歧 三章言定宅 四章言授田居民 五章言作宗廟 六章言治宮室 七章言作門社 八章言至文王而服混夷 九章遂言 文王受命之事" 참조.

행적을 한 줄로 축약하여 그에 대응시킴으로써 '史詩'라는, 표면상 완전히 새로운 악장의 패러다임을 완성하게 된 것이다.

그런데 <1>, <2>를 단순히 영사시 만으로 한정할 수 있을까. <1>의 전단인 <생민>을 보자. <생민> 1장의 '履帝武敏[상제의 발자국에서 엄지발가락을 밟다]', 2장의 '上帝不寧[상제가 편안치 않으실까]', 8장의 '上帝居歆[상제가 편안히 흠향하시도다]' 등에 등장하는 上帝는 '周族의 신앙 대상'이고 '上帝命이 天命으로 대치되는 경향'을 보여주는 것처럼,[33] 『시경』 텍스트에 나타나는 상제는 천으로 이해하는 것이 옳다. 이와 달리 商族은 帝를 上帝라고도 부르며 그들의 수호신으로 받들고 있었는데, 주족의 승리로 인해 최고신이 天으로 바뀌었다는 설명도 있다. 즉 당시 사람들은 인간사회가 신의 뜻에 의해 지배된다고 믿었기 때문에 상족에 대한 주족의 승리는 帝에 대한 天의 승리로 인식되었다는 것이다.[34] <2>의 전단으로 제시된 <면>도 결말의 이면적인 뜻은 문왕이 천명을 받았다는 데 있다. 주자 또한 <면> 제9장을 '遂言文王受命之事[마침내 문왕이 천명 받은 일을 말함]' 이라 한 것이다.[35] 송나라 裴駰은 『史記』「日者傳」의 集解에서 '자고로 천명을 받아야 왕이 되나니, 왕자가 일어남에 어찌 일찍이 卜筮로써 天命을 결단하지 않은 적이 있는가?'라고 말함으로써[36] '受命'의 命은 천명임을 말한 바도 있다.

덕이 있는 자는 天의 도움을 받을 수 있으나 不德한 자는 天으로부터 버림을 받는다고 했다. 商왕국의 帝辛은 부덕한 군주로서 음탕하고 포악하여 天의 버림을 받았고 주족의 통치자는 덕을 쌓아서 천명을 받아 지상을 다스리게 되었다는 것인데, 이렇게 하늘의 명을 받은 통치자의 성이 바뀌었다는 뜻으로 '易姓革命'이라고도 불리는 '商·周혁명'은 일단 타당성이 있는 것으로 선전되

---

33) 김성재, 「선진시대 중국 天命사상의 변화(1)」, 『단군학연구』 43, 단군학회, 2020, 17쪽 참조.
34) 윤내현, 『商周史』, 민음사, 1985, 115쪽.
35) 앞 주 32) 참조.
36) 『文淵閣四庫全書: 史部/正史類/史記集解』卷一百二十七의 "自古受命而王 王者之興 何嘗不以卜筮決于天命哉" 참조.

었다.[37] 따라서 주나라 악장집인 『시경』 텍스트의 가장 핵심적인 주안점은 '상나라 대신 천명을 받아 나라를 세운 주나라 왕통'이었고, 조선조 세종은 그런 주나라의 역사적 사례를 본떠 '6조가 왕업의 기틀을 마련하고 천명을 받아 고려를 멸망시키고 조선왕조를 창업했음'을 천명하고자 한 것이다.

조선조 악장의 결정판인 <용비어천가>에서 서장과 2장 및 졸장을 제외한 대부분은 삽화들의 나열로 이루어져 있어 표면상 '史詩'임에 틀림없다. 6조의 사적들을 반복하여 읊어냄으로써 그 사적들의 교훈적 가치가 강화되는, 교술 상의 효용성을 추구한 것으로 보인다. 서두에서 제시한 주제[천명에 비추어 본 조선 건국의 당위성/왕조 영속의 당위성]가 6조의 사적들을 통해 변화 있게 반복·확인 되고 또 다시 勿忘章들을 거쳐 졸장에서 반복 제시된 점이 <용비어천가> 짜임 의 핵심이다. 한수 북에 나라를 세운 것은 이미 천세 전에 천명으로 정해진 일이었다. 그 천명이 개국으로 현실화된 직접적 요인은 累仁이었다. '복년이 ㄱ업다'는 말은 왕조가 영속되어야 한다는 당위성의 단적인 표현으로서 '누인' 을 전제로 한다. 그 누인은 그 다음 행의 敬天勤民으로 이어진다. 따라서 경천 근민은 <용비어천가> 전체의 핵심적 주제다. 서장부터 110장까지는 祖宗의 사적을 들어놓은 부분이므로 특정 대상을 상정하지 않았다. 그러나 111장부터 는 후왕들을 구체적 대상으로 지칭하여 경계하는 내용이다. 임금에 대한 교훈 이나 경계는 '왕조 영속의 당위성'을 임금으로 하여금 유념토록 하는, 집권세 력의 중대한 관심사였다. 아무리 천명으로 건국했다 해도, 임금의 게으름이나 어리석음으로 왕조가 지속될 수 없다는 것은 역사상 무수한 왕조들의 明滅을 통해 알 수 있는 진실이기 때문이었다.

따라서 조선조 악장을 대표하는 <용비어천가>가 史詩이자 교훈시였고, 천 명의 개념을 채용한 주나라 악장인 『시경』 텍스트들을 바탕으로 이루어졌다

---

37) 윤내현, 앞의 책, 116쪽 참조.

는 사실은 한·중 악장 비교의 관점에서 볼 때 주나라 악장보다 조선의 <용비어
천가>가 진일보한 면을 보여주었다고 할 수 있다. 『시경』의 텍스트로 잔존해
있는 주나라의 악장들이 주로 천명을 받은 점에 대한 찬양으로 일관하는 반면
조선의 <용비어천가>는 왕통체계의 역사적 사실·천명을 받아 건국한 사실
등과 함께 후왕들에 대한 警戒까지 포함시켰다는 점에서 그렇다. 이처럼 왕통
이나 통치사상 등을 포함하는 주나라 악장집으로서의 『시경』 텍스트가 조선
의 악장들에 준 영향은 컸고, 『시경』 텍스트의 인용이나 祖述로 시종한 여타
악장들에 비해 <용비어천가>에 준 영향은 지대하고 긍정적이었다.

3. 조선조 제례악장의 중국 왕조 제례악장 수용

天神에 지내는 것을 祀, 地祇에 지내는 것을 祭, 人鬼에 지내는 것을 享, 文宣
王에게 지내는 것을 釋奠이라 한다[38]는 정의는 중국에서 확립된 개념이고,
그 정의에 나타난 제례 절차들의 차등적 양상은 많은 역사·문화적 요인들을
바탕으로 결정된 것이었다. 이런 관념을 바탕으로 중국의 왕조들이 만든 제도
를 수용하여 만든 것이 조선조의 『국조오례의』이다.

고려와 조선의 禮制에 크게 영향을 미친 중국의 왕조는 당·송이다. 昊天上
帝·五方上帝·皇地祇·神州·宗廟 등이 대사에 속하고, 日月星辰·社稷·先代帝王·
嶽鎭海瀆·帝社·先蠶·孔宣父·齊太公·諸太子廟 등은 중사에 속하며, 司中·司命·
風師·雨師·靈星·山林川澤·五龍祠 등은 소사에 속한다는 것이 『大唐開元禮』에
제시된 당나라 대·중·소사 체제 안의 제례들이다.[39] 그리고 大祀[昊天上帝·上

---

38) 『文淵閣四庫全書: 史部/政書類/儀制之屬/政和五禮新儀』 卷一의 "凡祭祀之禮 天神曰祀 地祇曰祭
宗廟人鬼曰享 至聖文宣王昭烈武成王曰釋奠" 참조.
39) 『文淵閣四庫全書: 史部/政書類/儀制之屬/大唐開元禮』 卷一의 "凡國有大祀中祀小祀 昊天上帝五方

帝·感生帝·五方帝·高禖·皇地祇·神州地祇·大社大稷·朝日·夕月·熒惑·九宮貴紳·太一宮·陽德觀·帝廟·太廟·別廟·東蜡·西蜡·坊州·朝獻·聖祖·應天府祀·大火]·中祀[嶽鎮海瀆·先農·先蠶·風師·雨師·雷神·南蜡·北蜡·文宣王·武成王·歷代帝王·寶鼎·牡鼎·蒼鼎·罡鼎·彤鼎·阜鼎·晶鼎·魁鼎·會應廟·慶成·軍祭·后土]·小祀[司中·司命·司民·司祿·司寒·靈星·壽星·馬祖·先牧·馬社·馬步·七祀·山林川澤之屬·州縣祭社稷·祀風師雨師·雷神] 등으로 많은 제례들을 분류하여 소속시킨 것이 『政和五禮新儀』辨祀에 제시된 송나라의 제례들이다.[40]

고려의 경우 각종 제례들을 세 부류[大祀: 圜丘·方澤·社稷·太廟·別廟·景靈殿·諸陵/中祀: 籍田·先蠶·文宣王廟/小祀:風師·雨師·雷神·靈星·司寒·馬祖·先牧·馬社·馬步·州縣·文廟/雜祀: 壓兵祭·醮·南海神·城隍神祠·川上祭·老人星·五瘟神·名山大川·箕子祠·東明聖帝祠·藝祖廟·纛祭·禜祭·天祥祭][41]로 나누었다.

조선 역시 『국조오례의』에서 이 세 부류를 주축으로 하고 기고·속제·주현 등을 덧붙였고, 각 부류에 배치하는 각종 제사들에도 차이를 보이고 있다. 『국조오례의』吉禮의 등급별 제사들은 다음과 같다.[42]

분류	각종 제사
大祀	社稷·宗廟·永寧殿
中祀	風·雲·雷·雨, 嶽·海·瀆, 先農, 先蠶, 雩祀, 文宣王, 歷代始祖
小祀	靈星·老人星·馬祖·名山大川·司寒·先牧·馬社·馬步·禡祭·禜祭·酺祭·七祀·纛祭·厲祭
祈告	社稷, 宗廟, 風·雲·雷·雨, 嶽·海·瀆, 名山大川, 雩祀
俗祭	文昭殿·眞殿·懿廟·山陵
州縣	社稷·文宣王·酺祭·厲祭·禜祭

대한제국 출발기에 황제국 의례를 표방한 『大韓禮典』[43]이 나오기까지 왕조

上帝皇地祇神州宗廟 皆爲大祀 日月星辰社稷先代帝王嶽鎮海瀆帝社先蠶孔宣父齊太公齊太子廟 並爲中祀 司中司命風師雨師靈星山林川澤五龍祠等 並爲小祀 州縣社稷釋奠及諸神祀 並同爲小祀" 참조.

40) 『文淵閣四庫全書: 史部/政書類/儀制之屬/政和五禮新儀』卷一 참조.

41) 한국사데이터베이스[db.history.go.kr]의 『고려사』 참조.

42) 『國朝五禮儀(4)』, 11-12쪽 참조.

43) 大韓帝國 史禮所 지음, 임민혁·성영애·박지윤 옮김, 『國譯 大韓禮典』[上·中·下 총 3권], 민속원,

禮制에 관한 여러 단계의 개정이 있었던 것은 중국 예제에 대한 해석, 중국과의 외교관계를 바탕으로 한 사대의 명분 등이 그 이유였을 것이다. 조선조 禮典은 『세종실록』「오례」, 『국조오례의』[성종 5년/1474], 『國朝續五禮儀』[영조 20년/1744], 『春官通考』[정조 12년/1788], 『大韓禮典』[고종 광무 1/1897] 등으로 개정을 거듭하면서 국가 의례의 지침서 역할을 해온 사실을 보아도 이 점을 알 수 있다. 이 부분에서는 편의상 조선조 『국조오례의』 가운데 길례의 사직·종묘·선농·우사·문선왕 등을 골라 그 제례 악장들로부터 중국 왕조들과 조선 악장 사이에 수수된 영향을 찾아보기로 한다.

1) 엄정한 제사로 기리는 지극한 땅의 덕: <사직악장>

사직제는 종묘나 영녕전과 함께 대사에 속하는데, 국토와 곡식을 대상으로 하는 제사이기 때문에 상징적으로는 국가제사들 가운데 가장 중시되어온 것이다. 말하자면 '국가의 공적 연대에 기초한 地祇를 모신 사직의 私的 혈연성에 기초한 人鬼를 모시는 종묘에 비해 등급이 높다[44]는 것은 지극히 당연한 일이다. 앞에 제시한 도표에서 보듯이 사직은 祈告와 州縣의 제례에 속하기도 했다. 기고란 국가 주관으로 행해지던 祈禱와 告由를 합한 제사로서 水災나 旱災, 疾疫과 虫蝗, 전쟁 등의 재앙이 있는 경우 祈를 행했고, 封冊이나 冠婚 등 국가적인 행사에 告를 행하였으며,[45] 주현에서는 문선왕 등과 함께 사직을 제사했다. 이처럼 사직은 땅의 평온함과 풍요를 함께 기원하던 제례였다.

우리나라의 경우 삼국시대부터 조선에 이르기까지 기존 사직제의 절차와

2018. 하권의 辨祀[大祀: 圜丘·宗廟·社稷·大報壇/中祀: 先農·先蠶·雩祀·景慕宮·文廟·歷代君王·關王廟/小祀: 嶽鎭海瀆·名山大川·城隍·司土·司寒·馬祖·禡祭·禜祭·酺祭·七祀·中霤·蠹祭·厲祭·啓聖祠·宣武祠·四賢祠·官軍祠·玉樞丹·川渠·寧越配食壇·地震·濟州風雲雷雨] 참조.

44) 김문식 외, 『왕실의 천지제사』, 돌베개, 2011, 160쪽.

45) 『국조오례의(4)』, 14쪽.

내용은 변함없이 이어지고 있었다. 조선조 태조 4년 사직단이 건립되기 시작[태조 4년 1월 29일]하여 대략 한 달 만에 완성되면서[태조 4년 2월 24일] 제사의 절차나 명분은 훨씬 정연해졌다. 태조 4년 11월 16일 봉상시의 논의["국초를 당하여 舊制를 새롭게 해야 합니다. 이미 종묘의 악장을 고쳤으나, 사직과 원구단과 문묘 제향이 악장은 아직도 옛날대로 하고 있으니, 역시 개작해야 옳겠습니다."]에 언급되는 '舊制[尙循舊制]'가 어느 시대 어느 왕조의 제도를 가리키는지 분명치는 않으나, 대체로 중국 옛 왕조의 모범적 제도를 '고제'로 통칭해 온 점을 감안하면, 여기서 말하는 '구제'란 고려조까지 지속되어오다가 조선에서 계승한 우리나라의 전통제도를 지칭한다고 보아야 할 것이다. 고려조까지 지속되던 악장의 존재를 확인할 수 있는 문헌적 근거가 없으므로 단정할 수는 없지만, 태조 때 봉상시의 언급처럼 '구제를 따르지 않겠다'면 이 땅에서 전해지던 제도를 청산하고 중국의 것을 수용하겠다는 복안을 암시한 점으로 보는 편이 타당하다. 경제적 풍요 즉 '먹고 사는 문제의 해결'이 왕의 첫 임무임을 보여줌으로서 백성들의 믿음과 지지를 확보하려는 의도를 담은 것이 사직제였다. 민생의 최우선 조건은 흙과 곡식을 관장하는 신에게 풍요를 비는 일이었고, 그런 행사를 갖기 위해 흙을 쌓아 만든 社壇과 稷壇에서 제사를 올리는 일은 무엇보다 중요한 왕의 의무였다. 그런 기원이나 의도를 담아 만든 언어적 표현물이 사직악장이있다.

사직제는 태종 12년[1412년] 임첨년 등이 '종묘 사직제 등을 풍속대로 하라'는 명나라 예부 咨文을 갖고 돌아오면서46) 기존대로 거행하다가 세종대에 들어와 許稠[1369-1439] 등으로 하여금 오례서를 편찬하게 함으로써 사직제례를 비롯한 의례들의 법제화가 본격 추진되었다. 그러나 허조 등이 고금의 예서들 및 『洪武禮制』 등을 참조하고 『杜氏通典』을 모방하여 오례서의 편찬을 시도했으나, 완성하지 못하고 세종이 승하하자 세조조로 넘어갔다. 그러나 세조조에

---

46) 『태종실록』 23권, 태종 12년 5월 3일. "임첨년 등이 종묘 사직제 등을 풍속대로 하라는 예부 자문을 가지고 돌아오다."

서도 완성을 보지 못하고 결국 성종 5년[1474]에 『국조오례의』란 명칭의 의례
서가 완성되면서 이곳에 사직서의 의례절차와 음악 및 악장이 실리게 되었다.
그 뒤 성종 24년[1493] 왕명에 의해 편찬된 『악학궤범』[47]에 음악과 악장이 실
렸고, 정조 7년[1783]에 편찬된 『社稷署儀軌』[48]에 사직단의 제반시설·제례儀
節·음악 및 악기·무용 및 舞器·祭服·각종 제문 및 故事 등이 기록되었으며,
1897년 고종의 황제즉위를 앞두고 황제국 국가 전례정비에 착수하여 즉위한
뒤 1898년 말에 모습을 드러낸[49] 『大韓禮典』[50]에도 『악학궤범』·『社稷署儀軌』
등과 동일한 사직제의 의식절차와 음악이 실리게 되었다.[51] 앞의 두 문헌들에
서 표기된 '國社·國稷'이 『대한예전』에는 '太社·太稷'으로 바뀜으로써 황제국
의 의례임을 보여준 점에서 차이를 보여줄 뿐이다.

중국의 왕조, 예컨대 송나라의 사직제는 京師와 州縣 모두에서 거행하되,
매년 봄·가을 二仲月[음력 2월/8월] 및 납일[종묘 또는 사직에 제사 지내던 날. 동지 뒤의
셋째 戌日]에 太社와 太稷에 제사를 지냈고, 주현에서는 봄·가을 두 번 제사를
지냈으며,[52] 원나라는 매년 춘추 仲月 上戊日에 사직과 武成王에게 제사를 지
냈다.[53] 특히 송나라 사직제 악장의 경우 네 번[眞宗 景德(1004-1007) 시기의 「祭社稷
三首」/仁宗 景祐(1034-1035) 시기의 「祀社稷三首」/徽宗 大觀(1107-1110) 시기의 「祀社稷九首」/
高宗 紹興(1131-1162) 시기의 「祀太社太稷十七首」] 바뀌는데, 매번 규모가 커짐을 확인
할 수 있다. 악장의 수가 늘어난다는 것은 祭次가 늘어남을 뜻하는데, 마지막

---

47) 『原本影印 韓國古典叢書(復元版) Ⅱ. 詩歌類 ■樂學軌範』, 대제각, 1973, 109-110쪽.
48) 『社稷署儀軌』(영인본), 서울대학교 규장각, 1997, 195-196쪽.
49) 임민혁, 「대한제국기 『大韓禮典』의 편찬과 황제국 의례」, 『역사와 실학』 34, 역사실학회, 2007,
    153-154쪽 참조.
50) 대한제국 사례소 지음, 임민혁·성영애·박지윤 옮김, 『國譯 大韓禮典(下)』, 378-379쪽.
51) 임미선, 「대한제국기 궁중음악-『대한예전』을 중심으로-」, 『한국음악사학보』 45, 한국음악사학회,
    2010, 76쪽 참조.
52) 『文淵閣四庫全書: 史部/正史類/宋史』 卷一百二의 "社稷自京師至州縣 皆有祀 歲以春秋二仲月及臘日
    祭太社太稷 州縣則春秋二祭" 참조.
53) 『文淵閣四庫全書: 史部/正史類/元史』 卷十二의 "春秋仲月上戊日 祭社稷及武成王" 참조.

사직악장[「紹興祀太社太稷十七首」은 南宋의 초대 황제이자 송나라 제 10대 황제[제위 1127-1162]인 고종 때에 제작되었다. 휘종의 9남이자 북송의 마지막 황제 흠종의 아우로, 廣平王에 책봉되었다가 康王에 책봉되기도 했고, 금이 북송의 수도 開封을 함락시키자 강남으로 도주하여 회화 이남의 땅 臨安에서 남송을 건국하고 연호를 建炎으로 했을 만큼 어려운 시기였다. 여진족의 금나라가 거란의 요나라를 멸망시킨 여세를 몰아 1126년 북송의 수도 개봉을 함락시키고 徽宗과 欽宗을 포로로 잡아감으로써 송나라의 왕통은 일단 중단되었다. 이것이 바로 靖康의 變[1127]인데, 그 위기를 피해 남쪽으로 도망하여 남송을 세우고 첫 황제가 된 인물이 바로 고종이다. 그런 만큼 나라의 위기를 극복하고 기강을 바로잡기 위해 국가제례를 보완했을 것이고, 사직악장의 확대도 그런 결과였으리라 추측된다.

매년 仲春·仲秋 上戊日과 납일에 지냈으나, 주현에서는 납일의 제사를 지내지 않았던[54] 조선 사직제의 祭次別 음악과 악장은 다음과 같다.[『국조오례의』와 『사직서의궤』 참조]

祭次	樂曲	佾舞	악장
迎神	(軒架) 順安之樂[林鍾宮·蕤賓宮·應鍾宮]	烈文之舞	無
奠幣	(登歌) 肅安之樂[應鍾宮]	烈文之舞	4언8구
進饌	(軒架) 雍安之樂[太簇宮]	無	無
初獻	(登歌) 壽安之樂[應鍾宮]	烈文之舞	國社·國稷[각 4언 8구]
文舞退武舞進	(軒架) 舒安之樂[太簇宮]		
亞獻	(軒架) 壽安之樂[太簇宮]	昭武之舞	無
終獻	(軒架) 壽安之樂[太簇宮]	昭武之舞	
撤籩豆	(登歌) 雍安之樂[應鍾宮]	無	4언8구
送神	(軒架) 順安之樂[林鍾宮]	無	無

---

54) 『五禮儀』「序例上」[국립중앙도서관 소장본/古朝 29-1-2]의 "凡祀有常日者 仲春仲秋上戊及臘 祭社稷 州縣不用臘" 참조.

이처럼 진찬과 초헌[국사·국직], 철변두 등 네 부분에만 악장을 배치했고, 이 점은 황제국 典禮를 적용한 대한제국의 『대한예전』도 마찬가지였다.[55] 이처 럼 고려를 거친 조선조 사직제의 큰 틀은 당·송의 제도에서 왔으되, 원나라와 도 무관하다고 할 수 없다. 이런 점들을 전제로 악장을 비교해 보기로 한다.

<紹興祀太社太稷迎神用南呂爲羽>

國主社稷	나라의 주인은 사직이라
時祀有常	시제에는 상도가 있으니
肅若舊典	엄숙하기 옛법과 같이하고
報本不忘	근본에 보답하여 잊지 않도다
粢盛豐潔	제기에 올린 곡식은 풍부·정결하고
歌吟靑黃	四時의 악을 노래하며 읊어
尊神焂來	존신께서 번개처럼 오시니
百物賓將[56]	만물이 몰려 들도다

<司徒捧俎奏豐寧之曲 太簇宮>

我稼旣同	우리 농사 모두 끝남에
群黎徧德	여러 백성들 모두 당신 덕이라 말하도다
我祀如何	우리 제사를 어떻게 하는가?

---

55) "대군주의 하늘 제사를 회복한다는 것/주술적 성향이 강한 자연신에 대한 제사는 배제하려 했다는 것/종법체제 하의 국왕의 公私를 초월한 지위를 사적 지위로 격하시켜 대군주의 권위와 정통성의 근원을 탈정치화 시키고자 했다는 것/그동안 지향해온 조선의 자주독립 체제를 확정한 단계에서 중국의 인물에 대한 제사를 수용하지 않겠다는 것"[임민혁, 「해제: 대한제국의 국가전례서, 대한예 전」, 『국역 대한예전(상)』, 26쪽 참조] 등이 『대한예전』의 기본적인 방향이지만, 적어도 사직제나 「사직악장」으로만 국한할 경우 '국사·국직'을 '태사·태직'으로 바꾼 것 외의 어떤 변화를 찾을 수는 없다. 본질적으로 '사직'이 중세적 보편주의를 벗어나는 각 나라의 경우에나 왕조별 독자성을 가질 수 있었던 부분이어서 명나라로부터 '종묘 사직제 등을 풍속대로 하라'[주 46) 참조]는 말을 듣긴 했지만, 조선조 사직제례나 「사직악장」의 바탕이나 내용은 분명 중국의 古制에 바탕을 두고 만들어졌음을 부정할 수 없다. 이 점에 대한 상세한 논의는 별도의 자리로 미룬다.

56) 『文淵閣四庫全書: 史部/正史類/宋史』 卷一百三十七.

牲牷孔碩　　순색의 온전한 희생 가축이 매우 크도다

有嚴有翼　　엄숙히 하고 공경히 하여

隨方布色　　원래의 방위에 따라 색채를 안배하며

報功求福　　공업에 보답하고 복을 구하니

其儀不忒57)　그 거동이 법도에 어그러지지 않도다

<國稷樂章>

誕降嘉種　　아름다운 종자를 내려 주시어

務茲稼穡　　농사일에 힘쓰니

百穀用成　　백곡이 열매 맺어

群黎徧德　　모든 백성 두루 덕택 받도다

我祀如何　　우리 제사 어떠한가?

其儀不忒　　그 위의가 법도에 어그러지지 않았으며

有相之道　　도와주는 방도가 있어,

介以景福58)　큰 복을 더욱 크게 하도다

　<紹興祀太社太稷迎神用南呂爲羽>는 북송 고종 때 태사태직의 제사에 쓰기 위해 지은 악장 17수59) 중 <南呂爲羽>인데, 祭次로 따지면 迎神에 속하는 악장이다. 매우 번다한 악장들이지만, 각각은 제사대상인 신에 대한 숭앙과 그로 인해 백성들이 복을 받게 된다는 것을 主旨로 하는 점은 다른 것들과 마찬가지다. 사직제의 근원과, 법도에 맞는 제사의 취지나 자세를 표현한 것이 1-4구이고, 제사 절차의 完整함과 신의 速來 및 풍요의 到來에 대한 믿음을 표현한 것이 5-8구이다.

　<司徒捧俎奏豊寧之曲 太簇宮>은 원나라 『社稷樂章』들 중의 하나로서 司徒가

---

57) 『文淵閣四庫全書: 史部/正史類/元史』卷六十九.

58) 『국조오례의(4)』, 27쪽.

59) 『文淵閣四庫全書: 史部/正史類/宋史』卷一百三十七 참조.

고기를 담는 제기를 받들어 올릴 때 풍녕지곡의 태주궁에 맞춰 부르던 악장이다. 이 역시 앞의 송나라 악장과 약간 다르긴 하지만, 전단인 1-4구는 '제사 절차의 근원과 신에게 큰 牲牷을 바치는 정성'을 말했고, 후단인 5-8구는 '제사 절차의 엄정함'을 말함으로써 전체적인 의미로는 부합한다고 할 수 있다.

양자에서 확인할 수 있는 이런 의미 전개나 내용은 조선의 <국직악장>에서도 마찬가지의 양상을 보여준다. 아름다운 곡식의 종자를 내려주시어 농사일에 힘씀으로써 백곡의 결실이 잘 이루어져 모든 백성이 혜택을 입게 되었다는 1-4구는 사직제의 근원과 취지를 말한 내용이고, 제사 절차의 완정함과 신에 대한 숭앙을 통해 큰 복을 받게 되었다는 5-8구는 제사의 효험을 말한 내용이다. 이처럼 중국이나 조선의 <사직악장>은 같은 내용과 의미구조를 갖고 있는데, 두 곳의 제사절차나 취지가 같기 때문에 악장 역시 유사했다고 볼 수도 있고, 그것은 고려나 조선에서 중국 악장의 구조를 수용한 결과라고 할 수도 있다.

그렇다면 각 왕조의 악장들은 어떻게 짜여 있으며, 그것들 사이의 같고 다름은 어떤지 확인할 필요가 있다. <紹興祀太社太稷迎神用南呂爲羽>의 1구[國主社稷]는 사직제의 주체를 명시한 말로서 이미 『宋書』에서 거론된 바 있다. 즉 "封人이 왕을 위해 社壇를 설치하여 경계를 만들고 봉토하고 나무 심는 일을 관장하게 한다"[60]는 『周禮』의 언급에 '稷'자가 없으므로 당시의 帝社에 稷자가 없게 되었으나, '나라의 주인이 사직이라' 經傳에서 사직으로 바꾸어 칭하게 되었다는 것이다.[61] 사직의 근원적인 의미에 연결되는 것이 2구[時祀有常]로서 '時祀의 희생은 반드시 순색의 온전한 소를 써야 하나 무릇 郊社에서 훼사

---

60) 『文淵閣四庫全書: 經部/禮類/周禮之屬/周禮注疏』 卷十二의 "封人掌設王之社壇 爲畿封而樹之" 참조.

61) 『文淵閣四庫全書: 史部/正史類/宋書』 卷十七의 "周禮 封人掌設社壇 無稷字 今帝社無稷 蓋出於此 然國主社稷 故經傳動稱社稷" 참조.

될 경우 삽살개를 희생으로 써도 된다'는『周禮』의 말에 대하여 賈公彦이 '반
드시 순색의 온전한 소를 써야 하는데, 비록 方位의 색을 따를 필요는 없으나
한 마리의 희생을 필요로 할 경우 모름지기 색깔은 순수하고 몸은 완전해지기
를 기다린 후에 써야 한다'[62]고 설명했는데, 이에 대하여 "時祀에는 常道가
있으니 순색의 온전한 희생은 미리 준비하는 것이 가하다. 외제에서 훼사가
있어 상도를 지킬 수 없거나 순색의 온전한 소를 혹 얻기 어렵다면 부득이
삽살개를 쓰는 것도 겨우 가할 따름이다"[63]라는 鄭玄[127-200]의 보충설명에서
언급된 '時祀有常'이라는 말을 악장의 제2구로 끌어와 사직제의 엄중함을 강조
한 것이다. 제3구[肅若舊典]는 같은 시기에 제작된「紹興祀九宮貴神十首」중 <降
神太蔟爲角>의 제7구를 갖다 쓴 것으로, 악장들 간에 일부 구절들을 차용하는
경우도 있었음을 보여주는 증거라고 할 수 있다. 제5구[粢盛豐潔]는 제사에 바치
는 곡물이 풍부하고 깨끗함을 말하는데, 이에 관한 몇 가지 전거들이 있다.
예컨대『春秋左傳』「桓公五年」의 "吾牲牷肥腯 粢盛豐備[내가 올리는 희생은 순수하고
살졌으며, 제상에 올리는 곡물은 풍부하게 갖추어졌으니]"[64]와「僖公五年」의 "吾享祀豐潔
神必據我[내가 드리는 제사는 풍성하고 정결하니, 신께서 나를 지켜줄 것이다]"[65]의 大意를
합친 개념으로서, 豐備와 豐潔은 결국 같은 뜻이다. 그래서 당나라「舊唐書音樂
志享太廟樂章十三首」의 <迎俎用雍和>[66]와 송나라「大觀祀社稷 九首」의 <迎神
姑洗徵二奏>[67]에서는 '粢盛豐潔'로 표기한 것이다. 제6구[歌吟青黃]는 漢武帝 때
「郊祀歌」<練時日一>의 '靈安留 吟青黃[신령께서 편안히 머무르시니 사시의 음악을 노래

---

62) 『文淵閣四庫全書: 經部/禮類/周禮之屬/周禮注疏』卷十二의 "賈氏公彦曰 必用牷物 雖不必隨方之色
　　要一牲 須色純體完 而後用之也" 참조.

63) 『文淵閣四庫全書: 經部/禮類/周禮之屬/欽定周官義疏』卷十二의 "鄭氏鍔曰 時祀有常 則牷物可預備
　　外祭毁事非常 牷或難得 不得已而用尨 亦僅可而已" 참조.

64) 『文淵閣四庫全書: 經部/春秋類/春秋左傳注疏』卷五의 "公曰 吾牲牷肥腯 粢盛豐備 何則不信" 참조.

65) 『文淵閣四庫全書: 經部/春秋類/春秋左傳注疏』卷十一의 "公曰 吾享祀豐潔 神必據我" 참조.

66) 『文淵閣四庫全書: 經部/禮類/通禮之屬/五禮通考』卷九十一 참조.

67) 『文淵閣四庫全書: 史部/正史類/宋史』卷一百三十七 참조.

하고 읊네]'68)을 가져 온 것인데, 여기서 '吟'은 歌誦을 말하고, '靑黃'은 사계절의
음악을 말한다.69) 六宗에게 禋제사를 지내고 산천에 望제사를 지내며 群神에
게 두루 제사하는데 그 대상이 바로 제7구[尊神燄來]의 尊神이라는 林之奇
[1112-1176]의 설명70)으로 미루어 본다면 郊社의 대상 신을 지칭한 것으로 보아
야 하고, 燄來는 이 악장을 부르는 제차가 영신이었던 만큼 신의 도래가 신속
히 이루어짐을 말하는 표현이다. 마지막 구[百物寶將]는 신들이 제사에 도래함
으로써 풍요가 이루어지리라는 믿음과 기원을 함께 표현한 내용으로 보아야
한다. 이처럼 <紹興祀太社太稷迎神用南呂爲羽>는 대부분의 구절들을 기존의
有關 經史들로부터 수용하고 제작자의 일부 창안을 덧붙여 짜 맞춘 것임을
알 수 있다.

원나라 「사직악장」의 <司徒捧俎奏豊寧之曲 太簇宮>도 제작 방법이 크게 다
르지 않다. 제1구[我稼旣同]·제2구[群黎徧德]·제3구[我祀如何]·제5구[有嚴有翼]·제8
구[其儀不忒] 등이 모두 『시경』 시들의 구절을 그대로 가져온 것들이고 제4·6·7
구 등 세 구만이 다른 문헌에서 가져온 것이거나 창안이라 할 수 있다. 제1구는
『시경』 「豳風」 <七月> 제7장 제6구를 가져온 것이다.71) 전체 11구로 이루어진
제7장은 내용상 전4구·후7구의 2단으로 이루어져 있다. 즉 9월과 10월 농가에
서 해야 할 일들과 거둬들일 곡물들을 언급한 것이 전단이고, 농사가 끝나면
궁실의 일을 해야 하니 틈틈이 띠 풀을 베고 새끼를 꼬아 지붕을 해 이어야
내년에 다시 백곡을 파종할 수 있음을 말한 것이 후단이다. 내용적으로 전·후
단의 경계가 되는 '우리의 한 해 농사가 끝났음'을 첫 구로 배치한 것은 농사일

68) 『文淵閣四庫全書: 經部/禮類/通禮之屬/五禮通考』 卷六 및 『文淵閣四庫全書: 史部/正史類/前漢書』
    卷二十二 참조.
69) 『文淵閣四庫全書: 史部/正史類/前漢書』 卷二十二의 顔師古 注[吟謂歌誦也 靑黃謂四時之樂也] 참조.
70) 『文淵閣四庫全書: 經部/書類/尙書全解 卷二의 "所謂尊神者 此禋于六宗 望于山川 徧于羣臣 蓋與類于
    上帝爲一禮耳" 참조.
71) 『文淵閣四庫全書: 經部/詩類/詩經集傳』 卷三.

을 무사히 끝내도록 도와 준 신을 상기시키고 그에 대한 제사의 당위성을 밝히기 위해서였다.

『시경』「소아」 <天保> 제5장은 7구로 이루어져 있는데, 6구[群黎百姓/많은 백성들이]·7구[徧爲爾德/널리 그대의 덕을 행하도다]는 백성들이 왕의 덕에 감화된 모습을 표현한 부분이다. 즉 신이 제주인 왕에게 내린 神託이라 할 수 있다. 그런데 이러한 6구와 7구를 한 구로 압축하여 뜻을 약간 변화시킨 것이 바로 <司徒捧俎奏豊寧之曲 太簇宮>의 제2구 [群黎徧德]라 할 수 있다. <司徒捧俎奏豊寧之曲 太簇宮>의 제3장[我祀如何]은 『시경』「대아」 <生民> 제7장의 제1구[誕我祀如何]를 가져온 것이다. <생민> 제7장은 后稷에 대한 제사의 절차를 노래한 것인데, 첫 구는 그 내용을 이끌어오기 위한 전제라 할 수 있고, <司徒捧俎奏豊寧之曲 太簇宮>의 제3구[我祀如何] 또한 마찬가지로 제사의 절차를 노래하기 위한 전제라 할 수 있다. 그러니 이 악장은 구조나 내용적으로 『시경』「대아」 <生民> 제7장을 표본으로 만들어졌음이 분명하다. 제5구[有嚴有翼]는 『시경』「소아」 <六月> 제3장 후단의 첫 구로서, 北伐에 성공한 宣王의 武功을 찬양한 노래인데, '엄숙히 하고 공경히 하여 武事를 받들어야 한다'는 <六月>과 달리 <司徒捧俎奏豊寧之曲 太簇宮>에서는 제사 집행의 자세에 대한 규정으로 바꿔 수용한 것이다. 其儀不忒[제8구]은 『시경』「曹風」 <鳲鳩> 제3장에 반복하여 나오는 말로서,[72] 이 악장에서는 淑人君子의 威儀가 한결같고 위의가 어그러지지 않아 國人을 바로잡을 수 있는 淑人君子를 찬양했다. <鳲鳩>의 그 말이 <司徒捧俎奏豊寧之曲 太簇宮>에 수용되어 제사를 지내는 거동이 법도에 어그러지지 않음에 대한 찬양으로 바뀌었다. 이외에 부분적으로 전거를 암시하고 있는 부분들은 제4구[牲牷孔碩], 제6구[隨方布色], 제7구[報功求福] 등이다. 제4구[牲牷孔碩]는 「宋史樂志祫享八首」 중 <迎神太簇徵>의 제5구[牲牷孔碩]에서 동일한 구절을 발견할

---

72) 『文淵閣四庫全書: 經部/詩類/詩經集傳』 卷三.

수 있고,[73] 희생제수와 관련 '孔碩'이 언급된 경우는 같은 송나라의 「出火祀火辰十二首」 중 <捧俎豐安>의 제3구[牲牢孔碩/三牲六畜이 매우 크도다],[74] 「大晟府擬撰釋奠十四首」 중 <文宣王酌獻成安> 제6구[嘉牲孔碩/아름다운 희생은 매우 크도다][75] 등을 들 수 있다. 『시경』 시로 거슬러 올라가면 「秦風」 <駟驖> 제2구[辰牡孔碩/시절의 희생이 매우 크도다][76]에서 발견하게 된다. 따라서 『시경』을 비롯 유교식 제례가 통용되던 왕조의 제례악장에서 이 표현은 흔히 사용되어 왔음을 알 수 있다. 제6구[隨方布色]의 경우도 五嶽·四瀆·山川·宗廟·社稷 등은 등급에 따른 사당에서 모두 순흑색의 祭服을 입고 긴 관을 썼으며 五郊는 각각 오방색과 같게 했다[77]는 제도로부터 나온 구절이다. 제7구[報功求福]는 이 악장 외에는 특별한 전거를 발견할 수 없다. 따라서 이 부분은 제작자(들)의 창안이라고 볼 수 있을 것이다. 결국 제례의 취지가 제사 대상을 찬양하고 그에 대한 보답으로 복을 구하는 데 있었음이 여기서도 확인된다. 이처럼 당시 제례악장은 기존 악장 혹은 고전들에서 구절들을 액면 그대로 따오거나 같은 취지의 말로 표현하는 것이 제도이자 관습이었다. 의례 그 중에서도 특히 제례는 매우 까다로운 절차와 형식으로 구성되었고, 祭需·음악·춤·악장 등 여러 갈래의 요소들이 전체 구조와 맞아야 하는 것이 쉽지 않은 점이었다. 특히 악장은 내용으로 담기는 역사적 사실이나 전거 등 복잡한 요인들이 많았다. 앞 시대의 고전들로부터 검증된 문구들을 수용하여 짜맞추기로 악장을 만든 이유도 그 점에 있을 것이다. 이 점은 고스란히 조선의 악장에 계승되었다.

조선조 <국직악장>에도 앞에 제시한 송·원 두 악장에서 찾을 수 있는 성향

---

73) 『文淵閣四庫全書: 經部/禮類/通禮之屬/五禮通考』 卷九十九.
74) 『文淵閣四庫全書: 經部/禮類/通禮之屬/五禮通考』 卷三十五.
75) 『文淵閣四庫全書: 經部/禮類/通禮之屬/五禮通考』 卷一百十八.
76) 『文淵閣四庫全書: 經部/詩類/詩經集傳』 卷三.
77) 『文淵閣四庫全書: 史部/正史類/後漢書』 卷四十의 "五嶽四瀆山川宗廟社稷 諸沿秩祠 皆袀玄長冠 五郊各如方色云" 참조.

이 바탕을 이루고 있다. 우선 원나라 「사직악장」의 <司徒捧俎奏豊寧之曲 太簇宮>과 조선의 <국직악장>은 일치되는 구절들이 적지 않다. 일방적으로 조선이 원나라의 그것을 수용한 결과임은 물론이다.

동일어구	원나라 <司徒捧俎奏豊寧之曲 太簇宮>	조선조 <國稷樂章>
群黎徧德	제2구	제4구
我祀如何	제3구	제5구
其儀不忒	제8구	제6구

말하자면 8구 가운데 3구가 동일하다면 조선조의 <국직악장>은 원나라 <司徒捧俎奏豊寧之曲 太簇宮>을 대부분 답습한 것으로 보아도 무방하다. 앞에서 언급한 이것들 외의 나머지 구절들을 살펴보면 조선조 <국직악장>에 담고자 한 그들의 독자적인 방향을 추측할 수 있다. 제1구[誕降嘉種]는 『시경』「대아」<생민> 제6장 제1구를 가져온 것으로, 내용의 근원은 『書經』「周書」‘呂刑’의 ‘稷降播種 農殖嘉穀[후직은 파종법을 내려 농사함에 아름다운 곡식을 번식하게 하니]’[78]에 있다. <생민> 제6장은 ‘誕降嘉種’으로 시작하여 그에 대한 설명을 부연하여 만든 악장이다. 따라서 조신조 <국직악장>에서도 그것을 첫 구로 세시하여 제2구[務玆稼穡]와 제3구[百穀用成]를 부연했고, 제4구[群黎徧德]로 전단을 마무리하게 된 것이다. 제3구[百穀用成]는 『書經』「周書」‘洪範’의 “歲月日 時無易 百穀用成[세·월·일에 비·볕·따뜻함·추위·바람이 제때를 잃지 않으면 백곡이 열매 맺고]”에서 갖다 쓴 구절이다. 그 결과가 제4구인 것이다. 제5구[我祀如何]는 후단의 첫 구이면서 제사 절차의 옳고 그름을 평가하고자 하는 의도를 노출한 부분이다. 살펴본즉 제사의 위의가 법도에 어그러지지 않았다고 호평했다. 제7구[有相之道]는 『시경』

---

78) 『文淵閣四庫全書: 經部/書類/書經集傳』 卷六.

「대아」 <생민> 제6장 제2구를 갖다 쓴 경우다. <생민>의 그 부분은 '誕后稷之穡/有相之道[후직의 농사는 도와주는 방도가 있도다]'로 되어 있는데, 후직의 농법이 후손들에게 큰 도움이 되었다는 뜻이다. 조선조 <국직악장>의 '有相之道'역시 후직의 농법이 크게 도움이 되었다는 말이다. 이것들을 모두 마무리하는 마지막 구[介以景福]는 『시경』에서 따온 것이다. 즉 「소아」 <楚茨> 제1장 제12구,79) 「소아」 <大田> 제4장 제9구,80) 「소아」 <旱麓> 제4장 제4구,81) 「소아」 <行葦> 제4장 제8구82) 등에 공통적으로 '以介景福'[큰 복을 더 크게 하리라]이 출현하고, 「소아」 <小明> 제5장 제6구83)와 「대아」 <旣醉> 제1장 제4구84)에 '介爾景福'[큰 복을 더 크게 하리라]이 출현하는데, 그것들을 가져 온 것이다. 마무리로 사용된 이 구절은 제사의 대상에게 祈求하는 내용이자 제사의 효험을 '景福'으로 표현했다. 대상인 후직에게 제사를 올리며 편안히 모시고 권함으로써 큰 복을 더욱 크게 한다는 것이다.85)

조선에서 중국의 古制와 역대 왕조들의 王制를 두루 수용함으로써 결국 중국 왕조들의 악장과 같은 내용과 구조의 악장을 이룩한 셈인데, 양자 간의 동일성은 정치적 관념이나 의식의 보편성에서 나온 결과적 산물이었다. 왕도 정치를 통해 민생을 안정시키는 것이 중국의 왕조들이나 조선 왕조가 함께 고민하던 문제였으므로 지배집단이 사직의 신격과 소통하면서 정치적 안정을 꾀하려 한 것은 신격에 대한 신봉 여부를 뛰어넘는, 매우 정치적인 행위였다. 그리고 그런 제례에서 부르던 악장이야말로 오랜 세월 전승되어 오면서 지배

---

79) 『文淵閣四庫全書: 經部/詩類/詩經集傳』 卷五.
80) 『文淵閣四庫全書: 經部/詩類/詩經集傳』 卷五.
81) 『文淵閣四庫全書: 經部/書類/書經集傳』 卷六.
82) 『文淵閣四庫全書: 經部/書類/書經集傳』 卷六.
83) 『文淵閣四庫全書: 經部/詩類/詩經集傳』 卷五.
84) 『文淵閣四庫全書: 經部/書類/書經集傳』 卷六.
85) 『文淵閣四庫全書: 經部/詩類/詩經集傳』 卷五의 "以享以祀 以妥以侑 以介景福" 참조.

집단의 의식을 형성한 기성 개념들을 짜 맞춘 經世의 메시지이기도 했다. 그런
점에서 중국의 왕조들과 조선의 사직악장은 하나의 질서 안에 놓이는 것들이
므로, 그 자체가 지정학적 차이와 문화적 차이를 넘어서서 분명한 보편성의
바탕을 형성하게 된 것이다.

2) 왕조 별 특수성과 보편정신의 조화: <종묘악장>

종묘는 조선조 역대의 왕과 왕비의 신위를 모신 국가의 사당으로, 조선조
종묘의 정전에는 태조를 비롯 19명의 왕과 30명의 왕비 등 49위의 신위가
모셔져 있고, 16실의 영녕전에는 추존된 왕과 왕비의 신위 34위가 모셔져 있
다. 춘하추동의 첫 달인 1·4·7·10월과 臘月에 지내는 정시제와 나라에 일이
있을 때마다 지내는 임시제 등 제례에서 연주되던 속악이 종묘제례악이고,
그 제례악에서 부르던 가사가 종묘악장이다. 엄격한 절차를 준수해야 했던
종묘제례는 국가 제사들 가운데 가장 웅장하면서도 존엄했으며 모든 제례의
식과 예절의 표본이었다. 고려 태묘제사의 경우 의례절차에 쓰인 대부분의
악곡들이 송나라의 '12安[高安·靜安·理安·嘉安·隆安·正安·和安·順安·良安·豐安·禧安]'[86]
에 속하거나 이름만 다른 것들임을 감안하면, 송에서 받아들인 음악이 고려
예악의 핵심이었고, 송 이전의 당이나 송과 같은 시기의 금나라, 송 이후의
원나라 음악이나 악장 등도 약간씩 골고루 수용했음을 앞에서 언급한 바 있다.
조선 역시 중국 의례의 영향을 많이 받았고, 동시대인 명나라나 청나라를 참고
할 수 있었지만, 많은 경우 당·송의 예제를 참고한 것으로 보인다.[87] 다만
조선조 종묘악은 아악 아닌 속악이다. 종묘제례는 조선조 吉禮의 大祀로 거행
되었고, 그 악장인 定大業[列聖의 武功 찬양]과 保太平[列聖의 文德 찬양]은 『세조실록

---

86) 『文淵閣四庫全書: 史部/正史類/宋史』 卷一百二十六 참조.
87) 정재훈, 『조선의 국왕과 의례』, 지식산업사, 2011, 174쪽 참조.

악보』·『大樂後譜』·『俗樂源譜』·『李王職雅樂部』·『國樂士養成所譜』 등에 실려
있다. 오늘날까지 지속되고 있는 종묘악은 세종대 會禮樂으로 제작된 정대업
과 보태평이 세조 9년의 개작을 거친 것이며, 세조 초기까지도 정대업과 보태
평은 회례악무로 사용되고 있었다.

세종 대의 朴堧[1378-1458]은 아악에 이어 속악도 정비해야 한다고 건의했고,
세종은 그에 따라 <受寶籙>·<夢金尺>·<覲天庭>·<受明命> 등 국조 鼓吹樂을
바탕으로 정대업·보태평·發祥·醉豊亨·致和平·與民樂 등을 제작했다.[88] 세조
는 이것들을 新樂이라 부르고 종묘제례에 쓰도록 했으나, 분량이 많아 제사
지내는 짧은 시간 안에 다 연주할 수 없다는 이유로 개편을 단행했고, 같은
왕 10년 정월 종묘의 친사 때 연주한 이후 정대업·보태평은 종묘악으로 정착
되었다. 이 두 곡은 그 후에도 회례연·進豊呈·養老宴·親蠶·大射禮·親耕籍田
등에 사용되었으나, 음악은 원래의 모습을 유지했고 악장 또한 세조 때 개편된
모습을 유지한 채 전승되었다. 즉 세조대의 정대업·보태평은 세종대의 것을
축약한 데 불과하여 내용적으로 크게 달라진 것은 없다. 즉 세조가 친사한
종묘제례 절차[迎神(軒架에서 보태평지악을 연주하고 보태평지무를 춤)-奠幣(奠幣 登歌에서
보태평지악을 연주하고 보태평지무를 춤)-進饌(헌가에서 풍안지악 연주)-초헌(등가에서 보태평지
악을 연주하고 보태평지무를 춤)-亞獻(헌가에서 정대업지악을 연주하고 정대업지무를 춤)-철변두
(등가에서 雍安之樂을 연주)-送神(헌가에서 興安之樂을 연주)]에서 대부분 정대업·보태평
의 악무가 사용되었음을 확인할 수 있다.

이런 절차들에서 음악이나 무용과 함께 핵심적인 것은 열성조 각 실에 올리
던 정대업·보태평 가사다. 가사 즉 악장은 언어적 구조물이라는 점에서 지시
대상이나 의미가 매우 명확하기 때문에 상징적 표현물인 음악이나 무용에
못지않게 제작자들이 크게 신경 쓰던 문제였다. 무엇보다 개개 악장들의 내용
을 형성하는 제사 대상의 공적들을 확인하고 특정한다는 점에서 조선조 악장

---

88) 김종수·이숙희, 『譯註 詩樂和聲』, 국립국악원, 1996, 81쪽.

의 완성형인 <용비어천가>와의 연관성을 찾는 일은 매우 중요했다. 세종이 <용비어천가> 편찬의 뜻을 갖고 왜구와 싸워 이긴 태조의 神功偉烈을 수집하도록 전라도와 경상도의 관찰사에게 傳旨한 것이 24년 3월의 일이고,[89] 權踶[1387-1445]·鄭麟趾[1396-1478]·安止[1377-1464] 등이 완성된 <용비어천가>를 올린 것이 27년 4월이었다.[90] 훈민정음의 창제가 세종 25년[1443]의 일이었고 반포가 28년[1446]이었으므로, 그 사이인 27년 4월에 <용비어천가>가 나왔다면, 보태평이나 정대업·발상 등도 거의 비슷한 시기에 나왔을 것으로 추정된다. <용비어천가>가 나온 다음 치화평·취풍형·여민락이 나왔듯이 보태평이나 정대업 역시 음악보다는 노랫말이 선행했을 가능성이 크기 때문이다.

태조 때 鄭道傳[1337~1398]이 지어올린 <夢金尺>·<受寶籙>·<文德曲> 등을 종묘와 조정에서 연주하며 관현에 올리도록 한 사실[91]이나 변계량이 兩宮의 慈孝를 가영하고 한 시대의 治功을 형용하는 노래를 지어 올리자 그것을 율려에 올려 무궁토록 전하게 한 사실[92] 등을 감안하면, 당시 악장들의 대부분은 악곡보다 노랫말이 우선했음을 알 수 있다. 따라서 노랫말로서의 <용비어천가>와 정대업·보태평 가사의 제작을 시간적으로 그리 멀리 떨어진 일들로 볼 수 없음은 분명하다.[93] 이런 이유로 崔恒[1409년(태종 9)-1474년(성종 5)]은 특기할만한 인물이다. 최항은 <용비어천가>의 제작 원리 혹은 주제의식으로 '사실에 의거해 노랫말을 만든 점, 옛 일들을 수집하여 오늘에 비의한 점, 되풀이하여 부연·진술하고 規戒의 뜻으로 마무리한 점' 등을 제시했다.[94] 말하자면 가송 대상의

---

89) 세종실록 95권, 세종 24년 3월 1일. "태조가 왜구를 소탕한 상황을 상세히 기록하라고 전지하다."
90) 세종실록 108권, 세종 27년 4월 5일. "권제·정인지·안지 등이 ≪용비어천가≫ 10권을 올리다."
91) 정도전, 『삼봉집』 권 14·부록, 『한국문집총간 5』, 민족문화추진회, 1990, 541쪽.
92) 權踶, 「春亭集舊序」, 『한국문집총간 8』, 민족문화추진회, 1990, 5쪽.
93) 조규익, 『조선조 악장의 문예미학』, 288-291쪽 참조.
94) 崔恒, 「龍飛御天歌跋」, 『龍飛御天歌』, 아세아문화사, 1972, 1051-1052쪽의 "皆據事撰詞 摭古擬今 反覆敷陳 而終之以規戒之義焉" 참조.

공적들을 노랫말로 만들어 찬양하되 사실에 입각해야 하고, 옛날의 사적들을 수집하되 현재의 관점으로 해석할 것이며, 그것들을 상세하고 깊이 있게 반복적으로 설명하되 그로부터 후손들에 대한 규제와 경계의 뜻을 찾아 제시해야 한다는 것이다. 이 말에 고금 (종묘)악장들의 내용이 대부분 대상에 대한 막연하고 근거 없는 찬양으로 반복되어 왔음을 비판하는 한편, <용비어천가>야말로 그런 폐단을 剔抉함으로써 이상적인 악장이 되었음을 자부하는 최항의 뜻이 들어 있다고 본다. 말하자면 '악장은 史詩이자 敎訓詩가 되어야 한다'는 것이 그의 뜻이었고, 그 결정체를 <용비어천가>로 볼 수 있다는 것이다.

그렇다면, <용비어천가>는 왜 사시이고 교훈시인가. 『태조실록』「총서」는 『고려사』에 누락된 6조의 사적들[그 대부분은 이성계의 공적]을 기록한 것이고, 그것을 <용비어천가> 주해 부분에 대폭 반영함으로써 <용비어천가>는 분명한 사시의 자격을 갖추었으며, <용비어천가> 직후에 편찬을 완료한 『고려사』에 『태조실록』「총서」가 사료로 반영되지 않을 수 없는 결과로 이어졌다는 점은 이 점을 규명하는 데 매우 중요한 사실이다.[95] 6조의 사적을 소상하게 반영함으로써 <용비어천가>는 사시로 귀결되었고, 당대 지배집단의 정치적·역사적 현실에 바탕을 두고 이루어진 결과로 볼 수 있기 때문이다.[96] 또한 백성이나 신하들에게 가르쳐야 할 선조들의 자랑스러운 역사를 노래와 글로 남기는 것이 <용비어천가>를 만들게 한 세종의 우선적인 의도였고, 백성들을 위해 베풀어야 할 선정의 내용을 후왕들에게 주지시키는 것이 또 다른 의도였다. 즉 왕들이 선정을 베풀어야 백성들이 행복하게 살아갈 수 있고, 백성들이 행복해야 나라가 영속될 수 있다고 보았으므로, 세종으로서는 무엇보다 제대로 왕 노릇을 하도록 후왕들을 깨우칠 필요가 있었던 것이다. 선조들의 고난과

---

95) 정두희, 『왕조의 얼굴-조선왕조의 건국사에 대한 새로운 이해』, 서강대 출판부, 2010, 267쪽 참조.
96) 조규익, 「<龍飛御天歌>에 수용된 『詩經』의 교육적 효용성」, 『한국문학과 예술』 27, (사)한국문학과 예술연구소, 2018, 262쪽.

영광이 역사를 통해 자신들이 해야 할 일들을 깨닫도록 하는, 교육적 효용성을
<용비어천가>에 상정하고자 한 세종의 의식도 이런 철학에서 비롯된 것이었
다. 다시 말하면 훈민정음이 창제로 극대화된 훈민의 의도는 <용비어천가>에
서 비로소 구체적인 모습을 보였다고 할 수 있다.97)

그렇다면 <용비어천가>의 이러한 성격이 어떻게 정대업과 보태평 가사로
연결되었을까. 앞에서 인용한 최항의 「龍飛御天歌跋」은 그가 <용비어천가>의
제작에 깊숙이 관여하지 않고는 쉽게 쓸 수 없었던 글이다. 그는 <용비어천
가> 주해로부터 7년여 뒤에 악장 「功臣宴曲」 4장98)을 지었고, 그로부터 9년
뒤 정대업·보태평 악장과 「圜丘樂章」을 지었거나 최소한 그 제작에 참여함으
로써 조선조 초기 악장 제작의 맥을 주도한 것으로 보인다. 그는 「공신연곡」에
서 '태조의 受命과 업적·명철한 후왕의 계승·왕업의 수립과 문치를 통한 태평
시대의 개창'[1장], '현 임금의 왕업과 공덕에 대한 찬양'[2장], '명군과 현신이
함께 이룩한 국가의 근본 찬양'[3장], '임금에 대한 警戒와 注文'[4장] 등을 말했
다. 이 내용은 그가 이미 「용비어천가 발」에서 밝힌 「용비어천가」의 창작 방
법 혹은 핵심내용[據事撰詞/摭古擬今/反覆敷陳/終之以規戒之義]99)이거나, 그 자체가
<용비어천가> 전체 내용의 요약이라 할 만하다. 최항이 정대업·보태평 악장
의 제작을 주도했으리라 추정하는 것도 그 때문이다.100)

97) 조규익, 같은 논문, 264쪽 참조.
98) 단종실록 권 12, 단종 2년 10월 28일["이조 참판 최항이 공신연곡 4장을 지어 올리다."]의 "其一日
皇矣上帝 寵綏東國 眷命用懋 封建厥福 於皇聖祖 誕膺景命 肇造不基 盛烈無競 受命旣固 貽謀垂裕
用昌我洪祚 世有哲王 繼序其皇 迺修迺攘 日靖四方 遐邇輯寧 樂和禮明 翕然開隆平 其二日 於赫我王
早撫盈成 敬聖日躋 如日之升 載覯載揚 祖武是繩 緝熙彈心 保乂黎蒸 小大稽首 允王攸后 萬世爲父母
噫彼兇徒 迺敢覬覦 潛扇禍幾 炭乎殆而 孰定厥策 孰效厥力 忠良殉社稷 其三日 雷霆迅兮 我有良翰
群憝銷兮 維邦之幹 乾坤廓兮 揭日重漢 云胡不眷 式燕以衎 風虎雲龍 濟濟離雕 和氣靄蒼穹 其四日
喜聖歡 居安思艱 億載保三韓" 참조.
99) 조규익, 『조선조 악장의 문예미학』, 294쪽 참조.
100) 『세조실록』의 기록[권 31, 세조 9년 12월 11일자] 중 "임금이 세종이 지은 정대업·보태평 악무
가사의 자구 숫자가 많아서 모든 제사를 지내는 잠깐 사이에 다 연주하기가 어려웠기 때문에
그 뜻만 따라서 간략하게 짓고, 교천의 악무도 아울러 정했다. 이미 악무가 있었으나 진찬하거나

이처럼 본서에서 최항과 함께 그의 작품으로 명시된 「공신연곡」을 매개로 「용비어천가」와 정대업·보태평이 내용이나 제작기법 상 연결되는 것으로 보고자 하는 이유는 「용비어천가」가 조선조 악장의 결정판이고,101) 종묘제례는 사직과 함께 조선시대 제사 가운데 가장 격이 높은 大祀에 속하였으며 국가는 종묘와 관련된 의례를 가장 중시하였기 때문이다.102) 종묘제례에 보태평 가사는 文舞악장으로, 정대업 가사는 文舞악장으로 사용되었으니, 종묘악장은 바로 이 보태평과 정대업의 가사들을 지칭하는 것이다. 이런 종묘악장은 조선조의 마지막 禮典인 대한제국의 『대한예전』에 이르기까지 크게 변하지 않았다. 고영진에 의하면, 제도와 의례절차, 관련 행사들과 증축과정 등 종묘에 관한 모든 것들을 수록한 『종묘의궤』는 인조 대 이후 14차례에 걸쳐 편찬되었는데,103) 필자가 종묘악장의 기본 텍스트로 선택한 것은 성종 5년[1474]의 『국조오례의』[권4 俗部樂章]와 숙종 32년[1706]의 『종묘의궤』[第三冊 樂章], 서울대학교 규장각 소장 『宗廟儀軌』(第一~第四)[奎14220-v.1-4]의 '俗部樂章'과 이것을 저본으로 삼아 번역한 『종묘의궤』(1·2)104) 등이다.

그렇다면 중국이나 고려와 달리 조선조의 종묘악은 왜 속악을 사용했을까. 음악에 대한 세종과 세조의 분명한 식견이나 철학, 명나라와의 무난한 외교 등이 낳은 결과로 보아야 할 것이다. 몇 기록들을 들어보기로 한다.

<1> 임첨년과 최득비가 京師에서 돌아왔다.(…)"근자 조선국왕의 咨文에 의하면

변·두를 거두거나 송신하는 악이 없었으므로 최항 등이 청하니 임금이 또 이를 짓고, 최항에게 명하여 그 가사를 짓게 하였다."는 부분에 세종이 지은 것으로 되어 있으나, 세조가 최항에게 철변두와 송신의 가사를 짓게 했듯이 사실은 원래의 정대업·보태평 가사도 최항이 지은 것으로 보는 편이 합리적이다.

101) 조규익, 『조선조 악장의 문예미학』, 229쪽.
102) 고영진, 「조선왕실의 영령이 깃든 종묘의 기록문화유산」, 선종순 옮김 『종묘의궤 1』, 2009, 59쪽.
103) 고영진, 「해제: 조선왕실의 영령이 깃든 종묘의 기록문화유산」, 한국고전번역원 기획/선종순 옮김 『종묘의궤 1』, 김영사, 2009, 39-42쪽 참조.
104) 한국고전번역원 기획, 선종순 옮김, 위의 책, 2009.

'본국 祖廟와 사직·산천·문묘 등의 제사에 중국의 예제를 알지 못하여 藩國의 儀式을 前朝 왕씨의 舊禮를 그대로 쓰니 편치 못하다'고 하자(…)'다만 조선의 풍속을 따르라. 너희 예부에서 문서를 보내서 조선에게 알도록 하라"고 하였습니다.[105]

<2> 임금이 좌우의 신하들에게 이르기를 "아악은 본시 우리나라의 성음이 아니고 실은 중국의 성음인데, 중국 사람들은 평소에 익숙하게 들었을 것이므로 제사에 연주하여도 마땅할 것이다. 우리나라 사람들은 살아서는 향악을 듣고, 죽은 뒤에는 아악을 연주한다는 것이 과연 어떨까 한다. 하물며 아악은 중국 역대의 제작이 서로 같지 않고, 황종의 소리도 또한 높고 낮은 것이 있으니, 이것으로 보아 아악의 법도는 중국도 확정을 보지 못한 것임을 알 수 있다. 그러므로 내가 조회나 賀禮에 모두 아악을 연주하려고 하나, 그 제작의 適中을 얻지 못할 것 같고, 황종의 管으로는 節候의 風氣 역시 쉽게 낼 수 없을 것 같다.(…)송나라 주문공이 서신을 통해 말하기를 '제작한 악기의 음률이 아직 미흡하니, 그대의 귀환을 기다려 다시 개정하자'고 한 것으로 보아, 송나라의 악기도 정당한 것은 아니며, '악공 黃植이 조정에 들어와 아악을 연주하는 소리를 들으니, 長笛·비파·장고 등을 사이로 넣어가며 堂上에서 연주했다'고 하였으니, 중국에서도 또한 향악을 섞어 썼던 것이다."하였다.[106]

<3> 처음에 임금이 용비어천가를 관현에 올려 느리고 빠름을 조절하여 치화평·취풍형·여민락 등 음악을 제작하매 모두 악보가 있으니, 치화평의 악보는 5권이고 취풍형과 여민락의 악보는 각각 2권씩이었다. 뒤에 또 文·武 두 가지 춤 곡조를 제작하여 文은 보태평이라 하고 武는 정대업이라 하여 악보가 각각 1권씩이었다.[107]

<4> 임금이 세종이 지은 정대업·보태평 악무 가사의 자구 숫자가 많아서 모든 제사를 지내는 사이에 다 연주하기가 어려웠기 때문에 그 뜻만 따라서 간략하게

---

105) 주 46) 참조.
106) 『세종실록』 49권, 세종 12년 9월 11일. "아악 연주의 타당함 등에 대하여 의논하다"
107) 『세종실록』 116권, 세종 29년 6월 5일. "용비어천가·여민락·치화평·취풍형 등을 공사간 연향에 모두 통용케 하다"

짓고, 郊天의 악무도 아울러 정하였다. 이미 악무가 있었으나, 進饌하거나 籩·豆를
거두거나 送神하는 악이 없었으므로, 최항 등이 청하니, 임금이 또 이를 지어서
최항에게 명하여 가사를 짓게 하였다.108)

　<5> 임금이 종묘에 친히 제사하였는데, 새로 만든 정대업·보태평의 음악을 연
주하였다.109)

이 기록들에는 조선의 종묘악이 속악으로 이루어진 경위가 밝혀져 있고,
그 속악에 올려 부른 악장이 중국과 고려의 정격악장들과 거리가 있음을 보여
주는 관점이 숨어 있다. 악장은 정치적 목적을 전제로 하는 가사이기 때문에
악장 자체를 제대로 보기 위해서는 음악 혹은 예악이라는 콘텍스트를 먼저
볼 필요가 있다. 중국과 조선 사이의 악장을 비교하기 위해 그 콘텍스트를
먼저 볼 필요가 있다는 것도 그 때문이다. <1>은 時王인 명나라 禮制110)를
따라야 한다는 조선의 강박관념이 드러난 사례인데, 이에 대하여 '조선 본래의
풍속을 따르라[只從本俗]'는 명나라의 답변111)은 원나라의 세조가 고려에 대하
여 '土風을 고치지 말라'112)고 했거나 '鄕樂은 土風'113)이라고 한 것처럼 제례의
식이나 음악에 대한 조선의 재량권을 어느 정도 인정해 준 반응으로 해석할
수 있다. 사실 <1>을 조선왕조에 대한 중국 왕조들의 시혜나 시책의 지속적인
기조로 볼 수는 없지만, 적어도 시왕지제에 대한 맹종을 자신들의 생존과 직결

---

108) 『세조실록』 31권, 세조 9년 12월 11일. "최항에게 진찬하거나 변두를 거두거나 송신하는 악의
　　　가사를 짓게 하였다"
109) 『세조실록』 32권, 세조 10년 1월 14일. "종묘에 제사하다"
110) 『태종실록』 22권, 태종 11년 9월 11일. "제향 때의 재계를 의논하다"
111) 주 46) 참조.
112) 『고려시대 史料 Database[http://db.history.go.kr]/고려사 권 35/세가 권제 35』 충숙왕 6년 5월
　　　18일 무오 "정동행성이 백관들이 말을 탈 수 있게 해달라고 건의하다" 참조.
113) 『고려시대 史料 Database[http://db.history.go.kr]/고려사 권 70/지 권제 24/악/아악/헌가의
　　　음악을 독주하는 절도』 참조.

시키던 조선조 집권세력 안의 일부 자각적 인사들에게는 스스로의 정체성을 확인하는 계기로 작용한 것은 사실이었다. 특히 <2>에서 보는 바와 같이 당시 종주국이었던 명나라의 제도를 따라야 한다고 본 것이 집권세력 일반의 생각이었을 것이나, 세종은 중국의 아악에 대한 우리의 향악이 갖는 중요성을 정확히 인식하고 있었음을 보아도 그 점은 확실하다. 중국의 예제를 따라야 중세적 보편성을 확보할 수 있다고 여긴 것이 당시의 일반적인 인식이었으나, '제사에는 (중국의)아악을 써야 한다'는 습관적 사고에서 벗어나고자 한 것이 세종이나 세조의 생각이었다. 그렇게 해서 <용비어천가> 제작, 보태평·정대업 제작, 보태평·정대업의 종묘악 원용 등의 문화적 사건이 연쇄적으로 일어났으며, 그런 사건들 속에는 정치·외교적 의미가 함축되어 있었다. 그리고 그런 일련의 작업들은 세종과 세조의 자각에 바탕을 둔 일들이었다. '중국의 아악을 무분별하게 우리의 제례의식에 사용할 수 없다'는 세종의 식견은 분명 문화상대주의적 시각의 좋은 예로 들 수 있을 것이다. '문화는 각 사회의 생활양식을 반영하고 있으므로 절대적인 기준으로 판단할 수 없다는 것, 서로 다른 사회의 문화를 비교할 수는 있어도 어느 문화가 다른 문화보다 우월하다고 말할 수는 없다는 것' 등이 문화상대주의의 핵심 개념이라면,[114] <2>는 그런 차원에서 개진된 세종의 분명한 관점을 담고 있다.[115]

  적지 않은 고민과 모색을 통해 <5>에 이르면서 속악으로서의 보태평과 정대업은 무사히 종묘악으로 정착하게 된다. 유교 이데올로기의 외피를 벗어나지 않았을 뿐 아니라, 예악제도라는 중세적 보편성의 패러다임을 벗어나지 않으면서도 최소한의 자주성을 확보한 것이 조선조 종묘악과 악장으로 볼 수 있다고 보는 것도 그 때문이다. 말하자면 유교 이데올로기 하의 古制와

---

114) 남경태, 『개념어 사전』, ㈜ 휴머니스트 출판그룹, 2018, 170쪽.
115) 아악에 대한 자주적 시각을 포함, 문화주의자로서의 세종이 갖고 있던 생각들의 장점을 문화상대주의적 시각에서 분석하는 작업은 별도의 기회로 미룬다.

時王之制라는 문화권력으로 정신과 의식을 통제하려는 중국의 企圖에 정면으로 맞서지 않으면서 자신들의 정체성을 지키고자 한 세종과 세조의 현명함이 발휘된 결과가 종묘악과 악장으로 나타났다고 보는 것이다.

각 제차의 악장은 다음과 같다.[116]

迎神 熙文: 世德啓我後 於昭想形聲 肅肅薦明禋 綏我賚思成

奠幣 熙文: 菲儀尙可交 承筐將是帛 先祖其顧歆 式禮心莫莫

進饌 豊安: 執爨踏踏 登我俎豆 俎豆旣登 樂且和奏 苾芬孝祀 維神其右

初獻 熙文: 列聖開熙運 炳蔚文治昌 願言頌盛美 維以矢歌章

基命: 於皇聖穆 浮海徙慶 歸附日衆 基我永命

歸仁: 皇矣上帝 求民之莫 乃眷奧區 乃遷明德 仁不可失 于胥景從 其從如市 匪我之私 匪我之私 維仁之歸 誕啓鴻基

亨嘉: 於皇聖翼 祇福厥辟 聖度繼志 眷依斯篤 大亨以嘉 景明維僕

輯寧: 雙城澶漫 曰惟[117]天府 吏之不職 民未按[118]堵 聖桓輯寧 流離卒復 寵命是荷 封建厥福

隆化: 於皇聖祖 通駿厥德 仁綏義服 神化隆洽 憬彼島夷 及其山戎 孔淑以懷 莫不率從 航之梯之 款我繹繹 於赫厥靈 彌妥遠肅

顯美: 於皇我聖考 戡難保宗祐 謳歌輿望隆 敦讓顯美德

龍光: 天子方濟 邦人憂惶 聖考入奏 忠誠以彰 媚于天子 赫載龍光

貞明: 思齊聖母 克配乾剛 戡定厥亂 贊謀允臧 猗歟貞明 啓佑無疆

大猷: 列聖宣重光 敷文綏四方 制作旣明備 大猷何煌煌

繹成: 世德作求 率維敉功 光闡太平 禮樂方隆 左籥右翟 日旣九變 式[119]昭先[120]烈 盡美盡善

亞獻終獻 昭武: 天眷我列聖 繼世昭聖武 庶揚無競烈 是用歌且舞

---

116) 『국조오례의』에 실린 것을 옮겨 놓는다.

117) 『종묘의궤』에는 '維'로 표기.

118) 『종묘의궤』에는 '安'으로 표기.

119) 『종묘의궤』에는 '武'로 표기.

120) 『종묘의궤』에는 '光'으로 표기.

篤慶: 於皇聖穆 建我于朔 逎篤其慶 肇我王迹

濯征: 頑之豪 據雙城 我聖桓 于濯征 狙獷亡 拓我疆

宣威: 咨麗失馭 外侮交熾 島夷縱噬 納寇恣睢 紅巾炰烋 元餘黌屬 薛僧跋扈 胡魁陸

　　　梁 於皇聖祖 神武誕揚 載宣天威 赫赫堂堂

神定: 懠我敵 戒虎貔 鼓厥勇 若翰飛 動九天 正又奇 蜻斧亢 旋自麾 竹斯破 孰我支

　　　耆定武 神之爲

奮雄: 我雄我奮 如雷如霆 胡堅莫摧 胡險莫平 連連安安 奏我訊馘 神戈一揮 妖氛

　　　倏[121]廓 無侮無拂 祚我東國

順應: 麗主拒諫 敢行稱亂 我運神斷 我師我返 天人協贊

寵綏: 義旗載回 順乃多助 天体震動 士女悅豫 徯我寵綏 壺漿用迎 旣滌穢惡 東海永

　　　清

靖世: 彼孤臣 煽禍機 我皇考 克炳幾 神謀定 世以靖

赫整[122]: 島夷匪茹 虔劉我圉 爰赫我怒 爰整我旅 萬艘駕風 飛渡溟渤 乃覆其巢 乃擣

　　　其冗 譬彼鴻毛 燎于方烈 鯨波乃息 永奠鰈域

永觀: 於皇列聖 世有武功 盛德大業 肩[123]可形容 我舞有奕 進止維程 委委佗佗 永觀

　　　厥成

徹籩豆 雍安: 卬[124]盛于豆 于豆于籩 有飶其香 來假優然 我禮旣成 告徹維虔

送神 興安: 禋祀卒度 神康樂而 洋洋未幾 回我悷而 霓旌髣髴 雲馭邈而

　　이상은 『국조오례의』 소재 영신·전폐·진찬·보태평[11성]·정대업[11성]·철변
두·송신 등의 악장이다. 보태평 11곡, 아헌과 종헌은 정대업 11곡으로 이루어
진 것이 초헌이다. 獻官이 인도되어 들어갈 때 熙文의 악곡에 맞춘 악장과,
보태평 11곡 및 그에 맞춘 개별 악장들이 그것들이다. 위에 제시한 보태평
악장들의 대상과 핵심내용을 정리하면 다음과 같다.

---

121) 『종묘의궤』에는 '濊'으로 표기.
122) 『종묘의궤』에는 赫整과 永觀 사이에 宣祖의 악장인 重光[於皇宣祖 峻德重光 格天昭誣 正我宗祊
　　　抗義除凶 奠我封疆 受釐啓後 悠久熾昌]이 들어 있음.
123) 『종묘의궤』에는 '曷'로 표기.
124) 『종묘의궤』에는 '仰'으로 표기.

- 基命之樂에 맞춘 穆祖 악장: 목조가 경흥으로 옮기자 따르는 사람들이 많아져 조선조에 내려질 영원한 천명의 기틀이 마련됨.
- 歸仁之樂에 맞춘 翼祖 악장: 익조가 알동에서 여러 천호들로부터 모해를 당해 赤島로 피신하자 많은 사람들이 따라옴으로써 위대한 基業을 열었음.
- 亨嘉之樂에 맞춘 익조·度祖 악장: 익조가 그 임금을 공경히 섬겼고, 그 뜻을 이은 度祖가 형통함으로써 총애를 받아 큰 천명이 따랐음.
- 輯寧之樂에 맞춘 桓祖 악장: 天府의 땅 쌍성 백성들이 관리의 잘못으로 편히 살지 못하다가 환조가 쓰다듬어 안정시키니 흩어진 유민들이 돌아오고 총애 하는 명을 받아 복록을 세웠음.
- 隆化之樂에 맞춘 太祖 악장: 태조가 야인들과 왜구들을 정벌·복종시켜 머리 숙이게 만들고 백성들을 편안케 했음.
- 顯美之樂에 맞춘 太宗 악장: 난을 평정하여 종묘사직을 보전하고 왕위를 사양 하여 아름다운 덕을 드러냈음.
- 龍光之樂에 맞춘 太宗 악장: 명 태조가 조선의 표문을 트집 잡아 왕자의 친조 를 요구하므로, 태종이 명나라에 가서 황제의 노여움을 풀어 준 뒤 후한 대접 을 받고 돌아와 나라를 안정시킴.
- 貞明之樂에 맞춘 태종 비 元敬王后 악장: 태종 비 원경왕후가 정도전의 난에 태종을 도와 종사의 공을 세웠음.
- 大猷之樂에 맞춘 列聖 악장: 사방을 편안하게 다스리고 예악제도를 밝게 갖춘 열성의 문덕.
- 繹成之樂에 맞춘 열성 악장: 선왕의 덕을 계승하여 천하를 안정시키고 태평성 대를 연 열성의 문덕.

정대업 악장들의 대상과 핵심내용은 다음과 같다.

- 篤慶之樂에 맞춘 목조 악장: 원나라에서 목조를 오천호소 다루가치로 삼자 동북지역의 사람들이 모두 귀의하였으니, 왕업의 흥기는 여기서 시작되었음.
- 濯征之樂에 맞춘 환조 악장: 환조가 쌍성을 장악한 완악한 토호를 소탕하여 우리 강토를 넓혔음.

- 宣威之樂에 맞춘 태조 악장: 태조가 왜구·나하추·홍건적·원의 잔당 등과 신돈·호발도 등을 토벌하고 神武를 떨쳐 하늘의 위엄을 떨쳤음.
- 神定之樂에 맞춘 태조 악장: 태조가 호랑이와 비휴같은 군사를 부려서 사방의 적을 제압하는 등 신령스런 무공을 달성함.
- 奮雄之樂에 맞춘 태조 악장: 태조가 용맹스런 군사를 부려 사방의 적을 제압하고 태평한 나라를 만들어 복을 가져왔음.
- 順應之樂에 맞춘 태조 악장: 태조가 간언을 듣지 않고 요동을 공격하게 하자 하늘과 사람의 협찬인 듯 신명한 결단으로 회군했음.
- 寵綏之樂에 맞춘 태조 악장: 태조가 의로운 군대를 돌리자 하늘의 아름다움 진동하고 백성들이 열광했음.
- 靖世之樂에 맞춘 태종 악장: 정도전과 南闇 등이 난을 일으키려 하자 태종이 그 기미를 알고 정벌하여 나라를 안정시켰음.
- 赫整之樂에 맞춘 태종 악장: 태종이 바다 건너 대마도의 왜적을 소탕하였음.
- 永觀之樂에 맞춘 열성 악장: 열성들이 뛰어난 무공으로 거룩한 덕과 큰 업적을 세웠음.

영신·전폐·진찬은 도입부의 제차들이고 철변두·송신은 마무리 부분의 제차들임을 감안하면, 종묘악장의 핵심은 바로 초헌·아헌·종헌에서 연주되던 악곡과 악장들임이 분명하다.

특히 이 악장들의 경우는 6조의 功業들을 들어 찬양한 노래이므로, 史詩의 의미범주에 부합하는 노래들이다. 그리고 그 악장들은 <용비어천가>를 변용한 것들이거나 <용비어천가>의 제작자들이 표본으로 삼은 주나라 악장집 『시경』의 <緜>[「大雅」 ‘文王之什’]·<生民>[「大雅」 ‘生民之什’]·<皇矣>[「大雅」 ‘文王之什’]·<七月>[「豳風」 ‘豳一之十五’]등을 직접 본뜬 것들이다. 필자는 앞에서 최항이 쓴 「龍飛御天歌 跋」을 들면서 그가 <용비어천가>의 제작에 깊숙이 관여하지 않고는 쉽게 쓸 수 있는 글이 아니라고 말한 바 있다. 또한 <용비어천가> 주해 7년 여 뒤에 악장 「功臣宴曲」 4장을 지었고, 그로부터 9년 뒤 정대업·보태평

악장과 「圜丘樂章」을 지었거나 최소한 그 제작에 참여함으로써 조선조 초기 악장사의 맥을 주도한 것으로 보인다는 추정도 내놓은 바 있다.

<용비어천가>의 제작에 참여한 정인지의 「용비어천가 서」가운데 다음과 같은 부분이 있다.

　주나라는 후직이 처음으로 봉해진 이래 공류가 빈 지방에 거주하며 융적의 풍속을 가까이 하였으나 충후함으로 덕을 삼고 백성을 잘 보살피는 정치를 했습니다. 태왕과 왕계 또한 모두 옛날의 왕업을 잘 닦아 백성들이 그 착한 행실에 의지하였습니다. 땅을 얻은 지 천여 년이 지난 뒤에 문왕과 무왕이 태어나 천명에 응하여 땅을 다 차지하고 800년 간 왕위를 전했습니다. 주공이 예악을 제정하여, 이에 면·생민·황의·칠월의 시가 있게 되었습니다. 이 시들 모두 원래 왕업이 유래한 바를 노래하고 읊은 것으로, 맑고 우렁차며 눈부신 것이 해와 달같이 드리웠으니, 아, 성대합니다!(…)다만 잠저 때의 덕행과 사업을 모아 열성들이 나라의 기틀을 만든 일이 먼 과거에 시작했다는 근본을 미루어 보고, 그 진실한 덕을 가리켜 진술하고 반복 영탄하여 왕업의 어려움을 드러내고자 하였습니다. 이에 그 노래를 풀어 해설한 시를 지었사오니, 거의 아송의 유음을 이어 관현에 올려지고 끝없이 후세에 전해 보여지는 것이 신들의 지극한 바람이옵니다.[125]

　'잠저 때의 덕행과 사업으로 창업의 기틀을 마련한 일이 먼 과거에 시작되었다는 것, 그 진실한 덕을 진술하여 반복·영탄함으로써 왕업의 어려움을 드러내고자 했다는 것, <면>·<생민>·<황의>·<칠월> 등 『시경』 시들의 유음을 이어 그런 작업들의 의미를 관현에 올리고 끝없이 후세에 전해 보여주고자 했다는 것' 등을 밝히고자 한 점에 <용비어천가> 제작자들의 핵심적 의도가

125) 鄭麟趾, 「龍飛御天歌序」, 『龍飛御天歌』[아세아문화사, 1972], 5-7쪽의 "周自后稷始封 公劉居豳 隣於戎狄之俗 忠厚爲德 養民爲政 大王王季 又皆克修舊業 民賴其慶 有土千有餘年而後 文王武王 誕膺天命 奄有四方 傳祚八百 周公制禮樂 於是有緜生民皇矣七月之詩 皆原其王業之所由 以形歌詠 鏗鍧炳燿 垂若日星 猗歟盛哉(…)只撮潛邸時德行事業 推本列聖肇基之遠 指陳實德 反復詠嘆 以著王業之艱難 仍繹其歌 以作解詩 庶繼雅頌之遺音 被之管絃 傳示罔極 此臣等之至願也" 참조.

있었다. 여기서 주나라 악장 <면>·<생민>·<황의>·<칠월> 등은 제작자들이 표본으로 삼고자 하던 모범적 선례들이었음을 알 수 있다. <용비어천가>가 정대업·보태평 악장 제작의 기틀이었다면, '『시경』-<용비어천가>-종묘악장'의 연계가 성립되는 것이고, 『시경』에 바탕을 둔 중국 역대 악장들과 고려 태묘악장 등을 고려하면 그것들과 조선조 종묘악장 간의 유사성 또한 얼마간 인정될 여지는 있을 것이다. 그렇다면 <용비어천가>와 종묘악장의 제작자들은 『시경』의 <면>·<생민>·<황의>·<칠월> 등에서 어떤 점을 참조하였을까.

전체 9장으로 이루어진 <면>은 문왕의 창업이 본래 大王으로부터 연원되었음[126]을 내용의 핵심으로 하는 史詩다. <면>의 첫 장과 <용비어천가>의 제3장, 보태평의 <基命>, 정대업의 <篤慶>을 들면 다음과 같다.

綿綿瓜瓞　　끝없이 이어진 오이덩굴
民之初生　　(주나라) 백성의 첫 삶이
自土沮漆　　저수와 칠수 가에 터 잡음으로부터 시작했으니
古公亶父　　고공단보가
陶復陶穴　　땅에 굴을 파고 거처하여
未有家室[127]　아직 집도 갖지 못하였도다
[<緜> 제1장]

周國。大王이。幽谷애사ᄅ샤。帝業을。여르시니
우리 始祖ㅣ。慶興에사ᄅ샤。王業을。여르시니[128]
[<용비어천가> 제3장]

於皇聖穆　　아 위대하시도다 거룩하신 목조께서

---

126) 『文淵閣四庫全書: 經部/詩類/詩傳大全/詩序』의 "緜 文王之興 本由大王也" 참조.
127) 『文淵閣四庫全書: 經部/詩類/詩經集傳』 卷六.
128) 『龍飛御天歌』, 21쪽.

浮海徙慶   바다 건너 경흥으로 이사하셨도다
歸附日衆   따라오는 자 나날이 많아지니
基我永命   우리 왕조 장구한 천명의 기틀을 잡으셨도다
[<基命>]

於皇聖穆   아 위대하시도다 거룩하신 목조께서
建我于朔   북방에 우리 왕조의 기틀 세우셨도다
遹篤其慶   그 경사 돈독히 하시어
肇我王迹   우리 제왕의 功業 시작하셨도다
[<篤慶>]

　　<면> 제1장 첫 구는 題名과 함께 노래 전체의 주제가 명시된 부분이다. 즉 오이덩굴이 처음엔 작지만 그 덩굴이 끊어지지 않고 끝까지 간 이후에 커지는 것처럼 왕업의 시작은 작으나 끝에 이르면 커짐을 상징한 표현이다, 제2구 이하는 고공단보가 저수와 칠수 가에 터를 잡을 때는 집도 없이 토굴을 파고 시작할 만큼 미미했음을 말함으로써 천명 받아 왕업의 기틀을 잡기가 쉽지 않았음을 강조한 내용이다. 周公이 천하 통일의 제업을 이룩한 문왕과 무왕의 뒤를 이은 成王에게 왕조 창업의 艱難함을 경계한 것이 <면>의 핵심적 주제다.[129] 어려운 가운데 창업의 기틀을 마련함으로써 문왕의 주나라 창업에까지 이른 사실을 강조하고자 한 점에 고공단보의 사적과 목조의 사적을 대비하여 그 위대성을 강조하려 한 의도가 있었고, 그러한 의도가 성공했음을 보여주고 있는 것이다. 그것을 유사한 사례로 활용하여 창업 선조 목조의 행적이 갖는 역사적 의미로 부각시키고자 한 것이 <용비어천가> 제작진의 혜안이었다.
　　고공단보의 사적과 목조의 사적을 대비시킴으로써 고공단보의 후손이 주나

---

129) 『文淵閣四庫全書: 經部/詩類/詩經集傳』 卷六의 "此亦周公戒成王之詩 追述大王始遷歧周 以開王業 而文王因之 以受天命也" 참조.

라를 창업했듯이 목조의 후손이 조선을 창업한 역사적 필연을 드러내고자
한 것이 <용비어천가> 제3장이다. 목조의 사적만을 제시했을 경우, 그에 대한
찬양의 당위성이 인정될 수 없다고 본 것은 <용비어천가> 제작진의 탁월한
판단이었다. 보태평의 <기명>, 정대업의 <독경> 또한 <용비어천가> 제3장에
서 언급한 가송 대상과 功業을 공유한다. 그리고 의미구조상 그것들은『시경』
의 <면>에서 노래한 고공단보의 사적과 일치한다. <용비어천가> 제3장의 해
설에 제시된 인물들과 사적의 핵심적 내용을 제시하면 다음과 같다.

a. 주나라 조상들의 공업

① 주나라 조상 后稷은 요임금과 순임금에 의해 農師로 발탁되어 천하에 큰
  이득을 주었다.
② 후직-不窋-鞠陶-公劉로 이어지고, 공류의 9세손 古公亶父는 후직과 공류의
  업을 닦고 덕을 쌓으며 의를 행하니 백성들이 그를 추대하였다.
③ 고공단보가 빈 땅에 살 때 오랑캐가 침입해 왔다.
④ 식구들과 함께 빈 땅을 떠나 漆水와 沮水 건너고 양산을 넘어 歧山 아래에
  고을을 만들어 살았다.
⑤ 빈 땅의 사람들이 '어진 사람이니 그를 잃을 수 없다'고 하며 다투어 따르는
  것이 저자에 가는 것 같았고, 고공단보가 어질다는 말이 마침내 이웃 나라들
  에까지 알려지자 많은 사람들이 몰려왔다.[130]

b. 목조의 공업

① 처음에 목조가 全州에 살았다.
② 관기의 일로 知州와 틈이 벌어져 그로부터 謀害를 당하자 목조는 강원도
  삼척현으로 옮겨가 살았는데, 170여 가구의 백성들이 옮겨왔다.
③ 뒤에 새로운 按廉使가 오게 되었는데, 그는 목조와 오래 된 혐의가 있었다.

---

130) 『龍飛御天歌』, 22-26쪽 참조.

④ 목조는 그 안렴사가 장차 온다는 말을 듣고 가족을 이끌고 바다를 통해 함길도 덕원부로 옮겼는데, 170여 가구도 모두 따라 갔다.

⑤ 천하가 이미 원나라의 지배하에 들어갔고, 목조는 斡東으로 옮겨갔다.

⑥ 원나라는 목조를 5천호의 다루가치(達魯花赤)로 삼으니 동북지방 사람들이 모두 마음으로 목조를 따랐고, 조선 왕업의 흥기는 이로부터 시작되었다.[131]

고공단보가 처음으로 자기를 따르는 빈 땅의 사람들과 함께 거처할 곳을 도모하고 거북점으로 吉兆를 얻어 백성들로 하여금 그곳에 집을 짓고 살게 한 사실[132]은 <면> 제3장[133]에서 노래되었다. 이와 구조적으로 부합하는 목조의 공업은 <용비어천가> 제3장, 보태평 <기명>, 정대업 <독경>에 정확히 반영되었다. 이 사실은 <용비어천가> 제작자들이 『시경』의 <면>을 수용했고, 종묘악장은 <용비어천가>를 토대로 만들어졌음을 입증하는 점이다.

사마천은 『史記』에서 『시경』에 노래된 상당수의 사적들을 사료로 수용했는데, 고공단보의 사적으로부터 시작되는 주나라 역사의 기록 즉 「周本紀 第四」[134]도 그 좋은 예들 가운데 하나다. 무왕의 죽음에 즈음하여 大王·王季·文王에게 告由하여 金縢을 만든 전말과, 어린 성왕을 충성으로 받든 주공의 행적을 기록한 『尙書』「周書」'금등'은 『사기』에서 구체적으로 다루어졌다. 사실 주공은 성왕을 도와 주나라를 안정시키는 과정에서 성왕을 비롯한 후왕들에게 왕도를 깨우칠 목적의 노래들을 상당수 남겼고, 예악문화를 확립시킨 점에서 공자와 사마천 모두가 주목한 인물이었으므로, 『상서』와 『시경』은 물론 『사

---

131) 『龍飛御天歌』, 26-30쪽 참조.
132) 『文淵閣四庫全書: 經部/詩類/詩經集傳』 卷六의 "言 周原土地之美 雖物之苦者亦甘 於是 大王始與豳 人之從己者 謀居之 又契龜而卜之 旣得吉兆 乃告其民日 可以止於是而築室矣 或日 時謂土功之時也" 참조.
133) 주 129)와 같은 곳의 "周原膴膴 菫荼如飴 爰始爰謀 爰契我龜 日止日時 築室于玆" 참조.
134) 『文淵閣四庫全書: 史部/正史類/史記』 卷一百三十의 "維棄作稷 德盛西伯 武王牧野 實撫天下 幽厲昏 亂 旣喪豐鎬 凌遲至赧 洛邑不祀 作周本紀第四" 참조.

기』[주나라 관련 부분]에서도 주공은 핵심적 인물이었다. 특히 주공이 管蔡의 난을 평정한 뒤 백성을 위해 임금이 해야 할 일들을 월령체로 노래한 『시경』 「빈풍」 <七月>을 지었다는 사실은 관채의 난과 밀접하게 연관되는 점인데, 여기서 『시경』 시들의 상당수가 정치적·역사적 맥락에서 출현했음을 보여준다.[135]

  이 점은 <용비어천가>와 역사 사실로서의 6조 사적이 연결되는 양상과 부합된다. 예컨대 내용상 『태조실록』 「총서」와 거의 유사하다는 점에서 <용비어천가>의 성격을 아예 史書로 본[136] 심재석의 견해는 전술한 『시경』과 주나라 창업선조들의 사적 혹은 『사기』 「주본기」의 관계에도 시사하는 바가 큰데, 두 경우가 우연의 일치라기보다는 <용비어천가>의 제작자를 비롯한 당대 조선의 지배집단이 '주나라 지배집단-『시경』-『사기』'의 연결 관계를 면밀히 관찰한 끝에 터득한 패러다임이었음을 알 수 있다. 예컨대 태조 관련 사적에 초점을 맞출 경우, '『태조실록』 「총서」-『고려사』 태조 관계 기록-<용비어천가> 태조 관련 사실'은 정확히 부합함을 확인할 수 있다. '유신들의 반대에도 불구하고 『태조실록』의 공개를 의도적으로 추진했고, <용비어천가>가 간행되어 태조의 활약상이 사대부들 사이에 공개되었으므로, 『고려사』의 편찬자들은 어떤 형태로든 그 이전에 편찬된 어떠한 『고려사』보다 태조 관계 기록을 더 많이 수록하지 않을 수 없었다는 점, 새로운 『고려사』에서 고려 말의 상황을 서술할 경우 <용비어천가>에 공개된 사료를 외면하기 어려웠다는 점, 대부분 <용비어천가>의 태조 관련 史實들이 『태조실록 』 「총서」와 일치하고, 「총서」 내용의 상당 부분이 현존 『고려사』에 반영된 사실로 미루어 세종의 의도는 성공했다고 볼 수 있다는 점 등을 <용비어천가>가 갖는 조선 건국사 자료

---

135) 조규익, 「<용비어천가>의 『시경』 수용 양상-史詩的 본질과 담론-」, 『우리문학연구』 60, 우리문학회, 2018, 167-168쪽 참조.

136) 심재석, 「용비어천가에 보이는 고려말 李成桂家」, 『역사문화연구』 4, 한국외국어대학교 역사문화연구소, 1992, 124-125쪽 참조.

로서의 의미로 제시할 수 있다'는 정두희의 견해[137]야말로 이 점을 정확히 설명한다.

<용비어천가>와 종묘악장의 핵심은 열성들의 공업 즉 조선조 고유의 사실들이며, 그것들을 土風 즉 향악에 올려 부른 것들이지만, 그 방식이나 구조는 이미 중국 고대에 등장한 주나라 악장집 『시경』 시에 바탕을 둠으로써 동북아 중세의 보편적 패러다임을 보여주었음을 확인하게 되는 것이다.

제사의 대상은 왕조의 列聖들이므로 종묘제례에 소용되는 음악이나 악장도 왕조 고유의 형식과 내용으로 만들어지는 것은 당연하다. 그러나 찬양이나 숭모의 방식을 중국으로부터 수용하는 것은 불가피한 일이었다. 자연스럽게 종묘악장의 제작이나 표현의 측면에서 『시경』이나 후대 왕조들의 악장들을 표본으로 삼을 수밖에 없었을 것이다. 조선조의 조정에서 종묘악장 제작의 정신이나 지향점 혹은 개편의 당위성을 중심으로 무성한 논의들이 이루어진 것도 그런 이유에서였다. 그러나 『시경』 시를 제외한 중국 왕조 악장들의 내용은 대부분 추상적이다. 대상의 공적이 많아서 일일이 거론할 수 없는 경우도 없지 않겠으나, 그 대상만의 공적으로 특정할만한 것들이 없어서 추상적인 미화로 일관하는 경우가 대부분이었을 것으로 추정된다. 이 점은 아악으로 연주되던 동북아 왕조들의 종묘[태묘]악장들에 공통되는 성향인데, 향악으로 연주되던 조선조 종묘악장의 경우는 비교적 구체적인 업적들 중심으로 내용이 이루어져 있는 점이 특이하다. 중국[송·원·명] 악장과 고려 태묘악장, 조선조 종묘악장을 하나씩 들어 그 특성을 살펴보기로 한다.

---

137) 정두희, 「朝鮮建國史 資料로서의 <龍飛御天歌>」, 『진단학보』 68, 진단학회, 1989, 93-94쪽 참조.

<1> <太祖室大定>

徛歟太祖	아름다우시도다, 태조께서는
受命于天	천명을 받으시어
化行區宇	천하에 교화가 시행되니
功溢簡編	공이 서적에 넘치도다
武威震耀	무위는 천하에 떨쳐 드러나고
文德昭宣	문덕은 밝게 선양되니
開基垂統	나라의 기초를 열고 왕통을 자손에게 이어
億萬斯年138)	한 없이 긴 세월을 전하리로다

<2> <太祖室一室>

天垂靈顧	하늘은 신령스런 보살피심 내리고
地獻中方	땅은 중원을 드리셨도다
帝力所拓	황제는 땅을 넓히는 데 힘쓰시니
神武莫當	신령스런 무술은 감당할 자 없어
暘谷昧谷	해 뜨고 해 지는 곳
咸服要荒	먼 나라들을 모두 복종시키셨도다
昭孝明禋	효성을 널리 드러내 밝게 제사하니
神祖皇皇139)	신령하신 조상님 빛나시도다

<3> <太祖廟迎神太和之曲>

於皇於皇兮	아, 위대하고 위대하시도다
仰我聖祖	내 거룩하신 조상 우러르니
乃武乃文	무가 있고 문이 있으시어
攘夷正華	오랑캐 물리치고 중화를 바로잡으셨도다
爲天下大君	천하의 큰 임금 되시니

---

138) 『文淵閣四庫全書: 史部/正史類/宋史』卷一百二十四.
139) 『文淵閣四庫全書: 史部/正史類/元史』卷六十九.

比隆於古　　옛 왕들보다 훨씬 높으시고

越彼放勛　　저 요임금을 넘으셨도다

肇造王業　　처음으로 왕업 세우시어

佑啓於子孫　자손을 도와 이루게 하시니

功德超邁　　공덕이 뛰어나시도다

大室攸尊　　태실을 높이고

首稱春祀　　춘사를 으뜸으로 칭하며

誠敬用申　　정성과 공경으로 제사하니

維神格思　　신이 이르시어

萬世如存140)　만세토록 계시는 것 같도다

<4> <正聲太定之曲>

受天靈符　　하늘의 영부 받으사

寵綏多方　　여러 곳을 사랑하여 편안케 하시었도다

德合三無　　덕은 삼무 그것과 같고

功超百王　　공은 백왕을 넘어서셨도다

燕及後昆　　복조가 후손에게까지 뻗어와

承玆積累　　그 누적한 공덕을 받들게 되었도다

於萬斯年　　아, 영세토록

恪修祀事141)　삼가 제사 드리는 일 해 나가리로다

<5> <宣威>

咨麗失馭　　아, 고려의 정치가 문란하여

外侮交熾　　외적들의 업신여김이 심하였네

島夷縱噬　　섬 오랑캐 함부로 깨물고

納寇忝惏　　나하추는 방자하게 눈을 부릅뜨고

---

140) 『文淵閣四庫全書: 史部/正史類/明史』卷六十二.

141) 『고려사악지』「태묘악장」太祖第一室.

紅巾鳥休	홍건적은 기세가 등등
元餘雲屬	원의 잔당은 핍박하고
孼僧跋扈	요망한 중은 발호하고
胡魁陸梁	호발도가 날뛰었네
於皇聖祖	아, 위대한 성조께서
神武誕揚	신무의 공을 드날리시어
載宣天威	천위를 펴오심이
赫赫堂堂	혁혁하고 당당하였네

<1>은 송나라 建隆以來祀享太廟 16수[迎神禮安-皇帝行隆安-奠瓚用瑞木-馴象-玉烏-奉俎豊安-酌獻僖祖室大善-順祖室大寧-翼祖室大順-宣祖室大慶-太祖室大定-太宗室大盛-飮福禧安-亞獻正安-終獻正安-徹豆豊安] 중 태조[趙匡胤(927년-976년)]실에 올린 악장이다. 建隆[960-963]은 태조의 첫 연호이며, 윗대인 僖祖[趙朓/태조의 고조부]·順祖[趙珽/태조의 증조부]·翼祖[趙敬/태조의 조부]·宣祖[趙弘殷/태조의 부친] 등은 추존황제들로서 태조의 생시에는 이들을 제사한 것으로 보인다. '태조의 受命/천하를 교화시킨 功業/천하에 떨친 武威와 文德/王統을 자손들에게 이어 영속할 것임' 등이 이 악장의 핵심내용이다. 태조가 당을 멸망시킨 후 60년 가까이 지속된 전란을 수습하는 과정에서 중앙집권제를 수립했고, 과거제를 완비하여 강력한 군주제가 완성된 사실을 태조의 큰 공업으로 제시한 셈이다. 그런 공을 바탕으로 왕조가 영속되리라는 확신을 밝힌 것이다. 그러나 태조가 세운 공의 대강을 추상적이고 포괄적으로 제시했을 뿐 구체화하지 않은 특징을 보여주고 있다.

원나라는 세조[시호: 성덕신공문무황제/칸호: 세첸 칸/휘: 쿠빌라이/재위기간: 1260-1294]가 건국했으나, 그 이전 시기인 통일몽골제국의 다섯 군주들에게 시호와 묘호를 부여했고, 그들을 위한 악장들[太祖 第一室/太宗 第二室/睿宗 第三室/ 皇伯考 卓沁 第四室/皇伯考 察罕台 第五室/定宗 第六室/憲宗 第七室]을 제작했는데, 그 첫 황제인 태조[시호: 法天啓運聖武皇帝/휘: 칭기즈 칸/재위기간: 1206-1227] 악장이 바로 <2>이다.

첫단[1구-2구]에서는 하늘과 땅의 보살피심으로 나라를 차지했다 했고, 둘째 단
[3구-6구]에서는 신령스런 무술로 사방의 나라들을 복종시켜 국토를 확장시킨
공을 말했으며, 셋째 단[7구-8구]에서는 孝祀를 통해 신령한 태조가 빛난다고
결론을 맺었다.

명나라 世宗 15년[1537]에 제작한 「嘉靖十五年孟春九廟特享樂章」에는 太祖廟·
成祖廟·仁宗廟·孝宗廟·武宗廟·睿宗廟 등의 악장들이 들어 있는데, 그 가운데
태조묘의 迎神에 사용된 악장이 <3>이다. 내용 전개상 네 부분[제1단: 제1구-제4구
/제2단: 제5구-제7구/제3단: 제8구-제10구/제4단: 제11구-제15구]으로 이루어져 있다. 즉 '태
조의 무공과 문덕으로 오랑캐 제압하고 중화를 바로잡음/요임금을 비롯한
옛 왕들을 넘어서는 덕망으로 천하의 큰 임금 되셨음/처음으로 왕업을 세우시
어 자손으로 하여금 治功을 이루게 하심/태실을 높이고 정성과 공경으로 제사
하니 내려오신 신께서 만년토록 함께 하시는 것 같음' 등이 그 내용이다. 그리
고 그 내용의 핵심은 '무공·문덕·攘夷·正華·王業' 등이다.

<4>는 고려 睿宗 11년[1116] 10월에 새롭게 제작한 「九室登歌樂章」 중 태조
제1실의 <正聲 太定之曲>이다. 이 악장은 내용상 세 부분[제1단: 제1구-제2구, 제2단:
제3구-제6구, 제3단: 제7구-제8구]으로 나뉘고, 각 부분의 내용은 '하늘의 영부로 천하
를 다스리게 되었음, 덕과 공이 뛰어나고 복조는 후손에게 미쳐 사람들은 쌓인
공덕을 받들었음, 영세토록 제사 지내고자 함' 등이다.

이상에서 살펴본 것처럼, 송·원·명·고려의 창업주들을 대상으로 그들의 功
業과 德望을 찬양한 태묘[종묘]악장들의 내용적 성향은 매우 추상적이며 의례
적이라는 공통점을 지니고 있다. 건국 자체가 평범한 인간으로서는 감당하기
어려운 대업이었으므로, 천명이라는 편리한 개념을 빌어 표현할 수밖에 없었
을 것이다. 창업자로서는 문무의 공덕이 필수적이었고, 그 대업에 이르기까지
겪어야 했던 인간적 고뇌나 고초들도 피할 수 없는 경우가 대부분이었을 것이
기 때문에, 창업주를 칭송하기 위해서는 '천명, 문·무의 공덕, 공업' 등으로

크게 싸잡아 지칭하는 것이 대부분의 악장들에 공통적으로 드러나는 상투적
수법이었다. 그런 수법은 악장이 벗어날 수 없는 儀禮性이기도 했다. 그런데
이런 의례성은 조선조 종묘악장에 이르러 새로운 양상으로 바뀐다. (5)는 세
부분[제1단: 제1구-제2구, 제2단: 제3구-제8구, 제3단: 제9구-제12구]으로 나뉘는데, 각 부분
은 구성 상 긴밀하게 짜인 모습을 보여준다. 제1단은 '정치의 문란으로 인한
외적들의 업신여김'을, 제2단은 '고려를 업신여긴 내외의 적들이 침범하는 양
상[왜구의 침범/홍건적의 날뜀/원나라 잔당의 핍박/妖僧 신돈의 발호/오랑캐 호발도의 침범]'을,
제3단은 天威를 받아 그런 내외의 어지러움을 혁혁하고 당당하게 정리한 태조
의 神武를 각각 노래했다. 말하자면 '제1단-제2단-제3단'이 首尾一貫의 연계성
과 구체성으로 태조의 신통한 무공을 노래하고 있다는 점에서, 중국 왕조들과
고려의 태묘악장들은 조선의 종묘악장과 분명 구분된다.

물론 이것 말고도 종묘악장들 가운데 태조의 공업을 찬양한 악장들은 많다.
보태평의 <隆化>[태조가 천명을 받은 이후로 섬나라 왜를 교화시키자 왜가 태도를 고치고 찾아
와 조회하고 다시 교역을 통했으며, 동북 야인들의 추장이 모두 와서 복종하고 따르지 않는 자가
없었음], 정대업의 <神定>[호랑이나 비휴 같은 군사들을 고무시켜 홍건적과 왜구들을 쳐부수
니, 태조의 무공은 신령의 작위 같았음], <奮雄>[홍건적과 왜구를 용맹하게 토벌함으로써 업신여
기거나 거역하는 사람이 없었으니 나라의 복임], <順應>[辛禑의 요동정벌에 대하여 내조가 불가함
을 간언했음에도 듣지 않고 위화도에 주둔하자, 태조가 여러 장수들을 설득하여 회군을 감행하여
강을 건너자마자 큰물이 닥쳐 섬 전체가 물에 잠김], <寵綏>[태조가 회군하니 열광하며 음료를
들고 군사들을 맞이하는 백성들이 끊이지 않았음] 등 태조의 受命을 입증할만한 구체적
인 사건들을 핵심 내용으로 하는 것들이 대부분이다. 태조 외에 목조[<基命>·
<篤慶>], 익조[<歸仁>·<亨嘉>], 도조[<亨嘉>142)], 환조[<輯寧>·<濯征>], 태종[<顯美>·<龍
光>·<靖世>·<赫整>], 태종비 元敬王后[<貞明>], 宣祖[<重光>] 등 다른 악장들도 거의

---

142) <형가>에는 익조와 도조의 사적이 모두 등장하기 때문에, 익조와 도조 두 사람의 악장으로
다루었다.

같은 양상을 보여주고 있다. 예를 들어 "이것은 선조대왕의 사적이다. 선조행
장에 이르기를, '선대 宗系에 대한 오래 된 誣陷을 씻고 나라를 빛내는 공렬을
드리웠으며, 하늘까지 치솟는 강한 도적을 물리쳐 나라를 다시 만드는 업적을
이루어 공은 종사에 남고 업적은 중흥을 빛내셨다'고 하였다."[143]는 선조 악장
[<중광>]에 대한 설명은 그 대표적인 사례로 들 수 있다. 즉 실제 사적을 정확하
고 구체적으로 반영하는 것을 가장 중요한 원칙으로 삼았다는 것이다. 공덕에
관한 주요 사적들을 정확하게 반영하는 일이야말로 왕별 악장을 제작하는
명분이기도 했다. 이 점은 <용비어천가>를 지으면서 '모두 실제 사적에 의거
하여 노랫말을 지었고, 옛 일들을 주워모아 지금의 일에 비의하였으며, 반복·
부연·진술함으로써 규계의 뜻으로 끝맺었다/皆據事撰詞 摭古擬今 反覆敷陳 而
終之以規戒之義焉'[144]는 최항의 언급과도 부합한다고 할 수 있다. 이 말 가운데
'실제 사적'이란 가송 대상인 6조가 남긴 발자취나 공적들을 말하고, '옛일들
[古]'은 중국의 사적을 말하며 '지금의 일'이란 6조의 사적을 뜻한다. 조선조
창업에 확실한 권위를 부여하기 위해서라도 중국 측 사적에 바탕을 두는 일은
불가피했을 것이다.[145]

따라서 조선조 종묘제례에서 연주되던 보태평·정대업의 악장은 <석전악
장>·<사직악장>·<선농악장>·<선잠악장>·<풍운뇌우악장> 등 아악으로 연주
되던 기존의 제향악장들과, 봉래의 악장으로 쓰여 당악과 향악으로 연주되던
<용비어천가>의 사이에 위치한다. 그러나 기존의 제향악장은 지나치게 추상
적이어서 대상 인물의 역사적 사실이나 사적의 특수성을 드러내기 어려웠으
며, 반대로 <용비어천가>는 지나치게 번다하여 오히려 대상인물이 지닌 성격

---

143) 『宗廟儀軌 第三』[서울대학교 규장각 한국학연구원 소장본/奎14220-v.1~4] 0215쪽의 "謹按 此卽宣
　　祖大王事也 宣祖行狀 雪先系之積誣 而垂光國之烈 却滔天之强寇 而成再造之績 功在宗祊 業煥中興"
　　참조.
144) 『龍飛御天歌』, 1051-1052쪽 참조.
145) 조규익, 『조선조 악장의 문예미학』, 224쪽 참조.

의 핵심을 드러내기 어려웠다. 그러나 <용비어천가>를 거쳐 <종묘악장>에 이르면서 조선조 악장의 완성된 모습을 보여준 것은 사실이다. 기존 제향악장의 특징은 고려 말의 <태묘악장>과 그 악장의 모범적 선례로 수용된 중국 왕조들의 종묘[태묘]악장들에서 발견할 수 있고, 이 점은 조선조의 <용비어천가>나 <종묘악장>과 대비되는 점이기도 하다.

3) 이데올로기적 동일성 지향과 보편정신: <文廟釋奠樂章>

제사의 규모나 종류가 중국 禮制의 것들이 크고 많은 것은 사실이다. 『大唐開元禮』는 『政和五禮新儀』의 바탕이 되었고, 고려의 제도는 『政和五禮新儀』에 바탕을 두었으며, 『국조오례의』는 『政和五禮新儀』와 『고려사』 「예지」 국가제사의 체계를 바탕으로 만들어졌음을 알 수 있다. 특히 중국 송나라의 제례들을 수용함으로써 내용상 유사한 점이 비교적 많아진 것은 조선조 유자들의 성리학 연구와 양반 관료들의 정치적 위상이 송대의 역사적 토양과 유사하기 때문이라 했다. 즉 縉紳사대부들과 서민들의 문제까지 국가질서의 구조 안에 포섭해야 한다는 시대적 요구를 반영한 송대의 오례가 조선의 양반관료이자 유자들로 하여금 세종 대 「오례」로부터 싱종 대 『국조오례의』를 만들어 낼 수 있도록 했다는 것이다.[146]

조선 건국 초기부터 중국의 예제를 본받고자 했고, 그런 기조는 시대가 흐르면서 수시로 중국과 조선 예제 사이의 같고 다름을 찾아내 그 원인을 규명하고 중국의 古制로 회귀하고자 하는 경향을 보여준 사실은 중국의 예제가 기초로 삼고 있던 바탕이 유교 이데올로기의 보편성이었다는 점에서 무엇보다 중요하다. 예컨대 건국 초기부터 大祀의 절차 등에 대하여 각별한 관심을 표명하고

---

146) 이범직, 『朝鮮時代 禮學硏究』, 국학자료원, 2004, 73쪽 참조.

이미 확립된 중국의 기준에 따르도록 한 것도 초기에 나타난 그런 성향의
사례로 들 만하다. 태조는 즉위 교서에서 '천자는 七廟를 세우고 제후는 五廟를
세우며, 왼쪽에는 종묘를 세우고 오른쪽에 社稷을 세우는 것은 옛날의 제도인
데, 고려왕조로 오면서 옛날의 제도에 어긋남이 있으니 상세히 구명하라'147)
고 지시했다. 당대 집권세력이 명나라의 『洪武禮制』나 고려의 『상정고금례』
를 충실히 참고하되, 예악제도 전반의 확실한 표준을 중국의 古制에 두고 있었
음이 그 지시에는 명확히 드러난다.

『국조오례의』의 제례 분류는 앞의 인용문[주 147)]에 언급된 『상정고금례』의
내용148)과 부합하는데, 제례 내용에서 『唐開元禮』 등 중국의 예제들을 직접
수입했거나 삼국시대 이래 수입·사용되어 오던 내용을 비판적으로 계승한
결과일 수도 있다. 그러나 수용의 대상은 좀 더 세부적으로 살펴볼 필요가
있다. 즉 '선초에 祀典을 정비하는 데 있어서 무엇보다 많이 참작했던 것은
당과 송의 제도라는 점, 이 경우 당·송의 제도는 특정 왕대의 것들로 全시기에
걸친 이른바 唐宋古制가 아니었다는 점, 선초의 예제 정비에서 時王之制였던
『洪武禮制』의 준용은 1차적이었고 거기서 결여된 제도에 관해서는 古制를 참
용하지 않을 수 없었다'149)는 견해는 조선 초기 예제를 세밀히 관찰한 결과라
할 수 있다. 즉 부분적인 수정을 거쳤다 해도 중국의 고제를 수용한 것은 사실
이고, 그 가운데 두드러진 것이 석전인 점은 중국이나 우리나라 왕조들이 공통
으로 숭배하던 대상이 공자였기 때문이다. 각 왕조의 列聖祖를 모시던 종묘나
태묘와 달리 석전에서 중국의 제도를 묵수할 수밖에 없었던 이유를 여기서
찾아 볼 수 있고, 이 점은 악장에도 그대로 적용된 것으로 보인다. 말하자면

---

147) 태조실록 1권, 태조 1년 7월 28일 세 번째 기사 "태조의 즉위 교서" 참조.
148) 태종실록 25권, 태종 13년 4월 13일 기사의 내용[社稷·宗廟·別廟는 대사/先農·先蠶·文宣王은
　　중사/風師·雨師·雷師·靈星·司寒·馬祖·先牧·馬步·馬社·禜祭·七祀·州縣의 文宣王은 소사]과 부
　　합한다.
149) 김해영, 앞의 책, 69-70쪽 참조.

중국의 왕조들과 조선이 공유하던 문화적 보편성은 석전악장에서 두드러진다
는 것이다. 그것은 제례절차나 음악 등 콘텍스트의 동질성과 연계되는 점이기
도 했다. 중국 왕조들의 문묘석전악장들과 조선조의 그것들을 간단히 비교함
으로써 양자 간의 동질성을 찾아보기로 한다.

　문묘제례와 석전악장의 도입은 동북아 중세적 보편성 확립의 결정적 요인
이었다. 우선 중국의 경우 釋奠은 唐 開元 20년[玄宗 20년/서기 732년]에 社稷·日月
星辰·先代帝王·岳鎭海瀆·帝社·先蠶 등과 함께 中祀로 편입되었고,[150] 개원 27
년[현종 27년/서기 739년]에는 공자에게 孔宣父를 추증하여 文宣王으로 삼고 顔回
를 兗國公으로, 나머지 十哲을 모두 侯로 삼아 양 옆에 좌정하게 했다.[151] 이처
럼 석전은 당나라 현종 20년에 중사로 편입된 이래 청나라에 이르기까지 변함
없었고, 석전을 중사에 편입한 제도는 우리나라에 도입, 조선조의 『국조오례
의』에 반영되었으며, 그 후 변함없이 시행되었다. 이처럼 우리나라 왕조들은
중국에서 왕조가 바뀔 때마다 새 왕조의 예악제도에 대한 관심이 컸고, 예악제
도의 位階와 상호 명분을 맞추는 일이 외교 교섭 내용의 상당 부분을 차지할
정도였다.

　신라 진덕여왕 2년 김춘추가 당나라의 국학에서 석전을 관람함으로써 우리
나라 왕조 역사상 처음으로 석전 제례가 있음을 알게 되었고, 신문왕 2년 6월
에는 국학을 세우고 卿 1인으로 하여금 관장하게 했다.[152] 고려 현종은 11년
8월 丁亥에 신라 집사성 시랑 최치원을 내사령으로 추증하여 先聖의 廟庭에
종사하게 하였고,[153] 문종은 15년 6월 계축에 왕이 국자감에 나아가 侍臣에게

---

150) 『文淵閣四庫全書: 史部/正史類/舊唐書』 卷二十一의 "大唐開元禮 二十年九月(…)社稷日月星辰先代
　　帝王岳鎭海瀆帝社先蠶釋奠爲中祀" 참조.
151) 『文淵閣四庫全書: 史部/正史類/舊唐書』 卷九의 "追贈孔宣父爲文宣王 顔回爲兗國公 餘十哲皆爲侯
　　夾坐" 참조.
152) 동아대학교 고전연구실 역, 『譯註高麗史/第一 世家一』, 태학사, 1987, 204쪽.
153) 동아대학교 고전연구실 역, 같은 책, 361쪽.

'仲尼는 百王의 스승이라 감히 致敬하지 않으리오'라 말하고 재배하기도 했으며,[154] 고려 숙종 6년 국자감에서 先賢을 제사하면서, 문선왕전의 좌우 회랑에 새로이 61자와 21현을 그려 석전에 從祀할 것을 청하니, 그대로 따랐다는 기록도 있다.[155] 인종 2년 3월 癸卯에는 왕이 국학을 시찰하여 先聖에게 석전하고 銀盤 二事, 綾絹 30필을 올렸고,[156] 희종 원년 3월 丁丑에 문선왕에게 석전했다는 기록[157]도 남아 있다. 또한 충렬왕 5년 윤5월 戊寅에 國學 學正 金文鼎이 선성 十哲의 상과 문묘제기를 가지고 원나라로부터 돌아왔다는 기록[158]을 보면 고려 말까지도 중국의 왕조들로부터 문묘에 관한 절차와 기물 등을 수시로 들여와 보충하거나 보완해왔음을 보여준다. 충숙왕 원년 병오에 원나라가 과거를 행함에 따라 사신을 보내 詔를 반포했고, 이에 왕이 교서를 내려 말하기를 '백성을 교화하고 풍속을 이룩함은 반드시 학교로 말미암는 것인데, 근래 성균관이 敎誨를 부지런히 하지 않으매 諸生이 다 그 업을 버리고 朔望의 奠과 二丁의 제사에 이르러서도 다른 연고로 辭避하고 참여치 아니하여 선왕의 典章을 어김이 있으니, 그 좨주로 하여금 매양 奠謁을 행할 적에는 修潔을 힘써 숭상하고 諸生으로 참여치 않는 자에게는 백금 一斤을 징수하여 써 양현고에 보충하라'고 하였다는 기록[159]에 이르면 2월·8월의 上丁日에 행하던 제사에 핑계를 대며 참여치 않는 성균관 생도들이 허다할 정도로 당시에 이미 석전에 대한 호기심이나 긴장도가 떨어져 싫증을 느낄 정도였음을 짐작할 수 있다.

---

154) 동아대학교 고전연구실 역, 같은 책, 355쪽.
155) 『譯註高麗史/第二 世家二』, 34쪽/『增補文獻備考』 卷之二百二, 「學校考一」, 동국문화사, 1957, 353쪽.
156) 한국사데이터베이스[https://db.history.go.kr], 『고려사절요』 권9/인종 7년 3월/"왕이 국학을 둘러보고 석전을 지내다"
157) 한국사데이터베이스[https://db.history.go.kr], 『고려사절요』 권21 > 세가 권제21 > 희종(熙宗) 즉위년 > 3월 > "석전을 지내다"
158) 『譯註高麗史/第三 世家三』, 306쪽.
159) 『譯註高麗史/第三 世家三』, 306쪽.

이처럼 공자 숭배의 기조는 각 왕조가 동일했으나, 시대나 왕조에 따라 공자에 대한 제사 절차는 약간씩 달랐고, 고려나 조선에서도 그 변화를 충실히 따르고자 한 것으로 보인다. 『국조오례의』「길례」에 '享文宣王視學儀·酌獻文宣王視學儀·王世子酌獻入學儀·王世子釋奠文宣王儀·有司釋奠文宣王儀·文宣王朔望釋奠儀·文宣王先告事由及移還安祭儀·州縣釋奠文宣王儀·州縣文宣王先告事由及移還安祭儀' 등 다양한 명목의 문선왕석전제 절차들이 들어 있고, 대한제국의 제례를 집성한 『大韓禮典』에도 '享文廟視學儀·酌獻文廟視學儀·皇太子酌獻文廟入學儀·皇太子釋奠文廟儀·有司釋奠文廟儀·文廟先告事由及移還安祭儀·府郡釋奠文廟儀·府郡文廟先告事由及移還安祭儀' 등으로 황제의 명분에 의거하여 『국조오례의』 소재 제차들을 약간씩 수정한 내용의 문선왕석전제 절차가 들어 있다. 『국조오례의』와 비슷한 시기의 『악학궤범』에 7수[<奠幣>·<初獻正位>·<克國公>·<郕國公>·<沂國公>·<鄒國公>·<徹籩豆>][160)의 「문선왕 악장」이, 『大韓禮典』에는 10수[<迎神樂章>·<奠幣樂章>·<進饌樂章>·<初獻樂章>·<克國公樂章>·<郕國公樂章>·<沂國公樂章>·<鄒國公樂章>][161)의 「문묘악장」이 실려 있다. 『악학궤범』과 『大韓禮典』을 비교하면 각 제차별 음악과 「전폐」·「초헌」·「철변두」의 악장이 동일하나, 후자에는 전자에 비해 영신·전폐·진찬·송신의 악장이 더 붙어 있다.

---

160) 정위[문선왕]·연국공·성국공·기국공·추국공의 신위 앞에 나아가 작헌하는 초헌례가 끝나면, 軒架는 舒安之樂을 연주하고, 文舞가 물러가고 武舞가 앞으로 나온다. 舞者가 立定하면 악이 그친다. 贊引의 인도로 分獻官이 차례로 신위 앞에 나아가 작헌하고, 작헌이 끝나면 奉禮의 인도로 아헌관이 작헌을 수행한다. 이어서 절차에 따라 종헌도 이루어진다. 아헌과 종헌시에도 초헌과 똑 같은 악장과 악곡이 연주된다. <전폐악장>은 明安之樂으로, 초헌의 악장들은 成安之樂으로, <철변두악장>은 娛安之樂으로 연주되었다. '文舞退武舞進[文舞가 물러가고 武舞가 들어옴]'에는 모두 舒安之樂을 연주하고, 送神에는 모두 黃鍾宮의 凝安之樂을 연주했다.

161) 『악학궤범』의 「문선왕」과 달리 『대한예전』「문묘」의 경우 영신, 전폐, 진찬, 송신 등에도 악장이 각각 별도의 악곡으로 연주되었다. 「영신」에는 宮架가 黃鍾宮·仲呂宮·南呂宮·夷則宮의 凝安之樂을, 「전폐」에는 登歌가 南呂宮의 明安之樂을, 「진찬」에는 登歌가 姑洗宮의 豐安之樂을, 초헌에는 登歌가 南呂宮의 成安之樂을, 文舞退武舞進에는 宮架가 姑洗宮의 舒安之樂을, 아·종헌에는 登歌가 고선궁의 豐安之樂을, 「철변두」에는 등가가 남려궁의 娛安之樂을, 「송신」에는 등가가 황종궁의 응안지악을 각각 연주했다.

중국 왕조의 석전제례 절차나 악장들을 살펴보면, 원래 송나라에서 고려로 대성악이 들어올 때 석전제례도 함께 들어온 것으로 추정되며 그것을 「大晟府擬撰釋奠」 14수의 제차와 음악 및 악장에서 추정할 수 있다. 그것이 조선조로 계승되었을 것이다. 「大晟府擬撰釋奠」 14수는 '迎神凝安[況鍾爲宮/大呂爲角/太蔟爲徵/應鍾爲羽]·初獻[盥洗同安/升殿同安]·奠幣明安·奉俎豐安·酌獻成安[文宣王位/兗國公位/鄒國公位]·亞終獻用文安·徹豆娛安·送神凝安'으로 되어 있는데, 고려·조선조의 그것과 큰 차이 없는 것으로 보인다. 중국의 경우 역대 왕조에 따라 차이를 보이면서 문묘석전제례나 악장은 정비되어 왔고, 고려와 조선 역시 마찬가지의 양상을 보여준다. 몇 악장을 들어 비교해 보기로 한다.

<1> <先聖先師奏誠夏辭>

經國立訓	나라를 다스리고 훈계를 세움에
學重教先	배움이 중하고 가르침이 우선이라
三墳肇冊	삼분은 책의 시초가 되었고
五典留篇	오전은 그 유편이니
開鑿理著	열고 뚫어냄에 이치가 드러나고
陶鑄功宣	인재를 양성하니 그 공이 크도다
東膠西序	동교와 서서에서
春誦夏弦	봄에는 시가를 외우고 여름에는 금슬을 익히며
芳塵載仰	명현의 자취를 다시 우러르니
祀典無騫162)	제사 올리는 의례에 허물이 없도다

<2> <登歌奠幣用肅和>

粵惟上聖	최상의 성인께오서는
有縱自天	하늘로부터 받아 태어나시도다

---

162) 『文淵閣四庫全書: 史部/正史類/隋書』卷十五.

旁周萬物	널리 만물을 두루 통달하시고
俯應千年	천년에 부응하시니
舊章允著	옛날의 제도와 문물이 환히 드러나고
嘉贄孔虔	좋은 예물은 매우 경건하도다
王化茲首	왕화가 이에 으뜸 되시고
儒風是宣163)	유풍이 선양되도다

<3> <酌獻成安>

道德淵源	도덕의 연원이시며
斯文之宗	사문의 종장이시로다
功名糠秕	공명을 왕겨와 쭉정이처럼 여기니
素王之風	소왕의 풍모이시로다
碩兮斯牲	크도다, 희생이여!
芬兮斯酒	향기롭도다, 술이여!
綏我無疆	나를 끝없이 편안케 하시고
如天爲久164)	하늘처럼 장구하게 하시도다

<4> <文宣王位酌獻成安>

大哉聖王	위대하시도다, 거룩한 문선왕이시어!
實天生德	진실로 하늘이 내린 덕인이시로다
作樂以崇	음악을 만들어 높이고
時祀無斁	때마다 제사 모셔 그침이 없도다
淸酤惟馨	맑은 술은 향기롭고
嘉牲孔碩	아름다운 희생은 대단히 크시도다
薦羞神明	여러 제수를 신명께 드리오니
庶幾昭格165)	밝히 강림하여 흠향하소서

---

163) 『文淵閣四庫全書: 史部/正史類/舊唐書』卷三十.
164) 『文淵閣四庫全書: 史部/正史類/宋史』卷一百三十七.

<5> <初獻正位>

大哉聖王　　위대하시도다, 거룩한 문선왕이시여!

實天生德　　진실로 하늘이 내신 덕인이시로다

作樂以崇　　음악을 만들어 높이고

時祀無斁　　때마다 제사 모셔 그침이 없도다

淸酤惟馨　　맑은 술은 향기롭고

嘉牲孔碩　　아름다운 희생은 대단히 크시도다

薦羞神明　　여러 제수를 신명께 드리오니

庶幾昭格166)　밝히 강림하여 흠향하소서

　　<先聖先師奏誠夏辭>는 수나라 악장[『隋書』卷十五「音樂 下」]으로서 필자가 중국의 문헌에서 확인한 첫 석전악장이다.167) 이 악장은 당시 석전제례에 쓰였을 것이다. 의미전개 상 '起-敍-結' 즉 '1-2구/3-6구/7-10'로 삼분된다. 起에서는 배움과 가르침의 중함을 제시했고, 敍에서는 三墳五典을 탐구하고 가르쳐 인재를 양성하는 공을 말했으며, 結에서는 동교와 서서 즉 태학에서 행하는 훌륭한 교육과 엄정한 제사의 법도로 끝을 맺었다. 공자에 대한 숭앙을 직접적으로 드러내지 않고 배움과 교육의 중요성을 강조한 점에서 석전 제사의 위상이 크게 부각되지 않은 시기의 악장이라 할 수 있다. 그러다가 당나라를 거쳐 송나라로 내려오면서 음악이나 악장은 제사절차와 부합하는 의미를 갖게 되었다.

　　이 악장은 한나라로부터 계승된 석전제례의 악장으로서 유학의 중요성과 공자의 공덕을 칭송한 노래다. 이 노래는 誠夏라는 악곡으로 연주되었는데,

---

165) 『文淵閣四庫全書: 史部/正史類/宋史』卷三十七.

166) 국립국악원 전통예술진흥회, 『韓國音樂學資料叢書 26: 樂學軌範』, 은하출판사, 1989, 77쪽.

167) 이보다 먼저 나온 '석전악장'이 남아있는데도 찾지 못했다면, 그것은 전적으로 필자의 불찰 때문이다.

원래 夏는 樂歌 가운데 큰 규모의 음악을 지칭하는 말이었다.[168] 원래 중국 남쪽지방의 음악이 大夏였다.[169] 우 임금이 남방을 순행하다가 塗山之女를 만났고, 그녀는 시녀로 하여금 도산의 남쪽에서 우왕을 모시게 했는데, 그 시녀가 노래를 지어 부른 것이다. 그것이 바로 남방 국풍의 음이며, 周公과 召公이 노래를 취해 주남과 소남이 되었다고 한다.[170] 주나라에서 행해지던 원구제의 祭次에서 황제가 望燎位에 나갔다가 돌아왔을 때 皇夏를 연주하고 誠夏를 더했으나, 기타 諸夏[王夏·肆夏·昭夏·納夏·章夏·齊夏·族夏·祴夏·驁夏]는 쓰지 않았다고 했다.[171] 분명 이 악장은 공자의 신위에 대하여 연주했을 것인데, 공자의 공덕이 다소 포괄적이고 추상적으로 그려졌다. 즉 '나라를 다스리고 (후왕들에 대한) 경계를 세울 새 배움과 가르침이 최우선이라는 점, 삼분오전에 남아있는 이치를 통해 인재 양성의 공을 세웠다는 점, 태학과 소학에서 春誦夏弦하며 명현의 자취를 우러르니 제사예의에 허물이 없다'는 등의 내용을 공자의 신위에 올렸다는 점은 초창기 석전악장의 내용 구성이나 분위기를 짐작케 한다.

당나라에 내려와 석전악장의 내용이 좀 더 구체적인 양상으로 전환된다는 점은 <2>에 잘 드러난다. <2>는 『구당서』 권 30 「志」 제 10 '音樂 三'에 실린 「皇太子親釋奠樂章五首」 중 세 번째 악장이다. 이 악장은 '하늘이 내신 상성/만물에 두루 통달하고 옛 제도와 문물을 드러냈으며 좋은 예물을 차려놓은 제사는 매우 경건함/왕화가 으뜸 되고 유풍이 선양됨' 등의 내용에서 보듯이, 앞 시대의 악장에 비해서는 좀 더 구체적이다.

---

168) 鄭玄은 '樂歌 중 큰 것을 夏라 칭한다'고 하였다.[『文淵閣四庫全書: 經部/詩類/毛詩注疏』 卷二十六의 "樂歌之大者 稱夏" 참조.

169) 『文淵閣四庫全書: 經部/詩類/詩總聞』 卷一上의 "南大夏也" 참조.

170) 『文淵閣四庫全書: 子部/雜家類/雜學之屬/呂氏春秋』 卷六의 "禹行功 見塗山之女 禹未之遇 而巡省南土 塗山氏之女 乃令其妾待禹于塗山之陽 女乃作歌 歌曰(…)周公及召公取風焉 以爲周南召南" 참조.

171) 『文淵閣四庫全書: 經部/詩類/詩總聞』 卷一上의 "還便坐 竝奏皇夏 又加誠夏 乃不用其他諸夏 皆南聲也" 참조.

<3>은 송나라 睿宗 4년[大觀 3년/1660년]에 제작한 「석전악장」 6수 중 네 번째 악장인 <酌獻成安>이다. 의미 상 이 악장은 크게 두 부분[제1구~제4구/제5구~제8구] 으로 나뉜다. 그리고 내용 자체는 앞의 악장들과 달리 훨씬 구체적이다. '도덕 의 연원·사문의 종장으로서 공명을 하찮게 여기신 소왕의 풍모/큰 희생과 향기로운 술을 갖추어 제사 지내니 우리를 영원히 편안케 하시고 하늘처럼 장구하게 할 것임'으로 크게 나뉜다. 도덕의 연원이나 사문의 종장은 오랜 세월에 걸쳐 형성된 공자의 정체성이다. 벼슬이나 공명을 하찮게 여기는 소왕 또한 굳어진 공자의 이미지다. 그런 공자의 신위에 극진히 제사를 올리니 우리 를 편안케 하시고, 우리 왕조를 하늘처럼 장구하게 한다는 것이다.

송나라의 「大晟府擬撰釋奠」 14수에 이르러서야 제차별로 완비된 악장이 만 들어졌고, 고려에 전해진 그것은 조선조로 계승되었을 것이다. 그런 이유로 <5>[<初獻正位>]는 <4>[<文宣王位酌獻成安>]와 글자 한 자 다르지 않은데, 고려를 경유했든 직수입했든 <5>는 <4>를 송두리째 도입·사용한 것으로 보이기 때문 이다. 내용은 크게 두 부분[문선왕은 하늘이 낸 덕인이니 음악을 제작하고 때마다 제사를 모셔 그침이 없음/맑은 술과 아름다운 희생으로 제수를 갖추어 신명께 드리오니 강림하여 흠향하시 기를 바람]으로 나뉘는데, 문선왕의 미덕을 선양하기 위해 음악을 제정하고 맑은 술·아름다운 희생 및 제수를 마련하고 제례를 올리는 지극한 정성을 드러냈 다. 외견상 앞 시대 악장들의 포괄성이나 추상성과 비슷해 보이긴 하나, 유교 이데올로기 수립의 당사자를 추앙하고자 하는 의도가 극진하면서도 담백하게 표현되어 있는 점이 두드러진다. 사실 공자를 존숭하고자 하는 의도는 조선에 들어와 중국이나 고려에 비해 훨씬 더 강했음을 알 수 있다. 공자의 칭호를 낮추는 문제로 왕과 영의정 사이에 오간 문답172)을 보면 이 점을 알 수 있다.

---

172) 중종실록 83권, 중종 31년 12월 28일 첫 번째 기사 "공자의 칭호를 낮추는 것과 세자의 양제 간택문제를 의논하다" 참조.

왕: 정원에 전교하기를 "天使가 성균관에서 謁聖한다면, 우리나라에서는 공자를 至聖大成文宣王이라고 부르나 중국에서는 칭호를 낮추어 公이라 부른다 하니, 사신이 혹 '중국에서는 이미 칭호를 낮추었는데 어찌하여 아직도 王爵을 그대로 두었느냐?'고 물을 지도 모른다. 그러면 '중국에서는 칭호를 낮추었더라도 우리나라에는 공문으로 칭호를 낮추라는 명이 없었으므로 아직도 왕이라 부른다'고 대답할 것인가? 달리 대답할 말이 있는가? 그 대답할 말을 미리 정했다가 대답하는 것이 마땅하다."

영의정: 중국에서 문선왕을 낮추어 先師로 한 것은 역대에서 높인 뜻으로 헤아려보면 아마도 잘한 것이 못될 듯합니다. 국자감에서 고쳐 부를지라도 천하에 반포하여 모두 고치라는 명이 없었으니, 우리나라가 전해 듣고서 잘못을 본뜰 수는 없습니다. 혹 묻더라도, 위에서 분부하신 뜻으로 대답하는 것이 매우 마땅하겠습니다.

왕조시대 국가제사의 절차나 명분 문제는 외교적 사안으로 비화될 수도 있었음은 공자의 호칭을 두고 오간 왕과 영의정 간의 대화에서도 알 수 있다. 비록 중국에서 공자의 호칭을 낮춰 부르고자 했어도 조선에서 그것을 흔쾌히 따르지 않았음은 자신들이 통치의 원리로 삼고 있던 유교 이데올로기의 위상을 높임으로써 동아시아 중세의 보편적 가치관의 바탕 위에 왕조를 안착시키고자 하는 욕망이 컸기 때문이었을 것이다. 송나라에서 제작한 석전악장을 송두리째 갖다 쓴 것도 그런 욕망의 발현이었을 것으로 추정된다.

주나라 악장집인 『시경』 시 텍스트들을 액면 그대로[173] 혹은 악장의 일부로 갖다 쓰는 일은 중국왕조들과 마찬가지로 조선왕조 악장 제작자들에게도 일종의 관행이었다. 텍스트로 국한할 경우 역대 왕조 악장들은 『시경』을 비롯한

---

173) 예컨대 태종조 악조[태종실록 3권, 태종 2년 6월 5일의 첫 번째 기사 "예조에서 의례상정소 제조와 의논하여 樂調 10곡을 올리다"]의 경우 총 19편의 악장 가운데 『시경』 시 15편, 속가 3편, 창작노래 1편 등으로 분포되어 있어 『시경』 시의 비중이 압도적이다.

고전 텍스트들의 다양한 수용을 통해 이루어져 왔고, 그런 행위들이나 행위의 결과들이 한 번도 표절로 질타 받은 적은 없었다. 크리스테바는 '어떤 텍스트라도 서로 다른 다양한 인용의 모자이크로 이루어지기 때문에 텍스트는 모름지기 한 텍스트의 다른 한 텍스트로의 흡수와 변형에 지나지 않는다'174)고 했다. 그 생각은 '한 담론의 주체는 작가가 자기 자신의 텍스트를 쓸 때 참고로 하는 다른 담론[다른 책]과 융합되는데, 수평축인 주체와 수직축인 텍스트가 합치된 결과 하나의 중요한 사실[즉 언어(텍스트)는 여러 개의 언어(텍스트)의 결합으로 이루어진 것이며, 그곳에서 우리는 적어도 또 하나의 언어(텍스트)를 읽을 수 있다]이 명백해진다'175)는 판단을 바탕으로 한다. 말하자면 여러 개의 텍스트들이 결합됨으로써 원래의 텍스트와는 구분되는 새로운 텍스트가 생겨난다는 것이다. 악장도 이런 메커니즘[여러 고전텍스트들의 수직·수평적 결합] 속에서 생겨난 새로운 텍스트임을 인정할 필요가 있다. 악장 특히 제사악장은 인간의 뜻을 제사의 대상인 신에게 전달하는 언술구조다. 대상 신의 존재는 상상에 의해 浮彫될 수밖에 없기 때문에 그 언술의 본질은 문예미적 범주를 크게 벗어날 수 없지만, 텍스트 내에 부분적으로 대상 신에 대한 규정이나 의례절차 등이 포함되어 있다는 점에서 순수하게 미적인 구조일 수만은 없는 것도 사실이다. '의례화된 시문학'이란 이중성을 악장의 본질로 보아야 하는 것도 그 때문이다. 『시경』을 비롯한 유교경전들로부터 인용한 구절들의 모자이크로 이루어진다는 사실과 함께 그런 악장들에 내포된 상호텍스트성의 원리로 작용한다는 점에서 대부분의 제사악장들은 多重的 구조물이다.

그렇다면 그런 상호텍스트성을 악장의 제작자들은 어떻게 생각했을까. 孔子[B.C.551-B.C.479]의 이른바 '述而不作'176)은 상호텍스트성의 동양적 메커니즘이

---

174) 줄리아 크리스테바, 서민원 옮김, 『세미오티케』, 동문선, 2005, 109쪽.
175) 줄리아 크리스테바, 서민원 옮김, 같은 책, 108쪽.
176) 『文淵閣四庫全書: 經部/四書類/論語集說』 卷四의 "子曰 述而不作 信而好古 竊比於我老彭" 참조.

자 악장 제작의 원칙이었다. 송나라 蔡節은 '설명하여 전하기만 하는 것'을
述, '創始하는 것'을 作이라 하고, 그 사례로 '공자께서 詩書를 산삭하여 간추렸
고, 예악을 정했고, 주역을 밝혀 드러냈으며, 춘추를 편찬했으니, 모두가 선왕
의 옛 문물제도를 전술했을 뿐 일찍이 스스로 지은 바가 없음'을 들어 그
뜻을 설명했다.[177] 前賢들의 생각을 전술하기 위해서는 그것들을 끌어와야 할
것이니, 오늘날의 관점에서 '표절'로 오해될 만한 행위들이 傳述 즉 '述而不作'
에 해당하는 경우들이었다. 상호텍스트의 범주[178]에 '截取斷章하여 엮은 시
가·콜라주·다이제스트·발췌록·斷篇·모방·모작·표절' 등 넓은 범위의 '술이
부작' 혹은 그것과 유사한 글쓰기가 포함된다고 할 때, 악장 제작의 관행 또한
'술이부작'의 범주를 벗어나지 않았다고 할 수 있다.

그런데 모든 악장들 가운데 그 정도가 가장 심한 것이 바로 문묘석전악장이
었다. 중국 왕조의 그것을 액면 그대로 갖다 썼으면서도 차용원에 대한 언급은
어느 곳에도 남아 있지 않기 때문이다. 그런 현상은 '술이부작'에서 출발했으
되, '술이부작'의 첫 실천자이자 유교 이데올로기의 집대성자 공자에 대한 오
마주(hommage)로 보는 것이 타당하다. 중국 왕조들의 악장을 자구 수준으로
수용해온 단계를 넘어 전체를 차용하는 수준에까지 이른 것은 '중세적 보편성
의 근원인 중화의 왕조들이 써온 악장을 그대로 사용함으로써 악장 제작에서
범할 수 있는 결례의 위험성을 막고자 한' 조심성의 결과로 볼 수 있을 것이다.

---

177) 주 176)과 같은 곳의 "述傳舊而已 作則創始也 比猶並之也 竊比尊之之辭 我親之之辭 老彭信古而傳述
者也 孔子刪詩書 定禮樂 贊周易 脩春秋 皆傳述先王之舊 而未嘗有所自作也" 참조.
178) 박여성, 「간텍스트성의 문제: 현대 독일어의 실용 텍스트를 중심으로 - 텍스트 언어학, 기호학
및 문예학의 공동 연구를 위한 제안 -」, 『텍스트언어학』 3, 한국텍스트언어학회, 1995, 84-85쪽
참조. 여기서 그는 상호텍스트성의 사례로 '풍자, 번안, 골계극, 절취단장하여 엮은 시가, 콜라주,
다이제스트, 발췌록, 시가 등의 斷篇, 심층텍스트, 주해, 회상록, 모방, 해석, 주석, 상반모방, 해설,
짜깁기, 모작, 원본, 풍자적 회화, 비방한 시를 취소하는 시, 의역, 기생텍스트, 혼성모방, 빈정거리
는 야유, 현상·실현 텍스트, 표절, 후텍스트, 전텍스트, 원전, 편집, 재탕, 회상록, 요약, 서평, 풍자시,
일람, 형식개작, 번역, 서문, 삽입된 선전문구, 인용, 요약' 등을 제시했다.

무엇보다 제례의 대상이 공자라는 점에서 더욱더 불가피한 안전장치이기도
했다.[179)

그렇다면, 공자에 대한 제사를 국가적 차원에서 극진히 거행했다는 것은
무슨 의미일까. 유교 이데올로기를 통치철학의 정점에 둔다는 사실을 공표함
으로써 백성들에게 통치행위의 범주나 한계를 명확히 하고자 한 것은 제왕이
나 지배집단의 심층적 의도였다. 그들은 유교 이데올로기가 예악에 대한 그
나름의 원칙과 표준을 포괄하고 있다는 믿음을 갖고 있었고, 제왕이 공자를
숭앙하는 제례에 몸소 참여함으로써 유교 이데올로기에 대한 신뢰도를 고양
시킬 수 있었던 것이다. 이런 점에서 석전제례는 공자 및 공자 사상에 대한
통치 집단의 현실적 필요에 의해 시행하던 국가적 의례였고, 그 악장이야말로
주나라 악장집 『시경』 텍스트와 유교 이데올로기의 집성자 공자에 대한 숭배
를 드러낸 언어적 소산의 결정판이었던 것이다. 이처럼 중국으로부터 수용한
석전제례 악장이 정착되면서 조선조 제례 아악의 악장은 중세 유교 이데올로
기의 대표적 산물로서 안정적인 모습을 보이게 되었다. 즉 고려조에서 중국으
로부터 받아들인 아악이나 아악악장들과 함께 고려조에서 수용한 삼국 이래
속악의 악장들이 조선조에서 새롭게 제작된 노래들과 합쳐짐으로써 조선조
악장을 형성하게 된 것이다.

이것들 가운데 아악가사 전부와 대부분의 당악가사들은 한시로, 나머지 것
들은 국문이나 국한문 혹은 현토체로 각각 이루어져 있다. 다시 말하면, 현실
적 측면에서의 조선조 악장은 구체적인 실체이나 장르적 측면에서의 그것은
추상적 존재라는 이중성을 지니고 있다는 것이다. 관습적 장르로서의 고려속
악가사 및 당악가사, 경기체가, 가곡, 가사 등은 악장을 추상적 존재에서 구체

---

179) 이렇게 된 저변에 혹시 송·원·명 등과의 외교적 맥락이 작용했는지에 대해서는 앞으로 다른
    자리에서 재론하기로 한다.

적 실체로 전환시켜 주는 역할을 하는데, 그것들이 악장과 공유하는 역사적·관습적 바탕이 악장 장르론의 대전제가 되어야 하고, 그 기본 바탕에 중국 악장의 수용 상황이 놓인다는 것이다.

아악과 아악악장이 쓰인 문묘제례, 사직제례, 선농·선잠제례, 풍운뇌우제례 등과, 향악이 쓰인 종묘제례 등은 국가제례의 중심에 서있었으며, 왕조의 정치적·이념적 정당성을 주장하고 왕실의 카리스마를 확보함으로써 왕조 존립의 보편적 가치와 지속의 당위성을 선양하려는 목적을 갖고 있었다. 즉 이들 제례악은 중국에서 도입한 아악이었고, 악장 역시 상당부분 중국 역대 왕조의 것들과 같거나 유사했다. 말하자면 '악장의 유사성이나 동질성을 통해 당시 동아시아 문명론의 표준과 보편성을 확보하겠다'는 왕조의 중세적 욕망을 읽어낼 수 있는 부분이었던 것이다. 이와 달리 조선조의 문화적 독자성이나 독자적인 미학을 바탕으로 만들어진 대부분의 향·당악 악장들은 중세적 보편성의 추구와 상대적 균형과 조화의 관계를 형성하던 또 다른 축이었다. 이런 점에서 訓民과 후왕들에 대한 警戒를 바탕으로 敬天勤民의 주제의식을 구현한 <용비어천가>는 왕조악장의 결정판이었다. 중국계 아악을 조선의 제례악으로 쓰던 현실과 '지금의 왕을 歌頌의 대상으로 삼던' 악장의 관행 등을 비판적으로 보던 세종의 반성과 모색으로부터 나온 것이 <용비어천가>였다.

형태나 내용 면에서 고려조의 태묘악장은 중국왕조의 그것들을 수용했으나, 향악 체제를 채용함으로써 조선의 종묘악과 악장은 관습적 수용 행태를 탈피하는 데 성공했고, <용비어천가>의 제작은 그 성공의 디딤돌이었다. <용비어천가>에서 몇 장들을 제외한 나머지 장들의 한문가사 전체가 아악악장에서 볼 수 있는 4언체 정격악장의 형태라면, 국·한문 가사들은 외견상 새로운 형태로서 아악악장을 기준으로 할 경우 일종의 변격이었던 셈이다. 이런 '정격-변격 병치구조'의 의도가 의미 전달의 효율성 추구에만 있었던 것은 아니다. 중세적 보편성과 조선의 독자성을 하나의 구조 안에서 동시에 구현하고자 했던 세종의 혜안을 발견할 수 있고, 그것은 훈민정음의 창제와 맥을 함께 하는 자아인식의 단서이기도 했다. 그리고 이런 자각이야말로 악장이 통치이념을 대전제로 한 經世문학이기 때문에 가능한 일이었다.

아악악장이든 향·당악 악장이든 전체를 관통하는 주제의식은 왕에 대한 송축이나 송도를 통한 '왕조영속의 당위성 선양'이었다. 궁중 정재 공연장소의 좌상객은 왕이었고, 그 정재들에서 불리던 송도 모티프의 노래들은 왕을 정점으로 하던 階序的 통치체제의 강화에 크게 기여한 정치적·문화적 산물로서 궁극적으로 三代之治의 재현을 표방하는 것들이었다. 지배계층은 명분상으로나마 이상적인 왕조체제의 영속을 위해 임금에 대한 찬양이나 송축을 강조했고, 그런 행위들을 예술 형태로 승화시킨 것이 궁중정재와 그 속에서 불리던 악장이었다. 체제의 정통성을 바탕으로 하는 자긍심과 왕조영속의 당위성을 노래하는 것이 악장이라면, 악장은 세상을 다스리는 승리자의 노래였다. 승리자의 시대가 끝나고 또 다른 승리자의 시대가 열리면서 악장은 지속되어 온 것이 중세의 시대적 성격이었고, 그런 중세적 성격의 모범적 선례가 바로 중국의 왕조들이었다.

V. 일본 악장의 존재여부와 콘텍스트로서의 아악

1. 일본 아악의 특수성과 중국음악의 영향

'과연 근대 이전[1]의 일본에 악장이 있었는가? 어느 문헌에도 악장이란 명칭
이 나오지 않으니, 혹시 그에 상응하는 실체는 전혀 없었는가? 다시 말하여,
무엇보다 악장이 풍부했던 근대 이전의 중국이나 한국의 궁정음악으로부터
오랫동안 영향을 받아온 일본에 악장이란 명칭의 노래[혹은 노랫말]群이 없었거
나, 중국과 한국의 옛 왕조들에서 보는 바와 같이 실체적 존재로서의 악장이
성대한 규모와 양상으로 남아 있는데, 일본에는 그것을 대체할 만한 장르조차
없었다면, 그 이유는 무엇인가? 혹시 명칭은 달라도 악장의 실체에 준하는
공적인 노래장르가 이면에 존재했던 것은 아닌가?' 등의 물음들은 일본의 중
세 궁중문화 혹은 지배계층의 의례문화를 추적하면서 갖게 되는 의문점들이
다. '일본 악장의 존재 유무'뿐 아니라 '중국과 한국 왕조들의 악장을 수용하지

---

1) 일본역사에서 제 15대 쇼군[將軍] 요시노부[慶喜]가 1867년 정권을 조정에 반환한 이듬해인 1868년부
터 제2차 세계대전에서 패배하는 1945년까지를 근대로 잡는다. 근대 이전의 시기들 중 헤이안[平安]
시대[794-1191년]를 중점적으로 보려는 것은 이 시기 동안 왕들은 율령정치를 시행했고, 당나라의
문화를 왕성하게 수입하여 제반 의례나 문학이 당풍을 따랐으며, 궁정중심의 문화가 꽃을 피웠기
때문이다. 특히 와카[和歌]가 융성했고 國風문화가 발달한 점은 아악과 노래문학의 전성기를 이루는
바탕이 되었을 것이다.

않았거나, 그것들을 수용했으되 변이 혹은 삭제된 이유' 등에 대하여 논의할만 한 단서들은 약간이나마 남아있고, 그것들은 근대 이전 음악예술의 일본적 특징을 보여주는 점들이기도 하다.

동아시아 왕조들이 공유하던 중세적 보편성의 한 징표로서 '儒家的 예악정 신'을 꼽는다면, '일본 악장의 명시적인 부재'는 중·한과 일본 사이에 개재하 는 문화적 차이의 단서로 지적되어야 할 것이다. 따라서 비록 추정에 그친다 해도, '일본에는 왜 악장이 없거나 보이지 않는가'라는 물음의 대답은 '표면으 로부터 숨었거나 축소·변모된 모습의 일본 악장을 찾아내는 작업'을 통하여 얼마간 그 해답을 얻을 수 있으리라 본다. 일본의 경우에도 궁중의 연향을 비롯한 공적 의미를 갖는 행사들에서 가·무·악이 매우 중요한 예술로 존재했 다. 그러나 그 양상이나 의미는 중·한과 상당히 달랐다. 중·한과 일본의 종교 적·이데올로기적 바탕의 상이함이 빚어낸 필연적 결과는 아악과 燕樂의 존재 론적 엇갈림이나 음악의 선택적 수용으로 나타났다. 원래 아악은 '雅正한 음 악'으로서 정통 의례악이었으나, 일본은 수·당으로부터 차용해온 연악을 아악 이란 명분으로 치환하여 자신들의 고유한 음악으로 독립시켰음을 확인하게 된다. 박전열의 다음과 같은 지적은 그 상황을 명료하게 설명한다.

> 중국 아악의 배경은 유교이지만, 일본의 아악은 유교적 배경이 아닌 일본 고유 종교에 바탕을 두고 있다. 일본에서는 정치적인 제도는 중국의 것을 도입하여 활용하는 과정에 雅樂寮 등의 관청은 설치했지만, 여기서 연희하는 아악의 내용은 중국의 것과 달랐다. 같은 용어로 아악이라고는 하지만 중국의 유교적인 의례악을 수입한 것이 아니라, 한국이나 중국의 민간예능인 산악·기악·무악 등의 잡다한 예능을 들여다가 일본 사정과 정서에 알맞도록 고치고 가다듬고 하여 일본의 예능 으로 정착시켰던 것이다.[2]

---

2) 박전열, 「일본 아악의 연극적 요소」, 『日本研究』 13, 중앙대학교 일본연구소, 1998, 65쪽.

중·한의 민간예능을 수용하여 일본에 맞게 고치고 일본 고유의 것과 합한 뒤, 중국 아악의 내용이나 본질을 제외하고 명칭만 갖다가 덮씌움으로써 중·한의 아악과는 전혀 다른 예능으로서의 '일본 아악'을 만들었다고 본 것이 인용문의 핵심이다. 일반적으로 일본의 아악은 '고대로부터 전해져 내려오는 神道와 皇室儀禮 계통의 가무로서 카구라우타(神樂歌)·닌죠마이(人長舞)·야마토우타(大和歌)·야마토마이(大和舞)·아즈마아소비(東遊)·구메마이(久米舞)·오우타(大歌)·고세치노마이(五節の舞)·루이카(誄歌) 등 神道의 의례 속에서 발생·전래된 악곡들', '5세기-9세기, 한반도 및 중국 대륙에서 수입된 아시아 여러 나라의 樂舞 즉 도가쿠(唐樂)·고마가쿠(高麗樂) 등 渡來歌舞와 일본에서 새롭게 만든 악무', '헤이안기[平安期, 794-1191]의 新作가요로서 로에[朗詠/한시에 선율을 붙이고 아악기의 반주에 맞춰 노래함]·사이바라[催馬樂/일본어 가사에 선율을 붙이고 아악기의 반주에 맞추어 노래함] 등'으로 분류된다.[3] 이것들이 실제 현장에서 사용될 때는 管弦·舞樂·歌謠 등의 모습으로 드러나는데, 관현은 중국계 아악기들을 사용했고 무악은 左舞[당악]와 右舞[고려악]를 추었으며 가요는 아악에 맞춰 부르던 聲樂曲으로서 국풍의 노래들[구메우타·아즈마아소비·가구라우타·와카]이 그것이다. 국풍가는 민간의 보편적 정서를 바탕으로 한 노래들이지만, 귀족계급에 의해 개작된 노래들인 만큼 『시경』의 국풍이나 고려조의 속악들과 같은 차원의 노래장르로 볼 수 있는 것이다. 『시경』의 국풍은 15국에서 민간의 노래들을 채록·개작하여 궁중의 악장으로 만든 경우이고, 고려의 속가들은 전자의 15국과 마찬가지로 민간의 노래들을 개작하여 궁중악의 한 부분인 속악 악장으로 편입시킨 경우이다. 따라서 일본 국풍의 춤이나 노래들은 그 자체가 중·한의 궁중 연향악[악곡·악무·악장]과 같은 범주로 분류될 수 있으리라 보는 것이 필자의 관점이다.[4]

---

3) みた·のりあき, 「日本雅樂の位置-アジア總合藝術としての雅樂の多樣性-」, 『國樂院論文集』 23, 국립국악원, 2011, 3-4쪽.
4) 연향악장으로서의 고려 속악은 앞에서 언급했고, 일본 국풍가로서의 사이바라는 본 장에서 일부

따라서 다양한 관현악곡이나 무악곡, 가곡의 총칭인 일본 아악의 기원은 일본을 비롯한 아시아 각국에 이르는 광범한 범주에서 찾을 수 있고, 특히 그 가운데 국풍가무 등은 실질적으로 한반도 문화의 영향을 받았다고 하는 견해[5]도 채록 및 개작의 상황이나 노래의 분위기가 고려 속악의 가사와 비슷하다는 필자의 생각을 뒷받침한다.[6]

일본이 차용해온 중국의 아악은 각종 제사를 중심으로 한 궁중의 행사들에 쓰던 음악이었다. 그러나 실제로 그들이 갖다 쓴 것은 각종 燕樂들이었다. 물론 아악이든 연악이든 악장은 그다지 중시하지 않은 것이 일본의 입장이었다. 아악보다는 연악이 중요했고, 궁극적으로 그 연악도 자신들의 풍속가무에 융합시킴으로써 중·한과 판이한 이름뿐인 아악을 만들어낸 사실을 보면, 그들의 독자적 미학이나 의식을 알 수 있다. 그에 대한 명확한 이유를 기시베 시게오(岸邊成雄) 등의 다음과 같은 설명에서 찾을 수 있다.

> 가가쿠료(雅樂寮)에서 가가쿠(雅樂)의 의미는 오늘날 일본의 가가쿠처럼 '雅正한 음악'이라는 뜻이지만, 중국의 아악과는 내용이 전혀 다르다. 중국의 한·당에서는 유교의 예악사상에 기하여 천·지·인을 모시는 의식악이 있었다. 鐘·磬·琴·瑟·笙·簫·箎·柷·敔·鼓 등을 사용하여 堂上의 登歌와 堂下의 樂懸이 합주를 하고, 八佾舞(천자)·六佾舞(제후)·四佾舞(大夫)·二佾舞(士)의 문무와 무무를 추었다. 이러한 아악 외에, 궁중이나 국가의 행사에 사용되는 음악으로 중국 고유의 음악[俗樂]과

언급될 예정이며, 악장으로서의 『시경』, 그 가운데서도 특히 '국풍'의 악장문학적 속성은 본서의 뒤쪽에서 상술할 예정이다.

5) 미타 노리아키, 앞의 논문, 13쪽 참조.

6) 물론 고려 속악의 가무와 일본 국풍가무를 일대일 대응시킬 단서는 없고, 사실 그럴 필요도 없는 일이다. 민간의 노래를 채록하여 궁중악의 한 부분으로 개작·편입하던 관습은 이미 『시경』의 국풍에서 확인할 수 있고, 중국의 역대 왕조들이 그런 일을 본받았으며, 고려는 그런 음악적 관습이 확립된 송나라로부터 음악을 대거 받아들여 아악·속악·당악의 체제를 확립시킨 바 있다. 따라서 일본이 직접 고려의 그것을 도입하지 않았다 해도 귀족이나 궁중에서 도입해 쓰던 그들의 국풍가무가 고려의 속가들과 유사할 수밖에 없을 것이다.

서역 등에서 들어온 외래악[胡樂]이 대규모로 제정되었다. 일본에 전해진 당의 악무는 이러한 속악이나 호악이지 아악이 아니다. 일본에는 하늘과 땅에 제사를 지내는 음악으로 와가쿠(和樂)가 이미 존재하고 있었기 때문에 중국 유교의 아악을 수용할 필요가 없었던 것이다.(…)중국의 아악은 훨씬 후세이기는 하지만, 明朝나 淸朝에 한국에 전해져 현재까지도 古制를 간직하고 있다.[7]

유교의 예악사상에 바탕을 두고 이루어진 雅正한 제사음악으로서 등가와 현가의 합주로 '천자-제후-대부-사'의 명분에 따라 8·6·4·2의 佾舞를 곁들이던 것이 중국과 한국에서의 아악이었으나, 일본의 경우 제사음악으로서의 와가쿠가 이미 존재하고 있었으므로 액면 그대로의 아악을 수용할 필요가 없었다는 것이 중·한과 일본의 아악이 양상을 달리하는 근본 원인이라는 설명이다. 따라서 중·한의 아악에 수반되던 악장을 일본에서 발견할 수 없는 것은 당연하다. 중국의 아악에 중국식 악장이 수반된 것처럼, 노래나 노랫말이 필요한 경우라면 일본식 노래와 노랫말이 수반되는 것은 상식이었다고 할 수 있다. 아악과 악장의 근본적 성격에서 중·한과 일본의 근본적인 차이는 바로 이 점에 있는 것이다.

원래 문자 텍스트로서의 악장은 음악에 올려 불렸으며, 음악과 함께 무용이 어우러져 그 콘텍스트를 형성했다. 따라서 분리하여 생각할 수 없는 것이 악장과 음악이다. 근대 이전 동아시아 왕조들을 하나로 묶던 음악은 아악이었고, 그것은 원래 중국과 한국에서 釋奠樂을 비롯한 각 왕조들의 제례악으로 쓰이던 음악이었다. 그런데, 인용문에서와 같이 일본의 아악은 의미나 존재양상의 측면에서 중국·한국의 그것과 현격하게 달랐다. 남성호에 의하면, 역사적으로 701년 大寶律令에 의해 설치된 음악기관 ががくりょう(雅樂寮)에서는 주로 대

---

7) 岸邊成雄·橫道萬里雄·吉川英史·星旭·小泉文夫 공저, 이지선 역주, 『일본음악의 역사와 이론』, 민속원, 2003, 34-35쪽.

류 전래음악만을 취급하였고, 대륙에서 속악으로 분류된 음악도 일본에 유입
된 후에는 아악이라 불렸으며, 아무리 '기품이 있고 바른[雅正]' 음악이라 하더
라도 일본에서 창작된 것은 속악 혹은 잡예로 분류되었다. 즉 일본의 아악은
그 이전에 유입된 伎樂의 요소를 수용하기도 했고 일본 고유의 음악까지 포함
시켜 아악의 외연을 확장해 왔으며 독특한 일본 아악을 형성하였다는 것이
다.8)

중국에서 詩三百篇은 모두 아악이며, 제사와 朝聘에 쓰였다.9) 원래 아악은
주나라 때 郊祀·宗廟·宮廷儀禮·鄕射·軍事大典 등 여러 의식에 사용되던 음악
을 포괄적으로 지칭하는데, 그것은 통치계급 내의 吉禮·凶禮·賓禮·軍禮·嘉禮
등 각종 예가 베풀어지던 공간에서 가장 중요한 바탕이었고, 정치적 성격과
엄숙한 분위기에 의해 中正和平과 典雅純正의 정신적·미학적 성격을 갖게 되
었으며, 그로 인해 역대 통치자들이 주나라의 음악을 아악으로 떠받들게 되었
다는 것이다.10) 역대 왕조들 가운데 아악이 가장 치성했던 시기는 당나라 때였
고, 일본 또한 당나라의 아악으로부터 큰 영향을 받았다. 일본에서는 7세기
말에 천황의 세력이 크게 신장되었고, 이 시기 당나라와의 접촉 또한 왕성했
다. 원래 야마토(大和) 정권의 왕은 오오키미(大王)로 불리다가 7세기 중반 무렵
부터 천황으로 불리게 되었는데, 사실은 당 고종이 천황이란 칭호를 사용하기
시작하자,11) 일본 고대국가의 지배층도 이러한 용례를 배워 와 왕의 종교적
성격을 특별히 강조하는 칭호로서 '천황'이란 호칭을 채용한 것으로 보인다.12)

8) 남성호, 「근세일본의 아악부흥과 아라이 하쿠세키(新井白石)」, 『東아시아古代學』 31, 東아시아古代
學會, 2013, 136-137쪽.
9) 『文淵閣四庫全書: 經部/詩類/詩傳大全/詩序』의 "詩三百篇 皆雅樂也 祭祀朝聘之所用也" 참조.
10) 김해명, 「중국 雅樂의 형성과 『詩經』의 관계」, 『中語中文學』 33, 중어중문학회, 2003, 216-217쪽
참조.
11) 『文淵閣四庫全書: 史部/正史類/舊唐書』 卷五의 "皇帝稱天皇 皇后稱天后 改咸亨五年 爲上元元年 大
赦" 참조.
12) 村上重良, 『天皇の祭祀』, 岩波書店, 1977, 10쪽 참조.

헤이안 시대 승려 えんにん(円仁)의 당나라 여행기 『入唐求法巡禮行記』에 이따금 등장하는 역사연구생[記傳留學生], 의사, 曆請益生 및 유학생, 天文 유학생, 占星師, 음악의 지휘자와 생황 연주자를 겸하는 자, 화가, 雅樂 전문가 등의 존재를 통해,13) 일본에서는 여러 분야의 전문가들과 함께 아악의 전문 인력 또한 당나라에 파견되어 왔음을 확인할 수 있다. 당나라 때는 음악이 매우 발달했었고, 雅樂은 燕樂과 함께 당대 음악의 두 축을 형성하고 있었다. 무라카미 데쓰미[村上哲美]는 연악이란 연향악의 총칭으로서 궁중의식 음악인 아악과 대치되며 청악·호악·속악의 3계열에서 유래된다고 하며, 다음과 같이 圖示했다.14)

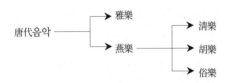

불교법회 등에 사용되던 法曲과 胡部의 악곡을 합주하면서부터 옛 연주법은 완전히 사라졌으며, 선왕의 악을 아악이라 하고 앞 시대[漢魏六朝]의 신악을 청악이라 하여 호부와 합주하도록 한 것을 연악으로 했다는 沈括의 설명15)을 바탕으로 무라카미는 종래 '역사적으로 아악에서 청악, 청악에서 연악으로 교체되며 음악이 발전해왔다는 것', 혹은 '전후로 발전한 세 종류의 음악이 당대에는 병립된 존재들로서 청악이 당나라 초기까지는 아악의 한 부분으로

---

13) 에드윈 라이샤워, 「엔닌의 日記에 나타난 당나라 시대의 極東의 國際關係와 航運①」, 『해양한국』 5, 한국해사문제연구소, 1992. 5, 95쪽.

14) 村上哲美, 『宋詞研究』, 東京: 創文社, 昭和 51[1976], 71-76쪽 참조.

15) 『文淵閣四庫全書: 子部/雜家類/雜說之屬/夢溪筆談』 卷五의 "外國之聲 前世自別爲四夷樂 自唐天寶 十三載 始詔法曲與胡部合奏 自此樂奏全失古法 以先王之樂爲雅樂 前世新聲爲淸樂 合胡部者爲宴樂" 참조.

행해져 왔다는 것' 등을 지적했다. 즉 궁중의 의식에서 사용되던 아악과 연회에서 사용되던 연악으로 음악을 구분한 뒤 연악은 盛唐시기까지 한·위·육조 이래의 청악이 점차 소멸함으로써 호악이 주류를 차지하게 되었고, 같은 시기에 청악의 곡이 합쳐져 불리던 악부도 가사로서의 지위를 詞에 넘겨주었다는 것이다.16) 연악인 청악이 당나라 초기까지 아악의 한 부분으로 존속해 오면서, 궁중의 의식에서 사용되던 음악을 아악으로 연회에서 사용되던 음악을 연악으로 명명지어 구분해 왔음을 알 수 있다. 그러나 사실 당나라의 음악체계는 수나라로부터 이어받은 것이므로 수나라와 당나라의 음악은 동일한 양식으로 묶일 수 있었다.

이런 관점에서 무라코시 기요미는 무라카미의 도식을 수나라와 당나라의 음악형태로 확장하여 다음과 같이 표현했다.17)

말하자면 수나라와 당나라의 음악을 이루는 청악·호악·속악은 편곡 여하에 따라 아악으로도 연악으로도 쓰일 수 있었던 것이다. 더구나 연악은 종묘 제사가 끝난 뒤의 연회 음악일 수 있었으므로 아악과 함께 공적인 자리에서 사용될 수 있었다. 이처럼 공적인 자리에서 연주되던 중국의 아악은 천자의 武功 혹은 治功을 찬양하거나 기원하는 내용의 악장까지 附帶함으로써 규모도 컸고 우아했으며 웅장했다.18)

---

16) 村越貴代美, 「詞と燕樂と雅樂」, 『お茶の水女子大學中國文學會報』第十五号, 1996, 44쪽 참조.
17) 村越貴代美, 같은 논문, 56쪽.
18) 村越貴代美, 같은 논문, 57쪽 참조.

그렇다면 이런 수당의 아악이 일본에는 어떻게 수용되었을까. 중국의 아악이 일본에 들어오면서 모습을 바꾼 것은 아악이 사용되는 공간이나 문화가 다르기 때문이었다. 사실 일본 정치체제의 정점에는 수확제인 にいなめさい (新嘗祭)를 주재하며 매년의 제사마다 신과 교류하는 등 신과 일체화되는 일본 최고 司祭로서의 天皇이 있었다. 물론 천황의 종교성을 강조하는 오리쿠치 노부오(折口信夫)를 거명하며, 천황이 일본 고래의 심원한 종교적 풍토로부터 출현한 존재라는 점을 강하게 부정하는 견해도 있다. 즉 천황은 現人神이므로 단순한 왕이 아니라는 관점이 있지만, 천황을 신격화하기 시작한 『고사기』·『일본서기』 등 記紀신화가 생겨나기 전의 천황은 신이 아니었다는 것이다. 기기 신화 즉 다카마노하라(高天原), 만세일계 신화는 일본인들이 옛날부터 전승해 온 것들이 아니라, 7세기 말-8세기에 걸쳐 후지와라노 후히토가 천황을 이용하기 위해 만든 신화들이었다는 것이다.[19] 중국 역대왕조의 황제는 실제로 무력에 의지한 정복왕조의 지배자였음에도, 표면상으로 천명을 받아 천하 만민을 지배하던 절대 유일의 전제군주로서의 천자를 표방했다. 그와 달리 일본에는 정복왕조가 없고, 몇 세기 전 야마토(大和) 분지에 성립된 대왕 권력이 호족의 타협 속에서 계승되어온 존재가 천황이라는 견해도 있다.[20] 현 단계에서 천황의 존재론적 본질을 정확하게 규정하기는 어려워도, 중국의 황제들이 절대군주이면서 국가제사의 主祭者였듯이 일본의 천황 또한 어느 단계부터는 일본의 대표자로서 천지신명에게 제사를 올리던 책임자였음은 부인할 수 없다. 그런 제한된 관점에서 일본의 제의와 음악, 악장을 보고자 하는 것이다.

천황 국가로서의 고대 일본은 종교국가였으며, 그 종교적 성격은 불교를 시작으로 유교·음양도[일본화된 도교]의 영향 아래 놓이는 다종교적 성격을 갖고

---

19) 오야마 세이이치 지음, 연민수·서각수 옮김, 『일본서기와 '천황제'의 창출-후지와라노 후히토의 구상-』, 동북아역사재단, 2012, 280쪽.
20) 오야마 세이이치 지음, 연민수·서각수 옮김, 200쪽 참조.

있었다. 사실 그 이전부터 발전한 독자적 종교로서의 황실 神道는 불교 등에 포섭되지 아니한 채 701년[大寶 원년] 大寶令의 제정부터 헤이안(平安) 전기인 927년[延長 5년]에 성립된 엔키시키(延喜式)에 이르기까지 2세기 남짓 동안 체계적인 제도화를 이룩했다. 이런 상황에서 천황 제사의 중심을 이루는 이삭 수확제가 新嘗祭로 정형화된 것이다.[21] 일본에는 伊勢神宮에 初穗를 바치는 新嘗祭와, 신상제 전 71좌의 신들에게 새로 수확한 곡식을 봉헌하는 あいなめのまつり(相嘗祭), 매년 2월 전국의 모든 官社에 폐백을 바치는 きねんざい(祈年祭) 등이 있었다. 기년제는 농사를 시작하기 전에 갖던 풍요 기원 의식이었고, 천황 자신이 제주가 되는 제사로서 그 해의 벼 수확을 축하하며 쌀과 야채 등을 함께 먹는 신상제에서는 かぐらうた(神樂歌)가 연주됨으로써[22] 외견상 동아시아의 보편적 제례의식을 바탕으로 하는 것 같으면서도 일본 특유의 모습이 강하게 드러나는 추수감사 제례의식의 면모를 확인할 수 있다.

일본 문헌들 가운데 아악의 첫 기록은 『고사기』·『일본서기』의 기사인데, 아마노이와토(天の岩戸) 예능의 여신 아메노우즈메(アメノウズメ)의 카구라(神樂)에서 비롯되었다.[23] 『고사기』, 『일본서기』 등은 8세기에 편찬된 일본 最古의 역사서들로 앞서 말한 천황의 신상제나 대상제도 그런 관련 제의들이었다. 따라서 중국과 한국을 통한 고대 국제교류의 흐름 속에서 일본은 아시아 여러 나라의 음악과 무용문화로부터 큰 영향을 받은 것이고, 일본의 토착 음악과 춤은 아시아 국가들의 악무와 융합하여 일본의 아악으로 집대성된 것이다.[24]

일본과 달리 중국이나 한국에서 祈穀祭나 祈年祭에 관련된 제례들은 공통의 바탕을 갖고 있다. 예컨대 매년 음력 4월에 거행되던 祈雨祭로서의 雩祀는

---

21) 村上重良, 앞의 책, 11쪽 참조.
22) 아베 스에마사, 홍윤기 역, 「일본황실의 신상제(新嘗祭)와 한신(韓神), 인장무(人長舞)」, 『선도문화』 12, 국제뇌교육종합대학원 국학연구원, 2012, 470쪽 참조.
23) みた·のりあき, 앞의 논문, 21쪽.
24) みた·のりあき, 같은 논문, 같은 곳.

기년제·기곡제와 함께 풍년을 기원하던 제천행사였는데, 제도화된 양식이나 절차에 초점을 맞출 경우 양국 왕조들의 기우제는 상호 부합한다. 농경사회에서 가장 중요한 것이 농사철에 맞추어 내리는 비였기 때문에 祈雨는 祈年이나 祈穀의 대전제로서 천지제사들의 중심 목적이었다. 국가 제의들 가운데 宗廟·社稷·圜丘·風雲雷雨·嶽海瀆·名山大川 등 국가와 백성들의 삶을 보살펴 준다고 생각되는 모든 신들이 현실적으로 기우의 대상이었기 때문이다.25) 중국이나 한국의 왕조 제례들 중 일본의 신상제와 같은 범주의 것으로 볼 수 있는 것들은 목적이나 명분 상 祈年祭·祈穀祭 자체 혹은 그것들의 범주에 들어간다고 보는 사직제를 거론할 수 있을 것이다. 삼국 간 비교를 위해 당나라 '皇帝正月上辛祈穀于圜丘'[『大唐開元禮』]의 의례절차,26) 조선조 『국조오례의』 '社稷祭' 의례절차 등에 쓰인 음악과 악장, 일본 신상제의 의례절차와 음악 등을 들어보기로 한다.

당나라 '皇帝正月上辛祈穀于圜丘'의 절차는 '齋戒-陳設-省牲器-鑾駕出宮-薦玉帛-進熟-鑾駕還宮'의 여섯 부분으로 이루어져 있고, 각각의 제차들은 모두 복잡한 내용으로 구성되어 있다. 그러나 여기서는 주로 음악이나 佾舞에 관련되는 내용만 추출해 보기로 한다.

齋戒[致齋 하루 전 태극전 안에 황제가 재계할 幄次를 설치하고 재계를 시작함/제사 하루 전 諸衛가 그 屬人들에게 영을 내려 일각도 뒤쳐지지 말고 각각 그 마땅한 器服으로 壇門을 지키고 太樂工人으로 더불어 하룻밤을 淸齋하게 함], 陳設[제사 2일 전 太樂令은 宮懸의 악을 壇場 남쪽 內壝의 안에 설치하고 동쪽과 서쪽에는 磬簴를 세우고 북쪽에는 鐘簴를 그 다음으로 세우며 남쪽과 북쪽에 경거를

---

25) 조규익, 「조선조 雩祀 및 「雩祀樂章」의 동아시아 중세생태주의 담론」, 『국어국문학』 182, 국어국문학회, 2018, 142쪽.

26) 신상제와 비교적 밀접한 중국의 제의를 祈穀祭로 보아 『大唐開元禮』[『文淵閣四庫全書: 史部/政書類/儀制之屬/大唐開元禮』 卷六]에 실린 '皇帝正月上辛祈穀于圜丘'의 절차를 들기로 한다.

세우고 서쪽에 종거를 그 다음으로 세움/12鎛鐘을 편종과 현종의 사이에 설치하고 각각 辰位에 의거하여 北懸의 안에 雷鼓를 세우며 길의 좌우 네 모퉁이에 建鼓를 세움/柷敔를 懸內에 두되 축은 왼쪽에 어는 오른 쪽으로 함/歌鐘과 歌磬을 단상의 남쪽 가까이 북향하여 설치함/경거는 서쪽에, 종거는 동쪽에, 대나무 관악기 奏者들은 단 아래에 두 줄로 북향하여 서고 서로 마주 대하여 우두머리가 되게 함/모든 악공들은 각각 현가의 뒤 동쪽과 서쪽에 자리를 잡아 북쪽을 상석으로 하되 남쪽과 북쪽은 서방을 상석으로 삼음], 省牲器, 鑾駕出宮[출궁 2일 전, 태악령은 궁현의 악을 殿庭에 常儀와 같이 설치함], 薦玉帛[제삿날 새벽 1각, 謁者·贊引·祀官·從祀羣官 등 제사 관계자들과 文·武舞가 입장하여 현가 남쪽 길의 서쪽에 섬/태상경이 앞에서 再拜할 것을 아뢰어 稱請하고 물러나 자리로 돌아가면 황제는 재배하고, '衆官은 재배하라'고 봉례가 말하면 중관은 자리에서 재배함. 태상경이 앞에서 아뢰고, '유사는 삼가 갖추어 행사하라' 청하고 물러나 자리로 돌아가면, 협률랑은 무릎 꿇고 엎드렸다가 일어나 鼓柷을 들고 豫和之樂을 연주함. 이에 圜鐘으로 宮을 삼고 黃鍾으로 角을 삼고 太簇로 徵를 삼고 姑洗으로 羽를 삼아 文舞之樂舞의 六成을 이루면 麾27)를 눕히고 敔28)를 연주하며29) 악이 그침/諸 太祝이 옥폐를 대바구니에서 취하여 각각 준소에 서고 태상경이 황제를 인도하면 泰和之樂을 연주함. 황제가 단에 나아가 남쪽 계단으로부터 오르면 侍中과 中書令 이하 및 左右侍衛量人이 따라 오르고, 황제가 단에 올라 북향하여 서면 악이 그침. 태축이 옥폐를 시중에게 주면 시중은 옥폐를 받들고 동향하여 황제에게 나아가 鎭圭를 꽂아드리고 옥폐를 받으면 登歌는 肅和之樂을 大呂之均으로 연주함/태상경이 황제를 인도하여 나아가 동향하고 꿇어앉아 高祖神과 堯皇帝神坐 앞에 제물 올리기를 마치고 부복했다가 일어나고 태상경이 황제를 인도하여 약간 물러나 동향하여 재배하기를 마치면 등가악이 그치고, 태상경이 황제를 인도하면, 악이 연주됨/황제가 남쪽 계단으로부터 내려와 版位로 돌아가 서향하여 서면 악이 그침/처음에 황제가 配帝의 폐백을 올리려 하면, 알자 五人은 각각 分獻官을 인도하여 옥폐를 받들고 꿇어앉아 五方上帝의 神坐에 올리고, 마치면 자리로 다시 돌아옴/처음에 衆官이 절하기

---

27) 麾는 음악을 연주할 때 지휘용으로 쓰는 깃발.
28) 敔는 악기의 하나로서 雅樂 연주를 結束할 때 사용함.
29) '어를 연주한다' 함은 음악을 그친다는 뜻.

를 마치면 祝史는 각각 毛血의 豆를 받들고 문밖에 서면, 등가가 그침], 進熟[황제가 이미 제단에 올라 옥폐를 올리면, 太官令이 나와서 饌者들을 거느리고 나아가 찬을 받들고 內壝門 밖에 늘어서면, 알자가 司徒를 이끌고 饌所에 나아감. 사도는 호천 상제의 俎를 받듦/처음 문에 들어서면 雍和之樂을 黃鍾之均으로 연주하고 찬이 계단에 이르면 악이 그침/태상경이 황제를 인도하여 罍洗에 나아가면 악이 연주 되고, 황제가 罍洗에 이르면 악이 그침/태상경이 황제를 인도하면 악이 연주되고, 황제가 壇에 나아가 남쪽 계단으로부터 오르기를 마치면 악이 그침/태상경이 황 제를 인도하여 上帝의 酒尊所에 나아가 집준자가 羃을 들면 侍中이 잔질을 도와 汎齋[汎齊]하기를 마치고, 壽和之樂을 연주함. 태상경이 황제를 인도하여 天帝의 神坐에 나아가 북향하여 무릎을 꿇고 잔을 올리고 부복했다가 일어남. 태상경이 황제를 인도하여 약간 물러가 북향하고 서면, 악이 그침/황제가 남쪽 계단으로부 터 版位로 돌아와 서향하여 서면 악이 그치고, 文舞가 나오면서 鼓枹의 신호로 舒和之樂이 연주되고, 문무가 다 나오면, 敔를 연주하면서 악이 그침/武舞가 들어 오고 고축이 신호를 보내면 舒和之樂이 연주되고, 立定하고 敔를 연주하면서 악이 그침/처음에 황제가 자리로 돌아오면 알자가 태위를 인도하여 罍洗에 나아가 세 수함. 바가지를 씻어 잔질하기를 마치면 알자는 太衛를 이끌어 동쪽 계단으로부터 단에 올라 天帝 著尊所에 나아가 羃을 들면 태위가 醴齊를 잔질하고 武舞가 공연됨 /알자가 光祿卿을 인도하여 자리로 돌아가면 武舞가 그침. 奉禮가 '賜胙하소서' 하면 贊者가 '衆官再拜'를 창하고, 중관들이 자리에서 모두 재배하면 豫和之樂이 연주됨/태상경이 앞에서 재배할 것을 稱請하고 물러나 자리로 돌아가면 황제는 재배하고, 奉禮가 '중관은 재배하라' 하면 중관은 자리에서 모두 재배하면서 악 一成이 그침/태상경이 앞에서 '망료위로 나아가소서'라 주청하고 태상경이 황제 를 인도하면 악이 연주되고, 황제가 망료위에 나아가 남향하고 서면 악이 그침/태 상경이 앞에서 '예가 끝났습니다' 아뢰고 태상경이 황제를 인도하여 大次로 돌아 가면 악이 연주되고, 황제가 入次하면 악이 그침], 鑾駕還宮[황제가 대차로 돌아가 고 시중이 홀을 쥐어 解嚴을 청하면, 황제는 대차에 멈춤/5각경에 三鼓를 쳐서 三嚴을 하면, 알자와 찬인은 각각 羣官과 客使를 인솔하고 대차 앞에 차례로 섬/황 제가 輅에 오르면 太僕卿은 서서 수레 손잡이 끈을 황문시랑에게 건네주고, 鑾駕權 停의 칙령을 청하면 侍臣은 말에 오름/난가가 承天門 밖에 이르면 시신이 말에서 내리고, 鑾駕가 權停하면 문무 시신들 모두 말에서 내리고, 千牛將軍이 내려서 輅의 오른쪽에 섬/황제가 輅에서 내려 輿를 타고 들어가면, 繖扇侍衛가 잡인의 통행을 금함/황제가 東朝堂으로 들어간 뒤 시중은 홀을 잡아 解嚴을 주청하고 鉦을 두드리면, 將士들은 각기 그들의 처소로 돌아감] 등으로 진행된다.

이와 비슷한 절차로 구성된 조선조『국조오례의』'社稷祭' 의례절차에 쓰인 음악과 악장은 다음과 같다. 齋戒, 陳設[제사 2일 전, 典樂은 그 소속 인원을 거느리고 登歌의 악은 壇 북쪽에, 軒架의 악은 北門 안에 모두 남향으로 설치함/전악의 위치는 軒懸의 남쪽에 남향으로 함], 車駕出宮[제사 2일 전 근정전 남쪽 가까운 곳에서 북향하여 掌樂院이 軒懸의 악을 펼침], 省牲器, 奠幣[典樂은 工人과 二舞(文舞·武舞)를 인솔하고 들어와 정해진 위치에 나아감. 文舞는 들어와 軒懸의 남쪽에 늘어서고 武舞는 헌현의 북쪽 길 동쪽에 섬/악공은 柷을 울림. 軒架는 順安之樂을 연주하고 烈文舞를 추고, 악은 七成을 연주함/전하께서 4배를 하고 각자의 위치에 있는 사람들도 모두 4배를 하며, 악은 八成을 연주함. 協律郎이 지휘기를 숙이면, 악공은 敔를 쳐서 악을 정지시킴(모든 악은 협률랑이 모두 꿇어앉았다가 俯伏하여 지휘기를 들고 일어서면 악공이 柷을 울린 뒤에 시작하고, 지휘기를 숙이고 敔를 울린 뒤에 그침)/禮儀使는 執圭를 계청하고, 전하를 인도하여 國社壇으로 나아가서 북쪽 계단으로 올라가며, 登歌는 肅安之樂을 연주하고 烈文之舞를 춤/文舞가 물러가고 武舞가 나옴/아헌례에서 軒架는 舒安之樂을 연주함/춤추는 자가 멈춰서면 악은 그침/헌가는 壽安之樂을 연주하고 昭武의 춤을 춤/종헌례에서 등가는 雍安之樂을 연주하고 끝나면 악을 그침/헌가는 順安之樂을 연주함/악은 一成만 연주하고 그침/제례가 끝나면 典樂은 악공 2인과 二舞를 거느리고 나감], 車駕還宮 등의 절차로 이루어진 것이 조선조 사직제례이다.

각 祭次별 내용의 분량에서 차이가 있긴 하지만, '皇帝正月上辛祈穀于圜丘'[『大唐開元禮』]와 조선조『국조오례의』'社稷祭'의 절차는 크게 다르지 않고 음악이나 일무 등도 비슷한 곳에 쓰였음을 확인할 수 있다. 당나라 아악의 종류에 대한 설명을 들면 다음과 같다.

무릇 악은 8음으로 되어 있는데, 한나라 이래 오직 金은 鍾으로 律呂를 정해온 까닭에 그 제도가 가장 상세하고, 그 나머지 7음은 史官이 기록해놓지 않았다.

당에 이르러 宮縣은 登歌, 鼓吹, 12案의 樂器와 더불어 정해진 수가 있고 그 나머지
는 모두 생략하여 드러나 있지 않다. 그 物名은 8음에 갖추어져 있으니, 첫째는
金으로 鎛·鐘·編鐘·歌鐘·錞·鐃·鐲·鐸이고, 둘째는 石으로 大磬·編磬·歌磬이고, 셋
째는 土로 壎·塤[塤는 大壎임]이고, 넷째는 革으로 雷鼓·靈鼓·路鼓[모두 瞉가 달려
있음]·建鼓·瞉鼓·縣鼓·節鼓·拊·相이고, 다섯째는 絲로 琴·瑟·頌瑟[頌瑟은 箏임]·
阮咸·筑이고, 여섯째는 木으로 柷·敔·雅·應이고, 일곱째는 匏로 笙·竽·巢[巢는 大
笙임]·和[和는 小笙임]이고, 여덟째는 竹으로 簫·管·虎·笛·舂牘이니, 이는 그 악기
들이다. 처음에 祖孝孫이 이미 악을 정하고 말하기를 '大樂은 天地와 더불어 同和하
는 것'이라 했다. 十二和를 제작하고 천지의 成數를 본떠 大唐雅樂이라 불렀으니,
첫째는 豫和요, 둘째는 順和요, 셋째는 永和요, 넷째는 肅和요, 다섯째는 雍和요,
여섯째는 壽和요, 일곱째는 太和요, 여덟째는 舒和요, 아홉째는 昭和요, 열째는 休
和요, 열한째는 正和요, 열두째는 承和인데, 교묘와 조정에 사용하여 사람과 귀신
을 조화시킨다. 효손이 죽자 張文收가 말하기를, 十二和의 제도가 미비하여 이에
황제가 有司에게 釐定하도록 조서를 내리자 문수는 律呂를 考正하고 起居郞 呂才는
그 성음을 맞추니 악곡은 드디어 갖추어지게 되었다. 고종 이후 그 곡명을 약간
바꾸고 開元에 예를 정하고 비로소 다시 효손의 十二和를 遵用하게 되었다.[30]

당나라 皇帝正月上辛祈穀于圜丘에 쓰인 아악의 곡조들은 예화지악·태화지
악·숙화지악·옹화지악·수화지악·서화지악 등으로 祖孝孫[?-624]이 제작한 12
화 중 6곡이 쓰였고, 조선조 세종 조에서 太廟之樂으로 아악인 景安·承安·肅

---

30) 『文淵閣四庫全書: 史部/正史類/新唐書』卷二十一의 "凡樂八音 自漢以來 惟金以鍾定律呂 故其制度
最詳 其餘七者 史官不記 至唐獨宮縣與登歌鼓吹十二案樂器有數 其餘皆略而不著 而其物名 具在八音
一曰 金爲鎛鐘爲編鐘爲歌鐘爲錞爲鐃爲鐲爲鐸 二曰 石爲大磬爲編磬爲歌磬 三曰 土爲壎爲塤 塤大壎
也 四曰 革爲雷鼓爲靈鼓爲路鼓 皆有瞉建鼓爲瞉鼓爲縣鼓爲節鼓爲拊爲相 五曰 絲爲琴爲瑟爲頌瑟
頌瑟箏也 爲阮咸爲筑 六曰 木柷爲敔爲雅爲應 七曰 匏爲笙爲竽爲巢 巢大笙也 爲和 和小笙也 八曰
竹爲簫爲管爲虎爲笛爲舂牘 此其樂器也 初祖孝孫已定樂 乃曰 大樂與天地同和者也 製十二和 以法天
地成數 號大唐雅樂 一曰豫 二曰順和 三曰永和 四曰肅和 五曰雍和 六曰壽和 七曰太和 八曰舒和
九曰昭和 十曰休和 十一曰正和 十二曰承和 用於郊廟朝廷 以和人神 孝孫已卒 張文收以爲十二和之制
未備 乃詔有司釐定 而文收考正律呂 起居郞呂才叶其聲音 樂曲遂備 自高宗以後 稍更其曲名 開元定禮
始復遵用孝孫十二和" 참조.

安·雍安·壽安·舒安 등과 佾舞인 烈文·昭武를 함께 정하여 사용했으며,[31] 『國朝
五禮儀』 '社稷祭' 의례절차에도 숙안지악·서안지악·수안지악·옹안지악·순안
지악 등이 쓰였다. 이외에 예컨대 조선조 길례의 先蠶祭에는 경안지악·숙안지
악·수안지악·서안지악·옹안지악 등이 쓰였고, 雩祀에도 경안지악·숙안지악·
수안지악·옹안지악 등의 아악이 연주되는 등 음악은 대체로 겹치는 것들이
많았다. 그 중 숙안지곡·서안지곡·순안지곡을 비교의 예로 들어보자. 원래
숙안지곡은 송나라의 아악곡['皇后廟十五首'의 迎神에 연주/『文淵閣四庫全書: 史部/正史
類/宋史』卷一百三十四]으로서 고려의 圓丘親祀儀[『고려사악지』 권 제 13/禮 1], 有司攝
事儀[『고려사악지』 권 제 13/禮 1], 藉田親享儀[『고려사악지』 권 제 16/禮 4], 有司攝事儀[『고
려사악지』 권 제 16/禮 4], 圓丘親祀[『고려사악지』 권 제 24/樂 1], 先農親享[『고려사악지』
권 제 24/樂 1] 등에도 이미 쓰였고, 앞서 언급한 조선조의 여러 제례들에도 사용
되었다. 말하자면 송나라의 아악이 고려에 수용되었고, 그 아악이 조선에 계승
된 사례일 것이다. 서안지곡은 송나라의 아악곡['皇后廟十五首'의 太尉行에 연주/『文
淵閣四庫全書: 史部/正史類/宋史』卷一百三十四]으로 쓰던 곡이었고, 옹안지악은 송나
라 「熙寧祭風師五首」의 亞·終獻, 「大觀祭風師六首」의 酌獻·亞 終獻, 「雨師五首」
의 酌獻亞·終獻, 「紹興祭風師六首」의 酌獻, 「雨師雷神七首」의 雨師位酌獻 등에
연주되던 악곡으로서 조선에 수용되어 先農 饋享의 進俎, 先蠶과 雩祀의 徹籩豆
등에도 사용되었다.

순안지악은 송나라 아악의 핵심이었던 '12安[高安·靜安·理安·嘉安·隆安·正安·和
安·順安·良安·永安·豐安·禧安]'의 하나였다. 즉 '안'의 근원은 「毛詩大序」의 논리적
출발인 '治世之音 安而樂'으로서,[32] 송나라의 아악이나 악장은 이러한 『시경』
의 정신에 바탕을 두고 있었으며, 이러한 송나라의 음악과 음악정신을 도입한

---

31) 『增補文獻備考』 卷之九十四, 『增補 文獻備考 中』, 동국문화사, 1957, 166쪽.
32) 『文淵閣四庫全書: 經部/詩類/詩序』의 "治世之音 安以樂 其政和 亂世之音 怨以怒 其政乖" 참조.

고려의 의도는 '國泰民安'의 정치적 지향성에서 찾을 수 있었고, 조선 역시 그 점을 중시했던 것으로 짐작된다. 고려의 太廟禘祫享·時享·臘享의 祼鬯 제차에서 登歌가 순안지곡을 연주했었고,33) 조선조 社稷제의 迎神과 送神 祭次에도 순안지악을 연주했다.34)

이상 당·송의 아악과 고려·조선의 아악을 비교해 보았다. 이처럼 중국과 고려, 조선은 제차나 악곡·일무 등 많은 점에서 긴밀하게 연결되어 하나의 동일한 질서를 형성하고 있었다. 그러나 애당초 유교 이데올로기 대신 神道에 바탕을 두고 있던 일본은 현격하게 달랐다.

일본 신상제 제의의 중심은 神饌의 きょうしん(供進)과 なおらい(直會)이다. 저녁 때 아마테라스오미가미[天照大神] 이하 아마쓰카미[天神], 구니쓰카미[地祇]를 제사한다. 천황은 廻立殿에서 天翼衣를 입고 御湯에서 齋戒를 하고 신발을 벗고 오시(オ-シ-)의 경호 속을 맨발로 걸어 유기전으로 가서 신발을 신고 齋場인 母屋으로 들어간다. 천황이 유기전에 들어가면 구즈(國栖)가 구즈마이(國栖舞)를 춤추어 悠紀國 國風[風俗]의 가무를 연주하고, 유기국의 語部가 모노가타리[物語]를 아뢰며, 하야토마이(隼人舞)를 춘다. 이어서 황태자 이하가 八開水의 배례를 하고 아베[安倍]씨가 토노이[宿居]의 이름을 읽어 내려간다. 천황은 혼자서 불기[火氣] 없는 신 앞의 어좌에 端坐한다. 우나메[궁중의 女官]의 봉사로 천황이 てみず(手水)를 행한 뒤에 각각 10명의 남녀 봉사자가 차례차례로 神饌을 높이 들고 齋場에 들어온다. 이 행사를 神膳行立, 神今食이라 한다. 신찬은 매년 정해진 두 곳의 齋田에서 수확한 햅쌀로 만든 밥·죽·白酒·黑酒를 중심으로 하고, 이 외에도 햇조로 만든 밥이나 죽·신선한 물고기·건어·과실·국·야채나 육류를 삶은 요리 등이 있어서 다종다양했으며, 시대에 따라 변화가 있었다. 신에게 바치는 供進은 한 가지씩 하며, 약 두 시간이라는 긴 시간이 필요하다. 공진을 끝내면 천황은 신찬에 백주·흑주를 붓고, 절을 하며 告文을 아뢰어 올린다. 다음으로 천황은 신들과 對坐

---

33) 동아대학교 고전연구실, 『譯註 高麗史 第六 志二』, 태학사, 1987, 247쪽.
34) 『增補文獻備考』 卷之九十四, 『增補 文獻備考 中』, 158쪽.

하고 고개를 낮추어 신찬의 신곡[쌀밥·조밥]과 신주를 바치고 스스로 먹는다. 이
것이 나오라이[直會]이다. 끝나고 신찬이 순서대로 치워지며 천황은 테미즈노기
[手水の儀] 뒤에 출어하여 제의를 끝낸다. 이것이 유우노기[夕の儀/悠紀殿の儀]이
고, 또한 심야에 천황은 主基殿에 들어가 같은 순서로 아카츠키노기[曉の儀/主基殿
の儀]를 행하며 이른 새벽에 모든 제의를 종료한다. 다음 날인 辰日에는 豊樂院에
서 도요아카리노세치에[豊明の節會]가 실시되며 햇곡으로 만든 백주와 흑주가 신
하들에게 수여된다.[35]

중국의 왕조들이나 고려, 조선의 유교 제례는 긴밀하게 짜인 구조를 갖고
있으며, 적어도 제례 참가자들에게는 특별한 齋戒의 절차만 제외하면 모두
공개적으로 진행된다. 그러나 村上重良의 설명에 암시된 것처럼 일본의 신상
제나 대상제는 제주인 천황의 거동을 중심으로 볼 때 중국이나 한국왕조들의
그것과 달리 秘儀的 측면이 많다.[36] 신상제의 핵심인 神饌은 중국의 薦玉帛·進
熟, 조선의 奠幣 등과 같은 것으로 제사의 대상 신에게 祭需를 올리는 절차이
고, 일본의 直會(なおらい)는 제사가 끝난 뒤에 갖던 연회로서, 신에게 바친 제물
과 술을 神祭 뒤에 받들어 맛보는 절차를 말한다. 따라서 나오라이는 중국과
한국의 飮福과 같은 의식이다.

본격 제사는 천황이 회립전에서 天翼衣를 입고 御湯에서 목욕한 다음 맨발
로 悠紀殿의 齋場인 母屋에 들어감으로써 시작된다. 이 때 유기전에서 구즈가
구즈마이를 추고 유기국의 풍속가무를 연주하고, 유기국의 語部는 모노가타리
를 들려주며 하야토마이[はやとまい/隼人舞]를 춘다. 하야토마이는 大隅(おおすみ),
薩摩(さつま) 지역의 하야토가 추었는데, 하야토마이는 大嘗會 등에서 공연하던

---

35) 村上重良, 앞의 책, 17-19쪽.
36) 일본의 학자들은 순수하게 일본에서 발생한 악곡들 중 신앙이나 신학적으로 중심적인 것들 중
    하나인 카구라우타(神樂歌)도 秘儀 속에서 행해지는 것으로 인식하고 있다.[みた·のりあき, 앞의
    논문, 30쪽.

풍속 춤으로 하야토의 선조인 火照命(ほでりのみこと)이 바닷물에 빠져 괴로워하던 모습을 묘사한 춤이라 한다. 하야토마이에 이어 황태자 이하가 八開水 배례를 하고 아베 씨가 宿居 즉 대대로 눌러 살았던 곳의 이름을 읽어 내려가면 천황은 혼자서 불기 없는 신 앞의 御座에 단정히 앉는다고 했다. 궁중 女官들의 도움으로 천황이 손을 물로 닦은 뒤 10명의 남녀가 神饌을 들고 齋場에 입장하는데, 神膳行立(しんぜんゆきたて), 神今食(じんこんじき) 등은 그런 절차 혹은 물건을 가리키는 용어들이다. 神饌의 供進이 끝나면 신찬에 술을 붓고 절을 하며 告由文[제문]을 아뢰어 올린 뒤 천황은 신들과 마주 앉아 고개를 낮추고 新穀과 신주를 바치고 스스로 먹는 행위가 나오라이[음복]의 절차다. 음복이 끝나 신찬이 철거되고 천황의 手水 의식이 끝나면 제장에서 나온다. 그것으로 끝나는 것이 유우노기 즉 저녁시간에 드리는 제사이고, 같은 절차로 아카츠키노기[曉の儀/심야제사]까지 올린 뒤, 새벽녘에 제사는 완료된다. 그 다음으로 豊樂院에서 햇곡으로 만든 백주와 흑주가 신하들에게 하사되는 연회 도요아카리노세치에가 열리는 것이다.

위의 설명에 언급된 바와 같이 유우노기[夕の儀/悠紀殿の儀]와 아카츠키노기[曉の儀/主基殿の儀]는 신상제의 핵심적 의례들이었음을 알 수 있다. 유키(悠紀)와 스키(主基)는 일본의 東과 西에 걸친 여러 지방을 대표하여 대상제에 봉납하던 벼를 올리는 지역들인데, 그곳에서 가창·공연되던 민요와 향토 춤을 공연했다. 이것들과 함께 豊明殿에서 진행되던 대연향 의식에서도 風俗舞를 만들어 제사 후에 공연하는 것이 정해진 순서였다.[37] 대상제 관련의 음악과 춤에 관한 구체적인 기록 두 건을 더 들면 다음과 같다.[38]

---

37) 아베 스에마사 지음, 박태규·박진수·임만호 옮김, 『일본 아악의 이해』, 역락, 2020, 160-162쪽 참조.

38) 井口樹生, 「大祥祭と歌謠及び和歌(2): 旦日「御遊」の催馬樂を中心に」, 『藝文研究』 Vol.73, 慶應義塾大學藝文學會, 1997, 612쪽.

卯日(…)悠紀嘗殿에 거둥하시면(…)悠紀의 國司가 歌人을 인도하여 같은 문으로
들어오게 하고[朝堂院의 동쪽 곁문], 자리에 나아가 국풍을 연주한다.(…)主基嘗殿
으로 옮겨 거둥하시면 그 의식은 유기상전에서와 똑같이 거행한다. 辰日(…)一点
이 지나면 유기국에서 御膳을 올린다.(…)그 다음에 國司가 가인을 인도하여 들어
와 국풍을 연주한다.(…)二点이 되기 전 主基帳으로 옮겨 거둥하신다.(…)어선을
올리고 국풍을 연주한다.

巳日 辰刻 悠紀의 帳幕에 거둥하시면(…)悠紀人이 儀鸞門으로부터 들어와 中庭
왼쪽 幄次에 나아가 和舞를 연주한다. 그 다음 雅樂寮가 악인을 인솔하고 또한
같은 장막에 들어가 악을 연주한다.(…)그 다음 主基人 등이 들어와 中庭의 오른쪽
幄次로 나아가 田舞를 연주한다.

앞쪽 인용문은 대상제를 지내는 날 국풍가요의 가창과 연주에 관한 설명이
고, 아래쪽 인용문은 유기인들이 중정 왼쪽 악차에서 和舞를 추고, 주기인들이
중정 오른쪽 악차에서 田舞 추던 사실을 각각 설명한 글들이다. 『續日本記』
寶龜 원년 3월 신묘에 "河內大夫 종4위상 등 후지와라아사오미(藤原朝臣)와 오
다마로(雄田麻呂) 이하가 和舞를 추었다"[39]는 기록이 나오는데, 윤광봉은 이것
이 東舞에 대한 大和舞로서 일본 춤이 아닌 백제계의 춤이라는 주장을 내세우
고, 그 타당한 근거들을 상당수 제시했다.[40] 일본이 백제나 신라, 고구려의
춤과 음악을 적극 수용한 점으로 미루어 그런 분석은 사실일 가능성이 매우
높다. 말하자면 도래한 백제인들이 들여왔거나 백제와의 국가 간 교류 과정에
서 도입 후 일본인들의 춤으로 정착시켰으리라 보는 것이 오히려 합리적일
것이다. 또한 일본 上代 모내기 등에서 추다가 중세의 조정으로 도입되어 유행
하게 된 田舞는 田歌와 맞추어 추던 춤이었다. 전통적으로 천황 즉위에 맞춰

39) 스가노노 마미치 외 엮음, 이근우 옮김, 『속일본기 3』, 지식을만드는지식, 2012, 471쪽.
40) 윤광봉, 『한국연희예술사: 유사한 중국·일본의 연희를 살펴며』, 민속원, 2016, 240쪽.

단 한 번 열리던 신상제인 대상제 때 유기국과 주기국의 풍속 가무가 연행되어
왔다는 단서일 수 있는 것이다.

　아베 스에마사에 의하면, 사이바라(催馬樂)는 나라(奈良)에서 헤이안(平安) 시
대 초기에 걸쳐 농민들로부터 거둔 조세를 수도로 옮기는 도중 퍼져나간 각지
의 유행가가 당시 귀족들 사이에서 아악풍으로 편곡해 연주하던 궁중음악의
한 부류라고 한다.[41] 사실 연구자들마다 그 원류를 약간씩 다르게 파악하고
있는데, 특히 일본 밖 연구자들 가운데 로렌스 피켄과 이혜구의 견해는 당악과
고려악곡 혹은 신라악과의 연관을 강조한 점에서 두드러진다. 피켄은 지금까
지 밝혀진 사이바라가 唐樂曲이나 高麗樂曲과 같거나 그것들의 파생곡들이고,
사이바라 중 몇 곡은 당악곡과 고려악곡에서 파생된 악절들을 혼합한 것들이
며, 몇 곡들은 특정지역의 순수한 일본 선율로서 천황이 이들 지역을 방문할
때 들은 노래들이라고 한다.[42]

　이에 반해 사이바라가 당악보다 신라의 사뇌와 관계가 있다는 것이 이혜구
의 주장이다. 이혜구의 주장으로부터 몇 가지만 추려 제시하면, '사이바라 중
<安名尊> 제3단, <鷹山> 제1단, <此殿者> 제1단, <澤田川> 제3단, <吾駒> 등의
가사에 나오는 "アハレ"라는 의미 없는 嘆詞가 신라 향가의 "阿也" 또는 <處容
歌>의 "아으" 같은 嘆詞와 유사하다는 것', '催馬樂(サイバラ)이라는 용어에서
"サイ"는 새 즉 新의 뜻이고 "バラ(原)"는 벌(原)을 뜻하는데, 벌라字 "羅"의 訓讀
은 "벌"이어서, "サイバラ"는 新羅라는 뜻이고 그 음악은 新羅樂 즉 詞腦라는
견해' 등을 밝힘으로써,[43] 삼국시대의 우리나라 음악이 전래되어 이루어진
노래장르로 보았다. 말하자면 한반도 渡來人들로부터 그런 노래가 전파되었

41) 아베 스에마사, 앞의 책, 203쪽 참조.
42) Laurence Picken, 「催馬樂」, 『한국음악연구』 10, 한국국악학회, 1980, 66쪽 참조.
43) 이혜구, 「催馬樂의 五拍子(교보시)」, 『韓國學(舊 精神文化研究』 52, 한국학중앙연구원, 1993,
144-145쪽 참조.

고, 그것과 일본 고유의 노래가 융합되면서 파생된 노래장르로 보는 견해인 것이다. 그러나 이미 그때 한반도에는 당악이 수용되어 정착해 있던 상황이었고 그 전통이 고려 시대로 이어졌기 때문에, 도래인들이 갖고 간 향악으로서의 향가 혹은 고려속가들과 민속의 노래가 귀족사회나 궁중으로 유입되어 이루어진 사이바라가 공유하는 속성들은 분명해지는 것이다. 최정선은 '雅俗의 의미적 혼종성, 以俗爲雅[고려 속가], 和魂漢才[헤이안 사이바라]' 등의 범주를 설정하고 고려속가와 사이바라를 비교하면서, 고려속가와 催馬樂은 중국의 변방에 머물면서 자국어를 기록할 문자도 없는 문학 상황에서도 창조와 혁신으로 자국 문학을 중심에 두려 했던 문학정신을 보여준다는 것, 고려에서는 俗의 노래 말에 雅의 음악을 얹어 재편했고, 헤이안 궁중에서는 일본의 정신[和魂]에 중국의 형식[漢才] 즉 5·7의 운율로 조화하려 했다는 것 등을 주장했다.[44]

사이바라를 비롯한 헤이안의 가요들 가운데는 앞서 언급한 유키·스키의 풍속가요로 사용되던 곡들이 있는데,[45] 그것들 가운데 <아나타후토(安名尊)>·<미마사카(美作)>·<이세노우미(伊勢海)>·<고로모가에(更衣)> 등은 현재도 연주되고 있다 한다.[46] 예컨대 저명한 樂家 아베[安倍] 가문에는 呂 **5박자 13수**[<아나타후토(安名尊)>·<아라타시키토시(新年)>·<우메가에(梅枝)>·<고노토노모노(此殿者)>·<고노토노노니시(此殿西)>·<고노토노노오쿠(此殿奥)>·<다카야마(鷹山)>·<야마시로(山城)>·<마가네후쿠(真金吹)>·<사쿠라비토(櫻人)>·<이세노쿠니(紀伊國)>·<이모토아레토(妹与我)>·<스즈카가와(鈴之川)>], 呂 **三度拍子 14수**[<미마사카(美作)>·<후지후노(藤生野)>·<무시로타(席田)>·<와이헤(我家)>·<아오노마(青馬)>·<아사미도리(淺綠)>·<이모가카도(妹之門)>·<아케마키(總角)>·<모토시게키(本滋)>·<난바노우미(難波海)>·<마유토지메(眉刀自女)>·<다나카노이도(田中井戸)>·<사케오타우베(酒飲)>·<다카야마(鷹山)>], 律 **5박자 5수**[<아오야기(青柳)>·<이세노우미(伊

---

44) 최정선, 「高麗俗歌와 日本 催馬樂 비교」, 『東아시아古代學』 30, 東아시아古代學會, 2013, 72-73쪽 참조.
45) 아베 스에마사, 앞의 책, 205쪽 참조.
46) 아베 스에마사, 같은 책, 204-205쪽 참조.

勢海)>·<하시리이(走井)>·<비스카이(飛鳥井)>·<니와니오후루(庭生)>], **律 3도박자 11수**[<고
로모가에(更衣)>·<이카니센(何爲)>·<아사무즈(淺水)>·<와가카도니(我門)>·<오호세리(大芹)>·
<아후미치(逢路)>·<미치노쿠치(道口)>·<사시쿠시(刺櫛)>·<다카노코(鷹子)>·<오호지(大路)>·
<와가카도오(我門乎)>] 등의 사이바라 곡들이 있는데, 이 중에는 천황 즉위 때 유키
(悠紀)·스키(主基)의 풍속가로 사용되던 곡도 있다고 하였으며, <이세노우미(伊
勢海)>·<고로모가에(更衣)>·<미마사카(美作)>·<아나타후토(安名尊)> 등네 곡은
현재도 연주되는 것으로 알려져 있다.

2. 일본 속악 및 가요의 동아시아적 보편성

이렇게 본다면, 일본의 아악은 중국이나 고대·중세의 한국과는 다르고, 무
엇보다 한국의 아악에 반드시 附帶되던 악장도 없는 것처럼 보이는 건 사실이
다. 두 나라와 차이를 보이는 일본의 아악은 오히려 아악 아닌 燕樂이고, 그런
연악은 민간의 노래를 궁중에서 수용하여 재편·개작했다는 점에서 『시경』의
국풍이나 당·송 연악, 삼국·고려·조선 등 고대·중세 한국왕조들의 속악[향악]
등과 상통한다고 할 수 있다. 고려와 조선의 속악가사에 대한 다음의 설명은
동북아 왕조들이 민간의 노래들을 궁중악으로 수용하던 상황을 잘 보여준다.

속악가사에 민요의 영향이 큰 이유는 바로 속악의 가사이기 때문이다. 예로부
터 궁중악을 만들 때는 우선 민요를 채집하여 악곡에 올리는 전통이 강하였다.
민요를 채집하여 민풍을 살리고 風化를 수립하고자 하는 의도가 있었다. 이런 예
는 중국 漢 樂府에서 비롯된다. 한 무제 때 설립된 악부란 관서에서 민간가요를
채집하여 분식을 더하고, 문인이 작사하고 악공이 악에 배열하여 조정의 제사와
연향에 쓰일 궁중악이 만들어졌다. 민간가요를 수집하여 궁중악에 쓰는 악부의
이런 전통은 宋詞에까지 이어진다. 고려시대 속악가사의 형성과 발전에는 중국의

詞가 큰 영향을 주었는데, 민간가요를 채집하여 궁중악에 맞게 재편하는 측면에서 둘은 상통한다. 고려 궁중악은 좌방악과 우방악으로 나뉘는데, 대성악이 전래[예종 대, 111년]되기 이전에는 좌방악에 당악이, 우방악에 속악이 편제되어 있었다. 대성악이 전래되면서 좌방악에는 대성악이, 우방악에는 당악과 속악이 함께 편입되고, 아쟁이나 당비파 또는 장고가 당악 연주에서만 아니라 속악 연주에도 사용되었다. 이런 과정에서 속악은 당악[송사를 포함]의 전통에 견인되어 많은 변화를 겪었다. 속악가사는 민요가 궁중악으로 정착된 것이 주를 이룬다. 궁중악으로 상승되는 과정을 살펴보면, 처음에는 민요를 가져다 악곡에 맞춰 塡詞하기도 하고 궁중의 의례에 맞게 粉飾하거나 가사를 바꾸어 合成·編詞하는 단계를 거친다. 전사란 악곡의 길이에 맞게 가사를 메우는 과정을 의미한다. 그 다음 민요풍의 노래를 문인이 창작하는 단계에까지 이른 것으로 보인다. 그래서 속악가사에는 민요의 흔적이 강하게 남은 것, 궁중의례에 맞게 편사된 것, 격조는 비슷하지만 새로이 창작된 것 등 다양한 범주를 보여준다.[47]

인용문의 필자는 민요를 채집하여 궁중악으로 사용하던 시초를 한나라의 악부로 잡았으나, 사실 그 시작은 『시경』의 「국풍」으로 보아야 한다. 『漢書』 「藝文志」 第十의 "옛날 채시관을 둔 것은 왕 된 자가 풍속을 관찰하고 득실을 알아 스스로 그릇된 점을 찾아내어 바르게 고치려 했기 때문이다. 공자는 한결 같이 주나라 시를 취했으되 위로는 은나라로부터 아래로는 노나라의 것에 이르기까지 모두 305편이었다."[48]는 기록으로 보아도 국풍의 수집이 이미 주나라로 올라가는 일임은 분명해진다. 주지하다시피 15국풍은 바로 15개의 서로 다른 지방 樂調이자 '風土', '土調' 또한 주나라 왕조의 아악에 대립되는 가락을 말하는데, 각 제후국의 지방색채를 갖는 악조를 일반적으로 가리키는 개념이다. 그리고 그것은 각 제후국 안의 수많은 노동 계층의 노래를 포함할

---

47) 허남춘, 「속악가사」, 조규익 외 『한국문학개론』, 새문사, 2015, 69-70쪽.

48) 『文淵閣四庫全書: 史部/正史類/前漢書』 卷三十의 "古有采詩之官 王者所以觀風俗知得失 自考正也 孔子純取周詩 上采殷下取魯 凡三百五篇" 참조.

뿐 아니라 각 제후국 궁정 통치자 및 대소 귀족들의 창작까지 포함한다고
할 수 있다.[49] 그런 전통이 후세 왕조들에 수용되어 宋詞에 이르렀고, 송사는
고려에 수용되어 속가들을 창출하게 되었다. 물론 속가들의 원천은 민간 노래
즉 민요들이었다. 궁중에 수용된 민간의 노래들이 편곡·개작의 단계를 거쳐
무대예술로 전환되는 과정에서 표본 역할을 한 것이 송사들이었다. 따라서
노래들의 내용이나 분위기, 미학은 고려 국풍의 그것들이되, 구조나 형상화의
방법은 『시경』의 「국풍」, 아악화된 일본의 국풍가요 등과 동질적인 성향을
보여준다.

　『시경』의 국풍은 雅·頌과 함께 천자국 혹은 제후국들의 악장들이었고, 고려
의 속가들은 조선조까지 지속하여 속악으로 연행되던 궁중 呈才들의 노래들이
었으며, 그 노랫말들은 부정할 수 없는 악장이었던 것이다. 물론 중국이나
한국의 경우 텍스트 상황은 일본의 노래들에 비해 제도에 대한 구심력 혹은
羈束力이 훨씬 큰 것이 사실이다. 말하자면 고려나 조선의 그런 음악들이 공식
적인 의례행사에 쓰인 데 반해, 일본의 그것들이 천황 주재의 행사에서만 독점
적으로 사용되지 않았고 大小 귀족들의 연회에서도 비교적 자유롭게 사용된
점을 고려한다면, 중국이나 한국 왕조 악장들의 정체성과는 분명 다른 점을
사이바라를 비롯한 일본의 가요들에서 발견하게 되는 것이다. 특히 헤이안
시대에 들어와서는 천황을 비롯한 귀족들이 아악을 하나의 교양으로 즐기게
되었다는 점에서도 그렇다.[50] 중국 춘추시대 초나라의 도회지역을 '郢'이라
불렀고, 거기서 불린 俗曲을 郢曲이라 불렀다. 일본에서도 우타이모노(謠い物)
혹은 속곡이 영곡이었다. 즉 헤이안 시대부터 가마쿠라 시대에 걸쳐 불려진
가구라우타(神樂歌)·사이바라(催馬樂)·로에이(朗詠)·후조쿠(風俗)·이마요(今樣)·자

49) 許伯卿, 「宮廷文學的界定及≪詩經≫宮廷乐歌的识别」, 『怀化师专学报』 第19卷 第4期, 2000, 8, 64
　　쪽.
50) 아베 스에마사, 앞의 책, 196쪽 참조.

쓰게이(雜芸) 등의 우타이모노를 총칭한 명칭이 바로 영곡이었던 것이다. 영곡도 이마요도 민간에서 널리 전해지던 동요나 풍속가이지만, 그것들은 정치를 잘 반영한 것들이기에 고시라카와 천황[後白河天皇/1127-1192]이 이것들을 민간에서 채록한 것은 공자가 국풍을 포함시켜 『시경』을 편찬한 것과 같은 의미를 갖는다.51)

본서의 이 부분에서는 편의상 당나라와 조선조 아악장, 일본 사이바라의 네 작품들[<이세노우미(伊勢海)>·<고로모가에(更衣)>·<미마사카(美作)>·<아나타후토(安名尊)>]을 들어 분석해 보기로 한다.

雍和

般薦乘春	음악을 연주하며 제사 올리는 봄날
太壇臨曙	태단의 새벽을 맞아
八簋盈和	8궤에 제수를 채우고
六瑚登御	서직이 담긴 여섯 제기를 올리도다
嘉稷匪歆	광주리의 아름다운 곡식 흠향하시고
德馨斯飫	덕의 향기 배불리 드셨으며
祝嘏無易	기원의 말씀 확실하여 바꿀 수 없으니
靈心有豫	신령의 뜻에 편안함이 있으시도다52)

國稷

誕降嘉種	아름다운 종자를 내려주심에
務茲稼穡	심고 거두는 일 힘써
百穀用成	백곡이 잘 여물었으니

---

51) 翁蘇倩卿, 『詩經と神樂歌·催馬樂·梁塵秘抄の比較研究』, 台北: 遠流出版公司, 1982, 19-20쪽 참조.

52) 『文淵閣四庫全書: 集部/總集類/御定全唐詩』卷三十二의 "唐書樂志曰 貞觀中 正月上辛 祈穀於南郊 降神用豫和 皇帝行用太和 登歌奠玉帛用肅和 迎俎用雍和 酌獻飮福用壽和 送文舞出 迎武舞入 用舒和 武舞用凱安 送神用豫和 其豫和太和壽和凱安四章 詞同冬至圜丘" 참조.

群黎徧德　　백성들 두루 덕택을 받았도다

我祀如何　　우리 제사가 어떠하뇨?

其儀不忒　　그 위의가 어그러지지 않고

有相之道　　인력의 도움을 다하는 도가 있으니

介以景福　　큰 복을 더욱 크게 하도다[53)]

伊勢海(いせのうみ)

伊勢の海の　きよき渚(なぎさ)に　潮間(しほがひ)に

なのりそや摘(つ)まむ　貝や拾はむや　玉や拾はむや[54)]

[이세 바다, 깨끗한 물, 파도가 물러간 사이에[55)]에

모자반을 따 보세![56)] 조개를 주워 보세! 구슬[진주]을 주워 보세![57)]

更衣(ころもがへ)

更衣せむや　さきむだちや　我が衣(きぬ)は　野原(のはら)篠原(しのはら)

萩(はぎ)の花摺(はなずり)や　さきむだちや[58)]

[옷을 갈아입읍시다,[59)] 도련님이시여![60)] 내 옷은 시노하라 들판[61)]에 핀 싸리나

---

53) 법제처, 『國朝五禮儀(4)』, 27쪽.

54) 臼田甚五郎·新間進一·外村南都子·德江元正, 『新編日本古典文学全集』 42/神樂歌·催馬樂·梁塵秘
　　抄·閑吟集、東京: 小学館、2015, 126쪽.

55) 'しほがひ'는 '넘실대는 파도 사이'[木村紀子 譯注, 『催馬樂』[東洋文庫 750, 平凡社, 2006, 60쪽]
　　혹은 '밀물과 썰물 사이'[臼田甚五郎 外, 앞의 책, 126쪽] 등의 번역이 가능하나, 본서에서는 양자를
　　절충하여 '파도가 물러간 사이'로 번역한다.

56) 'なのりそ'는 褐藻類인 모자반의 옛 이름이나, '알리지[소리내지] 말라'는 말과도 同音으로 중의적
　　관점에서 해석할 필요가 있다.[臼田甚五郎 外, 앞의 책, 126쪽 참조.]

57) 조개와 구슬[진주]은 각각 여성과 남성을 암시하는 것으로 해석되기도 한다.[木村紀子 譯注, 『催馬樂』
　　[東洋文庫 750, 平凡社, 2006, 60쪽] 진주는 영혼이 깃든 신앙적 징표로도 인식되었다.[臼田甚五郎
　　外, 앞의 책, 126-127쪽]

605) 木村紀子, 앞의 책, 89-91쪽.

59) 'ころもがへ'는 보통 '계절의 변화에 맞춰 옷을 바꿔 입는 것'을 의미하지만, 이 노래에서는 '서로
　　마음을 허락한 남녀가 영혼이 하나 되기를 바라며 의복을 교환하여 입는 행위'로 보는 것이 타당하
　　다.[臼田甚五郎 外, 앞의 책, 134쪽/木村紀子, 앞의 책, 90쪽]

60) 'さきむだちや'는 노래의 장단을 맞추는 추임새로 볼 수 있으나[臼田甚五郎 外, 앞의 책, 134쪽],

무 꽃을 문질러 물들인 옷이랍니다,[62] 도련님이시여!]

미마사카(美作)

美作や久米の佐良山 さらさらに なよや さらさらに なよや さらさらに 我が名
我が名は立てじ 万代までにや 万代までにや[63]

[미마사카의 구메(久米) 지역에 있는 사라야마(佐良山)
사라사라니 나요야, 사라사라니 나요야, 사라사라니
나의 이름, 나의 이름을 발설하지 마세요, 만대까지, 만대까지나]

安名尊(あなたふと)

あな尊(たふと) 今日(けふ)の尊さや 古(いにしへ)も はれ
古も かくやありけむや 今日の尊さ
あはれ そこよしや 今日の尊さ[64]

[아아[65] 존귀하시도다. 오늘의 존귀하심이여! 옛날[66]에도 아아[67] 옛날에도 이
러하셨을까. 오늘의 존귀하심이여! 아아,[68] 지화자,[69] 오늘의 존귀하심이여!]

'귀공자·도련님' 등으로 해석할 수도 있다.[木村紀子, 앞의 책, 90쪽]

61) しのはら(篠原)를 보통명사 '조릿대 우거진 벌판'으로 볼 수 있지만, '오미(近江)의 시노하라(篠原)'
라는 지명으로 해석할 수도 있다.[臼田甚五郎 外, 앞의 책, 134쪽/木村紀子, 앞의 책, 90쪽] 후자를
취한다면 시노하라의 들판에 핀 싸리나무 꽃 같은 자신을 잘 봐달라는, 향토색이 묻어나는 노래로
볼 수 있다.[木村紀子, 앞의 책, 91쪽]

62) 천에 예쁜 색깔의 꽃을 문질러 물들게 하는 원시적인 염색 방식.[臼田甚五郎 外, 앞의 책, 134쪽/木村
紀子, 앞의 책, 90쪽]

63) 아베 스에마사, 앞의 책, 220쪽.

64) 臼田甚五郎 外, 앞의 책, 137쪽; 木村紀子, 앞의 책, 102-104쪽.

65) 장단을 맞추는 추임새로 쓰인 감탄사.

66) 옛날[いにしへ]은 바로 앞의 오늘[けふ]과 대비되는 시간으로서, 語源의 관점에서는 '지나온 쪽'으
로 해석되며 먼 과거뿐 아니라 체험적 과거를 의미하기도 한다.[木村紀子, 앞의 책, 104쪽]

67) 장단을 맞추는 추임새로 쓰인 감탄사.

68) 장단을 맞추는 추임새로 쓰인 감탄사.

69) 장단을 맞추는 추임새로 쓰인 감탄사.

雍和는 당나라 祈穀祭 迎俎의 祭次에서 연주되던 악곡이다. 즉 迎神과 進俎 모두에 함께 쓰이던 악곡이라는 말이다. 그리고 이 가사는 옹화에 올려 불리던 악장이다. 4언 8구로 이루어진 이 악장의 의미는 두 부분으로 나뉜다. 음악과 제수 등 제사 준비와 절차를 노래한 전단[제1-4구], 그 제수를 흠향하시고 德馨을 배불리 드신 신령이 만족하셨기를 바라는 후단[제5-8구] 등이 그것들이다. 이것과 똑같은 구조로 만들어진 것이 두 번째 악장이다. 國稷은 조선조 사직제 초헌 국직의 제차에 올려 부르던 악장인데, 이 제차에서는 壽安之樂을 연주하고 烈文舞를 추었다. 당나라 악장과 같이 4언 8구로 이루어진 이 악장 역시 의미는 두 부분으로 나뉜다. 아름다운 종자를 심고 가꾸어 백성들이 풍년의 혜택을 입은 것은 신이 내려주신 풍요임을 찬양한 것이 전단[제1-4구]이고, 법도에 어그러지지 않은 제사 절차와 제사에 대한 사람들의 도움을 언급하고 신령에게 큰 복을 더욱 크게 내려달라는 기원이 후단[제5-8구]이다.

앞에서 언급한 바와 같이 조선의 음악은 고려의 음악을 계승했고, 고려 음악이 실질적으로 큰 변화를 맞이한 계기는 예종 11년 송나라로부터 아악[즉 대성악]을 수입, 태묘에 제향을 올리면서 「新制九室登歌樂章」을 연주하던 일에서 잡을 수 있다. 그리고 전래되어 오던 향악과 신라 때부터 중국에서 도입하여 쓰던 당악을 합쳐 속악이라 부르고 아악과 구분하게 되었다. 아악인 대성악으로 신제 태묘악장을 연주했다는 사실은, 그 뒤로도 연주되는 음악에 따라 악장의 성격이 결정되는 선례로 남게 되었다. 조선조 세종 때의 會禮宴儀를 보면, 순서 중 제5작까지는 아악을 연주하고 그 이후는 속악을 연주하게 되어 있다. 그런데 아악을 연주하는 부분의 곡들은 隆安之樂·舒安之樂·休安之樂·受寶籙之樂·文明之曲·覲天庭之樂·荷皇恩之樂·受明命之樂·武烈之曲 등이고, 속악을 연주하는 부분의 곡들은 夢金尺之伎·水龍吟之樂·五羊仙之伎·黃河淸之樂·動動之伎·萬年歡之樂·舞鼓之伎·太平年之樂 등이다. 노랫말의 경우 전자는 모두 정격의 4언시로 되어 있고, 후자는 모두 고려 당악에 속한 散詞들처럼, 일정치 않은 형태로 이루어져 있다. 대개 정악인 아악은 국가의 제례악들에 쓰였고, 연향 등에는 속악이 주로 쓰였다 아악장으로는 고려시대부터 예외 없이 4언체가 쓰였으며, 속악장으로는 洛陽春·步虛子·風入松 등 당·향악곡을 사용했기 때문에 형태적으로 다양한 것은 자연스런 현상이었다.

원래 중국의 왕조들에서 사용되던 郊祀歌들의 근원은『시경』이다. 그러나 시간이 흐르면서 그런 악장들은 정격화해 간 반면 애당초『시경』의 격조는 상실되어감으로써 결국『시경』과는 거리가 생겼다. 이런 이유로 政敎의 근간이었던 儒家 이데올로기적 입장에서는『시경』의 정음이 변질되어 가는 일은 시급히 바로잡아져야 할 과제였으며, 이 과정에서 국가의 공식 악장들에 변격이 생기기 시작한 것으로 추정된다. 한·중의 아악장들 특히 제사악장들은 같은 틀로 이루어져 있다. 대부분 4언 8구로 이루어진 점 외에도 일치하는 점들이 많다. 첫 부분에서 제사 대상을 불러내고, 다음 부분에서 대상이 이룩한 생전의 치적을 언급하며, 마지막 부분에서 제사의 과정 및 祈願을 각각 늘어놓는다는 점이 동일하다. 시대와 국적은 달라도 '제사의례의 고정성·先代祖宗이라는 대상의 고정성·찬양이라는 감정 표현방식의 고정성·의례의 규모와 연주되는 가무의 고정성' 등 다양한 전제조건들 때문에 시대적으로 달라질 수 있는 개성들은 捨象되기 마련이었다. 고려의 경우 삼국 말년의 음악을 답습했고, 송나라의 교방악을 도입하여 썼다. 조선 초에 그것들을 인습할 수 없어 兩部의 음악 중 그 성음이 약간이라도 바른 것을 취하고 風雅의 시를 참고로 조회·연향의 악을 정했다고 한다. 이 경우 양부의 음악이란 雅部와 俗部[당악과 향악을 합친 개념]를 말하는 듯하나, 실제 음악으로 사용된 곡조들 대부분은 당악이었으며, 가사에도 <水龍吟>·<金盞子>·<憶吹簫> 등 唐樂大曲의 散詞들이 포함됨으로써 前朝의 음악들과 그리 큰 차이를 보여주지는 못했다. 아악과 속악으로 구분되던 중국 왕조들의 악무와 고려·조선의 그것들이 비슷한 양상을 보여주

는 것도 자연스러운 현상이었다. 삼국과 고려, 조선에서 속악 부분을 편성한
것도 민간의 노래들을 채록·개작하여 국풍으로 나눠놓은 『시경』과 역대 왕조
들의 방법을 모방한 결과로 볼 수밖에 없는 것이다.

밖으로 드러난 일본 가사들의 모습이 중·한 왕조들의 속가들과 현격하게
다르긴 하나, 백성들의 노래를 지배층의 노래로 수용한 취지나 의도는 같다고
본다. 앞에서 예로 든 신상제의 가무는 여러 지역들의 민요들을 채록하여 개작
하고 다듬은 것들이다. 앞에서 언급한 바와 같이 천황 국가로서 종교국가였던
고대 일본은 불교를 시작으로 유교·神道 등이 어우러진 다종교 국가였다. 무
엇보다 그 이전부터 발전한 독자적 종교로서의 황실 神道는 불교 등 외래종교
에 포섭되지 아니한 채 701년[大寶 원년] 大寶令의 제정부터 헤이안 전기인 927
년[延長 5년]에 성립된 엔키시키(延喜式)에 이르기까지 2세기 남짓 동안 체계적인
제도화에 성공한 것은 종교의 일본적 특징을 드러내는 결정적 요인이었다.
이런 상황에서 정형화된 이삭 수확제로서의 신상제나 대상제가 천황 제사의
중심을 이루게 된 것이다. 그리고 그런 제사가 거행되던 중심 공간이 바로
伊勢神宮이었다. 이세신궁에 初穗를 바치는 新嘗祭, 신상제 전 71좌의 신들에게
새로 수확한 곡식을 봉헌하는 相嘗祭, 매년 2월 전국의 모든 官社에 폐백을
바치는 祈年祭 등이 거행되어 왔다.

신상제에서는 그 해의 벼 수확을 축하하며 쌀과 야채 등을 함께 먹으며
神樂歌(かぐらうた)가 연주됨으로써, 외견상 동아시아의 보편적 제례의식을 바
탕으로 하는 것 같으면서도 일본 특유의 모습이 강하게 드러나는 등 추수감사
제례의식의 면모를 보여준다. 그런 절차들이 거행되던 제례의 공간이 바로
이세신궁이었으므로, <伊勢海>는 신상제에서 불리던 노래의 핵심이었을 것이
다. 그리고 어떤 식으로든 민간의식이나 풍습을 끌어와 신에게 풍요를 기원하
던 의식이 반영되었으리라 보는 것이다. '모자반을 따다/조개를 줍다/진주를
줍다'는 등의 행위는 무엇을 의미할까. <伊勢海>는 표면적으로 이세 지역의

바다 혹은 그 바다에서 이루어지는 삶을 노래하고 있지만, 이면적으로는 남녀
의 사랑을 노래하는 심층적 의미를 갖고 있다. 모자반·조개·진주는 흔히 볼
수 있는 해산물들이지만, 각각에는 또 다른 상징적 의미가 들어 있다. 모자반
즉 褐藻類 혹은 馬尾藻를 뜻하는 고어 なのりそ는 '알리지[소리 내지] 말라'는
말과 同音이다.[70] 이 말이 노래에 중의적으로 쓰일 경우는 금지를 나타내는
上代 일본어 표현인 'な～そ'와 'なる[鳴る/울리다·소리가 나다]'의 활용형 'なり',
'のる[告る·宣る/말하다·알리다]'의 활용형 'のり'가 결합된 형태인 'ななりそ', 'な
のりそ' 등으로 표기되어 '알리지[소리 내지] 마오!'의 뜻으로 해석할 수 있다는
것이다.[71] 조개[貝]는 여성을, 구슬[玉/진주]은 남성을 각각 상징하는 물건들이
다.[72] 따라서 <伊勢海>는 아름답고 깨끗한 이세 바다의 모래 해안에서 두 남녀
가 남몰래 사랑을 나누는 광경을 암시하는 노래라 할 수 있다. 무엇보다 중요
한 점은 혼슈(本州) 미에현(三重縣) 伊勢市가 일본 황실의 종묘 伊勢神宮이 있는
지역이라는 사실이다. 일본의 모든 신사들 가운데 으뜸이 바로 이세신궁이다.
당연히 이세 지역에 관한 노래는 이세신궁의 신상제나 대상제에서 불렸을
것이다. 이세의 바다와 그곳을 배경으로 이루어지던 남녀 간의 사랑을 해산물
을 채취하는 행위에 의탁하여 표현하고 있는 것이 이 노래다.

고려속가 <청산별곡>의 제6연[살어리 살어리랏다/바ᄅ래 살어리랏다/ᄂᆞᄆᆞ자기 구조
개랑 먹고/바ᄅ래 살어리랏다/얄리얄리 얄라셩 얄라리 얄라]에도 해산물로서의 '나문재·
굴·조개' 등이 등장하는데, 바닷가의 삶을 드러내는 체험적 소재들임은 물론
이다. 원래 이 노래를 부른 사람들이 바닷가의 어부들이었음을 드러내는 내용
적 표지가 바로 그런 구체적 사물이었음을 보여주는 물건들이다. 1연[청산·머루·
다래], 2연[새], 3연[쟁기·사래]의 공간이나 사물들과 함께 6연의 '나문재·굴·조개'

---

70) 臼田甚五郎 外, 앞의 책, 126쪽.
71) 中田祝夫·和田利政·北原保雄, 『古語大辭典』, 小学館, 1983, 1228쪽 참조.
72) 木村紀子 譯注, 앞의 책, 60쪽 참조.

등 해산물은 원래 이 노래를 부르고 살던 사람들이 농업과 함께 해산물 채취를 겸하던 해안지역의 주민들이었음을 암시하는 단서들이기도 하다. 따라서 농업과 어로를 겸하던 주민들의 노래가 채록·개작되어 궁중악으로 사용된 것으로 추정할 수 있는데, 이 점이 어민들의 노래로서 궁중음악으로 도입된 <伊勢海>와 겹치는 부분인 것이다.

고대의 일본인들은 이세를 '바다 저편의 이상향에서 오는 파도가 도달하는 고장'으로 여겼고, 漁撈와 採取가 활발하고 해산물이 풍부한 지역으로도 널리 알려져 있다.[73] 또 なぎさ(渚)는 파도가 들이치는 얕은 모래 해안으로, 고대 일본에서는 인근의 젊은 남녀가 해안에 모여 함께 노는 풍습이 각지에 있었다고 한다.[74] 이런 점들을 감안할 때, 이세 바다라는 공간에서 살아가며 벌이던 남녀들의 비밀스런 사랑을 내용으로 하고 있는 것이 이 노래임을 확인할 수 있게 된다. 말하자면 삶과 사랑에 관한 이세 지역 어부들의 민요가 이 지역에서 매우 활발하게 불리고 있었으므로, 그것을 받아들여 궁중의 노래로 개편한 것은 자연스러운 일이었다고 할 수 있다.

<更衣(ころもがへ)>는 표면적으로 계절의 변화에 따라 옷을 바꿔 입는 행위를 의미하지만, 이 노래의 경우는 그렇게 단순하지 않다. '옷을 갈아입자'는 提議는 난순히 헌 옷을 새 옷으로 바꿔 입자는 뜻이 아니다. '서로 마음을 허락한 남녀가 육체적으로도 하나 되기를 바라는' 심층적 의미를 상정한 행위로 보아야 한다는 것이다.[75] 단순히 노래의 장단을 맞추는 추임새로 볼 수도 있고,[76] '귀공자·도련님' 등으로 해석될 수도 있는[77] 'さきむだちや'를 고려한다면, 이 노래는 젊은 여성이 연모하는 남성을 유혹하는 사랑의 노래라고 할 수 있다.

---

73) 臼田甚五郎 外,『新編 日本古典文學全集 42』, 小学館, 2000, 126-127쪽.
74) 木村紀子 譯注, 앞의 책, 60쪽.
75) 臼田甚五郎 外, 앞의 책, 134쪽; 木村紀子, 앞의 책, 90쪽 등 참조.
76) 臼田甚五郎 外, 앞의 책, 134쪽.
77) 木村紀子, 앞의 책, 90쪽.

옷은 추위와 더위를 막아주고 육체의 안전을 도모하며 사회·경제적 지위의 표상 역할을 하는 물건이지만, 특히 여성에게 '숨김과 드러냄'이라는 옷의 미학적 측면은 성적 메타포로 확대되기도 한다. 즉 옷이 갖고 있는 '숨긴 듯한 드러냄'의 방법이나 효과는 인류의 오랜 고심이라 할 수 있는 성욕과 육체 그 자체의 아름다움 사이 혹은 예술과 외설 사이의 어려움을 해결하고자 찾아 낸 방법 가운데 하나라고 할 수 있다.[78]

노래 속의 しのはら(篠原)는 '조릿대 우거진 벌판'이란 보통명사로 볼 수도, '오미(近江)의 시노하라(篠原)'라는 고유명사로도 볼 수 있다.[79] 후자를 취한다면, 시노하라의 들판에 핀 싸리나무 꽃 같은 자신을 잘 봐달라는, 향토색 짙은 구애의 노래로 보는 것이 타당하다.[80] '싸리나무 꽃을 문질러 물들인 옷'이란 천에 싸리 꽃 같은 예쁜 색깔의 꽃을 문질러 물들이는 원시적인 염색 방식인데,[81] 화자가 당시 그 지역의 염색방식을 구체적으로 들어 자신의 옷을 설명하고자 한 초점이 싸리나무 꽃이나 그것으로 염색한 옷에만 있었던 것은 아니었다. 정작 그녀가 강조하고자 한 것은 자신의 아름다움이었기 때문이다. 스스로 옷을 벗어 그 지역의 싸리꽃 같이 아름다운 자신을 상대방에게 바치고 싶은 마음을 은유적으로 표현한 것이 이 노래라고 할 수 있다. 말하자면 자신도 옷을 벗고 싸리 꽃 같이 아름다운 자신의 모습을 보여줄 것이니 도련님도 옷을 벗어달라는 요청을 하고 있는 것이다. 따라서 이것은 구애와 유혹의 노래임에 틀림없다.

가구라와 사이바라의 경우 주나라 악장집인 『시경』의 「국풍」이나 고려의 속악장에서 상통하는 이미지의 노래들을 찾을 수 있다. 즉 『시경』「국풍」의

---

78) 왕일가, 노승현 옮김, 『性과 文明』, 도서출판 가람기획, 2001, 177-178쪽 참조.
79) 臼田甚五郎 外, 앞의 책, 134쪽; 木村紀子, 앞의 책, 90쪽 등 참조.
80) 木村紀子, 앞의 책, 90쪽 참조.
81) 臼田甚五郎 外, 앞의 책, 134쪽; 木村紀子, 앞의 책, 90쪽 등 참조.

<유호>는 옷의 상징성을 활용한 연애 노래라 할 수 있는데, 지역의 사랑노래를 궁중악으로 개작·편입시킨 헤이안의 지배계층도 『시경』「국풍」의 <유호>를 표본으로 삼았을 가능성이 크다. <갱의>와 연관되는 노래 두 편[「衛風」<有狐>82)/「鄭風」<褰裳>83)]을 들어보자. 전자는 "여우가 어슬렁거리며/저 기수의 돌다리에 있도다/내 마음 속 근심은/그대에게 바지 없기 때문일세//여우가 어슬렁거리며/저 기수 얕은 곳에 있도다/내 마음 속 근심은/그대에게 두를 띠가 없기 때문일세//여우가 어슬렁거리며/저 기수 가에 있도다/내 마음 속 근심은/그대에게 입을 옷이 없기 때문일세"로, 후자는 "그대가 날 사랑한다면/내 치마 걷고 진수라도 건너련만/그대가 날 사랑하지 않는다면/어찌 다른 남자 없으리?/저 미친 녀석 미친 짓 하는구나//그대가 날 사랑한다면/내 치마 걷고 유수라도 건너련만/그대가 날 사랑하지 않는다면/어찌 다른 남자 없으리?/저 미친 녀석 미친 짓 하는구나"로 풀 수 있다.

전자의 화자는 여성이고 여우는 그 상대인데, '바지가 없고, 띠가 없으며, 입을 옷 없음'이 화자의 근심이라 했다. "시대를 풍자한 시로서 위나라 남녀가 혼기를 놓쳐 짝을 잃었는데, 옛날 나라에 흉년이 들면 예를 낮추고 혼인을 많이 하여 남녀 중 남편의 집이 없는 자들을 모은 것은 인민을 생육하려 해서였다"84)고 하고, "나라가 어지러워 백성은 흩어져 그 짝을 잃으니, 어떤 과부가 홀아비를 보고 시집가고자 하였다. 그러므로 '여우가 외롭게 가는데 치마가 없음을 근심한다'고 칭탁하여 말한 것"85)이라고도 하였다. 두 해석 모두 정치

---

82) 『文淵閣四庫全書: 經部/詩類/詩經集傳』 卷二의 "有狐綏綏/在彼淇梁/心之憂矣/之子無裳//有狐綏綏/在彼淇厲/心之憂矣/之子無帶//有狐綏綏/在彼淇側/心之憂矣/之子無服" 참조.

83) 『文淵閣四庫全書: 經部/詩類/詩經集傳』 卷三의 "子惠思我/褰裳涉溱/子不我思/豈無他人/狂童之狂也且//子惠思我/褰裳涉洧/子不我思/豈無他士/狂童之狂也且" 참조.

84) 『文淵閣四庫全書: 經部/詩類/詩序』 卷上의 "有狐刺時也 衛之男女失時 喪其妃耦焉 古者國有凶荒 則殺禮而多昏 會男女之無夫家者 所以育人民也" 참조.

85) 『文淵閣四庫全書: 經部/詩類/詩經集傳』 卷二의 "國亂民散 喪其妃耦 有寡婦見鰥夫 而欲嫁之 故託言 有狐獨行 而憂其無裳也" 참조.

적 함의를 전제로 하고 있으나, 이 노래의 바탕에 들어 있는 것은 남자에 대한 여자의 순수한 연애감정이다. 상대 남성이 '바지가 없고, 띠가 없으며, 입을 옷 없음'은 성적으로 무방비 상태 즉 '함께 살고 있는' 여성이 없음을 상징하는 표현이다. 즉 자신을 드러낸 채 사랑의 상대를 찾아 나선 여성을 그려낸 상징적 표현이라 할 수 있는 것이다.

김지선에 의하면, 『시경』에 등장하는 여우는 주로 남녀의 애정을 노래한 가사에서 볼 수 있는데, 예컨대 「위풍」<유호>의 '有狐綏綏'에서 '綏綏'는 홀로 짝을 찾아 헤매는 모습을 형용한 말이며 이 경우 여우는 자신의 짝을 찾아나서는, 발랄하고 건강한 남녀의 심정에 대한 메타포로 작용한다고 했다.[86] 따라서 <유호>는 궁중노래로 수용된 이후에 정치적 함의를 갖게 되었을지라도 원래 민간에서 불리던 시기에는 사이바라 <갱의>와 같은 부류의 남녀 간 사랑노래였음이 분명하다. 후자[「정풍」<건상>]도 그런 면에서 <유호>와 부합하는 노래다. <건상>은 '바로잡아지기를 원하는 노래'이니, 狂童이 제멋대로 행동하자 나라사람들이 대국이 자기 나라를 바로잡아 주기를 생각했다는 것[87]이 毛序의 설명이다. 그러나 그런 해석은 정치적 입장에서 구차하게 부여한 해석적 의미일 수 있다. 오히려 원래 정나라 사람들 사이에서 이 노래가 불리던 시점에는 화자인 여성이 사랑하는 남성의 마음을 확인하기 위한 애정노래였을 가능성이 크다. '여자의 심리에 내재된 남자에 대한 연모의 정을 해학적이며 역설적으로 나타냈다'[88]고 해석하여 여자의 심리적 기제로 일반화 시킨 조규백의 견해도 그런 점에서 주목할 만하다.

또 다른 측면에서 "음녀가 情夫에게 말하기를 '그대가 사랑하여 나를 사모

---

86) 김지선, 「동아시아 여우 설화를 통해 본 신의의 문제」, 『신뢰연구』 15권 2호, 한림과학원, 2005, 121쪽.

87) 『文淵閣四庫全書: 經部/詩類/詩序』 卷上의 "褰裳 思見正也 狂童恣行 國人思大國之正己也" 참조.

88) 조규백, 「≪詩經≫ <鄭風> 愛情詩 小考」, 『中國文學研究』 Vol.7 No.1, 한국중문학회, 1989, 23쪽.

한다면 장차 치마 걷고 진수를 건너 그대를 따르련만, 그대가 나를 사모하지 않는다면 어찌 따를만한 다른 남자가 없어 반드시 그대만을 따르겠는가, 미치 광이의 어리석음이여!'라고 하였으니, 또한 그를 <u>조롱한 말이다</u>"[89]라는 주희 의 설명은 화자를 淫女라 함으로써 도덕적 판단의 잣대를 들이댄 점에서 논란 을 부를 여지는 있지만, 이 노래의 원래 모습을 추정할 단서를 제공한다는 점에서는 비교적 합리적이다. 주희에 의해 음녀로 지목되었을 만큼 성에 자유 분방한 여성화자가 정부인 상대에게 희롱조로 건넨 민간인 남녀의 애정노래 로 보는 것도 타당한 일면이 있기 때문이다. 따라서 <유호>·<건상> 등 두 노래 역시 민간에서 널리 불리다가 궁중으로 수용되어 편곡·개작된 것으로 보이는 사이바라 <갱의>와 같은 성격의 노래인 것이다. 특히『시경』의「국풍」 이 민간의 노래들을 궁중의 노래나 악장으로 사용된 것들임을 감안하면 <갱 의>를 비롯한 사이바라 류도 그런 성향에 바탕을 두고 있음은 분명해진다.

<미마사카(美作)>는 앞에서 거론한 <伊勢海>처럼 지역 명을 제목으로 삼은 노래다. 일본의 오카야마(岡山)현은 원래 비젠(備前)·빗츄(備中)·미마사카(美作) 등 세 개의 쿠니(国)로 분할되어 있었다. 비젠 쿠니의 북쪽에 위치하고 있는 것이 미마사카 쿠니로서, 세 쿠니들은 그들 스스로 혹은 외부세력의 침투에 의해서 많은 역사적 곡절들을 겪으면서 지배자가 교체되거나 번영과 쇠퇴를 거듭해온 역사를 갖고 있다. 노래 속의 구메(久米)는 오카야마 현 久米郡을 말하 며, 오카야마 현 중북부의 옛 지명인 사라야마(佐良山) 혹은 사라야마손(佐良山 村)은 현재 つやまし(津山市) 내에 있는데, 예로부터 와카(和歌)에 자주 등장하던 우타마쿠라(歌枕)들 가운데 하나였다. 우타마구라는 와카들에 자주 등장하던 명소나 옛 유적들을 말하는데, 노래의 내용에 따라 지명이나 산 등 양식화

---

89)『文淵閣四庫全書: 經部/詩類/詩經集傳』卷三의 "淫女語其所私者曰 子惠然而思我 則豈無他人之可從 而必於子哉 狂童之狂也 且亦謔之之辭" 참조.

된 경우가 많았다. 'さらさらに なよや さらさらに なよや さらさらに'의 さら 혹은 さらさらは さらやま 지역 명에서 따와 리듬감 있게 표현한 구절로서 의미상 'さらさらに'를 '새삼', 'なよや'를 '좋다'는 의미로 각각 새긴다면,[90] '새삼스레 좋구나, 새삼스레 좋아, 새삼스레!' 쯤으로 번역될 수는 있을 것이다.[91] 木村紀子의 설명에 따르면,[92] 이 노래 마지막 부분[我が名 我が名は立てじ 万代までにや 万代までにや]의 'じ'는 意志가 담긴 否定의 조동사로서 萬葉歌들 중 No.978[<山上臣憶良沈痾之時一首>/士やも 空しくあるべき 萬代に 語り續ぐべき 名は立てずして(대장부들은/ 허망해서야 되겠는가/ 만대 후에도/ 이야기로 전해질/ 이름 세우지 않고)][93]과 No.4165[No.978에 창화한 노래/大夫は 名をし立つべし 後の代に 聞き繼ぐ人も 語り繼ぐがね (대장부라면/ 명성 떨쳐야 하네/ 뒷날에/ 전해들은 사람들/ 말로 전해 가도록)][94], No.731[<大伴坂上大孃贈大伴宿禰家持謌三首>/わが名はも 千名の五百名に 立ちぬとも 君が名立たぼ 惜しみこそ泣け(나의 소문은/ 아무리 시끄럽게/ 난대도 좋아/ 그대 이름이 소문나면/ 분해서 눈물 나네)][95] 등과 같이 이른바 관인의 명예욕을 야유한 뜻이 있는 지도 알 수 없다고 했다.

No.731의 번역자는 해설에서 "나의 바람기 많은 이름은 아무리 소문이 높게 난다고 해도 좋지만, 그대의 바람기 많은 이름이 소문나면 분해서 눈물이 납니다"라는 내용임을 설명했고,[96] 木村紀子도 <미마사카>의 설명에서 이런 '대장부의 명성'이 남녀관계 상의 말일 수 있다는 추측을 내놓기도 했다.[97] 즉 <미마사카>의 핵심구절인 '我が名は立てじ'의 경우, 이 노래 화자인 여성의 입장

---

90) 木村紀子, 앞의 책, 146-148쪽 참조.

91) 그러나 굳이 의미를 새기기보다는 노래를 만든 사람의 원래 의도를 살려서 그냥 두기로 한다.

92) 木村紀子, 앞의 책, 148쪽 참조.

93) 이연숙, 『한국어역 만엽집 4-만엽집 권 제5·6』, 도서출판 박이정, 278-279쪽.

94) 이연숙, 『한국어역 만엽집 14-만엽집 권 제19·20』, 52-53쪽.

95) 이연숙, 『한국어역 만엽집 3-만엽집 권 제4』, 246-257쪽.

96) 이연숙, 『한국어역 만엽집 3-만엽집 권 제4』, 257쪽.

97) 木村紀子, 앞의 책, 148쪽.

에서 상대방 남성의 이름이 醜聞에 오르내릴 것을 걱정했다는 것인데, 이들의 설명과 함께 이 노래의 원천이 민속의 노래였음을 감안한다면, 남녀 간 사랑노래임이 분명해진다고 할 수 있다.

필자 역시 이 노래는 남녀관계의 정서를 표출한 것으로 보고 있다. 예컨대, 고려 속악장 가운데 <쌍화점>도 이 노래와 상통하는 면을 갖고 있다.[98] <쌍화점>의 제2연으로 편입된 <男粧歌>에 관한 조선조 李瀷의 注釋을 요약하면 다음과 같다. "원래 이 노래는 고려 충렬왕[재위 1274-1308] 때 金元祥·石天補·石天卿 등 倖臣·內僚 등이 諸道의 官妓들이나 官婢, 巫堂들을 뽑아 올려 聲色으로 임금의 환심을 사고자 노력하는 과정에서 나온 것이다. 즉 이들에게 비단옷과 말총 모자를 씌워 男粧이라 칭하고 새로운 성음을 가르쳤는데, 그 노래에 '삼장사 안에 불을 밝히니, 사주가 내 손을 잡는구나. 만약 이 말이 절 밖에 새어나가면 상좌 네가 발설한 것이로다' 하고 또 말하기를 '뱀이 용의 꼬리를 물었으니, 태산의 꼭대기에서 허물을 듣는구나. 만인이 각각 한 마디씩 하여도 짐작은 두 마음에 있도다'라고 하였으니, 그 고저와 완급이 모두 절도에 맞았다고 한다.[99] <남장가>와 함께 인용된 노래는 <蛇龍>으로서 『고려사』에 기록

---

98) 『原本影印 韓國古典叢書(復元版) Ⅱ. 詩歌類 ■樂章歌詞』, 44-45쪽. 같은 구조로 이루어진 4개의 장 중 편의상 제3장을 인용하되, 여음을 제외하고 의미부만 가져오며, 띄어쓰기와 행 구분은 현대의 표기법을 따른다.

"드레 우므레 므를 길라 가고신딘
우믓룡龍이 내 손모글 주여이다
이 말ᄉ미 이 우믈 밧씌 나명들명
죠고맛간 드레바가 네 마리라 호리라
그 자리예 나도 자라 가리라
그 잔딕ᄀ티 덦거츠니 업다"

99) 『海東樂府』「男粧歌 注」[『影印標點 韓國文集叢刊 198/星湖全集』卷八, 재단법인 民族文化推進會, 1997. 183쪽]의 "忠烈王 二十五年 王狎昵群小 嗜好宴樂 倖臣吳祁金元祥內僚石天補天卿等 務以聲色容悅 謂管絃坊大樂才人 猶爲不足 分遣倖臣諸道 選官妓有色藝者 又選城中官婢及巫善歌舞者 籍置宮中 衣羅戴馬尾笠 別作一隊 稱爲男粧 敎以新聲 其歌云三藏寺裏點燈去 有社主ᄼ執吾手 倘此言ᄼ出寺

되어 있다.100) 두 노래에 공통되는 핵심은 '사람들의 허무맹랑한 말을 모두 곧이 들어서는 안 된다'는 것이다. 즉 전자의 '倘此言兮出寺外 謂上座兮是汝語' 와 후자의 '萬人各一語 斟酌在兩心'은 사랑을 나눈 쌍방[전자는 社主와 여성, 후자 역시 사랑하는 남녀]의 비밀을 남들에게 절대 누설하지 말라는 공통된 뜻을 담고 있으며, 이것이 전체 노래 <쌍화점>의 주제이기도 하다. 그 주제는 그대로 <미마사카>의 주제와 일치한다고 보는 것이다.

    <남장가>는 김원상·석천보·석천경 등 행신·내료들이 전국 각지의 관기들 이나 관비, 무당 등을 뽑아 올려 임금의 환심을 사고자 노력하는 과정에서 나온 것이라 했다. 분명한 것은 그들이 이들 관기나 관비, 무당들로부터 들은 노래를 손질했을 뿐 창작하지는 않았다는 점이 암시된다는 점이다. <남장가> 류의 노래가 원래 관기나 관비, 무당들이 접한 민간 노래들의 부류였다면, 이미 민간에는 이런 유의 노래들이 적지 않게 통용되고 있었음을 알 수 있다. 말하자면 <쌍화점>을 형성하는 네 개의 연들에는 각각 다른 등장인물들이 직접 등장하거나 동물 등으로 은유되어 드러나고 에피소드 혹은 행동도 각각 이지만, 사랑의 행위와 '비밀누설 금지 요구' 모티프가 공통된다는 점은 특이 하다. '죠고맛감 삿기광대 네 마리라 호리라'(1연), '죠고맛간 삿기 샹좌ㅣ 네 마리라 호리라'(2연), '죠고맛간 드레바가 네 마리라 호리라'(3연), '죠고맛간 싀 구비가 네 마리라 호리라'(4연) 등 미래에 일어날 수 있는 누설의 책임을 보잘 것 없는 대상에게 전가하는 것은 결국 '내 이름을 발설하지 말라'는 <미마사 카> 화자의 강력한 요구와 정확히 맞아 떨어지는 점이다.

    각주 98)의 <쌍화점> 4연은 화자와 '우뭇룡'이 즐긴 '우물가 밀회'의 비밀을 (절대) 누설하지 말 것을 '두레박'에게 강요하는 내용이다. 이 때 용은 누구였을

    外 謂上座兮是汝語 又云有蛇含龍尾 聞過太山岑 萬人各一語 斟酌在兩心 其高低緩急 無不中節" 참조.
100) 『高麗史』卷七十一, 『志』卷第二十五, 「樂」二·俗樂.

까. <쌍화점>에 등장하는 '우뭇룡'의 존재에 대하여 분분한 학계의 견해들이
있고, 또한 '고려왕건의 조모인 용녀가 서해 용왕의 딸이라는 世系신화를 바탕
으로 용신신앙이 고려인의 사고와 밀접하며, 민속에서의 우물 용의 존재가
수질·수량·질병 및 풍요와 긴밀한 상관성이 있다'는 점을 전제로 우물 용이
평민이나 하인일 수 없음'을 밝힌 견해도 있다.[101]

　사실 필자는 기존의 견해들 가운데 용이 왕을 상징한다거나, 용신 신앙을
전제로 이 부분의 의미를 찾으려는 것은 과잉해석이라고 본다. 오히려 전통적
으로 우물은 사람들이 많이 모이는 마을의 중심에 있었기 때문에 마을의 여론
이 형성되는 곳이었으며, '마을의 용'이란 마을의 여론을 좌우할 만한 힘 있는
존재쯤으로 해석하는 것이 타당하리라 본다. 여성화자와 마을 유력자 사이의
사랑과 관련한 추문이 번져나가지 않았으면 하는 소망을 두레박에 대하여
협박조로 다짐할 만큼 여성 화자는 그 남성과의 사랑을 비밀로 하고자 한
것이다.

　이런 내용이나 모티프의 노래들은 신라 <薯童謠>부터 조선조 후기 蔓横淸類
의 '불륜노래'들에 이르기까지 지속적으로 등장했다. 전자는 화자 자신이 꾸민
상황을 스스로 누설하는 서사가 뼈대를 이루는 노래이므로, 역설적 책략으로
나마 '발설 금지'의 강한 요구가 내포된 경우라 할 수 있다. 후자[102]에서는
그런 의도를 직설적으로 노출시키고 있다. 불륜 현장의 모습과 행위를 구체적
으로 그려낸 것이 이 노래다. 불륜의 현장을 목격한 제3자가 부르는 고발의

---

101) 허남춘, 「<雙花店>의 우물 용과 삿기 광대」, 『반교어문연구』 2, 반교어문학회, 1990, 173쪽 참조.
102) 대표적으로 『珍本靑丘永言』 No.576을 들 수 있다.[황순구 편, 『시조자료총서·1: 靑丘永言』, 한국시
　　조학회, 1987 참조] 가사["니르랴 보쟈 니르랴 보쟈 내 아니 니르랴 네 남진ᄃ려 거즛거스로
　　물깃ᄂ 체ᄒ고 통으란 ᄂ리와 우물젼에 노코 쏘아리 버서 통조지에 걸고 건넌집 쟈근 金書房을
　　눈기야 불러내여 두손목 마조 덥셕쥐고 슈근슈근 말ᄒ다가 삼밧트로 드러가셔 므스 일 ᄒ던지
　　즌삼은 쓰러지고 굴근 삼대 밋만 나마 우즑우즑 ᄒ더라ᄒ고 내 아니 니르랴 네 남진ᄃ려 져
　　아희 입이 보도라와 거즛말 마라스라 우리ᄂ ᄆ을 지셔미라 실삼 죠곰 키더니라"] 참조.

노래로서, 화자인 고발자가 여자의 남편에게 이르겠다고 협박하고 그 여자가 이를 변명으로 얼버무리는 언술로 끝을 맺지만,[103] 남녀의 입장에서 사랑의 현장이 발설되면 안 된다는 것이 심층적 의도인 것이고, 화자의 그런 의도와 함께 노래 내부에 설정된 화자 및 상대방의 서사적 갈등이나 모티프는 <미마사카>의 그것과 정확히 일치한다고 할 수 있다. 특히 스가와라노 미치자네(菅原道真)의 후예에 속하는 여러 집안들이 미마사카칸케당(美作菅家党)이란 이름으로 미마사카 쿠니에 할거하고 있었음을 감안하면, 그들 사이에서 불리던 이 노래가 후에 궁중으로 수용된 것은 자연스런 과정이었으리라 본다.

이러한 것들과 성격을 달리하는 노래가 <安名尊>이다. 'あな·(ぁ)はれ·そこよしや' 등은 장단을 맞추기 위한 추임새로서의 감탄사들이고, 노래의 핵심은 '타후토(尊)·게후(今日)·이니시헤(古)' 등이다. 타후토는 찬양 대상의 존귀함, 게후와 이니시헤 등은 대상의 상태나 변화를 가늠하기 위한 시간대를 말한다. 전통적으로 동양 왕조들에서 존귀함 혹은 존귀한 대상에 대한 찬양은 궁정음악의 본질적 목적이자 성격이었다. 말하자면 풍속가요이긴 하지만, 앞의 노래들과 달리 천황에 대한 찬양의 노래로 보아야 할 것이다. 첫 구(あな尊)는 'あな+尊'으로 어소가 분석된다. 尊은 분명 최고 至尊의 존엄함을 한 글자로 표현한 경우다. 그런데 특이한 점은 あな에서 발견된다. 중국이나 한국 왕조들의 아악 악장이었다면, 찬양대상을 頓呼했을 경우 관형어나 부사어 혹은 서술어에 찬양대상의 훌륭함을 담는 것이 관례였다. 그러나 풍속가요를 수용해서 개작한 일본의 악장에서는 그런 구체적인 공적이 담기지 않았다. '尊' 한 글자에 천황이 지니고 있는 功業의 모든 것이 담긴다고 보았을 것이다. 현재의 천황뿐 아니라 '옛날의 천황들'도 소환했다. '옛날의 천황들'은 중·한의 경우 先王들에

---

103) 조규익, 『우리의 옛 노래문학 蔓橫淸類』[도서출판 박이정, 1996, 182쪽]와 『만횡청류의 미학』[수정증보판 2009, 74쪽] 참조.

해당하는 대상들일 것이다. 일일이 나열할 수 없을 만큼 공적들이 많다는 이유도 있었겠지만, 국풍가요의 곡에 포괄할 수 있는 내용에 한정이 있었다는 점과 글자 하나로도 모든 것을 포괄할 수 있다는 미학적 인식의 소산이라 할 수도 있을 것이다. 비록 형태상으로는 중·한의 악장과 현격히 다르지만, 그 정신만큼은 그 범주에 속할 만 하다고 할 수 있다.

臼田甚五郎 등은 이 노래의 성격에 대하여 다음과 같이 설명하고 있다.

> (이 노래는) 전형적 궁정찬가이다. 사이바라 가운데에서도 특히 오랫동안 노래를 계속할 수 있었던 이유는 가사가 단순해도 느긋하게 뻗어 있기 때문일 것이다. 향연의 시작을 알리는 데에는 이와 같은 노래가 좋으며, 미야기(宮城)지방의 「산사시구레(さんさ時雨)」나 아소(阿蘇)지방의 「요이야나부시(よいやな節)」 등도 그렇지만, 이 노래를 부르지 않으면 임의로 좋아하는 노래를 부를 수 없는 기능을 보유하고 있다. 일종의 노동가요라고 칭해야만 할 것이다.104)

사이바라는 전해오는 가요를 아악 풍으로 편곡한 것으로 律과 呂로 나뉘는데,105) <安名尊>은 '呂 五拍子' 13수의 맨 앞에 위치해 있다. '尊(たふと)'의 존재를 전제로 하고 있는 만큼, 국풍의 노래이되 '전형적인 궁정찬가'의 지위를 갖는 노래로 평가되어 온 작품이다. 원래 노동가요였으나, 궁중노래로 편입되면서 상당 부분 개작되었을 것으로 짐작된다. 인용문 중 미야기 지역의 <산사시구레>는 에도(江戸) 중기에 시작되어 正調로 불리는 東北民謠들 중의 하나인데, 축하 의식에서 손장단을 치며 부르거나 주연 등에서 샤미센(三味線)으로 반주를 맞추고 춤까지 더해지는 노래다. 가사[さんさ時雨しぐれか 萱野かやの雨あめか 音おともせで来きて 濡ぬれかかる/이슬비가 내리고 있는 것인가, 가야 들판에 비가 오고 있는 것인가, 소리도 들리지 않고 내려서는 젖기 시작한다]에서 보듯이 매우 향토적이고 서정

---

104) 臼田甚五郎 外, 앞의 책, 137쪽.
105) 최충희·구정호·박혜성·고한범·이현영, 『일본시가문학사』, 태학사, 2008, 37쪽.

적인 전원의 노래라 할 수 있다. '산사'는 '삿사(さっさ)와 같은 말로서 時雨[しぐ
れ/(늦가을부터 초겨울에 걸쳐 내리며, 한 차례 지나가는 비가 내리는 소리에서 따온 말이다. <요이
야나부시(よいやな節)>는 넓은 지역에서 큰 규모로 오랫동안 傳誦되어오며 샤미센
연주곡과 성악곡으로 자리 잡은, 가장 뛰어난 향토민요였다. <요이야나부시(よ
いやな節)>는 ぶんご[豊後/옛 지방의 이름으로, 오늘날 大分(おおいた)현 지역] 一圓에서 애
송되어 왔고, ひご[肥後/옛 지방의 이름으로, 오늘날의 熊本(くまもと)현]로도 傳誦되어
あそ(阿蘇)よいやな節를 만들었다.106)

    <安名尊>는 <산사시구레>와 <요이야나부시>처럼 동북지역 모든 향토민요
들의 가창 현장에서 선창되어왔음을 알 수 있다. 즉 이 세 작품들은 그 지역의
歌唱 리스트에서 가장 앞부분에 놓이는 노래들이었다. 물론 <산사시구레>와
<요이야나부시>는 자연의 아름다움을 노래한 서정요임에 비해 <安名尊>는
분명 특정 대상에 대한 찬양을 목적으로 부른 노래라는 점이 다르다. 최정선은
'헤이안의 귀족들이 자신들의 시조가 天照大神을 중심으로 하는 高天에서 비
롯되었다고 여겼다'는 高橋信孝의 설명을 바탕으로 "이들이 생각하는 옛날은
신화세계의 시원으로 거슬러 올라간다. 신성하기에 고귀한데 존귀함이 예전
과 다르지 않다는 자족적 찬미의식이다. 신을 찬미함과 동시에 신의 신성함이
자신들에게까지 이르렀음을 자족하는 듯하다"고 해석했다.107) 물론 이 노래들
의 始原은 신에 대한 찬미일 수 있지만, 사이바라 단계에 이르러 지배자인
천황을 찬양하는 노래로 바뀐 것으로 보인다. 고려속가 <動動>의 '序詞'나 <鄭
石歌>의 도입부["딩하 돌하 當今에 계상이다 先王 聖代예 노니ᅌᅪ지이다"]와 같은 頌禱之
詞인 점에서 <安名尊>은 송축의 기능과 궁중악으로서의 성격을 간명하게 보
여준다는 탁견을 제시했다.108)

---

106) 近藤吉, 『よいやな節考』, 大分あづ会, 昭和 11(1936), 서문, 2쪽 등 참조.
107) 최정선, 앞의 논문, 58쪽.
108) 같은 논문, 같은 곳 참조.

이 점을 좀 더 상세히 논할 경우, 그 근원은 당악에 있음이 드러난다. 즉 민간과 궁중을 넘나들며 <步虛詞> 등 당·송 대 사문학의 체재로 창작되어 오던 각종 도가풍의 작품들이 고려에 도입되었고, 그런 성향의 노래들은 고려 궁중 당악정재들의 악장 혹은 독립적인 散詞들로 표면화 되고 새롭게 정착되었음을 알 수 있다. 사실 고려의 당악정재는 속악정재 등과도 상호텍스트적 관계를 맺고 있었으며, 그 단서는 동동정재 노랫말의 단정적 설명[動動之戱 其歌 詞多有頌禱之詞 盖效仙語而爲之/동동정재의 노랫말에 송도지사가 많은데, 대개 선어를 본떠 만들었다]에도 함축되어 있다. 즉 당악정재의 도가적 분위기를 띤 악장들이나 산사들에서 왕모나 선모들이 화자로 등장하여 왕에게 바치는 송도지사가 바로 仙語였던 것이다. 따라서 왕을 최고로 높이기 위해 송도의 행위를 의례화시켰던 것이니, 그런 노래가 바로 속악에 올려 부르던 악장이었던 것이다. 천황을 최고의 존귀한 존재로 추어 올린 <安名尊>가 매우 간결한 노래이고, 그 노래가 어떤 음악에 올려 불렸으며, 어떤 춤에 맞추어 공연되었는지 알 수는 없으나, 중국의 왕조들이나 고려, 조선 등의 송도지사와 같은 맥을 공유한다는 사실은 인정될 수 있을 것이다. 지나치게 간결한 까닭에 歌·舞·樂의 융합적 실체를 규명하기가 쉽지 않은 점은 사실이어서 중·한의 수준에는 미치지 못하지만, 미약하나마 동앙 일원의 의례문학인 악장의 본질을 깃추고 있었음은 인정해야 할 것이다.

이처럼 일본은 궁중으로 풍속가요들을 수용했으되, 중·한과 달리 원래의 모습들을 살려나간 것으로 보인다. 중국이나 한국과 다르게 일본의 아악은 간겐(管弦)·우타이모노(歌物)·부가쿠(舞樂) 등으로 나뉘고, 악곡의 발생에 따라 일본 古來의 國風가무·한반도 및 중국과 실크로드 등지에서 유입된 외래악무·헤이안 시대 일본 궁중귀족에 의해 새롭게 만들어진 창작가요 등으로 나뉘는데, 이 가운데 부가쿠는 외래악무에 포함된다.[109]

관현이란 헤이안 시대 중기의 ぎょゆう[御遊/옛날 궁중의 아악놀이]에서 연주되던 기악 합주곡으로서 춤이나 노래가 동반되지 않았다. 국풍의 노래들을 반주로 추던 國風舞, 당악을 반주로 추던 사노마이(左舞)와 고려악을 반주로 추던 우노마이(右舞) 등이 무악이고, 아악을 반주로 하던 성악곡들이 가요였다. 가요에는 국풍가[가구라우타(神樂歌)·아즈마아소비(東遊)·구메우타(久米歌)·와카(倭歌) 등을 와곤(和琴) 가구라부에(神樂笛) 등 和樂器와 ひちりき(篳篥) 혹은 고마부에(高麗笛), 류테키(龍笛) 등 외래의 관악기들을 함께 쓰고, しゃくびょうし(笏拍子)를 사용함], 사이바라[고대가요를 아악의 반주로 부르던 노래, 즉 さんかん(三管)과 兩弦 및 샤쿠뵤시의 반주로 俗調의 わぶん(和文) 가사를 일정한 박자에 맞춰 불렀음], 로에(朗詠)[한시를 삼관의 반주에 올려 非拍節的으로 노래하는 것] 등이 있는데, 당악이나 고려악과 결부시켜 일본 악장의 모습을 가장 近似하게 추정할 수 있는 것은 사이바라라고 할 수 있다. 이미 언급한 바와 같이 사이바라는 헤이안 중기의 귀족사회에서 크게 유행했으며, 당시 농민들이 곡물이나 포목 등 조세를 말에 싣고 도읍으로 가던 도중에 馬夫歌와 같은 민요들을 귀족들이 관현에 올려 부른 노래들일 가능성이 크다. 이와 함께 かぐら(神樂)의 餘興에 쓰였다거나, 折口信夫의 말대로 かぐらうた(神樂歌)의 さいーばり(前張)에서 유래되었다고 볼 수도 있다. 즉 'さきはり → サイバリ → サイバラ'로 轉音되면서 결국 催馬樂으로 정착되었다는 것이다.110)

전성기의 사이바라는 60곡 정도가 있었으나, おうにん[應仁/재위 1467-1469]의 난 때 사라졌고, 현행곡들은 모두 복원된 것들이다. 律歌와 呂歌로 분류되는데, <安名尊>·<蓆田>·<蓑山>·<山城> 등이 呂歌들이고, <伊勢海>·<更衣> 등이 律歌들이며, <美作>·<田中井戶>·<大芹>·<老鼠> 등은 1931년에 복원되었다.111)

사이바라와 달리 연주하는 곡조가 정해져 있지 않았고, 唱者의 音域이나 그날의 상태에 맞춰 결정되는 장르가 로에다. 로에는 한시에 선율을 붙여 아악

---

109) 박태규, 『日本宮中樂舞談論』, 민속원, 2018, 14-15쪽 참조.
110) 『日本國語大事典』, 小学館, 昭和 47[1970], 1327쪽.
111) 이들 중 앞에서 살펴 본 것들은 <伊勢海>·<更衣>·<美作>·<安名尊> 등이다.

기의 반주로 부른 가요의 한 종류인데, 사이바라와 거의 같은 시기에 성립·발전된 장르이다. 대체로 귀족들의 취미나 기호에 맞춰 생겨난 가요라 할 수 있다. 한 편의 시를 제1구·제2구·제3구로 분할하여, 구의 첫 부분을 각각 다른 奏者가 독창하며 중간부분부터 다같이 齊唱한다. 두 번째 구는 音域이 높아 가창하기 어렵다고 한다. 로에는 渡來舞樂만을 연주했고, 기본적으로 당악을 연주했는데, 사이바라와 마찬가지로 헤이안 귀족의 문화적 취향으로부터 나온 일본의 독자적 연주형태로 보아야 할 것이다. 헤이안 시대로 접어들면서, 그동안 집중적으로 배워 온 당나라의 아악을 독자적인 일본풍으로 바꾸기 시작했다. 당나라의 멸망, 신라의 멸망과 고려의 건국 등 동북아의 정세 변화에 따라 일본 또한 견당사 파견제도의 폐지[894년] 등 외국문화의 일방적 수용에 관한 생각이 조금씩 바뀌어 간 것이다. 적극적이고 자발적인 자세로 대륙의 선진문화를 수입하던 7-8세기의 움직임은 9-10세기에는 동북아의 정세 변화로 그동안 일방적인 수입 대상이던 중국의 문화를 일본의 고유한 사상이나 미학과 조화·융합시키는 방향으로 전환하게 되었다. 그것은 대륙이나 한반도로부터 음악을 더 이상 배워오거나 도입하지 않아도 충분히 자립할 수 있다는 '문화적 자신감'의 발로이기도 했다. 이처럼 헤이안 시대의 아악, 무로마치(室町) 시대의 아악을 기준으로 할 경우 아악은 천황을 정점으로 하는 귀족사회를 기반으로 전개되어 온 음악예능의 총칭이기 때문이었다.[112]

따라서 중·한의 속악장에 근접하거나 비교할만한 노래 형태로는 사이바라나 가구라가 가장 두드러진다고 할 수 있다. 가구라는 신을 즐겁게 해드리는 노래이므로, 그 안에 사이바라 노래들이 다수 유입되어 있다. 사이바라 가요에서 반복구를 가진 단가 형식의 노래는 귀족적인 것들이 많은데, 대부분 大嘗会의 풍속가 외에 궁궐 사람들에 의해 읊어진 시라고 추측되기도 한다.[113] 말하

---

112) 小野亮哉·東儀信太郎, 『雅樂事典』, 音樂之友社, 1989, 8쪽 참조.

자면 초기에는 민간의 풍속가들이 궁궐의 귀족들에게 수용되어 사이바라로
편곡·개작되었겠지만, 나중에는 관습화된 그런 노래들을 표본으로 새로운 사
이바라 작품들이 손쉽게 창작되었을 가능성도 있다는 것이다.

이상에서 살펴 본 바와 같이 일본의 아악은 중국이나 한국의 아악과는 개념
이나 의미범주의 측면에서 많이 달라졌다는 점, 오히려 중국 왕조들이나 한국
왕조들에서 민간의 음악을 수용하여 속악 체계의 노래들을 편곡·개작 혹은
창작하여 자신들의 연향악으로 충당했기에 그 노랫말들은 『시경』 국풍의 노
래들이나 중·한 왕조들의 속악장과 같은 차원으로 볼 수 있다는 점 등이 분명
해진다.114) 말하자면 일본에 들어와서 아악은 크게 변질되었다는 점이 이 부분
의 핵심인데, 그것은 다음에 살펴 볼 문묘제례·문묘제례악·문묘제례악장의
사례에서도 더욱 명확해진다. 문묘제례악이나 악장을 살펴봄으로써 일본에는
중국이나 한국의 악장이 수용되지 않았다는 사실을 확인할 수 있게 될 것이다.
한·중 의례문화를 수용해왔으면서도 그들과 다른 양상의 새로운 의례문화를
창출했다는 점은 한·중·일이 공유하는 문화적 보편성 내의 고유성이나 독자
성으로 볼 수 있다.

---

113) 翁蘇倩卿, 앞의 책, 126쪽 참조.
114) 필자는 2015년 8월 21일-24일까지 일본 교토시립예술대학 일본전통음악센터에서 열린 '英語によ
る集中講座「日本音樂概論」'을 수강한 바 있다. 그 센터장인 Alison Tokita 박사로부터 가가쿠(雅
樂)·쇼묘(聲明)·지우타(地歌)·고토(箏)·샤쿠하치(尺八)·헤이케(平家)·사츠마(薩摩)·치쿠젠비와
(筑前琵琶)·노우(能)·죠우루리(淨瑠璃)·기다유부시(義太夫節)·가부키(歌舞伎) 극장에서의 죠우루
리·토키와즈부시(常磐津夫節)·나가우타(長歌/長唄/江戸長唄)·나니와부시(浪花節) 등 광범위한
일본의 음악과 악기들 및 연주에 대한 발표와 설명을 들었다. 그 강의와 별도로 토키타 박사,
일본 雅樂論·雅樂史의 전문가인 다케노우치 에미코(武内 惠美子) 교수와의 집중적인 담론을 통해
管弦·舞樂·歌謠의 세 분야로 분리 전개되어 온 일본 아악 전반에 대한 이해를 얻을 수 있었다.
본서의 이 부분에서 전개한 일본 아악의 흐름에 대한 전반적 담론은 당시 일본음악 전문가들과의
대화 내용을 바탕으로 작성하였음을 밝힌다.

VI. 한·중·일 아악의 같고 다름과 釋奠樂章

1. 한·중·일 석전·석전악·석전악장 논의의 당위성

일본의 아악은 중국이나 한국과 달랐고, 제례의 경우에도 한·중과 달리 풍속악과 풍속가를 사용했다.[1] 앞에서 언급한 바와 같이 고려 예종 9년(1114년) 송으로부터 徽宗이 새로 만든 악기·악보 등을 보내왔고, 1116년 大晟雅樂을 도입한 것이 한국 아악의 시초라 할 수 있다. 일본의 가가쿠(雅樂)는 당나라 당시의 '속악'과 '연악'에 뿌리를 두고 있었다. 즉 중국과 한국의 경우 협의의 아악은 궁중제사 때 연주된 제례악만을 의미하며 일본의 가가쿠는 주로 궁중 잔치에서 연주된 宴禮樂을 의미했다.[2] 따라서 일본의 경우 악장은 아예 없었

---

1) 일본 율령시대 正史인 六國史의 하나로서 헤이안 시대의 세이와천황(淸和天皇)·요제이천황(陽成天皇)·고코천황(光孝天皇) 등 3대의 재위기[858-887]를 기록한 『日本三代実錄』[黑板勝美, 『國史大系』 No.4, 吉川弘文館, 1966.] 73쪽 ["8일 계축에 석전의식을 새로 수정하여 7도 제국에 반하하였습니다. 이보다 먼저 하리마국이 박사정팔위상과 이부신대이 이어 신청했다고 합니다. 삼가 생각건대 (…)무릇 諸国이 서로 겹치는 것들이 많아, 혹 대학의 예를 칭하며 풍속악을 사용하기도 하고, 혹 주현의 식으로 펼쳐 음악을 연주하지 않기도 합니다./八日癸丑 新修釋奠式 頒下七道諸国 先是 播磨国言 博士正八位 上和邇部臣宅 繼申請云 謹案(…)凡厥諸国相犯者多 或稱大學例 用風俗樂 或攄州縣式 停止 音樂]" 참조.
2) 최준일, 「한국과 일본의 아악 비교 연구-文廟祭禮樂과 外來樂舞를 중심으로-」, 추계예술대학교 교육대학원 석사학위논문, 2010, 7쪽 참조.

거나, 있었다 해도 한·중에서 사용하던 것들과는 현격하게 달랐으리라 짐작
된다.

동아시아의 고대-근대에 걸쳐 가장 모범적인 제례가 釋奠이었고, 그것은
유교 이데올로기 堅持의 상징적 의례로 존숭되어 왔다. 절차의 시·공간적 보
편성을 바탕으로 표준화 되어 있던 제례가 석전이었음은 이 지역이 근대 이전
까지 유교문명권으로 묶여 있었기 때문이다. 따라서 일본 문묘제례의 절차가
중국이나 한국의 것과 비교하여 어떻게 같고 다른지, 특히 음악이나 춤과 함께
한·중이 함께 사용하고 있던 문묘악장은 일본의 것과 비교하여 어떻게 다른지
등을 분석하는 것은 본서의 이 부분에서 가장 중요한 논점이다. 즉 일본이
문묘제례에서까지 동아시아 왕조들에 보편화 되어 있던 전통 아악과 악장을
사용하지 않았다면, 나머지 부분들은 더 논할 필요가 없을 것이기 때문이다.
무엇보다 동아시아에서는 전통 아악과 악장의 표본 역할을 문묘제례가 담당
해왔으므로, 전통의 고수와 그것으로부터 벗어남은 문묘제례의 절차에서 분
명해지고 보편적 규범에서 벗어난 문묘제례는 왕조 전체의 제례문화를 알
수 있는 표지 역할을 하게 되는 것이다. 중국과 한국의 석전과 석전악장에
대한 기록들을 살펴본 다음 일본의 그것을 살펴보아야 하는 이유나 당위성도
여기에 있다.

동아시아 석전의 근원은 중국이다. 석전에 관한 중국의 첫 기록은 『禮記』에
등장한다.

> 무릇 학교에서 봄에 선사에 대하여 석전하고 가을과 겨울에도 이와 같이 한다.
> 처음으로 학교를 세웠을 때에는 반드시 선성과 선사에게 석전을 하고, 석전을
> 거행할 때는 반드시 폐백으로써 한다. 석전에는 반드시 음악의 합동연주가 있어야
> 하나, 나라에 변고가 있으면 음악을 사용하지 아니한다. 모든 큰 합동연주에는
> 반드시 양로연을 겸한다.[3]

인용문에서 보듯이 중국에서 석전이 시행되기 시작한 것은 주나라 때의 일로서, 선성과 선사 등 포괄적인 대상을 상정하고 있었을 뿐 공자라는 특정 인물만을 대상으로 하지 않았고, 공자와 그의 문도들이나 선유들까지 포함하게 된 것은 그 후의 일이었다. 『시경』「노송」<泮水>의 제5장[明明魯侯/克明其德/既作泮宮/淮夷攸服/矯矯虎臣/<u>在泮訊馘</u>/淑問如皐陶/在泮獻囚][4]에도 초기 석전의 모습은 반영되어 있다. 즉 '옛날 출병할 때는 학궁에서 정해진 전략을 받고 돌아와서는 학궁에서 석전하고 신문할 자와 잘라온 적의 귀를 놓고 고하였다.'[5]는 것이니, 후대 왕조들의 석전과 크게 달랐음을 알 수 있다. 공자의 후손 공상림은 다음과 같이 정리했다.

> 공자문묘는 봉건국가가 공자를 奉祀함으로써 공자사상을 表彰하고 推崇한 禮制廟宇이다. 공자문묘의 제사가 국가 祀典에 편입됨으로써 새로운 왕조가 건립될 때마다 오직 공자문묘에서만 사용한 제의, 음악, 무용을 제정하였다. 그래서 南朝 梁朝와 隋朝 이래 역대로 제정된 歌章, 唐代 이래 역대로 제정된 제의, 宋代 이래로 제정된 음악과 明代 이래 제정된 역대의 舞譜가 현재까지도 보존되어 있다.[6]

중국의 황제가 공자에게 제사한 것은 한나라에 들어서면서부터였으며, 그외 제사의 절차나 體例 등은 왕조가 바뀔 때마다 적지 않은 변화를 보였다. 석전이 공자 개인의 제사로 정착되면서, 공자의 사상은 중국 왕조들의 정치와 교육에서 핵심적인 지침으로 자리 잡았으며, 국가 간 혹은 왕조 간의 이데올로

---

3) 『文淵閣四庫全書: 禮部/禮記之屬/禮記注疏』卷二十의 "凡學春官釋奠于其先師 秋冬亦如之(…)釋奠者 設薦饌酌奠而已 無迎尸以下之事 凡始立學者 必釋奠於先聖先師 及行事必以幣(…)凡釋奠者 必有合也 (…)有國故則否 凡大合樂 必遂養老" 참조.
4) 『文淵閣四庫全書: 經部/詩類/詩傳大全』卷二十.
5) 『文淵閣四庫全書: 經部/詩類/詩傳大全』卷二十의 "盖古者出兵 受成於學 及其反也 釋奠於學 而訊馘 告" 참조.
6) 孔祥林·孔喆 지음, 林麗·張允瀞·李向華·王爲玲 옮김, 『중국 공자문묘 연구』, 도서출판 동아시아, 2018, 11-12쪽.

기적 차이를 최소화 하거나 해소하는 기능을 발휘했다. 공자의 사상은 유교사상으로 승화되어 지역을 초월한 관념상의 均質化를 이루는 바탕으로 기능했고, 중세적 보편성을 확립하는 기틀이 되었던 것이다.

史書의 몇몇 기록들을 들어 석전이 제도적으로 체계화 되어온 과정을 살펴볼 필요가 있다. 한나라 元始[平帝의 연호] 원년에 공자의 후손 孔均을 襃成侯로 삼아 공자에 대한 제사를 받들게 하고, 공자를 襃成宣尼公으로 追諡했다는 기록[7]이 등장한다. 이와 함께 공자 및 72제자를 闕里에서 제사한 사실이 나타나는데,[8] 공자와 제자들을 함께 제사하는 일은 바로 여기서 시작되었다. 후한 光和[靈帝의 연호] 11년[서기 178년]에 鴻都門學[洛陽 홍도문에 설립한 학교로서 辭賦와 書畫를 가르치던 곳]을 세우고 공자와 72명의 제자 상을 그려 붙였으며, 졸업 후 생도들 모두에게 높은 벼슬자리를 부여했고,[9] 魏나라 正始[齊王의 연호] 7년[서기 246년] 태상에게 명하여 辟雍에서 공자에게 태뢰로써 석전하되 顔淵을 배향케 하기도 했다.[10] 이 단계에 이르러 교육과 공자 제사가 병행되는 공간인 벽옹이 모습을 갖추면서 석전은 한 차원 상승하게 된다.

南齊 永明[世宗의 연호] 3년[서기 485년]에 황태자가 석전을 주관하면서 석전은 국가 제례로서 제도적으로 완비를 보게 되었다. 당시 황태자로 하여금 석전을 주관하게 하면서 儀式에 대하여 상사령 王儉에게 물으니, 그가 "元嘉[南朝 宋文帝의 연호]에 학교를 세우며 裴松이 '응당 六佾舞를 추어야 하나 郊樂이 갖추어지지 않아 권도로써 등가하게 해 달라'고 건의했으나, 지금은 금석의 악이

---

7)『文淵閣四庫全書: 史部/正史類/前漢書』卷十二의 "孔子後孔均爲襃成侯 奉其祀 追諡孔子日襃成宣尼公" 참조.

8)『文淵閣四庫全書: 史部/正史類/前漢書』卷十二의 "戊戌 祀孔子及七十二弟子於闕里" 참조.

9)『文淵閣四庫全書: 史部/政書類/通制之屬/東漢會要』卷十一의 "光和元年 遂置鴻都門學 畫孔子七十二弟子像 其諸生皆勅州郡三公 擧用辟召 或出爲刺史太守 入爲尙書侍中" 참조.

10)『文淵閣四庫全書: 子部/儒家類/大學衍義補』卷六十五의 "魏正始七年 令太常釋奠以太牢孔子于辟雍 以顔淵" 참조.

이미 갖추어졌으니 마땅히 軒縣의 악을 설치하고 육일무를 추며 희생의 牢와 기용을 써서 상공의 예에 의거하여 시행하십시오"라고 대답하자, 그 겨울에 황태자가 孝經을 강하고 석전에 친림했다는 것이다.[11] 처음으로 석전에서 육일무를 추게 함으로써 황제에 버금가는 지위를 공자에게 부여했음을 보여주는 사실이다.

수나라에 들어와 매년 춘하추동 매 중월 상정일에 선성과 선사에게 석전을 올리고, 주현의 학교에서는 춘추의 중월에 석전을 했으며,[12] 당 貞觀[太宗의 연호] 21년[서기 547년]에는 조서를 내려 좌구명·복자하·공양고·곡량적·복승·고당생·대성·모장·공안국·유향·정중·두자춘·마융·노식·정강성·복자신·하휴·왕숙·왕보·사두·원개·범렴·가규 등 22인을 배향함으로써,[13] 중앙과 주현으로 구분하여 祭日이 규정되었고, 儒賢들을 배향하는 관습이 본격 시작되었다. 송나라 理宗[1225-1264] 때 주돈이·장재·정호·정이의 봉작을 더하여 주희와 더불어 모두 공자의 묘정에 종사하였고, 또한 장식·여조겸에게 백작을 더하여 공자묘에 종사하였으며,[14] 度宗[1265-1274] 때는 안회·증삼·공급·맹가를 모두 공자에게 배향했고, 전손사를 십철에 올려 소옹·사마광에 종사하였다.[15] 특히 四聖인 안·증·사·맹을 공자의 東西에 배향하게 되었다. 그러다가 원나라 文宗 至順 원년[서기 1330]에 이르러 안회를 연국복성공으로, 증삼을 성국종성공으로, 공급을 기국술성공으로, 맹가를 추국아성공으로 加封했다.[16]

---

11) 『文淵閣四庫全書: 史部/正史類/南齊書』 卷九의 "元嘉立學 裴松之議 應儛六佾 以郊樂未具 故權奏登歌 今金石已備 宜設軒縣之樂 六佾之舞 牲牢器用 悉依上公" 참조.

12) 『文淵閣四庫全書: 子部/儒家類/大學衍義補』 卷六十五의 "隋制國子學 每歲四仲月上丁 釋奠于先聖先師 州縣學則以春秋仲月釋奠" 참조.

13) 같은 곳의 "貞觀二十一年 詔以左丘明卜子夏公羊高穀梁赤伏勝高堂生戴聖毛萇孔安國劉向鄭衆杜子春馬融盧植鄭康成服子愼何休王肅王輔嗣杜元凱范甯賈逵 二十二人" 참조.

14) 『文淵閣四庫全書: 子部/類書類/圖書編』 卷一百四의 "理宗加周敦頤張載鄭顥程頤封爵 與朱熹並從祀孔子廟庭" 참조.

15) 주 14)와 같은 곳의 "度宗以顔回曾參孔伋孟軻 並配孔子 升顓孫師于十哲 以邵雍司馬光從祀" 참조.

16) 『文淵閣四庫全書: 子部/儒家類/大學衍義補』 卷六十六의 "文宗至順元年 加封顔回爲兗國復聖公 曾參

이와 함께 송나라 眞宗이 大中祥符 원년[서기 1008년] 공림에 행차하여 공자에게 玄聖文宣王이라 追諡했고,[17] 5년[서기 1012년] 현성문선왕을 至聖文宣王으로 改諡하였으며,[18] 송나라 崇寧[徽宗의 연호, 서기 1102-1106] 초에 조서를 내려 벽옹문선왕전을 大成으로 부르게 하였고,[19] 문선왕의 면류를 12류로 함으로써[20] 공자는 드디어 천자의 면류관을 쓰게 된 것이다. 공자에 대한 시호 역시 한나라 平帝 원년[서기 1년] 초 공자를 襃成宣聖公으로 追諡했고, 당나라 현종[712-756]은 文宣王으로 추시했으며, 원나라 武宗[1308-1311]은 大成至聖文宣王으로 올렸다.[21] 또한 송나라 仁宗 景祐 원년[서기 1034년] 詔書를 내려 석전에 登歌를 사용하게 했다.[22]

2. 석전악장 콘텍스트로서의 석전의례: 중국과 한국의 경우

조선조는 의례절차의 상당 부분을 고려조로부터 물려받았다. 특히 조선조 초기에는 주로 고려의 『古今詳定禮』를 표본으로 삼았다. 예컨대, "전조의 고금상정에는 원단의 주위가 6장으로 되어 있는데, 국조에서 이것을 그대로 따랐다"든지,[23] "'고려 고금상정례에 이르되 무릇 장마가 그치지 않으면(…)사직과 종묘에 기도하며, 주현에서는 성문에 禜祭를 지내고, 경내의 산천에 기도한다

郕國宗聖公 孔汲沂國述聖公 孟軻鄒國亞聖公" 참조.

17) 『文淵閣四庫全書: 史部/正史類/宋史』 卷七의 "遂幸孔林 加諡孔子曰 玄聖文宣王" 참조.

18) 『文淵閣四庫全書: 史部/正史類/宋史』 卷八의 "改諡玄聖文宣王 曰至聖文宣王" 참조.

19) 『文淵閣四庫全書: 史部/正史類/宋史』 卷一百五의 "詔辟廱文宣王殿 以大成爲名" 참조.

20) 주 19)와 같은 곳의 "於是 增文宣王冕爲十有二旒" 참조.

21) 『文淵閣四庫全書: 史部/紀事本末類/明史紀事本末』 卷五十一의 "漢平帝元年初 追諡孔子曰襃成宣聖公 唐玄宗追諡爲文宣王 元武宗加大成至聖文宣王" 참조.

22) 『文淵閣四庫全書: 經部/禮類/五禮通考』 卷一百十八의 "文獻通考 景祐元年 詔釋奠用登歌" 참조.

23) 태종실록 21권, 태종 11년 3월 17일.

고 하였습니다(…)國門과 주군에 장맛비가 너무 많은 곳에 영제를 지내게 하소서'라고 했다"든지,24) "'삼가 고려의 상정례를 살펴보니(…)지금 우리 왕조의 배향 공신 위차도 고려의 제도에 의하여, 첫째 줄에는 義安君 李和·平讓府院君 趙浚(…)漢山君 趙仁沃의 신주를 설치하고, 둘째 줄에는 益安大君 李芳毅의 신주를 설치하게 하소서' 하니, 그대로 따랐다"든지,25) "의정부에서 예조의 呈文에 의거해 아뢰기를, '삼가 開元禮를 상고하니, 친왕과 群臣이 모두 鹵簿가 있고, 고려의 고금상정례에 의하면 왕태자도 또한 노부가 있는데, 우리 조선의 왕세자께서 이미 면복을 받고도 노부가 없는 것은 대단히 불가한 일입니다. 청컨대 세종 조 때 동궁이 서무를 참여해 결단할 때의 의장을 참작하여(…)작선 4개를 쓰도록 하소서' 하니, 임금이 그대로 따랐다"든지,26) "예조에서 아뢰기를, '개원례에는 오제를 郊祀할 적에는 分獻官이 있어 각기 술 한 잔을 드렸으며, 前朝의 고금상정례에는 오제를 교사할 적에는 분헌관이 없이 大祝이 각기 술석 잔을 드렸고, 송조에서는 오제를 교사할 적에는 분헌관이 있어 각기 술한 잔을 드렸으며, 諸司職掌에서는 오제를 교사할 적에는 분헌관이 있어 각기술 석 잔을 드렸습니다' 하니, 전교하기를 '마땅히 분헌관이 있어야 한다' 하였다."27) 는 등의 기록으로 미루어 고려 제18대 毅宗의 명에 따라 崔允儀[1102-1162]가 편찬했고, 23대 고종 23년[1234] 활자로 찍어냈다는 『古今詳定禮』와 중국의 의례서들이 조선조 예제를 다듬어 나가는 표준으로 활용되었음이 분명해진다. 조정의 제례악에 대한 朴堧[1378-1458]의 상소문에 중국에서 석전이 시행되던 초기부터 악장이 있었음이 암시되어 있다. 몇 건의 기록문들을 살펴보기로 한다.

---

24) 세종실록 12권, 세종 3년 6월 14일.
25) 세종실록 15권, 세종 4년 1월 6일.
26) 세조실록 1권, 세조 1년 윤6월 26일.
27) 세조실록 6권, 세조 3년 1월 4일.

"釋奠의 음악은 주나라 때 養老를 주로 하여 대체로 六代의 음악에 합한 것인데, 北齊 때에 이르러서 大牢로 석전할 적에 軒架의 음악과 六佾舞를 베풀었고, 당나라 開元 年間에는 文宣王에게 석전할 때 宮架에는 왕의 禮를 사용하였으며 律은 樂宮을 사용했으나 자세히 알 수 없습니다. 지금 중국의 『大晟樂譜』와 『至正條格』을 보건대 모두 아래에서는 姑洗을 연주하고, 위에서는 南呂를 노래하고, 악은 음악의 차례대로 사용하면서 신을 맞이했는데, 황종이 九變한 뒤 관세할 적엔 고선을 사용하고, 殿에 올라갈 적엔 남려를 사용하고, 俎豆를 받들 적엔 고선을 사용하고, 초헌할 적엔 남려를 사용하고, 아헌과 종헌할 적엔 고선을 사용하고, 籩豆를 철거할 적엔 남려를 사용하여, 음양이 合聲하여 번갈아 서로 用이 되니, 꼭 『周禮』의 합성하는 제도에 相符합니다. 다만 고선과 남려는 본래 四望에 소속된 것이면서도 석전에 사용하게 되니, 어찌 취한 바가 없겠습니까. 외람된 생각으로는 先聖의 祠廟가 대대로 魯나라에 있어, 자손들이 계승하여 제사지내어 끊어지지 않았다면 먼 곳의 제사는 마땅히 사망의 예와 같이 해야 될 것입니다. 本朝에서도 석전의 음악으로 남려를 사용한 것은 비슷하지만, 그러나 盥洗·升殿의 음악은 없고, 다만 초헌·종헌과 변두를 철거하는 때만 음악이 있게 되어 이미 실수했는데도, 초헌과 변두의 철거에 殿에 올라가서 노래하면서 남려의 律을 사용한 것은 바른 것이며, 아헌과 종헌은 모두 당하에서 고선의 율을 사용한 것은 마땅한 것입니다. 지금 아헌에는 아래에서 남려를 연주하고, 종헌에는 殿에 올라가서 남려를 노래하니, 노래와 주악은 순전히 남려만 사용하고 그 합하는 것은 사용하지 않았으며, 또 절차도 갖추지 못하고, 상하가 차례를 잃었으니, 심히 미안할 일입니다. 일찍이 孔聖의 사당에 이러한 근거 없는 음악을 설치했겠습니까. 이것은 석전의 음악이 정세하고 당연한 것을 보지 못한 것이며(…)神을 맞이하는 음악은 신을 섬기는 가장 큰 節目입니다. 석전과 迎神은 『大晟樂譜』를 분명히 근거하였지만, 그 밖의 제향은 모두 근거함이 없으니, 『奉常樂章』에도 영신의 절목이 기재되지 않았으며, 종묘에는 『儀範簾中』에 영신의 절차가 있는데, '黃鍾은 九聲 뿐이다'라고 말하였으되, 그 九變의 법은 말하지 않았으니, 이것도 심히 옳지 못합니다. 이와 같이 본다면, 아악의 사용이 소략하여 자세하지 못한 것이 지금도 심한 편입니다.(…)신의 어리석은 생각으로 망녕되게 말씀드리건대 周官의 제도가 서책에 기재되어 있으니, 근본을 상고하여 조목을 밝히는 것은 실로 어려운 일이 아니온대, 만일 그렇게

도 못한다면 위로 中朝에 청하여 묻고 이를 시행할 것입니다. 삼가 바라옵건대 성상께서 결재하시어 令典을 새롭게 하신다면 매우 다행하겠습니다."라고 하니, 예조에 내리었다.[28]

『주례』의 핵심은 소리의 음양과 제사의 명분이 부합해야 한다는 것이고, 조선의 경우도 그 원칙을 준수해야 한다는 것이 박연의 지론이었다. 대사악이 天神에게 제사할 때 黃鍾을 연주하고 大呂로 노래하여 합치며, 地祇에 제사할 때 太簇를 연주하고 應鐘으로 노래하여 합치고, 四望에 제사할 때 姑洗을 연주하고 南呂로 노래하여 합치는 등의 원칙은 陽律은 堂下에서 연주하고 陰呂는 堂上에서 노래하여, 음양이 서로 부르고 화답한 뒤에야 中聲이 갖추어지고 화기가 응하기 때문에 생긴 것이다. 또한 조선의 제향악에 雅歌를 쓴 것은 바르지만 樂의 사용법에 대한 논의는 전무했고, 그 성음의 고저와 歌詩의 순서가 모두 工人들이 초록해서 쓴 그릇된 것이므로 本旨를 잃어 신명의 至誠에 교접하는 것이 되지 못한다고 했다. 그가 악장 38수와 十二律聲通例를 鑄字로 인쇄하여 '朝鮮國樂章'을 만든 것도 그 이유 때문이었다. 말하자면 古制를 충실히 따른 중국 왕조들의 음악과 악장을 수용하여 조선의 음악과 악장으로 정했다는 것이니, 석전악이나 악장 또한 그 범주에 들어간다고 보아야 할 것이다.

박연에 따르면 석전의 음악은 주나라 때 양로연에 쓰이던 것을 주로하여 육대의 음악 즉 黃帝樂[雲門]·堯帝樂[大咸]·舜帝樂[大韶]·禹王樂[大夏]·湯王樂[大濩]·武王樂[大武]과 부합하는 것인데, 당나라 『大唐開元禮』의 석전을 살필 경우 고제와 부합하는지 잘 알 수 없다고 했다. 그러나 그 후 송나라의 『大晟樂譜』와 원나라의 『至正條格』에 나오는 석전악의 율려 음양은 『주례』의 合聲之制와 부합한다고 했다. 조선이 송나라와 원나라의 석전악과 절차를 수용한 이유도 바로 이 점에 있었다고 할 수 있다. 특히 『주례』의 고제를 살펴 제례의 절차나

---

28) 세종실록 32권, 세종 8년 4월 25일. "조정에서 제향할 때 음악에 대한 봉상판관 박연의 상소문".

음악을 바로잡되, 그렇게 할 수 없다면 中朝에 청하여 묻고 이를 시행하자고
건의한 박연의 건의를 세종이 가납한 점에서 조선 제례의 악장은 중국의 고제
에 바탕을 두되, 時王之制를 참작함으로써 예악의 본령과 정통을 고수하고자
했음이 분명해진다. 송나라의 석전악장을 그대로 가져다가『국조오례의』에
올린 것도 그 연장선상에서 볼 수 있는 일이다. 신숙주[1417-1475] 등은『國朝五
禮儀』서문에서 다음과 같이 밝혔다.

> 세종 장헌대왕에 이르러 문물로써 태평성대를 이루시다가 때마침 천재일우의
> 좋은 기회를 당하여, 이에 예조판서 신 許稠에게 명하여 모든 제사의 차례와 吉禮
> 에 관한 의식을 상세히 정하도록 하고, 또 집현전 儒臣들에게 명하여 五禮儀를
> 상세히 정하도록 하셨다. 모두 杜氏通典을 모방하고 한편 모든 서적들을 참조하고
> 겸해 중국의 모든 官司의 職掌과『洪武禮制』, 동국[고려]『고금상정례』등의 책을
> 인용하여 더하고 뺄 것을 참작하여(…)조신을 명하여『經國大典』을 나누어 편찬케
> 하시고, 또 세종 조에서 제정한『오례의』에 의하여 옛것을 상고하고 지금의 것을
> 인증하여 모든 일에 시행하여 방해됨이 없도록 하고, 그를 이름하여 오례의라고
> 하고 禮典의 끝에 붙이도록 하셨다.[29]

이 인용문은 앞에 인용한『조선왕조실록』의 기록들에 등장하는『고금상정
례』나『開元禮』등 고려와 중국의 의례서들에 바탕을 두고 조선 성종 5년[1474]
에『국조오례의』가 완성되었음을 보여준다. 따라서 '각종 국가 행사의 儀式을
유교적 禮制의 기준에 맞춰 정비하고 시행하려는 기도에서 중국과 우리나라의
과거 혹은 현행의 제도를 참고하여 찬정된' 禮書가『고금상정례』라면,[30] 조선
조에서는『고금상정례』를 통해 중국과 고려의 예제를 수용하는 한편, 중국

---

29)『國朝五禮儀(1)』, 법제처, 1981, 11-12쪽. 역자는 인용문 중의 '東國今古詳定禮'를 '동국 고금의 상정
  례'로 번역하였으나, 인용자가 보기에 여기서의 '동국'은 고려를, '今古詳定禮'는『고금상정례』라는
  冊名을 일컫는 말로 판단되어 '동국[고려] 고금상정례 등의 책'으로 바꾸었다.
30) 김해영,『朝鮮初期 祭祀典禮 研究』, 집문당, 2003, 14쪽.

왕조들의 예제들을 직접 수용하는 두 통로를 활용한 것으로 보인다. 석전을
포함한 각종 제사 규정들의 수용 양상을 살펴 볼 수 있는 단서는 다음의 기록
에 나타나 있다.

> 예조에서 여러 제사의 제도를 올렸다. 계문은 이러하였다. '삼가 전조의『상정
> 고금례』를 살피건대, 社稷·宗廟·別廟는 大祀가 되고, 先農·先蠶·<u>文宣王</u>은 中祀가
> 되며, 風師·雨師·雷師·靈星·司寒·馬祖·先牧·馬社·禜祭·七祀와 <u>州縣의 문선왕</u>은 小
> 祀가 됩니다. 신 등이 두루 古典과 前朝를 상고하니, 參酌이 적중함을 얻었으나,
> 단지 풍사·우사만은 당나라 天寶 연간 때부터 그 時를 건지고 物을 기른 공을
> 논하여, 올려서 종사로 들어갔고 동시에 뇌사도 제사하였는데, 당나라가 끝나고
> 송나라를 거치는 동안은 감히 의논하는 자가 없었습니다. 명나라『洪武禮制』에
> 운사를 더하여 부르기를, '風雲雷雨의 神'이라 하여, 山川·城隍과 함께 한 壇에서
> 제사하였는데, 지금 본국에서도 이 제도를 遵用합니다. 또 문선왕은 국학에서는
> 중사가 되나 주현에서는 소사가 되니 義理에 있어 미안합니다. 그러므로 宋制에는
> 주현의 석전도 중사로 하였으니, 엎드려 바라건대, 풍운뇌우의 신을 올려 중사에
> 넣어 산천·성황과 같이 제사하고, 주현의 석전도 중사로 올리게 하소서. 그 나머지
> 여러 제사의 登第는 한결같이 전조 상정례에 의거하소서' 하니, 임금이 그대로
> 따랐다.[31]

인용문의 핵심은 풍운뇌우 제례와 산천·성황의 제례를『홍무예제』의 경우
와 같이 한 壇에서 中祀로 제사한다는 것, 국학에서는 중사로, 주현에서는 小祀
로 나누어 거행되어 오던 석전을 宋制에 따라 모두 중사로 올린다는 것 등이
다. 사실 그런 제사 절차나 범주 조정의 표준을 고려나 중국 왕조들의 의례서
들에서 찾았다는 점은 더 중요하다. 자신들만의 독자성이나 전통을 내세우지
않고 국제적인 표준이나 보편성을 확보하려 한 점은 악장에도 마찬가지로
적용되었을 가능성이 있고, 더 나아가 그 가능성은 정치와 문화 전반에서 중세

---

31) 태종실록 25권, 태종 13년 4월 13일.

적 질서 확립의 지향성을 내포한 것으로 추정되기도 한다.

기존의 의례를 집대성함으로써 이후 시대 의례들의 典範이 된[32] 당나라의
『대당개원례』에 대·중·소사 체제가 확립되어 있었고, 석전은 중사와 소사로
편입되어 있었으며, 소사 또한 두 부분으로 이루어져 있었다.[33] 당나라 현종
개원 연간[713-741]에 황명으로 편찬한 『대당개원례』는 태종 때의 『貞觀禮』와
고종 때의 『顯慶禮』를 절충하여 만든 의례집인데, 이 책이 완성되면서 당나라
때의 오례 제도는 완비되었다고 할 수 있다. 사실 고려의 『상정고금례』나 조선
의 『국조오례의』도 이 책을 핵심으로 하였으되, 부분적으로 다른 왕조의 의례
서들을 참작하여 만들어진 것으로 추측된다. 이 가운데 공자에 관한 제사는
중사[孔宣父]와 주현의 소사[석전]로 함께 시행되고 있었다. 이런 점들과 함께
『국조오례의』에 공자의 시호로 文宣王과 大成至聖文宣王이 혼용되고 있는
것[34]은 한·당·원 등이 각각 공자에게 追諡한 역사적 사실,[35] 三代·한·당 및
그들을 계승한 송나라와 원나라 등을 아우르는 이른바 중국의 古制와 당시

---

32) 유종수, 「『大唐開元禮』「皇帝遣使詣蕃宣勞」 해석의 재검토」, 『서울대 동양사학과논집』 39, 서울대
동양사학과, 2015, 52쪽.
33) 『文淵閣四庫全書: 史部/政書類/儀制之屬/大唐開元禮』 卷一의 "凡國有大祀中祀小祀 昊天上帝 五方
上帝 皇地祇 神州 宗廟 皆爲大祀 日月星辰 社稷 先代帝王 嶽鎭海瀆 帝社 先蠶 孔宣父 齊太公 諸太子
廟 並爲中祀 司中 司命 風師 雨師 靈星 山林川澤 五龍祠等 並爲小祀 州縣社稷 釋奠及諸神祀 並同爲小
祀" 참조.
34) "예의사가 圭 잡기를 계청하고, 전하를 인도하여 대성지성문선왕 신위 앞으로 나아가 북향하여
선다"[「문선왕에 향사하고 시학하는 의식」, 『國朝五禮儀(1)』, 292-293쪽], "석전일 거행하기 전에,
전사관과 묘사는 각기 그 소속을 거느리고 들어와 祝版 각 하나를 대성지성문선왕·연국 복성공(…)
신위의 오른쪽에 드린다"[「왕세자가 문선왕께 석전하는 의식」, 같은 책, 313-314쪽], "대성지성문선
왕의 신위 앞으로 나아가 북쪽으로 향하여 서면, 登歌가 明安樂을 연주하고 烈文舞를 춘다"[같은
글, 같은 책, 317쪽], "석전 날 행사하기 전에, 전사관과 묘사는 각자 그 소속을 거느리고 들어와
축판 각 하나를 대성지성문선왕(…)신위의 오른쪽에 들이고(…)"[「유사가 문선왕께 석전하는 의식」,
같은 책, 323쪽], "초헌관이 손을 씻고 손을 닦는다. 마치면, 홀을 잡게 하고 인도하여 대성지성문선
왕 신위 앞에 나아가 북향하여 선다."[「주현에서 문선왕께 석전하는 의식」, 같은 책, 338쪽] 등
참조.
35) 『文淵閣四庫全書: 史部/紀事本末類/明史紀事本末』 卷五十一의 "漢平帝元年初 追諡孔子曰褒成宣聖
公 唐玄宗追諡爲文宣王 元武宗加大成至聖文宣王" 참조.

명나라의 『洪武禮制』를 두루 수용한 『상정고금례』의 흔적이 반영된 결과라
할 수 있다. 사실 공자의 시호는 조선조에 들어와서 명나라와의 외교문제로
비화한 문제이기도 했다. 정유재란 당시 명나라의 經理로 조선에 파병된 뒤
조선군을 열성적으로 도와 왜군들을 몰아내는 데 큰 공을 세운 무인 經理
萬世德[1547~1602]이 조선의 조정에 咨文을 보내 공자의 시호를 명나라의 제도
에 따라 고칠 것을 요구한 선조 34년의 사실을 보면, 석전을 둘러싼 문제가
외교적 명분이나 관점과 관련하여 간단치 않았음을 보여준다. 무엇보다 만세
덕의 자문은 자신의 의견을 개진한 것이라기보다 명나라 조정의 생각을 전달
한 것이었을 가능성이 크기 때문에 조선으로서도 가벼이 넘길 일은 아니었다.
무엇보다 공자의 시호를 고치는 일은 이미 성종 대에 완성되어 시행 중이던
『국조오례의』 체제를 조정해야 하는 문제와 직결되어 있었기 때문에 쉬운
일은 아니었다.

　중국의 왕조가 사대의 명분을 바탕으로 조선의 제의 절차에 관여하기 쉬운
것이 바로 석전이었고, 그에 순응하여 중국의 제도에 맞춤으로써 결과적으로
석전은 중국과 거의 동일한 모습을 갖추게 된 것도 사실이다. 이런 차원에서
운용된 악장 역시 액면 그대로 중국의 것을 수용한 것이었다. 이처럼 석전의
절차와 함께 중국 왕조들에 전승되어온 악장까지 묵수할 수밖에 없었던 행태
의 저변에는 불평등한 외교관계 아래 유교 이데올로기와 중세 보편주의의
수호 의무에 대한 자기 검열의 메커니즘이 자리 잡고 있었다.

3. 한-중 석전악장의 연동양상

　현재 확인할 수 있는 중국 근대 이전의 석전악장은 隋·唐·宋·金·元·明·淸代
에 만들어진 것들이고, 그 가운데 송나라의 악장이 고려와 조선에 가장 큰

영향을 미쳤다. 처음으로 기록에 등장하는 중국의 악장은 **수나라** 석전의 登歌

誠夏之樂 악장 1수[10구], **당나라** 「皇太子釋奠樂章」 7수[迎神 承和之樂 1수(8구)/皇太

子行 승화지악 1수(7언 4구)36)/登歌奠幣 肅和之樂 1수(8구)/迎俎 雍和之樂 1수(8구)/送文舞出武

舞入 舒和之樂 1수(7언 4구)/武舞 凱安之樂 1수(10구)37)/送神 承和之樂(가사는 영신과 동일함)]·

「享孔廟樂章」 2수[영신 곡명 없음 1수(8구)/송신 곡명 없음 1수(8구)], **송나라** 「景祐祭文宣

王廟樂章」 6수[영신 凝安之樂 1수(8구)/初獻昇降 同安之樂 1수(8구)/奠幣 明安之樂 1수(8구)/

酌獻 成安之樂 1수(8구)/飮福 綏安之樂 1수(8구)/兗國公配位酌獻 성안지악 1수(8구)/송신 응안지

악 1수(8구)]·「大觀三年釋奠樂章」 6수[영신 응안지악 1수(8구)/乘降 동안지악 1수(8구)/전폐

명안지악 1수(8구)/작헌 성안지악 1수(8구)/配位酌獻 성안지악 1수(8구)/송신 응안지악 1수(8구)]·

「大晟府擬撰釋奠樂章」 14수[영신 응안지악 4수(8구)/초헌관세 동안지악 1수(8구)/升殿 동안

지악 1수(8구)/전폐 명안지악 1수(8구)/봉조 풍안지악 1수(8구)/문선왕위 작헌 성안지악 1수(8수)/

연국공위 작헌 성안지악 1수(8구)/추국공위 작헌 성안지악 1수(8곡)/아종헌 문안지악 1수(8구)/철두

오안지악 1수(8수)/송신 응안지악 1수(8구)]·「咸淳三年酌獻邠國公沂國公樂章」 2수[酌獻曾

參邠國公 1수(8구)/酌獻孔伋沂國公 1수(8구)], **금나라** 「國學樂章」 9수[迎神三奏姑洗宮 來寧

之樂 1수(8구)/初獻盥洗姑洗宮 靜寧之樂 1수(8구)/升階南呂宮 肅寧之樂 1수(8구)/奠幣姑洗宮 和

寧之樂 1수(8구)/降階姑洗宮 安寧之樂 1수(8구)/兗國公獻姑洗宮 輯寧之樂 1수(8구)/鄒國公酌

獻 泰寧之樂 1수(8수)/亞終獻姑洗宮 咸寧 1수(8구)/送神姑洗宮 來寧之樂 1수(8구)]·「頒降闕里

樂章」 9수[영신 내녕지곡 1수(8구)/盥洗 靜寧之樂 1수(8구)/降昇 肅寧之樂 1수(8구)/전폐 溥寧

之樂 1수(8구)/酌獻 德寧之樂 5수(<正位辭> 1수(8구);<配位兗國公辭> 1수(8구);<配位鄒國公辭>

1수(8구);亞獻終獻辭 1수(8구)/송신 歸寧之樂 1수(8구)], **원나라 초기의 '송나라의 「대성

부의찬악장」**[앞 쪽 송나라 석전악장 참조]',38)·**석전악장**」 11수[영신 문명지악 1수(8구)/

---

36) 중국과 한국의 석전악장들은 구수는 약간씩 달라도 거의 모두 4언으로 되어 있고, 글자 수가
    다른 경우가 아주 드물게 보인다. 따라서 4언의 경우는 구수만 밝히고, 4언 이외의 글자 수로
    이루어진 경우들은 글자 수와 구수를 함께 밝힌다.
37) 歌詞는 冬至圜丘와 같음.
38) 『文淵閣四庫全書: 史部/正史類/元史』 卷六十九 참조. 원나라 석전악장의 경우 송나라 「대성부의찬
    석전악장」에 「邠國公聖公獻奏成安之曲」 1수[8구]와 「沂國述聖公酌獻奏成安之曲」 1수[8구] 등 두
    수가 더 들어간 반면, 송나라 「대성부의찬석전악장」에 들어 있는 <철두 오안지곡> 1수[8구]와

관세 昭明之曲 1수(8구)/승전 景明之樂 1수(8구)/전폐 德明之樂 1수(8구)/문선왕 작헌 誠明之樂 1수(8구)/연국공 작헌 성명지악 1수(8구)/성국공 작헌 曲名缺 樂章缺/기국공 작헌 곡명결 악장결/ 鄭國公 작헌 성명지악 1수(8구)/아종헌 靈明之樂 1수(8구)/송신 慶明之樂 1수(8구)], **명나라「洪 武六年定釋奠樂章」** 6수[영신 咸和之樂 1수(8구)/奠帛 寧和之樂 1수(8구)/초헌 安和之樂 1수(8 구) 아종헌 景和之樂 1수(8구)/徹饌 함화지악 1수(8구)/송신 함화지악 1수(8구)], **청나라「順治 間釋奠樂章」** 6수[영신 咸平之樂 1수(8구)/奠帛初獻 寧平之樂 1수(8구)/아헌 安平之樂 1수(8 구)/종헌 景平之樂 1수(8구)/徹饌 함평지악 1수(8구)/송신 함평지악 1수(8구)]·**「乾隆間釋奠樂 章」** 6수[영신 昭平之樂 1수(8구)/전백초헌 宣平之樂 1수(8구)/아헌 秩平之樂 1수(8구)/종헌 질평 지악 1수(8구)/철찬 懿平之樂 1수(8구)/송신 德平之樂 1수(8구)]·**「闕里及各直省釋奠樂章」** 6 수[영신 소평지악 1수(8구)/초헌 선평지악 1수(8구)/아헌 질평지악 1수(8구)/종헌 질평지악 1수(8 구)/철찬 의평지악 1수(8구)/송신 덕평지악 1수(8구)] 등으로 정리된다.

이상은 중국 역대왕조에서 석전제를 위해 만든 음악과 악장들이다. 석전제 의가 우리나라의 석전제의와 상통하는 것은 물론 상기 악장들 가운데 송나라 「大晟府擬撰釋奠樂章」은 그대로 우리나라에 수용되었으며, 대성악과 함께 고 려 예종 대에 전래된 것으로 보인다. 그러나 현재로서는 이 악장들은 1474년에 완성된 조선조의『국조오례의』[39]에 실려 있고, 그보다 약간 늦은 1493년의 『악학궤범』[40]에도 실려 있다. 그것들은 송나라에서 고려를 거쳐 조선으로 계승되었을 수도 있고, 조선에서 직접 송나라의 것을 수용했을 수도 있지만, 전자로 보는 관점이 타당할 것이다. 즉 송나라의「大晟府擬撰釋奠樂章」은 迎神

<송신 옹안지곡> 1수[8구] 등 마무리 부분의 두 악장이 빠져 있다. 따라서 두 나라 석전악장의 전체적인 숫자는 14수로 동일하다. 물론 같은 악장이라 해도 자구상의 차이는 상당수 보인다. 그리고 마무리 부분 또한 송나라 석전에서는 '철두/송신'으로 되어 있으나, 원나라 석전의 경우는 '飲福受胙/철두'로 약간 다른 모습을 보인다. 원나라는 일찍이 송나라의 이 악장을 본떠 새로운 악장을 지었으나 사용하지는 않았다.[『文淵閣四庫全書: 史部/正史類/元史』卷六十九: 右釋奠樂章 皆舊曲 元朝嘗擬撰易而未及用 今并附于此]새로 지었으나 사용되지 않은 악장은 바로 다음의 악장을 참조.

39)『法制資料 제125집: 國朝五禮儀(4)』, 법제처, 31쪽.
40)『原本影印 韓國古典叢書(復元版) Ⅱ. [詩歌類] ■樂學軌範』, 111-112쪽.

凝安之樂 4수·初獻盥洗 同安之樂 1수·升殿 동안지악 1수·奠幣 明安之樂 1수·奉俎 豐安之樂 1수·文宣王位 酌獻 成安之樂 1수·兗國公位 酌獻 성안지악 1수·鄒國公位 酌獻 성안지악 1수·亞終獻 文安之樂 1수·徹豆 娛安之樂 1수·送神 응안지악 1수] 등 모두 14수의 악장들로 구성되어 있는데, 이중에서 奠幣 明安之樂·文宣王位 酌獻 成安之樂·兗國公位 酌獻 성안지악·鄒國公位 酌獻 성안지악·徹豆 娛安之樂 등 다섯 편의 악장과 「咸淳三年酌獻郕國公沂國公樂章」의 酌獻曾參郕國公·酌獻孔伋沂國公 등 두 편의 악장 등 모두 7편의 악장과 음악을 그대로 수용했다. 그것들을 제시하고 졸역을 붙이면 아래와 같다.

奠幣 明安之樂 　　　 전폐 명안지악

自生民來 誰底其盛 　 하늘이 백성을 내신 이래 누가 그 융성함에 이르렀을까?
惟王神明 度越前聖 　 오직 문선왕의 신명하심이 앞서의 성인들보다 탁월하시도다
粢幣俱成 禮容斯稱 　 제물과 폐백이 다 이루어졌고, 예의와 용모 또한 이에 맞사오니
黍稷非馨 惟神之聽 　 서직의 제물이 향기롭지 못해도 신께서 흠향하시길 바랄 뿐입니다

初獻 成安之樂

正位 　　　　　　　 정위[공자]

大哉聖王 實天生德 　 위대하시도다 거룩한 문선왕이시여! 진실로 하늘이 내신 덕인이시로다
作樂以崇 時祀無斁 　 음악을 연주하여 높이고 때마다 제사 모셔 그침이 없도다
淸酤惟馨 嘉牲孔碩 　 맑은 술은 향기롭고 아름다운 희생은 대단히 크시도다
薦羞神明 庶幾昭格 　 여러 제수를 신명께 드리오니 밝히 강림하여 흠향하소서

兗國公   연국공[안자]

庶幾屢空 淵源深矣 양식이 떨어져 자주 쌀그릇이 비나 도학의 연원은 깊으셨도다

亞聖宣猷 百世宜祀 버금가는 성인으로 큰 도를 펴오시니 백대에 제사 올림이 마땅하도다

吉蠲斯辰 昭陳樽簋 좋은 날을 택해 몸을 정결히 하고 술그릇과 제기를 진설하도다

旨酒欣欣 神其來止 맛있는 술 감미로우니 신령께서 내림(來臨)하오소서

郕國公   성국공[증자]

心傳忠恕 一以貫之 마음으로 충과 서를 전함이 일관되도다

爰述大學 萬世訓彝 대학을 지으시어 만세에 떳떳함을 가르치셨도다

惠我光明 尊聞行知 우리에게 빛과 밝음을 주시어 들은 것을 높이고 안 것을 행하게 하셨도다

繼聖迪後 是享是宜 성인들을 이어 후인들을 이끌어 주시니 제향함이 마땅하도다

沂國公   기국공[자사]

公傳自曾 孟傳自公 공은 증자로부터 전해 받으시고, 맹자는 공으로부터 전해 받으셨도다

有嫡緒承 允得其宗 적통을 이어받아 그 종사됨을 얻으셨도다

提綱開蘊 乃作中庸 요점을 들어 깊은 뜻을 여시어 중용을 지으셨도다

侑于元聖 億載是崇 으뜸가는 성인으로 배향되시어 억년 동안 숭앙 받으시리

鄒國公   추국공[맹자]

道之由興 於皇宣聖 도가 처음 일어남은 위대하신 문선왕부터로다

唯公之傳 人知趨正　오직 공의 전하심으로 사람들은 바름을 좇을 줄 알게 되
　　　　　　　　　　었도다
與享在堂 情文實稱　함께 당에 배향하니 뜻과 문이 실로 모두 맞도다
萬年承休 假哉天命　만년동안 아름다움 이어받으시니, 크시도다 천명이시여!

徹籩豆 娛安之樂　철변두 오안지악

犧象在前 籩豆在列　희준과 상준은 앞에 있고, 대나무 제기와 나무 제기는 열
　　　　　　　　　　지어 있도다
以享以薦 旣芬旣潔　제향 드리오니 향기롭고 깨끗하도다
禮成樂備 人和神悅　예가 이루어지고 음악이 갖추어져 사람과 신령이 화열하
　　　　　　　　　　도다
祭則受福 率遵無越　제사 지내면 복을 받으니, 예법을 준수하여 어김이 없도다

　　중국에서도 송나라의 석전악장이 질적으로나 양적으로 가장 두드러지는데,
조선은 송나라 仁宗 때의 「景祐祭文宣王廟樂章」을 수용하여 석전악장으로 삼
았고, 그것은 『악학궤범』과 『국조오례의』에 실리게 되었다. 앞에서 조선은
송나라와 원나라의 석전제도를 도입했음을 언급한 바 있는데, 수나라 「音樂
下」의 <先聖先師奏誠夏辭>와 송나라 「景祐祭文宣王廟樂章」의 <酌獻樂章>, 조
선조 『국조오례의』 「문선왕 악장」의 <초헌악장>을 들어 비교해 보고자 한다.

　　<酌獻成安樂章>
自天生聖 垂範百王　하늘이 내신 성인께서 백왕의 모범이 되시니
恪恭明祀 陟降膠庠　신명의 제사를 각별히 공경하고 삼가하여 교상에서 올리
　　　　　　　　　　고 내리도다
酌彼醇旨 薦此令芳　저 순후하고 감미로운 술을 잔질하고 이 좋은 향기를 드
　　　　　　　　　　리며
三獻成禮 率由舊章[41]　삼헌으로 예를 이루니 예전의 제도와 문물을 그대로 따

르도다

<克國公>

庶幾婁空 淵源深矣 거의 자주 밥그릇은 비었으나 도덕의 연원이 깊으셨도다

亞聖宣猷 百世宣祀 아성으로 명철하시고 사리에 순응하셨으니 백세에 제사를 드려야 하리

吉蠲斯辰 昭陳尊簠 좋은 날을 택하여 정결히 재계하고 준과 궤를 밝게 진설하도다

旨酒欣欣 神其來上[42] 맛있는 술이 감미롭고 즐거우니 신께서는 오시옵소서

<酌獻成安樂章>은 송나라 仁宗 景祐年間[1034-1037]에 제작한 '文宣王廟樂章' 6수 중 酌獻의 절차에서 成安之樂에 맞춰 노래된 악장이다. 노래는 내용 상 크게 두 부분[1-4구/5-8구]으로, 의미전개는 세 부분[1-2구/3-6구/7-8구]으로 나뉜다. 내용으로 보아 전단에서는 '하늘이 내신 성인', '백왕의 모범' 등으로 공자가 지닌 덕목을 구체화시켰다. 공자가 그런 덕목을 지녔으므로 각별히 공경하고 삼가며 제사를 지낸다고 했다. 후단에서는 제사 절차를 제시했다. 감미로운 향기의 술을 잔질하여 올리되 삼헌으로 예를 이루었고, 그것이 바로 '옛 제도와 문물' 즉 古制라 했다. 의미구조로 보면 '제사대상에 대한 환기[백왕의 모범이 되는, 하늘 내신 성인]-제사절차-제사의 완료와 그 제례의 평가' 등 起-敍-結의 3단으로 이루어져 있다. 특히 악장에서 자신들이 지내는 석전이 고제를 충실히 따른 것임을 강조함으로써 정통성을 이은 왕조임을 천명한 점은 고제의 성실한 수용을 통해 석전제례 전통의 계승에 대한 자부심을 드러냈다고 보아야 할 것이다.

<克國公>은 조선조 『국조오례의』와 『악학궤범』에 실린 악장으로서, 성안

----

41) 『文淵閣四庫全書: 史部/正史類/宋史』 卷一百三十七 참조.

42) 『국조오례의(4)』, 31쪽.

지곡의 연주에 맞추어 공자의 수제자 顔子에게 올리던 초헌 순서에서 불렀다. 노래는 내용 상 크게 두 부분[1-4구/5-8구]으로 나뉘고, 의미구조는 네 부분[1-2구 /3-4/5-6구/7-8구]으로 나뉜다. '살림이 궁핍했으나 도덕의 연원이 깊고 성인의 수제자로서 명철하셨으니 백세에 제사를 드려야 한다'는 것이 전단의 내용이 고, '좋은 날을 가려 몸을 정결히 하고 제수를 진설하였으니 신께서는 오셔서 흠향하시라'는 것이 후단의 내용이다. 의미구조로 보면 '제사 대상에 대한 환 기[궁핍하였으나 도덕이 깊음]-제사의 당위성[아성으로서 사물의 이치에 순응했으니 길이 제사 를 드려야 함]-제사 절차[좋은 날을 가려 정결히 재계하고 제수를 밝게 진설함]-제사의 완료 [신명이 강림하시어 흠향하기를 간구]' 등 앞의 악장들과 마찬가지로 '기-승-전-결'의 4단으로 이루어져 있다.

말하자면 제사 대상이 명확하게 제시되지 않은 10구의 수나라 악장에서 송나라 악장에 이르면서 8구로 다듬어졌고, 첫 머리에 제사대상 또한 분명히 제시되었다. 거기서 내용이나 의미전개가 훨씬 더 명확해진 것이 조선조 문선 왕 제례에서 불린 초헌 <연국공>인데, 이 악장은 송나라 「大晟府擬撰釋奠十四 首」 중 <兗國公位酌獻成安>[43]을 그대로 가져온 것이다. 조선왕조는 이 악장을 송나라 문헌을 통해 직접 가져왔을 수도, 고려가 송나라에서 수용하여 『상정 고금례』에 실어놓은 것을 조선이 계승했을 가능성도 없지 않다.[44] 그 경로가 어떠하든 『국조오례의』에 실린 조선조의 「문선왕악장」은 「大晟府擬撰釋奠十 四首」와 「咸淳三年酌獻郕國公沂國公樂章」[45] 가운데 7작품[<文宣王位酌獻 成安>· <兗國公位酌獻 成安>·<郕國公位酌獻 成安>·<亞終獻 文安>·<酌獻曾參郕國公>·<酌獻孔伋沂國 公>·<徹豆 娛安>]을 송두리째 갖다 쓴 것이다.

---

43) 『文淵閣四庫全書: 史部/正史類/宋史』 卷一百三十七 참조.
44) 『상정고금례』의 존재를 확인할 수 없으므로, 현재로서는 『상정고금례』에 송나라의 해당 악장이 그대로 실려 있었으리라는 것도 추정에 불과하다.
45) 顔子·曾子·子思·孟子를 함께 배향하게 된 것은 송나라 度宗 咸淳 3년에 시작된 일이었다.[『文淵閣 四庫全書: 經部/禮類/通禮之屬/五禮通考』 卷一百十九] 참조.

이처럼 송나라 度宗 때 曾子와 子思를 顔子와 孟子에 합쳐 4配位로 만든 제도를 원나라와 명나라에서 따른 것임은 물론이다.[46] 따라서 조선으로서는 송·원·명의 제도를 두루 갖다 썼음을 짐작할 수 있다. 주제의식이나 형태 등 부분적인 유사성을 논할 필요도 없이 작품 자체를 갖다 쓴 것은 콘텍스트로서의 음악이나 제례절차 등을 액면 그대로 수용했다는 점 외에, 공자 사상을 국가의 지도사상으로 삼았고 과거제도를 실행하는 등[47] 정치 전반에 미친 공자의 영향을 보여주는 일이다. 말하자면 유교를 이데올로기로 삼아 제도 전반에 중세적 보편성을 확보하기 위해서는 이미 뛰어난 유교적 文風이나 이데올로기로 모범적 선례를 이룬바 있는 중국 왕조들을 追隨할 필요가 있었고, 석전의 경우는 다른 천지·조상 제례와 달리 공자를 대상으로 하는 만큼 중국 왕조들의 석전악장을 답습하는 것이 지혜로운 일이라 판단했기 때문으로 보인다. 이처럼 조선조의 석전악장은 조선조의 궁중악장이 예악제도나 절차와 함께 중국의 것을 표본으로 했거나 상당부분이 중국 왕조 악장들을 擬作한 것들이었을 가능성의 증거일 수 있다. 송나라의 석전악장을 그대로 가져와 「문선왕 악장」을 模寫하거나 제작으로써 조선조의 집권세력은 유교 이데올로기에 의지함으로써 체제의 정통성을 확보하려 한 것으로 보인다. 석전악장을 통해 자신들의 주장이나 색깔을 드러내지 않으려 노력했고, 공자와 중국 아악악장들의 精髓에 대한 崇仰의 뜻을 보이려 했으며, 그것이 자신들의 治世에 중세적 보편성을 구현할 수 있는 지름길이라 보았을 가능성이 크다.[48]

---

46) 『文淵閣四庫全書: 史部/政書類/儀制之屬/明集禮』 卷十六의 "咸淳間 又以曾子子思 合顔孟爲四配 元及國朝因之" 참조.

47) 孔祥林 저, 임태승 역, 「中國·韓國·越南·日本·琉球의 文廟制度 比較」, 『유교문화연구』 8, 성균관대학교 동아시아학술원, 2004, 58쪽 참조.

48) 응안지악으로 연주되던 「大晟府擬撰釋奠十四首」의 迎神 제차에는 총 4수의 악장[黃鍾爲宮/大呂爲角/太簇爲徵/應鐘爲羽]이 실려 있으나, 『국조오례의』 문선왕 영신에서는 응안지곡으로 4곡[왕종궁/중려궁/남려궁/이칙궁]이 연주되었을 뿐 악장은 없었고, 이 내용은 『악학궤범』도 마찬가지였다. 응안지악으로 연주되던 「大晟府擬撰釋奠十四首」에서 송신의 경우 한 수의 악장이 있었으나,

이상에서 중국과 한국의 석전악장은 사대의 명분에 따른 제차가 많고 적음
이 다르긴 하나, 중국 특히 송나라의 악장[「大晟府擬撰釋奠十四首」/「咸淳三年酌獻郕
國公沂國公樂章」]을 그대로 수용했음을 확인할 수 있었다.

4. 일본 석전·석전악·석전악장의 독자성

일본의 석전은 한국과 마찬가지로 중국으로부터 수용한 것이며, 일본에 수
용된 이후 일본식으로 바뀌었다고 보는 견해가 일반적이다.[49) 석전이 일본식
으로 바뀐 것은 지배층의 현실인식에 바탕을 둔 일로 보인다. 명 태조 때 吳沈[「
孔子封王辨說」]과 嘉靖帝 때 張璁이 공자를 문선왕(文宣王)이란 왕호로 모시는 일
이 '名不正 言不順'하다고 비판한 견해를 인용하면서 아사미 게이사이(淺見絅齋)
는 그런 일이 명분에 이끌려 예의 근본을 잃어버렸다고 했다. 즉 '천자 이외의
사람은 예악을 만들면 안 된다는 것, 석전과 같은 예식을 바로잡아 명분을
세우는 것도 당대 왕의 임무이며, 郡國의 예에 대해서도 有司로 하여금 왕명을
받들어 제사지내야 한다는 것' 등이 게이사이의 주장이었다. 에도에서는 석채
를 丁日에 하지 않으며 다른 날에도 위로부터 명을 받아 지내는 당시의 상황에
대해서도 정일이라는 것은 격식이니 신경 쓸 일 아니고, 윗분들의 마음과 뜻이

『국조오례의』와 『악학궤범』의 경우에는 악장이 없다. 철변두의 경우는 「大晟府擬撰釋奠十四首」와
『국조오례의』·『악학궤범』이 동일하게 娛安之樂으로 한 수의 악장이 연주되었다. 따라서 양자가
동일한 악장은 <철변두> 하나뿐으로, 내용은 앞에서 제시한 바 있다.

49) 대표적인 몇 사람의 견해들[이야나가 데이조(彌永貞三), 「古代の釋奠について」, 『日本古代の政治
と史料』, 高科書店, 1972/구라모리 마사쓰구(倉森正次), 「釋奠の百度座」, 『國學院雜誌』 제 68권
2호, 1985·「釋奠內論議の成立」, 『國學院雜誌』 제 68권 13호, 1986·「釋奠構成論-祭りの構成と儀禮
文化」, 『神道史研究』 제 34권 3호, 1986/도코로 이사오(所功), 「日本における釋奠祭儀の特色」, 『京
都産業大學論集』 제 27권 제 4호, 人文科學系列 제 24호, 1997, 3./미도리가와 후미코(翠川文子),
「釋奠」(一)-(七), 『川村短期大學紀要』 제 10호·제 11호·제 12호·제 13호·제 15호·제 17호·제 18호,
1990-1998] 참조.

맞는 날에 공자를 모시는 것이 제사의 본뜻이라는 주장이었는데,[50] 사실 이런 결정의 배후에 江戸幕府의 도쿠가와 쓰나요시[德川綱吉/1646-1709] 같은 지배자들의 생각이 있었다는 점[51]은 석전의 일본적 특징을 보여주는 결정적 요인이다. 말하자면 일본 나름의 문화적 특성에 맞춰 변모시키고자 한 지배계층의 의도가 반영되어 석전 등 전통제례의 독자적인 양상이 나타났다고 보는 것이다.

그렇다면 일본의 석전은 구체적으로 어떤 면에서 한·중과 다른 것일까. 우선 기록에 나타나는 석전의 역사와, 현행 석전의 의식절차를 통해 그 점을 파악해 볼 필요가 있다. 몇 가지 기록들을 들기로 한다.

<1> 8일 계축. 석전의식을 새로이 편수하여 7도 제국에 반하하였다. 이보다 먼저 하리마국에서 말하기를 "박사인 정8위 와니베 다쿠쓰구가 신청하여 말하기를(…) 무릇 제국이 서로 범하는 것이 많으니, 혹은 대학의 예라 칭하고 풍속악을 사용하거나, 혹은 주현의 예식에 견주며 음악을 연주하지 않습니다."라고 하였다.[52]

<2> 갑오일에 천황이 서조에 행차하였다. 오스미·사쓰마 두 나라의 하야토 등이 풍속가무를 연주하자 벼슬을 주고 녹봉을 주되 각각 차등 있게 하였다.[53]

<3> 무신일에 오미노쿠니(近江國)에 이르러 담해를 관망했다. 산음도는 백기

---

50) 『淺見絅齋集』, 国書刊行會, 1989, 648쪽[問, 釋菜のこと, 江戸にて丁日を不用して, 他にも上より命じて祭らせ玉ふ, くるしからずや. 日. すこししくるしからず. 丁日と云も格式なり. それにかまふ事にてないぞ. 上の御心にかなふた日に, 孔子を御ふるまいなさることが, 祭祀の意なり.] 참조.

51) 리웨산(李月珊), 「近世日本の釋奠をめぐるの一實態-淺見絅齋を例として-」, 『日本思想史研究』 45, 東北大學校大學院文學研究科 日本思想史研究室, 2013, 22쪽

52) 구로이타 가쓰미(黑板勝美) 편, 『國史大系 v.4: 日本三代実錄』, 國史大系編修會, 吉川弘文館, 1966, 73쪽의 "八日癸丑 新修釋奠式 頒下七道諸国 先是 播磨国言 博士正八位上和邇部臣宅 継申請云 謹案(…)凡厥諸国相犯者多 或稱大學例 用風俗樂 或擬州縣式 停止音樂" 참조.

53) 『國史大系 v.2: 續日本記』, 經濟雜誌社, 1897-1901, 104쪽의 "甲午 天皇御西朝 大隅薩摩二国 隼人等 奏風俗歌儛 授位賜祿各有差" 참조.

안쪽, 산양도는 비후 안쪽이었다. 남해도는 찬기 안쪽의 여러 국사 등이 행재소에 나아가 풍속가무를 연주했다.54)

<4> 풍락전에서 5위 이상에게 잔치를 베풀었고, 두 나라가 풍속가무를 바쳤다. 5위 이상에게 상물을 하사하고 두 나라가 바친 물건을 제사에 반급하였다.55)

<1>은 석전에서, <2>-<4>는 연향에서 각각 풍속가무가 연주되었음을 보여주는 기록들이다. 말하자면 제례에서 佾舞 대신 풍속가무를 사용했으니, 연향에서 풍속악을 사용한 것은 일견 당연한 일이었을 것이다. 조선의 종묘제례나 문묘제례에서 일무를 썼고, 연향에서는 향악·당악정재를 사용한 것과 달리, 일본에서 석전 등 제례나 연향을 막론하고 풍속가무를 사용한 것은 일본적 특징이라 할 것이다. <2>에서 조정에 복속되어 궁전을 경호하던 하야토들이 풍속가무를 춘 것은 천황과 조정에 대한 복속의 의미를 지니는 행위이고, <3>과 <4>는 천황이 순행 중 머물던 행재소를 각국의 國司들이 방문하여 풍속가무를 연행한 기록들인데, 당시 지방의 나라들이 천황에게 가무를 바친 사례를 보여주는 내용이다.56) 일본에서는 석전을 포함한 제례들에서 아악을 쓴 것이 아니라 풍속악과 가무가 사용되었다는 것이 인용문들의 전체적인 요지다. 스즈키 요시에는 이 문제에 대하여 다음과 같은 견해를 밝히고 있다.

일본에 중국의 악무가 전래된 정확한 시기와 경로에 대하여 상세한 것은 알 수 없으나, 그 중 상당수가 견당사와 함께 일본에 유입된 것으로 알려져 있다.

---

54) 같은 책, 105쪽의 "戊申 行至近江国 觀望淡海 山陰道伯耆以來 山陽道備後以來 南海道讚岐以來 諸國司等詣行在所 奏風俗歌儛" 참조.

55) 『國史大系 v.3: 日本後紀』, 經濟雜誌社, 1897-1901, 91쪽의 "於豐樂殿宴五位已上 二国奏風俗歌舞 賜五位已上物 及二国獻物班給諸司" 참조.

56) 스즈키 요시에(鈴木祥江), 「日本における礼楽・佾舞の受容についでの一考察-釋奠と樂舞のかかわりをめぐって-」[上海戲劇学院 舞踊学院/舞踊研究院 共同 シンポジウム, "中国古代楽舞の海外伝播と変の樣相と原型の比較研究", 2019, 10월 21-22일.], 7-8쪽 참조.

『속일본기』에 따르면 대보 2년[702] 1월 '宴群臣於西閣 奏五帝太平樂'이라 기록되어 당악의 악곡명을 올리고 있다. 또한 동대사의 대불개안식[752년]에 당악이 상연된 점 등으로 보아도 대략 8세기 초두에 이미 일본에 많은 악무들이 전해졌음을 확인할 수 있다. 그렇다면, 왜 석전에서는 이러한 악무를 사용하지 않았던 것일까. 이 점에 대해서는 이야나가 데이조(弥永貞三)씨의 견해["악무의 記述을 생략한 것은 당나라 악무가 일본에 잘 알려지지 않았기 때문이 아닌가 싶다. 적어도 당의 악무와 일본의 악무가 상당히 달랐다는 점은 엔키시키 제정자에게 의식되었을 것이다. 중국의 악무는 禮式과 밀접하게 연관되어 악무의 종류가 곧바로 예의 厚薄과도 연결되는데, 일본의 악무는 그와 같은 의미를 지니고 있었을까."][57]를 참조할 수 있는데, 이 경우 '당의 악무'와 '일본의 악무'가 구체적으로 무엇을 가리키는지 알 수 없지만, 이것은 앞에 제시한 開元禮와 엔키시키(延喜式)의 차이점에 이어지는 부분으로 기록되어 있으므로, '당의 악무'='중국 아악', '일본의 악무'='풍속악'이라는 뜻으로 추정된다. 그렇다면, 이야나가 씨의 논의로부터는 당시에 이미 일본에 전해져 있던 당악의 존재가 빠져 있어 上記의 지적은 당시 일본 악무의 실정을 파악하지 못한 관계로, 유감스럽게도 불충분하다고 말하지 않을 수 없다. 私見에 의하면, 아악료가 풍속악을 사용한 것은 당시 일본이 수입한 당악의 내용에 열쇠가 있다고 생각한다. 이에 대해서는 와타나베 신이치로(渡辺信一郎)씨가 「아악이 왔던 길-견당사와 음악」 중의 언급["일본이 아악(좌방악·당악)으로 수용한 것은 수·당 궁정음악 중 燕樂과 散樂의 일부를 중심으로 하는 것으로, 그것들을 여러 차례에 걸쳐 수용하여 改變을 더하여 재편성한 것이었다."]이 실은 일본 아악을 이해하는 데 있어서 대전제가 되는 중요한 사안이다.[58]

견당사에 의해 당악이 일본에 전래되었다는 점은 대부분 인정하는 사실로서 이론의 여지가 없는 사실이다. 그 구체적인 증거가 인용문 속에 언급된 『속일본기』[대보 2년(702)]의 기록이다. 즉 대보 2년 봄 계미 서각에서 群臣에게 연회를 베풀었는데, 태평악을 연주하였으며 즐거움을 지극히 하고 파하였다

57) 弥永貞三, 「古代の釋奠について」, 『續日本古代史論集 下卷』, 吉川弘文館, 1972, 353쪽.
58) 스즈키 요시에(鈴木祥江), 앞의 논문, 11-13쪽.

는 내용이다.59) 일본에서의 태평악은 당나라에서 도입한 五方師子舞가 바로 그것이다. 西南의 夷國·天竺·師子 등의 나라에서 나온 것으로 털을 엮어 만든 것이 바로 사자무의 사자다. 각각의 높이는 한 길이 넘는데 그 속에 사람이 들어가, 그 내려다보고 올려다보며 馴狎하는 모습을 형상하였다. 두 사람이 노끈을 잡고 떨치며 놀이하는 형상을 익힌다. 다섯 사자는 각각 그 방위의 색을 본떴으며, 140인이 태평악을 노래하며 발로 춤을 춘다. 노끈을 잡은 자의 服飾은 곤륜의 모습으로 만들었다고 한다.60)

일본에서 사자무가 공연되던 현장은 홋쇼지(法勝寺)의 법회에서 그 예를 찾을 수 있다. 천황이 도착하면 금당 앞의 무대에서 순서대로 공연되던 부가쿠(舞樂)들[시시(獅子)·보사쓰(菩薩)·가료빈(迦陵頻)·고초(胡蝶)] 가운데 첫 순서가 바로 사자무였고,61) 기가쿠(伎樂)에서 유래된 그 사자무는 구요노마이(供養舞)의 첫 순서였던 것이다.62) 이처럼 시시가구라(獅子神樂)는 일본에서 보편화 된 신사예능(神事藝能)으로서의 가구라(神樂) 부가쿠의 중요한 부분을 이루고 있었다. 그러니 천황이 궁중에서 군신들을 위해 잔치를 베풀면서 태평악을 연주하고 사자무를 공연하게 했다는 『속일본기』의 기록은 그런 당시의 사정을 잘 말해주고 있는 것이다.

이 점을 이론적으로 좀 더 명료하게 뒷받침한 인물이 게이사이라고 할 수 있다. 똑같이 제사로서의 석전을 봉행하던 중국이나 한국과 달리 석전을 제사로 받아들일 수 없다는 게이사이는 그 근거로 '명분'을 들었다. 성현의 도를

---

59) 菅野眞道 外 엮음, 이근우 옮김, 『속일본기 1』, 지식을만드는지식, 2012, 65쪽.
60) 『文淵閣四庫全書: 經部/樂類/樂書』卷一百七十三의 "師子舞: 唐太平樂 亦謂之五方師子舞 師子摯獸 出於西南夷天竺師子等國 綴毛爲之 各高丈餘 人居其中 像其俛仰 馴狎之容 二人持繩秉拂 爲習弄之狀 五師子各放其方色 百四十人歌太平歌 舞以足 持繩者服飾 作崑崙象" 참조.
61) 엔도 도루·사사모토 다케시·미야마루 나오코 지음, 허영일 옮김, 『그림으로 보는 가가쿠 입문사전』, 민속원, 2016, 92쪽.
62) 엔도 도루 외, 같은 책, 96쪽.

존중하는 것과 성현을 제사에 모시는 것은 다른 차원의 문제라고 보았기 때문이다. 그는 원래 자국과 타국의 분별, 특히 당나라에서 붙인 것처럼 中國·夷狄이란 명칭을 수용할 필요는 없다고 보았다. 다만 '우리나라'를 안으로 하고, 다른 나라들을 밖으로 하여 內外賓主의 분별만 명확히 하면 사리에 어긋나지 않는다는 것이 그의 주체적 사고였다.63) 즉 보편적 원리를 바탕으로 하는 국가의 평등성, 중국에 대한 일본의 독자성을 확고히 하는 것 등이 그 사고의 중심이었다. 물론 그는 중고시대 이래 일본 國典으로서의 석전을 지내는 문제를 부정하지 않았다. 고대 엔키시키(延喜式)에서 석전의례의 존재는 당대 유학자들에게 상식적인 일이었기 때문이다. 에도 시대 초기 다양한 의례서들에 근거하여 실시되던 각지의 釋菜들은 國令에 의거하지 않은 것들로서 사실상 僭犯[대의명분에 반하는 참람함]이라 할 수 있었다. 그런 식으로 신을 제사하는 일은 잘못된 祭饗이고, 非禮의 淫祀 혹은 私祭일 수 있었던 것이다. 공자를 문선왕으로 제사지내는 것은 명분을 혼란시키는 일이며, 그 명분을 바르게 하기 위해 周禮 아닌 황제가 살고 있는 시대의 예를 취해야 한다고 주장했다.64)

이상 스즈키 요시에, 리웨산 등의 견해를 중심으로 살펴 볼 때 일본의 경우 중국이나 한국과 달리 성현 특히 공자에 대한 崇仰이나 제사를 동양적 보편성의 범주에 구애되지 않고 자신들의 독자적인 관점으로 해석·실천했음을 알 수 있다. 제사의 절차나 제사에 사용하던 음악이나 무용 또한 풍속가무가 주류를 형성한 것도 그런 이유 때문이었음이 분명해진다. 그런 인식을 바탕으로 문묘에서 행해지던 각지의 석전 혹은 석채도 자신들의 독자성을 구현하는

---

63) 이 점은 조선조 湛軒 洪大容[1731-1783]이 「毉山問答」[『標點影印 韓國文集叢刊 248』, 재단법인 민족문화추진회, 2000, 99-100쪽]에서 '공자가 중국 밖에서 살았다면 域外春秋가 있었을 것'이라는 전제 아래 華夷의 구분이 무의미하다는 요지의 결론을 내림으로써 철저한 상대주의적 관점을 보여준 일[조규익, 『국문 사행록의 미학』, 도서출판 역락, 2004, 313쪽 참조]과 상통한다. 한·일 지성사의 사건이라 할 수 있는 이 문제는 다른 기회에 상론하기로 한다.
64) 이상은 리웨산, 앞의 논문, 30-32쪽의 내용을 발췌하여 인용함.

입장에서 행해졌다고 할 수 있다.

그렇다면 실제 일본 문묘에서 시행된 석채는 어떤 절차로 행해졌으며, 그런 절차에서 연주된 음악이나 절차들에 반영되어 있는 특성은 무엇인지 살펴볼 필요가 있다. 일본에는 유시마세이도(湯島聖堂)·다쿠세뵤(多久聖廟)·나가사키세이도(長崎聖堂)·구메고시뵤(久米孔子廟)·미토고시뵤(水戸孔子廟)·아시카갓코고시뵤(足利學校孔子廟)·시즈타니갓코세뵤(閑谷学校聖廟) 등의 문묘들이 있으나, 이 가운데 중심은 유시마 세이도이다. 근세 일본의 문묘는 1632년 시노부가오카세이도(忍岡聖堂)를 시작으로 1691년[元禄 4년]의 유시마 세이도를 거쳐 1797년 [관정 9년]의 가쿠몬쇼(學問所)로 변천해왔다. 私營 문묘였던 시노부가오카 세이도로부터 官私共營의 유시마세이도로 바뀌었고, 다시 官營의 가쿠몬쇼 大成殿으로 전환해온 것이다.[65] 앞에서 언급한 바 있는 것처럼 일본의 경우 이미 文武천황 다이호(大宝) 원년 2월 丁巳에 석전을 행하였다[66]는 기록이나, 다이호 2년[702]의 다이호레이(大宝令) 학령의 언급[凡大学国学 毎年春秋二仲之月上丁 釈奠於先聖孔宣父 其餝酒明衣所須 並用官物][67] 등을 고려할 경우 일본에서는 7세기 말-8세기 초반에는 석전이 도입되어 시행되고 있었으며, 일본식으로 변모된 것을 감안해도 늦어도 17세기경에는 문묘가 완벽하게 정착되어 있었음을 인정할 수 있을 것이다. 그 중심에 유시마 세이도가 있었다. 무엇보다 1922년 공자 歿後 2400주년을 맞는 추모 제사를 유시마 세이도에서 거행했는데, 이 행사에 조선의 유림과 중국의 유교 지식인들이 이곳에 함께 모여 처음으로 공자에게 제사했다는 것은 일본 문묘가 보편적 기준을 만나는 기회가 되었다고 할 수 있다.[68] 원록 3년[1690] 유시마에 성당이 옮겨지면서 대성전 안에서 공자를

---

65) 박종배, 「일본 근세 문묘의 설립과 변천에 관한 일 고찰」, 『교육사학연구』 제24집 제1호, 교육사학회, 2014, 36쪽 참조.

66) 菅野眞道 外 엮음, 이근우 옮김, 『속일본기 1』, 47쪽.

67) 시치다 마미코(七田麻美子), 「平安時代後期の釋奠詩序の樣相」, 『日本研究』 14, 고려대학교 글로벌일본연구원, 2010, 389쪽에서 재인용.

奉祀하고 四配와 十哲을 배향하고 선현과 선유의 畫像을 모셨다. 공자 이하 萬曆 연간에 종사하기 시작한 明代 理學者까지 90여인을 봉사했는데, 이는 유시마 세이도가 봉사한 인물이 중국과 똑같다는 사실을 말해준다.[69] 일본에서 태학의 문묘는 開元禮를 사용했으나, 에도 시대의 蕃校 문묘의 제사들은 모두 같지 않았고, 특히 유시마세이도는 석전례보다 한 등급 낮은 釋菜禮를 채용한 것이 특이하다.[70]

이처럼 일본의 유교문화나 제례의 핵심을 유시마 세이도에서 볼 수 있는데, 갑작스런 COVID19의 창궐로 인해 필자는 계획되었던 유시마 세이도 답사를 미루어 오다가 뜻을 이루지 못한 채 결국 오늘날에 이르고 말았다. 본서에서 부득이 직전에 답사·참관한 바 있는 다쿠세뵤의 제도를 준용하여 일본 문묘의 문화나 제례의 본질을 추정할 수밖에 없게 된 것도 바로 그 때문이다.[71]

1708년 일본 다쿠(多久)의 4대 영주인 다쿠시게후미(多久茂文)는 일본 사가켄

---

68) 정욱재, 「1920년대 식민지 조선 유림과 일본의 湯島聖堂」, 『민족문화연구』 71, 고려대학교 민족문화연구원, 2016, 393쪽 참조.

69) 孔祥林 저, 임태승 역, 「중국·한국·월남·일본·유구의 문묘제도 비교」, 『유교문화연구』 8, 성균관대학교 동아시아학술원, 2004, 50쪽 참조.

70) 공상림, 같은 논문, 53쪽 참조.

71) 필자는 2018년 4월 18일 다쿠세뵤를 방문하여 公益財団法人 孔子の里의 가메가와 쇼헤이(亀川将平) 대표와 자료관의 시사 키에(志佐喜栄) 학예원의 도움으로 석채를 관람했고, 그들로부터 다쿠세뵤의 연혁과 석채에 관한 설명을 들었으며, 「釈菜儀節」과 그것을 바탕으로 만들어 시행하고 있는 '다쿠세뵤 釈菜式順'을 얻었다. 그들은 이 식순이 다쿠세뵤 창건 시의 '多久聖廟釈菜儀節'에 의거하여 만들어졌으나, 多久聖廟釈菜儀節은 어떤 경로로 만들어졌는지 알 수 없다고 했다. 다만 이 절차들은 『國寶 多久聖廟』[多久市郷土史編纂委員會 편집, 福博印刷佐賀支社 인쇄, 多久市長 吉木善久 발행]에 실려 있는 '聖廟の祭儀'에서 추출한 것임을 확인할 수 있었다. 이 祭次는 다쿠세뵤가 창건되고 석채가 시작된 1708년부터 300여년 뒤인 오늘날까지 변함없이 그 방식대로 지속되고 있지만, 「釈菜儀節」의 선행 문헌이 무엇인지에 대한 규명은 아직 이루어지지 않고 있다. 그리고 일본을 대표하는 문묘로 유시마 세이도 등을 들 수 있지만, 본문에서 밝힌 바와 같이 방문연구가 계획되어 있던 2019년부터 전 세계적으로 COVID19가 창궐하여 일본을 방문할 수 없었다. 부득이 이전에 다쿠세뵤를 방문하여 확보한 자료와 문헌들을 중심으로 일본의 문묘와 문묘악장에 대한 편린이나마 언급할 수밖에 없다. 다쿠세뵤의 제도를 일본 전체의 것으로 일반화시킬 수는 없지만, 일본 석전문화의 한 단면 정도는 추정할 수 있다고 본다. 이 부분의 논리가 갖고 있는 근본적인 한계점을 인정하며, 앞으로의 연구에 따라 얼마든지 달라질 수 있음을 분명히 밝힌다.

(佐賀縣) 다쿠시(多久市)에 다쿠세뵤(多久聖廟)를 건립했다. 1699년 시게후미는 교육의 필요성을 강조하며 學問所를 세워 공자상을 모셨으나, 그보다 9년 뒤인 1708년 공자상을 이곳으로 移安하고 석전의례를 거행하며 오늘날에 이르고 있는 것이다. 매년 4월 18일, 10월 네 번째 일요일에 전통 방식의 석채를 행하고 있으며, 전국에서 많은 사람들이 찾아올 정도로 명성이 높은 행사로 정착되어 있다. 일본의 각지에 산재한 문묘들의 석전이나 석채를 추정할 수 있는 다쿠세뵤의 祭次는 다음과 같다.

순번	唱[동작지시]	動き[동작내용]	楽[음악]
1	詣廟	献官・祭官が入廟し, 祝者が聖龕を開扉する.	
2	排班	祭儀のための隊形となる.	音取.龍笛で終る.
3	迎神	文宣王(孔子)をお迎えする.	越天楽全部を奏する.
4	鞠躬・拝・興・拝・興・平身	(鞠躬)丸くなつてかがむ/(拝)拝む/(興)立つ/(平身)もとの姿勢に戻る.	
5	献饌	祝者が聖龕を開扉し, 執饌が棗 (銀杏)・栗・芹・筍・鮒(雉肉)・飯・餅のお供物を運び, 祝者が孔子と四配に供える.	楽合歓塩を二回目演奏する. 酒饌が廚を出る時に楽起り供えが終つたら楽も止む. 合歓塩の二回目は粢の段階で始める
6	點閲	掌儀がお供物を検査する.	
7	詣盥洗所	献官は洗所にて手を洗う.	
8	詣香案前	献官は聖断の香机の前に立つ.	
9	跪	献官はひざまづく.	
10	上香	お香を三回あげる.	
11	俯伏・興・拝・興・拝・興・平身	(俯伏)ひれ伏す, 立つ, 拝む, 立つ, 拝む, 立つ, もとの姿勢に戻る.	
12	詣爵洗所	献官は爵を洗所で洗う.	
13	詣酒尊所	献官は東の酒置場に行く.	
14	詣至聖先師文宣王神位前	文宣王の前に進む(初献の儀)	

순번	唱[동작지시]	動き[동작내용]	楽[음악]
15	跪		
16	献爵	酒を供える.	越天楽二節だけ
17	俯伏・興・平身	香机の前で行う.	
18	詣読祝位	祝者が祝文の準備をする.	
19	衆官皆跪	祭官が全員ひざまずく.	
20	読祝	祝者が祝文を読む.	
21	俯伏・興・拝・興・拝・興・平身	香机の前で行う.	
22	献爵於配位・詣酒尊所	献官は西の酒置場に行き, 酒を供える準備をする.	
23	詣復聖顔子神位前	献官は顔子の前に進む.	
24	跪		
25	献爵		
26	俯伏・興・拝・興・拝・興・平身		
27	詣宗聖曾子神位前	献官は曾子の前に進む.	
28	跪		
29	献爵		
30	俯伏・興・拝・興・拝・興・平身		越天楽 一回
31	詣述聖子思子神位前	献官は子思子の前に進む.	
32	跪		
33	献爵		
34	俯伏・興・拝・興・拝・興・平身		
35	詣亜聖孟子神位前	献官は孟子の前に進む.	
36	跪		
37	献爵		
38	俯伏・興・拝・興・拝・興・平身		
39	行亜献礼・詣酒尊所	献官は東の酒置場に行き, 酒を供える準備をする.	
40	詣至聖先師文宣王神位前	献官は文宣王の前に進む.(亜献の儀)	

순번	唱[동작지시]	動き[동작내용]	楽[음악]
41	跪		
42	献爵		
43	俯伏·興·平身		
44	献爵於配位·詣酒尊所	献官は西の酒置場に行き, 酒を供える準備をする.	合歓塩 二節まで
45	詣復聖顔子神位前		
46-48	*繰り返し		
49	詣宗聖曾子神位前		
50-52	*繰り返し		
53	詣述聖子思子神位前		
54-56	*繰り返し		
57	詣亜聖孟子神位前		
58-60	*繰り返し		
61	行終献礼·詣酒尊所	献官は東の酒置場に行き, 酒を供える準備をする.	
62	詣至聖先師文宣王神位前	献官は文宣王の前に進む.(終献の儀)	
63-65	*繰り返し		
66	献爵於配位·詣酒尊所	献官は西の酒置場に行き, 酒を供える準備をする.	越天楽三節だけ
67	詣復聖顔子神位前		
68-70	*繰り返し		
71	詣宗聖曾子神位前		
72-74	*繰り返し		
75	詣述聖子思子神位前		越天楽一回
76-78	*繰り返し		
79	詣亜聖孟子神位前		
80-82	*繰り返し		
83	衆官復位	献官·祭官は入廟と同じ隊形になる.(二列)	
84	詣読詩位	祝者は献詩の準備をする.	
85	衆官皆跪	祭官全員ひざまずく.	
86	読詩	祝者は献詩を読む.	
87	撤饌	祝者はお供物を下げる.(現在は参列者の為	合歓塩 三節

순번	唱[동작지시]	動き[동작내용]	楽[음악]
		に, お供物はままにしておく)	
88	排班	祭儀のための隊形となる.	
89	送神	文宣王(孔子)を送る儀.	
90	鞠躬·拝·興·拝·興·平身		抜頭
91	礼畢	祭官は退廟する.	
92	揖礼	境内で祭官は, お互いに終わりの挨拶をする.	
93	終閉	現在は, 參列者の為に終閉は行つていない.	

이상의 제차들을 단계별로 정리하면 다음과 같다.

준비[1. 詣廟 /2. 排班]

迎神[3. 迎神 /4. 鞠躬·拝·興·拝·興·平身]

奠幣[5. 獻饌/6. 點閱 /7. 詣盥洗所 /8. 詣香案前 /9. 跪 /10. 香 /11. 俯伏·興·拝·興·拝·平身 /12, 詣爵洗所 /13. 詣酒尊所]

初獻[14. 詣至聖先師文宣王神位前 /15. 跪/ 16. 獻酌/17. 俯伏·興·平身 /18. 詣読祝位 19. 衆官皆跪 /20. 読祝 /21. 俯伏·興·拝·興·拝·興·平身 /22. 献爵於配位·詣酒尊所 /23. 詣復聖顔子神位前 /24. 跪 /25. 献爵 /26. 俯伏·興·拝·興·拝·興·平身 /27. 詣宗聖曾子神位前 /28. 跪 /29. 献爵 /30. 俯伏·興·拝·興·拝·興·平身 /31. 詣述聖子思子神位前 /32. 跪 /33. 献爵 /34. 俯伏·興·拝·興·拝·興·平身 /35. 詣亜聖孟子神位前 /36. 跪 /37. 献爵 /38. 俯伏·興·拝·興·拝·興·平身]

亜献[39. 行亜献礼·詣酒尊所 /40. 詣至聖先師文宣王神位前 /41. 跪 /42. 献爵 /43. 俯伏·興·平身 /44. 献爵於配位·詣酒尊所 /45. 詣復聖顔子神位前 /46.-48. 繰り返し /49. 詣宗聖曾子神位前 /50.-52. 繰り返し /53. 詣述聖子思子神位前 /54.-56. 繰り返し /57. 詣亜聖孟子神位前 /58.-60. 繰り返し]

終献[61. 行終献礼·詣酒尊所 /62. 詣至聖先師文宣王神位前 /63.-65. 繰り返し /66. 献爵於配位·詣酒尊所 /67. 詣復聖顔子神位前 /68.-70. 繰り返し /71. 詣宗聖曾子神位前 /72.-74. 繰り返し /75. 詣述聖子思子神位前 /76.-78. 繰り返し/79. 詣亜聖孟子神

位前 /80.-82. 繰り返し /83. 衆官復位]
  読詩[84. 詣読詩位 /85. 衆官皆跪 /86. 読詩]
  撤饌[87. 撤饌]
  排班[88. 排班]
  送神[89. 送神 /90. 鞠躬·拝·興·拝·興·平身]
  礼畢[91. 礼畢 /92. 揖礼 /93. 終閉]

제차는 '영신-전폐-초헌-아헌-종헌-독시-철찬-송신' 등의 단계로 구성되어 있는데. '読詩'만 제외하면 중국이나 한국과 다를 바 없다. 세밀한 동작들의 차이는 있으나, 전체적인 구조는 크게 다르지 않다는 것이다. 예컨대 조선조의 「王世子釋奠文宣王儀」[72]를 보면, '영신[협률랑이 부복하였다가 휘를 들고 일어나면 악공이 柷을 올리고 헌가에서 凝安樂을 연주하고 烈文舞를 추며, 악은 二章을 연주함/집례가 4배를 창하면 왕세자가 4배하고, 위에 있는 자와 학생들 모두 4배함. 악이 三章을 연주함]-전폐[봉례가 왕세자를 인도하여 東階로 올라오고, 대성지성문선왕의 신위 앞으로 나아가 북쪽으로 향하여 서면 등가가 明安樂을 연주하고 烈文舞를 춤/다음으로 復聖公·宗聖公·述聖公·亞聖公 신위 앞으로 나아가 동쪽으로 향하여 향을 올리고 폐백을 드리는 일을 앞의 의식과 같이 함]-초헌[봉례가 왕세자를 인도하여 동계로 올라와 대성지성문선왕의 尊所에 나아가 서쪽으로 향하여 서면 등가는 成安樂을 연주하고 열문무를 춤/봉례가 왕세자를 인도하여 복성공·종성공·술성공·아성공 신위 앞으로 나아가 동쪽으로 향하여 행례하기를 앞의 의식과 같이 하되 大祝은 남쪽으로 향하여 讀祝함/文舞는 물러가고 武舞가 앞으로 나옴/헌가에서 舒安樂을 연주함]-아헌[아헌관을 인도하여 올라와 문선왕의 준소에 나아가 서쪽으로 향하여 서면 헌가는 成安樂을 연주함/집사자가 爵을 아헌관에게 주면 아헌관이 작을 잡아 드리되 집사자에게 주어서 신위 앞에 드림/알자가 아헌관을 인도하여 복성공·종성공·술성공·아성공 신위 앞에 나아가 행례하기를 앞에서 거행한 의식과 같이 함]-종헌[알자가 종헌관을 인도하여 행례하기를 모두 아헌 의식과 같이 함.]-음복[봉례가 왕세자를 인도하여 올라와 음복위에 나아가서 서쪽으로 향함/대축이 작을 받들고 북쪽으로 향하여 꿇어앉아 올리면 왕세자는 받아 마심/다 마시면 대축이 빈 잔을 받아 받침대 위에 도로 놓음/대축이 俎를 받들고 북쪽으로

---

72) 『법제자료 제118집: 국조오례의(1)』, 법제처, 1981, 312-321쪽 참조.

향해 꿇어앉아 올리면 봉례가 조를 받을 것을 청함]-**철변두**[여러 대축들이 들어와 변두를 거두고 등가가 娛安樂을 연주하고 헌가에서 凝安樂을 연주함/樂은 1장을 연주하고 그침]-**망예**[봉례가 왕세자를 인도하여 망예위에 나아가 북쪽으로 서고, 집례는 贊者를 거느리고 망예위에 나아가 서쪽으로 섬/모든 대축들이 篚를 가지고 축판과 폐백을 취하여 西階로 내려와 구덩이에 넣음]-**畢禮'** 등으로 진행되는데,[73] 일본의 절차에는 讀詩가 들어 있는 점이 특이하고, 조선의 절차에는 일본의 것에 비해 음악과 佾舞가 비교적 상세히 명시되어 있는 점이 특이하다. 조선 문묘제례악의 영신은 헌가에서 응안지악을, 전폐는 등가에서 명안지악을, 초헌은 성안지악을, 공악은 헌가의 서안지악을, 아헌과 종헌은 헌가에서 성안지악을, 철변두는 등가의 오안지악을 송신과 망예는 헌가의 응안지악을 각각 연주했고, 영신·전폐·초헌에서 烈文舞를 추었고, 초헌과 아헌 사이의 공악 단계에서는 文舞가 물러가고 武舞가 나오는 것으로 일무의 전환이 이루어지는 것으로 되어 있다. 여기에 쓰인 악곡들[凝安·明安·成安·娛安]은 모두 원나라에서 답습한 송나라의 것들로서, 원나라에서도 그것들을 舊曲으로 치부하고 쓰지 않기로 결정했을 정도였다.[74] 송나라 때 송대의 악곡을 수용한 고려의 석전음악을 조선조에서 답습했기 때문에 조선조의 석전에서도 그 악곡들을 그대로 사용하고 있었던 것이다. 석전 제례악에서 보듯이 중국과 고려·조선은 아악을 공유할 정도로 밀접한 관계를 맺고 있었다. 음악뿐 아니라 악장 제작의 관습[내용 및 형식] 또한 상당부분 당·송·금·원·명 등 중국 왕조들로부터 수용했고, 고려 음악체계를 계승한 조선조 또한 마찬가지였다.[75] 그런데 일본의 석전 혹은 석채에서 사용하는 음악은 달랐다. 「多久聖廟釈菜儀節」

---

73) 대한제국이 황제국의 명분 아래 만든 『大韓禮典』의 경우도 '왕세자'가 '황태자'로 바뀌었을 뿐, 전체 내용은 거의 동일하다.[대한제국 사례소 지음, 임민혁·성영애·박지윤 옮김, 『國譯 大韓禮典 (中)』, 민속원, 2018, 487-496쪽 참조.]

74) 조규익, 「고려와 중국왕조들의 아악악장 비교」, 『한국문학과 예술』39, 사단법인 한국문학과예술연구소, 2021, 307쪽 참조.

75) 조규익, 같은 논문, 309쪽 참조.

에 명시된 악곡이나 노래는 다음과 같다.

2. 排班: 음 고르기. 龍笛으로 끝낸다.

3. 迎神: 越天樂(えてんらく) 전부를 연주한다.

5. 獻饌: 合歡塩(がっかんえん)을 두 번째로 연주한다. 酒饌이 주방에서 나갈 때 악대가 일어나고, 음식 올리는 일이 끝나면 음악도 그친다. 합환염의 두 번째 연주는 粢御飯을 바치는 단계에 시작한다.

16. 越天樂 2절만 연주한다.

29·30 越天樂을 1회 연주한다.

41-48 合歡塩을 2절까지 연주한다.

66. 越天樂을 3절만 연주한다.

68-82 越天樂을 1회 연주한다.

87. 合歡塩 3절을 연주한다.

90. 拔頭(ばとう)를 연주한다.

여기서 반복적으로 사용되었거나 두드러진 악곡들은 <월천악>·<합환염>·<발두> 등이다. <월천악>은 일본에 수용되어 정착한 아악으로 원래 당나라 실크로드 지역에서 연행되던 歌舞戲들 가운데 하나였다. 이 악곡의 일본 내 위치와 유래에 관한 기시베 시게오(岸邊成雄)의 설명과 엔도 도루(遠藤徹) 등의 설명은 각각 다음과 같다.

이 악곡은 일본 아악 가운데 아주 친숙한 곡이다. <에텐라쿠(越天樂)>는 일본에 서도 <월전악(月殿樂)>으로 쓰기도 한다. 중국에서는 『羯鼓錄』이란 책 중에 월전(Etsuden) 천보십삼제석간에는 월전(Getsuden)으로 기록되어 있다. 월전은 한자는 각기 다르지만 발음이 월전 혹은 월천으로서 그 음은 비슷하다. 일본의 <에텐라쿠>는 헤이안 조에 새로 만든 관현곡이지만, 그 곡명이 唐土의 散樂에서 시작되었다는 사실은 의외라 할 수 있다.[76)]

효조(平調)의 에텐라쿠는 오늘날에는 가가쿠 중 가장 많이 알려진 곡들 가운데 하나다. 춤이 없는 간겐 곡으로 곡명의 유래 등 자세한 것은 알려져 있지 않으나, 옛날에는 '하(破)'의 악장도 있었으며, 오시키초(黃鐘調)의 '안제이라쿠(安城樂/단절곡)'라는 곡을 효조로 옮겨 연주한 것으로, '규(急)'의 악장은 12번 연주한다는 기록도 남아 있다. 현재 연주되고 있는 에텐라쿠는 하야4효시, 효시8(後度十二)로 명시되어 있는 小曲으로, 다른 곡에 없는 독특한 선율은 우아한 흐름을 지니고 있으며 다른 곡에 비할 바 없는 명곡으로 매우 친숙하다. 이 선율은 나중에 에텐라쿠이마요(越天樂今樣), 요코쿠(謠曲)나 소쿄쿠(箏曲), 민요의 구로다부시(黑多節)에 도입되어 후대로 계승되면서 장르를 초월한 외연적 확대를 보여주게 되었다.[77]

인용문 전자와 관련하여 분명한 것은 중국 신강성 지역의 실크로드는 서역과의 교통로였고, 당나라 때 서역의 문화가 들어오던 관문 역할을 했다는 점이다. 따라서 많은 서역의 악무들이 도입되어 당나라의 연악으로 사용되었고, 그것들은 신라와 일본에도 전파되어 나름대로의 변이과정을 거친 뒤 정착되었을 것으로 추정된다. 전자 기시베 시게오의 견해에 대하여 권오성은 '月顚·月殿·越天 모두가 音通이고, 외래어의 한자 音譯일 가능성이 크다. 어원은 페르시아어 계통의 호탄(Khotan)을 한자로 借字한 것이라고 본다. 시의 내용에서 알 수 있듯이 머리에 가발과 가면을 쓰고 서역의 오랑캐 차림을 한 一群의 왜소한 유생들의 모습이 펼쳐지고 그들은 술에 취해 주정을 부리고 미쳐 날뛰면서 각종 추태를 부리는 모습을 표현한 舞曲과 같은 곡, 즉 골계 가무희로서 일정한 줄거리와 장면이 있는 것으로 보이며, 새벽이 될 때까지 공연된다.'라고 설명했다.[78]

---

76) 岸邊成雄, 『古代シルクロ口の音樂』, 東京: 講談社, 1982. 권오성, 「실크로드 지역 散樂의 한·중·일 전래-崔致遠 鄕樂雜詠五首를 중심으로-」, 『국악원논문집』 20, 국립국악원, 2009, 6쪽에서 재인용.
77) 엔도 도루·사사모토 다케시·미야마루 나오코 지음, 허영일 옮김, 앞의 책, 272쪽.
78) 권오성, 주 76)의 논문, 6쪽. 전인평[『새로운 한국음악사』, 현대음악출판사, 2000, 107쪽]도 호탄지방 탈춤의 일종으로 보았다. 그러나 윤광봉[『한국연회예술사』, 126쪽]은 그런 견해들이 아직은 추측일 뿐이라고 단정했다.

여기서 주목할 것은 重頭의 존재라 할 수 있다. 換頭와 달리 중두는 頭 즉 頭句를 중첩하는 방식의 창법이다.[79] 散曲 중 독립된 곡인 小令에 복수의 가사들을 붙이는 것이 중두이다. 즉 한 개의 곡에 다수의 노랫말을 붙이고, 많은 사람들이 노랫말만 바꿔가며 반복 가창[즉 중복 塡詞]하는 경우를 가리키는데, 많은 사람들이 함께 가창할 수 있다는 점에서 매우 생산적이고, 흥겨운 분위기에 맞는 형태의 노래라 할 수 있다.[80]

앞에서 언급한 바와 같이 서역에서 성행하던 각종 산악이 중국에서는 여러 지역에서 연행된 것으로 추정되고, 고구려와 신라에 전승되어 최치원의 향악 잡영오수에 그 모습이 기록되었으며 일본에도 악보와 함께 여러 형태로 남아 있는 것으로 보아야 한다.[81] 월전은 서역의 于闐國을 가리킨다는 점에서 그 악무는 그 나라에서 전래된 가무임이 분명하다. 즉 우전국에서 당나라로, 당나라에서 직접 일본으로 전해졌거나 신라로 전해졌다가 마지막에 일본으로 전해져 越天[越殿·黑田]으로 정착되었고,[82] 현재는 일본의 학교 교육에서도 많이 다뤄질 정도로 가장 중요하게 취급되는 아악곡들 중 하나이다.

인용문 중 후자는 현재 통용되고 있는 에텐라쿠의 연주법이나 그 소리에 관한 특징을 설명하고 있다. 옛날 에텐라쿠의 '하(破)'와 '규(急)'에는 악장도 있었으나, 현재는 없는 것으로 보인다. 이 小曲은 우아하고 아름다운 선율로 사람들의 사랑을 받았으며, 에텐라쿠이마요·요쿄쿠·소쿄쿠·구로다부시 등

---

79) 이혜구, 「重頭의 反復形式-日本의 唐樂 越天樂에 基하여-」, 『한국음악사학보』 Vol.20 No.1, 한국음악사학회, 1998, 19쪽 참조.

80) 중두는 월전악에만 중두가 있었던 것은 아니다. 이혜구에 따르면, 다음으로 언급하게 될 합환염의 경우도 월천악과 같이 악보의 제5행 즉 제3구 위에 중두 표시가 있다고 한다. 즉 합환염은 월천악과 같이 3구와 중두 곧 頭句 중첩의 4구라고 할 수 있다는 것이다.[이혜구, 위의 논문, 20쪽 참조.]

81) 권오성, 앞의 논문, 16쪽 참조. 권오성은 '실크로드 지역의 호탄(khotan)이 중국에 들어와 花田·于田·于闐 등으로, 신라에서는 月顚으로, 일본에서는 越殿·越天·黑田(구로다부시) 등으로 불렸다고 한다.[권오성, 같은 논문, 같은 곳 참조]

82) 전덕재, 「한국 고대 서역문화의 수용에 대한 고찰-百戲·歌舞의 수용을 중심으로-」, 『역사와 경계』 58, 부산경남사학회, 2006, 36-37쪽 참조.

후대의 노래장르들에 계승·확장되어 온 악곡이다. 에텐라쿠의 분위기나 내용은 신라 崔致遠[857-?]의 「향악잡영오수」 중 <月顚>을 통해 짐작할 수 있다. 인용문의 필자는 '서역-당나라-(신라)-일본'으로 연결되는 당악 수용 루트와 '越殿'-'月顚'의 상호 유사한 음 또한 무시할 수 없다고 본다. 최치원이 唐土나 신라에서 그 악무를 보고 느낀 생각을 시로 읊은 것이 <월전>이라면, 일본에서 유행했던 <에텐라쿠>의 내용이나 實演 광경 역시 최치원의 작품에 표현된 그런 분위기를 크게 벗어나지 않을 것이다.[83] 말하자면 우스꽝스런 모습의 가면을 쓰고 취한 채 노는 희극, 즉 중국 당악 가운데 醉公子나 일본 伎樂의 醉胡·左方樂의 胡飮酒 같은 계통,[84] 즉 공개된 무대에 올려 대중이 함께 즐기는 유흥의 한 양식으로 추정할 수 있으리라 본다.

일본의 바토(拔頭) 역시 월천악과 같이 당악으로 전래되어 정착된 악곡이다. 박태규 등에 따르면, 일본의 부가쿠 중 악곡의 이름이 전해지는 도가쿠는 100여개가 되는데, 이것들 가운데 중국 문헌에 기록이 나타나는 것은 30여개, 그 가운데 문화변용의 양상이 두드러진 것들 가운데 바토와 연관된 <발두>가 있다고 한다.[85] 민간 歌舞戲에 속하는 바토[86]는 원래 중국 당나라의 撥頭에서 나왔고, 발두는 서역에서 나왔다. 胡人이 맹수에게 잡아먹히게 되자 그 자식이 맹수를 찾아 죽였는데, 이것을 본떠 만든 춤이 바로 발두라는 것이다.[87] 이것을 좀 더 구체적으로 부연한 것이 다음과 같은 元末 明初 陶宗儀가 편찬한 총서 『說郛』의 기록이다. 다음과 같은 내용이다.

---

83) 『삼국사기』[db.history.go.kr] 권 제 32>잡지 제 1>음악>향악잡영시 월전[肩高項縮髮崔嵬/攘臂螶儒鬪酒盃/聽得歌聲人盡笑/夜頭旗幟曉頭催] 참조.

84) 정구복·노중국 외 3명, 『역주 삼국사기』 4[주석편(하)], 한국학중앙연구원출판부, 2012, 86쪽.

85) 박태규·남종진, 「일본 도가쿠의 중국 당악 수용 사례 연구」, 『아태연구』 제21권 제2호, 경희대 국제지역연구원, 2014, 101쪽 참조.

86) 박태규·남종진, 위의 논문, 116쪽.

87) 이민홍 역주, 『通典』, 박문사, 2011, 403쪽.

발두는 옛적 어떤 사람의 아비가 虎患을 당했는데, 마침내 산에 올라 그 아비의
시신을 찾았다. 산에 여덟 구비가 있었으므로 그 악곡에 8첩이 있게 되었다. 놀이
하는 사람이 머리를 풀어 헤치고 흰 옷을 입고 얼굴은 우는 모습을 했으니, 대개
喪을 당한 형상이었다. 蘇中郎은 後周의 선비 蘇葩였다. 그는 술을 좋아하여 낙백하
자 스스로 중랑이라 부르며 노래하는 곳이 있기만 하면 들어가 홀로 춤을 추었다.
지금 놀이하는 자가 붉은 모자를 쓰고 얼굴을 붉게 칠했으니 대개 그 취한 모습을
형상한 것이다.[88]

大面·小幕次·渾脫 등과 같이 발두도 얼굴이나 머리와 연관되어 생겨난 말이
며, 이 놀이를 하는 사람도 코가 크고 눈이 움푹 들어간 서쪽 오랑캐 모양의
가면을 썼을 것[89]이라는 추정이 거의 정확하다고 본다. '맹수에 의한 아비의
죽음'이라는 비극적 사건이 발두의 근원설화이긴 하지만, 그 비극을 극복하고
더 나아가 희극으로 승화시키고자 한 데 이 가무희 바토의 미학적 의도가
있다고 보기 때문이다. 그러나 일본의 바토가 석전이나 석채에 쓰였다면, 두
가지 의도가 있었으리라 본다. 효도정신의 구현, 슬픔의 극복을 통한 대중미학
의 구현 등이 그것이다. 석전이나 석채가 축제화된 행사로 진행되고 있는 것이
일본이지만, 유교적 효 개념을 선양하는 효과를 감안했으므로 수많은 당악곡
들 가운데 바토를 선택하여 공자 사당의 제사에 사용했을 것이다. 중국에서
전해진 무악들이 정착과정에서 여러 가지 변화의 양상을 보여주었지만, <발
두>를 수용한 <바토>는 그 발생 모티브를 안정적으로 계승하였다.[90]

갓칸엔(合歡塩)이 언급된 문헌은 쉽게 찾을 수 없다. 이혜구는 일본의 당악에
나타나는 중두의 형식을 논하면서 여기서 함께 논하는 越天樂과 合歡塩이 중

---

88) 『文淵閣四庫全書: 子部/雜家類/雜纂之屬/說郛』 卷一百의 "鉢頭 昔有人父爲虎所傷 遂上山尋其屍
山有八折 故曲八疊 戲者被髮素衣 面作啼 蓋喪之狀也 蘇中郎後周士人蘇葩 嗜酒落魄 自號中郎 每有歌
場 輒入獨舞 今爲戲者 著緋戴帽 面正赤 蓋狀其醉也" 참조.
89) 김학주, 『중국 고대의 가무희』, 민음사, 1994, 239쪽 참조.
90) 박태규·남종진, 앞의 논문, 122쪽.

두의 반복형식으로 이루어졌음을 논한 바 있다. 『雅樂譜』에서 每句의 二返 반복은 五常樂急과 월천악과 合歡塩의 세 곡에만 출현한다[91]고 했다. 따라서 월천악과 합환염은 유사한 성격을 갖고 있었고, 양자 모두 당악을 수용한 것들이며, 우아하고 아름다운 선율로 사람들의 사랑을 받았던 작품들임을 추정할수 있다. 특히 관현으로 연주될 때에는 합환염으로 불렸으나, 舞樂으로 연주될때는 태평악의 急에 사용되며, 5음이 잘 정돈되어 환희의 소리가 잘 갖추어져 있는 것이 바로 이 음악이다.

따라서 일본의 석채나 석전에서 사용되어온 악곡이나 악무는 중국이나 한국과 전혀 다른 모습을 보여준다. 즉 전통 아악이나 악장들이 아니라, 국풍가요로 정착되어 있던 당악을 연주하고 있었으므로 악장이 아예 없거나 있어도 동양의 보편적 범주를 벗어나는 것이 일반적일 것이다. 따라서 석전이나 석채의 일본적 특징을 뚜렷이 보여주는 것은 음악이라고 할 수 있다. 그렇다면 과연 중국이나 한국의 석전에 보편적인 아악악장의 뜻을 약간이나마 구현할수 있는 부분은 어디서 찾을 수 있을까. 도코로 이사오(所功), 구라모리 마사쓰구(倉森正次), 우에다 세쓰오(上田設夫), 후쿠다 도시아키(福田俊昭), 하토오카 아사히(波戸岡旭) 등의 견해를 바탕으로 석전과 詩序 혹은 読詩의 관계를 설명한 시치다 마미코(七田麻美子)의 글은 일본 석전의 본질을 명료하게 보여준다.

  석전 행사는 공자와 그 門弟를 제사하는 제사부와 유교의 경전을 강의하는 강론부로 구성되었는데, 강학행사인 강론에서는 매년 七經[『효경』·『예기』·『상서』·『논어』·『주역』·『춘추좌씨전』] 중 하나에 기반을 두고 講說과 논의가 진행되었다. 이것들은 기본적으로 중국에서 건너온 형식을 답습하고 있다. 연회는 제사·강학에 이어지는 형식으로 실시되었는데, 이것은 중국의 석전에서는 볼 수 없었던일이다. 이 연회는 학문·문학의 행사로 실시된 것 즉 연회를 기반으로 한 문학행사

---

91) 이혜구, 앞의 논문, 20쪽.

의 場이었다. 문학행사의 장이란 석전이 갖는 宴座·穩座의 특성을 말한다. 구라모리(倉森正次)씨는 연회의 나오라이(直會)적 요소를 지적했으나, 그 중요한 것은 學問 場으로서의 성격이다. 석전이 大學寮 관계자에게는 그 실력을 披露하는 절호의 기회였기 때문이다 연좌에서 행해지는 것은 明經道·明法道·算道의 학생이 행하는 三道豎義와 紀伝道의 학생들이 행하는 賦詩이다. 삼도수의는 각 도의 학생들이 각각의 공부에 따라 문답하는 행위이고, 부시는 정해진 詩題에 따라 句題詩를 만드는 행위이다. 가마쿠라(鎌倉) 시대에 성립된 『釈奠次第』등에는 이 연좌의 차제도 기록되어 있는데, 題者로는 文章博士가 序者로는 參列하는 文章得業生 중에서 선발되었다. 그 해의 그 석전에서 선발된 서자는 기전도 학생의 대표라고 할 수 있고, 석전시서의 경우도 문장도 학생은 전력을 다해 작문을 한다. 연구자들의 견해를 종합하면, 宴座의 賦詩가 講學행사의 강론과 밀접한 연관이 있다. 그 때 제시되는 詩題가 강론으로 다루어진 경서에서 뽑힌 것이니만큼, 그 외의 일반적인 句題詩와 비교할 때 석전시는 형식적으로도 내용적으로도 특수하다. 석전시의 詩題는 다른 句題詩의 시제가 다섯 문자의 題를 주로 하는 것과 달리, 五字題 외에 三字題, 六字題 등도 보이지만, 오히려 四字題가 다수를 차지한다. 시 자체도 경서의 내용을 이어받은 것이므로 시라는 문학장르에는 별로 쓰이지 않는 수사가 보인다는 지적도 있다.[92]

석전을 구성하는 큰 부분은 제사와 강론인데, 제사는 앞서 언급한 제차들을 중심으로 진행하는 의례이고, 강론은 매년 7경 중 하나에 기반을 두고 진행되던 講說과 논의였다. 일본의 석전에서 특히 중시되던 것은 연회를 겸한 讀詩의 순서였다. 대학료의 학생들이 공부하던 분야는 明經道·明法道·算道 등이었는데, 그 학생들이 賦詩에 참여하는 것이 근대 이전 일본 석전의 관습이었다. 문학행사의 場이 바로 賦詩였고, 그 행사에서 제시된 시제에 따라 句題詩를 지어 부른 것이다. 지금의 賦詩나 讀詩는 좀 더 간소화되었고, 옛날 대학료 학생들 대신 지역의 유지나 지식인들이 참여하여 공자를 비롯한 유현들을

---

92) 七田麻美子, 앞의 논문, 390쪽 요약 인용.

찬양하는 시나 시서를 짓는 것으로 바뀌었지만, 그 근본 취지는 유지되고 있
다. 거의 동일한 양상을 보여주는 중국과 조선의 視學儀와 일본의 賦詩 및
讀詩의 취지나 모습이 부합한다고 생각한다. 예컨대, 중국의 「唐開元禮 皇帝皇
太子視學儀」,[93] 조선의 '享文宣王視學儀'·'酌獻文宣王視學儀' 등[94]은 강론과 피
로연 등 유학을 진흥시키고자 하는 정책적 배려에서 기본 골격이 상통하고,
일본 석전에서의 宴座 賦詩나 강론도 근본정신은 한·중의 視學에서 나온 것이
라고 할 수 있다.[95]

　일본 석전의 큰 특징들 가운데 하나는 중국이나 한국에서 볼 수 있는 악장
들이 사용되지 않는 대신 詩序나 獻詩가 낭독되고, 학생들에 의한 唱歌가 불린
다는 점이다. 중국이나 한국의 아악 대신 일본의 아악으로 바뀐 당악곡들을
연주하고 일반인들의 獻詩小序·獻詩 등을 낭독하며 참가한 생도들이 창가를
부른다는 것은 한·중과 분명히 구분되는 점이다. 말하자면 아악에 올려 불리
는 악장을 통해 제사 대상에 대한 崇慕의 뜻을 표현하는 한국과 중국 석전과
달리 일본의 석전에서는 지어 바치는 헌시들에 그러한 뜻을 담고자 한 것으로
보이기 때문이다. 平成 30년[서기 2018년] 秋季釋菜를 위해 펴낸 獻詩 作品集[多久
市 公益財團法人 孔子の里 발간]을 보면, 執事者 15인과 伶人 24인의 명단에 이어

---

93) 『文淵閣四庫全書: 史部/政書類/通制之屬/文獻通考』 卷四十五 참조.
94) 최광만, 「영조 대 성균관 시학 연구」, 『교육사학연구』 제30집 제2호, 교육사학회, 2020, 185쪽의
　　"'享文宣王視學儀'는 석전일의 의례이고, '酌獻文宣王視學儀'는 석전일 이외에 시행되는 의례이다.
　　시행 시기에 따라 규정을 달리 한 것이다. 그러나 이 두 규정은 기본적으로 동일한 내용구조를
　　갖고 있다. 즉 '사전 준비에 관한 사항[석전례·작헌례], 시학 절차에 관한 사항[시학], 임금의 환궁에
　　관한 사항[거가환궁]으로 구성되고, 대별하면 문묘에서 시행하는 알성에 관한 전반부와 명륜당에
　　서 시행하는 시학에 관한 후반부로 구분된다. 이 규정에 의하면, 성균관 시학은 문묘 알성의 의례를
　　마치고, 곧바로 명륜당으로 자리를 옮겨 경전을 강론하는 절차로 진행된다. 시학의의 후반부는
　　이 때 이루어지는 각종 절차를 규정하고 있는데, 크게 보면 講官이 講冊을 강론하는 단계와 그
　　이후에 참여자가 문답을 전개하는 논의의 단계로 구분된다. 그리고 이러한 강론과 논의의 단계를
　　마치면 강관부터 참여 유생까지 酒食을 나누는 피로연이 진행되는데, 그 날의 강론은 이러한 피로
　　연까지 시행한 다음에 마치는 것으로 되어 있다." 참조.
95) 이에 대한 삼국 간의 비교는 이 글의 핵심논지가 아니므로 다른 자리에서 상론하고자 한다.

多久市長[橫尾俊言]의 祝文이 뒤따른다.96) 그 다음 부분이 헌시들인데, 헌시들의 맨 앞에 無記名의 獻詩小序가 붙어 있고, 그 다음에 學徒 47명의 헌시들이 부대되어 있다. 우선 헌시소서의 경우 套式이 있는 듯『國寶 多久聖廟』[발행: 多久市長 吉木善久 발행/편집: 多久市 鄕土史編纂委員會]의 23쪽에는 다음과 같이 매우 간단하면서도 소박한 「헌시소서」의 투식이 나와 있다.

　獻年号幾年干支, 春秋二八月, 有事于恭安殿, 於此諸執事, 及陪祭之徒, 隨例共賦古今體若干首, 以諷詠於献奠之間, 雖未以足贊至德之萬一 各其志言耳, 伏而惟照鑑(この後で献詩を朗読する)

이 투식에 따른 2018년 석채의 「獻詩小序」는 다음과 같다.

　維平成三十年十月二十八日 有事于恭安殿 於是 諸執事及陪祭之徒 從例 共賦古今體四十七首 諷詠獻奠之間 雖未足以讚至德之萬一 亦各言其志耳 伏惟照鑑
　[헤이세이 30년 10월 28일 공안전에 제례를 올립니다. 이에 모든 집사들과 제사를 보좌하는 학도들이 관례에 따라 함께 고금체 47수를 지었습니다. 풍영과 헌전 사이에 비록 지극하신 덕의 만분의 일이나마 찬양하기에 족하지 않아도, 또한 각각 그 뜻을 말할 따름입니다. 삼가 엎드려 바라건대, 밝게 보살펴 주소서]

「헌시소서」 다음에 이름을 밝힌 學徒 47명이 지어올린 47수[절구 44수(7언 42수·5언 2수)/7언 율시 3수]의 헌시들이 실려 있다. 대부분 공자의 학덕을 찬양하는 내용과 취지의 작품들임은 물론이다. 몇 편만 들면 다음과 같다.

---

96)『平成三十年十月二十八日 重要文化財多久聖廟 秋季釋菜』, 多久市 公益財團法人 孔子の里.

<1> <戊戌秋季釋菜獻詩>

黃紅楷樹映秋天　　누르고 붉은 황련목은 가을하늘에 선명하고

儀典鉦笙滿廟邊　　의전 악기들은 사당 가에 가득하네

賽客拜承賢聖訓　　새객들은 현성의 가르침을 절하며 받들고

獻詩釋菜敬文宣97)　헌시와 석채로 공자님을 공경하네[No.3]98)

<2> <祝秋季釈菜>

秋光華耀啓龕晨　　가을빛 찬란한데 새벽녘에 감실을 열고

祝典申申民庶親　　제사의식 편안하니 백성들은 친숙하네

儀禮遙傳靈廟式　　의례로 신령한 사당의 행사를 멀리 전하고

祭神溫故則知新99)　신을 제사하며 옛것을 익히는 것이 새것을 아는 것이라네

　　　　　　　　　[No.4]

<3> <戊戌秋季釋菜獻詩>

三百年來一貫通　　삼백년래 일관하여 통해오는

緬懷釋菜感無窮　　석채를 멀리 거슬러 생각하니 감회가 무궁하도다

嚴然多久典儀信　　엄연한 타쿠의 제사의례는 믿음직하여

正統當傳剩古風100)　정통은 마땅히 남아있는 고풍을 전하리라[No.13]

<4> <戊戌秋季釋菜獻詩>

孔廟莊嚴籠瑞煙　　공부자 사당은 장엄하게 상서로운 연기를 둘렀고

揚琴夏夏響旻天　　드높은 악기소리 아름답게 하늘로 울려 퍼지도다

箴言七十不踰矩　　가르쳐 말씀하시되 칠십에 법도에 어긋남 없다 하셨으니

吟爵賽人皆慕賢101)　시를 읊고 뜻을 음미하며 제사 올리는 이들 모두 현인을

---

97) 福岡県 岡垣町의 秋山義英 지음.

98) 『秋季釋菜』 헌시들의 게재 순번이다. 이하 같다.

99) 大分県 大分市의 阿部清澄 지음.

100) 福岡県 遠賀町의 上林正明 지음.

사모하네[No.39]

<5> <秋季釋菜獻詩>

嚴然聖廟素商深	엄연한 성인의 사당은 본디 언제나 심오하고
禮樂響堂充玉音	예악은 울려 당에 옥음을 채우도다
賽客連綿敬遺德	새객들은 끊임없이 유덕을 공경하며
今猶欽慕孔儒心[102]	지금에 오히려 공부자의 유심을 흠모하도다[No.35]

<1>은 각 구별로 별도의 내용들이 담겨 있다. 起句는 추계 석채날의 계절적 특색과 날씨를, 承句는 악기 등 제사의 준비상태를, 轉句는 참례자들의 행동을, 結句는 공자에 대한 공경을 각각 표현했다. 진행되고 있는 석채를 대상으로 그림 그리듯 묘사했지만, 그 속에 자신도 포함되어 있음은 물론이다. <2>도 거의 같은 구조로 되어 있다. 기귀는 계절과 날씨를, 승귀는 석채의식에 대한 백성들의 친숙함을, 전귀는 석채의 행사를 멀리 전파하는 의례의 효과를, 결귀는 공자가 말한 '溫故知新'의 참뜻을 각각 말한 부분이다. <3>의 경우, 기·승귀는 석채의 역사성에 대한 감회를, 전귀는 타쿠세뵤의 석채의례에 대한 신뢰를, 결귀는 고풍의 제사의식을 고스란히 이어받아 정통이 된 타쿠세뵤 석채의례의 완벽성을 각각 구현했다. <4>에서 기귀는 공자사당의 상서로운 모습을, 승귀는 아름답게 울려 나오는 악기소리를, 전귀는 공자의 가르침을, 결귀는 제사를 올리며 공자에 대한 숭모의 정을 각각 표현했다. <5>에서 기귀는 공자사당의 엄연하고 심오한 모습을, 승귀는 예악의 융숭함을, 전·결귀는 공자의 遺德과 儒心을 흠모하는 참례객들의 자세를 각각 표현했다.

이 시들은 제차의 讀詩에 소용되는 시작품들로서 대상이 뚜렷하고 대상에

---

101) 愛知縣 弥富市의 古田 茂 지음.
102) 福岡縣 遠賀町 賀洲의 平見光二 지음.

대한 숭모의 정을 공통적으로 드러냈다는 점에서 주목할 만하다. 正位와 配位
로 나뉘어 각각의 대상에 맞게 작품을 만들되 첫 부분에는 제사의 대상을,
다음 부분에는 그 대상이 이룩한 생전의 치적과 덕을, 마지막 부분에는 제사의
과정 및 기원을 각각 늘어놓는다는 점에서 내용 전개의 방법이나 구조가 동일
한 중국·고려·조선의 석전 악장들[103]과는 다르지만, 부합하는 점들도 적지
않다. 제사라는 상황과 숭모의 대상이 같다는 점에서 내용상 공통되는 부분들
이 있는 것은 당연하다. 그러나 근본적으로 한·중의 것들은 악곡에 올려 부르
는 악장이고, 일본의 것들은 단순한 시문학의 입장에서 창작한 헌시들이라는
점이 넘을 수 없는 경계라 할 수 있다. 여기서 한 가지 추론이 가능해진다.
분명 많은 학자들이 지적하는 바와 같이 일본의 석전이나 석채에서는 당악이
연주될 뿐 특별한 악장을 그런 음악에 올려 부르지 않는다. '일본 아악'으로
다시 태어난 당악들을 석전이나 석채에 씀으로써 한·중과 다른 음악문화, 제
례문화를 이루어 온 것이 일본의 특징이다. 그러나 '악장 없는 석전이나 석채'
를 전제할 경우 전통적인 국가제사는 크나큰 결격의 양상을 보일 수밖에 없다.
아마도 헌시를 통하여 악장보다 더 풍부한 내용의 언어적 메시지를 제향 대상
에게 전하려 한 것은 아닐까. 특히 그 賦詩행사에는 수십 명의 生徒들이 참여하
여 각자의 詩才를 뽐냈고, 그에 따라 매우 큰 규모의 讀詩 행사가 제차의 하나
로 끼어들어 가게 되었다. 이것은 한·중과 달리 일본 석전의 경우 악장에 부여
하던 '언어 메시지의 효용성'을 악장 대신 헌시로 대신했을 가능성을 시사하는
점이다. 특히 부시에는 다수가 참여했던 만큼, 제차에 따라 대개 단 하나로
끝나던 악장과 달리 여러 관점들과 정서를 바탕으로 다양한 내용을 제시할
수 있었고, 그 때문에 제사 대상에 대한 정성의 표출이 더욱 풍부하고 극진하
다는 믿음을 갖고 있었을 것이다. 그리고 제례악으로 동양 일원의 전통 아악

---

103) 조규익, 『조선조 악장 연구』, 70쪽 참조.

대신 풍속악이나 일본식 아악을 사용한 것은 일본에 전승되어 오는 마쓰리의 영향이 크다고 할 수 있다. '천황이 皇居에서 올리는 제사나 신사의 제의도 모두 마쓰리이며, 매년 수확을 감사하기 위해 신을 영접하고 공물을 바치며 祝詞를 읊어 사의를 표하면서 연회를 벌이고 가무를 바치는 것도 마쓰리다. 이러한 마쓰리들은 근본적으로 신에 대한 감사의 행위였다.'[104] 일본 神道의 관행인 마쓰리가 거행되는 동안 사람들 사이에서는 환희과 축하의 분위기가 넘쳐나며, 여흥과 즐거움의 현장이 연출되는데,[105] 엄숙한 석전에서 창작시들을 낭독하고 풍속악을 연주하는 등 축하와 여흥을 곁들이는 것은 분명 마쓰리의 영향을 받은 것이라 할 수 있다. 석전 혹은 석채에서 제시된 주제의 창작 한시들을 지어 낭독함으로써 제사의 대상에게 언어적 메시지를 전함으로써 그것들이 얼마간 악장의 역할을 대행하는 것으로 이해될 수 있다. 더구나 많은 賦詩者들이 작품의 창작에 참여했으니, 악대와 소수의 무용수 및 창자들이 나와 자기들만의 예술을 보여주고 퇴장하는 전통 제의의 범주를 벗어난 것은 사실이다.

그런데, 이런 한시들과 함께 전해지고 있는 唱歌가 있는데, 그 가사는 다음과 같다.

參列生徒の唱歌	참가 생도들의 창가
大成至聖文宣王	대성지성문선왕이시여!
其德世界に溢れたり	그 덕 세상에 넘치시도다
嗚呼孔夫子, 孔夫子	오호 공부자, 공부자시여!
夫子は国の模型なり	부자는 나라의 모범이시로다

---

104) 이시준, 「일본의 마쓰리에 관해서」, 『인문학연구』 47, 숭실대학교 인문과학연구소, 2018, 64쪽 참조.
105) 폴 발리 지음, 박규태 옮김, 『일본문화사』, 경당, 2016, 32쪽.

仰げば高き孔夫子	우러러 보니 높으신 공부자시여!
其仁天地に満充てり	그 인덕 천지에 가득 차 있으시도다
振兼ねたる王道を	퍼뜨리기 어려운 왕도를
興して道を示させり	일으켜 도를 보여주셨도다.

이것은 석전이나 석채에서 불렀던 노래다. 작자를 알 수 없고, 언제부터 이 노래가 불렸는지 분명치 않으나, 쇼와(昭和) 10년[1935년]경까지 노래되어 온 것으로 추정된다고 한다.106) 전체 8구로 되어 있으며, 2구씩 한 마디로 의미단 위를 이루고 있다. 즉 핵심적인 의미들이 起[1·2구]-承[3·4구]-轉[5·6구]-結[7·8구]로 연결되면서 '공부자의 높은 덕망에 대한 찬양'이란 주제를 구현한 것으로 보인 다. 기[세계에 넘치는 공부자의 덕], 승[나라의 모범인 공부자], 전[천지에 충만한 공부자의 어짊], 결[왕도에 대한 가르침] 등 비교적 잘 짜인 내용을 통해 제사 대상인 공자의 덕망을 찬양하고 있다.

大成至聖文宣王은 원나라 때 추서된 공자의 諡號다. 당나라 때는 文宣王으로, 송나라 때는 至聖文宣王으로 각각 불렸으나, 원나라 武宗이 즉위하면서 대성지 성문선왕으로 加封하였다.107) 따라서 이 노래의 첫머리에 '대성지성문선왕'을 돈호한 사실은 원나라의 문묘제도를 새롭게 참고했음을 암시하는 점이기도 하다.108)

사실 이 창가의 내용이나 짜임은 헌시들에 비해 전통악장과 훨씬 유사하다. 그것은 어느 단계에 자신들의 석전이나 석채가 지나치게 일본화 되었음을 깨닫고 제사 대상인 공자에 대한 숭모의 마음을 담은 노래들을 부르게 되었는

---

106) 앞에서 인용한『國寶 多久聖廟』의 24쪽에 실린 이 노래 끝 부분에 이 말[この歌の作者並びに歌は 始めた時代も不明であるが昭和十年頃まで歌はれていた]이 나온다.
107) 『文淵閣四庫全書: 史部/正史類/元史』卷二十二의 "辛巳 加封至聖文宣王爲大成至聖文宣王" 참조.
108) 공자에 대한 시호만으로 석전 절차의 도입을 점칠 수는 없을 것이다. 그러나 제사절차의 수용이나 도입과 제사대상에 대한 시호의 도입은 대체로 함께 이루어질 가능성이 큰 사안인 것만은 사실이 다. 그러나 이 문제는 여기서 자세히 논의할 사항이 아니므로, 다른 자리로 미룬다.

데, 이것이 오히려 헌시들보다 전통 악장에 근접하게 되었을 것이다. 말하자면 앞에 언급한 헌시들과 함께 생도들의 창가는 공식적인 악장이 없는 일본 석전이나 석채에서 미흡하나마 악장의 역할을 얼마간 수행해 주었다고 할 수 있다. 그러나 중세 한·중·일을 하나로 묶을만한 아악이나 아악악장은 없다. 중국과 우리나라의 아악은 궁중제사 때 연주된 제례악을 의미하지만, 일본의 가가쿠는 주로 궁중잔치에서 연주된 宴禮樂이기 때문이다.[109] 한국과 중국은 거의 동일하다고 할 만큼 부합하나, 일본의 경우는 그들 특유의 음악문화를 만들었고, 이렇다 할 만한 악장도 없다. 본서의 앞부분에서 공자 사당에서의 석전이나 석채에서 중국이나 한국과 같은 악장이 쓰이지 않은 사실을 상세하게 제시했다. 석전이나 석채에서 악장이 쓰이지 않았다면, 다른 제사나 행사들에서도 악장은 쓰이지 않았다고 보아야 할 것이다.

---

109) 송방송, 『동양음악개론』, 세광음악출판사, 1989, 73쪽.

제3부

『시경』과 중·한·일 악장 및 예악문화

欽定四庫全書

毛詩指說

王澤竭而詩不作者謂幽厲之後周室大壞不能賞善
罰惡諷刺無益故也詩樂相通可以觀政矣古之王者
發言舉事左右書之猶慮臣有曲從史無直筆於是省
方巡狩大明黜陟諸侯之國各使陳詩以觀風又置采
詩之官而主納之申命瞽史習其箴誦廣聞教諫之義
也人心之哀樂王政之得失備於此矣然詩者樂章也
不起鴻荒之代始自女媧笙簧神農造瑟未有音曲亦
無文詞然嬰兒有善則鳳自舞其來尚矣夫大樂與天
地同和後代聖人從而明之耳上皇道質人無所感雖
形謳歌未寄文字俗薄政煩謳謳理切六代之樂同功
異用前者超忽莫得而傳虞舜之書始陳詩詠五絃之
琴以歌南風其文詳也自殷周洎於魯僖六詩該備而

I. 『시경』 수용의 패러다임, 그 보편성과 특수성

1. 논의의 전제

주나라 악장집인 『시경』의 텍스트를 중국의 역대 왕조들이 아악 악장들에 반복적으로 수용해 왔고, 우리나라의 고려조 아악 악장들과 <용비어천가>를 비롯한 조선조 악장들도 마찬가지 성향을 보여 주었다. 그러나 조선조 <용비어천가>는 중국과 우리나라에서 그 때까지 반복되어온 『시경』 텍스트 수용과는 양상을 달리함으로써 '역대 왕조 『시경』 텍스트 수용사'의 새로운 장을 열었다고 할 수 있다.[1) 텍스트의 관점에서 과연 『시경』은 어떤 성격을 지닌 문헌인가. 다음의 인용문을 살펴보기로 한다.

공자가 태사에게 말하기를 "음악이란 알 수가 있는 것이니, 연주를 시작할 때엔 5음이 잘 어울려 성대하고 마음대로 해도 5음이 순수하게 조화를 이루고 분명하며

---

1) 물론 '『시경』 텍스트 수용사의 새 장을 열었다'는 말이 유의미하려면, <용비어천가>의 『시경』 텍스트 수용 관습이 상당 기간 지속되는 모습을 보였어야 한다. 그러나 그로부터 근대 이전까지 <용비어천가>에 필적할만한 악장이 제작되지도, 그런 수용 관습이 재현되지도 않았다. 말하자면 『시경』 텍스트의 새로운 수용은 관습화의 양상을 보여주지 못한 채 단 한 차례로 마무리되었음을 확인할 수 있다. 그러나 <용비어천가>는 악장의 『시경』 텍스트 수용에 요구되는 기본적인 패러다임이나 그에 관한 최소한의 기준을 제시했다는 점에서는 큰 의미를 갖는다고 할 수 있다.

끊임없이 이어져 한 곡은 이루어집니다. 내가 위나라에서 노나라로 돌아온 연후에 음악이 바로잡혔고 아와 송은 각각 그 자리를 찾았습니다."라고 하였다. 옛날에 삼천여 편의 시가 있었으나, 공자에 이르러 그 중복된 것을 버리고 예의에 베풀 수 있는 것을 취했으되, 위로는 설·후직의 시를 채집했고 중반에는 은나라와 주나라의 성대하던 시절을 기술했으며, 유왕과 여왕 때 예악이 무너짐에 이르렀으나, 처음은 부부간의 잠자리에서 시작되었다. 그러므로 말하기를 "관저의 마무리 악곡을 풍의 시작으로 삼고, 녹명 편은 소아의 시작이 되고, 문왕 편은 대아의 시작이 되며, 청묘 편은 송이 시작이 된다"라고 하였다. 305편은 공자가 모두 금슬의 연주에 맞추어 노래 불러 소·무·아송의 음에 맞추고자 했다. 예악은 이로부터 정비되고 서술됨으로써 왕도를 갖추게 되고 육예를 이루게 되었다.[2]

인용문은 「공자세가」[『사기』 「세가」 17]의 한 부분으로 『시경』과 공자의 관계를 뚜렷하게 보여주는 글이다. 공자는 음악을 관장하던 노나라 태사에게 『시경』을 바탕으로 음악에 관한 자신의 전문적 식견을 들려준다. 자신이 위나라에서 노나라로 귀환한 뒤에야 음악과 아송이 바로잡혔다는 것이니, 공자가 손을 대기 전에는 음악 텍스트로서나 문학 텍스트로서나 『시경』은 매우 혼란스러운 상태에 놓여 있었음을 암시한다. 『시경』의 원 텍스트에 포괄된 개별 작품 수가 3,000여 편이나 되었으나 공자가 중복되는 것들을 버리고 예의의 현장에 사용할 수 있는 것들을 고른 뒤 악기의 연주에 맞추어 부르고 소·무·아송의 음에 맞는 것들만 정리하여 305편으로 줄였다고 했다.

여기서 중요한 것은 『시경』에 실린 시들은 거의 모두 '수집된 것들'이며 '노래로 불린 것들'이라는 사실들이다. 즉 창작주체나 용도만 달랐을 뿐 305편 모두 '음악과 결합되어 있던 시'가 그 본질이었다는 것이다. 장백잠·장조이는

---

2) 『文淵閣四庫全書: 史部/正史類/史記』 卷四十七의 "孔子語魯太師 樂其可知也 始作翕如 縱之純如皦如 繹如也以成 吾自衛反魯 然後樂正 雅頌各得其所 古者 詩三千餘篇 及至孔子去其重 取可施於禮義 上采契后稷 中述殷周之盛 至幽厲之缺 始於袵席 故曰 關雎之亂 以爲風始 鹿鳴爲小雅始 文王爲大雅始 淸廟 爲頌始 三百五篇 孔子皆弦歌之 以求合韶武雅頌之音 禮樂自此可得而述 以備王道 成六藝" 참조.

305편이 네 가지[南-風-雅-頌]로 분류된다고 보았는데, 남은 남방에서 일어난 것으로 곡조가 끝나갈 때 합주하던 악가, 풍은 각 지역의 민간가요로서 원래 반주 없던 민간가요였으나 나라에서 채집하여 음악과 합쳐진 악가, 아는 국가에서 규정한 정식 혹은 표준 노래로서 조정의 정치에 대한 찬미와 풍자의 악가, 송은 노래하면서 춤을 곁들여 종묘나 조정에 사용하며 공적을 찬양하고 덕을 칭송하는 악가 등이라 했다.[3]

공자가 네 가지로 분류되는 이 악가들 가운데 '중복되는 것을 버리고 마땅한 것들을 취하여 풍·아·송 각 부문에 소속시켰으며, 소·무·아송의 음에 맞는 것들만 정리했다'는 것은 시 삼백이 문자 텍스트나 음악 텍스트의 원작자를 알 수 없을 뿐 아니라, 설령 당시에 알 수 있었다 해도 이미 공자에 의해 刪削되었다는 점을 암시하는 사실이다. 말하자면 朝野에서 비교적 자유분방하게 창작·가창되다가 다양한 왕조들에 의해 채집·정리된 민간과 궁중의 노래들이 공자에 의해 거두어져 산삭의 과정을 거친 뒤 『시경』 텍스트로 정착되었음을 보여주는 것이 바로 첫 번째 인용문이다.

일찍이 墨子는 公孟子에게 喪禮의 문제점을 비판적으로 지적한 바 있다. 묵자가 가한 비판의 초점은 당시의 상례에 맞추어져 있지만, 필자가 주목하는 것은 그 가운데 텍스트의 다면적 존재양상이다. 『시경』이 '문학[詩]·음악[樂譜]·노래[歌譜]·춤[舞譜]' 등의 융합 텍스트임을 보여준 설명이 바로 그것인데,[4] 시문학의 형태를 취한 노랫말일지라도 다른 요소들의 성향에 따라 미학이나 분위기가 달라질 수 있다는 점을 암시한다. 그리고 독자나 수용자의 관점 혹은 입장에 따라 텍스트의 성격이 결정되거나 해석될 수 있다는 점도 암시한다. 그렇다면 『시경』에 실린 305편은 '작품인가 텍스트인가'의 문제를 따질 필요

---

3) 蔣伯潛·蔣祖怡 著, 崔錫基·姜貞和 譯註, 앞의 책, 93-94쪽 참조.
4) 본서 제1부 주 27) 참조.

가 있다.

'작품은 작가라는 기원과 그의 천재성에 연관되는 개념이고, 텍스트는 항상 잠정적인 記意만이 가정되는 記標의 매트릭스라는 점에서 작가의 의도와는 무관하다는 것'이라고 롤랑 바르트는 말했다.[5] 모든 독서가 궁극적으로 '다시 읽기'라는 롤랑 바르트의 주장은 문학연구의 패러다임이 작가의 독창성 대신 상호텍스트성의 문제로 넘어갔으며, 따라서 전통적인 작품 개념이 파기된 자리에 텍스트 개념이 들어섰다는 설명도 있다.[6] 『시경』 305편을 (재)해석된 텍스트의 관점에서 바라보아야 할 필요가 있는 것도 그 때문이다.

애당초 주나라의 의례적 패러다임을 반영한 노래문학으로서 주나라 구성원들의 행동을 통제하던 정서를 포함하고 있으며, 그러한 정서들을 '잘 정돈한 상징적 표현'[7]에 바탕을 둔 것이 바로 『시경』이다. 그런데 시간과 공간을 넘어 다른 왕조들에 의해 활발하게 수용되면서 『시경』은 수용자들의 전통이나 세계관에 의해 재해석되어 왔음을 부인할 수 없다.

『시경』은 하나의 텍스트이고, 텍스트는 해석의 대상이다. 따라서 『시경』에 대한 후대 학자들의 분분한 해석들은 그것이 원래 시 작품집이 아니라 텍스트의 모음임을 보여주는 증거라 할 수 있다. 상호텍스트적 관점의 논의나 재해석을 통해 『시경』과 여타 유교경전들의 구절들을 적출하여 새로운 意匠으로 조립·창출해내는 악장들 또한 텍스트 생산의 분명한 사례나 방법으로 인정되어야 한다고 보는 것도 그 때문이다. 이 점을 보다 구체적으로 보여주는 하나의 예를 '조선조 정조가 『五經百選』을 통해 경전의 읽기 범주를 조정함으로써

5) 롤랑 바르트의 『텍스트의 즐거움』[김희영 역, 동문선, 1997, 37-47쪽] 및 『S/Z』[김웅권 역, 동문선, 2006, 28쪽] 참조.
6) 송민정, 「작품에서 텍스트로, 『마의 산』 '다시 읽기'-다시 읽는 독자, 믿을 수 없는 서술자를 만나다」, 『독일어문학』 55, 한국독일어문학회, 2011, 94쪽.
7) 캐서린 벨 지음, 류성민 옮김, 『의례의 이해-의례를 보는 관점들과 의례의 차원들』, 한신대학교 출판부, 2013, 69쪽 참조.

교화적인 메시지를 강화하기 위한 점에 원래 계몽서로 만들기 위해 「卜筮」 편을 缺落시킨 채 『儀禮經傳通解』를 편찬한 朱熹의 내밀한 의도가 있었다'[8]고 본 김수경의 설명에서 발견할 수 있다. 이처럼 '텍스트가 자기 완결적인 고정 적 위치를 갖지 않는 것처럼, 텍스트의 의미는 텍스트 안에서 산포된다'[9]고 보는 것이다. 이런 관점에서 볼 경우 현재 전해지고 있는 『시경』은 텍스트 차원의 문건임이 분명하다.

2. 『시경』 텍스트 수용의 두 양상

1) 『시경』 텍스트의 관습적 변용과 악장의 양상

뒤에서 상론할 예정이지만, 주나라 이후 『시경』을 수용한 것으로 추정되는 첫 사례로 한나라의 악장을 들 수 있고, 그 선두에 「郊祀歌」 19장과 「安世房中 歌」 16장이 있다. 다음은 두 노래들에 대한 설명이다.

武帝에 이르러 郊祀의 예를 정하고, 太一을 甘川에서 제사하니 이것이 곧 乾位이 고, 后土를 분음에서 제사하니 이것이 澤中의 方丘였다. 이에 악부를 세우고 시를 채집하여 밤에 외우게 하니, 趙·代·秦·楚나라의 노래들이었다. 이연년으로 협률도 위를 삼아 사마상여 등 수십 인이 지은 詩賦를 들어 율려를 대충 논하고 8음의 調和에 맞추어 19장의 노래를 짓게 했다.[10]

---

8) 김수경, 「正祖朝 왕실도서관 『詩經』 文獻 目錄 및 텍스트 編輯에 관한 고찰」, 『한국문화』 73, 서울대 규장각 한국학연구원, 2016, 54쪽 참조.

9) 박만엽, 「텍스트, 수사학, 언어놀이」, 『수사학』 8, 한국수사학회, 2008, 84쪽 참조.

10) 『文淵閣四庫全書: 史部/正史類/前漢書』 卷二十二의 "至武帝定郊祀之禮 祠太一於甘泉 就乾位也 祭 后土於汾陰 澤中方丘也 乃立樂府 采詩夜誦 有趙代秦楚之謳 以李延年為協律都尉 多舉司馬相如等數 十人造為詩賦 略論律呂 以合八音之調 作十九章之歌" 참조.

또 방중의 祠樂이 있으니, 高祖의 唐山夫人이 지은 것이다. 주나라에 방중악이 있었는데, 秦에 이르러 壽人이라 명명했다. 무릇 악이란 그 생긴 바를 즐기는 것이고, 예란 근본을 잊지 않는 것이다. 고조는 초나라의 곡조를 좋아한 까닭에 방중악은 楚聲이었다. 惠帝 2년에 악부령 하후관으로 하여금 排簫와 大管을 갖추게 하고, 이 곡을 다시 安世樂이라 명명했다.[11]

두 인용문들은 각각 「교사가」 및 「안세방중가」에 대한 설명이다. 명말 청초의 사상가 顧炎武[1613-1682]는 『日知錄』에서 '八音之調'에 맞추었다거나 초나라의 곡조에 맞추었다는 점에서 이것들은 '음악에 맞춘 시'이며, 후대의 악장 모두 그렇다고 했다. 두 노래들은 郊廟의 正樂으로서 『시경』의 頌과 같고, 그 나머지 모든 시들은 이른바 趙·代·秦·楚의 노래들로서 列國의 노래[風]와 같다고도 했다. 또한 사마상여 등이 지은 「교사가」는 대충 律呂를 따져 8음에 맞춘 것이고, 趙·代·秦·楚의 노래들은 맞는 것도 그렇지 않은 것도 있어서 李延年[?-B.C.87]을 협률도위로 삼아 그 맞는 것들을 채집하여 음곡에 올렸다는 설명도 덧붙였다.[12] 고염무가 지적한 것처럼 두 노래들 모두 『시경』의 頌과 같다는 말은 이 부분의 논의와 관련하여 매우 중요한 의미를 갖는다. 통일제국을 이룩한 진나라가 겨우 15년 간 지속된 점을 감안하면, 주나라의 문화적 嫡統은 한나라가 계승한 셈이고, 자연스럽게 악장으로서의 『시경』 또한 한나라가 이었다고 보기 때문이다. 4언체가 주류를 이룬 형식적 측면이나 제사 대상인 하늘이나 신에 대한 찬양이나 공경 혹은 삶의 교훈 등 주제의식의 일관성

---

11) 주 10)과 같은 곳의 "又有房中祠樂 高祖唐山夫人所作也 周有房中樂 至秦名曰壽人 凡樂 樂其所生 禮不忘本 高祖樂楚聲 故房中樂楚聲也 孝惠二年 使樂府令夏侯寬備其簫管 更名曰安世樂" 참조.

12) 『文淵閣四庫全書: 子部/雜家類/雜考之屬/日知錄』 卷五의 "漢書 武帝擧司馬相如等數十人 造爲詩賦 略論律呂 以合八音之調 作十九章之歌 夫日略論律呂 以合八音之調 是以詩從樂也 後代樂章皆然 安世房中歌十七章 郊祀歌十九章 皆郊廟之正樂 如三百篇之頌 其他諸詩 所謂趙代秦楚之謳 如列國之風 十九章司馬相如等所作 略論律呂 以合八音者也 趙代秦楚之謳 則有協有否 以李延年爲協律都尉 采其可協者 以被之音也" 참조.

등은 분명 『시경』의 頌 혹은 周南·召南 등에서 왔다고 할 수 있다.13)

그러나 『시경』의 수용을 가장 분명하게 확인할 수 있는 점은 字句나 의미 혹은 표현의 직접적 모방 혹은 변용에 있다. 후대로 갈수록 그런 수용은 노골화되지만, 왕조 악장이 본격화되던 초기 단계에도 그 점은 어렵지 않게 확인된다. 後漢 光武帝의 武德을 칭송한 <武德舞>는 그 대표적인 예라 할 수 있다.

<武德舞> 歌詩

於穆世廟	아아, 아름답고 엄숙한 세묘에
肅雍顯清	공손하고 화목하며 두드러지게 맑은 공경제후들
俊乂翼翼	재주와 슬기 뛰어난 인재들이 공경하고 삼가하며
秉文之成	세조의 문덕으로 이루신 공을 받들도다
越序上帝	상제를 높이 모시고
駿奔來寧	묘당으로 분주히 달려와 즐기도다
建立三雍	삼옹14)을 건립하고
封禪泰山	태산에서 하늘과 땅에 제사하시니
章明圖讖	세상에 드러내어 떨친 도참15)이요
放唐之文	당요(唐堯)의 문덕[예악과 제도]이로다
休矣惟德	아름다우신 덕으로
罔射協同	미움을 받지 않고 하나로 힘 합했으니
本支百世	본손과 지손 백세토록
永保厥功	길이 그 공 보존하리로다

---

13) 특히 「안세방중가」 같은 경우는 『시경』의 주남이나 소남처럼 천하를 風化하고 부부의 관계를 올바르게 하는 '房中樂'과 연결시킬 수도 있다고 보나, 이 글의 성격상 이 논의를 더 이상 진전시키지 않는다.

14) 明堂·辟雍·靈臺을 말함. 『文淵閣四庫全書: 史部/正史類/後漢書』 卷七十六의 李賢注[三雍明堂辟雍靈臺也] 참조.

15) 圖讖의 圖는 河圖를, 讖은 符命의 글로서 징험하는 것을 말한다. 王者가 천명을 받은 징험을 말한다. 『文淵閣四庫全書: 史部/正史類/後漢書』 卷一上의 李賢注[圖河圖也 讖符命之書 讖驗也 言爲王者受命之徵驗也] 참조.

14구의 이 노래는 내용 전개 상 '於穆世廟~駿奔來寧/建立三雍~放唐之文/休矣
惟德~永保厥功' 등 세 부분으로 나뉜다. 첫 부분은 제후나 대신들이 세묘에
모여 상제와 광무제에게 올리는 제사를 준비하는 모습, 둘째 부분은 광무제의
공덕, 마지막 부분은 그 공덕을 잊지 않겠다는 후손들의 다짐 등으로 이루어져
있다. 완벽하지는 않지만, 이 세 부분을 각각 '序詞-本詞-結詞'로 대응시킬 수
있다.

전체 구들은 『시경』의 4언체로 되어 있다. 그러나 공덕 내용의 핵심인 둘째
부분의 세 구[封禪泰山/章明圖讖/放唐之文]를 제외한 모든 구들은 내용 상 『시경』
내의 구체적인 개별 텍스트들로부터 수용한 것들이다. 즉 악장인 <武德舞>의
가사는 『시경』 텍스트를 따라서 조립한 것인 만큼 『시경』 텍스트의 직·간접
적인 영향 아래 놓여 있다고 할 수 있다는 것이다.

우선 서사 여섯 구는 『시경』 「주송」 <청묘>의 완벽한 變容이다. 주공이
낙읍을 완성하고 제후들에게 조회를 받은 다음 그들을 거느리고 문왕에게
제사할 때 사용한 시가 <청묘>다.[16] 그 나머지 구들도 전체 혹은 부분으로
『시경』 텍스트들을 수용한 것들이다. 전체 혹은 부분으로 양자의 각 구들을
대응시켜 보면 다음과 같다.

구 번호	<武德舞> 歌詩	『詩經』 텍스트	출전작품
1	於穆世廟	於穆淸廟	「周頌」 <淸廟>
2	肅雍顯淸	肅雝顯相	〃
3	俊乂翼翼	濟濟多士	〃
4	秉文之成	秉文之德	〃
5	越序上帝	對越在天	〃
6	駿奔來寧	駿奔走在廟/公尸來燕來寧	「周頌」<淸廟> + 「大雅」<鳧鷖>

---

16) 『文淵閣四庫全書: 經部/詩類/詩序』 卷下의 "淸廟祀文王也 周公旣成洛邑 朝諸侯 率以祀文王焉" 참조.

구 번호	<武德舞> 歌詩	『詩經』 텍스트	출전작품
7	建立三雍	經始靈臺·於樂辟雝	「大雅」<靈臺>
8	封禪泰山	Ø	Ø
9	章明圖讖	Ø	Ø
10	放唐之文	Ø	Ø
11	休矣惟德	不顯維德	「주송」<烈文>
12	罔射協同	無射於人斯	「주송」<청묘>
13	本支百世	本支百世	「大雅」<文王>
14	永保厥功	克咸厥功	「주송」<時邁> 「주송」<我將> 「주송」<載見>

<무덕무> 1구~6구는 「주송」 <청묘>의 1구~6구를 충실히 수용한 부분이다. <청묘>의 '淸廟'를 <무덕무>에서는 '世廟'로 바꾸었다. 청묘는 주공이 세워 주나라의 선왕들을 제사하던 사당이다. 「주송」 <청묘>에 묘사된 주나라 청묘의 이미지를 끌어옴으로써 후한 광무제의 세묘를 돋보이게 묘사한 셈이다. 즉 창업주의 무공과 문덕을 선양하기 위해 『시경』 텍스트를 활용한 것이다. 2구인 '肅雍顯淸'은 <청묘>의 '肅雝顯相'을 끌어와 그 말 속의 顯相을 같은 의미의 '顯淸'으로 바꾸었다. 肅邕[혹은 肅雝]은 공경스럽고 화목한 모습을 말하며, 顯相은 높은 명망과 덕을 지닌 공경제후가 와서 제사를 돕는 일[17]을 말하는데, 현청 또한 현상과 같은 뜻의 말이다. <청묘>의 '제제다사'를 '俊乂翼翼'으로 받은 것이 제3구다. '제제다사'는 제사에 참여하여 일을 맡아보는 많은 선비들을 의미하고,[18] '俊乂'는 『書經』 「皐陶謨」 제4의 '俊乂在官'에서 나온 말로 '재주와 슬기가 뛰어난 사람'을 뜻한다. '俊乂在官'은 '크게는 천 사람의 俊才와 작게는 백 사람의 乂俊이 모두 관직에 있어서 천하의 인재로 천하의 다스림을

---

17) 『文淵閣四庫全書: 經部/詩類/毛詩注疏』 卷二十六의 "諸侯有光明著見之德者 來助祭" 참조.
18) 『文淵閣四庫全書: 經部/詩類/詩傳大全』 卷十九의 "多士與祭執事之人也" 참조.

맑게 한다'[19]는 의미의 말이다. '翼翼'은『시경』텍스트의 여러 곳[20]에 나오지만, 「대아」 <大明> 제3장 제2구[小心翼翼: 조심하고 공경하고 공경하사]를 수용한 것으로 보인다. 뛰어난 인물들이 제사에 참여하여 '삼가하고 공경하는' 모습을 보여주는 점을 강조하고 있는 것이다. 물론 '翼翼'에 '많다'는 뜻도 있긴 하지만,[21]『시경』텍스트에 등장하는 '翼翼'의 뜻을 중시할 경우는 '삼가하고 공경한다'는 쪽의 의미를 선택하는 편이 보다 합리적이다.

<청묘>의 '秉文之德'을 <무덕무>에서는 '秉文之成'으로 바꾸었는데, 전자의 '文之德'은 '문왕의 덕'으로 후자의 '文之成'은 '세조 문덕의 공'으로 이해하는 것이 온당하다. 말하자면 <무덕무>는 '무덕'을 칭송한 노래이지만, 역대 왕조들 대부분 開國祖의 덕을 노래할 경우 문덕을 앞세우고 무공을 뒤로 돌리거나 양자를 결합하되 문덕을 강조하는 듯한 느낌을 주는 것이 대부분이라는 점도 그런 차원에서 이해되는 특징이다. 이 부분의 경우 <청묘>[문왕의 덕을 실제로 행함]에서 따온 내용을 좀 더 구체적으로 제시한 것이 <무덕무>[세조가 문덕으로 이룬 공]라고 할 수 있다.

'對越在天[<청묘>: 하늘에 계신 분을 높이 모심]'을 수용하여 '越序上帝[<무덕무>: 상제를 높이 모심]'로 만든 것은 의미상 거의 일대일 대응이라 할 수 있고, '駿奔走在廟[<청묘>: 분주하게 묘당을 뛰어 다니도다]'와 '公尸來燕來寧[<鳧鷖>: 군주의 시동이 와서 잔치하며 즐기도다]'을 수용하여 '駿奔來寧[<무덕무>: 묘당으로 분주히 달려와 즐기도다]'으로 만들어냄으로써 양자의 의미를 거의 동일하게 반영했다고 할 수 있다. '來寧'

---

19)『文淵閣四庫全書: 經部/書類/書經集傳』卷一의 "大而千人之俊 小而百人之乂 皆在官 使以天下之才任天下之治" 참조.

20) 「대아」 <大明> 제3장 제2구[小心翼翼: 조심하고 공경하고 공경하사], 「소아」 <信南山> 제3장 제1구[疆場翼翼: 토지가 정연하거늘], 「대아」 <緜> 제5장 제6구[作廟翼翼: 지어진 사당이 엄정하도다], 「소아」 <楚茨> 제1장 제6구[我稷翼翼: 내 곡식(피)이 번성하며] 등을 꼽을 수 있는데, <무덕무>는 「대아」 <大明>의 '翼翼'을 수용한 것으로 보인다.

21)『文淵閣四庫全書: 史部/正史類/前漢書』卷二十二의 "馮馮翼翼[師古曰 馮馮盛滿也 翼翼衆貌也]" 참조.

은 「대아」 <부예>에서 가져온 말이다. 즉 <부예> 제1장 제2구[公尸來燕來寧: 공시가 오시어 잔치하며 편안하시도다]이 바로 그것인데, "제사 다음날의 역제사에 尸를 손님으로 모시는 음악이므로 말하기를 '오리와 갈매기는 경수에 있고 공시는 오셔서 잔치하시고 오셔서 편안하시.' 술이 맑고 안주가 향기로운 즉 공시가 잔치하고 술을 마시면 복록이 와서 이루어진다"22)는 것이 제1장 전체의 뜻이고, "수성을 노래한 것으로 태평을 이룩한 군자가 그 가득 참을 유지하고 능히 성공을 지켜 관장하니 신기와 조고 모두 편안히 여기며 좋아하고 즐겼다"23)는 것이 <부예> 전체의 뜻이다. 따라서 <무덕무>의 제6구는 「주송」 <청묘>의 제6구와 「대아」 <부예>의 제1장 제2구를 합성한 구절이다.

이처럼 <무덕무> 1구-6구는 「주송」 <청묘>의 1구-6구를 충실히 수용하되 「대아」 <부예>의 한 부분을 덧붙임으로써 내용상의 풍부함을 추구한 것으로 볼 수 있다. 흥미로운 것은 <무덕무>의 12구인 '罔射協同'이 <청묘>의 마지막 구인 '無射於人斯'를 변용한 구절이라는 점이다. 無射於人斯의 '射'은 '羊石의 反切'인 '역'으로 읽고 '斁'과 같은 뜻의 글자로서 '싫어하다[厭/於豔反]'는 뜻을 갖는다.24) 따라서 <무덕무>의 罔射協同[미움을 받지 않고 하나로 힘 합했으니]은 <청묘>의 無射於人斯[사람들에게 미움 받음 없으시도다]를 수용하면서도 '협동'을 첨가함으로써 의미를 약간 풍부하게 했다고 할 수 있다. 즉 <무덕무>의 제1구-제6구는 <청묘>의 제1구-제6구를 거의 그대로 수용했고, <무덕무>의 제12구는 <청묘>의 마지막 구인 제8구를 거의 그대로 수용함으로써 <무덕무>는 『시경』 <청묘>의 텍스트를 기반으로 이루어진 악장이라 할 수 있다.

<무덕무> 제7구[建立三雍: 삼옹 즉 明堂·辟雍·靈臺을 건립하고]는 세조의 문덕 가운

---

22) 『文淵閣四庫全書: 經部/詩類/詩經集傳』卷六의 "此 祭之明日 繹而賓尸之樂 故言鳧鷖則在涇矣 公尸 則來燕來寧矣 酒清殽馨 則公尸燕飲而福祿來成矣" 참조.

23) 『文淵閣四庫全書: 經部/詩類/毛詩注疏』卷二十四의 "鳧鷖守成也 太平之君子 能持盈守成 神祇祖考 安樂之也" 참조.

24) 『文淵閣四庫全書: 經部/小學類/訓詁之屬/爾雅注疏』卷一의 "射羊石反 字又作斁 同厭於豔反" 참조.

데 하나를 칭송한 부분인데, 이 내용은『시경』「大雅」<靈臺>의 제1장 제1구[經始靈臺: 영대를 짓기 시작하자]와 제3장 제4구 및 제4장 제2구[於樂辟廱: 아, 천자님 학당에서 즐겁도다]를 합하여 수용한 경우다. 말하자면 명당[천자가 조회를 받던 정전], 벽옹[천자의 학당], 영대[주문왕이 세운 누대]를 건립했다 함은 나라를 통치하기 위한 기본 시설을 갖추었다는 말이다. <영대>에서 三雍 가운데 명당은 빠져 있지만, 문왕이 천명으로 나라를 세우자 신령스런 덕을 지닌 문왕에게 백성들이 歸附한 사실을 찬양한 점에서 <무덕무>는 그 정신을 수용한 것으로 볼 수 있다.

제작자들의 창안으로 보이는 <무덕무>의 제8구~제10구는 태산에서 하늘에 제사한 일을 도참과 요임금의 문덕으로 높여 찬양하는 뜻을 담았다. 제11구[休矣惟德: 아름다우신 덕으로]는 「주송」<烈文>의 11구[不顯維德: 이보다 더 드러날 수 없는 덕]를 수용한 것으로 보인다. 이미『中庸』에서는 이 구절이 포함된『시경』[「주송」<烈文>]의 말[不顯維德 百辟其刑之: 이보다 더 드러나지 않을 수 없는 덕을 모든 제후들이 법받으리라]을 인용하여 천하가 태평해지기 위해 군자가 공손함을 돈독히 해야 함을 강조한 바 있다.[25] 따라서 이미 언급한 바와 같이 「주송」<청묘>의 無射於人斯[사람들에게 미움 받음 없으시도다]를 수용하면서도 '협동'을 첨가함으로써 의미를 약간 풍부하게 만든 것으로 보이는 <무덕무>의 罔射協同[미움을 받지 않고 하나로 힘 합했으니]도 실은 百辟其刑之[모든 제후들이 법 받으리라]와 상통하는 의미를 지녔다고 보았을 것이다.

<무덕무>의 제 13구[本支百世]는 「大雅」<文王> 제2장 제6구를 그대로 가져온 것이다. '문왕의 훌륭한 명예[令聞]가 본손과 지손이 백세토록 전승될 것'이라는 <문왕>의 뜻을 차용하여 세조의 성공 또한 영원히 보존될 것임을 기원하는 뜻이 표현되었다고 볼 수 있다.

---

25)『文淵閣四庫全書: 經部/四書類/四書通_中庸通』卷三의 "詩曰 不顯惟德 百辟其刑之 是故 君子篤恭而 天下平" 참조.

<무덕무>의 마지막 구[永保厥功: 길이 그 공 보존하리로다]에 세조의 성공이 영원히 보존될 것이라는 소망은 영원히 보존되어야 한다는 당위적 명제로 제시되면서 노래를 끝맺는다. 그 永保厥功의 의미상 원텍스트들로 「주송」 <時邁> 제15구[允王保之], 「주송」 <我將> 제10구[于時保之], 「주송」 <載見> 제10구[永言保之] 등을 들 수 있다. '允王·于時·永言' 등 주어나 부사어 등이 각각 달리 부대되어 있지만, 후왕이나 후손들이 선조의 성공을 오래도록 보전[혹은 보존]해야 한다는 뜻은 공통된다. 이처럼 초기의 악장들은 자구 수준의 변화에 의미적 동질성을 추구하는 선에서 『시경』을 수용한 것으로 보이고, 후대로 가면서도 이 기조를 유지하되 약간씩 드나드는 모습을 보여준 것이 사실이다.

2) 『시경』 텍스트의 독자적 변용과 악장의 양상

『시경』 텍스트를 활발하게 수용하여 제왕이나 왕조의 훌륭함을 선양하고자 하는 욕망은 어떻게 시작된 것이며, 그것은 문화현상의 어떤 부분으로 설명할 수 있을까. 사실 '훌륭한 선왕이나 聖賢 혹은 그들의 조상을 어떻게 기억하고 형상화시켜 후대에 이어줄 것인가'의 문제는 王統을 중심으로 기술되던 동아시아 범주 안의 개별 왕조시들과 함께 한·중·일에 공통적으로 관여하던 동아시아적 史觀의 핵심문제였다. 특히 보편주의가 동아시아 왕조들이 갖고 있던 문화의식의 저변에 자리 잡으면서 자신들의 독자성을 보편성에 접목시키거나 연결시키려는 의식이 강해지기 시작한 것은 주목할 만한 현상이었다. '민족적 특성이나 독자성보다 선진문화를 수용하여 그 척도로 자신의 문화를 비판하던 중세적 보편주의는 오랫동안 사대주의라는 용어로 폄하되어 온 것'26)도 사실이지만, 보다 적극적으로는 자신들의 지역적 편협성이나 粗惡함에서 발원

---

26) 정구복, 『韓國中世史學史(Ⅰ)』, 25쪽.

한 열등감을 선진문화의 수용을 통해 희석시키고자 한 욕구의 무의식적 발현으로 보는 것이 타당하다.

'첫 왕'의 신화적 자질 및 초인적 공덕의 찬양과 함께 역대 왕들의 功業에 대한 記述이야말로 王朝史로 대표되는 근대 이전 국가 역사 기술의 출발점이었다. 그러한 내용으로서의 첫 왕이 보여준 자질이나 공덕, 그리고 그에 대한 기술은 후대인들의 집단적 기억 속에 저장되고 수시로 召喚되면서 일종의 문화적 코드로 확고부동하게 자리 잡으며, 그런 문화적 코드에 내재된 정치적 의미는 역사의 진행과정에서 모든 체제의 바탕으로 작용하게 된 것이다. 그런 과정 속에서 그 문화코드나 그에 내재된 정치적 의미는 특정 문화권의 보편적 원리로 상승하게 되었다.27) 三代, 그 가운데 주나라 창업 선조들의 위업에 대한 찬송은 『시』에 실렸고, 그 『시』가 『시경』으로 격상되면서 그 노래들의 찬송 대상들이나 노래의 형식들은 일종의 정치문화코드로 한자문화권에 보편화되었음이 분명하다. 그것은 중국이라는 물리적 경계 안의 왕조들에 국한되는 문제가 아니라 한자를 공유하던 문화권의 공통적 이상이나 사고방식으로 확대된 문제로 볼 수 있다. '전통시대의 한국인들은 중국문화와 한국문화를 구별하려 하지 않았고, 그 기원이 어디에 있든 고급하고 가치 있는 문화일 경우 가리지 않고 수용·소화·향유하고자 노력하였으며, 문화를 국가와 종족보다 더 높은 상위개념으로 설정'28)한 결과로 볼 수 있는 것이다.

『시경』이후『시경』을 수용한 실질적인 첫 주체를 漢왕조로 잡을 때, <무덕무>의 歌詩가 그러한 패러다임의 분명한 의미를 지닌다고 보기 때문이다. 말하자면 <무덕무>의 가시는 정치적 의미를 포괄하는『시경』의 문화적 코드가 재현된 첫 사례이자 모범적 선례로 꼽힐 수 있다는 것, 즉 중국 내에서뿐 아니

---

27) '문화코드', '정치적 의미' 등의 용어는 한국문학평론가협회, 『문학비평용어사전(하)』, 국학자료원, 2006, 767-768쪽 참조.
28) 김한규, 『한중관계사 I 』, 아르케, 2002, 36쪽 참조.

라 한국이나 일본에서도 『시경』이 예악을 중심으로 하는 정치나 역사서술의 텍스트로 받아들여진 실제 사례로서의 첫 단계 악장이라는 인식을 보여주고 있다는 것이다. 그로부터 등장하는 왕조 악장들은 '述而不作'으로 포장된 텍스트 재생산의 역사를 지속적으로 반복하게 되었다. '各句 4언'이 주류를 형성하는 점이나 내용 혹은 쓰임새 등이 분명 『시경』으로부터 온 것임은 『시경』이 왕조 악장의 표준 역할을 수행했음을 보여주는 증거라 할 수 있다.

『시경』 텍스트 의존도가 높던 기존 왕조들의 악장과 다른 점을 보여준 조선조의 「용비어천가」에 이르러서야 『시경』 텍스트 수용의 양상은 일변하게 되는데, 그나마 그런 패러다임의 변화도 지속·정착되지 못하고 일회성으로 끝나고 만 아쉬움을 보여주게 되었다. '「용비어천가」는 역사와 정치를 포괄하는 콘텍스트 안에 위치하며 문화와 예술에도 두루 걸치는 최대 규모의 다면적 텍스트라는 것', '그 구조 원리나 의도 등 텍스트 내적 원리를 주나라 악장집인 『시경』의 주요 텍스트로부터 차용했고, 그렇게 차용된 내용을 통해 왕조 영속의 당위성을 반복적으로 주입시킬 수 있었을 뿐 아니라, 건국 초기 訓民과 敎化의 정치적 의도를 강화시킬 수 있었다는 것', '그런 것들 모두가 조선조만의 정치·문화적 특수성이었던 동시에 유교를 중심으로 하던 동아시아 중세의 보편적 가치관과 직결되는 사항임을 「용비어천가」 외의 여러 악장들에서도 두루 확인할 수 있다는 것' 등29)을 들 수 있다.

이처럼 『시경』 텍스트의 수용을 통해 형성된 악장, 그 악장의 가장 직접적 콘텍스트 중의 하나였던 아악 또한 중요한 고려의 대상이다. 원래 중국의 아악은 공자의 언급30)에서 비롯되었고, '雅正한 음악'이란 뜻을 갖고 있다. 주나라 궁중의 제례음악으로 사용된 이래 역대 왕조에서 이어져 왔고, 송나라의 大晟

---

29) 조규익, 『조선조 악장의 문예미학』, 230쪽 참조.
30) 『文淵閣四庫全書: 經部/四書類/論語全解』 卷九의 "子曰 惡紫之奪朱也 惡鄭聲之亂雅樂也" 참조.

雅樂이 출현하면서 완전한 정착을 본 것이 중국의 아악이다. 고려의 경우 예종 11년[1116년] 송나라의 휘종이 문공미와 왕자지 편에 보낸 대성악과 樂器, 佾舞에 사용되는 籥·翟·干·戈 및 衣冠·舞衣·樂服·儀物 등을 제례에 사용함으로써 아악의 사용이 본격화했고, 조선조에 이르러 상당한 변화가 있었음에도 그 기조는 지속되었다. 뚜렷하게 '악장'이라는 표지가 붙은 경우를 발견할 수 없는 일본의 경우에도 음으로 양으로 받아들인 『시경』 텍스트의 영향은 부정할 수 없을 것으로 추정된다.[31]

사실 중국이나 우리나라와 다른 모습을 보여주는 것이 일본의 경우다. 한·중의 경우 제례음악을 중심으로 궁중의식에서 연주된 공식음악으로서의 아악은 『시경』 텍스트로부터 수용하여 만든 악장의 콘텍스트로 존재하여 왔다. 그런데 일본의 아악은 한·중과는 다른 양상을 보여준다. 다케노우치 교수의 설명에 따르면, 일본의 아악은 나라(奈良) 시대 중국으로부터 전래되어 헤이안(平安)시대의 귀족 사회에서 행해진 음악문화 전반을 지칭하는 명칭이라 한다. 즉 중국이나 한국의 아악과 달리 일본의 그것은 隋·唐 시대의 燕樂이며, 아악으로 불리게 된 것도 에도(江戶) 중기 이후 즉 메이지 시대 이후라 할 수 있다고 한다. 좀 더 구체적으로 일본의 아악은 그 내용에 따라 古代歌謠[國風歌: 일본 고유의 노래와 춤·神樂歌·東遊·久米歌 등], 渡來歌舞[현재 아악의 중심인 渡來음악으로 唐樂과 高麗樂], 歌謠[詩歌管弦: 헤이안 중후기 상류계급을 중심으로 교양과 오락을 겸하여 행하던 渡來樂의 器樂 연주와 歌謠] 등으로 분류된다는 것이다.[32] 말하자면 '당나라에 이미 유교의 제사악인 아악이 견고히 유지되어 왔고, 서역으로부터 전래된 胡樂이 크게 유행하고 있는데다, 중국 고유의 음악인 속악이 더해져 궁정악무에 있어 최성기를 맞이했다는 것/遣唐使에 의해 일본에 전해진 대륙의 악무는 사실

---

31) 이 점은 뒤쪽에서 간략히 재론되겠지만, 다른 기회에 이 문제만을 집중적으로 다루고자 한다.
32) 일본 음악 연구자 다케노우치 에미코(武內 惠美子) 교수의 구두 설명[「日本の雅樂と催馬樂·朗詠」: 2015년 8월 21일, 일본 교토시립예술대학 일본전통음악연구센터]을 요약한 것임.

중국 본래의 아악이 아니라 호악과 속악을 융합하여 唐代 궁정의 연향에 사용되었던 燕樂이라고 할 수 있다는 것'[33] 등이 고대-중세에 이르는 일본 아악의 본질에 대한 설명이다. 이처럼 일본의 토착음악과 춤은 아시아 국가들의 樂舞와 융합해 일본의 아악으로 집대성되었다는 것이다.[34]

한·중 아악과 일본 아악의 차이를 좀 더 구체적으로 제시한 사람은 기시베 시게오(岸邊成雄) 교수다. 그가 제시한 차이점을 간추려 인용하기로 한다.

> 1. 중국 아악[儒敎의 天地·宗廟·文廟]의 제사악이 한국에는 전해졌으나 일본에는 전래되지 않았다. 일본에는 神道의 제사악[和樂]이 있었기 때문일 것이다.
> 2. 한국의 종묘악은 唐의 아악·속악·호악을 하나로 한 宋의 燕樂[대표는 대성악]이 전해진 것인데, 일본에는 전해지지 않았다.
> 3. 한국의 삼국시대 음악은 신라의 향악이 되고 일본의 三國樂이 되었다. 이들과 별도로 渤海樂이 있었다.
> 4. 한국의 당악에는 중국의 속악·호악·散樂이 포함되는데, 일본의 당악도 마찬가지다. 일본에서 호악의 한 부분을 林邑樂이라 불렀다.
> 5. 백제 樂人 味摩之가 일본에 전한 伎樂은 당의 산악이다. 신라의 향악에 산악이 포함된다.[崔致遠의 '鄕樂雜詠五首' 참조]
> 6. 일본에서는 헤이안조의 당악·임읍악·기악·산악·度羅樂을 일괄하여 左方唐樂, 三國樂과 발해악을 일괄하여 右方당악이라 한다.
> 7. 한국은 뒤에 아악·당악·향악을 일괄하여 아악이라 하였지만, 일본에서는 奈良朝 때부터 和樂의 모든 것을 아악이라 하였다.[35]

이처럼 일본은 의례, 특히 제례에서 유교가 기반을 이룬 중국이나 한국과 달리 전통 神道를 고수함으로써 아악의 제사악이 없었고, 그에 따라 악장 또한

---

33) 김해명, 「平安時代 雅樂과 唐詩의 關係」, 『중어중문학』 39, 한국중어중문학회, 2006, 238쪽.
34) 미타 노리아키(三田德明), 「일본 아악의 위치-아시아 종합예술로서의 아악의 다양성」, 『국악원논문집』 23, 국립국악원, 2011, 2쪽.
35) 岸邊成雄, 「日本의 雅樂」, 『한국음악연구』 6·7, 한국국악학회, 1977, 141-142쪽.

창작될 이유가 없었다. 유교제례의 악장이 없었으므로, 한·중과 달리 주나라 악장집인『시경』의 텍스트를 수용할 필요가 없었던 것이다.[36] 한국의 아악은 유교사상을 기반으로 한 중국의 아악에 뿌리를 두고 있으나 일본의 아악은 당시의 俗樂과 燕樂에 뿌리를 두고 있는 음악이라는 것, 좀 더 구체적으로 말할 경우 한·중의 협의의 아악은 궁중제사 때 연주된 제례악만을 의미하며 일본의 아악은 궁중 잔치에서 연주된 宴禮樂을 의미하기 때문이었다.'[37] 물론 '『시경』이외에 문학과 함께 정치·문화·예술·사상·민속 등 각종 사회 영역으로 스며들어간 점/五經之首로서 경학과 문학의 이중 특성을 갖고 있는『시경』은 일본 역사상 강한 영향을 끼쳤다는 점/『시경』은 전파 초기부터 일본의 국가교육시스템에 신속하게 통합됨으로써 明經道·文章道를 가르치기 위한 주요 교재 중의 하나가 된 것'[38] 등을 부인할 수는 없다. 또한 奈良조 이래의 모든 和樂을 아악이라 범칭하는 일본에서 제례 외의 각종 연례 등 의식의 음악에서까지 노랫말을 쓰지 않은 것은 아니다. 그 경우 대부분 중국 수·당의 燕享樂詞들이나 한국 고려조의 속가들을 수용했을 가능성이 큰데, 그것들을 역으로 따져 올라갈 경우『시경』텍스트의 미학이나 분위기와 전혀 무관할 수는 없을 것이다. 설사『시경』텍스트의 그것들과 판이하게 다른 것들이라 해도 한·중과 일본 사이의 다른 점을 밝히는 것도 '비교연구'의 중요한 부분이다. 즉 19세기 이후 최근까지도 등가·등치 관계를 기본 틀로 하여 수행되고 있는 비교문학의 연구방법론은 쌍방 간의 영향·교차·모방·차이 혹은 이전과 이동 등 상호텍스트적 양상을 밝히는 것[39]이 주된 내용이라는 점도『시경』

---

36) 물론 일본에서는 악장 아닌 순수 시문학으로서의『시경』을 왕성하게 수용한 것은 사실이다.

37) 최준일, 「한국과 일본의 아악 비교 연구-'문묘제례악'과 '외래악무'를 중심으로-」, 추계예술대학교 교육대학원 석사학위논문, 2010, 7쪽 참조.

38) 張永平, 「日本 ≪诗经≫ 传播史」, 山东大学 박사논문, 2014, 4쪽 참조.

39) 박선주, 「비교문학 연구방법론에 대한 소고: 길고 약하고 두껍게 비교하기」, 『비교문화연구』 50, 경희대학교 비교문화연구소, 2018, 351쪽.

텍스트와의 관련성이 한·중과 다른 이유의 중요한 근거로 제시될 수 있을 것이다. 이런 점을 전제로 할 때 비로소 역대 왕조 악장에 미친 『시경』 텍스트의 영향을 거론할 수 있게 된다.

II. 중세 예악문화와 『시경』의 텍스트적 본질

책 이름으로서의 『시』[혹은 『시경』¹)]에 대한 관점이나 정의는 다양하다. 우선 발생론적 차원에서 『시』를 '노래[말과 음악]-춤'의 융합체로 본 것이 「大序」의 설명이고,²) 앞에서 제시한 바와 같이 이 견해를 '誦詩·弦詩·歌詩·舞詩'로 좀 더 명료하게 분류해 보인 것이 『墨子』의 견해로서, '詩三百' 즉 『시경』 시들이 옛날부터 '誦[낭송]·弦[연주]·歌[노래]·舞[춤]' 등 네 가지 방법으로 수용되어 왔음을 명확히 지적했다. 청나라의 胡彦昇은 그의 저서 『樂律表微』에서 '춤에는

---

1) '詩'로 통칭되어 오던 것이 한나라 때 옛 魯나라 지역의 申培에 의해서 '詩經'으로 격상되었다는 毛奇齡의 견해[(浮邱伯에게서 시를 배워 魯詩를 전한)신배가 '홀로 시경을 훈고하여 가르쳤다'(『文淵閣四庫全書: 經部/詩類/詩傳詩說駁義(毛奇齡)』(文淵閣 電子版, 迪志文化出版) 卷一의 "申公獨以詩經爲訓故以敎" 참조]와 함께, '經'자가 붙기 시작한 것을 『禮記』 「經解篇」에서 시작되었다는 기록[陳澔 편, 정병섭 역, 『譯註 禮記集說大全 經解·哀公問』, 학고방, 2016, 20쪽의 "孔氏贊周易 刪詩書 定禮樂 脩春秋 因擧六者而言其敎之得失 然其時猶末有經之名 孔子沒後 七十子之所刪定者 名之爲經 因謂孔子所語六者之敎爲經解爾" 참조], '六經이 노자의 말에서 비롯되었다'는 설명[『文淵閣四庫全書: 史部/目錄類/經籍之屬/經義考』 卷 二百九十六의 "莊子天運篇 始述老子之言曰 六經先王之陳迹 實昉乎此" 참조] 등을 들 수 있는데, 신배의 활동시기보다 『예기』나 『장자』의 성립 시기가 훨씬 이전인 점으로 미루어 적어도 전국시대 말에는 '시경'의 호칭이 쓰이기 시작했으리라 본다. 정상홍은 그가 역주한 『시경』의 머리말에서 '시경'이란 이름은 늦어도 한나라 무제 때 이미 통행되었다고 보았다.[『시경』, 을유문화사, 2014, 53-54쪽] 이런 견해들을 종합한다면, '시→시경'의 전환은 그것이 원래 문학 텍스트로 통용되다가 국가 의례를 중심으로 하는 국가 제도 혹은 종합 문화학의 텍스트로 격상되었음을 보여주는 증거라 할 수 있다. 중국을 비롯한 동아시아 일원에서 오랜 기간 『시경』이 개인적인 교양의 자료로 수용되었거나 악장의 전체 혹은 일부로 사용됨으로써 국가 통치 의례의 절차적 표준으로 정착하게 된 것도 그에 대한 관점의 변화로 보아야 할 것이다.

2) 『文淵閣四庫全書: 經部/詩類/毛詩注疏』 卷一의 "詩者志之所之也 在心爲志 發言爲詩 情動於中而形於言 言之不足 故嗟歎之 嗟歎之不足 故永歌之 永歌之不足 不知手之舞之足之蹈之也" 참조.

춤곡이 있다'는 점을 전제로 '시는 악장이니 춤추는 자와 더불어 박자를 맞추었다'는 賈公彦의 말을 근거로 들었고,[3] 이어 『묵자』「公孟篇」의 언급[4]과 「鄭風」의 <子衿>에 대한 毛傳의 언급[옛날에 詩樂을 가르쳐 이것을 낭송하고 노래하고 연주하고 춤추었다][5]을 인용한 뒤, 이 말은 '시삼백편'을 모두 노래 부를 수 있었고 춤 출 수 있었음을 의미한다고 했다. 이처럼 단순한 시집 아닌 악장 혹은 가사집인 『시경』은 '낭송·음악·노래·춤' 등 어느 방법으로도 향유할 수 있는 복합적 성격의 텍스트로서 동아시아 중세 보편성의 핵심부분을 擔持해온 儀禮的 요소들을 내포하고 있다. 이런 복합적 텍스트성은 한·중·일에서 지속적으로 추구해 온 시경학의 기본 줄기이기도 하며, 민족이나 국가를 초월한 동아시아 중세문명에서 『시경』이 형성해온 공통의 기반이 무엇인지를 국가제의의 한 부분인 악장을 중심으로 풀어내려는 본 연구자의 기본 발상이기도 하다.

이미 '『시경』 풍·아·송 대부분은 주나라의 아악인데, 대아·소아는 조회와 연향에, 周頌은 郊廟에, 國風은 卿大夫가 士庶를 위해 연향할 때 쓰인 것들'[6]이라거나 '춘추 이전에 『시경』은 周代의 악장으로 제사·연향의식에서 樂의 일부분이었고, 악장의 가사로 사용되었다'[7]는 점이 지적된 바 있는데, 필자는 거기서 한 발 더 나아가 '주나라의 악장집인 『시경』은 동아시아 제국 악장들의 모범적 선례로서 중세 이후 이 지역 왕조문화의 보편성을 형성한 바탕으로서의 핵심적 텍스트'라는 것이 이 글을 시작하는 입론의 출발점이자 일관된 명제다. 동양에서 일찍부터 三代之樂이 예악의 모범적 선례로 꼽혀 왔다면, 어렴풋하나마 그 물증으로 들 수 있는 것이 『시경』이다. 말하자면 고대의 정신이

---

3) 『文淵閣四庫全書: 經部/樂類/樂律表微』 卷八의 "舞有舞曲 賈公彦云 詩爲樂章 與舞人爲節 是也" 참조.
4) 『文淵閣四庫全書: 子部/雜家類/雜學之屬/墨子』 卷十二.
5) 『文淵閣四庫全書: 經部/樂類/樂律表微』 卷八의 "鄭風 子衿 毛傳云 古者敎以詩樂 誦之歌之弦之舞之 是詩三百篇 皆可歌可舞也" 참조.
6) 錢仁康, 『古代藝術三百題』, 上海古籍出版社, 1989, 439쪽.
7) 이채문, 「先秦諸家의 ≪詩經≫ 引用 考察 1-人物評을 中心으로-」, 『論文集』 3, 광주여대, 2002, 94쪽.

『시경』과 三禮에 남아 동아시아 일원으로 확산되면서 중세문화의 발판을 형성하게 된 것이다. 따라서 문학이면서도 경전의 차원으로 격상된 『시』[즉 『시경』]는 의례와 결합하여 동아시아 공통의 인문학적 규범을 함축했거나 그에 대한 판단기준을 제공함으로써 중세 보편주의를 지탱하는 한 축이 되어 왔다고 할 수 있다. 예와 악의 유기적 결합이 이루어진 바탕에 『시경』이 존재하는 것도 그 때문이다. '한국 시경학 연구의 주체성을 확보하기 위해서는 동아시아 시경학에서 한국 시경학의 위상을 정립해야 한다'[8]는 지적을 유념하면서 국가의례의 측면에서 『시경』이 기여해온 바를 살펴보고자 하는 것도 그 때문이다. 분명 동아시아 중세문명의 한 축을 담당해 온 우리나라나 일본의 의례문화적 바탕에 모범적 선례로서의 『시경』이 존재하고 있었음을 인정한다면, 『시경』은 중세에 유용했던 이념적 푯대로서 다른 유교 경전들에 비해 효용성이나 영향력이 오히려 컸다고 할 수 있다.[9]

정원호는 政事·국가의 행사·왕과 세자의 학문·백성들의 생활·국가제례·科擧·妃嬪 등 왕조 정치 전반의 일과 백성들의 일상생활에 『시경』이 광범위하게 참조되었고, 그 사례들과 관련하여 1,700여 회의 『시경』 시들이 『조선왕조실록』에 인용되어 있음을 밝힌 바 있다.[10] 이 점은 한·중·일 삼국 중 우리나라의

---

8) 김수경, 「韓國 詩經學 硏究 槪況과 課題 略述」, 『漢字漢文硏究』 8, 고려대 한자한문연구소, 2012, 51쪽.

9) 중세의 동아시아 문명에서 『시경』을 중시한 근원적 바탕에는 공자의 詩經觀이 자리 잡고 있다. 『시경』을 20여 차 언급한 『논어』는 아예 언급이 없거나 기껏 2-3차에 불과한 여타 경전들보다 두드러진다. 그 가운데서도 인간의 처세나 기본예절, 혹은 현실적 지식의 근원적 텍스트로 『시경』을 꼽은 「陽貨篇」의 두 언급들[『文淵閣四庫全書: 經部/四書類/論語集解義疏』 卷九의 "子曰 小子何莫學 夫詩 詩可以興 可以觀 可以群 可以怨 邇之事父 遠之事君 多識於鳥獸草木之名" 및 "子謂伯魚曰 女爲周 南召南乎 人而不爲周南召南 其猶正牆面而立也與"]에 『시경』을 중시하던 공자의 생각은 극명하게 드러난다.

10) 정원호, 「≪朝鮮王朝實錄≫의 ≪詩經≫ 活用例 연구」, 부산대학교 대학원 박사논문, 2013, 참조. 연구자는 政事의 범주에 '政論·人事·外交·諫諍·軍事·司法' 등을, 行事의 범주에 '冊封·尊號·誕辰·宴會' 등을, 학문의 범주에 '經筵·敎育·德行·省察' 등을, 생활의 범주에 '기후·농사·풍속' 등을, 제례의 범주에 '왕실의 제사와 喪禮가 포함된 제례·제사의 절차 및 이론·중국과의 관련' 등을,

경우 중세 특히 조선조의 정치에서 차지하고 있던『시경』의 비중이 유별나게
컸었음을 보여주는 사실이다.

　정도의 차이는 있으나, 일찍부터『시경』을 받아들여 지배계층을 위한 교양
의 자료로 활용했다는 점에서 일본의 경우도 마찬가지 양상을 보여준다. 張永
平은 일본의『시경』수용을 네 시기[고대/중세/근세/근대]로 나눈다. 즉 5세기
중엽-1192년에 해당하는 '야마토(大和)·아스카(飛鳥)·나라(奈良)·헤이안(平安)' 등
의 시기로 백제의 五經박사들과 遣唐使들이『시경』을 전파하던 고대,
1192-1603년에 해당하는 '가마쿠라(鎌倉)·무로마치(室町)·아쯔지모모야마(安土
桃山) 등 일본의 문학승려들이 시경 송학의 권위를 갖고 있던『詩集傳』을 일본
에 도입함으로써『시경』에 대한 古注와 新注가 공존하던 중세,『시경』의 대중
화가 이루어지던 근세[에도(江戶) 시대(1603-1868)],『시경』이 처음으로 현대 대학
에서 교육·연구되던 근대[메이지(明治) 시대(1603-1868)] 등으로 나누었다.[11] 이 가
운데 중세에 해당하는 1192년부터 1603년까지, 즉 가마쿠라(鎌倉)-아쯔지모모
야마(安土桃山) 시기까지를 예로 들어본다면, 하카세케(博士家)들이 宮中·釋奠·
大學寮 등에서 천황·귀족·公卿·승려·학생 등을 대상으로『시경』을 강의했으
며, 그 기록들이 각 시대에 걸쳐 수십 군데 나와 있다.[12] 일본에서도 조선조처
럼『시경』이 국정 전반을 판단하는 자료로까지 활용되었는지 보여주는 자료
를 찾을 수는 없지만, 천황을 비롯한 지배계층의 핵심적 교양자료로 교육되고
있었으며, 중국이나 조선조와 마찬가지로 일본 역시 중세를 지배하던 교양이
나 이념의 중심 텍스트로『시경』이 수용되었음은 분명한 사실이다.

　그렇다면『시경』의 어떤 요소가 왕조들로 하여금 중세적 보편성을 통치의

　비빈의 범주에 '왕비나 세자빈 등의 등극과 사법·왕실의 제례' 등을 소속시켰는데, 그 범위가 국가
전체의 일에 미쳤음을 알 수 있다.
11) 張永平, 앞의 논문, 13-120쪽.
12) 張永平, 같은 논문, 68쪽.

바탕으로 삼게 만들었다고 할 수 있을까. 풍·아·송으로 이루어진 『시경』의 구조적 측면, 305편에 달하는 시편들의 내용적 성격 등이 바로 그것들이다. 그 시편들이 원천적으로 백성들의 노래이든, 궁중 조회·연향의 노래이든, 종묘의 제사노래이든 『시경』의 그릇에 담겼다는 것은 대부분 궁중의 공식적인 행사에서 불린 악장이었음을 의미하고, 그것들을 모아놓은 『시경』은 원천적으로 당연히 악장집이었으며, 후대의 각 왕조들이 악장 자체 혹은 악장의 콘텐츠로 광범위하게 수용될 발판이 되었던 것이다.13) 악장이란 궁중 음악에 올려 부르던 노랫말로서 공적인 성격을 띠며, 당연히 공적인 儀禮들과 직결된다. 그러니 『시경』을 정치적 의례의 텍스트로 수용한 왕조들은 나라와 민족을 불문하고 문화행위를 공유하게 된 셈이고, 여기서 동북아 왕조들의 중세적 보편성 또한 구체화 될 수 있었던 것이다.

중국에 원래부터 있었다는 『樂經』의 존재를 아직 파악하지 못하고 있기 때문에 섣불리 말할 수는 없지만, ‘『악경』은 지금 망실되어 不傳하고 다만 그 일부만이 『禮記』의 「樂記」로 남아 樂의 綱目이 대강 여기에 갖추어져 있고, 가사의 일부는 『시경』에 남아있다'14)는 언급은 『시경』의 본질을 찾으려는 필자의 가설을 합리적으로 뒷받침한다. 『시경』을 중세적 징표의 핵심에 비출 경우 ‘악경'이란 명칭은 좀 더 본질에 근접할 수 있기 때문이다.

한·중·일 악장을 비교론의 관점에서 살펴보려는 이 글에서 동아시아의 첫 악장집인 『시경』을 중국 안의 왕조들과 한국 및 일본이 어떻게 의례문학으로 수용했는지를 살펴봄으로써 삼국 악장의 공통적 기반이나 보편성을 찾을 수 있고, 그런 보편성은 악장론의 범주 안에서 제기되는 어떤 가설이나 문제의

---

13) 『시경』으로부터 직접 악장으로 수용하거나, 『儀禮經傳通解』를 통해 개별 작품들을 악장으로 수용하는 경우도 있었으나, 대개 『시경』의 개별 작품들에서 일부 구절들을 따오거나 모티프를 수용하는 경우가 많았다. 『시경』 자체가 악장집이기도 했지만, 어떤 규모로 수용하든 각 왕조의 악장들과 『시경』은 뗄 수 없는 관계를 갖고 있었다.
14) 이범직, 『朝鮮時代 禮學研究』, 국학자료원, 2004, 95쪽.

논증에도 적용될 수 있을 것이다. 중국의 역대 왕조들이 『시경』 자체 혹은 『시경』의 정신을 자신들의 의례문학으로 이어받은 것은 '『시경』이 주나라 악장집'이라는 대전제와 '夏商周' 三代를 추숭해온 동아시아 일대의 관습적 사고 하에서는 당연한 결과였고, 그런 전통을 한국과 중국의 역대 왕조가 공유한 것 역시 같은 의미를 갖는다고 할 수 있다.

『시경』의 국풍은 주나라 초기부터 춘추 때까지 대략 5세기에 걸쳐 15국[周南·召南·邶·鄘·衛·王·鄭·齊·魏·唐·秦·陳·檜·曹·豳] 민초들의 자연발생적인 노래들을 모아놓은 부분이고, 雅는 주나라에서 널리 통용되던 정악으로서 政事에 직·간접적으로 관련되는 노래들을 모아놓은 부분이며, 송은 神明과 교류하는 종묘의 악가들이나 제왕에 대한 송축의 노래들을 모아놓은 부분으로 알려져 있다. 공자가 원래 3천여 편의 시 가운데 중복된 것들을 버리고 예의에 베풀만한 것들만 취했다거나,[15] 주나라의 시를 주로 하되 은나라에서 노나라의 시가지 305편만 취했다고도 하고,[16] 孔穎達은 그런 설들을 부정하기도 하지만,[17] 공자에 의해 음악이 바로잡혔고 그 악장으로서의 아송 즉 『시경』이 제자리를 잡은 것으로 보는 견해가 일반적이다.[18]

그럴 경우 『시경』의 원래 모습은 어떠했는지 현재로서는 알 수 없다. '먼저 지은 뒤 8음을 입힌 것이 시로서 주남이나 소남 같은 것들은 주공이 문왕 때의 일과 시를 채집하여 관현에 올린 것들임'[19]을 인정한다고 해도, 『시경』

---

15) 『文淵閣四庫全書: 史部/正史類/史記』卷四十七의 "古者 詩三千餘篇 及至孔子 去其重 取可施於禮義 上采契后稷 中述殷周之盛 至幽厲之缺 始於衽席" 참조.

16) 『文淵閣四庫全書: 史部/正史類/前漢書』卷三十의 "孔子純取周詩 上采殷下取魯 凡三百五篇 遭秦而全者 以其諷誦 不獨在竹帛故也" 참조.

17) 『文淵閣四庫全書: 經部/詩類/詩傳大全(綱領)』의 "孔穎達曰 按詩傳所引之詩 見在者多 亡逆者少 則孔子所錄 不容十分去九 馬遷之言未可信也" 참조.

18) 『文淵閣四庫全書: 經部/四書類/四書章句集注_論語集注』卷五의 "子曰 吾自衛反魯 然後樂正 雅頌各得其所" 참조.

19) 『文淵閣四庫全書: 經部/詩類/詩纘緒』卷三의 "詩亦有先作 而後被之八音者 如周南召南 周公采文王時事詩而被之管絃者" 참조.

이 '문학작품으로서의 시'를 모아놓은 것이 아니라 '노래가사 모음집'임은 누구나 인정할 수 있는 사실이다. 더구나 그것들이 제도권의 의례문화와 결부되어 있던 당시에 의식의 절차나 악곡 등『시경』 존립 발판으로서의 콘텍스트가 분명 존재했을 것이다. 그러나 분류의 항목이나 서문, 설명 등을 제외할 경우 표면적으로 현재 그것은 '시집' 그 자체의 모습으로 남아 있을 뿐이다. 그것이 제도권에서 쓰인 '공식 노래집'이었다면, 그를 둘러싼 여러 콘텍스트들이 부대되었어야 할 것이다. 진나라 焚書의 화를 거치면서 대부분 훼손되었고,20) 그 속에서 가까스로 찾아내 이어붙인 것이 현재의『시경』이라면,21) 현재의『시경』은 원래의 그것이 지니고 있던 것들을 많이 잃어버렸을 가능성이 크다. 잃어버린 것들 가운데 가장 핵심적 사항이 음악적 측면, 무용 및 의례적 측면일 것이다. 하나의 시편이 어떤 악곡으로 불렸으며, 그 노래는 어떤 무대 혹은 의례나 절차에서 불렸는지 등은 원래의『시경』이 궁중의 공적인 행사에서 쓰인 악장들의 텍스트라면 당연히 부대되었어야 하는 내용이라 할 수 있다. 그런 부대 요소들이 결여되어 있긴 하지만,『시경』이 궁중의 공식적인 의례와 직결된 음악의 한 부분으로 쓰인 텍스트, 즉 주나라의 악장집이라는 것이 필자의 기본 입장이다.22) 말하자면 '『시경』은 악장집으로서, 동아시아 3국의 중세

---

20)『文淵閣四庫全書: 經部/詩類/毛詩李黃集解』卷九의 "因秦焚書之後 篇帙散亡 傳者失次闕之可也" 참조.

21)『文淵閣四庫全書: 史部/正史類/史記』卷六의 "天下敢有藏詩書百家語者 悉詣守尉 雜燒之 有敢偶語詩書者 棄市 以古非今者 族使見知 不擧者 與同罪 令下三十日不燒 黥爲城旦 所不去者 醫藥卜筮種樹之書 若欲有學法令 以吏爲師 制曰可" 참조. 한 군데서 두 번씩이나 언급될 만큼『시경』은 焚書의 주된 표적이었다.

22) 새삼 이 글에서 주나라의 음악 제도를 살펴본다거나, 그에 입각하여 현재의『시경』으로부터 유추되는 그 시대의『시경』을 재구할 필요는 없을 것이다.『시경』을 만들고 지속시킨 궁극의 목적이 궁중의 악장으로 쓰는 데 있었고, 중국의 후대 왕조들이나 한국, 일본 등 동아시아 일원으로『시경』이 전파된 것도『시경』이 원래 주제의식으로 갖고 있던 중세의 보편적 가치관을 통해 자기 왕조들의 체제를 정비하고자 하는 욕망 때문이었을 것으로 보이기 때문이다. 미진하긴 하나, 텍스트로서의『시경』에 국한시켜, 그것이 갖고 있는 '악장집으로서의 본질'을 찾아내고, 그것이 중국과 주변국들을 하나로 묶는 '중세적 보편주의'의 핵심이라는 점을 밝혀내는 것이 필자의 주된 관심사다.

적 보편성을 확립시킨 결정적 텍스트'라는 점이 이 글의 대명제이기 때문이다.

풍·아·송에 관한 원나라 劉瑾과 명나라 周琦의 논리는 『시경』의 시편들이 무용을 포함하는 음악문화의 콘텍스트 속에서 정치적 효용성을 발휘하던 악장들이었음을 명료하게 보여준다. 먼저 유근의 설명을 살펴보기로 한다. 국풍에 관한 『주자집전』의 언급[國이란 제후에게 봉해 준 지역이고, 風이란 민속가요의 시이다. 풍이라 부른 것은 위의 가르침을 입어 말이 있었는데, 그 말이 족히 사람을 감동시킴이 물건이 바람으로 인해 움직여 소리가 있고, 그 소리가 또한 족히 물건을 움직이는 것과 같다. 이로써 제후가 이를 채집하여 천자에게 바치고 천자는 이를 받아 악관으로 하여금 나열케 하여 그 세속에서 좋아하는 바의 아름다움과 악함을 살펴 그 정치의 득실을 알았다.]23)과 그에 관한 자신의 설명[남녀가 함께 노래를 불러 그 정을 표현하고, 행인은 목탁을 두드려 순행하며 이를 채집했다. 何休가 이르기를 '남자 나이 60 여자 나이 50에 자식이 없는 자는 관아에서 입혀주고 먹여주되 시를 구하여 고을에서 나라로 올리고 나라는 천자에게 들리도록 했다'는데, 통전의 주에 '시를 채집하는 자는 백성의 노래를 채취하여 정치와 교화의 득실을 알았다'고 했다.]24)을 통해 풍이 궁극적으로 정치에 직결되는 노래[즉 악장]임을 강조했다. 이처럼 백성들로부터 나온 노래들을 각 제후국 별로 俗尙의 美惡을 통해 정치의 득실을 판단하는 자료로 삼았고, 그것을 천자도 참고하도록 하는 과정에서 결정적 수단이 된 것은 음악이자 노래였으며, 그 내용적 골자는 천하의 治亂이었다. 따라서 비록 變風이라 할지라도 공자가 刪去하지 않은 이유는 그 가르침이 성실되있음을 治者들에게 보여주려 한 데 있었으므로,25) 궁중 노래들의 가사로 쓰인 국풍이 정치 노래였음은 분명해지는 것이다.

---

23) 『文淵閣四庫全書: 經部/詩類/詩傳通釋』 卷一의 "國者諸侯所封之域 而風者民俗歌謠之詩也 謂之風者 以其被上之化以有言 而其言又足以感人 如物因風之動以有聲 而其聲又足以動物也 是以 諸侯采之 以 貢於天子 天子受之而列於樂官 於以考其俗尙之美惡 而知其政治之得失焉" 참조.

24) 劉瑾, 「詩傳通釋」, 주 23)의 주석 부분[男女相與詠歌 以言其情 行人振木鐸 徇路采之 何休云 男年六十 女年五十無子者 官衣食之 使求詩 邑移于國 國以聞于天子 通典注曰 采詩者采取百姓謳謠 以知政教得 失也] 참조.

25) 주 23)과 같은 곳 "舊說二南爲正風 所以用之閨門鄉黨邦國 而化天下也"의 주석 부분[變風多是淫亂之 詩 故班固言男女相與歌詠 以言其傷者 聖人存此亦以見上失其教 則民欲動情勝其弊至此 故曰詩可以觀 也] 참조.

국풍이 정교의 득실을 가늠하기 위한 정치적 판단의 자료로 쓰였다는 점에
서 내용상 간접적인 효용성을 지니고 있었다면, 雅는 그보다 더 짙은 정치적
담론을 내포하고 있다는 점에서 직접적인 효용성을 지닌 부분이다. 雅가 正을
뜻한다는 점에서 『시경』의 雅는 正樂의 노래이고, 大小와 正變으로 구별된다
는 것이 정설이다.26) 왕실의 흥폐를 주된 내용으로 하면서 주나라 왕실의 행사
나 의식에 쓰이던 대아는 총 31편이 남아있고, 제후국이나 민간의 행사나 의식
에 쓰이던 소아는 총 80편이나 그 중 6편은 실전되고 현재 74편이 남아 있다.
正小雅는 宴饗의 악이고 正大雅는 會朝의 악으로, 복을 받고 警戒를 진술하는
말이다. 연향은 제왕이 잔치를 열어 빈객을 접대하는 일이니 정치나 외교의
중대사이고, 회조는 제후나 羣臣이 천자나 盟主에게 朝會하는 일이니 그 또한
정치·외교의 중대사이다. 劉瑾이 정소아를 연향의 樂歌로, 정대아를 회조의
악가로 각각 정한 사실과 政事에 작고 큰 것이 있다는 「大序」의 설명[政有小大
故有小雅焉 有大雅焉]27)이 서로 들어맞는다는 輔氏의 설을 明切하다고 판단한 것
도 그 때문이었다. 이와 함께 연향이나 조회를 통해 歡欣·和說하게 함으로써
羣下의 정을 다하게 하고 恭敬·齊莊하게 함으로써 선왕의 덕을 펴게 했으니,
양자는 詞氣가 같지 않고 음악의 절주 또한 다르다는 설명28)에 대해서도 '잔치
의 음악으로 노래하여 뭇 신하들을 위로하고 대접함으로써 그 詞氣가 환흔·화
열하게 하여 상하의 정을 통하도록 하는 小雅의 正詩에 대하여 대아의 정시는
조회 때 사용하는 노래[<문왕>·<대명> 등], 제사 뒤에 사용하는 노래[<생민>·<행위>
등], 경계를 드릴 때 사용하는 노래[<公劉>·<卷阿> 등] 등으로 그 詞氣가 모두
恭敬·齊莊하여 선생의 덕을 펴는 것들'29)이라는 설명 또한 소아·대아가 짙은

26) 소아의 <鹿鳴>~<菁菁者莪>와 대아의 <文王>~<卷阿>는 正雅에 속하고, 그 뒤의 작품들[소아의
   <六月>~<何草不黃>, 대아의 <民勞>~<召旻>]은 變雅에 속한다는 것이 일치된 견해다.
27) 『漢文大系 十二: 毛詩·尙書』[富山房, 1969] 「毛詩」卷第一 '周南關雎', 3쪽.
28) 劉瑾, 「詩傳通釋」, 주 24)와 같은 곳의 "正小雅 燕饗之樂也 正大雅 會朝之樂 受釐陳戒之辭也 故或歡
   欣和說 以盡群下之情 或恭敬齊莊 以發先王之德 詞氣不同 音節亦異." 참조.

정치적 성향을 바탕으로 하고 있음을 명백하게 보여준다.

「大序」에서 '성대한 덕의 모습을 찬미하여 그 이룬 공을 신명에게 고하는 것'30)으로 정의한 '종묘의 樂歌' 즉 頌은 풍이나 아보다 더욱 정치적 색채가 강한 악장의 모음이다. 周頌31) 31편은 대부분 武王과 成王대에 재상을 지낸 周公이 지은 악장들로서 교묘의 제사에 올린 것들이다. 주송과 함께 商頌[5편]은 모두 신에게 고한 것들이고, 魯頌[4편]은 頌禱의 목적으로 사용한 것들이다. 후세의 문인들이 송을 바칠 때 특히 노송을 본떴고, 尊卑의 예로 구별하여 노송은 제후의 노래이므로 주송의 뒤에 놓았으며, 親疏의 뜻으로 간격을 두어 상송은 앞 시대의 것이긴 하나 노송의 뒤에 놓았다고 했다.32) 제사 노래로 쓰인 주송이나 상송, 대부분 현재 왕을 위한 송축의 노래로 쓰인 상송 등 송에 속하는 모든 노래들은 추모와 칭송의 악장들이다.

이처럼 四始[국풍·대아·소아·송]는 민간에서 채집한 것들이건 창작한 것들이건 모두 궁중악의 체계 안에서 정비된 악장들로서 후대 왕조 악장들의 모범적 선례로 수용되어 왔음은 분명한 사실이다. 즉 후대의 문인들이 개별적으로 수용한 문학적 유산이기도 하지만, 후대의 왕조들이 의례의 표준화를 위해 수용한 정치적·제도적·문화적 유산이라는 의미가 그보다 우선한다는 것이다.

당나라 成伯璵는 '시와 음악이 상통하여 가히 정치를 볼 수 있었다는 것, 왕들은 발언과 거사를 좌우에서 기록하여 오히려 신하에게 曲從이 있고 史官에게 直筆이 없을까 염려하였다는 것, 이에 방소를 살피며 巡狩하여 黜陟을

---

29) 劉瑾, 「詩傳通釋」, 주 25)와 같은 곳의 "愚按 小雅正詩 歌之以燕樂勞饗羣臣 故其詞氣歡欣和悅 以通上下之情 大雅正詩 或歌于會朝之時 如文王大明等篇 或陳于祭祀之後 如生民行葦等篇 或陳于進戒之際 如公劉卷阿等篇 則其詞氣又皆恭敬齊莊以發先生之德" 참조.

30) 『文淵閣四庫全書: 經部/詩類/毛詩注疏』卷一의 "頌者 美盛德之形容 以其成功告於神明者也" 참조.

31) '雅에는 周를 붙이지 않고 頌에는 周라 한 것은 商魯와 구별하기 위함이었다.[孔氏曰 雅不言周 頌這言周者 以別商魯: 『文淵閣四庫全書: 經部/詩類/詩傳通釋』卷十九]'고 한다.

32) 주 31)과 같은 곳의 "胡庭芳曰 補傳云 商周二頌 皆以告神 而魯頌用以頌禱 後世文人獻頌特效魯耳 陳君擧白別以尊卑之禮 故魯頌以諸侯而後於周 間以親疏之義 故商頌以先代而後於魯" 참조.

크게 밝히고, 제후국은 각각 시를 채집하여 올려 풍속을 살피는 한편 채시관을
두고 이를 主納하게 했다는 것, 瞽史에게 그것을 익혀 箴誦하게 하고 敎諫의
뜻을 널리 듣게 했다는 것'33) 등을 정치적으로 혼란스러워지기 이전의 주나라
왕실이 시나 노래를 정치적으로 활용하던 모범적 행태로 들었다. 말하자면
나라 전체가 백성들의 시를 채집하여 풍속을 살피고 정치에 활용하는 것을
제도화 했다고 보았는데, 역사상 그 가장 모범적인 사례를 『시경』에서 찾아낸
것이다.

　『시경』 시 모두가 옛 악장임을 단언한 원나라 吳澄[1249-1333]의 견해는 '『시
경』 악장론'의 본질에 대하여 좀 더 깊은 논리적 근거를 제시한다.

　　시의 풍·아·송 311편은 모두 옛 악장이다. 6편의 가사 없는 것들은 笙詩다. 옛날
　　에는 대개 악보로 그 음절을 기록했으나 지금은 사라졌다. 그 305편은 가사들이다.
　　음악에는 여덟 가지가 있는데 그 중 사람의 소리가 귀했다. 그러므로 악에는 노래
　　가 있고, 노래에는 가사가 있다. 향악의 노래는 풍인데, 그 시는 나라의 남녀들이
　　그 情思의 말을 말한 것이고, 사람의 마음은 자연의 음악이다. 그러므로 선왕은
　　채록하여 악부에 넣고 絃歌에 올렸다. 조정의 악을 아라 하고 종묘의 악을 송이라
　　하여 어떤 것은 연향에 쓰고 어떤 것은 회조에 썼으며 어떤 것은 享祀에 썼다.
　　이 음악을 이 일에 베푸는 까닭에 이 일로 인하여 지으면 이 가사가 되는 것이다.
　　그런 즉 풍은 시로 인하여 음악이 되었고, 아송은 음악으로 인하여 시가 되었다.
　　시의 선후는 음악에 대하여 같지 않고, 그 가사 됨은 하나다.34)

---

33) 『文淵閣四庫全書: 經部/詩類/毛詩之說』의 "詩樂相通 可以觀政矣 古之王者 發言擧事 左右書之 猶慮
　　臣有曲從 史無直筆 於是 省方巡狩 大明黜陟 諸侯之國 各使陳詩以觀風 又置采詩之官而主納之 申命瞽
　　史習其箴誦 廣聞敎諫之義也 人心之哀樂 王政之得失 備於此矣" 참조.
34) 『文淵閣四庫全書: 集部/別集類/金至元/吳文正集』 卷一의 "風雅頌凡三百十一篇 皆古之樂章 六篇無
　　辭者笙詩也 舊蓋有譜以記其音節而今亡 其三百五篇則歌辭也 樂有八物 人聲爲貴 故樂有歌 歌有辭 鄕
　　樂之歌曰風 其詩乃國中男女道其情思之辭 人心自然之樂也 故先王采以入樂而被之絃歌 朝廷之樂歌曰
　　雅 宗廟之樂歌曰頌 於宴饗焉用之 於會朝焉用之 於享祀焉用之 因是樂之施於是事 故因是事而作爲是
　　辭也 然則風因詩而爲樂 雅頌因樂而爲詩 詩之先後 於樂不同 其爲歌辭一也" 참조.

생시라 일컬어지는 가사 없는 6편에도 원래는 가사가 있었으나 사라졌다고 했으며, 풍을 향악의 노래라고 했다. '지역의 고유하고 특색 있는 음악'이 향악인데, 우리나라의 경우 통일신라에 도입된 당나라 음악인 당악이나 고려 때 송나라로부터 들여온 대성악과 구분되거나 상대되는 칭호로서 '우리 고유의 음악'을 묶어 부르던 명칭이기도 했다. 중국에서도 『시경』 15국풍은 그들의 '지방음악'인 셈이니, 오랜 세월 그것을 향악으로 부른 것은 당연하다. '천자나 제후가 신하들 및 외국에서 예를 갖추어 찾아 온 손님들에게 잔치를 베풀 때 모두 <녹명>을 노래하되 향악에 맞춘다[35]고 했으며, 『儀禮』 「鄕飮酒禮04: 經-91」의 주에서 鄭玄은 '國君이 그 신하 및 사방의 빈객과 燕飮의 예를 행할 때 주남의 <關雎>·<葛覃>·<卷耳>, 소남의 <鵲巢>·<采蘩>·<采蘋> 등을 향악에 맞추었는데, 향악은 풍으로서 예가 가벼운 것은 아래로 미칠 수 있기 때문에 燕禮에서 향악을 합주하는 것'[36]이라 했다. 즉 연례란 제후의 예이나, 향악의 연주가 제후보다 한 등급 아래인 대부의 예에도 미친다는 뜻이다. 풍인 향악은 이미 그런 지역 국가들의 남녀가 느낌이나 생각을 자유로이 표출한 것으로서, 그것을 자연의 음악이라 했다. 따라서 자연의 음악인 풍 속에는 직설적이든 비유적이든 당대 정치에 대한 민간의 생각이 자유로이 들어 있었다. 지배계층이 그런 지역의 노래들을 통해 교화의 득실을 파악하는 것은 매우 자연스러운 일이었다. 정치의 잘잘못을 징험하고 백성들의 소망을 알아보는 것은 선정을 베풀고자 하는 치자들의 욕망이자 당위이기 때문이었다. 그런데, 그 자연의 음악을 채록하여 악부에 넣고 현가에 올렸다고 했다. 말하자면 수집해 온 노래들을 궁중의 음악 시스템 안에서 개작했음을 말하는 것이다. 이처럼 궁중에서 수시로 이런 노래들을 들으며 현실 정치를 개선하고자 한 것이 중세

---

35) 『文淵閣四庫全書: 經部/詩類/毛詩註疏/毛詩譜』의 "天子諸侯燕羣臣及聘問之賓 皆歌鹿鳴合鄕樂" 참조.
36) 박례경·이원택 역주, 『의례 역주(二): 향음주례·향사례』, 106쪽.

국가들의 의도이자 보편적 이상이었다. 그런 차원에서 각 제후국 백성들의 노래를 채집, 개작하여 실어 놓은 『시경』의 국풍을 궁중악 중 향악의 악장으로 설명하는 것은 자연스러운 일이다.

이 점은 이 책에서 이미 언급했거나 앞으로 언급하게 될 우리나라 고대·중세 음악 속의 '삼국속악'이나 '고려속악' 등의 본질과도 정확히 부합한다. 뿐만 아니라 일본의 『萬葉集』이나 『古今和歌集』·『閑吟集』·『梁塵秘抄』 등 옛 노래집이 『시경』의 영향 아래 만들어진 노래들의 모음이고, 그 노래들 가운데 상당수가 국풍이나 아·송류와 대응된다고 보기 때문에 『시경』이 동북아 3국에 발휘한 중세 문화적 파급력은 매우 컸다고 할 수 있다. 특히 『만엽집』은 '일본의 『시경』'이라 불릴 정도로 『시경』으로부터 유형·무형의 영향을 받았고,[37] 『古今和歌集』도 서문[眞名序/假名序]에서 밝힌 바 'そへ歌, かぞへ歌, なずらへ歌, たとへ歌, たべごと歌, いはひ歌' 등 와카 六體가 『시경』 「大序」에서 제시한 風·賦·比·興·雅·頌의 여섯 범주를 본떠 만든 것들임을 감안하면, 일본의 옛 노래들에 미친 『시경』의 영향은 매우 컸다고 할 수 있다. 명백히 밝혀진 바는 없지만, 『만엽집』이나 『和歌集』에 실린 노래들 가운데 궁중의 가사 혹은 악장으로 쓰인 것들이 상당수 있었을 것으로 짐작되기 때문에 『시경』이 갖고 있던 악장집으로서의 성격은 일본에도 마찬가지로 전승되었으리라 추정된다.

그 뒤 송나라를 대표하는 악률 이론가이자 유학자인 蔡元定[1161-1237]의 『律學新說』 등 기존의 樂律들을 비판하는 관점에서 『樂律全書』를 내놓은 명나라 朱載堉[1536?-1610] 또한 처음부터 『시경』을 古樂章이라 단정하고 자신의 견해를 폈다.[38] 聲音[즉 음악]의 관점에서 바라보긴 했으나, 詩句와 음악 절주의 어울림을 전제로 이루어지는 악장의 형태적 본질을 감안하면, 그의 말이 『시경』의

---

37) 王曉平, 『日本詩經學史』, 北京: 學苑出版社, 2009, 212-213쪽 참조.
38) 『文淵閣四庫全書: 經部/樂類/樂律全書』 卷 十三의 "其論樂章曰 三百篇古樂章也" 참조.

본질을 정확히 관통한 것은 사실이다. 뿐만 아니라 그는 『시경』을 『악경』이라고까지 단정했는데, 그 근거로 든 것이 『시경』의 모든 시편들에 정해진 악조가 있었다는 사실이다. 다음의 내용이 바로 그것이다.

> 劉濂은 "육경에서 악경이 빠졌다는 논의가 고금에 있어왔다. 내가 이르기를, 악경이 빠진 게 아니라 삼백편이 악경이니, 세상의 선비들이 깊이 고찰하지 않았을 따름이다."라고 말했다. 대저 시란 聲音의 도이다. 옛날 부자께서 시를 산삭하실 때 풍아송을 취하되 일일이 현에 맞추어 노래 불러 시를 얻고 소리를 얻은 것이 삼백 편이 넘으니, 모두 호방하여 얽매이지 않아서 볼 만하다. 시는 공자의 문하에서 辭와 音이 병존하다가 仲尼 돌아가시니 微言이 끊어져 경을 말하는 자는 辭가 있음을 알되 다시는 音과 辭가 같음을 알지 못하게 되었다. 무릇 글이면 모두 가한데, 어찌 반드시 시일까? 유학이 절멸된 뒤에 이 도는 더욱 零落과 오류를 더하게 되고, 글의 뜻 또한 이해할 수 없게 되었으니, 하물며 전해질 수 없는 성음이랴! 시로 시를 짓고 시로 악을 짓지 아니함은 이상할 게 없다. 그러므로 삼백편을 악경이라 한다. 어떤 이는 의심하여 말하기를 "악의 쓰임은 넓고 크다. 이에 삼백 편으로 맞추어 보면, 어찌 국촉하여 넓지 않겠는가."라고 했다. 내가 말하기를 악의 도와 여타 글들은 같지 않아 글의 뜻으로 남아 있는 것[文義存者], 禮器나 禮節에 관한 각종 규정으로 남아 있는 것[器數存者], 성조와 악보의 연주로 남아 있는 것[聲調譜奏存者]으로 존재한다. 글의 뜻으로 남아 있는 것은 詩章이 이것이고, 器數로 남아 있는 것은 六律八音이 이것이며, 聲調譜의 연주로 남아 있는 것은 악공과 태사가 神意로 서로 주고받은 것이 이것이다. 옛 성인이 물건을 밝히는 지혜로 黃鐘宮을 제작하여 12율이 나옴으로부터 율려가 할 수 있는 일은 완성되었고, 鐘磬·琴瑟·笙·簫·塤·篪가 나옴으로부터 성음이 할 수 있는 일이 완성되었은즉 기수란 곧 經이다. 주나라 太師가 노랫소리를 제정하였으니 <關雎>·<鹿鳴>·<文王>·<淸廟>로부터 모두 정해진 악조가 있었다. 국풍과 소아는 대부분 商音이고, 대아는 대부분 宮音이며 三頌은 모두 궁음이었다. 그런즉 주나라 조정의 음악은 오직 黃鍾·太簇 두 가지 악조였다. 춘추에 이르러 노나라 조정의 師摯[춘추시대 노나라 太師의 이름]가 오히려 능히 그 音을 전할 수 있어서 한나라가 일어남에 制氏가 聲音의 學으로 익혔고, 晉나라 杜夔는 오히려 능히 <文王>·<鹿鳴>·<伐檀>·

<騶虞> 등 四詩의 남은 울림을 전할 수 있었으니, 이는 音調로써 서로 주고받은 것이다. <南陔>·<白華>·<華黍>·<崇丘>·<由庚>·<由儀> 등 6편은 그 辭는 이미 알 수 없고 笙竽만으로 그 音節이 보존되고 있을 따름이니, 이것은 악보의 연주로써 서로 주고받은 것이다. 그런즉 神意란 곧 經이다. 두 가지는 처음에 모두 성인에게서 나와 이미 기수에게 부친즉 기수에게 구한 것이고, 신의에게 부친즉 신의에게 구한 것이니, 이것을 버리고 성인으로 하여금 다시 경을 짓게 한다면 장차 어떻게 경을 짓겠는가. 오직 이른바 시란 것은 辭意를 聲音에 부치고 聲音을 辭意에 부대시킨 것이라. 이를 읽으면 말이 되고 노래를 하면 곡이 되며, 이것을 금석관현에 입히면 악이 되니, 삼백편이 악경 아니면 무엇이겠는가?[39)]

『시경』의 본질을 꿰뚫고 있던 명나라 음악이론가 주재육은 '『시경』이 바로 樂經'이라는 같은 시대 劉濂의 견해를 인용하여 '『시경』 악경론'의 타당성을 치밀하게 논증했다. 말하자면 '六經에서 악경이 빠졌다'는 기존 논의를 비판하는 바탕 위에 '『시경』 자체가 악경'임을 적극적으로 입증하기 위해 유렴의 견해까지 적극 수용한 것이다. 주재육의 견해는 매우 논리 정연하면서도 도전적이다. 공자가 일일이 현에 맞춰 부르며 얻은 노래들이 『시경』이므로 당시 『시경』에는 辭와 音이 병존했으나, 공자 사후 微言이 끊김으로써 『시경』을

---

39) 『文淵閣四庫全書: 經部/樂類/樂律全書』 卷五의 "劉濂曰 六經缺樂經 古今有是論矣 愚謂樂經不缺 三百篇者 樂經也 世儒未之深考耳 夫詩者聲音之道也 昔夫子刪詩 取風雅頌 一一弦歌之 得詩得聲者 三百篇餘 皆放逸可見 詩在聖門 辭與音並存矣 仲尼歿而微言絶 談經者知有辭 不復知有音 如以辭爲 凡書皆可 何必詩也 滅學之後 此道益加淪謬 文義且不能曉解 況不可傳之聲音乎 無怪乎以詩爲詩 不以 詩爲樂也 故曰 三百篇者 樂經也 或疑之曰 樂之用廣矣大矣 乃以三百篇當之 何局而不弘也 愚曰 樂之道 與他書不同 有以文義存者 器數存者 聲調譜奏存者 文義存者詩章是也 器數存者六律八音是也 聲調譜 奏存者 工師以神意相授受是也 古聖人以明物之智 制爲黃鍾之宮 自十二律出 而律呂之能事畢矣 自鐘 磬琴瑟笙簫塤篪出 而聲音之能事畢矣 則器數者卽經也 周太師制歌聲 自關雎鹿鳴文王淸廟以往 皆有定 調 國風小雅多商音 大雅多宮音 三頌盡爲宮音 則周庭之樂 惟黃鍾太蔟二調也 至春秋而魯庭師摯 猶能 傳其音 漢興制氏以聲音之學肄業 晉杜夔尙能傳文王鹿鳴伐檀騶虞 四詩餘響 此以音調相授受也 南陔白 華華黍崇丘由庚由儀六篇 其辭已不可考 而笙竽獨能存其音節 此以譜奏相授受也 則神意者卽經也 二者 其始皆出於聖人 旣寄之器數卽求之器數 寄之神意卽求之神意 遺此而使聖人更復著經 將何著經 惟所謂 詩者以辭義寓乎聲音 以聲音附之辭義 讀之則爲言 歌之則爲曲 被之金石弦管則爲樂 三百篇非樂經而何 哉?" 참조.

말하는 자들은 사가 있음을 알되 음과 사가 같음을 알지 못하게 되었다는
것이다. 여기서 사란 노랫말 즉 詩句를 말하고 음이란 음곡을 말하는데, 시대
가 지남에 따라 오류들이 심화되면서 시구의 뜻은 물론 성음조차 전혀 이해할
수 없게 되었다고 한다. 『시경』이 『악경』임을 밝히기 위해서는 그런 실상을
전제로 해야 한다는 것이다. 이처럼 樂의 본질과 詩文의 본질이 다름을 전제로
현재 잔존해 있는 것이 시문·의례·예악제도 등으로 남아 있다고 설명한 것은
매우 타당하고 합리적이다. 시문 즉 글의 뜻으로 남아 있는 것이 바로 시문학
으로서의 『시경』이고, 禮數로 잔존해 있는 것이 六律八音이며, 그 다음 범주가
성조나 악보의 연주로 남아 있다고 했다. 말하자면 시문으로서의 『시경』, 禮數
로서의 『시경』, 聲調譜로서의 『시경』 등 각각은 『시경』의 잔존 형태이자 범주
이고, 이것들이 합쳐진 원래의 복합형태가 바로 '『악경』으로서의 『시경』'이라
는 뜻이다.

　이것을 좀 더 구체적으로 밝히기 『시경』이 시문학과 器數·聲調譜 등을 어떻
게 전승해 왔는지 설명하고 있다. 옛 성인이 제작한 황종궁에서 12율이 나옴으
로써 율려의 기능이 완성되었고, 그 器數가 바로 經이라는 것이다. 주나라 태사
가 성음 즉 노랫소리를 제정했는데, 四始[40] 즉 <關雎>·<鹿鳴>·<文王>·<淸廟>
등부터 모두 정해진 악조가 있었다고 한다. 말하자면 『시경』은 처음부터 음악
을 바탕으로 형성된 시들의 모음이었다는 것이다. 국풍과 소아는 대부분 商音
이고, 대아의 대부분과 三頌의 노래 모두는 宮音이었으며, 그런 이유로 주나라
조정의 음악은 오직 黃鍾·太蔟 두 가지 악조만으로 이루어져 있다 함은 인간의

---

40) '四始'에 대해서는 '정현·사마천 등의 설과 『詩緯』 중 「汎歷樞」의 설을 들 수 있다. 여기서 <관저>·
　　<녹명>·<문왕>·<청묘> 등을 앞에 제시한 것은 사마천의 설을 택한 것이라 할 수 있다. 『文淵閣四
　　庫全書: 經部/詩類/毛詩稽古編』 卷二十五의 "四始之說 先儒言之各異 二雅風頌四者 人君能行之則興
　　不行則衰 故 此四詩爲王道興衰所自始 此鄭康成之說而本於大序者也 關雎爲風之始 鹿鳴爲小雅之始
　　文王爲大雅之始 淸廟爲頌之始 此司馬子長之說也 大明在亥爲水始 四牡在寅爲木始 嘉魚在巳爲火始
　　鴻雁在申爲金始 此詩緯汎歷樞之說也" 참조.

삶이 시문의 내용과 음악에 유기적으로 반영되어 있음을 보여주는 설명이다. 商은 중국 오음 음계의 두 번째 음명으로 서쪽 방위에 해당하고, 신하를 상징한다.[41] 대아와 소아는 연향의 樂歌로서 왕정 廢興의 자취를 노래하되 전자는 큰 규모의 정사에 후자는 작은 규모의 정사에 관한 것[42]이기 때문에 전자는 궁음을 민간으로부터 수용한 국풍과 함께 후자는 상음을 썼으며, 삼송은 조상들의 성대한 덕의 모습을 찬미하여 그 이룬 공을 신명에게 고한 것[43]이므로 궁음을 사용했고, 그런 이유로 주나라 조정의 음악은 황종과 태주 두 악조로 이루어져 있었다는 것이다.

이와 같은 초기 『시경』의 음악적 전통은 춘추시대 노나라 태사 師摯가 전승했고, 한나라 제씨가 성음의 학을, 진나라 두기는 <문왕>·<녹명>·<벌단>·<추우> 등 네 편의 遺響을 전했으니, 이런 일은 '음조로 상호 傳受한' 사례에 해당한다고 보았다. 『시경』 311편 중 노랫말을 알 수 없고 笙竽 즉 관악기만으로 그 음악 절주가 보존되고 있는 <남해>·<백화>·<화서>·<숭구>·<유경>·<유의> 등 6편은 '악보의 연주로써 상호 전수'되었는데, 그 전수를 가능케 한 요인이 바로 神意이고, 신의가 작용했으니 '經'이란 것이다. 따라서 말의 뜻을 성음에 부치고 성음을 말의 뜻에 부대시킨 것이 바로 『시경』이니, 이것을 읽으면 말이 되고 노래를 하면 곡이 되며 악기에 붙이면 악이 되므로, 『시경』은 바로 『악경』이라는 것이다.

『시경』의 모든 시들이 악장이라는 말은 원래 그것들이 음악이나 춤의 곡에 올려 불리던 가사로 쓰기 위해 수집되었거나 제작된 것들임을 의미한다. 처음으로 그 樂舞의 곡을 제정한 주체는 주나라 태사였다. 『시경』의 첫 실용적

---

41) 송방송, 『한겨레음악대사전(상)』, 보고사, 2012, 879쪽.
42) 『文淵閣四庫全書: 經部/詩類/詩序』 卷上의 "雅者正也 言王政之所由廢興也 政有小大 故有小雅焉 有大雅焉" 참조.
43) 『文淵閣四庫全書: 經部/詩類/詩序』 卷上의 "頌者美盛德之形容 以其成功告於神明者也" 참조.

국면이 악장이었음은 여기서 밝혀진다. 민간에서 채집된 노래들도 뛰어난 문인들이나 歌詞 전문가들이 지은 아송도, 태사의 손에서 궁중악의 시스템에 맞게 개작되었음을 시사하는 언급이다. 국풍과 소아에는 상음을 많이 썼고, 삼송 즉 주송·노송·상송은 모두 궁음으로 되어 있었으며, 주나라 조정의 음악은 황종과 태주 두 악조뿐이었다고 했다. 궁음은 임금을 상징하는데, 궁이 순조로우면 정치가 조화를 이루고, 반대로 逆亂하면 나라가 어지러워진다는 것이 그들의 확고한 생각이었다.[44] 삼송이 모두 궁음으로 되어 있었다는 것은 그것들이 모두 선왕들에 대한 추모와 현왕들을 위한 송축에 쓰였기 때문이고, 국풍과 소아에 신하를 상징하는 상음이 많았던 것은 제후국이나 민간의 행사 및 의식에 쓰였기 때문이다.

『시경』 시들이 악에 올려 연주되거나 불린 것은 그것들 모두 궁중의 악장이었음을 의미한다. 그러나 주나라 조정에서 사용되던 그 음악이 후대에 逸失되면서 그런 전통은 손상될 수밖에 없었다. 음악을 관장하던 太師이후 한나라의 제씨, 진나라의 두기까지는 그런대로 처음의 『시경』 음악이 전승되었음이 밝혀졌으나, 그 뒤에는 어느 시기까지 어느 수준으로 유지되었는지 알 수 없다. 다양한 담당층 혹은 주체로부터 노래를 수집하여 궁중악장으로 정리한 결과가 『시경』이고, 그것은 그 후 개편·증보 등 改新의 과정을 거치지 않은 채 후대의 왕조나 문인들에게 시문학과 악장의 모범적 선례로만 남아 전해지게 된 것이다. '시'에 '경'이란 최상의 가치 기준적 標識가 덧붙은 이상 改變의 여지는 원천적으로 봉쇄되었다고 할 수 있다. 후대 왕조들이 개별 『시경』 시들을 독립된 악장으로 송두리째 차용하거나, 부분적으로 集句하여 중심 의미를 차용하는 악장 창작의 성향을 꾸준히 보여준 것도 『시경』을 바탕으로 '述而不作'의 상호텍스트적 제작 관행을 반복해 왔고,[45] 집단 교양이나 국가적 의례의

---

44) 송방송, 『한겨레음악대사전 상』, 241쪽.

성립 과정에서 『시경』에 대한 의존적 성향이 더욱 심해졌음을 보여주는 사실이다.

그렇다면 악장으로서의 『시경』은 무슨 연유로 그러한 쇄신과 개변의 과정을 마감하게 되었을까. "王者의 자취가 사라지자 시가 없어졌다[孟子曰 王者之迹熄而詩亡]"[46]는 맹자의 단언에 대하여 후한의 趙岐[108?-201]는 '태평의 도가 쇠락하여 왕자의 자취가 사라졌고 頌聲이 지어지지 않아 시가 없어졌다'는 주를 달았다.[47] 또한 장백잠은 주나라 왕실이 쇠함에 따라 시를 채집하는 제도가 없어져 다시는 각 나라의 風詩를 채집할 수 없었고, 雅·頌 역시 다시는 수집하는 사람이 없었으므로 '시가 없어졌다'고 말하는 것이라 설명했다.[48] 두 사람의 말이 궁극적으로는 같지만, 악장으로서의 『시경』 시들이 지닌 찬송이나 송축의 의미를 강조한 것이 전자의 입장이고, 담당층 혹은 원류로서의 민간이나 지배층을 전제로 '노래의 채록·창작 → 궁중악무를 위한 악장으로의 정비'라는 과정에 초점을 둔 것이 후자의 입장이다. 그러나 어떤 입장에 서든 나라가 흥할 때 지어지고 쇠미할 때 정체되거나 제작되지 않는 악장의 본질[49]을 『시경』에서 읽어냈다는 사실은 부정할 수 없다.

사실 주재육의 이런 생각은 『서경』에서 근원한 것으로 보인다. 『서경』「虞書」 '舜典'의 다음과 같은 언급들이 그것이다.

<1> 舜帝 가라사대, "기야, 너를 전악에 임명하노니 胄子를 가르치되 곧으면서도 온화하고 너그러우면서도 엄하며, 강하되 사나움이 없고 간략하되 오만함이

---

45) 조규익, 「조선조 零祀樂章의 텍스트 양상과 그 의미」, 『동아시아문화연구』 67, 한양대학교 동아시아문화연구소, 2016, 60-64쪽 참조.
46) 『文淵閣四庫全書: 經部/四書類/四書章句集注_孟子集注』 卷四.
47) 『文淵閣四庫全書: 經部/四書類/四書章句集注_孟子集注』 卷八上의 "孟子曰 王者之迹熄而詩亡 詩亡然後春秋作 注 王者謂聖王也 大平道衰 王迹止熄 頌聲不作 故詩亡" 참조.
48) 蔣伯潛·蔣祖怡 著, 崔錫起·姜貞和 譯註, 『儒敎經典과 經學』, 경인문화사, 2002, 53쪽.
49) 조규익, 『조선조 악장의 문예미학』, 627-628쪽.

없게 해야 할 것이다. 시는 뜻을 말하는 것이고 노래는 말을 길게 하는 것이며
소리는 길게 말하는 것에 의지하고 律은 소리를 조화시키는 것이니, 8음이 잘
어울려 서로 차례를 빼앗지 않아야 신과 사람이 화합할 것이다.”라고 했다.[50]

<2> 冑子를 가르치는 자는 이와 같고자 하되 이들을 가르치는 수단은 오직
樂에 있으니, 『주례』에 대사악이 成均의 법을 관장하여 나라의 자제들을 가르친
것이요, 공자 또한 '시에서 흥기하고 악에서 이룬다'고 하셨으니, 대개 사악함과
더러움을 씻어내고 포만함을 짐작하여 혈맥을 동탕하게 하고 정신을 유통케 하며
중화의 덕을 기르고 기질의 편벽됨을 바로잡는 것이다. 마음이 가는 바를 뜻이라
이른다. 마음이 가는 바가 있으면 반드시 말에 나타난다. 그러므로 시는 뜻을 말한
것이라 하였고 이미 말로 나타났으면 반드시 장단의 절주가 있으므로 노래는 말을
길게 하는 것이라 하였으며, 이미 장단이 있으면 반드시 고하 청탁의 다름이 있는
것이다. 그러므로 소리는 길게 늘여냄에 의지하는 것이라 했으니, 소리란 궁·상·
각·치·우이다. 대저 노랫소리가 길고 탁한 것이 궁이고, 점차 맑고 짧아지면 상이
되고, 각이 되고, 치가 되고, 우가 되니, 이른바 소리는 길게 늘여냄에 의지한다는
것이다. 이미 장단청탁이 있으면 또한 반드시 12율로 조화해야 능히 문채를 이루
어 혼란스럽지 않으니, 가령 황종이 궁이 되었으면 태주가 상이 되고, 고선이 각이
되고, 임종이 치가 되며 남려가 우가 되니, 대개 삼분손익하여 여덟을 띄우고 상생
함으로써 얻어지니 나머지 율도 다 그러하다. 곧 「예운」에 이른바 '오성·육률·십
이관이 차례로 서로 궁이 된다' 하는 것이니, 이른바 '율은 소리를 조화시킨다'고
하는 것이다. 사람의 소리가 이미 조화롭거든 이에 그 소리로 팔음에 입혀 악을
만들면 諧協하지 않음이 없고, 서로 침범하고 어지럽혀 그 차서를 잃지 않아 가히
조정에 연주하고 교묘에 올려서 신령과 사람이 조화를 이루게 된다. 성인이 음악
을 만들어 情性을 기르고, 인재를 육성하고 신기를 섬기며 상하를 조화롭게 하여
그 體用·功效의 廣大·深切함이 이와 같았는데, 이제 모두 다시는 보지 못하게 되었
으니, 탄식하지 않을 수 있겠는가.[51]

---

50) 『文淵閣四庫全書: 經部/書類/書經集傳』卷一의 “帝曰 夔 命汝典樂 敎冑子 直而溫 寬而栗 剛而無虐
簡而無傲 詩言志 歌永言 聲依永 律和聲 八音克諧 無相奪倫 神人以和” 참조.

51) 『文淵閣四庫全書: 經部/書類/書經集傳』卷一의 “敎冑子者 欲其如此 而其所以敎之之具 則又專在於樂

<3> 성인이란 도의 중요한 핵심이니, 천하 도의 핵심이 이것이고 백왕의 도가 한 결 같이 이것이다. 그러므로 시서예악이 이것으로 귀결된다. 시경은 그 뜻을 말한 것이고, 서경은 그 일을 말한 것이고, 예경은 그 행을 말한 것이고, 악경은 그 조화를 말한 것이며, 춘추는 그 은미함을 말한 것이다. 그러므로 국풍이 방탕함에 흐르지 않은 까닭은 이를 취하여 절제했기 때문이고, 소아가 소아 된 까닭은 이를 취하여 아름답게 꾸몄기 때문이고, 대아가 대아 된 까닭은 이를 취하여 빛나게 한 때문이며, 송이 지극함이 된 까닭은 이를 취하여 통하게 했기 때문이니, 천하의 도가 다 갖추어진 것이다.52)

<4> 육경 가운데『시경』은 중국에서 가장 오래된 시가집으로, 중국 시가문학은 이 책을 비조로 삼는다. 시가의 발흥은 산문보다 이를 뿐 아니라 문자가 생기기 전부터 존재했다. 이런 말을 처음 들을 때는 좀 이상하다고 생각하겠지만, 깊이 생각해 보면 이치에 들어맞는다.『세본』에 '伏羲는 비파를 만들고, 女媧는 생황을 만들었다'고 하였으며,『풍속통』에도 '神農이 비파를 만들었다'고 하였다. 중국의 문자는 黃帝 때 처음 만들어졌으니, 악기의 발명은 문자 창조 이전에 있었음을 알 수 있다. 樂은 歌와 조화를 이룬다. 그 때는 아직 문자가 없었지만 입으로 부르는 시가는 이미 있었다. 그러므로 음악을 가지고 반주를 하였던 것이다.『여씨춘추』에 '葛天氏의 음악은 세 사람이 소의 꼬리를 잡고 발을 구르며 노래하는 것이었다'라고 하였다. 그 당시의 가사는 남아 있지 않으나, 이를 보면 그 당시 이미 시가가 있었음을 증명할 수 있다.(…)중국 시가문학의 흥기는 매우 이르다. 그러므로 고대

如周禮大司樂 掌成均之法 以敎國子弟 而孔子亦曰 興於詩 成於樂 蓋所以蕩滌邪穢 斟酌飽滿 動盪血脈 流通精神 養其中和之德而救其氣質之偏者也 心之所之謂之志 心有所之 必形於言 故曰詩言志 旣形於言 則必有長短之節 故曰歌永言 旣有長短 則必有高下淸濁之殊 故曰聲依永 聲者宮商角徵羽也 大抵歌聲 長而濁者爲宮 以漸而淸且短 則爲商爲角爲徵爲羽 所謂聲依永也 旣有長短淸濁 則又必以十二律和之 乃能成文而不亂 假令黃鍾爲宮 則太族爲商 姑洗爲角 林鍾爲徵 南呂爲羽 蓋以三分損益 隔八相生而得之 餘律皆然 則禮運所謂五聲六律十二管 還相爲宮 所謂律和聲也 人聲旣和 乃以其聲 被之八音而爲樂 則無不諧協 而不相侵亂失其倫矣 可以奏之朝廷 薦之郊廟 而神人以和矣 聖人作樂 以養情性 育人材 事神祇 和上下 其體用功效廣大深切 乃如此 今皆不復見矣 可勝嘆哉" 참조.

52)『文淵閣四庫全書: 子部/儒家類/荀子』卷四의 "聖人也者 道之管也 天下之道管是矣 百王之道一是矣 故詩書禮樂之歸是矣 詩言是其志也 書言是其事也 禮言是其行也 樂言是其和也 春秋言是其微也 故風之所以爲不逐者 取是以節之也 小雅之所以爲小雅者 取是而文之也 大雅之所以爲大雅者 取是而光之也 頌之所以爲至者 取是而通之也 天下之道畢矣" 참조.

의 시가는 당연히 매우 많았다. 다만 여러 책에 산견되는데, <단죽가>[『오월춘추』]·
<격양가>[『제왕세기』]·<강구요>[『위서 열자』]·<경운가>[『상서대전』]·<남풍
가>[『시자』]·<오자지가>[『위고문상서』] 등은 대부분 후인이 의탁한 데서 나온
것이고, <탕반명>[『예기』「대학」]·<맥수시>와 <채미가>[『사기』] 등은 모두 옛날
유명했던 시가의 한 조각에 불과하다. 따라서 고대의 시가를 모아놓은 것 중에
다채로워 크게 볼만하고 또 증거가 있어 믿을만한 것은 결국 이 『시경』이라 생각
한다.53)

『서경』「순전」No.24에 언급된 순임금의 당부가 <1>이다. 천자 및 공경·대
부·사의 嫡子를 교육하는 원칙과 내용적 핵심으로서의 '詩言志 歌永言 聲依永
律和聲 八音克諧 無相奪倫 神人以和'를 제시했는데, 여기서 언급된 핵심적 교육
도구가 시와 가 혹은 악이며, 그 때의 시·가·악은 『시경』을 존립시킨 바탕으
로서의 세 분야이거나 요소들이다. 주재육이 『시경』의 본질을 설명한 것도
그 논리적 출발은 『서경』의 이 부분에서 잡을 수 있다. <2>는 기존의 학설들을
송나라 蔡沉[1167-1230]이 정리한 集傳으로서 『주례』와 『예운』 등의 문헌을 바
탕으로 <1>을 설명한 것이다. <3>은 '言志'를 중심으로 하는 시와 '조화'를
중심으로 하는 악의 두 가지 축을 동원하여 『시경』의 뜻을 설명한 『순자』의
언급이다. 순자는 시를 설명하기 위해 성인과 백왕의 도를 먼저 늘고, 그 도의
구현체가 바로 '『시경』·『서경』·『예경』·『악경』'이라 했다. 시는 뜻을 말한 것
이고, 악은 조화를 말한 것이라는 정의를 전제로 뜻과 조화가 함께 하는 것이
『시경』의 본질임을 말했다. 특기할 것은 순자가 『시경』과 『악경』을 나란히
언급함으로써 별개의 문헌으로 보고 있었다는 점이다. 사실 『시경』이 곧 『악
경』이라는 견해가 나오기까지 '六經' 체제는 상당 기간 통용된 것으로 보인다.
진시황의 焚書 때 없어졌다거나 본래 『시경』에 붙어 있던 일종의 악보일 뿐

---

53) 蔣伯潛·蔣祖怡, 앞의 책, 43-46쪽.

애초에 경은 없었다는 등 후세의 학설들54)이 일반화되긴 했으나,『莊子』55)와
『史記』56)에 매우 구체적으로 언급되는『악경』의 존재를 감안하면, 적어도 육
경 혹은 오경 체제의 형성 시대에는 음악이 '경'으로 불렸을 만큼 중시되었음
을 알 수 있다.

　『시경』이 지닌 노랫말과 음악의 복합적 텍스트성을 논리적으로 설명한 글
이 <4>이다.『시경』은 중국 시가문학의 비조라는 점, 산문보다 훨씬 이른 시기
에 발흥한 시가는 문자 발생 이전부터 존재했다는 점, 악기의 발생 또한 문자
발생 이전에 있었으므로 '입으로 부르는 시가' 즉 노래와 음악이 조화를 이룬
다는 점, 단편적으로 남아 전해지는 태고의 노래들을 통해 살펴 볼 때『시경』
은 신빙할만한 고대시가의 첫 텍스트라는 점 등이 <4>의 핵심적 내용이다.
<4>의 설명으로 비로소『시경』이 지닌 시·가·악[혹은 시가·무·악]의 본질적 성격
은 명확해진다. 일본 학자 카와카미 타다오(川上忠雄)는『시경』樂舞의 대부분
이 殷代부터 내려오던 것이며 시가·음악·무용의 세 가지가 분화되지 않았을
적의 것이고, 이들 고대가요는 반드시 무용과 동시에 행하던 행사[祭禮 등 민속행
사, 宮廷의 제사 및 宴饗]를 수반하였다고 했다.57) 고래로 궁중의례에서 다양한 동
작들이 형성하는 무용 텍스트와 다양한 곡조와 절차들로 형성된 음악 텍스트,
시문법을 골간으로 형성된 노랫말[악장] 텍스트가 상호 유기적으로 연결되었다
는 점을 감안하면,58)『시경』이 단순한 시문학 작품의 모음이 아니라 시가·무·

---

54) 蔣伯潛·蔣祖怡, 같은 책, 13쪽.
55)『文淵閣四庫全書: 子部/道家類/莊子翼』卷八의 "其在於詩書禮樂者 鄒魯之士 縉紳先生 多能明之
　　詩以道志 書以道事 禮以道行 樂以道和 易以道陰陽 春秋以道名分 其數散於天下 而設於中國者 百家之
　　學" 참조.
56)『文淵閣四庫全書: 史部/正史類/史記』卷一百二十六의 "孔子曰 六藝於治一也 禮以節人 樂以發和
　　書以道事 詩以達意 易以神化 春秋以道義" 참조.
57)「中國의 歌垣에 있어서의 歌舞戱-詩經으로부터」(Ⅰ) (Ⅱ)(『千葉商大紀要』第17卷 第4號) 및「詩經시
　　대의 樂舞-『詩經』에 보이는 殷人의 樂舞」(Ⅰ) (Ⅱ)(1981년, 日本大學 史學會 발표논문), 김학주,
　　앞의 책, 46쪽에서 재인용.
58) 조규익 외,『동동動動: 궁중 융합무대예술, 그 본질과 아름다움』, 민속원, 2019, 60-61쪽.

악의 융합체임은 분명해진다.

이런 이유로 인용문 [1]-[4]에서 언급된 '시-가-악' 통합체 혹은 가와 악이 혼합된 '시-악' 통합체로서의 『시경』은 근세 이전 동북아 왕조들에 보편화되었던 악장의 표본이라 할 수 있다. 문자 발생 이전부터 형성되기 시작한 주나라 왕조의 악장집 『시경』이 '시-악' 혹은 '시-가악'이 통합된 융합예술로서의 본질을 지니고 있음이 분명해지기 때문이다. 특히 『주례』와 『예운』 등을 인용하여 설명한 [2]의 경우 '오성-육률-십이관' 등 당대의 정치한 음악이론을 활용하고 있는데, 이론으로 정립되기 훨씬 전부터 노래나 음악은 존재했고 글자가 없던 태고에도 노랫말은 존재했었다는 점에서, 시의 형태로 전승된 『시경』에 '시-가악' 미분화 단계의 본질을 상정하는 것은 자연스러운 일이다.

이상에서 논한 바와 같이 『시경』이 궁중악 혹은 궁중악장의 변함없는 전범으로 자리 잡도록 한 장본인은 공자였다. 공자가 '위나라로부터 노나라로 돌아온 뒤에 악이 바로잡혀 아송이 각각 제 자리를 잡았다'[59]는 『논어』「子罕」의 말은 공자가 『시경』 305편의 음악을 바로잡아 아와 송으로 하여금 각각 제자리를 찾게 했다는 것이니, 파손되거나 빠진 부분을 보충하고 잘못되고 뒤섞인 부분을 교정하여 악보를 완전히 정리함으로써 아·송을 모두 노래할 수 있게 했음을 의미한다[60]고 하는데, 이 설명에서도 시를 악장으로 간주하던 공자의 생각은 명확해진다. 주나라에서는 '음악과 말[악장]로 공경대부의 자제들을 가르치되 좋은 일로써 잘 깨우쳐 인도하고, 글을 외우고 소리에 맞추어 창하며 의문을 내고 答述하게 했다'거나 '樂舞로써 공경대부의 자제들을 가르치되 雲門大卷·大咸·大韶·大夏·大濩·大武를 춤추게 한다'고 했으며, 이 가운데 언급된 악무들은 黃帝[운문대권]·堯[대함]·舜[대소]·禹[대하]·湯[대호]·武王[대무] 등 주나

---

59) 『文淵閣四庫全書: 經部/四書類/論語集解義疏』 卷五의 "吾自衛反魯 然後樂正 雅頌各得其所" 참조.
60) 蔣伯潛·蔣祖怡, 앞의 책, 75쪽.

라에 남아있던 '6대의 악무'라 했다.61) 『주례』의 언급처럼 이미 악무들 속의
『시경』시들은 원래 노래로서 통치공간의 공식적인 악무에 올려 구현되었으므
로 악장이다. 이처럼 노래를 기록해 놓은 것이 『시경』의 시편들이라면, 개개의
시편들은 그에 해당하는 악과 무가 있었음이 분명하다.

『시경』시들이 단순한 시문학이 아니라 궁중의 악무에서 불리던 악장이었
음을 치밀하게 논한 사람은 근대의 王國維[1877-1927]다.62) 그는 『樂記』,『春秋左
傳』등의 기록과 『시경』시들의 내용을 바탕으로 大武의 악무를 재구하고,
「주송」가운데 <昊天有成命>·<武>·<酌>·<桓>·<賫>·<般> 등을 중심으로 그
관계와 의미를 재구성하고 설명했다. 왕국유의 설명에 인용된 大武의 춤은
다음과 같다.

> 武에서 舞人은 처음 연주에 북쪽으로 나아가고 두 번 째 연주에서 상나라를
> 멸하고 세 번 째 연주에서 남쪽으로 향하고 네 번 째 연주에서 남국으로 향하는
> 것은 강토를 평정한 것이고 다섯 번 째 연주에서 나뉘어 주공은 천자의 왼쪽에
> 서고 소공은 천자의 오른쪽에서 보좌하게 된 것을 상징한다. 여섯 번 째 연주에서
> 같은 대열로 되돌아오는 것은 천하가 하나로 통일되어 모두 천자를 존숭함을 상징
> 한다.63)

이 글은 왕국유가 『예기』「악기」賓牟賈의 대문을 인용한 부분이다. 원래
「악기」의 해당 부분에는 '저 대무의 악은 무왕의 성공을 그려낸 것이니, 舞人

---

61) 『文淵閣四庫全書: 經部/禮類/周禮之屬/周禮注疏』卷二十二의 "以樂語敎國子 興道諷誦言語 以樂舞
   敎國子 舞雲門大卷大咸大韶大夏大濩大武[注: 此周所存六代之樂] 黃帝曰雲門大卷 成名萬物以明民共
   財 言其德如雲之所出 民得以有族類 大咸咸池堯樂也 堯能礙均刑法以儀民 言其德無所不施 大韶舜樂
   也 言其德能紹堯之道也 大夏禹樂也 禹治水傳土 言其德能大中國也 大濩湯樂也 湯以寬治民而除其邪
   言其德能使天下得其所也 大武武王樂也 武王伐紂以除其害 言其德能成武功" 참조.

62) 王國維, 『觀堂集林(全一冊)』, 藝文印書館, 중화민국 45년(1956).

63) 王國維, 같은 책, 21쪽의 "夫武始而北出 再成而滅商 三成而南 四成而南國 是疆 五成而分 周公左
   召公右 六成復綴 以崇 是武之舞" 참조.

이 방패를 들고 산처럼 서 있는 것은 제후들의 집합을 기다리는 무왕의 일을 상징하는 것이고, 손발을 심히 움직이는 것은 태공망의 뜻을 상징하는 것이며, 무악의 마지막 장면에 舞人들이 모두 무릎을 꿇는 것은 주공과 소공이 세상 다스리는 것을 상징한다.'[64]는 내용이 인용문의 앞부분에 첨가되어 있다. 第1成-第6成까지 여섯 장면의 춤이 진행되고, 각 장면마다 음악과 춤 및 악장이 달리 배정되어 있다. 말하자면 상징하여 드러내고자 하는 무왕의 사적들을 각 장면마다 다르게 배치했기 때문이다. 한 곡의 연주가 끝나는 단위가 '成'이다. 예컨대 순임금의 음악인 簫韶는 九成[九奏 혹은 九變]인데, 아홉 번 연주하여 음악이 끝나는 것으로 九功의 이룸을 상징하는 뜻이었다.[65] '종묘제향의 熙文이 軒架에서 九成하고 보태평지무를 추며 熙文舞를 九變한다'거나 '人鬼 곧 人神은 음양의 사이에 있어 가지 않는 데가 없으므로 마침내 접하여 예를 올리는 것은 九變之樂이 있는 그 신명을 부르기 때문'이라고 하는 것처럼, 조선조 음악에서도 구변은 '아홉 번 반복하기'이고, 구변지악은 '아홉 번 반복해서 연주하는 음악'을 뜻한다.[66]

왕국유가 6성으로 구성된 악무 <대무>의 상징적 의미를 『악기』로부터 인용한 것은 <대무>에 쓰인 악장들이 『시경』에 실려 있는 시들임을 확인함으로써, 현재는 음악과 춤을 잃어버린 『시경』이 원래 주나라 악무들을 위한 악장집이었음을 보여주고자 하는 목적이었다.[67] 그는 이 논문에서 『예기』「악기」, 『춘추좌전』 등 옛 문헌들을 근거로 악장집이면서도 표면상 음악과 무용의 텍스트적 단서가 남아 있지 않은 『시경』의 시들이 궁중악무의 노랫말들이었음을 치밀하게 논증하는 데 성공했다. 그것들이 무왕의 무공을 그려내고 노래한

---

64) 정병섭 역, 『譯註 禮記集說大全◆樂記❷』, 학고방, 2014, 183쪽의 "夫樂者 象成者也 總干而山立 武王之事也 發揚蹈厲 太公之志也 武亂皆坐 周召之治也" 참조.
65) 『文淵閣四庫全書: 經部/書類/尙書句解』 卷二의 "簫韶舜樂總名 合奏九變而樂成 以象九功之成" 참조.
66) 송방송, 『한겨레음악대사전(상)』, 보고사, 2012, 213쪽.
67) 王國維, 앞의 책, 21-22쪽 참조.

주나라 최고·최대 악무인 大武의 六成 절차와 각각의 장면들을 언어로 나타낸 악장들로서 『시경』 시대에도 중국 고대의 가무희는 유행되고 있었으며, 『시경』 시들에 고대의 가무나 가무희의 단서가 숨어 있다는 점을 밝혀낸 것이다.[68] 이처럼 궁중 악장집이었던 『시경』이 단순한 노랫말 텍스트가 아니라 원래 노랫말과 음악 및 무용이 결합된 악무의 융합적 텍스트였음을 말하고자 한 것이 왕국유의 의도였고, 주나라 무왕의 공덕을 그려낸 악무 大武를 중심으로 여섯 장면에 해당하는 악장들을 찾아내고 『시경』의 텍스트적 측면을 논증한 점은 본서의 의도와 관련하여 매우 의미심장하다. 말하자면 우리나라나 일본의 경우도 『시경』을 수용하여 자신들의 악장을 만들거나 시문학의 고급화에 기여해 나왔으리라는 추정을 부정할 수 없기 때문이다.

앞에서 언급한 주재육·성백여·주기·장백잠·장조이 등의 설명과 왕국유의 논증을 바탕으로 할 때 '시경 악장론'의 논리적 타당성은 의심할 여지가 없다. 특히 성백여는 주재육과 같이 『시경』의 시가 악장이라는 단정 아래 자신의 견해를 성공적으로 구체화 했다. 즉 인류 초기 鴻荒의 시대에는 음곡이나 文詞가 있지 않았고, 女媧나 神農 때에도 비파는 만들었으되 음곡이나 문사는 없었으며, 大樂과 天地가 함께 조화하게 되니 후대의 성인이 따라서 이를 밝혔을 뿐이라고 했다. 그러다가 비로소 주공이 예를 제정하여 악장을 짓고 아송의 음을 관현에 올려 郊國에 추천하여 태사로 하여금 주관케 함으로써 음곡과 악장을 갖추게 되었으나, 하늘이 주나라를 미워하여 덕과 예가 무너졌으므로 춘추시대에 이르러 옛날의 악장은 끊어져 버렸다는 것이다. 또한 사마천의 말을 인용하여 '古詩 삼천여 편은 공자가 그 繁重함을 버리고 가히 뜻을 알만한 자가 채집·기록하여 멀리는 稷契의 공으로부터 다음으로는 殷周의 융성함을 취했으며, 다음으로는 幽王과 厲王의 결함[69]을 진술하게 되었다. 袵席에서

---

68) 김학주, 『중국 고대의 가무희-중국희극사의 새로운 정립을 위하여』, 민음사, 1994, 47쪽.

비롯되었으므로 <關雎>를 머리로 삼아 邦家를 다스리게 되고 牝馬의 부류를
거두게 되었으며, 무릇 刪定한 바 311편은 宮商에 합치하여 玉版에 기록했고,
악사는 雅頌을 바르게 하니 각각 모든 것들이 있어야 할 곳에 있게 되었다'70)
는 사마천의 주장을 바탕으로 『시경』이 지닌 악장으로서의 체제가 공자의
뜻에 따라 이루어졌음을 주장했다. 아울러 '중니는 노나라 역사를 근거로 춘추
를 편찬했는데, 太師에서 더 나아가 아송을 바로잡았다'는 范甯의 말을 그럴
듯하게 여겨 『시경』 바로잡은 일을 공자의 큰 업적으로 꼽기도 했다. 이처럼
풍·아·송이 나라의 정치에 밀접한 관련을 갖고 있다고 본 성백여는 한 걸음
더 나아가 그것들 간의 상관관계와 『시경』의 정치적 功用을 설명했다.71)

성백여가 설명하고자 한 내용의 핵심도 풍·아·송 전체를 정치에 직결시킨
점에 있다. 문왕의 일어남이나 업적들을 찬양한 시들의 모음인 대아는 천자의
大政에 관한 것이고, 주공과 성왕에 관한 시인 소아는 천자의 작은 일들을
노래한 것들이어서 둘을 합한 雅 전체가 王者의 시이고,72) 국풍은 제후의 일이

---

69) 유왕과 여왕 이후 왕도가 사라지고 예악이 쇠퇴해진 사실을 말한다.

70) 『史記』의 언급[『文淵閣四庫全書: 史部/正史類/史記』 卷四十七의 "古者 詩三千餘篇及至孔子去其重~
三百五篇 孔子皆弦歌之 以求合韶武雅頌之音"] 참조.

71) 『文淵閣四庫全書: 經部/詩類/毛詩指說』의 "王者之詩謂之雅 王政之事 大小不同 歌小事用小雅 歌大事
用大雅 大雅所陳文王之詩 受命作周 伐殷繼代 保先王之福祿 崇顯配之廣孝 醉酒飽德 能官用士 澤及四
海 仁及草木 皆天子之大政也 小雅周公成王之詩 享食賓客 勞來羣臣 燕賜以悔諸侯 征伐以衛中國 天子
之小事也 國風是諸侯之事 不得分爲大小 頌是成功之美 其事本無大小 正風正雅與頌 聖人之詩 哀時念
亂感爲變風雅 旣有正頌亦有正 自關雎至騶虞 二十五篇爲正風 直言其德而無美 自鹿鳴至菁菁者莪爲正小
雅 文王在上至卷阿爲正大雅 淸廟至般爲正頌也 然頌聲從風雅而來 故二南之風爲正 繼變風之作 齊衛
爲始 齊哀公當懿王之時 衛頌公卽夷王之代 有正卽有變風雅 旣有變頌亦有變 自王衛至豳詩爲變風 自
六月之詩至何草不黃爲變小雅 自民勞至召旻爲變大雅 風雅之變 自幽厲尤甚 魯殷爲變頌 多陳變亂之辭
也 聖人不合稱變感於流言 避居東都 用陳先公之化 感悟成王 然後 迎周公以致太平 故同於變風 猶不
得爲變雅也. 頌者本爲太平盛德之事 如天地之無不覆載 和樂興而頌聲作矣 在天子之德諸侯所致 魯以
周公 故用四代禮樂同於天子 亦得郊天 僖公又能修伯禽之法 復周公之土宇 故錄其詩之頌 繼周王之末
詩者有四始 始者正詩也 謂之正始 周召二南國風之正始 鹿鳴菁菁者莪爲小雅之正始 文王在上之卷阿爲
大雅之正始 淸廟至般爲頌之正始 此詩煥聖人之德爲功用之極 修之則興 廢之則衰 正由此始也" 참조.

72) 청나라의 경학가 惠周惕은 소아·대아가 정치의 크고 작음에 따라 구별되는 것이 아니라, 음악에
의해 구분되는 것이라고 주장했다.[『文淵閣四庫全書: 經部/詩類/詩說』 卷上의 "按樂記 師乙日 廣大

며, 공 이룸을 찬미한 것이 송이라 했다. 그 가운데 정풍[<관저>~<추우> 25편]과 정아[<녹명>~<청청자아>: 정소아/<문왕>~<권아>: 정대아]는 송[<청묘>~<반>: 正頌]과 함께 성인의 시이고, 나머지는 변풍·변아로서 시절을 슬퍼하고 어지러움을 근심하는 노래이며, 變頌 즉 노송과 상송에는 變亂의 辭가 많이 들어있다고 했다.

四始 즉 정풍·정대아·정소아·정송은 성인이 덕을 표현하여 모범으로 삼고자 한 노래들의 부류로 보았다. 그것을 열심히 본받으면 나라가 흥하고, 그렇지 않으면 쇠한다는 것은 악장의 정치적 功用을 말한 것이다. 그래서 『시경』은 치자들의 노래다.73) 다스리는 자들이 노래를 통해 선왕들의 공덕을 잊지 않고, 백성들의 현실을 세밀히 살핌으로써 좋은 정치를 할 수 있기 때문에 『시경』은 좋은 정치의 표본이자 길잡이로 받아들여진 것이다.

이처럼 악장들을 작은 부류 넷으로 나눈 것이 4시이고, 4시를 하나로 묶은 것이 『시경』이다. 정치의 성격이나 범주, 지역이나 국가에 따라 노래들을 분류했고, 각 부류의 악장들은 내용이나 성격상 서로 같고 다름이 분명하다. 직설적이든 비유적이든 '창업 초기나 국운 융성기에 체제의 정통성을 내용으로 자긍심과 왕조 영속의 당위성을 노래하는 것이 악장의 본질'이라면, 악장은 승리자의 노래, 세상을 다스리는 자의 노래들이다. 패배자에겐 자기변호의 遁辭만 있을 뿐 세상을 경영하려는 포부도 자긍심도 없기 때문이다.74) 그래서 역대의 논자들은 풍·아·송의 正/變을 나누어 설명하는 일에 큰 관심을 보인 것이다. 즉 국풍·소아·대아·송이 국가 정치의 잘 되고 못됨을 밑바탕으로 하

而靜 疏達而信者 宜歌大雅 恭儉而好禮者宜歌小雅 季札觀樂 爲之歌小雅曰 美哉 思而不貳 怨而不言 爲之歌大雅曰 廣哉 熙熙乎 曲而有直體 據此則大小二雅 當以音樂別之 不以政之小大論也 如律有大小 呂 詩有大小明 義不存乎小大也"] 참조.

73) 물론 원래 風은 백성들의 노래였다. 그러나 그것들을 각 나라에서 채록하여 궁중악으로 개작·변모시킨 뒤의 이른바 '국풍'은 제도권의 노래 즉 치자들의 것으로 보아야 한다. 따라서 『시경』은 다스리는 자들의 노래인 것이다.

74) 조규익, 『조선조 악장의 문예미학』, 627쪽.

고 있다는 점75)뿐만 아니라 국풍·소아·대아·송에 보이는 正詩와 變詩의 공존

도 정치를 전제로 해야 비로소 그 이유가 설명될 수 있다는 것이다. 이와 관련

하여 주자의 설을 충실히 따르는 명나라 周琦는 그 점을 좀 더 구체적으로

설명했다.76) 주기는 『시경』의 시들이 궁중악으로 쓰이게 된 원인을 역사적·

정치적 측면에서 찾아 설명했다. 세상의 一盛一衰가 반영된 것이 『시경』의

一正一變이고, 그것은 『맹자』의 一治一亂으로 설명된다고 했다. 요임금이 禹로

하여금 대홍수를 다스리게 하여 천하가 화평해졌고, 주공이 夷狄을 한데 합하

고 맹수 떼를 몰아냄에 백성이 편안해졌으며, 공자가 『춘추』를 완성하니 난신

적자들이 두려워하게 되었다고 했다.77) 백성들이 땅을 평정하고 살게 된 것이

一治라면, 요·순이 죽은 후 성인의 도가 쇠미해지고 포악한 임금이 대대로

일어나 백성들이 고통을 겪었고 결국 紂王의 시대에 천하가 크게 어지러워진

것이 一亂이었다. 15국풍 가운데 주남·소남 등 二南만이 정풍이고, 나머지 13국

풍은 변풍으로 본 것도 세상의 혼란이 반영된 결과였다. 천하에 어지러운 날이

많고 다스려진 날이 적음을 국풍에서 살펴 볼 수 있다고 한 것이다. 「毛序」의

설명처럼, 풍은 '바람을 일으켜 움직이게 하고 가르쳐 변화하게 하는 것'78)인

데, 선왕의 政敎가 백성들에게 영향을 미쳐 풍속과 예의가 바로잡히게 되는

것을 말한다. 정치와 교화의 득실을 판단할 만한 지표로 보는 것도 아송에

---

75) 물론 소아·대아 및 三頌과 달리 국풍의 노래들 대부분은 해석 작업을 통해 비로소 그것들의 정치적
연관성이나 내용이 파악된다고 보는 점도 감안해야 할 것이다.

76) 『文淵閣四庫全書: 子部/儒家類/東溪日談錄』卷十의 "國風之詩 凡十五國爲正風者二 變風者十三 亂
多而治少也 讀國風之詩 可見天下 亂日多而治日少 理勢然耳 詩之一正一變 見世之一盛一衰 孟子之一
治一亂也 小雅之音 通八什 共八十篇 其爲小雅之正者 皆燕饗之樂 以鄭氏之說論之 鹿鳴之什有九篇
白華之什有五篇 彤弓之什有二篇 共十六篇 至菁菁者莪止皆燕饗之樂歌 其餘自彤弓之什(…) 周頌是周
公所定之樂歌 而魯則周之所封 乃伯禽就封之國 商亦周之所封 乃祀宋之地 非當年之商 其頌蓋商之子
孫 歌以祀湯者 故以魯頌次周頌 商頌次魯頌宜矣

77) 『文淵閣四庫全書: 經部/四書類/四書通旨』卷四의 "昔者禹抑洪水而天下平 周公兼夷狄驅猛獸而百姓
寧 孔子成春秋而亂臣賊子懼" 참조.

78) 『文淵閣四庫全書: 經部/詩類/詩序』卷上의 "風以動之 敎以化之" 참조.

못지않은 풍의 정치적 본질이다. 그리고 '왕도가 쇠하여 예의가 폐지되고 정교가 잘못되어 나라마다 정사가 다르며 집마다 풍속이 달라짐에 이르러 변풍과 변아가 나왔다는 것, 사관은 득실의 자취를 밝혀 인륜의 폐함을 서글퍼하고 刑政의 까다로움을 슬퍼하여 情性을 읊어 윗사람을 풍자하니 일의 변화에 통달하고 옛 풍속을 그리워했다는 것, 그런 이유로 변풍은 정에서 발하여 예의에 그쳤으니 정에서 발함은 백성의 본성이요 예의에 그침은 선왕의 은택이라는 것, 따라서 한 나라의 일이 한 사람의 근본에 관계되는 것을 풍이라 하고 천하의 일을 말하여 사방의 풍속을 그려낸 것을 雅라 한다는 것' 등79)이 변풍의 구체적인 내용이다. 실제 작품들을 통해 악장으로서의 정풍과 변풍의 본질을 살펴보기로 한다.

參差荇菜	들쭉날쭉 마름 풀을
左右采之	이리저리 잡아 가리네
窈窕淑女	요조숙녀를
琴瑟友之	거문고 비파로 사귀네
參差荇菜	들쭉날쭉 마름 풀을
左右芼之	이리저리 삶아 올리네
窈窕淑女	요조숙녀를
鍾鼓樂之	종과 북으로 즐겁게 하네

— <關雎> 제3장

百爾君子	많은 군자들이
不知德行	덕행을 모르는 것일까
不忮不求	해치지 않고 탐하지 않으면

---

79) 『文淵閣四庫全書: 經部/詩類/詩序』卷上의 "至于王道衰 禮義廢政敎失 國異政家殊俗 而變風變雅作矣 國史明乎得失之迹 傷人倫之變 哀刑政之苛 吟詠性情 以風其上 達於事變而懷其舊俗者也 故變風發乎情 止乎禮義 發乎情民之性也 止乎禮義先王之澤也 是以 一國之事繫一人之本 謂之風 言天下之事 形四方之風 謂之雅" 참조.

何用不臧   어찌 선하지 않겠는가

—〈雄雉〉 제4장

들쭉날쭉한 마름 풀을 얻었으면 가리고 삶아 올려야 하듯, 요조숙녀를 얻었
으면 사랑하여 즐거워해야 한다는 것이 전자로서, 마름 풀을 다루는 일에서
요조숙녀를 만나 아내로 맞아들이는 일을 불러 일으켰으니, 표현 기교 상 興에
속하는 노래다. 송나라 李樗는 〈관저〉는 천하를 風化하여 부부의 도를 바로잡
는 말이라 했고,[80] 한나라 匡衡은 '배필의 즈음은 생민의 시초이자 만복의
근원이니 혼인의 예가 이루어진 연후에 만물이 이루어져 천명이 온전해진다
는 것, 공자가 시를 논하면서 〈관저〉를 시작으로 삼은 것은 임금은 백성의
부모이므로 后夫人의 행실이 천지에 비견할 만하지 못한즉 신령의 계통을
받들어 만물의 마땅함을 다스릴 수 없다는 말이라는 것, 상고 이래로 삼대의
흥하고 폐함이 이에서 말미암지 않은 적이 없었다는 것'[81] 등을 말했다. 또한
『毛詩正義』에는 '〈관저〉가 후비의 덕성과 행실이 和諧하고 곧아서 오로지
백성들을 감화시켰다는 것, 자나 깨나 어진 이를 구하여 맡은 일을 받들어
행한 것은 후비의 덕이었으며 二南의 노래는 실로 문왕의 교화였다는 것,
후비이 덕을 아름답게 여기는 것은 부부의 본성으로 인륜이 중하기 때문인데,
부부가 바른즉 부자가 친하게 되고, 부자가 친하면 군신이 공경하게 된다는
것, 이로써 시란 성정을 노래하는 것이니 음양을 중시하는 것이 시의 본질'[82]
이라 했다.

---

80) 『文淵閣四庫全書: 經部/詩類/毛詩李黃集解』 卷二의 "關雎言 后妃風化天下 正夫婦" 참조.
81) 『文淵閣四庫全書: 經部/詩類/詩傳大全』 卷一의 "匡衡曰 妃匹之際 生民之始 萬福之原 婚姻之禮正然
　　 後 品物遂而天命全 孔子論詩 以關雎爲始 言大上者 民之父母 后夫人之行 不侔乎天地 則無以奉神靈之
　　 統 而理萬物之宜 自上世以來 三代興廢 未有不由此者也" 참조.
82) 『毛詩正義』(http://zh.wikisource.org) 卷一 「≪關雎≫, 后妃之德也」의 "后妃性行和諧 貞專化下 寤
　　 寐求賢 供奉職事 是后妃之德也 二南之風 實文王之化 而美后妃之德者 以夫婦之性 人倫之重 故夫婦正
　　 則父子親 父子親則君臣敬 是以詩者歌其性情 陰陽爲重 所以詩之爲體" 참조.

그렇다면, 이처럼 후비의 덕을 노래한 <관저>를 『시경』의 맨 앞에 놓은 까닭은 무엇일까. 문왕의 가르침을 아름다운 노래에 실어 백성들을 감화시키고 흥기시켰다고 보기 때문일 것이다.[83] 이 말 속에 <관저>의 政敎的 효용성과 악장으로서의 기능이 잘 설명되어 있다. 단순히 雎鳩로부터 흥기된 사랑 노래가 아니라, 문왕과 후비의 만남을 통해 부부의 의리가 바로 섰고, 그것을 풍교의 시작으로 천하의 백성을 가르친, 교육 자료로서의 노래였다는 것이다. 더구나 음악을 만들어 향대부로 하여금 향인들을 가르치게 했고, 천하의 제후들로 하여금 백성들을 가르치게 함으로써 위로는 천자에서 아래로는 서민들에 이르기까지 '부부 윤리'를 익히는 자료로 이 시를 사용했다는 것이다. 말하자면 '부부의 도가 백성의 근본이고 왕도정치의 실마리'[84]이므로, 주공은 이 노래를 음악에 올려 향대부로 하여금 백성들을 가르치게 했고, 조정의 燕禮에서 合樂의 형식으로 「주남」[<관저>·<갈담>·<권이>]과 「소남」[<작소>·<채번>·<채빈>]을 노래로 읊었는데,[85] 『시경』의 노래들이 궁중의 공식적인 의례에서 활용되던 정격 악장이었음을 보여주는 문헌적 근거라 할 수 있다.

두 번째 노래는 邶風의 <雄雉> 제4장인데, <웅치>는 악행을 일삼던 춘추시대 위나라 선공을 풍자한 시다. 즉 선공이 음란하여 국사를 제대로 챙기지 못하고 정벌을 자주 일으켜 大夫들이 오랜 기간 부역에 징발됨으로써 남녀들이 원망하게 되니, 백성들이 이를 걱정하여 지었다는 것이다. 위 선공은 庶母를 간통하여 태자 伋을 낳았고, 그의 아내인 宣姜을 강탈하여 그녀로부터 두 아들[壽와 朔]을 얻었으며, 태자의 모친 夷姜이 죽자 宣姜과 朔의 참언에 휘둘려 태자인 급을 제나라에 가게 한 뒤 도중에 살해하고, 삭을 태자로 앉히는 등 인간으로서는 할 수 없는 악행들을 저질렀다. 그로 인해 나라가 어지러워지고

---

83)「周南關雎詁訓傳 第一」,『十三經注疏 4: 毛詩正義』, 北京大學出版社, 1999, 6쪽.
84) 김용천·이원택 역주,『의례역주 三』, 162쪽.
85) 김용천·이원택, 같은 책, 161쪽.

결국 그도 죽었으며, 전국시대에 이르러 秦·魏 사이에 끼어 명맥만 유지하다가 BC 209년 제46대 君角 때 멸망했다. 위선공의 '無道昏縱悖亂'[86]은 시절을 혼란하게 만든 핵심요인이었고, 백성들은 <옹치>와 같은 부류의 노래들을 통해 그런 악행들을 한탄하거나 풍자했다. 그런 것들이 바로 변풍이며, 그것들은 결코 궁중의 악장으로 쓰일 수 없었다. 두 노래들 간의 내용이나 주제적 차이 등은 『시경』 시에 상정한 편찬자의 교육적 의도가 빚은 기술적 결과일 수 있다. 악장으로 쓰일 수는 없으나, 치자들에 대한 警戒의 효용성을 제시할 필요가 있다는 점에서 변풍은 그 나름의 의미가 있었던 것이다.

소아의 <鹿鳴>·<四牡>·<皇皇者華>·<常棣>·<伐木>·<天保>·<采薇>·<出車>·<杕杜>·<魚麗>·<南有嘉魚>·<南山有臺>·<蓼蕭>·<湛露>·<彤弓>·<菁菁者莪> 등은 정소아로서 연향의 악가들이고, 대아의 <文王>·<大明>·<緜>·<棫樸>·<旱麓>·<思齊>·<皇矣>·<靈臺>·<下武>·<文王有聲>·<生民>·<行葦>·<旣醉>·<鳬鷖>·<假樂>·<公劉>·<泂酌>·<卷阿> 등은 정대아로서 會朝의 악가들이다. 정소아를 제외한 58편은 王政이 이미 쇠하여진 후에 그 정치의 쇠함을 노래한 것들이므로 연향에서 연주될 수 없었고, 정대아 18편을 제외한 나머지 작품들은 쇠퇴한 시대 厲王 때의 노래들로서 시절에 대한 근심을 표현하고 있으므로 조회에서 연주될 수 없었다. 3什에 31편인 대아 가운데 文王之什 전체 10편과 生民之什 10편 중 <卷阿>까지 8편을 합한 18편이 朝會의 악가인 正大雅이고, 생민지십의 <民勞>부터 13편은 시절을 근심하고 정치의 쇠퇴를 노래한 것들로서 조회에 연주되지 못한, 이른바 變大雅다. 주나라의 10대 厲王이 폭정으로 쫓겨남으로써 주나라의 쇠락이 시작되었고, 여왕이 彘에서 죽자 周定公과 召穆公이 여왕의 아들인 姬靜을 宣王으로 세워 주 왕실을 회복시켰다. 여왕을 쫓아낸 주나라 백성들의 폭동 이후 주나라 왕실의 권위는 추락했

---

86) 『文淵閣四庫全書: 經部/春秋類/左氏博議』 卷五 참조.

고, 國勢 또한 쇠락하였다. 백성들의 참상과 나라의 근심을 바탕으로 왕을 경계한 것이 이 노래의 핵심 내용이다. 왕이 간신의 무리에 휘둘리고 학정을 자행함으로써 백성들이 고통을 받으니, 백성들을 편안케 해 주라고 했다. 도읍을 사랑해야 나라 전체가 편안하고, 사람을 속이는 자, 선량치 않은 자, 포학한 자 등을 멀리하여 좋은 정치를 펴라는 경계의 내용이다. 따라서 변대아에 속하는 이런 부류의 노래는 악장으로 사용될 수 없었다. '창업 초기나 국운 융성기에 체제의 정통성을 내용으로 자긍심과 왕조영속의 당위성을 노래하는 것'[87] 이 악장이기 때문이었다.

송의 경우 周頌이 正頌이고, 魯頌과 商頌은 變頌이다. 빈객을 연향할 때 쓰던 정소나 조회에 쓰던 정대아는 모두 '주객'의 교류를 핵심으로 하던 노래들이고, '종묘의 악가'로만 본다면 송 또한 '신과 인간의 교류나 소통의 메시지들'이며, '정치적 득실의 표지'로만 본다면 풍 또한 '지배층과 피지배층 간에 오고가던 메시지'로 볼 수 있다. 이 가운데 송의 경우 '신과 인간의 교류'만으로 볼 수 없다는 주기의 견해는 『시경』 악장론'의 본질을 분명히 짚어낸 것으로 판단된다. 太王을 제사하는 시, 문왕을 제사하는 시, 무왕·성왕·강왕을 제사하는 시, 郊祀에서 后稷을 天에 배향하는 시, 明堂에서 문왕을 宗祀하며 상제에게 배향하는 시, 農官을 경계하는 시, 조회에서 告祭하는 시, 성왕이 조묘에서 喪期를 마치는 시 등 주송의 시들 모두가 治世에 관한 노래들이라는 것이다. 또한 제사의 시가 없는 魯頌의 경우 주공이 魯에 봉해져 천자의 예악을 쓴 까닭에 송이란 명칭을 썼으나, 사실은 노나라를 위한 頌禱의 '頌'일 뿐 종묘악가의 '頌'은 아니라는 것이다. 말하자면 <駉牡>는 僖公이 말을 기른 일을, <有駜>은 잔치에서 술을 마신 일을, <泮水>는 泮宮에서 술을 마신 일을, <閟宮>은 비궁을 落成한 일을 각각 송도한 것으로서 모두 종묘제사의 시가 아니며, 후세

---

87) 조규익, 『조선조 악장의 문예미학』, 627쪽.

의 '得賢臣頌, 大唐中興頌, 酒德頌' 같은 것들이라고 했다. 이에 비해 商頌의 시들은 모두 제사음악으로서 <那>는 成湯을, <烈祖>는 中宗을, <玄鳥>는 高宗을, <殷武>는 高宗을 각각 제사할 때 쓰던 노래들이고, <長發>은 大禘를 지낼 때 쓰던 노래다. '周南二頌 모두 신명에게 고하는 시'로 본 주자의 견해 때문에 '송이 종묘악가'라는 고정관념이 생겼을 뿐, 실제 개개 작품들을 보면 반드시 그렇지 않다는 것을 주기는 깨우쳐 준 것이다.

문왕의 덕에 대한 찬양을 노래한 것이 <청묘>다. 훌륭한 대신들이 모여들어 나랏일을 돌보고, 청묘에서 하늘의 문왕에게 제사를 올리며 분주히 오가는 모습을 그려내고 문왕의 덕을 찬양하고 있는 것이 그 구체적인 내용이다. 종묘악가인 송을 '융성한 덕의 모습을 찬미하여 그 이룬 공을 신명에게 고하는 것'[88]이라 정의하는 것도 그 때문이다. 융성한 덕은 문왕의 덕이고, 이룬 공은 문왕이 이룩한 건국의 업적이다. 제사 시이든 송도 시이든 송에 속한 악장들의 가장 큰 주제는 '제왕의 공에 대한 찬양'이다.

주송의 첫머리에 <청묘>를 배치한 것도 그것이 제사악장의 가장 모범적인 작품이었기 때문이다. 『악기』에 '<청묘>를 연주하는 비파는 현을 마전하고 밑에 音孔을 뚫어 통하게 하며, 한 사람이 부르면 세 사람이 화답하여 사라지지 않는 음이 있다'[89]고 했으며, 鄭玄은 '一唱三歎'에 대하여 '한나라는 진나라의 음악에 바탕하여 乾豆를 올리고 등가를 연주하되 홀로 올라가 노래하여 筦絃으로 사람의 소리를 어지럽히지 아니하여 자리에 있는 자로 하여금 두루 듣게 하고자 했으니, 이것이 옛날 <청묘>의 노래와 같은 것'[90]이라 했다. 말하

88) 『文淵閣四庫全書: 經部/詩類/詩傳大全』卷十九의 "頌者宗廟之樂歌 大序所謂 美盛德之形容 以其成功 告于神明者也" 참조.
89) 『文淵閣四庫全書: 經部/禮類/陳氏禮記集說補正』卷二十三의 "淸廟之瑟 朱弦而疏越 壹唱三嘆 有遺音者矣" 참조.
90) 『文淵閣四庫全書: 經部/樂類/樂書』卷一百九十四의 "漢因秦樂 乾豆上 奏登歌 獨上歌 不以筦絃亂人聲 欲在位者徧聞之 猶古淸廟之歌也" 참조.

자면 제사에서 반주소리에 방해를 받지 않고 노래의 메시지를 분명히 여러 사람에게 전하기 위해 높은 곳에 올라가 노래하게 했는데, 그 분명한 사례가 바로 <청묘>라는 것이다. 제사에서 악장이 얼마나 중시되었는지를 알려주는 기록의 관련 노래가 바로 <청묘>라는 점을 볼 때, 『시경』 「주송」의 첫머리에 이 노래가 배치된 것은 당연한 일이라 할 수 있다.

　『시경』에서 악장으로 쓰인 것들은 풍·아·송의 시편들 가운데 주로 '正'에 속하는 것들이나, 그 중에서도 二南의 존재는 주목할 필요가 있다. 이남을 단순히 국풍의 한 부분으로 보아야 하는가, 아니면 국풍과 구분되는 부분으로 보아야 하는가에 관한 문제다. 주공이 성왕을 보필하여 예악을 제정했는데, 마침내 문왕의 시대에 풍화의 영향을 받은 민속의 시를 채집하여 이것을 管弦에 올려 房中의 음악으로 삼았고, 또 미루어 향당과 邦國에까지 미쳤다는 것이 주희의 해석이다.[91] 즉 주남은 주나라에서 얻은 것에 남국의 시를 섞은 것들로 천자의 나라로부터 제후국의 음악에 올린 것들이며, 南國에서 얻은 것들은 다만 소남이라 일컬어졌고 方伯의 나라로부터 남방의 음악에 올린 것들로서 감히 천자국에 연계될 수 없었다는 것이다. 분명한 것은 정풍으로 일컬어진 주남과 소남의 시들은 모두 后妃와 夫人들의 덕이나 교화를 노래한 것들로서 평민 남녀들의 자유로운 감정을 노래한 변풍들과는 구분된다. 이처럼 二南은 주제적 성향으로 미루어 제왕의 교화에 속하는 악장들로서 국풍과 분리 취급됨이 타당할 것이다.

　『시경』에 대한 기존의 연구자들과 크게 다른 모습을 보이는 뿌쓰녠[傅斯年]의 견해는 특이하다. 즉 '주남·소남은 모두 南國의 시로서 결코 岐周[92]의 시가

---

91)『文淵閣四庫全書: 經部/詩類/詩傳大全』卷一의 "武王崩 子成王誦立 周公相之 制作禮樂 乃采文王之世 風化所及 民俗之詩 被之管弦 以爲房中之樂 而又推之 以及於鄕黨邦國" 참조.

92) 岐山 아래에 있던 周代의 옛 도읍으로, 섬서성 岐山縣 경내로 周가 이곳에서 건국되었다. 전의되어 西周를 이른다.

아니라는 점/ 남국은 황하 이남 지역으로 長江과 漢水 지역에 이르며 西周의
하반기 문화가 융성했을 때 주나라 왕실은 그곳에 많은 邦國을 건설했다는
것/ 주나라 방역 안에 포함되면 周南, 주나라 京畿 밖의 제후국들은 召南[召伯虎
가 통치하던 지역]이라 했다는 것/ 남국은 宗周 시기에 문화 수준이 가장 높은
지역으로서 서주 만년에 가장 흥성한 곳이었으며, 새로운 주나라가 옛 문화구
역 즉 諸夏의 1천리 비옥한 땅을 중심으로 그 변경에 새로운 土宇를 펼쳐 탁월
한 문화를 이루었다는 것/ 주남과 소남은 이 일대의 시이며, 대아와 소아 또한
이 일대의 시였거나 최소한 이 일대에서 전래되어 나온 것으로 상층의 시는
雅, 하층의 시는 南이라 부른다는 것/ 주남과 소남은 다른 국풍과 달리 문채가
화려하지 않고 예악을 많이 언급한다는 것, 즉 남녀 간 애정시는 매우 절제되
어 감정에서 시작하고 예의에서 그치기[發乎情 止乎禮義] 때문에 감정의 동요를
드러내며 절제하지 않는 여타 국풍의 시들과 전혀 다르다는 점'[93] 등을 주장
했다. 지역의 정확한 措定이나 지배자[혹은 집단]의 정체와 결부시켜 해석하는
문제는 아직 정설로 인정되지 않고 있지만, 주남과 소남을 국풍과 분리해야
한다거나, 雅와 南이 밀접한 관계를 맺고 있다는 관점 등은 『시경』에 대한
새로운 인식이나 해석의 출발점이 되기에 충분하다 할 수 있다. 이런 논리를
기반으로 『시경』 각 부분의 集合은 응당 공자 이전에 이루어졌으나, 雅·頌·
南·鄭 등의 명칭이 모두 『논어』에 보이는 만큼 그 후 유전된 것들은 대동소이
하며, 한나라에 진입하여 비로소 현재 보게 되는 定本이 있게 되었다는 것이
뿌쓰녠 논리의 핵심이다.[94]

그의 논리가 말 그대로 악장이란 관점 아래 이루어진 것은 아니지만, 二南을
국풍으로부터 분리했고 『시경』의 시들을 樂詩와 舞詩의 측면에서 설명하고

---

93) 傅斯年, 『詩經講義稿(含『中國古代文學史講義』)』, 北京: 中國人民大學出版社, 2004, 58쪽.
94) 傅斯年, 같은 책, 34쪽 참조.

있는 점 등은 『시경』 시들이 갖는 악장으로서의 정체성을 강조한 장백잠이나 김해명의 그것들과 상통한다고 할 수 있다. 장백잠은 이남을 국풍에서 분리함으로써 『시경』 시들을 다음과 같이 네 가지 범주로 나누었고, 김해명도 같은 논리적 선상의 주장을 했다. 우선 장백잠은 『시경』의 범주를 다음과 같이 제시했다.

南: 남방에서 일어났으며, 곡조가 끝나갈 때 합주하는 樂歌의 일종임. 주남·소남이라 이름한 것은 주공·소공의 채읍에서 채집했기 때문이고, 두 지방 사람들이 남방의 악가를 모방하여 지었기 때문임.

風: 각 지방의 민간가요이자 민속 문예로서, 민간에서 유행할 때는 원래 입으로 전해지면서 반주 없이 부르던 민가였고, 혹 음악에 합쳐지더라도 매우 단순하고 보잘 것 없는 악기로 연주될 뿐이었음/ 사신이 채집하여 태사에게 바침으로써 음악과 합해졌으며, 민간가요였기 때문에 작자는 모두 평민이고 무명작가들임.

雅: 원래 지니고 있던 지방색채를 벗어날 수 없었던 남·풍과 달리 아는 국가에서 규정한 정식 악가이자 표준 악가였음/ 대·소로 구분된 것은 음악으로 인한 등급 때문이었으며, 작가는 사대부이고 내용은 조정의 정치에 대한 찬미와 풍자임.

頌: 가창만 하던 '남·풍·아'와 달리 송은 노래하면서 춤을 곁들였음/ 종묘나 조정에서 공적을 노래하고 덕을 칭송하는 것이 그 용도였음.[95]

다음과 같은 김해명의 견해도 장백잠의 그것과 궤를 같이 한다.

『시경』은 본디 '소리'에 의해 이루어진 것이지 '의미'에 의해 이루어진 것이 아님에도 불구하고, 孔子 이후 이른바 齊·魯·韓·毛의 四家가 『시경』의 의미론적 해석에만 치중하여 음악문학에 고유한 부분이 가려지게 되었다. 樂調를 위주로

---

95) 蔣伯潛·蔣祖怡, 앞의 책, 93-94쪽 참조.

한 분류를 통해 『시경』의 각 유형에는 각기 서로 다른 음악적 특징이 있음이 발견됨에 따라, 『邶風』부터 『豳風』까지의 13國과 『周南』·『召南』의 2南은 구별되어져야 하며, 각 악조의 발생 순서를 고려하여 『頌』-『大雅』-『小雅』-『風』-『南』으로 서술한다면, 『시경』의 악가적 성격을 좀 더 확실히, 그리고 새로운 규명이 가능할 것이다.[96)]

장백잠과 김해명은 『시경』의 시들이 음악으로부터 분리될 수 없는 음악문학 즉 악장이란 관점에서 二南과 13국풍을 별개의 부분으로 보았다. 이남이 주공과 소공의 채읍에서 채집되었다는 것은 주공과 소공을 통해 전달된 문왕과 후비의 교화가 노래의 핵심을 이루었음을 의미한다. 주남의 경우 <關雎>[后妃의 덕: 천하를 風動하고 부부를 바로잡음], <葛覃>[후비의 근본: 婦道로 천하를 교화함], <卷耳>[후비의 뜻: 남편을 보좌하여 賢者를 進用하고자 함], <樛木>[후비의 은덕: 은덕이 아랫사람들에게 두루 미치고 질투심이 없음], <螽斯>[후비의 덕: 투기하지 않아 자손이 많음], <桃夭>[후비의 덕: 투기하지 않아 남녀가 바로잡아지고 홀아비로 사는 백성이 없게 됨], <兔罝>[후비의 교화], <芣苢>[후비의 아름다움], <漢廣>[문왕의 교화], <汝墳>[문왕의 교화], <麟之趾>[<關雎>의 效應: <관저>의 교화에 응하여 나타나는 변화] 등에서 보는 것처럼 모두 후비의 덕이나 문왕의 교화에 관계된 내용들이다.

소남의 경우도 <鵲巢>[夫人의 덕], <采蘩>[직분을 잃지 않는 夫人의 덕], <草蟲>[大夫 아내의 덕: 예로써 스스로 단속함], <采蘋>[大夫 妻의 덕: 법도를 잘 따랐음], <甘棠>[召伯에 대한 찬미], <行露>[召伯이 訟事를 다스림], <羔羊>[<鵲巢>의 效應], <殷其靁>[소남의 대부 아내가 의로움으로 권면], <摽有梅>[문왕의 교화: 남녀가 제때에 혼인을 함], <小星>[부인의 덕: 은혜가 아래에 미침] <江有汜>[媵妾의 덕: 수고롭되 원망하지 않으니 嫡妻가 잘못을 뉘우침], <野有死麕>[문왕의 교화로 무례함을 미워함], <何彼穠矣>[王姬의 덕: 한 등급 낮은 제후에게 下嫁하여 오히려 婦道를 잡음], <騶虞>[<鵲巢>의 效應: 문왕의 교화를 입어 왕도가 이루어짐을

---

96) 金海明, 「『詩經』의 音樂文學的 解剖」, 『中國語文學論集』 22, 중국어문학연구회, 2003, 329쪽.

찬양] 등 대부분 제후의 부인이나 문왕의 교화를 찬양하는 내용으로 이루어져
있다.

내용만을 보아도 이남과 국풍을 하나로 묶을 수는 없다. 백성들의 노래를
채집·정리·개작한 것들이지만, 이남은 지배층의 교육적 의도가 전제된 노래
들로서 전체 『시경』의 모범으로 제시되었다고 보는 것이 타당하다.

『시경』을 음악문학으로 보는 김해명의 견해도 이남을 풍에서 분리했다는
점에서 장백잠과 상통한다. 그러나 각 악조의 발생 순서에 따라 『頌』-『大雅』-
『小雅』-『風』-『南』으로 서술해야 『시경』의 악가적 성격을 좀 더 확실히 규명할
수 있다고 함으로써 이남의 표본적 성격을 약간 달리 해석하고 있는 점도
분명하다. 그러나 『시경』을 의미론적으로만 해석해온 기존 四家와 달리 『시경』
시들의 유형에 따른 개별 음악적 특징들이 있다고 봄으로써 본질적으로 『시경』
은 음악문학이었음을 강조한 것이다.

Ⅲ. 『시경』 수용을 통한 문화·정치적 보편성의 확보 1
: 중국 역대 악장의 경우

　지금까지 살펴 본 것처럼 『시경』 시들이 음악문학 즉 궁중음악의 노랫말 텍스트라면, 그것들은 어떤 콘텍스트 속에 존재하고 있었는지를 살펴보는 것은 『시경』에서 출발하는 동아시아 왕조들의 악장이 지니고 있던 텍스트 현실을 정확히 이해할 수 있는 지름길이 될 것이다. 문헌에 남아 전해지는 중세 왕조 악장들의 텍스트 현실을 출발점으로 하는 경우 선진시대 악장인 『시경』 시들의 텍스트 양상을 거슬러 추적할 수도 있을 것이다. 무엇보다 인간의 내면을 표출하는 데 '말[노래] → 음악 → 춤으로의 단계적 발생[혹은 표출]이나 융합의 불가피성 혹은 효용성'을 斷言한 「毛詩 大序」의 언급[1]은 그런 발상의 출발이다. '마음속의 뜻이 말로 표출되면 시가 된다'는 언급 중의 '시'는 단순히 문학 장르로서의 시만을 좁게 지칭한 것이라기보다 문자 텍스트로 가시화된 당대 악장으로서의 『시경』 시들을 포괄적으로 암시했다고 보아야 한다. 그 점은 이 글이 당시 '시'로 통칭되던 『시경』 「大序」의 한 부분일 뿐 아니라 '노랫소리'로 해석되는 '聲音'이 외부의 정치적 상황[治世·亂世/和·乖/安樂·怨怒/得·失]에 따라 달라진다고 설명한 이 글 후반의 언급에서도 확인된다. 풍이든 아이든

---

1) 『文淵閣四庫全書: 經部/詩類/詩序』 卷上의 "詩者志之所之也 在心爲志 發言爲詩○情動於中而形於言 言之不足 故嗟嘆之 嗟嘆之不足 故永歌之 永歌之不足 不知手之舞之足之蹈之也○情發於聲 聲成文謂之 音 治世之音 安以樂 其政和 亂世之音 怨以怒 其政乖 亡國之音 哀以思 其民困 故正得失 動天地 感鬼神 莫近乎詩" 참조.

송이든 궁중의 악장인 경우 神明 혹은 왕을 비롯한 지배자들을 찬양하거나 그들에게 정성을 바치는 자리에서 사용되었기 때문에 표현이나 전달의 미흡함은 늘 문제로 떠올랐을 가능성이 크다. 그런 노래[시]들이 음악과 춤이 함께 융합된 무대예술 歌舞戲로 공연될 수밖에 없었던 이유도 이 점에 있다. 말하자면 신을 대상으로 올리던 제사의례나 임금을 대상으로 바치던 궁중연향 및 조회 등에서 가·무·악 융합의 무대예술이 演行되었는데, 원래 『시경』은 그런 융합예술작품들의 모음이었으리라 짐작되는 것이다. 그런 노랫말들이 언제부턴가 '시' 혹은 『시경』으로 호칭되기 시작했지만, 원래는 樂舞 혹은 가무희들을 모아놓은 융합적 성격의 문헌이었을 가능성이 크다.

　　『모시』 「大序」에서는 『시경』을 '노래[말과 음악]-춤'의 융합체로 보았고, 『墨子』는 『시경』 시들을 '誦詩·弦詩·歌詩·舞詩'로 분류해 보임으로써, 그것들이 옛날부터 '誦[낭송]·弦[연주]·歌[노래]·舞[춤]' 등 네 가지 방법으로 수용되어 왔음을 명확히 지적한 바 있다. 특히 『묵자』 「公孟篇」의 말과 「鄭風」 <子衿>에 대하여 "옛날에 詩樂을 가르쳐 이것을 낭송하고 노래하고 연주하고 춤추었다"는 『毛傳』의 언급을 감안하면 『시경』 시들은 모두 노래 부를 수 있었고 춤출 수 있었던 것들임을 알 수 있다. 말하자면 단순한 시집 아닌 악장 혹은 가사집으로서의 『시경』이었던 만큼 '낭송·음악·노래·춤' 등 어느 방법으로도 향유할 수 있었고, 그것들이 함께 어울려 특이한 미학을 형성한 융합적 성격의 텍스트였다는 점에서 동아시아 중세 보편성의 핵심부분을 擔持해온 儀禮的 요소들이 두드러지는 것이다.[2] 이런 복합적 텍스트성은 고대에 형성되어 중세 동아시아에서 지속적으로 추구해 온 시경학의 기본 줄기라 할 수 있으며, 민족이나 국가를 초월한 동아시아 중세문명에서 『시경』이 형성해온 공통의 기반

---

2) 그러나 주나라 왕실이 쇠약해지면서 중앙집권체제가 붕괴되고 사회가 극도로 혼란스러워지면서 예악은 무너지고 변질됨으로써 西周시기 예악문화의 바탕은 결국 상실되기에 이르렀다.

이 무엇인지를 보여주는 점이기도 하다. '송'에 대한 『모시』「서」의 정의['송이란 덕의 성대함을 찬미하는 형용으로, 이룩한 공을 신명에게 고하는 것'] 및 그에 대한 공영달의 「疏」['형용이란 形狀容貌이다'], 阮元의 <송>에 대한 정의['송이란 본시 容 곧 얼굴, 형용, 무용의 뜻이다'] 등을 바탕으로 '송에는 음악의 반주뿐 아니라 춤도 깃들여 있었다'거나 '『시경』에 가무와 가무희의 자료가 적지 않다'고 말한 김학주의 주장3)에서도 '시경 악장론'의 논리적 근거는 보다 더 분명해지고, 그 자체가 후대 왕조들의 악장으로 쓰였거나 악장 텍스트 형성에 큰 영향을 미쳤으리라 보인다.

1. 『시경』 수용에 관한 모범적 선례의 확립: 한나라 악장

춘추전국시대 이후 궁정의 악무가 『시경』에 표출된 것은 문학적 意象이다. 『시경』에서 잔치나 제사에 관련된 악장들 가운데는 악무의 정경을 묘사하는 것들이 많다. 이처럼 당시의 예악정신에 의하면 연회의 경우 예외 없이 악을 연주하고 노래와 춤을 통해 흥을 불러일으키며 화목한 분위기를 만드는 것이 상례였나. 『시경』 이후 낭만수의 문학의 원천인 『초사』에도 악무 장면에 대한 묘사가 많다. 초나라 지역은 '信巫鬼 重淫祀'의 관습으로 제사 때는 반드시 노래하고 춤을 추어 娛神하는 것을 당연시 했다. 漢代에 들어와 악무 百戲가 궁정과 민간에서 광범하게 전해지면서 국가는 악부와 같이 음악을 전문적으로 관리하는 기구를 설립하여 악무예술의 발전을 가속화시켰던 것이다.4)

이처럼 한나라의 시가나 악장을 거론하기 위해서는 그 앞 단계인 진나라[BC

---

3) 김학주, 『중국 고대의 가무희』, 45쪽.
4) 賀威麗, 「先唐文學中的樂舞形象-以≪詩經≫ ≪楚辭≫, 漢魏六朝詩賦爲例」, 『南陽師範學院學報(社會科學版)』 Vol.15 No.2, 南陽師範學院 文史學院, 2016. 2, 45-47쪽 참조.

221-BC 206]의 궁중 예악제도를 간과할 수 없다. 겨우 15년간 존속한 왕조였으나, 중국 역사상 최초의 통일왕조였고 焚書坑儒와 같은 반문명적 폭거를 자행했다는 점은 긍정적이든 부정적이든 궁중악이나 의례에 어떤 변혁을 가져왔을 가능성이 크기 때문이다. 『사기』에 따르면, 李斯가 건의한 焚書의 내용은 '史官이 갖고 있는 문서들 중 秦의 기록이 아닌 것은 모두 불태울 것/博士官이 아니면서 감히 『詩』·『書』 및 제자백가의 저서를 소장할 수 없다'는 것 등인데, 『詩』·『書』일지라도 박사관이 소장한 것들은 태우지 않았음을 알 수 있다고 했다.[5] 따라서 앞 시대와 달리 『시경』은 겨우 명맥을 이어가는 선에서만 수용되었을 가능성이 크다. '전국시대의 중·후기에 이르러 『시경』은 점차 유가학파의 경전으로 자리 잡았으나 이런 현상은 당시 도가, 법가 등의 학파로부터 유가가 공격 받는 빌미를 제공했다'[6]는 점에서 진나라에서 유가의 경전들 특히 그 핵심인 『시경』이 받았던 박해를 짐작할 수 있기 때문이다. 그럼에도 불구하고 진나라에서는 종묘제사에 크게 소홀하지는 않았던 것으로 보인다. 무엇보다 진나라에는 국가의 禮樂朝儀 일환의 祭祀禮儀를 수행하기 위해 완벽한 司官제도가 있었고, 제사 및 娛神·娛人의 목적으로 樂工·樂人·樂器를 구비·유지하고 있었으며, 太樂과 樂府를 설치하여 六國의 악공·악인·악기를 관리하고 있었다. 그 중 태악은 西周시기 國子들의 교육 내용이나 성격과 유사했고, 악인을 교육·훈련시킨 것은 국가의 종묘제사에 활용할 목적이었다. 악부의 경우 六國의 樂人을 채용하여 음악의 技藝를 전수했는데, 이것이 진나라 궁정음악의 주체가 되었다. 앞에서 말한 바와 같이 진나라 왕조의 樂敎는 娛神之樂과 娛人之樂으로 나뉘는데, 전자는 국가제사 및 조회 등 典禮에 사용되던 의식음악으로 서주 시기의 國子 교육을 계승한 것이다. 따라서 양자 모두 '詩樂一

---

5) 이상기, 「秦始皇의 焚書坑儒에 대한 始末」, 『中國硏究』 14, 한국외대 중국연구소, 1993, 200쪽 참조.
6) 조원일, 「漢代初期 儒學에 대한 硏究-詩經을 중심으로-」, 『溫知論叢』 24, 사단법인 溫知學會, 2010, 340쪽.

體' 樂敎의 범주에 속하는 것들이었다.[7] 이처럼 진나라 또한 앞 시대에 못지않
게 예악제도를 중시했고, 그에 따라 완벽하지는 않아도 『시경』의 현실적 효용
성을 인식하고 있었으리라 짐작된다. 그러나 현재 진나라의 악장을 확인할
수 있는 자료를 확보하지 못한 관계로 부득이 논의를 한나라로 넘길 수밖에
없다.

한나라에 들어오면서 聖經으로 존숭된 이후부터 『시경』은 본격적인 경전
화·정치화의 길로 접어 들었다. 한나라 초기에 문헌자료들을 바탕으로 한 『시
경』의 연구와 전수는 매우 성행했다.[8] 송나라 이전 특히 한·당의 시경학은
시와 악 양자를 중시하거나 시의 실용성에 대한 중시로부터 訓詁義疏學의 흥
성으로 나아가게 되었으며, 점차 추상적이고 넓은 의미의 시경학을 추구하게
된 것이다.[9] 범위를 악장으로 좁힐 경우 『시경』의 영향은 한나라에 이르면서
좀 더 내면화하기 시작했다. 그 내면화는 한나라와 당나라에 걸쳐 본격화되기
시작한 경학으로의 전환이 영향을 미친 결과라고 할 수 있다. 선진시대의 시학
이 한당시대의 경학으로 성격이 바뀌면서 악장에 반영된 『시경』 역시 그것들
이 사용된 선진시대의 의미를 존중하고 반영하는 양상을 보여주게 된 것이다.

여기서 한나라 악장들 일부를 들어보기로 한다. 한나라의 제의가들은 여러
편이 있는 것으로 기록들에 나타나지만, 그 가운데 가사가 전해지는 것들은
<郊祀歌>[19장]와 <安世房中歌>[17장], <靈芝歌> 등이다.[10] 이 가운데 「안세방중
가」를 먼저 살펴보기로 한다. 사실 주나라의 <방중악>으로 일컬어지던 『시경』
「주남」의 <관저>·<葛覃>·<卷耳>, 「소남」의 <鵲巢>·<采蘩>·<采蘋> 등[11]은 唐

---

7) 許繼起, 「秦漢樂府制度硏究」, 揚州大學 博士學位論文, 2002. 9, 5-31쪽 參照.

8) 한나라 초기의 시경학에 대한 논의는 주 6)의 조원일 논문 참조.

9) 楊影子, 「宋代以降 ≪風雅十二詩譜≫的板本譜系硏究」, 湖南師範大學 碩士學位論文, 2018, 14-16쪽.

10) 김인호, 「한대 祭儀詩 연구」, 『中國學』 40, 대한중국학회, 2011, 217쪽.

11) 『儀禮』의 「燕禮06: 經-108」[遂歌鄕樂 周南關雎葛覃卷耳 召南鵲巢采蘩采蘋: 드디어 合樂의 형식으로
鄕樂의 여섯 시를 노래로 읊는데, 주남의 관저·갈담·권이와 소남의 작소·채번·채빈이다]에 대한

山夫人이 지은 <安世房中歌>의 모범이라 할 수 있는데,[12] 錢志熙는 '肅倡和聲 [엄숙하게 노래하여 소리를 조화시킴]'[13]이란 글귀를 근거로 「안세방중가」를 제사 노 래라 하고, 제사의 典禮 과정에서 합창되었으리라 보았다.[14] 특히 '당산부인이 翹袖折腰의 춤에 능했는데, <出塞>·<入塞>의 노래를 부르면 侍婢 수백 명이 모두 이를 익히고 후궁들이 머리를 가지런히 하여 소리 높여 노래했다'[15]는 葛洪의 설명으로 미루어 「안세방중가」 역시 『시경』의 해당 시들처럼 궁중의 樂舞였으리라 짐작된다. <안세방중가>와 『시경』의 상관성을 명확히 보여주는 설명[16]은 반고의 『前漢書』에 나온다. 이 설명 중의 <방중사악>은 燕飮에 주로

注[周南召南 國風篇也 王后國君夫人 房中之樂歌也: 주남과 소남은 시경 국풍의 시편으로 왕후와 국군의 부인에 대한 방중악가이다./김용천·이원택 역주, 『의례 역주(三)-연례·대사의』, 161-163쪽] 에서 鄭玄은 『시경』의 「주남」과 「소남」에 속한 노래들을 <房中樂>이라 명시했고 그것들이 갖는 '風化天下'의 효용성을 인정했다[『文淵閣四庫全書: 經部/詩類/毛詩注疏/毛詩譜』의 "初古公亶父 聿 來胥宇 爰及姜女 其後大任思媚周姜 大姒嗣徽音 歷世有賢妃之助 以致其治 文王刑于寡妻 至于兄弟 以御于家邦 是故二國之詩 以后妃夫人之德爲首 終以麟趾騶虞 言后妃夫人有斯德 興助其君子 皆可以 成公 至於獲嘉瑞 風之詩 所以風化天下而正夫婦焉 故周公作樂 用之鄉人焉 用之邦國焉 或謂之房中之 樂者 后妃夫人侍御於其君子 女史歌之以節義序故耳" 참조].

12) 송나라 陳暘은 그의 『樂書』[『文淵閣四庫全書: 經部/樂類/樂書』 卷一百六十二]에서 '叔孫通이 종묘 례를 제정했는데, 거기에 房中祀樂이 있다 하고, 惠帝 때 다시 安世로 이름을 고쳤다. 武帝 때 郊祀禮를 정하면서 司馬相如 등으로 하여금 安世曲을 만들고 8音을 조화시켰으며, 「안세방중가」에 17장이 있다'는 요지["漢高祖時 叔孫通制宗廟禮 有房中祀樂 其聲則楚也 孝惠更名爲安世 文景之朝 無所增損 至武帝定郊祀禮 令司馬相如等造安世曲 合八音之調 安世房中歌有十七章存焉"]로 언급한 바 있는데, 중국과 한국의 학자들은 이 말을 근거로 숙손통이 「안세방중가」의 작자라고 주장했다. 즉 『漢書·禮樂志』에 기록된 바 '숙손통이 종묘악을 제정한 과정과 사용된 樂歌의 내용이 공교롭게 도 부합하여 일치한다'[姚大業, 『漢樂府小論』, 百花文藝出版社, 1984, 15쪽]라거나, 이 노래가 후비 의 덕을 읊은 것이 아니라 한나라 궁중의 제례음악이었다는 학자들의 견해 등을 들어 당산부인의 작품일 수 없다[김인호, 앞의 논문, 224-227쪽]고 말하는 등 당산부인 창작설을 부정적으로 보아 온 게 사실이다. 그와 함께 '張蒼 창작설, 李夫人 창작설, 집단 창작설' 등도 있으나[劉露芬, 『漢代 郊廟歌辭 研究』, 浙江大學 석사학위논문, 2012, 3-7쪽 참조.], 이 견해들 역시 아직은 대부분 추론에 불과하다고 본다. 사실 숙손통은 음악을 포함한 종묘의례를 정하는 데 그쳤고, 이미 창작·가창되고 있었을 당산부인의 「안세방중가」는 그 악장으로 수용한 것이었다고 한다면, 비록 燕飮에 쓰던 노래라 해서 종묘악으로 채용되지 못할 이유는 없을 것이다.

13) 『文淵閣四庫全書: 史部/正史類/前漢書』 卷二十二의 "漢初安世房中歌 其詩曰(…) 七始 華始 肅倡和聲 神來宴娛 庶幾是聽" 참조.

14) 錢志熙, 『漢魏樂府的音樂與詩』, 大象出版社, 2000, 53쪽.

15) 葛洪, 『西京雜記』, 中華書局, 1985, 2쪽.

사용한 주나라의 <방중악>과 용도에서 차이는 있지만,[17] 「모시보」에 언급된 바와 같이 천하를 풍화시키고 부부의 도를 바르게 하는 것이 노래이기 때문에 향인들과 방국에 쓰기 위해 주공은 악을 만들었다는 점에서 한나라의 <방중악>도 주나라의 <방중악>처럼 천하를 가르쳐 변화시키고자 하는 뜻을 갖고 있었던 것으로 볼 수 있다. 따라서 한나라의 「안세방중가」는 『시경』을 수용한 궁중악장임이 확인되는 것이다. 물론 차이는 분명하다. 「안세방중가」에는 '孝'라는 글자가 여러 번 등장한다. 이에 대한 설명은 다음과 같다.

'大孝備矣'[1장], '大矣孝熙'[3장], '皇帝孝德'[4장], '孝奏天儀'·'孝道隨世'[10장], '嗚呼孝哉'[12장] 등이 그것이다. 이외에도 이 작품에는 '효'자가 6번이나 나오는데, 漢代에는 孝武帝나 孝文帝처럼 先帝에게 '효'자를 붙이기도 했다. 이 방중악에서 말하는 '효'란 천자가 그 아버지 天혹은 先帝들에게 효를 갖추고 있으면, 그 아버지인 천이나 선제들이 그 효에 감동하여 제의 장소에 강림하고, 또한 그들이 한 황실에게 축복을 가져다준다는 뜻이라 할 수 있다. 천자가 궁중제의에서 天이나 先帝를 섬기는 것은, 아들이 아버지를 '효'로 섬기는 것과 같은 이치이다. 이 작품이 '엄숙하고 경건하며 성스러운' 제의가의 일반적인 특징을 그대로 가지고 있다.[18]

작품 전반에 걸쳐 '효'라는 말이 많이 등장하는데, 그것은 천자의 아버지인

---

16) 『文淵閣四庫全書: 史部/正史類/前漢書』卷二十二의 "又有房中祀樂 高祖唐山夫人所作也 至秦名曰壽人 凡樂樂其所生 禮不忘本 高祖樂楚聲 故房中樂楚聲也 孝惠二年 使樂府令夏侯寬 備其簫管 更名曰安世樂 高祖廟奏武德文始五行之舞(…)武德舞者 高祖四年作 以象天下樂已行武以除亂也" 참조.

17) 주나라 <방중악>의 효용성은 '남편을 모시고 지키는 것, 이 노래를 불러 의리의 차서를 절도 있게 하는 것, 노래하고 읊어 남편을 섬기는 것, 천하를 풍화하고 부부의 도리를 바르게 하는 것'[『文淵閣四庫全書: 經部/詩類/毛詩注疏/毛詩譜』의 "初古公亶父 聿來胥宇 爰及姜女 其後大任思媚周姜 大姒嗣徽音 歷世有賢妃之助 以致其治 文王刑于寡妻 至于兄弟 以御于家邦 是故 二國之詩 以后妃夫人之德 爲首 終以麟趾騶虞 言后妃夫人有斯德 興助其君子 皆可以成功至於獲嘉瑞 風之詩 所以風化天下而正 夫婦焉 故周公作樂 用之鄕人焉 用之邦國焉 或謂之房中之樂者 后妃夫人侍御於其君子 女史歌之以節 義序故耳" 참조] 등이다.

18) 김인호, 앞의 논문, 228-229쪽 참조.

天이나 先帝들에 대한 효를 명시하는 개념이며, 그것들을 제시함으로써 하늘의 감동을 불러일으키고 황실에게 복을 내려줄 것이므로, 이 노래를 제의가로 보아야 한다는 것이 김인호 설명의 핵심이다. 이 점이 바로 주나라 <방중가>와 한나라 「안세방중가」가 구별되는 결정적 요인이라 할 수 있다. 그럼에도 불구하고 '風化天下'의 대의는 하나라는 것이다. 「안세방중가」[17장]19) 1장과 그 원류로 생각되는 「주송」 <청묘>를 대비적으로 제시하면 다음과 같다.

大孝備矣	크나큰 효도를 갖추었으니
休德昭明	아름다운 덕이 밝고 밝도다
高張四縣	악기를 네 벽에 높이 매달았으니
樂充宮庭	음악소리 궁정에 가득하도다
芬樹羽林	많은 우보(羽葆)들 숲처럼 서 있어
雲景杳冥	구름 그림자 검게 드리운 듯
金支秀華	황금으로 장식한 가지에 빼어난 꽃들이며
庶旄翠旌	수많은 푸른 깃발들 화려하도다

—「안세방중가」 1장

於穆淸廟	아, 심원한 청묘에
肅雝顯相	공경하고 온화하며 명철한 공경과 제후들이며
濟濟多士	늘어서서 제사를 돕는 많은 선비들이
秉文之德	문왕의 덕을 잡아
對越在天	하늘에 계신 신을 대하여
駿奔走在廟	사당에 계신 신주를 분주히 모시나니
不顯不承	드러나지 않을까 높여 받들지 못할까

---

19) <大孝備矣>[1장]·<七始華始>[2장]·<我定歷數>[3장]·<王侯秉德>[4장]·<海內有姦>[5장]·<大海蕩蕩>[6장]·<安其所>[7장]·<豊草葽>[8장]·<雷震震>[9장]·<桂花馮馮翼翼>[10장]·<美芳>[11장]·<磑磑即即>[12장]·<嘉薦芳矣>[13장]·<皇皇鴻明>[14장]·<浚則師德>[15장]·<孔容之常>[16장]·<承帝明德>[7장][文淵閣四庫全書: 史部/正史類/前漢書] 卷二十二 참조]

無射於人斯   진실로 사람들에게 미움 받음이 없도다

　　　　　　　　　　　　　　　　　　　　　　　　　—「주송」 <청묘>

전자[「안세방중가」 1장]와 후자[<청묘>] 모두 의미단락은 '1·2/3·4/5·6/7·8'로 나뉜다. 즉 전자[효를 갖추어 덕이 아름답고 밝음/악기를 높이 매달아 음악소리 궁정에 가득 참/제왕의 儀仗이 늘어서 구름 그림자 같음/황금 장식의 가지와 빼어난 꽃들과 많은 푸른 깃발들이 화려함]에서는 종묘제사의 광경과 참여한 사람들의 아름다운 모습을 그려냈고, 후자[심원한 청묘에 엄숙하고 명철한 벼슬아치들이 가득함/늘어서서 제사를 돕는 선비들이 문왕의 덕을 잡음/하늘에 계신 신을 대하여 사당에 계신 신주를 모심/드러나지 않고 높이지 못할까 노심초사함으로써 사람들에게 믿음을 줌] 또한 종묘제사의 성대한 모습과 그에 참여한 사람들의 아름다운 모습을 그려냄으로써 양자는 내용의 유사함을 보여준다. 주공이 낙읍을 완성하고 제후들로부터 조회를 받은 다음 그들을 거느리고 문왕에게 제사할 때 사용한 것이 <청묘>였고,[20] <청묘>라는 시를 슬(瑟)로 연주할 경우 주색의 현을 매달고 바람이 구멍을 통하게 하며, 한 사람이 선창하면 세 사람이 화답하니, 다 표현하지 않은 소리들이 있다["淸廟之瑟 朱弦而疏越 壹倡而三歎 有遺音者矣"][21]고 하였다. 또한 김인호는 숙손통이 제정한 종묘악의 순서와 비교할 경우 「안세방중가」 17장 중 1-2장은 迎神之樂, 3-8장은 待祭之樂, 9-11장은 中祭之樂, 13-17장은 終祭之樂으로 보이기 때문에, 이 노래는 잘 구성된 궁중제의가라 했다.[22] 첫 구에 언급된 '大孝'는 고조 당시에는 하늘과 그의 선대를, 그 후에는 하늘과 함께 고조가 포함된 선대를 각각 지칭했으리라 본다. 이 점은 <청묘>가 주나라 문왕을 제사하는 시였다는 점과 같은 궤에서 생각할 수 있는 사실이다.

---

20) 『文淵閣四庫全書: 經部/詩類/詩序』 卷下의 "淸廟祀文王也 周公旣成洛邑 朝諸侯 率以祀文王焉" 참조.
21) 정병섭 역, 『譯註 禮記集說大全 ◆ 樂記❶』, 98쪽.
22) 김인호, 앞의 논문, 226쪽.

「안세방중가」에는 『시경』에서 수용한 것으로 보이는 시구들이 있다. 「안세방중가」 제14장23)의 '惟民之則'은 『시경』「노송」 <泮水> 4장24)의 '維民之則'을 가져 온 것이다. <반수> 4장은 주공과 노공의 덕을 공경하여 밝히고 효도를 바쳐 스스로 복을 구한 희공의 빛나는 덕망을 칭송한 노래인데, '유민지칙'은 백성들의 모범이 되었다는 뜻이다. 이 <반수> 4장의 핵심은 烈祖를 공경하고 삼가며 받든 희공의 덕이 '백성들의 법도'가 되었다는 점과 희공의 '효'를 강조한 점에 있다. 「안세방중가」의 14장에서는 이러한 <반수> 4장의 뜻을 수용하여 '복을 누리고 즐기시되 지나치게 빠지지 않는' 임금의 덕이 '백성들의 법도가 되었음'을 들어 찬양하는 뜻을 드러냈다. 앞에서 설명한 바 있지만, 孝武帝나 孝文帝처럼 先帝에게 '효'자를 붙인 漢代 문헌들의 관습이나, 천자가 그 아버지 天 혹은 先帝들에게 효를 갖추고 있으면, 그 효에 감동하여 제의 장소에 강림하고, 또한 그들이 한 황실에게 축복을 가져다준다는 믿음을 담은 의도[이 작품에 '효'자가 6번이나 나오는 건 핵심주제의 하나가 효라는 점]는 「안세방중가」가 『시경』의 의도나 주제의식을 수용했음을 보여주는 분명한 증거라 할 수 있다. 또한 「안세방중가」 15장의 '(令聞在舊) 孔容翼翼'은 『시경』「대아」 <烝民> 제2장25)의 '(令儀令色) 小心翼翼'을 수용한 것으로 보이는데, <증민>의 '(거동이 착하고 안색이 훌륭하여)조심스레 공경하고 공경한다'와 「안세방중가」의 '(훌륭한 명성이 오래도록 유지되니)큰 덕을 지닌 용모가 공경스럽도다'는 의미적으로 일치한다. <증민>은 尹吉甫가 어진 사람을 등용하여 능력 있는 인재들을 부리게 함으로써 주나라 왕실이 중흥될 수 있도록 한 宣王을 찬양한 노래다. 선왕이 등용한

23) 『文淵閣四庫全書: 史部/正史類/前漢書』 卷二十二의 "皇皇鴻明 蕩侯休德 嘉承天和 伊樂厥福 在樂不荒 惟民之則" 참조.
24) 『文淵閣四庫全書: 經部/詩類/詩集傳』 卷十九의 "穆穆魯侯 敬明其德 敬愼威儀 維民之則 允文允武 昭假烈祖 靡有不孝 自求伊祜" 참조.
25) 『文淵閣四庫全書: 經部/詩類/詩集傳』 卷十七의 "仲山甫之德 柔嘉維則 令儀令色 小心翼翼 古訓是式 威儀是力 天子是若 明命使賦" 참조.

仲山甫의 훌륭함을 묘사한 '소심익익'을 「안세방중가」에서는 임금의 덕을 묘
사하기 위해 '공용익익'으로 표현한 것이다.

「안세방중가」 2장의 '肅倡和聲'은 「주송」 <有聲>[26]의 10구 '肅雝和鳴'을 수
용한 것이다. '肅倡和聲'은 '엄숙히 부르니 음악소리와 어울린다'로 번역되고,
'肅雝和鳴'은 '엄숙하고 조화롭게 울린다'고 번역되어, 양자는 서로 부합한다.
<유고>는 주나라가 천하 통일 후 처음으로 악을 정비하면서 태조[문왕]를 찬양
하기 위해 모든 음악을 合奏한 것을 내용으로 하는 노래이고, 「안세방중가」
2장은 七始와 華始의 곡을 엄숙하게 불러 음악적으로 조화를 이룸으로써 종묘
제례에서와 같이 신이 와서 즐겁게 노닐고, 우리의 공경하는 마음을 하늘로
질서 있게 전달하고자 하는 뜻을 표현한 노래다. 이렇게 <유고>의 '숙옹화명'
을 수용하여 '숙창화성'으로 만드는 과정에서 '『시경』의 취지를 「안세방중가」
에서 재현하고자 하는' 작자의 의도가 분명해졌다고 할 수 있다. 13장의 '令問
不忘'[이 훌륭한 명성을 잊을 수 없도다]은 「대아」 <문왕> 2장[27]의 '令聞不已'[훌륭한
명성이 그치지 않도다]를 수용한 경우다. 문왕이 천명을 받아 주나라 세운 일을
찬양한 노래가 <문왕>이다. 말하자면 <문왕> 전체가 창업주에 대한 찬양의
노래이고, 특히 '부지런히 애쓴 문왕의 훌륭한 명성이 그치지 않아 주나라와
자손들에게 전해지고 자손들은 그 명예를 백세에 전할 것이고, 주나라의 모든
선비들 또한 대대로 부지런히 그렇게 하리라'는 것이 2장의 내용이다. 2장의
내용적 핵심이 바로 '영문불이'다. 훌륭하신 문왕의 왕업에 대한 찬양과 소문
이 그침이 없다는 것인데, 그것이 주나라가 자손만대 영속될 것이라는 믿음과
소망의 전제이기 때문이다. 그것을 「안세방중가」 13장에서는 終句[영문불망]로

---

26) 『文淵閣四庫全書: 經部/詩類/詩集傳』 卷十八의 "有瞽有瞽 在周之庭 設業設虡 崇牙樹羽 應田縣鼓
  鞉磬柷圉 旣備乃奏 簫管備擧 喤喤厥聲 肅雝和鳴 先祖是聽 我客戾止 永觀厥成" 참조.
27) 『文淵閣四庫全書: 經部/詩類/詩集傳』 卷十五의 "亹亹文王 令聞不已 陳錫哉周 侯文王孫子 文王孫子
  本支百世 凡周之士 不顯亦世" 참조.

수용했다. 종묘 제사에 신령이 만족스럽게 흠향한 것은 덕 있는 임금의 훌륭한 말씀[德音孔臧] 덕분이라는 것이 전반부이고, 임금의 훌륭한 덕을 제후들이 받들어 보존하며 그 훌륭한 덕을 잊을 수 없다[令問不忘]는 것이 후반부이다. 따라서 이 한 구절을 수용함으로써「안세방중가」13장이 <문왕> 2장의 뜻을 송두리째 재현한 셈이다.

16장의 '子孫保光'은『시경』「주송」<烈文>28)의 '子孫保之'를 수용한 표현이다. 성왕이 주공의 섭정을 벗어나 친정하게 되면서 제후들이 제사 도운 일을 노래한 것이 <열문>이다. '子孫保之'로 구분되는 첫 부분 4구에서는 '찬란히 빛나는 제후들이 내 제사를 도와 하늘이 내게 복을 주고 나를 사랑하기를 한 없이 하여 내 자손으로 하여금 주나라를 보존하게 한다'는 내용을 노래했다. 성왕이 화자로 등장하여 제사를 돕는 제후들을 칭찬한 것이다.「안세방중가」16장도 제사를 돕는 제후들에 대한 찬양의 말이다. 즉 '임금이 훌륭하고 변함없는 용모로 상제의 밝은 덕을 받드니, 백성들이 행복하여 임금의 자손들이 은총을 보존했다'는 것이 그 내용이다. 즉 '상제의 밝은 덕을 받드는 것'[承帝之命]은 제후들의 도움을 받아 잘 수행하는 제사 행위를 말하고, 그에 힘입어 자손대대로 나라를 보존하게 되었음을 말한다. 따라서「안세방중가」16장의 '子孫保光'은 <열문>의 '子孫保之'를 수용하여 '빛나는 제후들의 도움으로 잘 수행된 종묘제사'를 노래함으로써『시경』의 취지를 이어받았음을 확인할 수 있는 것이다. 17장의 '受福無疆'은『시경』「대아」<假樂>의 '受福無疆'을 그대로 갖다 쓴 경우다. '빈틈없는 위의와 떳떳한 덕음으로 원망함이나 미워함도 없이 여러 현자들을 고루 등용하니 끝없이 복을 받고 천하에 법도가 되었다'는 것이 <假樂> 3장의 내용이고, '임금이 상제의 밝은 덕을 받드니 백성들은 산과

---

28)『文淵閣四庫全書: 經部/詩類/詩集傳』卷十八의 "烈文辟公 錫玆祉福 惠我無疆 子孫保之 無封靡于爾 邦 維王其崇之 念玆戎功 繼序其皇之 無競維人 四方其訓之 不顯維德 百辟其刑之 於乎前王不忘" 참조.

같은 법칙을 본받게 되고, 구름 같은 은덕을 백성에게 공평하게 베푸니 그 복을 영원히 받을 것이다. 임금의 떳떳한 덕을 받들고 상제의 밝음을 받들어 백성들이 편안하고 즐거우니 임금이 복을 받음이 끝없다'는 것이 「17장의 내용이다. 성왕을 아름답게 여겨 찬양한 것이 <假樂>인데, 그것을 수용하여 하늘을 받들고 백성들을 공평하게 대하는 임금의 덕을 바탕으로 편안해진 백성들이 행복하므로 임금은 끝없는 복을 받을 것임을 노래한 것이 17장이다. 이처럼 「안세방중가」는 악장의 구절들을 『시경』으로부터 수용했을 뿐 아니라, 종묘의례 전 과정의 음악 또한 주대 종묘음악의 기본 내용과 형식을 이어받은 것으로 보인다.[29]

　다음으로는 李延年을 중심으로 司馬相如 등 수십여 명의 문사들이 참여하여 지었고, 내용 자체가 오래되고 심오하여 이해하기 어려운 것으로 알려진[30] 「교사가」와 『시경』의 관계를 텍스트 관점에서 살펴보기로 한다. 『漢書·禮樂志』에는 '<練時日>·<帝臨>·<靑陽>·<朱明>·<西顥>·<玄冥>·<惟泰>·<天地>·<日出入>·<天馬>·<天門>·<景星>·<齊房>·<后皇>·<華煜煜>·<五神>·<朝隴首>·<象載瑜>·<赤蛟>' 등 19작품으로 구성된 「교사가」를 지은 경위가 '무제 때 郊祀의 예를 제정하여 감천궁에서 乾位로 나아가 태일신에게 제사했고, 汾陰에서 연못 가운데 네모꼴 언덕을 만들고 后土신에게 제사하였다는 것, 이어서 악부를 설립하고 민간에서 수집한 시가를 밤에 불렀는데, 趙·代·秦·楚 지역의 노래들이었다는 것, 이연년을 협률도위로 삼고 사마상여 등 수십 명이 지은 시부들을 뽑아 율려를 간략히 맞춰보니 8음의 가락에 맞아서 열아홉 장의 노래를 만들었다는 것' 등[31]으로 제시되어 있다. 말하자면 당대 최고의

---

29) 趙敏俐·吳相洲 等, 『中國古代詩歌形態硏究』, 北京: 北京大學出版社, 2005, 202쪽 참조.

30) 『文淵閣四庫全書: 史部/正史類/史記』 卷二十四』[至今上卽位 作十九章十 令侍中李延年 次序其聲 拜爲協律都尉 通一經之士 不能獨知其辭 皆集會五經家 相與共講習讀之 乃能通知其意 多爾雅之文], 『文淵閣四庫全書: 史部/正史類/前漢書』 卷二十二』[有趙代秦楚之謳 以李延年爲協律都尉 多擧司馬相如等數十人 造爲詩賦 略論律呂 以合八音之調 作十九章之歌 以正月上辛 用事甘泉圜丘] 등 참조.

문사들이 동원되어 지은 것으로 보인다는 점에서 한나라 교사가로서는 최고
의 지위를 점한다고 할 수 있다.[32] 그러나 5세기 후반 南齊의 沈約이 편찬한
『宋書』에서 "한 무제가 비록 새 노래[新哥]를 만들었으나 조상을 빛내고 드날리
며 正德을 높여 서술하는 것을 우선으로 삼지 않고, 대부분 제사와 아름다운
일 및 상서로움을 노래하는 데만 그쳐, 상나라 주나라의 雅頌體는 빠져버렸
다"[33]는 지적이 나오는데, 이 때 '무제 때의 새 노래'란 「교사가」임이 분명하
다. 따라서 당시에도 「교사가」와 『시경』은 관련이 없다는 인식이 일반적이었
던 것으로 보인다. 그러나 「교사가」와 『시경』이 전혀 무관할 수는 없다. <帝
臨>의 '后土富媼昭明三光/穆穆優游嘉服上黃'[후토신 부온이 삼광을 빛나고 크게 하니/장
엄하고 공경스레 유유자적하며 吉服은 황색을 숭상하도다]에서 '소명'[크고 빛나게 하다]은 「대
아」 <旣醉> 2장의 '介爾昭明', 3장의 '昭明有融'으로부터 수용해온 말이다. 즉
'군자가 만년에 너의 빛나고 광대함을 더 크게 할 것이라'거나 '빛나고 광대함
이 매우 밝다'는 등 『시경』 <旣醉>의 '소명'을 상제를 모시는 제사 악장에
수용한 것이다. <靑陽>의 '惟春之祺'[봄의 상서로움이로다!]는 『시경』 「주송」 <維
淸>[34]의 '維周之禎'[주나라의 상서로다!]을 수용한 말이다. <유청>은 象舞에서 부
른 노래다. 상무는 무왕이 만든 춤으로 전쟁터에서 적을 찌르고 치는 동작을
형상한 춤이다. 사실 '유주지정'은 상나라를 멸망시킨 武功을 형상하여 찬양한

---

31) 『文淵閣四庫全書: 史部/正史類/前漢書』 卷二十二」의 "至武帝定郊祀之禮 祠太一於甘泉 就乾位也 祭
后土於汾陰 澤中方丘也 乃立樂府 采詩夜誦 有趙代秦楚之謳 以李延年爲協律都尉 多擧司馬相如等數
十人 造爲詩賦 略論律呂 以合八音之調 作十九章之歌 以正月上辛 用事甘泉圜丘" 참조.

32) '「교사가」는 한나라 武帝의 조직과 지도 아래 집단으로 창작된 결정체로서 그 가사를 지은 사람은
한무제와 사마상여 등 다수의 문인들이고, 곡을 지은 사람은 이연년이며, 鄒子 또한 참여했을 가능
성이 있다'고 하여 집단 창작설을 확인한 연구도 있다.[劉露芬,「漢代 郊廟歌辭 硏究」, 浙江大學
碩士學位論文, 2012, 29쪽.]

33) 『文淵閣四庫全書: 史部/正史類/宋書』 卷十九」의 "古者 天子聽政 使公卿大夫獻詩 耆艾修之 而後
王斟酌焉 秦漢闕采詩之官 哥詠多因前代與時事 旣不相應 且無以垂示後昆 漢武帝雖頗造新哥 然不以
光揚祖考 崇述正德爲先 但多詠祭祀 見事及其祥瑞而已 商周雅頌之體罔焉" 참조. |

34) 『文淵閣四庫全書: 經部/詩類/詩集傳』卷十八」의 "維淸緝熙 文王之典 肇禋 迄用有成 維周之禎" 참조.

노래다. 그런데 <유청>을 부른 춤은 상무였고, <유청>의 둘째 구는 '文王之典' [문왕의 법]이다. 주희는 '이 노래가 문왕을 제사한 노래로서, 맑고 밝게 하여 이어 밝힐 것은 문왕의 법이므로 '(문왕에게) 처음 제사함으로부터 이에 이르러 이룸이 있어 실로 주나라의 상서이나, 어쩌면 빠진 글이 있는 듯하다'35)고 하였다. 따라서 무왕이 지었으되 문왕을 찬양하는 내용과 함께 상나라를 멸망 시킨 무공에 대한 구체적인 내용이 빠진 것을 '궐문'이라 했을 가능성이 크다.

「교사가」 중 <靑陽>·<朱明>·<西顥>·<玄冥> 등 사계절의 덕을 찬양한 노래 들인데, <청양>은 사계절 중 봄의 상서로움을 칭송한 노래가 <청양>이다. 상 나라 주왕의 학정에 시달리던 백성들에게 봄과 같은 상서로움을 갖다 준 것이 무왕의 무공임을 드러내 노래한 것이 <유청>이다. 그럴 경우 진나라의 학정을 극복하고 백성들에게 광명을 갖다 준 상제와 고조의 공덕을 봄의 도래에 빗대 어 찬양한 노래가 바로 <청양>이라 할 수 있을 것이다. <유청>과 <청양>의 상관성을 인정할 수 있는 것도 그 때문이다. 「교사가」 중 14번째 <后皇>의 '經營萬億'[만방의 억조창생을 경영하도다]36)은 『시경』 「대아」 <江漢>의 '經營四方' [사방을 경영하도다]을 수용한 구절이다. 즉 '江漢湯湯 武夫洸洸 經營四方 告成于 王'[강한이 넘실넘실, 무부는 굳세고 굳세도다. 사방을 경영하여 왕께 성공을 고하도다]37)으로부 터 '經營四方 咸遂厥宇'[사방을 경영하여 모두 그 거처를 갖게 하였도다]를 수용해 온 것 으로 보인다. 즉 <강한>은 윤길보가 선왕을 찬미한 시로서 쇠망한 나라를 부 흥시키고 어지러움을 다스리며 소공으로 하여금 淮夷를 평정케 하였다는 노래 인데, 한나라의 「교사가」에서는 제사의 대상인 후황들의 공덕을 적시하는 표 현으로 사용되었다. 「교사가」의 네 번째 노래는 <朱明>이다. 이 노래 중 '旣阜

---

35) 『文淵閣四庫全書: 經部/詩類/詩集傳』 卷十八의 "此亦祭文王之詩 言所當淸明而緝熙者 文王之典也 故自始祀 至今有成 實維周之禎也 然此詩疑有闕文焉" 참조.
36) 『文淵閣四庫全書: 史部/正史類/前漢書』 卷二十二 '后皇十四' 참조.
37) 『文淵閣四庫全書: 經部/詩類/詩集傳』 卷十七의 "江漢湯湯 武夫洸洸 <u>經營四方</u> 告成于王 四方旣平 王國庶定 時靡有爭 王心載寧" 참조.

旣昌'『시경』「대아」<公劉> 2장의 '旣庶旣繁'과 5장의 '旣溥旣長'을 수용한 것이며, '登成甫田'은「소아」<甫田>의 모티프를 수용한 것이다. <주명>의 해당 부분을 인용하면 다음과 같다.38)

> 朱明盛長 尃與萬物　여름 기운 융성하고 번창하여 만물에게 펼쳐 주도다
> 桐生茂豫 靡有所詘　두루 자라 아름답고 번창하며 광택이 나서 구부러진 것 하나 없도다
> 敷華就實 旣阜旣昌　꽃이 피고 열매가 맺으니 크기도 하고 창성하기도 하구나
> 登成甫田 百鬼迪嘗　큰 밭에 곡식 익어가니 온갖 귀신들 나아와 흠향하시리로다
>
> (後略)39)

　여름을 맞아 왕성하게 열매 맺는 곡식을 바라보며, 그 곡식을 제물로 가을에 지낼 제사까지 상상하는 것이 이 부분의 주지다. '旣阜旣昌'은 좋은 꽃이 맺은 크고 탐스러운 열매를 찬탄하는 내용이다. 이것은『시경』<공류> 2장의 '篤公劉/于胥斯原/旣庶旣繁/旣順迺宣/而無永嘆/(後略)'[돈독하신 공류께서/이 언덕을 보아 점치시니/이미 거주하는 자들 많으며/이미 편안하고 널리 퍼져 있어/길이 탄식함이 없도다]이나 같은 시 5장[篤公劉/旣溥旣長/旣景迺岡/相其陰陽/觀其流泉/其軍三單/(後略)]을 보건대, 앞에 인용한 <주명>의 '기부기창'은 <공류> 2장/5장의 '旣庶旣繁/旣順迺宣'을 수용했음이 분명하다.
　<주명>의 '登成甫田'[큰 밭에 곡식 익어가니]은『시경』「소아」<보전> 자체 혹은 1장의 '倬彼甫田/歲取十千/我取其陳/食我農人/自古有年/(後略)'[넓고 환한 저 큰 밭에/해마다 십천을 취하도다/내가 그 묵은 곡식을 취하여/우리 농민들을 먹이노니/예로부터 풍년이로구나/(후략)]에서 수용해 온 것으로 보인다. <보전>이 幽王을 풍자하며 군자가

---

38) 梁啓超,『中國之美文及其歷史』, 北京: 東方出版社, 1996, 36쪽 참조.
39)『文淵閣四庫全書: 史部/正史類/前漢書』卷二十二 '朱明四' 참조.

지금을 서글퍼하고 옛날을 그리워하여 지어 부른 노래임을 감안하면,[40] 백성들의 풍요로운 삶을 이루기 위해 노력하는 것이 왕의 임무임을 강조하려는 목적이 있었던 것 같다. 이와 함께 역시 유왕을 풍자하여 홀아비와 과부가 스스로 생존할 수 없음[41]을 노래했다는 점에서 그 다음 장의 <대전>도 창작 동기나 주제가 <보전>과 다름없고, 「교사가」가 『시경』의 이런 노래들을 수용했다는 사실은 분명해진다. 이와 함께 <景星>[十二]의 "穰穰復正直往寗 馮蠵切和疏寫平 上天布施后土成 穰穰豐年四時榮[언은 복이 이미 많아 바로잡아지니 곧바로 편안해지고/하백은 물속의 거북을 시켜 切厲諧和하게 하고 수신은 물길을 터서 평평하게 하도다/상천은 은혜를 베풀고 땅의 신은 이루어/흡족하게 풍년 드니 사시가 영화롭도다][42]에서 마지막 구의 '穰穰豐年'은 『시경』「商頌」<烈祖>의 제 18구[豐年穰穰]를 고스란히 따온 것이고, 그 앞쪽의 '穰穰' 또한 여기서 나온 것임은 물론이다. <열조>의 해당 부분[我受命溥將/自天降康/豐年穰穰/來假來饗/降福無疆][43]은 상나라 中宗을 제사하면서 祖考의 신에게 강림·흠향하여 많은 복을 내려달라고 기원하는 내용을 담고 있다. 이처럼 <경성>은 '풍년양양'을 통해 <열조>의 모티프를 충실히 수용하였음을 보여준다. 이외에 「교사가」 <天地八>의 '百官濟濟 各敬厥事'[많은 백관들이서 제사 일을 공경히 하도다]는 '주공이 낙읍을 완성하고 제후들의 조회를 받은 뒤, 그들을 거느리고 문왕에게 제사를 올린'[44] 『시경』「주송」<淸廟>의 '濟濟多士'를 수용했다. 훌륭한 선비들이 청묘에서 문왕에게 분주하고 공경스런 거동으로 제사를 올리는 모습을 그려낸 것이 <청묘>인데, 이 시를 수용한 <天地八> 또한 천지 교사를 돕는 백관들의 모습을 그려냈다.

---

40) 『文淵閣四庫全書: 經部/詩類/詩傳大全/詩序』의 "甫田刺幽王也 君子傷今而思古焉" 참조.

41) 『文淵閣四庫全書: 經部/詩類/詩序』 卷下의 "大田刺幽王也 言矜寡不能自存焉" 참조.

42) 『文淵閣四庫全書: 史部/正史類/前漢書』 卷二十二 '景星十二' 참조.

43) 『文淵閣四庫全書: 經部/詩類/詩集傳』 卷十九 참조.

44) 『文淵閣四庫全書: 經部/詩類/詩序』 卷下의 "淸廟祀文王也 周公旣成洛邑 朝諸侯 率以祀文王焉" 참조.

이상 살펴 본 것처럼 선진시대 궁중 의례 중 악무의 악장으로 쓰이던『시경』의 시들은 후대 악무들의 악장으로 쓰였을 뿐 아니라, 악장제작의 관습에도 영향을 미쳤음을 알 수 있다. 말하자면 선진 이후 중국 역대 왕조들의 악장은 『시경』을 모범으로 삼기 시작했고, 그 점은 한나라에 들어서면서 본격화 되었으며, 그 표본을 「안세방중가」와 「교사가」에서 찾을 수 있다고 보는 것이다. 따라서 「안세방중가」는 '秦漢 이래 가장 오래 된 악장으로서 格韻이 고상·엄격하고, 규모가 간결하고 예스러우며 胎息 즉 호흡법이 『삼백편』에서 나왔다/ 문체의 수식은 매우 아름답고 화려한 빛이 나며 音節은 더욱 완만하여 주나라 한나라 시가 변천의 흔적을 가장 잘 드러낸다' 했고, 「교사가」는 '體裁와 氣格 [氣運과 格調]은 다소『시경』의 三頌에서 나왔다'는 등의 견해를 밝힌 梁啓超 [1873-1929]의 주장45)이 타당한 것도 그 때문이다.

한·위 이후 진나라와 수나라의 제사악장들도 『시경』을 수용했음은 많은 학자들이 인정하는 점이다. 그 가운데 대표적인 경우는 진나라의 교사악장을 분석한 張樹國의 견해이다. 魏의 합법성을 찬송하는 데서 벗어나지 않았으며, 선조의 문덕과 무공을 찬미한 것은 물론 上天 및 선조가 祭品을 흠향하고 자손을 보우하기를 희망했다는 점, 시의 체재가 전아하고 예스러우며 소박한 4언체를 채용한 점 등은 西晉의 교사악장이 『시경』의 '商周雅頌' 체제를 계승했음을 보여주는 사실이라고 했다.46) 말하자면 漢魏와 마찬가지로 晉隋 시대의 郊祀樂舞들 또한 『시경』의 영향으로부터 벗어날 수 없었던 것은 『시경』이 당시 예악문화와 궁중의례의 콘텍스트 안에 존재하던 악장·음악·춤의 융합적 텍스트이었기 때문이다. 『시경』이 포괄하고 있던 예악이나 악장은 인간과 신을 연결하는 매체이자 政敎의 절대적인 수단이었기 때문이다. 즉 '음악이란

---

45) 梁啓超,『中國之美文及其歷史』, 北京: 東方出版社, 1996, 36쪽 참조.
46) 張樹國,「漢至唐郊祀制度沿革和郊祀歌辭研究」,『陝西師範大學學報(哲學社會科學版)』第37卷 第1期, 2008. 1, 73쪽.

성인이 천지를 감동시키고 신명을 통하게 하며 만민을 편안하게 하여 인간의 천성을 이루어 주던 것'47)이었으므로 정치나 교화의 면에서 절대적인 의미를 갖고 있었다.

2. 『시경』 수용 관습의 지속과 주변 음악문화의 폭 넓은 흡수: 수·당의 악장

수나라와 당나라는 국력이 전례 없이 신장되었고, 주변 나라들과의 빈번한 소통과 교섭을 통해 많은 음악과 문화들을 전파하고 받아들였다. 당시 詩賦의 창작은 기교를 위주로 함으로써 이전 시기처럼 경전 중심의 질박성을 추구하는 데서 벗어나고자 했다. 수·당대에 들어와 이룩된 경제적·문화적 번영은 음악의 발전과 밀접하게 연관된다. 이 시기 음악의 변화된 모습은 지배계급의 잔치음악인 燕樂이 크게 확대되었다는 점이다. '고대 봉건사회에서 성대한 연회는 통치계급만이 누릴 수 있었고, 그런 연회에서 통치계급 자신들의 향락을 위해서 제창한 것'48)이 연악이었던 것이다. 다음의 설명은 그 점을 잘 요약하고 있다.

수·당 시대는 당시 세계에서 가장 번영한 국가로, 경제와 문화·예술 분야가 모두 발달했다. 漢代 실크로드 개척으로 인해 물적 이동이 가능해졌고, 수·당대 이전의 魏晉南北朝부터 遺傳하던 각 민족의 음악들이 수·당이라는 통일왕조의 경제발전의 토대 위에 안정적으로 발전을 이룩할 수 있었다. 이런 과정에서 수·당은

---

47) 『文淵閣四庫全書: 史部/正史類/前漢書』卷二十二의 "故樂者 人之所以感天地 通神明 安萬民 成性類者也" 참조.
48) 양인리우 지음, 이창숙 옮김, 『중국고대음악사-상고시대부터 송대까지』, 솔출판사, 1999, 342쪽 참조.

세계 국가의 민족이 대융합하는 시기였다. 이 과정에서 민간의 음악[俗樂], 胡樂, 불교음악[法曲]의 공급이 크게 증가하였다. 이러한 현상은 이를 받아들이는 황제의 인식으로 더욱 증가되었다. 예악에서의 樂에 해당하는 음악은 "雅樂"이라고 말할 수 있다. 아악의 범위는 궁정제사활동과 조회 중에 사용되는 음악이다. 그 기원은 주대 예악제도에서 시작하고, 정치의 엄숙성, 유가사상의 정통성을 유지하기 위한 제도이다. 그러나 당대에 새로 공급된 음악을 내용으로 담는 연회 음악인 燕樂이 크게 발달하게 된다. 그러면서 연악을 중심으로 한 궁중음악은 가장 번영한 궁정 음악의 발달을 구가하지만, 반면에 아악 제작은 비교적 간단해졌다. 아악의 오락성은 점차 두드러졌고, 음악의 정치성은 약해진 것이다.[49]

'위진남북조 시대부터 전해지던 여러 민족의 음악들이 수·당 통일왕조의 경제 발전을 토대 로 확대될 수 있었다는 것', '민간의 俗樂·胡樂·法曲의 공급이 크게 증가하였다는 것', '예악에서 악은 雅樂이며, 그 범위는 궁정제사활동과 조회에 사용되는 음악이라는 것', '당대에 새로 공급된 음악을 내용으로 담는 燕樂이 크게 발달했다는 것', '연악을 중심으로 한 궁중음악은 이 시대에 가장 발달하지만, 아악의 제작은 비교적 한산해졌고, 아악의 오락성은 점차 두드러졌으며 음악의 정치성은 약해졌다는 것' 등이 내용의 핵심이다. 말하자면 수·당대에 들어오면서 주변국들의 음악을 활발히 도입함으로써 궁중의 연악이 대폭 확충되었고, 그에 따라 전통적으로 지속되어 오던 아악의 비중은 상대적으로 감소되었다는 것이다. 음악의 오락성이 증대되면서 정치성이 약해졌다는 것은 바로 이런 시대적 변화의 속성을 반영한 결과로 볼 수 있다. 당나라 太常에서 坐部를 살펴 가르칠 수 없는 자를 立部에 소속시키고, 더 가르칠 수 없을 만큼 모자란 자는 아악을 익히게 했다는 기록[50]에서 보듯이

---

49) 배윤경, 「隋·唐代 禮樂 속 樂의 인식 변화」, 『東國史學』 64, 동국역사문화연구소, 2018, 430쪽.
50) 『文淵閣四庫全書: 史部/正史類/新唐書』 卷二十二 의 "太常閱坐部 不可敎者 隷立部 又不可敎者 乃習 雅樂" 참조.

아악의 위상이나 비중은 수·당대에 들어오면서 크게 낮아진 것이 사실이다. 대체로 아악은 국가제사나 공식의례 음악이었고, 그에 올려 불리던 악장은 대개 『시경』 시를 수용했거나 본뜬 것들이 주를 이루었다. 이 점은 아악의 악장들이 다양한 노래형태로 새롭게 창작되던 연악 악장들과 달리 매우 고정적 형태와 틀을 갖고 있었음을 의미한다. 따라서 이 시기 악장으로 쓰기 위한 『시경』 시의 수요는 크게 줄었고, 연구 또한 크게 위축되었으며, 『시경』에 대한 교육이나 연구도 樂舞를 벗어나 문학성에 대한 추구로 기울게 된 것은 자연스러운 귀결이었다. 그렇다고 문인들의 필독 교양도서로서 『시경』의 위상이 낮아진 것은 아니었다. 관리의 등용을 목적으로 하던 과거시험이나 遊樂的인 사회 풍조의 영향으로 『시경』의 句法이나 詞章 등에 중점을 둔 시의 학습이나 교육은 여전했다.

문학이나 교양 측면에서 『시경』의 현실적 수요는 여전했으나, 왕공귀족들을 중심으로 하던 궁정의 향락 공간에서는 흥취 위주의 가무오락을 중심으로 하는 궁정연악이 번성했으나, 『시경』은 더 이상 그 중심이 아니었다. 현실적으로 그들은 음악을 만들고 악기를 연주함으로써 궁정의 연악 활동을 촉진시켰으나, 더 이상 예악적 관점의 음악은 아니었다. 말하자면 제향을 포함한 예악을 소홀히 함으로써 아악은 자연히 관심에서 멀어져 갔고, 연향을 통한 향락에 초점을 둠으로써 성악이나 說唱, 歌舞大曲 등을 중심으로 하는 속악이 전국적으로 번창하게 되었다. 물론 수·당 시기에 들어와 악장에 대한 『시경』의 영향이 약간 수그러들긴 했으나 명맥은 여전히 유지되었다. 다른 측면에서 이 시기 문인들은 『시경』의 문자 배후에 숨겨진 의도의 모색을 지향했고, 문학적 측면의 상징성과 비유성이 강화되는 과정에서 『시경』에 대한 연구는 완벽하게 경학으로 분리, 안착될 수 있었기 때문이다. 물론 수당의 아악가사, 그 가운데 주로 제사악장이 각 시대 통치계급 내에서만 유전될 뿐이어서 문학작품으로 취급하지 않았다고는 하지만, 그것들 대부분이 고대의 풍격을 모방한 3언·4

언·5언·7언 등으로 되어 있기 때문에,[51] 이 시대까지 『시경』의 영향은 절대적
이었다고 할 수 있다. 우선 대표적으로 수나라 文帝 때 國子祭酒 何妥의 말을
통하여 당대의 음악관을 볼 수 있다. 하타는 황제에게 올린 표문에서 다음과
같은 주장을 펴고 있다.

> 신이 듣건대 이승에는 예악이 있고, 저승에는 귀신이 있습니다. 그러한즉 천지
> 를 움직이고 귀신을 감동시키는 데 예악보다 더 비근한 것은 없습니다. 또 말하기
> 를 음악이 지극한즉 원망이 없고, 예의가 지극한즉 다툼이 없다고 합니다. 읍양으
> 로 천하를 다스릴 수 있는 것을 예악이라고 이릅니다. 신이 듣건대, 음악에 둘이
> 있어, 하나는 姦聲이요, 둘은 正聲이라 합니다. 대저 간성이 사람을 감동시키면
> 逆氣가 이에 응하고, 정성이 사람을 감동시키면 順氣가 응하며, 순기가 상을 이루
> 면 和樂이 일어납니다.[52] 그러므로 악이 행하면 人道가 밝아지고, 이목이 총명해지
> 며, 혈기가 화평해지며 풍속을 더 낫게 고쳐 세상을 좋게 하여 천하가 모두 평안해
> 집니다. 공자께서 鄭聲을 내치고 佞人[교묘한 말로 아첨 잘 하는 사람]을 내쳐야
> 한다고 말씀하셨으니, 그러므로 정나라와 위나라 송나라와 조나라의 소리를 낸즉
> 안에서는 병이 생기고 밖에서는 사람을 상하게 합니다. 이로써 궁이 어지러운
> 즉 황폐하여 그 임금을 교만하게 하고, 상이 어지러운 즉 한 쪽으로 기울어 그
> 관리들을 무너뜨리고, 각이 어지러운 즉 근심하여 백성들이 원망하고, 치가 어지
> 러운 즉 애처로워 그 일이 고생스럽고, 우가 어지러운 즉 위태로워 그 재산이
> 결핍되며, 다섯 가지 모두 어지러운 즉 오래지 않아 나라가 망하게 되는 것입니다.
> 위나라 문후가 자하에게 '내가 단의와 면복 차림으로 옛 음악을 들으면 침상에
> 드러눕고 싶은데, 정나라와 위나라의 노래를 들으면 피곤함을 모르게 되는 것은
> 무엇 때문입니까?'라고 물으니, 자하가 대답하기를 '대저 옛 음악이 처음 주악할
> 때 鼓로써 하고 춤이 끝나고 되돌아와 정돈할 때 鐃로써 함은 수신하여 집안을

---

51) 양 인리우 지음, 이창숙 옮김, 앞의 책, 387쪽 참조.
52) 이 문장은 『樂書』[『文淵閣四庫全書: 經部/樂類/樂書』 卷八의 "夫姦聲感人而逆氣應之 逆氣成象而淫
樂興焉 正聲感人而順氣應之 順氣成象而和樂興焉"]에 나오는 말인데, 『隋書』의 이 부분에는 '夫姦聲
感人而逆氣應之 順氣成象"만 나와 있어, 뒷 문장과 연결되지 않는다. 따라서 착오로 결락되었다고
볼 수밖에 없다.

가지런히 하고 천하를 평화롭게 하는 것입니다.[53](…)역에 가로되 선왕이 악을
지어 덕을 높였고, 은나라는 상제에게 제사 지낼 때 祖考를 배향하였습니다. 黃帝
에 이르러 咸池를 지었고, 顓頊은 六莖을 지었고, 帝嚳은 五英을 지었고, 堯임금은
大章을 지었고, 순임금은 大韶를 지었고, 禹임금은 大夏를 지었고, 탕임금은 大濩를
지었고, 무왕은 大武를 지었습니다. 하나라 이래로 연대가 오래고 멀어 오직 이름
은 있어도 그 노래는 들을 수가 없습니다. 은나라로부터 주나라에 이르기까지
詩頌에 갖추어져 있습니다.[54]

하타는 당대의 萬寶常이나 鄭譯[540-591] 등 음악에 밝았던 전문가들과 달리
근본적으로 음악을 모르는 정객으로 폄하되고 있긴 하지만,[55] 인용된 그의
말을 근거로 추정할 때 그가 『예기』「악기」를 바탕으로 예악을 정치의 근본으
로 보는 관점만큼은 확고했었음을 알 수 있다. 宮商角徵羽 五音을 천하의 治亂
과 결부시켜 설명한다거나, 정풍과 위풍을 두고 위문후와 자하 사이에 오간
문답을 통해 노래가 갖고 있던 政敎的 기능에 대한 확고한 믿음을 표출한 데서
그의 개인적 관점과 함께 당시 수나라 지배층의 일반적인 예악관 또한 중국의
오랜 전통을 이어 받은 것이었음이 분명히 드러난다. 黃帝로부터 武王에 이르
기까지 治功을 이룩한 임금들의 노래를 들고, 그것들이 같은 범주에 속해 있음
을 암시하고 나서 '은나라로부터 주나라에 이르기까지 시송에 갖추어져 있다'

---

53) 이 부분은 宋나라 衛湜이 편찬한 『禮記集說』[『文淵閣四庫全書: 經部/禮類/禮記之屬/禮記集說』卷
九十八의 "魏文侯 問於子夏曰 吾端冕而聽古樂則惟恐臥 聽鄭衛之音則不知倦(…)何也(…)子夏對曰 今
夫古樂(…)始奏以文 復亂以武(…)修身及家平均天下"]에서 띄엄띄엄 따온 내용이다.
54) 『文淵閣四庫全書: 史部/正史類/隋書』卷七十五의 "臣聞 明則有禮樂 幽則有鬼神 然則 動天地感鬼神
莫近於禮樂 又云 樂至則無怨 禮至則不爭 揖讓而治天下者 禮樂之謂也 臣聞 樂有二 一曰姦聲 二曰正聲
夫姦聲感人而逆氣應之 順氣成象 故樂行而倫淸 耳目聰明 血氣和平 移風易俗 天下皆寧 孔子曰 放鄭聲
遠佞人 故鄭衛宋趙之聲出 內則發疾 外則傷人 是以宮亂則荒 其君驕 商亂則陂 其官壞 角亂則憂 其人怨
徵亂則哀 其事勤 羽亂則危 其財匱 五者皆亂則國亡無日矣 魏文侯問子夏曰 吾端冕而聽古樂則欲寐 聽
鄭衛之音而不知倦何也 子夏對曰 夫古樂者 始奏以文 復亂以武 修身及家平均天下(…)易曰 先王作樂崇
德 殷薦之上帝 以配祖考 至于黃帝作咸池 顓頊作六莖 帝嚳作五英 堯作大章 舜作大韶 禹作大夏 湯作大
濩 武王作大武 從夏以來 年代久遠 唯有名字 其聲不可得聞 自殷至周 備于詩頌" 참조.
55) 양 인리우, 이창숙 옮김, 앞의 책, 385-386쪽.

고 말한 것은 商頌과 周頌의 시들처럼 역대 왕들의 노래가 예악정치의 근본으로 활용된 증거로 볼 수 있다. 비록 노래를 들을 수는 없지만, 『시경』에 실려 있는 '商頌과 周頌'으로 미루어 역대 제왕들의 노래가 이어져 '시송' 혹은 그와 같은 부류의 노래들로 남게 되었다는 것이 그 이면적인 뜻이라 할 수 있다. 역대 제왕의 노래들이 주나라까지 이어졌고, 주나라까지의 노래들을 실어놓은 『시경』 혹은 『시경』의 패러다임이나 정신이 자신들의 治世에까지 이어졌음을 강조하는 말이다. 말하자면 자신들의 예악도 『시경』에 바탕을 두고 이루어졌음을 분명히 밝히고 있다는 것이다. 그러니 수나라 악장 또한 『시경』의 정신을 답습했거나 그로부터 멀지 않은 것임을 짐작할 수 있다. 그 사례로 악장 <皇帝旣獻奏文舞辭>를 들어보기로 한다.

皇矣上帝	위대하도다 상제시여
受命自天	우리 임금 하늘로부터 명을 받으셨도다
睿圖作極	제왕의 계책 지극하시어
文教遐宣	문치의 교화를 멀리 펴셨도다
四方監觀	사방을 자세히 살피시니
萬品陶甄	만물이 교화되었도다
有苗斯格	유묘가 이에 바로잡혀지니
無得稱焉	백성들이 그것을 칭송할 길이 없었도다
天地之經	천지의 常道는
和樂具擧	화락하고 바르게 하는 것이라
休徵咸萃	상서로운 징조가 모두 모이니
要荒式序	먼 나라들도 차례를 따르도다
正位履端	정월 초하루에 천자의 자리에 오르시니
秋霜春雨	위엄은 추상같고 은덕은 봄비 같도다

이 악장은 황제가 헌주한 뒤 연주하는 文舞의 가사로서 의미구조 상 '서사

[1-2구]/본사[3-12]/결사[13-14]' 등 3단으로 구성되어 있다. 천명 받은 임금을 찬양한 것이 서사이고, 임금의 계책으로 천하가 교화되고 백성으로부터 칭송을 받은 사실과 천지의 상도를 실천하여 상서로운 징조를 불러옴으로써 천하가 따르게 된 사실을 노래한 것이 본사이며, 천명에 의해 즉위한 천자의 위엄과 은덕이 조화를 이룬 점을 들어 찬미한 것이 결사이다.

서사의 첫 구[皇矣上帝]는『시경』「대아」<황의>의 첫 구를 그대로 가져 온 것이다. <황의>는 '大王에게 천명이 내린 사실'[1-2장], '王季에게 천명이 내린 사실'[3-4장], '하늘이 문왕을 명하여 密나라를 정벌토록 한 사실'[5-6장], '하늘이 문왕에게 명하여 崇나라를 정벌토록 한 사실'[7-8장] 등 총 8장으로 구성된 악장으로서 하늘이 은나라를 대신할 나라를 찾다가 주나라만한 나라가 없었고, 주나라에 대대로 덕을 닦은 인물은 문왕만한 이가 없었음을 들어 주나라를 찬미한 노래다.56) 주나라 문왕의 조부이자 공류의 9세손인 태왕 古公亶父가 岐山의 기슭에서 덕을 쌓아 주나라의 기틀을 잡은 사실을 찬양한 노래가 <황의>의 1-2장이다. 그리고 <황의> 1장의 첫 구[皇矣上帝]와 2장의 마지막 구[受命旣固/천명 받음 이미 굳으시도다]를 그대로 혹은 약간 바꾸어 노래의 1·2구로 수용한 것이 수나라 악장 <皇帝旣獻奏文舞辭>이다. 수나라의 경우 문제와 양제 모두 음악이나 악장에 대한 관심과 조예가 깊었다. 이런 사정을 암시하는 기사가『隋書』에 언급되는데, 그 가운데 두 건만 제시하면 다음과 같다.

<1> 고조가 대로하여 말하기를 "내가 천명을 받은 지 이미 7년인데 악부는 여전히 앞 시대의 공덕을 노래하는가?"하고 치서시어사 李諤과 弔弘 등에게 죄를 주도록 하였다. 諤이 아뢰기를 "무왕이 은나라를 정벌하고 주공이 성왕을 도와 비로소 예악을 제정했으니, 이것은 事體가 커서 속히 이룰 수 없습니다."라고 하자

56)『文淵閣四庫全書: 經部/詩類/毛詩注疏』卷二十三의 "皇矣美周也 天監代殷 莫若周 周世世修德 莫若文王" 참조.

고조가 그 말을 이해하고, 음악을 아는 선비를 구하여 尙書를 모으고 음악을 參定
하게 하였다.[57]

　　<2> 仁壽 원년에 이르러 煬帝가 막 황태자가 되었을 때 태묘에 제향을 올리는
일을 수행하면서, (제사의 노래를) 듣고 이를 비판했다. 이에 청묘가사는 내용이
너무 부려하고 공덕을 선양하기에 부족하다는 말을 올리고 다시 의논하여 정하기
를 청했다. 이에 제조이부상서 기장공 홍, 개부의동삼사령 태자세마 유고언, 비서
승섭태상소경 허선심, 내사사인 우세기, 예부시랑 채징 등이 다시 故實을 살펴
아악가사를 창제했다.[58]

　　<1>은 수나라 문제가 바라본 당시 수나라 궁중악장의 실태를 보여준다. 왕
조가 바뀌었음에도 여전히 앞 시대의 공덕을 노래한다고 노여워했다. 그렇다
면, 여기서 수나라 초기의 악부에서 노래되던 앞 시대의 공덕이란 무엇을 가리
킨 것일까. 이 문제는 그 다음 인용문에 나오는 李諤의 답변에서 구체화 된다.
즉 무왕의 제례작악은 事體가 커서 어쩔 수 없다고 했다. 다시 말하면 그 시대
까지 『시경』이나 三代의 음악이 여전히 궁중악으로 쓰이고 있었다는 말인데,
『시경』을 비롯한 三代의 음악과 악장이 창업주의 공덕을 찬양하는 궁중의례
에서 쓰이고 있었음을 암시한다.

　　양제의 지적에 따라 아악가사를 만든 사실을 언급한 것이 인용문 <2>의
핵심이다. 양제가 태묘 제향에 쓰이던 노래의 가사를 비판했는데, '청묘가사의
내용이 부려하여 공덕의 선양에 모자람이 있다'는 답변이 바로 그것이다. 여기

---

57) 『文淵閣四庫全書: 史部/正史類/隋書』卷十四의 "高祖大怒曰 我受天命七年 樂府猶歌前代功德邪 命
　　治書侍御史李諤引弘等 下將罪之 諤奏武王克殷 至周公相成王 始制禮樂 斯事體大 不可速成 古祖意稍
　　解 又詔求知音之士 集尙書參定音樂" 참조

58) 『文淵閣四庫全書: 史部/正史類/隋書』卷十五의 "至仁壽元年 煬帝初爲皇太子 從饗于太廟 聞而非之
　　乃上言曰 淸廟歌辭 文多富麗 不足以述宣功德 請更議定 於是 制詔吏部尙書奇章公弘 開府儀同三司領
　　太子洗馬柳顧言 秘書丞攝太常少卿許善心 內史舍人虞世基 禮部侍郎蔡徵等 更詳故實 創製雅樂歌辭"
　　참조

서 말하는 청묘가사란 『시경』 주송의 <청묘>를 말한 것으로 보인다. 따라서 이 시기에도 『시경』의 <청묘>가 태묘가사로 쓰이고 있었음을 알 수 있다. 주공이 낙읍을 완성하고 제후들로부터 조회를 받은 뒤 그들을 거느리고 문왕에게 제사한 노래가 <청묘>이다.[59] 그렇다면 왜 그들은 이 노래가 富麗하고 공덕을 선양하기에 부족하다고 했을까. 사실 이 노래는 제사에 참여하여 분주하게 왕래하던 濟濟多士들의 위용을 그려내는데 많은 부분을 할애했을 뿐 제사의 대상인 문왕의 공덕을 그려내는 데 충분했다고는 할 수 없다. 사실 주나라 당대에는 制禮作樂을 중심으로 주공의 공덕을 찬양하려는 의도가 강했으므로 제사 자체의 화려한 모습을 묘사하는 것은 불가피했으리라 본다. 따라서 이로부터 많은 세월이 흐른 수나라에서 원래 <청묘>가 지니고 있던 장점들은 상당부분 퇴색한 것으로 인식되었을 가능성이 크다. 그래서 그것을 대체하는 아악가사의 창제는 불가피했을 것으로 본다. 그렇다고 해도 『시경』의 그것으로부터 완벽하게 벗어나지는 못했을 것이다. 말하자면 <청묘>가 빠져나간 자리에 <청묘>를 대체할만한 악장을 채웠을 것으로 보이는데, 예컨대 다음과 같은 작품이 그것이다.

皇帝升壇奏皇夏辭

於穆我君	아 훌륭하시도다 내 임금이시여
昭明有融	환하고 매우 밝으시도다
道濟區域	덕으로써 나라를 구제하시니
功格玄穹	공이 하늘에 미치셨도다
百神警衛	온갖 신들이 경계하여 지키시니
萬國承風	만국은 그 풍도 이었도다
仁深德厚	인덕이 깊고 두터우시며

---

59) 『文淵閣四庫全書: 經部/詩類/毛詩注疏』卷二十六의 "淸廟祀文王也 周公旣成洛邑 朝諸侯 率以祀文王焉" 참조.

信洽義豊	신의가 흡족하고 풍부하시도다
明發思政	새벽부터 정사를 생각하시고
勤憂在躬	몸소 부지런하고 근심하시니
鴻基惟永	큰 기틀 영원하고
福祚長隆	복록이 오래도록 높으시리

이 악장은 '황제가 단에 오를 때 아뢰는 가사'로서, 황하의 곡에 맞추어 부르던 노래다. 그 첫 구[於穆我君]는 <청묘>의 첫 구[於穆淸廟]를 수용한 것이다. '청묘'를 '我君'으로 바꿨는데, 이 부분에 '악장은 임금의 공덕을 선양해야 한다'는 양제의 뜻이 반영된 것으로 보인다. 둘째 구[昭明有融]는 『시경』「大雅」 <旣醉>의 제3장 첫 구를 따온 것이다. <기취>는 태평이니, 술에 취하고 덕을 품어 사군자의 행실이 있었음을 찬양한 노래다.[60] <청묘>와 <기취>의 핵심적인 구절을 따와서 이 악장의 첫 두 구를 만든 것은 『시경』의 그 노래들에 포함된 대의를 수용하고자 한 의도로 보아야 할 것이다. 그러나 이 악장이 『시경』의 그 노래들에 들어 있는 모든 것을 수용했다고 볼 수는 없다. <청묘> 의 본뜻[淸廟祀文王也 周公旣成洛邑 朝諸侯 率以祀文王焉] 가운데 '제후들로부터 조회를 받은 뒤 그들을 이끌고 시조에게 제사한다'는 부분을 수용하고, <기취>에서 '태평'의 주제의식을 수용하여 노래의 바탕을 만든 다음, 양제의 비판에 따라 <청묘>의 富麗한 내용을 제사 대상의 功德으로 바꾼 것이 바로 이 악장이라 할 수 있기 때문이다. 따라서 수나라 단계에 이르면 『시경』의 정신을 이어받되 내용 면에서는 그것을 답습하는 데 그치지 않고, 시대나 왕조의 성격에 맞추어 변화가 모색된 시대적 성향을 확인하게 되는 것이다.

무엇보다 하타가 인용한 '動天地 感鬼神 莫近於禮樂'의 문헌적 근거를 찾을 경우 『시경』 친화적이었던 수나라의 분위기를 이해할 수 있다. 우선 금문 판본

---

60) 『文淵閣四庫全書: 經部/詩類/毛詩注疏』 卷二十四의 "旣醉太平也 醉酒飽德 人有士君子之行焉" 참조.

인 『魯詩』·『齊詩』·『韓詩』가 모두 없어져 현재 『시경』으로 일컬어지는 「毛詩」
만이 남아 있는데,[61] 그 大序의 한 부분[感天地 動鬼神 莫近於詩/천지를 움직이게 하고
귀신을 감동시킴은 시보다 더 절실한 게 없다][62]은 원본으로 볼 수 있고, 남조 梁나라
鍾嶸[486-518]의 「詩品」에 인용한 같은 문구 "莫近於禮樂"의 '예악'이 『시경』의
시가 사용되던 콘텍스트로서의 의례현장을 나타내는 개념이라면, 이 문구는
오히려 수나라에 와서 『시경』이 체질화 되어 있었음을 짙게 보여주는 증거라
할 수 있다.

수나라는 開皇[589-600] 때 七部伎[國伎·淸商伎·高麗伎·天竺伎·安國伎·龜茲伎·文康
伎]를 설치하여 주변국들의 음악을 받아들였고, 그 외에 疏勒·扶南·康國·百濟·
突厥·新羅·倭國 등 기타국의 기악들까지 받아들임으로써[63] 향후 궁중악 번성
의 기틀을 만들었다. 당나라에 들어와 高祖가 즉위하면서 수나라 7부기를 바탕
으로 九部樂[燕樂伎·淸商伎·西涼伎·天竺伎·高麗伎·龜茲伎·安國伎·疏勒伎·康國伎]을 제정
했고,[64] 盛時에는 東夷·北狄·南蠻·西戎 등 14개에 달하는 사방 이민족 음악들
과 8개 나라의 伎樂들이 十部樂에 나열되기도 했다.[65] 말하자면 당나라는 주변
의 음악과 기악을 수용하여 당대 궁정악을 매우 풍부하게 갖추었고, 그에 따라
가사나 악장 또한 다양한 내용과 형식으로 왕성하게 창작되었음을 짐작할
수 있다. 이에 비해 제사악을 포함한 雅樂은 매우 단순해졌다. 歐陽修가 편찬한
『新唐書』「禮樂志」에 따르면, 禮와 함께 예악의 중요한 부분으로 중시되던

---

61) 蔣伯潛·蔣祖怡·崔錫起·姜貞和 譯註, 『儒教經典과 經學』, 경인문화사, 2002, 71쪽.
62) 『文淵閣四庫全書: 經部/詩類/毛詩注疏/序』 참조.
63) 『文淵閣四庫全書: 史部/正史類/隋書』 卷十五의 "始開皇初 定令置七部樂 一曰國伎 二曰淸商伎 三曰
高麗伎 四曰天竺伎 五曰安國伎 六曰龜茲伎 七曰文康伎 又雜有疏勒扶南康國百濟突厥新羅倭國等伎"
참조.
64) 『文淵閣四庫全書: 史部/正史類/新唐書』 卷二十一 의 "高祖卽位 仍隋制設九部樂" 참조.
65) 『文淵閣四庫全書: 史部/正史類/新唐書』 卷二十二 의 "蓋唐之盛時 樂曲所傳 至其末年 往往亡缺 周隋
與北齊陳接壤 故歌舞雜 有四方之樂 至唐 東夷樂有高麗百濟 北狄有鮮卑吐谷渾部落稽 南蠻有扶南天
竺南詔驃國 西戎有高昌龜茲疏勒康國安國 凡十四國之樂而八國之伎 列于十部樂" 참조.

樂으로서 특별히 당나라에 들어와 새롭게 제작된 것은 없었고, 다만 악장이나 일부 舞曲 등은 주로 옛것을 개정하는 데 그친 것 같다.[66]

당·송 시대에는 5언시·7언시 등과 함께 장단구의 詞文學이 발달했는데, 이 것들의 근원이 『시경』임은 이론의 여지가 없다. 胡應麟[1551-1602]은 4언에서 <離騷>로, <이소>에서 5언으로, 5언에서 7언으로, 7언에서 律詩로, 율시에서 絶句로 각각 변화한 것처럼, 시의 체제가 대대로 변했다고 했다. '三百篇' 즉 『시경』이 <騷>로 내려갔고, <소>는 漢으로 내려갔고, 한은 魏로 내려갔고, 위 는 六朝로 내려갔고, 육조는 三唐으로 내려가는 등, 시의 격식이 대대로 내려갔 다는 것이다.[67] '1자구·2자구·3자구·5자구·6자구·8자구' 등 예외적인 것들도 있긴 하나, 『시경』의 시들은 4언시가 주류를 이루고 있고, 따라서 『시경』의 시대는 4언시의 전성기였다.[68] 특히 역대 악장들 가운데 제사악장들이 대부 분 4언체로 되어있다는 것은 그것들이 『시경』의 절대적인 영향에서 벗어나지 못했음을 의미한다.[69] 당대에 들어와 융성을 보이던 燕樂의 가사들도 형태적 으로는 『시경』의 그것들과 달라지긴 했으나, 그 근본정신만큼은 의례화된 詩 樂으로서의 『시경』 시들로부터 이어받은 것들이었다. 양해명의 다음과 같은 설명은 그런 점을 잘 보여준다.

> 『시경』 시대에 시와 음악은 양호한 합작 관계를 지니고 있었다. 시 삼백 편은
> 공자가 모두 현악기에 맞추어 노래 부를 수 있었고, 풍·아·송의 구분도 그 기준이

---

66) 『文淵閣四庫全書: 史部/正史類/新唐書』 卷十一 참조.
67) 胡應麟, 기태완 외 역주, 『역대한시 비평』, 성균관대학교 대동문화연구원, 2005, 31-33쪽[『詩藪』 「內編」 卷一의 "四言變而離騷 離騷變而五言 五言變而七言 七言變而律詩 律詩變而絶句 詩之體以代 變也 三百篇降而騷 騷降而漢 漢降而魏 魏降而六朝 六朝降而三唐 詩之格以代降也"] 참조.
68) 蔣伯潛·蔣祖怡, 앞의 책, 53-55쪽 참조.
69) 『樂府詩集』의 唐~五代까지 제사악장 447수 중 4언이 70%에 근접하는 306수, 『宋史 樂志』 권 7-권 12까지 1171수의 郊廟歌辭 1171수 가운데 4언이 99% 이상인 1167수라는 孫尙勇의 통계[『樂府 文學文獻考』, 北京: 人民文學出版社, 2007, 160쪽] 참조.

음악의 類別이었으니, 이것이 바로 시를 음악에 맞추어 노래 부를 수 있었음을 증명해준다. 음악[雅樂]의 도야 또는 훈도 아래 시의 체재는 4언을 주로 하고 대체로 정연하며 章句의 중첩 및 압운 등의 특징을 형성하여 후대의 시가에 형식구조상의 초보적인 기초를 확립하였다.70)

『시경』 시들이 악장으로 쓰이던 것들이면서, 후대 시가의 원류임을 밝히고자 한 것이 양해명 설명의 핵심이다. 시와 음악, 음악과 시 등 상호 포용의 관계로 존재하면서 궁중 의례에 사용되었다는 점에서 그것들은 단순한 시 아닌 '詩樂'의 형태로 존재했고, 그런 기조는 후세의 악장들로 전승되어 내려왔다는 것이다. 따라서 음악에 맞추어 부르던 당대 시의 존재양상을 『시경』에서 확인할 수 있고, 거기서 나온 시의 체재가 후대 시문학의 기초를 마련했다고 한다. 즉 '중국의 고전시가는 4언시로부터 5언시에 이르고, 그 후 다시 7언시에 이르렀다는 것/다른 측면에서 『시경』체로부터 『離騷』체에 이르렀고, 다시 자유로운 古詩체와 격률화된 近體에 이르는 발전과정의 도처에서 시와 음악 간 合-分의 흔적을 볼 수 있다는 것'이다.71) 그런 이유로 역대 왕조에서 『시경』의 원래 모습을 유지해온 것은 제사악장의 4언체이고, 4언체로부터 변모를 거듭하면서 좀 더 자유로운 모습으로 발전해 나간 것이 연악 혹은 宴饗악장들이다.72) 따라서 제사악장을 올려 연주한 아악과 잔치자리에서 연주된 연악이 같은 대접을 받은 것은 아니었다. 『시경』을 바탕으로 지속되어온 전자가 옛 모습을 탈피할 수 없었다면, 주변 나라들의 음악을 받아들임으로써 변화를 보여준 연악은 새로운 느낌의 궁중악으로 자리 잡았기 때문이다.

당나라에는 太常寺가 중심이 되어 郊祀·太廟·諸陵·太樂·鼓吹·太醫·太卜·廩

---

70) 양해명 저, 송용준·류종목 공역, 『唐宋詞史』, 신아사, 2007, 49쪽.
71) 양해명, 같은 책, 48쪽.
72) 『시경』과 연향악장들의 관계에 대한 중점적 논의는 별도의 자리로 미룬다.

犧 등의 업무를 관장했으며, 이 가운데 태악에서는 국가의 제사향연 등과 함께 연회에 십부기를 설치하기도 했다.[73] 당·송시기의 특기할만한 일로 大樂署 외에 궁중 소속의 歌姬들을 가르쳐 궁중 연악을 담당하게 하던 교육기관으로 서의 教坊과 梨園을 설치·운영한 일이다.[74] 현종 開元 2년[714년] 봉래궁에 內教 坊을 京都에 左右教坊을 설치하고 俳優雜技를 관장케 하여 太常 대신 中官을 教坊使로 삼음으로써 太常寺 대신 교방을 설치한 것을 보면,[75] 교방을 중시하 던 당시의 성향을 알 수 있다. 사실 이런 일은 사회적·정치적 변화의 결과로 생겨난 현상이며, 대중음악 그 중에서도 극음악이 궁중에서 유행하게 된 것도 그런 결과들 중의 하나로 보아야 할 것이다. 교방을 통한 궁중연악의 융성은 다음과 같은 관련 기록을 통해 확인할 수 있다.

소파진악무를 추는 자는 갑주를 입고 광성악무를 추는 자는 鳥冠과 畵衣를 착용 하고 왕의 자취가 발흥한 바를 노래했다. 또한 악대는 2부로 나누어 堂下에 서서 연주하는 것을 立部伎라 했고, 堂上에 앉아서 연주하는 것을 坐部伎라 했다. 太常에 서 坐部를 살펴 가르칠 수 없는 자를 立部에 소속시키고, 더 가르칠 수 없을 만큼 모자란 자는 아악을 익히게 했다. 立部伎는 8가지로, 첫째, 安舞, 둘째, 太平樂, 셋째, 破陣樂, 넷째, 慶善樂, 다섯째, 大定樂, 여섯째, 上元樂, 일곱째, 聖壽樂, 여덟째, 光聖 樂인데, 安舞와 太平樂은 주나라와 수나라의 遺音이었다. 파진악 이하는 모두 大鼓 를 썼고 龜玆樂을 섞어 그 소리가 천둥처럼 세찼다. 대정악은 또한 金鉦을 더했고, 경선무는 서량악의 소리만을 써서 자못 閑雅하다. 매양 교묘에 제사를 올릴 때면 파진·상원·경선 세 무악을 모두 사용했다.[76]

---

73) 『文淵閣四庫全書: 史部/正史類/舊唐書』卷四十四의 "太常寺 卿一員 少卿二人 太常卿之職 掌邦國禮 樂郊廟社稷之事 以八署分而理之 一曰郊社 二曰太廟 三曰諸陵 四曰太樂 五曰鼓吹 六曰太醫 七曰太卜 八曰廩犧 總其官屬 行其政令(…)太樂令調合鐘律 以供邦國之祭祀享宴 丞爲之貳 凡天子宮懸鐘磬(…) 凡大會則設十部伎 凡大祭祀朝會用樂 辨其曲度章服 而分始終之" 참조.

74) 한만영·전인평, 『東洋音樂』, 삼호뮤직, 2003, 39쪽 참조.

75) 『文淵閣四庫全書: 史部/正史類/新唐書』卷四十八의 "開元二年 又置內敎坊于蓬萊宮側 有音聲博士 第一曹博士 第二曹博士 京都置左右敎坊 掌俳優雜技 自是不隷太常 以中官爲敎坊使" 참조.

76) 『文淵閣四庫全書: 史部/正史類/新唐書』卷二十二 의 "又作小破陣樂舞者 被甲冑 又作光聖樂舞者

이 글을 통해 당시 당나라 궁중의 악사들은 등급에 따라 세 단계로 분류되었음을 알 수 있다. 최상을 坐部 그 다음을 立部로 분류하고, 가장 떨어지는 자들로 하여금 아악을 익히게 했다는 것이다. 그만큼 당시 궁중의 연악은 주변의 왕조들에서 새롭게 도입하여 기교적으로 매우 새롭고 복잡한 무악들이었으므로, 옛날부터 전승되어 오던 제사음악이나 의례음악보다 고도의 기량이 요구되었던 것이다. 지배층으로부터 새롭고 다양한 연악의 수요가 증대됨에 따라 단순하고 상투적인 기존의 아악은 상대적으로 위축되고 그런 아악에 올려 쓰던 악장 역시 기존의 틀에서 벗어날 수 없었다.

그런 풍조에도 불구하고 궁중 아악의 대부분을 점하던 제사 악장의 경우 圜丘·祈穀·五郊·明堂·封泰山·祭方丘·雩祭·享昊天·禪社首·祭汾陰·朝日·夕月·祭神州·享先農·享先蠶·祀風師·祀雨師·享太廟·享孔廟·享龍池·釋奠武成王·蠟百神 등 많은 국가제사들을 봉행하던 분위기 속에서[77] 『시경』 중심의 춘추시대 악장의 전통이 굳건히 지켜지고 있었으며, 『시경』은 오히려 악장 제작의 표준으로 내면화하게 된 것이다.

『시경』의 구절이나 모티프 등을 수용한 수나라 악장의 사례를 앞부분에서 다룬 바 있는데, 당·송악장의 경우도 마찬가지였음은 그런 상황을 감안할 때 자연스런 현상이었다. 당나라 현종 開元 7년의 「享太廟樂章」 13수 가운데 <迎神樂章>과 <皇祖宣簡公酌獻用長發>을 그 구체적인 사례로 들고 설명해 보기로 한다.

鳥冠畫衣 以歌王迹所興 又分樂爲二部 堂下立奏 謂之立部伎 堂上坐奏 謂之坐部伎 太常閱坐部 不可教者 隷立部 又不可教者 乃習雅樂 立部伎八 一安舞 二太平樂 三破陣樂 四慶善樂 五大定樂 六上元樂 七聖壽樂 八光聖樂 安舞太平樂 周隋遺音也 破陣樂以下 皆用大鼓 雜以龜玆樂 其聲振厲 大定樂又加金鉦 慶善舞顧用西涼樂 聲頗閑雅 每享郊廟 則破陣上元慶善三舞 皆用之" 참조.

77) 『文淵閣四庫全書: 史部/正史類/新唐書』 卷二十一 참조.

<1> 於穆烈祖　아, 심원하신 열조께서

　　弘此丕基　이 큰 기틀을 키우셨도다

　　永言配命　길이 천명에 합하시어

　　子孫保之　자손으로 보존케 하시도다

　　百神旣洽　온갖 신들이 이미 흡족하셨으니

　　萬國在玆　만국이 여기에 달렸도다

　　是用孝享　이에 효도로 제향하니

　　神其格思78)　신이 이르시도다

<2> 睿哲惟唐　밝고 지혜로운 당나라에

　　長發其祥　장구히 그 상서 발현하시도다

　　帝命斯祐　상제의 명이 이에 도우시어

　　王業克昌　왕업이 매우 번창하도다

　　配天載德　덕이 하늘과 짝하시니

　　就日重光　날이 갈수록 빛을 더하시도다

　　本枝百代　본손과 지손 백대를 전하고

　　申錫無疆79)　거듭 무강한 후손에게 주시도다

    <1>, <2> 모두 『시경』 시들의 모티프와 구절들을 적절히 차용하여 만들어진 악장들이다. 우선 모티프나 주제의 차용을 중심으로 전자를 살펴보자. 첫 구[於穆烈祖]는 「주송」 <淸廟>의 첫 구[於穆淸廟]와 「소아」 <賓之初筵>의 제2장 셋째 구[烝衎烈祖]의 의미를 수용한 것으로서, 노래 전체의 내용이나 주제 혹은 모티 프가 이 두 작품을 포함한 「소아」·「대아」·「주송」 등에서 두루 차용하였음을 보여준다. 차용해온 텍스트들 가운데 하나인 <賓之初筵>의 전반부를 들면 다음과 같다.

---

78) 『文淵閣四庫全書: 史部/正史類/舊唐書』 卷三十一, <迎神樂章>.

79) 주 78)과 같은 곳의 <皇祖宣簡公酌獻用長發> 참조.

籥舞笙鼓	약무를 추고 생황을 두드리며
樂旣和奏	악대는 이미 조화롭게 연주하여
烝衎烈祖	나아가 열조를 즐겁게 해드리니
以洽百禮	백가지 예에 합하도다
百禮旣至	백가지 예가 이미 지극하니
有壬有林	크고도 성하도다

<後略>[80]

「모서」에 <빈지초연>은 '衛나라 武公이 시대를 풍자한 것'이라 했다. 즉 幽王 때 상하가 술에 빠져 혼란스러웠는데, 무공이 들어가 왕의 卿士로서 이 시를 지었다는 것이다.[81] 그렇다면, <빈지초연>은 작품의 표면과 이면 모두 매우 바람직한 내용인데, 왜 풍자시라 했을까. 무공이 들어와 목격한 상황은 「모서」의 지적처럼 매우 부정적이었다. <빈지초연> 제2장은 '제사를 마치고 술 마시는 자들이 처음에 예악의 성함이 이와 같았음'[82]을 보여주는 내용이다. 순수한 잔치이든, 제사를 끝낸 음복연이든 잔치에서의 법도와 예의를 보여주는 시를 지어 보임으로써 유왕 대의 군신들이 자행하던 無法非禮의 부정적 실상을 깨우치려는 데 무공의 본뜻이 있었고, 「모서」에서는 바로 그런 점을 지적했을 것이다. 따라서 당나라에서는 '열조의 공덕을 기려 올린 제사에 모든 신들이 흡족하였으므로 자손과 만민을 보존케 되었다'는 속뜻을 <빈지초연>으로부터 수용했다고 보아야 한다. <영신악장>이 수용한 것은 <빈지초연> 제2장의 중점이라 할 수 있는 '烝衎烈祖/以洽百禮'이다. '백례에 부합함(以洽百禮)'은 모든 제사절차들이 예도에 맞았음을 말한 것이고, 그로 인해 '백신이

---

80) 『文淵閣四庫全書: 經部/詩類/詩集傳』 卷十三.

81) 『文淵閣四庫全書: 經部/詩類/毛詩注疏』 卷二十一의 "賓之初筵 衛武公刺詩也 幽王荒淫 媟近小人 飲酒無度 天下化之 君臣上下沈湎淫液 武公旣入而作是詩也" 참조.

82) 『文淵閣四庫全書: 經部/詩類/詩傳大全』 卷十四의 "此言因祭而飲者 始時禮樂之盛 如此也" 참조.

이미 흡족해 하셨다(百神旣洽)'고 보기 때문에, 당나라 「향태묘악장」 <영신악
장>의 본뜻은 『시경』 「소아」의 <빈지초연>으로부터 수용되었음이 분명하다
고 할 수 있다.

　이런 주제적 측면 말고도 『시경』으로부터 문구를 수용한 경우도 많다. <영
신악장> 제3구인 '永言配命(길이 천명에 합하심)'은 「대아」 <문왕> 제6장의 제3
구83)를 그대로 갖다 쓴 것이다. 문왕이 천명을 받아 주나라를 일으킨 공덕을
찬양한 것84)이 <문왕>이니, 당나라의 창업주 古祖부터 제5대 睿宗 貞皇帝까
지 다섯 명 선황제들의 공덕을 찬양하기 위해 그 뜻을 수용한 것은 자연스러운
일이었다. 제4구인 '子孫保之[자손으로 보존케 하시도다]'는 「주송」 <烈文> 제4구와
「주송」 <天作> 제7구를 그대로 갖다 쓴 것이다. 성왕이 親政하게 되면서 제후
들이 제사를 도운 것을 찬양한 노래85)가 <열문>이고, <열문>의 제1-4구는 '종
묘에서 제사하고 제사를 도운 제후들에게 내려 준 樂歌로서, 제후들이 제사를
도와서 나로 하여금 복을 받게 하였으니 곧 이는 제후들이 이 복을 주어서
내게 혜택주기를 끝이 없게 하여 내 자손으로 하여금 보존하게 하였다고 말한
것'86)이 내용의 핵심이다.

　또한 선왕과 선공을 제사하는87) 노래가 <천작>이고, 선왕·선공에게 지내는
제사는 四時의 제사로서 祠[봄 제사]·礿[여름 제사]·嘗[가을 제사]·烝[겨울 제사] 등으
로 성왕 때에는 태왕 이하를 제사지내고 위로는 후직 한 사람만을 제사지낸다
고 했다.88) 따라서 <열문>의 '子孫保之'는 제후들이 제사를 정성껏 도와 복을

83) 『文淵閣四庫全書: 經部/詩類/詩經集傳』 卷六의 "無念爾祖/聿脩厥德/永言配命/自求多福/殷之未喪
　　師/克配上帝/宜鑒于殷/駿命不易" 참조.
84) 『文淵閣四庫全書: 經部/詩類/毛詩注疏』 卷二十三의 "文王 文王受命作周也" 참조.
85) 『文淵閣四庫全書: 經部/詩類/毛詩注疏』 卷二十六의 "烈文 成王卽政 諸侯助祭也" 참조.
86) 『文淵閣四庫全書: 經部/詩類/詩經集傳』 卷八의 "此祭於宗廟而獻助祭諸侯之樂歌 言諸侯助祭 使我獲
　　福 則是諸侯錫此祉福 而惠我而無疆 使我子孫保之也" 참조.
87) 『文淵閣四庫全書: 經部/詩類/毛詩注疏』 卷二十六의 "天作 祀先王先公也" 참조.
88) 주 87)과 같은 곳, 참조.

받게 되었고 내 자손으로 하여금 그것을 보존하게 했다는 일종의 찬사이고, <천작>의 '子孫保之'는 태왕과 문왕 등 선공·선왕들의 공덕을 '자손들이 잘 받들어 보전하라'는 일종의 명령이라 할 수 있다. 당나라 <영신악장>의 그것은 이 두 의미를 적절히 배합한 것으로 보는 것이 타당하다.

제4구[百神旣洽]는 「소아」 <빈지초연> 제2장의 "烝衎烈祖/<u>以洽百禮/百禮旣至</u>/有壬有林"과 「주송」 <載芟> 제23~24구인 "烝畀祖妣/以洽百禮"를 수용한 것으로 보인다. <빈지초연> 제2장의 해당 구는 "나아가 열조를 즐겁게 해드리니/백가지 예에 합하도다/백가지 예가 이미 지극하니/크고도 성하도다"로 번역되는데, <영신악장> 제4구["온갖 신들이 이미 흡족하셨으니"]는 '후손이 온갖 예를 다 갖추어 드리는 제사 절차에 흡족한 열조의 신령들이 왕림하셨다'는 의미를 포함하고 있으므로, <빈지초연>의 의미를 수용했다고 볼 수 있다. 여기에 <載芟>의 해당 구["烝畀祖妣/以洽百禮"]도 <영신악장> 제4구와 의미적으로 부합한다.

<재삼>의 해당 구["祖妣의 신령에게 나아가 올려/온갖 예에 흡족하게 하도다"]는 제례의 절차를 암시한다. 주희가 이 노래의 '말뜻이 <豊年>과 서로 비슷하므로 그 쓰임 또한 응당 다르지 않을 것'[89]이라 추정했고, 「모서」에서도 '봄에 藉田을 갈면서 사직에 기원하는 노래'[90]라고 한 점으로 미루어, <재삼>은 풍요를 기원하는 제의의 노래라고 할 수 있다. 물론 주희가 지적한 「주송」의 <풍년>[91]에도 "烝畀祖妣/以洽百禮"가 똑 같이 나오고, 그것을 「모서」에서는 '가을과 겨울 신령에게 보답하는 제사를 올리는 노래'라고 함으로써 '봄 : 가을', '풍년 기원 : 풍년 보답' 등으로 의미적 대응이 내용 면에서 약간 어긋나긴 하지만,

---

89) 『文淵閣四庫全書: 經部/詩類/詩經集傳』 卷八의 "此詩未詳所用 然辭意與豊年相似 其用應亦不殊" 참조.
90) 『文淵閣四庫全書: 經部/詩類/毛詩注疏』 卷二十八의 "載芟春藉田而祈社稷也" 참조.
91) 『文淵閣四庫全書: 經部/詩類/詩經集傳』 卷八의 "豊年多黍多稌/亦有高廩/萬億及秭/爲酒爲醴/烝畀祖妣/以洽百禮/降福孔皆" 참조.

넓은 의미에서 신령에게 풍요와 복록을 기원하는 '제사의 노래'라는 점은 일치한다고 할 수 있다. 따라서 이 부분이 『시경』을 수용한 것임은 분명해진다.

제7구인 '是用孝享[이에 효도로 제향함]'은 「소아」 <天保> 제4장[92])의 둘째 구를 그대로 가져 온 것이다. '아랫사람이 윗사람에게 보답한 노래로서, 군주가 아랫사람에게 몸을 낮추어 그 정사를 이루고 신하는 능히 아름다움을 군주에게 돌려 그 윗사람에게 보답한 것'[93])이 <천보>다. 이 구절을 수용함으로써 제사의 대상인 신이 보답해줄 만큼 임금이 태묘제사에 정성을 다했음을 말하고 있는 것이 그 노래의 내용이다.

마지막 구 '神其格思[신이 이르시도다]'는 「대아」 <抑> 제7장[94])의 제8구[神之格思]를 수용한 것이다. 열성들에게 효도로 제향을 올리니 모든 신들이 강림하셔서 복을 내린다는 뜻이다. <억>은 '위나라 무공이 여왕을 풍자하고, 또한 스스로 경계한'[95]) 노래이고, 그 가운데 '평소의 몸가짐을 바르게 하여 신을 두려워하고 공경해야 함'[96])을 노래한 것이 제7장이다. 따라서 황제가 정성으로 태묘제사 올리는 뜻을 나타내기 위해 마무리 구절에서 『시경』의 해당 구절을 수용한 것이다.

다음으로 <2>[<皇祖宣簡公酌獻用長發>]를 살펴보기로 한다.

제1·2구는 『시경』「商頌」의 <長髮>에서 따온 구절들이다. <장발>의 첫 장 제1·2구는 "濬哲維商/長發其祥"인데, 이 가운데 '商'을 '唐'으로 바꾼 것이 <2>

---

92) 『文淵閣四庫全書: 經部/詩類/詩經集傳』卷四의 "吉蠲爲饎/是用孝享/禴祠烝嘗/于公先王/君曰卜爾/萬壽無疆" 참조.

93) 『文淵閣四庫全書: 經部/詩類/毛詩注疏』卷十六의 "天保下報上也 君能下下 以成其政 臣能歸美 以報其上焉" 참조.

94) 『文淵閣四庫全書: 經部/詩類/詩經集傳』卷七의 "視爾友君子/輯柔爾顔/不遐有愆/相在爾室/尙不愧于屋漏/無曰不顯/莫予云覯/神之格思/不可度思/矧可射思" 참조.

95) 『文淵閣四庫全書: 經部/詩類/毛詩注疏』卷二十五의 "抑衛武公刺厲王 亦以自警也" 참조.

96) 『文淵閣四庫全書: 經部/詩類/詩經集傳』卷七의 "當知鬼神之妙 無物不體 其至於是 有不可得而測者不顯亦臨 猶懼有失 況可厭射而不敬乎 此言不但脩之於外 又當戒謹恐懼乎其所不睹不聞也" 참조.

이다. <2>는 노래 제목에서도 「상송」의 <장발>이 차용되었음을 명시하고 있다. 宣簡公은 현종의 조부 즉 고조의 諡號로서, 高祖室에 작헌할 때 <장발>의 뜻과 곡을 사용한다는 말이다. 「상송」의 <장발>은 다음과 같다.

濬哲維商	밝고 지혜로운 상나라에
長發其祥	장구히 그 상서 발현하시도다
洪水芒芒	홍수가 넓고 광활하거늘
禹敷下土方	우임금이 하토의 땅을 다스리사
外大國是疆	멀리 떨어진 제후국을 국경으로 삼아
幅隕旣長	폭과 둘레가 이미 크도다
有娀方將	유융씨가 바야흐로 커지거늘
帝立子生商97)	상제께서 아들을 세워 상나라를 만드셨도다

<장발>은 '大禘를 지내는 노래'98)라 했다. 정월에 천자가 하늘에 올리던 제사가 대체이다. <장발>의 첫머리 두 구는 그대로 수용했고, 마지막 구 역시 수용한 것으로 보인다. '申錫無疆' 즉 '거듭 무강한 후손에게 주시도다'로 마무리한 것이 <皇祖宣簡公酌獻用長發>의 마지막 구이다. 결국 <장발> 마지막 구[帝立子生商]의 의미를 그대로 수용하고 표현만 당나라에 맞춰 바꾼 데 불과한 것이 그 부분이다. 첫 구와 마지막 구를 수용했기 때문에 <皇祖宣簡公酌獻用長發>은 <장발>을 패러프레이즈한 수준의 악장으로 보아야 할 것이다. 하나라 때 우임금의 치수를 도와 공을 세운 契이 천명을 받아 상나라의 시조가 된 것을 찬양한 노래가 <장발>인데, 그것을 당나라 고조의 사례로 패러프레이즈한 것이 <皇祖宣簡公酌獻用長發>이다. 한 언어에서 다른 언어로 저자의 단어를 단어로, 행을 행으로 바꾸는 것을 '메타프레이즈'로서의 번역이라 하고, 저자

---

97) 『文淵閣四庫全書: 經部/詩類/詩經集傳』 卷八 참조.
98) 『文淵閣四庫全書: 經部/詩類/毛詩注疏』 卷三十의 "長發 大禘也" 참조.

가 시야에서 사라지지 않도록 늘 염두에 두면서도 저자의 단어를 저자의 의미
대로 엄격하게 따르지 않는 것을 '패러프레이즈'로서의 번역이라 한다는 것이
매슈 레이놀즈(Matthew Reynolds)의 설명인데,[99] <장발>의 1·2구를 거의 그대로
차용하고 노래 전체의 주제를 수용하여 '契의 공적에 대한 찬양'을 '당나라
고조에 대한 찬양'으로 바꿔치기하는 데 성공한 <皇祖宣簡公酌獻用長發>에서
성공적인 패러프레이즈의 기법을 발견하게 된다. 말하자면 <皇祖宣簡公酌獻用
長發>은 『시경』의 <장발>을 기술적으로 수용·재현한 경우라 할 수 있다는
것이다.

　　<皇祖宣簡公酌獻用長發>이 『시경』을 수용한 근거는 이것들 말고도 더 있다.
제7구[本枝百代: 본손과 지손이 백대를 전함]는 『시경』「대아」 <文王> 제2장[100]의 제6
구를 가져 온 것이다. <문왕>은 문왕이 천명에 의해 주나라를 건국한 것을
찬양한 노래이고,[101] '상제가 주나라와 문왕의 자손들에게 베풀어 주시되, 그
들의 本宗은 백세토록 천자가 되고 支庶들은 제후가 되도록 했다'[102]는 것이
'本支百世'의 뜻이다. <皇祖宣簡公酌獻用長發>의 마지막 구[申錫無疆: 거듭 무강한
후손에게 주시도다]는 『시경』「상송」 <烈祖>의 셋째 구를 그대로 갖다 쓴 것이다.
열조는 湯王을 말하며, '열조가 아주 많고 무궁한 복을 두어 후손들에게 끝없
이 주셨으므로 네 지금 왕이 계신 곳에까지 미쳐 제사를 닦는다'[103]는 것이
이 부분의 뜻이다. 당나라 현종이 자신의 조부인 고종을 제사하면서 조상의
덕이 후손에게 복이 되었음을 찬양하기 위해 『시경』「상송」 <烈祖>의 핵심적

---

99) 매슈 레이놀즈, 이재만 옮김, 『번역』, 문학동네, 2017, 34쪽.

100) 『文淵閣四庫全書: 經部/詩類/詩經集傳』 卷八의 "亹亹文王 令聞不已 陳錫哉周 侯文王孫子 文王孫子 本支百世 凡周之士 不顯亦世" 참조.

101) 『文淵閣四庫全書: 經部/詩類/毛詩注疏』 卷二十三의 "文王 文王受命作周也" 참조.

102) 『文淵閣四庫全書: 經部/詩類/詩經集傳』 卷八의 "上帝敷錫于周 維文王孫子 則使之本宗百世爲天子 支庶百世爲諸侯" 참조.

103) 같은 곳의 "烈祖有秩秩無窮之福 可以申錫於無疆 是以 及於爾今王之所 而修其祭祀" 참조.

인 부분을 끌어다 썼음을 확인하게 되는 것이다.

당나라 악장으로서 『시경』에서 나온 또 다른 사례를 들어보기로 한다. 당나라 현종 開元 7년의 「享太廟樂章」 16수 가운데 <迎俎雍和二章>의 둘째 악장104)과 현종 개원 13년의 <封泰山祀天樂十四首> 가운데 <迎俎入用雍和>105)는 같은 작자[中書令 燕國公 張說106)]의 똑 같은 작품으로서, 『시경』의 영향이 두드러져 보이는 경우다. 우선 그 악장을 들어보기로 한다.

俎豆有飶　　제기들이 향기롭고
潔粢豊盛　　정결한 제물이 풍성하며
亦有和羹　　또한 맛이 조화로운 국이
旣戒旣平　　이미 챙겨지고 갖추어져 있도다
鼓鐘管聲　　북·종·관악기 소리와
肅唱和鳴　　엄숙한 노래를 조화롭게 울리며
皇皇后祖　　밝게 빛나는 상제께
賚我思成　　내게 복 내려주시길 빌도다

이 작품에서 가장 큰 비중을 차지하고 있는 원천 텍스트로서의 『시경』 시는 「상송」 <열조> 제2장의 전반부인 '賚我思成/亦有和羹/旣戒旣平' 등 연달아 이어진 세 구절들이다. 인용된 악장에서 보듯 그것들은 초반의 '賚我思成'을 마지막 구로 돌리고 '亦有和羹' 앞에 두 구를 덧붙이는 등 새 악장 <迎俎入用雍和>에 작자의 독자적인 의도를 반영한 것으로 보인다. 말하자면 작자는 <열

---

104) 『文淵閣四庫全書: 史部/正史類/舊唐書』 卷三十一, 「玄宗開元七年享太廟樂章十六首」<迎俎雍和二章-二>.

105) 『文淵閣四庫全書: 史部/正史類/舊唐書』 卷三十, 「玄宗開元十三年封泰山祀天樂十四首」<迎俎入用雍和>.

106) 장열은 낙양 사람으로 자는 道濟·說之, 시호는 文貞, 봉호는 燕國公, 同中書門下平章事, 中書令 등을 역임했고, 예악에 정통했고, 중요 문서는 그의 손에서 나왔다.[『文淵閣四庫全書: 史部/正史類/舊唐書』 卷九十七 참조.]

조>로부터 세 구절을 수용했음에도 불구하고 그 모티프를 새 악장의 핵심적인 특징으로 부각시키고자 했는데, 그런 점에서 이것 역시 앞서 말한 '『시경』시의 패러프레이즈'라 할 수 있을 것이다. <열조>의 제2장은 다음과 같다.

既載清酤	이미 맑은 술을 올리고
賚我思成	내게 복 내려주시길 빌며
<u>亦有和羹</u>	또한 맛이 조화로운 국이
<u>既戒既平</u>	이미 챙겨지고 갖추어져 있도다
鬷假無言	말없이 신령의 내림을 빌며
時靡有爭	다툼 없이 엄숙하게 하오니
綏我眉壽	나를 편안히 오래도록
黃耉無疆	장수하게 하시도다

<迎俎入用雍和>는 '복 받길 기원함'과 '좋은 제수가 이미 갖추어져 있음'을 뜻하는 구절을 수용했는데, 그 부분이 <열조>의 핵심인 것은 사실이다. 하단의 '편안히 오래도록 사는 것'은 신령이 내려주는 복의 한 부분에 불과하기 때문이다. 그래서 작자는 <열조>를 수용하여 <迎俎入用雍和>의 내용을 구성하고 주제를 도출했지만, <열조>의 그것보다 합리적인 짜임을 보여준다고 할 수 있다.

그밖에 '肅唱和鳴'과 '皇皇后祖'도 『시경』시의 구절들을 따온 것들이다. 전자는 「주송」 <有瞽>의 제10구[肅雝和鳴]를 수용한 것이고, 후자는 「노송」 <閟宮> 제3장의 제11구[皇皇后帝]를 수용한 것이다. <유고>는 처음 악을 제작하여 태조 문왕에게 합주한 것을 찬양한 노래다.[107] 노래 내용 중 '숙옹화명'은 엄숙하면서도 조화가 잘 이루어진 제사 음악을 묘사한 표현인데, 瞽師 즉 눈이 보이지 않는 악사가 주관하는 각종 악기들의 연주 소리가 성대하게 조화된

---

107) 『文淵閣四庫全書: 經部/詩類/毛詩注疏』 卷二十七의 "有瞽 始作樂而合乎大祖也" 참조.

상황을 보여준다. 이것을 수용한 <迎俎入用雍和>의 '肅唱和鳴[엄숙한 노래가 조화롭게 울림]'은 <유고>의 다양한 악기들과 달리 '鼓鐘管聲[북·종·관악기 소리]'으로 단순화 되어 있긴 하나, '악기 소리들의 조화를 통한 신령과의 소통'이라는 주제를 구현하고 있는 점은 <유고>의 그것과 마찬가지다.

이처럼 唐代에도 『시경』 시의 구절들을 그대로 따오거나 약간 변형시켜 수용하는 아악악장 제작의 관습은 다른 시대와 큰 차이 없었고, 특히 제사악장의 경우는 그 정도가 더 심했다고 할 수 있다. 당나라의 제사악장들이 주로 열성들에 대한 崇德報功과 孝敬을 강조하고 우순풍조와 풍요를 기원하며 국가의 안녕과 帝業의 융성을 희망했다는 점108)도 『시경』 제사악장들의 전통적인 범주에서 벗어나지 않았음을 알 수 있다. 당나라 악장 특히 제사악장은 수나라의 그것을 바탕으로 크게 번창했지만, 일반 시문학이 그런 것처럼 그것 또한 『시경』의 체례나 전통을 바탕으로 발전되었음은 두 말할 필요도 없다.

이런 제사악장들 못지않게 태종 이세민의 무공을 찬양한 <秦王破陣樂>이나 현종이 양귀비를 위해 만든 <霓裳羽衣曲> 등 연향악장들은 당나라 궁정음악의 최고봉이라 할 수 있는데, 음악·노래·춤 등이 융합된 대규모 공연예술이었고, 그 가운데 존재하던 악장의 성격 또한 『시경』과 유사한 양상의 음악과 문학이 결합해서 생긴 예술형식으로서의 '음악문학'이었다. 전자는 唐代에 창작된 것으로 태종이 秦王이었을 때 사방을 정벌했는데, 당시 민간 가요들 가운데 '秦王破陣樂'이 있었던 것이다. 이세민 즉위 후 貞觀 7년[633년]에 만든 破陣樂舞圖는 왼쪽을 둥글게, 오른쪽은 모나게, 앞은 偏으로, 뒤는 伍로 하여, 물고기·꾀꼬리·거위·황새가 키[箕] 모양으로 펼치고 날개 모양으로 펴서 교차하고 굽히고 펴며 머리와 꼬리가 서로 물고 도는 등 전투에서의 布陣을 그대로 본뜬 그림이었다. 이 그림에 따라 起居郎 呂才[600?-665]로 하여금 악공 120인을 가르쳐

---

108) 趙小華, 「唐代郊廟歌辭語境下的祭禮分析」, 『唐都學刊』 Vol.21 No.6, 2005, 45쪽.

갑옷을 입히고 창을 잡아 춤을 익히게 했다. 모두 三變으로서, 매 변은 四陣이 되고, 왕래가 잽싸고 느리거나 치고 찌르는 형상이 있어 노래의 절주와 맞았다. 여러 날이 지나 성취가 있는 경우 發揚蹈厲하고 聲韻이 慷慨한데 노래와 조화를 이루었으므로 진왕파진악이라 불렸고, 그것을 宴饗에서 했다는 것이다.109)

후자에 관해서는 다양한 이설들이 있으나, 葉法善이 당명황을 월궁으로 이끌고 가서 음악을 들은 뒤 그 모임을 그렸고, 그것을 西涼都督 楊敬述이 바치자 婆羅門의 聲調와 꼭 맞았으므로, 달나라에서 들은 것을 散序110)로, 양경술이 바친 것을 곡으로 만들어 霓裳羽衣를 완성했다 한다. 물론 달나라의 일은 황탄하나 오직 서량에서 바라문 곡을 올리자 당명황이 윤색하고 또한 아름다운 이름으로 바꾼 사실은 틀림없다고 한다.111) 이처럼 開元 中에 서량 절도사 양경술이 만들고 鄭愚의 인도 婆羅門曲을 수용한 기초 위에 창작을 더하여 散序-中序-入破 등 삼단으로 구성된, 우아하고 아름다운 무대음악이 후자임은 부정할 수 없다.112) 이처럼 당나라의 악장은 『시경』과 밀접한 관련을 맺되 주변 각 민족들의 음악을 수용함으로써 보다 풍부하고 화려한 궁정악을 이뤄냈으며, 그에 따라 악장 또한 새롭게 확충되는 계기를 만들었다고 할 수 있다.

---

109) 『文淵閣四庫全書: 史部/政書類/通制之屬/通典』卷一百四十六의 "破陣樂 大唐所造也 太宗爲秦王時 征伐四方 人間歌謠 有秦王破陣樂之曲 及卽位 貞觀七年 製破陣樂舞圖 左圓右方 先偏後伍 魚麗鵝鸛 箕張翼舒 交錯屈伸 首尾廻互 以象戰陣之形 令起居郞呂才 依圖敎樂工百二十人 被甲執戟而習之 凡爲 三變 每變爲四陣 有往來疾徐 擊刺之象 以應歌節 數日而就 發揚蹈厲 聲韻慷慨 和云秦王破陣樂 饗宴 奏之" 참조.

110) 散序는 宋詞 大曲의 한 부분으로, 대곡의 散序·中序·入破 중 맨 앞부분인 산서는 서정적 내용이고, 일정한 박자가 없으며, 춤을 수반하지 않는다.

111) 『文淵閣四庫全書: 集部/詞曲類/詞話之屬/碧鷄漫志』의 "霓裳羽衣曲 津陽詩注 葉法善 引明皇 入月宮 聞樂歸留 寫其半會 西涼都督楊敬述 進婆羅門 聲調脗合 以月中所聞爲散序 敬述所進爲其腔 制霓裳羽 衣 月宮事荒誕 惟西涼進婆羅門曲 明皇潤色 又易美名 最明白無疑" 참조.

112) 陶曉勇, 「唐代宮廷音樂的藝術特色」, 『安徽工業大學學報(社會科學版)』 Vol.27 No.6, 馬鞍山師範高等 專科學校 藝術系, 2010. 11, 82쪽 참조.

3. 이데올로기 근원으로서의 『시경』 수용과
아악 중시의 새로운 기풍: 송나라 악장

수나라의 7부기를 바탕으로 9부기·10부기 등 당나라의 연악 체제가 확충되면서 아악보다 연악이 우세한 양상을 보여주기 시작했다. 뿐만 아니라 당나라와 송나라에 걸쳐 『시경』으로부터 출발한 詞文學이 융성했고, 악장 아닌 순문학으로서의 5언시·7언시 또한 성행했다. 따라서 수나라부터 송나라에 이르는 동안 궁중아악에서 춘추전국시대까지 연악 우세의 시대적 흐름에 따라 『시경』이 누리던 지위는 서서히 낮아지거나 사라졌고, 궁중에서도 연악류가 왕성하게 발전했으며, 음악의 범주를 벗어난 전반적인 순문학의 위세 또한 떨치게 되었다. 『시경』체를 수용했거나 유사한 모습을 보여주는 스타일의 악장은 주로 제사에 사용되던 아악에 국한되었을 뿐 연악류에는 비교적 자유로운 형태의 악부나 사문학을 악장으로 쓰게 되었던 것이다.

韓愈[768-824]와 柳宗元[773-819]에서 시작된 복고운동은 유학의 부흥에 그 목적이 있었으며, 북송에 들어와서 더욱 세를 얻었다. 유학이 宋學으로 부흥되고, 理學 즉 신유학으로 전개되면서 기존 儒·佛·道의 교류나 상호영향은 더욱 활발해졌다. 유기의 사상적 가치가 재조명되고 권위 또한 공고해졌을 뿐 아니라, 당시의 문화적 기풍을 보다 높은 차원으로 견인하게 되었다. 이런 분위기 속에서 음악문화에도 복고적 기풍이 나타났고, 옛날의 제도를 복원함으로써 송대 궁정음악의 '重雅輕俗' 현상이 급속히 강화되었음은 물론이다.[113]

太祖[960-976]에서 시작된 北宋시대는 徽宗[1100-1125]과 欽宗[1125-1127]으로 막을 내리고, 高宗[1127-1162]에서 시작된 南宋시대는 少皇帝[1278-1279]에서 막을 내린다. 북송·남송을 하나의 왕조로 취급하는 것이 대체적인 경향이지만, 여러

---

113) 歐陽雨禾, 「宋代宮廷音樂"重雅輕俗"之現象探究」, 『赤峰學院學報(漢文哲學社會科學版)』 第36卷 제 6期, 2015, 229쪽 참조.

가지 이유로 북송과 남송을 완전히 구별해야 한다는 견해도 있다.[114] 말하자면 북송의 휘종과 마지막 황제 흠종, 나머지 황족들과 궁인들이 금나라 군대에게 잡혀간 상태에서 가까스로 포로의 신세를 면한 흠종의 아우 康王 構가 南京 應天府에서 황제[高宗]로 추대된 까닭에 정통성의 논란이 제기된 것이다. 비록 적국에 사로잡혀 있었지만, 흠종이 생존해 있고 폐위도 되지 않은 상황이었기 때문에 새롭게 추대된 고종의 정통성을 인정할 수 있느냐의 여부에 논란의 가능성이 있었다. 물론 고종이 上皇 휘종의 형이었던 哲宗의 元祐太后를 업고 나온 고종으로서 그의 명에 따라 즉위하는 형식을 취했다는 이유로 정통성 확인을 위한 형식논리를 갖추고자 한 것은 사실이었다.[115] 그런 우여곡절을 근거로 북송과 남송을 별개의 왕조로 취급하려는 견해가 있는 것도 사실이다.

그러나 송대의 악장, 그 가운데서도 제사악장이 주가 되는 아악악장을 주로 살펴보려는 것이 필자의 목적이므로, 역사학계의 주된 이슈인 왕위 계승상의 당·부당이 이 글에서는 그리 중요치 않다고 본다. 다만, 북송 시대의 경우 망하기 직전의 휘종 대, 남송 시대의 경우 초기인 고종 대에 각각 음악이나 악장에 관련된 반성과 확장이 크게 일어났다는 사실은 음악 혹은 악장의 제작 과 왕조의 흥망이 밀접하게 연관되는 정치적 사업이라는 점에서 주목할 필요 는 있을 것이다. 음악이나 악장의 제작에 힘을 쓴 것은 '한 시대의 일어남에 한 시대의 제작이 있다'는 원칙에 따른 일이었다. 즉 옛날의 聖王들이 앞서의 법이나 정치를 답습하지 않고 새롭게 왕조를 경영하고자 한 뜻을 밝히려 한 데서 각 왕조는 그들 나름의 제작이 필요했고, 時勢의 변화와 沿變 또한 단순하 지 않기 때문에 복희씨의 이상적인 정치라 해도 지금에 이르러 행할 만한 것이 없기 때문이라는 것이다.[116] 휘종이 신악의 제작에 몰두한 것은 왕조의

---

114) 김학주, 『중국의 북송시대』, 신아사, 2018, 14쪽.

115) 미야자키 이치사다, 조병한 옮김, 『중국통사』, 서커스, 2016, 351-353 참조.

116) 『文淵閣四庫全書: 集部/別集類/淸代/西河集』 卷七의 "愚聞 古王不襲法 聖德不襲治 一代之興 必有

말기적 증세를 막고 사회의 분위기를 돌이켜 보고자 하는 의도였을 것이고,
고종이 음악의 정비에 몰두한 것은 창업이라 할 만큼 새롭게 시작하는 남송의
정통성과 대의명분을 강조하기 위해서였을 것이다. 몇 가지 기사들을 들어
그런 점을 살펴보고자 한다.

    <1> 政和 3년 5월 御筆로 조서를 내렸다. "악이 폐지된 지 오래다. 지나온 여러
세대의 군주들이 천여 년에 능히 (악을)記述하지 못했다. 지금에 이르러서는 옛날
로부터 더욱 멀어졌다. 五季[당 멸망 이후의 다섯 왕조. 즉 '梁·唐·晉·漢·周'. 季는
세대의 끝]의 舊態를 그대로 답습함으로써 세상을 다스리는 소리도 아니고 祖宗이
나라의 기틀을 만든 시초도 아니다. 매양 겨를이 없으나, 백년 뒤의 흥륭은 대개
금일에 달려 있다. 崇寧 초에 漢津의 설을 받아들이고 大晟의 악을 이루어 교묘에
올렸으나 아직 연향에 베풀지는 못하고 있다. 대저 지금의 악은 옛날의 악과 같고,
악을 아는 자는 그 뜻만을 알 뿐이다. 소리를 따라 음을 알고 음을 따라 악을
알며 악을 따라 정치를 안다. 통하는 바가 정치에 달려 있고, 함께 하는 바가 음에
달려 있음은 고금의 다름이 없다. 조서에 의거, 유사는 대성악을 교방에 널리 유포
하고 조정에서 시험을 하도록 하라. 오성이 이미 구비되면 8음은 비로소 온전해지
고, 怨滯·焦急한 소리가 없어지며, 純厚·嫩繹[교역: 음절이 분명하고 끊임없이 이
어지는 모양]의 아름다움이 있게 될 것이다. 짐이 聖謨를 이어 받들어 정치의 도를
세우고 국사를 치리함에 祖先의 공을 밝히고 뜻을 이이온 지 지금 1기[12년]가
되었다. 지난 날 우임금이 玄圭[검은 옥으로 만든 홀]를 올려 이룬 공을 아뢰었고
[인용자 주: 『書經』「夏書」'禹貢'의 No.106(東漸于海 西被于流沙 朔南曁聲敎訖于四
海 禹錫玄圭 告厥成功) 참조], 지금은 아악이 크게 갖추어져 있다. 공이 이루어지면
제작되니, 이에 비로소 하늘의 도를 받아 조정과 국가가 계책을 이루었음을 믿게
되었다. 삼대의 융성함을 좇아 일대의 제작을 이루고 만세에 끼쳐 기쁘게 천하와
함께 하려는 것이다. 올린 악을 모두 천하에 頒行하고 옛날의 악을 모두 금지하라.
이에 상서성으로 하여금 입법 조치하고 공문을 내려 보내어 내 생각을 보이노니,
마땅히 자세히 알지어다. 칙령의 서찰을 발송하여 이미 지휘에 의거하여 대성부에

  一代之制作 以明創建 矧時移勢易 沿變不一 斷無有包犧之政 可行今日者" 참조.

頒降하였으니, 頒行日을 기다려 옛날의 악을 금지하라." 하였다.[117]

<2> 5월에 조서를 내려 말씀하기를 "대성악을 이미 교묘에 올렸으나 아직 연향에 베풀지는 못하고 있다. 유사에게 명하여 대성악을 교방에 널리 유포하고 대궐의 뜰에서 시험하라 했는데, 五聲은 이미 갖춰져 있고, 怗懘·噍急한 소리가 없어, 기쁘게 천하와 더불어 함께하여 가히 올릴 만한 음악이니, 천하에 반포하고 옛날의 음악을 모두 금하라.(…)예로부터의 淫哇之聲으로서 打斷·哨笛·硸鼓·十般舞·小鼓腔·小笛 등의 부류와 그 곡명을 모두 사용하는 것을 금한다. 이를 위반하는 자와 듣는 자 모두 죄를 받을 것이다"라고 했다.[118]

우선 <1>을 보기로 한다. 북송 휘종의 세 번째 연호인 政和[1111-1118] 3년은 휘종 13년에 해당한다. 휘종 치세의 말기로 들어가는 시기가 바로 이 때인데, 정화 이후 重和[1118-1119]·宣和[1119-1125]를 거치면서 북송은 결국 멸망하고 말았다. 휘종은 神宗의 황후 向太后의 섭정 아래 新法과 舊法을 절충한 정치를 시행했으나, 즉위 1년 후 태후가 사망하고 親政을 하게 되자 신법을 채용했다. 그러나 蔡京[1047-1126]을 비롯한 측근들에게 정치를 떠맡기고 자신은 태평시대의 풍류천자로서 문화 융성의 宣和시대를 열어갔던 것이다. 1115년 금나라와 동맹하여 요나라를 공격하고 燕雲十六州의 수복을 도모했으나, 1125년 금나라의

---

117) 『文淵閣四庫全書: 史部/政書類/通制之屬/宋朝事實』卷十四의 "政和三年五月 御筆手詔 樂廢久矣 歷世之君 千有餘歲 莫之能述 以迄于今 去古尤遠 循沿五季之舊 非治世之音 祖宗肇造之始 每未遑暇 百年後興 蓋在今日 崇寧之初 納漢津之說 成大晟之樂 薦之郊廟 而未施行于燕饗 夫今樂猶古樂也 知樂者知其情而已 循聲以知音 循音以知樂 循樂以知政 所通在政 所同在音 而無古今之異 比詔有司 以大晟樂 播之教坊 按試于庭 五聲既具 八音始全 無怨滯焦急之聲 有純厚皦繹之美 朕奉承聖謨 立政造事 昭功繼志 一紀于玆 乃者 玄圭告成 今則 雅樂大備 功成而作 于是 始信荷天之休 宗廟遂謀 迫三代之盛 成一代之制 以遺萬世 嘉與天下共之 可以所進樂 並頒行天下 舊樂悉行禁止 仍令尙書省 措置立法 行下 故玆詔示想 宜知悉牒奉勅 依已得指揮 幷大晟府 旣頒降 候頒行日 禁止舊樂" 참조.

118) 『文淵閣四庫全書: 史部/政書類/通制之屬/文獻通考』卷一百三十의 "五月 詔曰 大晟之樂 已薦之郊廟 而未施於燕饗 比詔有司 以大晟樂 播之教坊 試於庭殿 五聲既具 無怗懘噍急之聲 嘉與天下共之 可以所進樂 頒之天下 其舊樂悉禁(…)舊來 淫哇之聲 如打斷哨笛硸鼓十般舞小鼓腔小笛之類 與其曲名 悉行禁止 違之者與聽之者 悉坐罪" 참조.

공격을 초래했다. 그 사건을 당하면서 백성들로부터 원성을 사고 있던 花石綱
과 西城所의 公田 등을 폐지했으며, '자신을 스스로 벌하는 조직'을 내어 전국
적으로 勤王軍을 모으고 26세의 맏아들 흠종에게 讓位한 것이다.[119] 따라서
휘종은 사실상의 북송 마지막 왕으로서 극도의 내우외환에 휩싸여 있었고,
그런 혼란 시기에 음악을 통한 분위기 쇄신의 뜻을 내비쳤음을 알 수 있다.
따라서 음악에 대한 그의 생각은 분명하다. 옛날의 악은 이미 폐지되었고,
五季의 악을 답습한 지금의 악 또한 治世之音이 아니라고 했다. '악을 따라
정치를 안다'는 말은 정치의 잘 되고 못됨을 반영하는 것이 악의 효용임을
그가 분명히 알고 있었음이 밝혀진다. 그런 바탕 위에서 숭녕[1102-1106] 초에
만들었으나 郊廟와 달리 아직 연향에 쓰이지 않고 있는 대성악을 교방에 유포
하고 대궐에서 쓰라는 조서를 내리게 된 것이다. 말하자면 대성악이 만들어짐
으로써 아악이 갖추어지게 되었으니, 그것을 연향악으로도 사용하여 천하와
기쁨을 함께 할 수 있도록 하라는 것이다. 頒行日 이후에는 오직 대성악만을
쓰고, 기존의 악을 일체 금하라는 명령을 내린 것도 그 때문이었다.

　　<2>도 <1>의 연장선에서 폐지되어야 할 구체적인 舊樂을 적시하고 있다.
교묘에는 올렸으나 아직 연향에는 베풀지 못하고 있는 대성악은 더불어 함께
할 만한 음악이니 천하에 반포하고 옛날의 음악을 금하라는 것과, 음탕하여
법도에 어그러진 구악으로 타단·초적·아고·십반무·소고강·소적 등 송나라에
서 유행하던 민간의 연악 혹은 歌舞百戲 등을 포괄적으로 적시하고 있는 것이
그 내용이다. 예컨대 打斷은 송나라 휘종 숭녕·대관 이래 안팎의 市街에서
鼓笛拍板을 들고 시끄럽게 놀던 연악으로서, 휘종의 조서가 나온 이후에도
민간에서 鼓板之戲는 사라지지 않고 이름만 太平鼓로 바뀌었을 뿐이다.[120] 이

---

119) 스도 요시유키·나카지마 사토시 지음, 이석현·임대희 옮김, 『중국의 역사-송대-』, 혜안, 2018,
　　　209-237쪽 참조.
120) 『文淵閣四庫全書: 子部/雜家類/雜考之屬/能改齋漫錄』卷一의 "崇寧大觀已來 內外街市鼓笛拍板

런 것들 대신에 대성악을 쓰도록 강요할 수밖에 없었던 당대 지배층의 현실인
식은 매우 절박했던 것으로 보인다.

사실 음악의 제정이나 새롭게 제정된 음악의 강요는 왕조 말기 연악에 물든
사회 분위기의 일신을 위해 필수적이었다. 그러나 급격히 무너지기 시작한
왕조를 일신시키는 데 실패한 휘종은 아들 흠종에게 양위하자마자 북송 왕조
는 무너지고, 고종이 즉위하면서 가까스로 남송이 건립되었고, 앞 시대에 추구
되던 음악의 개혁은 남송 초에도 지속되었다. 다음의 두 기사를 살펴보기로
한다.

<3>고종 건염 초 교방을 없앴다가, 소흥 14년 다시 설치했다. 무릇 악공은 460
인인데, 내시로 검할[송대 무관의 이름]을 충원했고, 소흥 말에 다시 없앴다. 효종
융흥 2년 천신절에 장차 악을 써서 上壽하고자 하였다. 상이 가로되 '한 해 사이에
다만 兩宮 탄신일 외에 나머지는 쓸모가 없으니, 무슨 이름을 붙여야 할지 모르겠
다.' 하시니, 대신들이 모두 말하기를 '임시로 명부에 따라 징집하고, 반드시 교방
을 둘 필요는 없습니다.' 하니, 상이 말하기를 '좋다. 乾道 후 北使가 매년 두 번
이르는데, 또한 악을 사용하나 다만 저자 사람들을 불러 시키고, 교방을 두지 않는
다. 다만 脩內司에 명하여 먼저 20일간 교습하게 하는데, 舊例에는 樂人 3백인,
百戱軍 1백인, 百禽鳴 2인, 소아대 71인, 여동대 137인, 築毬軍 32인, 기립문행인
32인, 旗鼓 40인[이상 모두 臨安府에서 차출함], 相撲等子 21인[御前中佐司에서 차
출]을 쓰고, 소아 및 여동대를 파하게 하고 나머지를 썼다.[121]

<4> 황태후성절 하루 전에 상서성 추밀원 문무백료가 명경사에 나아가 아뢰기

名曰打斷(…)其後民間 不廢鼓板之戱 第改名太平鼓" 참조.

121) 『文淵閣四庫全書: 史部/正史類/宋史』卷一百四十二의 "高宗建炎初 省教坊 紹興十四年 復置 凡樂工
四百六十人 以內侍充鈐轄 紹興末 復省 孝宗隆興二年 天申節 將用樂上壽 上曰 一歲之間 只兩宮誕日
外 餘無所用 不知作何名色 大臣皆言 臨時點集 不必置教坊 上曰善 乾道後 北使每歲兩至 亦用樂 但呼
市人使之 不置教坊 止令脩內司 先兩旬教習 舊例 用樂人三百人 百戱軍百人 百禽鳴二人 小兒隊七十
一人 女童隊 百三十七人 築毬軍三十二人 起立門行人三十二人 旗鼓四十人 相撲等子二十一人 命罷小
兒及女童隊 餘用之" 참조

를 '축성도량을 세우고 州府에서 衙前樂의 악부와 기녀들을 敎集하소서' 하니, 주
부에서는 '만 80세' 축하 儀範을 올리면서 '지난 번 紹興이후로부터 교방의 인원이
이미 혁파되었습니다. 무릇 왕명으로 대궐의 정원에 불러 마침내 아전에 영을
내려 內司敎樂所 인원을 채워 승응[기녀나 연예인이 궁궐이나 관청의 부름에 응하
여 노래·춤·곡예 따위를 선보이며 시중을 듦]하소서'라고 아뢰었다.[122]

<3>에서 建炎[1127-1130]은 남송 고종의 첫 번째 연호이고, 紹興[1131-1162]은 두
번째 연호이다. 연악을 주로 담당하던 교방을 건염 초기에 없앴다가 소흥 14년
에 다시 설치했다는 것이다. 제3대 효종대 융흥 2년[1164]에는 고종의 천신절에
대성악을 씀으로써 비로소 궐안에서 대성악은 연향악으로 범주를 넓히게 된
것이고, 중론에 따라 교방은 두지 않는 방향으로 결정되었다. 부득이한 경우
교방 대신 바깥의 사람들을 불러 악대를 교습시키기로 결정한 것이다. 이 논의
는 <4>에서도 반복된다. 황태후 성절 하루 전에 악부와 기녀들을 교집하게
해달라는 요청에 지난 소흥 이후로 교방이 없어졌다는 사실을 들고, 외부의
연예인과 기녀들을 불러 잔치의 필요에 부응하게 했음을 밝히고 있는 것이다.
    이처럼 북송 말기와 남송 초기에 대성악이 아악은 물론 연향악에도 두루
쓰임으로써 앞 시대 왕조들과 구분되는 음악의 양상이 새롭게 형성되었음을
확인하게 된다. 즉 앞에서 언급한 바와 같이 속악을 담당하던 교방을 없애고
송대 궁정아악 기구 大晟府를 설립하고 발전시키는 등 송나라 兩朝의 궁정
아악 중시 정책은 그 양상이 분명해졌다고 할 수 있다.
    태조 즉위 즉시 북송 초기 수도인 개봉에 공자의 墓祠宇를 증축하고 선성·
선현·선사의 상을 그리도록 명하는 한편, 황제 스스로 공자와 顔淵을 찬양하
는 문장을 지었고, 즉위 2년에는 孔氏 후예들에게 벼슬을 내리고 부세를 면하

---

122) 『文淵閣四庫全書: 史部/地理類/雜記之屬/夢粱錄』卷三의 "皇太后聖節 前一日 尙書省 樞密院 文武
    百僚 詣明慶寺啓 建祝聖道場 州府敎集衙前樂 樂部及妓女等 州府滿散壽 進儀範 向自紹興以後 敎坊
    人員已罷 凡禁庭宣喚 徑令衙前樂 充條內司敎樂所人員 承應" 참조..

기도 했으며, 제2대 태종 초에는 곡부의 공자사당을 중수하라는 명을 내리기
도 했다.123)

특히 湖學을 발흥시킨 仁宗 대 胡瑗[993-1059]이 아악을 제정하고 악기를 정
비하면서 詩樂은 중흥되었다. 당시 老士宿儒들이 正音의 적막함을 개탄하여
二南과 小雅 수십 편을 塤篪에 부쳐 학자로 하여금 조석으로 詠歌하게 함으로
써 聲詩의 학을 유자들이 점차 숭상해야 할 바를 알게 하도록 하였고, 張載
[1020-1077]는 개연히 이를 講明하여 짓고자 했으며, 조정은 郊廟에서 연주하게
했다는 것이다.124)

이런 분위기 속에서 출현한 것이 「風雅十二詩譜」였다. 정화순에 따르면, 「風
雅十二詩譜」는 중고시기 이후로 명·청에 이르기까지 여러 유학자들의 개인적
인 상상에 의하여 새롭게 模擬된 詩樂 가운데 최초의 것으로서 남송 孝宗 때의
사람인 趙彦肅에 의해 전해진 것이며, 1자1음으로 이루어진 「風雅十二詩譜」
소재 12 詩樂은 朱熹에게 수용되어 유가음악의 대표인 아악의 연주에서 송대
학자들에게 準則으로 강조되었다고 한다.125) 그동안 공식적으로 끊겼던 시악
즉 『시경』의 시와 음악이 '模擬詩樂'으로나마 이 시기 궁중의례의 유가음악으
로 부활했다고 할 수 있다. 우리나라 왕조들 가운데 조선조의 태종 시대[태종
11년 10월 24일]부터 『儀禮經傳通解』가 언급되기 시작하고, 세종 조에 들어와 본
격적으로 거론되기 시작했으며, 『세종실록』 권 136-권 146까지 11권에 걸쳐
원나라 林宇의 『大成樂譜』와 함께 실려 있다. 이런 사실은 조선조에 들어와
『시경』 시들을 악장으로 사용하는 경향이 본격화 되었고, 그 바탕으로 삼은

123) 『文淵閣四庫全書: 史部/正史類/宋史』 卷一百五 참조.
124) 『文淵閣四庫全書: 史部/正史類/宋史』 卷一百四十二의 "宋朝湖學之興 老師宿儒 痛正音之寂廖 嘗擇
    取二南小雅數十篇 寓之塤篪 使學者朝夕詠歌 自是 聲詩之學 爲儒者稍知所尙 張載嘗慨然思欲講明作
    之 朝廷被諸郊廟矣" 참조.
125) 정화순, 「「風雅十二詩譜」 소재 詩樂에 대한 연구」, 『동양예술』 7, 한국동양예술학회, 2003, 335-337
    쪽 참조.

문헌이 주희의 『儀禮經傳通解』[「學禮 七/詩樂/<風雅十二詩譜>」]였던 것이다.126)

앞에서 언급한 바와 같이 유학이 宋學으로 부흥되고, 理學 즉 신유학으로 전개되는 송나라에 들어와서 유가의 사상적 가치가 재조명되고 권위 또한 공고해졌으며, 음악문화의 복고적 기풍과 함께 옛 제도의 복원 등 송대 궁정음악의 '重雅輕俗' 현상을 확인할 수 있다.

그뿐 아니라, 당대 이래 지속된 국가 제사들과 함께 송나라에 들어와 급격히 늘어난 국가제사로 인해 아악의 악장들도 늘어났고, 『시경』을 그 악장들의 표본으로 삼았을 것은 자명하다. 그만큼 악장에 대한 『시경』의 영향은 연악의 흥성과 무관하게 지속되었을 가능성은 크다. 송나라 때의 제사들을 대략 추리면 다음과 같다. 郊天[南郊·圜丘·祈穀·雩祀·封禪], 郊地[皇地祇·方澤·北郊·神州地祇], 明堂·五方帝, 其他 天神祭[感生帝·朝日夕月·風雨雷師·九宮鬼神·奉天書·祀大辰·祭九鼎·出火師祭·納火師祭·司命司中祭], 기타 地祇에 대한 제사[祭嶽鎭海瀆各神·臘祭·五龍祭], 社稷祭, 先農祭·先蠶祭·皇帝行親耕藉田·皇后行親蠶, 文宣王武成王釋奠, 宗廟祭·常享·禘祫·時享·薦新·加上祖宗謚號廟諱·加上徽號·皇后別廟·恭上皇帝皇太后尊號·祚德廟祭·高禖神祭 등을 들 수 있는데, 여타 왕조들보다 훨씬 다양하다.127) 제사에는 반드시 악장이 수반됨을 고려하면, 송나라 때 아악악장이 양적으로나 질적으로 여타 왕조들을 압도했고, 유가 예악의 복고나 古制의 복원이라는 지배계층의 문화사상적 의도가 그 바탕에 깔려 있었음을 추정할 수 있다. 이런 지배계층 의식의 변화는 『시경』 시의 체제를 아악악장으로 수용하는 경향을 초래했고, 그런 점은 실제 악장을 통해서 입증된다. 그 점을 몇 가지 사례들에서 살펴보기로 한다.

---

126) 조규익, 「태종 조 '國王宴使臣樂'에 수용된 『시경』의 양상과 의미」, 『국어국문학』 179, 국어국문학회, 2017, 172쪽 참조. 이 문제는 뒤쪽 '조선조 악장의 『시경』 시 수용 양상' 부분에서 상론하게 될 것이다.

127) 『文淵閣四庫全書: 史部/正史類/宋史』 卷九十九 참조.

<1> <昊天上帝 降神 黃鍾爲角一奏樂章>

我將我享　　내가 받들고 내가 올리며
涓選休成[128]　가려 뽑아 아름답게 이루고
執事有恪　　제사를 경건하게 집전하며
惟寅惟淸[129]　오직 공경하고 오직 깨끗이 하도다
樂旣六變　　악대는 이미 여섯 종류의 음악을 연주하여
肅雍和鳴　　엄숙하고 화목함이 조화롭게 울리니
高高在上　　높고 높아 저 위에 계시어도
庶幾是聽[130]　거의 이에 들으시도다

<2> <昊天上帝 降神 捧俎豐安樂章>

祀事孔明　　제사 절차가 크게 갖추어지니
禮文惟楙　　예악과 문물이 아름답도다
爰潔犧牲　　이에 희생을 정결히 하여
載登俎豆　　조와 두에 올리도다
或肆或將　　혹은 진설하고 혹은 받들어 올리니
無聲無臭　　소리도 냄새도 없도다
精禋潛通　　천지의 기운이 은밀히 통하여
永綏我后[131]　우리 임금님 길이 편안하시도다

<3> <昊天上帝 亞終獻 文安樂章>

惟聖膺臨　　성인이 세상에 임하시어
順皇之德　　황천의 덕을 따르시고

---

128) 『漢書』「禮樂志」의 "丞相匡衡奏罷鸞路龍鱗 更定詩曰涓選休成. <顔師古注> 涓 除也. 除惡選取美成者也." 참조.
129) 『書經』「虞書」'舜典'의 No.23 "夙夜 惟寅直哉惟淸" 참조.
130) 『文淵閣四庫全書: 史部/正史類/宋史』卷一百三十二 참조.
131) 『文淵閣四庫全書: 史部/正史類/宋史』卷一百三十二.

典禮有聲   전례에 법도가 있으시어

享祀不忒   향사를 올림에 어그러지지 않았도다

籩豆靜嘉   변두가 청결하고 아름다우니

降登肹飭   오르고 내림이 질서 정연하도다

神具醉止   신이 모두 취하시니

景貺咸集132)   큰 복이 모두 모이도다

<4> <昊天上帝 徹豆肅安樂章>

內心齊誠   안으로 마음을 경건히 정성스럽게 하고

外物蠲潔   밖으로 조촐하고 깨끗하게 하였으니

神來廸嘗   신이 오셔서 제수를 드셨고

俎豆旣徹   조두를 이미 철거하였도다

燕及羣生   편안함이 군생에 미쳐

靡或夭閼   막아 그치게 하지 않고

降福穰穰   복 내리심이 많고 많아

時萬時億133)   이에 만억으로 하시리라

남송 건립 당시인 고종 건염 초기 나라의 운명이 더욱 어려움에 처하자 고종이 유사를 불러 천제와 지기 및 기타 大祀들을 먼저 내맞추어 시행하게 했다. 九卿의 하나로서 종묘 의례와 관리의 선발 시험을 관장하던 太常의 上奏에 의하면 이 때 악공을 증원하고 干羽[춤을 출 때 드는 방패와 깃, 武舞에는 干, 文舞에는 羽를 들었음]와 簨虡[종·경쇠·북 따위를 매다는 나무시렁으로, 가로로 매다는 것을 순, 세로로 된 기둥을 거라 함] 또한 갖추었고, 비로소 舊禮에 따라 登歌樂舞를 써서 호천상제에게 제사를 드렸음을 알 수 있다.134) 호천상제에게 드리던 제사가 당시로서

---

132) 『文淵閣四庫全書: 史部/正史類/宋史』 卷一百三十二.

133) 『文淵閣四庫全書: 史部/正史類/宋史』 卷一百三十二.

134) 『文淵閣四庫全書: 史部/正史類/宋史』 卷一百三十二의 "高宗 建炎初 國步尙艱 乃召有司 天帝地祇及

는 가장 크고 대표적이었으며, 거기서 쓰인 악장 또한 대표성을 지닌다고 할 수 있다. <1>은 강신 절차의 一奏에서 불린 악장인데, 전체 8구 중 5구가 『시경』의 구절들을 거의 그대로 따왔음을 알 수 있다. 즉 1구[我將我享], 3구[執事有恪], 6구[肅雍和鳴], 7구[高高在上], 8구[庶幾是聽] 등이 그것들이다.[135] <1>의 1구를 『시경』 구절, 그것도 문왕을 明堂에 제사지낼 때 쓰던 악장인 <我將>의 첫 구를 끌어왔다는 것은 건국 초부터 어려움을 당한 남송의 고종이 북송의 첫 임금인 태조 당시의 태평시절이 자신의 치세에 재현되기를 간구한 데 그 이유가 있을 것이다. 더구나 제사절차 또한 북송 초기의 그것을 이어받아 쓴 것으로 미루어도 그 시대의 문화적 盛業을 다시 이루고자 하는 고종의 소망을 짐작할 수 있다. 주나라 문왕과 무왕의 관계는 북송 태조와 태종의 관계와 유사한 모습을 갖고 있다. 은나라와 평화로운 관계를 갖고자 노력하면서 虞·芮 등 두 나라 간의 분쟁을 중재함으로써 제후들의 신망을 얻게 되었고, 결국 천하 제후 3분의 2로부터 지지를 받는 기틀을 이룬 것이 문왕이었다. 그런 바탕 위에서 왕위에 오른 무왕은 은나라를 무너뜨리고 천하를 통일할 수 있었던 것이다. 북송의 태조 조광윤은 건국한 다음 오대 이후 분열되어 있던 중국의 통일에 뜻을 두었고, 다음 황제인 태종 때 통일을 달성했다. 각지에서 권력을 휘두르던 절도사들의 권력을 박탈했고, 무인 대신 문인 관료를 임용함으로써 무인정치 아닌 문인정치를 행하였던 송나라 태조[136]는 이런 점에서 주나라 문왕과 상통한다고 보았을 것이다. <昊天上帝 降神 黃鍾爲角一奏樂章>의 첫 구를 『시경』「주송」의 <我將>[문왕을 明堂에 제사지낼 때 쓰던 악장]에서 끌어 온 것도 바로 그 때문이었다. 송 태조를 주 문왕에 비겨, 주나라가 興隆하듯 송나라도 소생하기

他大祀 選以時擧 太常尋奏 近已增募樂工 干羽籥虡亦備 始循舊禮 用登歌樂舞 其祀昊天上帝" 참조

135) 8구의 경우 『시경』「주송」 <有瞽>의 '先祖是聽'을 약간 바꾸어 수용했다고 보기 때문에 '『시경』의 구절들을 <u>거의</u> 그대로 따왔다'고 한 것이다.

136) 스도 요시유키·나카지마 사토시 지음, 이석현·임대희 옮김, 앞의 책, 2018, 26쪽 참조.

를 바랐을 것이다.

<1>의 3구[執事有恪]는 '제사를 경건하게 집전하다'는 뜻으로, 湯王을 제사하던 「상송」 <那>의 20구를 그대로 가져 온 것이다. 正考甫가 주나라의 태사로부터 商頌 12편을 얻어 그 가운데 <那>를 첫 번째로 삼았다고 한다.[137] 제6구[肅雍和鳴]는 「주송」 <有瞽>[처음으로 악을 제작하여 조상의 사당에 합주할 때 쓰던 악장[138]]의 10구를 그대로 가져 온 것이다. 序에서 '始作樂'이라 한 것으로 보아 문왕의 사당을 말했을 가능성이 크다. 특히 이 노래의 핵심내용은 각종 악기를 설치하는 부분과 그것들을 연주하는 소리가 매우 조화롭고 엄숙하며 절차에 맞음을 강조한 마무리 부분인데, <昊天上帝 降神 黃鍾爲角一奏樂章>의 마무리 부분에 배치한 것도 음악절차의 완비함을 강조함으로써 제사가 성대하게 준비되었음을 강조하려는 의도라고 할 수 있다. 제7구[高高在上]는 「주송」 <敬之>의 제4구[無曰高高在上/높이높이 위에 있다고 말하지 말라]에서 따온 것이다. <경지>는 신하들로부터 경계의 말을 듣고 스스로 '공경하라[敬之]'고 말한 악장의 첫 어구에서 제목을 딴 것이다. '無曰高高在上'의 주체는 왕이다. '높은 자리에 있다고 말하지 말라'고 왕 스스로 경계하고 있는 것이다. 말하자면 어린 나이에 즉위한 성왕을 위해 신하들이 경계의 進言을 올린 것이 <경지>의 원래 취지이나, 이 악장에서는 '高高在上'만을 따와 '하늘에 높이 계시는 호천상제'를 지칭하는 말로 전용했다. 자연스럽게 마지막 구[庶幾是聽]는 「주송」 <유고>의 제11구[先祖是聽]를 변형·수용함으로써 호천상제가 제사를 올리는 奏樂을 잘 들어주시리라는 소망을 표현한 것으로 전용한 것이다. <1>에서 주목되는 점은 「주송」[<아장>·<경지>·<유고>]과 「상송」[<那>] 등 頌에서 차용해왔는데, 송이 제사음악의 악장이라는 점과 그런 악장들의 대상이 문왕·탕왕 등 聖王들이라는 점이 악장

---

137) 『文淵閣四庫全書: 經部/詩類/詩傳大全/詩序』의 "那祀成湯也 微子至于戴公 其間禮樂廢壞 有正考甫者 得商頌十二篇於周之大師 以那爲首" 참조.

138) 『文淵閣四庫全書: 經部/詩類/詩傳大全』卷十九의 "序 以此爲始作樂 而合乎祖之詩" 참조.

구절 차용의 주된 이유였음을 짐작할 수 있다.

　<2>[<昊天上帝 降神 捧俎豐安樂章>]의 경우 『시경』으로부터 따온 곳은 세 부분
[제1구: 祀事孔明/제5구: 或肆或將/제6구: 無聲無臭]이다. 祀事孔明은 「小雅」 <楚茨> 제
2장 제7구이고,[139] 或肆或將은 같은 작품 제5구로서 양자 모두 같은 작품에서
가져왔으되 앞뒤만 바꾼 셈이다. 영신 혹은 강신은 제사지낼 때에 초헌 이전에
먼저 신이 내리도록 하는 절차로서 제사의 모든 준비가 끝났음을 신에게 알리
는 순서이기도 하다. 원래 <초자>에서는 '或肆或將'이 '祀事孔明'의 앞에 있다.
말하자면 '제수를 진설하고 올림으로써' '제사의 절차가 잘 갖추어졌다'는 것
이다. 그런데 <2>에서는 그 순서가 바뀌어 있다. 즉 '기-승-전-결' 각각이 2구씩
전체 8구로 구성되어 있는 <2>에서 '祀事孔明'을 '기'의 앞 구로 삼았고, '或肆
或將'을 '전'의 앞 구로 삼았음을 알 수 있다. 말하자면 『시경』 <초자>에서
두 구를 따온 뒤 '祀事孔明'으로 '기-승'을 이끌게 했는데, '祀事孔明'은 '제사의
절차가 잘 갖추어졌다'는 뜻이니, 徹籩豆나 送神의 단계에 배치해도 좋았을
법한 내용이다. 그런데 이것을 강신의 첫 부분에 배치한 것은 '제사에서 신을
섬기고 복을 받는 절차를 힘주어 말한 것이 상세히 갖추어졌으니, 선왕들이
백성을 위해 힘을 다하면 제사에서 신을 섬기는 일에 힘을 다함을 미루어
밝힌'[140] <초자>의 취지를 강조하기 위해서였을 것이다. '或肆或將'으로 '전-
결'을 이끌게 한 것은 '제수를 진설하고 받들어 올리는' 절차의 경건함으로
천지의 기운을 '우리 임금님'이 감통하여 길이 편안할 것을 기원하기 위해서
였다.

　전의 둘째 구[無聲無臭]는 「大雅」 <文王>의 제7장 제6구를 그대로 가져 온

---

139) "祀事孔明·先祖是皇"은 <초자> 제2장 '7·8구'인데, 이 구절들은 <초자> 다음에 이어지는 <信南
　　山> 제6장의 '3·4구'에도 동일하게 등장한다. 이처럼 똑같거나 유사한 구절들을 공유하는 것은
　　『시경』의 시들이 악장으로서 가창되던 상황이나 곡조에 따른 자연스런 현상이었으리라 본다.
140) 『文淵閣四庫全書: 經部/詩類/詩傳大全』卷十三의 "呂氏曰 楚茨 極言祭祀所以事神受福之節 致詳致
　　備 所以推明先王致力於民者盡 則致力於神者詳" 참조.

것으로, '하느님의 일은 소리도 없고 냄새도 없으므로 가히 얻어서 헤아릴 수 없다'141)는 뜻이다. <문왕>에서 '無聲無臭'는 上天의 본질을 묘사한 표현으로서, 程子는 그 體·理·用이 易·道·神과 결부됨142)을 설명하기 위해, 謝良佐[1050-1103]는 聖人의 도가 위대하다는 점143)을 표현하기 위해 각각 끌어 썼지만, 여기서는 祭需 진설의 경건함을 묘사하기 위해 끌어 온 것이다. 무엇보다 소리도 없고 냄새도 없이 천지의 기운이 은밀히 통하여 우리 임금님이 영원히 편안하실 것임을 단정적인 어법으로 말했지만, 이것을 사실 아닌 강한 기원의 표현으로 보는 것이 타당하다.

<3>[<昊天上帝 亞終獻 文安樂章>]의 경우는 세 구[제4구: 享祀不忒/제5구: 籩豆靜嘉/제7구: 神具醉止]가 『시경』으로부터 가져온 부분들이다. 제4구는 「魯頌」 <閟宮> 제3장 제10구를 그대로 따온 것으로, '제사 절차에 조금도 어긋남 없다'는 뜻이고, 제5구는 「大雅」 <旣醉> 제4장 제2구를 따온 것으로 '제기[혹은 제기에 담긴 제수]가 청결하고 아름답다'는 뜻이다. <閟宮>은 僖公이 周公의 집을 복구한 것을 칭송한 노래144)이고, <기취>는 태평 시절 술에 취하고 덕을 맘껏 베풀어 사람들이 사군자의 행동거지를 갖고 있음을 칭송한 노래145)이다. <비궁>에서는 '春秋匪解'[봄가을로 제사를 게을리 하지 않음]와 '享祀不忒'을 연결시켜 제사절차의 엄정함을 강조했고, <3>에서는 '典禮有彛'[전례에 법도가 있음]와 연결시켜 완비된 송나라의 제사 법도에 따라 제사절차를 진행하고 있음을 강조했다. 그리고 '籩豆靜嘉'의 경우 '降登朌胗'[오르고 내림이 질서정연함]이 따르는데, 원래 <기취>에서는 '其告維

---

141) 『文淵閣四庫全書: 經部/詩類/詩傳大全』 卷十六의 "上天之事 不可得而度也" 참조.
142) 『文淵閣四庫全書: 經部/易類/周易傳義大全/易說綱領』의 "程子曰 上天之載 無聲無臭 其體則謂之易 其理則謂之道 其用則謂之神" 참조.
143) 『文淵閣四庫全書: 經部/四書類/四書大全/論語集註大全』 卷十五의 "謝氏曰 聖人之道 大矣 人不能 遍觀而盡識…(中略)…毛猶有倫 上天之載 無聲無臭" 참조.
144) 『文淵閣四庫全書: 經部/詩類/毛詩注疏』 卷二十九의 "序閟宮 頌僖公能復周公之宇也" 참조.
145) 『文淵閣四庫全書: 經部/詩類/毛詩注疏』 卷二十四의 "序旣醉 大平也 醉酒飽德 人有士君子之行焉" 참조.

何'[그 고함이 무엇인고]가 앞에 놓인다. 즉 <기취>의 3장 제3구[令終有俶: 마침을 잘함에 (좋은) 시작이 있음]와 제4구[公尸嘉告: 공시가 좋은 말로 고함]에서 언급한 '終-告'를 이어받았으므로 4장의 '其告維何'가 나온 것이다. 말하자면 '변두정가'는 公尸의 嘉告를 언급한 것이다. 천자나 왕의 제사 때 位牌를 대신하던 산 사람이 공시인데,146) 화자의 말로 전한 공시의 첫 찬사가 바로 '변두정가'였던 것이다. <기취>에서 끌어와 轉의 첫 부분에 배치한 그 말을 전제로 '降登盼飾[오르고 내림이 질서정연함]'이란 제사 절차의 정연함을 칭송하고 있는 것이다.

<3>의 結聯을 이루는 첫 구인 '神具醉止[신이 모두 취하심]'는 「小雅」<楚茨> 제5장 제5구를 그대로 갖다 쓴 것인데, 致告 즉 工祝이 尸의 뜻을 주인에게 전달하여 利成을 고한 내용의 핵심이다.147) 신들이 모두 취했다는 것은 주인이 마련한 제수를 신들이 만족스럽게 흠향했음과, 그로 인해 제사가 성공적으로 끝났음을 의미한다. 따라서 이 악장은 『시경』 주요 작품들의 핵심 구들을 따다 배치함으로써 『시경』의 모티프를 당대의 제의에 충실히 구현했다고 할 수 있다.

<4>[<昊天上帝 徹豆肅安樂章>]에도 세 개의 구들[제4구: 燕及羣生/제7구: 降福穰穰/제8구:時萬時億]이 『시경』으로부터 가져온 것들이다. 제4구는 「大雅」<假樂> 제4장 2구[燕及朋友]를 따오면서 '朋友'를 '羣生'으로 바꾼 경우다. <가악>은 성왕을 찬미한 시이고,148) 성왕은 주 무왕의 아들로 주 문공[주공 단]의 섭정을 받았으며, 성인이 되어 섭정을 벗어난 뒤 洛邑을 경영하여 부왕의 뜻을 이음으로써 주나라의 기틀을 확고하게 다졌다. 그 공업을 찬양한 것이 바로 이 노래인데, '燕及朋友'는 그 중심이었고, <4>에서는 그것을 따다가 '燕及羣生'으로 확대시

---

146) 『文淵閣四庫全書: 經部/詩類/毛詩注疏』 卷二十四의 "公尸君尸也 周稱王 而尸但曰公尸 蓋因其舊 如秦已稱皇帝 而其男女猶稱公子公主也" 참조.

147) 『文淵閣四庫全書: 經部/詩類/詩傳大全』 卷十三의 "致告祝傳尸意 告利成於主人 言孝子之利養成畢也" 참조.

148) 『文淵閣四庫全書: 經部/詩類/毛詩注疏』 卷二十四의 "序 假樂 嘉成王也" 참조.

킨 것이다. '성왕의 善政으로 편안함이 신하들에게 미쳤고, 신하들은 그 임금을 사랑함으로써 상하가 어울려 泰의 때가 되었다는 것이다.149) 『주역』泰卦 [地天泰] 彖辭[彖曰 泰小往大來吉亨 則是天地交而萬物通也 上下交而其志同也]의 程傳에 "'작은 것이 가고 큰 것이 온다'는 말은 음이 가고 양이 온다는 것이니, 이것은 천지음양의 기가 서로 사귀어 만물이 그 通泰함을 얻어 이룬 것이고, 사람에 있어서는 상하의 뜻이 서로 통하여 그 뜻을 같이 하는 것"150)이라는 설명이 바로 제4장 2구[燕及朋友]에 내포된 진정한 뜻이다. 말하자면 왕이 하늘의 기를 받음으로써 만물이 막힘없이 통하여 태평하면, 붕우나 군신들은 물론 모든 군생들이 함께 태평해진다는 것인데, 이것이 바로 제사의 결과로 받은 福德이라 할 수 있다.

제7구는 「周頌」 <執競> 제10구를 그대로 가져온 것이다. <집경>은 武王을 제사한151) 노래라고 하지만, 내용상으로는 '武王·成王·康王을 제사한 노래로서 무왕이 自强不息하는 마음을 가졌으므로 그 功烈의 성대함을 천하가 다툴 수 없다'고 했다.152) 즉 무왕부터 성왕, 강왕까지 하늘의 명으로 임금이 되어 큰 공을 세운 선왕들을 제사하여 그들이 내린 복을 크게 받았음을 노래했는데, 그 점을 단적으로 표현한 것이 이 구절이다. 즉 "鍾鼓喤喤/磬筦將將" 다음에 이 구절이 나오는 것으로 보아 음악을 연주하며 제사를 드리는 장면의 한 부분임을 알 수 있다.

제8구는 「소아」 <초자> 제4장 제12구를 그대로 가져 온 것이다. 단일 노래

---

149) 『文淵閣四庫全書: 經部/詩類/詩傳大全』 卷十七의 "東萊呂氏曰 君燕其臣 臣媚其君 此上下交而爲泰之時也" 참조.

150) 『文淵閣四庫全書: 經部/易類/周易傳義大全』 卷五의 "傳 小往大來 陰往而陽來也 則是天地陰陽之氣 相交而萬物得遂其通泰也 在人則上下之情 交通而其志意同也" 참조.

151) 『文淵閣四庫全書: 經部/詩類/詩序』 卷下의 "執競 祀武王也" 참조.

152) 『文淵閣四庫全書: 經部/詩類/詩傳大全』 卷十九의 "此 祭武王成王康王之詩(…)武王持其自强不息之心 故其功烈之盛 天下莫得而競" 참조.

로는 가장 많이 인용된 경우가 <초자>로서, <1>-<4> 중 『시경』에서 끌어온 14개 사례들 중 4개에 달할 정도이다. 앞에서 언급한 바와 같이 선왕들이 백성을 위해 힘을 다하면 제사에서 신을 섬기는 일에 힘을 다함을 미루어 밝힌' <초자>의 취지처럼, 제사에 정성을 다했으므로 신이 지극히 많은 복을 내린다는 뜻을 노래했다.

남송의 孝宗 때 조언숙에 의해 전해진 「風雅十二詩譜」가 주희에게 수용되어 유가음악의 대표로 자리를 잡은 만큼, 이 악보에서 『시경』 12작품[「소아」 6편: <鹿鳴>·<四牡>·<皇皇者華>·<魚麗>·<南有嘉魚>·<南山有臺>, 「國風」 6편: <關雎>·<葛覃>·<卷耳>·<鵲巢>·<采繁>·<采蘋>]이 악장으로 쓰였고, 다른 악장들의 도처에 『시경』의 많은 시구들을 끌어다 썼기 때문에 송나라의 악장에 미친 『시경』의 영향은 어느 시대보다 컸다고 할 수 있는데, 무엇보다 복고운동에 힘입은 신유학이 세를 떨침에 따라 시경학 또한 전성기를 맞게 된 것이다. 유교의례의 부흥에 따라 음악문화 또한 옛날의 것이 복원되고 궁중을 중심으로 연악이 중시되던 과거에 비해 아악의 비중이 커지게 된 것이다. 이런 점은 주변 국가들에 신유학이 전파되면서 음악문화의 현장에 『시경』이 중시되는 풍조를 만들어낸 것이다.

4. 정통성 확보의 다급함, 『시경』 수용 전통의 墨守: 원나라 악장

칭기즈칸은 1206년 몽골 제국의 왕으로 추대된 이후 중국 대륙 남쪽을 향해 70년간 전쟁을 벌이는 과정에서 1206년 金을 멸망시키고 1279년 남송을 멸망시킴으로써 중원을 석권하게 되었다. 몽골제국의 제5대 쿠빌라이 칸인 세조 至元 8년[1271]에 중국식 국명인 大元을 선포하면서 비로소 시작된 것이 원나라 역사라고 할 수 있다. 중국인 가운데 儒士 즉 유교를 익힌 교양인을 우대한

세조대에 남방의 도학이 화북에도 들어와 성행하게 된 점을 감안할 때 몽골의
여러 군주들 가운데 세조는 중국문화에 대하여 가장 깊은 이해를 보여주었다
고 할 수 있다.[153] 자존심이 강했던 몽골인들이었던 만큼[154] 기존의 왕조들과
문화적으로 완전히 동화되기는 어려웠을 것으로 보이지만, 기존 왕조들로부
터 내려오던 국가제례는 따를 수밖에 없었을 것이니, 『元史』「祭祀志」에 다음
과 같은 기록이 그 점을 보여준다.

　　원나라의 五禮는 모두 國俗[몽골의 전통풍속]으로 행하였으나, 오직 제사만은
점점 옛 왕조들의 전통과 부합하여 그 교묘의 의례는 예관이 살핀 바가 날로 더욱
자세하고 신중하여 옛날의 예법이라도 일찍이 폐하지 않았으니, 어찌 이른바 그
처음의 품은 뜻을 잊지 않은 자라고 하겠는가? 그러나 세조 이래로 매번 그 일을
친히 거행하기가 어려워 영종이 비로소 친히 郊祀에 참여할 뜻이 있었으나 이루지
못했고, 오랜 시간이 지난 문종 때에야 이루어졌으며, 지대[원나라 武宗의 연호:
1038-1311] 연간에 대신들이 北郊의 건립을 논의했으나 중도에 그만두고 마침내
폐지한 뒤 도모하지 않았다. 그러나 무종이 태묘에 친향한 것이 세 번 영종의
친향이 다섯 번이나, 진왕은 帝位에 있던 4년 동안 일찍이 한 번도 친향하지 않았
으며, 문종 이후에야 친향을 회복했으니, 어찌 道釋의 禱祠와 薦禳의 융성함으로
생민들의 힘을 고갈시켜 寺宇를 경영하는 자가 앞 시대라고 있지 않았겠으며, 중
히 여기는 바가 있으면 곧 가벼이 여기는 바도 있지 않았겠는가?(⋯) 대저 교묘는
나라의 大祀로서 가장 중요한 부분이다. 이미 이와 같은 즉 중사 이하가 비록
불완전하여 족히 말할 것이 없다 해도 천자가 친히 사람을 보내어 제사 드리게
하는 것이 셋이니 사직·선농·宣聖이요, 악진해독은 사자가 璽書를 받들고 그곳에
가서 일을 행함으로 大祀라 칭한다. 有司의 常祀[고정적인 제사]가 다섯이니 사직·
선성·삼황·악진해독·풍사우사이고, 通祀 아닌 것이 다섯이니 武成王·古帝王廟·周
公廟·名山大川忠臣義士之祠·功臣之祠이나, 大臣家廟는 들어있지 않다.(⋯)모든 제
사의 일들에 관한 글이 太常集禮가 되었고, 經世大典의 禮典篇은 더욱 갖추어졌으

---

153) 미야자키 이치사다 지음, 조병한 옮김, 『중국통사』, 서커스출판상회, 2016, 394쪽 참조.
154) 미야자키 이치사다 지음, 조병한 옮김, 같은 책, 399쪽 참조.

며, 여러 왕조의 실록들과 六條政類序를 참조하여 그 고친 기록들을 바탕으로 制作
과 祭祀志를 완성했다.[155]

인용문의 앞부분에서 오례를 언급한 점으로 미루어 원나라 또한 『周禮』의
五禮체제를 답습했음을 보여준다. 즉 춘추전국시대 제자백가의 혼란 속에서
광범하면서도 유연한 유가사상의 스펙트럼을 갖고 있던 진·한대 이후 당대에
『大唐開元禮』의 오례의가 확립됨으로써, 오례는 왕실의 정통성과 왕권의 위엄
을 지킬 수 있는 논리이자, 역사의 계승·발전·변화 속에 왕실의 의례로 주목
받게 되었다.[156]

사실 중국에서 이데올로기로서의 유가사상이 현실적인 모습으로 드러난
현상들 가운데 가장 직접적인 것이 오례일 수 있다. 오례의 예가 치국의 기본
임을 나타내는 근거는 도성, 궁실, 수레 깃발, 의복, 기물 사용, 좌석 위치,
사용 음악, 만나는 인사 등 여러 방면의 각종 등급들이 모두 구체적 규정을
갖고 있었다는 점에서 찾을 수 있다.[157] 원래 오례의 禁令과 제기 혹은 술잔의
높고 낮은 차이 등을 관장하는 춘관 소종백의 임무는 사용하는 물품의 차등을
통해 존비의 차이를 명시함으로써 정치에서 유교적 예의 관념을 확고히 하는
데 있었으므로,[158] 國俗과 古制로 이원화 되었던 원나라 의례가 점차 고제의

---

155) 『文淵閣四庫全書: 史部/正史類/元史』卷七十二의 "元之五禮 皆以國俗行之 惟祭祀稍稽諸古 其郊
廟之儀 禮官所考 日益詳愼 而舊初未嘗廢 豈亦所謂不忘其初者歟 然自世祖以來 每難於親其事
英宗始有意親郊 而志弗克 遂久之 其禮乃成於文宗 至大間 大臣議立北郊而中輟 遂廢不講 然武宗親
享于廟者三 英宗親享五 晉王在帝位四年矣 未嘗一廟見 文宗以後 乃復親享 豈以道釋禱祠薦禳之盛
竭生民之力 以營寺宇者 前代所未有 有所重則有所輕歟(…)夫郊廟國之大祀也 本原之際 旣已如此則
中祀以下 雖有潤暑無足言者 其天子親遣使致祭者三 曰社稷 曰先農 曰宣聖 而嶽鎭海瀆 使者奉璽書
卽其處行事稱代祀 其有司常祀者五 曰社稷 曰宣聖 曰三皇 曰嶽鎭海瀆 曰風師雨師 其非通祀者五
曰武成王 曰古帝王廟 曰周公廟 曰名山大川忠臣義士之祠 曰功臣之祠 而大臣家廟不與焉(…)凡祭祀
之事 其書爲太常集禮 而經世大典之禮典篇 尤備參以累朝實錄 與六條政類 序其因革錄 其成制作祭
祀志" 참조.

156) 이범직, 『朝鮮時代 禮學研究』, 국학자료원, 2004, 49-50쪽 참조.

157) 연세대학교 국학연구원, 『한국 중세의 정치사상과 周禮』, 혜안, 2005, 38쪽 참조.

비중이 늘어나는 쪽으로 변화되었다고 할 수 있다.

이처럼 오례는 몽골족 본래의 관습에서 중국화의 방향으로 전환하여 중세의 문화적 보편성을 갖추어가게 되는 표준이 되었다고 보는 것이다. 그러나 이 글에 기록된 것처럼 그런 지향성에 적응하지 못한 황제들도 꽤 있었던 점으로 미루어 유교적 의례문화의 당위와 현실에 대한 원나라 황실의 갈등을 찾아보기 어렵지 않다. 이처럼 중국 왕조의 하나로 등장한 원나라가 지향할 수밖에 없었던 보편성 추구의 한 방편으로 생각한 것이 유교적 제례의식이었고, 그 가운데 음악은 물론 제사악장의 제작방법이나 내용도 그런 성향의 성공적인 수용이나 전달[159]의 가늠자 역할을 했다고 할 수 있다.

원나라 인종 때 실시되기 시작한 과거의 시험과목에 들어 있던 『시경』의 경우 朱子가 48세 되던 1177년에 완성한 『詩經集傳』이 중심이었다는 점은 『시경』에 대한 송대 학자들의 견해가 원대에 들어와서도 주류를 점하게 되었음을 짐작할 수 있다. 즉 송나라 말년에 이르러 경전의 古義를 버리고 新學이 자리 잡았기 때문에 원나라 일대의 『시경』을 설파하는 자들은 모두 朱子 『詩經集傳』의 箋疏를 중심으로 했고, 延祐[원나라 인종의 연호: 1314-1320]에 이르러 과거법을 시행하면서 드디어 功令을 정했으며 명나라의 제도 역시 여기에 바탕을 두게 된 것이다.[160]

원나라에 유교의례가 수용되면서 각종 국가 제사에 사용되던 악장들 역시

---

158) 『文淵閣四庫全書: 經部/禮類/周禮之屬/周禮注疏』 卷十九의 "掌五禮之禁令與其用等 (注)用等牲器 尊卑之差" 참조.

159) 이 경우 전달의 대상은 명나라가 될 것이나, 문화적인 면에서 명나라가 고려와 조선에 걸치는 왕조는 아니다. '악장 전통의 발신과 수신'이라는 관점에서 두 왕조에 공통적으로 큰 영향을 준 것은 원나라라고 할 수 있다. 특히 아악의 대대적인 정비 과정에서 송나라의 『儀禮經傳詩樂』과 원나라 林宇의 『釋奠樂譜』를 바탕으로 朝會 및 祭祀악보를 만든 조선조 세종 때의 일은 그 점을 분명히 보여준다.

160) 『文淵閣四庫全書: 欽定四庫全書總目』 卷十六의 "迄宋末年 乃古義黜而新學立 故有元一代之說詩者 無非朱傳之箋疏 至延祐行科舉法 遂定爲功令 而明制因之" 참조.

앞 시대의 그것들과 마찬가지로 『시경』을 바탕으로 제작되었음은 물론이다.
원나라 郊祀樂章들 가운데 「大德九年以後定擬親祀樂章」161) 가운데 몇 건을 들
고, 『시경』 수용 양상을 살펴보기로 하자.

<1> 赫赫有臨　빛나고 융성한 모습으로 임하시고
　　　洋洋在上　넓고 큰 모습으로 위에 계시도다
　　　克配皇祖　황조에 짝하시어
　　　於穆來享　아, 거룩하게 오셔서 흠향하시도다
　　　肇此大禋　이 큰 제사를 시작하매
　　　乾文弘朗　천문이 활달하고 명랑하도다
　　　被袞圜丘　곤복을 입고 원구에 임하시니
　　　巍巍玄象　하늘의 형상이 숭고하고 위대하시도다

<皇帝入中壝-黃鐘宮>

<2> 於穆圜壇　아, 심원한 원단이시여
　　　陽郊奠位　북교에 자리 잡았도다
　　　孔惠孔時　군주의 제사가 예에 맞고 때에 맞아
　　　吉蠲爲饎　좋은 날, 좋은 사람 가려 정결히 음식을 차리도다
　　　降登祗苾　오르락 내리락 공경하고 애써
　　　百禮旣至　온갖 예가 이미 지극해졌도다
　　　願言居歆　상제 편안히 흠향하시니
　　　允集熙事　상서로운 일들이 모여들도다

<初獻盥洗奏隆成之曲-大呂宮>

<3> 於昭昊天　아, 빛나는 하늘이
　　　臨下有赫　아래를 굽어봄이 밝으시도다
　　　陶匏薦誠　도포162)에 정성스런 제수를 담아 올리니

---

161) 『文淵閣四庫全書: 史部/正史類/元史』 卷六十九 참조.

馨聞在德　덕에 따라 향기가 피어나도다
酌言獻之　술잔을 들어 바치니
上靈是格　상제께서 이에 강림하시도다
降福孔偕　내리시는 복이 매우 두루 하여
時萬時億　만억으로 하리라 하시도다

<昊天上帝位酌獻奏明成之曲>

<4> 有嚴郊禋　위엄 있는 천지제사에
恭陳幣玉　삼가 예물을 진열하도다
大糦是承　서직 받들어 제사를 도우며
載祇載肅　공손하고 또한 엄숙하게 하도다
上帝居歆　상제께서 편안히 흠향하시니
馨香旣飫　풍기는 향기에 이미 배부르도다
惠我無疆　나를 사랑하기를 끝없이 하시어
介以景福　큰 복을 더욱 크게 하시도다

<亞終獻奏和成之曲>

<5> 神之來歆　신께서 내흠하여
如在左右　좌우에 계신 듯 하시도다
神保聿歸　신보가 돌아가시니
靈斿先後　신령스런 깃발을 앞뒤에서 인도하도다
恢恢上圓　하늘은 넓고 넓으며
無聲無臭　소리도 없고 냄새도 없도다
日監孔昭　날로 살펴보심이 매우 밝으니
思皇多祜　크고 아름다운 신의 도움 많이 받으리

<送神奏天成之曲>

---

162) 점토로 구워 만든 尊, 簋, 俎豆, 壺 등의 器皿. 전의되어, 실용적이면서도 옛 제도에 맞는 기물을 이름.

<1>은 황제가 제사를 지내기 위해 중유에 들어설 때 음악에 맞춰 부르던 악장이다. 제1구[赫赫有臨]의 '赫赫'은『시경』「소아」<節南山>의 "赫赫師尹"[1장/2장], 「소아」<出車>의 "赫赫南仲"[3장/5장/6장], 「대아」<大明>의 "赫赫在上"[1장], 「대아」<雲漢>의 "赫赫炎炎"[4장] 등에서 따온 관용적 형용구로서 '有臨'의 주체인 상제를 찬양한 내용이다. 赫赫은 顯成貌 즉 '빛나게 융성한 모습'163)이고, 2구[洋洋在上]의 '洋洋'은 「衛風」<碩人>의 "河水洋洋"[4장], 『陳風』<衡門>의 "泌之洋洋", 「대아」<대명>의 "牧野洋洋"[8장] 등에서 따온 관용적 형용구로서 '廣大貌' 즉 '넓고 큰 모습'164)이다.

흥미로운 점은 1구[赫赫有臨]와 2구[洋洋在上]가 공통적으로 「대아」<대명>의 1장과 8장을 따왔다는 점이다. 즉 <대명>의 1장에서 '赫赫'을 따다가 '有臨'을 붙여 <1>의 1구를 만들었고, <대명> 1장의 '在上'과 8장의 '洋洋'을 따다가 <2>의 2구를 만들었다는 점이다. 말하자면 <대명>의 뜻을 차용하고자 하는 의도를 이 구절들에서 짐작할 수 있다는 것이다. <대명> 1장의 1·2구와 8장의 1·2구는 다음과 같다.

明明在下	밝고 밝은 덕 지닌 이 아래에 계시면
赫赫在上	빛나고 빛나는 상제의 명이 위에 계시도다

[<대명> 1장의 1·2구]

牧野洋洋	목야가 넓고도 크니
檀車煌煌	박달나무 수레 깨끗하고 빛나도다

[<대명> 8장의 1·2구]

<皇帝入中壝-黃鐘宮>의 1구는 <대명> 1장 2구의 '赫赫'에 '有臨'이란 두 글자

---

163) 『文淵閣四庫全書: 經部/詩類/毛詩注疏』 卷十九의 "赫赫顯成貌" 참조.
164) 『文淵閣四庫全書: 經部/詩類/詩傳大全』 卷十六의 "洋洋廣大之貌" 참조

를 붙여 만든 것이고, 2구는 <대명> 8장 1구의 '洋洋'에 1장 2구의 '在上'을
붙여 만든 것이다. '문왕이 밝은 덕을 갖고 있으므로 하늘이 다시 무왕에게
명을 내렸음'165)을 노래한 것이 <대명>이다. 따라서 '祭主인 황제의 덕을 바탕
으로 황태자에게도 천명이 내리도록 축원하기 위한 의도로 父子[문왕과 무왕]가
천명을 받은 노래 <대명>을 중점적으로 차용했다고 볼 수 있다. 즉 부분적으
로든 전체적으로든 이 악장에는 『시경』 <대명>의 모티프가 반영되어 있는
것이다.

제3구[克配皇祖]는 「대아」 <문왕> 6장의 제3구[克配上帝]와 「周頌」 <思文> 제2
구[克配彼天]의 '克配'를 이끌어 '皇祖'와 연결시킨 것이다. '은나라가 천하를 잃
지 않았을 때에는 그 덕이 족히 상제와 짝할 만 하여 지금 그 자손들이 이와
같이 되었으니, 마땅히 이것을 거울로 삼아 자성해야 할 것'166)이라는 뜻을
포함하고 있는 것이 전자이고, '후직의 덕이 진실로 하늘에 짝할 만하였으니,
대개 우리의 뭇 백성으로 하여금 곡물로 밥해 먹을 수 있게 한 것은 그 덕의
지극함 아님이 없다는 것'167)이 후자이다. 즉 은나라 성시의 황제들이 상제와
짝할만한 덕을 지녔다는 것을 찬양한 내용이 전자이고, 백성들이 밥 먹을 수
있게 해준 주나라 시조 후직의 공을 찬양한 것이 후자이니, 백성들을 잘 살게
만든 황조[원나라 시조]에 짝할만한 상제를 찬양한 것이 <皇帝入中壇-黃鐘宮>의
제3구인 것이다.

제4구[於穆來享]는 「주송」 <淸廟> 제1구[於穆淸廟: 아, 거룩한 청묘에]·<維天之命>
제2구[於穆不已: 아, 거룩하여 그치지 않으시도다]의 '於穆'에 「商頌」 <烈祖> 제19구[來
假來饗]의 '來饗'을 붙여 만든 구절이다.168) <열조>의 '來饗'은 <殷武>의 그것과

---

165) 『文淵閣四庫全書: 經部/詩類/詩序』 卷下의 "大明 文王有明德 故天復命武王也" 참조.
166) 『文淵閣四庫全書: 經部/詩類/詩傳大全』 卷十六의 "又言殷未失天下之時 其德足以配乎上帝矣 今其
　　子孫乃如此 宜以爲鑒而自省焉 則知天命之難保矣" 참조.
167) 『文淵閣四庫全書: 經部/詩類/詩傳大全』 卷十九의 "言后稷之德 眞可配天 蓋使我烝民 得以粒食者
　　莫非其德之至也" 참조.

달리 '(조고의 영을)이르시게 함에 조고가 오셔서 이르시고, 제향을 올림에 조고가 오셔서 흠향하심'[169]의 뜻을 갖고 있다. 따라서 제4구는 『시경』의 <청묘>·<유천지명>과 <열조>로부터 따와서 만든 구절임이 분명해진다. 청묘는 문왕을 제사하는 사당으로서, <청묘>는 周公이 洛邑을 완성하고 제후들에게 조회를 받은 뒤 그들을 인솔하고 문왕에게 제사지낸 樂歌이고,[170] <유천지명> 또한 문왕에게 제사하면서 '태평함을 문왕에게 고한'[171] 악장이다.

따라서 <皇帝入中壇> 악장의 전반은 『시경』의 시구들을 중심으로 이루어졌고, 나머지 부분은 다른 문헌들로부터 따왔거나 제작자들의 창안으로 만들어졌다고 할 수 있다. 어쨌든 단일 텍스트로는 『시경』의 비중이 압도적인 것은 사실이다.

이상과 같이 초헌 관세는 제사에서 첫잔을 드리기 위해 손과 술잔을 깨끗이 씻어 공경의 뜻을 나타내는 의식인데, 그 순서에서 연주에 맞추어 부르던 노래가 <2> 즉 <初獻盥洗奏隆成之曲-大呂宮>이다.

<2>는 초헌의 盥洗 절차에서 부르던 악장이다. 제1구[於穆圜壇]의 '於穆'은 <1>[<皇帝入中壇> 악장]의 제4구에서 살펴 본 바와 같이 「주송」의 <청묘>·<유천지명>에서 따온 것으로, 천명을 받은 문왕에게 제사 지내던 악장의 정신이나 體例를 수용했기 때문에 <皇帝入中壇> 악장과 <初獻盥洗> 악장까지 연달아 이 어구를 따왔다고 판단된다. 제3구[孔惠孔時: 군주의 제사가 심히 예에 맞고 때에 맞음]는 「소아」 <楚茨> 제6장 제9구를 그대로 가져온 것으로, 노래 전체의 내용적

---

168) 「상송」 <殷武>의 '莫敢不來享'[2장 제5구]에도 '來享'이란 말이 나오지만, 이 경우는 "昔成湯之世 雖氐羌之遠 猶莫敢不來朝[옛날 탕왕의 치세에는 비록 오랑캐 저강과 같은 먼 곳일지라도 감히 내조하지 않는 이가 없었다]"의 來朝와 같은 뜻으로 쓰였으므로, <열조>의 그것과는 다르다.

169) 『文淵閣四庫全書: 經部/詩類/詩傳大全』 卷二十의 "假之而祖考來假 享之而祖考來饗" 참조.

170) 『文淵閣四庫全書: 經部/詩類/詩經集傳』 卷八의 "此 周公旣成洛邑 而朝諸侯 引率之以祀文王之樂歌" 참조.

171) 『文淵閣四庫全書: 經部/詩類/詩集傳』 卷十八의 "維天之命 太平告文王也" 참조.

핵심이라 할 수 있다. 즉 잔치에 참여한 자들로서 원망하는 이 하나 없이 모두 기뻐하고 慶賀하며 취하고 배불러 머리를 조아리고 말하기를 '지난 번 제사에 신이 이미 임금의 음식을 즐겨 드셨으므로 임금으로 하여금 장수하게 하였다' 했고, 또 말하기를 '임금의 제사가 예에 맞고 때에 맞아 극진하지 않은 바가 없으니 자자손손이 마땅히 폐하지 않고 길게 이어나가리라' 했다는 것인데,172) 이것이 <초자> 제6장의 내용이고 그 핵심이 바로 '孔惠孔時'다. '공혜공시'를 따온 <2> 역시 '군주의 제사가 예와 때에 맞고 정결한 음식으로 공경하고 애써 상제가 편안히 흠향하였으므로 상서로운 일들이 모여들 것'이라는 내용 으로 이루어져 있다. 말하자면 '예와 때에 맞는 좋은 제사 → 신의 편안한 흠향 → 상서로운 일들이 연속됨'으로 이어짐으로써 '공혜공시'가 악장 <2>의 경우 에도 상서로운 결말의 대전제로 설정되었다고 할 수 있다. 단순히 『시경』 속의 한 구절을 차용하는 것으로 끝나지 않고, 그 구절이 구현하는 노래 전체의 핵심적인 의미까지 성공적으로 차용했음을 확인할 수 있다는 것이다.

　　제4구[吉蠲爲饎: 좋은 날, 좋은 사람 가려 정결히 음식 차리도다]는 「소아」 <天保> 제4장 의 첫 구를 그대로 갖다 쓴 경우다. '좋은 날 좋은 사람 가리고 정결한 음식을 차려 효성으로 선공과 선왕에게 제향하니 선군께서 만수무강을 기약하셨다' 는 것이 <천보> 제4장의 내용이다. 이 부분도 의미로 보면 바로 앞의 '공혜공 시'와 상통하는 경우다.

　　「소아」 <賓之初筵> 제2장 제5구를 그대로 가져온 것이 <2>[<초헌관세> 악장]의 제6구[百禮旣至: 온갖 예가 이미 지극해졌도다]다. 앞에 말한 '공혜공시'와 호응하여 <초헌관세> 악장의 핵심을 드러낸 것이 바로 <백례기지>라 할 수 있다. <빈지 초연> 제2장에서는 이 구절이 핵심단락의 전제로 제시되었을 뿐이나 <초헌관

---

172) 『文淵閣四庫全書: 經部/詩類/詩經集傳』 卷五의 "皆歡慶醉飽 稽首而言曰 向者之際 神旣嗜君之飮食 矣 是以使君壽考也 又言 君之祭祀 甚順甚時 無所不盡 子子孫孫 當不廢而引長之也" 참조.

세>에서는 앞 단락의 마무리이자 뒷 단락의 전제로 제시한 점이 전략적 의도의 소산이라 할 수 있다. <빈지초연> 제2장에서는 '百禮旣至: 온갖 예가 이미 지극해졌으니]~子孫其湛[자손들이 편안하도다]'라고 하여 제사로 인해 술 마시는 자들이 시작할 때 예악의 융성함이 이와 같음을 말한 것이 노래의 뜻인데,173) 그 핵심이 바로 '百禮旣至~子孫其湛'이라는 것이다. 따라서 이 구절을 통해 <빈지초연>의 취지까지 수용했다고 볼 수 있다.

<3>의 1구[於昭昊天]는 『시경』의 '於昭于天'[「대아」 <문왕> 1장의 제2구/「주송」 <桓> 제8구]을 거의 그대로 가져온 경우다. 전자는 "文王在上/於昭于天/周雖舊邦/其命維新"의 한 부분으로 밝게 빛나는 문왕이 하늘에 계시어 주나라에 내린 천명이 새로워졌다는 것이고, 후자는 "桓桓武王/保有厥士/于以四方/克定厥家/於昭于天/皇以閒之"의 한 부분으로 굳세고 굳센 무왕이 선비들을 사방에 써서 집안을 안정시켜 하늘에 빛났으므로 황제가 되어 하늘을 대신했다는 것이다. '昊天'은 『시경』의 여러 군데[「소아」 <蓼莪> 4장 제8구 "昊天罔極"/「소아」 <節南山> 3장 제7구·6장 제1구 "不弔昊天"· 5장 제1구 "昊天不傭"·9장 제1구 "昊天不平"/「대아」 <판> 8장 제5구 "昊天曰明"·7구 "昊天曰旦"/「대아」 <抑> 11장 제1구 "昊天孔昭"·12장 8구 "昊天不忒"/「대아」 <桑柔> 1장 제7구 "倬彼昊天"/「대아」 <雲漢> 3장 제7구·5장 제9구·6장 제7구 "昊天上帝"·7장 제9구·8장 제1구 "瞻卬昊天"/「대아」 <瞻卬> 1장 제1구 "瞻卬昊天"7장 제7구 "藐藐昊天"]에 등장한다. 昊天의 '昊'는 '넓고 크다'174)는 뜻이고, 그것이 소아·대아 시의 시적 화자들이 하늘에 대하여 갖고 있던 의식의 주류라 할 수 있다. 그것을 <昊天上帝位酌獻> 악장 제작자가 수용한 것이다. 그러니 天祭를 지내면서 '호천'을 돈호했다면, 그것은 『시경』의 정신을 고스란히 이어받은 것으로 볼 수밖에 없을 것이다. 말하자면 <문왕>에서는 천명 받은 문왕을, <환>에서는 천명 받은 무왕을 각각 찬양했는데, 3의 제1구에서는 그것을 이어받아 이들에게 명을 내린 하늘[昊天]

---

173) 『文淵閣四庫全書: 經部/詩類/詩經集傳』 卷五의 "此 言因祭而飮者 始時禮樂之盛 如此也" 참조.
174) 『文淵閣四庫全書: 經部/書類/書經大全』 卷一의 "昊廣大之意" 참조.

을 찬양하고 있는 것이다.

제2구[臨下有赫]는 「대아」 <皇矣> 제1장의 제2구를 그대로 가져온 것이다. 원래 '(하늘의 상제가) 아래를 굽어보심이 밝다'는 뜻으로, '하늘이 태왕인 古公亶父에게 명한 것'175)을 말하는 내용으로서, <昊天上帝位酌獻> 제1·제2구는 <황의>의 제1·제2구를 거의 그대로 수용했다고 할 수 있다. <황의>의 제1·2구와 <昊天上帝位酌獻> 제1·제2구는 다음과 같다.

皇矣上帝　　위대하신 상제가
臨下有赫　　아래를 굽어봄이 밝으시도다

<황의>

於昭昊天　　아, 빛나는 하늘이
臨下有赫　　아래를 굽어봄이 밝으시도다

<昊天上帝位酌獻>

호천의 지배자가 상제라면, <황의>의 '皇矣'를 '於昭'로 바꾸었을 뿐 양자는 같은 의미를 갖고 있으므로 초반부터 『시경』을 수용했음이 명백히 드러난다. 제5구[酌言獻之]는 「소아」 <瓠葉>의 제2장 제4구를 그대로 갖다 쓴 구절이다. '酌言'은 <호엽>의 전체 네 개의 장에 반복되는 말로서 '술을 떠서' 혹은 '술잔을 들어'로 번역될 수 있다. 즉 '酌言嘗之'(1장), '酌言獻之'(2장), '酌言酢之'(3장), '酌言酬之'(4장)로 반복하면서 의미를 변화시키고 있는데, '맛보고, 올리고, 권하는' 행위들을 통해 군자가 예를 다하는 모습을 강조했음을 알 수 있다.

제6구[上靈是格]의 '是格'은 「소아」 <楚茨> 3장 제10구[神保是格]로부터 '是格'을 따온 경우다. '神保是格'에서 神保는 尸를 미화하는 칭호로서 「楚辭」의 靈保

---

175) 『文淵閣四庫全書: 經部/詩類/詩傳大全』 卷十六의 "一章二章 言天命大王" 참조.

와 같은 말176)이니, 예의와 법도에 맞게 올리는 제사에 '신보가 강림했다'는 뜻이다. 제3·4·5구[陶匏薦誠: 도포에 정성스런 제수를 담아 올리니/馨聞在德: 덕에 따라 향기가 피어나도다/酌言獻之: 술잔을 들어 바치니]를 통해 드러낸 예의와 정성을 전제로 제6구[上靈是格: 상제께서 이에 강림하시도다]의 효과가 발휘되었음을 노래하고 있는 것이 이 부분이다. 따라서 '예의와 정성이 법도에 맞아 술잔을 들어 바칠 새 상제가 강림하셨다'는 <昊天上帝位酌獻> 제3-6구의 뜻은 <초자>3장의 '爲賓爲客: 빈객 된 자들이/獻酬交錯: 술잔을 드려 어우러지니/禮儀卒度: 예의가 모두 법도에 맞으며/笑語卒獲: 웃으며 말함이 모두 마땅하여/神保是格: 신보가 이에 강림하시도다'로부터 수용했음이 분명해지는 것이다.

제7구[降福孔偕]는 「주송」 <풍년>의 제7구[降福孔皆]를 그대로 갖다 쓴 것이다. "爲酒爲醴: 술을 빚고 단술을 빚어/烝畀祖妣: 조비에게 나아가 올려/以洽百禮: 온갖 예를 모두 흡족하게 구비하니/降福孔皆: 복 내리심이 아주 두루하시도다"라는 내용의 흐름을 보이는 것이 <풍년>의 후반부다. 田祖·先農·方社 등 여러 신격들에게 올리는 가을과 겨울의 추수 감사제의 樂歌가 <풍년>이다. 그 제사에서 온갖 예를 구비함으로써 신의 복 내리심이 장차 치우치지 않으리라 말하고 있는 것이다.177)

제8구[時萬時億]는 「소아」 <초자> 4장의 마지막 구를 그대로 가져 온 것으로, '(만억으로) 많은 복을 받게 하리라'는 뜻이다. 원래 <초자>에서 "苾芬孝祀: 향기로운 효손의 제사에/神嗜飮食: 신이 음식을 즐기셨으니/卜爾百福: 네게 온갖 복을 내리되/如幾如式: 기약같이 법식같이 하며/既齊既稷: 이미 가지런하고 이미 민첩하며/既匡既勅: 이미 바로 하고 이미 삼갔으니/永錫爾極: 길이 지극한 복을 내려주되/時萬時億: (만억으로) 많은 복을 받게 하리라 하시도다"는 工祝

---

176) 『文淵閣四庫全書: 經部/詩類/詩經集傳』 卷 五의 "神保蓋尸之嘉號 楚辭所謂靈保" 참조.
177) 『文淵閣四庫全書: 經部/詩類/詩經集傳』 卷 八의 "此秋冬報賽田事之樂歌 蓋祀田祖先農方社之屬也 言其收入之多 至於可以供祭祀 備百禮而神降之福 將甚偏也" 참조.

이 전한 신의 뜻이다. 이것이 <昊天上帝位酌獻>에 와서 "陶匏薦誠~時萬時億"으로 바뀌었으나, <초자>의 그것처럼 예의와 법도에 맞는 제사를 받은 신이 하는 말씀을 전하는 내용으로 되어있다는 점에서, 양자의 뜻은 동일하다.

<4>의 제1구[有嚴郊禋]에서 '有嚴'은 「대아」 <常武> 제3장의 제2구[有嚴天子]에서 나온 말이다. 즉 '위엄이 있는 천자로다'는 '천자가 스스로 군대를 거느리면 그 위엄이 가히 두려울 만하다'는 뜻이고,[178] '有嚴郊禋'에서 '郊禋'의 대상은 상제이니 '상제에게 올리는 제사가 위엄이 있다'는 뜻이다. 그러니 이 구절도 『시경』에서 연원되었음은 부정할 수 없다. 제3구[大糦是承]는 「商頌」 <玄鳥>의 제14구를 그대로 가져온 것이다. <현조>는 武丁 즉 湯王을 제사하는 악장인데, 무정의 자손들로서 탕의 왕호를 세습하는 자들은 武가 막강하여 제후들 모두 黍稷을 받들고 와서 제사를 도왔다는 점[179]을 말하고자 한 것이 제3구[서직을 받들어 제사를 도우며]의 뜻이다. 상제에게 올리는 엄숙한 郊祀의 현장에서 천자와 제후들이 서직을 받들어 제사 드리는 모습을 표현하기 위해 『시경』「상송」<현조>의 한 구절을 따온 것은 악장의 격을 높이는 데 가장 효과적인 방법이었을 것이다. 제4구[載祀載肅]의 구조도 『시경』에 쓰이던 '載~載~'의 관용구를 수용하였음은 물론이다. 동작이나 상황의 순차적 혹은 동시적 묘사에 쓰이던 '載~載~'의 관용구는 『시경』「대아」<생민>의 '載震載夙'[제1장 제8구]·'載謀載惟'[제7장 제6구], 「소아」<采薇>의 '載飢載渴'[제2장 제6구]·'載渴載飢'[제6장 제6구], 「소아」<菁菁者莪>의 '載沈載浮'[제4장 제2구], 「衛風」<氓>[제2장 제6구] 등에서 확인할 수 있다.

제5구[上帝居歆]는 『시경』「대아」<생민>의 제8장과 제4장을 그대로 갖다 쓴 것이다. 『모서』에 따르면, <생민>은 선조를 높인 시로서 후직이 강원에게

---

178) 『文淵閣四庫全書: 經部/詩類/詩經集傳』 卷七의 "嚴威也 天子自將 其威可畏也" 참조.
179) 『文淵閣四庫全書: 經部/詩類/詩經集傳』 卷八의 "言武丁孫子 今襲湯號者 其武所不勝 於是諸侯無不
奉黍稷 以來助祭也" 참조.

서 태어났고 문왕과 무왕의 공은 후직에게서 시작되었으므로 하늘에 제사하면서 '미루어 함께' 배향하게 되었다[180]고 한다. '上帝居歆'은 위치나 의미에서 <생민> 제8장의 중심을 차지하고 <4>[아·종헌악장]에서도 중심을 차지한다. '상제께서 편안히 흠향하신다'는 것은 선조를 높여 하늘에 배향하는 제사에서 그 향내가 처음으로 올라가 상제께서 이미 편안히 흠향하시고 그 응답하심이 빠르심을 말한다.[181] 말하자면 정성스런 제사에 상제가 응답을 했다는 것이니, 제사가 성공적으로 마무리되어가고 있음을 찬양하는 뜻을 표출하고 있는 것이다. 그 다음 구[馨香卽飫]는 『시경』에서 나온 것은 아니지만, 『春秋 左傳』僖公 5년의 "밝은 덕으로 향기로운 제물을 드린다면, 귀신이 어찌 그것을 토해내겠습니까?[明德以薦馨香 神其吐之乎][182]라는 말 속의 '馨香'이 제사로 쓰던 서직을 의미한다면, 4의 제6구 또한 제사 대상의 흠향하는 모습을 그려낸 제5구에서 이어 당시 왕실 제사 악장에서 '신에게 바치던 제수'를 지칭하기 위해 자주 쓰이던 관용어였음을 알 수 있다.

제7구[惠我無疆]는 『시경』 「주송」 <烈文> 제3구를 그대로 갖다 쓴 것인데, <열문>은 성왕이 정사를 펴심에 제후들이 제사 도운 사실을 찬양한 노래다.[183] 이 구절이 포함된 '문채 빛나는 제후들이여!/조상들이 이 복을 주시고/우리 사랑하시길 한 없이 하시니/자손들이 이를 보존해야 하리'가 <열문>의 제1단이다. 즉 제사를 돕는 제후들에게 조상이 내려주는 사랑과 복을 깨우치며 자손만대 보존할 것을 강조한 내용이다. <4>의 전단은 천지제사에 예물을 진열하고 제사를 돕는 제후들의 공을 말하고, 후단에 이르러 '惠我無疆'을 통해

---

180) 『文淵閣四庫全書: 經部/詩類/毛詩注疏』卷二十四의 "生民尊祖也 后稷生於姜嫄 文武之功 起於后稷 故推以配天焉" 참조.

181) 『文淵閣四庫全書: 經部/詩類/詩經集傳』卷六의 "其尊祖配天之祭 其香始升 而上帝已安而饗之 言應之疾也" 참조.

182) 『文淵閣四庫全書: 經部/春秋類/春秋左傳注疏』卷十一.

183) 『文淵閣四庫全書: 經部/詩類/詩序』卷下의 "烈文成王卽政 諸侯助祭也" 참조.

『시경』의 <烈文> 모티프를 재현함으로써 제사에 만족하신 천지의 신이 사랑과 복을 내려주신다는 뜻을 펴고 있는 것이다. 이런 『시경』 <烈文>의 모티프는 마지막 구[介以景福]에서 마무리된다. 「주송」 <潛>의 제6구[以介景福], 「대아」 <旱麓> 제4장 제4구[以介景福], 「소아」 <大田> 제4장 제9구[以介景福]·<楚茨> 제1장 제12구[以介景福] 등을 '介以景福'으로 바꾸어 수용한 경우인데, 세 가지 사례들 모두 한 장이나 작품을 마무리하는 말로 쓰였다. '큰 복을 더욱 크게 한다'는 것은 상제가 이미 복을 내렸지만, 제사를 통해 보여준 정성의 보답으로 복을 더하게 되었다는 뜻이다. 따라서 <4>는 「대아」의 <상무>·<청청자아>·<생민>·<한록>, 「상송」의 <현조>, 「소아」의 <채미>·<청청자아>·<대전>, 「주송」의 <열문>·<잠>, 「위풍」의 <맹> 등 거의 모든 구절들과 모티프 혹은 주제를 『시경』에서 차용한 것들임을 확인할 수 있다.

送神악장인 <5>도 마찬가지다. 제1구[神之來歆]는 「대아」 <抑>의 제7장 제8구[神之格思]로부터 대의를 수용한 경우이다. '神之格思'는 '신의 강림하심'으로 새길 수 있는 경우인데, 5의 제2구[如在左右]를 연결시키면 이 부분이 「대아」 <抑>의 제8구-10구를 수용했음을 알 수 있다. <억>의 제8구-10구는 다음과 같다.

> 神之格思　신의 강림하심은
> 不可度思　가히 헤아릴 수 없거늘
> 矧可射思　하물며 신을 소홀히 할 수 있을까[184)

인용한 <억>의 세 구는 <5>에 수용되어 '神之來歆/如在左右'로 환골탈태한 셈이다. 이 세 구의 뜻은 '귀신의 오묘함은 사물마다 체현되지 않음이 없어 여기에 이르심을 헤아릴 수 없는 것이 있음을 알아야 한다. 그런데 드러나지

---

184) 『文淵閣四庫全書: 經部/詩類/詩傳大全』 卷十八 참조.

않아도 임재하신 듯하여 오히려 실수함이 있을까 두려워해야 하거늘, 하물며 신을 싫어하여 공경하지 않을 수 있겠는가?'185)라고 하니, 이것을 수용한 <5>에서는 두 구절로 압축하여 나타낸 것이다.

제3구[神保聿歸]는 「소아」 <초자> 제5장 제8구를 그대로 수용한 것이다. 神保는 尸童의 美稱이고, 시동은 제사 때 神位 대신 앉히던 어린 아이를 말한다. 제사가 끝나고 신이 돌아가듯 시동이 돌아감을 말했다. <초자>에는 제2장[神保是饗]·제3장[神保是格]·제5장[神保聿歸] 등 '신보'가 세 번에 걸쳐 나온다. '제사 일이 크게 갖추어져 선조가 크게 강림하시고 신보가 흠향하심/ 신보가 강림하시어 큰 복으로 보답하시고 萬壽로 갚으심/皇尸가 일어나심에 종을 쳐서 시를 전송하니 신보가 돌아가심' 등으로 신보의 행위는 제사의 단계를 보여줄 뿐 아니라, 진행의 잘되고 못됨을 판단하는 징표로도 제시되고 있는 것이다.

無聲無臭[제6구]는 「대아」 <문왕> 제7장 제6구를 그대로 가져온 것이다. <문왕>의 그 구절에 대한 설명[상천의 일이 소리도 없고 냄새도 없어 헤아릴 수가 없으니 오직 문왕에게서 법을 취하면 만방이 짐작하여 믿어줄 것]186)을 <송신악장>에 수용하여 '하늘이 넓고 넓으며 날로 살펴보심이 매우 밝다'는 뜻으로 轉變시켰음을 알 수 있다. 제7구[日監孔昭]에서 '日監'은 「주송」 <敬之> 제6구[日監在玆]로부터 수용한 것이고, '孔昭'는 「소아」 <鹿鳴> 제2장 제4구[德音孔昭]와 「대아」 <抑> 제11장 제1구[昊天孔昭]에서 수용한 구절이다. '日監'은 '천도가 심히 밝아 보지 않음이 없음을 알고 공경하지 않으면 안 된다'는 요지187)의 뜻이다. '昊天孔昭'의 '孔昭'는 하늘의 살펴보심이 매우 밝다는 뜻이니 제6구[日監在玆]와 부합되는 의미

---

185) 주 184)와 같은 곳의 "當知鬼神之妙 無物不體 其至於是 有不可得而測者 不顯亦臨 猶懼有失 況可厭射而不敬乎" 참조.

186) 『文淵閣四庫全書: 經部/詩類/詩經集傳』 卷六의 "上天之事 無聲無臭 不可得而度也 惟取法於文王 則萬邦作而信之矣" 참조.

187) 『文淵閣四庫全書: 經部/詩類/詩傳大全』 卷十九의 "無謂其高而不吾察 當知其聰明明畏 常若陟降於吾之所爲 而無日不臨監于此者 不可以不敬也" 참조.

를 지니고 있으며, '德音孔昭'의 '孔昭'는 '아름다운 손님의 덕음이 심히 밝아 백성들에게 보여줌으로써 야속하고 박정하지 않도록 하니 군자가 마땅히 본 받아야 할 바'[188]라는 뜻을 내포하고 있다. 따라서 제사의 대상인 천신을 찬양함과 동시에 천신에게 복을 간구한다는 점에서 마지막 구로 자연스럽게 연결되는 것이다.

思皇多祐[제8구]는 「주송」 <載見>의 제11구[思皇多祜]를 따왔으되, 祜를 祐로 바꾼 경우다. '受天之祜'[「소아」 <信南山> 제4장 제6구]에도 나오는 '祜'는 '大福'을 뜻하는데,[189] <5>에서는 祐로 바꾸어 썼다. 왜 그랬을까. 「주송」 <재현>의 해당 구는 "孝享하며 眉壽를 크게 하여 많은 복을 받으니 이는 모두 제후들이 제사를 도와서 도움이 있게 한 것이니, 그리하여 나로 하여금 이어 밝혀서 큰 복에 이르게 했다"[190]는 뜻인데, <5>에서는 '제후들의 도움'을 빼고 제사의 결과 하늘의 큰 도움을 받게 될 것임을 천명하는 것으로 악장의 끝을 맺고 있다.

이상과 같이 원나라가 비록 이민족이 세운 나라이긴 했으나, 국가의 제사나 악장은 기존의 틀에서 벗어날 수 없었으며, 특히 악장의 경우 전통으로 굳어져 내려오던 『시경』 구절 차용의 관습을 묵수하게 되었다. 중세의 어느 왕조이든 『시경』을 추숭하던 풍조가 있었고, 『시경』 자체가 고대로부터 내려오던 제사 및 연향악장들의 寶庫였기 때문이다.

앞에서 언급한 바와 같이 남송의 조언숙이 전한 「風雅十二詩譜」가 주희에게 수용되어 유가음악의 대표로 자리 잡음에 따라 이 악보에 오른 『시경』 12작품이 악장으로 쓰였을 뿐 아니라 송나라의 다른 악장들에 미친 『시경』의 영향

---

188) 『文淵閣四庫全書: 經部/詩類/詩傳大全』 卷九의 "言嘉賓之德音甚明 足以示民 使不偸薄 而君子所當 則傚" 참조.

189) 『文淵閣四庫全書: 子部/儒家類/新書』 卷六의 "祜大福也" 참조.

190) 『文淵閣四庫全書: 經部/詩類/詩傳大全』 卷十九의 "又言 孝享以介眉壽 而受多福 是皆諸侯助祭 有以 致之 使我得繼而明之 以至于純嘏也" 참조.

또한 지대하였다. 송나라보다는 못하지만, 원나라 역시 자신들의 악장을 제작하기 위해 『시경』을 광범위하게 수용했음은 물론이다. 특히 송나라에 이어 원나라는 고려에 정치·문화적으로 큰 영향을 미쳤고, 무엇보다 원나라의 林宇가 지은 「釋奠樂譜」[혹은 「林宇大成樂譜」]는 「세종실록」 권 137에 '元朝林宇大成樂譜'라는 제목으로 실려 있을 뿐만 아니라, 세종조 제례악을 정비하면서 朴堧 [1378-1458]이 크게 참조했다는 점으로도 원나라의 음악이나 악장이 고려와 조선에 미친 영향은 매우 컸으리라 짐작된다. 고려와 조선의 악장이 명나라로부터도 많은 영향을 받았으리라 짐작되긴 하지만, 실제 송나라와 원나라에 비해 적었던 것으로 보인다. 이처럼 고려와 조선의 음악이나 악장에 미친 영향의 주체로는 송·원이 두드러지고, 중국 역대왕조의 제례악장에 미친 『시경』의 영향은 사실상 원나라에서 마무리되었다고 보는 것이 합리적이다. 조선조의 악장도 그러한 송·원의 음악이나 악장을 결정적인 발판으로 삼았다. 중국 왕조 악장들에 대한 『시경』의 영향에 이어 고려 및 조선의 악장에 대한 『시경』의 영향을 살펴보고자 하는 것도 『시경』을 매개로 중국 왕조들의 악장과 고려·조선왕조의 악장들을 비교하는 것이 가능하다고 보기 때문이다. 왕조 악장들 사이의 직접 비교보다는 『시경』과 중국 왕조들의 악장, 『시경』과 한국 및 일본 왕조들의 악장을 비교함으로써 궁극적으로는 '중 : 한' 혹은 '중·한 : 일' 악장 비교의 효과가 도출될 것이니, 그 작업이야말로 '『시경』을 매개로 한 삼국 악장의 비교'라 할 수 있다.

Ⅳ. 『시경』 수용을 통한 문화·정치적 보편성의 확보 2
: 고려·조선의 악장

1. 중세 왕조들의 『시경』 수용 및 정착

우리나라에서 『시경』을 받아들여 정착·체질화시킨 역사는 매우 길다. 고구려의 太學, 통일신라의 國學, 고려의 國子監, 조선의 成均館 등 오늘날의 대학에 해당하는 교육기관들에서 『시경』은 정식 교과목으로 교육되었는데, 무엇보다 태학이 소수림왕 2년(372)에 세워졌음을 감안하면, 이미 4세기 이전에 『시경』은 도입되었으리라 짐작된다. "고(구)려인들의 풍속은 서적을 좋아하여 초라한 집이나 천한 사람들의 집이 있는 넓은 거리에도 큰 집을 짓고 경당이라 불렀는데, 거기서 미혼의 자제들이 주야로 책을 읽고 활쏘기를 익혔다. 그 책들 가운데는 오경과 사기·한서·범엽의 후한서·삼국지·손성의 진춘추·옥편·자통·자림 등이 있었고, 또한 문선이 있었는데, 가장 좋아하고 중하게 여겼다"[1]는 『舊唐書 高麗傳』의 기록이나, "2년[서기 372] 여름 6월, 진나라 왕 부견이 사신과 승려 순도를 파견하여 임금에게 불상과 경문을 보내 왔고, 임금이 사신을 보내

---

1) 『文淵閣四庫全書: 史部/正史類/舊唐書』卷一百九十九上의 "俗愛書籍 至於衡門廝養之家 各於街衢造 大屋 謂之扃堂 子弟未婚之前 晝夜於此 讀書習射 其書有五經及史記漢書范曄後漢書三國志孫盛晉春秋 玉篇字統字林 又有文選 尤愛重之" 참조.

답례로 토산물을 바쳤으며, 태학을 세워 자제들을 교육하였다."2)는『삼국사기』
의 기록 등으로 추론한다면, 삼국시대 초기부터 『시경』을 받아들여 태학에서
의 교육과 지배층을 위한 교양의 자료로 사용한 것으로 보인다. 뿐만 아니라
<公無渡河歌>·<龜旨歌> 등과 함께 고구려 유리왕대의 <黃鳥歌>가 기록된 형
태로 미루어 『시경』의 영향을 강하게 받은 노래라는 점은 다수 선학들의 견해
이고,3) 최근에 와서도 그런 생각을 부인하는 논의는 찾아보기 어렵다.

<황조가>는『三國史記』「高句麗本紀」第一 '瑠璃明王' 조에『시경』의 4언체
로 적혀 있는데, 이 노래가 언제 시경체로 번역되었는지 알 만한 근거자료는
없다. 어떤 방식으로든 書寫되어 내려오다가 인종 23년[1145]경 金富軾[1075-1151]
등이 『삼국사기』를 편찬하던 당시에 처음으로 한역되었다고 볼 수는 없다.
고구려 당시에 편찬되었다는『留記』나『新集』이『삼국사기』「고구려전」의
기본 史料로 사용되었을 가능성은 크다. 특히 소수림왕 대 이전까지의 사적을
담은 것으로 알려진『유기』가 고구려 초기 여러 가지 종류의 신화, 전설 및
왕족의 계보 등을 주된 자료로 삼아 만들어진 까닭에 설화적 성격을 띠었을

---

2) 『韓國古典叢書 2 校勘 三國史記』(민족문화추진회, 1982) 140쪽의 "二年 夏六月 秦王苻堅遣使及浮屠
順道 送佛像經文 王遣使廻謝 以貢方物 立太學 敎育子弟" 참조.

3) 이병혁[「國文學에 끼친 詩經의 影響」,『문창어문논집』5, 문창어문학회, 1964 *이 논문에는 고대시가
중 <黃鳥歌>만 언급되어 있음], 최두식[「詩經과 箜篌引」,『국어국문학』5, 국어국문학회, 1983/「詩經
과 韓國古詩歌」,『성곡논총』15, 성곡학술문화재단, 1984] 등이 상세히 논했고, 최근의 연구로서
김수경의 논문[「한국 한문학에서의『시경』표현 운용 양상에 대한 유형적 접근」,『한국문학과예술』
19, 숭실대학교 한국문학과예술연구소, 2016]에서 <공무도하가>·<황조가>·<龜旨歌> 등 한국 고대
가요들에 미친『시경』의 영향이 거론되었고, 정상홍은 논문[「『시경』을 통해서 본 한국 上古詩歌의
발생적 기반-「公無渡河歌」를 중심으로-」,『한국문학과예술』19]을 통해『시경』시들에 '巫術呪語歌·
토템親情歌·神話敍事歌·宗敎祭祀歌' 등의 모습들이 隱藏되어 있음을 전제로, <공무도하가>는 이들
의 영향을 받았다고 했다. 어떤 관점에서 보든 4언체의 한시로 번역되어 있는 우리의 고대시가는
『시경』의 영향을 받은 것이 분명한 것 같다. 기록자들이 노래를 4언의 시경체로 번역하여 기록한
것도 그들이 이미『시경』의 지식을 갖고 있었거나, 원천적으로 노래의 내용이나 배경이『시경』의
그것들과 유사하다고 보았기 때문일 것이다. 여기에 사상·종교·풍습 등 다양한 콘텍스트들을 포함
하면서 보다 풍부한 논의들이 이루어져 왔다. 그러나 어떤 관점에서 논의들을 편다 해도, 이 노래들이
『시경』의 영향을 받았다는 결론을 벗어나지는 않는다.

것이라는 학계의 중론4)과 기원전 108년에 설립된 漢四郡들 가운데 가장 늦은 313년 소멸되기까지 낙랑군과의 교섭이 있었다는 점을 감안하면, 당시에 이미 漢文字의 초보적 이해를 넘어 문학적으로 활용 가능한 수준에 도달했을 것으로 추정된다. 또한 <황조가>가 『시경』[「周南」<葛覃>/「唐風」<葛生>/「秦風」<黃鳥>/「邶風」<凱風>/「소아」<四牡>/「소아」<南有嘉魚>/「소아」<黃鳥>/「소아」<桑扈>/「소아」<綿蠻>/「소아」<伐木>/「소아」<小弁>/「소아」<小明>/「소아」<正月>]으로부터 표현이나 형태적 측면의 직·간접적인 영향을 받았을 뿐 아니라, 황조를 먼저 언급하여 말하고자 하는 바를 이끌어 낸 것이 『시경』의 이른바 六義 가운데 興의 수법과 부합한다는 점5)까지 고려한다면, 『유기』를 편찬하던 시기의 지식인 사회에 『시경』은 이미 보편화 되어 있었다고 할 만하다.

백제의 경우도 크게 다르지 않다. 五經[『易經』·『詩經』·『書經』·『禮記』·『春秋』] 및 제자백가의 글과 역사서들이 있었고, 또한 表·疏는 모두 중화의 법에 따랐다는 『舊唐書』「百濟傳」의 기록6)을 감안하면, 당시 백제의 지배층 사이에 이미 『시경』이 보급되어 있었을 것으로 추정된다. 이 기록과 연관시켜 일본 오진(應神) 천황 15년[서기 349] 가을 8월 백제왕이 보낸 阿直歧는 능히 경서를 읽을 줄 알았는데, '그대보다 나은 박사가 또 있는가'라는 천황의 물음에 그가 '王仁이란 사람이 있다'고 대답하자, 천황이 왕인을 불러 들였다7)거나 야마토 왕조의 게이타이(繼體) 천황 7년[514] 여름 6월 백제에서 五經博士 段楊爾를 보냈고,8) 10월에는 다른 오경박사 漢高安茂를 보내 단양이와 교체했다9)는 등의 기록으로 미루어 백제에서도 이미 『시경』을 포함한 유교 경서들을 전문적으로 다루

---

4) 박성희, 「古代 三國의 史書 편찬에 대한 재검토」, 『진단학보』 88, 진단학회, 1999, 28쪽 참조.

5) 李炳赫, 앞의 논문, 37-41쪽 참조.

6) 『文淵閣四庫全書: 史部/正史類/舊唐書』 卷一百九十九上의 "其書籍有五經子史 又表疏並依中華之法" 참조.

7) 『日本書紀』 卷 第10, 應身天皇 15년 8월, 전용신 역, 『完譯 日本書紀』, 일지사, 2010, 177쪽.

8) 『日本書紀』 卷 第17, 繼體天皇 7년 6월-9월, 『完譯 日本書紀』, 290쪽.

9) 주 8)과 같은 책, 294쪽.

던 계층이 형성되어 있었음을 알 수 있다.

신라의 경우 '方言으로 九經을 읽고'[10] '經史에 널리 통하였으며 경전과 문학을 訓解하여 우리나라에서 明經을 업으로 삼는 자들이 끊임없이 傳受하게 한'[11] 薛聰의 사례나, 신문왕 2년[682]에 설치한 國學에서 『周易』·『尚書』·『毛詩』·『禮記』·『春秋左氏傳』·『文選』으로 구분하여 과정을 삼고 박사와 조교 1명이 『예기』·『주역』·『논어』·『효경』을 가르치거나 『춘추좌전』·『모시』·『논어』·『효경』을 가르쳤다는 기록[12] 등을 보면 신라에서도 6세기경에는 이미 『시경』이 도입되어 지배층에게 읽히고 있었으며, 국학의 중요한 교과요목으로도 설정되어 있었음을 알 수 있다. 이처럼 고조선~삼국에 이르는 동안 점진적으로 문학이나 의례의 측면에서 『시경』의 절대적인 영향 아래 들어가게 되었음을 부인할 수 없다.

고려 光宗 9년[958]에는 귀화한 後周 사람 雙冀의 건의로 과거 제도를 시행하고 詩·賦·頌·策을 시험과목으로 삼아 進士를 뽑았으며, '明經業·醫業·卜業 등도 뽑았다.[13] 이보다 178년 뒤인 인종 14년[1136]의 설명에 의하면, 明經業의 貼經 시험 이틀 째 되는 날 『毛詩』 10항목을 물어 이 중 여섯 항목 이상을 통해야 했으며, 셋째 날부터는 大經과 小經 각 열 궤씩 읽는 과업이 부과되어 있었다. 특히 『주역』 전공자는 『尚書』·『모시』·『春秋』의 각 질에서 한 궤를 읽는데, 상례에 따라 挿籌 시험을 치른다고 했다.[14] 이처럼 쌍기의 말에 따라

---

10) 『韓國古典叢書 2 校勘 三國史記』, 385쪽의 "聰性明銳 生知道術 以方言讀九經 訓導後生 至今學者宗之" 참조.

11) 『韓國古典叢書 1 校勘 三國遺事』, 민족문화추진회, 1982, 48쪽의 "聰生而叡敏 博通經史 新羅十賢中一也 以方音通會華夷 方俗物名 訓解六經文學 至今海東業明經者 傳受不絶" 참조.

12) 『三國史記』 卷第三十八 雜志第七 職官 上, 『韓國古典叢書 2 校勘 三國史記』, 335쪽의 "惠恭王元年 加二人 教授之法 以周易尚書毛詩禮記春秋左氏傳文選 分而爲之業 博士若助教一人 或以禮記周易論語孝經 或以春秋左傳毛詩論語孝經 或以尚書論語孝經文選 教授之" 참조.

13) 『국역 고려사: 네이버 지식백과』 'http:terms.naver.com'의 "光宗九年五月 雙冀獻議 始設科學 試以詩頌及時務策 取進士 兼取明經醫卜等業" 참조.

14) 『국역 고려사: 네이버 지식백과』 'http: terms.naver.com' 참조.

과거시험으로 선비를 뽑은 데서 비로소 文風이 일어났으며,15) 문풍이 일어난 핵심에 『모시』가 자리하고 있었음은 고려조 지배층이나 지식사회의 일반적인 교양과 궁중의 의례에서 『시경』이 차지하고 있던 위상이 매우 컸었음을 암시한다. 과거제도를 중심으로 이루어진 『시경』 중시의 풍조는 지식인들의 참여로 정비되던 궁중儀禮의 중심에 『시경』을 반영하는 것으로 구체화 되었으며, 그 풍조는 조선 왕조로 이어지게 된 것이다.

뿐만 아니라, 정종 11년[1045]에는 秘書省에서 『禮記正義』 70본과 『毛詩正義』 40본을 새로 간행하여 문신들에게 나눠주었고, 문종 대[1047~1082]에는 崔沖의 九齋學堂에서 9경[『周易』·『書經』·『詩經』·『儀禮』·『周禮』·『禮記』·『春秋左氏傳』·『公羊傳』]과 3사[『史記』·『漢書』·『後漢書』]를 중심으로 詩賦詞章의 학문을 더했으며, 예종 4년(1109) 國學에 七齋를 두되 그 중 經德齋에서 『毛詩』를 공부하게 했다.16)

그렇다면 본격 예악제도의 차원에서 궁중악장이 『시경』으로부터 영향 받기 시작한 기점은 언제일까. 송나라로부터 대성악을 받아들인 고려조 중엽의 예종 대[1105-1122]가 바로 그 기점일 수 있다. 이 시기에 등가·헌가악의 주악 절차와 각종 악기 및 의식 등이 마련되고 <태묘악장> 또한 제정되었는데, 이런 일들은 바로 이 시기에 송나라로부터 대성악을 도입한 데서 가능했다. 사실 고려에서는 일찍이 문종[재위 1047-1083] 때부터 북송과 긴밀히 접촉하며 음악의 개선을 추구했으나, 대성악을 본격 수입하여 음악 개선의 표준으로 삼는 등 본격적인 행보는 예종 대에 이르러서였다. 즉 대성아악과 대성연악을 악기 및 악보와 함께 도입하여 공민왕 때 명나라로부터 악기나 악서 등을 도입할 때까지 고려 지배층 음악의 중심축으로 삼는 단초를 마련했던 것이다. 당시 본고장인 송나라에서 대성악의 위치는 다음과 같은 기록에 뚜렷이 드러난다.

15) 『국역 고려사: 네이버 지식백과』 「選擧志」 서문, 'http: terms.naver.com'의 "三國以前 未有科擧之法 高麗太祖首建學校 而科擧取士 未遑焉 光宗用雙冀言 以科擧選士 自此文風始興" 참조.
16) 『국역 고려사: 네이버 지식백과』 'http: terms.naver.com' 참조.

또한 명하되 대성아악은 근년 이미 유신들에게 명을 내려 악서를 짓게 했는데, 연악만은 아직 기록하여 서술한 적이 없으므로 대성부에 영을 내려 84調와 도보를 편집하게 하였고, 劉昺으로 하여금 찬술토록 하여 宴樂新書로 삼았다. 10월에 신료들이 휘종 대[崇寧·大觀·政和: 1653~1668]에 얻은바 상서로운 조짐의 명목으로 구분하기를 요청하자 유신에게 명하여 송시를 짓게 하고, 신율에 맞추어 교묘에 올려 이룬 공을 고하고 禮制局에 보내도록 하였다. 7년 2월 전악 배종원이 말하되, '虞書의 賡載之歌, 夏의 五子之歌, 商의 那, 周의 關雎·麟趾·騶虞·鵲巢·鹿鳴·文王·淸廟 등의 시를 익히게 해 달라'고 하니, '그렇게 하라'고 했다. 중서성에서 말하기를 '고려가 아악을 하사받고 성률을 교습받기를 청한다'고 하여 대성부에서 악보와 가사를 지으니, 명을 내려 교습을 허락하고 곧 악보를 하사했다.[17]

'휘종 당시는 대성아악과 악서가 갓 만들어진 시점이라는 점, 대성악을 관장하던 대성부에서 연악 또한 비로소 만들었다는 점, 휘종 대의 상서들에 대한 송시를 지어 교묘에 제사했다는 점, 하·상·주 삼대의 대표적인 궁중악과 악장들을 익혔다는 점, 고려가 아악을 교습 받고 성률을 익혔으며 아악의 악보를 하사 받았다는 점' 등이 이 글의 핵심 내용이다. 대성악이나 대성부를 통해 아악과 연악의 체계를 확립했고, 그에 사용할 악장도 신제하거나 삼대의 악장을 인습함으로써 휘종이 주도한 북송의 악제는 완성되었음을 알 수 있다. 전악 배종원의 건의에 드러나 있듯이 삼대의 노래들 가운데『시경』즉 주나라의 노래들[<關雎>·<麟趾>·<騶虞>·<鵲巢>·<鹿鳴>·<文王>·<淸廟>]이 중심이었고, 이런 음악체계가 고려에 도입되었다는 사실이 가장 중요한 사실이다. 향악만이 존재했던 고려에 중국의 아악이 도입되었고, 이미 도입되어 있던 당악과 향악이

---

17)『文淵閣四庫全書: 史部/正史類/宋史』卷一百二十九』의 "又詔大晟雅樂 頃歲已命儒臣著樂書 獨宴樂未有紀述 其令大晟府 編集八十四調幷圖譜 令劉昺撰以爲宴樂新書 十月 臣僚乞以崇寧大觀政和 所得珍瑞名數分 命儒臣作爲頌詩 協以新律 薦之郊廟 以告成功 詔送禮制局 七年二月 典樂裵宗元言 乞按習虞書賡載之歌 夏五子之歌 商之那 周之關雎麟趾騶虞鵲巢鹿鳴文王淸廟之詩 詔可 中書省言高麗賜雅樂乞習敎聲律 大晟府撰樂譜辭 詔許敎習仍賜樂譜" 참조.

함께 하면서 고려의 음악도 비로소 중국과 같은 체제를 갖추어 나가게 된 것이다.

송나라 휘종의 사신 서긍이 한 달 남짓 체류하면서 고려의 실정을 그림과 글로 적은 『宣和奉使高麗圖經』에도 고려조의 음악에 대한 언급들이 나오는데, 다음과 같다.

> 근년에 入貢해서는 또 다시 大晟雅樂과 燕樂의 하사를 청하자 조서를 통해 모두 허락하였다. 이 때문에 樂舞가 더욱 성해져서 보고 들을 만 하게 되었다.[18]

> 비록 고려 땅이 바다 너머에 위치하여 큰 파도가 막고 있어 九服의 땅 안에 있는 것은 아니지만, 正朔을 받고 유학을 받들며 음악은 한 결 같이 조화롭고 도량형은 그 제도가 똑 같다. 순임금이 정한 사계절과 날짜는 동쪽을 바로잡았고 우임금의 교화는 남쪽에 미쳤지만 (고려에 대해서는) 부족하다 할 것이다. 그렇지만 옛 사람이 "글에서는 문자가 같고 수레에서는 바퀴 사이의 너비가 같다"고 말한 것을 이제는 (고려에서) 보겠다. 또한 그리고 쓰는 행위는 다른 나라의 독특한 제도를 기록하고자 하는 것인데, 그 제도가 같다면 그림 그리는 것을 어찌 불필요하게 붙들고 있겠는가. 삼가 고려의 정삭·유학·음악·도량형 가운데 중국과 같은 것을 조목으로 잡아 同文記를 작성하고 그 그림은 생략하기로 한다.[19]

예종 때 대성아악과 대성연악을 악기와 함께 고려에 보내 줌으로써 삼국시대의 악무체계를 답습했던 고려의 악무체계가 일신되어 볼 만 하고 들을 만 해졌다는 것이 전자의 지적이고, 그런 악무와 함께 중국의 曆書·유학·도량형 등도 도입되어 고려의 문물이 중국과 같은 질서를 이루게 되었다는 점을 강조한 내용이 후자다. 말하자면 중세에 들어와 확보한 '중국과의 동질성'을 '고대

---

18) 서긍 지음, 조동원 외 공역, 『고려도경』, 황소자리, 2013, 482쪽. *번역문 중 '보고들을 수 있게 되었다'는 번역을 인용자의 자의로 '보고 들을 만하게 되었다'로 고친다.
19) 서긍 지음, 조동원 외 공역, 같은 책, 465-466쪽.

의 지역적 고유성이 잔존하던 상황에서 문화와 사상의 교류로 인하여 세계적
인 문화의식과 사상을 귀중하게 인식하는 성향[20][즉 보편주의]이라 해석한다면,
고려 중엽에 본격적으로 시작된 중세문화의 핵심에 예악제도가 자리하고 있
었음을 보여준다. 중국의 아악을 도입하기 이전에는 '지역적 고유성'이 압도적
이었던 삼국시대의 예악을 계승하였을 것은 당연하고, 그 때문에 고려의 향악
을 '오랑캐 음악'으로 규정한 서긍이 鼓版·笙·竽·觱篥·箜篌·五絃琴·琵琶·箏·
笛 등 악기의 형태와 제도가 중국의 그것과 차이가 있다고 본 것[21]도 일견
당연하다. 사실 남조의 송나라에 고구려나 백제의 伎樂이 이미 들어가 있었고,
수나라와 당나라 때도 전문악공을 따로 둘 정도로 고려악['고려'는 삼국의 통칭]은
중국에서 성행되고 있었다.[22] 말하자면 '오랑캐 음악'으로 멸시하면서도 중국
의 왕조들은 자신들의 악무와 달라 이채롭다는 점 때문에 삼국의 음악을 도입
했었을 것이고, 음악을 용도에 맞게 갖추거나 음악 제도를 정비할 필요가 있던
고려로서는 중국으로부터 체계화된 음악을 도입하고자 했을 것이다. 당대의
지배층에게는 중국의 음악을 도입하여 자국 음악의 지역성을 극복하고 국제
적인 표준에 진입하려는 열망이 있었다. 『고려도경』에 인용된 金緣의 「淸燕閣
記」를 '그러했던 세계'에 대한 기술이라기보다 '그러해야 할 세계'에 대한 희
구라는 점에서 『고려도경』은 체험의 기술, 사실의 진술을 넘어 비전(vision)의
서술'로 설명한[23]선학의 설명처럼, 당시 중세 고려는 존재로서의 지역적 한계
를 극복하고 당위로서의 국제적 보편성을 획득하기 위해 힘쓰던 상황이었다.

   비록 처음에는 송으로부터 도입한 대성아악이 생소했고, 그 후에 사회적
혼란으로 악기와 악공이 흩어지면서 그 음악은 결국 유지될 수도 없었지만,

---

20) 정구복, 『한국중세사학사(Ⅰ)』, 집문당, 1999, 25쪽.
21) 서긍 지음, 조동원 외 공역, 『고려도경』, 482쪽.
22) 『文淵閣四庫全書: 史部/正史類』의 『舊唐書』 卷二十九와 『隋書』 卷十五 등 참조.
23) 김보경, 「『고려도경』과 고려의 문화적 형상」, 『韓國漢文學硏究』 47, 한국한문학회, 2011, 289-290쪽
   참조.

공민왕 대에 이르러 명나라로부터 악기를 도입하고 음악을 정비하면서 고려의 음악은 제대로 된 모습[혹은 국제적 보편성]을 갖추게 되었고, 그런 과정이나 모습이 『고려사악지』에 뚜렷이 나타나 있는 것이다.

이처럼 송으로부터 대성악을 도입하여 예악의 선진화를 추구한 것이 예종 대의 일이었다. 그러나 바로 뒤를 이은 인종 대에 완성되는 『三國史記』의 「雜志 第一: 祭祀·樂」을 보면, 벗어나기 어려운 지역성과 국제적 보편성 사이의 긴장을 확인할 수 있다. 『삼국사기』의 체제는 중국 문헌을 모방하고 있지만,[24] 전체 50권 가운데 9권에 달하는 志의 경우 雜志라 하여 스스로 격을 낮추고 있음을 확인할 수 있다.[25] 물론 『三國史記』는 고려 당시의 음악 아닌 삼국의 음악을 기술한 것이므로 당연히 지역적 특성이 강조되는 것이 당연하지만, 그러면서도 중국의 영향을 전혀 배제하지 않고 있는 점 또한 특이하다. 예컨대, 중국 악부의 琴을 모방하여 현학금을 만든 고구려 재상 왕산악의 고사나, 가야금이 秦나라 악기인 중국 악부의 箏을 모방하여 만들었고 가야국 가실왕이 당나라 악기를 보고 만든 것이라는 『羅古記』의 기록을 인용하면서 가야금이 비록 쟁의 제도와 조금 다르기는 하나 거의 그것과 유사하다는 판단을 내리는 등 중국과 우리나라 사이에서 얼마간 객관적 태도를 유지하려는 노력을 발견하게 된다.[26] 말하자면 『삼국사기』가 비록 중국 사서들의 체계를 모방했다고는 하지만, 「雜志」에서는 우리 고유의 지역성을 드러내고자 하는 성향이 우세했었음을 알 수 있다.

그러던 것이 『고려사악지』에 이르면 음악의 체계에서 중세적 보편성이 전면에 부상하는 변화를 보이게 된다. 세종 31년[1449]에 편찬을 시작하여 문종 1년[1451]에 완성되는 139권[世家 46권/列傳 50권/志 39권/年表 2권/목록 2권] 75책의

---

24) 신형식, 「三國史記 志의 分析」, 『學術論叢』3, 단국대학교 대학원, 1979, 124쪽.
25) 신형식, 같은 논문, 134쪽.
26) 『韓國古典叢書 2: 校勘 三國史記』, 민족문화추진회, 1982, 294쪽 참조.

『고려사』가운데「樂志」는 제 70·71권이다. 제 70권의「樂一」에는 예종 때 북송에서 들여온 대성악과 공민왕 때 명나라에서 들여온 아악의 연주 節度, 악기 수 및 배열 방법 등을 제시했고, 이어 태조~충목왕까지의「太廟樂章」, 공민왕의 정비인 휘의공주를 위한「徽懿公主魂殿大享樂章」, 공민왕 20년의 「太廟新撰樂章」등이 실려 있다. 71권의「樂二」에는 唐樂과 俗樂의 악공·악기· 곡명·연주 절차· 곡의 유래 및 가사 등이 삼국 속악들의 곡명과 유래, 속악을 쓰는 절도 등과 함께 실려 있다. 전체적으로 아악·당악·속악 등 세 종류 음악 의 분류에 따라, 종묘제사를 비롯한 각종 행사들의 절차 및 각각에 소용되는 음악이나 악기·악곡에 대한 설명과 함께 악장으로서의 가사가 나열되어 있는 것이다.

전술한 바와 같이 북송에서 대성악을 도입함으로써 고려 아악의 규모와 절차는 갖추어졌다. 여기에 당악과 속악까지 가세함으로써 제사악·조회악·연 향악이라는 궁중악의 세 축은 확립된 것이고, 각각에 소용되는 악장들이 구비 되면서『고려사악지』는 악기·악곡·곡명 등 음악 관련 제반 내용들과 절차들 을 설명한 고려왕조의 의례서이자 악서 혹은『시경』의 구조에 近似한 악장집 의 형태까지 겸하게 되었다고 할 수 있다.

서긍이 지적한 바와 같이 송나라에서 대성아악을 받아들였으므로 아악은 분명 중국의 음악이고, 마찬가지로 그가 말한 대로 당시 '兩部로 되어있던 고 려 음악' 가운데 당악 역시 중국음악이었다. 이에 비해 향악은 원래 고려의 음악이었으므로,[27] 고려의 음악은 '중국에서 도입한 당악과 고유의 음악인 향악' 등 두 가지가 합해져 있던 복합적 존재였다. 여기에 새로 도입한 대성아 악이 가세함으로써 중국 음악의 비중은 훨씬 커졌고, 더구나 아악을 국가 제사 나 각종 공적 행사에 사용함으로써 전체 음악체계의 변화 또한 불가피해졌다

---

27) 서긍, 조동원 등 역, 앞의 책, 482쪽 참조.

고 할 수 있다.

『고려사악지』 아악 조에 설명된 바와 같이 圜丘親祀·社稷·太廟禘祫享·時享·臘享·先農親享·先蠶·文宣王 등 각종 제향에서 등가와 헌가가 아악을 번갈아 연주했고, 詔書를 받거나 사신을 영접하는 자리에서 왕과 관원들이 배례할 때, 태후 책봉례에서 태후가 자리에 오르고 내릴 때, 책봉 후 群臣을 위해 향연할 때, 왕이 자리에 오르고 내릴 때, 군신이 문에 들어와 술을 올릴 때, 왕후와 왕태자 책봉례에서 왕이 자리에 오르고 내릴 때, 책봉정부사 이하 行禮官이 문을 들어오고 나갈 때, 冊을 받은 후 빈객을 만날 때, 책봉정부사·勸花使·筵伴이 술을 들어 올리고 식사를 드릴 때, 왕태자에게 元服을 더하는데 왕이 자리에 오르고 내릴 때, 賓贊이 문에 들어오고 나갈 때, 왕태자가 층계를 오르고 내릴 때, 층계 동남의 位에 갈 때, 受制位에 나갈 때, 阼階 밑의 位에 이르렀을 때, 빈객이 문을 들어오고 층계를 오르내릴 때, 태자가 醴를 들어 올리고 加冠이 끝날 때, 빈객을 만날 때, 빈찬·권화사·연반이 술을 들어 올리고 식사를 드릴 때, 왕자와 王姬를 책봉하는 데 陳設만 해놓은 채 연주하지 않고 책봉이 끝나 빈객을 만날 때, 책봉정부사·권화사·연반이 술을 들어 올리고 식사를 드릴 때, 중국의 聖壽節에 望闕下 의식을 행하는데 왕이 神位에 나아가고 자리에 오르내리고 왕 및 여러 관원들이 배례할 때, 왕이 원정과 동지 등 節日의 하례를 받는데 왕이 자리를 오르내릴 때, 元會에 왕이 자리를 오르내릴 때와 술을 들어 올릴 때와 태자·令公·宰臣이 문을 들어 올 때, 왕태자가 원정과 동지에 群臣의 하례를 받는데 태자가 자리를 오르고 내릴 때와 三師·三少·賓客이 문을 들고 날 때와 층계를 오르내릴 때, 군신을 향연하는데 왕이 자리에 오르내릴 때와 酒食을 들어 올릴 때, 군신이 주식을 받을 때, 儀鳳門의 宣赦에 왕이 자리를 오르내릴 때 등 軒架에서 아악을 독주하는 절차들도 많았다.

정화순에 의하면, 북송 말기에 도입된 대성아악은 예종~의종 시기에는 본래
의 모습을 유지했고, 명종 이후로 쇠퇴하여 악기와 악식에 결함이 생겨나면서
차차 그 원형을 잃게 되었으며, 그 쇠퇴 과정은 조선조 세종 초까지 계속되었
다고 한다. 즉 문물의 정비에 힘쓴 세종 조에 한국만의 독자적인 아악이 완성
되었으며, 그것을 계기로 중국의 아악을 가급적 그대로 사용하려던 이전까지
의 관습에서 탈피하여 우리 스스로의 아악을 사용하는 독자 노선을 걷게 되었
다는 것[28]이고, 특히 세종 29년 6월 무렵부터 잠시나마 신악은 기존의 아악과
본질적으로 동일한 용도로 쓰였는데, 이를 '신악의 아악화' 즉 '한국아악의
등장'이라 볼 수 있다는 한홍섭의 견해도 있다.[29]

원래 북송의 휘종이 보내 준 대성악과 악기의 규모는 중국의 그것보다 훨씬
축소되어 제후의 규모에 불과했음은 차주환이 비교·제시한 '북송의 親祀登歌'
와 '고려의 친사등가' 및 '親祀軒架'에 잘 나타난다.[30] 말하자면 처음부터 고려
를 오랑캐로 下視한 송나라는 자신들과 대등한 음악이나 악기체제 대신 제후
국의 음악과 악기체제를 '下賜'했던 것이고, 이 일을 계기로 향후 고려에서
조선에 이르는 중세왕조의 음악체제는 '얼마간의 독자성 추구'에도 불구하고
중국의 표준에 따를 수밖에 없었던 것이다. 어쨌든 중국의 예악제도에 표준을
둔 '중세적 보편성'은 『삼국사기』「雜志 第一: 祭祀·樂」에서 그 단초를 엿볼
수 있었고, 『고려사악지』에 이르러 분명한 실체를 확인하게 되었다고 본다.

우리 악장의 중세적 성향이 『고려사악지』에서 처음으로 확인되고, 그 근거
의 출발이 『시경』의 구조에 있다고 보는 것이 필자의 주장인데, 특히 『고려사
악지』의 체제나 악장은 그 근거를 분명히 보여준다. 악지만으로 국한한다면,

---

28) 정화순, 「『高麗史 樂志』所載 雅樂에 대한 검토」, 『淸藝論叢』 17, 청주대학교 예술문화연구소, 2000,
   419쪽 참조.

29) 한홍섭, 「世宗의 '新樂'은 韓國의 雅樂인가?」, 『民族文化硏究』 49, 고려대학교 민족문화연구원,
   2008, 375쪽.

30) 차주환, 「고려사악지 해설」, 『高麗史樂志』[차주환 역], 30-32쪽 참조.

국가의 공식문헌으로는 『삼국사기』 이후 『고려사』에 이르러 비로소 중국을 염두에 둔 국제적 표준을 채용하는 단계에 도달했다고 할 수 있다.

『고려사』는 중국의 正史體를 따랐고, 그 가운데서도 특히 『元史』를 기준으로 편찬했으며, 특히 志와 列傳은 그 체제에 따랐다고 한다.31) 명나라 초기 宋濂[1310~1381]의 주관으로 편찬된 『元史』가 내용적으로 부실하다는 일각의 혹평에도 불구하고, 『고려사』를 편찬해야 하는 明初의 조선으로서는 참고할 수밖에 없는 문헌이었을 것이다. 따라서 『고려사』가 『元史』와 완전히 일치하는 것은 아니며, 『원사』를 따른 지의 형식이 원의 제도와 큰 차이가 있던 고려의 제도를 기술함에 부적합한 면도 있었다고 할 수 있지만,32) 「악지」만큼은 다른 왕조에 비해 부실하지 않고, 『고려사악지』도 그 덕에 국제적 시각을 어느 정도 반영시킬 수 있었다.

『원사』의 「禮樂志」 第十八[禮樂一]~第二十二[禮樂五], 第二十三[祭祀一]~第二十七下[祭祀六]의 내용은 원나라까지 내려오면서 시행되고 있던 중국의 예악제도를 상세히 기술하고 있으며 자체 안에 예악제도의 중세적 보편성을 담보할만한 체계가 함유되어 있는데, 그 내용은 다음과 같다.

> 「禮樂 一」[制朝儀始末/元正受朝儀/天壽聖節受朝儀/郊廟禮成受朝儀/皇帝卽位受朝儀/羣臣上皇帝尊號禮成受朝賀儀/冊立皇后儀/冊立皇太子儀/太皇太后上尊號進冊寶儀/皇太后上尊號進冊寶儀/太皇太后加上尊號進冊寶儀/進發冊寶導從/冊寶攝官/上太皇太后冊官攝官同前/攝行告廟儀/國史院進先朝實錄儀]
>
> 「禮樂 二」[制樂始末/登歌樂器/宮懸樂器/節樂之器/文舞器/武舞器/鼗鼓]
>
> 「禮樂 三」[郊祀樂章: <成宗大德六年合祭天地五方帝樂章>·<大德九年以後定擬親祀樂章>/宗廟樂章: <世祖中統四年至至元三年七室樂章>·<至元十八年冬十月世祖皇

31) 김한식, 「『元史』와 『高麗史』에서의 正統論」, 『논문집』 20, 경북대학교 교육대학원, 1988, 54쪽.
32) 김의규, 「『高麗史』의 編纂과 體裁」, 『人文科學硏究』 6, 동덕여대 인문과학연구소, 1999, 8-9쪽 참조.

后祔廟酌獻樂章>·<親祀禘祫樂章>·<武宗至大以後親祀攝事樂章>·<宣聖樂章>]
「禮樂 四」[郊祀樂舞/宗廟樂舞/泰定十室樂舞/天曆三年新製樂章]

이 조목들에는 원나라의 각종 의례와 음악·악기·악장 등이 집대성되어 있다. 무엇보다 의례와 음악이 하나로 융합되어 있는 점이 두드러진다고 할 수 있다. 본서 제2부 제Ⅲ장 제1절 첫머리에 『고려사악지』의 편제와 순서에 따른 음악의 분류나 세부 작품들을 제시한 바 있다. 양자가 전체적으로 유사한 양상을 보여주지만, 이면적으로 각 왕조의 지향점이나 특수한 입장이 반영된 듯 세밀히 비교할 경우 약간의 차이를 보이는 것이 사실이다. 그러나 작은 차이들에도 불구하고 유교 이데올로기에 바탕을 둔 예악정치의 실현의 大綱을 담고 있는 점에서 양자는 일치한다.

주지하다시피 우리나라의 아악은 송나라 휘종이 대성아악을 보내옴으로써 시작되었는데, 이것은 아악의 발생 시기에 비해 엄청나게 늦은 것이다.[33] 말하자면 『시경』의 아송이 주나라 이후 몇 단계의 통일왕조들을 거쳐 송대에 이르러서야 비로소 고려에 전래된 것이다. 사실 아송은 천자의 조정에서 쓰이던 중심부의 노래문학이고, 풍은 제후국들에서 쓰이던 지역의 노래들이다. 따라서 아송이 제사나 조회·연향 등 국가의 공식 행사들에서 쓰였고, 풍이 각 나라 조정의 공식행사에 쓰였음은 『시경』이 주나라 시대의 중국에서 널리 쓰이던 악장집이라고 보는 본 연구자의 관점과 부합하는 사실이다.

앞에서 설명한 바 있지만, 『시경』에 실린 모든 노래들이 악장으로 사용된 것은 아니다. 즉 아의 경우 정소아[<鹿鳴>·<四牡>·<皇皇者華>·<常棣>·<伐木>·<天保>·<采薇>·<出車>·<杕杜>·<魚麗>·<南有嘉魚>·<南山有臺>·<蓼蕭>·<湛露>·<彤弓>·<菁菁者莪> 등]는 宴享의 악가, 정대아[<文王>·<大明>·<緜>·<棫樸>·<旱麓>·<思齊>·<皇矣>·<靈臺>·<下武>·<文王有聲>·<生民>·<行葦>·<旣醉>·<鳬鷖>·<假樂>·<公劉>·<泂酌>·<卷阿>

---

33) 정화순, 「『高麗史·樂志』 所載 雅樂에 대한 검토」, 418쪽.

뒤는 會朝의 악가들로서 모두 악장들이다. 정소아를 제외한 소아 58편은 王政이 이미 쇠하여진 후에 그 정치의 쇠함을 노래한 것들이므로 연향에서 연주될수 없었고, 정대아 18편을 제외한 대아의 나머지 노래들은 쇠퇴한 시대인 厲王말기의 시절에 대한 근심을 표현하고 있으므로 조회에서 연주될 수 없었으며, 송의 경우 正頌인 周頌은 천자국인 주나라의 종묘에, 商頌은 망한 은나라 선왕들의 제사에 각각 사용되었으나, 變頌인 魯頌은 제사음악으로 사용될 수 없었다. 이처럼 소아·대아의 모든 작품들이 조회·연향에 쓰인 것은 아니며 송의모든 작품들이 제사 용도로만 쓰인 것은 아니었다. 즉 太王을 제사하는 시, 문왕을 제사하는 시, 무왕·성왕·강왕을 제사하는 시, 郊祀에서 后稷을 天에배향하는 시, 明堂에서 문왕을 宗祀하며 상제에게 배향하는 시, 農官을 경계하는 시, 조회에서 告祭하는 시, 성왕이 조묘에서 喪期를 마치는 시 등은 「주송」에 속하고, 제사에 사용된 시가 없는 「노송」은 노나라를 위한 頌禱의 '頌'일뿐 종묘악가의 '頌'은 아니었다. 예컨대, <駉牡>[僖公이 말을 기른 일], <有駜>[잔치에서 술을 마신 일]), <泮水>[泮宮에서 술을 마신 일] <閟宮>[비궁을 落成한 일] 등은 모두송도의 노래들일 뿐 종묘제사의 시가 아니라는 것이다. 이에 비해 商頌의 시들은 모두 제사음악으로서 <那>는 成湯을, <烈祖>는 中宗을, <玄鳥>는 高宗을, <殷武>는 高宗을 각각 제사할 때 쓰던 노래들이고, <長發>은 大禘를 지낼 때쓰던 노래였다. 풍 역시 각 제후국에서 정풍[<관저>~<추우> 25편]이 주로 사용되었으리라 추정된다. 정풍·정아·정송과 달리 변풍·변아·변송은 시절을 근심하고 정치의 쇠퇴를 노래함으로써 조회에 연주하지 못한 것들로 추정되기 때문이다.

『시경』의 아송에 대응할만한 『고려사악지』의 음악과 악장은 중국 역대 왕조들과 마찬가지로 아악이고, 『시경』의 국풍에 대응할만한 것이 바로 속악이다. 속악에는 고려의 속악과 삼국의 속악을 함께 실어 놓았고, 아악과 속악의사이에 당악이 끼어 있다. 말하자면 아악과 당악은 외래악, 속악은 고유의 향악이라 할 수 있는데, 전자가 중국에서 도입하여 고려 지배층의 각종 제례 및 조회·연향에 쓰인 중심부의 음악이었다면, 후자는 각 지역 혹은 삼국을 대표하던 주변부의 음악이었다. 특히 당악이 중국의 속악임에도 「舞鼓」·「動動」·「無㝵」 등 종합무대예술로서의 속악정재들의 구조나 체계를 고려 속악[삼국의 속악 포함]보다 선진이었던 당악정재들로부터 본받았다고 보기 때문이다.

고려조의 음악은 아악·당악·속악 등으로 삼분되어 있었는데, 아악은 각종 국가제사, 각종 賓禮, 책봉례 및 그 연향, 성수절의 망궐례, 元正·冬至 등 節日의 하례 등 다양한 국가의 공식 행사에 쓰였다. 그 음악들의 악장으로는 예종 11년 10월의 「新製九室登歌樂章」[태조 제1실~숙종 제9실, 각 실 정성 및 중성] 18작품, 공민왕 12년 5월의 「還安九室神主太廟樂章」[태조 제1실/혜종 제2실/헌종 제3실/원종 제4실/충렬왕 제5실/충선왕 제6실/충숙왕 제7실/충혜왕 제8실/충목왕 제9실] 9작품, 공민왕 16년 정월의 「徽懿公主魂殿大享樂章」 6작품[初獻/亞獻/三獻/四獻/五獻/終獻], 공민왕 20년 10월 親享 때의 「太廟新撰樂章」[태조 제1실/혜종 제2실/헌종 제3실/원종 제4실/충렬왕 제5실/충선왕 제6실/충숙왕 제7실] 16작품 등이 남아있다.

태묘의 제향에서 악기의 반주에 맞춰 악장을 불렀고, 고려의 제례에서는 아악뿐 아니라 향·당악까지 섞어 썼다[34] 하나, 아악이 확고하게 자리 잡기 전의 일일 것이다.

아악의 측면에서 공민왕은 12년[1363년] 5월에 9실의 신주를 다시 태묘로 모시면서 예종 11년[1116]에 만든 「9실 등가악장」을 개찬했고,[35] 16년[1367년] 정월에 「휘의공주악장」을 신찬했으며, 20년[1371년] 10월에는 태묘에 친향하고 새로 16편의 악장을 만들었다. 말하자면 '예종대의 「新製九室登歌樂章」→ 공민왕 12년 5월의 「還安九室神主太廟樂章」→ 공민왕 16년 정월의 「徽懿公主魂

---

34) 차주환, 「고려사악지 해설」, 『고려사악지』, 26쪽.
35) 『한국의 지식콘텐츠: 고려사악지』(http://www.krpia.co.kr) 참조.

殿大享樂章」→ 공민왕 20년 10월 親享의 「太廟新撰樂章」'의 과정을 거치면서 고려왕조의 국가제례를 위한 아악악장은 나름대로 완성된 모습을 보여주었다. 고려의 아악악장은 크게 보아 의종 대와 공민왕 대의 것으로 구분되고, 공민왕 대의 경우는 두 번에 걸친 「太廟樂章」의 개찬과 「徽懿公主魂殿大享樂章」의 신 찬으로 묶이는 것이다. 예종 대[1105-1122]의 「太廟樂章」과 공민왕대의 1차 「太廟 樂章」은 247년의 시차를 보여주고 있으므로, 양자 사이에는 몇 가지 악장 修改 撰의 전제조건들이 있었음이 분명하다. 말하자면 거란족으로부터 압박을 받아 숨통이 끊어져 가던 말기 북송으로부터 대성악을 받아들여 「太廟樂章」을 만든 예종 대의 고려는 중국의 정치·문화적 구심력이 상대적으로 약했으나, 원나라 말기와 명나라 초기에 걸쳐 재위했던 공민왕[1330-1374]으로서는 양측으로부터 동시에 압력을 받았으므로, 보다 복합적인 상황에 예속되는 입장이었다. '入朝 宿衛'의 명분으로 원나라에 억류되어 있으면서 충혜왕의 죽음 이후 즉위하고 자 했으나, 충목·충정왕의 세력에 밀려 두 번이나 즉위에 실패한 江陵大君[즉 공민왕]은 세 번 만에 원나라 순제의 명으로 가까스로 왕위에 올랐다.36) 따라서 즉위 이후 12년 이전까지 공민왕조에서도 기존의 「太廟樂章」을 쓰다가 12년 5월에서야 비로소 새롭게 만들어 쓰기 시작했고, 무슨 연유인지 20년에 다시 만들었다. 그리고 16년 노국대장공주의 죽음을 기회로 「徽懿公主魂殿大享樂 章」을 만들었으니, 노국대장공주에 대한 공민왕의 생각 여하에 따라 그 악장 과 그 이후의 「太廟新撰樂章」에 상정했을 지향점은 하나로 합쳐질 수밖에 없었고, 그런 연유로 양자는 12년의 시차와 또 다른 차이를 보여주게 되었을 것이다.

우선 공민왕은 '親明反元'을 정책의 기조로 삼았다. 원나라가 몰락하고 명나

---

36) 홍영의, 「개혁군주 공민왕-공민왕의 즉위와 국왕권 강화노력」, 『한국인물사연구』 18, 한국인물사연 구회, 2012, 157-167쪽 참조.

라가 흥기하는 중국 상황의 변화에 따라 명나라에 사신을 보내는 등 반원친명의 입장을 분명히 할 수밖에 없었다. 친명반원의 외교노선 천명과 태묘제사의 강화나 '태묘악장'의 제·개정이 밀접하게 연관된다는 점에서 공민왕 12년과 20년에 일어난 외교상의 주목할 만한 사건들을 살펴보기로 한다.

12년 5월 2일 백관들에게 교서를 내리는데, 두 차례[1359/1361]에 걸친 홍건적의 침입, 金鏞 주도의 홍왕사 시해 시도[1363] 등으로 고초를 겪다가 겨우 목숨을 건진 공민왕으로서는 내부적 쇄신을 겨냥한 개혁정책을 내세울 필요가 있었을 것이다. 그 교서에 쇄신의 방향이 잘 나타나 있다. 즉 '내우외환의 원인은 왕 자신에게 있다/천지신명과 종묘사직의 영령들이 자애롭게 보호하고 충신과 義士들이 조력하여 어지러움을 극복했으나, 여전히 천체는 갖가지 재앙을 내리고 있는 만큼 왕 자신을 책망하고 백성들에게 은혜를 베풀어야 한다/백관들은 실제 효과를 얻도록 하고 허례허식을 버려 국가를 중흥시켜야 한다'는 등의 요지에서 가장 중요한 변화는 왕이 '천지신명과 종묘사직 영령들의 도움을 통해 신료들의 자발적 참여를 이끌어내는 것이 국가 중흥의 대전제임'을 깨달았다는 사실이다. 교서를 발표한 지 17일 지난 5월 19일에 九室의 神主를 태묘에 다시 봉안하고 공신들을 다시 배향한 것이나, 19년 2월 14일 노국공주의 기일을 맞아 혼전에 행차하여 飯僧하고, 5월 21일 종묘·사직·산천 등에서 祈晴祭를 지낸 것도 그 인식의 전환을 실천에 옮긴 사례들이라 할 수 있다.

공민왕 19년(1370)에 들어와서 對中외교 활동의 중요한 사건들이 연달아 일어났는데, 그 사건들이나 조정의 조치들은 명나라와 고려가 이미 '조공-책봉'을 바탕으로 하는 불평등한 외교관계로 접어들었음을 보여준다. 앞에 제시한 공민왕 12년의 施政 조치들 가운데 9실[태조 제1실/혜종 제2실/현종 제3실/원종 제4실/충렬왕 제5실/충선왕 제6실/충숙왕 제7실/충혜왕 제8실/충목왕 제9실]의 신주를 태묘에 還安하고 공신들을 다시 배향한 점 등은 악장과 관련하여 매우 중요하다. 이

태묘제사에 악장을 썼고, 각 실마다 正聲과 中聲을 사용함으로써 18작품의 악장으로 이루어졌던 예종 대의 「9실 등가악장」과 달리 전체 악장은 9작품으로 줄어들었다.

그로부터 2년 뒤인 1365년 2월에 노국대장공주가 죽었고, 그로부터 2년 뒤인 1367년 1월 공주의 魂殿에서 大享을 지내면서 교방이 새로 만든 악장을 연주했다. 이것이 '초헌/아헌/삼헌/사헌/오헌/종헌' 체제의 「徽懿公主魂殿大享樂章」으로서 공민왕 20년 10월의 「太廟新撰樂章」에서 보여준 악장 제작방법의 모범적 선례라 할 만큼 『시경』의 구절들만을 활용하여 짜깁기 수준의 텍스트 구성 방법을 보여주었다. 말하자면 텍스트를 수용하되, 句節 차원의 『시경』 텍스트 일부 아닌 거의 전부를 차용하여 조립하는 방법을 쓴 것이다.

공민왕이 명나라로부터 고려왕으로서의 권한을 인정받기까지 몇 과정들이 있었는데, 명 태조가 공민왕 19년[1370]년에 보내 온 '고려국왕 책봉조서'와 국정 지침에 관한 조서[1차 조서], 같은 해 6월 24일 명 황제로부터 받은 '과거 시행 준칙에 관한 조서[2차조서]와 명 중서성으로부터 받은 시행 준칙 공문[1차 공문], 같은 해 7월 9일부터 사용하기 시작한 명나라 洪武 연호, 7월 16일 명 황제가 고려의 천하 산천 海嶽의 이름들을 새로 정하여 조서[3차 조서]를 보내 온 일, 7월 18일 명 황제에게 冊命과 璽書의 하사에 대한 사례의 표문을 보낸 일, 7월 19일 명 황제가 천하 통일 이후의 전략을 담은 조서[4차 조서]를 보내온 일, 8월 18일 명에 표문을 보내 명 황제의 생일을 축하하고 친왕 책봉을 하례한 일' 등37) 등은 외교적으로 명과 고려 간 '조공-책봉'의 사대외교가 공민왕 대에 드디어 성문화되었음을 보여주는 사례들이다.38) 이 내용들 가운데 핵심은 유교적 왕도정치를 바탕으로 하는 중세적 보편성의 표방이다. 명 황제는 조서에

---

37) 『고려사』 「공민왕조」, http://history.go.kr 참조.
38) 특히 1차 조서에 대한 왕의 사은 표문 말미에서 "만수무강을 기원하며 제후로서의 절[虎拜]을 올립니다"로 마무리한 것은 황제의 책봉 조서에 대한 공민왕의 명시적 답변이라 할 수 있다.

서 공민왕이 불교에 침잠해 있는 점을 비판한 뒤 유교적 왕도정치를 통한
민의 교화와 국가 제사 및 국방의 중요성을 강조하고, 공민왕이 불교에서 돌아
와 복식을 갖추어 종묘 제사를 지내려 한다는 점을 칭찬했으며, 동시에 왕과
陪臣들의 冠과 의복·악기·홍무 3년의 大統曆·황후의 관과 의복·각종 서적[六
經·四書·通鑑·漢書]들을 하사했다. 명 황제가 보내준 각종 서적이나 冠服 등은
유교적 보편성의 상징적인 물건들이었다. 1차 조서와 물건들이 고려에 도착함
으로써 공민왕을 비롯한 고려 권력층의 이념적 전환은 본격화되었다고 할
수 있다. 관리들을 선발하는 과거시험의 시행 준칙이 담긴 조서를 명 황제가
보내주었고, 명 중서성에서도 과거시험의 준칙에 관한 공문을 보내왔다. 내용
가운데 향시와 회시에서『朱氏傳』및『古注疏』를 중심으로 하는『시경』과 함
께 五經에 대한 시험의 경우 直述을 권장할 뿐 문장에 대한 수식은 장려하지
않았다는 점은 신흥사대부 중심의 유자계급이 구체적인 존재감을 보여준 사
례였다. 그 사실은 당시 지식사회의 의식성향을 뚜렷이 보여주었다는 점에서
도 매우 흥미롭다.

이와 함께 천하통일 이후의 전략을 담아 보낸 조서는 공민왕과 유자들이
이루고자 했던 중세의 보편적 질서가 이미 명나라 황제의 세계경영의 바탕이
되어 있었음을 암시한다.

예전에 원이 흥기할 때 그들은 중국 바깥의 오랑캐 혈통이었는데, 오히려 전혀
다른 존재들인 胡越을 한 집안으로 만들었다. 하물며 우리 중원의 역대 군주들은
매번 중국에 거처하며 사방의 오랑캐들을 통일하였으니 단지 한 조정에만 그치는
것이 아니며 따라서 만약 진실로 天命임을 살펴보고 깨달아 마음을 기울여 귀순해
온다면, 종류를 구별하지 않고 재주를 시험하여 관직에 임용할 것이다.[39]

---

39)『고려사』「공민왕조」, http://history.go.kr 참조.

중원과 오랑캐 즉 중심과 변방이라는 이분법적 사고를 바탕으로 세계를
경영하고, 변방의 이민족들을 복종시켜 자신들의 사고에 따르게 하는 것을
和平으로 보는 것이 그들의 기본적인 생각이었다. 변방으로 하여금 독립성이
나 자주성을 버리고 중심의 논리에 충실히 따르게 함으로써 한 집안이 되는
것. 다시 말하자면 세계의 지배자를 자처하는 중심에 대한 복종을 삶의 원리로
삼으라는 것이 중심으로서의 중원 왕조가 변방에 강요하던 폭력적 논리였다.
이처럼 중심이 변방으로 하여금 자신들의 철학에 동조하여 변화하기를 강요
하면서도 그것을 당하는 입장의 생각처럼 폭력이 아니라 敎化라고 강변하는
것이 중심부의 교묘한 논리였다. 명나라가 중원의 패자로 등장하던 당시 북원
이 보내온 사신을 맞을 것인가에 대하여 고려 조정의 구세력과 신진세력 간에
논쟁이 벌어진 바 있었다. 이 논쟁에서 삼사좌윤 김구용은 이숭인·정도전·권
근 등과 더불어 "만약 이들 사신을 맞아들이게 되면 일국의 신민이 모두 亂賊
의 죄에 빠질 것이니, 언젠가 무슨 면목으로 지하에 있는 공민왕을 뵐 수 있으
리오?"[40]라고 항변했다. 말하자면 유학을 바탕으로 하던 신진세력이 공민왕
을 추대했다는 점과 공민왕의 정책이 '친명반원'이었음을 극명하게 보여주는
일화라 할 수 있다. 배우성은 논란에 뛰어든 정몽주가 '고려는 원나라에 대해
천명을 받은 의로운 천자로 인정하지 않았다'고 주장한 사실이 중요하다고
했는데,[41] 이는 명나라가 중국의 정통 왕조임을 강조한 말이다. 고려 말 당시
유자 그룹의 권력 집단이 중세의 보편주의를 擔持한 중심 왕조가 신흥 명나라
임을 인식하고 있었음을 보여준다는 것이다. 중세의 보편주의는 민족적 특성
이나 독자성보다 수용한 선진문화를 척도로 자신의 문화를 비판하는 것을
특성으로 한다[42]는 설명에서도 이런 점은 확인된다.

---

40) 『고려사』 권 104, 「열전」 권 제 17, http://history.go.kr 참조.
41) 배우성, 『조선과 중화』, 돌베개, 2016, 95쪽.
42) 정구복, 『韓國中世史學史』, 집문당, 1999, 25쪽 참조.

그렇다면 당시 선진문화를 바탕으로 하던 중세 보편주의의 문헌적 근거는 어디서 확보할 수 있었을까. 바로 태묘를 비롯한 국가제사 및 그 절차의 복원이 가장 분명한 사례들이고, 그 준거를 유교경전들이나 경전을 바탕으로 제작한 중국 한족 중심 왕조의 각종 의례서들에서 찾을 수 있다. 보편주의에 대한 지향이나 합류의 당위성을 강조하던 이데올로기가 바로 유교사상이었으며, 그렇게 확인된 보편주의는 당대 동북아 정치·외교·사상적 질서를 지탱하던 정신적 뼈대였다. 그 가운데 공민왕대에 개찬되었거나 신찬된 제사악장들은 대부분 『시경』 텍스트를 전폭적으로 수용하거나 짜깁기한 것들이다. 『시경』이 본래 주나라 왕조의 악장들을 모아놓은 것들로서 중국의 후대 왕조들 심지어 원나라에서도 악장의 내용으로 따다 썼음을 감안하면, 이 시기 고려왕조에서 『시경』의 구절들을 대폭 수용하여 국가제례의 악장으로 만든 점은 의미심장한 일이 아닐 수 없다.

앞에서 살펴 본 바와 같이 중국의 악장들이 주제의식이나 구절들을 『시경』으로부터 수용한 것은 사실이지만, 공민왕대의 고려악장들이 『시경』에 기댄 정도는 중국 왕조들의 악장을 넘어선다. 이 점은 당시 구세력을 완전히 압도하지 못한 신흥 유자세력이 보편주의의 수용과 체질화에 대한 초조감을 갖고 있었음을 보여준다. 강압으로 원나라의 제후국으로 편입되어 있다가 새로이 등장한 명나라와 '조공-책봉'의 외교관계를 맺으면서 원나라로부터 파견되어 온 사신을 맞는 일을 두고 신구세력 간의 명분 싸움이 치열하게 벌어진 일이 실제로 있었고, 그 싸움에서 유자계급을 대표하던 정몽주가 명 황제를 '천명을 받은 의로운 군주'로 규정하고 '도성을 떠나 피난한' 원을 상국으로 섬길 수 없음을 분명히 밝힌 점[43]을 보아도 당시 유자계급의 현실인식을 짐작할 수

---

43) 『고려사절요』권 30, 「신우 1」, 우왕 1년 5월, http://history.go.kr 의 "우리나라는 바다 밖 한쪽에 치우쳐져 있으면서 우리 태조께서 唐末에 일어나신 이래로 禮로써 중국을 섬겨왔으니, 그 섬김에 있어 천하의 의로운 군주인지를 보았을 따름입니다. 지난번에 원[元氏]이 스스로 도성을 떠나 피난

있다.

앞으로 언급하겠지만, 예종대의 「新製九室登歌樂章」와 공민왕대의 악장들
[「還安九室神主太廟樂章」(12년 5월)·「徽懿公主魂殿大享樂章」(공민왕 16년 정월)·「太廟新撰樂章
」(20년 10월)] 사이에는 분명한 차이가 있다.[44] 그 점은 고려조에 일반화되어
있던 天下觀과 관련을 보여준다. 고려시대에는 '중국만이 천하의 중심이라는
사대적인 화이론적 천하관/고려만이 유일한 천하의 중심이라는 자주적이지
만 폐쇄적인 국수주의적 천하관/고려도 중국 등의 천하와 별도로 병존하는
또 하나의 중심이라는 자주적이면서 개방적인 多元的 천하관' 등[45]이 있었는
데, 대체로 예종~공민왕 이전까지는 비교적 자주적이면서 개방적인 천하관이
자리 잡고 있었으며, 유자계급이 성리학을 바탕으로 급격히 세력을 신장한
공민왕대부터는 사대적·화이론적 천하관이 자리 잡기 시작했다고 본다. 그
영향권에 있으면서 조속한 보편 질서 편입의 당위성을 절감하고 있던 유자계
급에 의해 「徽懿公主魂殿大享樂章」과 「太廟新撰樂章」이 제작의 주체로 참여했
다고 추정되기 때문에 악장의 주제의식이나 구절들은 자연스럽게 『시경』에
절대적으로 의존하게 되었다고 할 수 있다.

고대부터 불교·유교·도교가 전파되면서 보편주의는 나타났지만, 그 가운데
유교는 전통문화를 비판하고 유교화에 철저하였으며 정치·경제·사회·문화를
운영하는 이념·윤리·철학으로서 깊고 폭 넓은 영향을 미쳤다.[46] 그런 점에서
고려조 특히 유교를 바탕으로 한 공민왕 치세의 시대적 성향은 본격적인 중세

하고 大明이 용처럼 일어났으므로, 우리 승하하신 선왕께서는 천명을 분명하게 아시고 표문을
받들어 신하를 칭하셨습니다. 황제께서도 이를 가상하게 여기시어 왕의 작위로 책봉하셨고, 하사품
과 조공품이 서로 계속 이어졌습니다." 참조.

44) 공민왕대 악장들 사이에서도 「還安九室神主太廟樂章」[12년 5월]은 「徽懿公主魂殿大享樂章」[공민
왕 16년 정월]·「太廟新撰樂章」[20년 10월] 등과 분명한 차이를 보이는 것도 사실이다.

45) 노명호, 「東明王篇과 李奎報의 多元的 天下觀」, 『진단학보』 83, 진단학회, 1997, 314쪽.

46) 정구복, 『韓國中世史學史』, 27쪽 참조.

의 그것이라 할 수 있다.

그렇다면 공민왕의 반원친명 정책이나 신흥사대부의 중용이 「徽懿公主魂殿大享樂章」과 「太廟新撰樂章」의 변화된 텍스트 양상과는 어떻게 연관되며, 그 텍스트 양상은 과연 무엇이라고 할 수 있을까. 앞서 언급한 바와 같이 공민왕과 공민왕의 지지 세력인 신흥사대부 간의 공통점은 유교에 바탕을 둔 중세적 보편성의 신봉이었다. 사실 원나라도 개국 초기를 지나면서 유교 전통을 수용하긴 했으나, 체질적으로 중국의 중심세력에 용해될 수 없는 변방세력으로서의 이민족[몽골]이었고, 새로운 중심세력이었던 명나라가 등장하기까지 고려는 그런 원나라의 변방성에 대한 갈등과 타협 속에서 유지되어 올 수밖에 없었다.

이처럼 중심세력을 지탱하던 정신은 유교적 보편성이었다. 공민왕 등장 이전까지 고려는 보편성에 대한 신뢰의 정도가 비교적 느슨한 편이었으나, 신흥사대부 세력의 추대를 받아 등장한 공민왕이 본격적으로 펼친 반원정책이 유교에 대한 국가적 의존도를 높임에 따라 고려 조야에 확산된 개혁의 지향점은 유교적 보편성에 기초한 중세왕조의 확립으로 초점화 되어가고 있었다.

공민왕의 옹립에 적극적이었던 유자그룹이나 유학사상에 충실한 중신 그룹이 바로 그러한 사상을 기반으로 하고 있었다. 예컨대 그런 부류를 대표하던 李齊賢[1287-1367]은 '정상적인 관료체계를 바탕으로 군자를 등용하여 올바른 정치를 펴나가는 것', '덕과 예로 다스리면 올바른 정사가 이루어질 것이나, 치자들이 그것을 하지 못하는 게 문제라고 보고 군신 모두 덕을 함양하는 것이 중요하다는 것', '신료는 충효를 大節로 삼고 군신은 민을 덕과 예로 다스리면 유신이 이루어질 것' 등을 강조했다.[47] 사실 그 당시 고려의 난맥상은 李穀[1298-1351]의 표현대로 '나라가 나라 아닌 것[國非其國]'이어서 用人의 잘못과

---

47) 김형수, 「충혜왕의 폐위와 고려 儒子들의 공민왕 지원 배경」, 『국학연구』 19, 한국국학진흥원, 2011, 557-564쪽 참조.

직언과 정론이 수용되지 않은 데 그 원인이 있다고 했는데,[48] 이런 문제적
현실이 바로 보편성의 길에서 벗어난 변방의 속성으로 볼 수 있는 것이다.
임금과 신료들이 백성들을 위한 정치를 펴야 할 불변의 정치형태가 왕도정치
로서 그 강령이 유교의 원리였고, 그 원리를 뼈대로 하고 있는 것이 바로 經典
이었으며, 주나라의 왕도정치를 주제의식으로 담고 있는 핵심이 바로 『시경』
이었다.

왕조의 가장 중요한 제례인 태묘 제사에 쓸 악장의 텍스트를 『시경』에서
수용함으로써 이루어지는 상호텍스트성의 범주에 '짜깁기·모작·표절' 등도
포함되는 점을 감안하면,[49] 이 시기 제사악장의 텍스트로 『시경』의 구절들을
갖다 쓰는 일이야말로 '述而不作의 해석학적 겸손'[50]의 범주에 드는 미덕이자
중세적 보편성의 가장 분명한 표징으로 생각되는 악장 제작의 관습이었다.
중세 왕조에서 흔히 이루어지던 이런 '텍스트 생산'의 관습이야말로 가장 떳떳
하고 기본적인 방법이라는 판단을 왕 스스로 내렸든 왕을 둘러싸고 있던 집권
층이 내렸든, 공민왕 말기에 들어와서 제작한 「徽懿公主魂殿大享樂章」과 「太
廟新撰樂章」에서 현실화되었음을 확인할 수 있다. 즉 중세 유교 왕조들의 지식
사회가 신봉하던 『시경』 등 聖經賢傳들의 수용과정에서 그 자체를 그대로 옮
겨놓고 그에 내재하는 가르침을 밖으로 표출해야 한다고 본 것이다. 무엇보다
옛 텍스트를 변조하거나 자신의 섣부른 생각으로 새롭게 만드는 일은 금물이
었다. 더구나 예로부터 통치문화의 중심 부분으로 지속되어온 제례악장이라
면 더욱더 그런 원칙에 충실해야 했다.[51] 거의 모든 텍스트를 『시경』에서 수용

---

48) 김형수, 같은 논문, 557쪽.
49) 박여성, 「간텍스트성의 문제: 현대 독일어의 실용 텍스트를 중심으로-텍스트 언어학, 기호학 및
   문예학의 공동 연구를 위한 제안-」, 『텍스트언어학』 3, 한국텍스트언어학회, 1995, 84-85쪽 참조.
50) 이재준, 「술이부작과 온고지신의 교육학적 해석」, 『人格敎育』 2, 한국인격교육학회, 2011, 76-77쪽
   참조.
51) 조규익, 「조선조 雩祀樂章의 텍스트 양상과 의미」, 『동아시아문화연구』 67, 한양대학교 동아시아문

함으로써 주나라의 예악정신을 재현하고, 그를 통해 중세왕조의 보편적 이상인 왕도정치를 구현하려는 욕망을 이 두 악장에 드러냈다고 할 수 있다. 공민왕대[16년과 20년]의 두 악장들에 나타난 『시경』 텍스트 수용의 양상과 의미를 분석하여 우리나라 악장에 반영된 『시경』 텍스트 수용 관습의 단초를 확인하고자 하는 것도 그 때문이다. 이와 함께 『고려사』 편찬 당시 조선의 지식사회나 지배계층의 현실적 공간에 『시경』이 얼마나 큰 힘을 발휘하고 있었는지도 살펴보게 될 것이다. 사실 '술이부작'은 성경현전에 대한 敬意의 극적인 표현 방법이자 성경현전의 奧義를 바탕으로 구축되는 중세적 보편성에 대한 신뢰감의 단적인 표출원리였다. 그런 방법이나 원리는 「휘의공주혼전대향악장」과 「신찬태묘악장」에 『시경』의 구절들이 수용된 양상들을 통해 확인될 것이고, 조선조에 이어져 태종 조 國王宴使臣樂의 악장으로 쓰인 『시경』 시들과 조선조의 대표적 제사악장들 및 <용비어천가>에 수용된 『시경』의 양상들을 통해서도 분명히 밝혀질 것이다.

2. 『시경』 텍스트의 조립으로 만든 「휘의공주혼전대향악장」, 그 중세 보편주의 구현의 양상

1) 「휘의공주혼전대향악장」 텍스트의 『시경』 수용 양상

「휘의공주혼전대향악장」[52]은 우리 왕조 역사상 역대 왕을 제외한 개인 추모의 독립악장으로는 첫 사례이자 향후 그 분야 악장 제작의 방법이나 관행에 관한 모범적 선례였다. 「태묘악장」이나 「휘의공주악장」의 등장은 대성악 수

화연구소, 2016. 11, 62-63쪽.
52) 이하 '휘의공주악장'으로 약칭한다.

용 이후 아악의 정착 및 변화·발전과 궤를 함께 해온 일이면서, 조선조 아악악
장의 기틀을 마련한 일이기도 하다는 점에서 음악사적으로도 악장사적으로도
특기할만한 사건이다. 고려 예종 9년[1114] 송나라 휘종은 사신 안직숭 편에
신악기와 곡보를 보내주었고, 그 2년 뒤에는 대성악을 연주하는 데 필요한
등가악기와 헌가악기 등 아악기들을 다량 보내주었다. 송나라로부터 대성악
과 악기들을 받은 즉시 예종은 태묘·원구·사직 등 국가 제례에 대성악을 사용
했으나, 공민왕 대에 이르러 시간의 경과로 악기가 손상된 것은 물론 고려의
문화적 본질과 맞지 않는 등의 이유로 대성악은 점차 쇠퇴하게 되었다.[53]

「휘의공주악장」의 배후에는 '노국대장공주와의 만남, 왕위에 즉위하기까지
겪은 우여곡절, 왕위에 오른 뒤 원나라로부터의 독립을 지향하며 개혁을 실천
해온 공민왕의 행적과 고려의 혼란했던 내정 등 극적이면서도 복잡한 역사적
사건들'이 놓여있다.[54] 공민왕과 노국공주의 결합은 자신들의 황족으로 배필
을 삼아 고려의 내정에 간섭하고자 했던 원나라의 정책에 순응하여 원하지
않는 짝을 받아들여 온 기왕의 사례들과 다른 경우였으며, 결혼 이후 공민왕과
의 사적인 관계나 차후 고려왕실에서 노국공주가 보여준 공적 위상 등에서도
기존의 사례들과는 분명 달랐다. 노국공주의 죽음이야말로 '공민왕의 파멸이
자 고려왕조의 멸망'을 의미한다[55]고 할 정도로 공민왕에게 노국공주는 절대
적인 존재였다. 그런 노국공주의 죽음 이후 국력을 기울여 그를 위한 影殿
건립의 大役事에 몰두함으로써 공민왕은 민심을 잃었고, 결국 나라 또한 망하

---

53) 『한국민족문화대백과: 대성아악』(http://terms.naver.com) 참조.
54) 이런 사실들은 김성준「麗代 元公主出身王妃의 政治的 位置에 對하여」,『韓國女性文化論叢』1, 이화
　　여대, 1958]·김혜원「麗元王室通婚의 成立과 特徵-元公主出身王妃의 家系를 중심으로-」,『梨大史苑』
　　24·25 합집, 이화여자대학교 사학회, 1989]·권순형「원 공주 출신 왕비의 정치권력 연구-충렬왕비
　　제국대장공주를 중심으로-」,『史學硏究』77, 한국사학회, 2005]·이형우「노국대장공주와 공민왕
　　의 정치」,『한국인물사연구』12, 한국인물사연구회, 2009] 등의 논문들 참조.
55) 이종명,「恭愍王と正陵影殿の工役」,『靑丘學叢』23, 靑丘學會, 1936, 114쪽.

게 된 것이다.56)

공민왕은 노국공주의 임신을 계기로 1차 사면령을 내렸고, 난산으로 위중해지면서 다시 사면령을 내릴 정도로 공주의 안전한 해산을 위해 최선을 다했다. 그러나 결국 공주가 죽자 능을 호화롭게 꾸며 장사지냈고, 호화롭게 지은 혼전에서 제사를 올리며 「휘의공주악장」을 사용했다. 노국공주를 의지하던 공민왕의 심리상태나 애정의 정도를 감안할 때, 그 악장에 기존의 「태묘악장」을 능가하는 정중함과 아름다움을 담으려 했을 것이고, 고려의 문화적·제도적 한계를 넘어 휘의공주에 대한 예우를 극대화하고자 했을 것이다. 휘의공주에 대한 찬양의 양식적 수준을 공민왕 자신이나 고려왕조에 맞추지 않고, 동아시아의 보편적 수준으로 높이고자 한 것이다. 말하자면 최고·최대의 영전을 건축하고 제왕을 능가하는 악장으로 제사를 올린 것도 개인사인 애정이나 슬픔을 공공의 일로 확대·전환하여 典禮化 시킨 경우로 볼 수 있다는 것이다.

사실 공민왕대에 이르러 확립되는 고려조 전례악장의 제작규범이나 관습의 일단이 「휘의공주악장」을 통해 확인되는데, 『시경』을 비롯한 경서들의 다양한 구절들을 모아 하나의 일관된 구조로 완결시키는 방법이 조선조에 넘어가서도 크게 바뀌지 않았다는 사실을 볼 때 「태묘악장」과 함께 「휘의공주악장」은 조선조 악장의 모범적 선례로 작용했음을 인정할 수 있다.57)

과연 「휘의공주악장」의 텍스트는 『시경』의 어느 부분들을 따온 것이고, 그 부분들을 조립시켜 완성한 악장 전체는 원천텍스트로서의 『시경』과 어느 정도의 거리를 유지하고 있으며, 전례화나 표준화를 통해 만들어진 모범적 선례로서의 「휘의공주악장」이 지닌 정치적·문화적 함의는 무엇일까.

---

56) 영전 건립에 따른 민심 이반의 사례들은 『고려사』[권 41 세가 41 공민왕 4의 '공민왕 16년[1367] 여름 4월/공민왕 17년[1368] 여름 5월/공민왕 17년[1368] 여름 6월 및 윤7월', 권 89 열전 2 后妃 2의 '공민왕 후비', 권 111 열전 6의 '柳濯'] 참조.

57) 조규익, 『조선조악장연구』, 21쪽.

공민왕 16년[1367] 정월 병오일, 왕은 몸소 휘의공주의 혼전에 행차하여 대향을 베풀었는데, 그 자리에서 연주한 것이 바로 이 악장이다. 공주를 향한 공민왕의 지극한 정은 이 여섯 작품들[<초헌악장>·<아헌악장>·<삼헌악장>·<사헌악장>·<오헌악장>·<종헌악장>]에 『시경』 시들에서 수용한 구절들로 드러나 있다. 사실 「휘의공주악장」은 『시경』 구절들의 '충실한 짜깁기'라 할 정도로, 『시경』 텍스트에 대한 의존도가 절대적이다. 따라서 「휘의공주악장」의 『시경』 수용 정도를 확인하는 것이 「휘의공주악장」 텍스트 비평의 전부라 할 수 있는데, 그 실상과 함께 의미를 분석하는 일은 「휘의공주악장」의 통시적 위상이나 의미를 찾기 위해서라도 반드시 선행되어야 할 작업이다. 「휘의공주악장」에 『시경』의 구절들이 수용된 사실은 이미 차주환[58]과 조규익[59] 등이 지적한 바 있으나, 그 전모가 구체적으로 거론된 적은 없고, 그 의미에 대해서 밝혀진 바도 없다. 이 부분의 입론이 그 점에 집중되는 것을 피할 수 없는 이유도 그 때문이다.

　　<1> 공주 혈통의 위대함/덕망에 대한 찬양/복록의 기원: <초헌악장>

思齊承懿	거룩하신 승의공주님은
文武之孫	문재와 무략을 지닌 할아버지의 손녀요
魏王之子	위왕이 따님이시로다.
君王之妃	우리 임금님의 왕비로서
倪天之妹	하늘에 비길만한 여인이시며
肅肅雍雍	엄숙하시고 온화하시니
允矣王姬	참으로 제왕의 따님다우셨도다.
聿來胥宇	오셔서 사실 곳을 살펴보시니
百祿是宜	온갖 복록 누리심 마땅하시도다.

---

58) 차주환은 자신이 번역한 『고려사악지』[을유문화사, 1974]의 33-34쪽 각주에서 『시경』 시들을 수용한 <오헌악장> 각 구의 출전을 밝힌 바 있다.
59) 조규익, 『조선조 악장 연구』, 21쪽.

<초헌악장>은 내용상 '1~3구/4~7구/8~9구' 등 3단으로 나뉜다. 죽어 이승에 없는 주인공의 삶을 '과거-현재-미래'로 나누어 적절히 배열해 놓은 점이 특이하다. 물론 그 시간대의 구분이 과거 시제 안에서의 그것이므로 통상적 의미에서의 '과거-현재-미래'와 다른 것은 사실이다. 그렇다면 <초헌악장>의 각 구는 어떻게 만들어졌을까.

1구에서 承懿 즉 승의공주는 그녀가 고려로 올 때 부여된 封號였다. 지금 널리 사용되는 노국대장공주란 호칭은 공주 사후 최종적으로 추증된 시호인 '仁德恭明慈睿宣安徽懿魯國大長公主'에서 나온 약칭이다.60) 초헌~4헌 악장의 冒頭에서 모두 '승의'를 돈호한 것은 전체 악장의 핵심인 이 부분들에서 공주의 덕에 대한 칭송이 내용의 주를 이루고 있기 때문이다.61) '思齊承懿'는『시경』「대아」'文王之什' <思齊>의 '思齊大任'에서 大任을 '승의'로 바꾼 것이다. 휘의 공주를 문왕의 모후인 태임에게 비의하려는 의도로 이 구절을 넣은 것이다. <사제>는 문왕의 덕을 노래한 것으로서, '문왕의 어머니이신 씩씩하고 엄숙한 태임이 실로 주강을 사랑하여 周室의 며느리 되기에 걸맞고, 태사에 이르러서는 그 아름다운 덕의 평판을 계승하여 자손이 매우 많다'62)고 했는데, 이 악장에『시경』처럼 태사 혹은 태사에 해당하는 인물을 끌어오지 않은 것은 공민왕이 자손 없음을 고려해서였을 것이다.

2구[문무지손]와 3구[위왕지자]는「노송」<閟宮>의 "周公之孫/莊公之子"63)에서 차용한 표현들이다. 주공의 손자이자 장공의 아들인 僖公을 찬양하는 것이『시경』의 이 부분인데, <휘의공주악장>의 3구와 달리 '문무지손'으로 초점을 흐린 점이 주목된다.『시경』의 경우 '문무'는 '문왕과 무왕'64), '문덕과 무공[혹

---

60) 이형우, 앞의 논문, 147쪽. 본서에서는 '승의' 대신 '휘의'를 사용한다.

61) 나머지 5헌과 종헌에서는 주로 제사 절차나 그 完整美에 대해서만 언급하고 있다.

62)『文淵閣四庫全書: 經部/詩類/詩傳大全』卷十六의 "此莊敬之太任 乃文王之母 實能媚于周姜 而稱其 爲周室之婦 至於太姒 又能繼其美德之音 而子孫衆多." 참조.

63)『文淵閣四庫全書: 經部/詩類/詩經集傳』卷八 참조.

은 문재와 무략'65), '문무백관'66) 등을 줄여 부른 말이다. 이 가운데 <휘의공주악 장>의 그것은 두 번째 것을 차용한 사례다. 사실 徽懿魯國大長公主 즉 寶塔失里 는 원나라 종실 魏王의 딸로서, 承懿公主라는 작호는 원나라에 와 있던 공민왕 과 결혼할 때 원나라가 내린 것이다.67) 원나라 세조 쿠빌라이의 손자로서 위왕 으로 책봉된 阿木哥는 정치적 이유로 6년 간 제주도에 유배되는 등 고려와 인연이 깊었는데, 그의 일곱 아들 중 넷째인 위왕 孛羅帖木兒의 딸이 바로 노국대장공주였다. 그녀는 원나라 종실의 딸로서 주나라 주공이나 장공 등과 같은 등급으로 내세울 만한 父祖들이 아니었으므로, '문무지손/위왕지자'로 얼버무릴 수밖에 없었을 것이다.

4구 '군왕지비'는 단순히 '우리 군왕[즉 공민왕]의 비'만을 가리키지 않는다. 이면적으로는 이상적인 군왕과 왕비를 일반화시켜 지칭함으로써 「주남」<關 雎>의 '窈窕淑女/君子好逑'68)가 지칭하는 '문왕-태사'에 비견코자 하는 의도를 담고 있는 것으로 해석된다. 성덕을 타고 난 주나라 문왕이 성녀인 태사를 배필로 삼았는데, 궁중의 사람들이 태사가 유한정정한 덕이 있음을 보고 이 시를 지었다는 것이며,69) 후인들이 그런 덕을 칭송하여 태사를 后 즉 '天子之 妃'70)로 불렀다는 것이다.

5구 '견천지매'는 「대아」<大明> 제5장의 두 번째 구절로서 문왕 비 태사의 덕을 말한 표현이다. <대명>은 모두 여덟 개의 장으로 이루어져 있는데, 1장은

---

64) 『文淵閣四庫全書: 經部/詩類/詩經集傳』卷七의 "文武受命 召公維翰" 참조.
65) 『文淵閣四庫全書: 經部/詩類/詩經集傳』卷五의 "文武吉甫 萬邦爲憲", 卷八의 "宣哲維人 文武維后" 등 참조.
66) 『文淵閣四庫全書: 經部/詩類/詩經集傳』卷七의 "王之元舅 文武是憲" 참조.
67) 『국역 고려사: 열전』, 「공민왕 후비」 참조.
68) 『文淵閣四庫全書: 經部/詩類/詩經集傳』卷一.
69) 『文淵閣四庫全書: 經部/詩類/詩傳大全』卷一의 "周之文王 生有聖德 又得聖女姒氏 以爲之配 宮中之 人 於其始至見其幽閑貞靜之德 故作是詩" 참조.
70) 『文淵閣四庫全書: 經部/詩類/毛詩李黃集解』卷一의 "天子之妃曰 后太姒 但爲西伯夫人耳 安得以后 爲稱 謂之后者 乃後人追稱之也" 참조.

천명이 무상하여 오직 덕 있는 이에게 내림을, 2장은 王季와 大任의 덕이 문왕에게 미쳤음을, 3장은 문왕의 덕을 각각 말한 것들이고, 4·5·6장은 문왕과 태사의 덕이 무왕에게 미쳤음을, 7장은 무왕이 紂를 정벌했음을 각각 말했으며, 8장은 무왕이 상나라를 이겼음을 말하여 1장에서 말한 뜻을 종결지었다.[71]

　<대명> 5장의 핵심이자 4·5·6장의 핵심이 바로 '견천지매'다. 천명을 받아 무왕의 상나라를 정벌하고 나라를 세웠음을 말한 것이 1장과 7장, 8장이다. 2장에서 왕계와 태임이 결합하여 3장의 문왕으로 이어진 사실과 대를 이루는 것이 4·5·6장에서 문왕과 태사가 결합하여 7장·8장의 무왕으로 이어진 내용이다. 무왕이 등장하여 주왕을 정벌했고, 그로 말미암아 상나라가 멸망되었으므로 이 노래의 핵심은 후반에 있고, 그 부분의 핵심은 문왕과 태사의 덕에 있다. 따라서 '견천지매'는 하늘로부터 명을 받아 나라를 건국하는 것은 임금뿐 아니라 '하늘에 견줄만한 덕을 지닌 여인'인 태사 또한 그런 존재임을 강조한 표현이다.

　肅肅雍雍[6구]의 출처는 「召南」 <何彼穠矣> 1장의 '曷不肅雝',[72] 「대아」 <사제> 3장의 '雝雝在宮 肅肅在廟',[73] 「周頌」 <淸廟>의 '肅雝顯相',[74] 「주송」 <有瞽>의 '肅雝和鳴'[75] 등 여러 곳에 등장한다. 곳에 따라 '肅肅雍雍'의 줄임말인 '肅雍[혹은 雝]'으로 쓰여 있기도 하고, '雝雝'과 '肅肅'이 별개의 두 구로 분리되어 있기도 하지만, 양자는 '엄숙[肅肅]'과 '온화[雍雍/雝雝]'로 어느 경우나 함께 따라다닌다.[76]

---

71) 『文淵閣四庫全書: 經部/詩類/詩傳大全』 卷十六의 "一章 言天命無常 惟德是與 二章 言王季太任之德 以及文王 三章 言文王之德 四章五章六章 言文王太姒之德 以及武王 七章 言武王伐紂 八章 言武王克商 以終首章之意" 참조.
72) 『文淵閣四庫全書: 經部/詩類/詩經集傳』 卷一.
73) 『文淵閣四庫全書: 經部/詩類/詩經集傳』 卷六.
74) 『文淵閣四庫全書: 經部/詩類/詩經集傳』 卷八.
75) 『文淵閣四庫全書: 經部/詩類/詩經集傳』 卷八.
76) 『文淵閣四庫全書: 經部/詩類/詩傳大全』 卷十六의 "雝雝和之至也 肅肅敬之至也" 참조.

<하피농의>의 '歇不肅雍'은 왕의 딸이 타는 수레[王姬之車]가 엄숙하고 온화함을 찬양한 말이다. 즉 왕의 딸이지만 제후에게 낮춰 시집가면서 수레와 복장을 남편의 신분에 매이지 않고 왕후에서 한 등급 낮게 내림으로써 婦道를 잡아 엄숙하고 온화한 덕을 이룩했다는 것[77]이 <하피농의>의 내용적 골자이고, 그 핵심은 '숙옹'에 있다. <하피농의>에 반영된 핵심 모티프로서의 '왕희의 부도'가 「휘의공주악장」에 수용되었음이 확인된다.

<사제>의 '離離在宮 肅肅在廟'는 궁중에서의 온화한 모습과 종묘에서의 공경하는 모습을 보여준 문왕의 덕망을 찬양한 내용인데, 1장에서 노래한 태임과 태사의 덕이 문왕의 그런 점을 만든 원인이었음을 암시한다.[78] <청묘>의 '肅離顯相'은 주공이 사당에서 문왕을 제사하며 거느리고 있던 제후들의 공경하고 온화한 모습을 그려낸 표현이고, <유고>의 '肅離和鳴'은 문왕에게 제사를 올릴 때 사용한 음악의 엄숙하고 온화한 소리를 표현한 말이다. 이처럼 휘의공주의 엄숙하면서도 온화한 모습을 찬양한 '숙숙옹옹'의 문헌적 근거가 『시경』에 있음은 분명해진다.

'允矣王姬'[제7구]는 제왕의 따님다운 휘의공주의 덕을 찬양한 말로서 이 표현 또한 『시경』에서 따온 것임은 물론이다. 「소아」 <車攻> 제8장[之子于征/有聞無聲/允矣君子/展也大成]의 '允矣君子'는 그런 표현법의 선례다. '진실로 군자다우시도다!'는 옛 제도를 회복한[79] 宣王에 대한 찬양이며, 이 표현을 차용해 만든 '진실로 왕의 따님 다우시도다!'는 휘의공주의 덕을 찬양한 말로서, 4-7구에 표상된 내용의 핵심이다. '聿來胥宇'[제8구]는 「대아」 <緜>의 제2장[古公亶父/來朝走馬/率西水滸/至于岐下/爰及姜女/聿來胥宇]을 마무리하는 구절이다. 할아버지 고공

---

77) 『文淵閣四庫全書: 經部/詩類/詩傳大全/詩序』의 "何彼穠矣 美王姬也 雖則王姬 亦下嫁於諸侯 車服不繫其夫 下王后一等 猶執婦道 以成肅離之德也" 참조.
78) 『文淵閣四庫全書: 經部/詩類/詩傳大全/詩序』의 "思齊 文王所以聖也" 참조.
79) 『文淵閣四庫全書: 經部/詩類/詩傳大全/詩序』 卷下의 "車攻 宣王復古也" 참조.

단보의 덕과 노력, 고난을 발판으로 결국 문왕이 주나라를 건국하게 된 점 등을 노래한 것이 <면>이다. 태왕[즉 고공단보]이 서쪽 물가 기산 아래에 이르러 왕비인 강녀와 함께 집터를 보았다는 사실을 수용한 것은 제2장 즉 공민왕이 휘의공주와 함께 중국으로부터 돌아와 고려 백성들을 다스릴 기틀을 마련했다는 사실을 바탕으로 공주의 덕을 찬양하고자 한 의도 때문이었다. 제9구에서 휘의공주가 온갖 복록을 누림이 마땅하다고 말한 근거도 바로 여기에 있다.

'百祿是宜'[제9구]의 '百祿'은 『시경』에 두루 등장하는 관습적 표현으로서, 덕이 높거나 착한 일을 하는 이에게 내려지는 하늘의 온갖 복을 의미한다. 「소아」 <천보> 2장,80) 「상송」 <玄鳥> 4장,81) <長發> 4장82) 및 5장83)의 '백록'은 각각 주인공의 덕망[<u>罄無不宜</u>, <u>殷受命咸宜</u>, <u>敷政優優</u>, <u>不戁不竦</u>]'에 근거를 두고 있다는 점에서 동일하고, 휘의공주의 덕망을 전제로 '온갖 복록 받은 것이 마땅하다[百祿是宜]'고 말한 「휘의공주악장」 <초헌악장>의 종구는 이런 점에서 『시경』의 해당 구절들과 부합한다.

이처럼 휘의공주 혈통의 위대함과 덕망에 대한 찬양을 바탕으로 복록을 기원하는 것이 <초헌악장>의 내용인데, 『시경』의 구절들을 그대로 따오거나 혹은 역사적 사실이나 모티프들을 차용하여 그런 점을 구체화했다.

---

80) 『文淵閣四庫全書: 經部/詩類/詩經集傳』 卷四의 "天保定爾/俾爾戩穀/<u>罄無不宜</u>/受天百祿/降爾遐福/維日不足" 참조.

81) 『文淵閣四庫全書: 經部/詩類/詩經集傳』 卷八의 "四海來假/來假祈祈/景員維河/<u>殷受命咸宜</u>/百祿是何" 참조.

82) 『文淵閣四庫全書: 經部/詩類/詩經集傳』 卷八의 "受小球大球 爲下國綴旒 何天之休 不競不絿 不剛不柔 <u>敷政優優</u> 百祿是遒" 참조.

83) 『文淵閣四庫全書: 經部/詩類/詩經集傳』 卷八의 "受小共大共 爲下國駿厖 何天之龍 敷奏其勇 不震不動 <u>不戁不竦</u> 百祿是總" 참조.

〈2〉 공주의 엄숙한 덕/임금을 지극히 따른 덕망/제사절차의 완정함:
〈아헌악장〉

思齊承懿	거룩하신 승의공주님
肅肅其德	그 덕이 엄숙하셨도다.
駿惠我王	우리 임금님을 지극히 따르시니
莫匪爾極	그 지극하신 덕 비할 데 없었도다.
永言在天	길이 하늘에 올라가 계시니
嗚呼不忘	아! 잊지 못하겠도다.
我將我享	내 몸소 제향을 바쳐
以洽百禮	온갖 예를 갖추었으니
永觀厥成	그 이루어짐 영원히 보시리라.

〈2〉의 내용도 '1-2구/3-6구/7-9구' 등 3단으로 구성되어 있다. '사제승의'는 〈초헌악장〉과 동일하고, 2구 '숙숙기덕' 역시 태임과 태사의 덕을 노래한 「소남」〈하피농의〉[1장], 「대아」〈사제〉[3장], 「주송」〈청묘〉와 〈유고〉 등의 '肅肅', '肅雝', '肅肅雍雍' 등을 수용한 말이라는 점에서, 〈초헌악장〉 해당 부분의 반복이다.

「주송」〈維天之命〉[84]의 '駿惠我文王'을 수용한 제3구 '駿惠我王'은 '우리 문왕을 지극히 따르겠다'는 속뜻을 갖고 있으며, '문왕의 신이 아껴주심이 있다면 마땅히 그것을 받아서 크게 문왕의 도를 따를 것이니, 후왕들은 또한 마땅히 도타이 하여 잊지 말라'[85]는 의미도 담겨 있다. 물론 〈유천지명〉은 주나라에 조성된 태평함을 돌아간 문왕에게 고한[86] 노래로서, 그 노래 중의 '駿惠我文王'과 생시에 공민왕을 따르고 내조한 휘의공주의 지극한 덕을 찬양한 '駿惠

---

84) 『文淵閣四庫全書: 經部/詩類/詩經集傳』 卷八의 "假以溢我 我其收之 駿惠我文王 曾孫篤之" 참조.
85) 『文淵閣四庫全書: 經部/詩類/詩傳大全』 卷十九의 "文王之神 將何以恤我乎 有則我當受之 以大順文王之道 後王又當篤厚之而不忘也" 참조.
86) 『文淵閣四庫全書: 經部/詩類/毛詩注疏』 卷二十六의 "維天之命 大平告文王也" 참조.

我王'이 얼마간 거리가 있긴 하지만, 공민왕의 덕을 문왕에게 비긴 내용이라는
점에서 충분히 수용할만한 대상이다.

莫匪爾極[제4구]는 「주송」 <思文>의 '莫匪爾極'을 고스란히 가져온 경우다.
원래 <사문>은 백성으로 하여금 곡식을 먹을 수 있도록 한 후직의 덕을 하늘
에 비견한 노래인데, 공민왕을 지극히 도운 휘의공주의 덕을 하늘에 견주기
위해 이 문구를 <사문>으로부터 끌어온 것이다.

永言在天[제5구]은 『시경』의 시들에 자주 쓰인 관용적 어구의 하나로, '길이
하늘에 올라가 계심' 즉 '죽어서 하늘에 올라가 후손들을 보살피는 신이 되었
음'을 뜻한다. 『시경』의 경우 대표적으로 「대아」 <문왕>의 6장[87]과 <下武>의
2·3·4장[88]에서 직접적으로 '영언'의 예들을 찾을 수 있다. <문왕>의 '永言配
命'은 '조상들이 덕망을 바탕으로 천명을 받고 복을 받은 사실'을 잊지 말라는,
후왕들에 대한 경계를 바탕에 깔고 있다. <하무>에도 똑 같은 '영언배명'이
등장하고, '永言孝思'란 말도 반복된다. '효사' 즉 효성스런 생각으로 밝게 선왕
의 일을 이었기 때문에 사람들이 무왕을 천자로 추대했다는 것이다.[89] 특히
<하무> 1장의 '三后在天'은 이미 죽은 세 임금[大王·王季·文王]이 하늘에 올라가
신으로 좌정했고, 그 정신이 후왕들에게 모범으로 확립되어 있다는 말이다.
즉 <아헌악장> 속의 '영언재천'은 『시경』 속의 '영언'과 '재천'을 합성한 어구
로서, 이미 죽어 하늘에서 신으로 좌정하고 있는 휘의공주의 덕망과 정신을
잊지 말고 이어받겠다는 취지의 근원이 『시경』에 있음을 암시하고 있는 것이
다. 嗚呼不忘[제6구]은 이 부분의 내용을 마무리하는 구절로서 핵심은 '불망[휘의

---

87) 『文淵閣四庫全書: 經部/詩類/詩經集傳』卷六의 "無念爾祖 聿脩厥德 <u>永言配命</u> 自求多福 殷之未喪師
克配上帝 宜鑑于殷 駿命不易" 참조.

88) 『文淵閣四庫全書: 經部/詩類/毛詩注疏』卷二十三의 "王配于京 世德作求 <u>永言配命</u> 成王之孚", "成王
之孚 下土之式 <u>永言孝思</u> 孝思維則", "媚玆一人 應侯順德 <u>永言孝思</u> 昭哉嗣服" 등 참조.

89) 『文淵閣四庫全書: 經部/詩類/詩傳大全』卷十六의 "言天下之人 皆愛戴武王 以爲天子 而所以應之
維以順德 是武王能長言孝思 而明哉其嗣先王之事也" 참조.

공주의 덕망을 잊지 않겠다'이고, 이 말이 이미 『시경』의 여러 곳[「소아」<蓼蕭>, 「소아」
<鼓鐘>, 「대아」<假樂>, 「주송」<烈文>, 「주송」<閔予小子>]에 등장하는 점으로 미루어,
이것 역시 그런 것들로부터 내용이나 분위기를 차용하여 마무리한 것으로
보인다. 我將我享[제7구]은 「주송」<我將>90) 첫 구 '我將我享'을 가져온 것이니,
제사 절차를 언급한 부분의 시작이다. '문왕을 명당에 높여 제사하여 상제를
배향하는 악가'91)라는 <아장>의 취지를 수용함으로써 휘의공주를 명당에 높
여 제사하여 상제에게 배향하려는 뜻을 구현했다는 것, 즉 제사 대상을 지극히
높이는 『시경』의 관습적 표현을 적절히 따온 경우로 볼 수 있다.

　以洽百禮[제8구]는 「소아」<賓之初筵> 2장92)에서 따온 것으로, 7구에 이어
제사절차의 완정함을 찬양한 내용이다. '피리 불고 춤추며 생황을 두들기며/
음악을 이미 조화롭게 연주하고/나아가 열조를 즐겁게 하니 온갖 예에 합하였
다'는 것으로, 時祭를 지낸 뒤 음복하는 자들이 처음에 예악의 성대함이 이러
했음93)을 말한 내용이다. '衛나라 武公이 당시의 세상을 풍자한 시94)라거나
위나라 무공이 술을 마시고 과오를 뉘우친 것'이라는 등의 설이 있어 이 노래
의 심층적 의미를 달리 파악할 수도 있겠지만, 고려조에서는 액면 그대로 '휘
의공주 제사에서 온갖 예를 갖추었다'는 표면적 의미만 취해온 것이다. 永觀厥
成[제9구]은 「주송」<유고>95)의 마지막 구[제13구]를 그대로 수용한 경우다. <유
고>의 마지막 부분에서 "떠들썩한 그 소리/엄숙하고 온화하게 울려 나오니/

---

90) 『文淵閣四庫全書: 經部/詩類/詩經集傳』 卷八의 "我將我享 維羊維牛 維天其右之 儀式刑文王之典
　　日靖四方 伊嘏文王 旣右饗之 我其夙夜 畏天之威 于時保之" 참조.

91) 『文淵閣四庫全書: 經部/詩類/詩傳大全』 卷十九의 "此宗祀文王於明堂 以配上帝之樂歌" 참조.

92) 『文淵閣四庫全書: 經部/詩類/詩經集傳』 卷五의 "籥舞笙鼓 樂旣和奏 烝衎烈祖 以洽百禮 百禮旣至
　　有壬有林 錫爾純嘏 子孫其湛 其湛曰樂 各奏爾能 賓載手仇 室人入又 酌彼康爵 以奏爾時" 참조.

93) 『文淵閣四庫全書: 經部/詩類/詩傳大全』 卷十四의 "此言因祭而飲者 始時禮樂之盛如此也" 참조.

94) 『文淵閣四庫全書: 經部/詩類/詩傳大全』 卷十四의 "毛氏序日 衛武公刺幽王也 韓氏序日 衛武公飲酒
　　悔過也" 참조.

95) 『文淵閣四庫全書: 經部/詩類/詩經集傳』 卷八의 "有瞽有瞽 在周之庭 設業設虡 崇牙樹羽 應田縣鼓
　　鞉磬柷圉 旣備乃奏 簫管備擧 喤喤厥聲 肅雝和鳴 先祖是聽 我客戾止 永觀厥成" 참조.

선조가 이에 들으시고/우리 손님 이르시어/그 음악 끝남을 길이 보시도다"라고 하여 절차의 완정함을 최종적으로 선언하는 부분인데, 이것을 고려조에서 수용하여 <아헌악장>의 말미로 삼은 것이다.

<3> 공주의 훌륭한 덕/제사 절차의 완정함/신의 흠향 및 신령의 보살핌에 대한 기원: <삼헌악장>

嗚呼承懿	아! 승의공주님은
德音不已	훌륭한 말씀 그치지 않으셨도다.
勉勉我王	부지런하고 부지런하신 우리 임금님
聿追祀事	추모하며 제사를 올리시도다.
樂旣和奏	음악을 부드럽게 연주하여
以妥以侑	편안하시도록 권하였도다.
神嗜飮食	신께서 음식을 즐기시고
日監在兹	날로 살펴보심 이에 계시니
胡臭亶時	어찌 향내가 진실로 때에 알맞을 뿐이리오.

<삼헌악장> 역시 내용상 세 부분[1-2구, 3-6구, 7-9구]으로 나뉜다. 德音不已[제2구]는 「소아」 <南山有臺> 3장96)에서 가져온 구절로서, '현자를 얻음을 즐거워한 것이니, 현자를 얻으면 국가를 잘 다스려 태평의 기초를 세울 수 있다97)는 것이 중심 내용이다. 주자는 "이어서 반갈아 가며 <魚麗>를 노래하고 <由庚>을 笙으로 연주하며, <南有嘉魚>를 노래하고 <崇丘>를 생으로 연주하며, <남산유대>를 노래하고 <由儀>를 생으로 연주한다. 間은 교대한다는 것이니, 한 번 노래하고 한 번 악기를 분다는 뜻이다."라는 『儀禮』「鄕飮酒」와 「燕禮」를

---

96) 『文淵閣四庫全書: 經部/詩類/詩經集傳』卷四의 "南山有杞 北山有李 樂只君子 民之父母 樂只君子 德音不已" 참조.

97) 『文淵閣四庫全書: 經部/詩類/毛詩注疏』卷十七의 "南山有臺 樂得賢也 得賢則能爲邦家 立太平之基矣" 참조.

근거로, 이 노래들이 모두 빈객을 위해 연향을 베풀 때 상하에 통용하던 음악이라 했다.[98] 연향 노래의 한 구절을 제사 악장으로 수용한 경우가 일반적인 일이었는지에 대해서는 별도의 논의가 필요하겠지만, 이 경우는 덕망 높은 휘의공주를 왕의 배필로 삼은 점을 찬양한 내용으로 전용했다는 점에서 크게 문제되지 않았으리라 본다. 勉勉我王[제3구]은 「대아」 <棫樸> 5장[99]에서 가져온 구절이다. <역박>은 문왕의 훌륭한 덕이 사람들을 감화시키고 진작시켜 천하의 綱紀가 됨으로써 많은 사람들로 하여금 귀의하게 만들었음을 찬양한 노래다.[100] '많은 사람들을 감화시켜 귀의하게 만들었을 만큼 부지런하고 훌륭한 덕망의 소유자'로 상정된 공민왕이 휘의공주를 추모하며 몸소 제사 올리는 광경을 묘사한 장면이 바로 이 부분인데, 3구에서 시작된 시상이 이어져 聿追祀事[제4구]에서 더 구체화되었다. '聿追祀事' 자체가 『시경』 내의 成句는 아니지만, 「소아」 <信南山> 6장과 <楚茨> 2장의 '祀事孔明'으로부터 이 구절의 作意를 따왔을 가능성이 크다. 제사하는 일이 크게 갖추어져 선조의 신령이 크게 강림했고, 그에 따라 효손이 큰 복을 받아 만수무강하리라는 것이 <초자> 2장 2·3단의 내용[101]이고, 마찬가지로 제사가 매우 갖추어져 선조의 신령이 크게 강림하여 큰 복으로 보답하여 만수무강하리라는 것이 <초자>의 바로 뒤에 배치된 <신남산> 6장[102]의 내용이다. 악장 제작자들은 휘의공주의 신령에게 지극한 자세로 제사를 올리는 공민왕의 모습을 그려내기 위해 『시경』

---

98) 『文淵閣四庫全書: 經部/詩類/詩傳大全』 卷九의 "按儀禮鄉飲酒及燕禮 前樂旣畢 乃間歌魚麗 笙由庚 歌南有嘉魚 笙崇丘 歌南山有臺 笙由儀 間代也 言一歌一吹也 然則此六者 蓋一時之詩 而皆爲燕饗賓客 上下通用之樂" 참조.

99) 『文淵閣四庫全書: 經部/詩類/詩經集傳』 卷六의 "追琢其章 金玉其相 勉勉我王 綱紀四方" 참조.

100) 『文淵閣四庫全書: 經部/詩類/詩傳大全』 卷十六의 "此詩前三章 言文王之德 爲人所歸 後二章 言文王 之德 有以振作綱紀天下之人 而人歸之" 참조.

101) 『文淵閣四庫全書: 經部/詩類/詩經集傳』 卷五의 "祝祭于祊 祀事孔明 先祖是皇 神保是饗 孝孫有慶 報以介福 萬壽無疆" 참조.

102) 『文淵閣四庫全書: 經部/詩類/詩經集傳』 卷五의 "是烝是享 苾苾芬芬 祀事孔明 先祖是皇 報以介福 萬壽無疆" 참조.

<초자>와 <신남산>의 '祀事'를 끌어왔을 것이다.

「소아」 <빈지초연> 2장103)의 해당 구절을 가져온 것이 樂旣和奏[제5구]다. 앞에서 언급한 바와 같이 <아헌악장>의 以洽百禮[제8구] 역시 <빈지초연>의 2장에서 따온 바 있는데, '樂旣和奏'와 '以洽百禮'는 모두 시제를 지낸 뒤 음복하면서 예악의 성대함을 칭송한 내용의 구절들이다. 『시경』의 이런 구절들을 끌어와 휘의공주 제향의 절차와 제도가 완정함을 찬양하고자 했을 것이다. 以妥以侑[제6구]는 「소아」 <초자> 1장104)의 해당 구절을 끌어온 것으로, '제사 지낼 때 족인의 아들을 점쳐 尸로 삼아 이미 술과 음식을 올리고 맞이하여 神座에 앉히고, 절하여 편안하게 함'105)을 뜻한다. 제주인 공민왕이 극진한 제사절차에서 죽은 휘의공주를 편안하게 모시고 권했다는 것이다. '제사에서 신을 섬기고 복을 받는 절차를 지극히 말하여 상세함을 다하고 갖출 것을 다 갖추었으니, 선왕들이 백성에게 치력한 것이 극진한즉 신에게 치력한 것이 상세함을 미루어 밝힌' <초자>의 핵심내용들 가운데 '이타이유'를 가져다 휘의공주 제례 <아헌악장>의 핵심구절로 사용한 것이다.

마지막 단의 제7구[神嗜飮食]는 제6구에서 <초자> 1장의 '以妥以侑'를 끌어다 쓴 것처럼 같은 <초자>의 4장106)과 6장107)에서 끌어다 쓴 구절이다. 말하자면 『시경』의 대표적인 제사노래들 가운데 하나인 <초자>로부터 제사행위의 원인과 결과에 해당하는 '이타이유'와 '신기음식'을 끌어온 것으로 보인다. '부지

---

103) 『文淵閣四庫全書: 經部/詩類/詩經集傳』 卷五의 "籥舞笙鼓 樂旣和奏 烝衎烈祖 以洽百禮 百禮旣至 有壬有林 錫爾純嘏 子孫其湛 其湛曰樂 各奏爾能 賓載手仇 室人入又 酌彼康爵 以奏爾時" 참조.

104) 『文淵閣四庫全書: 經部/詩類/詩經集傳』 卷五의 "楚楚者茨 言抽其棘 自昔何爲 我蓺黍稷 我黍與與 我稷翼翼 我倉旣盈 我庾維億 以爲酒食 以饗以祀 以妥以侑 以介景福" 참조.

105) 『文淵閣四庫全書: 經部/詩類/詩傳大全』 卷十三의 "禮曰 詔妥尸 蓋祭祀 筮族人之子爲尸 旣奠迎之 使處神坐 而拜以安之也" 참조.

106) 『文淵閣四庫全書: 經部/詩類/詩經集傳』 卷五의 "我孔熯矣 式禮莫愆 工祝致告 徂賚孝孫 苾芬孝祀 神嗜飮食 卜爾百福 如幾如式 旣齊旣稷 旣匡旣勑 永錫爾極 時萬時億" 참조.

107) 『文淵閣四庫全書: 經部/詩類/詩經集傳』 卷五의 "樂具入奏 以綏後祿 爾殽旣將 莫怨具慶 旣醉旣飽 小大稽首 神嗜飮食 使君壽考 孔惠孔時 維其盡之 子子孫孫 勿替引之" 참조.

런한 공민왕이 추모의 제사를 올리면서 음악으로 조화로운 분위기를 만들며 신을 편안하게 하고 권하니 신께서 즐거이 흠향했다'는 것인데, 이 내용을 분명히 드러내기 위해 이미 알려진 『시경』 관련의 두 구절들을 끌어다 연속으로 배치한 것이다.

日監在玆[제8구]는 「周頌」 <敬之>108)의 6구를 끌어온 것이다. <경지>는 원래 뭇 신하들의 경계를 받은 成王의 '공경할지어다, 공경할지어다! 천도가 심히 밝아 그 명령을 보전하기 쉽지 않으니 그것이 높은 곳에 있어서 나를 살피지 못한다 이르지 말고 그 총명하여 밝고 두려워하여 항상 내 행위에 오르내리듯 신령이 날마다 여기에 임하여 보지 않음 없음을 알아 공경하지 않으면 안된다'109)는 말이 바로 '日監在玆'로 마무리되는 앞단이다. <경지>는 뭇 신하들이 嗣王에게 올린 경계의 말110)임을 감안하면, 이 말을 「휘의공주악장」에 끌어다 쓴 사람들의 의도가 단순히 '휘의공주의 신령이 날마다 살펴본다'는 데만 있었던 것은 아니다. 휘의공주가 생전에 그랬듯이 죽은 뒤에도 공민왕과 나라를 보살필 것이니, 왕과 군신들은 좋은 정치에 부지런해야 한다는 경계의 의도까지 노래의 이면에 담았다고 보아야 한다.

「대아」 <生民> 8장111)의 구절을 끌어온 것이 마지막 구[胡臭亶時]다. 胡臭亶時 즉 '어찌 향내가 때에 맞을 뿐이리오?'라는 말 속에는 어떤 이면적 의미들이 담겨 있을 수 있지만, 「휘의공주악장」의 경우는 원래의 그 상세한 내용 대신 '휘의공주 신령께서 날로 보살펴 주심이 앞으로도 계속될 것'이라는 기원을

---

108) 『文淵閣四庫全書: 經部/詩類/詩經集傳』 卷八의 "敬之敬之 天維顯思 命不易哉 無曰高高在上 陟降厥 士 <u>日監在玆</u> 維予小子 不聰敬止 日就月將 學有緝熙于光明 佛時仔肩 示我顯德行" 참조.

109) 『文淵閣四庫全書: 經部/詩類/讀詩質疑』 卷二十九의 "成王受群臣之戒 而述其言 曰 敬之哉 敬之哉 天道甚明 其命不易保也 無謂其高而不吾察 當知其聰明明畏 常若陟降於吾之所爲 而無日不臨監于此 者 不可以不敬也" 참조.

110) 『文淵閣四庫全書: 經部/詩類/詩集傳』 卷十八의 "敬之 群臣進戒嗣王也" 참조.

111) 『文淵閣四庫全書: 經部/詩類/詩經集傳』 卷六의 "卬盛于豆 于豆于登 其香始升 上帝居歆 <u>胡臭亶時</u> 后稷肇祀 庶無罪悔 以迄于今" 참조.

담았다. <생민> 제8장의 '제기에 채워 담되/나무그릇과 질그릇에 하도다/그 향이 비로소 올라가니/상제께서 편안히 흠향하시도다/어찌 향내가 때에 맞을 뿐이리오?/후직이 처음으로 제사하심으로부터/거의 죄와 후회가 없이/지금에 이르셨도다'라는 내용이 바로 그것이다. 胡臭亶時를 중심으로 앞과 뒤의 내용은 제사절차의 완정함에 대한 서술로서 '때에 맞게 제사를 지낸 일'과 함께 정성과 절차가 間斷 없이 지속되어 온 데 대한 찬양과 자부가 그 핵심이다. 그것을 「휘의공주악장」의 <삼헌악장>에서는 '부지런한 임금이 완정한 절차의 추모 제사를 지내서 신령이 편안하고 즐겁게 흠향했으므로, 신령의 보살 피심이 앞으로도 끊임없이 계속되리라'는 믿음과 기원을 드러내는 결구로 변용되었음을 확인할 수 있다.

　　<4> 공주의 훌륭한 덕/제사 절차의 완정함과 흠향의 기원/제사음악의 완벽함에 대한 찬양: <사헌악장>

明明承懿	밝고 밝으신 승의공주님
允恭允明	참으로 공손하고 참으로 명철하시고
淑愼爾止	착하고 조신하신 그 거동
厥類惟彰	무리에서 뛰어 나셨도다.
於論伐鼓	아, 질서정연하게 북을 치며
以禋以祀	정결히 재계하고 제사를 올리나니
以假以享	이르러 흠향하소서.
資我思成	나로 하여금 九成을 생각게 할 만큼
穆穆厥聲	아름답고 아름답도다, 저 소리여!

　'1-4구/5-7구/8-9구' 등 3단으로 나누어지는 <사헌악장>은 단락별 내용이나 해당 구들의 배분에서 앞의 악장들과 약간 다른 모습을 보여준다. 明明承懿[제1구]는 앞에서 반복적으로 보여 준 의례적 돈호 부분이고, 允恭允明[제2구]은

제작자들이 휘의공주의 몸가짐을 찬양하기 위해 창안한 표현이다. 淑愼爾止[제 3구]는 「대아」 <抑> 8장[112]에서 가져 온 구절이다. 원래 <억>의 해당 부분은 '辟爾爲德/俾臧俾嘉/淑愼爾止/不愆于儀'로서, 덕을 닦는 일에 관하여 임금을 경계한 부분이다. <억>은 위나라 무공이 厲王을 풍자하고, 또한 스스로 경계한 시[113]인데, 휘의공주의 덕을 찬양하기 위해 그 가운데 한 구를 따온 것이다. 말하자면 <억>에서는 '경계'의 의미로 사용한 구절을 「휘의공주악장」에서는 '찬양'의 목적으로 전용한 것이다. 이와 달리 제4구 厥類惟彰은 『書經』의 「周書」 '泰誓 下'의 두 번째 대문에 들어 있는 핵심 구절들[天有顯道 厥類惟彰[114]] 중의 하나로서, 주나라 무왕이 商王 受를 정벌하면서 포고한 내용이다. 즉 '하늘에 떳떳한 도리가 있어 그 올바른 부류가 분명하다'는 말이니, 떳떳한 천도가 뛰어나다는 뜻이다. 휘의공주의 뛰어난 덕망을 찬양하기 위해 『書經』의 이 구절을 끌어온 것이다. 이처럼 典故들을 적절히 섞어 휘의공주의 덕망을 극대화시킨 것이 <사헌악장>의 첫 단이다.

제5구[於論伐鼓]는 「대아」 <靈臺> 제3장·제4장의 於論鼓鍾[115]을 수용하여 적절히 변형시킨 구절이다. 원래 <영대>는 '문왕이 臺池와 鳥獸의 즐거움, 鐘鼓의 즐거움을 소유한 데 대하여 백성들이 즐거워한 말을 기술한 것'[116] 즉 '문왕이 천명을 받음에 문왕의 신령스런 덕이 조수와 곤충에게까지 미침을 백성들이 즐거워 한'[117] 데서 나온 노래다. <영대>의 제3장과 제4장 모두 문왕이 鐘鼓의

---

112) 『文淵閣四庫全書: 經部/詩類/詩經集傳』 卷七의 "辟爾爲德 俾臧俾嘉 淑愼爾止 不愆于儀 不僭不賊 鮮不爲則 投我以桃 報之以李 彼童而角 實虹小子" 참조.

113) 『文淵閣四庫全書: 經部/詩類/詩序』 卷下의 "抑衛武公 刺厲王 亦以自警也" 참조.

114) 『文淵閣四庫全書: 經部/書類/書經集傳』 卷四의 "王曰 嗚呼 我西土君子 天有顯道 厥類惟彰" 참조.

115) 『文淵閣四庫全書: 經部/詩類/毛詩李黃集解』 卷三十一의 "虞業維樅 賁鼓維鏞 於論鼓鍾 於樂辟廱" 과 "於論鼓鍾 於樂辟廱 鼉鼓逢逢 矇瞍奏公" 참조.

116) 『文淵閣四庫全書: 經部/詩類/詩傳大全』 卷十六의 "東萊呂氏曰 前二章 樂文王有臺池鳥獸之樂也 後二章 樂文王有鐘鼓之樂也 皆述民樂之詞也" 참조.

117) 『文淵閣四庫全書: 經部/詩類/毛詩注疏』 卷二十三의 "靈臺民始附也 文王受命 而民樂其有靈德 以及

음악을 즐기는 장면인데, 공통적으로 들어있는 구절이 '於論鼓鍾'이다. 음악의
제도나 악기의 체제가 완비되었음을 말함으로써 잔치 혹은 제사가 융성하게
진행되었음을 강조하려는 의미가 담겨 있는 구절이다. 이 내용이 반영된 「휘
의공주악장」〈사헌악장〉의 해당 부분에도 제사절차의 완정함을 강조하는 뜻
이 담겨 있다.

　　제6구[以禋以祀]는 「소아」〈초자〉 제1장118)의 以饗以祀, 「소아」〈大田〉 제4
장119)의 以享以祀, 「대아」〈旱麓〉120)의 以享以祀, 「주송」〈潛〉121)의 以享以祀
등과 「대아」〈생민〉122) 제1장의 克禋克祀를 합친 개념의 구절이다. 享은 饗과
같고,123) '克禋克祀'의 禋이 연기를 피워 올려 하늘에 지내는 제사를 뜻하면서
도,124) 제사를 두루 이르는 말125)임을 감안하면, 「휘의공주악장」〈사헌악장〉
의 以禋以祀는 『시경』에 두루 등장하는 같은 의미의 문구들을 끌어와 통합한
구절이다. 이 구절을 통해 휘의공주의 혼전에 '정결히 재계하고 제사를 올린
다'는 뜻을 드러내고자 한 것으로 보인다. 「상송」〈열조〉126) 제3장의 해당
구절을 끌어와 신령에 대하여 '이르러 흠향하시라'는 기원의 뜻을 담고 있는

　　鳥獸昆蟲焉" 참조.

118) 『文淵閣四庫全書: 經部/詩類/詩傳大全』 卷十三 참조.

119) 『文淵閣四庫全書: 經部/詩類/詩經集傳』 卷五의 "曾孫來止 以其婦子 饁彼南畝 田畯至喜 來方禋祀
　　以其騂黑 與其黍稷 以享以祀 以介景福" 참조.

120) 『文淵閣四庫全書: 經部/詩類/詩經集傳』 卷六의 "淸酒旣載 騂牡旣備 以享以祀 以介景福" 참조.

121) 『文淵閣四庫全書: 經部/詩類/詩經集傳』 卷八의 "猗與漆沮 潛有多魚 有鱣有鮪 鰷鱨鰋鯉 以享以祀
　　以介景福" 참조.

122) 『文淵閣四庫全書: 經部/詩類/詩經集傳』 卷六의 "厥初生民 時維姜嫄 生民如何 克禋克祀 以弗無子
　　履帝武敏 歆攸介攸止 載震載夙 載生載育 時維后稷" 참조.

123) 『文淵閣四庫全書: 經部/易類/周易集說』 卷十八의 "王者之祭祖考 必有廟 廟必有尸主 所以聚祖考之
　　精神 而致其孝享也 享與饗同" 참조.

124) 『文淵閣四庫全書: 經部/詩類/毛詩注疏』 卷二十四의 "先儒云 凡絜祀曰禋 若絜祀爲禋 不宜別六宗及
　　山川也 凡祭祀無不絜 而不可謂皆精 然則精意以享 宜施燔燎 精誠以假 煙氣之升 以達其誠故也" 참조.

125) 『文淵閣四庫全書: 經部/小學類/訓詁之屬/爾雅注疏』 卷一의 "禋祀祠烝嘗禴祭也" 참조.

126) 『文淵閣四庫全書: 經部/詩類/詩經集傳』 卷八의 "約軧錯衡 八鸞鶬鶬 以假以享 我受命溥將 自天降
　　康 豐年穰穰 來假來饗 降福無疆" 참조.

제7구 以假以享[127)에 이르러 <사헌악장>의 두 번째 단락은 마무리된다.

　賚我思成[제8구]은 두 번째 단락에 이어 같은 「상송」 <열조>에서 끌어온 구절이다. 집주의 경우 <那> 제6구[綏我思成]와 <열조> 제2장[128) 제2구[賚我思成]의 '思成'에 대하여 '뜻을 알 수 없다'고 했다.[129) 그런데 왜 「휘의공주악장」의 제작자들은 이 말이 포함된 '賚我思成'을 끌어다 쓴 것일까. 더구나 이 악장 마지막 구인 '穆穆厥聲[아름답고 아름답도다, 저 소리여!]'과 짝을 맞춘 것을 보면, 분명 이 구절은 악장 및 음악과 긴밀하게 연관된다고 할 수 있다. 당시의 악장 제작자들은 <열조>의 이 구절을 제례악의 '九成[음악의 아홉 곡이 끝남, 또는 음악을 아홉 번 연주함][130)을 생각하게 한다'는 뜻으로 끌어다 썼을 가능성이 크다.

　이어지는 제9구[穆穆厥聲]는 「상송」 <나>[131)의 제12구를 끌어다 쓴 구절로서 연주되는 음악 선율의 아름다움을 찬탄한 내용이다. 따라서 「휘의공주악장」 <사헌악장>의 제8·제9구는 주로 「상송」 <나>의 제6구와 제12구를 끌어다 쓴 것들인데, '정고보란 사람이 상송 12편을 주나라 태사에게서 얻어 그 중 첫

---

127) 그러나 <열조> 3장의 3구[以假以享]와 7구[來假來饗] 및 주자의 주[言助祭之諸侯 乘是車 以假以享 于祖宗之廟也(…)假之而祖考來假 享之而祖考來享 則降福無疆矣]를 참조할 경우, 3구는 '이르러 제향을 올림'으로 제사행위의 주체인 제후의 입장에서 기술한 것이고, 7구는 '와서 이르시며 와서 흠향하사'로 흠향의 주체인 신령에 대하여 기원하는 내용을 기술한 것이다. 주자의 설명에 의하면 3구는 제사를 돕는 제후가 수레를 타고 조종의 사당에 이르러 제향을 올린 것이고, '이르게 함에 조고가 오시어 이르시고 제향을 올림에 조고가 오시어 흠향한 것'이 7구의 내용이다. 따라서 <열조>의 해당 부분을 따른다면, 「휘의공주악장」 <사헌악장>의 해당부분은 '이르러 제향을 올리나니'로 푸는 것이 마땅하나, 그럴 경우 앞 구[以禮以祀]와 중복되는 흠을 면할 수 없다. 따라서 <열조> '來假來饗'의 假과 饗을 수용하여 '이르러 흠향하소서'로 푸는 것이 타당하다고 본다.

128) 『文淵閣四庫全書: 經部/詩類/詩經集傳』 卷八의 "旣載淸酤 **賚我思成** 亦有和羹 旣戒旣平 鬷假無言 時靡有爭 綏我眉壽 黃耉無疆" 참조.

129) 『文淵閣四庫全書: 經部/詩類/詩傳大全』 卷二十의 "思成未詳" 참조.

130) 『文淵閣四庫全書: 經部/書類/陳氏尙書詳解』 卷五의 "簫韶九成 鳳凰來儀 韶舜樂名 簫者細器之備 作樂之時 小大之器皆備 九成九奏也 成猶終也 每曲一終 必變更象舜之治 九功惟敘 九敘惟歌 故以九 爲節也" 참조.

131) 『文淵閣四庫全書: 經部/詩類/詩經集傳』 卷八의 "湯孫奏假 綏我思成 鞀鼓淵淵 嘒嘒管聲 旣和且平 依我磬聲 於赫湯孫 穆穆厥聲" 참조.

번째로 삼은 노래'[132])가 <나>임을 감안하면, 휘의공주 제례악의 완미함을 찬
양하고자 한 악장 제작자들의 의도를 알 수 있게 하는 부분이다.

이처럼 『시경』「소아」·「대아」·「송」 등의 핵심 구절들을 수용·편집하여
'승의공주의 훌륭한 덕, 제사 절차의 완정함과 흠향의 기원, 제사음악의 완벽
함에 대한 찬양' 등을 성공적으로 드러낸 것이 <사헌악장>이다.

> <5> 제사 음악의 훌륭함/제사의 흠향과 강복의 기원/예의와 법도의
> 완정함 찬양: <오헌악장>

奏鼓簡簡	북소리를 크고 조화롭게 울려
衎我承懿	우리 승의공주님 즐겁게 해드리는데
或歌或咢	혹은 노래하고 혹은 북을 치며
磬管以間	경쇠와 관악기의 소리가 섞여 있도다.
昭格不遲	밝게 이르심을 늦지 않게 하시어
懷我好音	우리의 좋은 음악을 생각하시고
介爾景福	큰 복을 크게 해주소서.
禮儀卒度	예의가 모두 법도에 맞으며
鮮不爲則	법칙에 맞지 않는 것이 거의 없도다.

<오헌악장>도 내용상 '1-4구/5-7구/8-9구' 등 3단으로 구성되어 있다. 奏鼓
簡簡[제1구]은 「상송」 <나>[133])의 제3구를 그대로 끌어와 북의 우렁차고 조화로
운 소리를 제시함으로써 제사절차에서 연주되는 음악의 성대하고 완미함을
강조했다. 衎我承懿[제2구]는 같은 <나>의 衎我烈祖[제4구]를 끌어와 '열조'를 '승
의'로 바꾼 데 불과한 구절이다. 이처럼 <오헌악장>의 제1구는 <나>의 제3구

---

132) 『文淵閣四庫全書: 經部/詩類/毛詩注疏』 卷三十의 "邢祀成湯也 微子至于戴公 其間禮樂廢壞 有正考
甫者 得商頌十二篇於周之大師 以那爲首" 참조.
133) 『文淵閣四庫全書: 經部/詩類/詩經集傳』 卷八의 "猗與那與 置我鞉鼓 奏鼓簡簡 衎我烈祖" 참조.

를 그대로 가져 온 것이고, 제2구는 <나>의 제4구를 대상만 바꾸어 가져온 것이니, 음악의 성대함을 그려내기 위해 <나>를 수용한 <사헌악장>과 마찬가지로 <오헌악장> 역시 시작부터 <나>를 수용했음을 알 수 있다. 다시 말하여 <사헌악장>의 제8·제9구(賚我思成/穆穆厥聲)도 <나>의 제6·12구를 변용했거나 그대로 수용한 구절들임은 바로 앞에서 논의한 바 있는데, 그만큼 <나>는 「상송」을 교정할 때 맨 앞에 배치하여 기준으로 삼았을 만큼[134] 당시의 음악에 관한 典範을 보여준 노래다. 이처럼 「휘의공주악장」을 제작하면서 『시경』 「상송」의 <나>에서 제3구를 연달아 수용한 점으로도 이 제례악 절차에 사용한 음악의 보편적 규범성이나 성대함을 드러내고자 한 제작자들의 의도와 자부심을 읽어낼 수 있다.

제3구[或歌或咢]는 「대아」 <行葦> 제2장[135]의 제8구를 그대로 가져온 것으로, 제작자들은 이 구절을 갖다 씀으로써 '손님을 모시고 술잔을 올리며 음식 먹고 노래하고 연주함의 성대함을 말한'[136] <행위> 제2장의 내용 가운데 음악의 성대함을 특히 강조하여 드러내고자 하는 의도를 보여주었다. 磬管以間[제4구]은 「주송」 <執競>[137] 제9구 '磬筦將將'을 변용한 구절이다. '경쇠와 관악기가 쟁쟁히 울린다'를 '경쇠와 관악기가 섞여 있다'로 바꾼 것은, 『시경』에서의 잔치음악과 달리 휘의공주 제례에서는 제사음악의 분위기가 필요했기 때문이다. 제5구[昭格不遲]는 「상송」 <長發> 제3장[138]의 제5구[昭假遲遲]를 변용한 구절

134) 『文淵閣四庫全書: 經部/詩類/詩傳大全』 卷二十의 "閔馬父曰 正考甫校商之名頌 以那爲首 其輯之亂曰云云 卽此詩也" 참조.

135) 『文淵閣四庫全書: 經部/詩類/詩經集傳』 卷六의 "肆筵設席 授几有緝御 或獻或酢 洗爵奠斝 醓醢以薦 或燔或炙 嘉殽脾臄 或歌或咢" 참조.

136) 『文淵閣四庫全書: 經部/詩類/詩傳大全』 卷十七의 "言侍御獻酬飮食歌樂之盛也" 참조.

137) 『文淵閣四庫全書: 經部/詩類/詩傳大全』 卷十九의 "執競武王 無競維烈 不顯成康 上帝是皇 自彼成康 奄有四方 斤斤其明 鐘鼓喤喤 磬筦將將 降福穰穰 降福簡簡 威儀反反 旣醉旣飽 福祿來反" 참조.

138) 『文淵閣四庫全書: 經部/詩類/詩經集傳』 卷八의 "帝命不違 至于湯齊 湯降不遲 聖敬日躋 昭假遲遲 上帝是祗 帝命式于九圍" 참조.

이다. '상나라 탕왕의 선조가 명덕을 소유하여 천명을 받았는데, 그 천명이
떠나지 않은 시기에 태어난 탕왕 역시 聖敬이 날로 올라가 하늘에 밝게 이르러
오래 되어도 그치지 아니함에 이르러 상제를 공경하게 되었으므로 상제가
탕왕으로 하여금 구주에 모범이 되게 했다는 것'139)이 <장발> 제3장의 내용이
다. '하늘에 밝게 이르러 오래 되어도 그치지 아니함'을 <오헌악장>에서는
'(하늘에 계신 공주의 신령이) 밝게 이르심을 늦지 않게 하시어'로 고쳐 수용한 것이
다. 사실 '昭假'은 「상송」 <장발>은 물론 「노송」 <반수> 제4장의 '昭假烈祖[열조
께 밝게 이르시니]', 「주송」 <噫嘻>의 '旣昭假爾[이미 밝게 네게 임하셨으니]', 「대아」
<烝民>의 '昭假于下[밝게 아래로 임하시니]', 「대아」 <雲漢>의 '昭假無贏[밝게 이르게
함이 남김이 없도다]' 등 다양한 곳에서 사용되었으나, 의미는 '하늘의 신령이 밝게
이르심'으로 동일하다.

　제6구[懷我好音]는 「노송」 <반수> 8장140) 의 4구를 끌어온 것인데, 역자에
따라 '나를 좋은 목소리로 회유하도다'141)로 번역한 경우도, '우리 호의를 마음
에 새긴다'142)로 번역한 경우도 있다. '僖公이 반궁을 잘 수리한 것을 칭송한
시'143)임을 감안한다면, 두 번역 모두 「휘의공주악장」 <오헌악장>의 원 취지
와 약간 거리가 있다고 할 수 있다. <오헌악장>의 중점은 주로 제사의식 중
음악의 완미함을 찬양하는 데 있었다고 보기 때문이다. 따라서 이 경우는 '우
리의 좋은 음악을 생각하시고'로 바꾸어 수용했다고 보는 것이 타당하다. 介爾
景福[제7구]은 「소아」 <小明> 제5장144) 및 「대아」 <旣醉> 제1장145)의 같은 구절

---

139) 『文淵閣四庫全書: 經部/詩類/詩傳大全』 卷二十의 "商之先祖 旣有明德 天命未嘗去之 以至於湯 湯之
　　生也 應期而降 適當其時 其聖敬 又日躋升以至昭假于天 久而不息 惟上帝是敬 故帝命之 以爲法於九
　　州也" 참조.
140) 『文淵閣四庫全書: 經部/詩類/詩經集傳』 卷八의 "翩彼飛鴞 集于泮林 食我桑黮 懷我好音 憬彼淮夷
　　來獻其琛 元龜象齒 大賂南金" 참조.
141) 성백효 역주, 『懸吐完譯 詩經集傳 下』, 전통문화연구회, 1993, 409쪽.
142) 정상홍 옮김, 『시경』, 1183쪽.
143) 『文淵閣四庫全書: 經部/詩類/詩傳大全/詩序』의 "泮水 頌僖公能修泮宮也" 참조.

을 끌어온 것이다.146) <소명>은 '대부가 난세에 벼슬함을 후회한'147) 시이고,
'군자들이 쉼 없이 노력하고 지위를 드러내지 않으며 정직한 사람을 좋아하면
신이 네 소원을 들어주어 큰 복을 크게 해주리라'는 것이 그 중 제5장의 내용이
다. 이에 비해 <기취>는 태평, 즉 '술에 취하고 덕을 지녀 사람들에게 사군자의
행실이 있었음'을 읊은 노래로서, '술로써 취하고 은덕으로써 배부르게 하니
군자 만년 동안 큰 복 받기를 기원한다'는 것이 그 중 제1장의 내용이다. 즉
'介爾景福'으로 끝맺는 제1장은 父兄이 <행위>에 답한 시로서, 그 음식과 恩意
의 두터움을 누리고 그 복 받기 원함이 이와 같음을 말한 것148)이다. 즉 '頌禱之
詞'로 규정하면서, 이 술을 마시고 老壽를 얻으며 또 서로 인도·보익해서 壽祺
를 누리고 '큰 복을 크게 하고자' 했다149)는 <행위>의 제4장을 이어 답한 것으
로 볼 수 있다. 말하자면, <소명>은 경계의 뜻을, <기취>는 향락의 뜻을 각각
노래했는데, 「휘의공주악장」<오헌악장>에서는 '개이경복'의 문구만 가져왔
고 신령에게 바치는 제례음악 및 절차의 완미함과 함께 강복의 기원으로 바꾸
어 수용한 점이 다르다.

제3단의 첫 부분인 제8구[禮儀卒度]는 「소아」<초자> 제3장150)의 해당 구절
을 끌어온 것이다. '제사에서 신을 섬기고 복을 받는 절차를 지극히 말하여

---

144) 『文淵閣四庫全書: 經部/詩類/詩經集傳』卷五의 "嗟爾君子 無恒安息 靖共爾位 好是正直 神之聽之 **介爾景福**" 참조.
145) 『文淵閣四庫全書: 經部/詩類/詩經集傳』卷六의 "既醉以酒 既飽以德 君子萬年 **介爾景福**" 참조.
146) 「소아」<초자> 1장, 「소아」<大田> 4장, 「대아」<旱麓> 3장, 「대아」<행위> 4장, 「주송」<잠> 등에 공통적으로 출현하는 '以介景福'도 '介爾景福'과 같은 뜻이다.
147) 『文淵閣四庫全書: 經部/詩類/詩傳大全/詩序』卷下의 "小明大夫悔仕於亂世也" 참조.
148) 『文淵閣四庫全書: 經部/詩類/詩傳大全』卷十七의 "此父兄所以答行葦之詩 言享其飮食恩意之厚 而願其受福如此也" 참조.
149) 『文淵閣四庫全書: 經部/詩類/詩傳大全』卷十七의 "此頌禱之詞 欲其飮此酒而得老壽 又相引導輔翼 以享壽祺 介景福也" 참조.
150) 『文淵閣四庫全書: 經部/詩類/詩經集傳』卷五의 "執爨踖踖 爲俎孔碩 或燔或炙 君婦莫莫 爲豆孔庶 爲賓爲客 獻酬交錯 **禮儀卒度** 笑語卒獲 神保是格 報以介福 萬壽攸酢" 참조.

상세함과 갖춤을 선왕들이 백성을 위해 힘 다하기를 극진히 하면 신령에게 힘을 다함이 상세함을 미루어 밝힌 것'151)이 <초자>의 내용이고, 그 가운데서도 3장의 내용적 핵심은 '君婦가 제사준비를 공경하고 정갈하게 함/빈객들의 음복 절차가 모두 법도에 맞음/빈객들의 즐거움이 모두 마땅하므로 神保가 강림하여 큰 복으로 보답하고 만수로 갚음' 등이다. 신보 강림의 원인이 바로 '禮儀卒度'라는 점에서 이 어구가 이 부분의 내용적 핵심이고, 그 점에 착안한 악장 제작자들이 제례절차의 완정함을 찬양하기 위해 이 구절을 차용해온 것으로 보인다. 鮮不爲則[제9구]은 「대아」 <억> 8장152)의 제6구를 끌어온 것으로, 제8구와 함께 <오헌악장>의 결론 역할을 한다. 즉 '예의가 모두 법도에 맞는다'거나 '법칙에 맞지 않는 것이 거의 없다'는 등의 말들을 통해 음악을 동원한 제사의식의 완미·완정함을 찬양하려는 제작자들의 강한 의도가 드러나고 있음을 알 수 있다.

<6> 제사의례의 융성함과 엄숙함/제사진행의 공손함과 경건함/신령의 흡족한 흠향에 대한 기원: <종헌악장>

其禮伊何	그 의례가 어떠한가?
烝烝皇皇	융성하고 아름답도다.
或肆或將	혹은 진설하기도 받들어 올리기도 하는데
不吳不揚	소리치지도 떠들지도 않네
旣敬旣戒	이미 공경하고 이미 경계하며
執事有恪	제사를 공경히 진행하였도다.
伊嘏承懿	복을 내리시는 승의공주시여!
於千萬年	아, 천만년까지

---

151) 『文淵閣四庫全書: 經部/詩類/詩傳大全』 卷十三의 "呂氏曰 楚茨 極言祭祀所以事神受福之節 致詳致備 所以推明先王致力於民者盡 則致力於神者詳" 참조.

152) 『文淵閣四庫全書: 經部/詩類/詩經集傳』 卷七의 "辟爾爲德 俾臧俾嘉 淑愼爾止 不愆于儀 不僭不賊 鮮不爲則 投我以桃 報之以李 彼童而角 實虹小子" 참조.

永永無斁　　　오래도록 싫어하지 마소서.

<종헌악장>도 '제1-제2구/제3-제6구/제7-제9구' 등 3단으로 구성되어 있다. 제1구[其禮伊何]는 악장으로서는 드물게도 設疑로 말문을 열었는데, 제2구[烝烝皇皇]를 이끌어내기 위한 효율적 수단이었다. 같은 '伊何'로 마무리되는 「소아」 <巧言>의 제6장 제6구 '爾勇伊何[네 용맹이 무엇인고?]'는 '참소하는 사람이 힘도 용맹도 없이 오직 亂의 階梯나 만들 뿐인데, 이미 微尰의 병에 걸렸으니, 네 용맹이 무엇이냐?'[153]라는 반문 혹은 「소아」 <頍弁> 제1장 가운데 "有頍者弁/ 實維伊何"[154]의 '伊何'처럼 幽王의 광포함을 풍자하며 깨달음을 이끌어내려는 의도로 사용되기도 한 設疑다. 그런 용도의 語辭가 <종헌악장>에서는 제례절차의 융성함을 강조하기 위한 의도로 수용되었다. 말하자면 초점이 분명하고 짧은 물음을 통해 강한 인상을 줄 수 있다는 점에서 끌어다 쓴 것이라고 할 수 있다. 제2구[烝烝皇皇]는 「노송」 <泮水> 제6장[155]의 제5구를, 한 구 건너 뛴 제4구의 不吳不揚은 같은 <泮水> 제6장의 제6구를 각각 송두리째 가져온 것들이다. '가지런히 많은 군사들/능히 착한 마음 넓히고/굳세고 굳세게 정벌하여 /저 동남지방을 치니/융성하고 아름다우나/소리치지도 떠들지도 않으며/공을 다투지 아니하여/반궁에서 공을 바치도다'가 <泮水> 제6장의 내용인데, 원래의 의도와 달리 휘의공주 제례절차를 묘사하기 위해 끌어다 쓴 것이다. 춘추시대 노나라 희공이 반수 가에 세운 반궁은 음주 가무를 즐기고 무예를 단련하며 공로를 축하하던 장소로서 한 대에 들어와 제후의 學宮이 되었으며,[156] 희공이 그 반궁을 잘 수리한 데 대한 칭송'[157]이 바로 <泮水>다. 그

---

153) 『文淵閣四庫全書: 經部/詩類/詩經集傳』 卷五 참조.

154) 『文淵閣四庫全書: 經部/詩類/詩經集傳』 卷五 참조.

155) 『文淵閣四庫全書: 經部/詩類/詩經集傳』 卷八의 "濟濟多士 克廣德心 桓桓于征 狄彼東南 烝烝皇皇 不吳不揚 不告于訩 在泮獻功" 참조.

156) 단국대 동양학연구소, 『漢韓大辭典』 8, 단국대 출판부, 2005, 236쪽.

가운데 들어 있는 구절을 「휘의공주악장」의 핵심구절로 끌어다 썼으니, 원래
의 취지와는 달라진 셈이다. <반수> 제6장의 핵심어구들인 '不吳不揚, 不告于
訩, 烝烝皇皇' 등은 각각 '성함·엄숙함·화합'의 덕목들을 드러내는 구절들로서,
휘의공주 제례의 성대함과 엄숙함을 드러내기 위해 원래 취지와 무관하게
수용된 것들이다.

　제3구[或肆或將]는 원래 「소아」 <초자> 제2장158)의 제5구로서, 제사 절차를
묘사한 내용이고, 한 구 건너 뛴 제5구[旣敬旣戒]는 「대아」 <常武> 제1장159)의
제7구를 그대로 가져온 부분이다. <상무>는 召穆公이 武事 이룬 宣王을 찬미한
시이고,160) 그 중 제1장은 淮夷의 난을 평정하여 남방의 나라를 태평하게 만든
선왕의 공덕을 찬양한 부분임을 감안하면, 이 가운데 '旣敬旣戒'를 끌어다 <종
헌악장>으로 쓴 것은 노래의 배경적 사실보다 어구 자체의 의미나 표현에만
중점을 둔 결과였음을 보여준다.

　執事有恪[제6구]은 「상송」 <나>의 제20구를 그대로 가져 온 것인데, <나>가
成湯을 제사한 시이기 때문에 <종헌악장>의 핵심 부분으로 이 구절을 수용한
것은 자연스러워 보인다. <나>의 넷째 단락 "오랜 옛날부터/선민들이 지음이
있었으니/조석으로 온순하고 공경하여/제사 올림을 공경히 하였도다"161)에
서 執事有恪은 주제 구의 역할을 하는 마무리 부분이므로, <종헌악장> 둘째
단의 마무리 구로 수용한 것은 그 나름 합당한 일이었다고 할 수 있다.

---

157) 주 143)과 같은 곳 참조.
158) 『文淵閣四庫全書: 經部/詩類/詩經集傳』 卷五의 "濟濟蹌蹌 絜爾牛羊 以往烝嘗 或剝或亨 <u>或肆或將</u>
　　 祝祭于祊 祀事孔明 先祖是皇 神保是饗 孝孫有慶 報以介福 萬壽無疆" 참조.
159) 『文淵閣四庫全書: 經部/詩類/詩經集傳』 卷七의 "赫赫明明 王命卿士 南仲大祖 大師皇父 整我六師
　　 以脩我戎 <u>旣敬旣戒</u> 惠此南國" 참조.
160) 『文淵閣四庫全書: 經部/詩類/毛詩注疏』 卷二十五의 "常武 召穆公美宣王也 有常德 以立武事 因以爲
　　 戒然" 참조.
161) 『文淵閣四庫全書: 經部/詩類/詩經集傳』 卷八의 "自古在昔 先民有作 溫恭朝夕 <u>執事有恪</u> 顧予烝嘗
　　 湯孫之將" 참조.

제7구[伊嘏承懿]의 '伊嘏' 역시 『시경』에서 근원을 찾을 수 있는 표현이다. 휘의공주의 덕을 찬양하기 위해 「주송」 <我將> 둘째 단162) '伊嘏文王'의 어법을 수용한 것이 이 부분이다. 문왕을 명당에서 제사지낸 시가 <아장>이고,163) 주자는 이 부분을 설명하며 '내 제의가 문왕의 법을 본받아 천하를 안정시키면 복을 내리시는 문왕이 이미 강림, 오른쪽에 계시면서 내 제사를 흠향하시어 그 반드시 그러함을 보는 듯하다'164)고 했다. 명당에서 문왕을 높여 제사지내는 절차와 기원을 노래한 것이 이 작품이다. 이 시의 목적이나 취지가 <종헌악장>과 부합할 뿐 아니라, 『시경』을 통틀어 단 한 곳, 그것도 문왕을 높이기 위해 사용된 어사가 '伊嘏'라는 점에서 휘의공주를 높이기 위해 수용해왔음은 분명하다. 제8구[於千萬年]의 경우 '감탄어 於 + 부사어 千萬年'으로 구성된 어구라서 일견 간단해 보이지만, 이것이 제례악장의 한 부분임을 감안하면 모범적 선례가 있었을 것으로 보이는데, 「대아」 <하무>의 마지막 장165) 제4구[於萬斯年]의 정신과 구조를 원용해왔을 가능성이 크다. 즉 「하무」의 '於萬斯年[만년토록]'과 <종헌악장>의 '於千萬年[천만년까지/천만년토록]'은 같은 의미의 말이며, 후자의 모범적 선례가 바로 전자라고 보는 것이다.

제9구[永永無斁]의 핵심인 '無斁' 또한 의미적으로나 형태적으로 『시경』에서 그 선례들을 찾아볼 수 있다. 「國風」 <葛覃> 제2장166)의 제6구[服之無斁], 「대아」 <사제> 제5장167)의 제3구[古之人無斁], 「주송」 <振鷺>168)의 제6구[在此無斁], 「노

---

162) 『文淵閣四庫全書: 經部/詩類/詩經集傳』 卷八의 "儀式刑文王之典 日靖四方 伊嘏文王 旣右饗之" 참조.

163) 『文淵閣四庫全書: 經部/詩類/毛詩注疏』 卷二十六의 "我將 祀文王於明堂也" 참조.

164) 『文淵閣四庫全書: 經部/詩類/詩傳大全』 卷十九의 "言我儀式刑文王之典 以靖天下 則此能錫福之文 王 旣降而在此之右 以享我祭 若有以見其必然矣" 참조.

165) 『文淵閣四庫全書: 經部/詩類/詩經集傳』 卷六의 "昭玆來許 繩其祖武 於萬斯年 受天之祜" 참조.

166) 『文淵閣四庫全書: 經部/詩類/詩經集傳』 卷一의 "葛之覃兮 施于中谷 維葉莫莫 是刈是濩 爲絺爲綌 服之無斁" 참조.

167) 『文淵閣四庫全書: 經部/詩類/詩經集傳』 卷六의 "肆成人有德 小子有造 古之人無斁 譽髦斯士" 참조.

168) 『文淵閣四庫全書: 經部/詩類/詩經集傳』 卷八의 "振鷺于飛 于彼西雝 我客戾止 亦有斯容 在彼無惡

송」 <駉> 제3장169)의 제7구[思無數] 등에서 이 말의 용례가 확인된다. <갈담>의 그것은 '입음에 싫어함[싫음]이 없다'로, <사제>의 그것은 '옛사람이 싫어함[싫음]이 없다'로, <진로>의 그것은 '여기에도 싫어하는 사람이 없다'로, <경>의 그것은 '생각에 싫어함[싫음]이 없다'로 각각 번역되는데, '싫어함[싫음] 없음'이 공통되는 내용이다. 말하자면 자신들이 휘의공주에게 바치는 제례를 '좋아하여 흡족해 하길' 기원하는 어사로 <종헌악장>을 끝맺고자 했으며, 그 기원을 드러내기 위해 『시경』으로부터 '無數'를 차용해 온 것이다.

2) 「휘의공주악장」과 동아시아적 보편성

「휘의공주악장」은 국가의 공식 제례와 음악 및 악장 정비가 진행되던 공민왕 16년에 제작·연주되었다. 말하자면 「태묘악장」의 개찬[공민왕 12년 5월 19일]에 이어 「휘의공주악장」이 제작되었고, 이것들은 조선조 왕실 제례악장들의 모범적 선례 역할을 하게 된 것이었다.170) 엄밀하게 말하여 「태묘악장」은 「휘의공주악장」의 선행 악장이었으나, 둘은 같은 양식과 방법으로 제작되었으리라 보며,171) 양자는 고려조에서 확립된 악장제작의 관행을 보여주는 표본이라 할 수 있다. 그리고 이 점은 조선조의 악장과 함께 '텍스트의 중세적 보편성'172)을 보여준 사례라 할 수 있다.

在此無數 庶幾夙夜 以永終譽" 참조.

169) 『文淵閣四庫全書: 經部/詩類/詩經集傳』 卷八의 "駉駉牡馬 在坰之野 薄言駉者 有驒有駱 有驈有雒 以車繹繹 思無數 思馬斯作" 참조.

170) 박기호는 <九室登歌>가 찬양의 서사시로서 <용비어천가>의 선행형태라 했다.[『고려 조선조 시가 문학사』, 국학자료원, 2003, 111쪽.]

171) 「태묘악장」의 제작방법이나 텍스트 양상에 대해서는 조만간 별도의 자리에서 발표할 예정이다.

172) 중세적 보편성이 고려·조선 지식사회의 의식이나 전례적 관습과 관계를 맺는 양상에 대해서는 조규익의 논문들[「조선 지식인의 중국체험과 중세보편주의의 위기-崔晛의 『朝天日錄』과 李德泂의 『朝天錄』을 중심으로-」, 『온지논총』 40, 사단법인 온지학회, 2014/「여말선초 악장의 중세적 관습 및 변이양상」, 『우리문학연구』 44, 우리문학회, 2014] 참조.

그렇다면 당시 악장의 제작자[혹은 제작진]나 공민왕은 어떤 의식 하에 『시경』 시들의 텍스트를 전폭 수용하여 '짜깁기' 수준의 악장을 만들었을까. 기존의 한시 창작 방법 중에서 이와 유사한 것으로 用事와 點化를 들 수 있다. 그러나 '故事나 경서 구절의 내용을 인용하여 참신한 뜻을 드러내는 것'이 용사이고, '前人의 시에 나타난 뜻을 쓰되, 그 뜻의 어느 지점으로부터 변화를 가하여 자기의 시작품에 다시 빌려 쓰는 것'이 점화임을 감안하면,[173] 『시경』이란 특정 경서의 시구들을 이곳저곳에서 송두리째 갖다가 조립해놓은 「휘의공주 악장」을 용사나 점화의 수준에서 설명할 수는 없다. 간혹 원래의 뜻과는 약간 다르게 수용한 부분들이 있다는 점은 인정할 수 있으나, 그것들이 '표절이나 모방을 뛰어넘어 創出新意'[174]로 승화되었는가 하는 점은 회의적으로 보이기 때문이다. 이미 양나라 鍾嶸[?-518]이 대부분 옛 책들 가운데서 뽑아 베껴놓은 것 같은 大明·泰始 연간의 문장들을 예로 들어 "모든 구마다 전고를 사용하지 않은 어휘가 하나도 없고 모든 어휘마다 전고를 사용하지 않은 글자가 하나도 없이 오로지 전고의 사용에만 얽매여서 문학작품에 극심한 해독을 끼쳤다.(…) 말의 표현에서 고상함을 잃은 즉 마땅히 事義[즉 전고]라도 써야 할 것이니 비록 타고난 재주는 모자란다 해도 학식이나 드러낼 수 있다면 이 또한 한 가지 의의는 있으리라"[175]고 지적하면서 용사의 폐단과 함께 그것이 갖는 최소한의 의미를 든 바 있는데, 그렇다면 종영이 말한바 그 '최소한의 의의'에 비추어 볼 때 「휘의공주악장」에서 인정할만한 가치는 무엇일까.

예컨대 「휘의공주악장」 <삼헌악장> 각 구의 출전과 그 작품들의 의의를 정리하면 다음과 같다.

---

173) 윤인현, 「松江 鄭澈의 漢詩에 나타난 用事와 點化」, 『대동한문학』 42, 대동한문학회, 2015, 98쪽.
174) 윤인현, 같은 논문, 122쪽.
175) 『文淵閣四庫全書: 集部/詩文評類/詩品』卷二의 "遂乃句無虛語 語無虛字 拘攣補衲 蠹文已甚(…)詞 旣失高 則宜加以事義 雖謝天才 且表學問 亦一理乎" 참조.

<삼헌악장>의 각 구	출전[『시경』시]	출전 시의 주제 및 성격	비고
1구: 嗚呼承懿	∅	∅	
2구: 德音不已	「소아」<南山有臺> 제3장 제6구	賢者 얻음을 즐거워한 시	
3구: 勉勉我王	「대아」<棫樸> 제5장 제3구	문왕이 훌륭한 인물을 관직에 임용한 것을 찬양한 시	
4구: 聿追祀事	「소아」<信南山> 제6장 제3구 + 「소아」<楚茨> 제2장 제2구	成王의 사업을 닦지 못한 幽王을 풍자한 시	<신남산>과 <초자>의 '祀事孔明' 수용
		백성들이 고통을 당하고 流亡하여 제사를 올 려도 신이 흠향하지 않는 등 幽王의 실정을 들어 풍자한 시	
5구: 樂旣和奏	「소아」<賓之初筵> 제2장 제2구	폭정으로 군신상하가 陰液에 빠지도록 한 幽 王을 풍자한 시	
6구: 以妥以侑	「소아」<초자> 제1장 제11구	백성들이 고통을 당하고 流亡하여 제사를 올 려도 신이 흠향하지 않는 등 幽王의 실정을 들어 풍자한 시	
7구: 神嗜飮食	「소아」<초자> 제4장 제6구, 제6장 제7구	백성들이 고통을 당하고 流亡하여 제사를 올 려도 신이 흠향하지 않는 등 幽王의 실정을 들어 풍자한 시	
8구: 日監在玆	「주송」<敬之> 제6구	群臣들이 嗣王에게 警戒를 올린 시	
9구: 胡臭亶時	「대아」<生民> 제8장 제5구	后稷은 姜嫄에게서 태어났고 문왕·무왕의 공 은 후직에게서 일어났다는 내용으로, 선조를 높인 시	

　　출전 시의 作意를 중심으로 할 때, <초자>[3회]의 출현 비중이 가장 높고, 주제로는 昏主에 대한 풍자나 비판, 후왕들에 대한 警戒 등이 압도적이다. 그리고 임금의 선정에 대한 찬양이나 선조에 대한 宣揚 등이 시작과 마무리에 제시된 점도 주목할 만하다. 따라서 출전 시들을 종합해보면, '후왕들에 대한 勸勉規戒之意를 바탕으로 하는 왕조영속의 당위성 선양'[176]이란 조선조 악장의 주제의식이 이미 이 단계에서 그 근거가 마련되었음을 확인할 수 있다.

말하자면 단순히 휘의공주나 공민왕에 대한 찬양으로 그치지 않고 있다는
것이다. 두 사람의 훌륭한 덕이 왕조의 영속으로 이어져야 하며, 그러기 위해
서라도 후왕들은 幽王과 같은 昏暗한 군주의 전철을 밟아서는 안 된다는 교훈
이 바로 『시경』의 해당 작품들로부터 각 구절을 끌어다가 조립해 만든 <삼헌
악장>의 새로운 뜻이라 할 수 있다는 것이다. 당대의 한시 창작에서처럼 용사
를 통한 '신의의 창출'로 설명되긴 어렵겠지만, 치밀한 관찰과 해석을 바탕으
로 『시경』 시의 구절들을 따옴으로써 그들의 현실적 목적에 들어맞는 주제를
이끌어내게 되었다는 점에서 鍾嶸이 말한 '최소한의 의의'를 뛰어넘는 의미를
도출해냈다고 말할 수는 있을 것이다.

또한 무엇보다 『시경』 시들 가운데 상당수는 이미 중국의 역대 왕조들이
악장으로 끌어다 사용했던 개개 작품들 자체이고,[177] 경우에 따라 『시경』 시
의 구절들을 악장의 일부분으로 수용하기도 했으며, 고려 및 조선왕조는 『시
경』 시나 중국 역대 왕조들의 악장을 작품 혹은 구절 차원으로 동시에 수용해
왔는데, 이런 점이 이들의 의식을 결정한 역사적 배경이었으리라 판단된다.
즉 '지배계층이 통치나 자기표현 수단으로 한자와 한문을 도입·사용함으로써
자국의 고유성을 뛰어넘는 중국의 선진 시스템에 맞추고자 했다는 점, 유교나
불교를 수용하여 자국의 전통적인 신앙체계를 넘어서는 정신문화를 공유하고
자 한 점 등에서 우리 역사상 보편문화가 성립·지속된 것은 꽤 오랜 일이고,
그것이 중세적 성격의 중요한 부분을 차지한 점 또한 오래 된 사실'이라는
것이다.[178] 당시에 이미 우리 고유의 노래들을 속악체제로 개편하여 궁중에서
사용하고 있었지만, 제례음악만큼은 예종 대 도입한 대성악을 좀 더 다듬거나

---

176) 조규익, 『조선조 악장의 문예미학』, 227쪽.
177) 朱熹, 「詩集傳序」, 『文淵閣四庫全書: 集部/別集類/南宋建炎至德祐/晦庵集』 卷七十六의 "若夫雅頌
　　之篇 則皆成周之世 朝廷郊廟樂歌之詞" 및 朱倬, 「三頌」, 『文淵閣四庫全書: 經部/詩類/詩經疑問』
　　卷五의 "頌者宗廟之樂歌 大序所謂美盛德之形容 以其成功告于神明者也" 참조.
178) 조규익, 「조선 지식인의 중국체험과 중세보편주의의 위기」, 41쪽.

이미 다듬어진 중국의 아악을 도입해 씀으로써 국제적 표준에 충실해져 있었던 것이다. 예종대의 「新製九室登歌樂章」에 비해 공민왕 12년 「還安九室神主太廟樂章」이, 「還安九室神主太廟樂章」에 비해 「還安九室神主太廟樂章」이, 각각 『시경』 텍스트 의존도가 훨씬 높고, 「還安九室神主太廟樂章」에 비해 「휘의공주혼전대향악장」과 「신찬태묘악장」은 그 의존도가 100%에 이를 만큼 극도로 높아졌음을 알 수 있다. 앞에서 언급한 바와 같이 공민왕의 정책노선이 반원친명으로 전환되면서 당시 집권세력이었던 유자 계급은 의례에 유교의 교조적 색채를 극적으로 높이는 방법을 쓰는 것이 효과적임을 깨달았으리라 본다. 그 대표적인 것이 음악과 악장이었고, 악장은 『시경』 텍스트에 전적으로 기댐으로써 '述而不作'의 정신을 따르고자 했을 것이다. 이처럼 제의를 비롯한 궁중 의례의 국제화를 통해 중세적 보편성을 구현할 수 있다고 본 것이 공민왕을 비롯한 당대 지배계층의 의식이었다.

예컨대 釋奠[문선왕]의 사례는 고려 말 국가 제례나 아악 악장의 존재를 짐작케 하는 단서가 된다. 우리나라의 경우 삼국시대부터 석전이 거행되었을 것으로 추정되며, 고려시대부터는 국학에 문묘를 설치하고 석전을 올리게 되었다.[179] 조선조에 들어와서야 「석전악장」은 문헌으로 확인이 되는데, 제사대상인 문선왕을 앞에서 부른 다음 그의 공덕을 나열·찬양하고, 제사절차를 제시하면서 제수의 흠향을 기원하는 구조로 되어 있다. 이런 내용이나 구조는 『시경』에서 연원된 것이다. 「노송」 <반수> 제4장의 주에 석전이 언급되고 있으며, 이 노래의 내용에 석전이나 석전과 유사한 제례가 암시되어 있는데, 그게 사실이라면 『시경』 시대에 이미 그런 제례와 그에 대한 악장이 존재했던 것이고, 「석전악장」은 악장으로서의 『시경』 시를 정신적으로 이어받은 구체적 사례이며, 특히 고려나 조선의 태묘 혹은 종묘 등 국가적 제례 악장의 표본 역할

---

179) 조규익, 『조선조 악장 연구』, 49쪽.

을 수행한 모범적 선례였음을 보여준다. 이처럼 『시경』을 직접·간접으로 수용
한 것은 아악 혹은 정격 제례악장의 중세적 표준이나 동아시아적 보편성을
확인해주는 지표라고 할 수 있다.[180]

　이런 점들에 덧붙여 보아야 할 것은 원나라와 고려의 정치·외교적 관계,
휘의공주와 공민왕의 인간적 관계, 악장에 『시경』의 구절들을 대거 수용한
현실 정치적 의미 등이다. 이미 언급한 바와 같이 공민왕은 어려운 여건 하에
서 휘의공주와 만났고, 휘의공주 역시 원나라와 고려 사이의 정치·외교적 맥
락을 떠나 배필이라는 인간적인 면에서 공민왕을 따른 것으로 알려져 있다.
어렵게 왕위에 올랐고 개혁군주의 꿈을 갖고 있던 공민왕이 비교적 수월하게
그 꿈을 이루어나갈 수 있었던 것도 동지적 입장에서 후원을 아끼지 않은
휘의공주의 덕이 컸던 것으로 보인다.[181] 공민왕의 개혁적 성향 가운데 중요한
부분은 원나라의 정치적·문화적 억압으로부터 자유로워지는 것이었다.[182] 사
실 휘의공주가 중원을 장악한 원나라의 왕족이긴 하지만, 주변민족인 몽골족
이라는 점은 공민왕의 자존심에 자극을 주었을 것으로 짐작된다. 즉 고려에
대성악이 들어오면서 송나라의 악기와 악장을 습용했으나, 원나라 치하로 들
어가면서 다시 우리나라 노래를 연향 등에 쓰게 됨[183]으로써 '아악의 국제화/
향악의 자국화'라는 2원 체제가 확립되었고, 그런 경향은 공민왕의 치세에
더욱 굳어진 것으로 보인다. 휘의공주의 죽음을 맞아 공민왕이 극도로 슬퍼하
여 실의에 빠진 것[184]은 그 사건이 사랑하는 배필과의 이별이자 정치적 동지

180) 조규익, 『조선조 악장 연구』, 78-79쪽.
181) 이형우, 앞의 논문, 151쪽 참조.
182) 김명준은 원나라 간섭기 내내 왕권을 흔들던 부원 세력의 제거를 통해 달성한 國體의 회복을
　　<태묘악장>의 2차 개찬 효과들 가운데 하나로 제시했는데[김명준, 「고려 恭愍王대 太廟樂章의
　　개찬양상과 그 의미」, 『한국고시가문화연구』 33, 한국고시가문화학회, 2014, 56쪽], 「휘의공주악
　　장」이 갖는 국제적 의의와도 일정 부분 연관을 맺는다고 본다.
183) 김동욱, 『改訂 국문학개설』, 보성문화사, 1978, 66쪽.
184) 『고려사』 권 44, 세가 44, 공민왕 7, 「사신의 논평」 참조.

의 상실로 받아들여졌기 때문일 것이다. 그런 바탕 위에서 휘의공주의 혼전을 호화롭게 꾸미고 제례악과 악장을 중국에서 도입한 아악의 체례에 맞추어 만든 것은 개인적인 슬픔을 국가적 전례로 승화시키려는 욕구 때문이었다. 공민왕과 악장 제작자들로서는 제례음악이나 악장의 체제를 국제화시킬 필요가 있었고, 중세적 보편성을 그 기반으로 삼을 필요가 있었으며, 그러한 중세적 보편성의 근거를 『시경』의 수용에서 찾을 수 있었다. 즉 典禮의 국제화[185]를 통해 국내 정치의 안정을 도모하고 대외적으로는 원나라와의 불필요한 외교적 마찰을 피하고자 했을 가능성이 크다는 것이다. 이런 점에 『시경』 시의 구절들을 '짜깁 기'하여 만든 「휘의공주악장」의 정치적·문화적 의의가 있는 것이다.

휘의공주의 죽음을 계기로 개혁군주 공민왕은 실의에 빠졌고 국정은 파탄 으로 접어들었으나, 그의 치세에 「태묘악장」을 개찬했다거나 「휘의공주악장」 을 새로 지은 점은 우리나라 예악정치의 통시적 선상에서 중요한 의의를 갖는 다. 국가의 제례악장을 중국에서 도입한 아악악장의 체례에 맞춘 것은 일종의 국제적 표준성을 확보하고자 한 의도에서 나온 결과로 보아야 한다. 동아시아 적 보편성의 추구야말로 우리의 예악 시스템을 한 차원 높이는 일이었을 뿐 아니라 원나라의 간섭에서 벗어나는 발판으로 인식되었을 수 있기 때문이다. 무엇보다 원나라 왕족 출신의 휘의공주가 공민왕의 충실한 후원자 역할을 했기 때문에 그러한 개혁적 시도는 상당 부분 성공할 수 있었다. 이런 점에서 국정의 감시자 역할을 해온 기존의 원나라 출신 왕비들과 휘의공주가 다른 면모를 보인 것이 사실이다. 대를 이을 왕자를 얻지 못한 점뿐 아니라 정치적 후원자를 잃었다는 점에서 휘의공주의 죽음은 공민왕에게 다른 무엇으로도 대체할 수 없는 상실이었다. 휘의공주의 죽음에 대한 개인적 슬픔을 국가적

---

185) 「휘의공주악장」보다 약간 앞서기는 하지만, 비슷한 시기에 개편된 「태묘악장」을 통해서도 이런 점을 확인할 수 있다.

전례의 중요한 부분으로 확대시키고자 한 공민왕의 무리수도 이런 복합적인 이유로부터 나온 것이라 할 수 있다.

그 자체가 많은 제례악장들을 포함한 역대 왕조 악장들의 집성이면서 그 후 중국 역대 왕조들에 의해 악장 텍스트의 구절이나 내용으로 수용된 『시경』의 시구들을 이곳저곳에서 따다가 재조립하여 「휘의공주악장」을 만든 것도 동아시아적 보편성을 구현하겠다는 왕의 의지가 반영된 일이었다. 그 점을 찾아내고 의미를 밝힌 것이 본서의 이 부분이다.

「휘의공주악장」을 만들면서 『시경』을 중점적으로 수용한 것은 『시경』이 갖는 역사적·문화적 위상에 힘입어 이 악장에 내용적 타당성이나 보편성을 부여하는 동시에 당시 원나라의 정치적·문화적 억압으로부터 벗어나고자 하던 공민왕과 당대 지배층의 반원 개혁의식이 강하게 작용한 결과라고 할 수 있다. 이런 방식으로 제작된 「휘의공주악장」은 결국 비슷한 시기에 새로 제작된 「태묘악장」과 함께 조선조 아악악장의 모범적 선례로 자리 잡게 된 것이었다.

3. 『시경』 텍스트의 조합으로 만든 「신찬태묘악장」, 그 중세 보편주의 구현의 새 양상

고려조 제례악장에 중국을 모범으로 하는 국제적 표준이 적용되기 시작한 것은 제16대 예종[재위 1105~1122] 대부터였다. 송나라 출신의 胡宗旦에게 빠져 문제가 야기될 정도로 華風을 숭모한,[186] 예종은 대성악을 도입하여 태묘제례에 사용하기 위해 많은 노력을 기울이기도 했다. 대성악이 고려에서 제례악으로 정착되고 그에 맞춰 九室의 登歌樂章이 제정되었으며, 고려 태묘의 제례절

---

186) 동아대학교 석당학술원, 『국역 고려사 4』, 경인문화사, 2008, 335쪽 참조.

차가 자리 잡게 되는데, 그 과정은 다음과 같다.

> <1> 송 휘종의 대성악 하사[예종 11년(1116) 6월 을축]
> <2> 회경전에서 宰樞 및 侍臣들과 함께 대성신악 관람[11년 6월 경인]
> <3> 송 황제가 내려준 대성악과 문무의 춤을 종묘에 올린 뒤 연향에 쓸 것을
>   명함[11년 8월 기묘]
> <4> 건덕전에서 대성악 연주를 관람[11년 10월 무진]
> <5> 태묘의 祼享에서 대성악을 올리고 새로 지은 九室登歌를 연주[11년 10월
>   계유]

구실등가와 그 악장을 제작했다는 명시적인 언급 없이 그것을 태묘의 관향에서 연주했다는 점으로 미루어 <1>~<5> 사이의 어느 시점에 구실등가와 악장을 제작했으리라 짐작된다. 중요한 사실은 당시 예종이 이미 송나라의 제도를 표준으로 삼아 아악과 악장을 비롯한 제례 절차들을 개혁하려는 의도를 갖고 있었다는 점이다. 중국의 음악과 악장을 모범적 선례로 하는 태묘음악과 악장을 비로소 제작했다는 것은 매우 중요한 역사적 사건이었다. 이「구실등가악장」은 공민왕 12년의「還安九室神主太廟樂章」으로 이어지고, 공민왕 16년의「徽懿公主魂殿大享樂章」을 거쳐 공민왕 20년의「新撰太廟樂章」이 나옴으로써 고려조의「태묘악장」은 완성되었기 때문이다.

필자는 앞에서「휘의공주혼전대향악장」의『시경』텍스트 수용 양상을 살펴 본 바 있다.「휘의공주혼전대향악장」의 텍스트를 분석한 결과, 5편의 악장 [<초헌악장>·<아헌악장>·<삼헌악장>·<사헌악장>·<오헌악장>·<종헌악장>] 54구 중 여섯 구를 제외한 모든 구절들이『시경』으로부터 온 것들임과,『시경』이 갖는 역사적·문화적 위상을 바탕으로 이 악장에 내용적 타당성이나 보편성이 부여되었음을 확인했다. 동시에 당시 원나라의 정치적·문화적 억압으로부터 벗어나고자 애쓰던 공민왕과 당대 지배층의 자존적 개혁의식을 강하게 표출함으로써

이 악장이 향후 「태묘악장」과 조선조 아악악장들의 모범적 선례로 자리 잡았음도 밝힌 바 있다.[187]

이 부분에서는 텍스트와 콘텍스트에 대한 관찰을 바탕으로 「신찬태묘악장」의 본질을 밝혀 보고자 하는바, 이 악장에 상정했던 공민왕 및 집권세력의 의도와 그것이 구현된 주제를 통해 '텍스트의 구성 양상과 의미를 찾아냄으로써 전통시대 동북아 왕조 악장들의 핵심적 위치를 차지하고 있던 『시경』은 어떤 양상으로 수용되었는가', '그러한 『시경』 수용의 내포적 의미를 모색함으로써 당대 집권세력의 정치·문화적 의도와 당시의 고려가 지향한 중세의 문화적 보편성은 무엇이었는가' 등을 확인하는 것이 첫 번째 목표이고, 그 연장선에서 말기 고려의 정치적 상황과 태묘제의 실상이라는 콘텍스트를 바탕으로 「신찬태묘악장」의 현실적 의미를 찾아 조선조 악장으로 연결시키는 것이 두 번째 목표라 할 수 있다.

1) 「신찬태묘악장」의 『시경』 텍스트 수용양상

고려 말 집권세력의 세계관은 연달아 제작된 공민왕대의 악장들[「환안구실신주태묘악장」(12년 5월)·「휘의공주혼전대향악장」(16년 정월)·「신찬태묘악장」(20년 10월)]에 공통적으로 나타나지만, 그 가운데 「휘의공주혼전대향악장」과 「신찬태묘악장」등에서 더 뚜렷하다.[188] 그 가운데 가장 두드러진 점은 거의 대부분의 어구들을 『시경』에서 적출하여 조립하는 방법을 사용했다는 사실이다. 그렇다면,

---

187) 조규익, 「<휘의공주혼전대향악장>의 『시경』 텍스트 수용 양상과 의미」, 『우리문학연구』 49, 우리문학회, 2016, 122-123쪽 참조.

188) 공민왕대에 개찬되었거나 신찬된 악장들 가운데 「還安九室神主太廟樂章」[12년 5월]은 제작방법이나 정신의 면에서 예종대의 「新製九室登歌樂章」의 연장선에 놓인다고 할 수 있다. 공민왕대의 정치적 상황이나 사상적 측면을 잘 보여줄 뿐 아니라, 제작 방법의 측면에서 조선조 악장의 모범적 선례로 꼽을 수 있는 것들은 「徽懿公主魂殿大亨樂章」[공민왕 16년 정월]과 「新撰太廟樂章」[20년 10월] 등이다.

그들은 왜 전례 없이 거의 모든 어구들을 『시경』에서 따다가 외견상 단순조립으로 오해할 만한 결과를 만들어냈을까. 중국이든 한국이든 왕조의 악장들 대부분은 설사 『시경』에서 텍스트를 따오는 경우라도 일부분에 국한되거나 약간 가공하는 수준에 그쳤다. 그런데 공민왕대의 「휘의공주혼전대향악장」과 「신찬태묘악장」은 거의 모든 구절들을 『시경』에서 그대로 따다가 단순히 조립하여 만든 점이 특이하다.

『시경』은 經으로 격상된 樂章集이다. 공자라는 성인이 직접 악기를 통해 조율하고 이상적인 雅頌의 聲律에 비추어 검증함으로써 '완전무결함이 보증된' 악장들의 모음이다. 그 『시경』에 실린 개별 텍스트의 조각들 및 그와 유사한 다른 경전의 일부 텍스트들을 따오고, 자신들이 필요로 하는 내용을 덧붙이기 위해 『시경』 시들과 유사한 스타일의 창의적 텍스트들을 조합하여 만들어 낸 것이 삼대 이후 모든 왕조들의 악장이었다. 악장 제작의 그러한 전통을 이어받았으되, 『시경』에 대한 傾倒의 정도가 전례 없이 심한 경우가 고려 말 공민왕대의 「신찬태묘악장」이다. 본서에서는 전체 16개 악장들 가운데 <王入門樂章>과 <王盥洗樂章>, 七室 악장들, <飮福樂章>과 <文舞退武舞進樂章> 등에 수용된 『시경』 텍스트의 양상과 그 의미를 찾아보기로 한다.[189]

　　<1> 주나라 왕통의 존승을 통한 왕권 확립의 의지: <왕입문악장(王入
門樂章>[190]

　　於穆清廟[「주송」 <清廟>] 아, 아름답고 근엄한 문왕의 사당에

---

189) 이 논의에서는 11건의 악장만 다루기로 한다. 일부만으로도 『시경』 텍스트의 반영 양상을 보여주기에 충분하기 때문이다. 물론 <王入門樂章>·<王升殿降殿樂章>·<王出入小次樂章>·<迎神樂章>·<奠幣樂章> 등의 악장들에도 『시경』 텍스트 반영 비율이 높기 하지만, 여기서 대상으로 삼은 11 건의 악장들은 100% 『시경』 텍스트의 수용으로 이루어져 있다.
190) 이 글에서 거론하는 악장들의 원문 각 구 끝에 『시경』 텍스트의 제목을 附記하고자 한다. 『시경』 텍스트 의존도를 시각적으로 보여주는 효과를 발휘할 수 있다고 보기 때문이다.

我享我將[「주송」 <我將>] 내 받들고 올리니

威儀反反[「주송」 <執競>/「소아」 <賓之初筵>] 위의가 갖추어졌으며

鍾鼓喤喤[「주송」 <執競>] 종과 북이 조화롭게 울리도다

至止肅肅[「주송」 <雝>] 사당에 이르러 공경하는 모습

休有烈光[「주송」 <載見>] 아름답게 찬란한 광채가 있어

必恭敬止[「소아」 <小弁>] 반드시 공경하노니

介福無疆[「소아」 <楚茨>191)] 큰 복을 끝없이 받으리라

　　전체 8구 중 6구를 「주송」에서 가져왔고, 그 가운데서도 문왕의 제사에
쓰던 악장 <청묘>의 첫 구를 <왕입문악장>의 첫 구로 가져온 것은 「태묘악장」
전체로 보아 매우 의미심장하다. 洛邑을 완성한 周公이 제후들에게 조회를
받은 뒤 그들을 거느리고 문왕에게 제사하면서 연주한 노래가 <청묘>인데,192)
매년 烝祭를 지낼 때 문왕과 무왕에게 각각 붉은 소 한 마리씩을 올렸으니,
이는 주공이 섭정을 행한 7년 동안의 일이고 당에 올라가 노래한 내용이 바로
이것이다.193) '주공이 사당에 올라가 <청묘>를 노래할 때 잠시 묘중에 계시면
서 문왕을 보시고는 얼굴빛을 바꾸며 문왕을 다시 보시는 듯했다'194)는 설명
도 있다. 따라서 주공이 제후들을 이끌고 문왕의 사당에 제사지낼 때 그 악장
인 <청묘>를 연주하면서 보여준 행위들[升歌/愀然復見文王]을 통해 예악문화의
확립에 관련된 주공의 위대성을 부각시킴으로써 고려가 주공에 의해 안정된
주나라의 제도를 이어받았음과 주나라 시조 문왕의 악장 첫 구를 <왕입문악
장> 첫머리에 얹어 놓음으로써 고려가 문화적으로 주나라를 모범으로 삼았음

---

191) 「소아」 <楚茨> 제2장 제11구[報以介福]의 '介福'과 제12구[萬壽無疆]의 '無疆'을 합하여 만든 어구다.

192) 『文淵閣四庫全書: 經部/詩類/『詩序』 卷下의 "淸廟 祀文王也 周公旣成洛邑 朝諸侯 率以祀文王焉"
　　참조

193) 『文淵閣四庫全書: 經部/書類/『尙書通考』 卷十의 "又曰 書 稱王在新邑 烝祭 歲 文王騂牛一 武王騂牛
　　一 實周公攝政之七年 而此其升歌之辭也" 참조.

194) 『文淵閣四庫全書: 經部/書類/『尙書日記』 卷四의 "書大傳曰 周公升歌淸廟 苟在廟中 嘗見文王者
　　愀然如復見文王焉" 참조.

을 천명했다고 할 수 있다. 고려의 예악문화를 주나라와 유교의 취지에 맞춤으로써 중세 보편주의의 핵심을 바탕으로 왕조 영속의 당위성을 강조함과 동시에 왕권 농락의 주체가 될 가능성을 늘 갖고 있던 권신들을 경계하는 효과도 상정했을 것이다. 말하자면 주공과 제후들이 문왕의 사당에서 함께 한 것처럼 공민왕 스스로 주공의 입장에서 신하들을 거느리고 열성들에게 제사함으로써 왕권의 위상을 높이고 왕조 영속의 당위성을 고양하고자 한 정치적 고려가 첫 구에 내포되어 있다고 볼 수 있는 것이다.

「주송」<아장>의 첫 구[我享我將]를 그대로 갖다 쓴 것이 <왕입문악장>의 둘째 구다. <아장>은 문왕을 명당에 제사할 때 사용한 악장이다. 五帝를 명당에 제사하면서 문왕을 배향했는데, 지금의 태평이 이 명당에 문왕을 배향한 데서 연유했으므로 시인이 그 配祭의 일을 서술하여 이 노래를 만들었다는 것이다.195) 그러니 <왕입문악장>의 첫 두 행을「주송」'淸廟之什' 가운데 문왕의 악장인 <청묘>와 <아장>의 첫 행들을 따옴으로써, <왕입문악장>의 주제의식을 주나라 초기 왕들의 공업을 찬양한 노래들에서 차용하고자 한 의도를 드러냈다고 할 수 있다.

威儀反反[제3구]은「주송」'청묘지습' 아홉 번째 노래 <집경> 제12구와「소아」'桑扈之什' 여섯 번째 노래인 <賓之初筵> 제3장 제4구를 그대로 가져온 것이다. <집경>은 武王과 함께 成王·康王을 제사하면서 사용한 악장이다.196) <집경>의 마지막 부분은 "降福簡簡/威儀反反/旣醉旣飽/福祿來反"으로 후손들의 제사를 받은 무왕·성왕·강왕의 복 내려주심이 많음을 노래하는 내용이다. 이 때 '反反'은 '삼감과 진중함[謹重]'이라 했으니,197) 제사 지내는 자들의 태도를 표현

---

195) 『文淵閣四庫全書: 經部/詩類/『毛詩註疏』卷二十六의 "我將 祀文王於明堂也(疏) 正義曰 我將詩者 祀文王於明堂之樂歌也 謂祭五帝之於明堂 以文王配而祀之 以今之太平 由此明堂所配之文王 故詩人 因其配祭 述其事而爲此歌焉" 참조.

196) 『文淵閣四庫全書: 經部/詩類/『詩序』卷下의 "執競 祀武王也[此詩幷及成康 則序說誤矣(以下略)]" 참조.

한 말이다. 「소아」‘상호지습’ 여섯 번째 노래인 <빈지초연>의 제3장 제4구도 제사에 참여한 자들의 자세를 말한 점은 마찬가지다. <빈지초연>의 제2장에서는 ‘제사로 인해 술을 마시는 자들이 처음에는 예악의 성대함에 따라 즐겁고 안락함’을 말했고,[198) 제3장에서는 ‘모든 술 마시는 자들이 항상 다스려짐에서 시작하여 혼란함으로 끝난다’는 점을 지적했다.[199) 특히 제3장에서 네 번에 걸쳐 언급한 ‘威儀’를 ‘反反[제4구]/幡幡[제6구]’, ‘抑抑[제10구]/怭怭[제12구]’ 등 취하기 전과 후로 각각 나누어 표현했다. ‘반반’은 ‘예를 돌아봄[顧禮]’이고, ‘번번’은 ‘경망하고 채신없음[輕數]’이며, ‘억억’은 ‘신중하고 빈틈없음[愼密]’이고, ‘필필’은 ‘경박하고 버릇없음[媟嫚]’이다.[200) 따라서 술에 취하기 전에는 위의가 반반·억억하고, 취한 뒤에는 번번·필필하다는 것이다. ‘威儀反反’을 <왕입문악장>의 제3구로 끌어온 것은 태묘제사에 참여한 사람들에게 ‘반반하게 威儀를 갖춰줄 것’을 경계하고 주문하려는 의도에서였다. 그 경계와 주문의 대상은 왕과 함께 태묘제사에 참여하는 조정의 權貴를 포함한 고관대작들이므로 이들에 대한 嚴飭의 뜻이 내포된 문구라 할 수 있다.

「주송」<집경> 제8구를 그대로 가져온 것이 鍾鼓喤喤[제4구]인데, 악기를 울리며 제사가 진행되는 현장의 광경을 묘사한 내용이다. 무왕을 제사하며 사용한 노래가 <집경>이다. 문왕을 제사한 노래인 <청묘>에서 언급한 모든 것들로서 문왕에게 아름다움을 돌리지 않은 게 없듯이 <집경>에서 언급한 모든 것들 중 무왕에게 아름다움을 돌리지 않은 게 없다. 이처럼 자손이 아름다운 계통을 보유하여 왕업의 터전을 奉承하고 종묘제사를 때에 맞춰 봉행하는 것은 모두

197) 『文淵閣四庫全書: 經部/詩類/『詩傳大全』 卷十九의 “反反謹重也 反覆也 言受福之多 而愈益謹重” 참조.
198) 『文淵閣四庫全書: 經部/詩類/『詩傳大全』 卷十四의 “此言因祭而飮者 始時禮樂之盛 如此也” 참조.
199) 文淵閣四庫全書: 經部/詩類/『詩傳大全』 卷 十四의 “此言凡飮酒者 常始乎治而卒乎亂也” 참조.
200) 文淵閣四庫全書: 經部/詩類/『詩傳大全』 卷 十四의 “反反顧禮也 幡幡輕數也(…)抑抑愼密也 怭怭媟嫚也” 참조.

윗대 임금들이 풍성한 공업과 성대한 덕망을 바탕으로 남겨주신 유산이 있
는 까닭에 제사를 지내고 이를 聲詩로 펴뜨려 노래한다는 것이 그 취지였
다.201) 이처럼 <왕입문악장>의 제4구는 <집경> 제8구로서 이 구절은 제9구
[磬筦將將] 및 제10구[降福穰穰]와 내용상 함께 묶인다. 즉 '경쇠와 피리가 쟁쟁
하고 울리니/내려주시는 복이 많고도 많도다'라는 뜻으로서, 화려한 음악과
노래로 제사를 올리는 이유를 명확히 밝힌 부분이다. 각종 타악기·관악기
등을 연주하며 정성껏 올리는 제사에 '많은 복을 내려주시는 것'으로 '무왕의
신령이 응답하신다'는 믿음과 소망을 이 부분에 담았다. <왕입문악장>에서
는 그 중의 첫 부분을 갖다 쓴 데 불과했지만, 그 구절 속에 나머지 구절들의
뜻도 포함되어 있다. 의미구조상 <왕입문악장>의 전반에 해당하는 1-4구는
제사의 정성과 엄숙함을 노래한 부분이며, 특히 제4구에서는 고려 열성들의
권위를 드높이고자 무왕을 제사한『시경』「주송」<집경>의 권위를 차용한
것으로 보인다.

至止肅肅[제5구]은 문왕에게 대제를 지낼 때 사용한 악가202)「주송」<옹>의
제2구를 그대로 가져 온 것이다. 이 구절에 그려진 내용은 제사를 돕기 위해
온 모든 제후들의 和氣롭고 공경한 모습에 관한 것이다. <왕입문악장>에서도
태묘제사에 참여한 만조백관들의 화기롭고 공경한 모습을 그려내기 위해『시
경』「주송」<옹>의 권위를 차용했음은 물론이다.「주송」<재현> 제6구를 그
대로 수용한 부분이 제6구[休有烈光]이고, <재현>은 제후들이 처음으로 무왕의
사당을 알현하는 제사에서 부르던 악가이다. 제후들이 무왕의 사당에서 제사

---

201)『文淵閣四庫全書: 經部/詩類/『毛詩李黃集解』卷十四의 "李曰 此詩祀武王之樂歌也 淸廟之詩 祀文
　　王之詩故 其詩之所言者 無非歸美於文王 執競之詩 祀武王之詩 故其詩之所言者 無非歸美於武王 蓋
　　子孫所以保有令緒 奉承基業 故宗廟祭祀 得以時而奉行之者 皆緣上世之君 豐功盛德 有以遺之 故其
　　祭也 播之聲詩而歌之也" 참조.
202)『文淵閣四庫全書: 經部/詩類/『毛詩注疏』卷二十七의 "序 雝禘大祖也 箋云 禘大祭也 大於四時而小
　　於祫" 참조.

를 도우며 부르던 노래로서, 먼저 조회에 와서 법도를 稟受할 때 그 수레와 복식의 성대함이 이와 같았음을 말한 것이 그 내용이라 한다.[203] 선왕의 사당에 와서 제사를 도우며 공경한 자세를 갖춤으로써 군왕에게 충성을 바쳐야 하는 것이 제후들의 의무임을 강조한 것이 제5구의 속뜻이었다면, 그들의 車服에 '아름답고 찬란한 광채가 있음'을 찬양함으로써 그들이 충성을 바치는 군왕의 권위가 훨씬 더 높아지는 효과를 노린 것이 바로 이 부분이다. 따라서 제6구는 제5구에 이어 보다 간접적이면서도 효과적인 정치적 의도를 표출한 셈이다.

제7구[必恭敬止]는 「소아」 <소반> 제3장 제2구를 가져온 것이다. '必恭敬止' 즉 '반드시 공경해야 한다'는 대상은 과연 누구일까. 이 말을 바로 이해하기 위해서는 이 구절을 포함한 네 구를 함께 보아야 한다. 다음은 그것들이다.[204]

維桑與梓	뽕나무와 가래나무도
必恭敬止	마땅히 공경해야 하거든
靡瞻匪父	우러러 볼 대상은 아버님이시고
靡依匪母	의지할 대상은 어머님이시로다

뽕나무나 가래나무는 옛날에 5畝 넓이의 땅을 가진 집에서 부모가 담장 아래 심어 자손에게 물려줌으로써 누에를 먹이게 하고 器用을 갖출 수 있도록 한 나무들이다.[205] 그러니 자식들로서 이 나무들은 부모 보듯 해야 할 소중한 존재들이었다. 그래서 '뽕나무와 가래나무도 부모가 심은 것이면 오히려 반드시 공경을 더해야 하거든 하물며 부모는 지극히 높여야 하고 지극히 가까이

---

203) 『文淵閣四庫全書: 經部/詩類/『詩傳大全』 卷十九의 "此 諸侯助祭于武王廟之詩 先言其來朝 稟受法度 其車服之盛如此" 참조.

204) 『文淵閣四庫全書: 經部/詩類/『詩經集傳』 卷五.

205) 『文淵閣四庫全書: 經部/詩類/『詩傳大全』 卷十二의 "桑梓二木 古者五畝之宅 樹之牆下 以遺子孫 給蠶食 具器用者也" 참조.

해야 할 분들이니 마땅히 우러러보고 의지하지 않을 수 없다'206)는 것이 위에 인용한 <소반> 악장 후단 두 구의 뜻이다. 여기서 '마땅히 공경해야 할' 대상은 누구일까. 「소아」<소반>에서는 부모였다. 그러나 <왕입문악장>에서는 부모를 군왕으로 바꾸었다. 부모를 공경하고 의지하듯 군왕을 공경하고 의지하라는 메시지를 담은 것이다.

介福無疆[제8구]은 <왕입문악장>의 結句이면서 '군왕을 공경하라'는 제7구의 뜻을 받아 '그렇게 해야 큰 복을 끝없이 받는다'고 말했다. 그런데 『시경』에는 '介福無疆'이란 독립적 표현이 등장하지 않는다. 「소아」<초자> 제2장 제11구와 제12구는 다음과 같다.207)

報以介福 큰 복으로 갚아주니
萬壽無疆 만수무강하리라

앞에서 '介福'을 따고 뒤에서 '無疆'을 따온 뒤 합하면 <왕입문악장> 제8구가 된다. 말하자면 '(지금처럼) 빛나는 모습으로 사당에 이르러 공경하듯 군왕을 공경하고 충성을 바치면 큰 복과 만수무강을 내려줄 것'이라는 뜻이 마무리 부분에 담겨 있다.

『시경』의 노래들에서 중요한 부분들을 차용함으로써 체제를 위협하던 권신들의 참람한 기세를 꺾고 왕권을 옹위하려는 의도를 내비친 것은 「신찬태묘악장」에 상정된 공민왕의 정치적 의도를 가장 명백하게 보여주는 점이다.

이처럼 <왕입문악장>의 후반부인 제5구-제8구는 제사 본연의 모습과 의미를 노래한 전반부와 달리 매우 정치적인 내포를 담은 부분이라고 할 수 있다.

---

206) 주 205)와 같은 곳의 "桑梓父母所植 尙且必加恭敬 況父母至尊至親 宜莫不瞻依也" 참조
207) 『文淵閣四庫全書: 經部/詩類/『詩經集傳』卷五 참조.

<2> 공경과 경계를 바탕으로 신료들을 엄히 단속할 것을 후왕들에게 강조: <王盥洗樂章>

有冽氿泉[「소아」 <大東>] 차가운 샘 있으니
實惟何期[「소아」 <頍弁>] 실로 무엇인가
可以濯漑[「대아」 <泂酌>] 가히 씻을 수 있도록 하여
維淸緝熙[「주송」 <維淸>] 맑고 밝게 이어 밝히도다
旣敬旣戒[「대아」 <常武>] 이미 공경하고 이미 경계하여
攝以威儀[「대아」 <旣醉>] 위의로써 방종치 못하게 하고
式序在位[「주송」 <時邁>] 지위에 있는 자들을 열 세우니
曾孫篤之[「주송」 <維天之命>] 후왕들은 돈독히 하여 잊지 말아야 하리라

전체 8구 중 3구를 「주송」에서, 3구를 「대아」에서, 나머지 2구를 「소아」에서 각각 가져옴으로써 <왕입문악장>에 비해 차용의 범위가 넓어진 것은 사실이나, 「주송」을 중시하는 모습은 여전하다. 태묘제사에 쓰인 악장들이라는 점, 주나라 제사음악 악장들의 모음이 「주송」이고, 주공이 주도한 주나라 제도 정비의 산물이자 공자가 편찬한 악장집인 『시경』 가운데서도 핵심적인 부분이 「주송」이라는 점에서 주송의 악장들을 따다가 「신찬태묘악장」으로 조립해 낸 당시의 사정을 짐작할 수 있다.

제1구[有冽氿泉]는 「소아」 <대동> 제3장 제1구를 가져온 것이다. <대동> 제3장은 '차가운 샘물에 베어놓은 섶을 적시지 말라'는 喩意와 '백성들을 힘들게 하지 말라'는 趣意가 병행되어 있는 노래다. 즉 '이미 벤 섶을 다시 물에 적시면 썩을 것이고 이미 힘겨운 백성을 다시 일 시키면 병이 들 것이니, 이미 베었으면 싣고 와서 쌓아둘 것이요 백성들이 이미 수고로우면 쉬게 할 것'[208]이라는 뜻이 내재된 노래의 첫 구가 바로 이것이다. 따라서 원래의 뜻까지 가져온

208) 『文淵閣四庫全書: 經部/詩類/『詩傳大全』 卷十二의 "蘇氏曰 薪已穫矣 而復漬之則腐 民已勞矣 而復事之則病 故已艾則庶其載而畜之 已勞則庶其息而安之" 참조.

것은 아니고, 祭次의 盥洗와 관련하여 '차가운 물'의 이미지만 차용한 것으로
보인다.

「소아」 <규변> 제1장 제2구를 그대로 가져온 <왕관세악장>의 제2구[實惟何
期]도 자연스럽게 뒤쪽의 本意를 이끌어내기 위한 發語辭로 쓰인 경우이니,
큰 뜻은 없다고 할 수 있다. 「소아」 <규변> 제1장의 경우 '우뚝한 가죽 고깔(을
쓴 군자들)'을 제시한 다음 발어사[實維伊何]를 거쳐 '군자들을 보기 전에는 근심
이 컸는데, 군자들을 만나고 나서는 마음이 기뻐졌다'는 본뜻이 제시되고 있는
것처럼, <왕관세악장>에서는 모두에 제시된 '(씻을 수 있고 맑고 밝게 할 수 있는)차가
운 샘물'이 이 발어사를 거치면서 '고위 신하들을 공경과 경계로 무장하게
하고 열 지어 세움으로써 방종치 못하게 해야 한다'는 점을 후왕들에게 주지시
키고 있다는 점에서 기능적으로 큰 역할을 한 셈이다. 可以濯漑[제3구]는 「대아」
<형작> 제3장 제3구를 그대로 가져온 것이다. <형작>은 召康公이 成王을 경계
한 악가로서, 황천은 덕 있는 이를 가까이 하고 도 있는 자의 제사를 흠향한다
고 말한 것이다.[209] '可以濯漑'의 앞에 나오는 前提的 행위들은 3장 전체에
똑같이 등장한다. 즉 '洞酌彼行潦/挹彼注兹'가 그것들인데, 그에 대한 결과들[可
以饋饎/可以濯罍/可以濯漑]은 약간씩 다르다. <왕관세악장>에 채택된 것은 그 중
'可以濯漑'다. 이것은 '盥洗'가 손과 술잔을 씻어 공경의 뜻을 나타내던 옛 제례
의 절차나 의식이었기 때문일 것이다. 즉 길가의 빗물을 떠다 선 밥과 술밥을
만들고, 잔을 씻거나 손을 씻더라도 공경하는 마음만 있으면 된다는 뜻이다.
말하자면 이 간단한 말 속에도 덕과 도에 바탕을 둔 공경을 강조하는 뜻이
들어 있는데, 정치적 함의를 갖는 말임을 알 수 있다.

제4구[維清緝熙]는 「주송」 <유청>의 첫 구를 가져 온 것으로, 제3구에 이어
정치적인 내포를 갖고 있는 것으로 보는 것이 옳다. 「주송」 <유청>에서 이

---

209) 『文淵閣四庫全書: 經部/詩類/『詩序』』 卷下의 "洞酌 召康公戒成王也 言皇天親有德 饗有道也" 참조.

말의 목적어는 둘째 구[文王之典]이다. 즉 '맑고 밝게 이어 밝힐 것은 문왕의 법'이라는 것이다. 문왕의 법이란 문왕이 천명을 받아 창시하고 적용한 제도 일반, 특히 예악제도를 두루 포괄한다. 그것을 고려의 「신찬태묘악장」에서 수용한다는 것이다. 제5구[旣敬旣戒]는 「대아」 <상무> 제1장 제7구를 가져온 것이다. <왕관세악장>의 경우 '왕께서 太師 皇父를 명하여 나라의 六軍을 정돈하고 병기를 수선하게 하며 이미 공경하고 이미 경계하게 함으로써 南國을 은혜롭게 하셨다'는 <상무> 전체의 뜻 가운데 '공경·경계'만을 수용해온 것이다. 즉 나라의 군대를 지휘하던 태사의 행동수칙으로부터 방종하지 않고 왕권에 순종해야 하는 원칙을 조정 고관들의 행동수칙으로 변용시킨 것이다. 그 구체적인 내용들로서 「대아」 <기취> 제4장 제4구와 「주송」 <시매> 제10구를 끌어와 <왕관세악장>의 제6구와 제7구에 각각 배치한 것이다. 신하들의 방종을 누르고 왕권을 세워야 하는 시대적 소명을 후왕들은 잊지 말라고 당부한 것이 바로 제8구[曾孫篤之]로서 「주송」 <유천지명> 제8구를 그대로 가져온 것이다.210)

따라서 <왕관세악장>의 핵심도 신하들의 참람한 방종으로부터 왕권을 옹위해야 하는 당면 과제를 후왕들이 잊지 말 것을 당부한 데 있다.

<3> 천명으로 강토를 넓히고 후손을 열어준 태조의 공: <第一室樂章>

於乎皇王[「주송」 <閔予小子>] 아, 위대한 제왕이시여
受命溥將[「상송」 <烈祖>] 천명 받으심이 넓고 크시니
遂荒大東[「노송」 <閟宮>] 마침내 동쪽 끝까지 차지하시어
四方之綱[「대아」 <假樂>] 사방의 기강이 되셨도다
克開厥後[「주송」 <武>] 그 후손들을 열어놓으시고

---

210) '후왕들에 대한 경계'의 뜻은 조선조 「용비어천가」의 '勿忘章'들이나 卒章의 주제와 상통하는 점이기도 하다.

繼序其皇[「주송」 <烈文>] 대를 이어 위대하게 하시니
於萬斯年[「대아」 <下武>] 아, 만년토록
降福無疆[「상송」 <열조>] 복 내리심 끝없도다

<제1실악장>도 「주송」의 노래들[<민여소자>·<무>·<열문>]이 가장 많고, 「대아」
[<가락>·<하무>]와 「상송」[<열조> 2회]이 그 뒤를 잇는다. <민여소자>는 원래 상(喪)
을 마친 嗣王이 사당에 조회할 때 사용한 노래인데, 후세에 사왕이 사당에
조회하는 노래가 된 것으로 추정되고,211) <무>는 大武를 연주한 노래이며,212)
<열문>은 성왕이 정사를 친히 관장함에 제후들이 제사를 도운 일을 언급한
노래다.213) <가락>은 성왕을 아름답게 여긴 노래이고,214) <하무>는 문왕을
이은 것을 말한 노래로서, 무왕이 성덕으로 다시 천명을 받아 능히 先人의
공덕을 밝힐 수 있었다고 한다.215) 또한 <열조>는 중종을 제사한 노래이고,216)
<비궁>은 僖公이 周公의 집을 복구할 수 있었음을 칭송한 노래다.217)

<제1실악장>의 제1구[於乎皇王]는 「주송」 <민여소자> 제 10구를 가져온 것이
다. <민여소자>가 왕위를 물려받은 왕들이 사당에 조회하던 노래인 만큼 제사
대상들을 頓呼한 경우가 11구 가운데 두 번이나 등장한다. 제4구[於乎皇考]와
제10구[於乎皇王]가 그것들이다. 전자의 '황고'는 무왕인데, 다음 구[永世克孝]에
서 보듯이 '문왕에게 종신토록 효도한 무왕'에 대하여 감탄하고 있는 내용이
바로 이 부분이며, 후자의 '황왕'은 문왕과 무왕을 겸해 부른 칭호인데, 마지막

---

211) 『文淵閣四庫全書: 經部/詩類/『詩傳大全』 卷十九의 "此成王除喪 朝廟所作 疑後世 遂以爲嗣王朝廟之
　　樂" 참조.
212) 『文淵閣四庫全書: 經部/詩類/『詩序』 卷下의 "武 奏大武也" 참조.
213) 『文淵閣四庫全書: 經部/詩類/『詩傳大全』/『詩序』의 "烈文 成王卽政 諸侯助祭也" 참조.
214) 『文淵閣四庫全書: 經部/詩類/『詩序』 卷下의 "假樂 嘉成王也" 참조.
215) 『文淵閣四庫全書: 經部/詩類/『詩序』 卷下의 "下武 繼文也 武王有聖德 復受天命 能昭先人之功焉"
　　참조.
216) 『文淵閣四庫全書: 經部/詩類/『詩序』 卷下의 "烈祖 祀中宗也" 참조.
217) 『文淵閣四庫全書: 經部/詩類/『詩序』 卷下의 "閟宮 頌僖公能復周公之宇也" 참조.

구[繼序思不忘]와 연결지어 '문왕·무왕이시여, 대를 이음에 잊지 않을 것을 생각하나이다'라고 다짐하는 사왕(嗣王)들의 말이 바로 그것이다. 그렇다면 여기서 사왕이 사당에 조회하는 노래인 <민여소자>의 제10구[於乎皇王]를 <태조실악장>인 <제1실악장> 첫 구로 끌어온 이유는 무엇일까. 후왕 특히 공민왕의 입장에서 개국시조인 태조나 그 뒤를 이은 초기의 황왕들을 불러내어 그들의 공적을 상기시키고 왕조의 미래를 위해 附元세력이나 反王세력을 축출하고 권력층 내의 화합과 단결을 도모하는 데 적합한 구절이라 보았을 것이다.

제2구[受命溥將]는 「상송」 <열조> 제16구[我受命溥將]를 수용한 것이고, 제8구[降福無疆]는 <열조> 제20구를 가져온 것이다. 즉 <제1실악장>은 「주송」 <민여소자> 제 10구로 시작했고, 「상송」 <열조> 제16구를 가져와 제2구로 삼았으며, 제20구를 가져와 결구로 삼은 것이다. 「상송」 <열조> 제16구~제20구는 '내 명을 넓고 크게 받아 하늘이 편안함을 내리심에 풍년으로 곡식이 많아졌으니 祖考가 이르시고 흠향하사 복을 내리심이 한량없다'는 뜻을 담고 있다. 이 뜻을 시조인 태조의 공덕에 맞추어 바꾼 것이 태조악장인 <제1실악장>이다.

제3구[遂荒大東]는 「노송」 <비궁> 제6장 제4구를, 제4구[四方之綱]는 「대아」 <가락> 제3장 제6구를, 제5구[克開厥後]는 「주송」 <무> 제4구를, 제6구[繼序其皇]는 「주송」 <열문> 제8구[繼序其皇之]를, 제7구[於萬斯年]는 「대아」 <하무> 제5장 제3구 및 제6장 제3구를, 제8구[降福無疆]는 「상송」 <열조> 제20구를 각각 그대로 갖고 온 것들이다.[218]

이런 텍스트들의 차용을 바탕으로 천명을 받들고 후손들에게 길을 열어준 태조의 공을 찬양한 것이 이 부분의 주지임은 분명해진다.

---

218) 이 가운데 「상송」 <열조> 제16구[我受命溥將]가 <제1실악장> 제2구[受命溥將]로 수용되면서 '我'가 탈락되었고, 「주송」 <열문> 제8구[繼序其皇之]는 <제1실악장> 제2구[繼序其皇]로 수용되면서 '之'가 탈락되었다. 그러나 양자 간 의미의 차이는 없다.

<4> '고려의 무왕(武王)'으로서 부왕을 도와 나라를 안정시킨 혜종의
공: <第二室樂章>

於皇武王[「주송」 <무>] 아, 위대하신 무왕이시여
荷天之龍[「상송」 <장발(長發)>] 하늘의 사랑을 받으시고
旣右烈考[「주송」 <옹>] 빛나는 부왕을 도우시어
耆定爾功[「주송」 <무>] 그 공업을 이루셨도다
小東大東[「소아」 <대동>] 동방의 소국과 대국이
亦是率從[「소아」 <채숙(采菽)>] 또한 모두 따라와
勿替引之[「소아」 <초자>] 중단되지 않고 길게 이으니
福祿攸同219) 복록이 함께 모이는 곳이로다

제1구[於皇武王]는 「주송」 <무>의 첫 구를 가져온 것이다. 사실 주나라 최고·
최대 樂舞인 대무는 '주공이 무왕의 무공을 형상한 무곡'220)이고, <무>는 무곡
인 대무의 首章이라는 설도 있다.221) 어쨌든 고려 「태묘악장」의 제2실 악장인
<혜종악장> 첫 구로 「주송」 <무>의 첫 구를 가져왔다는 것은 주목할 만한
사실이다. 악장의 제작자들은 태조 왕건의 장자인 혜종[혜종인덕명효선현의공대왕
(惠宗仁德明孝宣顯義恭大王)]의 이름이 王武라는 점,222) 921년[태조 4년] 후견인 박술
희 등의 도움으로 태자에 책봉된 뒤 태조와 함께 후백제를 쳐서 공을 세운
점223) 등에 주목한 듯하다. 고려 건국시조 태조의 뒤를 이은 그에게 주나라

---

219) '萬福攸同'[「소아」 <蓼蕭>·「소아」 <采菽>·「소아」 <瞻彼洛矣>·「소아」 <鴛鴦>·「소아」 <采菽>·
「대아」 <旱麓>·「대아」 <梟鸒>·「주송」 <執競>]을 이렇게 고친 것이다.
220) 『文淵閣四庫全書: 經部/詩類/『詩傳大全』 卷十九의 "大武 周公象武王武功之舞 歌此詩以奏之" 참
조.
221) 『文淵閣四庫全書: 經部/樂類/『古樂書』 卷下의 "春秋傳 以爲此大武之首章" 참조.
222) 동아대학교 석당학술원,『국역 고려사/世家 1』, 197쪽.
223) 김명진은 고려 혜종 왕무가 무공을 세움으로써 순탄히 왕위에 오를 자격을 갖추게 된 사건으로
다음의 두 가지를 꼽는다. 즉 930년 母鄕인 나주가 후백제의 수중으로 넘어갔을 때 태조 왕건은
무로 하여금 북쪽 변경을 순행하게 했고, 935년 후백제 신검의 난을 기회로 유금필을 시켜 나주를
탈환케 함으로써 무의 입지가 높아진 것이 첫째 사건이었고, 삼국통일 전쟁 마지막 전투였던

문왕의 뒤를 이은 무왕의 이미지를 덮씌우려 한 것도 그 때문이다. <혜종악
장>의 첫 구로 「주송」<무>의 첫 구를 가져온 것도 그렇게 이해될 수 있는
사안이다. '於皇武王'의 '무왕'은 주나라 무왕일 수도 고려의 혜종일 수도 있지
만, 양자를 함께 아우른다고 보아도 무방하다. 우연일 수도 있지만, 혜종의
원래 이름이 '무'인 점이 주나라 무왕과 일치하기 때문에 악장의 첫 구로 쓰기
위해 무왕의 무공을 찬양하는 무곡 대무의 수장 첫 구를 수용한 것이다.

荷天之龍[제2구]은 「상송」<장발> 제5장 제3구[何天之龍]를 그대로 가져온 것
이다. <장발>은 '大禘를 지낼 때 쓰는 악가'[224]이니, '제왕이 그 조상의 나온
바를 크게 제사함에 그 조상으로써 배향한 것'[225]을 말한다. 이 부분과 對가
되는 구절이 <장발> 제4장 제3구[何天之休]이니, 禹·契·湯 등 초기 명군들이
하늘의 도움으로 큰 치적을 이루었다는 사실이 노래의 중심임을 알 수 있고,
이것을 수용한 고려의 <제2실악장>에서는 武勇으로 외적을 물리친 혜종에게
하늘의 사랑과 아름다움이 내렸음을 찬양하고 있는 것이다.

제3구[既右烈考]는 「주송」<옹> 제15구[既右烈考]를 그대로 따온 것으로, <옹>
은 태조 즉 문왕에게 禘祭를 올릴 때 부르던 노래다.[226] '既右烈考'의 앞뒤로
배열된 시구들은 다음과 같다.[227]

> 綏我眉壽　　나를 장수하게 하시고

일리천전투 준비의 책임을 태자 왕무와 박술희 장군에게 맡겼고, 결국 후백제 군을 무너뜨림으로
써 태자 무가 통일전쟁 승리의 일등공신으로 등극하게 된 것이 두 번째 사건이었다.[김명진, 「고려
혜종의 생애와 박술희」, 『영남학』 65호, 경북대 영남문화연구원, 2018, 179쪽 참조.] 이런 점으로
미루어 볼 때 고려의 혜종은 상나라를 거꾸러뜨림으로써 천하를 통일한 주나라 무왕과 같은
성격의 제왕으로 평가되었을 것이고, 그런 점이 혜종악장인 <第二室樂章>에 반영되었다고 할
수 있다.

224) 『文淵閣四庫全書: 經部/詩類/『詩序』 卷下의 "長發 大禘也" 참조.

225) 『文淵閣四庫全書: 經部/禮類/『禮記之屬/禮記註疏』 卷三十二의 "王者禘其所自出 以其祖配之" 참조.

226) 『文淵閣四庫全書: 經部/詩類/詩序』 卷下의 "雝 禘太祖也" 참조.

227) 『文淵閣四庫全書: 經部/禮類/詩經集傳』 卷八 참조.

介以繁祉   큰 복으로 나를 도우시며
旣右烈考   이미 공덕 많으신 아버지를 높이셨고
亦右文母   문덕 높으신 어머니를 높이셨도다

이 부분은 <옹>의 끝단으로서 주나라 무왕이 문왕을 위해 체제를 지내고 그에 대한 문왕의 보답을 노래하고 있는 부분이다. '문왕이 그 후손을 창성케 하시고 장수로써 편안케 하시며 다복으로써 도우시되 나로 하여금 공덕 많으신 아버지와 문덕 높으신 어머니를 높일 수 있게 했다는 것'228)이다. 말하자면 인간과 인간, 인간과 신의 관계를 바탕으로 할 때 '右'에는 '돕다/신이 도와주다/保佑하다/숭상[尊崇]하다' 등의 뜻이 있고, 이 점은 <옹>의 경우에도 모두 통하는 의미들이다. 『주례』의 「春官」 '大祝'에 九拜가 나오고, 그 아홉 가지 인사를 갖추어 제사를 돕는다229)고 했다. 이처럼 '享右'란 시동에게 酒食을 바치고 권하는 일이니 시동이 대신하던 신령을 높이는 일이다. 따라서 '우'는 왕이나 신령 등 높은 지위의 대상을 존숭하던 뜻을 갖고 있다. <옹>의 '이미 공덕 많으신 아버지를 높이셨고'가 똑 같은 말의 제3구[旣右烈考]에서 '빛나는 부왕을 도우시어'로 바뀐 것은 태조를 도와 정벌에서 큰 공을 세운 혜종의 존재를 드러내는 뜻으로 전용하고자 했기 때문이다.

耆定爾功[제4구]은 「주송」 <무> 제7구를 그대로 가져온 것으로, <무>는 대무를 연주한 것인데, 주공이 음악을 짓고 춤 춘 것이 바로 대무다.230) 따라서 '耆定爾功'의 '爾功'은 주나라 무왕의 무공이고, 이것을 고려 「신찬태묘악장」의 <제2실악장>에서는 혜종의 무공을 찬양하는 말로 전용한 것이다. 이상 <제2

---

228) 『文淵閣四庫全書: 經部/禮類/詩經集傳』卷 八의 "言 文王昌厥後而安之以眉壽 助之以多福 使我得以 右于烈考文母也" 참조.

229) 『文淵閣四庫全書: 經部/禮類/周禮之屬/周官集注』卷六의 "辨九拜 一曰稽首 二曰頓首 三曰空首(…) 享獻也 謂朝獻饋獻 右讀爲侑 勸尸食也" 참조.

230) 『文淵閣四庫全書: 經部/詩類/毛詩注疏』卷二十七의 "武奏大武也(…)大武周公作樂 所爲舞也" 참조.

실악장>의 전단인 제1구-제4구는 하늘의 사랑을 받아 왕좌에 오르고 부왕을
도와 빛나는 무공을 세운 역사적 사실에 입각하여 혜종을 찬양한 부분임을
알 수 있다.

小東大東[제5구]은 「소아」 <대동> 제2장 제1구를 갖다 쓴 구절이다. '소동·대
동은 동쪽의 크고 작은 나라들인데, 주나라로부터 보면 제후의 나라들이 모두
동방에 있었다'231)고 하니, 현재 산동성 일대를 말하는 것이다. 그리고 <대동>
은 나라의 어지러움을 풍자한 노래로서 동쪽 나라의 백성들이 부역에 시달리
고 재물의 손해를 당하니, 담나라 대부가 이 노래를 지어 당시의 폐단을 고했
다는 것이다.232) 따라서 고려 「신찬태묘악장」의 <제2실악장> 제5구는 <대동>
의 이 구절을 전혀 다른 의미로 전용했음을 알 수 있다. 즉 <제2실악장> 제5구
는 고려의 입장 아닌 중국의 입장에서 '동방'을 말한 것이고, 따라서 신라나
후백제가 바로 그런 나라들이었던 것이다. 말하자면 제6구[亦是率從]에서 '모두
따라왔다'고 말한 사실들은 신라 경순왕의 歸附나 후백제 견훤의 歸順 등을
아울러 지칭했음을 알 수 있다.

제6구[亦是率從]는 「소아」 <채숙> 제4장 제8구를 그대로 가져온 것이다. '갈
참나무 가지에 이파리가 무성하듯 훌륭한 제후는 천자의 나라를 진정시킴으
로써 만복이 도래하고 좌우의 신하들이 함께 따라 온다'는 것이 <채숙> 제4장
이다. 전단에서 언급한 것처럼 '부왕을 도와' 동방의 크고 작은 나라들 즉 신라
와 후백제를 복속시킨 혜종의 공로를 찬양하고자 <채숙>의 이 구절을 가져왔
다고 할 수 있다.

「소아」 <초자> 제6장 제12구를 가져온 제7구[勿替引之]는 앞에서 말한바 부
왕을 도와 이룩한 혜종의 무공과 동쪽의 크고 작은 나라들을 복속시킨 일

---

231) 『文淵閣四庫全書: 經部/詩類/詩經集傳』 卷五의 "小東大東 東方國皆在東方" 참조.
232) 『文淵閣四庫全書: 經部/詩類/毛詩注疏』 卷二十의 "大東刺亂也 東國困於役而傷於財 譚大夫作是詩
以告病焉" 참조.

등을 '중단하지 않고 길게 이어 나갔다'는 뜻이니, 혜종의 공이 멈추지 않고 계속 이어졌음을 찬양한 것이다. 제8구[福祿攸同]는 「소아」·「대아」·「주송」 등에 속한 여러 편의 노래들[233]에 들어 있는 '萬福攸同'을 수용한 구절로서 혜종이 혁혁한 무공을 세워 '복록이 모이는 바'가 되었다는 것으로 끝맺은 부분이니, '고려의 무왕' 혜종이 부왕을 도와 나라를 안정시킨 공로를 찬양하고 있음이 분명히 드러난다.

<5> 상제의 명을 받아 문무겸전의 신령함으로 어려움을 극복한 현종의 공: <第三室樂章>

休矣皇考[「주송」 <訪落>] 아름답도다 황고시여
將受厥明[「주송」 <臣工>] 장차 상제의 밝게 내려주심을 받고
允文允武[「노송」 <泮水>] 진실로 문과 무를 갖추시어
以赫厥靈[「대아」 <生民>] 그 신령함을 빛내시도다
有震且業[「상송」 <장발>] 나라가 흔들리고 위태롭다가
迄用有成[「주송」 <유청>] 이룸이 있게 되었으니
萬有千年[「노송」 <비궁>] 천만년토록
保我後生[「상송」 <殷武>] 우리 후손들을 보호해 주시리라

<제3실악장>은 <현종악장>이다. 태조의 제8자 安宗 王郁의 아들인 현종[재위 1010-1031]은 고려 제8대 왕으로서, 그의 치세는 '고려의 정치발전상 중요한 전기'[234]를 이룬 시기였다. 대외적으로는 1018년 침범해온 거란군을 강감찬이 귀주 전투에서 물리친 뒤 거란과 화평의 외교관계를 열었고, 대내적으로는 민생을 챙기고 불교와 유교의 발전을 도모했다. 연등회와 팔관회를 부활시키고 先儒를 존숭하는 뜻에서 설총·최치원 등을 추봉하고 文廟에 종사함으로써

---

233) 주 219) 참조.
234) 김두향, 「고려 현종대 정치와 이계(吏系) 관료」, 『역사와 현실』 55, 한국역사연구회, 2005, 211쪽.

역사상 최초로 문묘종사의 선례를 만들었으며, 지방 관제를 합리적으로 조정하고 인재를 엄격히 선발하였다.[235) 무엇보다 중요한 일은 왕이 친히 태묘에 제사를 지냈다는 사실이다.[236) 그만큼 현종은 자신의 치세에 중세적 보편주의를 정착시키려고 노력했으며, 대외 관계에서도 분명한 노선을 확립시키고자 한 군주였음을 알 수 있다.

<현종악장> 역시 내용의 전체를 『시경』 텍스트에서 따다가 조립한 것이지만, 그런 역사적 사실을 표현하거나 암시하는 방향에서 이루어졌음은 물론이다. 각 부분의 세부적인 출처는 「주송」 3편, 「노송」 2편, 「상송」 2편, 「대아」 1편 등으로 분포되어 있어, 「주송」의 노래들로부터 가장 많이 따온 점은 앞의 악장들과 같은 양상이다. 이런 양상은 제사악장이라는 점, 예악의 표본을 주나라에서 찾았다는 점 등을 감안할 때 자연스런 결과였다고 할 수 있다.

休矣皇考[제1구]는 「주송」 <방락> 제11구를 가져온 것인데, 주나라 성왕이 사당에 조회하고 이 노래를 지어 여러 신하들의 뜻을 물어보려는 의도를 말한 것237)이 그 내용이다. <방락>의 화자가 성왕이니만큼, 노래 속의 '황고'는 무왕일 수밖에 없다. 그러나 <현종악장>의 황고는 제2구 이하의 내용을 감안컨대 祭主인 공민왕의 입장에서 현종을 언급한 말이다. 제2구[將受厥明]는 「주송」 <신공> 제 10구를 가져 온 것이다. <신공>에 등장하는 두 명의 聽者들이 있고, 그들에게 각각 당부한 말들에 따라 이 노래는 두 부분으로 나뉜다. 첫 번째는 臣工들[조정의 群臣 百官]에게 주는 말, 두 번째는 保介[주나라 農官]에게 당부한 말이 그것들이다. <신공>에서 '將受厥明'이란 '장차 상제의 밝게 내려주심을 받게 되었다'는 뜻이니, 그 앞 구[於皇來牟]의 '來牟' 즉 보리[麥]를 받았다는 말이

---

235) 네이버 지식백과[https://terms.naver.com] 참조.

236) 동아대학교 석당학술원, 『국역 고려사/世家 2』, 11쪽.

237) 『文淵閣四庫全書: 經部/詩類/詩傳大全』 卷十九의 "成王旣朝于廟 因作此詩 以道延訪羣臣之意 言我 將謀之於始 以循我昭考武王之道 然而其道遠矣 予不能及也" 참조.

다. '상제가 내려주신 보리'란 풍년을 말한다. 그런데 이것이 <현종악장>에 와서는 '王者에게 내린 천명'으로 바뀌었다. 즉 황고에게 내린 천명을 현종이 이어받아 '문무를 갖추고 신령함을 빛냈다'는 말이 그 다음의 두 구인 제3구와 제4구에서 언급된다. 제3구[允文允武]는 「노송」 <반수> 제4장 제5구를 가져온 것인데, <반수>에서의 주체는 '魯侯' 즉 魯僖公이나 <현종악장>에서는 현종으로 바뀌었다. 제4구[以赫厥靈]는 「대아」 <생민> 제2장 제5구를 가져온 것으로, <현종악장> 전단의 마무리 부분인데, 현종의 타고난 자질과 덕을 찬양한 부분이다. <생민>에서 姜嫄이 后稷을 낳음으로써 '그 신령함을 밝혔다'고 했으나, <현종악장>에서는 현종이 받은 천명과 문무의 자질을 바탕으로 신령함을 밝혔다고 했다. 누차 반복하거니와, 『시경』 텍스트를 글자 그대로 가져 오면서도 자신들의 의도를 드러내는 방향으로 변용한 점은 고려의 「신찬태묘악장」이 보여주는 특징임을 이 부분에서도 알 수 있다.

有震且業[제5구]은 「상송」 <장발> 제7장 제2구를 가져온 것으로, 상나라가 등장하기 전의 시대를 말한다.[238] 그렇다면 <현종악장>에서는 이 어구를 수용하여 어떤 상황을 말하고자 한 것일까. '나라가 흔들리고 위태롭다'는 말은 거란의 침입에 나라가 위태하던 역사적 사건을 압축한 표현이다. 세 차례에 걸친 거란의 고려 침입 가운데 제2차, 제3차 침입이 현종 대에 일어났다. 현종 원년[1010] 5월 입조하던 여진족이 고려에서 피살되자 여진이 이 사실을 거란에 알렸고, 거란의 임금은 '康兆의 정변'을 구실로 군사를 일으켜 고려에 침범하겠다고 공언했다.[239] 같은 해 11월 신묘일에 거란 임금이 보병과 기병 40만명을 거느리고 쳐들어와 현종은 나주까지 피난을 갔으나, 현종의 入朝 약속으로 거란군은 철병했다.[240] 이것이 2차 침입의 전말이다. 현종 9년[1018] 거란의

---

238) 『文淵閣四庫全書: 經部/詩類/詩傳大全』卷二十의 "震懼業危也 承上文而言昔在 則前乎此矣 豈謂湯之前世中衰時興" 참조.

239) 동아대학교 석당학술원, 『국역 고려사/世家 2』, 12-13쪽 참조.

소손녕이 10만 군사로 침략해 왔으나 귀주에서 강감찬을 상원수로 한 고려군에게 대패했고, 개경을 直攻한 소손녕의 군대는 강민첨에게 대패했다.[241]

거란과의 전쟁은 현종과 고려왕조에게 '나라가 흔들리고 위태롭다'고 할 만큼의 큰 시련이었다. 그러나 현종은 그런 시련을 잘 극복하여 당당한 위치에서 거란과의 평화외교를 지속했는데, 제5구는 「상송」<장발> 제7장 제2구를 가져온 뒤 이러한 현종의 공적을 표현하기 위해 그 의미를 변용한 것이다.

迄用有成[제6구]은 제5구로부터 도출한 또 다른 명제이자 제7구와 제8구의 결론을 도출하기 위한 전제로 기능하는 부분이다. 「주송」<유청>의 제4구를 그대로 갖고 온 것이 <현종악장> 제6구인데, 이 또한 문왕에게 제사지낼 때 부르던 노래로서 첫 제사로부터 지금의 이룸이 있음에 이르렀으니, 주나라 吉祥의 징조라는 것이다.[242] 즉 '이룸이 있음에 이르렀다'는 것이 <유청>에서는 '維周之禎[주나라 길상의 징조]'이라 했으나, 고려 <현종악장>에서는 '천만년토록 우리 후손들을 보호해 주시리라[제7구: 萬有千年/제8구: 保我後生]'로 그 결과를 좀 더 구체화시켜 제시한 것이다.

제7구[萬有千年]는 「노송」<비궁> 제5장 제16구[萬有千歲]에서 歲를 年으로 바꾸어 쓴 것이다. 이 표현이 시나 노래의 한 부분으로 쓰인 것은 『시경』에서 연원된 것으로 보인다. 그것이 고대·중세를 통해 주로 제왕의 장수나 왕조의 영속을 염원하는 자리에서 빈번히 사용되었으며, 「신찬태묘악장」 제작자들도 그런 점에 주목했을 것이다. 후손들에 대한 복 내려주심의 영속성을 강조하기 위해 결구 바로 앞에 이 내용을 배치한 것은 <비궁>의 시적 의도까지 차용한 것으로 볼 수 있을 것이다. 제8구[保我後生]는 「상송」<은무>의 제5장 제6구를

---

240) 동아대학교 석당학술원, 『국역 고려사/世家 2』, 15-18쪽 참조.
241) 동아대학교 석당학술원, 『국역 고려사/世家 2』, 80-81쪽 참조.
242) 『文淵閣四庫全書: 經部/詩類/詩傳大全』卷十九의 "此亦祭文王之詩(…)故自始祀 至今有成 實維周之禎祥也" 참조.

그대로 갖다 쓴 경우다. <은무>는 武丁 즉 고종을 제사할 때 사용한 노래인데,[243] 왜 하필 고종의 악장에서 따왔을까. 사실 고종은 59년 동안이나 왕위에 있으면서 中興의 성대함을 누린 왕이다.[244] <은무>의 제사대상은 은나라 고종이고, 그는 중흥주로서 59년이나 왕위를 이어갔다. 악장의 제작자들은 현종을 그와 유사한 존재로 인식했고, 이 제사를 올리는 공민왕은 고종과 같은 長壽를 소망했으며, 功業에 대한 복을 받고자 염원했을 것이다. 이처럼 <고종악장>의 마지막 구를 <현종악장>의 마지막 구로 끌어와 상제의 명에 의한 문무겸전의 신령함으로 어려움을 극복한 현종의 공을 찬양한 것도 바로 그 때문이다.

<6> 천명에 게으르지 않아 만민의 우러름을 받은 원종의 공: <第四室樂章>

允王維后[「주송」 <시매>] 참으로 왕께서는 참된 군주이시니
穆穆皇皇[「대아」 <가락>] 공경하고 아름다우시며
天命匪懈[「주송」 <桓>] 천명을 게을리 하지 않고 받드심은
萬民所望[「소아」 <都人士>] 만민이 우러르던 바였도다
夙夜敬止[「주송」 <민여소자>] 밤낮으로 공경하고
祀事孔明[「소아」 <초자>] 제사일이 매우 잘 갖춰졌으니
綏我眉壽[「주송」 <옹>] 나를 편안히 장수토록 해주시고
自天降康[「상송」 <열조>] 하늘에서 편안함을 내려주시도다

<제4실악장>은 <원종악장>이며, 원종[재위 1260~1274]대는 고종 45년[1258] 최씨 정권의 붕괴와 이듬해 고려 태자의 入朝를 통한 講和 성립 이후 몽고의 간섭이 점진적으로 이루어지면서 무인정권이 무너지던 시기에 해당한다.[245]

---

243) 『文淵閣四庫全書: 經部/詩類/詩傳大全』 卷十九의 "殷武 祀高宗也" 참조.
244) 『文淵閣四庫全書: 經部/詩類/詩傳大全』 卷二十의 "赫赫顯盛也 濯濯光明也 言高宗中興之盛如此 壽考且寧云者 蓋高宗之享國 五十有九年 我後生 謂後嗣子孫也" 참조.
245) 신안식, 「고려 元宗代 민의 동향에 대한 一考察」, 『建大史學』 제8권 제1호, 건국대학교 사학회,

따라서 대외적으로는 몽고의 압력이 거세졌고, 대내적으로는 각지의 민란들이 빈발함으로써 국가가 전반적으로 혼란에 빠져 있었다. 예컨대 원종 12년의 민란을 보면, '密城郡人의 난[경남 밀양/方甫·桂年·朴平·朴供·朴慶孫·慶琪 등], 崇謙·功德의 난[개경/官奴婢], 大部島人의 난[강화/농민]'[246] 등 전국 각지에서 주로 농민이나 관노비들에 의해 주도되었음을 알 수 있다. 말하자면 적어도 원종 대가 태평시대는 아니었다는 것, 삼별초의 난 같은 내우와 원나라의 압력이라는 외환이 겹쳐서 전국의 피지배계층이 큰 고생을 겪었고, 결국 민란으로 이어지기도 했다는 것 등을 원종대의 정치·사회적 특징으로 꼽을 수 있다는 것이다. 악장에 구체적인 공적 대신 매우 추상적인 개념들만 나열되는 데 그친 것도 바로 그런 이유 때문으로 보인다.

앞의 경우들과 마찬가지로 이 악장에서도 「주송」을 끌어다 쓴 구가 네 곳이나 되고, 「소아」가 두 곳, 「대아」·「상송」이 각 한 곳씩이다. 그만큼 「주송」을 중시한 것인데, 주나라 제사악장의 존재나 의미를 「신찬태묘악장」의 존립근거로 삼고자 하는 의도였다고 할 수 있다. 「주송」 <시매> 제8구를 갖다 쓴 것이 제1구[允王維后]이다. <시매>의 전단을 마무리하는 구가 바로 '允王維后'이고 후단을 마무리하는 것이 '允王保之'다. 제3구부터 제8구까지는 '때 맞춰 나라를 순찰하시니 하늘은 우리 임금을 자식으로 사랑하시고, 주나라를 높여 차례를 잇게 하시니 잠시 위엄을 떨치시매 두려워 떨지 않는 이가 없고 여러 신들을 회유하며 황하와 태산까지 이르시니 참으로 왕께서는 천하의 군주이시로다'[「주송」 <시매>]라는 내용으로 이루어져 있다. 이 노래의 제8구인 '允王維后'는 <시매> 앞부분을 마무리하는 부분으로 사방의 제후들을 놀라게 하고 여러 신들을 회유한 왕의 공로를 말한 내용인데, 그것을 <원종악장>의 첫 구

1993, 1쪽 참조.
246) 유경아, 「高麗 高宗·元宗時代의 民亂의 性格」, 『梨大史苑』 23, 이화여대 사학회, 1988, 411쪽.

로 갖다 씀으로써 구체적인 공적의 제시 없이 제사대상인 원종의 장점을 단정
적으로 제시했다.

「대아」 <가락> 제2장 제3구를 가져온 것이 <원종악장>의 제2구[穆穆皇皇]이
다. <가락>의 '穆穆皇皇'은 '(왕의 많은 자손들이) 공경스럽고 아름답다'는 뜻이나
<원종악장>에 와서는 왕을 묘사하는 말로 바뀌었다. '王者는 녹을 구하여 백복
을 얻었으므로 그 자손의 번성함이 천·억에 이르러 적자는 천자가 되고 그
외 아들들은 제후가 되어 공경스럽고 아름답게 하여 선왕의 법을 따르지 않는
자가 없다'247)는 것이 <가락>의 '목목황황'인데, 앞뒤의 내용들을 알 수 없는
<원종악장>에서는 제작자의 의도대로 이 구절의 원래 의미가 약간 단순화된
셈이다.

天命匪懈[제3구]는 「주송」 <환>의 제3구를 갖다 쓴 것이다. <환>에서의 이
구절은 '만방을 편안케 하고 연년이 풍년 들게 하며 천명을 게을리 하지 않은
무왕이 백성들의 마음을 얻어 황제가 되었다'는 내용을 갖고 있으며, 그 설명
에서는 '천명이 주나라에 대하여 오래도록 싫증을 내지 않았으므로 이 씩씩한
무왕이 보유한 그 선비들을 사방에 사용하여 그 집을 안정시켰으므로 그 덕이
위로 하늘에 빛났다'248)고 했다. 그러니 내용을 그대로 따왔다기보다는 무왕
에 대한 구체적인 찬양의 표현을 원종의 덕에 대한 포괄적인 찬양의 표현으로
차용해온 데 불과하다고 할 수 있다. 제4구[萬民所望]는 「소아」 <도인사> 제1장
제6구를 갖고 온 것인데, '난리가 끝난 뒤 호경으로 돌아온 사람들이 다시는
옛날 도읍의 융성함과 인물이나 의용의 아름다움을 볼 수 없게 되어 이 시를
지어 탄식하고 애석하게 여긴 것'249)이 원래 <도인사>의 이 부분이나, <원종

---

247) 『文淵閣四庫全書: 經部/詩類/詩傳大全』 卷十七의 "言王者干祿而得百福 故其子孫之蕃 至于千億
   嫡爲天子 庶爲諸侯 無不穆穆皇皇 以遵先王之法者" 참조.
248) 『文淵閣四庫全書: 經部/詩類/詩傳大全』 卷十七의 "天命至於周 久而不厭也 故此桓桓之武王 保有其
   土 而用之於四方 以定其家 其德上昭于天也" 참조.
249) 『文淵閣四庫全書: 經部/詩類/詩傳大全』 卷十五의 "亂離之後 人不復見昔日都邑之盛 人物儀容之美

악장>에서는 이 구절을 '왕의 훌륭함으로 만민이 우러르던 바'라는 긍정적인
의미로 바꾸어 썼음을 알 수 있다. 말하자면 옛날의 군왕들이 의복을 변함없고
떳떳하게 입어 백성들을 하나로 만들던 데 비해 오늘날에는 그런 군왕들을
볼 수 없는 점을 서글퍼한 것이 <도인사>인데, 그 노래의 한 부분을 변용하여
제사 대상의 훌륭함을 표현했으니, 원래의 의미와 반대의 쓰임새를 보여주었
다고 할 수 있다.

　<원종악장> 둘째 단의 첫 부분인 제5구[夙夜敬止]는 「주송」 <민여소자> 제9
구를 그대로 가져온 것이다. 앞에서 언급한 바와 같이 <민여소자>는 원래 喪을
마친 嗣王이 사당에 조회할 때 사용한 노래로서, 후세에 사왕이 사당에 조회하
는 노래가 된 것으로 추정된다. 따라서 <민여소자>의 이 구는 '밤낮으로 공경
하오리다'로 번역되므로 小子가 제사의 대상에 대하여 다짐하는 뜻의 말로
보아야 한다. <민여소자>에서 소자는 사왕이고 <원종악장>에서 '숙야경지'의
화자는 공민왕이다. 따라서 이 부분의 경우 양자[<민여소자>와 <원종악장>]는 의미
상 정확히 들어맞는다고 할 수 있다. 제6구[祀事孔明]는 「소아」 <초자> 제2장
제7구 및 <신남산> 제6장 제3구를 가져온 것인데, '제사에서 신을 섬기고 복을
받는 절차를 지극히 말하여 상세함을 다하고 갖춤을 다하여 선왕들이 백성에
게 힘을 다하는 것을 극진히 하면 신령에게 힘을 다하는 것이 상세함을 미루어
밝힌 것'[250]이 <초자>로서 亂政으로 백성들을 괴롭게 하고 流離하게 한 幽王
을 풍자한 노래이며,[251] '성왕의 공업을 닦지 못하여 천하를 다스림에 禹임금
의 공을 받들지 못하는 유왕을 풍자한 노래이다.[252] 두 경우 모두 유왕을 풍자

　　而作此詩以歎惜之也

250) 『文淵閣四庫全書: 經部/詩類/詩傳大全』 卷十三의 "楚茨 極言祭祀所以事神受福之節 致詳致備 所以
　　推明先王致力於民者盡 則致力於神者詳" 참조.
251) 『文淵閣四庫全書: 經部/詩類/詩序』 卷下의 "楚茨 刺幽王也" 참조.
252) 『文淵閣四庫全書: 經部/詩類/詩序』 卷下의 "信南山 刺幽王也 不能修成王之業 疆理天下 以奉禹功
　　故君子思古焉" 참조.

하며 과거 훌륭하던 선왕들을 그리워하며 부른 노래들인데, 이것을 갖다 쓴 <원종악장>은 단순히 '잘 갖춰진 제사일'만을 포괄적으로 말하고 있다는 점에서 차이를 보여준다. 제7구[綏我眉壽]는 「주송」 <옹> 제13구를 그대로 따온 것으로 <옹>의 끝부분 4구[綏我眉壽/介以繁祉/旣右烈考/亦右文母]의 첫 구가 바로 그것이다. <옹>은 종묘제사의 徹籩豆에서 부르던 노래였다. 즉 『주례』에 '악사가 철수할 때 학사들을 인솔하고 노래하며 철수한다'고 했는데, 설명하는 자가 말하기를 이 시라 했고, 『논어』에서도 '옹으로써 거둔다'고 했으니, 이것이 대개 제사상을 거둘 때 부르던 노래일 것이므로 또한 '옹'대신 '徹'로 부르기도 한다는 것이었다.253) 그러니 <원종악장>의 말미 부분 '祀事孔明~自天降康'은 사실 제사의 끝인 철변두 절차에 해당한다고 할 수 있고, 그런 취지에서 철변두 노래인 <옹>의 마지막 부분 첫 구를 가져온 것으로 보인다. 제8구[自天降康]는 「상송」 <열조> 제17구를 가져온 것이다. 앞에서 언급한 공을 세운 원종에게 절차를 잘 갖추어 제사를 올린 보답으로 받은 복이 바로 '綏我眉壽/自天降康'에 내포되어 있다. 즉 '나를 편안히 장수토록 해주시고/하늘에서 편안함을 내려주시도다'라는 것은 제주의 입장에서 원종에게 소망하던 복이었다.

이처럼 하늘의 명에 게으르지 않아 만민의 우러름을 받은 원종의 공덕을 찬양한 것이 <제4실악장>의 핵심이었다.

<7> 온갖 복록과 대대로 이어온 덕을 지어 구한 충렬왕의 공: <第五室樂章>

皇王烝哉[「대아」 <文王有聲>]　　황왕은 위대한 임금이시니
百祿是遒[「상송」 <장발>]　　온갖 복록이 이에 모여들고
允也天子[「상송」 <장발>]　　진실토다 천자께서는

---

253) 『文淵閣四庫全書: 經部/詩類/詩傳大全』 卷十九의 "周禮 樂士及徹 帥學士而歌徹 說者以爲卽此詩 論語亦曰以雝徹 然則此盖徹祭所歌 而亦名爲徹也" 참조.

世德作俅[「대아」 <하무>]	대대로 이어온 덕을 추구하시도다
子孫千億[「대아」 <가락>]	헤아릴 수 없이 많은 자손들
優游爾休[「대아」 <卷阿>]	한가롭게 쉬면서
永言孝思[「대아」 <하무>]	길이 효도를 다하니
於乎悠哉[「주송」 <방락>]	아, 아득히 멀기만 하도다

제25대 충렬왕[재위 1274~1308]은 공민왕의 증조부로서 연경에 들어가 원 세조 쿠빌라이의 딸 홀도로게리미실 공주와 혼인한 첫 왕이었다. 그뿐 아니라 원나라의 강요에 의해 고려왕의 기존 묘호[祖·宗]대신 忠자를 사용한 첫 왕이기도 했다. 원나라는 그것으로 만족하지 않고 많은 수량의 물품과 貢女를 징발했으며, 실패로 끝나긴 했지만, 두 차례에 걸친 일본 원정에 원정군까지 동원하는 등 나라 전체가 극도의 고통을 받았다. 무엇보다 왕 스스로 사냥을 좋아하여 매사냥을 위한 鷹坊까지 설치할 정도였고, 여색을 탐하는 등 향락과 사치에 몰입한 사실[254]은 그가 결코 정상적인 왕일 수 없음을 보여주는 점이기도 하다.

皇王烝哉[제1구]는 「대아」 <문왕유성> 제5장 제5구와 제6장 제5구를 그대로 가져온 것이다. <문왕유성>은 문왕의 숭나라 정벌에 이어 무왕이 문왕의 명성을 넓힘으로써 정벌의 공업 마치심을 찬양한 노래다.[255] <문왕유성>은 제목에서 '문왕이 명성을 얻게 된 것'을 노래한 것으로 보이지만, 실제 내용은 문왕과 무왕에게 고루 배당되어 있다. 제1장[文王有聲~文王烝哉]·제2장[文王受命~文王烝哉]·제3장[築城伊淢~王后烝哉]·제4장[王公伊濯~王后烝哉]·제5장[豐水東注~皇王烝哉]·제6장[鎬京辟廱~皇王烝哉]·제7장[考卜維王~武王烝哉]·제8장[豐水有芑~武王烝哉] 등으로

---

254) 충렬왕의 사치와 향락 및 失政, 원나라의 강요로 이루어진 일본정벌의 준비 및 실패 등 역사적인 사실들은 동아대학교 석당학술원, 『국역 고려사/世家 8』참조.
255) 『文淵閣四庫全書: 經部/詩類/詩傳大全/詩序』의 "文王有聲 繼伐也 武王能廣文王之聲 卒其伐功也" 참조.

구성되어 있는데, 제2장의 '문왕수명'은 문왕이 천명 받은 사실을, 제3장의 '축성이역'은 성을 쌓으면서 옛 도랑의 제도를 그대로 따른 문왕의 지혜를, 제4장의 '왕공이탁'은 豐邑에 담장을 쌓은 문왕의 공적이 빛남을 각각 들어 찬양한 것들이며, 각 장 말미의 '문왕증재·왕후증재'는 모두 '문왕이 훌륭한 군주임'을 찬양한 내용들이다. 제5장의 '풍수동주'는 우임금의 공적이니 사방이 이곳에 와서 무왕을 군주로 삼은 사실을, 제6장의 '호경벽옹'은 무왕이 호경을 경영하고 學宮을 세운 사실을, 제7장의 '고복유왕'은 무왕이 호경의 지세와 민심을 살펴 이곳을 도읍으로 만든 사실을, 제8장의 '풍수유기'는 후손에게 계책을 남겨 공경하는 아들을 편안케 한 사실을 각각 노래한 것들이며, 각 장 말미의 '황왕증재·무왕증재'는 모두 '무왕이 문왕을 이은 훌륭한 군주임'을 찬양한 내용들이다. 따라서 <충렬왕악장>의 제1구는 '문왕을 이은 무왕이 훌륭한 군주임'을 찬양한 것처럼 공민왕의 고조부 원종을 이은 증조부 충렬왕이 훌륭한 군주임을 찬양한 부분이다. 다만 훌륭한 군주의 근거를 미리 제시한 『시경』<문왕유성>과 달리 근거나 이유의 제시 없이 '황왕증재'를 모두에 배치한 것은 충렬왕의 경우 '원종의 뒤를 이어 즉위한 사실' 외에 뚜렷한 공업을 드러낼 수 없었기 때문이었을 것이다.

百祿是遒[제2구]는 「상송」<장발> 제4장 제7구를 그대로 갖다 쓴 것으로, 제4장 앞단의 마무리인 '何天之休[하늘의 아름다움을 받으셨네]'와 짝을 이루어 뒷단을 마무리하는 부분이다. 즉 하늘에 大禘를 지내면서 부르던 악장 중 제4장은 천명을 강조한 전단과 善政을 강조한 후단이 합하여 제왕의 제왕다움을 찬양한 것인데, <충렬왕악장>의 제2구는 그 중 후자를 갖다 쓴 것이다. 允也天子[제3구]는 「상송」<장발> 제7장 제3구를 그대로 가져온 것으로, 여기서의 천자는 湯王을 말한다. 탕왕이 공경하고 조심하면서 최고의 정치를 베풀었는데, 그 과정에서 하늘이 내려준 卿士 伊尹의 보좌를 받게 되었음을 들어 찬양한 것이 <장발> 7장이다. 이것이 <충렬왕악장>에 와서는 '왕의 진실함'으로 변용되어 그 다음 구인 제4구[世德作俅]로 이어진다. '世德作俅'는 「대아」 <하무> 제2장 제2구[世德作求]를 그대로 가져온 것이다. '조상 대대로 이어온 덕을 지어 추구하셨다'는 것이니, 그것이 전단의 마무리이자 후단의 내용을 이끌어내는 전제로 작용하는 부분이기도 하다. 제5구[子孫千億]는 「대아」 <가락> 제2장 제2구를 그대로 가져온 것이다. <가락>에서는 '干祿百福[복록을 구하여 온갖 복을 얻음]'을 전제로 '자손천억'이란 표현을 제시했으니, '자손천억'이 백복의 근원이거나 으뜸이라는 뜻일 것이다. 그 점이 <충렬왕악장>의 제5구에도 잠재되어 있으니, '孝思'라는 후단의 핵심주제를 이끌어내기 위한 전제이기 때문이다. <충렬왕악장> 제6구[優游爾休]는 「대아」 <권아> 제2장 제2구[優游爾休矣]에서 끌어온 것으로, '어려움 없이 한가롭게 쉬는' 후손들의 모습을 묘사한 표현이다. 永言孝思[제7구]는 「대아」 <하무> 제3장 제3구를 가져온 것으로, 주나라 무왕이 王者의 신망을 이루어 천하의 법도가 된 까닭은 '효사를 길이 하여 잊지 않았기 때문'이었음을 밝힌 핵심적인 말이 바로 이 어구다. 제8구[於乎悠哉/아, 아득히 멀기만 하도다!]는 「주송」 <방락> 제3구를 가져온 것인데, 이 구절을 가져온 이유가 간단치 않다. <충렬왕악장> 후단에서 이 어구 앞부분의 의미와 함께 <방락>에서 '於乎悠哉' 다음의 어구[朕未有艾]를 연결시켜야 그 뜻이 완전해지기 때문이다. 즉 <충렬왕악장>의 후단은 '많은 후손들이 어려움 없이 한가롭게 쉬면서 효사를 다한다'는 사실을 전제로, 그런 (이상적인) 일이 내[공민왕] 치세에는 아득하기만 하여 '내가 아직 미칠 수 없다[朕未有艾]'는 겸양의 뜻으로 한탄한 것이다. 이와 같이 온갖 복록과 함께 대대로 이어온 덕을 지어 구한 충렬왕의 공을 찬양한 것이 <제5실악장>의 핵심이다.

    <8> 노력으로 덕을 드러내고 후손에게 계책을 남겨준 충선왕의 공:
    <第六室樂章>

    勉勉我王[「대아」 <棫樸>]   힘쓰고 힘쓰시는 우리 왕

丕顯其德[Ø]	그 덕을 크게 드러내고
宣昭義問[「대아」 <文王>]	아름다운 명성 펴서 밝히며
順帝之則[「대아」 <皇矣>]	상제의 법도를 따르도다
王此大邦[「대아」 <황의>]	이 큰 나라에 왕이 되시고
臨下有赫[「대아」 <황의>]	아래를 굽어보심이 밝으시어
貽厥孫謀[「대아」 <문왕유성>256)]	후손들에게 계책을 남겨주셨으니
以介景福[「소아」 <초자>]	큰 복 내려 주시리로다

27대 충선왕[재위 1308-1313]은 충렬왕의 왕세자로서, 왕의 총애를 기화로 횡포를 부리던 궁인과 환관들을 죽이고 1298년 왕위에 올라 잠시 혁신적인 정치를 폈으나, 원나라와의 사이가 벌어지면서 7개월 만에 왕위를 충렬왕에게 돌려주게 된 인물이다. 1308년 충렬왕이 죽자 다시 왕위에 올라 1313년 원나라의 수도 연경에 머무는 동안 둘째 아들 강릉대군[충숙왕]에게 왕위를 물려주고 계속 연경에 머물다가 원나라 환관의 참소로 귀양살이를 하다 돌아와 연경에서 죽었다. '고려 임금으로서 그의 역할은 낙제점에 가까웠다'257)고 할 만큼 그가 왕으로서 고려 왕조의 발전이나 지속에 전혀 기여하지 못한 점은 '忠'자를 공유하는 이 시기 여타 왕들과 다름이 없다.

그러나 충선왕은 공민왕의 조부였다는 점에서 공민왕까지의 고려왕계에서 빼놓을 수 없는 인물이었다. 고려 태묘의 제6실로 좌정되고, 추상적인 내용이긴 하지만 그를 위한 악장까지 제작한 것도 그런 배려의 결과였을 것이다. 勉勉我王[제1구]은 「대아」 <역박> 제5장 제3구를 그대로 갖다 쓴 구절이다. <역박> 5장 가운데 전반 세 개의 장들은 주나라 문왕의 덕이 훌륭하여 사람들이 와서 의지하는 바가 되었음을 노래한 부분이고, 뒤의 두 장은 문왕의 덕이 천하 인들을 진작시키고 벼리가 되어 사람들이 돌아와 의지함을 말한 것이

---

256) <문왕유성>에는 '貽'가 '詒'로 되어 있으나, 양자의 뜻은 같다.
257) 「인물한국사: 충선왕」, NAVER 지식백과[https://terms.naver.com] 참조.

다.258) 따라서 후자의 중심이 바로 왕업의 주체인 '부지런한 우리 왕'이니, 그가 바로 <역박>에서는 문왕이지만, <충선왕악장>에서는 충선왕의 이미지로 바꾼 것이다. 문왕의 이미지를 충선왕에게 들씌운다는 것이 부적절하다는 점을 인식하면서도 땅에 떨어진 왕권을 부양시키고자 했던 공민왕으로서 조부의 행적을 미화시키는 일이야말로 불가피한 정치적 행위였을 것이다.

丕顯其德[제2구]은 「태묘악장」의 여타 부분들과 달리 『시경』의 어구들을 그대로 갖다 쓰지 않은 경우다. '丕顯'의 顯은 왕조 혹은 왕의 존재나 덕을 '드러낸다'는 뜻이다. 예컨대, 「대아」 <문왕> 1·2·3장의 핵심적 모티프인 '不顯[드러나지 않을까?]'은 顯의 뜻을 設疑的으로 보여준다. <문왕> 제1장에서는 '어찌 주나라의 덕이 드러나지 않을까[有周不顯]'라고 했다. 문왕이 하늘에 밝게 계시니 주나라가 비록 오래 된 나라이긴 하나 '어찌 주나라의 덕이 드러나지 않겠는가?'라는 설의적 맺음이 바로 그것이다. 문왕이 위 즉 하늘에 밝게 계시면 그 덕이 드러나고, 주나라가 비록 오래 된 나라이나 命이 새롭다면 천명은 바로 이때에 내린 것이므로, 또 말하기를 '주나라가 어찌 드러나지 않겠는가. 상제의 명이 어찌 이때에 작동하지 않겠는가.'라는 뜻이라고 할 수 있다.259) <문왕> 제2장에서는 '주나라의 선비로 하여금 또한 대대로 덕을 닦아 주나라와 더불어 아름다움을 짝하게 한 것'260)이라 했으며, 제3장에서는 '문왕이 인재 얻기를 많이 하니, 마땅히 그 대대로 전함이 드러날 것임을 말한 것'261)이라 했다. 따라서 '丕顯其德'의 成句가 비록 『시경』에는 존재하지 않으나, 충선왕을 추모·찬양하기 위해 문왕을 찬양한 설의적 표현 '不顯'을 뒤집어 그 덕망의

---

258) 『文淵閣四庫全書: 經部/詩類/詩傳大全』 卷十六의 "前三章 言文王之德 爲人所歸 後二章 言文王之德 有以振作綱紀天下之人 而人歸之" 참조.

259) 『文淵閣四庫全書: 經部/詩類/詩傳大全』 卷十六의 "夫文王在上 而昭于天 則其德顯矣 周雖舊邦 而命 則新 則其命時矣 故 又曰 有周豈不顯乎 帝命豈不時乎" 참조.

260) 『文淵閣四庫全書: 經部/詩類/詩傳大全』 卷 十六의 "使凡周之士 亦世世修德 與周匹休焉" 참조.

261) 『文淵閣四庫全書: 經部/詩類/詩傳大全』 卷 十六의 "盖言文王得人之盛 而宜其傳世之顯也" 참조.

드러남을 平敍한 것이므로 이 역시 분명한 『시경』 수용의 사례로 보아야 할 것이다.

宣昭義問[제3구]도 제2구와 같이 「대아」 <문왕>을 수용했으며, <문왕> 제7장 제3구를 그대로 갖고 온 것이다. 즉 <충선왕악장> 제2구에서는 '덕을 드러낸 사실'을, 제3구에서는 '아름다운 명성 펴서 밝힌 사실'을 각각 노래했는데, 이 모두가 <문왕>의 해당 부분들을 갖고 온 것이다. 宣은 편다는 뜻이고, 昭는 밝힌다는 뜻이며, 義는 착하다는 뜻, 問은 聞과 통하는 말로 명성을 뜻한다. 천명은 보존하기 어려우므로 이를 알려 은나라 주왕처럼 스스로 천명으로부터 단절됨이 없게 하라는 말이다.262) 그러나 <충선왕악장> 제3구는 이런 역사적 배경보다 '아름다운 명성을 펴서 밝힌다'는 단순한 행위나 사건의 의미만을 취하여 충선왕에게 붙인 데 불과하다고 해야 할 것이다.

제4구[順帝之則]는 제3구에 이어 언급한 충선왕의 장점이나 미덕으로 제시되어 있다. 「대아」 <황의> 제7장 제6구를 그대로 가져온 것이 이 구절인데, <황의>의 제7장은 내용 상 두 부분[帝謂文王~順帝之則/帝謂文王~以伐崇墉]으로 구성되어 있다. 즉 상제가 문왕에게 명령하는 방식으로 되어 있기 때문에 '순제지칙' 또한 '상제의 법도를 따르라'는 명령문으로 번역해야 한다. 그러나 <충선왕악장>에서는 '상제의 법도를 따르는' 충선왕의 미덕을 보여주기 위해 이 구절을 수용한 데 불과하므로 '상제의 법도를 따르도다'로 새기는 것이 온당하다. 다음 제5구[王此大邦]와 제6구[臨下有赫]도 제4구[順帝之則]와 마찬가지로 「대아」 <황의>에서 가져온 구절들이다. 주나라를 찬미한 노래로서, 하늘이 은나라를 대신할 나라를 살펴보니 주나라만한 나라가 없었고 주나라에 대대로 덕을 닦은 인물로 문왕만한 분이 없었음을 말한 것이 <황의>다. 따라서 제4구와

---

262) 『文淵閣四庫全書: 經部/詩類/詩傳大全』 卷十六의 "宣布昭明義善也 問聞通(…)言天命之不易保 故告之 使無若紂之自絶于天" 참조.

마찬가지로 제5구·제6구도 수용범위는 주나라나 문왕과 관련한 역사적·배경
보다는 그 구절 자체의 의미에 국한된 것으로 보인다. 제5구[王此大邦]는 <황
의> 제4장 제7구를 그대로 갖다 쓴 것으로 '이 큰 나라에 왕이 되시어'로 새기
는 것이 온당하고, <황의> 제1장 제2구를 갖다 쓴 제6구[臨下有赫] 또한 '하늘이
인간세상을 밝게 굽어보심' 대신 '왕이 되어 백성들을 밝게 굽어보심'으로 변
용했다고 할 수 있다.

제7구[貽厥孫謀]는 「대아」 <문왕유성> 제8장 제3구를 갖다 쓴 구절인데, 원래
<문왕유성>에서 이 구절은 '以燕翼子/武王烝哉'를 이끌어낸 전제 역할을 한다.
즉 '자손들을 편안하게 보호하시니/훌륭하시도다, 무왕이시여'로 이어지면서
'후손들에게 계책을 남겨주심'은 무왕이 이룩한 功業[263]의 핵심으로 찬양되는
것이다. 이것이 <충선왕악장>으로 수용되면서 막연하나마 충선왕의 공을 지
칭하는 표현으로 바뀌게 된 것이다. 그런 공을 전제로 제8구[以介景福]에서 <충
선왕악장>은 마무리된다. '以介景福'은 「소아」 <초자> 제1장 제12구를 갖고
온 것인데, 원래 '公卿으로서 전답과 녹봉을 받는 자들이 농사에 힘써 종묘
제사를 받드는 것을 기술한 것'[264]이 <초자> 제1장이고, '내 곡식이 풍작으로
창고와 노적이 이미 가득하거든 술과 밥을 만들어 향사에 올리되 편안히 모시
고 권하여 큰 복을 더욱 크게 한다'[265]는 것이 '이개경복'의 뜻이다. '이개경복'
과 같은 뜻의 '報以介福'이 <초자> 제2장과 제3장에 연달아 쓰인 것으로 미루
어 '幽王 시대의 정치가 번거롭고 부역이 심하여 토지가 황폐해지니 기근과
망조가 들고 民卒이 흩어져 도망함으로써 제사를 올려도 신이 흠향치 않는
현상을 풍자하여 군자가 옛날을 그리워한' 이 노래의 핵심 소망이 바로 '이개

---

263) 『文淵閣四庫全書: 經部/詩類/詩傳大全』 卷十六의 "詒厥孫謀 以燕翼子 則武王之事也" 참조.
264) 『文淵閣四庫全書: 經部/詩類/詩傳大全』 卷十三의 "此詩 述公卿有田祿者 力於農事 以奉其宗廟之
祭" 참조.
265) 『文淵閣四庫全書: 經部/詩類/詩傳大全』 卷十三의 "我之黍稷旣盛 倉庾旣實 則饗祀妥侑而介大福也"
참조.

경복'에 있었음을 말한다. 공민왕의 조부인 충선왕의 악장에 이 말을 결구로
집어넣음으로써 공민왕 바로 앞의 왕들[충목·충정]이 자행한 폐정을 비판하면서
동시에 자신으로 연결되는 충선왕의 존재를 부각시키고자 한 의도를 드러냈
다고 할 수 있다. 孫인 공민왕의 입장에서 祖인 충선왕은 사실과 별도로 계승
의 당위성을 지닌 성군으로 묘사할 필요가 있었던 것인데, 사례를 들어 나열할
만한 공이 없었으므로 막연하게나마 주나라 유왕의 시대에 무왕의 치세를
그리워하는 <초자>의 시적 모티프를 충선왕 악장의 골격으로 차용하게 되었
던 것이다. 그런 방식으로 끊임없는 노력을 통해 덕을 드러내고 후손에게 계책
을 남겨준 충선왕의 공덕을 찬양할 수 있었던 것이 <제6실악장>이었다.

<9> 밝은 덕으로 천명을 지켜 후손들의 경사를 도타이 한 충숙왕의
공: <第七室樂章>

於乎皇考[「주송」 <민여소자>]	오, 황고께서는
其德克明[「대아」 <황의>]	그 덕이 참으로 밝으시고
永言配命[대아」 <문왕>·<하무>]	길이 천명을 지키시어
則篤其慶[「대아」 <황의>]	그 경사를 도타이 하셨도다
綏予孝子[「주송」 <옹>]	이 아들을 편안케 하시고
萬祿爾康[「대아」 <권아>]	복록을 누릴 것이며
本支百世[「대아」 <문왕>]	본손과 지손이 백세토록
永觀厥成[「주송」 <有瞽>]	길이 그 음악의 이룸을 보리로다

충숙왕의 악장인 <제7실악장> 역시 전체의 구절들을 『시경』에서 가져왔지
만, 三頌에서 고루 수용한 앞의 악장들과 달리 「주송」[3구]과 「대아」[5구/<황의>
2구, <문왕> 2구, <권아> 1구]에서 모두 가져왔다는 점이 특이하다.

고려 제27대 충숙왕[재위 1313-1330, 복위 1332-1339]은 충선왕의 둘째 아들로서
아버지를 따라 원나라에 입조했다. 충선왕 5년[1313] 왕의 요청으로 원나라 인

종은 그를 고려왕으로 책봉했고, 고려에 돌아와 즉위했다. 1316년 상왕 충선왕
이 물려준 심양왕의 지위를 차지한 조카 王暠가 고려왕의 자리를 찬탈할 목적
으로 원나라 황제에게 무고하여 왕은 원으로 불려가 5년 동안 그곳에서 머무
르기도 하였다. 지속적인 무고를 일삼는 심양왕 왕고에게 왕위를 물려주려
하였으나 신하들의 반대로 취소하고, 1330년 세자인 장남에게 왕위를 물려주
고 원나라로 갔으나, 충혜왕의 황음무도로 인해 1332년 충숙왕은 복위되었다
가 1339년에 사망하였다.

충혜왕은 원나라 지배 하의 다른 왕들에 비해 성품도 곧고 총명했으며, 원나
라가 요구하는 높은 세공을 삭감하고 공녀나 환관의 징발을 중지하게 하는
등 정치·외교적 공적을 세우기도 했으나, 복잡한 상황 속에서 정치에 큰 혐오
감을 갖고 있었다. 우여곡절 끝에 즉위한 공민왕이 태묘를 정비하면서 부친인
충숙왕을 제7실에 안치했고, 그를 위한 악장도 제작했으니, 태묘 <제7실악장>
이 바로 <충숙왕악장>이다. 공민왕으로서는 동복형인 충혜왕[1330-1332]이 선위
한 뒤에 다시 복위[1339-1344]되는 등 우여곡절을 겪으면서 겨우 10년도 왕위에
있지 않았다는 점에서 충숙왕의 실질적인 적통이 자신에게 이어졌다는 자부
심을 가졌을 것으로 추정하는데, <충숙왕악장>에 큰 의미를 부여했으리라 보
는 것도 그 때문이다.

於乎皇考[제1구]는 「주송」 <민여소자> 제1장 제4구를 그대로 가져온 것으로
'황고'는 주나라 무왕을 지칭하고, '오호황고'는 무왕이 종신토록 효도한 사실
을 감탄한 표현이다.266) 其德克明[제2구]은 「대아」 <황의> 제4장 제4구를 수용
한 구절로서, 주나라 문왕의 부친인 王季의 덕이 매우 밝았음을 찬양하는 내용
의 노래다. 왕계는 훗날 손자인 주나라 무왕에게 왕으로 추존되어 왕계 혹은
周王季로 불린 인물인데, 古公亶父의 셋째아들이고 모친은 太姜이며, 太任을

---

266) 『文淵閣四庫全書: 經部/詩類/詩傳大全』 卷十九의 "皇考武王也 歎武王之終身能孝也" 참조.

아내로 맞이해 문왕을 낳았다. 문왕의 부친 왕계와 공민왕의 부친 충숙왕이 역사적 배경에서 유사한 점이 있는 건 아니지만, 공민왕은 자신의 부친을 높이기 위해 왕계를 찬양한 語句[其德克明]를 끌어온 것으로 보인다.

제3구[永言配命]는 「대아」 <문왕> 제5장 제3구 및 「대아」 <하무> 제2장 제3구를 수용한 것이다. <문왕>은 문왕이 천명을 받아 나라를 일으킨 것을 찬양한 노래이고,[267] <하무>는 문왕을 계승한 무왕이 다시 천명을 받아 선인의 공업을 밝힌 노래이다.[268] 즉 공민왕의 황고인 충숙왕이 선대로부터 이어받은 천명을 지킨 사실을 제3구에서 들어 찬양한 것이다. 제4구[則篤其慶]는 「대아」 <황의> 제3장 제9구를 수용한 것인데, 제3구에서 밝힌 것처럼 '선대로부터 이어받은 천명을 지켜' 그 경사를 도타이 하셨음을 찬양한 내용이다. 제1구-제4구는 <충숙왕악장>의 전단으로 '밝은 덕을 지닌 충숙왕이 선대로부터 이어받은 천명을 지켜 그 경사를 돈독히 했다'는 점을 찬양한 부분이자, 후단[제5구-제8구]의 전제조건으로 제시한 내용이기도 하다.

綏予孝子[제5구]는 「주송」 <옹>의 제8구를 그대로 가져 온 것인데, '효자'는 무왕 자신을 일컬은 말이다. <옹>은 태조 즉 문왕에게 禘祭를 올릴 때 부른 노래다.[269] 무왕이 태조 문왕에게 체제를 올리면서 <옹>을 부를 때 '효자(孝子)'로 자칭하며 자신을 편안케 해줄 것을 기원한 것처럼 공민왕 또한 시조가 받은 천명을 이어온 부왕에게 체제를 지내면서 스스로를 '효자'로 자칭하며 편안케 해줄 것을 기원한 것이다.

제6구[茀祿爾康]는 「대아」 <권아> 제4장 제2구[茀祿爾康矣]를 가져온 것으로, 전체 10장 가운데 제2·제3·제4장에 현상적 청자로서의 '爾'를 노출시켰다. 제2

---

267) 『文淵閣四庫全書: 經部/詩類/詩傳大全/詩序』의 "文王 文王受命作周也" 참조.
268) 『文淵閣四庫全書: 經部/詩類/詩傳大全/詩序』의 "下武繼文也 武王有聖德 復受天命 能昭先人之功焉" 참조.
269) 『文淵閣四庫全書: 經部/詩類/詩傳大全/詩序』의 "雝禘大祖也" 참조.

장과 제3장에 네 번의 '이'가 쓰인 것과 달리 제4장에는 '이'가 다섯 번이나 쓰였는데, 이 경우 '이'는 군자와 함께 임금을 지칭하는 말이고, 그에 따라 '弗祿爾康矣'는 '복록을 받아 그대가 편안할 것'이라는 뜻을 갖고 있다. 말하자면 '황고께서 참으로 덕이 밝으시고 길이 천명을 지키신' 덕으로 후손들이 입게 될 복들 가운데 첫 번째와 두 번째 것들이 '제주인 이 아들이 편안케 될 것과 복록을 누릴 것'임을 밝힌 셈이다. 마지막으로 보게 될 복이 제7구[本支百世]와 제8구[永觀厥成]에 이어져 나온다. 제7구[本支百世]는 「대아」 <문왕> 제2장 제6구를 가져온 것이며, 이 마지막 구를 갖다 붙임으로써 <유고>가 마무리되듯 제8구[永觀厥成]로 <유고>의 해당 구를 갖다 씀으로써 <충숙왕악장> 또한 마무리됨을 보여주었다. '문왕의 자손들로 하여금 本宗은 백세토록 천자가 되고 支庶들은 백세토록 제후가 되도록 하는 것'이 <문왕> 제2장 제6구의 뜻이나, <충숙왕악장>에서는 이것을 갖다 씀으로써 충숙왕의 本支가 백세토록 영화를 누리며 태묘에서 연주되는 음악이 이루어짐을 보게 될 것이라 했는데, 이 부분은 강한 기원을 내포한 단정적 어법이다. 이런 어법을 통해 밝은 덕으로 천명을 지켜 후손들의 경사를 도타이 한 충숙왕의 공을 찬양할 수 있었던 것이 <제7실악장>이다.

<10> 잘 갖춰진 제사로 효손의 복 받음 끝이 없음: <飮福樂章>

閟宮有侐[「노송」 <비궁>] 姜嫄의 사당 고요한데
祀事孔明[「소아」 <초자>] 제사일이 매우 잘 갖춰져
神嗜飮食[「소아」 <초자>] 신이 음식을 즐기셨으니
賚我思成[「상송」 <열조>] 내게 복을 내려주시도다
酌彼康爵[「소아」 <賓之初筵>] 저 큰 잔에 술을 따르니
孝孫有慶[「소아」 <초자>/「노송」 <비궁>] 효손에게 큰 경사 있고
於萬斯年[「대아」 <하무>] 오, 만년토록
受福無疆[「대아」 <가락>] 복 받음 끝이 없도다

제사를 지내고 난 뒤 제사에 사용한 음식을 나누어 먹는 행위가 음복이고, 제사를 마치고 난 뒤에 베풀던 연회가 음복연이다. <음복악장>까지 『시경』 텍스트의 부분들을 가져다 사용했다는 사실은 고려 「신찬태묘악장」의 『시경』 의존도가 상식을 초월할 정도로 높았다는 점과, 그럴 수밖에 없었던 이유 혹은 정치적 의미가 복합적으로 존재했으리라는 점을 추정할 수 있게 한다. <음복 악장>의 텍스트 원천은 「소아」[4회]·「대아」[2회]·「노송」[1회]·「상송」[1회] 등이 고, 「소아」 <초자>[3회], 「노송」 <비궁>[2회], 「대아」 <하무>[1회] 및 <가락>[1회], 「노송」 <비궁>[1회] 등의 순으로 사용되었다.

제1구[閟宮有侐]는 「노송」 <비궁> 제1장 제1구를 가져 온 것으로, '그 때 사당 을 중수했는데 시인이 그 일을 歌詠하여 頌禱의 말로 삼고 후직 탄생의 근원을 캐서 아래로 僖公에게 미쳤음'[270]을 노래한 것이 <비궁> 제1장이다. 비궁은 강원의 사당이다. 帝嚳의 아내 강원은 주왕조의 시조이자 농경신인 后稷의 생모로서, 거인의 발자국을 밟고 잉태하여 낳은 아들이 후직이었다. 그는 원래 세 차례나 내다버림을 당했고 그 때마다 구조되어 棄라는 이름을 얻었으나, 요임금의 農官으로서 邰에 책봉, 후직이 되었다. 희공은 춘추시대 노나라의 임금으로서 형인 閔公이 시해당한 뒤 왕위에 올라 33년간 노나라를 통치했고, 이 때 비궁을 중수한 것이다. <비궁>은 희공이 주공의 옛터를 복구할 수 있었 음을 칭송한 노래였다.[271] 즉 강원으로부터 태어난 후직이 大王으로서 기산의 남쪽에서 일어난 뒤, 그 아들 문왕과 무왕이 牧野에서 공업을 이루었고, 성왕 을 도와 주나라를 반석에 올린 무왕의 동생 주공이 노나라의 제후가 되었으며, 주공의 손자 희공이 오랑캐를 무찌르고 주공의 집을 복구했다는 것이 <비궁> 의 줄거리다.

---

270) 『文淵閣四庫全書: 經部/詩類/詩傳大全』卷二十의 "時蓋修之 故 詩人歌詠其事 以爲頌禱之詞 而推本 后稷之生 而下及于僖公耳" 참조.
271) 『文淵閣四庫全書: 經部/詩類/詩傳大全/詩序』의 "閟宮 頌僖公能復周公之宇也" 참조.

그렇다면 <비궁>의 '비궁유혁'을 <음복악장>의 첫 구로 삼은 이유는 무엇일까. 공민왕 20년[1371] 10월 을미일, 왕은 태묘에 몸소 제향을 올리고 악장을 새로 지었다. 그 악장들 가운데 <음복악장>이 있고, 그 첫 구가 바로 '비궁유혁'인 것이다. 앞에서 설명한 바와 같이 희공이 주공의 옛터 복구를 칭송하는 내용의 노래가 <비궁>으로서 강원이 낳은 주나라의 전설적 시조 후직으로부터 주공까지 주나라 왕통체계가 그 줄기를 형성하고 있음을 보여준다. 말하자면 주공 이후 오랑캐들의 침입으로 지리멸렬하게 된 주나라 왕실을 복구한 희공의 공업을 찬양하는 <비궁>의 첫 구를 고려 태묘의 <음복악장> 첫 구로 전용한 것은 상당 기간 원나라의 지배를 받으며 피폐해졌던 태묘에서 친히 제향을 올리며 새로 악장까지 제작하는 마당에 희공이 주공의 옛터를 복구한 공업을 찬양한 <비궁>의 정신을 차용하고자 한 것으로 볼 수 있다.

제2구[祀事孔明]는 「소아」 <초자> 제2장 제7구를 그대로 가져온 것으로, '제사 일이 매우 잘 갖춰져 있음'을 찬양한 내용이며, 제3구[神嗜飮食]는 <초자> 제4장 제6구를 그대로 가져온 것으로 '신이 음식 즐기심'을 알린 내용이다. 따라서 제2구와 제3구는 제4구[賚我思成/「상송」 <열조> 제6구]의 '내게 복을 내려주심'의 결과를 이끌어낸 전제조건들이다. 제사 일이 잘 갖추어지고 차린 음식들을 신이 좋아하셨기 때문에 '내게 복을 내려 주셨다'는 것이다.

후단의 시작인 제5구[酌彼康爵]는 「소아」 <빈지초연> 제2장 제13구를 가져온 것인데, '賓載手仇/室人入又/酌彼康爵'을 이어 붙여 '손님이 몸소 술을 떠올리거든 실인(室人)이 들어와 다시 술을 떠서 加爵하는 것'[272]으로 해석하면, '음복'의 의미가 좀 더 명확해진다. 제6구[孝孫有慶]는 「소아」 <초자> 제2장 제10구와 「노송」 <비궁> 제4장 제8구를 그대로 가져온 것이다. 두 경우 모두 효손은 主祭者를 말하며, <음복악장>에서는 공민왕을 지칭한다. 제7구[於萬斯年]는 「대

---

272) 『文淵閣四庫全書: 經部/詩類/詩傳大全』 卷十四의 "賓手抱酒 室人復酌 爲加爵也" 참조.

아」<하무> 제5장 제3구, 제6장 제3구를 그대로 가져온 것이다. <하무> 제5장은 '於萬斯年/受天之祜', 제6장은 '於萬斯年/不退有佐'로, 제5장은 <음복악장>의 해당부분[제7구: 於萬斯年/제8구: 受福無疆]과 거의 일치하고, 제6장도 큰 차이 없다. <음복악장> 제8구[受福無疆]는 「대아」 <가락> 제3장 제5구를 그대로 갖다 쓴 부분으로 '위의와 영예로운 소문의 아름다움이 있고 또한 능히 원망과 미움을 사사로이 하지 않을 수 있어 많은 현자들을 임용할 수 있었으니, 이로써 끝없는 복을 받아 사방의 기강이 될 수 있었다'[273]는 것이 <가락>에 나오는 이 부분의 뜻이다. 이런 『시경』 텍스트의 구절들을 수용하여 공민왕의 권위를 돋보이게 하고 왕실의 권위를 드높이고자 하는 속뜻이 들어 있다. 이처럼 제사 절차의 면에서 잘 갖춰진 제사를 통해 주제자인 효손 즉 공민왕이 무한한 복을 받을 것이라 단언한 것이 <음복악장>이다.

<11> 문무와 무무를 번갈아 올리며 열조들에게 후생들 도와주기를 기원: <文舞退武舞進樂章>

嗟嗟烈祖[「상송」 <열조>] 아아, 열조시여
赫赫厥聲[「상송」 <殷武>] 빛나고 빛나는 그 명성에
允文允武[「노송」 <泮水>] 진실로 문과 무를 갖추시어
保我後生[「상송」 <은무>] 우리 후생들을 보호하시도다
植其露羽[「陳風」 <宛丘>] 백로 깃을 꽂고
干戈戚揚[「대아」 <公劉>] 간과와 척양으로
萬舞有奕[「상송」 <那>] 온갖 춤들이 질서정연하니
展也大成[「소아」 <車攻>] 진실로 크게 이루시리라

<문무퇴무무진악장>에 수용된 『시경』의 텍스트들은 「상송」 4회[<열조>·<은

---

273) 『文淵閣四庫全書: 經部/詩類/詩傳大全』 卷十七의 "言有威儀聲譽之美 又能無私怨惡 以任衆賢 是以能受無疆之福 爲四方之綱" 참조.

무>(2회)·<나>],「노송」1회[<반수>],「대아」1회[<공류>],「소아」1회[<거공>],「진풍」
1회[<완구>] 등이다. 가장 많이 수용한「상송」외에「노송」·「대아」·「소아」·「진
풍」등 풍·아·송 각각의 한 작품들에서 한 구씩 수용하여 전체 작품을 만든
의도는 어디에 있을까. 제사 대상에 대한 찬양과 후손들에 대한 강복을 중심으
로 하고 악장 즉 의례문학인 『시경』 텍스트의 각 부분에서 떼어낸 구절들을
조합하여 제사 현장에서 文舞·武舞로 이루어지는 악무의 아름다움을 그려냄
으로써 동아시아적 예악문화의 보편성을 구현하고자 한 데 그 의도가 있었을
것이다.

<문무퇴무무진악장>에 언급된 문무와 무무는 국가 제향에서 연행되던 佾舞
로서, 고려시대부터 조선왕조를 거쳐 지속되다가 현재는 국립국악원에 전승
되는 악무이다. 조선 초기 종묘제례에서 연행되던 문무가 보태평지무로서 영
신·전폐·초헌 때 추었으며, 무무가 정대업지무로서 아헌과 종헌의 절차 등에
서 정대업의 반주에 맞추어 추었음을 감안한다면, 고려의 제례에서도 '영신-전
폐-초헌-아헌-종헌' 등의 절차들 혹은 이것들에 준하는 절차들이 진행될 때
문무와 무무가 번갈아 연행되었을 것은 분명하다. 그처럼 춤이 교체될 때 부르
던 악장이 바로 이것이었다.

제1구[嗟嗟烈祖]는「주송」<열조> 제1구를 그대로 가져온 것인데, '嗟嗟'라는
歎辭를 冠置한 사례는「주송」<臣工>[제1구: 嗟嗟臣工/제2구: 嗟嗟保介]에도 있
다.274) <열조>와 달리 <신공>의 '차차'는 '거듭 탄식하여 깊이 채찍질하는 의
미'275)를 갖는 말이라고 했다. '嗟嗟臣工'을 '아, 신공들아!'로 번역하는 반면
'嗟嗟烈祖'를 '아, 열조들이시여'로 새기는 것이 타당하다고 보는 것도 그 때문

---

274) '嗟嗟'는 <烈祖>와 <臣工>에 모두 나오는 감탄사이나, 대상에 따라 달리 번역될 필요가 있다.
　　　전자는 '아, 열조시여!'로, 후자는 '아, 신공들아!'로 대상의 지체나 발화자의 위치에 따라 尊卑의
　　　차등을 두어야 한다고 본다.
275) 『文淵閣四庫全書: 經部/詩類/詩傳大全』卷十九의 "嗟嗟 重歎以深敕之也" 참조.

이다.

제2구[赫赫厥聲]는 「상송」 <은무> 제5장 제3구를 갖다 쓴 것으로, '은나라 고종이 이룩한 중흥의 성대함이 빛나고 빛남'을 말한 것이다.[276] 상나라의 20대 왕으로 59년간 재위한 武丁[고종의 시호]은 기울어가는 國勢를 부흥시키고자 애쓴 명군이었다. 아버지 帝小乙에 이어 왕위에 오른 무정은 쇠퇴하고 있던 은나라를 부흥시킬 생각으로 도와줄 사람을 찾고 있었다. 꿈에 만난 성인을 찾아 헤매던 중 傅險이란 곳에서 說을 얻었고, 그를 재상으로 삼자 은나라는 크게 다스려졌다. 成湯에게 제사한 다음날 솥귀[鼎耳]에서 우는 꿩을 보고 두려워하자 祖己가 '왕께서 인민을 위해 일하는 것이야말로 하늘의 뜻을 이어받는 것이니, 제사는 예의나 도에 어긋나서는 안 된다'고 훈계했고, 이를 계기로 무정이 정치를 바로잡고 덕을 행하니 천하가 모두 기뻐하고 은나라가 부흥했다고 한다.[277] 설명과 같이 명재상 부열을 등용하고 현신 조기의 충간을 들어 정치를 쇄신하고 덕을 행하여 백성들로부터 크게 신망을 얻은 것이 은나라 고종이었다. <문무퇴무무진악장>의 제2구에 이어 제4구[保我後生]도 「상송」 <은무> 제5장 제6구[以保我後生]를 수용한 경우다. 즉 제2구에서는 고종의 '빛나고 빛나는 명성'을 찬양했고, 제4구에서는 '우리 후생들을 보호한 덕'을 기린 것이다. 이처럼 고종을 제사하면서 부른 악장이 <은무>다. 따라서 <문무퇴무무진악장>에 <은무>의 핵심 구절 둘을 갖다 쓴 것은 예사로운 일이 아니다. 문무와 무무가 교차할 때마다 이 악장을 부름으로써 고려왕들의 공적을 찬양했다는 것인데, 그 핵심내용을 은나라 고종의 악장인 <은무>에서 가져왔다는 것은 고려왕들을 은나라 고종에 比擬하려는 의도가 저변에 깔려 있었음을 암

---

276) 『文淵閣四庫全書: 經部/詩類/詩傳大全』 卷二十의 "赫赫顯盛也(…)言高宗中興之盛 如此" 참조.
277) 『文淵閣四庫全書: 史部/正史類/史記』 卷三의 "帝小乙崩 子帝武丁立 帝武丁卽位 思復興殷 而未得其佐(…)武丁夜夢得聖人(…)是時說爲胥靡 築於傅險 見於武丁 武丁曰是也 得而與之語 果聖人 擧以爲相 殷國大治(…)帝武丁祭成湯 明日 有飛雉登鼎而呴 武丁懼 祖己曰(…)嗚呼 王嗣敬民 罔非天繼 常祀 毋禮于棄道 武丁修政行德 天下咸驩 殷道復興" 참조.

시한다.

제3구[允文允武]는 「노송」 <반수> 제4장 제5구를 갖다 쓴 것인데, <반수>는 희공이 반궁을 잘 수리한 사실을 칭송한 노래다.[278] '允文允武'는 희공이 지닌 문무겸전의 장점과 미덕을 찬양한 문구인데, <문무퇴무무진악장>에서는 태묘에 모신 고려의 선왕들을 찬양하는 뜻으로 전용된 것이다. 빛나는 명성과 문무겸전의 바탕 위에 백성들을 보호하는 열조들을 찬양하기 위해 『시경』의 텍스트들을 이곳저곳에서 따다가 배열해 놓은 것이 <문무퇴무무진악장>의 전단인 1구-4구이다.

제5구[植其鷺羽]는 「진풍」 <완구> 제2장 제4구[值其鷺羽[279]]를 수용한 것인데, <완구>는 황음·혼란하고 유탕·무도하다는 이유로 폐위된 成漢의 왕 李期[幽公]를 풍자한 노래다. <완구>의 제2장[주 94) 참조]은 완구 아래서 북을 치며 겨울 여름 가리지 않고 백로의 깃을 꽂고 춤을 추는 놀이를 묘사한 부분이다. <문무퇴무무진악장>에 이 구절을 수용한 것은 鷺羽 즉 백로의 깃털이 문무를 상징하기 때문이다. <완구>의 역사적 배경으로 볼 경우 그 중 일부를 「태묘악장」의 한 부분으로 수용하는 것이 부적절하지만, 문무와 무무가 번갈아 진퇴하는 제례의 악무를 묘사하면서 부득이 그 현장 묘사 부분을 수용할 수밖에 없었을 것이다.

제6구[干戈戚揚]는 「대아」 <공류> 제1장 제9구를 그대로 가져온 것이다. 간과(干戈)는 방패와 창 즉 전쟁에 쓰는 병기를 통칭하고, 戚揚은 斧鉞을 뜻하므로, 제6구는 무무를 상징했을 것이다. 즉 백로 깃을 꽂고 추는 문무와 간과·척양을 들고 추는 무무가 서로 교차하면서 정연한 아름다움을 자아낸다고 노래한

---

278) 『文淵閣四庫全書: 經部/詩類/詩傳大全/詩序』의 "泮水 頌僖公能修泮宮也" 참조.
279) <완구> 제2장 제4구는 '值其鷺羽'[<宛丘> 제2장: 『文淵閣四庫全書: 經部/詩類/詩傳大全』卷七의 "坎其擊鼓 宛丘之下 無冬無夏 值其鷺羽" 참조]인데, 고려의 <문무퇴무무진악장>에서는 '值'를 '植'로 수용했다. 원래 植[세우다]는 値로 통용하기도 했다.

것이다.

　문·무무의 아름다움을 노래한 제6구에 이어 제7구[萬舞有奕]에서도 두 춤의 아름다움을 노래하고 있다. '萬舞有奕'은「상송」<나> 제14구를 그대로 갖다 쓴 구절인데, 萬舞란 문무와 무무를 총칭하는 말인데, 籥과 翟을 잡고 추는 것이 문무이고 朱干과 玉戚을 잡고 추는 것이 무무로서,[280] <공류>와 설명 방법이 약간 다르기는 하지만 본질은 마찬가지다. 제7구는 원래 <나>처럼 제사 절차에서 공연되던 문·무무가 질서정연함을 표현한 내용이다. 이런 문·무무의 절차와 모습을 제시하여 고려 태묘제례의 화려한 진행 양상을 찬양하고자 한 것이 <문무퇴무무진악장>이었다.

2)「신찬태묘악장」 제작의 정치·문화적 의미

　「신찬태묘악장」의 제작은 단순히 그 일에 그치지 않고 불교국가 고려왕조의 유교 이데올로기 수용을 통한 중세적 보편성 흡수의 신호로도 해석될 수 있다. 물론 그 이전의 악장들에서도 유교 이데올로기를 찾을 수 없는 것은 아니나, 국가제례의 악장에『시경』을 전폭 수용함으로써 중국 왕조들과 정신적 기조를 함께 하려는 의도가 역력히 노출된 점은 한국 의례사나 악장사의 두드러진 사건으로 볼 수 있는 것이다.

　공민왕은 20년[1371년] 10월 16일 친히 태묘에 제향했는데, 이 행사에서 노래된 것들이 바로 이 악장들이다. 이날 제향 후 환궁 길에 찬미의 가요를 바치는 자리에서 성균학관의 생원들과 12徒의 생도들이 왕에게 다음과 같은 요지의 찬사를 바쳤다.

---

280)『文淵閣四庫全書: 經部/詩類/詩傳大全』卷二十의 "周人之樂 執籥秉翟 文舞也 朱干玉戚者 武舞也 萬舞二舞之總也" 참조.

臣等伏覩 主上殿下 芟夷宿慝 刑政修擧 援擇吉日 親行告廟之禮 <u>典章文物 一遵古初</u>[281]

인용문의 핵심인 '典章文物 一遵古初'의 번역 혹은 해석 여하에 따라 공민왕 대 개혁이 갖는 의미의 지향점도 달라질 수 있다. 국사편찬위원회의 「한국사데이터베이스 고려사」에서는 '제도와 문물이 모두 옛것을 따르게 되었다'[282]로, 동아대학교 석당학술원은 '모든 문물이 원래 모습을 찾게 되었다'[283]로 각각 번역했다. 외견상 양자 간의 차이는 없다고 할 수도 있지만, 전자는 대부분의 중국왕조들과 고려 및 조선이 제도의 표준으로 잡고 있던 「주례」 체제를 전제로 한 언급일 수 있으나, 후자는 단순히 원나라 지배 이전의 고려가 갖고 있던 제도의 회복을 전제로 한 언급일 수 있기 때문에, 약간 다를 수 있다. 전자는 중세 보편 질서 속의 일원으로 참여한다는 뜻이 강하고, 후자는 원의 강압으로 고려의 관제가 격하되는 충렬왕대 이전의 체제로 복귀한다는 뜻이 강하다고 생각되기 때문이다. 사실 고려조는 비록 한시적이긴 했으나 태조와 광종 때 명시적으로 稱帝建元을 단행한 바 있었는데, 비록 번번이 중국 왕조들의 연호를 받아들임에 따라 폐지되긴 했으나, 인종 때 자주의식을 바탕으로 하고 있던 서경파의 주장으로 칭제건원의 필요성이 강력하게 제기되는 등 그런 기조가 국내 정치적으로는 여전히 작동되고 있었다.[284] 특히 '인종 대에 등장했던 칭제건원 요구는 여진족 왕조인 금을 겨냥해 대외적으로도 가시적 행위를 하자는 의미였을 뿐, 고려에 없던 황제국 체제를 새로 도입해야 한다는 의미가 아니었다'[285]는 지적은 공민왕 대 '七廟九室'의 태묘 운영이나 「신찬태묘악장」이 갖는

---

281) 동아대학교 석당학술원, 『국역 고려사/世家 11』, 375쪽.
282) 『고려사』[http://history.go.kr] 1371년 10월 16일 을미.
283) 동아대학교 석당학술원, 『국역 고려사/世家 11』, 24쪽.
284) 우리역사넷, 「고려시대 史料 Databse: 칭제건원, 황제국 고려, 연호를 선포하다」, 'http://contents.history.go.kr/front/kc/printViewPopup.do?levelId=kc_i201400' 참조.
285) 주 284)와 같은 곳 참조.

정치·외교적 의미가 의외로 간단치 않았을 가능성을 암시한다고 할 수 있다.

약간 다른 차원에서 이범직은 '天神과 地神에 대한 圜丘와 方澤에 主祭者로 고려국왕이 祝版에 서명했을 뿐만 아니라, 天帝인 상제와 함께 고려 태조가 배향될 수 있도록 하였으며, 태묘의 경우 태조묘에 대한 제향에는 중국 천자에 준하는 특별한 의전으로 이해되는 玉冊이 사용된다든가, 소위 종묘의 昭穆으로 표기되는 天子七廟라는, 태조묘와 함께 三昭三穆으로 칠묘제가 운영되기도 한 것이라든지 籩豆의 수, 幣帛, 齋戒日 등에서 唐制와 대등한 내용을 확인할 수 있었다.'286)고 하여 고려의 태묘제가 천자의 그것과 다름없었음을 보여줌으로써 고려의 독자성을 보여주는 표징으로 받아들이기도 했다. 또한 공민왕 재위 중 여러 번 발표한 교서들의 경우 원에 대한 사대와 忠勤의 구절들이 노출되어 있긴 하지만, 그런 것들은 궁극적으로 원에 대한 고려의 독자적이며 자주적인 전통과 역사를 암시하는 것이며 자주적 역사의식의 발로로 보는 견해도 있다.287)

물론 결과의 면에서 양자는 대부분 일치하지만, 원 지배시기에 민족적 자주 의식이 대두된 점288)을 감안할 경우 후자의 반원개혁은 1차적으로 민족 자존 의식의 회복에 중점이 있었다고 보아야 할 것이다. 물론 중세 보편질서를 상정할 경우 '고려만의 독자성'을 강조한다는 것은 중국 중심의 '조공-책봉체제'에 대한 거부나 반발의 함의를 갖는 일이기 때문에 정치적·외교적으로 적지 않은 물의를 야기할 수 있었으므로 단순한 국내용이라 할지라도 큰 모험이었다. 신흥사대부의 대두와 함께 『삼국사기』의 전통을 이은 유교사관이 다시 발달한 것289)도 현실적 상황과 역사 전개에서 나타날 수 있는 반작용으로 볼 수

---

286) 이범직, 「高麗史 禮志 「吉禮」의 검토」, 『김철준 박사 화갑기념 사학논총』, 同刊行준비위원회, 1983, 323쪽.
287) 민현구, 「고려 공민왕의 반원적 개혁정치에 대한 일고찰-배경과 발단-」, 『진단학보』 68, 진단학회, 1989, 52쪽.
288) 변태섭, 『韓國史通論』, 삼영사, 2013, 245-247쪽 참조.

있을 것이다.

김도형은 성리학을 수용한 고려 후기 사대부가 「주례」의 6전 체제를 정치 운영의 바탕으로 삼았고, 정치체제 역시 「주례」의 6전 체제에 따라 재조정하려고 했으므로, 그런 시도들이야말로 고려 문물제도의 학문적 정리 작업을 통해 정치질서를 회복하고 왕조의 재건을 목표로 하는 일이었다고 했다.[290) 또한 현실에 맞게 「주례」를 활용한 고려는 「주례」 가운데 五禮의 禮制 부분을 강조했고 그 중 가례에서 전통 의례와 절충하였으며, 종묘와 사직의 위치가 지세에 맞게 설치되었다는 것, 즉 「주례」의 이념은 고려의 현실 기반 속에서 받아들여졌고, 특히 정치 조직과 법제의 측면보다 예제적 측면이 중시되었다고 했다.[291) 따라서 '典章文物 一遵古初'라는 지적[292)은 한나라 이후 중국 역대 왕조들이 통치의 제도적 원형으로 받아들인 「주례」를 염두에 둔 언급일 수도, 반원을 통한 중세질서의 회복에 방점을 찍은 언급일 수도 있는 것이다.

이와 관련되는 문제를 분석한 김경록은 당시 동북아의 상황에 바탕을 둔 공민왕대의 입장을 다음과 같이 설명했다.

공민왕대 고려는 원 중심 조공체제에서 새로운 대안으로 명 중심 조공 체제의 등장으로 다양한 외교정책을 전개하였다. 명의 입장에서 고려는 비록 조공제도를 준수하였지만, 수시로 북원에 대해 조공제도를 준수하였으며 요동의 북원세력과 밀접한 관계를 유지하는 등 신뢰가 가지 않는 존재였다. 그러나 고려의 입장에서는 조공제도를 유지하되 요동을 중심으로 한 국제정세에서 북원이라는 국제관계의 대상을 유지시켜 시의적절하게 활용함으로써 고려의 실리를 추구할 수 있었다.[293)

---

289) 변태섭, 같은 책, 247쪽.
290) 연세대학교 국학연구원 편, 『한국 중세의 정치사상과 周禮』, 도서출판 혜안, 2005, 7쪽 참조.
291) 연세대학교 국학연구원 같은 책, 6쪽 참조.
292) 주 281) 참조.
293) 김경록, 「공민왕대 국제정세와 대외관계의 전개양상」, 『역사와현실』 64, 한국역사연구회, 2007, 226쪽.

원나라의 소멸과 명나라의 발흥이 겹치던 시기가 공민왕 치세였지만, 오랜 기간 원나라의 지배를 받으면서 생겨난 관성으로 인해 그 당시까지도 현실적인 힘을 잃지 않고 있던 원나라와 일시에 거리를 둘 수는 없었을 것이고, 명나라가 발흥한다 해도 요동까지 미치지 못하는 현실적인 상황을 고려하지 않을 수 없었을 것이다. 김경록의 지적처럼 '고려의 실리 외교'라 할 수도 있고, '원-명 사이에서 고려가 선택할 수밖에 없었던 등거리 외교'라고 할 수도 있을 것이다. 그러나 공민왕 대 고려로서는 반원개혁만으로 자주성을 회복할 수도, 명실상부한 천자국으로서의 위상을 떨칠 수도 없었다. 새로 발흥한 명나라가 원나라를 대신하여 중원의 패자로 등장함으로써 고려에 대한 지배권을 행사하고자 한 것이 부정할 수 없는 현실이었기 때문이다.

공민왕 18년[1369] 4월 임진일 명나라 황제가 친서를 보내 洪武[1368-1398] 연호의 출발을 알리며 '옛날 우리 중국은 고려와 국경을 접하고 있었으며 그 국왕은 신하가 되거나 빈객이 되었으니 이는 중국의 덕화를 사모해 백성들을 편안케 하려는 뜻이었다. 하늘이 이미 그 국왕의 덕을 살펴 왕으로 삼았으니 우린들 어찌 길이 그를 고려의 국왕으로 삼지 않겠는가?'라고 말한 것은 자신들의 연호를 사용하라는 요구를 고려에게 강요한 일이었다.[294] 과연 그 메시지를 받은 고려는 한 달 뒤인 5월 신축일에 원나라 연호인 至正의 사용을 중지했고, 그 며칠 뒤 표문을 올려 변함없는 충성의 뜻을 표시했다.[295] 그럼에도 정작 명나라의 홍무 연호를 쓰기 시작한 것은 그로부터 1년여가 지난 7월 을미일이었다.[296] 그러니 공민왕과 원-명 간의 삼각관계를 '등거리 외교'라 부를 수 있고, 그 등거리 외교는 자국의 이익을 도모하기 위한 현실적 선택일 뿐이었다.

---

294) 동아대학교 석당학술원, 『국역 고려사 10[세가 10]』, 259-261쪽 참조.
295) 동아대학교 석당학술원, 같은 책, 262-263쪽 참조.
296) 동아대학교 석당학술원, 같은 책, 303쪽.

그렇다면 태묘제도의 정비나 악장의 신찬과 관련한 공민왕의 의도는 원·명에 대한 등거리 외교와 무슨 관계가 있는가. 원래 고려 성종 7년[988] 12월에 처음으로 5묘를 정했고, 같은 왕 8년 4월 태묘를 짓기 시작하여 11년 11월 태묘를 완성하고 儒臣으로 하여금 昭穆의 位次 및 禘祫 의식을 논하게 했다. 이 때 '혜종·정종·광종·경종' 등 네 신주를 한 廟로 하여 태묘에 祔廟해야 옳다는 지시를 필두로 靖宗 2년[1036] 12월까지의 논의들에서 핵심은 '五廟'의 당위성에 대한 확인이었다. 그 결정적 전기는 정종 2년 黃周亮의 다음과 같은 견해였다.

> 태조를 1묘로 하고 혜종·정종·광종·대종을 昭의 1묘로 하고, 경종·성종을 목의 1묘로 하고, 목종을 소로 하고, 현종을 목으로 하면, 5묘의 수가 이에 갖추어질 것입니다. 만약 派系의 차례로 논할진대, 현종은 목종에게 叔이 됩니다. 만약에 즉위를 우선한다면 경종·성종과 더불어 같은 항렬이 될 것입니다. 그러나 목종이 왕위를 계승하였으므로, 현종을 목종 밑의 제2 穆位에 부묘하였는데, 이제 덕종을 부묘하시면 혜종·정종·광종·대종 네 신주는 체천하여 없애야 할 것입니다. 유정필은 오직 네 묘를 체천하여 없애는 어려움만 말하고, 소목의 수는 논하지 않은 것입니다. 종묘의 예는 국가의 대사이온 바 어찌 억측으로 결단해서야 되겠습니까? 만약 덕종을 소로 하면 3소 2목이 되어 태조와 더불어 6묘가 되오니, 옛 제도가 아닙니다. 만약 파계의 차례로써 논하여, 현종을 제1의 목으로 하여 경종과 성종을 다음으로 하고, 목종을 그 밑으로 내린다면, 곧 『공양전』에 말한 바 희공·민공의 逆祀인 것입니다.[297]

'옛 제도' 즉 '天子七廟 諸侯五廟'를 규정한 『주례』[298] 및 『예기』[299]의 명분

---

297) 동아대학교 석당학술원, 『국역 『고려사 16』, 153쪽.
298) 『文淵閣四庫全書: 經部/周禮之屬/周禮訂義』 卷三十六의 "天子七廟 諸侯五廟 自虞至周 所不變 故虞書禮于六宗 以見太祖 周官守祧八人 以兼姜嫄之宮 則虞周七廟可知" 참조.
299) 『文淵閣四庫全書: 經類/禮類/禮記之屬』 卷十二의 "天子七廟 三昭三穆與大祖之廟而七 諸侯五廟 二昭二穆與大祖之廟而五" 참조.

과 제왕의 현실적이고 사사로운 의리 사이에서 항상 긴장과 충돌이 빚어졌는데, 『공양전』에 언급된 '희공·민공의 역사'를 들어 옛 제도의 명분을 지키자고한 황주량의 견해는 당시에 거론되던 문제적 현실을 잘 보여준다. 황주량의논의가 옛 법에 합치된다고 하면서도 노나라가 제후국이었음에도 文世室·武世室을 두었던 선례를 들어 혜종·정종·광종 등을 遞遷할 수 없다는 徐訥[?-1042]의 견해가 결국 수용되었다. 그런 과정을 거쳐 고려의 묘제는 한동안9실 체제로 정착되어 온 것이다.300) 그러다가 공민왕대에 들어와 태묘 묘제에대한 논의들이 이전보다 활발하게 전개되었다. 공민왕대에 두 차례[공민왕 8년(1359) 12월/10년(1361) 10월]에 걸친 홍건적의 침입을 겪으면서 9묘의 신주들을숭인문의 미타방에 임시로 봉안하였으나 태조·충선왕·충숙왕·충목왕의 신주를 병란으로 잃고, 10월에야 잃어버린 네 신주를 새로 만들기도 했다. 공민왕12년[1363] 5월에는 태묘와 관련하여 다음과 같은 기사들이 실려 있다.

12년 5월 경오일: 국왕이 "나라의 대사로는 제사가 오직 소중한데, 병란을 겪은뒤로부터 종묘의 제기와 예복에 결손이 많다. 하루 빨리 만들어서 인정과 禮文을구비하도록 하고, 희생과 제물은 깨끗하게 하도록 하라"고 지시하였다.

정해일: 9실의 신주를 태묘로 다시 봉안하는데, 象輅에 태조의 신주를 싣고,平輅에 8묘의 신주를 실어 백관이 公服으로 시위하였다. 당시 난리를 겪은지라관대를 갖춘 자가 겨우 40여명이었다. 그 還安祭는 국왕이 친히 서명하지 않았으며, 한 내시에게 명하여 향을 받들어 올리게 하였다. 9실에 소 한 마리를 합하여올리고 태조실에는 양과 돼지 각 한 마리, 8실에는 돼지 한 마리만으로 하였다.(…)악장은 登歌로 함이 예인데, 아헌할 적에 도감관이 등가하는 자를 모두 내려가게 하였다. 악공이 언쟁하기를, '이전에 악장을 모두 등가로 하였소'라 하였으나,억지로 내려가게 하였고, 糾正과 執禮 중에 감히 비난하는 자가 없었다.301)

---

300) 동아대학교 석당학술원, 『국역 『고려사 16』, 155쪽의 "본조의 廟制는 9실인데, 새로 부묘되는神主가 있으면, 祧遷한 신주를 본 陵에 봉안하였다." 참조.
301) 동아대학교 석당학술원, 같은 책의 165-166쪽.

사실 이 언급 가운데 '前此樂章'은 예종대의 악장과 공민왕 12년의 「환안구실
신주태묘악장」 혹은 그것들과 함께 공민왕 16년의 「휘의공주혼전대향악장」
및 홍건적 침범 전까지 사용되던 「신찬태묘악장」 등을 모두 포괄하여 일컫는
말로 볼 수 있다. 賊亂의 와중에서 등가와 軒架의 주악절차를 챙기지 못하던
상황을 지적한 말일 것이다. 어쨌든 공민왕 당시에 복구하여 시행하던 태묘
제도로 보면 황제의 廟制였음이 분명하다. 앞에서 인용한[각주 281) 참조] 기록의
'典章文物 一遵古初'를 '제도와 문물이 모두 옛것을 따르게 되었다'는 번역이
온당하다고 보는 것이 필자의 견해인데, 그럴 경우 '옛날의 제도와 문물'이란
당연히 『주례』의 기록내용을 지칭한다. 고려의 경우 「태묘악장」을 새로 지어
제사에 사용한 예종 4년[1109] 7월 국학에 七齋를 설치하고 求仁齋에서 『주례』
를 가르쳤다면,302) 이 시기에 이미 『주례』의 체제는 고려 관직제도의 근간으
로 자리 잡았다고 할 수 있다. 그 후 상당 기간의 혼란기를 거친 뒤 공민왕
20년에 이르러 예종 대의 그것으로부터 모습을 일신한 「신찬태묘악장」을 태
묘제사에 올릴 수 있었으므로 성균학관의 생원들과 12도의 생도들로부터 찬사
를 듣게 된 것이다.

당시 거행한 제사가 바로 『고려사악지』의 「신찬태묘악장」에 붙어있는 절
차이다.303) 제사 절차는 '왕의 入門-왕의 盥洗-왕이 殿에 오르고 내림-왕이 小
次에 들어오고 나감-신을 맞이함-幣를 올림-司徒가 俎를 받듦-[제1실에서 곡을 연
주함-제2실에서 곡을 연주함-제3실에서 곡을 연주함-제4실에서 곡을 연주함-제5실에서 곡을 연주
함-제6실에서 곡을 연주함-제7실에서 곡을 연주함]-왕이 음복하면 釐成之曲을 연주함-文
舞가 물러나고 武舞가 들어오면 肅寧之曲을 연주함'으로 구성된다. 예종대의
「신제구실등가악장」이나 공민왕 12년의 「환안구실신주태묘악장」은 각 실의

---

302) 『고려사』 권 74, 「지」 권 28, 選擧二·國學[고려시대 史料 Database, http://db.history.go.kr/Kore
   a] 참조.
303) 『고려사』 권 70, 「지」 권 24, 樂一·雅樂, 태묘의 악장 참조.

악장만을 들었으나, 공민왕 20년의 「신찬태묘악장」은 모든 祭次에 악장을 배정함으로써 다른 면모를 보여주었다.304) 그와 함께 각 실에 배치한 왕의 신주들도 '예종 대-공민왕 12년-공민왕 20년'의 「태묘악장」들 사이에 적지 않은 차이들을 보여준다.

예종 이전 문종 대에 종묘제악의 정비가 있었으리라 추정되는데, 그 업적을 계승 발전시켜 「구실등가악장」을 제작함으로써 종묘제악을 완비했다는 것,305) 공민왕 때의 「구실등가악장」은 예종 대의 그것과 비교할 때 고려의 자주성이 완전히 축소·축약되었고 원나라의 세력에 부화뇌동하는 나약한 모습을 연출한 것306)이라는 등의 설명이 박기호의 주장이다. 박기호는 원나라에 대하여 나약한 모습을 보였다고 보는 근거를 제5실[충렬왕]의 내용 가운데 '朝彼元朝 始尙公主 王姬之車 降于東土' 부분에서 찾았으나,307) 사실 그런 표현은 이미 상당 부분 약해지긴 했지만 여전히 고려에 대한 지배권을 갖고 있던 원나라를 의식한 외교적 수사로 보는 것이 타당하다. 우여곡절을 겪으면서도 공민왕이 반원 개혁을 꾸준히 추진한 것 또한 악장의 내용을 표면적인 의미로만 해석할 수 없었음을 보여준다.

공민왕 5년[1356] 5월 친원 세력의 제거 이후 3개월 사이에 본격화된 반원정책의 시행과정에서 말기적 상황에 접어든 원나라는 제대로 반격하지 못했다. 더구나 고려 내부의 강고한 지지 세력이었던 유학자 관료들은 애당초 공민왕의 추대운동을 벌였을 뿐 아니라 반원 개혁 이후의 사태 진전을 주시하면서 고려의 중흥을 위해 힘을 모으는 등 개혁정국을 주도해 나갈 의지와 능력을

---

304) 이 경우 예종 대와 공민왕 12년의 태묘 제사라 하여 各室을 제외한 나머지 祭次가 없지 않았을 것이다. 제차가 있었다면 대개 악장이 부대되었을 것이니, 이 기록에서는 諸室의 악장만 기록했을 가능성이 크다.
305) 박기호, 「고려·조선조 가악 가사의 연속성에 관한 연구」, 서울시립대학교 박사논문, 2003, 50쪽.
306) 박기호, 같은 논문, 55쪽.
307) 박기호, 같은 논문, 같은 곳 참조.

갖고 있었다.308) 공민왕 12년의 「구실등가악장」에 언급된 증조모와 조모 관련
사실309)을 바탕으로 원나라에 대하여 약한 모습을 드러냈다고 하는 것은 당시
의 역사적 배경과 어긋나는 판단이다. 다만 그것은 원나라의 강한 반발을 의식
한 외교적 수사였을 뿐, 고려의 정치적 지향이나 대외적 위상과는 상관없는
문제였기 때문이다.

김명준은 공민왕의 「구실등가악장」에서 태조·혜종·현종을 제외한 나머지
6실을 자신의 직계 6대조[원종-충렬왕-충선왕-충숙왕-충혜왕-충목왕]로 바꾼 것을 자신
의 정치적 위기 상황을 극복하려 했던 공민왕의 절실함이 반영된 결과로, 2차
「태묘악장」의 신찬은 대외적으로 원·명을 대내적으로는 權臣 세력들을 의식
한 결과로 각각 보았다. 즉 7실을 둔 것은 '부-자'의 왕위계승을 강조한 결과로
서 현 군주의 위상을 높이려는 의도였고, 절차마다 악곡과 악장을 병행한 것은
천자국의 위상을 드러내고자 한 의도였다는 것이다.310) 태묘를 9실로 운영한
것을 군주의 위상을 높이려는 대내적인 조치로 보는 것은 타당하지만, 노골적
으로 '천자국의 위상'을 드러내기 위한 정치·외교적 조치로 보는 것은 타당치
않다. 당시 망해가던 원나라를 배격하고 중원의 패자로 등장한 명나라와 새로
운 관계를 맺은 공민왕 치세의 현실이 그렇지 않았기 때문이다. 공민왕 19년
[1370] 7월 9일에 명나라의 홍무 연호를 사용하기 시작했고, 7월 16일에 명나라
가 천하 산천 海嶽의 이름을 새로 정해 반포했으며, 7월 18일에는 명에 사신을
보내 冊命과 璽書를 내려준 데 대하여 사례하고 표문을 올렸다. 그 핵심 부분은

---

308) 홍영의, 「개혁군주 공민왕: 공민왕의 즉위와 초기 국왕권 강화노력」, 『한국인물사연구』 18, 2012.
   9, 167-188 참조.
309) 공민왕의 증조부 충렬왕은 처음으로 원나라 제국대장공주와 결혼했고, 그 사이에서 태어난 충선
   왕[공민왕의 조부]은 원나라 진왕의 딸 계국대장공주와 결혼함으로써 공민왕의 증조모와 조모
   모두 원나라 사람들이었다.
310) 김명준, 「고려 恭愍王대 太廟樂章의 개찬 양상과 그 의미」, 『한국시가문화연구』 33, 한국시가문화
   학회, 2014. 2, 52쪽, 59쪽 등 참조.

다음과 같다.

　이전의 나라 그대로 封地를 내려주시고 大統曆을 반포하여 주시니, 그 은혜는 감히 바랄 수 없는 것이어서 감동과 함께 부끄러움이 듭니다. 신은 천성이 어리석고 자질이 변변치가 못하며 재주가 적고 식견이 짧아, 처음 葛에서부터 군대를 일으킬 당시, 첫 번째 원정에 아무런 도움도 드리지 못한 것을 후회하고 있습니다. 제후들을 塗山에 모이게 하여 조공을 받으실 때 제가 뒤늦게 간 것에 대해 마땅히 책망이 가해져야 했을 것입니다.

　홍무 3년[1370] 5월 26일 尙寶寺丞 偰斯가 와서 詔書를 받들게 되었는데, 신을 고려국왕으로 책봉해주시고 금인 1개를 만들어서 내려주셨으며, 모든 儀式과 제도 및 의복과 일용품은 본래의 풍속을 따르는 것을 허락해 주셨으며, 이어서 대통력 1통과 錦繡絨緞 10필을 하사하셨습니다. 더불어 저의 모친과 저의 왕비 및 陪臣들에게 段匹과 紗羅 총 68필을 하사하셨으니, 받은 총애는 세상에서 드문 것으로서 은혜가 또한 지금까지 빛나고 있습니다. 저의 분수를 헤아려보면 어떻게 감당할지, 멍하니 마음과 얼굴이 함께 부끄러워집니다.

　황제폐하께서는 크나큰 도량을 가지시어 허물이 있는 존재까지 포용하시고, 지극히 높은 인덕을 굳게 간직하고 계십니다. 제후들을 책봉할 때『周書』를 곁에 두고 참조하시어 황실의 울타리가 되게 하였으며, 하늘을 공경하며 살피실 때 『堯典』을 헤아려 보아 삼가 사람들에게 때를 알려 주었습니다. 상자에 간직해 둔 보배들을 나누어 주시어 충성을 다하도록 권장하셨고, 班瑞의 제도를 정하시어 신뢰를 보이셨으며, 각기 다른 풍속을 가진 사람들로 하여금 그 본성을 지키게 하셨으니, 훌륭한 덕성은 이름 붙일 수 없을 정도로 위대하십니다.[311]

　이 표문에는 명나라 황제와 고려왕의 관계를 '책봉-조공'으로 규정한 명분이 명시되어 있다. 명나라 왕을 황제로, 고려의 왕을 제후로, 고려의 신하들을 배신으로 불렀으며, 이미 명나라 황제가 공민왕을 '고려국왕'으로 책봉하고 국왕과 배신들에게 각각의 직위에 합당한 선물이 전달되었으므로 그에 대한

---

311)『고려사』[http://history.go.kr] 1370년 7월 18일 갑진.

감사의 표문을 올린다는 사실까지 언급했다. 이 표문을 보내게 된 원인적 사건으로서의 고려국왕 책봉조서에 '지금 사신을 파견하면서 도장[印]을 가지고 가게 하여 그대[공민왕]를 고려왕으로 책봉한다. 모든 儀式과 제도, 의복과 일용품은 본래의 풍속을 따르는 것을 허락한다'는 말이 단순한 외교적 언사라 할지라도, 외연과 대조적인 내포가 이 말의 심층에 들어있다고 할 수는 없다. 명나라 황제가 고려왕에게 제후국으로서의 명분을 충실히 지킬 것과 함께 유교적 왕도정치를 통한 보편주의의 구현을 강조한 점으로 미루어 당시 공민왕의 지향점이 어디에 있었는가는 자명해진다. 다음의 두 인용문을 보면 그 점이 더욱 분명하게 드러난다.

> 역대의 임금들은 중국이나 오랑캐를 가리지 않고, 오직 仁義와 禮樂만을 행함으로써 백성들을 교화하고 올바른 풍속을 만들 수 있었다. 지금 왕은 인의와 예악은 버려두고 힘쓰지 않은 채 날마다 불교 계율을 지키는 것만을 일삼고 있다.(…)대체로 옛날 사람들은 순박하여 쉽게 교화되었으므로 王道만으로도 다스릴 수 있었다.(…)사신이 도착하였고 또한 왕이 예법에 맞는 복식을 갖추어 종묘 제사를 지내려고 한다는 것을 알게 되어, 짐이 매우 기쁘게 생각하였다. 이제 왕의 冠과 의복, 악기, 陪臣들의 관과 의복 및 홍무 3년의 대통력을 하사하니, 도착하거든 수령하도록 하라고 하였다. 또한 왕에게 六經·四書·通鑑·漢書를 하사하였으며, 황후는 왕비에게 관과 의복을 하사하였다.[312]

> 이곳에까지 와서 제사를 지내는 것은 실로 고금의 역사상 드문 일이므로, 황제 폐하께서는 하늘에 제사를 지내신 순 임금과 같으시며, 천하 사람들을 구휼하신 탕 임금만큼 밝으십니다. 道와 제왕들의 존귀함을 겸비하셨으며, 신령과 사람들의 여망에 걸맞은 덕을 지니셨습니다. 귀중한 예법을 반포하시어 먼 우리나라에까지 미치게 하셨습니다. 저는 대대로 조심하며 지켜온 봉작을 신중하게 지키겠으며, 때에 맞추어 공손하게 제사를 지내도록 하겠습니다. 홍범구주의 오복을 거두시길

---

312) 『고려사』[http://history.go.kr] 1370년 5월 26일 갑인.

바라며 만수무강을 기원하며 제후로서의 절[虎拜]을 올립니다.[313]

첫 번째 인용문인 조서는 명나라 황제가 제후국 고려의 이데올로기적 한계점을 분명히 지적하고 있다는 점에서 향후 고려가 지향해야 할 방향을 명시한 지침의 의미를 갖는다. 명나라 황제는 공민왕이 불교를 숭상한다는 점을 비판하고 유교적 왕도정치의 전면적 수용을 촉구했다. 비현실적인 불교 계율을 비판하고 백성들의 교화를 통해 왕도정치를 행한다면 나라가 잘 다스려질 수 있다는 점 또한 강조했다. 그러면서 황제는 고려의 사신을 통해 왕이 예법에 맞는 복식을 갖추고 종묘제사를 지내고자 한다는 말을 들었다고 했고, 그에 따라 왕과 배신들에게 관복을 보냈으며, 대통력이란 책력까지 내렸다. 뿐만 아니라 각종 유교 경전들과 盛世의 역사책들까지 보냄으로써 고려로 하여금 중세적 보편성을 삶의 원리로 추종할 것을 강조하거나 강요한 셈이다. 특히 고려에 책력을 내린 점은 황제가 제후국에 책력을 하사하는 전통을 따른 것이니, 다른 무엇보다 고려에 대한 지배권 행사의 의지를 밝혔음이 분명하다.

이런 정치·외교적 지형에서 공민왕의 선택지는 매우 제한적일 수밖에 없었다. 儒臣들의 전폭적인 도움으로 반원개혁의 대업을 이루어가는 상황에서 태묘제사에 '천자국의 위상'을 높이고자 한다는 의도를 담았다고 본다면, 그것은 당시의 현실을 잘못 읽은 결과다. '원-고려'도 지배와 복속의 관계였으나 그것은 武力과 無理를 통한 강압이었으므로 강압의 주체인 원이 약해짐에 따라 고려의 입장에서 원래의 자리로 돌아가려는 시도를 하는 것은 당연했다. '반원개혁'은 바로 그 움직임이었다. 물론 당시의 명나라가 요동을 포함한 중국 전역을 석권하지 못하고 있었다는 사실을 들어 원나라와 명나라 사이에서 '요동 회복'을 염원하던 공민왕이나 고려 정부의 외교적 포석을 읽어낸 학자들

---

313) 『고려사』[http://history.go.kr] 1370년 6월 18일 을해.

도 많다. 그렇다고 해도 고려의 집권세력이 명나라 세력 확장의 추세를 보면
서 요동 회복이 수월한 일이라고 믿지는 않았다. 사실 고려의 집권세력은
중국으로부터 벗어나 무조건 홀로 서는 일만이 유리하다고 보지 않았다. 원나
라를 대신하여 들어선 명나라와 '조공-책봉'의 사대 외교관계를 유지함으로
써 중국의 법제를 수용하고 능력에 따라 인재를 등용하는 유교 정치이념을
수용하는 것이 효과적인 통치체제를 갖추는 최선의 길임을 간파한 현실주의
가 주류였고, 그 결과 중세적 보편주의는 당시 고려왕조의 흐름으로 자리
잡게 된 것이다.

　인용문 가운데 후자는 명나라가 도사를 보내어 고려의 산천에 제사 지낸
점을 황제에게 사례하는 표문으로서, 제후로서의 고려가 표할 수 있는 최고의
예를 드러낸 경우다. 이처럼 공민왕이 택한 반원친명의 개혁적 외교 노선이야
말로 명나라로부터 수용한 '보편주의가 당시 사회를 바꾸고 발전시킨 선진적
사상'[314]이었음을 깨닫고 있었던 데서 가능했다고 할 수 있다.

　그렇다면 공민왕 말기의 「신찬태묘악장」을 두고 당대 고려조의 정치적 지
향에 대한 해석상의 혼선을 빚는 이유는 무엇일까. 태묘 묘실 확대의 부득이함
에 대한 이강한의 설명을 통해 이 점은 해명된다. 즉 선왕들의 수가 늘어나면
서 더 많은 신위들을 태묘에 모셔야 함에도 오히려 태묘의 室數는 줄여야
하는 모순적 현실을 해소해야 하는 문제가 대두되었다. 그 문제는 '二昭二穆'과
별개의 공간을 만들어냄으로써 해결되었으니, 중국에서 이어져 내린 협실제
도가 바로 그것이었다. 고려의 경우 제후국의 5묘를 표방하면서도 동과 서에
각 두 개씩의 협실을 포함한 9실의 구조를 마련하여 고려 전기 덕종 이래
존재하던 고려 태묘의 원형을 복구할 수 있었다.[315] 충선왕대에 마련된 5묘

---

314) 정구복, 『한국 중세사학사 1』, 32쪽.
315) 이강한, 「14세기 高麗 太廟의 혁신과 변천」, 『진단학보』 109, 진단학회, 2010, 94쪽 참조.

9실 태묘제는 충숙왕대에도 가까스로 보전되었으나, 공민왕 12년[1363]에 이르러 7묘 9실로 확장되었다. 태조·혜종·현종·원종·충렬왕·충선왕·충숙왕·충혜왕·충목왕 등 9실의 신주를 태묘에 모시는 과정에서 불천지주 3인에 3소와 3목을 두는 체제로서 의종대의 7묘제가 복원되어 9실로 운영되었다는 것이다.316)

사실 태묘의 제향 특히 합동제사인 체협의 제향은 국왕을 중심으로 집례관과 문무 9품 이상의 관리들이 참석하는 자리로서 이들에게 왕조의 질서와 왕실의 권위를 확인시켜줄 뿐 아니라 충의 덕목을 권장하고 군신 간의 화합과 조화, 조상의 도움을 통해 왕조의 안녕과 통치 질서의 안정화를 도모하는 정치적 의미를 갖는 행사이기도 했다.317)

우여곡절을 겪으면서 즉위한 뒤에도 원나라의 간섭과 고려에 포진한 附元세력의 발호로 통치권에 제약을 받고 있던 공민왕으로서는 '반원개혁'만이 유일한 정치적 돌파구임을 인식하고 있었다. 그러기 위해서는 부원세력의 숙청과 함께 왕권에 대한 잠재적 도전세력에게 분명한 경고를 보낼 필요가 있다고 보았고, 그 효과적인 수단의 하나가 선왕들을 모신 태묘제사의 격상이었을 것이다. 태묘와 제사 규모의 확장 및 정비에 심혈을 기울였을 뿐 아니라, 반원개혁 시책의 추진에 조력을 아끼지 않은 원나라 출신 왕후 노국공주의 魂殿 造營과 제사 규모 확대에 국가의 재정을 아낌없이 쏟아 부은 점도 국내 정치의 필요성 때문이었다고 보아야 할 것이다. 노국공주의 무덤인 正陵과 공주의 초상화 및 神位를 모시는 影殿을 장엄하고 화려하게 조성하는 공사를 10여 년에 걸쳐 진행한 것이 공주에 대한 미안함과 애정을 표현하는 일환이었다고 보는 견해318)가 일반적이지만, 그보다는 반원을 중심으로 펼친 공민왕의 개혁

---

316) 이강한, 같은 논문, 106-107쪽 참조.
317) 김 아네스, 「고려 전기 태묘의 禘祫 親享과 그 의미」, 『진단학보』 132, 진단학회, 2019, 47쪽
참조.

정책에 적극 도움을 준 노국공주를 죽어서까지 떠받드는 모습을 보여줌으로써 부원세력을 포함한 모든 정적들에게 보낸 경고의 정치적 의미가 컸다고 할 수 있다.

말하자면 공민왕이 명나라와 조공-책봉의 외교관계를 분명히 표방했고, 고려의 학인들을 명에서 학습한 뒤 과거에도 응시할 수 있도록 홍무제에게 요구한 점 등으로 미루어 '7묘 9실'의 태묘를 확정한 것은 일부 선학들의 생각처럼 '천자국으로서의 위상'을 표방하고자 했음이 아니고, 국내 정치용이었음이 분명해지는 것이다. 말하자면 한족 중심의 명나라와 조공-책봉의 외교관계를 맺고 성리학과 유교를 정치제도와 문물의 바탕으로 전폭 수용함으로써 원나라 시절과는 또 다른 차원의 중세 보편주의를 실현하고자 한 것이 공민왕과 공민왕을 둘러싼 집권세력의 실제 의도였던 것이다.

앞서 언급한 바와 같이 태묘 묘실 확대의 부득이함은 고려의 당면한 현실적 문제였다. 늘어나는 선왕들의 수에 반해 태묘의 室數는 줄여야 하는 모순적 현실을 해결할 수 없었던 것이 당대의 상황이었다. 충선왕대에 마련된 5묘 9실 태묘제는 공민왕 12년에 이르러 '태조·혜종·현종·원종·충렬왕·충선왕·충숙왕·충혜왕·충목왕' 등 9실의 신주를 모시면서 불천위 3인[태조·혜종·현종]에 3소 3목 등 전체 9실로 구성되어 있었을 것이다.[319] 제1실[태조]·제2실[혜종]·제3실[현종]·제4실[원종]·제5실[충렬왕]·제6실[충선왕]·제7실[충숙왕]·제8실[충혜왕]·제9실[충목왕]이 그것이다. 제 31대 공민왕은 27대 충숙왕의 아들이고 28대 충혜왕의 동복 아우이다. 제29대 충목왕은 충혜왕의 맏아들이고 30대 충정왕은 충혜왕의 서자로서 모두 공민왕의 조카들이다. 27대 충숙왕은 26대 충선왕의 아들이고, 충선왕은 제25대 충렬왕의 맏아들, 충렬왕은 제24대 원종의 맏아들

---

318) 이형우, 「노국대장공주와 공민왕의 정치」, 『한국인물사연구』 12, 한국인물사연구회, 2009, 176쪽 참조.
319) 현재 소목의 배치를 알만한 자료는 찾을 수 없다.

이다. 따라서 원종은 공민왕의 고조로서 태묘 9실 가운데 불천위 3인을 제외한 제4실부터 제7실까지가 직계이고, 제8실은 동복형이며 제9실은 조카인 충목왕에게 배당한 것이다. 이렇게 되었던 것이 공민왕 20년에 이르러 변화를 보여 주었다. 즉 7묘9실로 바뀌면서 충혜왕과 충목왕의 악장이 생략된 모습을 드러내게 된 것이다. 충혜왕은 충숙왕의 장남이자 공민왕의 동복형인데, 왕위에 염증을 느낀 충숙왕으로부터 선위를 받아 1330년 왕위에 오른 뒤 황음무도한 행실들로 많은 문제를 야기한 인물이다. 그러다가 그는 1332년 원나라로부터 폐위되었다가 1339년 충숙왕의 죽음으로 다시 왕위에 올랐고 1344년 원나라의 귀양지에서 죽었으며 맏아들 충목왕[1337 충숙왕 복위 6-1348 충목왕 4]이 즉위하였으나, 그도 재위 4년 만에 죽었다. 그 뒤를 이어 충혜왕의 서자 충정왕[재위 1349-1351]이 30대 왕으로 즉위한 것이다. 그러나 나이가 어려 국사를 감당할 수 없다는 조야의 청에 따라 원나라는 충정왕을 강화로 추방하고 공민왕을 즉위시켰다. 따라서 충혜왕~충정왕은 사실상 제왕으로서의 권위를 행사하지 못했음은 물론 무엇보다 고려왕조를 원나라에 철저히 예속시킨 결과를 초래하기까지 했다.

원나라의 예속으로부터 벗어나고자 노력한 공민왕의 입장에서는 충혜왕·충목왕·충정왕은 태묘에 모실 수 없는 존재들이었을 것이다. 무엇보다 충선왕때 정착되어 공민왕 12년의 태묘환안 때까지 존속된 9실 체제에 부담을 느낀 공민왕으로서는 이들 3인의 선왕까지 태묘에 모실 이유가 없었을 것이다. 정확한 기록이 없어 확인할 수는 없으나, 재위기간 동안의 여러 행적과 태묘의 현실적 제약 등으로 선왕 3인은 태묘에서 제외된 것으로 보는 편이 합리적이다. 공민왕이 초헌의 묘실을 7실로 둔 것을 '부자' 계승의 강조와 칠묘제를 의식한 결과로 본 김명준의 주장320)도 같은 견해로 보이며, 여기서 한 발 더

나아가 왕위 계승과정에서 공민왕이 겪은 어려움이나 재위기간에 보여준 그들의 행실 등을 참작한 결과인 것이다.

「신찬태묘악장」의 텍스트 구성 방법이나 내용은 최고 권력자이자 제주인 공민왕 및 권력층의 현실적 의도를 반영하는, 가장 확실한 메시지라고 할 수 있다. 악장을 자신들의 생각이나 말로 지을 수 있었음에도 전적으로 『시경』의 텍스트를 차용한 데는 반드시 이유가 있었을 것이라고 추정하는 것도 그 때문이다. 공자가 말한 '述而不作'321)을 바탕으로 그 해석적 이유322)를 찾아낼 수밖에 없다고 보는 것도 그 때문이다. '술이부작'은 '信而好古'와 함께 『시경』 텍스트의 대폭적인 수용태도를 설명해주는 공자의 원론적 발언들이다. 邢昺은 『論語註疏』에서 전개한 「論語正義」를 통해 공자의 이 말에 대하여 다음과 같은 설명을 달았다.

> "이 장은 공자의 저술에 대한 겸양을 기록하신 것이다. 제작하는 자를 성인이라 이르고 전술하는 자를 명인이라 이른다. 노팽은 은나라 현대부인데, 노팽이 그 때 선왕의 도를 전술했을 뿐 스스로 제작하지 않았고 옛일을 독실하게 믿고 좋아하였으므로, 공자께서 '지금의 나도 그러하다'고 말씀하신 것이다. 그러므로 '노팽에게 비해본다'고 말씀하셨고, 오히려 감히 드러내 말씀하실 수 없었으므로 '슬그머니[竊]'라고 이르신 것이다."323)

『사기』 「공자세가」에서 사마천이 언급한 이래 공자가 『시경』을 편찬했다는 것324)은 정설로 되어 있고, 『시경』이 하·은·주 3대의 악장이었거나 악장으

---

321) 『文淵閣四庫全書: 經部/四書類/論語註疏』 卷七의 "子曰 述而不作 信而好古 竊比於我老彭" 참조.
322) 공민왕대의 국가 제사악장에 『시경』의 텍스트를 대폭 차용한 이유를 당시의 문헌들에서 찾을 수 없기 때문에, 여러 가지 면에서 유추·분석할 수밖에 없다.
323) 『文淵閣四庫全書: 經部/四書類/論語註疏』 卷七의 "正義曰 此章記仲尼著述之謙也 作者之謂聖 述者之謂明 老彭殷賢大夫也 老彭於時 但述修先王之道 而不自制作 孔子言今我亦爾 故云比老彭 猶不敢顯言 故云竊" 참조.
324) 『文淵閣四庫全書: 史部/正史類/史記』 卷四十七의 "古者 詩三千餘篇 及至孔子去其重(…)三百五篇

로 쓰였을 개연성을 지닌 노래들이기 때문에 전통적으로 후대 왕조들은 그것을 그대로 갖다가 자신들의 악장으로 쓰거나 그 텍스트 중의 일부를 자신들의 악장으로 수용해 온 것이다. 말하자면 성인인 공자가 편찬한 『시경』은 단순한 시의 모음이 아니라 공자 스스로 弦樂器에 맞추어 노래하며 옛 노래인 昭武나 아송의 음에 맞아 들어가도록 했을 뿐 아니라, 설과 후직에 관한 것을 위로 하고 은나라와 주나라의 융성을 중간으로 했으며 유왕과 여왕의 쇠퇴 및 몰락을 아래로 하여 왕조와 제왕의 치적에 관한 역사적 사실들을 노래했다.

<關雎>로 시작하는 風, <鹿鳴>으로 시작하는 小雅, <文王>으로 시작하는 大雅, <淸廟>로 시작하는 頌 등 305편은 공자가 모두 현악기에 맞추어 가창하되 韶武와 雅頌의 음에 들어맞게 했으니, 예악은 이로부터 체계를 갖추어 왕도를 구비하고 육예를 이루게 되었다는 것이다.[325] 따라서 공자가 편찬한 『시경』의 텍스트 일부와, 창작이라 해도 『시경』 텍스트의 依倣에 지나지 않는 부분을 합하여 한 편의 완전한 악장을 만들어 냄으로써 악장 전체가 『시경』의 模寫나 재현을 넘어서지 못하는 것이 중국과 한국의 역대 왕조들이 비슷하게 보여주는 모습이었다. 『시경』의 무조건적이고 전폭적인 수용이 텍스트의 완벽성 때문만은 아니고, 편찬자 공자에 대한 무한 존경과 신뢰에서 비롯된 것이었음은 물론이다.

이 경우 공자와 『시경』은 『주례』의 수용과도 직결된다. 고려는 중국 주나라의 제도와 예법 및 정치체제를 담고 있는 『주례』를 정치체제의 근간으로 삼았고, 그런 기조는 조선으로 이어졌다. 『주례』의 쓰임새는 고려 당대의 상황에 대한 이해에 도움이 된다. 『주례』의 저작 시기나 저작자에 대해서는 다양한

孔子皆弦歌之 以求合韶武雅頌之音" 참조.
325) 주 324)와 같은 곳의 "上采契后稷 中述殷周之盛 至幽厲之缺 始於衽席 故曰 關雎之亂以爲風始 鹿鳴 爲小雅始 文王爲大雅始 淸廟爲頌始 三百五篇 孔子皆弦歌之 以求合韶武雅頌之音 禮樂自此 可得而 述 以備王道成六藝" 참조.

설들이 있고, 그것들은 크게 僞書로 보는 견해와 眞書로 보는 견해로 나뉜다. 『주례』는 孔孟 이전에 專書가 없었고 춘추전국시대에 '주례'라는 서명이 보이지 않으며, 관제와 古籍의 記載가 다를 뿐 아니라 내용상 성인의 제작이 아니라는 등의 이유로 위서라는 것이고, 주공이 制禮作樂한 결과를 기록한 것으로 보는 견해가 후자이다. 현재는 주나라를 연구하던 학자가 주나라 전성시대 제도를 참고하고 자신의 이상을 덧붙여 일가의 저술로 만든 것이라는 정도로 잠정적인 결론을 내린 상태라 한다.326)

고려에서 주나라의 이상적인 정치제도가 담긴 『주례』를 현실정치에 활용했고,327) 조선이 『주례』의 六典을 기초로 통치이념과 통치조직을 종합적으로 제시한 정도전의 『朝鮮經國典』 체제를 바탕으로 출범한 것처럼,328) 위서론과 진서론이 팽팽한 가운데 고려나 조선은 제도·예법·정치체제의 바탕으로 삼고 있던 중국의 예를 따라 『주례』에 전폭적인 신뢰를 보낸 점은 분명하다. 『사기』329)·『漢書』330) 등 중국 사서들의 기록에 힘입었을 가능성도 크지만, 어쨌든 그 『주례』를 주공이 지은 것으로 믿고 추종한 여말선초의 지배층에게 주공의 업적들을 정리하고 찬술한 공자에 대한 숭앙은 더욱 절대적이었다.

이처럼 고려에 수용된 주나라 예악정치의 관념은 의종 대 崔允儀의 『詳定古今禮』 50권으로 정비되는 모습을 보여주었으나, 그 후 이 책과 함께 기존의 역사서들과 『周官六翼』·『式目編錄』·『蕃國禮儀』 등에서 채록한 내용들을 종합하여 吉·凶·軍·賓·嘉 등 오례 체제의 성립과 함께 비로소 정비되었다고 할

---

326) 장동우, 「『周禮』의 經學史的 位相과 改革論-王權과 禮治에 대한 문제의식을 중심으로-」, 연세대학교 국학연구원 편 『한국 중세의 정치사상과 周禮』, 24-26쪽 참조.

327) 도현철, 「麗末鮮初 改革思想의 전개와 『주례』」, 연세대학교 국학연구원 편 『한국 중세의 정치사상과 周禮』, 91쪽 참조.

328) 도현철, 같은 글, 같은 책, 107쪽 참조.

329) 주 325) 참조.

330) 『文淵閣四庫全書: 史部/正史類/『前漢書』 卷九十九上의 "攝皇帝 遂開祕府 會羣儒 制禮作樂 卒定庶官 茂成天功 聖心周室 卓爾 獨見發得周禮 以明因監 則天稽古而損益焉" 참조.

수 있다.331) 길례의 大祀들[圜丘·方澤·社稷·太廟·別廟·景靈殿·諸陵], 그 가운데 왕권
체계의 핵심을 보여주는 태묘에 이데올로기의 상징성을 부여하고자 했고, 그
정치적 메시지로서 '왕도의 실현'이 함축된 『시경』을 전폭적으로 수용하고자
한 것은 매우 자연스러운 일이었다.

필자는 「신찬태묘악장」의 텍스트 거의 모두를 『시경』에서 따온 것을 用事
法의 하나로 볼 수는 없고, 이른바 '술이부작'의 자세에서 비롯된 결과로서
유교 경전으로서의 『시경』과 그 편찬자로서의 공자에 대한 일종의 오마주
(hommage)로 보는 것이 타당하다고 생각한다. 『시경』 텍스트를 송두리째 적
출·조립하여 악장을 만든 것을 용사론의 차원에서 재단할 수는 없다. 텍스트
의 차용이 지나치게 노골적이고 분량의 면에서도 상식선을 넘기 때문이다.
만약 「신찬태묘악장」의 텍스트를 용사의 측면에서 다루고자 한다면, 그것은
곧바로 剽竊로 규정될 수밖에 없기 때문이다. 李仁老[1152-1220]는 李之氐[?-1317]
의 「口號」['한 번 놀고 한 번 즐거워하는 것이 제후의 법도가 되었으니[遊豫爲諸侯度] 이미
하언의 일컬음에 맞았고[旣符夏言之稱] 먹고 마심에 충신의 마음을 다했으니[飮
食盡忠臣心] 진실로 주나라 사람들의 읊은 것에 맞았도다[允協周人之詠]']를 인용
하고, 對偶가 精切하여 진실로 斧鑿의 흔적이 없다고 호평했는데,332) 전자는
『맹자』「양혜왕편」의 '夏言曰~'을 끌어왔고 후자는 『시경』「소아」<鹿鳴>을
끌어온 것이나, "묘한 대우법과 함께 '旣符/允協' 등의 말을 첨부함으로써 틀림
없는 자기의 말이 되고 말았다"333)고 극찬했다. 말하자면 '남의 것을 표절하든
가 모방하여 지나치게 떠벌이는 것'334)과 달리 남의 것을 수용하되 自己化에
성공하는 경우를 제대로 된 용사라 할 수 있다는 것이다. 『시경』 텍스트를

---

331) 『고려사』 권 59 「지」 권 13, 예 1·서 참조.
332) 李仁老, 柳在泳 역주, 『破閑集』, 일지사, 1992, 103-104쪽.
333) 조종업, 『韓國詩話研究』, 태학사, 1991, 158쪽.
334) 崔滋, 유재영 역주, 『補閑集』, 원광대학교출판국, 1981, 14쪽.

수용하여 「신찬태묘악장」을 만든 경우를 용사의 관점에서 설명할 수 없는 이유를 그 점이 단적으로 보여준다.

『시경』 텍스트를 송두리째 적출·조립하여 악장을 만들었으되 표절이란 부정적 딱지를 붙이지 않으려면 용사론과 다른 차원의 설명 기제가 필요하다. 그 때 활용 가능한 개념이 바로 '술이부작'과 '오마주'다. 단적으로 『시경』과 공자에 대한 오마주를 통해 고려왕조가 완벽하게 유교에 바탕을 둔 중세국가로 확립되었음을 내외에 보이고자 한 것이 공민왕을 중심으로 한 통치계급의 정치적 의도였다고 할 수 있다. 이 경우 오마주는 '개인에 대한 존경심의 표현이나 입증',[335] '모방을 통해 원작에 대한 존경심의 표출, 즉 작품의 정신과 장르적 성격을 계승하며 작품의 영향력 밑에서 자신의 영향력을 개척하고자 하는 것'[336] 등으로 해석될 수 있으므로, 「신찬태묘악장」의 텍스트를 『시경』에서 그대로 가져 온 것 또한 공자에 대한 존숭이나 依支로 받아들여질 수 있는 일이었다. 뿐만 아니라 고려는 주공이 저술한 『주례』를 제도의 핵심적 표준으로 수용했고, 공자는 주공과 함께 주나라의 예악이나 제도를 숭모했다는 점에서, 「신찬태묘악장」 텍스트의 『시경』 텍스트 '술이부작'이야말로 공자에 대한 오마주의 소산일 수밖에 없었다. 고려 예악제도의 핵심인 태묘제사, 태묘제사의 언어적 메시지인 「신찬태묘악장」에 공자의 저술과 사상을 오마주함으로써 고려 제도의 중세적 보편성을 인정받고자 했고, 그렇게 확보되었거나 인정된 중세적 보편성은 왕의 권위에 도전하고 질서를 어지럽히려는 내외의 權臣들에게 큰 경고의 효과를 발휘할 수 있었던 것이다. 「신찬태묘악장」에서 읽어낼 수 있는 통치사상이나 정책적 의도는 바로 이런 점에서 분명해진다.

이상 고려 말 「신찬태묘악장」의 텍스트에 반영된 『시경』 텍스트의 양상과

---

335) https://www.wiktionary.org 참조.
336) https://namu.wiki 참조.

그 콘텍스트로서 고려조의 정치적 상황 및 태묘 제례를 통하여 「신찬태묘악장」의 본질을 살펴보았다. 사실 한국과 중국을 막론하고 어느 왕조의 악장들[특히 국가제례 악장]이든 상당 부분이 『시경』 텍스트로부터 수용된 것들임을 확인한 바 있다. 그대로 따오지 않았더라도 표현이나 구성법이 『시경』의 범주를 벗어나는 경우는 거의 없다고 할 정도이다.

특히 공민왕 16년[1367]의 「휘의공주혼전대향악장」은 공민왕 20년의 「신찬태묘악장」과 함께 『시경』 텍스트의 수용에 있어 양적으로 유례없이 큰 비중을 보여주었다. 무엇보다 이 악장들에 수용된 『시경』 텍스트는 통치이념화한 유교적 보편주의와 그것을 신봉하던 지배집단의 의식 수준을 파악하기 위한 잣대로 유용하다. 어렵게 즉위하고 나서도 갖가지 정치적 난국들을 헤쳐 나가야 했던 것이 공민왕의 개인적 상황이었다. 왕조 말기의 보수적 기득권 세력과 개혁적 신흥 세력은 각각의 이념적 바탕을 불교와 유교에 두고 갈등을 벌였으며, 그 갈등으로부터 생겨난 소용돌이가 말기의 고려를 일종의 아노미 상태로 빠져들게 한 것이 당시의 실정이었다.

그런 상황에서 열성들을 모신 태묘에 권위를 부여하고 그 권위를 통하여 왕권을 부양하는 일은 무엇보다 다급한 집권층의 과제였는데, 그 단서들 중의 하나가 「신찬태묘악장」에 수용된 『시경』 텍스트라 할 수 있다. 「신찬태묘악장」의 제작자들이 과도하다고 할 만큼 『시경』의 텍스트를 집중적으로 따다가 조립하여 각 제차의 악장으로 사용한 것도 그런 이유 때문이었음을 확인했다.

제작자들의 창안으로 보이는 <제6실악장> 제2구를 제외한 모든 부분들이 『시경』 텍스트에서 가져온 것들이다. 주송 26회·상송 13회·노송 6회 등 3송이 45회로 가장 많고, 대아 26회·소아 16회 등 2아가 42회로 그 다음을 차지한다. 주송은 주나라 왕실이 흥기했을 때의 악장들이고, 상송은 상나라를 세운 탕왕의 공을 기린 노래들이며, 노송은 노나라의 周公 旦과 그의 아들 伯禽의 공덕을 기린 노래들이다. 상나라의 주왕을 멸망시킨 주나라 무왕은 송나라로 하여금 상나라 탕왕과 후왕들의 제사를 모시게 했으며, 천하를 평정하고 예악을 정비한 주공을 기리기 위해 천자의 음악으로 제사를 올리도록 허락했다.

궁궐을 비롯한 공식석상의 연회음악으로 사용된 것이 소아, 대신들이 조회하거나 군신이 함께 연회할 때 사용된 노래들이 대아로서, 서주의 鎬京과 동주의 洛邑 귀족들이 만든 것으로 보는 견해도 있고, 왕도의 융성함을 노래하기 위해 주공이 지었다는 설도 있다. 어쨌든 삼송이나 이아 모두 지배계층이 주나라 盛時를 찬양한 노래들임은 분명하고, 주공이 당대 예악을 정리했으며, 공자가 『시경』의 편찬을 담당했다는 것도 정설로 인정되고 있다. 이처럼 주나라의 예악을 정비했을 뿐 아니라 제도를 정리하여 『주례』를 만든 주공을 공자는 숭앙해 마지않았으며, 고려 공민왕을 둘러싸고 있던 집권 유자계급은 공자와 함께 그가 편찬한 『시경』을 내세우는 것만큼 왕실의 권위를 세워주는 방법은 없다고 보았을 가능성이 크다. 異民族으로서 중원을 장악하고 있던 원나라의 지배에서 벗어나고 고려 내의 附元 기득권 세력을 일소하는 일이야말로 三代의 문화를 집대성한 주공과 공자를 추앙하고 그에 대한 오마주로서 『시경』을 전적으로 수용하는 지름길이었다. 그들은 악장 제작의 방법으로 어구의 대부분을 『시경』에서 摘出·組立함으로써 공자가 스스로 밝힌 '술이부작'의 자세를 통해 敎祖에 대한 오마주의 효과를 극대화시키고자 한 것으로 보인다. 그렇게 함으로써 당대 지식사회의 집단의식과 정치적 지향을 보편가치에 둘 수 있다고 본 것이다.

각 절차의 악장들에 『시경』의 텍스트를 수용함으로써 그들은 다음과 같은 主旨를 드러냈다.

- 주나라 왕통과 제도의 존숭을 통한 고려왕권 확립의 의지[<왕입문악장>]
- 공경과 경계를 바탕으로 신료들을 엄히 단속할 것을 후왕들에게 강조[<왕관세악장>]

- 천명으로 강토를 넓히고 후손의 미래를 열어준 태조의 공[<제1실악장>]
- 고려의 武王으로서 부왕을 도와 나라를 안정시킨 혜종의 공[<제2실악장>]
- 상제의 명을 받아 문무겸전의 신령함으로 어려움을 극복한 현종의 공[<제3실 악장>]
- 천명에 게으르지 않아 만민의 우러름을 받은 원종의 공[<제4실악장>]
- 온갖 복록과 대대로 이어온 덕을 짓고 추구한 충렬왕의 공[<제5실악장>]
- 노력으로 덕을 드러내고 후손에게 계책을 남겨준 충선왕의 꿈[<제6실악장>]
- 밝은 덕으로 천명을 지켜 후손들의 경사를 도타이 한 충숙왕의 공[<제7실악장>]
- 잘 갖춰진 제사로 효손의 복 받음 끝이 없음[<음복악장>]
- 문무와 무무를 번갈아 올리며 열조들에게 후생들 도와주기를 기원[<문무퇴 무무진악장>]

『시경』을 전적으로 수용하여 자신들의 국가제례인 태묘의 악장을 새롭게 만들고『주례』를 채용하여 제도를 정비한 것은 공자와 주공에 대한 오마주라 할 수 있으며, 그것은 유교를 바탕으로 하는 중세적 보편성의 원칙을 수용함으로써 통치체제를 흔드는 權臣들이나 부원세력으로부터 왕권을 지키고자 하던 공민왕 및 집권세력의 정치적 욕망과 필요성에서 나온 것이었다. 악장의 주지 또한 고려의 정치적 현실이나 왕들의 功業을 중국 三代 제왕들의 그것들에 假託·美化함으로써 후손들이 이룩해야 할 당위적 과제로 제시할 수 있었다고 본다.

말하자면 당시의 집권세력으로서 「신찬태묘악장」의 제작을 주도한 사람들은 새로운 시대를 연 이데올로그(ideologue)들이자 조선조 창업의 주역으로서 조선조 악장의 틀까지 만들게 되었으며, 이 점이야말로 고려와 조선이 우리 역사상 중세로 함께 묶일 수 있는 결정적 조건이기도 했다. 이처럼『시경』과 공자 및 주공에 대한 오마주를 통해 보편주의의 구현을 지향하고 왕권을 강화하며, 강화된 왕권을 통해 국정을 안정시키고자 한 집권세력의 의도가 바로

「태묘신찬악장」에 반영되어 있는 것이다.

분명 고려의 악장들도 중국의 역대 왕조악장들이 『시경』을 수용하던 관습과 부합하는 양상을 보여준다. 그 점은 『시경』을 중점적으로 수용하면서도 단순히 텍스트의 摘出과 組立에 그치지 않고 주제의식이나 정신을 수용함으로써 방법론의 폭과 깊이를 확대해 나간 조선조 악장의 발전적인 모습이기도 한데, 그 점을 다음 장에서 확인하기로 한다.

4. 중세 보편주의 지향 및 실천으로서의 예악정치: 조선 악장과 『시경』

앞서 말한 것처럼, '술이부작'이 표면적으로 선행 텍스트의 표절이긴 하지만 '성현의 가르침과 말씀에 바탕을 둔 글귀들을 변조 없이 갖다 쓰는 행위야말로 진리를 墨守하는 일인 동시에 그 자체로 떳떳한 텍스트 생산 작업'[337]이라고 보았기 때문에, 중국이나 조선을 막론하고 개인 창작의 범주를 벗어난 공적 영역에서는 거리낌 없이 선택되던 당시의 관행이었다. 이런 텍스트 생산 방식이 조선조에 들어와서 더욱 광범위하고 심도 있게 이루어진 깃도 징지·외교·문화적 측면에서 지역성을 탈피하려는 욕구를 바탕으로 이루어진 중세적 관습의 심화에서 그 이유를 찾을 수 있을 것이다. 중세적 성향의 체질화를 조선조의 문화적 특질로 꼽을 수 있는데, 앞에서 제시한 바와 같이 詩句들을 적출·조립하는 방법으로 『시경』 텍스트를 전적으로 수용한 고려조의 「태묘악장」이나 「휘의공주혼전대향악장」 등과 또 다른 관점에서 『시경』 시들 자체를 악장으로 받아들인 태종 조 '국왕연사신악'은 특이하거나 돌출적인 현상으로 보아

---

337) 조규익, 「조선조 雩祀樂章의 텍스트 양상과 의미」, 63쪽.

야 할 것이다.

국왕이 중국의 사신들이나 중국으로 떠나는 국내 사신들을 위해 베푼 연회의 주악에서 『시경』 시들을 악장으로 사용한 것은 공자가 말한 『시경』의 외교적 효용성을 염두에 둔 조치였을 가능성이 크다. 즉 '사방에 사신으로 나가서 능히 홀로 일처리를 하지 못한다면 비록 시를 많이 외우고 있은들 무엇에 쓰겠는가'338)라는 공자의 지적이 정치·외교의 현장에 적용된 점을 그 바탕으로 보아야 할 것이다. 국가 간의 만남이 이루어지는 외교 현장에서 소통을 위한 프로토콜로 여겨져 온 것이 『시경』의 내용이나 주제였음을 공자의 말에서 알 수 있고, 『시경』을 외울 수 있는 사람만이 사신으로 나갈 수 있다고 믿은 것도 그런 이유 때문이었다.

당연히 조선에 나온 중국의 사신과 조선의 왕이나 지식인들 사이에서 『시경』을 매개로 한 외교 儀典 과정의 의사소통은 이루어졌을 것이고,339) 그런

---

338) 『文淵閣四庫全書: 經部/四書類/論語注疏』 卷十三의 "子曰 誦詩三百 授之以政 不達 使於四方 不能 專對 雖多 亦奚以爲" 참조.

339) 조선 전기에 『시경』을 도구로 중국의 사신과 조선의 왕 사이에 오고 간 대화의 가장 뚜렷한 예로 명나라 사신과 중종의 창화를 들 수 있다. 명나라의 上使가 출발에 임박하여 접대를 받은 뒤 왕에게 시를 보냈고, 모화관에서 사신들을 전송하는 자리에서 다음과 같은 대화가 이루어진다.

"『시경』에 '淑人 君子는 그 거동이 틀림없다' 했는데, 지금 두 대인의 어진 거동을 보건대 바로 숙인 군자이십니다. 앞날에 반드시 공경의 자리에 올라 聖明한 천자를 보좌하여 태평하고 화락한 다스림을 이루게 되실 것이니, 과인의 오늘 이 말을 잊지 마시기 바랍니다." 하매, 정사가 "『시경』에 '연마한 그 문장 금옥 같은 그 모습'이라 하였으니, 이는 곧 문왕을 찬미한 말인데, 지금 현명하신 왕의 훌륭한 거동을 보건대 바로 이 시에서 말한 바와 같습니다." 하니, 상이 이르기를, "감히 감당하지 못하겠습니다. 오늘 과인이 대인들과 서로 작별한 다음에는 다시 만날 기약이 없으므로 서운한 심정을 견디지 못하겠습니다." 하매, 정사가 "우리들이 처음 江에 이르러 대소의 陪臣들을 보건대 모두 예의가 있어 엄숙하고 공경스러웠으며, 또한 都城에 들어오자 비록 하인들이라 하더라도 모두 예의를 알았었는데, 이제는 聖王의 덕성어린 풍채와 겸손이 넘치는 존경받는 아름다움을 보았으니, 내가 본국에 가서 조회 보게 되는 날 황제께 상주하면 또한 반드시 기뻐하실 것이고, 또 장차 대소의 동료들에게 하나하나 전파하여 동방에 현명하신 임금이 계심을 알도록 하겠습니다. 내가 허황한 말을 하는 것이 아니라 실지로 그러겠습니다."[『중종실록』 43권, 중종 16년 12월 10일 4번째 기사]

자리의 음악이나 악장으로 『시경』이 쓰였을 것은 당연하다. 조선조의 의례문화가 수립되어 가던 태종 조에 중국 사신들을 접대하기 위해 연향의 매뉴얼이 만들어지고, 그 중심에 『시경』을 배치한 것은 자연스러운 일이었다. 태종 조의 '國王宴使臣樂'도 이런 현실적 바탕 위에 이루어진 결과로서, 『시경』의 수용과 의례의 확립이란 관점으로도 간과할 수 없는 의미를 지니고 있다.

고려조에서 시작된 중세의 시대적 성향340)은 여러 사상들 가운데 유교가 괄목할 만큼 우위를 차지한 조선조에 들어와 더욱 강화되었다. 유교이념이 정치·사회·윤리 등을 지배함으로써 각종 정책이나 제도의 입안을 비롯한 모든 정치 행위의 근거와 표준이 유교 경전으로부터 안출되는 것은 자연스러운 현상이었다. 중앙정부는 수시로 유교의 경전들을 간행하여 지방에 내려 보내기도 하고 간혹 지방의 관아에서 그것들을 간행하기도 했는데, 그런 교육을 통해 유교 이념을 확산·정착시키려는 지배계층의 배려가 구체화되었다고 할 수 있다. 그 가운데서도 가장 많이 거론되고 교육된 것이 『시경』이었음은 정치 현장의 기록들 가운데 가장 직접적인 기록이라 할 수 있는 『조선왕조실록』의 『시경』 관련 記事가 1,740여회에 달한다는 사실341)만으로도 확인되는 일이다. 『시경』이 각종 현안들의 전거로 참조되거나 활용된 것은 원래 그것이 모든 계층의 삶을 기록한 노래문학이었기 때문이다. '고대의 지역적 고유성이 잔존하던 상황에서 문화와 사상의 교류로 인해 세계적인 문화의식과 사상을 귀중하게 인식하던 성향'342)을 보편주의라고 한다면, 고려에 이어 보다 진전된 모습으로 중세 보편주의를 체질화해가던 조선 초기의 예악문화에서 『시경』이 차지하는 문화사적 의미는 매우 컸다고 할 수 있다.343)

---

340) 정구복, 『韓國中世史學史(I)』, 27쪽 참조.
341) 정원호, 「≪朝鮮王朝實錄≫의 ≪詩經≫ 活用例 연구」, 부산대학교 박사학위논문, 2013, 15쪽.
342) 정구복, 주 340)의 책, 25쪽.
343) 조규익, 「여말선초 악장의 중세적 관습 및 변이양상」, 고가연구회, 『한국시가 연구사의 성과와 전망』, 보고사, 2016, 98-113쪽 참조.

『시경』의 시들 가운데 周南·召南의 시들과 雅頌을 樂詩, 그 나머지 國風[邶
風~豳風]을 단순한 문자예술로서의 徒詩라 하기도 하고,[344] 혹은 악기의 반주
없이 부르는 이른바 徒歌[345]로 보는 관점이 시경학의 어느 단계에 있었으
나,[346] 正大雅·正小雅는 조정 연향의 樂歌요, 三頌[周頌·魯頌·商頌]은 종묘 享祀의
악가[347]라는 설명도, 공자가 옛날 3,000편의 시 가운데 중첩되는 것을 버리고
예의에 맞는 것만 취한 305편을 弦의 반주에 맞추어 노래함으로써 韶舞·雅頌
의 음에 맞추길 구했다[348]는 설명도, 『시경』의 시들을 모두 옛날의 악장으로
보는 견해[349]의 범주에서 벗어나지 않는다. 조선조에 들어와 『시경』 시들을
악장으로 사용하는 경향이 본격화 되었는데, 그 뚜렷한 사례를 태종 조의 樂
調[350]에서 처음으로 확인할 수 있고, 그 바탕으로 삼은 것이 朱熹의 『儀禮經傳
通解』[「學禮 七/詩樂」/<風雅十二詩譜>]였다.[351] 말하자면 조선조의 예악정치에서
『시경』의 효용성에 대한 인식의 정도가 어떠했는지 가늠할 수 있는 사례로서,
전자는 예악적 관점에 바탕을 두고 『시경』의 개별 시들을 연향악의 핵심으로

---

344) 『文淵閣四庫全書: 經部/詩類/詩疑辨證/四詩入樂不入樂』卷一의 "南豳雅頌謂之四詩 程大昌 曰 南
    雅頌爲樂詩 自邶至豳爲徒詩 而不入於樂" 참조.
345) 악기의 반주에 맞추어 부르는 것이 歌요, 악기의 반주 없이 부르는 노래[徒歌]가 謠이다. 『文淵閣四
    庫全書: 經部/詩類/毛詩注疏』卷九의 "合樂曰歌 徒歌曰謠" 참조.
346) 『시경』의 '徒詩/樂詩' 관련 논의가 본서의 주된 논점은 아니므로, 차후 다른 자리에서 상론하기로
    한다.
347) 『文淵閣四庫全書: 經部/樂類/御製律呂正義後編』卷九十三의 "正大小雅 朝廷燕饗之樂歌 三頌宗廟
    享祀之樂歌" 참조.
348) 『文淵閣四庫全書: 史部/正史類/史記』卷四十七의 "古者 詩三千餘篇 及至孔子去其重 取可施於禮儀
    上采契后稷 中述殷周之盛 至幽厲之缺 始於衽席(…)三百五篇 孔子皆弦歌之 以求合韶舞雅頌之音"
    참조.
349) 『文淵閣四庫全書: 經部/樂類/樂律全書』卷十三의 "其論樂章曰 三百篇古樂章也" 참조.
350) 『조선왕조실록』[http://sillok.hostory.go.kr] 태종 2년 6월 5일.
351) 조선왕조에 들어와 『의례경전통해』가 언급되기 시작한 것은 태종 조[태종 11년 10월 24일]부터이
    고, 본격적으로 거론된 것은 세종 조에 들어와서였다. 특히 『의례경전통해』는 『세종실록』 권136-
    권146까지 11권에 걸쳐 원나라 林宇의 『大成樂譜』와 함께 실려 있는데, 이 자료와 함께 『文淵閣四
    庫全書: 經部 四/禮類 五/儀禮經傳通解』의 「王朝禮 四之上」 '樂制'를 본고의 텍스트로 사용한다.

도입한 경우이고, 후자는 조선조의 주자학 중시 분위기에서 『시경』의 현실적
적용을 시도한 주희의 저술을 그대로 수용한 사례로 볼 수 있다. 태종 조 악조
에는 '①國王宴使臣樂/②國王遣本國使臣樂/③國王勞本國使臣樂/④議政府宴朝
廷使臣樂/⑤議政府宴本國使臣樂' 등 사신 관련 연회 다섯 건이 들어 있는데,
이 가운데 ①·④는 중국 사신을 위한 연회들이고, 나머지 ②·③·⑤는 주로
중국에 파견되던 본국 사신을 위한 연회들이다. 여기서 불리던 『시경』 시들을
살펴보면 당시 연회들에 사용된 『시경』 시들의 수용 양상과 의미, 그에 반영된
태종의 정치적 의도 등이 간단치 않았음을 알 수 있다.[352]

　이처럼 위로는 왕에서 아래로는 서인에 이르기까지 천민이나 노비를 제외
한 전 계층의 연회 절차와 음악을 제도화 시킨 것이 태종 조의 악조다. 왕의
입장에서는 대외적으로 중국의 사신들을 접대하기도 하고, 대내적으로는 종
친형제, 群臣, 외국으로 보내는 본국 사신, 將臣 등 다양한 대상들을 접대해야
했기 때문에 매우 번다한 절차와 음악 혹은 악장들이 필요했다.

　의정부에서도 중국의 사신들을 맞이하고 중국으로 떠나는 본국의 사신들을
전송하거나, 장신들을 위로하는 잔치를 주관했다. 1품 이하 大夫와 士가 공사
의 잔치를 주관할 때도 음악과 악장이 필요했으며, 서인들이 부모와 형제를
위해 잔치를 베풀 때도 그에 맞는 음악과 노래가 필요했다. 말하자면 국가의
'상하/내외'를 망라하는 행사 혹은 잔치에 필요한 절차와 음악 및 악장을 조선
조에 들어와 처음으로 제도화하고 규정한 것이 태종 대 악조였던 것이다. 따라
서 이 악조의 음악이나 악장을 보면 당시 이들이 지향하던 예악의 표준이나
이상을 확인할 수 있다.

　각각의 절차들을 대상으로 분류할 경우는 '내·외국사신, 왕의 형제 및 종친,

---

352) 태종 조 악조의 악장들을 정리한 도표 및 그에 관한 설명은 본서 제2부 'Ⅳ. 중국악장의 수용과
　　조선조 악장의 확립>1. 고려 악장 체계의 계승을 통한 중국 연향악의 수용>각주 15)의 도표' 참조.

왕의 신하들[群臣/將臣], 일품이하 사대부 및 서인들' 등으로 나뉘고, 주체로 분류할 경우는 '국왕, 의정부, 일품이하 사대부 및 서인들' 등으로 나뉜다.353) 중국사신을 대상으로 국왕이 베푸는 잔치에서 사용되는 『시경』시는 '<鹿鳴> [進初盞及進俎와 進八盞에서 中腔調로 가창], <皇皇者華>[獻花와 進七度湯及九盞에서 轉花枝 調로 가창], <四牡>[進二盞及初度湯에서 金殿樂調로 가창], <魚麗>[進二度湯에서 夏雲峰調로 가창], <臣工>[進六度湯에서 水龍吟調로 가창], <南有嘉魚>[進八度湯及十盞에서 洛陽春調로 가창], <南山有臺>[進九度湯及十一盞에서 風入松調로 가창]' 등이고, 의정부에서 중국 사신을 위해 베풀던 잔치에서 노래하던 『시경』 시들은 <신공>을 제외한 나머 지 여섯 작품이 국왕연사신악의 그것들과 동일했다.354)

1) 의례 및 외교현장에서의 『시경』 시

<녹명>·<황황자화>·<사모>는 「小雅」 鹿鳴之什에 속해있고, <어리>·<남유 가어>·<남산유대>는 白華之什에 속한 노래들이다. 『儀禮』 연례06의 經-01에 서 經-07까지는 참여자들에게 기일을 알리고 참여해 줄 것을 청하며, 연례에 필요한 기물을 준비하는 절차인데,355) 經-95에 이 세 작품[<녹명>·<사모>·<황황자 화>]이, 經-107에 <어리>·<남유가어>·<남산유대>['당 위에서 <어리>를 노래 부른 뒤 당 아래에서 <유경>을 연주하고 당위에서 <남유가어>를 노래 부른 뒤 당 아래에서 생으로 <숭구> 를 연주하고 당 위에서 <남산유대>를 노래한다']356) 등이 각각 언급되어 있다.357)

---

353) '일품 이하 사대부 및 서인들'의 경우 연회의 주체와 대상을 동일 계급으로 보아야 할 것이다.
354) 『시경』 시로는 이것들 외에 <억>[국왕연군신악], <채미>[국왕연장신악/의정부전본국사신악], <채두>[국왕노장신악/의정부노장신악], <칠월>[이품 이하 대부 사 연악] 등이 더 쓰였다.
355) 김용천·이원택 역주, 『의례 역주【三】-연례·대사의』, 세창출판사, 23쪽. 이하 『의례』의 기록들은 이 책에 수록된 원문과 번역문을 활용한다.
356) 김용천·이원택 역주, 위의 책, 143-160쪽 참조.
357) 적어도 동일한 『시경』 시들을 악장으로 수용한 점에서는 '의례'와 '연례'가 일치한다. 선후의 차이는 있겠지만, '연례'의 經-95는 '향음주례'의 經-81과, '연례'의 經-107은 '향음주례'의 經-90과 일치한다.

향음주례는 원래 주나라 때 鄕大夫가 3년에 한 번씩 大比를 통해 조정에 추천되면 임금이 그를 賓으로 대우하고 함께 술을 마시던 연회였고,[358] 三代 이후 오래도록 없어지지 않은 제도로서 州縣의 학교에서 음력 1월 15일과 음력 10월 초하루에 거행된 의례이기도 했다. 중국의 경우 예로부터 인간의 성장 단계에서 『시경』이 가장 핵심적인 학습대상으로 생각되고 있었음은 주자가 「詩樂」의 대전제로 제시한 『禮記』 「內則」의 대문["十有三年 學樂誦詩 舞勺 成童舞象 二十而冠 (始學禮 可以衣裘帛) 舞大夏"[359]]에서 분명해진다. 더구나 '어진 자와 능력 있는 자를 임금에게 추천하면 임금이 그를 빈으로 대접하며 술을 마신다'[360] 는 취지의 향음주례에서 사용된 대표적 악장이 『시경』 시들이었다면, 그 시들 은 어릴 적부터 교양으로 학습하고 갖추어야 했던 기본 소양이자 인재 薦擧의 척도로도 통용되던 조건이었음을 보여준다. 말하자면 『시경』 시들 가운데 핵 심으로 꼽히던 12작품을 의례를 통해 익힌 것이 중국의 전통이었고, 그런 전통 이 주자에 의해 『의례경전통해』의 「시악」으로 정리되어 예악문화의 텍스트로 통용되었으며, 조선조에서도 그것을 받아들여 중국으로부터 오는 사신들을 위한 '의례화된 접대'에 중점적으로 반영한 점은 자연스러웠다.

물론 중국에서도 『시경』 시를 둘러싸고 의문이 제기된 것은 사실이다. 주희 의 제자 潘時擧는 "<녹명>·<사모>·<황황자화> 등 『시경』의 세 작품 모두 의 례에서 상하가 통용하는 음악들로서 '임금이 사신을 위로하는 것'은 '王事靡 盬'의 부류를 일컫는데, 庶人들이 어떻게 이를 얻어 쓸 수 있겠습니까?"라고 묻자, "향음주에도 썼고, '대학에서 처음에 小雅를 가르치고 세 작품을 익혔다' 는 데서 그 출발을 본다. 이것을 익혔다 함은 대개 배움에 입문하는 처음에

---

358) 『文淵閣四庫全書: 經部/禮類/通禮之屬/儀禮經傳通解/目錄/鄕飲酒禮 第十二』의 "鄭目錄云 諸侯之 鄕大夫 三年大比 獻賢者能者於其君 以禮賓之 與之飲酒" 참조.

359) 『五經五書 19: 禮記 亨』, 학민문화사, 2005, 727-728쪽. 단, 인용문 중 ( ) 부분은 『의례경전통해』 「시악」에서 빠진 내용이다.

360) 박례경·이원택 역주, 『의례 역주(二): 향음주례·향사례』, 세창출판사, 2014, 19쪽.

모름지기 그것을 가르쳐 문득 군신의 의리가 있음을 알게 하고 비로소 터득하
게 했다는 것이다."라는 것이 주희의 답변이었다.361) 말하자면 아래로는 향리
의 소아 교육으로부터 위로는 조정의 대신들에 이르기까지 『시경』의 해당
작품들을 통하여 사회 질서를 구축하고자 한 지배층의 생각이 반영되었음을
확인할 수 있다는 것이다.

주희는 「詩樂」의 첫머리에 『예기』 「학기」의 글["대학에서 처음 소아를 가르칠 때
소아의 삼장을 익히는데, 벼슬의 일이 그 처음이다"]362)을 끌어왔는데, 이 말에 대하여
臨川의 오씨는 다음과 같이 설명했다.

> "배우는 자는 장차 벼슬에 나아가 일을 맡게 된다. 시를 외우는 자는 반드시
> 그 정사에 통달하여 능히 專對할 수 있고자 한다. 소아의 세 시작품은 모두 임금이
> 시키는 일을 위해 그것을 익히도록 함을 말하니, 대개 그 처음에 벼슬의 일로써
> 가르친다."363)

이 설명의 핵심은 '居官任事-達於政-能專對'에 있다. 말하자면 임금으로부터
관직을 받아 정치를 잘하고 외국에 사신으로 나가 使命 수행을 완벽하게 하는
것은 어려서부터 이런 『시경』 시들을 익힌 효용가치라 생각했던 것이고, 그
사례로 「소아」 가운데 세 작품인 <녹명>·<사모>·<황황자화> 등을 1차로 꼽
았던 것이다. 다음은 그에 대한 주희의 설명이다.

> "<녹명>·<사모>·<황황자화>는 모두 임금과 신하가 잔치하며 즐기고 서로 노고

---

361) 『文淵閣四庫全書 電子版: 經部/詩類/詩傳遺說』 卷五의 "潘時擧問 鹿鳴四牡皇皇者華三詩 儀禮皆以
　　爲上下通用之樂 不知如君勞使臣 謂王事靡鹽之類 庶人安得而用之 曰 鄕飮酒亦用 而大學始敎 胥雅
　　肄三 觀其始也 正謂習此 蓋入學之始 須敎他便知有君臣之義始得" 참조.
362) 『五經五書 20: 禮記(利)』, 294-296쪽의 "大學始敎 皮弁祭菜 示敬道也 胥雅肄三 官其始也." 참조.
363) 『五經五書 20: 禮記(利)』, 295-296쪽의 "臨川吳氏曰 學者將以居官任事也 誦詩者必欲其達於政而能
　　專對 小雅三詩 皆言爲君使之事 使之肄習 蓋敎以官事於其始也" 참조.

를 위로하는 시들인데, 처음에 배우는 자가 이것을 익히는 이유는 벼슬로써 권장하고 또한 상하가 서로 화락하고 돈독히 하는 뜻을 취하는 데 있었다. 이제 살피건대, 향음주와 연례에서 모두 이 세 편의 노래를 부르는데, 악공이 들어와 <南陔>·<白華>·<華黍>를 연주하는 사이에 <어리>를 노래하고, <유경>을 연주하면 <남유가어>를 노래하고, <崇丘>를 연주하면 <남산유대>를 노래하고 <由儀>를 연주한다. 여섯 작품의 笙詩들은 본래 노랫말이 없고, 소리 또한 전해지지 않는다."364)

잔치의 목적과 의미가 악장의 내용에 반영되었다는 점과 함께 그런 절차의 원류가 주나라 향음주례와 연례, 그리고 그것들을 바탕으로 만들어진 『의례경전통해』의 「시악」에 있었음을 확인하게 하는 내용이다. 말하자면 태종 시대에 들어와서 비로소 제도화 된 연향의 절차와 그 절차 속에서 연주되고 가창되는 음악 및 악장이 독자성의 울타리를 벗어나 국제적 보편성을 호흡하기 시작했음을 보여주었다는 것이다. 사신을 위한 잔치에서 『시경』이 통용되던 취지나 정신은 다음과 같은 『國語』의 記事에 소개되어 있다. 중국의 사례를 들어 설명하고 있는 것이 이 글이지만, 조선의 태종 조 악조에도 대부분 그대로 적용된다고 본다.

"숙손목자가 진나라에 조빙되어 가자 진나라 도공이 그를 위해 잔치를 베풀었다. 음악의 연주가 녹명의 제3장에 이른 연후에 세 번 절을 하였다. 晉侯가 행인을 시켜 묻되 "그대는 임금의 명으로 이 나라를 진무하러 오셨습니다. 우리가 先君 이래의 예를 다하지 못하여 그대의 시종들에게 욕을 끼쳐, 충분치 못한 음악으로 예를 표한 것입니다. 그런데 그대가 그 중대한 음악은 버려두고 그 작은 음악에 예를 더하시니, 그게 무슨 예인지 감히 묻고자 합니다." 하자, 그가 대답하여 말하기를 "우리나라 임금께서 저로 하여금 (양국) 선군들끼리의 좋은 관계를 이어갈

---

364) 『文淵閣四庫全書 電子版: 經部/詩類/詩傳遺說/儀禮經傳通解』 卷六의 "習小雅之三 謂鹿鳴四牡皇皇者華也 此皆君臣宴樂 相勞苦之詩 爲始學者習之 所以勸之以官 具取上下相和厚 今按鄉飲酒及燕禮 皆歌此三篇 笙入樂南陔白華華黍 間歌魚麗 笙由庚歌南有嘉魚 笙崇丘歌南山有臺 笙由儀 六笙詩本無詞 聲亦不傳" 참조.

수 있도록 하라고 하셨습니다. 그런데 (제가) 제후가 보낸 사신이라는 이유로 대례를 베풀어 주셨습니다. 대저 먼저 음악의 경우 鐘으로 肆夏 번·알·거를 연주하셨는데, 이것들은 천자가 원후에게 잔치를 열어 줄 때의 음악입니다. 문왕·대명·면은 두 나라의 임금이 상견할 때의 음악입니다. 아름다운 덕을 밝혀 우호관계에 합치하는 것들로서, 모두 사신이 감히 들을 수 있는 것들은 아닙니다. (저 같은)사신으로서는 악공들이 업무상 익숙하여 그렇게 된 것으로 여겼습니다. 그래서 감히 배례하지 않은 것입니다. 이제 배우나 악관이 피리를 불고 노래하여 <녹명>의 3장에 이르렀는데, (귀국의) 임금께서 사신에게 내리는 음악이니 사신으로서 감히 배례하지 않을 수 있겠습니까? 대저 <녹명>은 (귀국의) 임금이 (양국) 선군들의 우호를 아름답게 여기는 바이니, 감히 그 좋고 아름다움에 배례하지 않을 수 있겠습니까? <사모>는 (귀국의) 임금께서 사신의 근면함을 표창하는 것이니 감히 그 표창에 배례하지 않을 수 있겠습니까? <황황자화>는 (귀국의) 임금께서 사신을 가르치시되 '매양 미치지 못할 것처럼 생각하라'고 하시는 것이며, 논의하고 꾀하고 헤아리고 물을 때는 반드시 성실하고 믿음직한 자에게 자문하라 하시는 것이니, 감히 그 가르침에 배례하지 않을 수 있겠습니까? 제가 듣건대 '온화함을 품는 것이 每懷요, 재주 있는 이에게 자문하는 것이 諏요, 어려운 일을 자문하는 것이 謀요, 옳은 일을 자문하는 것이 度요, 친함을 자문하는 것이 詢이요, 성실하고 믿음직함이 周라 한다'고 합니다. (귀국의) 임금께서 사신에게 내려주시기를 대례로 하셨고, 거듭하시기를 육덕으로 하셨으니, 감히 거듭 배례하지 않을 수 있겠습니까?"365)

노나라의 대부 叔孫豹[?-B.C. 538]가 양공 24년 진나라로 사신 갔을 때의 일을

---

365) 『文淵閣四庫全書 電子版: 史部/國語/魯語 下』 卷五의 "叔孫穆子聘於晉 晉悼公饗之 樂及鹿鳴之三 而後拜樂三 晉侯使行人間焉 日 子以君命鎭撫敝邑 不腆先君之禮 以辱從者 不腆之樂以節之 吾子舍 其大而加禮於其細 敢問何禮也 對曰 寡君使豹來繼先君之好 君以諸侯之故 況使臣以大禮 夫先樂金奏 肆夏繁遏渠 天子所以饗元侯也 文王大明縣 則兩君相見之樂也 皆昭令德以合好也 皆非使臣之所敢聞 也 臣以爲肆業之 故 不敢拜 今伶簫咏歌及鹿鳴之三 君之所以貺使臣 臣敢不拜貺 夫鹿鳴 君之所以 嘉先君之好也 敢不拜嘉 四牡 君之所以章使臣之勤也 敢不拜章 皇皇者華 君教使臣 日 每懷靡及 諏謀 度詢 必咨於周 敢不拜教 臣聞之 日 懷和爲每懷 咨才爲諏 咨事爲謀 咨義爲度 咨親爲詢 忠信爲周 君旣使臣以大禮 重之以六德 敢不重拜" 참조.

기록한 글로서 당대 외교의 현장에서 사용된 예악의 명분이나 원칙이 뚜렷하게 드러난 예라 할 수 있다. 천자가 元侯에게 잔치를 베풀 때 鐘을 사용하여 사하 번·알·거를 연주하고, 제후국의 임금들이 상견하는 잔치에서 『시경』 「대아」 文王之什의 <문왕>·<대명>·<면>을 연주하며, 임금이 다른 나라 사신을 대접하는 잔치에서 『시경』 「소아」 녹명지습의 <녹명>·<사모>·<황황자화>를 연주한다고 했다. 말하자면 제후의 사신인 숙손목자가 사하 번·알·거와 <문왕>·<대명>·<면>을 연주할 때는 가만히 있다가 <녹명>을 연주할 때 배례한 것도 이런 예악의 명분 때문이었다는 것이다. 임금이 사신에게 내리는 음악이 <녹명>·<사모>·<황황자화> 등인데, 그 중 <황황자화>에 제시되는 '每懷·諏·謀·度·詢·周' 등이 바로 사신이 지켜야 할 六德이다.

여러 가지 내용들이 복합되어 있긴 하지만, '여러 신하들과 아름다운 손님을 연향하는' <녹명>,[366] '찾아온 사신의 노고를 위로하는' <사모>,[367] '임금의 사신 파견을 노래하는' <황황자화>[368] 등 이 작품들의 핵심은 임금이 사신들을 빈객으로 맞아 벌이는 잔치에서 건네던 메시지에 있다. <녹명>은 '군주가 신하 및 사방의 빈객들과 더불어 燕飮하면서 도를 익히고 정사를 닦을 때 부르는 노래', <사모>는 '사신으로 간 신하가 왕의 일에 부지런히 힘쓰다가 부모에 대한 봉양을 생각하며 돌아가고 싶어 마음 아파하는 사신을 위로하는 노래', <황황자화>는 '사신으로 가는 이가 더욱 노력하고 애쓰지만 스스로 미치지 못한다고 생각하여 현명하고 지혜로운 사람에게 자문을 구하여 스스로 빛나고 밝아지고자 한다는 노래'라는 설명들이 그런 점을 보여준다.[369]

---

366) 『漢文大系十二: 毛詩·尚書』, 富山房, 1973, 『毛詩』 卷第九, 1쪽의 "鹿鳴燕羣臣嘉賓也", 3쪽의 "按序以此爲燕羣臣嘉賓之詩" 등 참조.
367) 『漢文大系十二: 毛詩·尚書』 『毛詩』 卷第九, 3쪽 및 4쪽의 "四牡勞使臣之來也" 참조.
368) 『漢文大系十二: 毛詩·尚書』 『毛詩』 卷第九, 5쪽과 6쪽의 "皇皇者華君遣使臣也" 참조.
369) 박례경·이원택 역주, 앞의 책, 92쪽.

2) <녹명>·<황황자화>·<사모> 등과 중국 사신들에 대한 기대

악조의 절차에서 『시경』 시에 국한할 경우, 첫 잔과 炙臺를 올릴 때 <녹명>을, 헌화할 때 <황황자화>를, 둘째 잔과 첫 번째 탕을 올릴 때 <사모>를, 세 째 잔 두 번째 탕에 <어리>를, 여섯 번째 탕에 <신공>을, 여덟 번째 잔에 <녹명>을, 일곱 번째 탕 아홉 번째 잔에 <황황자화>를, 여덟 번째 탕 열 번째 잔에 <남유가어>를, 아홉 번째 탕 열한 번째 잔에 <남산유대>를 각각 노래한다.

<녹명>은 群臣과 嘉賓에게 잔치를 베풀어 대접하는[370] 노래로서 이 작품을 필두로 <사모>와 <황황자화>도 같은 연회에서 불렸다. 명제구인 '呦呦鹿鳴'을 제외할 경우, 3장으로 된 <녹명>에 공통적으로 나오는 반복구는 '我有嘉賓'[3장 전체], '我有旨酒'[2장·3장] 등이고, 각 장의 마무리 부분들[1장(人之好我/示我周行)/2장 (我有旨酒/嘉賓式燕以敖)/3장(我有旨酒/以燕樂嘉賓之心)]에 주제가 투영되어 있다.[371] '呦呦'는 사슴이 들의 쑥을 뜯으며 우는 소리로서 이 작품은 홍에 속한다. 苹은 부평초이니 사슴이 부평초를 얻어 웅웅 울며 서로 부를 새 간절함과 정성스러움을 속에서 표출하여 빈객을 즐겁게 대접하되, 마땅히 간절하고 정성스럽게 하여 예의 이룸을 홍기하는 것이라고 보았다.[372]

먼저 다른 물건을 말하여 읊을 말을 일으키는 것이 홍이다.[373] 따라서 사슴이 대쑥을 뜯으며 우는 소리를 먼저 말하여 '좋은 음악과 음식을 대접하니 나를 좋아하는 사람 즉 嘉賓은 내게 大道를 보여달라[1장]/아름다운 손님의 덕

---

370) 『文淵閣四庫全書 電子版: 經部/詩類/詩序』의 "鹿鳴燕羣臣嘉賓之詩 而燕禮亦云 工歌鹿鳴四牡皇皇者華 卽謂此也" 참조.

371) 본서의 이 부분에 인용되는 『시경』 시들의 텍스트는 『文淵閣四庫全書 電子版: 經部/詩類/詩經集傳』의 것을 사용한다.

372) 『文淵閣四庫全書 電子版: 經部/詩類/毛詩注疏』 卷十六의 "呦呦鹿鳴 食野之苹 傳興也 苹萍也 鹿得 萍 呦呦然 鳴而相呼 懇誠發乎中 以興嘉樂賓客 當有懇誠 相招呼以成禮也" 참조.

373) 『文淵閣四庫全書 電子版: 經部/詩類/詩傳大全』 卷一의 "興者先言他物 以引起所詠之詞也" 참조.

음이 매우 밝아 백성들에게 보여주어도 경박하지 않게 보일 것이니 주인은 맛있는 술을 대접하며 그의 德音을 본받도다(2장)/아름다운 손님을 위해 비파와 거문고를 타며 맛있는 술을 대접하며 그의 마음을 안락하게 한다(3장)'는 등의 내용은 <녹명>이 흥에 속함을 보여준다. 말하자면 왕이 중국의 사신을 음악과 음식으로 대접하면서 그들을 '가빈'으로 높이고자 하는 것이 <녹명>을 첫 악장으로 선택한 이유였다. 특히 대도와 덕음은 군자가 갖춘 지혜와 덕을 표상하는 개념들인데, 그런 장점을 지닌 사신들의 마음을 안락하게 하기 위해 이 연향을 베푼다는 뜻이 이면에 들어있다. '중국의 황제를 대신하여 찾아온 사신들을 맞이하던 조선의 입장에서 그들을 어떻게 대할 것인가'라는 현실적 문제와 그에 대한 대응이 <녹명>을 필두로 국왕연사신악의 각 악장들에 공통적으로 표출되고 있는 것이다.

사신들의 의무를 분명히 드러내어 그들의 노고를 위로한 점에서 <사모>의 내용은 좀 더 구체적이다. 전체 5개의 장들 가운데 네 개의 장들에 공통적으로 등장하는 구절이 바로 '王事靡盬'다. 盬은 본래 池鹽으로서 바람과 햇볕을 쪼여 만드는 것인데, 데우거나 달구는 과정을 거치지 않는 까닭에 그 본성이 견고하지 못하다는 것. 따라서 '왕의 일이란 모름지기 신중해야 하므로 감히 견고히 하지 않을 수 없다는 뜻'이 들어 있다.[374] '집으로 돌아감을 생각하나 <u>왕사미고</u>하니 내 마음이 서글퍼진다(1장)/집으로 돌아감을 생각하나 왕사미고하니 편안히 거처할 겨를이 없다(2장)/펄펄 나는 비둘기가 떨기 진 도토리나무에 앉는 것처럼 편안하고자 하나 <u>왕사미고하니 아버지를 봉양할 겨를이 없다</u>(3장)/펄펄 나는 비둘기가 떨기 진 구기자나무에 앉는 것처럼 편안하고자 하나 <u>왕사미고하여 어머니를 봉양할 겨를이 없다</u>(4장)' 등의 내용들에서 보는 것처럼 각

---

374) 『文淵閣四庫全書 電子版: 經部/詩類/詩故』卷六의 "鹽本池鹽 因風日而成 未經煆煉 故其性不堅固 王事靡盬 謂王事理須愼重 不敢不堅固也" 참조.

장은 '왕사미고'를 경계로 비둘기의 안락함과 사신의 직분을 띤 시적 화자의 수고로움이 대비되는 짜임으로 이루어졌다. '집에 돌아감을 생각하며 이 노래를 지어 어머니를 봉양함을 와서 말한다'는 결말이 마지막 5장이다. 이런 내용 때문에 '사신이 옴을 위로한 시'[375]인 <사모>가 국왕연사신악의 한 악장으로 배치된 것은 지극히 자연스런 일이다.

<황황자화>는 '임금이 사신 보냄을 노래한 시이니, 예악으로 전송하여 멀리 나가 국가를 빛냄을 말했다는 것'[376]이 그 취지다. '每懷(1장)/咨諏(2장)/咨謀(3장)/咨度(4장)/咨詢(5장)/周(2-5장)' 등 이 노래 내용의 핵심인 六德은 임금이 다른 나라에 사신을 보내면서 건넨 가르침이다. 임금이 사신을 보내면서 그들이 견지하고 수행해야 할 덕목을 강조한 것은 사신들을 맞이한 나라의 임금이 베푼 잔치에도 그대로 사용되었을 법 하다. 이 시에서 강조한 육덕은 앞에 인용한 『국어』의 기사에 명시된 것처럼 '온화함을 품는 것'(每懷), '재주 있는 이에게 자문하는 것'(諏), '어려운 일을 자문하는 것'(謀), '옳은 일을 자문하는 것'(度), '친함을 자문하는 것'(詢), '성실하고 믿음직함'(周) 등 여섯 가지가 바로 그것들이다. 이것들이 비록 사신을 보내는 임금의 입장에서 강조한 덕목들이긴 하지만, '자국의 존재를 인식시키고 자국의 國威를 선양하며 자국의 정책과 입장을 충분히 이해하게 하여 자국의 요구를 받아들이도록 노력하는 것'[377]이 외교사절의 임무임을 감안한다면, 사신을 받는 입장에서도 찾아 온 사신들에 대하여 같은 기대를 갖고 있었을 것은 분명하다. 이 연회에서 사용된 세 작품들은 다른 연회들에도 더러 쓰였으나, 주로 국내외 사신들을 위한 연회에 주로 쓰였음을 알 수 있다.

---

375) 『文淵閣四庫全書 電子版: 經部/詩類/詩故』卷六의 "四牡勞使臣之來也 使臣自遠而來 歌此以燕勞之也" 참조.

376) 『文淵閣四庫全書 電子版: 經部/詩類/毛詩注疏』卷十六의 "皇皇者華 君遣使臣也 送之以禮樂 言遠而有光華也" 참조.

377) 林鍾烈, 「외교사절의 임무와 특권」, 『法政學報』Vol.2, 전북대 법정대학, 1966, 93쪽.

3) <어리>·<남유가어>·<남산유대>와 태평성세의 강조

<어리>·<남유가어>·<남산유대>는 「소아」 白華之什에 속한 시편들로
서,378) 앞에서 언급한 바와 같이 『의례』의 '향음주례'와 '燕禮'의 절차에는 이
것들 중 <신공>[「주송」 '臣工之什']을 제외한 세 작품이 쓰이기도 했고, 그 세
작품은 『의례경전통해시악』의 12 작품에도 들어있다. 즉 연례06의 經-107에
"노래와 연주를 번갈아 하는데, 당 위에서 <어리>를 노래로 읊은 후 당 아래에
서 笙으로 <유경>을 연주하고 당 위에서 <남유가어>를 노래로 읊은 후 당
아래에서 생으로 <숭구>를 연주하며 당 위에서 <남산유대>를 노래로 읊은
후 당 아래에서 생으로 <유의>를 연주한다"379)고 했으므로 태종 조 악조의
경우 그 사이에 <신공> 하나를 더 끼워 넣은 셈이다. 즉 두 번째 탕에서 夏雲峰
조로 <어리>를, 여섯 번째 탕에서 수룡음 조로 <신공>을, 여덟 번째 탕 및
열 번째 잔에서 낙양춘조로 <남유가어>를, 아홉 번째 탕 및 열한 번째 잔에서
풍입송조로 <남산유대>를 각각 노래했다는 것이다. 악장으로 가창한 네 작품
뿐 아니라 笙詩인 <유경>·<숭구>·<유의> 등의 악곡을 알 수 없는 상태에서
태종 조 악조의 편성자들은 기존의 음악에 올려 가창하는 방법을 택한 것으로
보인다. 이들 작품들은 국왕연사신악과 의정부연조정사신악에 공통적으로 쓰
였을 뿐 아니라, <남산유대>의 경우는 국왕연종친형제악에도 쓰였다.

<어리>는 '태평시대에 풍년이 들어 물품이 많음을 언급한 노래'이고, <남유

---

378) 원래 『毛詩』에서는 '鹿鳴之什'의 <南陔>와 <白華>·<華黍> 등에 노랫말이 없는 까닭에 '白華之什'
의 <어리>를 올려 '녹명지습'의 수를 채우고, 笙詩 세 편을 그 뒤에 붙인 뒤 <남유가어>를 다음
什의 머리로 삼았다. 즉 『모시』에서는 <녹명>·<사모>·<황황자화>·<常棣>·<伐木>·<天保>·<采
薇>·<出車>·<杕杜>·<어리> 등을 鹿鳴之什으로, <남유가어>·<남산유대>·<由庚>·<蓼蕭>·<湛
露>·<彤弓>·<菁菁者莪>·<六月>·<采芑>·<車攻> 등을 南有嘉魚之什으로 각각 묶었는데, 주자가
『시경집전』을 편찬하면서 바로잡았다고 한다.[『原本集註 詩經(全)』, 명문당, 1979, 230쪽 참조]
379) 김용천·이원택 역주, 『의례역주(三)』, 세창출판사, 2013, 160쪽. 향음주례04의 經-90도 똑 같은
내용이다.[박례경·이원택 역주, 앞의 책, 102쪽 참조]

가어>는 '태평시대에 군자가 술을 마련하고 현자와 함께 그 즐거움을 언급한 노래', 즉 현자를 예우함으로써 현자가 무리지어 귀의하여 그와 더불어 즐기는 노래이며, <남산유대>는 '태평시대의 정치는 현자를 근본으로 삼음을 언급한 노래이다.380)

<어리>의 1-3장은 '군자에게 술이 있으니 맛있고 또 많다'는 내용으로 똑같이 마무리되고, 4-6장은 '아름답다/함께 하다/때에 알맞다' 등으로 달리 마무리되는데, 그렇게 묘사된 것들은 과연 어떤 물건들일까. 1장은 날치와 모래무지, 2장은 방어와 가물치, 3장은 메기와 잉어, 4-6장은 '차린 물건'으로 각각 공통된다. 말하자면 1-3장은 뛰어나게 맛있는 물고기들, 4-6장은 상에 차려낸 각종 음식들이다. 노래 각 부분의 핵심은 '맛있고 많다 → 아름답다 → 함께 하다 → 때에 알맞다'로 표현이 바뀌어 가는데, '많으면 맛있지 못함을 걱정하고, 맛있으면 함께 하지 못함을 걱정하고, 있으면 제 때에 하지 못함을 걱정하니, '곡진하고 온전함'을 말한 표현381)들이라 했다. 특히 이런 언술이 군자[즉 주인]와 현자[즉 손님]가 함께 하는 연향의 음식에 대한 표현들이니, 풍성한 음식을 바탕으로 예가 이루어짐을 찬양한 노랫말이라 할 수 있다.

4장으로 이루어진 <남유가어>의 각 장은 '君子有酒/嘉賓式燕○○'으로 마무리된다. '嘉賓式燕以樂[1장]/嘉賓式燕以衎[2장]/嘉賓式燕綏之[3장]/嘉賓式燕又思[4장]' 등인데, 공통되는 전제는 '군자에게 술이 있다'는 사실이다. 앞 노래들과 마찬가지로 이 또한 연향에 통용되던 음악382)으로서, '南有嘉魚'·'君子有酒'·'嘉賓式燕' 등의 반복구들이 助興한다는 점에서 잔치 자리에 많이 사용되었으리라 짐작된다. 「소아」'남유가어지습'에서 <남유가어>로부터 <菁菁者莪>까

---

380) 이 설명은 김용천·이원택의 책, 160-161쪽 참조.
381) 『原本集註 詩經(全)』, 231-232쪽의 "蘇氏曰 多則患其不嘉 旨則患其不齊 有則患其不時 今多而能嘉 旨而能齊 有而能時 言曲全也" 참조.
382) 『原本集註 詩經(全)』, 232쪽의 "此亦燕饗通用之樂" 참조.

지는 周公과 成王 때의 시라 하며,383) '현자와 함께 함을 즐거워하는 노래로서 태평시대의 군자가 지성으로 현자와 함께 함을 즐거워한 것'384)이라 했다. 특히 정현은 후자에 대하여 '현자를 얻어 함께 조정에 서서 그와 함께 잔치를 즐긴다'385)고 설명했다. 이 말을 좀 더 구체적으로 보여주는 것이 呂氏의 풀이 인데, '<남유가어>와 <녹명>은 서로 비슷하고, 특히 嘉魚는 得賢을 의미하며, 득현과 더불어 함께 즐김을 겸해 표현하여 태평의 성함을 보여주는 노래'라 했으니, '그물을 쳐서 고기를 많이 잡는 것은 예를 갖추어 현자를 구한다'는 것이 그 설명이다.386) 이와 같은 노래들은 '주[군자] : 객[현인]'의 만남과 어울림 에 중점을 둔 것들로서, 그 화락한 분위기와 태평성세를 강조하는 정치적 의미 를 내포하고 있다.

4) <신공>과 왕권 위협집단에 대한 경계

周頌의 '臣工之什'에 속해있는 <신공>은 주대 『의례』의 '향음주례'와 '燕禮' 의 절차에는 빠져 있음을 앞에서 언급한 바 있다. 따라서 태종 조 악조에 <신 공>을 끼워 넣은 의도가 간단치 않다. 특히 이 노래가 국내의 朝臣들이 합석한 국왕연사신악과 왕의 종친들과 형제들이 모두 참석하는 국왕연종친형세악 등 의 연향에서도 악장으로 쓰인 점은 주목할 만하다.

單章 15구의 이 작품은 내용상 1-4구, 5구-15구 등 크게 두 부분으로 나뉜다. 백관들 스스로의 책무를 자각하고 왕이 내려준 법을 묻고 헤아리며 경계할

383) 『文淵閣四庫全書 電子版: 經部/詩類/毛詩注疏/毛詩譜』의 "南有嘉魚 下及菁菁者莪 周公成王之時詩 也" 참조.
384) 『文淵閣四庫全書 電子版: 經部/詩類/毛詩注疏』 卷十七의 "南有嘉魚樂與賢也 大平之君子 至誠樂與 賢者共之也" 참조.
385) 『文淵閣四庫全書 電子版: 經部/詩類/毛詩注疏』 卷十七의 "樂得賢者與共立於朝 相燕樂也" 참조.
386) 『文淵閣四庫全書 電子版: 經部/詩類/續呂氏家塾讀詩記』 卷二의 "南有嘉魚與鹿鳴相類 特嘉魚兼言 得賢之意 得賢而與共樂 此太平之盛也 設網而得魚烝然 言備禮以求賢也" 참조.

것을 주문한 것이 앞부분이고, 때를 놓치지 말고 농사일에 나서도록 농민들을 독려하여 풍요를 이룰 수 있게 하라는 구체적인 신칙이 뒷부분의 내용이다. 첫 부분의 첫 구[嗟嗟臣工]에는 임금의 입장에서 群臣과 百官들을 지적하며 '거듭 탄식하여 깊이 경계하려는'387) 의도가 담겨 있다. 즉 '공적인 위치에 있으므로 왕이 내려 준 법에 따라 자문하고 헤아려야 한다는 것'이 앞부분이고, '늦은 봄을 맞아 상제의 뜻에 따라, 농부들을 부지런히 채근하고 농기구를 장만하여 풍요로운 수확을 거둘 수 있게 해야 한다'388)는 것이 뒷부분이다. 주자는 이것을 農官을 경계한 시라 했으며,389) 공영달은 '제후가 때에 맞추어 농업에 부지런해야 함을 경계한 것이 이 시인데, 제후를 손님 대하듯 공경한 천자의 입장에서 제후를 직접 신칙하지 않고 제후의 신하를 경계함으로써 결국 제후를 경계한 것'이라고 설명했으며,390) 譙郡의 장씨는 '선왕은 義禮의 본원이 가색에서 기인함으로 농사가 천하의 정치에서 가장 우선된다는 것이니, 제후가 왕제를 돕고 돌아갈 때 농사 일로 경계한 것도 이 때문'이라 했다.391)

그런데, 이런 내용의 <신공>을 국왕연사신악과 국왕연종친형제악에 사용한 정치적인 의미가 예사롭지 않다. 중국 사신들을 위한 잔치에 조정의 대신들이나 주요 종친들이 합석하던 관례를 감안하면, 왕으로서는 이런 기회를 타서 이들에게 정치적 메시지를 전하고자 했을 것이다. 두 차례 왕자의 난을 통해 왕위에 오를 수 있었던 태종으로서는 조정의 대신들과 종친들을 '臣工'의 범주에 묶어 두고 그들에게 확실한 임무를 부여하고, 그들이 행사할 수 있는 권력

---

387) 『原本集註 詩經(全)』, 494쪽의 "嗟嗟重歎以深敕之也 臣工羣臣百官也" 참조.
388) 『原本集註 詩經(全)』, 494-495쪽 참조.
389) 『文淵閣四庫全書 電子版: 經部/詩類/讀詩質疑』卷二十八의 "朱註此戒農官之詩" 참조.
390) 『文淵閣四庫全書 電子版: 經部/詩類/讀詩質疑』卷二十八의 "此戒諸侯及時勸農也 天子賓敬諸侯 不敕其身 戒其臣所以戒諸侯也" 참조.
391) 『文淵閣四庫全書 電子版: 經部/詩類/讀詩質疑』卷二十八의 "張氏曰 先王深知義禮之本原 起於稼穡 故其務於農事 嘗首先天下之政 諸侯助王祭而歸 戒之以農事者 此故也" 참조.

의 한계를 명시함으로써 왕권의 누수를 막고자 했을 것이다. 1차 왕자의 난
[1398년, 태조 기은 芳碩과 芳蕃 쪽의 주도로 鄭道傳·南誾 등 공신 그룹과 벌인
쟁투였고, 2차 왕자의 난[1400년, 정종 2]은 세자 지위를 놓고 懷安大君 芳幹과
벌인 쟁투였는데, 두 싸움에서 모두 승리함으로써 방원은 결국 권력을 장악했
고 왕에 오르게 되었다.

　1차 왕자의 난 평정 후 책봉된 29명의 定社功臣 중 종친이 7명, 외척이 6명,
문신이 7명, 무신이 9명 등이었고, 2차 왕자의 난 평정 후 책봉된 47명의 佐命
功臣 가운데 종친은 3명, 외척 4명, 문신 15명, 무신 22명, 기타 3명 등이었다.
말하자면 태종의 입장에서 싸움의 대상은 '신하와 형제 혹은 종친'들로서, 그
들은 왕의 신하들이자 언제든 새로운 싸움의 대상으로 바뀔 수 있는 존재들이
기도 했다. 1차 왕자의 난 성공 이후 종친·외척 혹은 武將들이 군사권을 장악하
고 있었고, 이들은 언제든 왕권을 위협할 가능성이 있었으며,[392] 특히 종친이
나 대신들이 사병을 갖고 있어 국정안정이나 세자의 안정적 계위에 지장을
초래할 수 있다고 인식했던 것으로 보인다.[393] 따라서 태종은 공신과 종친들
모두를 신하의 명분으로 확실히 묶어두고 그들에게 충성의 의무감을 각인시
키려는 의도 하에 왕조 악장들의 하나로 <신공>을 삽입했을 것이다. 유독 국
왕연사신악과 국왕연송친형제악에만 이 작품을 악상으로 삽입한 셈에서 그런
의도를 읽어낼 수 있다고 본다.

---

392) 류주희, 「太宗의 執權過程과 政治勢力의 推移」, 『중앙사론』 20, 중앙대 중앙사학연구소, 2004,
　　21쪽 참조.
393) 한춘순, 「太祖 7년(1398) '제1차 왕자의 난'의 재검토」, 『朝鮮時代史學報』 55, 조선시대사학회,
　　2010, 34-35쪽 참조.

5) 『시경』 시 궁중악 수용의 역사적 의의

그렇다면 이런 『시경』 시들은 어떤 경로로 태종 조의 악조에 반영될 수 있었으며, 그 역사적 의의는 무엇일까. 태종 조로부터 그리 멀지 않은 고려 말의 의례에서 그 단서가 발견된다. 원나라를 물리치고 중원을 제패한 명나라의 모든 의례가 『明集禮』에 망라되었고, 그것은 고려 말에 수용되었으며, 그 일부 기록을 『고려사』에서 찾아볼 수 있다. 김성규도 이미 지적한 바 있지만,[394] 고려조 '賓禮'[『고려사』 권65, 「지」 19, 예 7]의 항목들 가운데 '迎大明詔使儀[a′]'와 '迎大明賜勞使儀[b′]' 등이 그 확정적 단서들이다.[395] 이 두 글의 원천이 되었던 『명집례』의 글들은 '蕃國接詔使儀[a]'와 '蕃國受引物儀注[b]' 등이다.[396] "使者入蕃國境 先遣關人 馳報於王 王遣官 遠接詔書 前期令有司 於國門外公館 設幄結綵 設龍亭於正中(…)禮畢 引禮引蕃王退 引班引衆官 以次退 蕃王及衆官釋服 使者以詔書付所司 頒行 蕃王與使者分賓主 行禮"[a]가 "使臣入國境 先遣關人 馳報於王 王遣官 遠接詔書 前期 令有司 於國門外公館 設幄結綵 設龍亭於正中(…)禮畢 引禮引王退 引班引衆官 以次退 王及衆官釋服 使臣以詔書付所司 頒行 王與使者分賓主 行禮"[a′]로 바뀌었는데, 주체가 누구냐에 따라 '使者'가 '使臣'으로, '蕃王'이 '王'으로 각각 달라졌을 뿐, 전체 내용은 똑 같다.

마찬가지로 "使者至蕃國境 先遣關人入報 蕃王遣官遠接 前期有司於國門外公舘 設幄結綵 設龍亭於舘之正中 備金鼓儀仗鼓吹於舘所 以伺迎引 又於國城內街巷結綵(…)禮畢 引禮引蕃王入殿 西立東向 使者東立西向 引禮唱鞠躬拜興拜興平身 使者與蕃王皆鞠躬拜興拜興平身 使者降自東階 蕃王降自西階 遣官送使者還舘"[b]이 "使臣至國境 先遣關人入報 王遣官遠接 前期有司於國門外公舘 設幄結綵 設龍亭於

394) 金成奎, 「中國王朝에서 賓禮의 沿革」, 『중국사연구』 23, 중국사학회, 2003, 97쪽.
395) NAVER(http://naver.com) 지식백과의 '고려사' 참조.
396) 『文淵閣四庫全書 電子版: 史部/政書類/儀制之屬/明集禮』 卷三十二 참조.

舘之正中 備金鼓儀仗鼓樂於舘所 以伺迎引 又於國城內街巷結綵(…)禮畢 王入殿 西立東向 使臣東立西向 引禮唱再拜 使臣與王皆再拜及出 使臣降自東階 王降自西階 遣使 送使臣還舘"[b']으로 이 경우도 당시의 외교 명분에 따른 일부 어휘나 표현들[使者 → 使臣, 蕃王 → 王, 鞠躬拜興拜興平身 → 再拜]만 바뀌었을 뿐, 내용은 동일하다.

그와 함께 『명집례』 '鄕飮酒禮'에서 17번째 절차인 '樂賓'의 경우397) 『시경』에서 가져 온 음악이나 악장들이 『의례』의 그것들과 동일한 점을 감안하면,398) 『의례경전통해시악』뿐 아니라 『명집례』의 그것을 바탕으로 태종 조의 악조가 만들어졌을 가능성 또한 매우 크다. 명나라 사신이 국경을 넘는 순간부터 궁전에 마련된 자리에서 사신으로부터 조서를 받는 절차까지가 고려조 「迎大明詔使儀」의 전체 내용이다.

이 글은 '국왕과 朝使는 손님과 주인의 자격으로 다시 의례를 행한다'는 마지막 문장으로 끝을 맺는데, '다시 의례를 행한다'는 그 행사가 바로 국왕이 사신을 위해 베풀던 잔치였을 것이고, 거기서 연주된 음악 절차가 바로 태종 조의 '국왕연사신악'이었다. 그 연회에서 가창된 것이 앞에서 언급한 『시경』 시들이었는데, 대부분 중국에서 전통적으로 사용되어 오던 『의례경전통해시악』의 '풍아12시'를 수용하되, 그 악장의 하나로 <신공>을 삽입하여 특별한 정치적 메시지를 담고자 한 것은 조선조 태종 치세의 특수성을 반영한 결과였다고 보는 것이다.

말하자면 이 시기 명나라의 『명집례』는 고려에 도입되어 있었고, 특히 사신을 보내고 받는 의식에 이 책의 賓禮 부분이 몇 개의 호칭만 바뀐 채 그대로 답습되었음을 알 수 있다. '周代 이후 중국의 國制가 봉건제에서 郡縣制로 전환

---

397) 『文淵閣四庫全書 電子版: 史部/政書類/儀制之屬/明集禮』 卷二十九 참조.
398) 주 397)과 같은 곳 참조.

되면서 종래의 빈례는 그 비중이 天子-제후국 관계에서 천자-蕃國[외국]으로 바뀌게 되었고, 그 관계가 이후 중국 왕조에 의해 편찬된 각종의 禮書들에 반영된'399) 중국의 상황을 감안하면, 그 외교적 카운터파트인 고려와 조선조에서『명집례』의 '빈례'를 액면 그대로 답습했을 것은 분명하다. 다시 말하면 본격적인 중세 보편주의가 국가 간의 외교로 나타났고, 중국과 같은 양태로『시경』을 수용함으로써 조선의 제도에 보편성과 객관성을 강화시켰다는 것이다.

약간 방향을 바꾼다면, 태종 조에서 이런『시경』시들을 사신연의 악장으로 사용한 것은 캐서린 벨이 언급한 '과시와 확인'의 의도로 설명될 수도 있다.400) 태종의 악조가 제정된 것은 태종 2년[1401]의 일로서 명나라[1368-1644]도 조선[1392-1900]도 건국 후 얼마 지나지 않은 시점으로서 중국과 공유하던 문화적 수준의 과시와 확인을 통해 조선이 중세적 질서의 他者가 아님을 황제의 사명을 갖고 온 사신들에게 각인시킬 필요가 있었으리라 본다. 말하자면 이런 의례를 통해 조선이 오랑캐가 아니라 중국과 함께 중세적 질서 안의 당당한 일원임을 보여주고자 한 것이다.

이처럼 태종 조 악조를 고려조에서 이미 확고하게 굳어진 중세적 보편주의와 유교사관의 尚古主義的 산물로 보아야 하는 것은 단순히 외교상 중국의 의례와 맞추어야 한다는 절차적 수준을 뛰어 넘는 역사적·문화적 차원의 관점이기 때문이다.

'조선 전기 禮制를 만들 때 先王之制[周代의 제도]와 時王之制[명나라 제도]를 함께 참작하되 근본정신을 항상 선왕지제에 두었다'401)는 사실은 조선 건국에 참여한 개혁파 사대부들이『周禮』의 六典체제를 기반으로 하는 중앙집권의

---

399) 김성규, 주 394)의 논문 98쪽.
400) 캐서린 벨, 류성민 옮김,『의례의 이해』, 한신대학교 출판부, 2013, 246쪽, 258쪽 등 참조.
401) 정구복,『한국중세사학사(Ⅱ)-조선전기편』, 경인문화사, 2002, 9쪽.

관료제를 이상적 정치형태로 상정한 점402)에서도 입증된다. 사실 두 번에 걸친 왕자의 난을 통해 권력을 장악한 점은 태종의 王者的 명분에 큰 흠이 될 수 있었으므로, '天譴論을 앞세워 왕권에 대한 잠재적 위협 집단을 제거함으로써 정국을 안정시킨' 태종의 정치적 행위들은 고도의 정략적 정국운영방식이었던 것이다.403) 앞에서 누차 강조해온 '연회의 국제적 표준화 혹은 제도화'도 이런 정치적 행위의 일환으로 볼 수 있다. 중국에서 주대 이래 끊임없이 정치에 활용해 온 『시경』 시들을 마찬가지의 상황에서 활용한 것도 그런 보편성을 통해 자신의 약점을 덮어 보려는 정치적 목적성이 상정된 경우였고, 중국과 달리 <신공> 같은 작품을 새롭게 삽입한 것은 공신이나 종친 같은 잠재적 위협 집단들에게 그들의 정체성이나 명분을 강조함으로써 정국을 안정시키고 태종 자신의 정치적 입지를 굳히려는 계산이 숨어 있었다고 할 만하다.

5. 악장으로 승화된 창업의 역사: <용비어천가>와 『시경』 수용의 새 양상

『시경』 일변도였던 고려조 제사악장들의 '술이부작' 수준의 수용 양상과 달리 조선조의 제사악장들로부터 그 범위나 깊이가 더 확장·심화된 모습을 확인할 수 있다. 즉 당대 이념 담당 층의 독서 범위가 확장되면서 논리적 근거가 풍부해지거나 심화되었고, 중세적 징후의 수준 또한 앞 단계에 비해 높아지거나 세련되었기 때문일 것이다. 악장 제작에 수용된 성현들의 언술 공급처가 『시경』에서 여타 경전으로 다양화하고, 경우에 따라 부분적으로 제작자들의

---

402) 심승구, 「조선 태종대 왕권강화와 그 역사적 의미」, 『교양교육논문집』 4, 한국체육대학교 교양교육연구소, 1999, 76쪽.
403) 류창규, 「조선 초기 太宗과 河崙의 天譴論을 빙자한 정국 운영 양상」, 『역사학연구』 45, 호남사학회, 2012, 65-91쪽 참조.

창의 또한 가미됨으로써 조선조 악장의 내용적 폭은 넓어지거나 깊어지는 변화를 보여주었다. 그 점은 「원구악장」, 「사직악장」, 「우사악장」, 「선농악장」, 「풍운뇌우 악장」, 「선잠악장」 등 아악 악장들에서 확인되고, 무엇보다 <용비어천가>를 통해 보다 수준 높은 『시경』 수용의 독자성을 발견할 수 있다.

우선 「원구악장」의 <초헌악장>과 <종헌악장>을 들어보기로 한다.

淸酤旣載	맑은 술을 이미 올리고
樂具入奏	악기들 모두 들여와 연주하도다
酌彼康爵	저 강작에 술을 부어
以妥以侑	편안히 모시고 권하도다

<초헌악장>

威儀棣棣	위의가 성하고 성하여
祀事孔明	제사 일이 크게 갖추어졌도다
洋洋如在	훌륭하고 성대한 모습, 바로 앞에 계신 듯
享于克誠	정성을 다해 제사 드리도다

<종헌악장>

<초헌악장>의 첫 구는 『시경』 「상송」 <烈祖>의 제5구[旣載淸酤]를 글자들의 순서만 바꿔 갖다 쓴 경우이고, 둘째 구는 「소아」 <楚茨> 제6장의 제1구를 그대로 갖다 쓴 경우다. 당시 주나라에서는 사당에서 제사를 지낸 뒤 사당 뒤쪽의 正寢에서 잔치를 벌였는데, 이 때 그곳으로 악기를 들여와 연주한 취지를 수용한 것이다. 셋째 구는 「소아」 <賓之初筵> 제2장 13구를 그대로 갖다 쓴 것인데, 제사 지낸 뒤 손님들에게 편안히 술 권하는 모습을 그린 내용이다. 넷째 구는 둘째 구에 이어 「소아」 <초자> 제1장 11구를 그대로 갖다 쓴 경우로서, 신에게 술을 권하여 큰 복을 더 크게 하기 위해 정성스럽게 술을 권하는 모습을 그려낸 부분이다. 이처럼 <초헌악장>은 완벽하게 『시경』의 「상송」[<열

조>]과 「소아」[<초자>·<빈지초연>]로부터 차용한 구절들을 적절하게 늘어놓음으로써 정성스런 제사를 통해 초헌의 절차가 마무리됨을 고하고자 한 것으로 보인다.404)

이에 비해 같은 악장 속의 <종헌악장>은 얼마간 다른 모습을 보여준다. 첫 구는 『시경』「邶風」<柏舟> 제3장 제5구를 그대로 가져온 것으로, 제사 절차들이 모두 넉넉하고 익숙한 제사절차를 찬양한 내용이다. 둘째 구는 「소아」 <초자> 제2장 제7구와 <信南山> 제6장 제3구를 그대로 갖다 쓴 경우로서, 『시경』에서는 '幽王이 成王의 왕업을 닦아 천하를 다스려 우임금의 일을 받들지 못함을 풍자'함으로써 군자가 옛 일을 그리워했다는 속뜻을 암시했지만,405) 여기서는 조선 세조 조 圜丘祭의 갖추어진 모습을 드러내고 찬양하기 위해 <초자>나 <신남산>의 해당 부분을 액면 그대로 가져 온 것이다. 셋째 구는 『書經衷論』,406) 『周易輯聞』,407) 『周禮註疏刪翼』,408) 『禮記集說』409) 등의 옛 문헌들에서 이미 두루 언급된 바 있고, 남송 영종[1746-1775] 대 「寧宗郊祀二十九首」 중 <還位乾安> 제6구,410) 「納火祀大辰十二首」 중 <宣明正位酌獻祐安>의 제6구,411) 元朝 「親祀禘祫樂章」 無射宮 제5구,412) 明朝 「洪武三年朝日樂章」

---

404) 조규익, 「세조 조 「圜丘樂章」 연구」, 『우리文學硏究』 52, 우리문학회, 2016, 266쪽.

405) 『文淵閣四庫全書: 經部/詩類/毛詩註疏』 卷二十의 "信南山刺幽王也 不能脩成王之業 疆理天下 以奉禹公 故君子思古焉" 참조.

406) 『文淵閣四庫全書: 經部/書類/書經衷論』 卷二의 "自古言鬼神者 始于伊尹之告太甲曰 鬼神無常享 又曰 山川鬼神亦莫不寧 大約商人尙鬼 實由於此 故盤庚中篇 歷歷言鬼神 以警動其臣民 眞覺洋洋如在 其後高宗尤崇尙 祭祀有以也夫" 참조.

407) 『文淵閣四庫全書: 經部/易類/周易輯聞』 卷五의 "雖曰洋洋如在 其上必有所依 以致吾敬 宗廟之主 祭祀之尸 是也" 참조.

408) 『文淵閣四庫全書: 經部/禮類/周禮註疏刪翼』 卷二十四의 "夫薰蒿悽愴 洋洋如在 此鬼神之情狀 福善禍淫 乃理之常 無足怪者" 참조.

409) 『文淵閣四庫全書: 經部/禮類/禮記之屬/禮記集說』 卷一百十四 "必忠於其君 順而受位 故曰事親孝 故忠可移於君 其本一也 鬼神洋洋如在 其上已所畏也" 참조.

410) 『文淵閣四庫全書: 史部/正史類/宋史』 卷一百三十二 참조.

411) 『文淵閣四庫全書: 史部/正史類/宋史』 卷一百三十六 참조.

412) 『文淵閣四庫全書: 史部/正史類/元史』 卷六十九 참조.

<亞獻中和之曲> 제5구,[413] 「都城隍祭」 <亞獻樂章> 제5구[414] 등은 모두 선행
전적들로부터 수용한 것들이며, 세조 조「원구악장」의 <종헌악장>도『시경』
이외 선행 문헌들의 그것에서 수용한 결과로 보아야 할 것이다. 제4구는 이미
상나라 재상 伊尹이 탕왕의 손자인 太甲을 훈계하기 위해 지은 글[『尙書』「太甲下」]
의 핵심 내용들 중의 하나로 사용된 바 있는데,[415] 송조의 여러 악장들[태조
때 郊祀악장 「宋史樂志建隆郊祀八曲」 가운데 <奠玉幣嘉安>,[416] / 「宋史樂志紹興淳熙分命館職定
撰十七首」 가운데 <徹豆肅安>,[417] / 「宋史樂志景德以後祀五方帝十六首」 가운데 <奠玉幣酌獻嘉
安>,[418] / 「紹興祀皇地祇十五首」 중 <太祖位奠幣定安>,[419] / 「樂志高宗郊祀前朝享太廟三十首」
가운데 <亞獻正安>,[420] / 「宋史樂志攝事十三首」 가운데 <奉祖豐安>[421] 등]에 두루 갖다 썼
고, 결국 조선 세조 조「원구악장」의 <종헌악장>에서도 갖다 씀으로써『시경』
과 다른 차용 원을 보여 주게 된 것이다.

<초헌악장>은 모두『시경』의 여러 작품들에서 따다가 조립한 것이나, <종
헌악장>은『시경』과 함께 송나라 악장들로까지 차용의 범위가 넓어진 양상을
보여준다.『시경』일변도에서 다른 텍스트로 '술이부작'의 대상 폭이 넓어지고
있는데, 이 시기에 이르러 그만큼 악장 담당계층인 조선조 지식장의 관심 폭이

---

413) 『文淵閣四庫全書: 史部/正史類/明史』卷六十二 참조.
414) 『文淵閣四庫全書: 史部/正書類/通制之屬/明會典』卷八十二 참조.
415) 『文淵閣四庫全書: 經部/書類/書傳』卷七의 "伊尹申誥于王曰 嗚呼 惟天無親 克敬有親 民罔常懷
懷于有仁 鬼神無常享 享于克誠 天位難哉" 참조.
416) 『文淵閣四庫全書: 經部/禮類/五禮通考』卷十二의 "嘉玉制幣 以通神明 神不享物 享于克誠" 참조.
417) 『文淵閣四庫全書: 經部/禮類/通禮之屬/五禮通考』卷二十九의 "於皇上帝 肅然來臨 恭薦芳俎 以達
高明 烹飪旣事 享于克誠 以介景福 惟懷之馨" 참조.
418) 『文淵閣四庫全書: 經部/禮類/通禮之屬/五禮通考』卷三十二의 "象分離位 德配炎精 景風協律 化神
含生 百嘉茂育 乃順高明 神無常享 享于克誠" 참조.
419) 『文淵閣四庫全書: 經部/禮類/通禮之屬/五禮通考』卷三十九의 "惢祀泰折 柔祇是承 於赫藝祖 道格
三靈 式嚴配侑 厚德惟寧 冬昭薦幣 享于克誠" 참조.
420) 『文淵閣四庫全書: 經部/禮類/通禮之屬/五禮通考』卷九十二의 "威神在天 享于克誠 申以貳觴 式昭
德馨 籩豆孔嘉 樂舞具陳 庶幾是聽 福祿來成" 참조.
421) 『文淵閣四庫全書: 經部/禮類/通禮之屬/五禮通考』卷三十九의 "麗碑割牲 以爲以烹 博碩肥腯 薦羞
神明 祖考來格 享于克誠 如聞聲欬 式燕以寧" 참조.

넓어졌다는 증거일 수 있다. 같은 양상은 「사직악장」의 <初獻國社樂章>에서도
확인된다.

至哉坤元 克配彼天	지극하시도다 곤원이여, 저 하늘과 짝하시고
含弘廣大 萬物載焉	포용함이 넓고 크시어, 만물을 실으셨도다
克禋克祀 式禮莫愆	정결하게 제사하여, 예에 어그러짐 없으시니
降福簡簡 於萬斯年	복 내리기 크고 크게 하시리, 아, 만년토록

첫 구는 『주역』 坤[重地坤]의 象辭422)를 따온 것으로, 乾[重天乾]괘의 단사423)
와 對待를 이룬다. 社稷의 社는 토지신 혹은 만물을 낳고 기르는 땅을 의미한
다. 첫 구-넷째 구는 땅의 지극한 덕을 찬양한 부분으로, 하늘과 짝할 만큼
포용함이 넓고 커서 만물을 실었다고 했다. 둘째 구는 『시경』 「주송」 <思
文>424)에서 따온 것으로, '坤元-彼天'으로 대를 이룬다. 셋째 구는 첫째 구와
함께 『주역』 곤[중지곤]의 단사425)에 들어있는 구절로서 땅의 지극한 덕을 찬양
하는 말이다. 넷째 구는 『주역』 곤[중지곤] 象傳426)에서 '厚德載物'의 뜻을 차용
한 구절이다. 상전의 이른바 '땅의 형세가 곤괘의 모습이니 군자는 이를 본받
아 덕을 두텁게 하여 모든 것을 담는다는 것, 즉 두터운 땅의 형세를 관찰하여
두터운 덕으로 모든 것들을 포용하고 담는다는 말이다. 이처럼 1-4구는 모두
『주역』 곤괘에서 따왔거나, 그것을 바탕으로 만든 구절들이다.

다섯째 구는 『시경』 「대아」 <생민>427)의 제4구를 가져 온 것으로, '정결히

---

422) 『文淵閣四庫全書: 經部/易類/周易本義』卷一의 "象曰 至哉坤元 萬物資生 乃順承天" 참조.

423) 『文淵閣四庫全書: 經部/易類/周易本義』卷一의 "象曰 大哉乾元 萬物資始 乃統天" 참조.

424) 『文淵閣四庫全書: 經部/詩類/毛詩註疏』卷二十六의 "思文后稷 克配彼天 立我烝民 莫匪爾極" 참조.

425) 『文淵閣四庫全書: 經部/易類/周易本義』卷一의 "象曰 至哉坤元 萬物資生 乃順承天 坤厚載物 德合
無疆 含弘廣大 品物咸亨 牝馬之類 行地無疆 柔順利貞 君子攸行(…)應地無疆" 참조.

426) 『文淵閣四庫全書: 經部/易類/周易註』卷一의 "象曰 地勢坤 君子以厚德載物" 참조.

427) 『文淵閣四庫全書: 經部/詩類/詩集傳』卷十六의 "厥初生民 時維姜嫄 生民如何 克禋克祀 以弗無子
履帝武敏 歆攸介攸止 載震載夙 載生載育 時維后稷" 참조.

제사하는 일의 중요성'을 말한 내용이고, 여섯 째 구는『시경』「소아」<초자>
의 4장428)에서 따온 것으로 '공경의 지극함'을 말한 내용이다. 일곱째 구는
『시경』「주송」<執競>429)에서, 여덟째 구는「대아」<下武>의 제5장430)과 제6
장431)에서 각각 따온 구절이다.

따라서 전반부를『주역』으로부터, 후반부를『시경』으로부터 각각 따온 구
절들의 조립으로 만든 <初獻國社樂章>은 國社의 높은 덕과 정결한 제사절차에
대한 찬양 등 두 가지 내용으로 구성되어 있다. 이처럼 주로『시경』의 구절들
을 차용하던 제작의 관행에서 벗어나 대상 텍스트를 넓혀가는 모습을 보여주
고 있음을 「사직악장」에서도 확인할 수 있다.

「풍운뇌우 악장」의 경우도 이런 양상은 마찬가지다. <초헌악장>은 다음과
같다.

> 天施地承 品物以生　하늘은 베풀고 땅은 이어받아, 만물이 이로써 생겼고
> 風雲雷雨 品物流形　풍운과 뇌우로, 만물이 형체를 이루었도다
> 無失其時 澤我蒸民　그 때를 잃지 않고, 우리 백성에게 혜택을 주시어
> 以享以祀 福祿來臻　제향을 올리오니, 복록 이르게 하소서

첫째 구는『주역』益卦[風雷益] 단사432)의 '天施地生[하늘이 베풀고 땅이 생성함]'을
살짝 비틀어 둘째 구의 '生'과 연결시킴으로써 결국 익괘의 본의를 충실하게
재현한 경우다. 셋째 구와 넷째 구까지 연결되면, 풍뢰익괘가 풍운뇌우의 덕을

---

428) 『文淵閣四庫全書: 經部/詩類/詩集傳』卷十二의 "我孔熯矣 式禮莫愆 工祝致告 徂賚孝孫 苾芬孝祀
　　 神嗜飲食 卜爾百福 如幾如式(…)時萬時億" 참조.
429) 『文淵閣四庫全書: 經部/詩類/詩集傳』卷十八의 "執競武王 無競維烈 不顯成康 上帝是皇 自彼成康
　　 (…)降福穰穰 降福簡簡(…)福祿來反" 참조.
430) 『文淵閣四庫全書: 經部/詩類/詩集傳』卷十五의 "昭玆來許 繩其祖武 於萬斯年 受天之祜" 참조.
431) 『文淵閣四庫全書: 經部/詩類/詩集傳』卷十八의 "受天之祜 四方來賀 於萬斯年 不遐有佐" 참조.
432) 『文淵閣四庫全書: 經部/易類/周易集註』卷八의 "(…)天時地生 其益无方(…)" 참조.

함축하고 있음이 자명해진다. 사실 '品物以生'과 '品物流形'은 대체로 같은 뜻
인데, 『주역』 乾卦[重天乾]의 단사[433]에 나오는 말이다. 즉 '우주의 온갖 사물이
그로 인해 생겼다'는 말과 '우주의 만물이 그로 인해 형체를 이룬다'는 말은
거의 같은 의미를 지니고 있다. 중천건괘의 '품물유형'은 중지곤괘의 '品物咸亨
[곤의 두터움이 물건을 실음은 덕의 한없음에 합하여 포용하고 너그러우며 빛나고 커서 만물이
다 형통하다]'는 뜻이 되어 '天德 : 地德'으로 대응하게 된다는 것, 그래서 '품물이
생/품물유형'은 <풍운뇌우 초헌악장>에서 天神의 功能을 나타내는 핵심어구
라는 것이다.[434]

다섯째 구는 『孟子』 「盡心章句(上)」 22 '西伯善養老'[435]의 핵심어구인 '無失
其時'를 가져 온 것이다. '다섯 묘의 주택 담장 밑에 뽕나무를 심어 한 지어미가
실을 자아내면 늙은이가 족히 비단옷을 입을 수 있고, 다섯 마리 암탉과 두
마리 어미 돼지를 기르되 때를 놓치지만 않으면 늙은이가 고기 못 먹을 일이
없을 것이며, 100묘의 밭을 한 지아비가 경작하면 여덟 식구의 가족이 주리지
않을 것'이란 맹자의 말에서 핵심은 '無失其時'다. 말하자면 농사의 성패를 결
정하는 요인은 '우순풍조' 즉 '適時에 내려주는 비와 불어오는 바람'이라는
것이다. 풍운뇌우의 신에게 기원하는 것도 바로 '시기를 놓치지 않고' 비와
바람을 보내달라는 것이니, 『맹자』의 이른바 '無失其時'야말로 <초헌악장>의
가장 중요한 포인트라 할 수 있다.

여섯째 구의 핵심은 '蒸民'인데, 그 말은 『書經』 「益稷」의 '烝民'과 같다.
즉 皐陶의 물음에 대한 禹의 답변[436]에 나오는 '烝民乃粒'에서 연유된 것이다.

---

433) 『文淵閣四庫全書: 經部/易類/周易註疏』 卷一의 "象曰 大哉乾元 萬物資始 乃統天 雲行雨施 品物流
形" 참조.
434) 조규익, 『조선조 악장 연구』, 174쪽.
435) 『文淵閣四庫全書: 經部/四書類/孟子注疏』 卷十三下의 "五畝之宅 樹牆下以桑 四婦蠶之則 老者足以
衣帛矣 五母雞 二母彘 無失其時 老者足以無失肉矣 百畝之田 匹夫耕之 八口之家 可以無饑矣" 참조.
436) 『文淵閣四庫全書: 經部/書類/書經集傳』 卷一의 "禹曰 洪水滔天 浩浩懷山襄陵 下民昏墊 予乘四載
隨山刊木 暨益 奏庶鮮食 予決九川 距四海 濬畎澮 距川 暨稷 播奏庶艱食鮮食 懋遷有無 化居 烝民乃

'홍수로 인한 백성들의 고통을 도랑과 운하로 극복했다는 것, 직과 함께 씨 뿌리며 각종 음식을 마련하여 백성들이 밥을 먹을 수 있게 했다는 것' 등이 禹의 답변 요지였다. 그 '증민내립'을 끌어다 '澤我蒸民'으로 바꾸어 쓴 것이 바로 여섯째 구다. 말하자면 '쌀밥을 먹을 수 있는 것'을 '우리 백성들의 최우선적인 혜택'으로 꼽았고, 풍운뇌우와 천지가 부여한 것이 바로 그 혜택임을 이 악장에서는 강조한 것이다. 일곱째 구는 『시경』 「소아」 <초자> 제1장 제10구,[437] 「소아」 <大田> 제4장 제8구,[438] 「주송」 <潜>의 제5구[439] 등에서 끌어다 쓴 구절이다. '以饗以祀 以妥以侑 以介景福'으로 중간에 '以妥以侑'를 끼워 넣은 <초자>를 제외한 나머지 두 경우 모두 '以享以祀 以介景福'의 두 구절 연속으로 이루어져 있다. 즉

以饗以祀 以妥以侑 以介景福[<楚茨>]
以享以祀 以介景福[<大田>]
以享以祀 以介景福[<潜>]

풍운뇌우 <초헌악장>의 '이향이사'는 『시경』의 세 작품들에 나온 그 구절을 그대로 끌어왔고, '이향이사'와 붙여 사용하던 '以介景福'의 경우는 '福祿來臻'으로 변형시켰다. 원래 '복록내진'은 남조 송나라 正史인 『宋書』 「樂志」 <饗天地五郊歌>의 '福祿是臻'이나 『시경』 「대아」 <鳧鷖>의 '福祿來成'[제1장]/'福祿來爲'[제2장]/'福祿來下'[제3장]/'福祿來崇'[제4장], 「주송」 <執競> 제14구[福祿來反] 등

粒 萬邦作乂" 참조.

437) 『文淵閣四庫全書: 經部/詩類/詩傳大全』卷十三의 "楚楚者茨 言抽其棘 自昔何爲 我蓺黍稷 我黍與與 我稷翼翼 我倉旣盈 我庾維億 以爲酒食 以饗以祀 以妥以侑 以介景福" 참조.

438) 『文淵閣四庫全書: 經部/詩類/詩傳大全』卷十三의 "曾孫來止 以其婦子 饁彼南畝 田畯至喜 來方禋祀 以其騂黑 與其黍稷 以享以祀 以介景福" 참조.

439) 『文淵閣四庫全書: 經部/詩類/詩傳大全』卷十九의 "猗與漆沮 潜有多魚 有鱣有鮪 鰷鱨鰋鯉 以享以祀 以介景福" 참조.

을 약간 변형시킨 표현으로 볼 수도 있다.

따라서 풍운뇌우 <초헌악장>의 텍스트가 『주역』·『맹자』·『서경』·『시경』·『송서』 등으로부터 수용되면서 조선조 악장의 텍스트 차용원이 종래의 『시경』 일변도에서 보다 넓어졌음을 확인하게 된다.

「선농악장」의 경우는 좀 더 다른 양상을 보여준다. <國王觀耕樂章>을 살펴보면 다음과 같다.

> 日旣耕止 日亦勤止　해가 뜨자 밭갈이 시작하여, 하루 종일 근면했네
> 上下臨只 袞冕煌只　상하 모두 임했으니, 곤룡포 면류관 빛이 나네
> 萬目咸覩 如日之昇　만백성들 모두 바라보매, 해가 둥실 떠오르듯
> 終善且有 福祿是膺　끝내 좋고 또 많을 것이니, 하늘이 복록을 주시리

선농제를 지내고 적전에서 친경한 뒤 밭갈이를 구경하기 위해 임금이 관경대를 오르내릴 때 음악을 연주하고, 그에 맞춰 부르던 악장들 가운데 하나가 바로 이것이었다. 첫 구와 둘째 구의 핵심어는 '耕止'와 '勤止'인데, 둘 다 문헌적 근거가 분명하다. 전자는 『예기』의 '親耕藉田' 관련 기사이고, 후자는 『시경』 「주송」 <賚>의 첫 구 '文王旣勤之'이다. '帝籍'은 藉田으로서, 수확물을 상제에 올리는 제사의 제물로 바치기 때문에 '帝'자를 붙이고, 백성들의 힘을 빌려 일을 마치기 때문에 '藉'자를 붙인다는 것/千畝의 적전을 천자로부터 제후에 이르기까지 세 번 갈거나 다섯 번 혹은 아홉 번 가는데 그치고, 나머지는 백성들의 힘을 빌려 마무리한다는 것/'推'는 쟁기를 잡고 나아가는 것으로, 어떤 이는 세 번 어떤 이는 다섯 번 어떤 이는 아홉 번 하는 것은 신분의 귀천으로 수고로움과 편안함의 차등을 삼았기 때문이라는 것'440)이 그 요점이다. 즉

---

440) 『文淵閣四庫全書: 經部/禮類/禮記之屬/禮記集說』卷三十九의 "帝籍蓋藉田也 以其共上帝之粢盛 故曰帝 以其借民力而終之 故曰藉 夫以千畝之藉 自天子至於諸侯 其耕止於三推五推九推 則其借民 力而終之 可知 推者執耒而進之也 或以三 或以五 或以九者 以貴賤爲勞逸之差等也 且耕陽事 故每用

1천무에 달하는 적전을 황제나 삼공 혹은 제후가 다 갈 수는 없으므로, 나머지는 백성들의 힘을 빌리게 되었고, 그처럼 지위에 따라 세 번, 다섯 번, 아홉 번 등을 '갈고 그친다'는 뜻으로 『예기』에서는 '耕止'를 썼고, 그것을 선농제의 <國王觀耕樂章>에서 차용한 것이다.

둘째 구의 '勤止'는 『시경』 「주송」 <賚>의 첫 구 '文王旣勤止'[441]에서 따온 말이다. '봉토와 상을 받은 제신들로 하여금 문왕의 덕을 찾아 생각하여 잊지 않도록 하고자 한 것'[442]이라는 주자의 설명 또한 차용하여 신하들이 임금의 공덕을 잊지 않도록 하겠다는 제작자들의 의도가 제1·2구의 '耕止'와 '勤止'에 내포되어 있다고 보아야 할 것이다.

셋째 구[上下臨只]와 넷째 구[袞冕煌只]는 전거를 찾아볼 수 없다는 점에서 제작자들의 창의로 보아야 할 것이다. 다만 '只'는 앞에 쓰인 두 어조사 '止'와 운을 맞추기 위한 것들인데, 전자는 동사의 뒤에 붙어 '着'의 의미를 내포한 어조사로, 후자는 감탄 종지어로 각각 쓰였다고 할 수 있다.

다섯째 구와 여섯째 구, 여덟째 구는 모두 송나라의 「親耕藉田七首」중 <升壇樂章>[443]에서 그대로 가져온 것들이다. '우뚝 솟은 네모진 제단, 섬돌을 오르시네/아름다운 용안 아래로 비추며, 논밭 가는 광경 바라보시네/만백성들 모두 바라보매, 해가 둥실 떠오르듯/법도를 이루니, 백 가지 복록을 받으시리'로 번역되는 것이 송나라의 <승단악장>인데, 앞의 두 구는 그대로, 여덟째는 '百祿是膺'을 '福祿是膺'으로 바꾸었을 뿐이다. 말하자면 관경대에 임한 왕의 모습을 그려내고 찬양한 것이 이 악장인데, 송나라의 「親耕藉田七首」중 <升壇

數之奇焉" 참조.

441) 『文淵閣四庫全書: 經部/詩類/詩經集傳』卷八의 "文王旣勤止 我應受之 敷時繹思 我徂維求定 時周之命 於繹思" 참조.

442) 주 441)과 같은 곳의 "欲諸臣受封賞者 繹思文王之德而不忘也" 참조.

443) 『文淵閣四庫全書: 史部/正史類/宋史(樂志 第十九/樂十二/樂章六)』卷一百三十七의 "升壇 方壇屹立 陛級而登 玉色下照 臨觀耦耕 萬目咸觀 如日之升 成規成矩 百祿是膺" 참조.

樂章>의 핵심 내용을 그대로 원용했음이 분명해진다. 그 사이에 있는 일곱째 구(終善且有)는 『시경』 「소아」 <甫田>(4장)의 제3장444) 제8구를 그대로 따온 것이다. 公卿으로서 田祿을 소유한 자가 농사에 힘쓰고 方社와 田祖의 제사 받드는 모습을 그려낸 노래가 <보전>이다. 즉 主祭者가 넓은 밭에서 萬畝의 수입을 올려 祿食으로 삼고 다음 해 새것으로 채우고 남는 것은 흩어 농부들을 먹이고 도와주는 미덕을 노래한 것이다.

  농부의 아내와 자식이 밥을 갖고 와 농부에게 먹이고, 농부는 좌우상하를 살펴 친밀하게 하며 농사일을 민첩하게 하는 것을 마침 증손[즉 주제재]이 근로의 현장에 와서 목격했다는 것, 농부의 부지런함과 민첩함으로 미루어 '끝내 좋고 또한 많을 것'임을 확신했다는 것이 <보전> 3장의 내용이다. 그 내용을 차용하여 백성들의 근면을 칭찬하고 많은 수확물로 복을 받을 것이라는 기원과 확신을 말한 부분이 바로 <국왕친경악장>이다. 「선농악장」의 경우도 『시경』 일변도에서 벗어나 『예기』, 송조 악장 등으로 차용 대상이 늘어나는 등 새로운 악장 제작의 양상을 보여주는데, 『시경』을 중심으로 하면서도 악장 제작 방법이 다변화하는 시대적 추세가 반영된 현상이라 할 수 있다.

  이상에서 살펴 본 것처럼 조선조에 들어와서도 『시경』의 텍스트를 대상으로 하는 '술이부작'의 악장 제작방식은 지속되었다. 그러면서도 눈에 띄게 바뀐 것은 그 술이부작 대상 텍스트의 범주가 넓어졌다는 사실이다. 그것은 악장 제작자들의 이데올로기 담론이 세련되어 가면서 좀 더 폭 넓은 텍스트들을 접하여 자신들의 문화적 향유의 질을 높이고자 하는 욕망이 당대 지식장에 팽배해지고 있었음을 보여주는 현상이라 할 수 있다. 조선조에 들어와 중국과의 접촉이 빈번해 지면서 중세적 관습을 심화시킬 필요성을 절감했고, 중세적

---

444) 『文淵閣四庫全書: 經部/詩類/詩經集傳』 卷五의 "曾孫來止 以其婦子 饁彼南畝 田畯之喜 攘其左右 嘗其旨否 禾易長畝 終善且有 曾孫不怒 農夫克敏" 참조.

관습의 심화는 정치·외교·문화적 측면의 지역성을 탈피해가는 정도와 비례한다는 점에서 텍스트의 확대는 그들에게 매우 절실한 과제이기도 했다.

왕조 문화의 중세적 성향이 무르익으면서 수용 텍스트의 확대는 진행되었으나, 각종 내우외환을 겪으면서 중세성이 흔들리고 근대에 가까워질수록 문화적 독자성 추구의 경향이 강화되었다. 사실 중세적 성향의 정착이 완성되는 시점까지는 보편성에 입각한 악장 제작의 의욕이 상승되었지만, 그 이후로는 더 이상의 수요나 필요성을 느낄 수 없었다고 보아야 한다. 사실 술이부작은 악장의 중세적 보편성을 담보하기 위해 절대적으로 필요한 방법론이었으나, 일정한 시기 이후로는 그 강도가 미약해졌다고 본다. 이처럼 『시경』을 비롯한 유교 경전들로부터 텍스트를 차용하는 수법이야말로 조선조 초기 악장 제작의 주된 방법론적 줄기들 가운데 하나이자 지속적인 악장 제작의 추동력으로 작용하기도 했다.

고려조 악장에서 확인한 '『시경』 텍스트 일변도의 수용'은 중세화의 수준이 높아지고 수용 텍스트가 다변화 되는 조선조 제례악장으로 오면서 지양되기 시작했고, <용비어천가>의 단계에 이르면 좀 더 내면화·구조화하는 양상을 보여주게 된다. 사실 학계에서 <용비어천가>에 미친 『시경』의 영향이 언급된 것은 꽤 오래 된 일이다. 그 선편은 서수생의 논문에서 본격화 되었다.445) 비록 논문의 완편이 실려 있지 않아서 전체 내용을 확인할 수는 없지만,446)

---

445) 서수생, 「龍飛御天歌에 미친 詩經의 影響」, 『논문집(인문·사회과학편)』 9, 경북대학교, 1965.
446) 이 논문이 처음 실린 곳은 『논문집(인문·사회과학편)』 9[경북대학교, 1965]인데, 이곳에는 아무런 설명도 없이 20쪽까지만 실려 있고, 그 나머지는 누락되어 있다. 논문의 서두에 제시된 목차 가운데 3장의 후반부터 결론까지 즉 '天命사상과 <용비어천가>, 勸誡사상과 <용비어천가>, <용비어천가> 형식과 시경, 譯詩의 원전, 역시의 言句章, 反復永歌[疊詠體]와 <용비어천가>, 北方詩風과 南方楚風, 譯詩韻法과 그 分析表, 韻法의 百分率, 圜丘樂章과 <용비어천가>, 한글시의 형식과 시경, 새 형식과 <용비어천가>, 樂詞와 <용비어천가>' 등 매우 중요하면서도 많은 분량의 논의가 빠져 있는 점은 '<용비어천가> 담론'의 발전에 큰 손실이다. 필자는 이에 대하여 경북대학교 도서관과 출판부 등에 문의했으나, 그 기관들 역시 이유를 알지 못하고 있었다. 서수생 교수는 이 논문을 발표한 뒤에도 여러 편의 다른 논문들을 발표한 점으로 미루어, 이 논문의 나머지 부분이 발표되지

『시경』과 <용비어천가>에 대한 서 교수의 해박한 식견과 탁월한 관점을 부분적으로나마 파악할 수 있는 것은 사실이다. 상당 부분은 필자의 생각과 일치하기 때문에 이곳에 재론하는 것이 부자연스럽긴 하나, '악장으로서의 『시경』수용'을 논하기 위해서는 피할 수 없기 때문에, 서 교수의 견해를 좀 더 예각화시키거나 논점을 달리하여 <용비어천가>에 수용된 '악장으로서의 『시경』'을 거론하고자 한다. 우선 『시경』을 수용하게 된 제작자들의 의도를 살펴보기 위해 먼저 「龍飛御天歌序」와 「進龍飛御天歌箋」 가운데 직·간접적으로 『시경』과 연결되는 내용들을 들어 분석해 보기로 한다.

삼가 생각건대, 祖宗은 司空이 신라를 처음으로 도운 이래 면면히 조상의 유업을 이어 더욱 크게 성취하기 수백여 년 만인 목조에 이르러 북방에 기초를 마련했고, 익조·도조·환조 등 세 성인이 서로 이어 효제충신으로 가법을 삼으니, 북방 사람들이 모두 사모하여 마음을 붙이게 되었습니다. 지금까지 父老들은 이 일을 서로 전하여 칭송의 말을 그치지 않고 있습니다. 태조께서는 거룩하고 신령스런 文武의 자질과 세상을 구제하고 백성을 편안케 하는 지략으로 고려의 말기를 당하여 남북을 정벌하니, 그 공적이 성대합니다. 천지 귀신이 돕고 노래하는 이와 獄訟하는 자들 모두 歸依하는 바이니, 하늘의 큰 명령을 모아 한 집안으로 나라를 이루셨습니다. 태종은 총명과 예지의 거룩함과 세상에서 뛰어난 견해로 책략을 결정하고 나라를 여셨으며, 난을 평정하고 사직을 안정시켰으니 신령하고 위대한 공로와 업적은 사람들의 귀와 눈에 남아 있습니다. 아! 우리의 열성들이 잠저에 계시는 동안 문무 공덕의 성대함과 천명과 인심의 귀의는 그 상서로운 조짐의 나타남과 함께 百代에 우뚝하셨습니다. 그 유원한 공업이 하늘과 땅에 짝하여 끝없음을 가히 미리 알 수 있습니다.

주나라는 후직이 처음으로 봉해진 이래 公劉가 빈에 거하며 융적의 습속을 가까이 했으나, 충성과 후덕함을 덕으로 삼고 백성들을 잘 보살핌을 정치로 삼았습니다. 大王과 王季 또한 모두 옛 업적을 능히 닦아 백성들이 그 착한 행실에 의지하

___
못한 이유는 더욱 납득할 수 없다.

였습니다. 그 땅에 자리 잡은 지 천여 년 뒤에 문왕과 무왕이 하늘의 명을 받고 태어나 천하를 모두 차지하여 800년 동안 보위를 傳受하였습니다. 주공은 예악을 제정하여 이에 緜, 生民, 皇矣, 七月 등의 시가 있습니다. 이 모든 것들은 원래 왕업이 유래한 바를 歌詠에 드러낸 것으로써 크고 맑은 소리와 눈부시게 빛남은 해와 별 같이 드리웠으니, 이 얼마나 아름답고 성대하온지요!

엎드려 뵈옵건대 전하는 조종의 정통을 계승하시어 옷을 드리우고 손을 모아 예절을 갖추고 음악을 고르게 하셨습니다. 칭송의 소리를 지은 것은 바로 오늘의 일입니다. 신과 집현전 대제학 의정부 우찬성 신 권제, 제학 공조참판 신 안지는 은택을 듬뿍 입어 文翰의 직책을 맡았으니, 성대한 덕을 가영함이 마땅합니다. 그러나 노랫말이 천하고 졸렬하여 풀어낼 수 없으므로 삼가 민속의 칭송하는 말을 채록하여 歌詩 125장을 지었으니, 먼저 옛적 제왕의 자취를 서술하고 다음으로 우리나라 조종의 사적을 서술했습니다. 그러나 태조와 태종 즉위 이후의 어질고 착한 정치는 노래하거나 말하지 않았습니다. 다만 잠저 때의 덕행과 사업을 모아 열성께서 기틀을 만드신 일이 오래되었다는 그 근본을 미루어 보고, 그 진실한 덕을 가리켜 진술하고 반복 영탄하여 왕업의 어려움을 드러내 보이고자 하였습니다. 이에 그 노래를 풀어서 解詩를 지었으니, 아송의 남은 소리를 이어 관현에 실려 끝없이 전해 보여지기를 바라옵나이다. 이것이 신들의 지극한 바람이옵니다.[447]

447) 『龍飛御天歌』, 아세아문화사(영인), 1972, 2-9쪽의 "恭惟祖宗 自司空始佐新羅 緜緜世濟其美 歷數百
餘年 至于穆祖 肇基朔方 翼祖度祖桓祖 三聖相承 以孝弟忠信爲家法 朔方之人 咸歸心焉 至今父老相
傳 稱口不置 太祖以聖文神武之資 濟世安民之略 當高麗之季 南征北伐 厥績懋焉 天地鬼神之所祐
謳歌獄訟之所歸 用集大命 化家爲國 太宗以聰明睿知之聖 高世絶倫之見 決策開國 靖難定社 神功衛
烈 在人耳目 於戲 我列聖龍潛之日 文德武功之盛 天命人心之歸 與其符瑞之作 超出百代 其悠遠之業
配諸覆載而無疆 可前知也 周自后稷始封 公劉居豳 隣於戎狄之俗 忠厚爲德 養民爲政 大王王季 又皆
克修舊業 民賴其慶 有土千有餘年而後 文王武王 誕膺天命 奄有四方 傳祚八百 周公制禮樂 於是有緜
生民皇矣七月之詩 皆原其王業之所由 以形歌詠 鏗鍧炳耀 垂若日星 猗與盛哉 伏覩殿下 承祖宗之統
垂衣拱手 禮備樂和 頌聲之作 正在今日 臣與集賢殿大提學議政府右贊成臣權 提學工曹參判臣安止
沐浴恩澤 職備文翰 歌詠盛德 乃其宜也 不可以詞語鄙拙爲解 謹採民俗稱頌之言 撰歌詩一百二十五章
先敍古昔帝王之迹 次述我朝祖宗之事 而太祖太宗 卽位以後 深仁善政 則莫聲名言 只撮潛邸時 德行
事業 推本列聖肇基之遠 指陳實德 反復詠嘆 以著王業之艱難 仍繹其歌 以作解詩 庶繼雅頌之遺音
被之管絃 傳示罔極 此臣等之至願也" 참조.

鄭麟趾[1397-1478], 權踶[1387-1445], 安止[1384-1464] 등 <용비어천가> 제작자들을
대표하여 정인지가 써서 올린 글이 「龍飛御天歌序」이다. 세 부분으로 나뉘는
이 글에서 제작자들은 조선조 창업의 왕통체계[司空-穆祖-翼祖-度祖-桓祖-太祖-太宗]
를 주나라 창업의 왕통체계[后稷-公劉-大王-王季-文王-武王]와 부합하는 구조로 제
시했는데, 주공이 예악을 제정하여 <緜>·<生民>·<皇矣>·<七月> 등의 시가
있다고 함으로써 결국 <용비어천가>가 『시경』의 모티프를 기반으로 만들어
졌음을 강조한 셈이다. 즉 『시경』의 일부 노래들은 주나라 왕통체계를 반영한
것들이고, 『시경』의 그런 노래들에서 '주나라 왕통체계'를 '조선조 왕통체계'
로 바꾸어 꾸민 것이 『용비어천가』란 사실을 드러내고자 한 것이다. 물론 이
노래들 외에 「대아」의 '문왕지습'과 '생민지습'에 속한 상당수의 노래들이 주
나라의 왕통체계와 천명으로 주나라를 창업한 사실 및 왕실의 미덕 등을 노래
하고 있다는 점에서, <용비어천가>의 제작자들이 거명한 네 편의 노래들은
주나라 창업에 관련되는 광범한 내용을 상징하거나 대표한다고 볼 수 있다.
어쨌든 '천명에 의한 주나라의 창업'을 '천명에 의한 조선의 창업'으로 바꿔치
기 한 것은 <용비어천가>가 치밀한 방법으로 『시경』의 그런 부분들을 좀 더
내면화함으로써 이룩한 성공적 결과라 할 수 있다.

첫 단의 핵심은 '司空 벼슬에 올라 신라를 도운 시조 李翰 이래 그의 후손들
이 縣縣히 조상의 유업을 이어 성취했고, 목조에 이르러 드디어 북방에 기초를
마련했으며, 익조·도조·환조가 효제충신으로 가법을 삼아 북방 사람들의 마
음을 샀다는 것', '조상들의 정신을 이어받은 태조가 聖文神武의 자질로 세상을
구제하고 백성을 편안케 하여 드디어 천명을 받아 化家爲國했다는 것', '총명과
예지로 난을 평정하고 사직을 안정시킨 태종은 백성들에게 큰 인상을 주었다
는 것' 등이다. 그 다음 단에 주나라 창업의 史實을 제시함으로써 오랜 세월에
걸친 공적으로 결국 화가위국하게 된 조선조 창업의 합당함이 뒷받침된다는
의도를 드러냈다. 즉 '후직이 邰에 봉해진 이래 요-순-우에 걸쳐 흥성했고 공류

가 후직의 업을 이어받아 빈에 거하며 충후함으로 백성을 잘 살폈다는 것', '후직의 후손인 古公亶父-季歷-西伯[文王]-發[武王]로 이어져 문왕과 무왕이 천명을 받고 태어나 천하를 차지한 뒤 800년 동안 보위를 전수했다는 것', '주공이 예악을 제정하여 <면>·<생민>·<황의>·<칠월> 등 왕업의 유래를 드러낸 시를 지은 일은 해와 별같이 아름답고 성대한 일이라는 것' 등이 둘째 단의 내용이다.

주나라의 왕통을 인용하고 설명한 필자는 다시 조선으로 시선을 돌린다. 즉 '열성들의 덕과 공적을 노래하기 위해 민속의 칭송하는 말들을 채록하여 歌詩 125장을 지었으니, 이것들을 관현에 올려 雅頌의 남은 소리들처럼 끝없이 전해지기를 바란다는 것'이 셋째 단의 내용이다. '조선-주나라-조선'으로 그 대상을 번갈아 가면서 논지를 편 것은 천명에 의해 창업한 점이 조선과 주나라가 동일하고, 그 훌륭한 사적을 칭송한 『시경』의 아송에 맞추어 <용비어천가> 125장이 지어졌음을 강조하고자 했기 때문이며, 그것이 이 글의 결론이라 할 수 있다. 말하자면 '천명에 의한 주나라 창업-『시경』'과 '천명에 의한 조선조 창업-<용비어천가>'로 대비시킴으로써 <용비어천가> 제작의 바탕에 『시경』의 모티프가 깔려 있음을 암시했다고 할 수 있는 것이다.

「進龍飛御天歌箋」도 마찬가지의 구조를 갖고 있다. 그 핵심 부분은 다음과 같다.

　엎드려 생각건대 오랜 세월 쌓아 온 덕과 어지심이 성대하게 큰 복을 열었사오니, 그 공적의 사실을 짓고 기록하여 마땅히 노래로 퍼뜨리고자 하나, 하잘 것 없는 말을 무례하게 편찬하면 전하의 밝으신 안목을 가리고 손상시킬 것입니다. 가만히 생각건대, 뿌리가 깊으면 잎이 무성하고 근원이 멀면 흐름이 더욱 깁니다. 주나라에서 緜瓜를 노래한 것은 그 나온 바의 근본을 미루어 본 것이고 상나라 노래 玄鳥는 그 유래되어 생겨난 바를 추후에 서술한 것이니, 이로써 王者의 일어남이란 반드시 선조들의 계획된 사업에 힘입은 것임을 알 수 있습니다. 생각건대 우리나라는 사공께서 처음으로 신라시대에 나타나시어 큰 업적이 서로 이었고 목왕이 처음에 북방에서 일어나셨을 때 이미 하늘 명령의 조짐이 있었습니다. 익조와 도조가 연달아 경사로움을 이어 받았고 거룩한 환조에게 이르러 상서로움이 나타났습니다. 은혜와 신망이 본디 미더워 귀부하는 世代가 한 둘이 아니었고, 상서로운 조짐이 여러 차례 나타났습니다. 하늘이 돌보아 준 지 거의 수백 년 만에 태조 강헌대왕이 아주 빼어나신 자질로 천년의 운세에 응하시어 신령한 무기를 휘두르고 위엄 있는 무력을 떨쳐 재빨리 오랑캐를 소탕하셨으며, 寶籙을 받으시고 관대한 인덕을 펴시어 백성들을 위무하셨습니다. 태종 공정대왕은 영명하심이 고금에 뛰어나시고 용기와 지혜가 절륜하십니다. 선조들을 빛내고 나라를 세우셨으니 공이 높고 영원하시며 화란을 평정하고 사직을 안정시키셨으니 덕이 백왕의 으뜸입니다. 여러 세대의 큰 업적들을 위대하게 하시고 앞선 열성들과 함께 아름다움을 함께 하시니 어찌 노래에 드러내어 오늘날에 밝게 보이지 아니할 수 있겠습니까? 삼가 생각건대 주상 전하는 오직 한 마음과 정성으로 조상의 뜻을 잘 잇고 잘 따르시니 도가 정치에 두루 미치고 퍼붓 듯 덕택이 두루 젖게 하시고 예가 갖추어지고 악이 조화로우니 문물의 지극히 드러남이 빛납니다. 삼가 생각건대 歌詩를 짓는 것은 융성한 시기에 하는 일입니다. 신 등은 모두 글자나 아로새기는 재주로써 외람되이 文翰의 직임을 욕되게 하여 삼가 백성들의 칭송하는 소리를 모아 감히 朝廟의 樂歌를 흉내 내었습니다. 이에 목조께서 기틀을 세우신 때로부터 태종께서 잠저에 계시는 시기에 이르기까지의 모든 사적들 가운데 기이하고 위대한 것들을 빠짐없이 찾아 왕업의 어려움과 더불어 모두 갖추어 서술했습니다. 모든 옛 일들을 바로잡고, 노래에는 우리나라의 말을 썼으며, 시로써 그 말의 뜻을 풀었습니다. 천지를 그려내고 일월을 본떠 비록 그 형용을 지극히 하지는 못했으나, 금석에 새기고 관현에 입혀 조금이나마 光烈을 드러내기는 했습니다. 혹시 살펴 받아주시고 널리 펴도록 허락하신다면, 자식에게 전하고 손자에게 전하여 대업을 이루는 일이 쉽지 않음을 알게 하고, 고을에 사용하고 나라에 사용하여 영세토록 잊지 않도록 하겠습니다. 찬술한 노래는 모두 125장으로, 삼가 깊고 베껴 책으로 만들어 전을 붙여 아뢰나니, 위로는 전하의 밝으신 안목을 더럽히고 아래로는 맡은 직임을 다하지 못함을 생각하여 부끄럽고 두려워 땀이 나고 어쩔 줄 모르는 지경에 이르렀습니다. 머리 숙이고 숙여 삼가 말씀을 아뢰옵니다.[448]

전의 내용도 서문의 내용과 크게 다를 것은 없다. 다만 서문이 정인지 개인의 글이라면, 전은 권제·정인지·안지 등 3인의 記名으로 되어 있는 점이 다르다.

내용의 흐름 상 전은 네 부분으로 나뉜다. 1단[엎드려 생각건대~알 수 있습니다.]에서는 왕업과 공적의 사실을 노래로 확산시킨 주나라와 상나라의 선례를 들고, 각각에 해당하는 노래로 전자는 <면과>[『시경』「대아」 '文王之什']를 후자는 <현조>[『시경』「商頌」]를 들었다.449) 이 노래들을 통해 필자는 王者의 일어남이 선조들의 계획된 사업에 힘입은 것임을 강조했는데, 글 전체의 논리적 전제이자 서론이라 할 수 있다.

이 부분에서 주나라와 상나라의 창업[王者之作興]을 언급했고 그 典據로 『시경』을 든 것은 조선조 창업의 정신이 주나라의 창업과 부합한다는 점을 <용비어천가>의 주제적 바탕으로 삼았음을 보여준 것이고, 『시경』을 양식적 바탕으로 삼았음을 의미한다. 이런 점을 구체적으로 설명한 것이 2단[생각건대~아니할

---

448) 『龍飛御天歌』, 11-17쪽의 "積德累仁 蔚啓洪祚 撰功紀實 宜播歌章 肆纂蕪詞 庸徹睿鑑 竊惟 根深者未必茂 遠源則流益長 周province家瓜推本其所自出 商歌玄鳥追敍其所由生 是知王者之作興 必賴先世之締造 惟我本朝 司空始顯於羅代 奕業相承 穆王初起於朔方 景命已兆 聯翼度而毓慶 及聖桓而發祥 恩信素孚 人之歸附者非一二世 禎符屢現 天之眷顧者殆數百年 太祖康獻大王 挺上聖之資 應千齡之運 揮神戈而奮威武 迅掃夷戎 受實籙而布寬仁 輯綏黎庶 太宗恭靖大王 英明邁古 勇智絶倫 炳幾先而建邦家 功高億載 戡禍亂而定社稷 德冠百王 偉業世之鴻休 與前聖而騈美 蓋形歌詠 昭示來今 恭惟 主上殿下 惟一惟精 善繼善述 道洽政治 需然 德澤之旁霈 禮備樂和 煥乎 文物之極著 念惟 歌詩之作 屬玆隆泰之期 臣等俱以彫篆之才 濫叨文翰之任 謹採民俗之稱頌 敢擬朝廟之樂歌 爰自穆祖肇基之時 逮至太宗潛邸之日 凡諸事蹟之奇偉 搜摭無遺 與夫王業之艱難 敷陳悉備 訂諸古事 歌用國言 仍繫之詩 以解其語 畫天地摹日月 雖未極其形容 勒金石被管絃 小有揚於光烈 僅加省納 遂許頒行 傳諸子傳諸孫 知大業之不易 用之鄕用之國 至永世而難忘 所撰歌詩 總一百二十五章 謹繕寫裝潢 隨箋以聞上塵 睿覽下情 無任慚懼 戰汗屏營之至 頓首頓首謹言" 참조.

449) <현조>는 원래 상나라 고종[武丁]을 제사하던 시인데, 高辛씨의 妃이자 有娀씨의 딸인 簡狄이 郊禖에서 기도할 때 제비[玄鳥]가 떨어뜨린 알을 삼키고 契을 낳았는데, 그의 후대가 有商씨로서 천하를 차지하게 되었다는 것이 첫 부분인 1-5구의 내용이다. 따라서 '천명을 받고 신이하게 탄생하여 나라를 세웠다'는 모티프가 필요하여 <현조>를 차용했을 뿐, <용비어천가> 제작자들이 수용하고자 한 표적은 주나라의 창업이었다. <현조>의 모티프는 이미 <생민>이나 <면>과 중복되기 때문에, 본서에서는 별도로 언급하지 않는다.

수 있겠습니까?]과 3단[삼가 생각건대~잊지 않도록 하겠습니다]이다. 2단에서는 歌詩 대상
으로서의 6조가 수행한 공덕과 그에 따른 천명의 조짐을 바탕으로 <용비어천
가> 제작의 당위성을, 3단에서는 <용비어천가> 제작의 의도와 방법 및 효용가
치 등을 각각 설명했다. 그 내용들을 마무리한 것이 4단이다.

이상 <용비어천가>의 핵심을 제시한 두 건의 글에 공통적으로 언급된 내용
은 '천명론을 바탕으로 하는 주나라의 창업과정과 조선조 창업 과정의 동질성
/ 주나라의 창업을 노래한 『시경』 시들과 <용비어천가>의 동질성' 등으로
요약될 수 있다.

제작자들은 '고공단보~무왕'에 이르는 주나라 창업과정과 '목조~태종'에 이
르는 조선조 창업과정을 역사적 관점으로 대응시키고 각각을 찬양한 두 문헌
의 노래들이 지닌 상동성을 통해 『시경』과 <용비어천가>의 동질적 구조를
보다 더 구체화 시킬 수 있다고 보았을 것이다. 이미 역사적으로 입증된 주나
라 창업의 정당성을 천명에서 찾은 것처럼, 조선조 창업의 정당성 또한 그런
역사적 선례에 기대어 하늘이 시킨 일임을 보여주는 데서 찾고자 한 것이다.
사실 주나라 창업의 정당성이 역사적으로 입증된 것은 '경전으로 격상된 시'
즉 『시경』의 위상에 힘입은 바 크다. 주나라 이후 역대 동북아 왕조들에서
추앙되어온 『시경』에 의지하여 <용비어천가>를 제작했고, 그 앞부분을 『시경』
의 해당 노래들처럼 창업주의 혈통과 업적에 대한 찬양으로 채웠기 때문이다.

『시경』과 내용적으로 직접 대응하는 <용비어천가>의 부분은 제1장~14장이
다. 물론 <淸廟>·<臣工>·<閔予小子> 등 『시경』 周頌의 노래들과 魯頌·商頌의
내용 및 결말부의 경우 왕의 盛德과 후세에 대한 강한 경계의 뜻을 지니고
있다는 점에서 <용비어천가>의 '勿忘章'과 유사하다고 분석한 연구[450]도 나왔

---

450) 김성언, 「龍飛御天歌에 나타난 朝鮮初期 政治思想 硏究」, 『석당논총』 9, 동아대 석당학술원, 1984,
263쪽.

고, 이 점은 뒤쪽에서 <용비어천가>가 『시경』의 모티프를 수용한 사례로 재론할 예정이지만, 『시경』의 해당 노래들처럼 왕통체계 관련 사적을 들어 찬양하고자 한 의도가 보다 직접적이고 구체적으로 등장한 것은 앞부분, 특히 제3장~제14장의 노래들이다. '중국 제왕들의 창업 고사나 中興主의 공훈 소개는 곧 이성계의 쿠데타에 의한 조선 건국이 천명에 순응한 창업으로, 이방원의 인륜을 저버린 繼位는 곧 역사적인 中興으로 승화되었다'451)고 각각 설명할 수도 있지만, 승화보다는 '정당화' 혹은 '합리화'가 보다 정확한 개념일 수 있다. 말하자면 형식적 유사성에 바탕을 둔 역사적 필연성이나 윤리적 정당성의 부여라고 보는 것이 타당한데, 그 과정에서 결정적인 역할을 한 것이 바로 『시경』의 권위였던 것이다.

이 글들에서 언급된 『시경』 시들은 <緜>·<生民>·<皇矣>·<玄鳥>·<七月> 등이다.452) 이것들 모두는 주나라 창업을 찬양하기 위해 주공이 제정한 예악의 중심이 된다고 일컬어지는 작품들이다.453) 문왕의 창업이 본래 大王으로부터 말미암았음을 노래한 것454)이 <면>인데, 첫 장에서부터 <용비어천가> 전체의 주제나 모티프와 같은 것들을 읽어낼 수 있는 점이 특이하다. 주나라의 근본이 매우 오래 되었음을 '면면히 이어진 오이덩굴'에 빗대어 노래한 것이

---

451) 전인초, 「龍飛御天歌에 引用된 先秦故事」, 『東方學志』 29, 연세대학교 국학연구원, 1981, 81쪽.
452) 이 가운데 <현조>는 '商頌'의 마지막 작품으로 고종[武丁]을 제사한 노래다.
453) 이 가운데 <생민>의 경우 '毛詩序'의 언급["尊祖也 后稷生於姜嫄 文武之功於后稷 故推以配天焉"]과 시의 일부 내용[후직의 출생이 모친인 강원이 상제에게 제사한 결과라는 것/성장한 뒤 邰에 봉해진 후직이 자손과 종족들을 인솔하여 상제에게 제사했다는 것/그 제사 과정]을 들어 '上帝 제사시'로 분류하는 관점[間海燕, 「≪詩經≫ 祭祀詩 硏究」, 揚州大學 碩士學位論文, 2010, 13쪽]도 있고, 제사 활동에 직접 사용하지는 않았지만 祖先의 功業을 추념하는 시가로 분류하는 관점들[易衛華, 「詩經祭祀詩硏究」, 河北師範大學 碩士學位論文, 2003, 12쪽/吳麗淸, 「≪詩經≫ 祭祀詩硏究」, 曁南大學 碩士學位論文, 2006, 32쪽]도 있다. 그러나 이 시의 쓰임이 미상이거나 최소한 郊祀 후 음복례에서 불렸을 가능성이 있다는 견해를 중시하여 비록 직·간접적으로 제사 관련 내용들이 들어있다 해도 제사시보다는 연향시로 쓰였을 가능성이 크다고 본다. 조상들의 사적을 노래한 <용비어천가>가 공사연향에 쓰였다는 견해를 참작해도 그렇다.
454) 『文淵閣四庫全書: 經部/詩類/詩序』 卷下의 "緜 文王之興 本由大王也" 참조.

첫 단[緜緜瓜瓞~自土沮漆]이고, 歧周로 遷都하여 왕업을 연 大王 즉 古公亶父가 작고 초라한 窯竈에서 시작하였으나 문왕에 이르러 나라로 커졌음을 노래한 것이 후단[古公亶父~未有家室]이다. 즉 오이가 뿌리 가까운 곳에 처음 열리는 것은 항상 작지만 그 덩굴이 끊어지지 아니하고 끝에 맺히는 것은 커진다는 뜻[455]의 '緜緜瓜瓞'에 태왕이 어렵고 초라한 곳에서 시작했으나 온갖 고생을 극복한 뒤 문왕에 이르러 천명을 받았음에 비의하여 성왕을 경계한 주공의 뜻을 찾을 수 있다.[456]

<용비어천가> 제2장의 후단[ᄉᆞ미기픈므른ᄋᆞᄀᆞᄆᆞ래아니그츨ᄊᆡ。 내히이러ᄋᆞ바ᄅᆞ래가ᄂᆞ니][457]에서 '샘이 깊은 물'은 '근원이 깊은 물'로서 냇물을 이루어 결국 바다로 흘러가듯 면면히 이어져서 큰물을 형성한다는 것이니, '窯竈 → 家室' 즉 작고 초라한 土室로부터 국가 創業에 이르기까지의 길고 긴 과정이 '면면과질'에 비유된 주나라의 경우와, 慶興에 살던 穆祖로부터 이성계의 국가 창업에 이르기까지의 길고 어려운 과정이 '샘이 바다에 이르는' 면면한 과정에 비유된 조선의 경우가 각각 <緜>의 제1장과 <용비어천가>의 제2장으로 그려졌음을 알 수 있다.

성왕을 警戒하는 주공의 뜻은 <용비어천가> 제110장[四祖ㅣ 便安히몯겨샤ᄋᆞ현고ᄃᆞᆯ 올마시뇨。 몃間ㄷ지빅ᄋᆞ사ᄅᆞ시리잇고/九重에드르샤ᄋᆞ太平을누리싫제。 이ᄠᅳᆯᄋᆞ닛디마ᄅᆞ쇼셔]과 제111장[豺狼이構禍ㅣ 어늘ᄋᆞ一間 茅屋도업사。 움무더ᄋᆞ사ᄅᆞ시니이다/廣廈애細氈펴고ᄋᆞ黼座애안ᄌᆞ샤ᄋᆞ이ᄠᅳᆯᄋᆞ닛디마ᄅᆞ쇼셔][458]을 포함하는 이른바 '勿忘章들'에도 반영되어 있음을 확인하게 된다. 이처럼 첫 부분부터 『시경』과 <용비어천가>의 상동성은 입증되는 셈이다.

---

455) 『文淵閣四庫全書: 經部/詩類/詩傳大全』卷十六의 "瓜之根本初生者常小 其蔓不絶 至末而後大也" 참조.
456) 주 448)과 같은 곳의 "此亦周公戒成王之詩 追述大王始遷歧周 以開王業 而文王因之 以受天命也" 참조.
457) 『龍飛御天歌』, 20쪽.
458) 『龍飛御天歌』, 1033쪽.

나머지 내용들은 제2장[고공단보가 기산 아래에 이르러 姜女와 함께 집터를 본 사실/言至
岐]', 제3장[고공단보가 거북점으로 비옥한 기산 남쪽 땅에 豳 땅 사람들과 함께 거주하고 살
집을 지은 사실/言定宅], 제4장[기산 남쪽에 편안히 거주하게 하고 경계를 구획하고 농경지를
만들었으며 서쪽 물가로부터 동쪽으로 가서 두루 일을 집행한 사실/言授田居民], 제5장[司空과
司徒를 불러 國邑의 경영을 관장하게 하고 徒役의 일을 관장하게 한 사실/言作宗廟], 제6장[사람
들이 힘을 합치고 호흡을 맞추어 많은 흙으로 宮室을 지은 사실/言治宮室], 제7장[왕의 성문을
높이 세우고 왕의 正門을 엄정히 세우며 太社를 건립하여 큰 무리가 큰일을 일으킬 때, 社에 제사한
뒤 나아간 사실/言作門社], 제8장[고공단보가 처음 기산 아래 도착했을 때 숲과 나무로 길이
막혀있었고 사람과 물건이 매우 적었으나, 그 뒤 인구와 귀부하는 자가 많아지고 나무가 위로 뻗어
올라가며 길이 통하자 昆夷들이 두려워 복종한 사실/言至文王而服昆夷], 제9장[토지 분쟁을 오래
도록 해결하지 못한 虞와 芮의 군주가 주나라의 국경에 들어가 백성들의 禮儀之貌를 보고 감동하여
다투던 토지를 閒田으로 만들고 물러가자, 이 말을 듣고 주나라에 歸依한 나라가 40여 국이었다는
사실/遂言文王受命之事] 등으로 제1장과 함께 '문왕의 창업이 태왕으로부터 말미
암았음'459)을 풀어 노래한 것이 <면>이었다. 말하자면 주나라의 창업은 문왕
당대에 이룩한 일이 아니었고, 먼 조상들의 積德에 의해 받게 된 천명을 기반
으로 이루어진 일이었음을 강조하려는 것이 <면>이었고, 그 점을 본뜨고자
한 것이 바로 <용비어천가>였던 것이다.

후직의 탄생과 공로에 대한 찬양을 통해 선조를 높인 시460)가 <생민>인데,
왕통체계의 첫 조상인 후직의 신화적 탄생과 업적들을 8장에 순차적으로 나열
하고, 그 위대성을 강조했다. 즉 '姜嫄이 상제의 발자국에서 엄지발가락을 밟
고 임신한 뒤 后稷을 낳은 신이함[제1장]/人道 없이 편안하게 후직을 순산한
신이함[제2장]/人道 없이 아들을 낳은 불길함에 버렸으나, 소·양·새·나뭇군 등
의 비호로 살아난 신이함[제3장]/棄가 어렸을 적부터 곡식을 심고 가꾸기를

---

459) 주 454) 참조.
460) 『文淵閣四庫全書: 經部/詩類/詩序』 卷下의 "生民尊祖也 后稷生於姜嫄 文武之功 起於后稷 故 推以
配天焉" 참조.

좋아했으며 자란 뒤에는 농사짓는 것을 좋아하여 요임금이 農師로 삼은 사실[제4장]/요임금이 후직을 邰나라에 봉하고 모친인 姜嫄의 제사를 주관하게 하여 주나라 사람들이 대대로 강원을 제사하게 된 사실[제5장]/검은 기장, 붉고 흰 차조 등 아름다운 종자를 심어 가꾸고 수확하여 첫 제사 즉 肇祀를 지낸 사실[제6장]/수확한 곡식으로 음식을 만들고, 쑥을 취해 降神祭를 지내고, 숫양으로 路祭를 지내고, 불고기를 구어 해[歲]를 일으키는 등 엄정한 제사절차를 통해 오는 해[새해]를 일으키고 가는 해를 이은 사실[제7장]/제물을 제기에 담아 올리니 상제가 흠향하는 절차가 후직의 첫 제사로부터 차질 없이 현재까지 이르렀다는 사실[제8장]' 등 <생민>은 시조인 후직의 공덕이 후손들에게 이어진 모습을 들어 주나라의 정통성을 찬양한 노래로서, 제작 의도의 면에서 하늘의 명에 의해 정통성이 부여된 조선의 왕통을 찬양한 <용비어천가>와 상통한다.

<황의>에 이르러 주나라 창업의 본격적인 내용이 드러나고, 그 내용은 <용비어천가>의 핵심으로 연결된다. <황의>는 주나라를 찬미한 노래로, 하늘이 살펴 본 즉 주나라만큼 은나라를 대신할 나라가 없었고 주나라에 대대로 덕을 닦은 이로 문왕만한 이가 없었다는 것461)이 그 핵심 내용이다. 즉 '위대한 상제가 하나라와 상나라의 정치가 도리에 맞지 않음을 굽어보고 주나라의 태왕에게 서쪽의 岐州 땅을 주어 거처하게 했다는 것'[제1장]/'하늘이 산림으로 막혀있던 無人之境을 개척하여 융성하게 만들고 명덕의 군주인 태왕을 거주하게 하자 昆夷가 도망했고, 어진 배필을 세우니 천명 받음이 견고하여 마침내 왕업을 이루었다는 것'[제2장] 등 1·2장은 태왕에게 천명이 내린 사실을 제시하여 찬양한 내용이고, '상제가 태왕의 아들 중 장자인 太伯 아닌 王季에게 천명

---

461) 『文淵閣四庫全書: 經部/詩類/毛詩注疏』卷二十三의 "皇矣美周也 天監代殷莫若周 周世世脩德莫若文王" 참조.

을 내려 주나라를 창업하게 했음'[제3장]/'상제가 왕계로 하여금 법도와 의리를 지켜 시비를 살피고 선악을 분류토록 하여 어른 노릇 왕 노릇을 하게 하니, 문왕에 이르러 상제의 복은 극치를 이루고 자손에게 뻗치게 되었음'[제4장] 등 3·4장은 왕계에게 천명이 내린 사실을 설명하고 찬양한 내용이다.

'상제가 문왕으로 하여금 道의 지극한 경지에 이르게 하고 침략의 무리들을 막아 주나라의 복을 돈독히 하고 천하의 기대에 부응함'[제5장]/'歧山의 남쪽 渭水의 곁에 거하며 외적들이 주나라 경내를 침범하지 못하게 하니 만방이 귀순해 옴[제6장]' 등 5·6장은 천명으로 문왕에게 密을 치게 한 내용이며, '상제가 문왕으로 하여금 하늘의 법을 따르도록 하고 형제국과 함께 무기를 동원하여 숭나라 성을 치게 했음'[제7장]/'類 제사와 禡 제사를 지내고 臨車와 衝車를 동원하여 성을 깨고 숭나라를 멸망시키니 사방에서 어기는 자가 없었음'[제8장] 등 7·8장은 천명으로 문왕에게 숭나라를 정벌토록 한 내용이다. 이처럼 <용비어천가>가 『시경』의 정신을 바탕으로 했음을 보여주는 가장 직접적 증거는 <황의>라 할 수 있는데, 그 노래가 천명을 명시적으로 언급하여 주나라 창업의 전제로 삼았기 때문이다.

그 다음으로 거론한 것이 「豳風」의 <七月>이다. 「빈풍」에 대한 설명은 크게 세 부분으로 나뉜다. '주나라 왕통의 시조인 棄가 后稷이 되어 邰나라에 봉해졌으나 하 나라가 쇠미해짐에 따라 기는 稷의 임무를 버렸고, 戎狄의 사이로 도망한 棄의 아들 不窋이 鞠陶를 낳고 국도의 아들 公劉가 다시 후직의 업을 닦아 백성들이 잘 살게 되자 豳 땅에 나라를 세웠다는 것', '十世에 이르러 태왕이 기산의 남쪽으로 옮기고 12世에 문왕이 처음으로 천명을 받고 13世에 무왕이 마침내 천자가 되었다는 것', '무왕이 죽고 성왕이 즉위했으나 나이 어려 周公 旦이 섭정할 때 후직과 공류의 교화를 서술한 시 한 편을 지어 성왕을 경계했으니 이것이 빈풍인데, 뒷사람들이 주공의 시와 주공을 위해 지은 시들 모두를 갖다가 뒤에 붙였다는 것'462) 등이 그것들이다.

<7월>은 양잠업과 농업을 중심으로 時宜에 맞게 해야 할 일들을 노래한, 일종의 월령체 노래다. 그러면서도 서문에서 주나라 왕통을 관련시키고, 주공이 성왕에게 남긴 驚戒之詞로 해석한 점을 감안하면, <용비어천가>의 제작자들이 이 노래로부터 勿忘章의 모티프를 이끌어냈을 가능성도 있다. 각 장별로 내용을 살펴보면 다음과 같다.

> 제1장: 7월에 大火心星이 서쪽으로 내려가면 9월에는 옷을 만들어야 함. 3양의 날에 쟁기를 수선하고 4양의 날에 밭 갈러 가며 처자식과 함께 밥을 내어 가야 함.
>
> 제2장: 7월에 대화심성이 서쪽으로 내려가면 9월에는 옷을 만들어야 함. 봄에 날씨가 따뜻해지면 아가씨는 부드러운 뽕잎을 따고 흰 쑥을 많이 캐야 하며 公子와 함께 돌아가야 함.
>
> 제3장: 7월에 대화심성이 서쪽으로 내려가면 8월에 갈대를 베어야 함. 도끼를 갖고 가지치기를 하며 여린 뽕잎을 따야 함. 7월에 왜가리가 울면 8월에 길쌈을 하나니, 검정과 노랑 물을 들여 공자의 치마를 만들어야 함.
>
> 제4장: 4월에 葽草가 영글면 5월엔 말매미 울며 8월에 곡식을 수확하면 10월에 초목이 말라 떨어짐. 1양의 날에 狐狸를 사냥하여 공자의 갖옷을 만들고, 2양의 날에 함께 사냥하여 무공을 익혀 계승하니 한 살 돼지는 내가 갖고 세 살 돼지는 귄가에 바침.
>
> 제5장: 5월 귀뚜라미는 다리를 움직여 울고 6월 귀뚜라미는 깃을 떨어 욺. 귀뚜라미는 7월엔 들에 있고 8월엔 처마 밑에 있고 9월엔 문에 있고 10월엔 내 침상 아래로 들어옴. 방의 빈틈을 막아 쥐를 태우고 북쪽 창문을 막아 바람을 막고 처자들에게 '해가 장차 바뀌게 되었으니, 이 집에 들어와 편안히 거처하라'고 말함.

---

462) 『文淵閣四庫全書: 經部/詩類/詩傳大全』卷八의 "棄爲后稷 而封於邰 及夏之衰 棄稷不務 棄子不窋 失其官守 而自竄於戎狄之間 不窋生鞠陶 鞠陶生公劉 能復脩后稷之業 民以富實 乃相土地之宜 而立 國於豳之谷焉 十世而大王徙居岐山之陽 十二世而文王始受天命 十三世而武王遂爲天子 武王崩 成王 立 年幼不能涖阼 周公旦以冢宰攝政 乃述后稷公劉之化 作詩一篇 以戒成王 謂之豳風 而後人又取周 公所作 及凡爲周公而作之詩 以附焉" 참조.

제6장: 6월엔 아가위와 머루를 먹고, 7월엔 아욱과 콩을 삶고, 8월엔 대추를 털고, 10월엔 벼를 수확하여 春酒를 만들어 米壽연을 도움. 7월에는 오이를 먹고 8월에는 박을 타며 9월에는 깨를 털음. 씀바귀를 뜯고 가죽나무를 베어 우리의 농부들을 먹임.

제7장: 9월에는 場圃를 단단히 다듬고 10월에는 벼를 거두어들임. 서직에는 만생종과 조생종이 있고 벼와 삼, 콩과 보리 등이 있음. '우리 농사지은 것이 모두 모였으니, 우리 농부들은 위로는 궁에 들어가 궁실의 일을 해야 한다'고 함. 낮에는 띠풀을 베고 밤엔 새끼 꼬아 재빨리 지붕을 이어야 비로소 백곡을 파종할 수 있음.

제8장: 2양의 날에 깬 얼음을 3양의 날 氷庫에 각각 넣고, 4양의 날 아침에 염소를 바치고 부추로 제사함. 9월에 서리가 내리면 10월에 마당을 깨끗이 하고 두 동이의 술로 잔치를 베풀고 羔羊을 잡아 공당으로 올라가 뿔잔을 드니 만수무강할 것임.

제1-제8장까지 <7월>에서 빠진 기간은 1년 중 11월-이듬해 3월까지다. 즉 한겨울과 아직 농사일이 시작되지 않은 3월까지를 제외한 것으로 보면 봄가을까지 주로 농사 및 양잠과 함께 농사를 마치면서 지내던 제사를 언급했는데, 그것은 왕정의 큰 要目들이기도 했다. 이처럼 <7월>은 주공이 변을 만났으므로 후직과 선공의 풍화가 말미암은 바와 왕업 이루기의 어려움을 말한 것이다.[463] 즉 관채의 음모와 반란[464]을 평정한 주공이 성왕에게 선왕들의 풍화가 어디서 어떻게 유래되었는지, 농사짓는 백성들의 어려움이 무엇인지를 설명하고, 왕업을 이루기 위해 솔선 노력해야 함을 강조하고 경계할 목적으로 이시를 지었다는 것이다. 즉 농사일을 통해 왕업의 바른 길을 성왕에게 깨우쳐 주고자 한 것이 이 시의 본뜻인데, 송나라 范家相이 『詩瀋』에서 인용한 王質의

---

463) 『文淵閣四庫全書: 經部/詩類/毛詩注疏』 卷十五의 "七月陳王業也 周公遭變 故陳后稷先公風化之所由 致王業之艱難也" 참조.

464) 『文淵閣四庫全書: 史部/正史類/史記』 卷三十五의 「管蔡世家第五」 참조.

견해는 「豳風」과 <七月>의 본의를 설명하는 데 매우 유용하다. 그의 견해를
들면 다음과 같다.

　　"대개 옛 성인이 위로는 별과 태양, 서리와 이슬의 변화를 관찰하고, 아래로는
　　곤충과 초목의 변화를 살피고 天時를 알아 백성들에게 농사일을 알려주었다. 여자
　　는 안에서 일하고 남자는 밖에서 일하며 윗사람은 아랫사람을 정성으로 사랑하고
　　아랫사람은 윗사람을 충성으로 이롭게 한다. 아비는 아비 노릇을, 자식은 자식
　　노릇을 하고, 남편은 남편 노릇을, 부인은 부인 노릇을 하며, 노인을 봉양하고
　　어린이를 사랑하며, 힘에 따라 먹고 약한 자를 돕는다. 제사를 때에 맞게 하고
　　연향은 절도 있게 해야 하니, 이것이 <칠월>의 뜻이다."465)

　　<칠월>은 단순히 천지자연의 변화를 바탕으로 월령을 제시하거나 농업과
잠업을 나열한 노래가 아니라, 남녀의 일, 부모와 자식의 의무, 부부 상호간의
의무, 상하 상호간의 의무, 노인·어린이·약자에 대한 보호, 時宜에 맞춘 제사,
절도 있는 연향 등 '천륜·인륜·공적 의례'에 걸친 모든 사항들을 말했고, 이런
것들 모두는 왕의 교화가 전제되는 국가의 일임을 말하고자 한 것이 이 노래의
의도라고 할 수 있다. 앞에서 언급한 바와 같이 冢宰로서 나이 어린 성왕을
섭정하던 주공은 후직 및 공류의 교화와 함께 豳國 백성들이 겪던 생업의
어려움을 노래하는 시 한 편을 지어 <빈풍>이라 했고, 뒷사람들이 주공의 작
품과 주공을 위해 지은 시편들을 뒤에 붙인 '<七月>·<鴟鴞>·<東山>·<破斧>·
<伐柯>·<九罭>·<狼跋>'을 「빈풍」으로 삼게 된 것이다. 그것들을 모두 그림으
로 그린 것이 '豳風圖'이고, 농업 및 잠업 관련 풍속들을 월령 형식으로 노래한
<칠월>만 그린 것이 '豳風七月圖'였다. 조선 시대에는 이 가운데 '빈풍칠월도'

---

465) 『文淵閣四庫全書: 經部/詩類/詩瀋』 卷十의 "雪山王氏曰 仰觀星日霜露之變 俯察蟲鳥草木之化 知天
　　時以授民事 女服事乎內 男服事乎外 上以誠愛下 下以忠利上 父父子子 父父婦婦 養老而慈幼 食力而
　　助弱 其祭祀也時 其燕饗也節 此七月之義也" 참조.

가 주로 제작되었으며, 그 대표적인 기록들이 조선왕조실록에 자주 등장한
다.466) 이 중에서 빈풍도 혹은 빈풍칠월도의 교육적 의의에 대하여 매우 체계
적 인식을 지니고 있던 인물은 세종으로 판단되는데, 무엇보다 세종이 '훈민'
의 의도로 훈민정음을 창제했고 훈민과 함께 후대 왕들에 대한 교육적 의도로
<용비어천가>를 제작했다는 점467)은 <용비어천가> 주제의식의 상당부분이
<7월>로부터 수용되었음을 암시한다. <칠월>의 주제를 <용비어천가>에 반영

---

466) 이들 가운데 빈풍도를 언급한 기록은 '『태종실록』 3권, 태종 2년 4월 26일 첫 번째 기사/『세종실록』
44권, 세종 11년 5월 28일 네 번째 기사 *이 책에 인용하는 『조선왕조실록』은 해당 사이트
[http://sillok.history.go.kr] 참조/『세종실록』 80권, 세종 20년 1월 7일 세 번째 기사/『연산군일기』
47권, 연산군 8년 11월 1일 첫 번째 기사/『숙종실록』 30권, 숙종 22년 12월 30일 첫 번째 기사/『숙
종실록』 65권, 부록[숙종대왕 행장]' 등 6건에 달하고, 빈풍[시]을 언급한 기록은 '『태종실록』
23, 태종 12년 6월 15일 첫 번째 기사/『세종실록』 77권, 세종 19년 4월 15일 세 번째 기사/『단종실
록』 11권, 단종 2년 5월 19일 두 번째 기사/『성종실록』 187권, 성종 17년 1월 16일 두 번째 기사/『성
종실록』 199권, 성종 18년 1월 29일 첫 번째 기사/『성종실록』 206권, 성종 18년 8월 5일 두
번째 기사/『성종실록』 244권, 성종 21년 9월 18일 두 번째 기사/『성종실록』 273권, 성종 24년
1월 3일 세 번째 기사/『성종실록』 273권, 성종 24년 1월 8일 두 번째 기사/『연산군일기』 3권,
연산군 1년 2월 3일 두 번째 기사/『중종실록』 21권, 중종 10년 3월 23일 두 번째 기사/『중종실록』
39권, 중종 15년 5월 17일 첫 번째 기사/『선조실록』 1권, 선조 즉위년 12월 9일 첫 번째 기사/『효종
실록』 1권, 효종대왕 묘지문/『현종실록』 1권, 현종대왕 행장/『숙종실록』 32권, 숙종 24년 1월
8일 첫 번째 기사/『숙종실록』 65권 부록(숙종대왕 행장)/『정조실록』 48권, 정조 22년 1월 1일
첫 번째 기사/『정조실록』 49권, 정조 22년 8월 6일 세 번째 기사/『정조실록』 52권, 정조 23년
10월 12일 두 번째 기사/『고종실록』 25권, 고종 25년 3월 13일 첫 번째 기사/『고종실록』 42권,
고종 39년 4월 2일 첫 번째 기사' 등 22건에 달한다.

467) <용비어천가>의 서두에 제시한 주제 즉 '천명에 비추어 본 조선 건국의 당위성'과 '왕조 영속의
당위성'이 6조의 사적을 통해 반복·확인되고 또 다시 勿忘章들을 거쳐 졸장에서 반복·제시된
점을 <용비어천가> 짜임의 대강이라고 할 수 있다. <용비어천가>는 훈민과 후왕에 대한 勸戒의
필요성에서 나온 교술적 작품이다. 작품 내의 서사적 부분들은 경계의 자료로 조종의 사적을
들 수밖에 없었던 불가피함 때문에 도입된 것들이다. 물망장들을 거쳐 졸장에 이르면 그런 창작의
도는 극도로 명확해진다. 한수 북에 나라를 세운 것은 이미 '천세 위에' 천명으로 정해진 일이었고,
그 천명을 개국으로 현실화시킨 직접적 요인은 '累仁'이었다. '卜年이 ᄀᆞᆺ업다'는 말은 왕조가
영속되어야 한다는 당위성의 단적인 표현으로서 '누인'을 전제로 한다. 그 '누인'은 다음 행의
'敬天勤民'으로 이어진다. '경천근민'은 <용비어천가> 전체의 핵심적 주제다. 서장부터 110장까지
는 祖宗의 사적을 들어 놓은 부분이므로 특정 전달 대상을 상정하지 않았다. 그러나 111장부터는
후왕들을 구체적인 대상으로 지칭하여 경계하는 내용이다. 후왕들에 대한 교훈은 현 왕을 포함한
집권 계층의 중대한 과제였다. 체제 유지의 열쇠는 지배 계층의 핵인 임금의 태도 여하에 달려
있다고 보았기 때문이다.<조규익, 『조선조 악장의 문예미학』, 227-228쪽.>

시킨 결정적 역할을 한 세종의 견해는 다음과 같은 <조선왕조실록> 기사들에
반영되어 있다.

<1> 周公의 豳風이라 하는 시와 無逸이라 하는 書는 거울삼을 만한 것이다.
우리나라의 풍속이 중국과 다르니, 민간에서 농사짓는 괴로움과 부역하는 고생을
달마다 그림으로 그리고 거기에 경계되는 말을 써서 보는 데 편하게 하여 영구히
전하려고 한다.[『세종실록』 26권, 세종 6년 11월 15일]

<2> 내가 豳風七月圖를 보고 그것으로 인하여 농사짓는 일의 힘들고 어려움을
살펴 알게 되었는데, 나는 보고 듣는 것을 넓혀서 농사일이 소중한 것임을 알지만,
자손들은 깊은 궁중에서 생장하여 논밭 갈고 곡식 가꾸는 수고로움을 알지 못할
것이니, 가탄할 일이다. 예전에는 비록 궁중의 부녀들이라도 모두 누에 치고 농사
짓는 책을 읽었으니, 빈풍을 모방하여 우리나라 풍속을 채집하여 일하는 모습을
그리고 찬미하는 노래를 지어서 상하 귀천이 모두 농사일의 소중함을 알게 하고
후손들에게 전해 주어서 영원한 세대까지 보아 알게 하고자 하니, 너희들 집현전
에서는 널리 본국의 납세·부과금·부역·농업·잠업 등의 일을 채집하여 그 실상을
그리고, 거기에 찬사를 써서 우리나라의 칠월시를 만들라.[『세종실록』 61권, 세종
15년 8월 13일]

<3> 나라는 백성으로 근본을 삼고 백성은 먹는 것으로 하늘을 삼는 것인데,
농사하는 것은 옷과 먹는 것의 근원으로서 王者의 정치에서 먼저 힘써야 할 것이
다. 오직 그것은 백성을 살리는 천명에 관계되는 까닭에 천하의 지극한 노고를
복무하게 하는 것이다. 임금이 성심으로 지도하여 거느리지 않는다면 어떻게 백성
들로 하여금 부지런히 힘써서 농사에 종사하여 그 生生之樂을 완수하게 할 수
있겠는가.(…)주나라에 이르러서는 농사로써 나라를 개척하였으니 『시경』 빈풍편
의 시에서나 『서경』無逸篇의 저작에 있어서 농사의 힘들고 어려움을 정성껏 마음
에 지니지 않은 것이 없어서 깊이 다스리고 오래도록 편안한 王業을 이루었다.[『세
종실록』 105권, 세종 26년 윤7월 25일]

주공의 「빈풍」을 거울삼아 백성들의 농사짓는 괴로움과 부역하는 고생을 월별로 그림 그려 영구히 전하고자 한다는 것이 <1>이고, 궁중에서 생장하여 농사짓는 일의 수고로움을 알지 못하는 자손들을 위해 '우리나라의 칠월시'를 만들라는 것이 <2>이며, 「빈풍」 편을 보면서 농사의 힘들고 어려움을 정성껏 마음에 지님으로써 깊이 다스리고 오래도록 편안한 왕업을 이루었다는 것이 <3>이다. 궁중에서 생장한 왕의 자손들이 농업의 어려움을 알지 못하므로 왕업을 이루기 어렵다는 것이 세종의 언급에 들어 있는 속뜻이다.

더구나 인용문 <1>과 <3>에서는 『서경』의 「無逸篇」을 언급했는데, 「無逸」은 처음으로 정사를 주재하게 된 성왕이 편안함만 알고 편안하지 말아야 함을 알지 못할까 두려워 한 주공이 성왕을 훈계하기 위해 지은 글이다.468) 마찬가지로 주공이 지어 성왕을 훈계하기 위해 지은 앞서 <칠월>의 내용적 핵심이 '無逸'인 것도 그 때문이다. 「무일」의 大文들을 관통하는 핵심 내용도 '백성들의 어려움을 알아야 한다'는 데 있다. 즉 '먼저 농사일의 어려움을 알고 편안하면 백성들이 믿고 의지한다'469)거나 '(후왕들은) 태어나면 편안했기 때문에 농사일의 어려움을 알지 못했고, 백성들의 수고로움을 듣지 못하고 오직 耽樂만을 따랐다'470)는 등의 경계를 편 것이다.

빈풍시를 늘 보고 외우게 하거나, 우리나라에 맞는 월령의 빈풍시를 만들 필요가 있다고 한 것도 그 때문이다. 세종의 이런 뜻은 '성왕이 농사의 어려움을 알지 못하므로, 후직과 공류의 風化가 말미암은 바를 말하여 樂師로 하여금 조석으로 빈풍시를 외어 가르치게 한'471) 주공의 생각과 같다. 그러니 <칠월>

---

468) 『文淵閣四庫全書: 經部/書類/書經大全』卷八의 "成王初政 周公懼其知逸而不知無逸也 故 作是書以訓之" 참조.
469) 주 468)과 같은 곳의 "先知稼穡之艱難 乃逸則知小人之依" 참조.
470) 주 468)과 같은 곳의 "生則逸 不知稼穡之艱難 不聞小人之勞 惟耽樂之從" 참조.
471) 『文淵閣四庫全書: 經部/詩類/詩傳大全』卷八의 "周公以成王未知稼穡之艱難 故 陳后稷公劉風化之所由 使瞽矇朝夕諷誦以教之" 참조.

이 대표하는 빈풍의 정신을 <용비어천가>의 주제의식으로 수용한 것은 자연
스런 귀결이었다.

  <칠월>에서 백성들이 영위하는 농사나 잠업의 어려움을 노래했지만, 그것
은 표면상의 내용이고 속뜻은 '백성들의 어려움'이다. 말하자면 모름지기 왕은
늘 백성들의 어려움을 해소해주려는 자세를 가져야 하고, 그럴 수 있을 때
왕업은 이룰 수 있다는 것이다. <용비어천가>의 110-124장은 이른바 勿忘章들
로서, "이 ᄠᅳ들 닛디 마ᄅᆞ쇼셔"라는 당부의 언사로 끝맺는 장들이다. 모든
물망장들은 앞부분에서 언급한 구체적인 내용들을 요약하고 '그 뜻을 잊지
말라'는 교훈과 당부의 종결사로 마감했다.

  그들 가운데 <7월>의 취지와 직결되는 두 노래를 들어 보기로 한다. 제
116장과 120장은 백성들의 어려움을 말했다는 점에서 사례만 바꾸어 <칠월>
의 주제의식을 핵심적으로 수용한 경우다.

  道上애僵尸ᄅᆞᆯ보샤∘寢食을그쳐시니。旻天之心애∘긔아니ᄠᅳ디시리
  民瘼ᄋᆞᆯ모ᄅᆞ시면∘하ᄂᆞᆯ히ᄇᆞ리시ᄂᆞ니。이ᄠᅳᆮᅳ들∘닛디마ᄅᆞ쇼셔<116장>

  百姓이하ᄂᆞᆯ히어늘∘時政이不恤ᄒᆞᆯᄊᆡ。力排羣議ᄒᆞ샤∘私田을고티시니
  征斂이無藝ᄒᆞ면∘邦本이곧여리ᄂᆞ니。이ᄠᅳᆫᅳᆯ∘닛디마ᄅᆞ쇼셔<119장>

  '길 위에 엎어진 시체를 보고 침식을 폐하니 천하를 불쌍히 여김을 어찌
돌아보지 않으리오? 백성의 어려움을 모르시면 하늘이 버리시니, 이 뜻을 잊
지 말라'는 것이 전자이고, '백성은 하늘이거늘 당시의 정치가 백성을 불쌍히
여기지 아니하므로 힘써 중론을 물리치시어 私田을 고치셨으니, 세금을 징수
하는 데 절도가 없으면 나라의 근본이 곧 위태로워지니, 이 뜻을 잊지 말라'는
것이 후자이다. 두 경우에 공통되는 문제는 '백성의 어려움'이고, '백성을 불쌍
히 여기는' 왕의 마음을 해결의 시작으로 본 것 또한 공통된다. 陸賈는 '왕은

백성을 하늘로 여기고 백성은 식량을 하늘로 여긴다'[472]고 했다.

농업과 양잠을 民天으로 인식한 것은 조선조의 치자들도 마찬가지였다.[473] 생업을 잃은 백성들이 길바닥에 엎어져 죽은 참상이나, 지배계층이 사전을 독점하고 세금 또한 과중하여 백성들이 어려움을 겪는 참상은 정치의 기본이 서지 않아서 생기는 현상임을 강조하고, 그 점을 잊지 말라는 것이 두 노래의 뜻이다. 그런 내용들을 전제로 嗣王들이 본받거나 유념해야 할 일들로 마무리함으로써 강한 경계의 의도를 드러낸 것이 「무일」이다. 「무일」로부터 선례를 찾았다고 생각되는 <용비어천가> '물망장'의 語法的 근원 둘과 총결 부분만 들어 보기로 한다.

주공이 "아! 지금으로부터 계속하여 후왕들께서는 구경함과 편안함과 놀이와 사냥에 지나치지 않음을 본받으시어 만백성이 올바로 바치는 것만을 받으소서"라고 말씀하셨다.[474]

한가롭게 여겨 '오늘만 즐거움을 탐하고자 한다'고 말씀하지 마소서. 이는 백성들이 본받을 바가 아니며 하늘이 순하게 여기는 바도 아닙니다. 지금의 사람들이 임금의 허물을 크게 본받을 것이니 은나라 왕 受가 미혹되고 어지러웠던 것 같이 해서 酒德에 빠지지 마소서.[475]

주공이 "아! 후왕들은 이것을 잘 살펴보소서"라고 말씀하셨다.[476]

---

472) 『文淵閣四庫全書: 史部/史類/『史記』卷九十七/「酈生陸賈列傳」第三十七의 "王者以民爲天 而民以食爲天" 참조.
473) 『성종실록』 45권, 성종 5년 7월 24일 정축 4번째 기사.
474) 『文淵閣四庫全書: 經部/書類/書經大全』卷八의 "周公曰 嗚呼 繼自今 嗣王則其無淫于觀于逸于遊于田 以萬民惟正之供" 참조.
475) 『文淵閣四庫全書: 經部/書類/書經大全』卷八의 "無皇曰 今曰 耽樂 乃非民攸訓 非天攸若 時人丕則有愆 無若殷王受之迷亂 酗于酒德哉" 참조.
476) 『文淵閣四庫全書: 經部/書類/書經大全』卷八의 "周公曰 嗚呼 嗣王其監于玆" 참조.

『상서』「周書」의 '무일'과 『시경』의 <칠월>은 주공이 성왕을 경계하기 위해 지은 글과 노래다. 글과 노래는 전달 방법의 차이를 보이는 매체들로서 교육의 주체와 객체가 처한 상황에 따라 효용가치가 달라진다. <용비어천가>는 공사 연향에서 연주되던 노래였지만, 크게 보면 역사적 근거를 바탕으로 제작된 史詩라는 점에서 「무일」과 <칠월>을 하나로 뭉쳐놓은 구조적 특질을 지닌다고 할 수 있다. 그 점은 앞에서 언급한 『시경』 시들에 열성들의 고난과 노력, 그로 인한 공덕을 바탕으로 주나라의 왕업이 이룩되었다는 사실이 반영되었고, <용비어천가>의 제작자들은 그것들을 모범적 선례로 채택한 데서도 입증되는 사실이다.

최항은 발문에서 '모두 실제 사적에 의거하여 사를 지었고 옛것을 주워 모아 지금에 비의하였으며 반복·부연·진술하여 규계지의로 끝맺고 있다'[477]는 말로 <용비어천가>의 내용구조를 설명했다. '據事撰詞'는 전체의 장들을 실제 사적에 의거하여 지었음을 말하니, <용비어천가> 또한 『시경』의 해당 시들처럼 敍事史詩[478]임을 의미한다. '摭古擬今'은 옛날 중국 왕조들의 뛰어난 사적을 따다가 조선 6조의 사적에 비의한 사실을 말한다.[479] 이 가운데 『시경』과 직

---

477) 崔恒, 「龍飛御天歌跋」, 『龍飛御天歌』, 1051 1052쪽의 "皆據事撰詞 摭古擬今 反覆敷陳 而終之以規戒之義焉" 참조.

478) 郭紹虞는 『시경』 시들의 발전 양상을 언어적인 요소[史詩 즉 敍事詩], 음악적 요소[樂詩 즉 敍情詩], 동작적 요소[舞詩 즉 劇詩] 등으로 三分하고, 雅는 史詩에 가깝고 風은 서정시라 할 수 있으며 頌은 劇詩에 해당한다고 보았다.[「中國文化演化概述」, 『照隅室語言文字論集』, 上海古籍, 1985, 15쪽 참조.] 곽소우가 제시한 『시경』 시 발전 양상의 세 근거들을 모두 받아들일 수는 없지만, <용비어천가> 제작자들이 표준 혹은 비교의 대상으로 꼽은 『시경』 시들 가운데 대부분[<緜>·<生民>·<皇矣>·<玄鳥>]이 雅에 속할 뿐 아니라 역사를 노래한 작품들이라는 점에서 그것들을 수용한 <용비어천가>를 史詩 혹은 敍事史詩로 규정하는 것이 타당하다.

479) 중국의 역대 사적을 조선의 六祖 사적과 세밀히 대비한 전인초의 상세한 조사를 참조할만하다.[앞의 논문, 83쪽 참조.] 선진시대의 경우 고공단보의 사적을 <용비어천가> 제3·4·5장에서 세 차례씩이나 翼祖와 國基興起의 사적과 비교했고, 주무왕의 업적은 제7·9·10·12·13·14장에서 여섯 차례나 이성계의 그것과 대비·서술되었다. 漢高祖의 사적은 14차례에 걸쳐 이태조의 功業과 대비·서술되었고, 후한의 중흥주 광무제의 사적은 제19·20·69장에서 각각 목조·익조·태조의 그것과 대비·서술되었으며, 촉한의 先主 劉備는 제29·37·80장에서 이태조의 사적과 함께 서술되었다.

결되는 경우는 주나라의 창업주와 그의 선조들에 대한 기록이다. <용비어천
가> 1장의 '일마다 天福/古聖同符'는 바로 그런 점을 지적한 내용이고, 2장의
'뿌리 깊은 나무는 바람에 흔들리지 않아 꽃 좋고 열매 많음/샘이 깊은 물은
가뭄에도 그치지 않고 강을 이루어 바다로 감' 또한 근본의 충실함이 현재의
원인이었음을 강조한 표현으로서 '척고의금'과 관련을 맺는다. 중국 제왕들의
개별 사적들로부터 '천명에 의한 왕조창업'이라는 현재 상황의 비유적 표현이
나올 수 있었다고 보기 때문이다.

3장-14장은 주나라가 창업하기까지 선조들의 업적을 제시한 부분이다. 3장
에서는 주나라 태왕인 고공단보의 업적과 경흥에서 왕업을 연 목조의 사적을
대비·서술했고, 4장에서는 고공단보가 狄人을 피해 歧山으로 옮긴 것과 목조·
익조가 野人들의 박해를 피해 德源으로 옮긴 것 모두 '하늘의 뜻'임을 밝혔다.
5장에서는 고공단보가 칠수와 저수 가에 움집을 지어 살며 왕업을 열게 된
사실을 주공 단이 시로 지어 성왕을 경계한 것과 익조가 적도 안에 움을 묻고
살며 왕업을 연 사실을 대비·서술했고, 6장에서는 상나라의 덕이 쇠하여 천하
를 맡게 됨에 따라 칠수·저수 가에 많은 사람들이 몰린 일과 고려의 운이
쇠하여 나라를 맡게 됨에 따라 동해 가에 많은 사람들이 몰린 사실을 대비·서
술했다. 붉은 새가 글을 물어 침실 앞에 앉음으로써 하늘이 문왕의 혁명에
대한 암시를 보여준 사실과 도조 때 뱀이 까치를 물어 나뭇가지 위에 올려놓음
으로써 태조가 장차 일어나게 될 것이라는 좋은 징조를 보여준 사실을 병렬적
으로 서술한 것이 7장이고, 주나라의 고공단보가 하늘의 뜻으로 셋째 아들인

역대 제왕들 가운데 당나라의 제왕은 가장 많은 수를 차지하는데, 당고조는 제17·36·40·46·72·
104·107장에서 각각 목조·태조·태종의 사적과, 당태종의 사적은 20여회에 걸쳐 주로 이태조와
각각 비교·서술되고 있다. 당 현종에 관한 사적도 세 차례나 인용되었고, 후당 태조 李克用의
사적이 다섯 개의 장에서 도조와 이태조에 관한 사적과 비교·서술되었으며, 송태조 趙匡胤·금태
조 阿骨打·元世祖 忽必烈 등 제왕의 사적이 여러 장에 걸쳐 이태조를 비롯한 익조·환조·태종의
功業과 함께 서술되어 있다.

季歷을 선택했고 계력의 아들인 昌이 문왕으로 점지되었듯이 도조가 하늘의 뜻으로 환조를 세자로 선택했고 환조의 아들인 이성계가 태조로 즉위했다는 사실을 서술한 것이 8장이다.

주나라의 무왕이 하늘의 뜻을 받들어 은나라의 紂王을 치고자 하니 사방의 제후들이 모였고 주나라의 성스러운 敎化가 이미 오래되니 사방의 오랑캐들까지 모여든 사실과 이태조가 정의를 부르짖고 위화도 회군을 감행하니 먼데 있는 백성들도 다투어 모였고 성스러운 교화가 이미 깊으니 북쪽의 오랑캐들까지도 모여 들었다는 사실을 나란히 서술한 것이 9장이며, 상나라의 주왕이 독을 흘리므로 백성들이 검고 누런 폐백을 대광주리에 담아 길에서 무왕을 기다린 사실과 고려의 우왕이 사학하므로 백성들이 대그릇에 밥과 국을 담아 길에서 이태조를 기다린 사실을 병렬적으로 서술한 것이 10장이다.

우나라와 예나라가 물어온 訟事를 잘 처리한 소문으로 사방의 나라들이 모두 모여 들었으나 문왕이 지극한 덕으로 변함없이 필부에 지나지 않는 주왕을 잘 섬긴 사실과 위화도의 회군으로 백성들의 여망이 모두 모였으나 이태조의 지극한 충성으로 공양왕을 세운 사실을 나란히 서술한 것이 11장이고, 문왕이 천하의 삼분지 이를 차지하고도 상나라를 섬겼으나 주왕은 5년 동안 잘못을 고치지 못하여 포학한 정치가 날로 더해 가므로 무왕에 이르러 주왕을 침으로써 주왕에게 충성을 다해야 한다는 문왕의 뜻을 이루지 못한 사실과 공양왕이 즉위 첫날에 남의 참소를 들어 이성계를 해치고자 하는 흉모가 날로 더해 가므로 왕의 자리에 오르기를 권유받은 날에 그가 갖고 있던 평생의 뜻을 이루지 못한 사실을 나란히 서술한 것이 12장이다.

말씀을 무왕에게 아뢸 사람이 비록 많았으나 무왕은 천명을 의심하므로 하늘이 좋은 꿈으로 보여주고 천제가 이를 재촉한 사실과 노래를 부르는 사람들이 많았지만 태조는 천명을 알지 못하므로 하늘은 꿈으로 이를 보여 준 사실을 나란히 서술한 것이 13장이고, 성스러운 손자[무왕]가 한 번 노여워하여

600년의 상나라 왕업을 종식시킨 뒤 낙양을 주나라의 도읍으로 정한 사실과, 성스러운 아들[이태조]이 임금에 즉위하라는 청을 세 번 사양했으나 결국 고려를 종식시킨 뒤 한양을 조선의 도읍으로 정한 사실을 나란히 서술한 것이 14장이다.

이처럼 3장~14장에서 고공단보~무왕까지 창업주와 그 선조들의 사적을 중심으로 천명에 따라 고통들을 감내하며 훌륭한 나라를 세운 주나라 역사와 함께 목조~태조까지 천명을 받은 창업주와 그 선조들이 온갖 고통들을 극복하며 나라를 세운 조선의 역사를 서술·찬양했다. 두 나라 모두 이런 내용들이 처음에는 각종 단편적인 기록이나 구전480)으로 전승되었을 것이나, 일정한 시기 이후에는 역사로 기록됨으로써 그 사실의 정확성이나 정당성을 확보하게 되었고, 그런 역사 기록으로 승격된 6조의 사적은 역으로 <용비어천가>의 권위를 높이는 데 크게 기여했을 것이다.

왕통체계 안의 선조들이 보여준 능력이나 고난을 극복해나간 사적들을 통해 궁극적으로 창업주에게 부여된 천명을 부각시킨 것이 주나라 악장집인 『시경』의 핵심이며, 이 점은 <용비어천가>의 경우도 마찬가지로서, '혁명에 의한 건국의 정당성'481)을 담보하는 조건이다. <용비어천가>는 여기서 한 발 더 나아가 행위자들을 조선의 육조로 바꾸고 『시경』보다 勸戒的 성격이 훨씬 강화된 '勿忘章들'을 통해 '왕조영속의 당위성 고양'482)이라는 미래 지향적 비전을 첨가함으로써 보다 짜임새 있는 결구를 보여주게 된 것이다. 뿐만 아니

---

480) 세종은 <용비어천가>를 제작할 목적으로 경상도와 전라도 관찰사에게 명을 내려 이태조의 왜구 소탕 장면들을 목격한 古老들을 찾아 묻고 기록하게 하였다.[『세종실록』 95권, 세종 24년 3월 1일[임술] 세 번째 기사 "태조가 왜구를 소탕한 상황을 상세히 기록하라고 전지하다" *조선왕조실록 사이트(http://sillok.history.go.kr) 참조.] <용비어천가> 편찬 사업의 이면에는 그 때까지 구전에 머물러 있거나 단편적인 기록물로 남아 있던 6조의 사적들을 광범하게 수집하여 역사 기록으로 승격시키려는 의도가 들어 있었으리라 본다.

481) 조규익, 『조선조 악장의 문예미학』, 230쪽.

482) 조규익, 같은 책, 같은 곳.

라 양자의 내용적 바탕을 실제 역사에서 찾아냄으로써 조상들에 대한 찬양이나 찬송의 분명한 근거를 제시하고자 했다.483) 말하자면 주인공인 영웅이 합리적 검증을 거부하고 횡포를 자행하는 '자기중심주의'의 일방적 논리를 뼈대로 이루어진 것이 신화인데,484) 『시경』의 해당 작품들과 <용비어천가>에서 신화시대 영웅의 행적이 갖고 있던 비현실적인 자기 중심주의적 사고가 역사와 유교의 정치논리로 대치되었음은 이론의 여지가 없다. 말하자면 두 경우 모두 비현실을 바탕으로 하는 신화적 담론 대신 지속 가능한 인간의 길을 제시하고자 한 의도의 산물이라는 것이다.

은나라의 멸망과 새 왕조 창업의 명분을 천명에서 찾은 것이 주나라의 논리인데, 그런 주나라의 선례를 본받아 천명을 명분으로 채택한 것이 고려를 멸망시키고 조선의 창업을 주도한 세력이었다. 말하자면 두 나라 모두 受命과 창업이 인과관계로 연결되는 세계관을 공유했다고 보는 것이다. 이 경우에 주나라와 조선이 공유한 천명은 어떻게 해석되는 개념이며, 두 왕조의 역사 기록은 어떤 양상으로 歌詠되었는지를 규명하면 <용비어천가>에 미친 『시경』의 영향 또한 자연스럽게 밝혀질 것이다.

중국 역사기록의 출발인 『尙書』는 虞·夏·商·周에 걸친 二帝三王 즉 堯, 舜, 禹, 湯, 文·武 시대의 정치사를 기록한 책이다.485) 『상서』가 공자의 손에 의해

---

483) 물론 <용비어천가>에서 '민간전승까지 받아들여 신화적인 배경을 갖추며, 필연적인 조짐에 따라 영웅적인 투쟁을 거쳐 위대한 과업을 성취했다고 하는 오랜 전통을 이었다.'[조동일, 『한국문학통사 2』, 지식산업사, 1983, 265-266쪽.]는 지적도 부정할 수는 없지만, 신화적 성향이 작품 내용의 주류가 아님은 분명하다.

484) 조동일, 『제4판 한국문학통사 1』, 지식산업사, 2005, 101쪽.

485) 고대혁의 정리에 의하면, '『상서』는 춘추 말, 전국시대 초기에 주공의 사적을 중심으로 周初 정치제도의 복원을 위해 먼저 「周書」의 '五誥 즉 大誥·康誥·酒誥·召誥·洛誥'를 중심으로 편집되었고, 전국시대 중·말기에 子思와 맹자 학파에 의해 堯·舜·夏·殷에 대한 기록이 추가되었으며, 이어 秦代 초기에 완성됨으로써 현존하는 『상서』의 원형을 갖추고 漢代에 계승되었다.'고 한다.[「『書經』「虞書」의 내용체계와 유학사상적 의미」, 『東洋古典硏究』 57, 東洋古典學會, 2014, 145쪽.]

정비되었고,『춘추』가 노나라 隱公 원년[BC 722]부터 哀公 14년[BC 481]에 이르는 722년간의 역사를 공자가 편찬한 역사서임을 감안한다면,486) 중국 역사서의 출발은 모두 공자의 손을 거쳤다고 할 수 있다. 사마천이 아버지 사마담의 유언에 따라『사기』에서『춘추』의 필법을 계승했고,487) 요·순 시대 이후부터 夏·殷·周왕조까지의 내용에서『상서』를 주요 사료로 삼았음이 추정된다면,488)『시경』시들의 내용과 관련되는 역사적 사실들은 어떤 식으로든『상서』·『춘추』·『사기』에 두루 실려 있는 셈이다.489)

현재 泰誓~秦誓까지 총30편으로 구성된「周書」와『사기』의「卷三 殷本紀」·「卷四 周本紀」·「卷三十五 管蔡世家」·「卷四十七 孔子世家」·「卷一百三十 太史公自序」등은 시로 노래된 역사적 사실의 단서나 의미를 짐작할 수 있게 한다. 사실 사마천은 '서는 실제 일을 말하여 본받게 하고, 시는 마음속의 뜻을 표달하게 한다'490) 는 공자의 말을 인용하여 역사적 사실과 문학[혹은 악장]의 차이를 제시하고자 했다. 같은 대상을 다루었다 해도 역사로 쓴 것과 시로 쓴 것의 차이나 효능은 다르다는 말일 것이다.

역사와 교훈의 두 관점을 융합하여 주나라 왕조의 정치적 자취를 산문으로 적은 것이『상서』의「주서」이고, 비슷한 시기에 동일한 역사적 사실들을 시

---

486)『文淵閣四庫全書: 史部/正史類/『史記』卷一百三十「太史公自序」第七十]의 "幽厲之後 王道缺 禮樂衰 孔子修舊起廢 論詩書 作春秋 則學者至今則之" 참조.

487) 주 486)과 같은 곳의 "太史公曰 先人有言 自周公卒五百世而有孔子 孔子卒後至於今五百世 有能紹明世 正易傳 繼春秋 本詩書禮樂之際 意在斯乎 意在斯乎 小子何敢讓焉" 참조.

488) 최병수,「『史記』와『尙書』의 상호관계 비교 고찰-그「殷本紀」篇과「尙書」篇을 중심으로-」,『韓國史學史學報』10, 한국사학사학회, 2004, 112쪽.

489) 노나라 隱公 원년[BC 722]부터 哀公 14년[BC 481]까지 기록된『춘추』의 시대적 범위는 대략 주나라 桓王[재위 BC 720-BC 697]부터 敬王[재위 BC 520-BC 477]까지의 기간에 해당하므로 주나라의 쇠퇴기에 속한다. 따라서 <용비어천가>에 반영된 조선조 6조의 사적과 대응되는 주나라 창업 선조들[후직~무왕]의 기록은『상서』와『사기』에 국한된다. 물론『춘추』에도『시경』시들이 인용되고는 있으나, '역사의 詩文學化'와는 다른 경우다.

490)『文淵閣四庫全書: 史部/正史類/『史記』卷一百二十六「滑稽列傳」第六十六]의 "孔子曰 六藝於治一也 禮以節人 樂以發和 書以道事 詩以達意 易以神化 春秋以道義" 참조.

형태로 바꾸어 왕조에 대한 칭송과 후대에 대한 교훈성이라는 복합적인 뜻을 드러낸 것이 『시경』의 해당 시들이며, 『상서』와 『시경』의 본질을 충실히 반영하여 체계화시킨 본격 史書가 『사기』라 할 수 있다.

앞에서 언급한 「대아」 <생민>을 그 예로 들어보기로 한다. 주나라의 기초를 만들었거나 창업한 선조들을 높인 시로서 후직이 강원에게서 태어났고, 문왕·무왕은 후직에게서 일어났으므로 미루어 하늘에 짝한 노래가 바로 이것이라고 했다. <생민>을 중심으로 주나라 초기부터 춘추 초기까지에 걸치는 시기로 추정되는 시들을 모은 『시경』과 비슷한 시기의 『상서』,491) 후대의 『사기』 사이에 나타나는 편차는 어떤 것인지 살펴볼 필요가 있다.

<1> 『**상서**』「周書」'**武成**': 王若曰 嗚呼群后 惟先王建邦啓土 公劉克篤前烈 至于大王 肇基王迹 王季其勤王家 我文考文王 克成厥勳 誕膺天命 以撫方夏 大邦畏其力 小邦懷其德 惟九年 大統未集 予小子其承厥志492)

<2> 『**시경**』「**대아**」 <**생민**>: 姜嫄이 상제의 발자국에서 엄지발가락을 밟고 임신한 뒤 后稷을 낳은 신이함[1장]/人道 없이 편안하게 후직을 순산한 신이함[2장]/人道 없이 아들을 낳은 불길함에 버렸으나, 소·양·새·나무꾼 등의 비호로 살아난 신이함[3장]/棄가 어렸을 적부터 곡식을 심고 가꾸기를 좋아했으며 자란 뒤에는 농사짓는 것을 좋아하여 요임금이 農師로 삼은 사실[4장]/요임금이 후직을 邰나라에 봉하고 모친인 姜嫄의 제사를 주관하게 하여 주나라 사람들이 대대로 강원을 제사하게 된 사실[5장]/검은 기장, 붉고 흰 차조 등 아름다운 종자를 심어 가꾸고 수확하여 첫 제사 즉 肇祀를 지낸 사실[6장]/수확한 곡식으로 음식을 만들고, 쑥을 취해 降神祭를 지내고, 숫양으로 路祭를 지내고, 불고기를 구어 해[歲]를 일으키는 등 엄정한 제사절차를 통해 오는 해[새해]를 일으키고 가는 해를 이은 사실[7장]/

---

491) 『상서』는 요순시대와 삼대[하·은·주]의 역대 사관이 왕의 사적과 그 치적을 서술형식[記言體]으로 기록한 중국 고대사의 최고 문헌으로 평가받고 있지만, 이 책은 周代에 성립되기 시작했다고 볼 수 있다고 한다.[고대혁, 앞의 논문, 144-145쪽]

492) 『文淵閣四庫全書: 經部/書類/書傳』 卷九.

제물을 제기에 담아 올리니 상제가 흠향하는 절차가 후직의 첫 제사로부터 차질
없이 현재까지 이르렀다는 사실[8장]'

    <3> 『사기』「주본기」: 周后稷名棄 其母有邰氏女曰姜嫄 姜嫄爲帝嚳元妃 姜嫄出野
見巨人跡 心忻然說 欲踐之 而身動如孕子 居期而生子 以爲不祥 棄之隘巷 馬牛過者 皆
辟不踐 徙置之(…)號曰后稷 別姓姬氏 后稷之興 在陶唐虞夏之際 皆有令德493)

    무왕이 상나라를 정벌하고 諸神에게 제사한 다음 제후들에게 고한 말과
政事를 기록한 글이 첫 번째 인용문 武成이다. 후직의 신이한 탄생이나 시련,
異蹟 등 신화 차원의 이야기는 당시에 이미 보편화 되어 있었을 것으로 보이
나, 무왕은 그것들을 생략하고 자신에 이르기까지의 가계[后稷-公劉-大王-王季-文
王-武王]만 간략히 언급했다. 그런 내용은 <생민>에 이르러 좀 더 구체적으로
보충된다. 전반부에서는 탄생의 신이함과 시련[1장-3장], 후직이 보여준 이적과
공적[4장] 등에 초점을 맞추었고, 후반부에서는 모친 사후의 肇祀에 관한 사실[5
장], 그 제사를 주나라 사람들이 대대로 지냈다는 사실과 제사절차[6장-8장] 등에
맞추었는데, 개인 제사의 차원에서 나라 제사로 정착했다는 뜻을 담고 있는
것이 후반부의 내용이다.

    주나라가 건국된 이후 무왕 당대까지 그 제사가 지속되었다는 언급은 후직
당시에 이미 주나라의 왕통이 시작되었음을 보여준다. 말하자면 시조 탄생의
신화적 질서가 국가제도라는 현실적 차원으로 전환되는 과정이 <생민>에 압
축되어 있는데, 후직이 시작한 제의가 이 노래에서 그렇게 추정할 만한 단서로
제시되었음을 암시한 것이라 할 수 있다.

    『사기』의 「주본기」에 이르면 『상서』의 「무성」에서 생략한 신화적 요소와
후직~무왕까지의 왕통 및 천하를 통일하기까지 무왕이 이룩한 업적들이 상세

---

493) 『文淵閣四庫全書: 史部/正史類/史記 卷四.

히 기술된다. 중국 역대 지식인들이『상서』를 '사료적 가치와 도덕적 의의'의
측면에서 받아들인 史書라면,[494] 사마천 역시『상서』에서 사건의 본질이 생략
되었거나 간단히 처리된 사료들을 부연하거나 구체화하여 상세히 기술함과
동시에 후대를 위한 교육적 자료의 의미까지 부연한 것으로 볼 수 있다.[495]

　다음에 제시하는 사마천의 술회들은『사기』에 수용된 사료로서의『시경』
을 언급한 것들이다.

　　<1> "요순의 盛德은 상서에 기록되어 있고 예악은 여기서 지어졌으며, 탕왕과
　　무왕시대의 융성함은 시인들이 노래했다. 춘추에서는 선을 캐고 악을 물리쳤으며,
　　삼대의 덕을 숭상하고 주나라 왕실을 찬양했으니, 풍자와 비방만을 한 것은 아니
　　다.(…)대저 시경과 상서의 내용이 함축적이고 간략한 것은 지은이의 마음 속 뜻을
　　이루고자 했기 때문이다.(…)『시경』300편은 대개 성현이 발분하여 지은 것이니,
　　이 사람들은 모두 마음속에 맺힌 것이 있어도 그것을 통하여 밝힐 수 없었기 때문
　　에 지난 일을 서술하여 오는 일을 생각하려 한 것이다.[496]

　　<2> 기는 후직이 되었고 문왕 때 공덕이 융성했다. 무왕은 목야의 대전에서
　　승리하여 천하를 다스리게 되었다. 유왕과 여왕은 어리석고 난폭하여 풍과 호를
　　잃었고, 이후 점점 쇠해져서 赧왕에 이르러 낙읍의 제사가 끊어졌다. 이에 周本紀
　　第四를 지었다.[497]

---

494) 황원구, 「書經의 史料的 意義」, 金冠植 譯, 『書經』, 현암사, 1968, 516-517쪽.
495)『사기』「주서」의 초반에 해당하는 '①武王已克殷~問以天道, ②武王病 天下未集~太子誦代立 是爲
　　成王, ③成王少 周初定天下~北面就群臣之位, ④成王在豐~賄息愼之命'을 예로 들면, ①은「周書」
　　卷六의 '洪範', ②는「周書」卷七의 '金縢', ③은「周書」卷七의 大誥·微子之命·歸禾·嘉禾·康誥·酒
　　誥·梓材, ④는「周書」卷八의 召誥·洛誥·多士·無逸, 卷九의 多方·周官·賄息愼之命 등을『상서』에
　　서 갖다 쓴 사료들을 노출시킨 부분이다. 여기에 쓴 사료들은 주로 교훈이나 경계의 교육적인
　　내용들이다.
496)『文淵閣四庫全書: 史部/正史類/史記』卷一百三十의 "堯舜之盛 尙書載之 禮樂作焉 湯武之隆 詩人
　　歌之 春秋采善貶惡 推三代之德 襃周室 非獨刺譏而已也(…)夫詩書隱約者 欲遂其志之思也(…)詩三
　　百篇 大抵聖賢發憤之所爲作也 此人皆意有所鬱結 不得通其道也 故述往事 思來者" 참조.
497) 주496)과 같은 곳의 "維棄作稷 德盛西伯 武王牧野 實撫天下 幽厲昏亂 旣喪豐鎬 陵遲至赧 洛邑不祀
　　作周本紀第四" 참조.

<3> (주무왕 사후 어린 성왕이 즉위하매) 주공이 섭정하자 주공을 의지하는 제후도 주공에 반기를 드는 제후도 있어, 주공이 이를 평정했다. 문덕을 힘껏 펴자 천하가 화답했고, 성왕을 보필하자 제후들은 주나라를 떠받들었다. 노나라 은공과 환공의 즈음에만 왜 그렇게 어지러웠을까. 삼환의 다툼으로 노나라는 번창하지 못했고, 주공단의 '금등'을 아름답게 여겨 周公世家 第三을 지었다.[498]

<4> 관숙과 채숙을 보내 무경을 감시하고 옛 상나라 백성들을 위무했다. 그러나 주공 단이 섭정하게 되면서 二叔이 복종하지 않자 관숙을 죽이고 채숙을 추방하고 충성을 맹약했다. (문왕의 비)太姒에게는 열 명의 아들이 있어 주나라 종실은 강성해졌다. (채숙의 아들) 仲이 잘못을 뉘우친 것을 가상히 여겨 管蔡世家 第五를 지었다.[499]

이상은 『사기』 「태사공자서」에 들어 있는 내용들로서, 사마천이 『사기』에 채용한 사료들[『상서』와 『시경』]에 주나라 창업주 및 그 선조들의 사적이 어떻게 반영되어 있고, 주제의식이 어떻게 구현되었는지 등을 추정하게 하는 단서들이 포함되어 있다.

<1>에서 사마천은 『상서』와 『시경』의 내용이 '함축적이고 간략하다'고 했다. 지은이의 마음 속 뜻을 이루고자 한 것을 그 이유의 하나로 들었고, 특히 『시경』 시들의 경우 사람들이 마음속에 맺힌 것이 있어도 그것을 통하여 밝힐 수 없었기 때문에 지난 일을 서술하여 오는 일을 생각하려 한 점을 구체적으로 부연하여 설명했다. '창업-융성-쇠퇴 및 멸망'으로 압축되는 주나라의 역사를 『사기』에 반영하였음을 밝힌 것이 <2>인데, 이 말의 이면에 앞서 말한 사료들을 바탕으로 했다는 사실이 들어 있음은 물론이다.

---

498) 주 496)과 같은 곳의 "周公綏之 憤發文德 天下和之 輔翼成王 諸侯宗周 隱桓之際 是獨何哉 三桓爭彊 魯乃不昌 嘉旦金縢 作周公世家第三" 참조.
499) 주 496)과 같은 곳의 "管蔡相武庚 將寧舊商 及旦攝政 二叔不饗 殺鮮放度 周公爲盟 太姒十子 周以宗彊 嘉仲悔過 作管蔡世家第五" 참조.

무왕의 죽음에 즈음하여 大王·王季·文王에게 告由하여 金縢을 만든 전말과, 어린 성왕을 충성으로 받든 주공 단의 행적을 기록한『상서』「주서」'금등'을 『사기』에서 구체적으로 다룬 일을 언급한 것이 3)이다. 주공 단은 성왕을 도와 주나라를 안정시키는 과정에서 성왕을 비롯한 후왕들에게 王道를 깨우칠 목적의 노래들을 상당수 남겼고 예악문화를 확립시킨 점에서 공자와 사마천 모두 중시한 인물이다.

그런 연유로『상서』와『시경』,『사기』의 주나라 관련 부분들에서 주공 단은 핵심적인 존재일 뿐 아니라, <3>에 이어 '管蔡의 난'을 평정함으로써 주나라의 태평을 회복한 사실을 언급한 <4>에서도 중심 역할을 수행한 인물이기도 하다. 특히 관채의 난을 평정한 뒤 백성들을 위해 임금이 해야 할 일을 월령체로 노래한『시경』「빈풍」의 <七月> 시를 지었다는 점은 4)와 밀접하게 관련을 맺는 사실인데, 이 점은『시경』시들이 정치적·역사적 맥락에서 생겨났음을 보여준다.

이처럼 대부분『상서』에 기록되어 있긴 하지만,『사기』에 보다 구체적으로 기록됨으로써 주나라 창업주 및 그 선조들의 사적은 '역사적 사실성'을 인정받게 되었고, 그에 따라 주나라 창업주와 그 선조들의 사적을 노래한『시경』의 일부 시들 또한 史詩로서의 권위를 더 무겁게 인정받은 셈이다.500) 이런 사실은 조선조 창업주와 선조들의 사적을 찬양한 <용비어천가>의 '역사적 사실성'이 官撰의 역사서인『고려사』나『태조실록』의 「총서」에 의해 뒷받침됨으로써

---

500) 이 경우『시경』자체가『사기』의 사료들 가운데 하나일 뿐 아니라,『사기』의 서술에 이용된 『춘추』등에도『시경』은 많이 인용되어 있다. 따라서『시경』이『사기』의 권위를 높여주었는지, 혹은 역으로『사기』가『시경』의 존재의의나 가치를 높여주었는지 분명히 말할 수는 없다. 그러나 「周本紀」나 「管蔡世家」등에 기록된 역사 사실로서의 사적들이 훨씬 이전부터『시경』시들로 노래 불렸거나 연주되었다는 점은 창업주나 선조들의 사적이 갖는 위상을 극적으로 높이는 효과를 보인 것은 사실이다. 즉 주나라의 창업이나 그 선조들의 위대함을 찬양하기 위해 만든『시경』 시들의 내용은 역사서『사기』의 힘을 빌려 '史詩'로 正位될 수 있었고, 결국 그들의 권위가 극대화될 수 있었다는 것이다.

그 권위를 인정받을 수 있다고 본 점과 상통한다. <용비어천가>가 『시경』의 史詩들을 모범적 선례로 삼았다고 보는 것도 바로 이런 점 때문이다.501)

「태사공자서」를 통해 사마천은 『시경』과 『서경』, 『춘추』502) 등을 『사기』 「주본기」의 주된 사료로 사용했음을 분명히 밝힌 셈이다. 『서경』과 『춘추』는 『시경』과 함께 사마천이 『사기』 편찬의 주된 선행문헌들이었다. 아버지 사마 담의 유언을 받은 사마천은 노래로써 주나라의 역사를 서술하고 성왕을 비롯한 후왕에게 경계의 뜻을 전한 주공과, 버려졌던 예악을 일으켜 『시경』·『서경』을 논하고 『춘추』를 지은 공자를 거론하며, 주공으로부터 1000년, 공자로부터 500년이나 떨어진 사마천 자신의 시대에 『易傳』과 『춘추』를 바탕으로 새로운 역사를 서술하고 『시경』·『서경』·『예경』·『악경』의 근본을 밝혀보겠다는 포부를 밝혔던 것이다. 이처럼 춘추 말 전국 초기에 편찬된 것으로 추정되는 『상서』와 주나라 악장집 『시경』이 『사기』의 「주본기」를 위한 독점적 사료로 쓰인 것은 분명하다.

그 가운데 『시경』에 관한 언급은 다음과 같은 「殷本紀」와 「孔子世家」에 좀 더 명백히 드러난다.

<5> 태사공 말하기를, 나는 송을 바탕으로 설의 사적을 편찬했고, 성탕 이후는 서경과 시경에서 취했다. 설은 子를 姓으로 삼았으나, 그 후손들이 분봉을 받으면

---

501) 기존의 '『시경』 史詩論들'에 대한 면밀한 검토를 바탕으로 「대아」 중의 <生民>·<公劉>·<緜>·<皇矣>·<大明> 등 다섯 작품만을 史詩의 범주에 넣은 이우정의 견해는 <용비어천가> 제작자들의 생각[물론 이들은 豳風의 <七月>도 넣었지만, 이 작품은 앞의 다섯 작품들과 성격과 범주가 다르다.]과 상통한다고 본다.[「『詩經』 史詩 硏究」, 『圓大論文集』 31, 원광대학교, 1996, 196쪽 참조.]

502) 무엇보다 『춘추』에 대한 사마천의 신뢰나 경외심은 『시경』보다 못하지 않았다. 242년[隱公 원년: BC 722-哀公 14년: BC 481]에 걸친 노나라 역사의 시비를 가려 천하의 본보기로 삼고자 한 공자가 저술한 것이 『춘추』인데, 천자라도 (깎아내릴 일이 있으면) 깎아 내리고, 불의한 제후는 비난하며, 불충한 대부는 공격함으로써 왕도를 밝히고자 한 것이 공자의 추상같은 筆法이었다. [『文淵閣四庫全書: 史部/正史類/『史記』 卷一百三十(「太史公自序」 第七十) 참조.] 불우한 상황을 극복하고 『사기』를 저술한 사마천도 공자의 그런 정신을 충실히 본받았다고 할 수 있다.

서 나라로써 성을 삼았으니, 殷氏, 來氏, 宋氏, 空桐氏, 稚氏, 北殷氏, 目夷氏 등이었다. 공자께서는 '은의 路車가 좋았다'고 하셨다. 흰 색을 숭상했다.[503]

<6> 옛날에는 시가 삼천 편이었으나, 공자에 이르러 그 중복된 것을 버리고 예의에 맞는 것만을 택했으니, 위로는 설과 후직에 관한 것을 취했고 중간은 은나라와 주나라의 융성을 서술하여 유왕과 여왕의 쇠락에까지 이르렀다. 부부의 잠자리에서 시작되었으므로 관저는 풍의 시작이 되었고, 녹명은 소아의 시작이 되었고, 문왕은 대아의 시작이 되었으며, 청묘는 송의 시작이 되었다. 305편은 공자가 모두 弦歌하여 韶武와 雅頌의 음에 합하기를 구했고, 예악은 이로부터 기술되어 왕도를 갖추고 육예를 이루었다.[504]

『시경』「상송」의 <那>는 成湯을, <烈祖>는 中宗을, <玄鳥>와 <殷武>는 高宗을 각각 제사한 시이고, <長發>은 제왕이나 제후가 하늘이나 종묘에 지낸 大祭와 時祭를 통틀어 말하는 제사 즉 大禘를 지내던 시이다. 이들에 시조의 탄생을 포함한 상나라 역사가 들어 있고, 사마천은 그것을 바탕으로 설과 성탕 이후의 사적을 편찬했다는 것이 <5>의 설명이다.

<6>에서는 공자가 중복된 것을 버리고 예의에 맞는 것만을 택한 것이 『시경』이라는 점, 국풍·소아·대아·송 등 『시경』의 구성, 왕도를 갖추고 육예를 이룬 『시경』의 가치 등을 설명했다. 『시경』이 『사기』의 사료들 가운데 하나였음은 전자에서 밝혔고, 그런 『시경』의 편찬 의도나 가치를 설명한 것이 후자다. 두 인용문 모두 사마천의 『사기』에서 따온 것들이다. 말하자면, 『시경』은 『사

---

503) 『文淵閣四庫全書: 史部/正史類/『史記』卷三의 "太史公日 余以頌次契之事 自成湯以來 釆於書詩 契爲子姓 其後分封以國爲姓 有殷氏來氏宋氏空桐氏稚氏北殷氏目夷氏 孔子日 殷路車爲善 而色尙白" 참조.

504) 『文淵閣四庫全書: 史部/正史類/『史記』卷四十七의 "古者 詩三千餘篇 及至孔子去其重 取可施於禮 義 上釆契后稷 中述殷周之盛 至幽厲之缺 始於衽席 故曰 關雎之亂以爲風始 鹿鳴爲小雅始 文王爲大 雅始 淸廟爲頌始 三百五篇 孔子皆弦歌之 以求合韶武雅頌之音 禮樂自此 可得而述 以備王道成六藝" 참조.

기』의 사료로 쓰임으로써 그 내용이 역사적 사실과 그에 따른 권위를 인정받은 셈이다. 말하자면 『시경』의 해당 시들은 『사기』의 존재를 전제함으로써 비로소 '史詩'로 定位되었고, 그 시들에 등장하는 인물들의 고매함이나 사건들의 정당성은 최고의 찬양 대상으로 승격될 수 있었던 것이다.

이처럼 주나라에 국한시킬 경우 '주나라 창업주와 선조들의 고사'를 노래한 『시경』 시들과 '조선조 창업주와 선조들의 고사'를 노래한 <용비어천가>는 史詩의 특성을 공유하는 관계를 보이며, 그런 이유로 '<용비어천가>가 『시경』에서 창작의도와 표현법을 배워 왔다'는 사실이 입증된다고 할 수 있다.

사마담과 사마천 사이의 주관적 교감을 바탕으로 한 것이 인용문 <5>라면, <5>의 언급을 좀 더 객관화 시킨 것이 인용문 <6>이다. 요순의 덕치와 성세를 기록한 『尙書』, 탕왕과 무왕시대 즉 은나라와 주나라의 융성함을 시인들이 노래한 『시경』, 선을 캐고 악을 물리친 『춘추』 등 『사기』의 사료로 활용된 서적들이 '삼대의 덕을 숭상하고 주나라 왕실을 찬양했으므로, 풍자와 비방만을 한 것이 아니라는 점'을 강조했음을 알 수 있다. 이것들 모두 지난 일을 서술하여 오는 일을 생각하고자 한 데서 만들어졌다는 것이다. 『시경』을 포함한 이 전적들은 현재의 영광을 이룬 과거의 사실들을 기록한 것들이다. 단순히 과거 사실들을 기록하는 데 목적이 있었던 것이 아니라 그런 과거 사실들을 발판으로 '오는 일' 즉 영광스런 미래를 마련하고자 했기 때문이다.

周頌·魯頌·商頌 등 三頌에 나오는 상당수 노래들의 결말부[예컨대, <維天之命>의 '曾孫篤之': 자손들은 돈독히 할지어다/<烈文>의 '前王不忘': 앞의 왕을 잊지 말 것이로다/<天作>의 '子孫保之': 자손은 그것을 지킬 지어다/<訪落>의 '休矣皇考 以保明其身': 거룩하신 유덕으로 이 몸 탈 없이 보존하리)]의 어투가 立言體의 警戒之辭라는 점은 이미 김성언이 지적한 바 있는데,[505] 이처럼 『시경』의 상당수 노래들에서 과거를 노래하고

---

505) 김성언, 앞의 논문, 263쪽.

찬양한 것은 미래 세대에 대한 경계의 의도 때문이었음을 알 수 있다. <용비어천가>의 '물망장'들도 『시경』에서 발견되는 이런 표현적 관습이나 의도를 받아 발전시킨 부분이라 할 수 있는 것이다. 인용문 <2>의 이면적인 뜻도 바로 이런 점에서 확인된다. <2>~<4>는 주나라 창업 관련 『시경』 시들에 반영된 내용으로서의 역사적 사실들이다. <2>에는 후직의 사적, 무왕의 사적, 유왕과 여왕의 사적, 사직이 끊어진 赧王 때의 사적 등 주나라 왕족의 조상인 후직부터 멸망할 때까지를 「주본기」에 실었음을 뜻하고, 그 가운데 상당 부분[『사기』 권4 「주본기」 제4의 '후직~성왕']은 이미 『시경』에 등장한 것들이다. 특히 앞에 인용한 「용비어천가 서」와 「進箋」에서 언급된 <면>·<생민>·<황의>·<현조>·<칠월> 등 『시경』 시들 가운데 상나라 고종을 제사한 노래인 <현조>를 제외한 나머지는 모두 주나라 창업에 관련된 인물들과 『사기』 권4 「주본기」의 내용이 반영된 것들이다. 인용문 <3>은 무왕의 아들인 성왕을 도와 섭정한 주공의 사적을 설명했고, 4)는 그 연장선에서 '管蔡의 난'을 언급했다. 인용문 <3>과 <4>는 『사기』 「주본기」에 실린 성왕과 주공의 사적을 요약·제시한 내용이며 이미 『시경』 시 <칠월>에 반영되어 있다.

그 가운데 「주본기」의 첫머리에 실린 후직의 사적과 <생민>을 비교해 보기로 한다. 앞에서 언급한 바와 같이 <생민>은 주나라 시조 후직의 탄생과 공로에 대한 찬양을 통해 그를 높인 시로서, '姜嫄이 상제의 발자국에서 엄지발가락을 밟고 임신한 뒤 后稷을 낳은 신이함[1장]/人道 없이 편안하게 후직을 순산한 신이함[2장]/人道 없이 아들을 낳은 불길함에 버렸으나, 소·양·새·나무꾼 등의 비호로 살아난 신이함[3장]/棄가 어렸을 적부터 곡식을 심고 가꾸기를 좋아했으며 자란 뒤에는 농사짓는 것을 좋아하여 요임금이 農師로 삼은 사실[4장]/요임금이 후직을 邰나라에 봉하고 모친인 姜嫄의 제사를 주관하게 하여 주나라 사람들이 대대로 강원을 제사하게 된 사실[5장]/검은 기장, 붉고 흰 차조 등 아름다운 종자를 심어 가꾸고 수확하여 첫 제사 즉 肇祀를 지낸 사실[6

쟁]/수확한 곡식으로 음식을 만들고, 쑥을 취해 降神祭를 지내고, 숫양으로 路
祭를 지내고, 불고기를 구어 해[歲]를 일으키는 등 엄정한 제사절차를 통해
오는 해[새해]를 일으키고 가는 해를 이은 사실[7장]/제물을 제기에 담아 올리니
상제가 흠향하는 절차가 후직의 첫 제사로부터 차질 없이 현재까지 이르렀다
는 사실[8장]' 등이 그 내용이다.

노래 속에 주인공의 탄생부터 공동체의 제사의례까지 언급되어 있는 것을
보면 작자는 의도적으로 이 노래에 매우 짜임새 있는 내용과 구조를 반영하고
자 했음을 알 수 있다. 단편적인 기록이나 구전을 통해 얻는 후직의 出自나
異蹟에 대한 자료가 불충분했을 것이고, 『시경』에서는 그것들을 수용하여 완
결된 구조의 내용으로 마무리했을 것이다. 후대의 사마천은 그것과 함께 『상
서』·『춘추』 등 부대 사료들을 토대로 『사기』 「주본기」의 '후직'을 완성했고,
후대에 <생민>의 내용은 『사기』 「주본기」를 통해 역사 사실로서의 권위를
결국 인정받게 된 것으로 보인다.

"주의 시조 후직의 이름은 기이고 어머니는 有邰氏 여자인 강원으로 帝嚳의
元妃였음/강원이 들에서 거인의 발자국을 보고 마음이 환하게 기뻐지면서 그
것을 밟고 싶어져 밟았더니 임신을 했음/기한이 되어 아들을 낳았으나 상서롭
지 않아 좁은 골목에 버렸으나 지나던 마소가 피해가고 시내 얼음 위에 버렸으
나 날짐승이 날개로 덮어 주었음/강원이 신기하게 여겨 데려다 길렀고, 아이
이름을 기로 불렀음/어릴 적부터 품은 뜻이 컸고 놀이 삼아 삼과 콩을 심었는
데 잘 자랐고, 성인이 되자 농사를 더 잘 지었음/땅을 살펴 그에 맞는 곡식을
심으니 백성들이 모두 그를 본받았음/요임금이 소문을 듣고 기를 農師로 삼았
더니 천하가 그 이득을 보게 되었음/순임금은 '기여, 백성들이 바야흐로 굶고
있으니 그대가 후직이 되어 때에 맞추어 백곡의 씨를 뿌리라'고 했음/기를
邰에 봉하고 후직이라 불렀으며 姬씨 성을 내렸음/요·순·우 임금 시절에 후직
의 집안은 흥성했고, 대대로 좋은 덕을 쌓았음" 등이 『사기』 「주본기」 '후

직'506)의 내용인데, <생민>이 지닌 史詩로서의 성격을 거의 완벽하게 뒷받침
한다.

물론 <생민>의 6장-8장은 후직이 모친 강원에게 올린 제사 절차가 그 내용
으로 「주본기」에는 들어 있지 않다. 그러나 '農師인 棄를 태에 봉하고 후직으
로 불렀으며, 후직의 집안이 그곳에서 대대로 좋은 덕을 쌓아 흥성했다'는
「주본기」의 내용은 제사활동의 주재를 통해 지배자로 자리 잡은 역사적 사실
을 함축했다고 할 수 있다. 말하자면 '태나라에 나아가 집을 정하고 어머니
강원의 제사를 주관한' 첫 단계[제5장]에서 상제에 대한 제사['上帝居歆: 상제가
편안히 흠향함']로 확대된 마무리 단계[8장]에 이르러 '化家爲國'의 조짐은 주제적
요목으로 구체화되는 것이다.

앞에서 언급한 바와 같이 이 노래가 '상제 제사시'이든 '(제사 후 음복례의) 연향
시'이든 공통되는 것은 제사 행위다. 후직이 처음으로 어머니 강원을 제사지낸
것은 집안 제사이고 상제를 제사지낸 것은 나라 제사인데, 그것들을 태나라
사람들이 대대로 이었으며, 뒷사람들이 하늘에 제사 지내면서 조상인 후직을
상제와 함께 배향했다는 것이다.

<생민>에서 찬양된 후직의 사적은 「주본기」에 기록됨으로써 결국 역사적
사실로 定位될 수 있었다. 그러나 이 시의 쓰임이 미상이거나 최소한 郊祀
후 음복례에서 불렸을 가능성이 있다는 견해를 중시하여 비록 직·간접적으로
제사 관련 내용들이 있다 해도 제사시보다는 연향시로 쓰였을 가능성이 크다
고 본다. 조상들의 사적을 노래한 <용비어천가>가 공사연향에 쓰였다는 점도

---

506) 『文淵閣四庫全書: 史部/正史類/『史記』 卷四/「周本紀」 第四의 "周后稷名棄 其母有邰氏女曰姜嫄
姜嫄爲帝嚳元妃 姜嫄出野 見巨人跡 心欣然說 欲踐之 踐之而身動如孕者 居期而生子 以爲不祥 棄之
隘巷 馬牛過者 皆辟不踐 徙置之林中 適會山林多人 遷之而棄渠中冰上 飛鳥以其翼覆 薦之姜嫄 以爲
神 遂收養長之 初欲棄之因名曰棄 棄爲兒時 屹如巨人之志 其游戲好種樹麻菽 麻菽美 及爲成人 遂好
耕農相地之宜 宜穀者稼穡焉 民皆法則之 帝堯聞之 擧棄以爲農師 天下得其利有功 帝舜曰 棄黎民始飢
爾后稷播時百穀 封棄於邰 號曰后稷 別姓姬氏 后稷之興在陶唐虞夏之際 皆有令德" 참조.

어쩌면 조상의 사적을 들어 찬양한 『시경』의 선례를 참조한 증거자료라 할
수 있을 것이다.

그렇다면 <용비어천가>와 역사 사실로서의 6조 사적은 어떻게 연결시켜야
할까. <용비어천가>와 6조 사적의 관계에 대한 사학계의 중론을 잘 반영했다
고 생각되는 심재석의 견해는 『시경』과 주나라 창업선조들의 사적 혹은 『사
기』 「주본기」의 관계에도 시사하는 바가 크다고 보아 인용하기로 한다.

> <용비어천가>는 史書的 성격이 농후하다. 실제로 『고려사』나 『태조실록』 總書
> 와 내용상 거의 유사하며, 오히려 상세한 상황 설명이 있음을 보아도 그러한 것인
> 바, 비록 시가 형식으로 쓰여 있으나 註解나 夾註는 중요한 史料的 가치가 있다고
> 보인다. <용비어천가>는 세종 29년[1447]에 완성되었다. 이 완성의 시점은 <용비
> 어천가> 이해에 몇 가지 시사를 주고 있다. 그 첫째는 건국 이래 추진되던 『고려사』
> 의 편찬이 계속 난항을 겪고 있었다는 사실이다. 『고려사』의 편찬이 계속 난항을
> 겪게 되는 과정에서, 세종은 공식 역사서가 아닌 문학작품 형식의 용가를 출간함
> 으로써 이미 公刊된 선대의 麗末 사적이 『고려사』에 반영되지 않을 수 없도록
> 만들었던 것이다.(…)셋째로는 예비 관료군까지를 포함하는 지배층에 대한 설득이
> 다. 세종대에 와서 개국과 태종의 행위를 강변해야만 할 뚜렷한 이유는 보이지
> 않는다. 그럼에도 불구하고 왕실 선대의 창업의 간난함을 古聖과 비유함으로써
> 지배계층으로 하여금 心服하도록 하는 배려에서 나온 것이겠다. 넷째로 들지 않을
> 수 없는 것은 세종의 문화적 自尊感이다. 용가는 先詞와 次詞로 구성되어 있는데,
> 선사에서는 중국 古聖의 사적을, 차사에서는 六龍으로 표현되는 세종의 6대조가
> 기술되고 있다. 穆祖 李安社에서 태종 이방원까지의 잠룡 시 사적을 중국의 고성과
> 병렬적으로 시종일관하여 기술하고 있음은, 전근대의 편찬방식 상 전무후무한
> 일이 아닌가 한다. 이는 육룡의 사적에다 그에 비견되는 고성의 사적을 끌어다
> 붙인 것이기는 하나, 모두가 天命에 의한 것이었음을 강조하고 있다. 이는 사실의
> 고증 여부와 관계없이 세종대 문화적 자존감의 표출이라고 하지 않을 수 없는
> 것이다.[507]

심재석은 『태조실록』의 「총서」와 내용상 거의 유사하다는 점에서 <용비어천가>의 성격을 아예 史書로 보았다.508) 그와 함께 각 장의 주해나 협주들 또한 중요한 사료적 가치를 지니고 있다 했다. <용비어천가>를 史書로 보는 관점은 내용의 역사적 정확성을 강조하는 데서 나왔겠지만, 그것이 '시'라는 장르적 속성을 벗어날 수 없는 한 '史詩'로 보는 관점을 보강해주는 데 유효할 뿐이다. 음악을 통해 반복적으로 연주된다는 점에서 시 혹은 악장으로 보는 관점은 역사적 정확성의 저변에 소통이나 훈민의 효율성에 대한 강조의 의도가 자리 잡고 있기 때문이었을 것이다. <용비어천가> 제작의 준비단계에서 구전들까지 수집하여 선대의 사적을 모으도록 한 세종의 입장을 감안하면,509) 이미 단편적인 기록들은 당연히 모았을 것이고, 그것들을 역사로 편입시킬 수 있느냐의 여부가 가장 큰 관심사였을 것으로 보인다.

난항을 보이던 『고려사』의 편찬이 완성되기에 앞서 문학작품 형식의 <용비어천가>를 출간함으로써 이씨 왕조 선대의 사적이 『고려사』에 반영될 수밖에 없도록 했고, 창업의 艱難함을 古聖과 병렬적으로 제시함으로써 지배계층으로 하여금 心服토록 하고자 했으며, 그 모두가 결국 天命에 의한 것이었음을 강조한 점은 세종대 문화적 자존감의 표출이었다는 점 등이 인용문의 핵심이다.

---

507) 沈載錫, 「龍飛御天歌에 보이는 高麗末 李成桂家」, 『역사문화연구』 4, 한국외국어대학교 역사문화연구소, 1992, 124-125쪽.

508) 『태조실록』 「총서」에는 '태조 이성계 선대의 가계. 목조 이안사가 전주에서 삼척·의주를 거쳐 알동에 정착하다'~'공양왕이 태종과 사예 조용을 시켜 태조와의 맹약을 위한 초안을 잡게 하다'까지 고려조에서 활약한 목조~태조까지의 사적 134건의 기록들이 실려 있다. 이들 대부분이 <용비어천가>의 주해나 협주로 轉載되다시피 했으며, 그 골자가 시가 형식으로 구현되어 있다. 이 경우 『태조실록』 「총서」는 <용비어천가>[시가+주해 및 협주]의 근거 자료로 전용되었고, <용비어천가>[시가+주해 및 협주]는 다시 『고려사』의 사료로 사용됨으로써 <용비어천가>에서 찬양한 6조의 사적들은 역사적 권위를 확보하게 되었던 것이다. 이 점은 『사기』를 편찬하면서 『시경』을 사료로 삼음으로써 『시경』의 내용이 역사적 권위를 확보하게 된 것과 같은 의도와 결과로 볼 수 있을 것이다.

509) 주 507) 참조.

세종이 갖고 있던 현실의식과 역사의식, 정치적 입장 등을 바탕으로 하고 주나라 역사의『시경』시 반영양상을 주목한 제작자들의 통찰력이 작용하여 '역사와 문학'의 융합체인 <용비어천가>는 이루어질 수 있었다.

원래 조선 창업의 두 주역인 왕실과 사대부가 모두 만족할 만한『고려사』를 편찬하는 것이 조선 초기의 큰 과제들 가운데 하나였다. 정두희는 유신들의 반대에도 불구하고『태조실록』의 공개를 의도적으로 추진했고 <용비어천가>가 간행되어 태조의 활약상이 사대부들 사이에 공개되었으므로,『고려사』의 편찬자들은 어떤 형태로든 그 이전에 편찬된 어떠한 고려사에서보다 태조 관계 기록들을 더 많이 수록하지 않을 수 없었다는 점, 새로운『고려사』에서 고려 말의 상황을 서술할 경우 <용비어천가>에 공개된 사료를 외면하기 어려웠다는 점, 대부분 <용비어천가>의 태조 관련 史實들이『태조실록』「총서」와 일치하고, 「총서」 내용의 상당 부분이 현존『고려사』에 반영된 것으로 미루어 세종의 의도는 성공했다고 볼 수 있다는 점 등을 <용비어천가>가 갖는 조선 건국사 자료로서의 의미로 제시했다.510)

시 부분과 주해 및 협주 부분의 결합으로 이루어진 것이 <용비어천가>인 만큼, <용비어천가>는 '역사적 사실성과 권위를 갖춘 시가' 즉 史詩로 정위될 수 있었다. <용비어천가> 제작자들이 언급한『시경』의 해당 시들에 등장하는 주나라 선조들과 창업주의 사적은 원래『상서』등 史書의 단편적인 기록이었거나 구전에 불과했을 뿐『사기』같은 본격 역사 기술로 정착되어 있지 않았던 내용들이었다. <용비어천가>에 등장하는 6조의 사적 역시 본격 역사 기술로부터 가져 온 것들은 아니었다. 그럼에도 불구하고 양자가 역사적 사실성과 권위를 갖출 수 있었던 것은 시에 들어있는 사건들이 역사서의 뒷받침을 받을 수 있었기 때문이다.

---

510) 정두희, 「朝鮮建國史 資料로서의 <龍飛御天歌>」, 『진단학보』 68, 진단학회, 1989, 93-94쪽 참조.

예컨대 『시경』의 <생민>은 시조 후직의 공덕이 후손들에게 이어진 모습을 들어 주나라의 정통성을 찬양한 노래인데, <용비어천가>가 하늘의 명에 의해 정통성이 부여된 조선의 왕통을 찬양한 노래라는 점 또한 의도의 면에서 <생민>과 상통한다. 그 인물들의 고매함은 온갖 난관을 무릅쓰고 백성들을 위한 데서 입증되었고, 창업이 '하늘의 명'에 의해 이루어진 '최고의 공적'이라는 점에서 사건들의 정당성은 확증되었다고 본 것이다. 이처럼 선조들이 겪은 온갖 고난들이 창업에 필수적인 준비단계였다면, '고난 → 창업'은 하늘의 명령에 따른 자연스런 진행이라는 것이고, 그것은 <용비어천가> 제작자들이 『시경』에서 주목한 점이기도 했다. 즉, 창업에 이르는 선조들의 사적에 역사적 권위를 부여하는 일과 그것들에 작용한 천명은 『시경』의 해당 시들과, 그것들을 참조하여 만든 <용비어천가>에 공통적으로 작용하는 정신적 기반이었던 것이다.

일례로 <용비어천가> 10장[원문]과 漢譯 및 현대역을 들면 다음과 같다.

一夫ㅣ 流毒홀씨 我后를 가드리ᅀᆞ바 玄黃筐篚로 길헤 ·ᄇᆞ라ᅀᆞᄫᅵ니/狂夫ㅣ 肆虐홀씨 義旗를 기드리ᅀᆞ바 簞食壺漿ᄋᆞ로 길헤 ᄇᆞ라ᅀᆞᄫᅵ니[원문]

一夫流毒 爰徯我后 玄黃筐篚 于路迎候/狂夫肆虐 爰候義旗 簞食壺漿 于路望來[한역]

한갓 필부인 紂가 독을 흘리므로 우리 임금 武王을 기다려 검고 누런 폐백 광주리를 들고 길에서 바라오니
미친 필부인 禑가 포학함을 자행하므로 태조의 의로운 깃발을 기다려 한 대그릇의 밥과 한 병의 국으로 길에서 바라오니[현대역]

이 노래의 전단은 포학한 은나라의 주왕을 주나라의 무왕이 정벌할 때 백성

들이 음식을 싸들고 무왕이 오길 기다린 사실을 노래한 내용이고, 후단은 이성계가 요동을 정벌하라는 폭군 우왕의 명을 거역하고 회군할 때 백성들이 음식을 싸들고 이성계가 오길 기다린 사실을 노래한 내용이다. 전자는『상서』권5「商書」'微子'와 권6「주서」'牧誓'·'武成',『사기』권4「주본기」'무왕' 등에 등장하는 牧野戰鬪의 승리가 그 핵심적 사실이고, 후자는『고려사』권12,「세가」12,「열전」50, 우왕 5[우왕 14년/1388/무진년] 을미일~신축일과『태조실록』「총서」'태조가 조민수와 함께 위화도에서 회군하다'에 등장하는 위화도 회군이 그 핵심적 사실이다.

목서는 무왕이 휘하 군사들, 友邦의 冢君, 司徒·司馬·司空·亞旅·師氏·千夫長·百夫長 및 각 지역 백성들의 노고에 대한 위로, 상나라 紂王의 죄상을 폭로하며 실제 전투에 임해야 할 자세 및 행동, 싸움에 나서야 할 군사들에 대한 격려 등을 내용으로 한 글이다. 바로 이어지는 내용으로 무왕이 상나라를 정벌하고 군마를 돌려보내며 많은 신들에게 제사하고 제후들에게 고한 말과 정사를 사관이 기록하여 하나의 책으로 만든 것이 무성이다. 천명에 응하여 창업한 문왕의 뜻을 무왕 자신이 이었음을 천하에 알리고, 포악한 상나라 주왕을 징치하고 천하를 얻었으니 백성들에게 선정을 베풀 것을 황천후토와 명산대천에 맹세했으며, 앞으로 행할 정치의 대강을 천하에 포고한 것이 무성의 구체적인 내용이다.

『시경』「대아」<大明>은 목야대전을 중심으로 무왕이 천명을 얻었음을 찬양한 노래다.『상서』의 해당 내용을 바탕으로 <대명>이 나온 것으로 보이지만, 역으로 목야대전에 대한 구전을 바탕으로 찬양의 노래인 <대명>이 나왔고, 그 내용을 역사 기록으로 남긴 것이『상서』의 해당 기록일 수 있으며, 그『상서』의 기록과 <대명>을 바탕으로『사기』「주본기」의 역사기록이 만들어진 것으로 볼 수도 있다. 어쨌든 목야대전의 승리에 대한 기록을 통해 무왕이 받은 천명은 역사적·도덕적 권위를 획득할 수 있었던 것이고, 악장으로서의

<대명>이 지니는 근거 또한 부정할 수 없게 된 것이다.

그리고 <용비어천가>의 제작자들이 『시경』의 작법을 수용했다고 보는 대표적인 근거도 바로 이 기록에서 찾아 볼 수 있다. 무성 가운데 다음과 같은 구절은 천하의 민심이 무왕에게 몰렸음을 강조한 내용인데, <용비어천가>의 제작자들은 위화도 회군이라는 이성계 사적의 가장 중요한 사건을 부각시키기 위해 그 설명 방법을 인용한 것으로 보인다.

> 하늘을 공경하여 천명을 이루고, 힘을 다해 동쪽을 정벌하여 그곳의 남녀들을 편안케 하니, 그곳의 남녀들은 검고 누른 비단을 광주리에 담아 우리 주나라 왕을 빛나게 하였습니다. 그 때문에 하늘이 크게 진동하듯 하여 우리 큰 고을 주나라를 모두 따르게 되었습니다.511)

> 압록강을 건너 회군하는데, 태조는 백마를 타고 동궁과 백우전으로 무장하고 모든 군사가 도강하기를 기다리며 강 언덕에 서 있으니 그 모습을 멀리서 본 군사들이 저마다 "고금 천지에 어찌 저런 분이 다시 계시랴?"하고 감탄했다.(…)그때 유행하던 동요에, "木子가 나라를 얻으리"라는 것이 있어 군사들과 백성들 노소 할 것 없이 다들 그 노래를 부르곤 했다.(…)태조가 숭인문을 통해 도성으로 들어가 좌군과 서로 협격해 나아가자 성을 지키는 군사들이 아무도 막지 않았다. 도성의 남녀백성들이 다투어 술을 가지고 나와 군사를 영접하고 장애물로 설치했던 수레를 치워 길을 틔워 주었으며 노약자들은 성에 올라가 그 광경을 바라보면서 날뛰었다.512)

목야대전에서 승리한 무왕의 사적을 말한 것이 앞에서 인용한 <용비어천가> 10장의 전반부다. 노래 가운데 '玄黃筐篚로 길헤 ·브라ᅀᆞᆸ·니'는 은나라

---

511) 『文淵閣四庫全書: 經部/書類/『書傳』 卷九의 "恭天成命 肆予東征 綏厥士女 惟其士女 篚厥玄黃 昭我周王 天休震動 用附我大邑周" 참조.

512) 동아대학교 석당학술원, 『국역 고려사/世家 12』, 경인문화사, 2008, 79-89쪽 참조.

주왕의 학정을 종식시키고 백성들을 편안케 하기 위해 오는 무왕을 만나려고 사녀들이 '광주리에 검고 누른 폐백을 가득 담아' 기다리는 모습을 표현한 내용인데, '무왕에게 천명이 내렸다'는 사실을 은유하는 것이 이 표현의 속뜻이다. 이 표현을 그대로 받아 만든 <용비어천가> 10장의 내용 가운데 무왕의 목야전투와 대비되는 것이 태조의 위화도 회군이고, 玄黃筐篚와 대비되는 것이 簞食壺漿이다. 말하자면 단사호장[한 대그릇의 밥과 한 병의 국]을 갖추고 회군하여 돌아오는 이성계를 고대하는 백성들의 모습을 제시함으로써 천명이 누구에게 내렸는지를 보여주려고 한 것이다. 이 노래에서 『시경』으로부터 받은 영향 두 가지는 史詩 즉 실제의 사적에 바탕을 둔 노래의 도덕적·역사적 권위의 동질성, 창업의 당위적 근거로 제시한 천명의 동질성 등이다.

  <대명> 외의 다른 『시경』 시들과 <용비어천가> 10장외의 다른 노래들을 들어 천명의식을 비교해 보기로 한다. 천명을 노래하고 있다는 점에서 두 경우는 완벽하게 일치함을 확인할 수 있다.

穆穆文王	공경하며 온화하신 문왕이시여
於緝熙敬止	아, 계속하여 공경함을 밝히셨도다
假哉天命	위대하도다, 천명은
有商孫子	상나라의 자손들에게 있었도다
商之孫子	상나라의 자손들이
其麗不億	그 수가 억에 그쳤겠는가만
上帝旣命	상제께서 이미 주나라에 명하신지라
侯于周服	주나라에 복종하도다

                                                       —<文王> 4장

帝謂文王	상제께서 문왕에게 이르시되
予懷明德	나는 밝은 덕을 좋아하여
不大聲以色	소리와 색으로 크게 나타내지 않고

不長夏以革	언제나 회초리와 채찍을 쓰지 않으니
不識不知	알거나 모르거나
順帝之則	상제의 법을 따르라 하시다
帝謂文王	상제께서 (또) 문왕에게 이르시되
詢爾仇方	그대의 이웃들에게 묻고
同爾兄弟	그대의 형제들과 힘을 합하여
以爾鉤援	그대의 구원과
與爾臨衝	그대의 임충으로
以伐崇墉	숭나라의 성채를 치라 하시다

―<皇矣> 7장

海東六龍이ᄂᆞᄅ샤 일마다天福이시니 古聖이 同符ᄒ시니
　　　　　　　　　　　　　　　　　　　―<용비어천가> 首章

狄人ㅅ서리예가샤 狄人이 ᄀᆞ외어늘 岐山올ᄆᆞ샴도 하ᄂᆞᆯᄠᅳ디시니
野人ㅅ서리예가샤 野人이 ᄀᆞ외어늘 德源을ᄆᆞ샴도 하ᄂᆞᆯᄠᅳ디시니
[북방 오랑캐 사이에 가시어 오랑캐들이 침범하거늘 기산으로 옮기신 것도 하늘의 뜻이십니다
여진족 사이에 가시어 여진족들이 침범하거늘 덕원으로 옮기신 것도 하늘의 뜻이십니다]
　　　　　　　　　　　　　　　　　　　―<용비어천가> 4장

말ᄊᆞᆷ을슬ᄫᅵ리하ᄃᆡ 天命을疑心ᄒ실ᄊᆡ 쑤므로 뵈아시니
놀애를브르리하ᄃᆡ 天命을모ᄅᆞ실ᄊᆡ 쑤므로 알외시니
[말씀을 사뢰는 사람들이 많되 하늘의 명을 의심하시므로 꿈으로 재촉하셨습니다
노래를 부르는 사람들이 많되 하늘의 명을 모르시므로 꿈으로 알려주셨습니다]
　　　　　　　　　　　　　　　　　　　―<용비어천가> 13장

千世우희 미리定ᄒ샨漢水北에 累仁開國ᄒ샤 卜年이ᄀᆞᆺ업스시니 聖神이니ᅀᅡ샤도
敬天勤民ᄒ샤ᅀᅡ 더욱구드시리이다 님금하ᄅᆞ쇼셔 洛水예山行가이셔 하나빌미드

니잇가

　[오랜 옛날 미리 정하신 한수 북쪽에 어짐을 쌓고 나라를 여시어 미리 점쳐
정해진 햇수가 끝없으시니 거룩하고 신령스런 임금이 이어받으셔도 하늘을
　공경하고 백성을 위해 부지런히 노력하셔야 나라가 더욱 굳건할 것입니다.
　임금이시여, 낙수에 사냥 가계시며 할아버지만 믿으시렵니까?

―＜용비어천가＞ 125장

　＜용비어천가＞에 『시경』의 천명의식이 수용되었음을 밝히기 위해 『시경』
「대아」 ＜문왕＞과 ＜황의＞, ＜용비어천가＞의 首章·4장·13장·卒章 등을 차례로
들었다. ＜문왕＞은 문왕이 천명으로 주나라를 세운 사실을 들어 찬양한 노래
다.[513] 그런 만큼 전편에 걸쳐 열거한 천명의 구체적인 사례들이 이 시의 핵심
내용을 구성하고 있을 것이다. 천명이 이미 상나라에서 끊어지니, 오직 그
몸만 誅罰할 뿐 아니라 그 자손으로 하여금 주나라에 와서 신하로 복종하게
했음을 말한 것이 ＜문왕＞ 4장의 내용이다.[514]

　원래 천명은 상나라의 자손들에게 내려졌으나 공경스런 태도를 지닌 문
왕에게로 옮겨졌다는 것이다. 천명이 떠남으로써 상나라는 망했고, 천명이 옮
겨 옴으로써 문왕이 주나라를 창업했다는 것이니, 덕망의 보유 여부에 따라
이동할 수 있는 것을 천명의 실체로 인식했었음이 분명하다. 이 내용과 관련되
는 역사상의 기록은 『상서』 「태서」에서 확인할 수 있다.

　1. 지금 상나라 왕 수가 상천을 공경하지 않고 아래 백성들에게 재앙을 내리고
　있다.[515]
　2. 술에 빠지고 여색을 탐하여 사람을 죄 주되 친족에게까지 미치고(…)황천이

---

513) 『文淵閣四庫全書: 經部/詩類/毛詩注疏』 卷二十三의 "文王 文王受命作周也" 참조.
514) 『文淵閣四庫全書: 經部/詩類/詩傳大全』 卷十六의 "四章 言天命旣絶於商 則不唯誅罰其身 又使其子
　　孫亦來 臣服于周也" 참조.
515) 『文淵閣四庫全書: 經部/書類/書傳』 卷九의 "今商王受 弗敬上天 降災下民" 참조.

진노하사 우리 문왕에게 명하시어 엄숙히 하늘의 위엄을 받들게 하시나 (상왕 수를 정벌하는) 큰 업적을 이루지 못하셨다.516)

　3. (상나라 왕) 수는 죄가 (하나라의) 걸 왕보다 더 하니 元良인 微子를 박해하여 지위를 잃게 하고 간언하는 比干을 賊害하며, 자기가 천명을 소유했다 이르고, 공경을 행할 것 없다 이르며, 제사 지내는 것이 무익하다 하며(…)하늘이 나로 하여금 백성을 다스리게 하셨다. 짐의 꿈이 짐의 점괘와 맞으며 거듭 아름다운 상서가 나타나니 상나라를 치면 반드시 이길 것이다.517)

상나라 왕 수가 상천을 공경하지 않고 백성들에게 폭압을 행사했으므로 황천이 진노했다는 것, 그 이유로 애당초 상나라에 내린 천명을 문왕에게 옮겼으나, 문왕은 그 천명을 이루지 못하여 무왕인 자신에게로 옮겨졌다는 것, 따라서 상나라를 치면 반드시 이긴다는 내용을 인과적으로 서술한 것이 이 노래의 골자다. 상나라와 주나라, 주왕과 무왕 등은 역사를 바꾼 두 상대인데, 역사의 전환에서 성·패의 주역을 바꾼 動因이 바로 천명이라는 것이다.

　하늘의 명 즉 천명이 선악에 따라 옮겨 질 수 있는 도덕적 결정 인자로 인식한 것이 바로 이 경우다. 도덕적으로 패악한 자는 백성들의 지지를 받을 수 없고, 백성들의 지지를 받지 못하면 나라를 소유할 수 없다는 것이 은나라의 멸망과 주나라의 창업을 설명히기 위한 논리적 근기로 쓰여 왔다. 따라서 왕조 교체의 결정적인 힘으로 제시한 것이 천명이라면, 이 때 천명은 얼마간 은유적 개념일 수 있다.

　동양에서 昊天·上天·旻天·帝·上帝 등으로 다양하게 표기되어온 하늘[天]은 인식 주체들의 다양한 주관을 반영한 개념이다. 우여곡절이 많아도 결국 합리적인 방향으로 바로잡히게 되는 바탕에 천명의 使役이 있다고 믿은 것이 근대

---

516) 『文淵閣四庫全書: 經部/書類/書經大全』 卷六의 "沈湎冒色 敢行暴虐 罪人以族(…)皇天震怒 命我文考 肅將天威 大勳未集" 참조.

517) 惟受罪浮于桀 剝喪元良 賊虐諫輔 謂己有天命 謂敬不足行 謂祭無益(…)天其以予乂民 朕夢協朕卜 襲于休祥 戎商必克" 참조.

이전 동양 일원의 보편적 사고였다. 따라서 천명은 '백성들의 합치된 마음'이라 할 수 있다. 알 수 없고 광대무변한 공간으로서의 하늘에 투사되는 것은 백성들의 마음이었을 뿐, 하늘 자체에 스스로 작용하는 마음이 있을 리 없다. 백성들의 마음은 시대와 상황에 따라 다르지만, 욕망을 규제하는 도덕률과 사고방식에 의해 생각의 방향이 일치될 수 있었는데, 당시의 그들은 그것을 민심으로 읽었으며 그 민심을 바탕으로 추단한 것이 천명이었다. 따라서 천명과 '백성들의 합치된 마음'을 동일시하는 것은 천명의 뜻을 내포적 관점에서 읽어낸 결과다.

동양에서 天을 인격화된 至上神·운명·자연적인 존재 등으로 읽어 왔고, 이 세 가지를 전적으로 인정하거나 부정하지 않고 비교적 절충적으로 본 것이 공자였다면,[518] 『상서』와 『시경』에 등장하는 天이나 天命은 상당히 포괄적인 의미범주를 함축한 개념이라 할 수 있다. 앞에 인용한 것처럼 상나라에 부여된 천명이 주나라로 옮겨 갔다는 <문왕> 4장도, 문왕에게 숭나라의 성채를 치라고 하늘이 명령을 내렸다는 <황의> 7장도 현 왕조에 대한 백성들의 일치된 불만이나 새 왕조에 대한 일치된 기대가 천명이란 개념으로 구체화되었음을 보여주는 증거다.

『시경』에 나타난 천명 자체를 액면 그대로 수용한 것이 <용비어천가>이다. 우선 수장은 조선왕조 왕업의 일어남이 모두 천명의 도움으로부터 시작되었음을 총체적으로 서술한 부분이다.[519] 말하자면 조선 창업 6조가 세상에 등장하여 이룩하는 업적들 모두가 하늘이 내려 준 복에 의한 것으로, 순임금이나 문왕 등 옛 성왕들과 부합한다고 했다. 여기서의 천복은 천명에 의해 받은 복록을 말하며, 제작자들은 그 의미를 분명히 할 목적으로 『주역』重天乾괘의

518) 최문형, 「孔子의 天命論과 鬼神觀」, 『東洋哲學研究』 18, 동양철학연구회, 1998, 346쪽 참조.
519) 『龍飛御天歌』, 20쪽의 "此章 總敍我朝王業之興 皆由天命之佑" 참조.

彖辭[①]와 九五의 經文[②], 初九의 傳[③] 등을 잇달아 인용했고,『左傳』과『孟子』
또한 들었다. 우선 그들이 인용한『주역』의 해당 부분들은 다음과 같다.

   ① 중천건 단사: 易曰 時乘六龍 以御天[520]
   ② 九五 飛龍在天 利見大人[521]
   ③ 龍之爲物 靈變不測 故 以象聖人進退也[522]

   <용비어천가>의 제작자들은 목조~태종까지 6조를 6聖으로 자리매김하기
위해 六龍이란 말을 차용한다고 했다.[523] 그리고 정자는 ①[중천건 단사]에 대하
여 다음과 같이 설명했다.

   '크도다'는 건의 도가 큼을 찬양한 것이니, 剛健·中正·純粹 여섯 가지로 건의
   도를 그려냈고, 精이란 이 여섯 가지의 정밀함이 지극함에 이른 것이다. 육효가
   발휘됨으로써 두루 통하여 그 뜻과 의리를 다하고 육효의 때를 타서 하늘의 운행
   을 맡으면 하늘의 공용이 드러나는 것이다. 그러므로 구름이 행하고 비가 베풀어
   져서 음양이 크게 창달해짐을 볼 수 있으니, 이것이 천하가 화평해지는 도이다.[524]

   정자의 설명 가운데 핵심은 '여섯'의 뜻을 해명하는 데 있다. '剛健中正純粹
精也'라는 경문은 강건·중정·순수 등 여섯 가지가 건도의 정밀함이 지극하다

---

520) 『文淵閣四庫全書: 經部/易類/伊川易傳』卷一 참조.
521) 『文淵閣四庫全書: 經部/易類/伊川易傳』卷一 참조.
522) 『文淵閣四庫全書: 經部/易類/伊川易傳』卷一 참조.『伊川易傳』에는 "龍之爲物 靈變不測 故 以象乾
    道變化 陽氣消息 聖人進退"로 되어 있으나, 이 가운데 '以象乾道變化 陽氣消息'을 빼고 '龍之爲物
    靈變不測 故 以象聖人進退'만을 인용했다. 말하자면 성인으로 격상시킨 6조와 영변불측한 용의
    속성을 직결시키려는 의도 때문이었을 것이다.
523) 『龍飛御天歌』, 19쪽의 "我朝 自穆祖至太宗 凡六聖 故 借用六龍之語也" 참조.
524) 『文淵閣四庫全書: 經部/易類/伊川易傳』卷一의 "大哉贊乾道之大也 以剛健中正純粹六者 形容乾道
    精謂六者之精極 以六爻發揮 旁通 盡其情義 乘六爻之時 以當天運 則天之功用著矣 故 見雲行雨施
    陰陽溥暢 天下和平之道也" 참조.

는 뜻이다. "剛은 體로써 말한 것이고 健은 用을 겸해서 말한 것이며, 中은 그 행함에 過不及이 없는 것이고, 正은 그 立脚함이 치우치지 않음이니, '강건 중정'이란 乾의 덕이다. 純은 陰柔에 섞이지 않는 것이고 粹는 邪惡에 섞이지 않는 것이니, '강건중정'의 지극한 것이고 精은 또한 순수한 것의 지극함이 다"525)라는 주자의 설명에 따르면, 乾에 음양 및 강유가 합쳐져 있다가 動靜에 따라 나뉘는 것임을 알 수 있다. 이 '건도의 뜻과 의리가 지극해진다' 함은 육효가 발휘되어 두루 통할 뿐 아니라 육효의 때를 타서 하늘의 운행을 맡아야 하늘의 공용이 드러남을 지칭하며, 구름과 비가 순조롭고 음양이 크게 조화로 워져야 궁극적으로 천하가 화평해진다고 했다.

6효[초효-2효-3효-4효-5효-상효]에 대한 해석은 다양하지만, <용비어천가>의 제 작자들이 창업의 왕통체계를 6성 즉 六祖로 잡은 일이야말로 6효의 그것과 맞추기 위한 계산에서 나온 것임은 물론이다. 초효는 庶人, 2효는 士, 3효는 大夫, 4효는 公卿, 5효는 君, 상효는 皇帝 또는 隱者로 보기도 하고, 인체의 각 부분에 맞추어 초효는 下脚, 2효는 脛, 3효는 股, 4효는 腹, 5효는 胸, 상효는 頭로 보기도 한다.526)

사회적 지위의 단계에 맞추든 인신의 각 부분에 맞추든 5효에서 창업하고 마지막 상효에서 창업을 마무리하게 되는 단계로 제시할 수 있다. 이 때 목조· 익조·도조·환조·태조·태종을 6효에 맞출 경우, 태조가 5효에 태종이 상효에 배정되는 것은 의미심장한 일이다. 즉 주나라에서 창업주는 문왕이지만, 통일 제국 주나라의 완성은 무왕의 업적임을 드러낸 것처럼 조선의 경우도 태조가 창업을 했으나 실질적으로 그 마무리 작업은 태종의 손에 의해 수행되었음을

---

525) 『文淵閣四庫全書: 經部/易類/周易傳義大全』 卷一의 "剛以體言 健兼用言 中者其行无過不及 正者其 立不偏 四者健之德也 純者不雜於陰柔 粹者不雜於邪惡 蓋剛健中正之至極 而精者又純粹之至極也" 참조.
526) 김경탁 역, 『新完譯 周易』, 명문당, 2011, 35쪽.

나타냈다고 할 수 있다. 그에 따라 유교적 명분상 문제가 많았던 태종의 왕위 계승이 정당화될 뿐 아니라, 궁극적으로 장자 아닌 세종의 왕위계승 또한 정당화 된다는 정치적 배려가 근저에 있었음을 인정해야 할 것이다.

다시 말하여 성리학의 명분론에 비추어 절대로 용납될 수 없었던 태조의 역성혁명과 조선조 건립 과정에서 많은 악행을 저지른 태종의 왕위계승에 대한 합리화를 통해 궁극적으로 세종 자신의 즉위 등 왕조의 순탄한 행로에 장애가 될 만한 요인을 합리화 하는 데 <용비어천가> 제작의 본뜻이 있었던 것이다.527)

사실 <용비어천가>의 대부분은 태조의 軍功 및 武勇에 대한 찬미, 태종의 효성 및 형제애 등에 할애되었는데, 특히 고려 충신 정몽주의 암살, 태조의 근신 정도전과 세자 방석의 참살, 방간과의 권력 쟁탈전 등에서 태종의 입장만을 합리화한 점은 <용비어천가>의 편찬이 태종의 왕위계승을 정당화하는 데 집중되었음을 보여준다.528) 무엇보다 고려왕조의 종식과 새 왕조의 건설을 주저하는 아버지 이성계를 대신하여 태종 스스로 결단하고 주도적인 역할을 했으므로 그를 조선의 실질적인 건국자라고 할 수 있다는 점, 세종의 태평성대와 조선 초기의 비교적 건강한 정치가 가능했던 것도 태종이 오명을 기꺼이 무릅쓰고 사전에 장애물을 제거함으로써 기초를 잘 세워둔 덕분이라고 말할 수 있다는 점 등529)은 <용비어천가>에서 찬양된 6조 중 태종이 가장 비중이 큰 존재이자 창업을 종결한 第六祖로서, 『주역』의 第六爻인 上爻가 상징하는 황제적 위치의 제왕이었음을 보여주는 사실들이다.

이처럼 유교적 명분상 용서될 수 없는 태종의 죄를 『주역』'重天乾'의 논리

---

527) 조규익, 『조선조 악장의 문예미학』, 230쪽.
528) 이왕무, 「『용비어천가』의 재발견과 왕업의 재구성」, 『圃隱學硏究』 15, 포은학회, 2015, 169쪽 참조.
529) 신철희, 「"선한 참주"論과 태종 이방원」, 『한국정치학회보』 Vol.48 No.1, 한국정치학회, 2014, 269쪽 참조.

로 합리화하고자 한 것이 <용비어천가>의 핵심 목적이었다. 육효 즉 육룡이
뜻과 의리를 다하고 때를 타서 하늘의 운행을 맡으면 하늘의 공용이 드러난다
고 했다. 다시 말하면 구름이 행하고 비가 베풀어져서 음양이 크게 창달해짐을
볼 수 있으니, 이것이 천하가 화평해지는 도라는 것이니, 바로 조선을 창업하
여 천하를 조화롭게 평정하고 백성들을 편안하게 했다는 것이다. 이것이 바로
<용비어천가>의 제작자들이 『주역』에서 읽어낸 천명의 뜻이다.

　同聲相應, 同氣相求의 이치를 전제로 水流濕, 火就燥, 雲從龍, 風從虎 등 구체
적인 물성들을 설명한 것이 ②에 관한 경문의 핵심이다.[530] 물이 젖은 데로
흐르고, 불이 마른 데로 나아가고, 구름이 용을 따르며, 바람이 호랑이를 좇는
것은 백성들이 '龍德으로 지존의 자리에 올랐을 뿐 아니라 근본인 덕을 함께
하여' 천명을 받은 육조와 함께 함을 비유적으로 드러내는 내용이다. 그런
점에서 ②도 <용비어천가> 수장의 뜻을 부연 설명하고 있는 셈이다.

　③은 初九[潛龍勿用]에 대한 『伊川易傳』의 설명이다. <용비어천가> 제작자들
은 변화를 설명하는 '以象乾道變化 陽氣消息'을 제외하고 '龍之爲物 靈變不測
故 聖人進退'만을 인용하여 고려 말기의 조정에서 이성계가 왕의 우대를 번번
이 사양하는 등 진퇴를 분명히 함으로써 결국 민심을 얻어 조선을 창업하게
된 역사적 사실을 설명하고자 한 것으로 보인다.[531] 이것이 <용비어천가> 수

---

530) 『文淵閣四庫全書: 經部/易類/伊川易傳』 卷一의 "九五曰 飛龍在天 利見大人 何謂也 子曰 同聲相應
　　同氣相求 水流濕 火就燥 雲從龍 風從虎 聖人作而萬物覩 本乎天者親上 本乎地者親下 則各從其類也"
　　참조.

531) 고려 말 태조에 관한 몇 가지 일들을 그 예로 들 수 있다. 즉 창왕 즉위년에 忠勤亮節宣威同德安社功
　　臣으로 추대되었으나 사양한 일[『국역 고려사 세가12-열전 50, 창왕 즉위년(1388)』, 동아대 석당학
　　술원, 2008, 97쪽], 병을 이유로 관직에서 물러난 일[공양왕 2년 3월 경인일, 같은 책, 171쪽],
　　食邑을 사양한 일[공양왕 2년 6월 계미일, 같은 책, 192쪽], 사직을 청하는 글을 올린 일[공양왕
　　2년 11월 기축일, 같은 책, 203쪽], 관직을 사양하는 글을 올린 일[공양왕 2년 12월 계해일, 같은
　　책, 206쪽], 병으로 사직을 청하는 글을 올리고 평주의 온천으로 간 일[공양왕 3년 3월 갑진일,
　　같은 책, 222쪽], 글을 올려 사직을 간청하고 끝내 직무를 보지 않은 일[공양왕 3년 6월 계미일,
　　같은 책, 242-245쪽], 사직했으나 왕이 허락지 않은 일[공양왕 4년 5월 임오일, 같은 책, 278쪽]
　　등을 비롯하여 王者로서 자신을 낮추고 진퇴를 분명히 한 이성계의 처신에 관한 사례들은 많다.

장에 들어 있는 천명의 실체이자 당위성이고, 그것을 좀 더 구체적으로 풀어나
간 것이 나머지 장들에 나타나는 천명의 실체다.

목조와 익조에 걸쳐 일어난 사건들을 배경으로 하는 노래 4장의 천명을
보기로 하자. 사건의 요점을 추리면 다음과 같다.[532]

1) 목조가 알동에 있을 때 여진의 모든 천호들이 사는 곳에 이르면 그들은 반드
시 소와 말을 잡아 며칠씩 잔치를 베풀어 주었다.
2) 모든 천호들이 알동에 오면 목조 또한 이와 같이 하여 드디어 자주 서로
연회를 열었고, 익조도 이것을 본받아 그대로 함으로써 익조의 위엄과 덕이 커져
천호들의 아래 사람들이 모두 익조를 붙좇았다.
3) 이를 시기한 모든 천호들이 익조를 모해하려 하자 가족을 데리고 적도로
피신했고, 후에 알동 사람들이 모두 붙좇아 왔다.

1)-3)의 내용처럼 여진의 천호들에게 붙어 살던 알동의 백성들이 목조와
익조의 덕을 사모하여 붙좇게 되는데, 나중에 익조가 천호들의 謀害로 위태롭
게 되어 도망하게 되었을 때도 모든 백성들이 따라 왔다는 사실을 노래로
만든 것이 <용비어천가> 4장이고 주해는 그 事跡을 설명한 부분이다.

육조가 행하는 모든 일에 하늘의 복이 따랐다고 했다. 즉 천명이 작용하여
성공으로 이끌었다는 뜻이다. 이에 비해 4장에서는 지혜와 노력으로 곤경을
극복한 목조와 익조를 존경하여 백성들이 따라붙은 점을 천명으로 해석했다.
양자는 외견상 방향을 달리하는 것 같지만, 모두 천명으로 귀결된다. 즉 전자
에서는 6조가 누린 천복으로서의 영광에 중점을 두었고, 이를 좀 더 구체화시
킨 후자는 현실적인 고통이나 곤경을 통해 6조의 지혜와 노력을 부각시켰다.
치자가 갖추어야 할 덕목으로서의 지혜와 애민이야말로 하늘의 복을 받게

이것을 '靈變不測/聖人進退'라 표현한 것이다.
532) 『龍飛御天歌』, 31-37쪽 참조.

되는 필수요건임을 강조한 것이다. 말하자면 매우 현실적이고 합리적인 천명
론인 셈이었다.

　태조가 민심의 귀부를 통해 천명을 받았음을 노래와 주해로 보여준 <용비
어천가> 13장은 더욱 현실적이고 합리적이다. '노래를 부르는 백성들이 많았
다'는 사실은 이미 9장의 주해에 밝힌 내용이다. 즉 태조가 4불가론을 내세워
위화도에서 회군할 때 불렀다는 동요[李元帥謠: 인용자 명명][533]와 <木子得國
歌>[534]가 그것들이다. 백성들이나 군인들이 이런 노래들을 불렀다는 것은 민
심이 이미 이성계에게 쏠려 있었음을 의미하고, 그런 민심이 바로 하늘의 마음
즉 천명을 뜻하는 것이었다. 백성들이 이런 노래로 천명이 이성계에게 있음을
말해도 이성계는 그것을 깨닫지 못하므로 하늘이 꿈을 통해 알려 주었다는
것이다.

　이성계는 고려 공양왕 때 자신의 지위가 너무 높아지는 것에 불안함을 느껴
왕에게 거듭 사직을 청했다. 첫째 자신이 재주가 없으면서 특별한 대우를 받는
은총을 입어 지위가 將相에까지 올랐으나 털끝만큼도 임금을 보필하지 못했다
는 것, 둘째 오직 덕을 헤아려 벼슬을 내리는 것이 임금의 밝음이고 총애를
받으며 이룩한 공에 머물지 않는 것은 신하의 의리이니, 영화를 탐내서 벼슬에
나아가려고 한다면 잘못을 재촉하고 허물을 불러들이는 일이라는 것, 셋째
매번 사양함에도 다시 문하시중을 제수하셨으나, 마땅히 한가한 가운데 병을
다스려 중흥의 공을 영원히 간직하고 분수를 지키고 마음을 가다듬어 항상
임금의 장수를 축원하겠다는 것 등이 그 내용이었다.[535] 이처럼 禮辭·固辭·終
辭[536]를 통해 자신에게 내리는 임금의 은혜를 물리고자 했으나, 왕으로부터

---

533) 『龍飛御天歌』, 102쪽의 "先是 有童謠曰 西京城外火色 安州城外烟光 往來其間李元帥 願言救濟黔蒼"
　　　참조.
534) 『龍飛御天歌』, 103쪽의 "時民間又有木子得國之歌 是行也 軍中皆歌之" 참조.
535) 『龍飛御天歌』, 218-239쪽 참조.
536) 『龍飛御天歌』, 239쪽의 "三讓謂固遜也 古人辭讓 以三爲節 一辭爲禮辭 再辭爲固辭 三辭爲終辭"

윤허를 얻지 못한 이성계는 꿈속에서 하늘로부터 내려온 한 神人으로부터 "공의 자질이 문무를 겸했고 백성들의 신망을 받고 있으니 이것으로 나라를 바로잡을 자 공이 아니면 누구이겠소?"라는 말과 함께 金尺을 받게 되었다.[537] 꿈에 신인으로부터 금척을 받은 이성계의 사적은 이미 정도전의 악장 <夢金尺>으로 나타났거니와, 이것이 <용비어천가>에도 반영되었다는 것은 합치된 민심의 수준을 넘어 꿈속에서 신인이 구체적인 징표를 건네는 방법으로까지 이성계가 천명 받은 사실을 널리 알리고자 했음을 보여준다. 천명이 내려진 서사적 콘텍스트를 교묘하게 구성함으로써 조선조 창업을 더욱 극적으로 치장하는 정치적 의도를 구현했다고 할 수 있는 것이다.

앞에서 천명에 관한 『상서』 「태서」의 기록을 인용한 바 있거니와, 상나라에 내려진 천명이 백성들의 離反으로 문왕에게 옮겨졌고 문왕이 이루지 못한 천명을 무왕이 받아 상나라를 멸망시키고 통일 제국 주나라를 출범시켰으며, 그런 사실들이 『시경』으로 노래되었음을 언급한 바 있다. 그 「태서」의 기록에 나타난 '꿈 모티프[무왕의 꿈이 점괘에 들어맞으며 거듭 아름다운 상서가 나타난 사실]'가 <용비어천가> 13장에도 반영되었음을 확인할 수 있게 되는 것이다. 말하자면 백성들이 합치된 마음으로 특정 인물을 추대할 경우 새로운 왕조가 창업되는 것이며, 그런 動因을 극적으로 개념화시킨 것이 천명이다. 백성들의 마음을 확신하지 못하는 상황에서 등장하는 것이 천명을 보여주기 위한 보조적 수단으로서의 꿈 모티프라 할 수 있다. 왕조 교체를 위한 정치적 동인으로서의 천명은 『상서』에서 시작되어 주나라 창업을 노래한 『시경』에서 극대화 되었고, 이것이 조선조 개국세력에게 수용되어 『고려사』와 『조선왕조실록』에 반영되었으며, <용비어천가>에 이르러 극대화된 모습을 확인할 수 있었다.

참조.

537) 『龍飛御天歌』, 239쪽의 "太祖在潛邸 夢有神人 自天而降 以金尺授之曰 公資兼文武 民望屬焉 持此正國 非公而誰" 참조.

사실 주나라 창업의 명분으로 내세운 천명사상의 핵심은 敬天·保民·明德이었다.538) 따라서 주나라 악장으로서의 『시경』에 반영된 천명은 역사적 형성과정에서는 주나라 천명사상과 부합하며 후대에 정립된 이론의 측면에서는 性理에 들어맞는다. 주자가 설명한 것처럼 理가 존재의 원리이자 도덕적 당위이며 性이 곧 理라 한다면 천명 역시 존재의 원리이자 도덕적 당위인 것이다. 따라서 <용비어천가>를 비롯한 조선조 악장에 등장하는 천[혹은 천명]은 도덕적 당위로서의 理이다. 天理는 天道로 나타나며, 그것이 인간사회에서는 도리가 된다. 하늘의 명령이자 인간으로서 마땅히 따라야 할 이치가 도리이다. 이처럼 천명이 도덕적 당위로부터 출발하지만 受命의 주체가 확립된 후에는 존재의 원리로 치환된다. 즉 도덕적 당위로부터 人道로 재현되는 것이 천명인 것이다. 『고려사』나 『조선왕조실록』, <용비어천가> 등 조선 초기의 문헌들에 많이 사용되던 천명은 『상서』의 受天明命539) 즉 정치적 천명이다. 그러나 그것은 순일한 덕을 지닌 군신·상하가 지닐 수 있을 때 얻게 되는 것이므로, 단순히 외적 천명을 가리킬 뿐 아니라 心性 상의 천명을 지칭하기도 한다. 왕이 心德에 內化한 천명을 지닐 때 비로소 민심을 歸一시키는 外化의 천명을 얻을 수 있음을 의미하는 말이다. 桀왕을 방벌하고 천명을 회복한 탕왕이나 紂왕을 방벌하고 천명으로 복귀한 무왕은 모두 혁명주들인데, 이처럼 혁명이란 다른 곳에 가 있던 천명이 옮겨 오거나 천명에서 떠났던 것이 다시 천명으로 돌아옴을 일컫는다.540)

이씨 왕조가 천명을 얻은 사실로부터 시작되는 것이 <용비어천가>다. 즉

---

538) 윤내현, 『商周史』, 민음사, 1985, 114-177쪽 참조.
539) 『文淵閣四庫全書: 經部/書類/書經大全』 卷四의 "惟尹躬曁湯 咸有一德 克享天心 受天明命 以有九有之師 爰革夏正(蔡氏注: 上文言 天命無常 惟有德則可常 於是 引桀之所以失天命 湯之所以得天命者證之 一德純一之德 不雜不息之義 卽上文所謂常德也 神主百神之主享當也 湯之君臣 皆有一德 故 能上當天心 受天明命而有天下 於是 改夏建寅之正而爲建丑正也)" 참조.
540) 조규익, 『조선조 악장의 문예미학』, 128-131쪽 참조.

고려 왕조 왕씨에게 내려졌던 천명이 이씨에게 옮겨 옴으로써 고려를 대신하여 조선 왕조를 창업할 수 있는 명분을 확보하게 되었던 것이다. 따라서 천명은 도덕적 당위를 내포하는 개념으로서, 조선의 건국이 도덕적 당위였음을 분명히 하고자 한 데 <용비어천가> 제작자들의 사명의식이 있었다. 당시의 관념적 프레임 상 이씨 조선이 도덕적 당위의 주체라면 왕씨 고려는 부도덕의 상징이었다. 부도덕한 집단을 방벌하고 천의 明命인 이성으로 복귀하는 것이 조선의 건국을 합리화하는 명분이었기 때문이다.

<용비어천가>는 왕조 교체의 당위성과 함께 치자 및 피치자들 간의 합리적 명분을 설정토록 했을 뿐 아니라, 궁극적으로는 왕조 영속의 당위성 고취를 뒷받침할 도덕성 회복의 길까지 제시한 셈이었다.[541] 이런 점에서 천명은 <용비어천가> 내용의 핵심 축으로서 왕조 창업의 유일한 이념이자 명분이었다. 이처럼 『상서』와 주나라 악장인 『시경』에서 수용하여 중세왕조 조선 창업의 명분으로 삼고자 한 것이 바로 천명이었던 것이다.

이상에서 살펴 본 것처럼, 역사적으로 『시경』 시작품 자체를 악장으로 끌어다 쓴 경우도 있었지만, 대개의 경우 『시경』의 텍스트를 부분적으로 수용하여 자신들이 드러내고자 한 주제를 구체화한 경우가 더 많았다. 여기서 확인할 필요가 있는 것이 『시경』 시작품과 『시경』 텍스트 사이의 의미적 진폭이다. 왜 그들은 '經'으로 존숭하던 『시경』 시작품을 事案에 따라 송두리째 갖다 쓰지 않고 시구 단위로 끌어다 씀으로써 표면적이고 부분적인 유사성의 추구에 그쳤으며, 악장으로서는 비교적 최근의 사건인 <용비어천가>처럼 텍스트에 내재된 의미를 차용하는 데 만족했을까. 역대 왕조 악장들의 『시경』 수용에 비해 조선 초기 <용비어천가>의 그것이 훨씬 차원 높은 모습을 보여 준 것은 사실이나, 모두가 『시경』의 의미범주를 벗어나지 못했다는 한계를 노출하고

---

541) 조규익, 같은 책, 131쪽 참조.

있는데, 그런 현상들을 어떻게 설명할 수 있을지 이 단계에서 정리할 필요가 있을 것이다. 시경시의 존재양상과 의미, 작품과 텍스트의 의미를 전제로 '술이부작'의 제작 원칙을 갖고 있었지만 그들 나름의 현실적·역사적·정치적 콘텍스트가 주나라의 그것들과 다르다는 점을 인식하고 있던 작자계층의 사고가 작용한 결과였다. 텍스트 단위의 수용이 불가피했던 것도 바로 그 때문이었다.

『시경』과 역대 악장들 사이의 표면적인 유사성은 <용비어천가>에 이르러 내면화에 상당히 성공한 것으로 보인다. 여타 악장들에서는 텍스트 생산 방법으로서의 傳述 작업이 매우 단순했던 반면 <용비어천가>의 경우는 『시경』의 이면적 의미를 전술하고자 하는 기획 자체의 스케일이 컸기 때문이다. <용비어천가>가 교육적 효용성, 史詩的 본질, 天命담론 등을 적극 수용함으로써 한국 왕조들의 『시경』 수용은 단순한 述而不作의 방법론적 바탕 위에서 단편적인 시구들을 끌어다 쓰던 기존의 차원에서 벗어나게 되었음을 확인하게 된 것이다. 말하자면 『시경』이 지니고 있는 악장으로서의 본질이나 정신에 주목하게 되었고, 그런 점을 수용함으로써 조선조 지배층의 핵심세력은 이 땅에 주나라 체제의 재현을 지향할 수 있다고 믿었던 것으로 보이기 때문이다.

이런 점은 조선조가 주나라 이후 중국 왕조들보다 훨씬 적극적이고 정확하게 주나라 악장집인 『시경』의 정치적·이념적 가치를 꿰뚫어 보았고, 자신들의 정체성을 훼손하지 않은 채 『시경』의 그런 가치를 수용했음을 보여주는 근거이기도 하다. 악장의 관점으로 『시경』을 받아들인 것은 집단적·공적 수용의 경우이고 문인들의 문학적 교양으로 받아들인 것은 개별적·사적 수용의 경우로서 분명히 구분되는데, 이 점은 고려조에 이어 조선조에도 마찬가지 양상을 보여준다. 악장 제작이 창업과 守成이라는 왕조 차원의 규모로 시도된 것은 <용비어천가>가 사실상 마지막이기 때문에, 그 후 악장 제작 자체가 상대적으로 미미했고 악장으로서의 『시경』을 체계적으로 수용한 경우 또한 흔치 않았다.

이처럼 <용비어천가>에 이르러 악장의 『시경』 수용은 비로소 기존의 패러다임을 벗어나는 양상을 보여주게 된 것이다. 중국이든 한국이든 모든 왕조들의 악장은 '술이부작'의 차원에서 『시경』의 텍스트를 章句 단위로 따오거나, 따온 장구들을 조립하여 보편적 시대정신 안에서 자신들의 뜻을 반복적으로 드러내는 데 불과한 양상을 보여주었다. 그러나 <용비어천가>에 이르러 단순한 차용이나 조립에 그치지 않고, 텍스트의 의미해석을 통한 주제와 정신을 창조적으로 받아들임으로써 『시경』 수용의 양상은 크게 바뀌었다. <용비어천가>에 이르러 구체화된 변화는 악장의 『시경』 수용이 더 이상 텍스트의 적출·조립 같은 단순 작업의 반복으로 이루어질 수 없음을 선언한 의미를 갖는다. 이상에서는 그 점을 상론함으로써 『시경』 텍스트가 갖는 시대적 의미, 『시경』 텍스트의 수용이 갖는 문화적 의미, <용비어천가>에서 찾을 수 있는 『시경』 텍스트 수용의 심층적 양상이 갖는 의미 등을 천명해 보았다.

주나라 이후 중국 역대 왕조들은 『시경』 텍스트를 수용하여 자신들의 악장을 제작했고, 고려와 조선왕조 역시 그렇게 했다. 본서의 이 부분에서 주나라 악장집으로서의 『시경』이 갖는 역사적·정치적·문화적 의미를 찾아보고, 중국 역대 왕조들의 『시경』 수용 양상 등을 살펴봄으로써 비교를 위한 논리적 잣대를 만들어 보려는 시도였다. 고려 및 조선왕조의 악장을 그런 틀에 넣어봄으로써 중국과 한국 왕조 악장의 '『시경』 수용 양상'은 자연스럽게 비교되는 결과가 나오리라 본 것이다.

문제는 일본의 경우다. 일본의 경우도 『시경』을 도입하고 수용한 역사는 매우 길지만, 중·한의 역대 왕조들처럼 『시경』 텍스트가 갖는 악장으로서의 의미나 가치를 이해하거나 인정하려 하지 않았다. 무엇보다 이 글 앞부분의 전제에서 본 것처럼 일본은 제향이나 연향 혹은 음악 등 악장의 콘텍스트에 해당하는 부분에서 한·중과 현격한 차이를 보여주었으므로, 『시경』은 말 그대로 '경'이나 시문학의 중요한 과목 즉 지배계층의 필수교양으로 받아들이는 측면이 강했다. 중국과 한국 왕조들의 음악을 받아들여 일본인들 스스로가 구축한 아악의 체계는 중·한의 아악과 현격하게 다른 것이었고, 중·한의 음악 체계 친화적인 『시경』의 텍스트를 자신들의 음악에 맞출 수 없었던 것은 당연했다. 말하자면 일본에 악장 특히 중·한 스타일의 아악악장은 없었으나, 擬似 악장으로 볼만한 노래들은 있었을 것이고, 그 중에 『시경』 텍스트와 친연성을 갖는 것들도 없지 않을 것인데, 그것들을 찾아보기로 한다.

V. 『시경』 수용과 예악문화의 독자적 성향 확보
: 일본의 경우

1. 『시경』 수용과 『가이후소(懷風藻)』 한시의 성격

지금까지 필자는 『시경』 텍스트가 외견상 시문학의 형태를 띠고 있다 해도 '주나라의 악장집'임은 부정할 수 없다는 사실을 바탕으로 논의를 전개해 왔다. 이 점은 '주나라 통치계급이 종교·정치·풍속 등 여러 儀式·典禮를 거행하는 데 사용한 아악과 그 가사집인 『시경』이 의미를 위주로 하지 않고 소리를 위주로 한 음악문학이었다'[1)]는 사실로도 뒷받침된다.

일본의 가가쿠(雅樂)는 연주형태에 따라 간겐(管絃)·우타이모노(歌物)·부가쿠(舞樂)로 三分된다. 간겐이란 관현으로 음악만을 연주하는 것이고, 우타이모노란 아악기 반주에 맞추어 노래를 부르는 것이며, 부가쿠란 음악 반주에 춤이 더해진 것을 말한다.[2)] 가가쿠를 악곡발생에 따라 분류할 경우, 일본 고래로부터 전승되어 내려오는 국풍 가무, 한반도와 중국 및 실크로드 등지에서 일본으로 유입되어 온 외래악무, 헤이안 시대 일본의 궁중 귀족에 의해 새롭게 창작

1) 金海明「중국 雅樂의 형성과 『詩經』의 관계」, 『중어중문학』 33, 한국중어중문학회, 2003, 212쪽.
2) 박태규, 『일본궁중악무담론』, 민속원, 2018, 14쪽 참조.

된 창작가요 등을 들 수 있다.[3]

지금까지 필자의 논의는 대략 네 갈래로 이루어져 왔다. 즉『시경』에서 근대 이전 동아시아 악장들의 원형 찾기, 주나라 이후 중국 역대 왕조들의 악장에 미친『시경』의 영향 찾기, 고려·조선 등 한국 왕조 악장들에 미친『시경』의 영향 찾기, 중국 왕조 악장들과 한국 왕조 악장들 비교하기 등이었다. 좀 더 구체적으로 말하면, 주나라 이후 중국의 역대 왕조들이나 한국의 역대 왕조들이『시경』시 자체 혹은 그 구절이나 주제의식 등을 수용하여『시경』시와 같은 4언체 주류의 악장들을 만든 것은 중국과 한국의 왕조들이 아악이란 동질적 음악체계를 갖고 있었기 때문에 가능했다. 살펴 본 결과 중국 왕조들과 한국 왕조들의 음악이나 악장이 거의 동질적인 질서를 형성했음을 확인할 수 있었다. 무엇보다 유교식 국가 제례 등 공적인 국면에 쓰이던 음악이나 악장의 형식이 크게 다르지 않았으니, 텍스트이든 콘텍스트이든 중국과 한국은 악장의 보편적 규범을 상당 부분 공유해온 셈이다. 그러나 일본의 경우는 다르다. 이 책의 제1부에서 밝힌 바와 같이 일본은 아악악장의 주된 콘텍스트인 제사체계와 그 제사체계의 바탕인 종교가 현격하게 달랐다. 그랬던 만큼 중국·한국 악장의 유교적 패러다임을 수용할 수 없었던 것은 당연하고, 연향의 경우도 외래적 요소를 약간은 수용할 수 있었겠지만, 전통적인 패러다임을 청산하는 일은 쉽지 않았을 것이기 때문이다. 뿐만 아니라, 수용의 대상이었던 중국[특히 당나라]의 정치적 상황변화도 일본 측 수용 자세의 변화에 큰 영향을 미쳤다. 張永平은 그 점에 대하여 다음과 같이 설명하고 있다.

　헤이안 시대 중·후기에 당나라가 멸망하고, 중국에서는 五代, 北宋시기가 시작된다. 같은 시기 일본의 한시는 200여년의 발전을 거쳐 최고조에 오르게 된다. 異國의 문화를 모방하는 勅撰三集과는 달리 일상생활과 마음을 표현하는 白居易의

---

3) 박태규, 같은 책, 같은 곳.

閑適詩가 그 당시의 문인들로부터 사랑을 받아, 마음 속 느낌을 중요시하고 감정을 표현하는 시가 창작을 시험하기 시작했다. 和風意識이 점점 강해지자, 『시경』의 전파 접수 배경에도 새로운 변화가 나타났다. 寬平 6년[894년] 스가와라노 미치자네(菅原道眞)가 「請令三公卿議定遣唐使進止狀」을 上書했고, 그의 건의로 견당사 제도를 폐지했다. 견당사를 보내는 것은 당나라의 선진문화를 배워 일본 律令제 국가의 발전을 촉진시키고자 한 것이다. 그러나 9세기 말 晩唐의 세력이 점점 약해짐에 따라 견당사의 존재의의가 없어졌다. 중국과의 관계를 끊은 것이 오히려 일본 大和민족 스스로의 특색 있는 정치, 문화, 문학의 발전을 촉진시켰다.(…)일본이 율령제 국가로 더 발전하자 일본인들은 중국의 발달된 문화에 대한 경외심과 숭배감 속에서 깨어나 일본문화가 중국문화와 똑같은 가치가 있다고 생각하는 論調가 일어나게 되었다.4)

일본은 견당사를 통해 당나라로부터 많은 것들을 받아왔는데, 그 중 두드러진 것이 문학과 음악분야라 할 수 있다. 그러나 당나라가 망해가면서 견당사 제도는 폐지되었고, 일본 스스로 서는 길을 선택할 수밖에 없었다. 말하자면 모방의 시기에서 자립의 시기로 넘어가면서 자신들의 문화에 대한 자부심을 갖게 된 것인데, 張永平의 설명은 그 점을 잘 설명하고 있다. 그리고 궁중의 연향에서 악장으로서의 시를 노래하고 아악을 연주하던 중국의 전통을 통해 <鹿鳴>·<湛露>·<彤弓> 등 『시경』의 노래들이 대부분 그런 연회에서 연주·가창되던 篇章들로서 諸侯燕禮·鄕飮酒禮·大射禮 등의 예식에서 사용되었음을 부연·설명했다.5) 그의 언급 속에는 중국의 경우 『시경』의 노래들 대부분이 그런 행사들에서 연주·가창되던 편장[즉 악장]이었으나, 일본의 경우는 그렇지 않았다는 점을 암시했다. 말하자면 중국에서는 『시경』 텍스트 류의 악장이 사용되었으나, 일본은 그렇지 않았음을 강조한 셈이다. 앞서 언급한 스가와라노 미치

---

4) 張永平, 「日本 ≪诗经≫ 传播史」, 44-45쪽

5) 張永平, 같은 논문, 49-60쪽 참조.

자네는 헤이안 전기에 뛰어난 한시 시인이자 와카(和歌) 작사자이기도 했다. 이 시기에 한시가 공적인 문학장르로서의 지위를 차지하고 있었고 와카는 사적 공간의 증답가로 이어지고 있었으나, 일본에서 중국문화가 쇠퇴하고 가나문학이 발달하면서 와카는 드디어 공적 지위를 얻게 된 것이었다. '힘들이지 않고도 천지를 움직이고, 눈에 보이지 않는 鬼와 神조차도 감격하게 하며, 남녀 간의 사이를 화평하게 하고 거친 무사의 마음마저 위로하는 것'6)이 와카라고 찬양하면서 『시경』의 六詩[風·賦·比·興·雅·頌]를 모방하여 '풍유가·경물가·사물에 빗대어 읊은 노래·비유가·꾸밈이 없는 노래·축하의 노래' 등 여섯 가지로 분류했다.7) 말하자면 이 시기에 이르러 노래의 독립을 추구하면서도 갈래 구분은 『시경』에 의존한 셈인데, 『시경』이 이미 중국과 한국에서 '주나라의 악장집'으로 인정되어오고 있었음을 감안한다면, 전반적인 노래문화 또한 『시경』에 바탕을 두고 정비되었을 것이며, '악장'이란 이름만 없었을 뿐 각종 연회나 의례에서 불리던 노래들의 이면에 악장의 체례와 유사한 성향이 잠재되어 있음을 확인할 수 있게 된다. 한·중과 일의 제향·연향에서 나타나는 차이가 현격할 수밖에 없는 것도 바로 이런 요인에서 시작된다.

원래 중국과 한국의 왕조들이 공적인 측면에서 『시경』을 수용한 중요 목적들 중의 하나는 악장의 수요에 부응하기 위한 것이었다. 그러기 위해서 『시경』 텍스트 자체를 악장으로 사용하거나, '술이부작'의 관점에서 『시경』 텍스트의 어구들을 조립하는 수준으로 악장을 만들어 쓴 경우가 대부분이었다. 그러나 필자는 현재까지 근대 이전 일본의 왕조들에서 명시적인 악장의 존재를 발견하지 못했고, 자연스럽게 『시경』 텍스트가 악장에 수용된 사실은 더더욱 확인할 수 없었다. 다만 공적인 상황에서 창작된 시나 노래들에서 전통 악장의

---

6) 기노 쓰라유키(紀貫之), 「가나서문」, 기노 쓰라유키 외 엮음, 구정호 옮김, 『고킨와카슈(상)』, 소명출판, 2011, 17쪽.
7) 기노 쓰라유키 외 엮음, 구정호 옮김, 같은 책, 21-25쪽 참조.

내용적 요소들이 발견되기 때문에, 현재로서는 그런 부분들을 '악장의 가능태'로 규정하고 논의할 수밖에 없을 것이다.

본서의 제1부에서 언급한 바와 같이 일본에 전입된 釋奠의 講經의식에서 『시경』은 중심적 위치에 놓여 있었고, 그것은 귀족과 문인들의 公私 모임들에서도 빠지지 않고 인용되거나 강의되던 과목이었음을 알 수 있다. 예컨대 8세기 중엽인 751년에 만들어졌고, 일본 최초의 한시집으로 알려진 『가이후소(懷風藻)』에는 100여 수의 한시작품들이 실려 있는데, 장원철은 그것들을 12종의 詩題[侍宴從駕(34수)·讌集(22수)·遊覽(17수)·述懷(9수)·七夕(9수)·閒適(8수)·詠物(5수)·憑弔(3수)·憶人(2수)·算賀(2수)·釋奠(1수)·臨終(1수)]로 분류한 바 있다.8) 일찍이 일본에 『시경』이 전파된 역사와 자료를 치밀하게 수집하고 분석한 張永平은 『가이후소』의 시들에 고대 경서들이 많이 인용되었고, 그 가운데 『시경』이 가장 많이 인용되었다고 밝힌 바 있다.9) 장원철이 제시한 범주들 가운데 侍宴從駕·讌集 등에 속하는 작품들이 절대적 다수를 차지하고 있는데, 비록 악장 그 자체는 아니나 악장의 표현적 성향을 노출하고 있는 점으로 미루어 그것들은 일찍부터 악장의 가능태로 존재했었음을 보여주는 증좌라고 할 수 있다. 예컨대 다음의 <春日 應詔> 같은 시는 그런 성격을 정확히 보여준다.

---

8) 장원철은 「'회풍조'에 실린 한족 도래인의 한시에 대하여」[『어문논집』 Vol.30 No.1, 안암어문학회, 1991, 152쪽]에서 116편으로 밝혔고, 고용환도 懷風藻』[大友皇子 외 지음, 고용환 역/지식을만드는지식, 2010] 해설[13쪽]에서 116수가 실려 있음을 밝혔다. 그런데 장원철이 직접 헤아려 제시한 詩題別 작품 수들을 합한 숫자는 113이므로, 3수가 모자란다.[분류 당시 논자의 실수로 3작품 정도가 누락되었을 가능성도 없지 않다.] 뿐만 아니라 『懷風藻』 서문에서는 '오미조에서 나라조까지 64명의 작자가 쓴 120편 전체를 정리해 한 권으로 완성했다'는 언급이 나온다. '120-116-113'으로 작품 수가 다양하지만, 傳述상의 오류일 수도, 내려오는 중간에 결락된 작품들이 있을 수 있다. 서문에 언급된 120수보다 실제 작품 수[116수]가 4수 적은 것은 작자 중 道融법사의 시 5수 가운데 4수가 결락되어 있기 때문이라 한다.[최영성, 「≪懷風藻≫와 羅·日間의 文學的 交驩」, 『신라사 학보』 25, 신라사학회, 2012, 178쪽 참조.]그러나 어떤 쪽이든 본서의 논의에 지장은 없으므로, 이에 대한 논의는 다른 자리로 미룬다.
9) 張永平, 앞의 논문, 24쪽.

春日應詔   봄날 말씀에 응하다

玉管吐陽氣   옥피리는 양기를 뿜어내고
春色啓禁園   봄 경치는 궁정을 활짝 열도다
望山智趣廣   산을 바라보며 지혜로운 뜻을 넓히고
臨水仁懷敦   물에 임해 어진 마음을 돈독히 하도다.
松風催雅曲   소나무에 부는 바람은 우아한 곡조를 자아내고
鶯弄添談論   꾀꼬리 소리는 연회의 담론을 더하네.
今日良醉德   오늘 오래도록 덕에 취하며
誰言湛露恩   누군가는 이슬 같은 은혜라고 말한다네.10)

이 시는 『시경』「소아」 <湛露>를 取義하여 만든 시이다. 전체적으로 잔치를 미화하고 잔치를 베푼 주인을 찬양하는 데 그 주제의 중점이 놓여있다. 그런 의도를 강조하기 위해 마지막 구에서 '잠로'를 슬쩍 노출시킨 것이다. 말하자면 이런 부류의 작품이야말로 시집으로서 『가이후소』가 갖고 있는 본질적 의미를 가장 잘 드러낸 경우라 할 수 있다. 우선 전체는 네 부분[기: 잔치 열리는 봄날의 궁궐 모습/승: 산과 물을 보며 지혜와 어짊을 도탑게 함/전: 송풍은 아름다운 곡조를 재촉하고 꾀꼬리 소리가 잔치의 대화를 더함/결: 오늘의 성대한 잔치는 천자가 제후를 위해 베푼 옛날의 잔치와 같은 은혜임]으로 이루어져 있는데, 분위기나 주제로 보아 분명 『시경』의 <잠로>를 재현한 작품이다. '잠로'는 천자가 제후들을 위해 베풀어준 잔치나 그 분위기를 노래한 시이다.11) 즉 제후들과 더불어 잔치를 벌이고 술을 마시는 상황을 말하는데, 제후가 朝覲·회동할 때 천자가 제후들에게 잔치를 베푸는 것은 사랑과 은혜를 보이기 위한 일이었다. 따라서 『가이후소』의 <춘일응조> 같은 부류의 시 또한 치자계급 내의 친목 증진이나 이념적 동질성 확인을

---

10) 오토모 황자 외 지음, 고용환 역, 같은 책, 63쪽. 인용자의 판단에 따라 번역을 약간씩 바꾼 부분도 있음.
11) 『文淵閣四庫全書: 經部/詩類/毛詩注疏』卷十七의 "湛露 天子燕諸侯也" 참조.

위한 정치적 산물이었고, 거기서 이루어지는 시문이나 음악에 맞춰 부르던 노래는 같은 차원의 것들이었음이 분명하다고 할 수 있다. 만약 음악과 춤을 갖춤으로써 공연을 위한 무대예술의 한 부분으로 쓰일 수 있도록 만들었다면, 이 부류의 시들은 그 당시에 이미 훌륭한 악장으로 자리 잡을 수 있었을 것이다. 다만, 당시 일본의 예술적 콘텍스트가 그런 상황을 허락하지 않았을 뿐이다.

이처럼 『가이후소』가 담고 있는 한시들은 侍宴從駕詩가 가장 많고, 그 다음이 讌集으로서 侍宴·應詔의 시가 대부분이다. 그래서 이 『가이후소』는 그 서문에서도 밝히고 있는 바와 같이 私撰集임에도 불구하고 公式詩가 많은 것이 특색이라고 한다.[12] 또한 『가이후소』에 보이는 한문학적 풍토는 萬葉時代 와카에도 큰 영향을 미쳐 『만엽집』은 『가이후소』에 대한 고찰 없이는 이해하기 어렵고, 나아가 일본 노래의 세계는 중국시의 이해 없이는 제대로 알 수 없다고도 한다.[13]개인 간의 交驩이나 메시지 전달 등은 모두 私撰의 시문이고, 연향이라 할지라도 공식적인 자리에서 오가는 것은 목적의식이 전제된 공식시라 할 수 있으며, 콘텍스트로서의 樂舞만 갖추어진다면 그런 것들은 악장으로 구현될 수도 있는 것이다. 그러나 일본의 경우 그러한 악장의 장르적 프레임이 마련되어 있지 않았다. 그 한 예를 『가이후소』에서 확인할 수 있다는 것이다. 다음과 같은 <春日侍宴>도 유사한 양상을 보여준다.

春日侍宴　　봄날 잔치를 받들며

物候開韶景　　계절의 기운은 봄 경치를 열어주고

---

12) 손대준, 「懷風藻 論考-특히 詩作者의 出自·性格과 撰者를 둘러싼 論點을 中心으로-」, 『論文集』 20, 경기대학교 연구교류처, 1987, 69쪽.
13) 고용환, 「『회풍조』 해설」, 오토모 황자 외 저, 고용환 옮김, 『회풍조』, 지식을만드는지식, 2014, 21쪽.

淑氣滿地新　맑은 기운은 온 대지를 채워 새롭도다
聖衿屬暄節　임금님은 따스한 계절에 맞는 옷을 입으시고
置酒引搢紳　주연을 열어 고관들을 초대하셨도다
帝德被千古　황제의 덕은 천고에 이르고
皇恩洽萬民　황은은 만민을 적시도다
多幸憶廣宴　오늘의 성대한 연회를 기억하며
還悅湛露仁　연회 베푸신 천자의 인덕을 더욱 기뻐하리라[14]

　이 작품의 主旨도 앞에 인용한 <春日應詔>와 같이 마지막 구의 湛露에 들어 있다. 여기서 황제는 천황이니, 이 시의 작자는 천황이 베푸는 잔치에 초대받아 참여한 관리일 것이다.[15] 1·2구는 계절의 분위기, 3·4구는 행사의 성격과 내용, 5·6구는 황제의 덕과 은혜에 대한 환기, 7·8구는 황제의 덕과 은혜에 대한 찬양 등으로 짜여 있다. 『시경』 <잠로>를 핵심으로 수용했다는 것은 왕이 신하를 위해 잔치 베푼 일을 찬양한 그 노래의 정신을 이어받았음을 의미하기 때문에, 비록 악장으로 만들어지거나 불린 것은 아니라도, 내용만큼은 악장에 손색없다고 할 수 있다. 鍾榮英의 연구에 의하면, 중국의 역대 왕조에서 천자의 덕을 찬송한 시연 응제시는 너무 많아서 일일이 다 헤아릴 수 없다고 한다. 시연 응제시는 일본으로 전해졌고, 아울러 일본에서 이런 유형의 시가 만들어지는 데 일정한 영향을 주었으며, 그 성과가 바로 『가이후소』에 실린 시연 응제시의 부류들이라고 했다.[16]

　이와 함께 『가이후소』 한시들이 집중적으로 창작된 長屋王宅 詩宴의 성격 특히 詩會에 모인 학사대부들이나 歌人의 출신 성분에 관한 것은 당시의 창작

---

14) 오토모 황자 외 지음, 고용환 역, 앞의 책, 119쪽. 인용자의 판단에 따라 몇 군데 번역을 수정했음.
15) 고용환에 의하면, 719년에 이즈모의 지방장관을 지낸 오키나가노 오미타리가 작자라고 하며 父系 혈통은 밝혀진 것으로 보인다.[오토모 황자 외, 고용환 역, 같은 책, 같은 곳.]
16) 鍾榮英, 「≪懷風藻≫的"侍宴"看"頌德"思想"」, 福建省 外國語文學會 2011年会论, 3쪽 참조.

방법이 중국이나 한국의 왕조들에서 온 것으로 추측될 만큼 일본 고유의 바탕
과는 양상이 다르다. 손대준의 주장과 같이 『가이후소』 撰者 자신을 포함한
시 작자의 대부분이 귀화인일 가능성이 크고, 특히 藤原系에 속하는 인물들이
많다는 점에서 대륙적인 율령국가를 유지하려고 하던 선진 문인집단이었을
수도 있을 것이다.[17] 그러나 이러한 바람은 일본의 국풍에 밀려 크게 일어나지
못한 것으로 판단된다.[18] 『시경』을 이어받은 전통적 의미의 악장을 수용하거
나 移植하지도 못했고, 최소한 擬似악장의 명맥을 유지하지도 못한 채 『가이후
소』 한시들과 유사한 스타일의 작품들은 더 이상 나타나지 않게 된 것으로
보인다.

2. 『시경』 수용과 『고킨와카슈(古今和歌集)』의 노래

일본의 전통 정형시가 와카(和歌)는 헤이안 시대 중국의 한시와 구분하기
위해 생겨난 것으로 야마토우타(やまとうた), 우타(うた)로도 불리며 하이쿠와 더
불어 일본을 대표하는 노래 장르였다. 5·7을 기조로 한 구의 多寡나 잣수에
따라 조카(長歌)·단카(短歌)·세도카(旋頭歌)·가타우타(片歌) 등으로 구분되는 일
본의 대표적 정형시가다.[19] 최충희 등은 와카의 본질을 다음과 같이 설명하고

---

17) 손대준, 앞의 논문, 70쪽 참조.
18) 『가이후소』의 작자들 중 '오키미'의 칭호가 붙는 경우가 보이는데, 황족으로 분류된 작자들[텐지천
   황계/텐무천황계]을 제외한 이누카미노오키미, 오이시노오키미, 오토모노오키미 등은 출신이 분명
   치 않다는 점, 이들 중 이누카미노오키미에 초점을 맞출 경우 '이누카미'는 오미노국 비파호 동쪽에
   있는 행정구역명으로서의 이누카미군인데, 이곳의 고분군이나 그곳에 부장된 출토품들에 渡來人들
   의 특징이 많아 보인다는 점 등을 마노 토모에(眞野友惠) 교수는 주장했다.[「『懷風藻』犬上王の実態
   -湖東の古代豪族犬上氏族の変遷を通して-」, 『일어일문학연구』 Vol.95 No.2, 한국일어일문학회,
   2015, 73-74쪽.] 8세기 이후의 자료들에서 자취를 찾아볼 수 없다는 것은 선진문화가 토착문화에
   밀려났음을 암시하는 일이라 할 수 있으며, 『가이후소』에 실린 찬가풍의 전통 한시들이 더 이상
   확산되지 못했음을 의미한다.

있다.

歌란 무엇이고, 謠는 무엇일까. 일본어로 풀이한다면 둘 다 '노래, 노래하다'는 의미의 '우타(うた)·우타우(うたう)'로 읽히는 말이다. 그러나 '歌'와 '謠'는 다르다. 중국에서 악기의 반주에 맞추어 노래하는 형태가 歌이고, 반주 없이 노래하는 형태가 '謠'이지만, 결국 반주가 있건 없건 모든 형태의 노래를 포괄적으로 칭하는 말이다. 와카와 비교해서 설명한다면 음정이 있는, 현대적으로 생각한다면 악보로 옮길 수 있는 것이 '가요'이고 악보가 없는 것이 '와카'인 것이다.(…)일반적으로 가요에는 일반 민중들의 세계에서 만들어지고 불리는 민요, 직업적인 전문가에 의해 불리는 芸謠, 그리고 궁정가요가 있다.[20]

와카는 조카·단카·세도카·붓소쿠세끼가타이(仏足石歌体)로 약간 씩 차이를 보이는 부류들이 있긴 하지만, 중심에는 5-7-5-7-7의 다섯 마디 31자로 이루어진 단카가 있다.『고킨와카슈(古今和歌集)』「가나서문」에 "와카라고 하는 것은 하늘과 땅이 처음으로 열렸던 때부터 이 세상에 나왔다. 그렇지만 세상에 전하는 것은 천상에서는 시타테루히메로부터 시작되고 지상에서는 스사노오노미코토로부터 일어났다. 아득한 神代에는 歌体도 정해지지 않았고, 내용도 소박해서 노랫말의 의미도 파악하기가 어려웠을 것이다. 인간의 세상이 되어서 스사노오노미코토로부터 노래는 31자로 읊어지게 되었다"[21]는 내용이 들어있다. 와카가 '이미 神代부터 존재했다'는 것은 노래의 출현이 아주 오래되었음과 매우 신비로운 노래임을 강조하기 위한 수사로 볼 수 있고, 글자 수를 밝힌 것은 형태나 글자 수 등 노래의 바꿀 수 없는 예술미를 강조하는 뜻이 들어 있다. 와카의 창작과 가창은 귀족계층과 지식인들의 필수 교양으로 되어

---

19) 上田正昭 外 4인,『日本 古代史 大辞典』, 大和書房, 2006, 660쪽.
20) 최충희·구정호·박혜성·고한범·이현영,『일본시가문학사』, 태학사, 2004, 30-31쪽.
21) 기노쓰라유키 외 엮음, 구정호 옮김, 앞의 책, 2011, 18-19쪽.

있을 뿐 아니라, 자신의 마음을 전하는 방편으로 쓰이기도 했고, 모임의 참가자들을 두 편으로 나누어 주어진 주제에 따라 와카를 짓게 하는 놀이로서의 우타아와세(歌合)를 통해 와카 창작열이 높아져 우수한 작품들이 많이 출현하기도 했다.

와카의 미학에는 헤이안 귀족들의 세련된 궁정미학으로서의 미야비(雅)가 주축이었고, 미야비는 『고킨와카슈』의 작품들에서 처음으로 체계화 되었다 한다.22) 또한 미야비와 함께 연관된 '모노노아와레(物の哀れ)'도 중요한 미학으로 손꼽힌다. 사물의 파토스로 해석되는 모노노아와레는 사물의 파토스로 해석되지만, 대상으로서의 사물 자체에 내재한 것이 아니고 주체로서의 지각하는 인간에 의해 환기되는 것이라 한다.23)

그렇다면 와카와 『시경』 혹은 궁정악가와의 내용적 연관성은 어떻게 파악할 수 있을까. 『고킨와카슈(古今和歌集)』 「가나서문」은 시작 부분부터 「毛詩大序」의 뜻을 이어받았음을 암시했고, 중간부분에서는 『시경』의 六義에 바탕을 두고 와카를 분류·제시하였다. 우선 「가나서문」의 앞부분을 통해 시와 와카의 본질을 살펴 보기로 한다. 『고킨와카슈(古今和歌集)』 「가나서문」과 「모시대서」의 관련 부분은 다음과 같다.

> 『고킨와카슈(古今和歌集)』 「가나서문」: やまと歌は, 人の心を種として, 万の言の葉とぞ成れりける. 世中に在る人, 事, 業繁きものなれば, 心に思こふ事とを, 聞くものに付けて言ひ出せるなり. 花に鳴く鶯, 水に住む蛙の声を聞けば, 生きとし生けるもの, いづれか歌を詠まざりける. 力をも入れずして, 天地を動かし, 目に見えぬ鬼神をも哀れと思はせ, 男女の仲をも和らげ, 猛き武士の心をも慰むるは, 歌なり.
> [야마토우타는 사람의 심정을 바탕으로 하여 그것을 각양각색의 말로 표현한 것이다. 이 세상에 살아가는 사람들은 여러 가지 일과 빈번히 접하고 살아가기에 그때

---

22) 폴 발리 지음, 박규태 옮김, 『일본문화사』, 경당, 2016, 108쪽.
23) 폴 발리, 같은 책, 109쪽 참조.

그때의 심정을 보는 것, 듣는 것에 의탁하여 표현해 낸다. 꽃에서 우는 꾀꼬리, 물에 사는 개구리의 소리를 듣노라면, 이 세상에서 살아가는 생물 중 어느 것 하나 노래하지 않는 것이 있을까. 힘 들이지 않고도 천지를 움직이고, 눈에 보이지 않는 귀(鬼)와 신(神) 조차도 감격하게 하며, 남녀 간의 사이를 화평하게 하고 거친 무사의 마음마저도 위로하는 것이 바로 와카다.]24)

「毛詩大序」: 關雎 后妃之德也 風之始也 所以風天下而正夫婦也 用之鄕人焉 用之邦國焉 風風也 敎也 風以動之 敎以化之 詩者志之所之也 在心爲志 發言爲詩 情動於中而形於言 言之不足 故嗟歎之 嗟歎之不足 故永歌之 永歌之不足 不知手之舞之足之蹈之也 情發於聲 聲成文 謂之音 治世之音 安而樂 其政和 亂世之音 怨以怒 其政乖 亡國之音 哀以思 其民困 故正得失 動天地 感鬼神 莫近於詩 先王以是經夫婦 成孝敬 厚人倫美敎化 移風俗25)[관저는 후비의 덕을 그려낸 노래다. 풍의 시작이니, 천하를 풍화하고 부부를 바로잡는 것이기 때문이다. 그러므로 이 노래를 향인에게도 쓰고 나라에도 쓴 것이다. 풍은 노래이고 가르침이니 노래로써 감동시키고 가르쳐 변화시키는 것이다. 시란 뜻이 가는 바이니 마음에 있는 것을 志라 하고 말로 표출하면 시가 된다. 정이 마음속에서 움직이면 말로 나타나니, 말해도 족하지 않아 차탄하고 차탄해도 족하지 않아 길게 노래하고 길게 노래해도 족하지 않아 모르는 사이에 손으로 춤추고 발로 뛰게 되는 것이다. 정은 소리로 표출되니 소리가 문채를 이룬 것을 음이라 한다. 다스려진 시대의 소리는 편안하고 즐거우며 그 정치는 조화롭고, 어지러운 시대의 소리는 원망하고 노여워 그 정치는 정도에서 어그러지며, 망국의 음악은 슬프고 처량하니 그 백성이 곤궁하다. 그러므로 득실을 바르게 하고 천지를 감동시키는 것으로 시보다 더한 것이 없다. 선왕이 이것으로 부부를 다스리고 효경을 이루고 인륜을 도탑게 하고 교화를 아름답게 하고 풍속을 바꾸었다.<인용자 역>]

『고킨와카슈』「가나서문」에서 인용한 글의 핵심은 '힘들이지 않고도 천지

24) 기노쓰라유키 외 엮음, 구정호 옮김. 앞의 책, 17쪽.
25) 『文淵閣四庫全書: 經部/詩類/毛詩注疏』卷一.

를 움직임/귀신조차도 감격하게 함/남녀 사이를 화평하게 함/거친 무사의 마음까지 위로함' 등 노래의 효용가치에 있다. 야마토우타의 양식적 본질을 설명하기 위한 전제로 '사람의 심정을 각양각색의 말로 표현'하는 양식을 언급한 것이다. 삼라만상이 소리를 내고, 사람들은 모든 일들을 접하는 과정에서 보는 것, 듣는 것에 의탁하여 자신의 심정을 표현한다고 했다. 그런 결과로 천지, 귀신, 남녀, 무사 등의 마음을 조정할 수 있다는 것이다.

앞서 언급한 바와 같이 『고킨와카슈』「가나서문」은 「모시대서」를 依倣한 것이다. 천지를 감동시키고 시대상황이나 국가 정치에 순기능을 발휘하는 노래의 힘이나 효용성을 두 서문은 거의 같은 표현으로 기술해 놓았다. 「모시대서」는 정치로까지 연결되는 노래나 시의 교육적·사회적 효용성에 대한 설명을 통해 노래의 본질을 설파한 글이다. 소리와 몸짓의 근본적 성격과 표출결과를 비교적 상세하고 구체적으로 나열함으로써 인간의 내면이 노래나 춤으로 표출되는 과정이나 단계들을 설득력 있게 설명한 것으로 보인다.

사실 노래가 큰 힘을 가졌다는 것은 『시경』이나 『고킨와카슈』만의 관점은 아니다. 『三國遺事』「月明師兜率歌」에도 그 점은 명백히 드러난다. 다음과 같은 기록이 그것이다.

> 羅人尙鄕歌者 尙矣 盖詩頌之類歟 故往往能感動天地鬼神者 非一[26][신라인으로서 향가를 숭상하는 자들이 많았다. 대개 시경의 송과 같은 부류일 것이다. 그러므로 왕왕 천지귀신을 감동시키는 것들이 한 둘이 아니다.]

향가는 鄕札로 기록된 노래다. 향찰은 한자의 음과 훈을 빌어 口語를 표기하던 우리나라 고대의 문자체계이다. 중국에서 배워온 한시가 번성하기 시작했으나, 우리 말 노래를 기록할 수단인 향찰이 고안되면서 노래문학으로서의

---

26) 사단법인 민족문화추진회, 『韓國古典叢書 1 校勘 三國遺事』, 민족문화문고간행회, 1982, 401쪽.

향가가 번성할 수 있었던 것이 당시의 상황이었다. 이 점은 헤이안 초기 한문학에 밀려 잠시 위축되었던 와카가 한자문화와 함께 율령체제가 붕괴되고 한자 대신 가나문자가 발생하여 활발히 쓰이게 되면서 다시 활기를 띤 것[27]과 같은 현상이다. 일본인들이 일본 노래의 존재를 인식한 것은 가나 특히 히라가나 같은 표기체계의 효용성에 대한 인식과 궤를 함께 한 일인데, 신라인들이 향가의 존재가치를 인식한 것과 같은 사례라 할 수 있다. 앞의 인용문「月明寺兜率歌」에서는 향가를『시경』의 송과 같은 부류에 빗대었다.『고킨와카슈』「가나서문」의 앞부분에서는『시경』 시들과 와카가 공통되는 본질을 지니고 있음을 언급했다. 따라서 '『시경』-향가-와카'는 존재양상이나 효용성의 측면에서 같은 범주의 노래들로 보아야 한다는 생각은 타당하다.

『시경』이 '주나라의 악장집'이라는 사실은 본서의 冒頭에서부터 견지해오고 있는 필자의 관점이다. 악장집이라면 개개의 작품들은 내용이나 措辭法 등에서 악장으로서 최소한의 필요조건은 구비하고 있을 것이다. 신라에 예악문화의 콘텍스트가 구비되어 있었다면, 향가로 창작된 악장이 존재했을 가능성이 있고, 일본 또한 그렇다. 예컨대 향가의 <안민가>[28]를 보자. 제1행-제2행에서 '임금-신하-백성'을 각각 '아버지-어머니-어린애'로 비유했다. 제3행에서는 '백성을 먹여 살릴 수 있다면 나라가 다스려질 것'이라 했고, 제4행에서는 '이 땅을 버리고 어디로 갈 것인가 한다면 나라를 지킬 수 있다'고 했다. 제5행-제6행은 '임금답고 신하답고 백성다울 수 있다면 나라가 태평할 것'이라는

---

27) 김충영,『일본 고전문학의 배경과 흐름』, 고려대학교출판부, 2012, 54쪽 참조.

28) <안민가>의 해독은 본서의 주안점이 아니고 거론할 여유도 없으므로, 그 문제는 다른 자리로 미루고, 전체적인 대의만 제시하기로 하며, 현대어 풀이는 신영명의 것을 들기로 한다. "임금은 아버지고 신하는 자애로운 어머니며/백성은 어린애라고 하실 때, 백성이 사랑을 알 수 있을 것입니다./탄식 소리를 불러일으키는 뭇 백성, 이들을 먹여 살릴 수 있다면 나라가 다스려질 것입니다./이 땅을 버리고 어디로 갈 것인가 한다면, 나라를 지킬 수 있을 것입니다./아 임금답고 신하답고 백성다울 수 있다면/나라가 태평할 것입니다."[신영명,「<안민가>의 정치사상」,『우리문학연구』 31, 우리문학회, 2010, 71쪽] 참조.

말로 마무리했다. 치자계급에게 治道의 大綱을 강조하고 주지시킨 것이 이 노래의 주제다. 신라 35대 경덕왕 24년 五岳三山神들이 殿庭에 나타나 왕을 모시는 괴변이 일어나자 왕은 영복승을 구했고, 그 때 만난 승려가 바로 忠談이었다. '백성을 다스려 편안히 할 노래를 지어 달라'는 왕의 부탁에 충담은 이 노래를 지어 바쳤다. 교술적 화자를 등장시켜 임금을 깨우치고자 한 노래가 <안민가>이다. <안민가>가 악장으로 쓰였는지 기록으로 나타나지는 않지만, 적극적이었던 경덕왕의 자세로 미루어 이것을 樂舞에 올려 무대예술로 사용했을 가능성은 농후하다. 이처럼 이미 그 시대에 우리의 口語로 악장을 지었고, 우리의 구어를 기록하기 위한 향찰로 이 노래는 기록될 수 있었다. 악장이라고 대상에 대하여 무조건 친양만 한 것은 아니었다. 조선조 악장의 결정판[29]인 <용비어천가> 제 125장[30]을 예로 들어보자. <용비어천가>의 서두에 제시된 주제 즉 '천명에 비춰 본 조선 건국의 당위성'과 '왕조 영속의 당위성'이 6조의 사적을 통해 변화 있게 반복·확인되고 또 다시 勿忘章들을 거쳐 졸장에서 반복·제시된 점을 <용비어천가> 짜임의 대강이라고 말할 수 있다. 이처럼 <용비어천가>는 훈민과 후왕에 대한 勸戒의 필요에서 나온 교술적 작품이다.[31] 그러니 앞 시대의 <안민가>와 상통하는 악장이라 할 수 있고, 향찰로 기록된 <안민가>는 훈민정음으로 기록된 <용비어천가>와 한시 형태 아닌 구어체 노래 형태라는 점에서 일치하고, 그런 점에서 그것들은 가나로 기록된 와카의 본질과 상통하는 것도 사실이다.

다음으로는 『고킨와카슈』에 반영된 『시경』 6義의 양상이다. '원래 와카의 모습이 여섯 가지'라 했으나, 牽强附會였을 가능성이 크다. 와카를 한 곳에

---

29) 조규익, 『조선조 악장의 문예미학』, 229쪽.

30) 『龍飛御天歌』, 아세아문화사(영인), 1972, "千世우희°미리定ᄒ산漢水北에.累仁開國ᄒ샤.ᅡ年이ᄀ 업스시니. 聖神이니ᅀ샤도敬天勤民ᄒ샤사.더욱구드시리이다.°님금하아ᄅ쇼셔.°洛水예山行가이 셔.°하나빌미드니잇가" 참조.

31) 조규익, 『조선조 악장의 문예미학』, 227쪽.

모아 놓으면서 분류할 필요성이 있었고, 분류를 위해서는 범주들이 필요했다. 당시에 이상으로 생각하던 『시경』을 끌어오는 것은 지극히 자연스러운 일이었다고 본다. 첫째는 諷喩歌로 '닌코쿠 천황을 꽃에 비유하여 바친 노래'를 예시했는데, 『시경』의 風이 이것이다. 둘째는 景物歌로 '피어난 꽃에 마음 뺏긴 노래'를 예시했는데, 『시경』의 賦가 이것이다. 셋째는 擬物歌로, '떠나는 당신을 그리워하며'를 예시했는데, 比가 이것이다. 넷째는 譬喩歌로, '나의 사랑은 헤아릴 수 없으리라 해변의 모래알은 다 헤아릴 수 있다 해도'를 예시했는데, 興이 이것이다. 다섯째는 '꾸밈이 없는 노래'로서 '거짓 속임이 없는 세상이라면 그 분 말씀에 기뻐할 수 있으리'를 예시했는데, 雅가 이것이다. 여섯째는 축하의 노래로서 '지금의 치세를 칭찬하여 신에게 아뢰는 노래'라 했으며, 頌이 이것이다.[32] 지금까지 六義[풍·부·비·흥·아·송]에 대하여 시적 적용으로 보는 관점, 작자의 신분과 시의 내용상으로 보는 관점, 음악적인 연관으로 보는 관점, 음악상의 분류로 보는 관점 등[33] 다양한 시각들이 출현했고, 작시 상의 여섯 범주, 三經三緯, 작시 상의 법도, 시의 양식적·수사학적 이해의 근거 등 다양한 의미로 해석되어 왔다. 그것을 『고킨와카슈』에서는 비유[풍·비·흥], 표현법[직설법(부)/가정·우회법(아)], 특정용도[송] 등으로 범주 상 혼란스럽긴 하지만, 다양하게 응용되어 왔다고 할 수 있다.

이처럼 시적 의도나 내용적 성격을 『시경』 6의에 맞추어 설명하고 구분한 것은 와카의 본질이 『시경』과 들어맞는다고 보았기 때문일 것이다. 실제 작품을 살펴보기로 한다.

---

32) 기노쓰라유키 외 엮음, 구정호 옮김, 앞의 책, 21-25쪽.
33) 박종혁, 「≪詩經≫ 六義와 ≪易經≫ 卦爻辭(1)」, 『중국학논총』 16, 국민대학교 중국인문사회연구소, 2000, 9쪽.

No.343 **제목 미상**

임금이시여 천년만년 사소서
조그만 돌이 커다란 바위 되어 이끼 앉을 때까지

No.344 **제목 미상**

넓은 바닷가 모래밭의 모래알 있는 것만큼
임금 사시는 연세도 그 수만큼 되소서

No.352 **<모토야스 왕자의 일흔 살 축하연 때, 뒤에 놓을 병풍에 읊어 적어 넣은 노래>-기노 쓰라유키**

봄 찾아오면 뜨락에 제일 먼저 피는 매화꽃
당신의 천수 비는 머리에 꽂은 꽃 같네

No.345 **제목 미상**

시오노야마 사시데의 물가에 사는 물떼새
당신 다스리시는 세상 영원하라 우네

No.364 **<동궁이 탄생하셨을 때, 찾아뵙고 읊은 노래>-典侍 후지와라노 요루카 조신**

봉우리 높은 가스가 산 위 솟아 뜨는 태양은
어두운 구석 없이 밝게 비추옵소서

이 노래들의 주제는 祝壽[No.343·No.344·No.352], 治世의 영원함 축원[No.345], 제왕의 출생에 즈음한 태평 축원[No.364] 등이다. 『시경』 시대 이래 거의 모든 왕조 악장들 가운데 공통된 모습을 보여주는 것이 이런 주제의 노래들임을 확인할 수 있다. 제왕에 대한 축수는 가장 기본적이면서도 흔한 주제다. 제왕에 대한 축수는 이미 중국과 우리나라의 악장이나 궁중 공연예술에서 성행하던 주제였는데, 일본의 와카에도 이런 부류의 노래들이 있었다는 것은 와카의 용도가 매우 넓었다는 사실을 입증한다. 노랫말은 31자로 간단하지만, 전하고자 하는 메시지는 매우 직설적이고 강렬하다. "임금이시여 천년만년 사소서/조그만 돌이 커다란 바위 되어 이끼 앉을 때까지", "넓은 바닷가 모래밭의 모래알 있는 것만큼/임금 사시는 연세도 그 수만큼 되소서", "봄 찾아오면 뜨락에 제일 먼저 피는 매화꽃/당신의 천수 비는 머리에 꽂은 꽃 같네" 등 원관념과 보조관념을 명료하게 나누어 제시하는 수법이 두드러진다. 임금에게 '천년만년 살라'는 것은 최고의 獻詞다. 그것을 좀 더 실감나게 표현하기 위해서 보조관념이 필요했을 것이다. 애매모호하여 해석상의 오류를 범할 수 있는 보조관념은 적극 피했을 것이다. 그래서 '조그만 돌이 커다란 바위 되어 이끼 앉을 때까지', '넓은 바닷가 모래밭의 모래알' 등으로 매우 단순하여 원관념 유추가 수월한 보조관념들을 사용했다. 사실 드러난 것은 몇 가지 보조관념들에 불과하지만, 작자 혹은 가창자의 능력에 따라 즉석에서 온갖 사물들이 모두 동원될 수 있음을 암시한다. 그런 점에서 No.352[봄 찾아오면 뜨락에 제일 먼저 피는 매화꽃/당신의 천수 비는 머리에 꽂은 꽃 같네]의 경우 축수라는 주제의식은 같되 매화꽃이라는 소재를 들었고, 천수를 빌기 위해 대상의 머리에 꽂은 꽃과 비교하는 방법을 쓴 것이 좀 더 세련된 형상화의 수준이라 할 수 있다.

그렇다면 중국이나 한국의 송축가는 어땠을까. 고려와 조선에서 당악에 올려 가창되던 악장 <碧烟籠曉詞>와 <日暖風和詞>를 들어보기로 한다.

<1> 碧烟籠曉海波閑   푸른 연무 휘감은 새벽녘, 바다 물결 조용한데
        江上數峯寒   강가의 두어 봉우리 차갑도다

珮環聲裏	패환 소리 울리면서
異香飄落人間	기이한 향내 인간 세상에 날려 떨어지는데
弭絳節	仙君은 儀仗 낮추시고
五雲端	오색구름 끝에 계시도다

宛然共指嘉禾瑞	뚜렷하게 가화의 상서로움 함께 가리키시고
微一笑	한 번 웃음 지으시다가
破朱顔	활짝 크게 웃으시네
九重嶢闕	구중의 궐문에서
望中三祝堯天	임금님 우러르고 그리며 성대 위해 삼축하노니
萬萬載	만만년 장수하시어
對南山34)	남산과 마주 하소서

<2> 日暖風和春更遲	날씨는 따스하고 바람은 부드러우며 봄날은 길어지니
是太平時	이때가 바로 태평시절이로다
我從蓬島整容姿	나는 봉래섬에서 용모를 다듬고
來降賀丹墀	내려와 단지에서 하례를 드리나이다
幸逢鐙夕眞佳會	다행히 등불 밝힌 저녁의 참으로 멋진 모임을 만나
喜近天威	기쁘게 천위를 가까이 하게 되었나이다
神仙壽算永無期	신선의 수명은 기힌 없이 긴 것이오리
獻君壽	임금님께 수를 바치오니
萬千斯35)	천만년까지 장수하소서

양자 모두 고려·조선에 걸쳐 당악에 올려져 연향의 악무로 쓰이던 악장들이

---

34) 『原本影印 韓國古典叢書(復元版) Ⅱ 詩歌類·樂學軌範 全』, 164쪽.
35) 『文淵閣四庫全書: 詞曲類/詞譜詞韻之屬/御定詞譜』卷六. *이 작품은 『高麗史樂志』에 실려 있는 것으로, 작자를 알 수 없음을 밝혔다. 『고려사악지』에 실려 있는 다른 작품, 예컨대 <折花令>을 轉載하면서 "이것은 고려 포구락무대의 곡이다. 당악을 썼으므로 이를 채록해 둔다[此高麗抛毬樂舞隊曲也 因所用唐樂 故探之]"고 밝힌 점으로 미루어, 이 노래도 당악곡이나 중국에 남아있지 않기 때문에 『고려사악지』의 것을 전재한 것으로 추정된다.

다. 전자는 고려와 조선의 五羊仙 呈才에서 보허자령에 올려 불린 <벽연롱효
사>, 후자는 고려·조선에서 獻天壽慢으로 부르던 <日暖風和詞>다. 특히 후자
는 '당악에 올려 불린 노래'라는 이유로 중국의 기록자들에게 포착되어 채록된
노래다. 전자는 신선의 공간으로 그려진 천상과 제왕의 공간으로 그려진 지상
등 두 공간의 대조로 이루어져 있다. 천상의 공간에서 仙君으로 묘사된 제왕이
지상의 공간에서는 '만 만년 장수'를 축원 받는 제왕으로 제시되었다. 두 공간
의 묘사를 통해 선군과 제왕이 동일한 존재임을 암시하고 있는 것이다. 신선예
술에 기대어 제왕을 송축하던 모범적 사례일 수 있다.[36]

후자도 獻仙桃에서 헌천수만으로 불렸다는 점에서 마찬가지로 송축을 위한
노래였다. 전자와 마찬가지로 신선 모티프를 사용했는데, 화자 스스로가 西王
母를 자처했다는 점에서 전자보다 훨씬 적극적이고 구체적이다. 瑤池金母, 王
母娘娘, 九靈太妙龜山金母 등으로도 불리는 서왕모는 원래 도교 전설에서 유래
된 존재다. 서왕모는 蟠桃園을 갖고 있으면서 반도가 열릴 때마다 궁전 왼편의
연못 瑤池에서 蟠桃會를 열고 복숭아를 나눠준다는 설화가 있다.[37] 복숭아를
나눠주는 행위는 불로장수를 선물한다는 의미를 갖는다. 선계에서 내려온 서
왕모가 임금에게 천만년의 壽를 바친다고 했으니, 이 또한 임금에 대한 송축
노래의 모범이라 할 수 있다.

사실 일본과 중국·한국 왕조 악장들에 나타나는 祝壽 관습의 근원이 『시경』
임은 분명하다. 『시경』 텍스트 가운데 몇 작품들을 들어보기로 한다.

       <1>   (前略)

       九月肅霜   9월에 서리가 내리거든

---

36) 조규익·문숙희·손선숙·성영애, 『보허자步虛子: 궁중 융합무대예술, 그 본질과 아름다움』, 민속원,
    2021, 42쪽.

37) 『文淵閣四庫全書: 子部/雜家類/雜纂之屬/說郛』 卷一百十三上 참조.

十月滌場	10월에 농사를 마치고 마당을 깨끗이 하고
朋酒斯饗	두 동이의 술로 잔치를 베풀어
曰殺羔羊	어린 양을 잡아
躋彼公堂	저 공당으로 올라가
稱彼兕觥	저 뿔잔을 드니
萬壽無疆38)	만수무강하시리

<2> 吉蠲爲饎	좋은 날 택하여 재계하고 술밥을 지어
是用孝享	이에 효성으로 제향을 올릴 새
禴祠烝嘗	봄·여름·가을·겨울의 제사를
于公先王	선공과 선왕께 올리니
君曰卜爾	선공과 선왕께서 그대에게 기약하노라 하시되
萬壽無疆39)	만수무강으로써 하시도다

<3> (前略)	
祝祭于祊	축관이 사당 문 안에서 제사를 집행하니
祀事孔明	제사 일이 크게 갖추어져
先祖是皇	선조께서 이에 크게 강림하시고
神保是饗	신보가 이에 흠향하시니라
孝孫有慶	제주에게 경사가 있이
報以介福	큰 복으로 갚아주시니
萬壽無疆40)	만수무강하리로다

<4> (前略)	
俾爾熾而昌	그대로 하여금 홍성하고 번창하게 하고
俾爾壽而臧	그대로 하여금 장수하고 성공하게 하리니

---

38) 『文淵閣四庫全書: 詩類/詩經集傳』 卷三.
39) 『文淵閣四庫全書: 詩類/詩經集傳』 卷四.
40) 『文淵閣四庫全書: 詩類/詩經集傳』 卷五.

保彼東方　　저 동방을 보전하여
魯邦是常　　노나라를 변함없게 하시고
不虧不崩　　이지러지거나 무너지지 않게 하여
不震不騰　　뒤흔들리며 출렁대지 않게 하시도다
三壽作朋　　三老로 벗을 지어
如岡如陵41)　장수하기 산과 같고 언덕 같으시리라

인용한 것들 모두 『시경』의 텍스트들이다. <1>은 「豳風」 <七月> 제8장의 제5구-제11구에 걸친 부분이며, 제8장의 두 단 가운데 후단이다. 앞부분[제1구-제4구]은 '二陽의 날에 얼음을 깨서 三陽의 날 氷庫에 넣고, 四陽의 날 아침에 염소를 바치고 부추로 제사한다'는 내용이고, 뒷부분은 '9월과 10월 추수를 끝낸 뒤 공당에서 양을 잡아 술을 마시며 잔치를 벌인다'는 내용이다. 그 잔치에서 술을 마시며 임금의 만수무강을 비는 것으로 끝나는 것이 이 노래다. <2>는 <7월>로서 주공이 성왕에게 선왕들의 풍화가 어디서 어떻게 유래되었는지, 농사짓는 백성들의 어려움이 무엇인지를 설명하고, 왕업을 이루기 위해 솔선 노력해야 함을 강조하고 경계할 목적으로 지은 것으로 알려져 있는 노래다. 따라서 <칠월>은 단순히 천지자연의 변화를 바탕으로 월령을 제시하거나 농업과 잠업의 내용을 나열한 노래가 아니라, 남녀의 일, 부모와 자식의 의무, 부부 상호간의 의무, 상하 상호간의 의무, 노인·어린이·약자에 대한 보호, 時宜에 맞춘 제사, 절도 있는 연향 등 '천륜·인륜·공적 의례'에 걸친 모든 사항들을 말했고, 이런 것들 모두는 왕의 교화가 전제되는 국가의 일임을 말하고자 한 노래다.42) 여기서 언급된 '만수무강의 축원'은 후대 악장들에 빈번하게 등

---

41) 『文淵閣四庫全書: 詩類/詩經集傳』 卷八.
42) 『文淵閣四庫全書: 經部/詩類/詩潘』 卷十의 "雪山王氏 曰 仰觀星日霜露之變 俯察蟲鳥草木之化 知天時以授民事 女服事乎內 男服事乎外 上以誠愛下 下以忠利上 父父子子 父父婦婦 養老而慈幼 食力而助弱 其祭祀也時 其燕饗也節 此七月之義也" 참조.

장하는 '임금에 대한 축수'의 원형으로 보아도 무방할 것이고, 이 점은 일본의
경우도 마찬가지다.

<2>와 함께 <3>·<4>는 제사에 대한 보답으로 祭主가 받게 되는 '만수무강'
의 복록을 언급한 노래들이다. 제사 지내는 자들이 제사의 대상인 신에게 현재
임금의 만수무강을 기원한다는 점에서 <1>과 차이를 보이긴 하지만, 그것은
절차상의 차이일 뿐 임금에 대한 축수의 본뜻은 마찬가지다.

춘하추동의 길일을 택하여 선공과 선왕에게 제사를 잘 지낸 보답으로 왕의
만수무강을 얻게 될 것임을 말한 것이 <2>[소아 <天保> 제4장]이고, 제사가 잘
갖추어져 선조께서 강림하고 흠향하시니 제주인 현재의 왕에게 경사가 있을
것이고 큰 복을 받아 만수무강하리라는 것이 <3>[소아 <楚茨> 제2장]이며, 노나라
의 토대를 복원하여 오래도록 혼란스럽지 않게 해준 희공의 공을 찬양하고
三老를 벗 삼아 산이나 언덕처럼 장수할 것을 축원한 것이 <비궁>으로서, 僖公
이 周公의 집을 복구한 것을 칭송한 노래다.43) 특히 <비궁>에서 축수의 표현
으로 제시한 '三壽作朋'의 경우 '삼수'의 구체적인 나이에 대한 설들이 분분한
데, 삼수를 합하여 나눈 나이를 효손의 無疆之壽로 삼아도 무방할 것이다.44)

이처럼 『시경』에서 연향이나 제향의 축수 대상은 현존하던 제왕이었고, 이
런 전통은 후대 왕조들의 악장에 큰 영향을 미쳤으며, 그 결과 대부분의 연향
이나 제사 후 연회들의 악장에서 현 임금에 대한 축수는 당연한 절차였다.
이런 점으로도 후대 악장들의 축수는 『시경』의 전통을 이어받는 것임을 확인
할 수 있다.

이상의 것들이 전통적으로 동아시아권에서 임금에게 송축하던 노래였는데,

---

43) 『文淵閣四庫全書: 經部/詩類/毛詩注疏』 卷二十九의 "閟宮 頌僖公能復周公之宇也" 참조.

44) 『文淵閣四庫全書: 經部/詩類/詩經稗疏』 卷四의 "養生經曰 上壽百二十 中壽百年 下壽八十 左傳晏
    子謂叔向曰 三老凍餒 杜預解曰 三老謂上壽中壽下壽 皆八十以上 論衡曰 春秋說 上壽九十 中壽八十
    下壽七十 三說不同 其爲上中下之三等均也(…)朋並也 三壽作朋者 合竝三壽 祝孝孫以無疆之壽也"
    참조.

일본의 와카 가운데도 송축의 노래들이 있었음은 앞에서 언급한 바 있다. 와카는 중국이나 한국의 노래들에 비해 단순하고 간결하다. 그러나 임금에게 '천년만년' 사시라거나 '모래알처럼' 오랜 기간을 사시라고 기원하는 등 표현의 질이나 강도는 중국이나 한국의 송축악장들과 다를 바 없음을 이 부분에서 확인할 수 있다. 물론 그런 와카들이 악장으로 쓰였다는 증거는 없다. 그러나 왕자의 일흔 살 축하연을 맞아 병풍에 적어 놓았다든가, '동궁이 탄생했을 때 찾아뵙고 노래했다'는 점 등을 고려할 때, 충분히 음악과 무용이 곁들여진 상황에서 노래 불렸을 수도 있다고 보는 것이다. 일본을 대표하는 노래 장르 와카에서 추정할 수 있는 악장으로서의 가능성도 바로 여기에 있다.

3. 『시경』과 일본 에이교쿠(郢曲)類의 관련 가능성

일찍이 翁蘇倩卿은 에이교쿠(郢曲)로 통칭되는 우타이모노(謠い物)들[가구라우타(神樂歌)·사이바라(催馬樂)·로에이(朗詠)·후조쿠(風俗)·이마요(今樣)·자쓰게이(雜芸)]과 『시경』의 관계를 분석·설명한 바 있다.[45] '영곡'이란 관점에서 일본의 우타이모노와 『시경』의 노래들은 같은 범주에 속한다. 일본에서 영곡은 「聖德太子傳曆」의 熒惑星에서 유래되었다고 보았다. 즉 비다쓰(敏達) 천황 9년 여름 6월 어떤 사람이 "土師連八島라는 사람의 노래가 세상에 다시없을 만큼 뛰어났습니다. 어느 날 밤 어떤 사람이 와서 서로 노래를 주고받으며 경쟁을 벌이는데, 음색이 범상치 않았습니다. 야시마가 이를 이상히 여기고 그를 좇아 스미요시의 해변에 도달했고, 새벽이 되자 바다로 들어갔습니다. 태자가 곁에서 모시고 '이것은 형혹성입니다. 하늘에는 다섯 개의 별이 있어 오행을 주관하고 오색을

---

45) 翁蘇倩卿, 『詩經と神樂歌·催馬樂·梁塵秘抄の比較研究』, 中華民國台北市: 遠流出版公司, 1982.

나타냅니다. 형혹은 붉은 색이고 남방의 불을 주관합니다. 이 별이 내려와 사람이 되어 아이들 사이에서 놀았습니다. 노래 만들기를 좋아하고 미래의 일을 노래하였으니, 대개 이 별입니다.'라고 아뢰었습니다."46) 인용문에서 '형혹성이 남방의 불을 주관한다'는 것은 중국 남부 郢의 땅에 하늘나라의 형혹성이 내려와 인간계의 아이들 사이에 섞여 놀며 노래를 만들어 유행시켰고, 미래의 일을 예언했다는 신화를 의미한다. 중국에서 郢은 周南·召南의 땅보다 더 남쪽으로 내려간 곳, 즉 양자강 상류 漢水의 남쪽으로 호남성 동정호 부근이라 한다.47) 그러니 영곡은 『시경』의 正風을 의미하는 말이고, 일본에서는 자신들의 우타이모노를 『시경』의 正風에 빗대기 위해 '영곡'이라 부른 것이다. 대부분 민간의 동요나 풍속가였던 이런 노래들이 정치를 잘 반영했으므로, 고시라카와 법황 같은 경우 이것들을 민간으로부터 채록하게 했다.48) 『시경』의 정풍들과 영곡들이 그런 측면에서 공통의 정치적 효용가치를 지닌다고 보는데, 『시경』의 그것들이 궁중의 악장으로 쓰인 것처럼 영곡들의 상당수도 궁중이나 귀족들의 연회에서 가창되었을 가능성이 높은 것이다. 말하자면 민간의 노래들 가운데 정치를 반영하거나 백성들의 敎化를 위해 긴요한 효용가치를 지닌다고 생각되는 노래들을 채록하여 궁중악에 사용함으로써 정치의 잘잘못을 판별하거나 교화의 효용을 기하는 일은 동아시아 왕조들에 일반화된 현상이었다고 할 수 있다. 몇 사례들을 들어보기로 한다.

<1>	將仲子兮	청컨대 중자시여
	無踰我里	내 마을을 넘어와
	無折我樹杞	내 버드나무를 꺾지 마오
	豈敢愛之	어찌 감히 이것이 아까워서이리오

---

46) 翁蘇倩卿, 같은 책, 18쪽.
47) 翁蘇倩卿, 같은 책, 19쪽.
48) 翁蘇倩卿, 같은 책, 같은 곳.

畏我父母　　내 부모를 두려워해서라오

仲可懷也　　중자를 그리워 하지만

父母之言　　부모의 말씀이

亦可畏也49)　또한 두려워져서라오

<2> 十月애

아으 져미연 ㅂㄹᆺ다호라

것거ㅂ리신 後에

디니실 ㅎ부니 업스샷다

아으 動動다리50)

<3> 아름다운 득선(得選)이 방에 있네요.

신의 표시가 묶인 노송나무 잎을 누가 꺾었을까

성스러운 연인을 누가 취했는가, 아름다운 득선이여

다타라코키히요야, 누가 꺾었는가, 아름다운 득선을51)

<1>은 『시경』 「鄭風」 <將仲子> 3장 가운데 제1장이다. 중자에 대한 화자의 당부[내 담장을 넘어와/내 버드나무를 꺾지 말래]가 이 노래의 핵심이고, 그 나머지는 이 핵심 내용에 대한 화자의 해명이다. '버드나무를 꺾는다'는 것은 무엇을 의미할까. 仲子는 남자의 자호이고, 我는 여자 자신을 말하며, 물가에서 자라는 버들의 부류 杞는 마을의 경계와 도랑에 심는 나무라고 했다.52) 화자는 '내 버드나무[我樹杞]'라고 했고, 胡廣[明/ 1370-1418] 등은 '마을의 경계와 도랑에 심는 나무'라 했다. 그러나 이 시의 화자가 '내 버드나무'라고 한 말과 '마을의 경계

---

49) 『文淵閣四庫全書: 經部/詩類/詩經集傳』 卷三, <將仲子> 三章 중 제2장.

50) 『原本影印 韓國古典叢書(復元版) Ⅱ.[詩歌類] ■樂學軌範』, 215쪽.

51) 아베 스에마사 지음, 박태규·박진수·임만호 옮김, 『일본 아악의 이해』, 213쪽.

52) 『文淵閣四庫全書: 經部/詩類/詩傳大全』 卷四의 "仲子男子之字也 我女子自我也 里二十五家所居也 杞柳屬也 生水傍 樹如柳 葉纇而白色 理微赤 蓋里之地域溝樹也" 참조.

와 도랑에 심는 나무'라는 주석자들의 말 사이에는 큰 괴리가 있는 것이 사실이다. 여성 화자가 '내 버드나무를 꺾지 말라'고 한 것은 '자신의 마음을 호리고 육체적인 욕망을 도발하지 말라/내 몸을 무너뜨리지 말라'는 등의 뜻으로 해석하는 것이 맞다.53) 그 말의 상대가 바로 중자였다. '버드나무가 아까워서 꺾지 말라고 한 것이 아니라 내 부모를 두려워해서이다', '중자를 그리워하지만 부모님의 말씀이 두렵다'는 등이 뒷부분에 나오는 화자의 변명인데, '내 버드나무를 꺾지 말라'는 말의 眞意를 보여주는 근거들이다. 그런데 호광은 버드나무를 '마을의 경계와 도랑에 심는 나무'로 단순화시켰다. 이런 점에서 호광보다 앞선 시기에 나온 鄭樵[宋 1104-1162]의 해석["此淫奔者之辭"]이 훨씬 정곡을 찔렀다고 할 수 있다. 정초는 이 시를 '음분자의 말'이라 했는데, 음분이란 남녀가 중매 없이 사사로이 결합하는 것을 뜻하는 말로서, 특히 '남자가 음탕하게 유혹하면 여자가 달려가는 것'54)을 말한다. <1>의 화자는 '내 버드나무를 꺾지 말라'고 했다. '바람둥이 중자'가 자신을 건드리는 데 대하여 넘어가고픈 마음과 넘어가면 안된다는, 상반된 마음으로부터 큰 갈등이 생겨난다. 그래서 궁여지책으로 생각해낸 것이 '버드나무가 아까워서가 아니라 부모님이 두려워서'라는 설득력 없는 이유를 내세운다. 이 노래의 표현기법은 역설인데, 표면적 진술과 이면적 의미가 반대라는 섬에서 그렇다.55) 사실 화자도 자신이 짝을 만나면 부모님도 그 사실을 인정하리라는 것을 잘 안다. 그럼에도 불구하고 남녀 만남의 관습이나 절차에 관여하는 부모의 힘을 배제할 수 없는 것이 현실임을 잘 알기 때문에 중자가 끌어당기는 힘이 클수록 그 반작용도 커지는 것이다. '이러지도 저러지도 못하는 것'이 화자의 흔들리는 마음이지만, 노래에 내재된 남녀 간 사랑의 힘은 표면화된 관습법의 힘보다 훨씬 크다는 사실이

---

53) 강한 부정이나 금지는 강한 욕구를 내포하는 수사적 의미를 갖는다.
54) 『文淵閣四庫全書: 經部/詩類/毛詩之說』의 "男女淫奔 謂男淫而女奔之也" 참조.
55) 오세영, 『문학연구방법론』, 시와시학사, 1993, 327쪽 참조.

잘 암시되고 있다.

<2>는 <動動>의 10월사로서 화자 자신을 '꺾인 보로쇠 나무'에 비유했다. '꺾어버리신 후에 지니실 한 분이 없다'는 표현을 통해 자신이 사랑하는 임에게 버림받으면 아무도 자신을 사랑해주지 않을 것임을 역설하면서 한탄한다. '알알이 보로쇠 열매같이 아름다운' 자신이지만, 가지가 꺾인 뒤에는 자신을 가져줄 한 분의 임도 없다는 절박한 외로움과 슬픔을 토로한 것이다.56) 사실 '점점이 열려 있는 보로쇠' 같이 아름다운 자신이지만, '한 번 꺾여 버려진 뒤에는 아무도 자신을 사랑하지 않는다'는 것은 원치 않는 이별에 대한 자기방어 메커니즘의 발로라 할 수 있다. 표면적으로는 失戀의 슬픔을 노래했지만, 이면적으로는 사랑의 환희를 말하고 있는 것이 자기방어 메커니즘으로부터 생겨나는 이 노래의 이중성이다. 임금이 좌상객으로 앉아 있는 동동정재 공연의 현장에서 임금을 임으로 설정하고 부르는 노래인 만큼 노래의 이면적 의미는 매우 중요하다고 보는 것도 그 때문이다.

<3>에 등장하는 쌍방은 도쿠센(得選)과 천황이다. 그러나 앞의 경우들과 달리 화자는 관찰자의 시선을 가진 제3자이다. 得選은 御廚子所의 女官으로 采女 중에서 뽑는 까닭에 그렇게 불린 존재다. 천황과 도쿠센의 지위는 하늘과 땅만큼이나 엄청난 차이를 갖고 있다. 노래의 첫 부분에 '노송나무 잎을 누가 꺾었을까'가 나오고, 그 다음 부분에 '성스러운 연인을 누가 취했는가, 아름다운 득선이여'라는 부분이 나오며, 마지막 부분의 '누가 꺾었는가, 아름다운 득선을'처럼 물음에 대한 단서를 하나씩 주면서 노래가 전개되는 방식으로 마무리되고 있다. '신의 표시가 묶인 노송나무 잎'의 단서가 그 다음 행의 '성스러운 연인을 누가 취했는가, 아름다운 득선이여'로 제시됨으로써 '노송나무 잎'과 '성스러운 연인'은 결국 '아름다운 득선'임이 드러난다. 그리고 마지막의

---

56) 조규익·문숙희·손선숙·성영애, 『동동動動: 궁중 융합무대예술, 그 본질과 아름다움』, 52쪽.

'누가 꺾었는가, 아름다운 득선을'을 통해 꺾어버린, 즉 주체의 손에 넣은 대상이 '아름다운 득선'임이 밝혀졌고, 득선을 손에 넣은 주체가 천황임이 암시되었다고 할 수 있다.

<장중자>는 莊公을 풍자한 노래다. 장공의 모친이 아우인 공숙 만을 사랑함으로써 그 아우를 해친 결과를 빚었고, 그 아우가 도리를 잃었으나 장공은 그를 제지하지 못하였으며, 이를 간한 祭仲의 말을 듣지 않아 큰 난리를 빚었다는 것이 <1>에 관한 『毛序』의 설명이다. 그런 내용의 노래를 공적인 자리에서 불러 풍자하고자 한 것이 이 노래에 상정한 의도였으나, 노래만을 떼어놓고 보면 정초의 말처럼 음분지사로 보이는 것도 사실이었다. <동동>의 경우는 起句에서 頌禱의 의도를 내걸고 후속의 정월-12월사에서 그 송도의 주제를 은유하는 것이 전략이었다. 즉 '12개월로 나누어 송도를 패러프레이즈한 것'이 <동동>에 구사된 은유의 방식이었던 것이다. 사랑을 구체적으로 노래하기 위해 희망적이고 즐거운 일들을 노래하는 것이 일반적이겠지만, 노래의 콘텍스트에 따라서는 정반대일 수 있고, 정반대로 해야 효과가 극대화될 수도 있다. 따라서 <동동>에 표출된 비극성은 '사랑에 집착함으로써 갖게 된 지극한 외로움'을 강조하는 극적 장치일 뿐이다. 작자나 가창자는 사랑의 결과에 초점을 맞주지 않는다. 대상에 따라 결과가 비극석인 것이 오히려 시극한 정성의 표현일 수 있기 때문이다. 그리고 액면 그대로의 사랑을 노래하기 위해 그런 '이룰 수 없는 사랑'을 장황하게 반복하고 있는 것은 아니다. 起句에서 제기한 송도를 열두 달에 걸쳐 '이루어지지 못한 사랑의 현상들'로 번역·은유 혹은 패러프레이즈함으로써 화자 혹은 가창자가 표현하고자 하는 정성을 보다 극적으로 드러내고자 한 作意를 읽어낼 수 있기 때문이다. 따라서 <동동>에 표출되는 갖가지 양상의 사랑들은 '번역 혹은 패러프레이즈(paraphrase)된 송도,' 달리 말하여 '임금의 융성한 덕을 찬미하고 임금의 복을 빌어주기 위한 은유적 장치'임이 밝혀지는 것이다.[57]

<도쿠세니코(得選子)>는 <동동>의 '10월사'와 유사하지만, '10월사'가 '사랑에 집착함으로써 갖게 된 지극한 외로움' 즉 표면적인 비극성을 표현한 것과 달리 행복한 결합을 암시함으로써 밝은 분위기를 드러낸다는 차이를 보여준다. 천황과 도쿠센의 격차를 넘어 곁에 들어온 꽃을 꺾듯 천황이 그 사랑을 손에 넣음으로써 쉽게 이룩한 것이다.

채록된 민간의 노래를 궁중의 악장으로 사용한 중국이나 한국처럼 일본도 그렇게 했는지, 궁중악에 올려 불렀다 해도 동아시아 왕조들에 보편화 되었던 궁중악장의 지위에 걸맞게 기록되어 있는지 등을 현재로서는 확언할 수 없다. 그러나 노랫말의 구조적·주제적 유사성만을 바탕으로 한다면, 예로 든 『시경』의 <장중자>, 속악정재 <동동>, 일본 카구라우타의 <도쿠세니코> 등은 유사한 관점에서 비교될 수 있는 것들이다. 이런 현상들을 다른 부류의 노래들로 쉽게 일반화시킬 수는 없겠지만, 찾기에 따라서는 많은 사례들이 발견될 수 있으리라 본다. 채록된 민간의 노래를 궁중의 악장으로 사용한 중국이나 한국처럼 일본도 그렇게 했는지, 궁중악에 올려 불렀다 해도 동아시아 왕조들에 보편화 되었던 궁중악장의 지위에 걸맞게 기록되어 있는지 등을 현재로서는 확언할 수 없다. 그러나 노랫말의 구조적·주제적 유사성만을 바탕으로 한다면, 예로 든 『시경』의 <장중자>, 속악정재 <동동>, 일본 카구라우타의 <도쿠세니코> 등은 유사한 관점에서 비교될 수 있는 것들이다. 이런 현상들을 다른 부류의 노래들로 쉽게 일반화시킬 수는 없겠지만, 찾기에 따라서는 많은 사례들이 발견될 수도 있으리라 본다.

---

57) 조규익 외, 『동동動動: 궁중 융합무대예술, 그 본질과 아름다움』, 52-54쪽 참조.

제4부

결론

王澤竭而詩不作者謂幽厲之後周室大壞不能賞善
罰惡諷刺無益故也詩樂相通可以觀政矣古之王者
發言舉事左右書之猶慮臣有曲從史無直筆於是省
方巡狩大明黜陟諸侯之國各使陳詩以觀風又置采

毛詩指說

欽定四庫全書

詩之官而主納之申命瞽史習其箴誦廣聞教諫之義
也人心之哀樂王政之得失備於此矣然詩者樂章也
不起鴻荒之代始自女媧笙簧神農造瑟未有音曲亦
無文詞然嬰兒有善則鳳自舞其來尚矣夫大樂與天
地同和後代聖人從而明之耳上皇道質人無所感雖
形謳歌未寄文字俗薄政煩歌謳理切六代之樂同功
異用前者超忽莫得而傳虞舜之書始陳詩詠五絃之
琴以歌南風其文詳也自殷周洎於魯僖六詩該備而

결론

  지금까지 필자는 중세의 시대정신이 발판으로 삼는 보편주의를 염두에 두고 동아시아 지역 악장의 비교담론을 펼쳐왔다. 옛 왕조들의 악장들을 쓰임에 따라 범주화하고, 그 안에서 개별 작품들을 직접 비교하거나 『시경』 텍스트를 매개로 간접 비교의 방법을 병행함으로써 악장을 둘러싼 콘텍스트의 본질까지 파악할 수 있다면, 그것이 현재로서는 가장 바람직한 방향일 것이다. 사실 텍스트 차원에서 작품 대 작품으로 영향의 수수관계를 밝히는 것이 비교연구의 기본이겠으나, 작품을 둘러싼 콘텍스트 차원의 비교 또한 연구방법으로서 중요한 의미를 지닌다고 보기 때문이다. 그렇다 해도, '동아시아'가 갖는 廣域性과 함께 내적 다양성은 명료한 비교를 어렵게 하는 요인들이며, 따라서 본 연구는 본격 비교작업의 준비단계에 머물러 있음을 인정할 수밖에 없다.

  동아시아의 악장들 가운데 『시』 「대아」 <生民>과 함께 史詩로 인정을 받고 있는 조선조의 대표악장 <용비어천가>를 예로 들어보자. 무엇보다 중요한 사실은 <용비어천가>가 '건국서사시의 오랜 전통을 이어 새 왕조 창건의 주역들을 칭송하면서, 천명을 받아 백성에게 덕치를 베푼다는 역사관을 구현함으로써 중세이념을 확고히 했다'[1]는 점이다. 그렇다면, 원래 고대 주나라의 악장집인 『시』가 중세 보편주의의 시대정신을 표상한다 함은 대체 무슨 뜻일까. 주나라[B.C. 1046-B.C. 256]가 중국 왕조사에서 三代의 완성기로 언급되는 핵심 이유는

---

1) 조동일, 『세계문학사의 전개』, 지식산업사, 2002, 133쪽 참조.

예악의 확립에서 찾을 수 있다. 삼대 예악의 표상 가운데 두드러진 실체가 『시』이다. 이처럼 『시』는 기원전의 주나라를 예악국가로 떠받쳐 주던 최초의 악장집이었다. 그 『시』가 한나라에 들어와 『시경』으로 존숭되기 시작했고, 그 후 중세를 거쳐 근세에 이르기까지 여러 왕조들이 등장하면서 『시경』에 관한 다양한 해석들도 출현했다. 그 과정에서 『시경』은 모든 왕조들로부터 광범하면서도 한결같은 지지를 받으며 보편주의의 교과서 역할을 해왔다. 이처럼 왕조 악장의 모범적 선례로 수용되면서 『시경』은 더욱더 확고한 보편화의 길로 접어들었고, 악장 표준화의 잣대로 정착된 것이다.

『시경』은 고대의 산물이지만, 대부분의 후속 왕조들에 의해 채택되고 재해석되면서 항상 '현재성'을 바탕으로 존재하는 '오늘날의 시가양식'일 수 있었다. 『시경』을 수용한 후대 악장들은 '『시경』 텍스트 자체를 송두리째 자신들의 악장으로 활용한 경우, 『시경』 텍스트에서 摘出한 부분들을 새로운 악장으로 組立하여 만든 경우, 『시경』 텍스트와 상관없이 악장을 창작해낸 경우' 등으로 크게 삼분되며, 이것들에 대한 분석이나 연구의 지향점도 '『시경』 텍스트 자체가 원래부터 갖고 있던 악장으로서의 본질, 『시경』 시의 구절들을 조립하여 만든 악장들의 텍스트 차용 양상, 외견상 『시경』 텍스트와 거리가 있는 것처럼 보이는 창작악장들의 특성 분석' 등 세 갈래로 나뉜다. 어느 경우에 속하든 왕조들의 악장은 『시경』 텍스트의 스펙트럼이나 최초의 편찬정신을 벗어날 수 없었다.

중국이나 한국의 왕조 악장들이 같거나 유사한 모습을 공유하는 데 반해, 일본의 경우 텍스트로서의 악장은 물론 콘텍스트로서의 음악[특히 아악]이나 가무에서도 두 나라들과 판이했다. 중국과 활발한 교류를 벌여왔던 일본은 당나라의 몰락으로 遣唐使 파견을 접었고, 음악문화의 교류 또한 불가능해짐에 따라 그들 나름의 독자적인 세계를 구축하게 되었다. 무엇보다 神道신앙체계를 유지해오던 그들이 유교적 바탕이 필요한 의례음악으로서의 아악을 중

국이나 한국과 같은 양상으로 발전시킬 수는 없었다. 악장 콘텍스트로서의
악무가 중국이나 한국과 다를 수밖에 없었던 원초적 이유도 그것이었다. 원래
'악장'이란 명칭을 사용해오지 않았을 뿐 아니라, 개념의 동질성을 유추할만한
명칭조차 찾을 수 없는 것은 지금도 여전하다. 따라서 동아시아 범주 안에서
악장을 논할 때 일본의 악장은 아직도 매우 추상적인 범주를 벗어나지 못한다.
엄밀하게 '한·중·일의 악장'으로 일컬어지기보다는 '한·중의 악장과 일본의
유사악장'으로 구분하는 것이 타당하게 느껴질 정도다.

　墨子는 『시경』 텍스트를 誦詩[문학 텍스트로서의 시]·弦詩[음악 텍스트로서의 시]·歌
詩[노래 텍스트로서의 시]·舞詩[춤 텍스트로서의 시]로 나누었고, 程大昌[1123-1195]은 『시
경』의 二南·雅·頌을 악장과 같은 개념의 樂詩로, 여러 나라들의 시를 徒詩로
각각 구분하여, 『시경』 시대 이후 악장의 변질을 거론한 바 있다.[2] 즉 '악시로
서의 악장'은 『시경』으로 막을 내렸고, 『시경』 텍스트의 범주를 벗어난 후대
의 악장들은 창작된 노랫말에 창작곡과 창작 춤을 함께 맞춤으로써 『시경』
텍스트가 본래 갖고 있던 가·무·악의 융합적 특성을 상실하게 되었다는 것이
다. '歌詩·歌詞[歌辭]·樂歌' 등의 용어가 대안으로 사용되어 온 것도 그런 사정
을 보여준다.

　『시경』에서 발원된 중국 역대의 악장은 송대에 이르러 집대성[정리·개편·신
제]되었고, 악곡·악기·악장 등 음악의 제반 요소들과 함께 儀禮 등 콘텍스트
전반이 고려로, 고려를 통해 조선으로 각각 수용되었다. 국가의례에 사용되었
고 동아시아적 보편성의 범주 안에 들어가는 악장의 존재를 문헌적으로 확인
할 수 있는 시대가 한국의 경우 고려와 조선이었다. 송·금·원·명 등 중국왕조
들과 고려의 악장 제작 의도나 관습 및 주제의식 상의 차이는 거의 없었고,

---

2) 『文淵閣四庫全書: 子部/雜家類/雜學之屬/墨子』卷十二[或以不喪之間 誦詩三百 弦詩三百 歌詩三百
　舞詩三百] 및 『文淵閣四庫全書: 子部/雜家類/雜考之屬/考古編』卷一[(…)然後 知南雅頌之爲樂詩 而
　諸國之爲徒詩也] 참조.

고려와 조선 간의 차이도 없었다. 왕조들 간의 정치적·외교적 긴밀도와 예악의 유사성은 밀접하게 연관된다. 따라서 시대나 지역의 차이를 넘은 왕조 악장들이 공유하던 유사성은 보편성으로 해석되어야 할 것이다.

아악악장만 그런 것이 아니라, 연향에 주로 쓰이던 당악이나 당악악장도 마찬가지였다. 제왕의 만수무강이나 복을 빌어주는 것이 궁중 연향의 목적이었고, 거기서 불리던 노래의 언어적 메시지가 바로 악장이었다. 제왕은 통치 질서의 정점에 있었고, 제왕의 만수무강은 왕조의 안정에 가장 중요한 조건이었다. 사실 고려나 조선왕조가 중국으로부터 각종 연향악과 악장들을 도입한 것은 예술적 세련성과 함께 효과적인 頌禱의 표출방식을 배우고자 했기 때문이다. 아악, 당악 등 중국의 음악과『시경』혹은 악장들의 도입으로 고려나 조선의 음악 및 악장은 상당한 수준으로 세련될 수 있었다. 우리 고유의 음악이었던 속악마저 당악과 상호텍스트적 관계를 맺음으로써 보편문법의 대열에 합류하게 되었다. 중국으로부터 도입되어 궁중음악의 한 부분으로 쓰이고 있던 당악의 주제이자 목적이 '임금에 대한 송도'였고, 그 현실적 필요성을 절감하던 우리나라 중세왕조들에서 그런 표현 관습을 도입하게 된 것은 당연한 귀결이었다. 서왕모 등 신선의 퍼스나를 갖춘 여악들이 당악정재의 무대에서 임금에게 장수와 행복을 빌어주던 행위가 바로 그 필요에서 나온 것들이었다. 따라서 당악정재들과 상호텍스트의 관계를 맺고 있던 속악정재들이 송도의 표현과 관습을 모방하는 것은 자연스러운 일이었다. 예컨대 속악정재의 하나인 '동동'이 본뜬 것은 헌선도 등 당악정재들이나 보허자 등 개별 음악의 표현 관습이었다. 그에 따라 노랫말 <동동>은 당악정재의 악장들로부터 본뜬 송도를 '임금에 대한 변함없는 사랑'으로 패러프레이즈함으로써 속악정재 나름의 독자성을 구현할 수 있었다.

물론 이 시기의 당악정재들에 담긴 선계 이미지들은 임금에 대한 송도나 송축의 주제의식을 구현하기 위한 보조 장치들로서 임금을 극진히 위함으로써 국태민안을 실현하는 데 그 목적이 있었을 뿐, 신선사상이나 도교의 宗旨를 고취하려는 데 있지 않았다. 당악정재의 창사 및 다수의 散詞들을 통해 고려에 도입된 송도악장들은 상호텍스트의 입장에서 속악정재와 창사들에도 큰 영향을 미쳤고, 그런 바탕 위에 정착된 '송도악장의 전통'은 조선조 개국 이후에도 지속되었다. 예를 들어, 오양선 정재에서 보허자령에 올려 불린 <벽연롱효사>는 그 표본이었다. 보허성이나 보허자는 전래의 도교음악이었고, 보허사는 그 음악에 올려 부르던 노래였다. 따라서 그 음악은 仙樂이었고, 그 노래는 仙歌였으며, 그 노랫말은 仙語였다. 당악정재 오양선에서 보허자령에 올려 부르던 <벽연롱효사>는 선가였고, 그 말은 선어였다. 자연스럽게 그것과 상호텍스트의 관계를 맺고 있던 동동정재의 노랫말이 '선어를 본떴다면[盖效仙語][3]' 그 모범적 선례들의 한 부분에 왕모가 부르던 <벽연롱효사>가 있었다. 선계 이미지를 바탕으로 임금에 대한 송축과 유토피아의 구현에 대한 염원이 간명하면서도 강하게 들어 있는 노래가 바로 그것이었다.

　『상서』와 『사기』에 구체적으로 기록됨으로써 <생민> 등 주나라 창업주 및 그 선조들의 사적을 노래한 『시경』의 일부 시들은 史詩로서의 권위를 인정받았고, 마찬가지로 조선조 창업주와 선조들의 사적을 찬양한 <용비어천가>의 '역사적 사실성'이 官撰 역사서 『고려사』나 『태조실록』「총서」에 의해 뒷받침됨으로써 사시로서의 권위를 인정받게 된 것은 애당초 <용비어천가>가 『시경』의 사시들을 모범적 선례로 삼았음을 의미한다. 조선조 악장을 대표하는 <용비어천가>는 사시이자 교훈시이었으나, 천명의 개념을 채용한 주나라 악장집 『시경』의 텍스트로 잔존해 있는 악장들은 주로 천명을 받은 점에 대한 찬양으로 일관했다. 이처럼 조선의 <용비어천가>는 왕통체계의 역사적 사실이나 천

---

3) "動動之戲 其歌詞多有頌禱之詞 盖效仙語而爲之 然詞俚不載"[『原本影印 韓國古典叢書(復元版) Ⅱ 樂學軌範』, 151쪽] 참조.

명을 받아 건국한 사실에 대한 찬양과 함께 후왕들에 대한 警戒까지 포함하고 있다는 점에서 <용비어천가>는 주나라 악장보다 진일보한 면을 보여주었다.

<용비어천가>와 종묘악장의 핵심은 列聖들의 功業 즉 조선조 고유의 史實들이며, 그것들을 土風 즉 향악에 올려 부른 것들이지만, 그 방식이나 구조는 이미 중국 고대에 등장한 주나라 악장집 『시경』 텍스트에 바탕을 두고 있었다. 그 결과 <용비어천가>를 비롯한 조선의 악장들은 악장에 관한 동북아 중세 상황의 보편적 패러다임에 충실히 귀속되어 있었다고 할 수 있다. 제사의 대상은 왕조의 열성들이었으므로 종묘제례에 소용되는 음악이나 악장도 왕조 고유의 형식과 내용으로 만들어지는 것은 당연했으나 찬양이나 숭모의 방식은 중국으로부터 수용할 수밖에 없었다. 제작과 표현의 측면에서 종묘악장의 정신이나 지향점 혹은 개편의 당위성을 중심으로 논의들이 무성했던 것도 그런 이유 때문이었을 것이다.

아악과 아악악장이 쓰인 문묘제례, 사직제례, 선농·선잠제례, 풍운뇌우제례 등과, 향악이 사용된 종묘제사 등은 국가제례의 중심에 포함되어 있었으며, 자연스럽게 왕조의 정치적·이념적 정당성을 주장하고 왕실의 카리스마를 확보함으로써 왕조 존립의 보편적 가치와 지속의 당위성을 선양하려는 목적의식 또한 갖고 있었다. 이들 제례악의 상당부분은 중국에서 도입한 아악이었고, 악장 역시 상당부분 중국 역대 왕조의 것들과 같거나 유사했다. 이 점에서 '악장의 유사성이나 동질성을 통해 당시 동아시아 문명론의 표준과 보편성을 확보하고자 한' 왕조의 중세적 욕망을 읽어낼 수 있다.

이에 반해 일본의 가가쿠(雅樂)는 중·한의 아악과 현격하게 다른 모습을 보여주었다. 유교의 예악사상을 바탕으로 이루어진 雅正한 제사음악이었고, 특히 등가와 헌가의 합주로 '천자-제후-대부-사'의 명분에 따라 '8-6-4-2'의 佾舞를 곁들이던 것이 전통적인 중·한의 아악이었다. 그러나 일본에는 제사음악으로서의 와가쿠(和樂)가 이미 존재하고 있었으므로 중국이나 한국의 아악을 수용할 필요도 없었고, 악장 또한 마찬가지였다. 일본의 아악들[神道와 황실의례 계통의 가구라우타(神樂歌)·닌죠마이(人長舞)·야마토우타(大和歌)·야마토마이(大和舞)·아즈마아소비(東遊)·구메마이(久米舞)·오우타(大歌) 등/도가쿠(唐樂)·고마가쿠(高麗樂) 등 渡來歌舞와 일본에서 창시된 악무/헤이안 시대의 신작가요인 로에이(朗詠)·사이바라(催馬樂)]은 管弦[중국계 아악기]·舞樂[左舞: 당악/右舞: 고려악]·歌謠[아악에 맞춰 부르던 聲樂曲으로서 국풍의 노래들, 즉 구메우타·아즈마아소비·가구라우타·와카] 등의 양상으로 구현되었다. 국풍의 노래들은 원래 민중의 노래들이었지만, 귀족계급에 의해 수용·개작되면서 『시경』의 국풍이나 고려속가들과 같은 차원의 노래들로 상승된 양상을 보여주었다. 『시경』의 국풍은 15국에서 민간의 노래들을 채록·개작하여 궁중의 악장으로 만든 것들이고, 고려속가들도 민간의 노래들을 채록·개작하여 궁중악의 한 부분인 속악의 악장으로 편입시킨 경우다. 따라서 일본 국풍의 춤이나 노래들도 중·한의 궁중 연향악곡[악곡·악무·악장]과 같은 범주로 분류될 수 있을 것이다. 무엇보다 다양한 관현악곡이나 무악곡 및 가곡의 총칭인 일본 아악의 기원은 일본을 비롯한 아시아 각국에 이르는 광범한 범주에서 찾을 수 있고, 특히 그 가운데 국풍가무 등은 실질적으로 한반도 문화의 영향을 받았다는 견해도 있다.

　본 연구의 핵심 줄기인 '『시경』과 각 왕조 악장의 동질성'은 아악이나 각종 頌歌에만 해당되는 것은 아니다. 『시경』의 국풍은 雅·頌과 함께 천자국 혹은 제후국들의 악장이었고, '고려의 속가들은 조선조까지 속악으로 연행되던 궁중 呈才의 노래들'이었으며, 따라서 그 노랫말들은 부정할 수 없는 악장이었다. 물론 중국이나 한국의 경우 노랫말 텍스트 상황은 일본의 노래들에 비해 제도에 의한 구심력 혹은 羈束力이 훨씬 컸던 것이 사실이다. 고려나 조선의 그런 음악들이 궁중의 공식적인 의례행사에 쓰인 데 반해, 일본의 그것들은 천황 주재의 행사에서만 독점적으로 사용되지 않았고 大小 귀족들의 연회에서도 비교적 자유롭게 사용되었다는 차이가 있다. 특히 헤이안 시대에 들어와서는 천황을 비롯한 귀족들이 아악을 하나의 교양으로 즐기게 되었다는 점에서도 그렇다.

중국 춘추시대 도회지역을 '鄙'이라 불렀고, 거기서 불린 俗曲을 鄙曲이라 불렀다. 일본의 우타이모노(謠い物) 혹은 속곡이 에이교쿠(郢曲)였다. 헤이안 시대부터 가마쿠라 시대에 걸쳐 불린 가구라우타·사이바라·로에이·후조쿠(風俗)·이마요(今樣)·자쓰게이(雜芸) 등 우타이모노를 망라한 명칭이 에이교쿠였던 것이다. 에이교쿠는 원래 민간에서 널리 전해지던 동요나 풍속가였지만, 그것들은 정치를 잘 반영한 것들이었다. 따라서 고시라카와 천황[後白河天皇/1127-1192]같은 통치자가 이것들을 민간에서 채록하게 한 것은 공자가 국풍을 포함시켜 『시경』을 편찬한 것과 같은 의미를 갖는다.

그러나 한·중·일 3국의 악장 가운데, 일본의 경우는 '악장'이란 개념이 문헌적으로 아예 발견되지 않고, 실제 공연 현장에서도 그 실체를 알기 어렵다. 반면 한국과 중국은 빈번한 교류를 통해 음악과 악장의 동질성을 비교적 잘 유지해 왔고, 그 바탕에서 큰 역할을 한 것이 『시경』이었다. 물론 3국은 동아시아적 보편성을 존숭하는 가운데 각자 자기 왕조의 문화적 특수성을 발휘해온 것도 사실이다. 악장을 통해 정치의 득실을 판단하거나 지배자와 피지배자 간의 소통을 꾀한 것은 악장에 상정해온 정치적 효용가치였기 때문이다. 앞으로 동아시아의 중세적 보편성을 공고히 하고 확산시키는 데 악장이 기여한 바를 좀 더 면밀히 분석하고 관찰해야 하며, 그럴 경우 이 지역의 문화적·정신적 궤적의 통시적 양상은 얼마간이라도 밝혀질 수 있을 것으로 본다. 중세에 관념적으로나마 이 지역을 하나로 묶었던 보편주의의 실체와 장·단점에 대한 분석은 바람직한 미래를 위해서도 필요하다고 보기 때문이다.♣

참고문헌

자료

『가곡원류』, 황순구 편, 한국 시조학회, 1987.

『고려사』 사이트[http://krpia.co.kr].

『교방가요』, 정현석, 성무경 역주, 보고사, 2002.

『국악대사전』, 장사훈 저, 세광음악출판사, 1984.

『궁중정재 용어사전』, 손선숙 저, 민속원, 2005.

『國朝寶鑑』, 규장각 소장본. 純宗 命編, 隆熙 3년(1909).

『大樂後譜(全)』, 한국음악학자료총서 1, 국립국악원, 1979.

『大學章句補遺·求仁錄·關西問答(合本)』, 아세아문화사, 1973.

『東國通鑑』, 경인문화사, 1994.

『戊子進爵儀軌』, 국립국악원 전통예술진흥회, 1989.

『文淵閣 四庫全書』 經部 四書類「論語注疏」卷七/經部 易類, 易箋, 卷 一/經部 易類, 紫巖易傳, 卷
二/經部 易類, 吳園周易解, 卷 二/經部 詩類, 毛詩注疏/經部 禮類, 禮記之屬,『禮記大全』卷
十八,『欽定 四庫全書』, 文淵閣 四庫全書 電子版, 迪志文化出版有限公司.

『文淵閣 四庫全書』 經部 易類「西谿易說」卷四/經部 易類, 易箋, 卷 一/經部 易類, 紫巖易傳, 卷 二/經
部 易類, 吳園周易解, 卷 二/經部 詩類, 毛詩注疏/經部 禮類, 禮記之屬,『禮記大全』卷 十八,
『欽定 四庫全書』, 文淵閣 四庫全書 電子版, 迪志文化出版有限公司.

『文淵閣 四庫全書』 史部, 正史類, 宋史 卷 一百四十二, 樂志 第 九十五, 樂 十七/史部, 正史類, 宋史
卷 四百八十七, 列傳 第 二百四十六 外國 三·高麗/史部, 地理類, 都會郡縣之屬, 雲南通志, 卷
二十九之十一/史部, 詔令, 奏議類, 奏議之屬, 王端毅奏議, 卷 五/史部, 紀事本末類, 三朝北盟會
編 卷 一百二十八,『欽定 四庫全書』, 文淵閣 四庫全書 電子版, 迪志文化出版有限公司.

『文淵閣 四庫全書』 集部, 別集類, 金至元, 紫山大全集, 卷 十四,『欽定 四庫全書』, 文淵閣 四庫全書
電子版, 迪志文化出版有限公司.

『文淵閣 四庫全書』 總集類, 元文類 卷 十七,『欽定 四庫全書』, 文淵閣 四庫全書 電子版, 迪志文化出版有
限公司.

『法制資料 제125집: 國朝五禮儀(4)』, 법제처, 1982.

『삼국사기』 사이트[http://krpia.co.kr]

『三國史記·高麗史樂志·增補文獻備考樂志』, 은하출판사, 1989.

『세조실록악보』, 국립국악원 전통예술진흥회,『大樂後譜(全)』, 은하출판사, 1989.

『宋史』, 예문인서관 영인본.

『承政院日記』 九三, 국사편찬위원회, 1972.

『시용향악보』, 대제각 영인본, 1973.

『신역 악학궤범』, 이혜구 역주, 국립국악원, 2001.

『十三經注疏 8: 論語·孝經·爾雅·孟子』, 藝文印書館, 1983.

『여령정재홀기』, 인남순·김종수 공역, 민속원, 2001.

『역주 고려사』, 동아대학교 고전연구실, 1987.

『五禮儀』 「序例上」 [국립중앙도서관 소장본]

『완역집성 정재무도홀기』, 성무경·이의강 역, 보고사, 2005.

『原本影印 韓國古典叢書(復元版) Ⅱ·歌曲源流』, 대제각, 1973.

『원본영인 한국고전총서(복원판)Ⅱ·樂章歌詞』, 대제각, 1973.

『譯註 高麗史』, 동아대학교 고전연구실, 1987.

『影印標點 韓國文集叢刊 8』, 민족문화추진회, 1990.

『禮記集說大全』[『禮記』 元·亨·利·貞], 학민문화사 영인본, 2005.

『龍飛御天歌』, 아세아문화사 영인, 1972.

『原本 小學集註(全)』, 명문당, 2006.

『原本備旨 論語集註 上·下』, 명문당, 2007.

『原本備旨 書傳集註』, 朝鮮圖書株式會社 藏板.

『原本影印 韓國古典叢書(復元版) Ⅱ. 樂學軌範』, 대제각, 1973.

『原本集註 詩傳(全)』, 명문당, 1978.

『원행을묘정리의궤』, 수원시, 1996.

『李朝名賢集 2』, 성균관대학교 대동문화연구원, 1986.

『慈慶殿進爵整禮儀軌』, 서울대학교 규장각, 1996.

『呈才舞圖笏記』, 국립국악원 전통예술진흥회, 1989.

『呈才舞圖笏記 唱詞譜』, 김천흥·박성연·김관희, 민속원, 2002.

『조선궁중무용: 국역 정재무도홀기』, 이흥구·손경숙 역, 열화당, 2000.

『조선시대 음악풍속도 Ⅰ』, 한국음악학자료총서 37, 민속원, 2002.

『조선왕조실록』 사이트[http://sillok.history.go.kr]

『宗廟儀軌 第三』[서울대학교 규장각 한국학연구원 소장본]

『周易傳義大全譯解』(上/下), 김석진 역해, 대유학당, 2000.

『增補文獻備考 上·中·下』, 동국문화사, 1957.

『進饌儀軌』, 국립국악원 전통예술진흥회, 1989.

『청구영언』, 황순구 편, 한국시조학회, 1987.

『표점 교감본 삼국사기』, 허성도 역, 사이트[http://krpia.co.kr].

『한국고전용어사전』, 세종대왕기념사업회, 2001.

『한국문화상징사전』, 한국문화상징사전편찬위원회 편, 동아출판사, 1992.

『한국민족문화대백과사전』, 한국정신문화연구원, 1992.

『韓國時調大事典』 上·下, 박을수 저, 아세아문화사, 1992.

『韓國音樂學資料叢書 1: 大樂後譜(全)』, 국립국악원, 1989.

『한국음악학자료총서 3: 進爵儀軌(戊子)·進饌儀軌(己丑)』, 국립국악원, 1989.

『한국음악학자료총서 4: 時用舞譜(全)·呈才舞圖笏記』, 국립국악원, 1989.

『한국음악학자료총서 6: 進饌儀軌(戊申)』, 국립국악원, 1989.

『한국음악학자료총서 13: 豊呈都監儀軌·進宴儀軌(己亥)·慈慶殿進爵整禮儀軌』, 국립국악원, 1989

『한국음악학자료총서 20: 世宗實錄樂譜』, 국립국악원, 1989.

『한국음악학자료총서 22: 시용향악보』, 국립국악원, 1989.

『한국학총서 1: 정재무도홀기/여령정재무도홀기』, 한국정신문화연구원, 1979.

『한국학자료총서 17: 翼宗文集一·二』, 한국정신문화연구원, 1998.

『漢文大系 十四: 毛詩』, 富山房, 1973.

『漢文大系 十六: 周易·傳習錄』, 富山房, 1973.

『漢文大系 十六: 周易·傳習錄』, 富山房, 1973.

『漢文大系 十二: 毛詩·尙書』, 富山房, 1973.

『漢文樂章資料集』, 계명문화사, 1988.

『懸吐完譯 周易傳義 上』, 성백효 역주, 전통문화연구회, 2010.

논저

강명혜, 『고려속요·사설시조의 새로운 이해』, 북스힐, 2002.

강선아, 「은유에 대한 화용론적 접근」, 『美學』 68, 한국미학회, 2011.

과학원 언어문학연구소 문학연구실, 『조선문학통사』(상·하 2권), 과학원출판사, 1959.

구사회, 「韓國樂章文學硏究」, 동국대 박사학위논문, 1991.

권근, 권덕수 역, 『入學圖說』, 을유문고 131.

권오성, 「吳憙常琴譜의 步虛子考」, 한국정신문화연구원 박사논문, 1993.

권오성, 「보허자와 도교」, 『동양예술』 7, 한국동양예술학회, 2003.

권태욱, 「세종실록악보 소재 종묘제례악의 악조 연구」, 『한국음악논집』 1, 한국음악학연구회, 1990.

김기수, 『보태평·정대업의 악장과 일무보』, 한국고전음악출판사, 1971.

김동욱, 『한국가요의 연구』, 을유문화사, 1976.

김말복 외, 『효명세자연구』, 한국무용예술학회, 2005.

김명준, 『악장가사 연구』, 도서출판 다운샘, 2004.

김명준, 『악장가사 주해』, 도서출판 다운샘, 2004.

김명준, 「고려 恭愍王대 太廟樂章의 개찬 양상과 그 의미」, 『한국시가문화연구』 33, 한국시가문화학회, 2014.

김명호, 「고려가요의 전반적 성격」, 『백영 정병욱선생 환갑기념논총』, 신구문화사, 1982.

김문기, 「鮮初 頌禱詩의 性格 考察」, 『朝鮮前期의 言語와 文學』, 형설출판사, 1976.

김문식 외, 『왕실의 천지제사』, 돌베개, 2011.

김선아, 「龍飛御天歌 研究-敍事詩的 구조 분석과 신화적 성격」, 숙명여대 박사논문, 1985.

김성재, 「선진시대 중국 天命사상의 변화(1)」, 『단군학연구』 43, 단군학회, 2020.

김세종, 「세종대 <용비어천가>의 창제배경과 음악화 과정 연구」, 『古詩歌研究』 24, 한국고시가
　　　문학회, 2009.

김수경, 「다중 콘텍스트로 읽는 『시경』」, 『한국사상사학』 65, 한국사상사학회, 2020.

김승우, 「<龍飛御天歌> 향유·수용양상의 특징과 그 의미-<鳳來儀> 정재를 중심으로-」, 『韓國詩
　　　歌研究』 23, 한국시가학회, 2007.

김시황, 「조선조 악장문학 연구(Ⅰ)」, 『伏賢漢文學』 3, 복현한문학연구회, 1984.

김열규 등, 「龍飛御天歌에 대한 綜合的 考察」, 『東亞文化』 2, 서울대 동아문화연구소, 1964.

김영수, 『조선시가연구』, 새문사, 2004.

金　龍, 「宗廟祭禮樂과 宗廟祭禮佾舞를 調和롭게 一致시키는 方法研究」, 『韓國音樂研究』 30, 한국국
　　　악학회, 2001.

김용섭, 「종묘악장 譯註」, 『국어국문학』 22, 국어국문학회, 1960.

김정식, 「중국 중세사 사료학습 방안 연구-唐 太宗朝 『貞觀禮』를 중심으로-」, 『역사교육연구』
　　　37, 한국역사교육학회, 2020.

김정자, 「宗廟樂章의 發音法에 관한 考察」, 『民族音樂學』 14집, 서울대 동양음악연구소, 1992.

김종수, 『朝鮮時代 宮中宴享과 女樂 研究』, 민속원, 2001.

김종수, 「朝鮮後期 宗廟樂章 論議」, 『韓國音樂研究』 17집, 한국국악학회, 1989.

김종수, 『조선시대 궁중연향과 여악연구』, 민속원, 2001.

김종수·이숙희, 『譯註 詩樂和聲』, 국립국악원, 1996.

김지선, 「동아시아 여우 설화를 통해 본 신의의 문제」, 『신뢰연구』 15권 2호, 한림과학원, 2005.

김천흥, 『呈才舞圖笏記 唱詞譜』, 민속원, 2002.

김학성, 「<용비어천가>의 짜임새와 시적 묘미」, 『국어국문학』 126, 국어국문학회, 2000.

김학주, 『중국 고대의 가무희』, 민음사, 1994.

김학주, 『한·중 두 나라의 가무과 잡희』, 서울대 출판부, 1994.

김해명, 「중국 雅樂의 형성과 『詩經』의 관계」, 『중어중문학』 33, 중어중문학회, 2003.

김해영, 『朝鮮初期 祭祀典禮 研究』, 집문당, 2003.

남경태, 『개념어 사전』, ㈜휴머니스트 출판그룹, 2018.

남상숙, 「종묘제례악보 고찰」, 『종묘제례악 및 일무 관련 학술발표회 논문집』, 종묘제례 보존
　　　회, (사) 전주리씨 대동종약원학술위원회, 2003.

남상호, 「공자와 춘추」, 『孔子學』 Vol.7 No.1, 한국공자학회, 2000.

남성호, 「근세일본의 아악부흥과 아라이 하쿠세키(新井白石)」, 『東아시아古代學』 31, 東아시아古
　　　代學會, 2013.

대한제국 사례소 지음, 임민혁·성영애·박지윤 옮김, 『國譯 大韓禮典(上中下)』, 민속원, 2018.

董慧芳, 「唐代步虛詞研究」, 辽宁大学碩士论文, 2014.

孟慶陽, 「魏晉南北朝步虛詞初探, 『山東行政學院山東省經濟管理幹部學院學報』 70, 徐州師範大學, 2005.

문숙희, 「여말선초 시가의 음악형식 연구」, 한국정신문화연구원 한국학대학원 박사논문, 2003.

문숙희, 「「세종실록악보」 여민락의 음악형식과 그 변천에 대한 고찰」, 『한국음악연구』 45, 한국국악학회, 2009.

문숙희, 『고려 말 조선 초 시가와 음악형식』, 학고방, 2009.

문숙희, 「세종 창제 新樂은 어떤 음악인가?」, 『공연문화연구』 26, 한국공연문화학회, 2013.

박례경, 「조선시대 國家典禮에서 社稷祭 儀禮의 분류별 변화와 儀註의 특징」, 『규장각』 29, 서울대 규장각한국학구원, 2009.

박미라, 「儒敎 祭地儀禮의 역사와 구조 -祭天儀禮와의 관계를 중심으로-」, 『溫知論叢』 14, 사단법인 온지학회, 2006.

박상준, 「『周易』의 본질: 『周易』의 은유적 서술구조 측면에서」, 『정신문화연구』 vol.32 No.4, 한국학중앙연구원, 2009.

박여성, 「간텍스트성의 문제: 현대 독일어의 실용텍스트를 중심으로」, 『텍스트언어학』 3, 한국텍스트언어학회, 1995.

朴堧, 권오성·김세종 역, 『譯註 蘭溪先生遺藁』, 국립국악원, 1993.

박은옥, 『고려사악지의 당악연구』, 민속원, 2006.

박은옥, 『고려당악』, 도서출판 문사철, 2010.

박영재, 「≪大勢三轉考≫와 日本史 時代區分」, 『동방학지』 46-48, 연세대학교 국학연구원, 1985.

박을수, 『韓國時調大事典』 上·下, 아세아문화사, 1992.

박전열, 「일본 아악의 연극적 요소」, 『日本硏究』 13, 중앙대학교 일본연구소, 1998.

박준규, 「雅俗歌詞硏究」, 『湖南文化硏究』 7, 전남대 호남문화연구소, 1975.

박찬수, 「<용비어천가>에 나타난 주체성 고찰」, 『어문연구』 101, 어문연구학회, 2019.

박충석·유근호, 『조선조의 정치사상』, 평화출판사, 1980.

박태규, 『日本宮中樂舞談論』, 민속원, 2018.

박한남, 「고려 인종대 對金政策의 성격」, 『한국중세사연구』 3, 한국중세사학회, 1996.

박현숙, 「유교식 제례의 종교적 특성과 <풍운뢰우악장> 연구」, 『문학과 종교』 제 16권 1호, 한국문학과 종교학회, 2011.

변태섭, 『한국사통론』, 삼영사, 2013.

사진실, 『공연문화의 전통』, 태학사, 2002.

서성 역주, 『양한시집』, 보고사, 2007.

서영대 외, 『한국사의 시대구분에 관한 연구』, 한국정신문화연구원, 1995.

서인화 외, 『조선시대 연회도』, 민속원, 2001.

서인화 외, 『조선시대 음악풍속도 1』, 민속원, 2002.

서인화 외, 『조선시대 진연 진찬 진하 병풍』, 국립국악원, 2000.

성경린, 『조선의 아악』, 박문서관, 1947.

성경린, 『종묘제례악』, 문화공보부 문화재관리국, 1985.

성기숙, 『정재의 예악론과 공연미학』, 민속원, 2005.

성기옥, 「龍飛御天歌의 구조와 서사성」, 『한국 판소리·고전문학연구』, 아세아문화사, 1981.

성무경, 「조선후기 呈才와 歌曲의 관계」, 『한국시가연구』 14, 한국시가학회, 2003.

성무경 등, 『완역집성 정재무도홀기』, 보고사, 2005.

성호경, 『朝鮮前期詩歌論』, 새문사, 1988.

손선숙, 「宮中呈才用語에 대한 硏究(Ⅱ)」, 『韓國音樂史學報』 25, 韓國音樂史學會, 2000.

손선숙, 『궁중정재 교육방법론』, 학고방, 2007.

송방송, 「己丑年 『進饌儀軌』의 公演史料的 性格」, 『韓國文化』 16, 서울대 韓國文化硏究所, 1995.

송방송, 「조선 후기의 鄕妓와 궁중정재」, 『동양학』 26, 단국대학교 동양학연구소, 1996.

송방송, 『한겨레음악대사전』, 보고사, 2012.

송지원, 「正祖代의 樂章 정비」, 『韓國學報』 vol.27 No.4, 일지사, 2001.

송지원 외, 『왕실의 천지제사』, 돌베개, 2011.

송혜진, 『韓國 雅樂史 硏究』, 민속원, 2000.

신경숙, 「19세기 궁중연향 한글악장-夜宴의 <樂歌三章>을 중심으로-」, 『時調學論叢』 20, 한국시조학회, 2004.

신경숙, 『조선 궁중의 노래, 악장』, 민속원, 2016.

신태영, 「고려 당악정재의 전래와 수용」, 『국악원논문집』 31, 국립국악원, 2015.

심재석, 「龍飛御天歌에 보이는 高麗末 李成桂家」, 『역사문화연구』 4, 한국외국어대학교 역사문화연구소, 1992.

양태순, 「樂과 樂章」, 『林下 崔珍源博士 停年紀念論叢』, 1991.

여기현, 『中國古代樂論』, 태학사, 1995.

유종수, 「「大唐開元禮」「皇帝遣使詣蕃宣勞」 해석의 재검토」, 『서울대 동양사학과논집』 39, 서울대 동양사학과, 2015.

윤광봉·김선풍 외 지음, 『한국축제의 이론과 현장』, 월인, 2000.

윤광봉, 『한국연희예술사: 유사한 중국·일본의 연희를 살피며』, 민속원, 2016.

윤귀섭, 「악장시가의 형태사적 연구」, 『국어국문학』 34·35 합집, 국어국문학회, 1967.

이능우, 『고시가론고』, 선명문화사, 1966.

이동복, 「韓國 古樂譜의 書誌學的 硏究」, 대구 가톨릭대학교 석사논문, 2001.

이미경, 「세조실록 보태평과 정대업의 장단에 관한 연구」, 이화여대 석사논문, 1986.

이민홍, 『韓國 民族樂舞와 禮樂思想』, 집문당, 1997.

이범직, 『朝鮮時代 禮學硏究』, 국학자료원, 2004.

이상백, 「李朝建國의 硏究(二)」, 『震檀學報』 5, 震檀學會, 1936.

이상보, 「헌종어제 악장문학에 대한 고찰」, 『명지어문학』 10, 명지어문학회, 1978.

이성주, 『高麗詩歌의 硏究』, 웅비사, 1991.

이연숙, 『한국어역 만엽집 3-만엽집 권 제 4』, 도서출판 박이정, 2012.

이연숙, 『한국어역 만엽집 4-만엽집 권 제 5·6』, 도서출판 박이정, 2013.

이연숙, 『한국어역 만엽집 14-만엽집 권 제 19·20』, 도서출판 박이정, 2018.

이영환, 「『논어』에 수용된 『시경』시의 교육적 해석」, 『한국교육사학』 제35권 제4호, 한국교육사학회, 2013.

이　욱, 『조선시대의 재난과 국가의례』, 창비, 2010.

李胤錫, 『完譯 龍飛御天歌(上中下)』, 효성여대 한국전통문화연구소, 1993.

李　程, 「唐代文人的步虛詞創作」, 『武漢大學學報(人文科學版)』 Vol.66 No.6, 2013.

이종찬, 「韓國 樂章과 中國 樂府와의 對比」, 『國語國文學論文集』 7·8, 동국대학교 국어국문학부, 1969.

이종출, 「조선 초기 악장체가의 연구」, 『성곡논총』 10, 성곡학술문화재단, 1979.

이진한, 『한국의 대외관계와 외교사-고려편-』, 동북아역사재단, 2018.

이창룡, 『비교문학의 이론』, 일지사, 1990.

이혜구, 「용비어천가의 형식」, 『동아문화』 2, 서울대 동아문화연구소, 1963.

이혜구, 『세종장헌대왕실록 22』, 세종대왕기념사업회, 1981.

李惠求, 「世宗朝의 宗廟祭禮樂」, 『韓國音樂序說』, 서울대 출판부, 1982.

이혜구, 「催馬樂의 五拍子(교보시)」, 『韓國學』 52, 한국학중앙연구원, 1993.

이혜구, 『신역 악학궤범』, 국립국악원, 2000.

이혜구, 「『經國大典』取才項目 中의 唐樂과 鄕樂」, 『한국공연예술연구논문선집』 6, 한국예술종합학교 전통예술원, 2002.

임기중, 『고전시가의 실증적 연구』, 동국대학교 출판부, 1992.

임민혁, 「대한제국기 『大韓禮典』의 편찬과 황제국 의례」, 『역사와 실학』 34, 역사실학회, 2007.

임영학, 「塡詞樂譜考」, 『논문집』 4, 경북외국어테크노대학, 1998.

상사훈, 『國樂論攷』, 서울내 출판부, 1966.

장사훈, 『세종조 음악연구』, 서울대 출판부, 1982.

장사훈, 『國樂大事典』, 세광음악출판사, 1984.

장사훈, 『한국무용개론』, 대광문화사, 1988.

장사훈, 『韓國傳統舞踊硏究』, 일지사, 1994.

張永平, 「日本 ≪詩經≫ 傳播史」, 山東大学 博士学位论文, 2014.

전인평, 「한국정재의 음악-봉래의에 기하여-」, 『공연문화연구』 6, 한국공연문화학회, 2003.

정구복, 『韓國中世史學史(Ⅱ)-朝鮮前期篇-』, 경인문화사, 2002.

정구복, 『韓國中世史學史(Ⅰ)-고려시대편-』, 경인문화사, 2014.

정두희, 「朝鮮建國史 資料로서의 <용비어천가>」, 『진단학보』 68, 진단학회, 1989.

정두희, 『왕조의 얼굴-조선왕조의 건국사에 대한 새로운 이해』, 서강대 출판부, 2010.

정병욱, 『증보판 한국고전시가론』, 신구문화사, 1985.

정은혜, 『呈才硏究 Ⅰ』, 대광문화사, 1996.

정은혜, 「呈才의 形式과 特徵에 관한 연구」, 『공연문화연구』 6, 한국공연문화학회, 2003.

정재훈, 『조선의 국왕과 의례』, 지식산업사, 2011.

정화순, 「『高麗史·樂志』 所載 雅樂에 대한 검토」, 『淸藝論叢』 17, 청주대학교 예술문화연구소, 2000.

정화순, 「『世祖實錄·樂譜』소재 敬勤之曲에 관한 연구」, 『한국음악연구』 36, 한국국악학회, 2004.

정화순, 「『世祖實錄·樂譜』소재 創守之曲과 敬勤之曲의 용도에 관하여」, 『동양예술』 9, 한국동양예술학회, 2004.

조규백, 「≪詩經≫ <鄭風> 愛情詩 小考」, 『중국문학연구』 Vol.7 No.1, 한국중문학회, 1989.

조규익, 「조선조 시가 수용의 한 측면-남녀상열지사論」, 『국어국문학』 98, 국어국문학회, 1987.

조규익, 『鮮初樂章文學硏究』, 숭실대 출판부, 1990.

조규익, 『高麗俗樂歌詞·景幾體歌·鮮初樂章』, 한샘, 1994.

조규익, 『가곡창사의 국문학적 본질』, 집문당, 1994.

조규익, 「통일시대 한국고전문학사 서술의 전망」, 『온지논총』 11, 온지학회, 1997.

조규익, 「조선조 악장과 정재의 문예미적 상관성 연구」, 『韓國詩歌硏究』 10, 한국시가학회, 2001.

조규익, 「조선조 악장문학과 성리학적 이념」, 『우리文學硏究』 15, 우리문학회, 2002.

조규익, 「제의 및 놀이 문맥과 고려노래」, 『온지논총』 8, 온지학회, 2002.

조규익, 「翼宗 樂章 연구」, 『고전문학연구』 24, 한국고전문학회, 2003.

조규익, 「악장과 정재의 미학적 상관성」, 『민족무용』 4, 세계민족무용연구소, 2004.

조규익, 『조선조 악장의 문예미학』, 민속원, 2005.

조규익, 「頌禱 모티프의 연원과 전개양상」, 『고전문학연구』 32, 한국고전문학회, 2007.

조규익, 『만횡청류의 미학』, 도서출판 박이정, 2009.

조규익, 「朝鮮朝 文宣王の樂章 硏究」, 『朝鮮學報』 221, 朝鮮學會, 2011.

조규익, 『조선조 악장 연구』, 새문사, 2014.

조규익, 「조선 지식인의 중국체험과 중세보편주의의 위기」, 『온지논총』 40, 사단법인 온지학회, 2014.

조규익 외, 『한국문학개론』, 새문사, 2015.

조규익, 「태종 조 樂調에 반영된 唐·俗樂 악장의 양상과 중세적 의미」, 『우리문학연구』 55, 우리문학회, 2017.

조규익, 「태종 조 '국왕연사신악'에 수용된 『시경』의 양상과 의미」, 『국어국문학』 179, 국어국문학회, 2017.

조규익, 「<용비어천가>에 수용된 『시경』의 교육적 효용성」, 『한국문학과 예술』 27, (사)한국문학과예술연구소, 2018.

조규익, 「<용비어천가>의 『시경』 수용양상-史詩的 본질과 담론-」, 『우리문학연구』 60, 우리문학회, 2018.

조규익, 「조선조 雩祀 및 「雩祀樂章」의 동아시아 중세생태주의 담론」, 『국어국문학』 182, 국어국문학회, 2018.

조규익, 『동동動動: 궁중 융합무대예술, 그 본질과 아름다움』, 민속원, 2019.

조규익, 「고려말 「신찬태묘악장」 연구」, 『한국문학과 예술』 35, 숭실대학교 한국문학과예술연구소, 2020.

조동일, 『동아시아문학사비교론』, 서울대 출판부, 1993.

조동일, 『제3판 한국문학통사 2』, 지식산업사, 1994.

조동일, 『제3판 한국문학통사 3』, 지식산업사, 1994.

조동일, 「한국문학사·동아시아문학사·세계문학사의 상관관계」, 『比較文學』 19, 한국비교문학회, 1994.

조동일, 『한국문학통사 2』, 지식산업사, 1995.

조원일, 「漢代初期 儒學에 대한 硏究-詩經을 중심으로-」, 『온지논총』 24, 사단법인 온지학회, 2010.

조평환, 「樂章의 形態史的 考察」, 『中原語文學』 5, 건국대, 1989.

조흥욱, 「용비어천가의 성격」, 『한국문학사의 쟁점』, 집문당, 1990.

조흥욱, 「악장의 향유방식에 대한 연구」, 『어문학논총』 18, 국민대 어문학연구소, 1999.

지두환, 「國朝五禮儀 編纂過程(Ⅰ) -吉禮 宗廟·社稷祭儀를 중심으로-」, 『역사와 경계』 9, 부산경남사학회, 1985.

陳澔 編, 정병섭 역, 『譯註 禮記集說大全』, 학고방, 2013.

차주환 역, 『高麗史樂志』, 을유문화사, 1974.

차주환, 『唐樂硏究』, 범학, 1979.

차주환, 『高麗唐樂의 硏究』, 동화출판공사, 1983.

차주환, 『中國詞文學論考』, 서울대학교 출판부, 1989.

차하순 외, 『한국사 시대구분론』, 소화, 1995.

최정선, 「高麗俗歌와 日本 催馬樂 비교」, 『東아시아古代學』 30, 東아시아古代學會, 2013.

최정여, 「樂章·歌詞攷」, 『백강 서수생박사환갑기념논총』, 1981.

최정여, 『朝鮮 初期 禮樂의 硏究』, 계명대학교 출판부, 1981.

최준일, 「한국과 일본의 아악 비교 연구-文廟祭禮樂과 外來樂舞를 중심으로-」, 추계예술대학교 교육대학원 석사학위논문, 2010.

최진원, 「動動攷 1」, 『大東文化硏究』 8, 성균관대학교 대동문화연구원, 1971.

최진원, 「動動攷(Ⅲ)」, 『대동문화연구』 10, 성균관대 대동문화연구원, 1975.

최충희·구정호·박혜성·고한범·이현영, 『일본시가문학사』, 태학사, 2008.

한영주 외, 『조선의 국가제사』, 한국학중앙연구원, 2009.

한정수, 「高麗時代 籍田儀禮의 도입과 운영」, 『歷史敎育』 83, 역사교육연구회, 2002.

한형주, 「朝鮮 太宗·世宗代 社稷祭의 이해와 운영」, 『한국사학보』 6, 고려사학회, 1999.

한형주 외, 『조선의 국가제사』, 한국학중앙연구원, 2009.

한흥섭, 『고려시대 음악사상』, 소명출판, 2009.

허남춘, 「동동의 송도성과 서정성 연구(1)」, 『陶南學報』 14, 도남학회, 1993.

허남춘, 『고전시가와 歌樂의 전통』, 월인, 1999.

허선형, 「종묘제례악에 나타난 음악사상 연구」, 『국악과 교육』 20, 한국국악교육학회, 2002.

황준연, 「조선전기의 음악」, 『한국음악사』, 대한민국 예술원, 1985.

황준연, 「北殿과 時調」, 『세종학연구』, 세종대왕기념사업회, 1986.

孔祥林·孔喆 지음, 林麗·張允瀞·李向華·王爲玲, 『중국 공자문묘 연구』, 도서출판 동아시아, 2018.

郭茂倩, 『樂府詩集一』, 臺北: 里仁書局, 1984.

臼田甚五郎·新間進一·外寸南都子·德江元正, 『新編日本古典文學全集』 42/神樂歌·催馬樂·梁塵秘抄·閑吟集, 東京: 小学館, 2015.

近藤吉, 『よいやな節考』, 大分あづ会, 1936.

롤랑 바르트, 김희영 역, 『텍스트의 즐거움』, 동문선, 1997.

매슈 레이놀즈, 이재만 옮김, 『번역』, 문학동네, 2017.

木村紀子 譯注, 『催馬樂』, 平凡社, 2006.

미타 노리아키, 「日本雅樂の位置-アジア總合藝術としての雅樂の多樣性-」, 『국악원논문집』 23, 국립국악원, 2011.

小野亮哉·東儀信太郎, 『雅樂事典』, 音樂之友社, 1989.

孫銘晨, 「唐代宮廷祭祀詩研究-以≪全唐詩≫"郊廟歌辭」, 華僑大學碩士學位論文, 2014. 3. 30.

스가노노 마미치 외 엮음, 이근우 옮김, 『속일본기 3』, 지식을만드는지식, 2012.

沈德潛, 양회석·김희경 역주, 『古詩源: 한시의 근원을 찾아서 Ⅰ』, 전남대 출판부, 2015.

岸邊成雄·橫道萬里雄·吉川英史·星旭·小泉文夫 공저, 이지선 역주, 『일본음악의 역사와 이론』, 민속원, 2003.

아베 스에마사, 홍윤기 역, 「일본황실의 新嘗祭와 韓神, 人長舞」, 『선도문화』 12, 국제뇌교육종합대학원 국학연구원, 2012.

아베 스에마사 지음, 박태규·박진수·임만호 옮김, 『일본 아악의 이해』, 역락, 2020.

오야마 세이이치 지음, 연민수·서각수 옮김, 『일본서기와 '천황제'의 창출-후지와라노 후히토의 구상-』, 동북아역사재단, 2012.

翁蘇倩卿, 『詩經と神樂歌·催馬樂·梁塵秘抄の比較硏究』, 臺北: 遠流出版公司, 1982.

왕일가, 노승현 옮김, 『性과 文明』, 도서출판 가람기획, 2001.

이매뉴얼 월러스틴 지음, 김재오 옮김, 『유럽적 보편주의: 권력의 레토릭』, 창비, 2008.

이시하라 치아키 외 5명, 송태욱 옮김, 『매혹의 인문학 사전』, 도서출판 앨피, 2009.

蔣伯潛·蔣祖怡, 崔錫起·姜貞和 역주, 『儒敎經典과 經學』, 경인문화사, 2002.

井口樹生, 「大祥祭と歌謠及び和歌(2): 巳日「御遊」の催馬樂を中心に」, 『藝文研究』 Vol.73, 慶應義塾大學藝文學會, 1997.

제레미 M. 호손 지음, 정정호 외 옮김, 『현대 문학이론 용어사전』, 도서출판 동인, 2003.

줄리아 크리스테바, 서민원 옮김, 『세미오티케』, 동문선, 2005.

中田祝夫·和田利政·北原保雄, 『古語大辭典』, 小学館, 1983.

村上重良, 『天皇の祭祀』, 東京: 岩波書店, 1977.

村上哲美, 『宋詞硏究』, 東京: 創文社, 1976.

村越貴代美, 「詞と燕樂と雅樂」, 『お茶』の水女子大學中國文學會報』 15, 1996.

츠베탕 토도로브, 최현무 역, 「바흐친과 상호 텍스트성」, 김욱동 편, 『바흐친과 대화주의』, 도서출판 나남, 1990.

캐서린 벨, 류성민 옮김, 『의례의 이해』, 한신대 출판부, 2013.

펑쌍바이·왕닝닝·류사오전 지음, 강영순·김은자·남종진·이채문 옮김, 『중국무용 변천사』, 민속원, 2016.

폴 헤르나디, 김준오 옮김, 『장르論-文學分類의 새方法』, 문장, 1985.

프랜시스 후쿠야마, 이상훈 옮김, 『역사의 종말』, 한마음사, 1992.

필립 휠라이트, 김태옥 역, 『隱喩와 實在』, 문학과지성사, 1982.

헤겔 저, 김종호 역, 『역사철학강의』(Ⅰ·Ⅱ), 삼성출판사, 1982.

G. 레이코프·M. 존슨 지음, 노양진·나익주 옮김, 『삶으로서의 은유』, 서광사, 1995.

永原慶二, 「近代以前の時代區分」, 『岩波講座日本歷史 22-別卷 1』, 岩波, 1968.

Laurence Picken, 「催馬樂」, 『한국음악연구』 10, 한국국악학회, 1980.

Ruth Finnegan, *Oral Poetry*, Cambridge University Press, 1977.

The American Heritage Dictionary of the English Language, http://en.wikipedia.or

찾아보기

저자 조규익

충남 태안 출생. 문학박사. 해군사관학교와 경남대학교 교수, 숭실대학교의 교수·인문대
학장·한국문학과예술연구소 소장·Honor SFP[Soongsil Fellowship Professor] 등을 역임.
현재 숭실대학교 명예교수, 사단법인 한국문학과예술연구소 소장, PEN 회원. LG 연암재
단 해외연구 교수로 미 UCLA에서 비교문학을 연구[1998]. Fulbright Scholar로 미 OSU에
서 재미한인이민문학을 연구[2013]. 제2회 한국시조학술상, 제15회 도남국문학상, 제1회
성산학술상 등 수상. 『CIS 지역 고려인 사회 소인예술단과 전문예술단의 한글문학』, 「<정
읍>의 양면성」 외 논문·저서·역서·편서 다수.
홈페이지 kicho.co.kr, 블로그 https://blog.naver.com/kicho57, kicho.tistory.com

(사)한국문학과예술연구소 학술총서 69

한·중·일 악장의 비교 연구

초판 1쇄 인쇄 2022년 10월 14일
초판 1쇄 발행 2022년 10월 21일

지 은 이 조규익
펴 낸 이 이대현

편   집 이태곤 권분옥 임애정 강윤경
디 자 인 안혜진 최선주 이경진
마 케 팅 박태훈 안현진

펴 낸 곳 도서출판 역락
주   소 서울시 서초구 동광로 46길 6-6(반포4동 문창빌딩 2F)
전   화 02-3409-2060(편집부), 2058(영업부)
팩   스 02-3409-2059
등   록 1999년 4월 19일 제303-2002-000014호
이 메 일 youkrack@hanmail.net
역락홈페이지 http://www.youkrackbooks.com

ISBN 979-11-6742-403-7 93810